David Quammen
DER GESANG DES DODO

David Quammen

DER GESANG DES DODO

*Eine Reise durch die Evolution
der Inselwelten*

Aus dem Amerikanischen
von Ulrich Enderwitz

Claassen

Die Originalausgabe erschien 1996 unter dem Titel
The Song of the Dodo. *Island Biogeography in an Age of Extinction*
bei Scribner, a division of Simon & Schuster Inc., New York

3. Auflage 1999

Der Claassen Verlag ist ein Unternehmen
der Verlagshaus Goethestraße GmbH & Co. KG

ISBN: 3-546-00150-8

© 1996 by David Quammen (Text)
© 1996 by Kris Ellingsen (Karten)
© der deutschen Ausgabe 1998
by Claassen Verlag GmbH,
in der Verlagshaus Goethestraße GmbH & Co KG, München
Veröffentlichung der deutschen Ausgabe
in Absprache mit Scribner, New York.
Alle Rechte vorbehalten. Printed in Germany.
Gesetzt aus der Aldus bei Franzis-Druck GmbH, München
Druck und Bindung: Bercker, Kevelaer

Für

Thomas G. Savage, S. J.
1926–1975

in bleibender Erinnerung

INHALT

I Sechsunddreißig persische Bettvorleger 9

II Der Mann der Inseln 15

III Von so gewaltiger Größ 151

IV Todgeweihte Rarität 343

V Prestons Glocke 507

VI Groß im Kommen 537

VII Der Igel am Amazonas 591

VIII Der Gesang des Indri 657

IX Die zerstückelte Welt 719

X Botschaft aus Aru 795

Glossar 827

Anmerkung des Autors 839

Danksagung 843

Quellenverweise 847

Bibliographie 863

Register 913

I
SECHSUNDDREISSIG PERSISCHE BETTVORLEGER

1 Fangen wir in den eigenen vier Wänden an. Stellen wir uns als erstes einen schönen persischen Teppich nebst einem Jagdmesser vor. Sagen wir, der Teppich ist 4,00 mal 5,50 Meter groß. Das bedeutet eine Fläche von 22 Quadratmetern Webstoff. Ist das Messer scharf wie eine Rasierklinge? Falls nicht, wird es geschliffen. Wir zerschneiden nun den Teppich in sechsunddreißig gleich große Stücke, lauter Rechtecke von 1,00 mal 0,61 Meter Fläche. Die zerreißende Textur gibt kleine gequälte Geräusche von sich, die wie der unterdrückte Aufschrei entsetzter persischer Weber klingen. Aber was gehen uns die Weber an? Wenn wir mit dem Schneiden fertig sind, messen wir die einzelnen Stücke aus, zählen alles zusammen – und stellen fest, wir haben, bitte schön, nach wie vor rund 22 Quadratmeter erkennbar teppichartigen Stoff. Aber was heißt das? Nennen wir jetzt etwa sechsunddreißig hübsche persische Bettvorleger unser eigen? Nein. Wir haben nichts weiter als drei Dutzend ausgefranste wertlose Bruchstücke, die dabei sind, sich aufzudröseln.

Gehen wir jetzt mit dieser Logik nach draußen, so hilft sie uns, zu verstehen, warum der Tiger, *Panthera tigris*, auf der Insel Bali nicht mehr vorkommt. Sie bringt Licht in das rätselhafte Verschwinden des Rotfuchses, *Vulpes vulpes*, aus dem Nationalpark Bryce Canyon. Sie hilft, aufzuklären, warum der Jaguar, der Puma und fünfundvierzig Vogelarten an einem Ort namens Barro Colorado Island ausgestorben sind – und warum sich zahllose andere Geschöpfe an zahllosen anderen Stellen mysteriöserweise nicht mehr blicken lassen. Ein Ökosystem ist ein Gewirk aus

Arten und Beziehungen. Man schneide ein Stück ab, isoliere es, und schon hat man das Problem, daß ein Prozeß der Auflösung einsetzt.

Während der letzten dreißig Jahre beschwören Fachökologen das Phänomen zerfallender Ökosysteme. Das Phänomen hypnotisiert viele Wissenschaftler geradezu und erfüllt sie mit zunehmender Sorge. Sie haben sich bemüht, es im Feldversuch zu erforschen, unter Einsatz von Flornetzen und Vogelringen, Kastenfallen und Funkhalsbändern, Ketaminen, Methylbromiden, Formalin, Pinzetten. Sie versuchen, mit Hilfe ausgetüftelt abstrakter Modelle, die sie auf ihren Computern ablaufen lassen, seine Entwicklung vorauszusagen. Einigen hat, was sie kommen sahen – oder glaubten, kommen zu sehen –, das Blut in den Adern gerinnen lassen. Sie streiten sich mit ihren Fachkollegen um Details und tragen in den wissenschaftlichen Zeitschriften erbitterte Fehden aus. Manche haben Alarm geschlagen und sich damit an Regierungen oder die Öffentlichkeit gewandt, aber ihre Warnungen sind allgemein gehalten, um dem nichtwissenschaftlichen Publikum die vertrackten Beweisführungen zu ersparen. Andere haben das Ganze für Panikmache erklärt oder in einigen Fällen auch gegenteilige Gefahren an die Wand gemalt. Im wesentlichen bleiben diese Wissenschaftler bei ihren Diskussionen unter sich.

Für das Phänomen der sich aufdröselnden Ökosysteme haben sie Bezeichnungen gefunden. *Entspannung zum Gleichgewicht* dürfte die beschönigendste Beschreibung sein. In ähnlichem Sinne wird sich unser Körper mit seiner komplizierten Organisation, mit seinem ersichtlichen Widerstand gegen die Entropie, im Grabe zu einem Gleichgewichtszustand entspannen. *Zusammenbruch der Fauna* ist eine andere Bezeichnung für das Phänomen. Aber hier bleibt der Zusammenbruch der *Flora* unberücksichtigt, der ebenfalls zur Diskussion steht. Thomas E. Lovejoy, ein Tropenökologe an der Smithsonian Institution, hat sich das Recht erworben, seinen eigenen Begriff zu prägen. Er spricht vom *Ökosystemzerfall*.

Sein Ausdruck klingt wissenschaftlicher als mein Bild vom zerschnittenen Perserteppich. Er will damit sagen, daß ein Ökosystem – unter gewissen, näher bestimmbaren Umständen – auf die gleiche Weise an Vielfalt einbüßt, wie eine Uranmasse Neutronen verliert. Klack, klack, klack sterben Arten aus, regelmäßig, aber ohne erkennbare Ursache. Arten verschwinden. Ganze Klassen von Pflanzen und Tieren verschwinden. Wie sehen die näher bestimmbaren Umstände aus? Ich werde sie im Laufe des Buches schildern. Ich werde auch gegen die falsche Vorstellung Sturm laufen, daß der Ökosystemzerfall ohne Ursache vor sich geht.

Lovejoys Ausdruck tönt wider von historischen Reminiszenzen. Denken wir an den radioaktiven Zerfall, damals in den unschuldigen Jahren zu Anfang des Jahrhunderts, den Jahren vor Hiroschima, vor Alamogordo, ehe Hahn und Straßmann die Kernspaltung entdeckten. Radioaktiver Zerfall war damals nichts weiter als ein faszinierendes Phänomen, das gerade einmal eine Handvoll Physiker kannten – einer von ihnen der junge Oppenheimer. So verhielt es sich auch bis vor kurzem mit dem Ökosystemzerfall. Während die Wissenschaftler tuschelten, vernahm die breite Öffentlichkeit fast nichts davon. Zusammenbruch der Fauna? Entspannung zum Gleichgewicht? Selbst gutinformierten Leuten mit einiger Begeisterung für die Natur blieb verborgen, welch düstere neue Idee sich der Welt da aufdrängte.

Und wie steht es mit dem Leser? Vielleicht hat er etwas über das Aussterben von Arten gelesen, und möglicherweise hat es ihn auch beunruhigt. Wandertaube, Riesenalk, Riesenseekuh, Schomburgkhirsch, Königsfisch, Polarwolf, Carolina-Sittich: alle sind sie verschwunden. Vielleicht ist ihm bekannt, daß die krebsgeschwürartige Vermehrung des Menschen auf diesem Planeten, unsere unersättliche Vernichtung von Ressourcen und unsere im großen Maßstab betriebene Umgestaltung natürlicher Landschaften ein katastrophisches Artensterben ausgelöst haben, das Anstalten macht, sich zum schlimmsten Ereignis seit dem Untergang der Dinosaurier auszuwachsen. Vielleicht nimmt er mit vagem, aber ehrlichem Bedauern die Zerstörung des Regenwaldes zur Kenntnis. Vielleicht weiß er, daß der Berggorilla, der kalifornische Kondor und der Florida-Panther am Rande des Aussterbens stehen. Vielleicht weiß er sogar, daß die Population von Grizzlybären im Yellowstone-Nationalpark schweren Zeiten entgegengeht. Vielleicht gehört er zu jenen Gutinformierten, denen die Vorstellung eines weltweiten katastrophalen Verlusts an biologischer Vielfalt ernsthafte Sorgen bereitet. Denkbar aber auch, daß ihm noch etliche wichtige Stücke zu einem vollständigen Bild von der Sache fehlen.

Denkbar, daß er von diesem wissenschaftlichen Getuschel über Ökosystemzerfall noch nichts mitbekommen hat. Denkbar, daß ihm wenig oder nichts bekannt ist über eine scheinbar abgelegene Wissenschaft namens Inselbiogeographie.

II
DER MANN DER INSELN

2 Die Biogeographie ist mit der Frage befaßt, unter welchen Bedingungen und nach welchen Mustern sich Arten verteilen. Diese Wissenschaft handelt davon, wo bestimmte Tiere, bestimmte Pflanzen zu finden sind und wo nicht. Auf der Insel Madagaskar zum Beispiel lebte vormals ein straußenähnliches Geschöpf, das drei Meter hoch aufragte, eine halbe Tonne wog und auf einem Paar elefantöser Beine durch die Gegend stampfte. Und doch war es ein Vogel. Fünfhundert Kilo Knochen, Fleisch und Federn. Wir haben es hier mit keinem bloß hypothetischen Monster, keiner aberwitzigen Erdichtung eines Herodot oder Marco Polo zu tun. In einem baufälligen Museum in Antanarivo habe ich sein Skelett gesehen; ich habe sein neun Liter fassendes Ei gesehen. Die Paläontologen kennen den Vogel unter dem Namen *Aepyornis maximus*. Die Spezies hatte Bestand, bis die Europäer im 16. Jahrhundert Madagaskar erreichten und anfingen, Jagd auf sie zu machen, ihr zuzusetzen, das Ökosystem zu verändern, zu dem sie gehörte, ihre üppigen Eier in die Pfanne zu schlagen. Vor einem Jahrtausend existierte *Aepyornis maximus* nur auf dieser einzigen Insel; jetzt existiert sie nirgends mehr. Darüber Auskunft zu geben ist Aufgabe der Biogeographie.

Wird sie von Wissenschaftlern betrieben, die Verstand haben, so beschränkt sich die Biogeographie nicht darauf, zu fragen *Welche Arten?* und *Wo?* Sie fragt auch *Warum?* und, was manchmal noch entscheidender ist, *Warum nicht?*

Ein anderes Beispiel. Die Insel Bali, eine kleine Erhebung aus vulkanischem Gestein mit kunstvoll angelegten Terrassen für den

Reisanbau, die unmittelbar vor der Ostspitze Javas liegt und zu Indonesien gehört, beherbergte einst eine nirgends sonst vorkommende Tiger-Unterart. Sie wurde *Panthera tigris balica* genannt. Auf Java selbst lebte eine andere Unterart, *Panthera tigris sondaica*. Auf der Insel Lombok dagegen, die, durch eine dreißig Kilometer breite Meeresstraße von Bali getrennt, im Osten anschließt, lebten überhaupt keine Tiger. Heute gibt es keinen balinesischen Tiger mehr, nicht einmal mehr in Zoologischen Gärten. Eine verschlungene Kombination der üblichen Ursachen hat ihm den Garaus gemacht. Der Java-Tiger ist wahrscheinlich ebenfalls ausgestorben, auch wenn manche die schwache Hoffnung hegen, daß es ihn nach wie vor gibt. Auf Sumatra findet man noch ein paar Tiger, die ebenfalls einer eigenen Unterart angehören. Tiger kommen auch in bestimmten Regionen des asiatischen Festlandes vor, nicht aber im nordwestlichen Teil des Kontinents, und auch nicht in Afrika oder in Europa. Einst erstreckte sich ihr Verbreitungsgebiet bis zur Türkei. Heute nicht mehr. Und die Insel Lombok, die nicht kleiner ist als Bali und ebenso einladende Wälder hat, ist so tigerlos wie eh und je.

Warum, warum nicht, warum? Aus diesen Fakten und dem Versuch, sie zu erklären, besteht die Biogeographie. Wenn sie ihre Aufmerksamkeit auf Inseln konzentriert, wird sie zur Inselbiogeographie.

Die Inselbiogeographie steckt, wie ich versichern darf, voller wohlfeiler Sensationen. Viele der spektakulärsten Lebensformen der Welt, im pflanzlichen wie auch im tierischen Bereich, findet man auf Inseln. Da gibt es Riesen, Zwerge, Brückenschlag-Virtuosen und Nonkonformisten jeder erdenklichen Art. Diese unglaublichen Geschöpfe bewohnen die Außenbezirke, die Randzonen und Rückzugsgebiete der Erdregion ebenso wie der Vorstellungskraft; dem Begriff »exotisch« verleihen sie einen anschaulichen biologischen Sinn. Auf Madagaskar lebt eine Chamäleonart, deren Exemplare kaum länger als zweieinhalb Zentimeter sind, die kleinsten Chamäleons auf unserem Planeten (übrigens zählen sie zu den kleinsten landbewohnenden Wirbeltieren überhaupt). Madagaskar war auch die Heimat des heute ausgestorbenen Pygmäenflußpferdes. Auf der Insel Komodo treibt sich jene ins Gigantische vergrößerte fleischhungrige Eidechse herum, die sich allgemeiner Bekanntheit erfreut und nicht ohne Plausibilität als Drache gehandelt wird. Auf den Galápagosinseln weidet ein seetüchtiger Leguan die Tangfelder unter Wasser ab, womit er sich über die üblichen physiologischen Gegebenheiten und Verhaltensformen von Reptilien frech hinwegsetzt. Im zentralen Hochland von Neuguinea kann man den bändergeschweiften Paradiesvogel sehen, der nicht größer ist als eine Krähe, aber ein Paar ungeheuer lange Schwanzfedern hinter sich herschleppt, die wie weiße Papierschlangen durch die Luft trudeln, während er, heftig rudernd, eine Lichtung überquert. Auf einer kleinen Koralleninsel namens Aldabra im Indischen Ozean lebt eine riesige Schildkrötenart, die zwar weniger bekannt, aber nicht weniger eindrucksvoll ist als die der Galápagosinseln. Auf St. Helena gab es, jedenfalls bis vor kurzem noch, eine riesige Art von Ohrwurm, der größte und ohne Frage abstoßendste Vertreter der Ordnung Dermaptera. Die Insel Hawaii hat ihre Kleidervögel, eine ganze Gruppe bizarrer Vögel, die man nirgends sonst antrifft. Australien hat seine Känguruhs und natürlich noch andere Beuteltiere, während der Inselstaat Tasmanien seinen Beutelteufel, sein Tasmanisches Bürstenrattenkänguruh, seinen Riesenbeutelmarder hat, Beuteltiere, die so absonderlich sind, daß sie sogar auf dem australischen Festland ihresgleichen suchen. Auf der Insel Santa Catalina im Golf von Kalifornien gibt es eine Klapperschlange ohne Klappern. Neuseeland kennt die Tuatera, die letzte überlebende Art der spitzgesichtigen Brückenechsen, die ihre Blütezeit in der Trias hatten, noch bevor die Dinosaurier ihren Gipfelpunkt erreichten. Ehe die Europäer nach Mauritius kamen, gab es dort den Dodo. Die Kuriositätenliste könnte man ohne Qualitätseinbuße beliebig lange fortsetzen. Tatsache ist, daß Inseln Zufluchtsorte und Brutstätten des Einzigartigen und Abnormen sind. Sie sind natürliche Versuchsanstalten für ausgefallene entwicklungsgeschichtliche Experimente.

Das ist der Grund, warum die Inselbiogeographie eine einzige große Sammlung von schrulligen Einfällen und Rekordleistungen der Natur darstellt. Und das ist auch der Grund, warum die Inseln, die Außenbezirke der Erde, für die Evolutionstheorie von entscheidender Bedeutung waren. Charles Darwin selbst war Inselbiogeograph, ehe er Darwinist wurde.

Einige der großen Vorkämpfer einer evolutionistischen Biologie – vor allem Alfred Russel Wallace und Joseph Hooker – verdanken ebenfalls ihre besten Einsichten der Feldforschung auf abgelegenen Inseln. Wallace verbrachte acht Jahre mit dem Sammeln von Musterexemplaren im Malaiischen Archipel, dem Reich der Inseln (und folglich auch der biologischen Vielfalt), das heute den Namen Indonesien trägt. Hooker hatte wie Darwin genügend Glück und gute Verbindungen, um sich einen Platz an Bord eines Schiffes Ihrer Britischen Majestät zu sichern. Das Schiff war die *Erebus*, die (wie auch Darwins *Beagle*) auf eine Weltumseglung zu kartographischen Zwecken geschickt wurde; Hooker ging in Tasmanien, in Neuseeland und auf einem interessanten kleinen Inselhäufchen namens Kerguelen, das auf halbem Weg zwischen der Antarktis und nirgendwo liegt, an Land. Jahrzehnte später war Hooker immer noch damit beschäftigt, Untersuchungen über die Pflanzen zu veröffentlichen, die er von Neuseeland und seinen übrigen Inselaufenthalten mitgebracht hatte.

Der Trend, der mit Darwin, Wallace und Hooker begann, hat sich durch unser Jahrhundert fortgesetzt; in Neuguinea, im Südwestpazifik, auf Hawaii, auf den Westindischen Inseln und auf dem Krakatau nach dem großen Vulkanausbruch wurden wichtige Forschungen durchgeführt. Eine Art Höhepunkt – oder jedenfalls einen Wendepunkt – erreichten die Untersuchungen in einem inhaltsreichen schmalen Band mit dem Titel *The Theory of Island Biogeography (Biogeographie der Inseln)*, der 1967 erschien. Das Buch stellte den wagemutigen und fruchtbaren Versuch zweier junger Männer dar, die Biogeographie mit der Ökologie zu verschmelzen und das Ganze in eine mathematische Disziplin zu überführen. Wo auch immer die vorliegende Abhandlung uns, Leser und Autor, hinführen wird, das Buch von Robert MacArthur und Edward O. Wilson begleitet uns. Ihre Theorie entwickelten die beiden jungen Männer zum Teil auf der Grundlage von Verteilungsmustern bei Ameisenarten, die Wilson in Melanesien untersucht hatte.

Inseln waren seit jeher besonders lehrreich, weil die Kombination aus räumlicher Beschränkung und naturgegebener Isolation die Evolutionsmuster besonders kraß hervortreten läßt. Weil es so wichtig ist, möchte ich es wiederholen: Inseln bieten ein klareres Bild von der Entwicklungsgeschichte. Auf einer Insel findet man diese Riesenschildkröten, diese flugunfähigen Vögel, die eine halbe Tonne wiegen, diese winzigen Chamäleons und Flußpferde. Im allgemeinen findet man dort auch weniger Arten und dementsprechend weniger Verwandtschaften zwischen Arten sowie öfter den Fall, daß Arten aussterben. Aus all diesen Faktoren ergibt sich ein vereinfachtes Ökosystem, fast eine Karikatur der voll entwickelten Naturvielfalt. Inseln haben deshalb gute Dienste als ABC-Bücher der Evolutionsbiologie geleistet und es den Forschern ermöglicht, genug Wortschatz und Grammatik zu lernen, um sich an das Verständnis der komplexeren Prosa auf dem Festland wagen zu können. Darwins *The Origin of Species* (*Die Entstehung der Arten*) und *The Theory of Island Biogeography* sind nur zwei von zahlreichen Meilensteinen in der Entwicklung des biologischen Denkens, die ihre Existenz der Beschäftigung mit Inseln verdanken. Zu nennen wäre auch *Island Life*, das erste große Kompendium der Inselbiogeographie, das 1880 von Wallace veröffentlicht wurde.

Alfred Russel Wallace war ein bescheidener Mann aus einfachen englischen Verhältnissen, das achte Kind liebenswerter, leicht chaotischer Eltern. Sein Vater hatte eine Anwaltsausbildung absolviert, diesen Beruf aber nie ausgeübt, sondern es vorgezogen, als Bibliothekar zu arbeiten, sich in katastrophale geschäftliche Unternehmungen zu stürzen oder Gemüse anzubauen. Nachdem er sein Vermögen durch Spekulationen verloren hatte, mußte sich die Familie vom Mittelstand verabschieden. Alfred war gezwungen, mit vierzehn die Schule zu verlassen und arbeiten zu gehen. Er lernte Feldmeßkunst. Früh schon schien er einem Leben harter, ehrlicher, schmalspuriger Arbeit entgegenzugehen, aber es gelang ihm abzuspringen. Er nutzte heimlich die Abende für autodidaktische Studien in Arbeiterbildungsvereinen und öffentlichen Bibliotheken, kehrte dann seinem engen Lebensraum und überhaupt England den Rücken, um sich in ein jugendlich wildes Abenteuerleben zu stürzen, und wurde schließlich zu einem der größten biologischen Feldforscher des 19. Jahrhunderts. Die meisten Menschen kennen ihn, wenn sie ihn denn kennen, als den Kerl, der auf Darwins berühmteste Idee verfiel, kurz bevor dieser dazu kam, sie zu veröffentlichen.

Charles Darwin war eine Generation älter und zwanzig Jahre zuvor von der Reise auf der *Beagle*, die ihm die Augen geöffnet hatte, zurückgekehrt. Bald nach der Rückkehr hatte er seine große Theorie konzipiert. Aber im frühen Viktorianismus kam die Theorie einer Ketzerei gleich, und Darwin war ein vorsichtiger Mensch; also ließ er sie zwanzig Jahre lang im verborgenen reifen. Der eigentlich ketzerische Gedanke war die Vorstellung, daß sich die Arten in fortlaufenden und fortlaufend veränderten Abstammungslinien auseinander entwickelt hatten, und zwar in einem Konkurrenz- und differentiellen Überlebenskampf, den Darwin als natürliche Auslese bezeichnete. Andere vor ihm (unter ihnen Jean-Baptiste Lamarck, Georges Buffon und sein eigener Großvater, Erasmus Darwin) vertraten bereits die Ansicht, daß die Arten sich durch irgendeine Form von Evolution herausgebildet hatten. Keiner dieser frühen Evolutionisten konnte allerdings eine überzeugende Erklärung dafür bieten, *wie* sich die Arten entwickelt hatten, weil keiner von ihnen auf das Konzept der natürlichen Auslese verfallen war. Dieses Konzept blieb Darwins heimliche Einsicht, sein sorgfältig gehüteter intellektueller Schatz, während er zwei Jahrzehnte hauptsächlich damit verbrachte, empirische Belege und stützende Argumente für die Untermauerung seiner Theorie zusammenzutragen. Dann erhielt Darwin eines Tages mit der Post ein Manuskript von einem jungen, obskuren Naturforscher namens Wallace – und in diesem Manuskript fand er zu seinem Entsetzen sein eigenes, kostbar gehütetes Konzept. Wallace hatte es unabhängig von ihm entwickelt. Eine kurze Zeit lang fürchtete Darwin tief beklommen, der junge Mann habe ihn ausgestochen und ihn kraft urheberschaftlichen Anspruchs auf die Theorie um sein Lebenswerk gebracht. Nach Absprache mit Joseph Hooker traten Darwin und Wallace dann aber schließlich mit ihren Einsichten gleichzeitig an die Öffentlichkeit. Aus einer Vielzahl von teils guten, teils anrüchigen Gründen erntete Darwin die meiste Anerkennung, während Wallace der Ruf blieb, nicht nach Gebühr gewürdigt worden zu sein.

Das ist allerdings nur die Illustriertenversion einer in Wahrheit hochkomplizierten, aufwühlenden Geschichte. In dieser Version kommt vieles zu kurz, einschließlich der Rolle von Alfred Russel Wallace als Ahnherr der Biogeographie.

Zugegeben, Darwin war der genialere Theoretiker. Hooker entwickelte sich zum führenden Botaniker seiner Zeit. Wallace fing viel später in seinem Leben an, sich mit verschrobenen Projekten zu befassen, unter anderem mit einer Gesellschaft für die Verstaatlichung von Grund und Boden, mit einem Kreuzzug gegen das Impfen und mit Spiritualismus; das hat es den Historikern sehr erleichtert, ihn ungerecht zu behandeln. Dennoch bleibt Wallace die in ihrem heroischen Charakter faszinierendste Gestalt, jedenfalls für meinen exzentrischen Geschmack. Zweifellos bin ich dadurch voreingenommen, daß er im Unterschied zu Darwin und Hooker ein mittelloser Einzelkämpfer war.

Am 13. Juni 1856 ging Wallace nach dreiwöchiger Fahrt mit dem Schoner *Rose of Japan*, den er in Singapur bestiegen hatte, auf der Insel Bali an Land. Er befand sich auf der Durchreise; sein Ziel war das östlich gelegene Celebes. Seiner Gewohnheit entsprechend nutzte Wallace den zweitägigen Aufenthalt in Bali, um einige Vögel und Insekten zu sammeln. Er erkundete die Gegend. Dann ging er wieder an Bord der *Rose of Japan* und überquerte die Meerenge, die Bali von Lombok trennt. Räumlich gesehen ist das ein Katzensprung.

3 Das Tor zur Insel Lombok ist Padangbai, ein Fährhafen an der Ostküste von Bali. Der Ort ist ein schäbiges kleines Städtchen, himmelweit entfernt von den gleißenden Anlaufstellen des internationalen Badestrandtourismus – Sanur, Kuta Beach, Nusa Dua –, in deren Ruhm sich Bali leider sonnt. In Padangbai gibt es keine nennenswerte Brandung. Kein mondänes Hotel. Von der Mole aus sieht man Lombok als blaugraue Silhouette am östlichen Horizont, einer kalten Morgensonne vergleichbar, die nur erst die Andeutung eines Versprechens enthält. Von all den westlichen und japanischen Touristen, die Jahr für Jahr nach Bali jetten, ist nicht einer unter tausend, den es nach Lombok zieht. Und warum auch? Niemand käme auf die Idee, die weniger berühmte Insel im Osten aufregend zu finden, es sei denn, unter einem ausgefallenen biogeographischen Gesichtspunkt.

Die Fähre legt um zwei Uhr ab, aber sie ist bereits voll. Diese unliebsame Nachricht bringt mir Nyoman Wirata, mein Dolmetscher, Fahrer und Freund. An Nyomans Augen kann ich sehen, daß er noch mehr Neuigkeiten auf Lager hat. Ich nehme die schlechte Nachricht zur Kenntnis und warte ab. Kann aber auch sein, sagt Nyoman, daß sie *nicht* voll ist. Ein Fünftausend-Rupien-Schmiergeld an den Kartenverkäufer schafft vielleicht ein bißchen Platz.

Nyoman ist ein zartbesaiteter balinesischer Schneider, der mit dem Schmieren von Hafenpersonal keine Erfahrung hat. Er ist ein ehrbarer junger Mann, dessen eigentliches Gewerbe die Hemdenanfertigung ist und den ich aus seinem Geschäft entführt habe, damit er mich auf dieser Expedition begleitet. Seine Schneiderei und sein Zuhause befinden sich in Ubud, einem kleinen Wunderwerk von Stadt in den Bergen, voll mit Tempeln, Kunstateliers, Maskenschnitzern und tönenden *Gamelan*-Orchestergruppen. Trotz des Tourismusbooms, unter dessen Einfluß die Stadt sich in den letzten Jahren aufgetakelt hat, bleibt Ubud reizend und gesittet, spiritueller als die meisten Städte auf der Insel – weiß Gott spiritueller als Padangbai. Und mein verläßlicher Freund Nyoman ist ein echter Ubudianer. Er ist so unendlich feinsinnig und treuherzig, daß es sich bei dem Schmiergeld für den Kartenverkäufer nur um ein absolutes Muß handeln kann, wenn er mir zu verstehen gibt, daß es vielleicht ratsam sei. Nachdem ich zu diesem Schluß gelangt bin, gebe ich Nyoman eine Handvoll Rupien und überlasse ihm alles Weitere, während ich mich auf die Suche nach etwas Eßbarem begebe.

Padangbai macht den Eindruck einer Grenzstadt, obwohl der Grenzübertritt hier in einer Fahrt mit der Fähre besteht. Die Straßen wimmeln von raubgierigen Taxifahrern, Teilzeit-Masseusen und zudringlichen Gören, die einem Geld wechseln wollen. Hier gibt es nichts von dem handwerklichen Ehrgefühl und der baulichen Schönheit, die man im Bergland um Ubud antrifft; auch das hinduistisch-animistische Element fehlt. Lombok jenseits der Meeresstraße ist vorwiegend muslimisch, und der muslimische Einfluß beginnt anscheinend bereits hier, wo man sich nach Lombok einschifft. Zum Beispiel ist plötzlich Bier schwerer zu bekommen. Dennoch hat Padangbai eine gewisse spitzbübische Unverblümtheit. »Hey. Hallo. Wo wollen Sie hin?« brüllen mir die Straßenmädchen inquisitorisch entgegen. »Was Sie wollen?« Was immer ich will, sie haben es. Aber ich will nichts weiter als mich hinsetzen, raus aus der Sonne und vielleicht ein kaltes Getränk neben mir. Ich schließe zu meinem anderen Reisegefährten auf, einem holländischen Biologen namens Bas van Balen, und wir schauen uns an, was Padangbai zu bieten hat.

Dürr wie ein Quäker, mit borstigem schwarzem Bart à la Smith Brothers und einem unverwüstlichen Verdauungstrakt, hält sich Bas seit zehn Jahren im Land auf und studiert Vögel. Er spricht fließend Indonesisch und beherrscht sechzig verschiedene Vogelgesangsmuster; nach Lombok fährt aber auch er zum ersten Mal hinüber. Bas und ich finden ein *warung*, um etwas zu *makanan*, und fragen nach *ada nasi campur*. Zu deutsch: Wir finden ein Café und bestellen Reis-mit-dem-übriggebliebenen-Fleisch-vom-Tage. Am ersten gemeinsamen Abend führte mich Bas zu einem Straßenimbiß und bestellte *rajak cingur*, ein Gericht, das sich als Kuhmaul mit Bohnensprossen in matschiger Soße herausstellte. Das Kuhmaul war genießbar, aber den dickflüssigen Orangensaft, den er zum Runterspülen empfahl – das Zeug hieß *jamu* und erinnerte an einen Bariumcocktail mit Buttermilch und Knoblauch –, habe ich einmal und nicht wieder getrunken. Heute, da wir uns vor der Mittagshitze von Padangbai verkrochen haben, löschen wir unseren Durst mit Flaschen lauwarmen Temulawaks, eines eigenartigen, aber harmlosen alkoholfreien Getränks, das aus dem Fleisch einer Knolle hergestellt wird. Und weil ich nichts zu tun habe und Lombok mir im Kopf herumspukt, nutze ich die Zeit, um noch einmal eine bestimmte Passage bei Wallace nachzulesen. Sie steht in *The Malay Archipelago* (*Der Malaiische Archipel*), der Schilderung seiner acht Jahre langen Expedition durch das Inselreich.

»Während der paar Tage, die ich auf meinem Weg nach Lombok an der Nordküste Balis haltmachte, sah ich einige für die Ornithologie Javas überaus typische Vögel.«

Das war 1856, im dritten Jahr seiner Reisen durch die malaiischen Gebiete, während er sich, ausgehend von einem früheren Stütz-

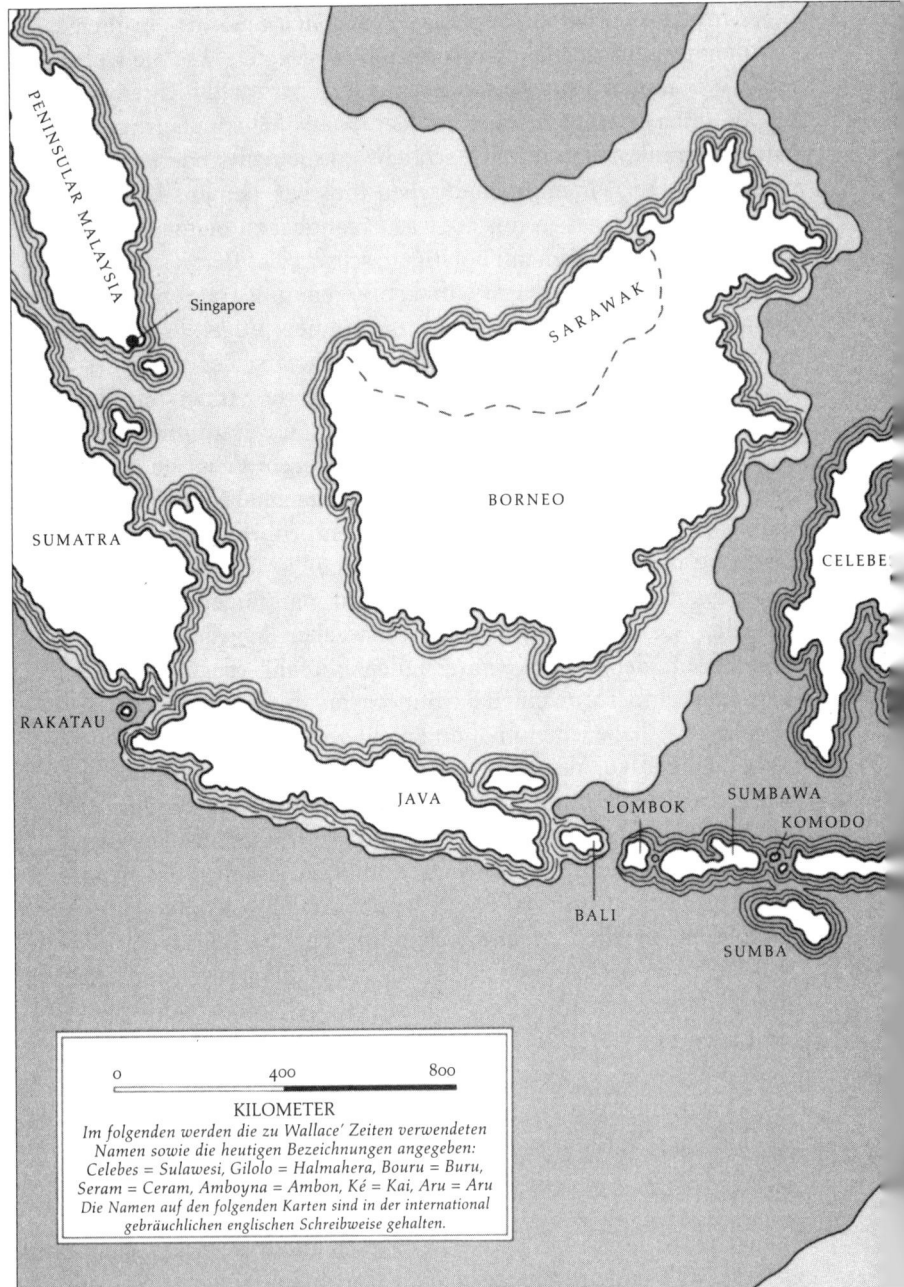

DER MALAIISCHE ARCHIPEL

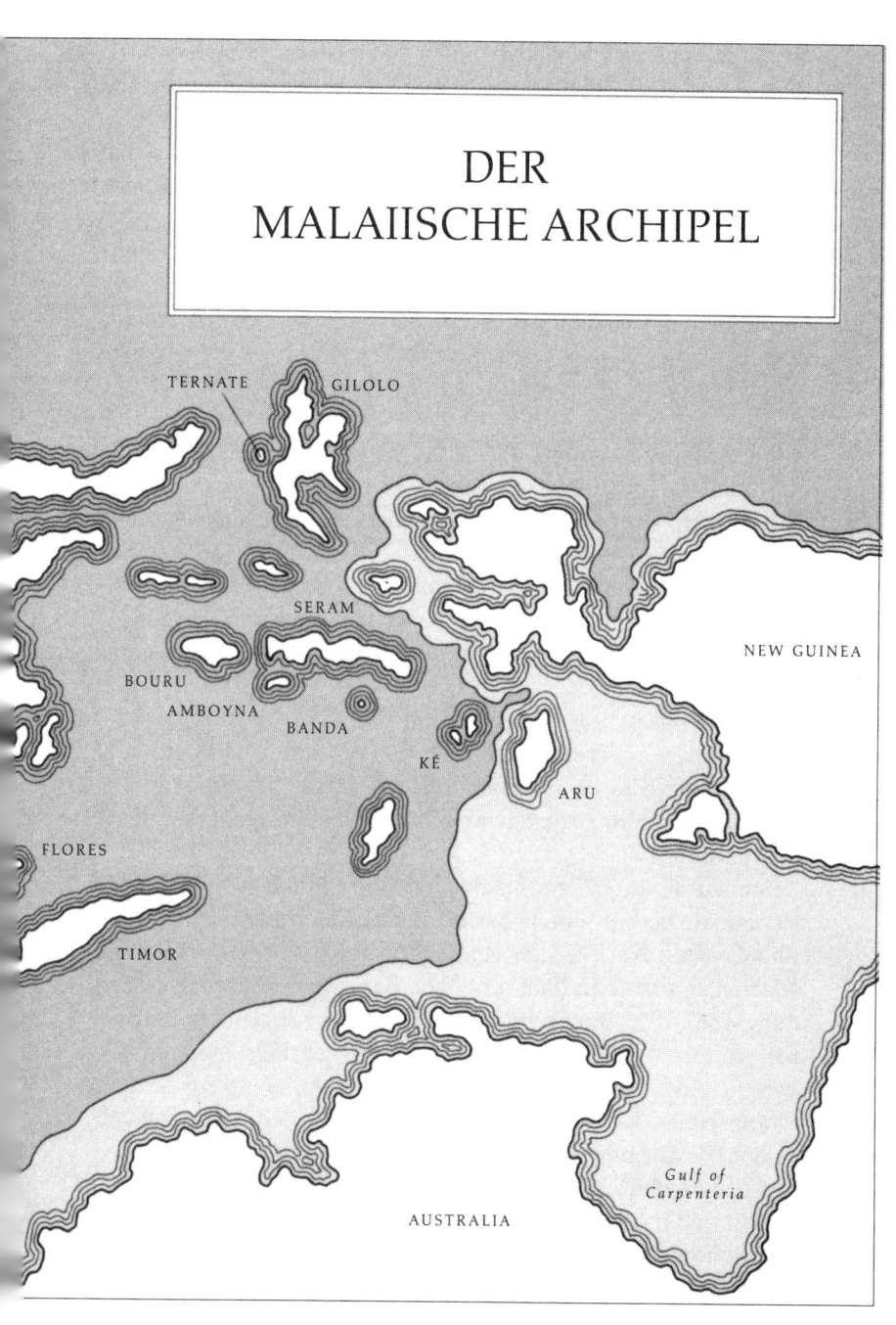

punkt in der Stadt Malakka auf der Malaiischen Halbinsel, nach Osten voranarbeitete. Java war damals für den englischen und holländischen Kolonialismus ein bekannter Vorposten, und seine heimische Vogelwelt war wohlbekannt. Wallace hatte den nicht sonderlich überraschenden Umstand registriert, daß mindestens einige der javanischen Vögel auch auf der östlich gelegenen und von Java durch eine schmale Meeresstraße getrennten Insel Bali vorkamen. Er erwähnte ein halbes Dutzend Arten, darunter den gelbköpfigen Weber, den rosafarbenen Bartvogel und den javanischen Dreizehen-Specht. Dann schloß er eine bemerkenswerte Beobachtung an:

»Als ich nach Lombok übersetzte, das eine weniger als dreißig Kilometer breite Wasserstraße von Bali trennt, erwartete ich natürlich, einige dieser Vögel wiederzutreffen; aber während eines dreimonatigen Aufenthaltes dort sah ich keinen einzigen von ihnen, sondern begegnete einer vollständig anderen Reihe von Arten, von denen die meisten nicht nur in Java, sondern auch in Borneo, Sumatra und Malakka absolut unbekannt waren.«

Unter diesen anderen Arten stach der Weißhaubenkakadu hervor, den es weder in Bali noch in Java gab und der eher für Australien typisch war. Irgendeine geheimnisvolle Grenze war überquert worden.

Sie wurde unter dem Namen Wallace-Linie bekannt. So, wie sie damals verlief, durchschnitt sie das Meer zwischen Borneo und Celebes. Nach Süden verlängert, durchschnitt sie auch die Meerenge zwischen Bali und Lombok. Aus Sicht der Gründungsväter der Biogeographie gehörten diese beiden benachbarten Inseln, Bali und Lombok, verschiedenen Sphären an. Westlich der Trennlinie lebten Tiger und Affen, Bären und Orang-Utans, Bartvögel und Trogons; östlich der Trennlinie gab es Lederköpfe und Kakadus, Paradiesvögel und Lieste, Kuskuse und andere Beuteltiere, einschließlich der weiter östlich auf Neuguinea und im tropischen Teil Australiens vorkommenden unbeschreiblichen Baumkänguruhs, die sich ebenso ungeschickt wie redlich bemühten, die Nischen zu füllen, die das Fehlen der Affen offen ließ. Bali und Lombok waren die beiden kleinen Inseln – von ähnlicher Größe, ähnlicher Topographie, ähnlichem Klima und in nachbarschaftlicher Lage –, wo sich die zoologischen Unterschiede am schärfsten gegeneinander abhoben. Wallace selbst schrieb:»… diese Inseln unterscheiden sich in ihren Vögeln und Vierfüßern weit stärker voneinander, als England und Japan das tun.« Und von Anfang an hatte er sich gefragt, warum das so war.

Das Geheimnis der Wallace-Linie, das schließlich von späteren Biogeographen gelüftet und aufgeklärt wurde, liegt in der Wassertiefe. Die Meerenge zwischen Bali und Lombok ist zwar schmal, aber auch tief, weil sich Lombok unmittelbar außerhalb des Kontinentalsockels befindet, während das nahe Bali gerade noch auf dem südöstlichen Rand des Schelfs liegt. Bali, das einst nach Westen eine Landverbindung hatte, weist weitgehend die gleiche Flora und Fauna auf wie Java, Borneo, Sumatra und die Malaiische Halbinsel, wohingegen Lombok wie auch alle anderen östlich, im tiefen Wasser gelegenen Inseln im strengen Sinne auf hoher See sind. Auch wenn diese Erkenntnis nicht von Alfred Wallace selbst stammt, hellte er doch das Muster auf, das zu ihr führte. Das Muster ermöglicht indes auch noch weitere Einsichten. Die schmale Meeresstraße zwischen Bali und Lombok ist einer der Schauplätze, auf dem die Biogeographie zum ersten Mal ins Rampenlicht trat.

Ich überlasse Bas seinem Kaffee im *warung* und gehe los, um Wasser und Bananen zu kaufen. Aus Jux kaufe ich auch noch einige unbekannte Früchte, schuppige braune Kugeln von der Größe eines Golfballes, und frage nachher Bas, was das für welche sind. Ah ja, sagt er, *salak*. Bekannter sind sie unter dem Namen Echsenhautfrucht; sie wachsen auf einem Baum, der Ähnlichkeit mit einer Dattelpalme hat. Ich schäle eine; das Fleisch ist cremefarben und glitschig fest. Es schmeckt wie eine Mischung aus Ananas und Knoblauch. Flüchtig kommt mir der Gedanke, ob dies vielleicht die geheimnisvolle Zutat in *jamu*, dem abscheulichen Orangensaft, ist. Und falls nicht – wie viele Eßsachen auf Bali mögen wohl wie eine Mischung aus Knoblauch und Ichweiß-nicht-Was schmecken? Während ich darüber noch rätsele, erscheint Nyoman, auf seinem unschuldigen Gesicht ein schuldbewußtes Grinsen, und verkündet, daß wir bei der Fähre mit von der Partie sind.

Während die Fähre ablegt, erhasche ich einen letzten Blick auf Padangbai. Über die *warungs*, die Läden, die Praus am Strand und eine große, abgerissene Reklametafel für Bintang-Bier ragt das silbern schimmernde Minarett einer Moschee empor. Bintang ist das Budweiser Indonesiens, billig, allgegenwärtig, ein Jedermannsgetränk, mit dem einzigen Unterschied, daß es (dank des holländischen Einflusses und eines Braurezepts von Heineken, wenn ich recht informiert bin) auch noch schmeckt. Auf dieser Insel bekommt man es sogar in muslimischen Restaurants serviert, vorausgesetzt, man ist eindeutig als Ungläubiger erkennbar. Auf der nächsten Insel wird das anders sein. *Selamat datang*, steht auf dem Bintang-Schild. Willkommen, ruft es uns Scheidenden zu.

Die Überfahrt dauert drei Stunden. Das Oberdeck ist überfüllt mit Indonesiern, die Ferien machen, eine Wallfahrt unternehmen, in Geschäften unterwegs sind, die Familie besuchen. Ein Handlungsreisender arbeitet sich durch die Menge und versucht, falsche Zähne aus einem Musterkoffer aus Pappkarton zu verkaufen. Er hat Backen-, Schneide- und Eckzähne, von jeder Sorte ein halbes Dutzend verschiedene Ausführungen, einzeln eingeschweißt wie Antihistamintabletten – eine adrette Sammlung, auch wenn niemand etwas kauft. Wie sich's für einen guten Verkäufer gehört, können ihn Mißerfolge und Zurückweisungen offenbar nicht erschüttern. Wahrscheinlich vertreibt er sich einfach nur die Zeit, ehe er seine erfolgversprechende Runde bei den Zahnärzten von Lombok macht.

Als Padangbai bereits drei Kilometer hinter uns liegt, sehe ich einen kleinen weißen Schmetterling, der sich mit dem Wind nach Osten vorankämpft. Der Schmetterling ist ein beredtes Symbol. Wie er da in der Meeresstraße zwischen Bali und Lombok seinen tollkühnen Versuch unternimmt, die Wallace-Linie zu überschreiten, drängt er sich als Sinnbild umfassenderer Phänomene wie der Isolation, der Artbildung und der Ausbreitung auf, die wiederum allesamt in den noch umfassenderen Zusammenhang der Inselbiogeographie fallen. Die Isolation ist das naheliegendste dieser drei, da Inseln naturgemäß isolierte Gebilde sind. Ihre

Isolation fördert die Artbildung, das heißt, den Prozeß, bei dem sich eine Art in mehrere aufspaltet. Aber die Isolation von Inseln ist nicht absolut, und einigen Geschöpfen gelingt es stets, einzudringen – das ist dann die Ausbreitung. Vielleicht erreicht der weiße Schmetterling aus Bali Lombok und spielt dort in einer Population ähnlicher Schmetterlinge eine genetische Rolle ... Wahrscheinlich allerdings ist das nicht, er wird es wohl nicht bis dorthin schaffen. Daß die Ausbreitung über Meeresflächen solche Mühe bereitet, ist mitverantwortlich für die ausnehmend klaren Verhältnisse in der Inselbiogeographie. Viele Geschöpfe machen sich auf den Weg, wenige erreichen das Ziel. Wenn die Träger potentieller Ausbreitung scheitern und umkommen, verleiht das der Isolation so viel Haltbarkeit, daß es zur Artbildung kommen kann.

Vergessen wir nicht, *Artbildung* ist ein modernes Wort. In der viktorianischen Welt, aus der Darwin und Wallace zu ihren Fahrten aufbrachen, gab es das Wort weder in gesprochener noch in geschriebener Form. Den meisten Menschen war noch nicht einmal der Gedanke daran gekommen. Die meisten Menschen glaubten an einen Gott, der alle Arten aus dem Nichts geschaffen und sie in ausgesucht unlogischen Anordnungen auf der Erde verteilt hatte – Tiger hier, aber nicht dort, Kakadus nur bis zu diesem oder jenem Punkt, Nashörner auf dieser oder jener tropischen Insel, aber nicht auf der benachbarten, weiße Schmetterlinge an diesem, blaue an jenem Ort. Man nahm an, daß diese Anordnungen dem lieben Gott wohl irgendwie in den Kram paßten. Bis zur Mitte des 19. Jahrhunderts diente die Biogeographie keinem anderen Zweck, als nachzuweisen, daß Gott einer ebenso zusammenhanglosen wie unerforschlichen Strukturvorstellung huldigte.

Der reisende Schmetterling entschwindet meinen Blicken. Ich starre zum Horizont. Auf halber Strecke nach Lombok – die Menschen liegen schlafend auf den Bänken und dem rostigen Eisenboden, sogar der Zahnverkäufer hat sich zur Ruhe gesetzt – tauchen plötzlich flotte Stewards an Deck auf, um die Schwimmwestendemonstration durchzuführen. In munterem Indonesisch beten sie das Programm der Sicherheitsvorkehrungen herunter. Ich höre aufmerksam zu und genieße den singenden Tonfall der

Sprache; verstehen tue ich nur Bahnhof. Später entdecke ich eine zweisprachige Informationstafel, deren englische Hälfte besagt:

BEHALTEN SIE BEI GEFAHR EINEN KÜHLEN KOPF UND FOLGEN SIE DEN EINFLÜSTERUNGEN DER BESATZUNG. DURCHEINANDER VERSCHLIMMERT DIE LAGE. LASSEN SIE BEIM EVAKUIEREN DES SCHIFFES DAMEN, KINDERN UND ALTEN DEN VORTRITT, UND MACHEN SIE SICH ZURECHT, DAMIT SIE DIE HÄNDE FREI HABEN, UND NEHMEN SIE SOWENIG WERTSACHEN WIE MÖGLICH MIT. DIE SCHWIMMWESTEN SIND JEWEILS IN DEN KABINEN VERSTAUT, BITTE, BESTÄTIGEN SIE DEN GELAGERTEN ORT UND WIE SIE ANZULEGEN IST MITTELS »WIE MAN DIE SCHWIMMWESTE ANLEGT«, UND ÜBERPRÜFEN SIE DEN FLUCHTWEG MITTELS DER FLUCHTWEGKARTE.

Ganz bestimmt klingt es auf Indonesisch vertrauenerweckender.

Während wir bei Sonnenuntergang in einen geschützten Hafen an der Nordwestküste von Lombok hineingleiten, dröhnt aus dem Schiffslautsprecher eine muslimische Litanei. Es ist das Abendgebet, nasal und gleichtönend. Der Vulkankegel des Gunung Rinjani, des höchstens Berges von Lombok, ragt über uns empor und schwärzt die Dämmerung. Von Osten, von Komodo und Timor, ziehen drohende graue Wolken herauf, aber das Wasser der Bucht ist spiegelglatt. Draußen auf See schwebt eine kleine Prau mit blauem Segel. Ein Paar feiste australische Touristen tauchen an Deck auf, das Gesicht gerötet vom Bintang; sie sind mit Videokameras bewaffnet, um ihre Ankunft zu filmen und dann zu Hause erleben zu können. Und ich denke an Alfred Russel Wallace auf seinen jahrelangen einsamen Reisen.

4 Im Februar 1855, ein Jahr, bevor er nach Bali und Lombok kam, steckte Wallace in Sarawak auf der Insel Borneo. Er verfügte über ein kleines Haus an der Mündung eines Flusses. Es war Regenzeit. »Ich war ganz allein«, erinnerte er sich fünfzig Jahre später in seiner Autobiographie, »mit einem malaiischen Jungen als Koch, und an den Abenden und feuchten Tagen hatte ich nichts anderes zu tun, als meine Bücher durchzusehen und

über dem Problem zu brüten, das fast ständig meine Gedanken beschäftigte.« Das Problem, von dem er sprach, war die Frage: Was ist der Ursprung der Arten? Anders als Charles Darwin zwei Jahrzehnte zuvor hatte Wallace, als er mit seinen Reisen begann, diese Frage bereits im Kopf. Das Zwischenspiel in Sarawak ist wichtig, weil er dort zum ersten Mal den Versuch einer Antwort unternahm.

Seine Antwort leitete sich aus der Biogeographie her. Wie er sich in seinen Memoiren erinnerte, hatte er sich »schon immer für die Verteilung von Tieren und Pflanzen interessiert«, und als er sich vor Antritt seiner Reise im Britischen Museum besonders auf dem Gebiet der malaiischen Insekten und Reptilien sachkundig machte, ging ihm auf, daß »diese Fakten als Hinweise darauf, wie Spezies in Erscheinung treten, nie angemessen genutzt worden sind«. Die faktischen Einzelheiten der Verteilung von Pflanzen und Tieren wurden einfach als unerklärliche Gegebenheiten akzeptiert. Charles Darwin selbst gab in der Schilderung von seiner Reise auf der *Beagle*, die im Jahre 1839 erschien, viele solche Einzelheiten als Informationen mit Unterhaltungswert zum besten. (In der Erstausgabe trug das Buch den zündenden Titel *Journal of Researches into the Geology and Natural History of the Various Countries Visited by H. M. S. Beagle, under the Command of Captain Fitzroy, R. N. from 1832 to 1836* [Journal der Forschungen über die Geologie und Naturgeschichte der verschiedenen Länder, die H. M. S. Beagle unter dem Kommando von Kapitän Fitzroy, R. N., von 1832 bis 1836 besucht hat]. Wir kennen es besser unter dem Titel der späteren Ausgaben, *The Voyage of the »Beagle«* [*Reise eines Naturforschers um die Welt. Tagebuch auf der Reise mit der »Beagle«*].) Aber auch Darwins *Journal* war nicht mehr als ein farbiger Reisebericht, eine Parade exotischer Geschöpfe und Orte, und trug keine Evolutionstheorie vor. Die Theorie sollte erst später kommen. Wenn im Rückblick auf die Situation des Jahres 1855 Wallace erklärte, die biogeographischen Daten seien noch niemals angemessen genutzt worden, so hatte er damit recht.

Der Charles Darwin des Jahres 1855 war ein geduldiger, fleißiger Sechsundvierzigjähriger. Er wußte, daß die Vorstellung von einer Evolution durch natürliche Auslese im viktorianischen England einen Sturm der Entrüstung erregen mußte, und nicht etwa nur bei stockkonservativen Geistlichen. Auch die meisten von Darwins eigenen Freunden aus der akademischen Sphäre und der gutsituierten Gentry würden im Zweifelsfall Anstoß an der Vorstellung nehmen. Für Alfred Wallace sah die Situation ein bißchen anders aus. Er wußte ebenso wie Darwin, daß eine schlüssige Evolutionstheorie die Pfarrhäuser in Aufruhr versetzen, bei den höheren Ständen Indignation hervorrufen und die alten Knaben in den gehobenen Klubs auf die Palme bringen mußte. Aber im Unterschied zu Darwin scherte sich Wallace nicht darum. Er war ein hungriger junger Mann, der nichts zu verlieren hatte.

5 Die ungenutzten Daten der Biogeographie waren ein Abfallprodukt des großen Zeitalters der Entdeckungen. Während der vorangegangenen vier Jahrhunderte, als sich die entlegeneren Regionen zu Wasser und zu Lande dem Forschungsdrang abenteuerlustiger Europäer erschlossen, hatten sich, da die Abenteurer ihre Augen offenhielten und später etwas zu erzählen wußten, diese Daten in Bibliotheken und Museen angehäuft. Aus allen Weltgegenden brachten Reisende Schilderungen von wundersamen, überraschenden Tieren mit nach Hause. Im Jahre 1444 zum Beispiel schrieb ein Venezianer namens Nicolo de Conti einen Bericht über seine Reisen, in denen er den weißen Kakadu erwähnte. De Conti war gerade erst vom Malaiischen Archipel zurückgekehrt.

Die erste Reise von Christoph Kolumbus erbrachte Augenzeugenberichte über Aras, Kaimane, Manatis und Leguane – alles Tiere, für die im Vorstellungssystem des rechtgläubigen Europäers kein Platz vorgesehen war. Kolumbus' spätere Reisen fügten Affen, Nabelschweine und die hispanoamerikanischen Hutias hinzu, bei denen es sich um eine Gruppe rattenähnlicher, baumbewohnender Nagetiere handelt. Antonio Pigafetta, der die Magellansche Weltumseglung mitmachte, veröffentlichte ein Tagebuch, in dem er die Löwenaffen von Ostbrasilien erwähnte, niedliche Äffchen, die tatsächlich wie Löwen aussehen, »nur gelb und sehr hübsch«, wie Pigafetta feststellt. Pigafetta beschrieb auch Nandus, die er möglicherweise für Strauße hielt, und Pinguine, die er schwerlich mit irgend etwas verwechseln konnte. Ebenfalls vom amerikanischen Kontinent kamen um diese Zeit auch die ersten Berichte von Kolibris nach Europa, die erste genaue Schilderung eines Gürteltieres, die erste Schilderung eines Tukans, die ersten Berichte von Großen Ameisenbären, Faultieren und Vikunjas und von einem nützlichen Vogel, der rasch in der Alten Welt als Haustier Aufnahme fand, dem Truthahn, schließlich der erste Bericht vom amerikanischen Bison, einem Tier mit mächtigem Kopf, das fast zu majestätisch wirkte, um wahr zu sein. Man stelle sich vor, wie diese monströsen Erscheinungen das selbstzufrieden-frömmlerische Europa des 16. Jahrhunderts aufgerührt haben müssen.

Ihnen muß es ergangen sein wie jemandem, der glaubt, jeden Vogel auf der Welt zu kennen, und der plötzlich einen Krauskopf-Arassari gezeigt bekommt.

Gott hatte nach dem sechsten Tag angeblich mit der Schöpfung aufgehört. Aber nun, da sich die weite Welt einer gründlicheren Inventarisierung erschloß, drängte sich der Eindruck auf, daß Gott tätiger geblieben war, als man es sich hatte träumen lassen.

Eine theologische Wahrheit, die durch dieses gründlichere Inventar ins Wanken geriet, war die Erzählung von der Arche Noah im 1. Buch Mose. Ein Schiff, das nicht symbolisch, sondern wörtlich zu nehmen war und deshalb auch räumlich beschränkt gedacht werden mußte, hatte nur eine bestimmte Zahl von Passagieren aufnehmen können – selbst wenn es tatsächlich dreihundert mal fünfzig Ellen gemessen hatte. War die Arche vorher schon voll gewesen, so war sie nun mit der langen Liste von neuen Tieren hoffnungslos überfüllt.

Gab es an Bord der Arche Platz für ein Paar Capybaras? Um das Jahr 1540 bekam Juan de Ayolas diesen südamerikanischen Riesennager,»eine Art Wasserschwein, halb Hausschwein, halb Hase« zu Gesicht. War Platz für ein Paar Faultiere? Etwa um die gleiche Zeit beschrieb Gonzalez Fernando de Oviedo dieses Geschöpf als »eines der langsamsten Tiere der Welt, und so schwerfällig und träge in der Bewegung, daß es an einem ganzen Tag kaum fünfzig Schritte zurücklegt«. War Platz für Opossums?

Vicente Pinzón brachte aus einem Wald in Venezuela ein lebendes Exemplar nach Spanien. Es war ein Pelztier, wie noch niemand eines gesehen hatte. Es trug sein Junges in einem Beutel. Die Reisen nach Amerika, die amerikanische Tierwelt, bildeten nur erst den Anfang. Der afrikanische Kontinent hatte seine eigenen Novitäten zu bieten. Elefanten, Rhinozerosse, Löwen und Flußpferde kannte man seit den Tagen des Römischen Reiches, aber auch wenn Tiere wie Warzenschweine und Zibetkatzen eine Spur weniger spektakulär waren, machten sie auf die Reisenden im 16. Jahrhundert immer noch genug Eindruck. Gegen Ende des Jahrhunderts bekam der Mönch Joanno dos Sanctos ein Erdferkel zu Gesicht. Er war beeindruckt von der Zunge, die sich weit herausstrecken ließ und nützlich war, um Ameisen aufzuschlecken, und auch von anderen absonderlichen Merkmalen wie »der sehr langen und schmalen Schnauze, den langen Ohren wie bei einem Maultier, aber haarlos, dem Schwanz, dick und gerade, von der Länge einer Spanne, am Ende wie ein Farbpinsel geformt«. Ungefähr zur gleichen Zeit erblickte ein Holländer namens Jan Huygen van Linschoten in Indien ein Schuppentier. Es habe die Größe eines Hundes, berichtete er, und die Schnauze eines Schweines, kleine Augen, zwei Löcher an der Stelle der Ohren und den ganzen Körper »bedeckt mit daumenbreiten Schuppen«, die laut Linschoten »härter als Eisen oder Stahl« waren.

Aus dem exotischen Osten kamen Berichte über exotische Vögel. Da war de Contis Schilderung des Kakadus und mehrerer anderer papageienähnlicher Arten, die er auf einer der Bandainseln, in der äußersten südöstlichen Ecke des Malaiischen Archipels, gesehen hatte. Da war das Zeugnis eines portugiesischen Gesandten namens Tomé Pires, der um das Jahr 1512 bei den Aruinseln, noch weiter im Osten, haltmachte und das grellfarbene Gefieder einer weiteren, die Vorstellungskraft übersteigenden Vogelgruppe erblickte. Die Aruinseln verfügten über einen reichen Schatz an biologischen Kuriositäten. Die Exemplare, die Pires zu Gesicht bekam, wahrscheinlich in einer kleinen Handelsniederlassung, wo sie von einheimischen Jägern feilgeboten wurden, waren »Vögel, die sie tot herbeibringen und die Paradiesvögel genannt werden; sie sagen, die Vögel stammen vom Himmel, und sie wissen nicht, wie sie ausgebrütet werden.« Hier haben wir allem Anschein nach den ersten europäischen Bericht über eine besonders dekorative und vielsagende Vogelfamilie. Abgesehen von den beiden Arten, die auf Aru heimisch waren, blieben in den Wäldern von Neuguinea, Nordostaustraliens und der im Umkreis gelegenen küstennahen Inseln noch rund vierzig weitere Paradiesvogelarten zu entdecken.

Tatsächliche Exemplare trafen in Europa nur allmählich und in entstellter Form ein – als getrockneter Balg, dem man die Füße (manchmal auch die Flügel und den Kopf) im Prozeß der Konservierung abgeschnitten hatte. Van Linschoten, der holländische Reisende, der zwar ein lebendes Schuppentier, aber nie einen lebenden Paradiesvogel gesehen hatte, speiste seine Leser mit der wenig glaubhaften Versicherung ab, diese Vögel seien noch von *keinem Menschen* lebendig gesehen worden, weil sie ihr ganzes Leben im oberen Luftraum verbrächten. Ihm zufolge waren sie ohne Füße und Flügel, ätherische Geschöpfe von überirdischer Schönheit und erdentrückten Lebensgewohnheiten, die erst beim Tode herabfielen. Dieser Irrtum behauptete bis in die Mitte des 18. Jahrhunderts das Feld: Noch der mit Systematisierung befaßte schwedische Biologe Carl von Linné (durch seine Schriften eher als Carlus Linnaeus bekannt) bezeichnete die größere der beiden Aru-Arten, die er wissenschaftlich beschrieb und benannte, als *Paradisea apoda*, die Fußlose. Wir sollten Linné seine Leichtgläubigkeit nicht allzusehr zum Vorwurf machen, da ein solcher fußloser Vogel kaum unglaubwürdiger war als andere Aspekte der neuen zoologischen Realität, mit der sich die Menschen anfreunden mußten. Wenn der Riesenvogel *Aepyornis maximus* ohne Flügel existieren konnte, warum dann nicht auch der in der Größe bescheidenere *Paradisea apoda* ohne Füße?

Auch von Flederhunden, Dingos und Kasuaren kam Kunde. Allmählich bewegte sich die europäische Entdeckungs- und Eroberungswelle auf die Antipoden zu. Im Jahre 1629 erblickte ein Holländer, der auf einer Insel vor Westaustralien Schiffbruch erlitten hatte, ein Wallaby und kam zurück, um davon zu berichten. Manch einer wollte es nicht glauben. Ein großes Säugetier mit Beutel und in aufrechter Haltung, das auf zwei überdimensionalen Füßen herumhüpfte und ein Gesicht wie ein Reh mit

Hasenohren hatte? Stimmt. Die Skepsis gegenüber den australischen Beuteltieren hielt über ein Jahrhundert lang an. Dann landete im Jahre 1770 das britische Schiff *Endeavour* unter dem Kommando von Kapitän James Cook im nordöstlichen Australien, irgendwo an der Küste des heutigen tropischen Queensland. An Bord der *Endeavour* befand sich Joseph Banks, ein wohlhabender Mann, der Naturforschung als Hobby betrieb und sich einen Platz auf dem Schiff gekauft hatte, um seine Sammlungen zu erweitern.

Joseph Banks ließe sich vielleicht als der Urtyp des seine Forschungen zu Schiff betreibenden Naturgelehrten bezeichnen, als der erste in einer Rolle, die an Bedeutung gewann, als sie unter anderem von Darwin, Hooker und T. H. Huxley ausgefüllt wurde. Anders als die besten der späteren Naturforscher zu Schiff war Banks kein theoretischer Kopf. Aber er tat sein Bestes. Eines Tages wurde ein lärmendes großes Tier gesichtet, mit Hilfe von Windhunden gestellt und erlegt. Nach der Begutachtung des Kadavers schrieb Banks: »Es mit irgendeinem europäischen Tier zu vergleichen ist unmöglich, da es mit keinem, das ich kenne, die mindeste Ähnlichkeit hat.« Die Eingeborenen in der Region, dunkelhäutige, friedfertige Leute, denen man noch keinen Anlaß geliefert hatte, Cooks Mannschaft nach dem Leben zu trachten und die Leichen an Würgekrähen zu verfüttern, erklärten, der Name des springenden Tieres sei *kanguru*. Banks brachte das Exemplar nach England und beauftragte George Stubbs, ein Bild davon zu malen. Von Stubbs' Ölbild fertigte jemand einen Kupferstich an, der schließlich zusammen mit Cooks Journal veröffentlicht wurde. Das Känguruh erlangte Berühmtheit.

Das tat auch *Raphus cucullatus*, die flugunfähige Riesentaube von einer kleinen Insel im Indischen Ozean namens Mauritius. Dieser Vogel erreichte Anfang des 17. Jahrhunderts Europa, zuerst in den Geschichten heimkehrender Reisender, und dann wahrscheinlich in Gestalt mehrerer lebender Exemplare. Das Tier war ein so komisches Geschöpf – rund und unansehnlich, unbeholfen und lächerlich –, daß sein Ruf sich durch Klatsch und Karikaturen rasch verbreitete. Es wirkte wie eine Persiflage auf das Wesen des Vogelseins. Die anatomischen Einzelheiten schienen denkbar schlecht zusammenzupassen – kurze Beine, dicker

Rumpf, winzige Flügelstümpfe, riesiger Schnabel, kein bißchen Harmonie in dem Ganzen. Wer konnte angesichts eines solchen ornithologischen Scherzartikels ernst bleiben? Aus den Memoiren eines englischen Theologen, Sir Hamon L'Estrange:

»Um 1638, als ich in London durch die Straßen ging, sah ich das Bild eines merkwürdigen Federviehs, das auf einem Stück Leinwand ausgehängt war, und ich selbst nebst ein oder zwei Begleitern ging hinein, um es anzuschauen. Es wurde in einer Kammer aufbewahrt und war ein großes Geflügel, ein bißchen größer als der größte Puter und mit den gleichen Beinen und Füßen, nur stämmiger und dicker und von aufrechterer Gestalt, vorne gefärbt wie die Brust eines jungen Fasanenhahns und hinten von bräunlich grauer oder dunkler Farbe. Der Geschäftsinhaber nannte es einen Dodo.«

Von manchen wird vermutet, daß es sich bei dem gefangenen Tier, das L'Estrange sah, tatsächlich um einen Einsiedler von der Insel Réunion, einen anderen größeren Vogel handelte, der fälschlich für einen Dodo gehalten wurde. Der Einsiedler war ein bißchen weniger plump, aber ebenfalls flugunfähig, und kam nur auf der nicht weit von Mauritius entfernt gelegenen Insel Réunion vor. Aber egal, ob Dodo oder Einsiedler – beides waren Neuheiten für Europa.

Als interessante Randerscheinung dieser Entdeckungsflut auf biologischem Gebiet ist zu erwähnen, daß einige der bunteren Tiere für die Illustration von geographischen Karten Verwendung fanden. Bereits im Jahre 1502 schmückte ein portugiesischer Kartenzeichner Brasilien mit roten und blauen Aras und stellte sie den grünen und grauen Papageien gegenüber, mit denen er Afrika verzierte. Auch Affen tauchten schon auf Karten von Südamerika auf, als sich der Kontinent nur erst in gröbsten Umrissen wiedergeben ließ. Auf der Weltkarte, die Pierre Descelliers 1546 anfertigte, sieht man ein Schuppentier. 1551 bildete Sancho Guttierez auf seiner Weltkarte Nordamerika mit einem Bison ab. Gegen Ende des Jahrhunderts zeichnete ein anderer Künstler in eine Karte von Südostasien einen – fußlosen – Paradiesvogel ein. Indem sie ihre Karten, um sie reizvoller zu machen, mit ein paar ungewöhnlichen Bildchen schmückten, mochten sie nun passen oder irreführend sein, betätigten sich die Kartographen der Renaissance nolens volens als Biogeographen.

Mit zunehmendem Inventar wuchs auch die Not der biblischen Wortgläubigen. Noahs Arche quoll über. Einige fromme Gelehrte machten in ihrer Verzweiflung ein großes Trara um die Frage, was unter dem Begriff »Elle« zu verstehen sei. Nicht die *kleine* Elle sei gemeint, behaupteten sie – die Maßangaben im 1. Buch Mose, 6. Kapitel, müßten sich auf die *große* Elle beziehen, die das Sechsfache betrage. Damit ließ sich die Arche erweitern und Zeit gewinnen, aber unterdes kamen immer neue Arten von Affen, Tauben und Känguruhs hinzu. Andere Gelehrte machten einfallsreiche Vorschläge, wie im nachhinein die Konstruktion der Arche verbessert werden konnte. Ein deutscher Jesuit namens Athanasius Kircher veröffentlichte *Arca Noë in Tres Libros Digesta*, worin er mit viel Gelehrsamkeit historische und philologische Quellen zum Thema bemühte und mit Hilfe eines Kupferstiches seine Vorstellung von der Arche illustrierte. Kirchers Schiff ist eine kistenförmige, dreistöckige Konstruktion, die Ähnlichkeit mit einem modernen Hotelkasten hat und keinerlei Kielraum aufweist. Zweifellos hätte sich dieses Gebilde gut in Ställe und Käfige aufteilen lassen, aber seetüchtig sieht es nicht aus. Vielleicht fiel die Seetüchtigkeit, wie auch schon die Schöpfung selbst, in die Zuständigkeit göttlichen Wunderwirkens. Auf dem Stich von Kircher sieht man ein Löwenpaar, ein Schlangenpaar, ein Löffelreiherpaar, ein Straußenpaar, ein Pferdepaar, ein Eselspaar, ein Paar Kamele, ein Hundepaar, ein Schweinepaar, ein Pfauenpaar, ein Kaninchenpaar (hoffentlich weißt du, was du tust, Noah!) und ein Schildkrötenpaar an der Gangway warten, bis sie an der Reihe sind, an Bord zu gehen. Es ist ein belebtes Bild, auch wenn der Grad biologischer Vielfalt relativ verschwindend bleibt.

Wie sich Janet Brownes Buch *The Secular Ark*, einer hervorragenden Geschichte der Entstehung der Biogeographie, entnehmen läßt, umfaßte Pater Kirchers Arche gerade einmal hundertfünfzig Vogelarten und ungefähr ebenso viele andere Wirbeltierarten. Fische brauchten natürlich kein Schiff. Und das galt auch für die Reptilien und Insekten, die sich durch Urzeugung vermehrten. Mittels solch schlaumeierisch rigoroser Ausgrenzungen schränkte Kircher die Zahl der rettungsbedürftigen Arten ein und verfrachtete sie alle an Bord; das Schifflein biblischer Wortgläubigkeit blieb somit noch ein Weilchen länger flott.

Dennoch war sein Ladeverzeichnis zu klein, um der Realität genügen zu können. Gegen Ende des 17. Jahrhunderts waren den Naturforschern bereits fünfhundert Vogelarten, hundertfünfzig Arten von Vierfüßern und an die zehntausend Wirbeltierarten bekannt. Fünfzig Jahre später, als Linnaeus anfing, Ordnung in die Sache zu bringen, waren diese Zahlen immer noch in raschem Wachstum begriffen. Linnaeus benannte und katalogisierte fast sechstausend Arten. Die Arche war hoffnungslos überbelegt.

6 Die Arche als wirkliches Schiff war nur eine der bedrohten Vorstellungen, an die sich der Schriftglaube klammerte. Eine andere war der Berggipfel, an dem das Schiff gelandet und entladen worden war. Traditionell wurde die Landung der Arche mit einem Berg in der Osttürkei – den wir unter dem Namen Ararat kennen – in Zusammenhang gebracht, auch wenn das 1. Buch Mose selbst keinerlei geographische Angaben macht. Daß Noahs Menagerie in der Osttürkei auf Grund gelaufen war, trug nichts dazu bei, die Anomalien hinsichtlich der Art und Weise zu erklären, wie die Fauna sich auf die Welt verteilte. Wenn alle heute lebenden Tiere nach der Sintflut am Ararat ausgesetzt worden waren, wie kam es dann, daß sich die verschiedenen Arten jetzt an ihren jeweiligen Standorten befanden?

Auf der einfachsten Ebene war dies das Problem der Ausbreitung. Wie waren die flugunfähigen Nandus von der Türkei nach Südamerika gekommen? Waren sie zu Fuß gegangen? Wie hatten es die auf kalte Temperaturen, vereiste Meere und leckere Seehunde angewiesenen Eisbären bis in die Arktis geschafft? Der Weg durch den Kaukasus war mit Sicherheit für sie eine lange, heiße und beschwerliche Hungertour. Wie waren diese lästigen Känguruhs bis Australien gekommen? Wie weit konnten die verdammten Biester eigentlich springen?

Komplizierter wurde das Problem, wenn man auch Unregelmäßigkeiten in den Verteilungsmustern mit einbezog. Falls die

Känguruhs vom Ararat nach Australien gehopst waren, warum hatte sich dann keines in Asien niedergelassen? Falls die Kakadus (wie zuvor der Rabe und die Taube auf ihren Erkundungsflügen) von der Arche weggeflogen waren und den Weg nach Südosten eingeschlagen hatten, warum hatten sie dann die ganze Strecke nach Lombok zurückgelegt, ehe sie sich entschlossen, haltzumachen und dazubleiben? Warum hatten sie von all den dazwischenliegenden Gegenden nichts wissen wollen? Was hatte ihnen zum Beispiel an Bali mißfallen?

Linnaeus selbst gehörte zu den ersten, die einsahen, daß die Geschichte von der Arche und vom Berg Ararat mit der biologischen Wirklichkeit unvereinbar war. Er bezweifelte, daß sich ein Paar von jeder Art Landtier auf einem Schiff hätte unterbringen lassen, ganz egal, mit welcher Elle Noah maß. Er äußerte auch Skepsis gegenüber der Vorstellung, daß die Tiere die Arche auf einem Berggipfel verlassen hatten. Statt dessen brachte er eine symbolische Deutung in Vorschlag, die sich vom buchstäblichen Verständnis leicht unterschied. Ihm zufolge stand der Berg Ararat für eine ursprüngliche Insel, von der sich alle Arten nach ihrer Erschaffung ausgebreitet hatten: »Wenn wir also dem anfänglichen Erscheinungsbild der Erde nachforschen, so gibt es guten Grund, anzunehmen, daß sich an Stelle der heutigen, weit ausgedehnten Regionen zu Anfang nichts als eine kleine Insel über die Wasser erhob.« Diese Insel war nach Linnaeus' Ansicht der Garten Eden und die ursprüngliche Heimat aller Geschöpfe Gottes. Sie war »eine Art lebensechtes Museum, mit Pflanzen und Tieren in der Weise ausgestattet, daß nichts von den heutigen Hervorbringungen der Erde fehlte«. Die Insel hatte die Gestalt eines Berges und umfaßte in stufenförmiger Abfolge verschiedene Klimazonen – eine tropische Zone in Meereshöhe, eine gemäßigte Zone weiter oben und eine Polarzone, die den Gipfel umgab. Jede Tierart lebte in einer der Boden- und Klimazonen, die »zu ihr paßte«. In dem Maße, wie die Wasser der Urzeit sanken und allmählich immer größere Landflächen auftauchten, erfuhren die verschiedenen Zonen eine weltweite Ausdehnung, und entsprechend breiteten sich auch die Tiere aus. Jede Tierart war auf ihre spezifische Zone angewiesen und hatte eine Körperform, die perfekt und unwandelbar an die betreffende Zone angepaßt war.

Linnaeus schlug damit einen reichlich ambivalenten Gedankengang ein, der einerseits in Richtung Einsicht wies, andererseits aber auch eine neue Art von Irrweg bedeutete. In Richtung Einsicht wies die Rede vom »passenden Boden« und vom »passenden Klima«; das klang wie die ökologische Vorstellung von der an ihren Lebensraum angepaßten Art. Diese Vorstellung entwickelte sich allerdings erst viel später. Ein Irrweg war, daß sich Linnaeus zwischen der Gestalt eines Tieres und seinem »passenden« Ort einen unveränderlichen Zusammenhang dachte; das verführte einige Denker des 18. Jahrhunderts zur Vorstellung von *speziellen Schöpfungsakten*.

Diese Vorstellung setzte voraus, daß Gott bei jedem noch so läppischen Detail der Entstehung von Pflanzen und Tieren die Hand im Spiel gehabt hatte. Alle Wortklaubereien im Zusammenhang mit einem buchstäblichen Verständnis der Geschichte von der Arche Noah (wie die Unterscheidung zwischen einer großen und einer kleinen Elle) waren damit überflüssig, und Noahs Sintflut ließ sich wieder als wahres, aber nicht wörtlich zu nehmendes Gleichnis auffassen. Was sich bei der Annahme spezieller Schöpfungsakte nicht zum Gleichnis verflüchtigte, war die unmittelbare Wirksamkeit Gottes. Dieses Moment war nach wie vor wörtlich und historisch zu nehmen. Und der liebe Gott schien jetzt durch die Schöpfung stärker in Anspruch genommen als je zuvor.

Ging man von der Vorstellung spezieller Schöpfungsakte aus, so hatte sich Gott gleichermaßen als allmächtiger Kreator und als höchster zoologischer Platzanweiser betätigt. Das heißt, er hatte für bestimmte Gegenden bestimmte Tiere geschaffen und dafür gesorgt, daß die Tiere auch an ihren Bestimmungsort kamen. Er hatte die Eisbären so geschaffen, daß sie in die Arktis paßten – und hatte sie dort dann auch stationiert. Er hatte die Känguruhs geformt und sie in genau der Gegend angesiedelt, in die sie gehörten – in Australien. Er hatte das Capybara eigenhändig an das Leben in den Sümpfen Südamerikas angepaßt. Er hatte ganze Floren und Faunen, in sich geschlossene Lebensgemeinschaften, geschaffen, die jeweils genau in ihr physiogeographisches Milieu paßten. Er hatte voll entfaltete Ökosysteme aus dem Boden gestampft. Es werde der südamerikanische Regenwald, hatte Gott gesagt, und also geschah es. Es werde *Sclerophyllous chaparral*, hatte Er gesagt, und schon war es passiert. Es werde die Taiga, und sie sei ausstaffiert mit großen Herden geweihtragender Huftiere, mit ein paar winterfesten Raubtieren, mit Wildblumen, die ihre kurze Blütezeit mitten im Sommer haben, mit kleinen Säugetieren, die sich rasch vermehren und deren Populationsdichte krassen Schwankungen unterworfen ist, und mit so vielen Mücken, daß nicht einmal ich sie zu zählen vermag, hatte Er gesagt – und so könnte man beliebig fortfahren. Diese neue Gottesvorstellung des ausgehenden 18. Jahrhunderts präsentierte den Schöpfer als einen Hans-Dampf-in-allen-Gassen, der sich um jede Einzelheit persönlich kümmerte und nichts für die Übertragung von Kompetenzen übrig hatte. Er vergegenständlichte und manifestierte sich in mühsamer Kleinarbeit und brachte seinen Willen durch eine endlose Folge kleiner Eingriffe zur Geltung. Die Theorie von den speziellen Schöpfungsakten war eine durch und durch ontologische Konstruktion. Sie löste alles und nichts. Ebenso verführerisch wie irreführend, wurde sie zum neuen Dogma. Ihre Herrschaft dauerte lange genug, um den Widerspruch eines Darwin oder Wallace herauszufordern.

Linnaeus hatte unterdes noch eine andere Art von Einfluß ausgeübt. Als Lehrer in Uppsala hatte er Studenten herangezogen und mit Energie aufgeladen. Aus vielen von ihnen wurden Reisende in Sachen Wissenschaft, die den Planeten durchstreiften, um das intellektuelle Programm ihres Mentors zu erfüllen und an den verschiedensten Orten Gruppen von Lebewesen zu studieren. Janet Browne erwähnt einige dieser weitgereisten Linnéschen Adepten: Osbeck segelte nach China, Solander befand sich mit Kapitän Cook und Joseph Banks an Bord der *Endeavour*, Gmelin reiste nach Sibirien, Koenig nach Tranquebar (wo immer das sein mag) und Carl Peter Thunberg gelangte ins kaiserliche Japan und veröffentlichte anschließend *Flora Japonica*, ein unbestreitbar inselbiogeographisches Werk. Diese Schule biologischer Chronisten unterschied sich von früheren Entdeckungsreisenden – wie Pigafetta, de Conti und Kolumbus – darin, daß bei ihren Vertretern die Sammlung biogeographischer Daten erklärter Zweck der Reisen war und nicht einfach nur ein Abfallprodukt kolonialer Erkundungen.

Flora Japonica ist nur eines von zahlreichen Werken, die diesen Reisen entsprangen. Ein Freund von Linnaeus namens J. F. Gronovius hatte bereits *Flora Virginica* veröffentlicht, dem vermutlich Feldforschungen in Virginia zugrunde lagen, und Linnaeus hatte seine eigene Karriere mit *Flora Lapponica* begonnen, der Frucht einer Reise quer durch Lappland, zu der ihn jugendliche Abenteuerlust getrieben hatte. Gmelins botanische Streifzüge durch Asien erbrachten *Flora Sibirica* und später dann *Flora Orientalis*. Ob sie einfach nur dem Beispiel von Linnaeus (der in Uppsala den Lehrstuhl für Botanik innehatte) folgten oder ob sie andere Gründe hatten, die meisten Biologen des 18. Jahrhunderts gaben jedenfalls der Bestimmung und Kartographierung von Pflanzen den Vorzug vor der Beschäftigung mit der Tierwelt. Von Jacquin veröffentlichte *Flora Austriacae*, Lightfood veröffentlichte *Flora Scotica*, Oder veröffentlichte *Flora Danicae*, und Richard Weston, dem das Wissenschaftslatein gestohlen bleiben konnte, veröffentlichte 1775 *English Flora*. Das war genau vier Jahre, nachdem ein bemerkenswerter Mensch namens Johann Reinhold Forster sein *Flora Americae Septentrionalis* (zu deutsch: Pflanzen Nordamerikas) herausgebracht hatte, ohne sich dabei durch die Tatsache irre machen zu lassen, daß er Nordamerika noch nie zu Gesicht bekommen hatte. Als achtzig Jahre später Alfred Wallace in Sarawak saß und, während er auf das Ende der Regenzeit wartete, über die großen Mengen von Fakten nachdachte, die »nie angemessen genutzt« worden waren, gehörten diese Bücher mit zu dem Material, das ihn beschäftigte.

Johann Reinhold Forster, der Mann mit der nordamerikanischen Flora, tritt uns aus der Geschichte lebendiger entgegen als die übrigen. In Preußen geboren, studierte er seinem Vater zuliebe Theologie, obwohl sein eigentliches Interesse der Naturgeschichte galt. Ein paar Jahre lang amtierte er in der Nähe von Danzig als Pfarrer, aber es hielt ihn nicht im Amt. 1765 besuchte er Rußland, und im folgenden Jahr emigrierte er nach England, wo er hoffte, als Gelehrter Fuß fassen zu können. Wie Wallace war er ein Kämpfer, der sich seinen Lebensunterhalt mit den ausgefallensten Tätigkeiten verdiente und jede Gelegenheit nutzte, die sich ihm bot. 1770 veröffentlichte er einen *Catalogue of British Insects.* Eine Zeitlang unterrichtete er Sprachen und Naturgeschichte an einer Einrichtung in Lancashire, die den schönen Namen Dissenter's Academy (wörtl.:»Akademie der Andersdenkenden«) trug. Er machte sich mit der Übersetzung und Herausgabe der Reiseberichte von Kalm, Osbeck und einigen anderen wissenschaftlichen Reisenden sowie mit eigenen Veröffentlichungen einen Namen; 1772 wurde er in die Royal Society gewählt. Später im gleichen Jahr wollte es ein glücklicher Zufall, daß er anstelle von Joseph Banks als Naturforscher an James Cooks zweiter Weltumseglung teilnehmen durfte.

Die Fahrt dauerte insgesamt drei Jahre und brachte Forster in einige der spektakuläreren Regionen der südlichen Halbkugel, aber für ihn persönlich war die Reise mit viel Unannehmlichkeiten verbunden. Er kam mit den Matrosen schlecht aus, und Kapitän Cook fand ihn offenbar unausstehlich. Forster hatte nichts von der heiteren, genußfreudigen Umgänglichkeit eines Joseph Banks. Schließlich war er nicht nur Taxonom, sondern zu allem Überfluß auch noch Preuße. Ein Historiker charakterisiert ihn als »einen langweiligen, ziemlich bösartigen Pedanten, und dazu noch prüde«. Ein anderer macht sich zu Unrecht über seine »diversen minderwertigen wissenschaftlichen Schriften« lustig. Eine Reise, bei der entbehrungsreiche, wochenlange Erkundungsfahrten entlang den Küsten der Antarktis mit Ruhe- und Erholungszeiten droben in Tahiti wechselten, wo Cooks Männer nur rote Papageienfedern brauchten, um Mädchen zum Beischlaf zu bewegen – eine solche Reise war sicher geeignet, Forsters Prüderie in aller Schärfe hervortreten zu lassen. Forster mißfiel, was er in Tahiti erlebte, und er sagte das auch. Sein unhöflicher Moralismus hatte Folgen. James Cook nahm Anstoß an der sauertöpfischen Haltung seines Begleiters und verlangte, als sie nach England zurückkehrten, von der Britischen Admiralität, Forster Publikationsverbot zu erteilen. Cook veröffentlichte seinen eigenen Bericht von der Reise. Forsters Sohn Georg, der als Illustrator mitgefahren war, umging das Verbot, indem er anstelle seines Vaters einen Bericht publizierte. Auch der Vater selbst setzte sich schließlich über das Verbot hinweg und veröffentlichte *Observations Made During a Voyage Round the World, on Physical Geography, Natural History, and Ethic Philosophy* [Beobachtungen über Physische Geographie, Naturgeschichte und Moralphilosophie, angestellt während einer Reise um die Welt]. Was auch immer er unter »Moralphilosophie« verstand, um den Handel mit roten Papageienfedern in Tahiti ging es dabei jedenfalls nicht.

Eine Rundreise um die Welt war zur damaligen Zeit nicht möglich, ohne daß an einigen interessanten Inseln haltgemacht wurde, um Vorräte an Bord zu nehmen. Cook hatte unter anderem Neuseeland und Tahiti aufgesucht, und das gleiche zwingende Nachschuberfordernis hatte europäische Seefahrer (und also auch die europäische Wissenschaft) schon früh mit den Azoren, den Madeirainseln, den Kanarischen Inseln und den Maskarenen bekannt werden lassen. Obwohl sich alle diese Inselgruppen mitten im ozeanischen Niemandsland befanden, lagen sie doch an Schiffsrouten, die Kontinente miteinander verbanden. Auch die Faunen Tasmaniens, der Kerguelen und Hawaiis gerieten ins Blickfeld. Die seefahrenden Entdecker und die Naturforscher, die sie begleiteten, hatten Gelegenheit, mehr von den biologischen Wundern der Welt in Augenschein zu nehmen, als das Landratten – selbst weitgereisten Landratten – möglich war, die sich in Europa und Asien umtaten, weil so viele dieser biologischen Wunder einzig und allein auf fernen Inseln vorkamen. Aber Forster war scharfsichtiger als die meisten seefahrenden Naturforscher seiner Zeit. Ihm fiel etwas auf, was den anderen entgangen war, obwohl es eigentlich auf der Hand lag und enorme Tragweite hatte. Er schrieb:

> »Inseln bringen eine größere oder geringere Zahl von Arten in Abhängigkeit davon hervor, ob sie ausgedehnter oder weniger ausgedehnt sind.«

Auf großen Inseln trifft man eine größere Artenvielfalt als auf kleinen. Johann Reinhold Forster hatte die Beziehung zwischen Artenreichtum und Gebietsgröße erkannt. Diese Erkenntnis trennten nichts weiter als zwei logische Schritte und eine zweihundertjährige Entwicklung von der These des Ökosystemzerfalls.

7 In den feuchten Tagen damals in Sarawak, zu Beginn des Jahres 1855, schrieb Alfred Wallace einen wissenschaftlichen Beitrag »On the Law Which Has Regulated the Introduction of New Species« [Über die Gesetzmäßigkeit, die für die Einführung neuer Arten maßgebend war]. Dieser Beitrag, der zu seiner Zeit kaum bekannt war und wenig gelesen wurde, verdient es, als ein Meilenstein in der Geschichte der Evolutionsbiologie gewürdigt zu werden. Das Wörtchen »Einführung« im Titel, das nichtssagend und unverbindlich klingt, steckte tatsächlich voller revolutionärer Überlegungen.

Wallace schickte das Manuskript mit einem Postdampfer nach London, wo es im September in einer angesehenen Zeitschrift, *The Annals and Magazine of Natural History*, erschien. Er war stolz auf diese Abhandlung, seinen ersten ernsthaften Versuch im Bereich der biologischen Begriffsbildung. Während die Monate verstrichen, wartete er gespannt auf Reaktionen. Von einem einzigen Freund bekam er einen Brief, in dem dieser ihm das zweifelhafte Kompliment machte, der zentrale Gedanke des Beitrags wirke, sobald er ausgesprochen sei, »simpel und banal«; nicht einmal den Titel hatte sich der Freund richtig gemerkt. Ansonsten Schweigen. In England las Charles Darwin den Beitrag in seinem Abonnementsexemplar der *Annals*, strich am Rand dies und das an, machte sich ein paar Notizen. Aber Darwin war von Natur ein Buchhalter und machte praktisch überall seine Striche und Anmerkungen; trotz der Aufmerksamkeit, mit der er zu lesen pflegte, scheint ihm der entscheidende Gedanke der Abhandlung entgangen zu sein. Wallace sprach bei seinen Überlegungen zum Ursprung neuer Arten sowohl von »Schöpfung« als auch von »Einführung«, und Darwin hatte ihn offenbar als einen Anhänger der Theorie von den speziellen Schöpfungsakten abgetan. Wenige Jahre später sollte Darwin den Beitrag erneut lesen – nun mit geschärfter Wahrnehmung und einem Gefühl eifersüchtiger Panik.

Ein paar andere Naturforscher hatten die Abhandlung von Wallace zur Kenntnis genommen, und zwei von ihnen sprachen sogar Darwin darauf an. Einer der beiden war Sir Charles Lyell, Englands führender Geologe. Der andere war Edward Blyth, ein in Indien stationierter Engländer, mit dem Darwin im Briefwechsel stand. Aber weder Lyell noch Blyth äußerten Anerkennung. Für sie war Wallace ein Unbekannter, ein berufsmäßiger Sammler und Händler, ein Mensch, der für den Kuriositätenmarkt ausgestopfte Vögel und aufgespießte Insekten lieferte. Die Sammeltätigkeit war für Fortschritte in der Biologie entscheidend, aber wenn der Sammler Exemplare verkaufte (was Wallace tat, um seinen Lebensunterhalt zu sichern), dann war er im Zweifelsfall schlecht angesehen. Hinzu kam, daß Wallace immer noch im Malaiischen Archipel herumgeisterte und dort von einer Insel zur nächsten zog. Er genoß nicht nur kein gesellschaftliches Ansehen, er hatte nicht einmal eine feste Anschrift. Wußte irgend jemand, wie er zu erreichen war? Interessierte das überhaupt irgend jemanden? Nachdem er bei seinem letzten Aufenthalt in London an einigen Versammlungen der Entomologischen Gesellschaft teilgenommen hatte, war er zwar kein völliger Außenseiter mehr, aber er stand nach wie vor eher außerhalb, als daß er dazugehörte. Und auch wenn die Vertreter der Disziplin Biologie damals noch kein fester Berufsstand mit akademischen Beglaubigungen und Qualifikationen waren, bildeten sie doch einen halbexklusiven Klub. Die Mitglieder des Klubs bestanden weitgehend aus Gentlemen, die wohlhabenden Familien entstammten, und aus Landgeistlichen, die ihre religiösen Pflichten im wesentlichen sonntags erfüllten und die Woche über Zeit hatten, Vögel zu beobachten oder Käfer zu sammeln. Der Klub traf sich in London, in Paris, in Edinburgh, in Cambridge, in Berlin und an einigen anderen Orten, wohingegen sich Alfred Wallace auf der gegenüberliegenden Seite der Erde mit Malaria und Fußfäule herumschlug.

Wallace' Handelsvertreter in London hörte einige Naturforscher grummeln, der junge Wallace solle die Finger vom Theoretisieren lassen und sich aufs Faktensammeln beschränken. Abgesehen davon, daß diese Kritik von Herablassung speziell ihm gegenüber geprägt war, kam in ihr auch die generelle Überzeugung zum Ausdruck, daß die eigentliche Aufgabe *aller* Naturforschung nicht die Theorie, sondern die Empirie sei. Die wenigen klubwürdigen Wissenschaftler, die den theoretischen Bemühungen von Wallace etwas abgewannen, bekundeten ihre Zustimmung, wenn überhaupt, dann im stillen Kämmerlein.

Zwei Monate nachdem die Abhandlung aus Sarawak erschienen war, begann Charles Lyell selbst mit Notizen zum Thema Artenwandel, und oben auf der ersten Seite seines Notizbuches stand der Name von Wallace. Lyell erkannte, was Darwin immer noch nicht mitbekam: daß der Niemand Alfred Wallace an der Schwelle zu einer großen Entdeckung stand. Die Pointe des Beitrags von Wallace lautete:

»Jede Spezies ist im räumlichen und zeitlichen Zusammentreffen mit einer bereits existierenden, eng verwandten Spezies in Erscheinung getreten.«

Er nannte das zwar ein Gesetz, aber tatsächlich war es eine Beschreibung – allerdings eine herausfordernde Beschreibung, mit einer Vielzahl drastischer Konsequenzen. Er brachte die Formulierung zu Beginn des Beitrages und wiederholte sie gegen Ende, beide Male in Kursiv, so daß niemand über sie hinweglesen konnte. *Every species has come into existence coincident both in space and time with a pre-existing closely allied species.* Beschreibung oder Gesetz – jedenfalls wurde damit die Theorie der speziellen Schöpfungsakte in die Schranken gefordert und ebenso unüberhörbar wie indirekt der Evolutionsgedanke ins Spiel gebracht.

8 Die Tanreks oder Borstenigel zum Beispiel sind verwandte Arten und hängen räumlich und zeitlich eng zusammen. Die Borstenigel sind eine Familie außergewöhnlicher Säugetiere – mit etwa dreißig lebenden Arten, die sich ungefähr in dem gleichen Größenspektrum bewegen wie Mäuse und Ratten, aber über ihre unverwechselbar eigene Palette physiologischer Anpassungen verfügen. Obwohl es in West- und Zentralafrika eine mit ihnen verwandte Unterfamilie gibt (die den Namen Otterspitzmaus trägt), sind alle anderen Arten von Tanreks ausschließlich auf der Insel Madagaskar heimisch. In seinen Wanderjahren kam Wallace nie nach Madagaskar. Mir, dem weniger unerschrockenen, aber glücklicheren Reisenden, ist das gelungen. Im Parc

Botanique et Zoologique de Tsimbazaza, der in einem Vorort von Antananarivo liegt, treffe ich auf einen jungen Engländer, der mich an seinen Borstenigeln frohgemut teilhaben läßt. Der Engländer heißt P. J. Stephenson. Er ist ein Doktorand an der University of Aberdeen und hierher verpflanzt, um seine Forschungen zu betreiben. Er trägt einen weißen Laboratoriumskittel, dem sein Weiß vergangen ist, und auf dem Gesicht ein trügerisch verschlafenes Grinsen. Er hat gerade Terrarien gebaut, deshalb sind seine Hände mit Leim beschmiert, wie er mir erklärt. Mit der einen Hand fährt er sich durchs Haar. Er hat langes, ungebändigtes blondes Haar, das zum Schlagzeuger in einer Band passen würde. P. J. zwinkert. Vielleicht ist er verwirrt, weil er plötzlich wieder Englisch sprechen muß; vielleicht habe ich ihn bei Grübeleien über die Familie Tanrek gestört. Vielleicht hat er auch, Leim hin, Leim her, einfach nur ein Nickerchen gemacht, ehe ich kam. Sein Laboratorium besteht aus zwei steinernen grauen Kammern in einer Garage hinter einem der Gebäude des Parc; viele Besucher verirren sich nicht dorthin. Tanreks, sagt er, Sie interessieren sich für Tanreks? Kommen Sie.

Ich folge ihm nach hinten.

»Schauen Sie hier.« P. J. hebt den Deckel von einem Terrarium. »Dieser kleine Kerl ist echt irre.« Wir schauen hinab. Im Terrarium befinden sich eine Schicht Sägespäne und ein paar Einrichtungsgegenstände. Ansonsten scheint es leer zu sein.

P. J. dreht ein kleines Holzstück um. Kein Borstenigel darunter. Er schnappt sich eine Papphrühre und starrt durch sie hindurch, sieht aber nur das Tageslicht. Dann eine weitere Röhre und noch eine. Nichts. Er überprüft mit schnellen Handbewegungen abermals das Stück Holz, wo immer noch nichts ist, dann wieder die Röhren. »Warten Sie. Er versteckt sich«, sagt P. J. »Oder aber, er hat gerade die Fliege gemacht. Wollen wir nicht hoffen. Warten Sie mal, hier ist er.« P. J. schaufelt eine Handvoll Sägespäne heraus. Er schwingt sie vors Gesicht, spreizt die Finger. Sägespäne fallen herunter. »Nein. Warten Sie. Hier.« Er schaufelt wieder. Am Ende Triumph und Erleichterung: in seiner Handfläche ein winziges Säugetier.

Ein Gesicht wie eine Karotte, dunkle kleine Äuglein, graues Fell; es ähnelt einer Spitzmaus. Aber es ist keine Spitzmaus. Es

ist ein Exemplar der Spezies *Geogale aurita*, auch unter dem Namen Zwergtanrek bekannt.»Er ist Fachmann für Termiten«, erklärt P. J. stolz.»Versteckt sich in modernem Holz. So habe ich ihn auch gefunden – durch Zersprengen fauler Holzstücke.«
P. J. hat vor, zwei Jahre in Madagaskar zu bleiben, weitere faule Holzstücke zu zerschlagen, weitere Borstenigel zu sammeln und die Eigentümlichkeiten ihrer Physiologie zu erforschen. Diese Physiologie birgt einige interessante Fragen: Warum reifen zum Beispiel manche Borstenigel so schnell? Eine Art erreicht nach etwa vierzig Tagen die Geschlechtsreife. Andere Arten wiederum reifen ziemlich langsam. Und warum sind bei manchen von ihnen die Würfe so groß? Eine Art kann bis zu zweiunddreißig Föten austragen, was bei Säugetieren ungewöhnlich ist. Bei anderen Arten dagegen werden nur ein oder zwei Junge ausgetragen. Manche haben einen extrem langsamen Stoffwechsel, bei anderen ist das nicht der Fall. Manche können in eine Art Erstarrung verfallen – das heißt, ihren Stoffwechsel herunterschrauben und Energie sparen –, während andere das nicht können. Sie sind außerordentlich vielfältig. Welche Art Mechanismus bewirkt den Übergang in die Erstarrung? Und wie können manche von ihnen bei so langsamem Stoffwechsel eine so hohe Fortpflanzungsrate haben? Wie sieht die Beziehung zwischen Stoffwechselgeschwindigkeit und Körpertemperatur aus? Zwischen Stoffwechselgeschwindigkeit und Nahrung? Warum ist dieser kleine Termitenfresser in seiner Anatomie und seinen Lebensbedingungen der Spitzmaus so ähnlich und unterscheidet sich gleichzeitig von ihr so drastisch in der Art, wie sein Körper Energie verbraucht? Warum?

Nachdem ich P. J. diese Fragen habe herunterrasseln hören, harre ich geneigten Ohres der Antworten. Ich werde mich liebend gern zu der Ansicht bereden lassen – jedenfalls für ein oder zwei Stunden –, daß die Physiologie der Borstenigel das faszinierendste ist, was die biologische Forschung zu bieten hat. Was also kann uns die Borstenigelforschung lehren? Aber P. J. hat die Antworten nicht – noch nicht. Was er hat, ist ein Kopf voller neugieriger Fragen, ein Laboratorium voller Tiere, klebrige Hände und zwei Jahre Zeit zum Nachdenken. Er setzt den kleinen Termitenfresser zurück in seinen Käfig, wo er im Nu verschwunden ist.

P. J. hat in seiner Menagerie eine ganze Reihe verschiedener Arten versammelt, aber angesichts der Artenvielfalt der Borstenigel nimmt sich auch diese Mustersammlung noch bescheiden aus. Bemerkenswert ist die Gruppe unter anderem durch diese Artenvielfalt – die Borstenigel sind nicht einfach eigenartig, sie sind auf vielerlei Art eigenartig. Von Fachleuten auf dem Gebiet der Tanrek-Taxonomie erfährt man, daß eine einzige Gattung, *Microgale*, mindestens sechzehn Arten umfaßt, *M. cowani*, *M. dobsoni*, *M. gracilis*, *M. principula*, *M. brevicaudata* und so weiter. Die Fachleute unterteilen auf Grund von Eigentümlichkeiten des Körperbaus und der Lebensweise all diese Microgale-Arten in vier Klassen. Es gibt Gänge grabende, kurzschwänzige Microgale ohne viel Springbegabung; es gibt Microgale, die ihre Futtersuche auf dem Erdboden betreiben, ebenfalls kurzschwänzig und springunlustig sind, aber eine gewisse Begabung fürs Klettern an den Tag legen; es gibt langschwänzige Futtersucher am Erdboden, die gute Kletterer sind; und es gibt extrem langschwänzige Microgale, die sich als »Kletterer und Astflitzer« beschreiben lassen, was sogar für Madagaskar unerhört klingt. Es gibt *Microgale longicaudata*, eine Art, bei der schon der Name die Zugehörigkeit zur Gruppe der extrem Langschwänzigen anzeigt. Keine Angst, nichts von alledem wird zum Schluß abgefragt.

Zu den übrigen Tanrek-Gattungen gehören welche, die wie Maulwürfe aussehen, andere, die an Igel (oder, für amerikanische Augen, an Miniaturstachelschweine) erinnern, und ein scheuer wasserbewohnender Borstenigel namens *Limnogale mergulus*, der das Leben eines kleinen Fischotters führt. P. J. Stephenson gehört zu den wenigen Naturforschern, die *Limnogale mergulus* in freier Wildbahn zu Gesicht bekommen haben. Um sich dieses Privileg zu sichern, mußte er zusammen mit einem anderen Forscher eine ganze Nacht lang am Flußufer verbringen; er hat mir geschildert, wie sie mit ihren albernen Taschenlampen dasaßen und sich von den Mücken auffressen ließen.

P. J. führt mir weitere Borstenigel in weiteren Terrarien vor. Er zeigt mir Borstenigel in Pappschachteln, die er dort provisorisch untergebracht hat, während er neue Terrarien zurechtzimmert. In einem anderen Schuppen, sagt er, befinden sich größere Borstenigel in Holzkäfigen. Und hier ist einer in seinem eigenen kleinen Unterseeboot – will heißen, in einer versiegelten Gasmeßkammer, die in einem Wassertank aufgehängt ist –, das P. J. ermöglicht, den Sauerstoffverbrauch des Tieres festzustellen. Neben dem Tank sind ein elektronisches Schaltpult und ein Nadelzeichner montiert. Plötzlich erschüttert den Himmel über Antananarivo ein Donnerschlag, und in P. J.s Laboratorium flackern die Lichter. Der Nadelzeichner gibt ein trostloses Klickgeräusch von sich. Er hat sich abgeschaltet.

»Das Wetter. Augenblick mal.« Er setzt den Apparat wieder in Gang. »Das könnte Probleme geben. Wir bekommen Sturm, und da bricht leicht alles zusammen. Nicht gut für den Datenfluß.« Der Datenfluß ist das Lebenselixier des Doktoranden. Schwer atmend fährt sich P. J. mit der Hand durch sein widerborstiges gelbes Haar.

Morgen will er losziehen, um weitere Borstenigel aufzuspüren und einzufangen. Als er das erwähnt, fällt ihm ein: »Ich muß jemanden rausschicken, daß er mir was zu essen besorgt.« Er steuert auf die Tür zu.

Was denn für Essen, denke ich laut und hoffe, ich ergattere von ihm vielleicht eine Einladung, ihn auf seiner Exkursion zu begleiten.

»Grillen«, sagt P. J.

Die Tanrek-Familie gehört zur Ordnung der *Insectivora* – was soviel heißt wie Insektenfresser, auch wenn nicht alle Arten ihren Speiseplan auf eigentliche Insekten wie Grillen und Termiten beschränken. Der Schwarzkopftanrek, *Hemicentetes nigriceps*, frißt Regenwürmer. Der wasserbewohnende *Limnogale mergulus* nährt sich von Fröschen und Krustentieren.

Die Insektenfresser werden von manchen zu den primitivsten der heute lebenden Säugetiere gezählt, und die Borstenigel gelten als die primitivsten Insektenfresser. »Primitiv« ist zwar ein diskriminierender Begriff, gegen den manche Biologen Einwände haben, aber besagen soll er, daß die Tanreks bestimmte Merkmale beibehalten haben, die andere Säugetiergruppen im Zuge der Entwicklungsgeschichte abgelegt haben. Ein Tanrek hat normalerweise keine große Sehkraft. Seine Körpertemperatur schwankt. Er besitzt wie die Vögel nur eine Kloake statt wie andere Säugetiere zwei getrennte Öffnungen für die Fortpflanzung und den Darmkanal. Das Tanrek-Männchen hat keinen Hodensack, sondern die Hoden bleiben im Leibesinneren. Das Weibchen bringt hilflose Junge zur Welt, deren Augen und Ohren geschlossen sind. Daß sich diese Jungen bei manchen Arten so langsam entwickeln, verlängert die Zeit ihrer Abhängigkeit von der Mutter und vergrößert ihre Gefährdung durch natürliche Feinde. Schlechte Sehkraft, unregelmäßige Temperatur, kloakenförmiger Austritt, innere Hoden, blinde und taube Neugeborene – all das stellt im Kampf mit konkurrierenden Arten und Raubtieren einen Nachteil dar. Die Frage drängt sich auf, wie die Borstenigel es überhaupt geschafft haben zu überleben.

Die Antwort ist einfach. Sie haben überlebt, weil sie nach Madagaskar gelangt sind, wo die Konkurrenz und die Bedrohung durch Raubtiere nicht entfernt so groß ist wie auf dem Festland.

Alle Tanrek-Arten (mit Ausnahme des Sonderfalles der afrikanischen Otterspitzmaus) sind in Madagaskar endemisch – das heißt, sie sind nur hier heimisch und nirgends sonst. Ihre Vorfahren kamen wahrscheinlich vor sechzig oder siebzig Millionen Jahren, gegen Ende der Dinosaurierperiode, auf die Insel, zu einer Zeit, als die Säugetierentwicklung noch in den Anfängen steckte. Als Madagaskar von Afrika getrennt wurde (durch einen geologischen Grabenbruch, der sich zum heutigen Moçambique-Kanal erweiterte und vertiefte), waren nur wenige andere Säugetierfamilien an Bord der Insel: Lemuren, Nagetiere, Zibetkatzen und die Vorfahren des Pygmäen-Flußpferds, von dem bereits die Rede war. Während der letzten paar Millionen Jahre schaffte es auch ein afrikanisches Erdferkel irgendwie nach Madagaskar, aber es konnte sich dort nicht halten. Und ab und an wehte der Wind auch einmal eine versprengte Schar Fledermäuse herüber. Verglichen mit dem Artenreichtum auf dem afrikanischen Festland ist die Liste Madagaskars sensationell kurz. Die Säugetierfauna ist karg. Zu den afrikanischen Säugetiergruppen, die auf der Insel *nicht* präsent waren (jedenfalls nicht, bevor die Menschen zu Schiff herüberkamen, Haus- und Hätscheltiere mitbrachten, das Aussterben von Arten verschuldeten und auch auf andere Weise die biogeographischen Verhältnisse durcheinanderbrachten), zählten die folgenden: die Katzenfamilie und die

Hundefamilie, Elefanten, Zebras, Rhinozerosse, Büffel, Antilopen, Kamele und Kaninchen. Es gab auch keine madagassische Giraffe. Es gab keinen Bären. Es gab keine Affen oder Großaffen, keinen Otter oder Klippschliefer, kein Stachelschwein. In dieser sanften Welt einer abgeschwächten Konkurrenz und gemilderten Bedrohung durch Raubtiere konnten die Borstenigel dank langer Zeiträume ungestörter Isolation nicht nur überleben, sondern mehr noch gedeihen.

Sie vermehrten sich. Sie breiteten sich über die ganze Insel aus. Sie faßten in den Regenwäldern an den Osthängen Madagaskars Fuß, in den trockeneren Wäldern auf der zentralen Hochebene und im Westen, im dornenreichen Ödland des Südens. Sie paßten sich an, um ökologische Nischen auszufüllen, die ansonsten unbesetzt waren. Sie wichen auf vielfältige Weise vom ursprünglichen Typus ab und durchliefen einen Prozeß der Ummodelung in die besagten mehr als dreißig verschiedenen Arten. Indem sie sich noch weiter auseinanderentwickelten, entschärften sie die zwischenartliche Konkurrenz. Der wissenschaftliche Name für den Vorgang lautet *adaptive Radiation*.

P. J. erinnert sich, daß ihm irgendwann früher während seiner Forschungen ein Band mit Symposiumsbeiträgen in die Hände fiel,»und da war ständig von adaptiver Radiation die Rede. Ich las die Sachen, und ich dachte nur: ›Tanreks. Ihr wollt eigentlich Tanreks sagen, das ist es, was euch auf der Zunge liegt.‹ Als Beispiel. Und das Buch führte ein halbes Dutzend Sachen an, aber die Tanreks kamen nicht vor. Wohingegen ich glaube, daß dies die klassischste adaptive Radiation ist, die mir je in meinem Leben untergekommen ist. Wo man eine Erbmasse hat, die auf eine Insel kommt und alle denkbaren Nischen findet. Die Evolution nimmt ihren Lauf. Und die Erbmasse paßt sich an, um all die Nischen auszufüllen. Also, was Besseres kann es gar nicht *geben*.« Gesegnet der Doktorand, der sein Viehzeug so liebt.»Man findet Spitzmäuse, Igel, Maulwürfe. Es gibt Sachen, die lassen sich überhaupt nicht beschreiben. Sachen, die sich einfach entwickelt haben. Es ist schier unglaublich.« Wieder rubbelt er durchs Haar, ständig auf der Hut vor der Möglichkeit, daß es sich selbsttätig gekämmt haben könnte.

In der wissenschaftlichen Literatur hat man die Borstenigel von

Madagaskar in zwei Unterfamilien unterteilt, in die Oryzorictinae und die Tenrecinae. Zu den Tenrecinae gehören all die größeren Arten mit Borstenhaar, die Ähnlichkeit mit Igeln haben. Zu den Oryzorictinae zählen all die kleineren Arten, die Maulwürfen und Spitzmäusen ähneln. Irgendwo zwischen diesen Gruppen befindet sich ein *missing link*, eine fehlende Übergangsform, eine Art namens *Cryptogale australis* – zu deutsch: »der verborgene südliche Tanrek«. Diese Form hat einen Schädel wie die Tenrecinae, während Körpergröße und Gebiß wie bei den Oryzorictinae sind. Bei ihr handelt es sich um ein fehlendes Glied in dem Sinne, daß sie offenbar ausgestorben ist und nur durch Knochenfunde bekannt ist.

Rufen wir uns nun wieder ins Gedächtnis, was Wallace in Sarawak schrieb: *Jede Spezies ist im räumlichen und zeitlichen Zusammentreffen mit einer bereits existierenden, eng verwandten Spezies in Erscheinung getreten.* Daß er nie nach Madagaskar kam oder Borstenigel studierte, ist belanglos. Er fand das gleiche Muster bei den Schmetterlingen auf Borneo, bei den Kakadus und den Aras wie auch in den Veröffentlichungen über die Verteilung von Pflanzen und Tieren in den verschiedensten Weltgegenden. Der entscheidende unausgesprochene Punkt hinter dem »Gesetz« von Wallace war, daß eng verwandte Arten nicht nur *nebeneinander*, sondern *aus einander* entstehen. Die Theorie der speziellen Schöpfungsakte konnte solche Muster nicht überzeugend begründen. Eine Evolutionstheorie konnte das.

Die Abhandlung, die Wallace in Sarawak schrieb, war nur ein Auftakt. Sie winkte mit der Evolution, brach aber unmittelbar vor dem Versuch ab, deren Funktionsweise zu erklären. Zu diesem Zeitpunkt hatte Wallace noch keine Theorie anzubieten. Charles Darwin hatte eine Theorie, war aber noch nicht bereit, sie offenzulegen.

»Lassen Sie mich Ihnen etwas zeigen«, sagt P. J. Stephenson. »Schauen Sie. Der Kerl hier ist *wirklich* irre.«

Er hebt einen anderen Deckel, um mir einen Tanrek zu zeigen, der so stämmig wie ein Bisam ist. Er ist ein auffallendes Geschöpf, schwarzweiß gestreift wie ein Skunk, Stacheln so spitz wie beim Stachelschwein und eine Nase wie ein Ameisenfresser. P. J. stellt ihn mir als *Hemicentetes nigriceps*, den berühmten Regenwurmspezialisten vor. Er lebt am Rande der zentralen Hochebene und im Regenwald an den Osthängen der Insel; in der Umgebung der Reisfelder fühlt er sich auch recht wohl. Die Stacheln haben Widerhaken und lassen sich abstoßen, so daß sie im Maul eines Feindes zurückgelassen werden können. Wenn er angegriffen wird, richtet er diese Stacheln auf und macht Buckelbewegungen, so daß der Angreifer auf ein ganzes Maulvoll schmerzhafter Stiche gefaßt sein muß. Wie bei einem Skunk stellen die schwarzweißen Streifen ein auffälliges visuelles Warnsignal dar: Leg dich mit mir an, und es wird dir leid tun. Raubtiere mögen in Madagaskar selten sein, aber es gibt sie immerhin. Besonders die Zibetkatzen, diese mungoähnlichen Fleischfresser, sind in der Lage, einem Tanrek das Leben schwerzumachen. Eine weitere hübsche kleine Anpassungsleistung bei *H. nigriceps* besteht darin, daß einige der Stacheln in ein Organ zum Zirpen umgewandelt sind. Sie lassen sich wie Bogen und Saiten einer Fidel aneinander scheuern und erzeugen ein ratschendes Geräusch, mit dem ein Weibchen ihren Jungen Zeichen geben kann. Wenn man sieht, wie weit *H. nigriceps* auf seinem seltsamen Evolutionspfad vorangekommen ist, geht einem das Attribut »primitiv« nur schwer über die Lippen.

P. J. langt zärtlich hinunter und streichelt den Tanrek sanft. Also lange auch ich hinunter. P. J.s Begeisterung ist ansteckend. Solange sie flach am Körper anliegen, sind die Stacheln angenehm zu berühren. Mit einem herzlichen kleinen Stupser bekunde ich *H. nigriceps* meinen Respekt.

»Sie können übrigens ziemlich häßlich zubeißen«, sagt P. J.

9

Lesen Sie den Beitrag von diesem Wallace, forderte Charles Lyell seinen Freund Darwin auf. Nun, Darwin *hatte* ihn bereits gelesen. Er hatte sogar seine paar Anmerkungen dazu auf ein Blatt blaues Papier geschrieben und hinten in die Zeitschrift geheftet: »Wallace' Beitrag: Gesetze der Geograph. Verteil. Nichts sonderlich Neues.« Lyell war anderer Ansicht.

Obgleich seine eigenen Arbeiten auf geologischem Gebiet revolutionär waren und sowohl Darwin als auch Wallace stark beeinflußt hatten, vertrat Charles Lyell 1855 keine revolutionären Ansichten, was den Ursprung der Arten betraf. Er hing nach wie vor der Theorie der speziellen Schöpfungsakte an. Der Beitrag von Wallace beunruhigte ihn. Lyell begann im November des gleichen Jahres mit seinem Notizbuch zum Thema Arten unter der Überschrift »Wallace, Karteibuch 1«; die ersten Eintragungen wirken wie eine heftige Privatfehde mit Wallace, die das Ziel hat, den Beitrag aus Sarawak zu widerlegen. Indem er sich vornehmlich auf Inseln konzentrierte, füllte Lyell über hundert Seiten mit Notizen zur Verteilung von Tieren und Pflanzen auf den Azoren, den Madeiras, den Kanarischen Inseln, St. Helena, Neuseeland und anderen Orten, darunter auch den Galápagos. Er fragte sich, wie ähnlich die in Großbritannien vorkommenden Arten von landlebenden Schnecken denen auf dem europäischen Festland sein mochten. Und wie stand es mit den landlebenden Schnecken auf den Madeiras, sechshundert Kilometer von der marokkanischen Küste entfernt? Wie viele traf man nur auf der einen der beiden Madeira-Inseln an, nicht hingegen auf der nur vierzig Kilometer entfernten anderen? Waren auf der größeren Madeira-Insel mehr eigene Arten heimisch als auf der kleineren? Und was hieß das dann, was hatte es zu bedeuten?

Etwa um die gleiche Zeit fing Lyell an, mit Darwin Inselmuster zu erörtern. Sie tauschten ihre Kenntnisse aus. In geringerem Maße tauschten sie auch Gedanken aus. Aber es war Alfred Wallace, der Lyell Beine machte.

Wallace' Beitrag nötigte zu dem interessanten Schluß, daß Gott, falls er tatsächlich dem Prinzip der speziellen Schöpfungsakte gefolgt war und Arten als Einzelanfertigungen geschaffen hatte, um mit ihnen die verschiedenen landschaftlichen Zonen der Erde zu bevölkern, eine ausgeprägte Vorliebe für geologisch *alte* Inseln an den Tag gelegt hatte. Das heißt, alte Inseln hatten weit mehr endemische Arten zugeteilt bekommen als Inseln jüngeren Datums. Alte Inseln hatten sogar mehr endemische Arten erhalten als Kontinente – jedenfalls proportional zur Landfläche. Natürlich wollten die Halsstarrigen unter den Anhängern der speziellen Schöpfungstheorie nach wie vor nichts davon wissen, daß Inseln sich im Alter nennenswert unterschieden, da ja nach ihrer biblischen Chronologie die Erde selbst erst sechstausend

Jahre zuvor erschaffen worden war. Aber Charles Lyell, dessen ganze geologische Sicht auf den ungeheuren Zeiträumen der Vergangenheit aufbaute, unterschied in der Tat jung von alt. Das Muster der alten Insel faszinierte ihn.

Wallace hatte St. Helena als Beispiel für »eine sehr alte Insel« angeführt, »welche eine durchaus eigentümliche, wenn auch begrenzte Flora erhalten hat«. Er hatte hinzugefügt: »Auf der anderen Seite ist keine Insel bekannt, von welcher man beweisen kann, daß sie geologisch einen sehr neuen Ursprung hat (z.B. in der späten Tertiärzeit) und doch generische oder Familien-Gruppen, oder selbst nur viele Arten eigentümlich besitzt.« Dieses Muster ließ sich auf zweierlei Weise erklären. Erstens konnte man annehmen, daß Gott in der Anfangszeit Inseln so sehr liebte, daß er sie über Gebühr mit wundersamen Pflanzen- und Tierformen ausstattete, wohingegen in späteren Epochen entweder Gottes Faible für Inseln oder aber seine Schöpfungskraft nachließ. Entweder Gott ist also nicht allmächtig, weil er eine Einbuße an Kraft erlitten hat, oder aber er ist ein launischer Gott mit wechselnden Neigungen. Die zweite denkbare Erklärung war weniger blasphemisch: Sie bestand in der Annahme, daß sich Arten entwickeln.

Wesentliche Bedingungen der angenommenen Artenentwicklung sind dabei Isolation und lange Zeiträume. Da alte Inseln eine langfristige Isolation gewährleisteten, brachten sie ein größeres Kontingent evolutionsgeschichtlicher Neuheiten hervor.

Sir Charles Lyell war sowohl ein unbestechlicher Naturforscher als auch ein gutviktorianischer Anhänger des biblischen Schöpfungsglaubens. Monatelang sichtete er still und heimlich in seinem Notizbuch Daten über die Verteilung von landbewohnenden Schnecken in Beziehung zur geologischen Geschichte. Diese Spezies trat hier, aber nicht dort in Erscheinung. Diese Insel war alt, die andere jung. Lyell ahnte, worauf das Ganze hinauslief, aber er schrieb: »Der Ursprung der organischen Welt wie auch der des Planeten entzieht sich menschlichem Begriffsvermögen. Die Veränderungen beider mögen vielleicht unserer Erkenntnis am Ende zugänglich sein, aber unter Umständen setzt das eine lange Zeit des Sammelns von Daten und der Theoriebildung voraus.« Hinter der wissenschaftlichen Gelassenheit, der Abgeklärtheit im Urteil, der endlosen Schneckenlitanei steckte jemand, der sich keinen Rat mehr wußte.

10 Madagaskar, die Heimat der Borstenigel und so vieler anderer absonderlicher Arten, ist eine alte Insel. Sie ist so alt, daß sich nicht einmal die Geologen auf ihr Alter einigen können und um dreißig Millionen Jahre und mehr differieren. Die Insel war einst Teil von Gondwanaland, dem riesigen Kontinent im Süden, zu dem Afrika, Indien, Australien, Südamerika und die Antarktis gehörten, ehe tektonische Bewegungen ihn aufspalteten und die Teile auseinanderdrifteten. Möglicherweise blieb Madagaskar während des Aufspaltungsvorgangs mit der Ostküste Afrikas fürs erste noch verbunden und schmiegte sich entweder beim heutigen Moçambique oder weiter im Norden auf der Höhe des heutigen Kenia an den Kontinent an. Es kann aber auch sein, daß die Insel sich früh von der afrikanischen Landmasse trennte und mit Indien verbunden blieb. Diesem zweiten Modell zufolge lösten sich dann Indien und Madagaskar voneinander, und während Indien wie ein Möbelwagen, der sich selbständig gemacht hat, auf den Zusammenprall mit Südasien zusteuerte, blieb Madagaskar dort stationiert, wo es sich bei der Trennung befand. Unterdes sackte der Meeresgrund zwischen der Insel und Afrika ab. Anfangs war dort das Meer noch so flach, daß ein leichtes Absinken des Spiegels (verursacht durch eine globale Abkühlung und Vereisung der Pole, die den Meeren Wasser entzog) genügte, um zwischen Madagaskar und dem afrikanischen Festland eine Landbrücke entstehen zu lassen. Viele Jahrmillionen lang wechselten nach Maßgabe des Klimas und des Meeresspiegels Zeiten, in denen eine Verbindung bestand, mit Zeiten, in denen die Gebiete getrennt waren. Aber da der Meeresboden weiter absackte und die Wassertiefe immer mehr zunahm, wurde die Wasserstraße schließlich zu einer dauerhaften Kluft. Unwiderruflich vom Festland abgeschnitten, begann Madagaskar seine eigene insulare Entwicklung.

Die stützende Empirie für die verschiedenen Hypothesen

stammt aus Tiefseebohrungen, Tiefseemessungen, Sedimentvergleichen, paläomagnetischen Daten. Auch die Knochen von Lemuren sind aufschlußreich. Im Blick auf Gondwanaland, Indien und die gletscherkundlichen Überlegungen mag zwar vieles ungeklärt sein, aber soviel scheint gesichert, daß Madagaskar vor ungefähr sechzig Millionen Jahren vom Festland abgeschnitten wurde. Von da an blieb die Insel isoliert.

Bali ist dagegen eine junge Insel und weist die für junge Inseln typischen geologischen und biologischen Merkmale auf. Die Wasserstraße zwischen Bali und Java ist kaum siebzig Meter tief. Für die Straße zwischen Java und Sumatra gilt so ziemlich das gleiche. Siebzig Meter Meerestiefe ist für einen schlechten Schwimmer in einem alten Holzkahn ziemlich viel, aber aus der Perspektive großer Landmassenbewegungen, Meeresentwicklungen und Zeitabläufe sind siebzig Meter ein Klacks und nicht der Rede wert. Die Straße von Malakka zwischen Sumatra und der Malaiischen Halbinsel ist gleichfalls flach. Diese drei kleinen Meeresstraßen sind die einzigen Breschen, die Bali vom malaiischen Festland trennen. Man senke den Meeresspiegel um nicht einmal hundert Meter, und schon wird Bali zu einem festen Bestandteil von Asien.

Solche Absenkungen des Wasserspiegels haben stattgefunden. Wahrscheinlich viele Male, nämlich in jeder der Eiszeiten, zu denen es kam, seit die Landmassen des indonesischen Archipels ihre heutige Form gewannen. Das letztemal geschah das wahrscheinlich bei der jüngsten der Vereisungsperioden im Pleistozän, die ungefähr vor zwölftausend Jahren endete. Was wir heute Bali nennen, ist nichts weiter als ein Vorgebirge in einem Areal aus flachem Wasser und vulkanischem Gestein, das Sundaschelf genannt wird und das auch Java, Sumatra, Borneo, die Javasee und den Golf von Thailand umfaßt. Während der letzten Niedrigwasserperiode dürfte dieses Areal die Sunda-Halbinsel gewesen sein, ein riesiges Gebiet mit tropischen Wäldern und Sümpfen. *Panthera tigris*, der Tiger, zählte zu den Tieren, die diese Region durchstreiften.

Auch Elefanten streiften in ihr umher. Orang-Utans. Rhinozerosse und Tapire, Wildschweine und Leoparden, Malaienbären, Haarigel und Schuppentiere. Viele dieser Tiere dehnten ihren

Ausbreitungsraum vermutlich in den südöstlichsten Winkel der Halbinsel aus – das heißt, bis einschließlich Bali. Nachdem das Meer sich wieder gehoben hatte, blieben einige dort zurück. Wir wissen zum Beispiel von *P. tigris*, daß er auf Bali heimisch war, weil es ihn zu Anfang des 20. Jahrhunderts dort noch gab. Die balinesische Tigerpopulation hatte, wie erwähnt, eine hinlängliche Sonderentwicklung durchgemacht, um als eigene Unterart, *Panthera tigris balica*, gelten zu können.

Handelte es sich bei Bali um eine ältere Insel, wäre die Sonderentwicklung vielleicht so weit gegangen, daß eine ganz eigene Art herausgekommen wäre. Stellen wir uns diese eigene Spezies vor, und erfinden wir für sie den Namen *Panthera balica*. Wenn noch mehr Zeit zur Verfügung gestanden hätte, könnte sich die Art noch weiter wegentwickelt haben – sagen wir, bis zur Bildung einer neuen Gattung: Das Tier auf Bali hätte sich dann vom ursprünglichen Tiger etwa ebensosehr unterschieden wie vom Geparden. Vielleicht hätte die balinesische Art eine andere Farbe oder ein neues Streifenmuster bekommen, oder sie hätte eine spezielle Fähigkeit ausgebildet, auf den vulkanischen Berghängen der Insel wilde Banteng-Rinder zu jagen. Und dank gewisser inselspezifischer Faktoren, die ich später schildern werde, wäre der balinesische Tiger wahrscheinlich kleiner ausgefallen, vielleicht so klein wie ein Leopard oder ein Puma. Nennen wir ihn *Micropanthera balica*, den balinesischen Zwergtigeroiden. Ein hypothetisches Tier, das aber vor dem Hintergrund einer inselspezifischen Evolution durchaus Plausibilität besitzt.

Wir können dieses hypothetische Szenarium noch weiter treiben. Während einer folgenden Eiszeit fällt der Meeresspiegel erneut, und einige Exemplare von *Micropanthera balica* gelangen auf ihren Streifzügen durch den morastigen Isthmus zurück nach Java. Nehmen wir an, daß sich die balinesischen Tigeroiden zu diesem Zeitpunkt bereits nicht mehr mit den javanischen Tigern kreuzen können. Sie fürchten die größeren Katzen und gehen ihnen aus dem Weg. Aber sie haben vielleicht eine Möglichkeit gefunden, in den javanischen Wäldern zu überleben, vermehren sich dort und koexistieren mit der örtlichen Tigerart, ohne ihr in die Quere zu kommen. Nun lassen wir den Meeresspiegel wieder steigen und erneuern die Trennung zwischen Java und Bali. Stellen wir uns eine weitere Million Jahre Isolation und Sonderentwicklung vor, in deren Verlauf aus der javanischen Population von *Micropanthera* eine neue Spezies wird, die sich von ihrer Stammpopulation auf Bali ebenso unterscheidet wie von ihren entfernteren Verwandten, mit denen sie auf Java zusammenlebt. Einverstanden? Nennen wir die neue Spezies *Micropanthera javanica*.

Machen wir Inventur: Statt einer einzigen Spezies, die durch zwei Unterarten vertreten ist, haben wir jetzt drei verschiedene Arten: *Panthera tigris*, *Micropanthera balica* und *Micropanthera javanica*. Isolation plus Zeit ergibt Sonderentwicklungen, die als Divergenz bezeichnet werden. Auf diese Weise leisten Inseln ihren Beitrag zur Artenentstehung.

Entwicklungsgeschichte vollzieht sich langsam. Zwölftausend Jahre sind nach evolutionsgeschichtlichen Zeitvorstellungen nicht mehr als ein Rülpser. Das Aussterben von Arten geht schneller, und auch dazu leisten Inseln ihren Beitrag. Vor zwölftausend Jahren war Bali der große Zeh der Sunda-Halbinsel, ein Vorposten fruchtbaren Landes, der vielleicht kleinen Populationen von Schuppentieren, Rhinozerossen, Malaienbären und Elefanten eine Lebensgrundlage bot. Ebensowenig wie der Tiger sind diese Arten heute noch auf der Insel heimisch. Wie kommt das?

Die Antwort ist kompliziert. Aber wir werden sie uns schon noch erarbeiten.

11 Der Gegensatz zwischen alt und jung bildet nur einen der Bezugsrahmen, die maßgeblichen Einfluß auf die Artenfülle einer Insel haben. Ein zweiter ist der Gegensatz zwischen klein und groß. Und kontinental im Gegensatz zu ozeanisch – beide Begriffe im biogeographischen Sinne verstanden – stellt einen dritten Bezugsrahmen dar. Diese drei Gegensätze verleihen einer Welt atemberaubenden Durcheinanders Struktur.

Madagaskar ist eine große Insel, die viertgrößte auf unserem Planeten, übertroffen nur von Grönland, Neuguinea und Borneo. Sie hat eine Fläche von 590 000 Quadratkilometern und ist damit so groß wie die amerikanischen Bundesstaaten Montana und

Wyoming zusammen. Montana und Wyoming verbindet mit Madagaskar, daß sie allesamt für die übrige Welt böhmische Dörfer sind; gemeinsam ist ihnen außerdem der Rinderkult, den sie treiben und an dem sie schwer zu tragen haben. Bali ist eine kleine Insel. Sie hat eine Fläche von 5 700 Quadratkilometern, knapp ein Hundertstel der Ausdehnung von Madagaskar oder Montana-Wyoming. Bali ist ungefähr so groß wie der Yellowstone Nationalpark; Winnebagos bekommt man hier allerdings seltener zu Gesicht.

Als allgemeine Regel gilt, daß große Inseln mehr Arten einen Lebensraum bieten als kleine Inseln. In unserem Fall bedeutet das, daß Madagaskar mehr Arten beherbergt als Bali – viel mehr Vögel, viel mehr Pflanzen, viel mehr Reptilien, viel mehr Insekten und beträchtlich mehr Säugetiere (obwohl auch Madagaskar in letzterer Hinsicht nicht gerade an Überfluß leidet). An Primaten zum Beispiel weist Madagaskar rund dreißig lebende Lemurenarten auf; ein Dutzend weitere sind in jüngster Zeit ausgestorben. Auf Bali gibt es einen Langur und einen Langschwanzmakaken.

Die meisten Arten auf Madagaskar sind ausschließlich dort heimisch, das heißt, endemisch; sie haben sich auf der Insel entwickelt und kommen nirgends sonst vor. Achtzig Prozent der Pflanzenarten sind der Insel eigentümlich. Bei den Bäumen allein sind es mehr als neunzig Prozent. Mehr als neunzig Prozent der madagassischen Reptilien, fast alle Amphibien, alle Borstenigel und (falls man einige kleine Inseln vor der afrikanischen Küste Madagaskar zuzählt) sämtliche Lemuren sind ortsgebunden. Sogar bei den Vogelarten sind trotz der Fähigkeit von Vögeln, sich auszubreiten, die Hälfte inselspezifisch.

Die meisten balinesischen Arten dagegen sind nicht endemisch. Viele dieser Arten kommen auch in Java vor, manche in Sumatra und auf dem asiatischen Festland. Auf Bali gibt es zwar *Leucopsar rothschildi*, im Volksmund auch als Balistar bekannt, einen prachtvollen, nahezu ausgestorbenen Vogel mit leuchtendem weißem Federkleid und einer türkisfarbenen Gesichtsmaske. Aber abgesehen von diesem Star und der ausgestorbenen Tiger-Unterart hat Bali wenig andere, der Insel vorbehaltene Geschöpfe zu bieten.

Daß auf den beiden Inseln endemische Arten in so unterschiedlichem Maße vorkommen, hat mehrere Gründe. Die Größe der Inseln hat dabei eine Rolle gespielt. Das gilt auch für die verschieden lange Zeit, die ihr Inseldasein bereits währt. Ein weiterer Faktor ist die unterschiedlich weite Entfernung vom Festland und die dementsprechend größere oder geringere Isolation. Madagaskar ist viel weiter weg und liegt fast vierhundert Kilometer von der afrikanischen Küste entfernt im Meer. Bali trennt nur ein Katzensprung von Java. Daß Madagaskar so abgelegen ist, hat sich zusammen mit der Größe und dem Alter der Insel im Sinne einer stärkeren Artbildung und der Aufrechterhaltung endemischer Verhältnisse ausgewirkt.

Aber *ein* entscheidendes Merkmal ist diesen beiden höchst unterschiedlichen Inseln gemeinsam: Beide sind sie *kontinentale* und keine *ozeanischen* Inseln. Das heißt, sie hingen beide früher mit ihren benachbarten Kontinenten zusammen.

Kontinentale Inseln befinden sich gemeinhin nahe beim Festland, wohingegen ozeanische Inseln weiter entfernt liegen. Eine kontinentale Insel ist normalerweise Teil eines Kontinentalsockels und umgeben von flachem Wasser; wenn der Meeresspiegel sinkt, kann es passieren, daß zwischen ihr und dem Festland wieder eine Landbrücke entsteht. Kontinentale Inseln kennt man deshalb auch unter dem Namen Landbrückeninseln.

Eine ozeanische Insel war nie mit einem Festland verbunden und wird es auch niemals sein. Sie entsteht, weil durch irgendeinen geologischen Vorgang – in den meisten Fällen ein Vulkanausbruch – der Meeresboden einen Falz bildet, der über den Wasserspiegel emporgehoben wird. Nach relativ kurzer Lebenszeit haben die Wellen diesen Wulst abgetragen und wieder unter der Meeresoberfläche verschwinden lassen. Die Galápagos sind Vulkaninseln mitten im Ozean. Die Inseln von Hawaii sind vulkanischen Ursprungs. Mauritius und Réunion sind es ebenfalls. Zu den jüngsten vulkanischen Inseln des Planeten gehört Surtsey; sie brodelte im Jahre 1963 vor der Südostküste Islands aus dem Meer empor. Auch Riffe bauende Korallen sind manchmal an der Schaffung ozeanischer Inseln beteiligt. Die Korallen bilden den Kalkstein unmittelbar unter der Wasseroberfläche, und von dort wird er dann durch vulkanische oder tektonische Vorgänge über den Wasserspiegel gehoben. Die Insel Guam, die teils aus Kalkstein, teils aus Lava besteht, ist ein solcher Fall.

Aber ob nun aufgetürmte Korallen oder ausgetretene Lava das Baumaterial für die ozeanische Insel liefern, sie steigt jedenfalls wie ein blasender Wal aus der Tiefe empor. Sie beginnt deshalb ihre oberirdische Existenz völlig unbeleckt von allen landbewohnenden Lebensformen. Dies ist der grundlegendste Unterschied zwischen den beiden Inselklassen. Jedes Tier und jede Pflanze auf einer ozeanischen Insel stammen von einem Tier oder einer Pflanze ab, die nach der Entstehung der Insel auf dem Wasserweg dorthin gelangten. Eine kontinentale Insel wie Bali oder Madagaskar dagegen weist im Augenblick ihrer Isolation bereits eine komplette Gemeinschaft landbewohnender Arten auf.

Eine kontinentale Insel verfügt am Anfang bereits über alles und kann alles verlieren. Eine ozeanische Insel fängt mit nichts an und kann nur gewinnen. Die Inselbiogeographie der letzten anderthalb Jahrhunderte bestand darin, über diese Gewinne und Verluste in wissenschaftlicher Form Buch zu führen.

12

»Auf vulkanischen Inseln findet man keine Frösche«, schrieb Charles Lyell im April 1856 in sein Notizbuch. Was hieß das, was hatte es bloß zu bedeuten?

Er fügte hinzu: »Darwin hat festgestellt, daß Froschlaich durch Salzwasser sehr leicht abgetötet wird.« Darwin hatte jahrelang kleine stille Experimente zu der Frage durchgeführt, welche Tiere und Pflanzen imstande waren, sich auf dem Meer über größere Entfernungen auszubreiten. Konnten die Samen einer bestimmten landbewohnenden Pflanze überleben, wenn sie wochenlang in Salzwasser schwammen? In manchen Fällen fiel die Antwort positiv aus. Würde Froschlaich diese Behandlung überleben? Nein. Würde ein ausgewachsener Frosch überleben? Nein. War es Zufall, daß der Schöpfer – wer auch immer das war und wie immer seine Vorgehensweise ausgesehen haben mochte – versäumt hatte, abgelegene Inseln mit Fröschen zu bestücken? Vielleicht nicht. Lyells Glaube begann zu wanken.

Das Thema Inseln hatte Lyells Aufmerksamkeit bereits einige

Jahre zuvor erregt, als er und Lady Lyell eine Kreuzfahrt zu den Kanarischen Inseln und den Madeirainseln unternahmen. Diese beiden Inselgruppen, die nicht weit voneinander entfernt im östlichen Atlantik liegen, bildeten für den Seehandel der damaligen Zeit regelmäßige Anlaufstellen; sie waren bekömmliche, gepflegte Orte, wohin ein Gentleman sich mit seiner Frau zurückziehen und wo er in einem standesgemäßen Hotel unterkommen konnte. Lyells Hauptinteresse galt der vulkanischen Geologie. Aber er konnte nicht umhin, auch einige bemerkenswerte Tier- und Pflanzenarten zu registrieren und gewisse eigentümliche Muster bei ihnen wahrzunehmen. Viele der Käfer auf den Madeiras waren inselspezifisch; zu einem nicht geringen Teil kamen diese endemischen Arten auf der einen Insel vor, während sie auf der anderen fehlten. Auch die landlebenden Schnecken auf den Kanarischen Inseln erregten seine Aufmerksamkeit. Und mindestens eine Insel der Gruppe, Gran Canaria, war merkwürdig frei von wildlebenden Säugetieren. Ebenfalls mit Blick auf Gran Canaria notierte er: »Ich war noch nie in einem Land, in dem die Vegetation so einzigartig ... uneuropäisch und so eigentümlich war.«

Nach England zurückgekehrt, ging Lyell seine biologischen Sammlungen und Aufzeichnungen durch und versuchte, sich einen Reim auf sie zu machen. Im Spätherbst des Jahres 1855 vertraute er seiner Schwester in einem Brief an: »Mir kommt es so vor, als wären viele Arten gewissermaßen ausdrücklich für die einzelnen Inseln geschaffen worden, denn sie existierten ganz für sich und isoliert im Meer. Ich kann aber nachweisen, daß der Ursprung der Inseln, die auf vulkanischem Weg entstanden sind, in eine Zeit zurückreicht, in der« – und da bricht er ab, statt sich über seine Beweise zu verbreiten. In einem Schreiben an Darwin etwa hätte er diesen Gedankengang möglicherweise konsequent weiterverfolgt, nicht hingegen in einem Brief an die Schwester. »Aber ich muß hier innehalten, denn es würde zuviel Zeit kosten, darzulegen, welche Bedeutung all das für ein und dieselbe Theorie hat – die Theorie davon, wie Arten zuerst auftreten.«

Eine Woche später nahm er sich *The Annals and Magazine of Natural History* vor und las den in Sarawak geschriebenen Beitrag von Wallace über »eng verwandte Spezies«. Gleich anschließend begann er mit seinem neuen Notizbuch zum Thema

Arten. Er fing an, es mit Daten von den Kanarischen Inseln und den Madeiras und mit Informationen über Inselbiogeographie zu füllen, die ihm Lektüre und Korrespondenz lieferten. Er stopfte das Notizbuch voll mit Inselschnecken, Inselkäfern, Inselpflanzen und anderen eng verwandten Spezies, die in Raum und Zeit zusammentrafen. Lyell war gerade dabei, zu begreifen, was Wallace zuvor erkannt hatte und was Darwin bereits seit zwei Jahrzehnten wußte – daß sich das Rätsel der Evolution am besten durch eine Beschäftigung mit Inseln lösen ließ.

13 In seinem Beitrag aus Sarawak, der im Herbst in London ebenso unbemerkt wie vor aller Augen erschienen war, schrieb Wallace: »Solche Phänomene, wie sie die Galapagos-Inseln bieten, welche kleine Pflanzen- und Tier-Gruppen eigentümlich besitzen, die aber aufs nächste mit jenen Südamerikas verwandt sind, haben bis dato gar keine, nicht einmal eine mutmaßliche Erklärung erhalten.« Damit gab er in höflicher Form zu verstehen, daß dem einen Mann in England, der die Flora und Fauna der Galápagosinseln beschrieben und dafür Ruhm geerntet hatte, nämlich Charles Darwin, offenbar entgangen war, welche Bedeutung seinen Befunden zukam.

Damals, im Jahre 1855, war Darwin hauptsächlich als Verfasser des *Journal of Researches* bekannt, seines Berichts von der Forschungsfahrt der *Beagle*, der trotz der Langatmigkeit des vollständigen Titels als Reiseschilderung ziemlich gut angekommen war. Der Aufenthalt auf den Galápagosinseln bildete im Rahmen der fünf Jahre dauernden Reise nur eine kleine Episode, aber die Darstellung, die Darwin davon gab, war anschaulich und gehörte zu den eindrücklichsten Abschnitten des *Journal*. Und Darwin hatte nicht nur einen schriftlichen Bericht nach Hause mitgebracht, sondern auch eine Fülle von Proben, die er auf den Galápagos gesammelt hatte – Vogelbälge, Reptilien in Spiritus, Insekten und Pflanzen – und mit denen zahlreiche Spezialisten noch Jahre danach beschäftigt waren. Sein *Journal* war in einer überarbeiteten und preiswerteren Ausgabe 1845 neu veröffentlicht worden; auf der Grundlage der Ergebnisse, zu denen seine Proben die

Spezialisten mittlerweile geführt hatten, waren einige weitere Ausführungen zur Fauna auf den Galápagosinseln dazugekommen. »Die Naturgeschichte dieser Inseln«, las man dort, »ist außerordentlich merkwürdig und verdient unser ganzes Interesse. Die meisten organischen Hervorbringungen sind einheimische Schöpfungen und lassen sich nirgends sonst finden; sogar die einzelnen Inseln unterscheiden sich in ihren Populationen; alle aber weisen eine deutliche Ähnlichkeit mit den amerikanischen Populationen auf, obwohl die Inseln von diesem Kontinent durch eine Fläche offenen Meeres getrennt sind, die zwischen 750 und 900 Kilometer breit ist.« Darwin hatte die Inselgruppe als »eine kleine in sich geschlossene Welt« gefeiert und vorsichtig angedeutet, diese kleine Welt scheine die Menschheit »jenem gewaltigen Faktum – dem geheimnisvollsten aller Geheimnisse – dem ersten Auftreten neuer Geschöpfe auf dieser Erde etwas näher zu bringen«. Soweit ein Biologe ein Stück Erde als seine Domäne mit Beschlag belegen konnte, hatte Darwin dies mit den Galápagosinseln getan. Aber seine Äußerungen über das, was sie an Einsichten hergaben, waren beschränkt und zögerlich. Als er deshalb bei Wallace lesen mußte, die Galápagos-Phänomene hätten »bis dato gar keine, nicht einmal eine mutmaßliche Erklärung erhalten«, dürfte ihn ein Schamgefühl beschlichen haben. Wallace hatte nur allzu recht.

Darwin hatte nach wie vor nichts darüber ausgeführt, wie sich jenes »geheimnisvollste aller Geheimnisse« lösen ließ. Nach zwanzig Jahren war sein großes Buch zur Entwicklungsgeschichte immer noch nicht abgeschlossen. Und jetzt drohte dieser junge Kerl, dieser Sammler und Verhökerer malaiischer Käfer, dieser unbekannte Autodidakt, der kein einziges Semester in Cambridge oder Oxford studiert hatte, unverschämterweise, die Aufklärung des Geheimnisses zu übernehmen.

»Die Galapagos-Inseln sind eine vulkanische Gruppe von hohem Alter und standen wahrscheinlich niemals in näherer Verbindung mit dem Festlande als augenblicklich«, schrieb Wallace, der die Inseln nie zu Gesicht bekommen hatte. Viele gebildete Engländer der damaligen Zeit hatten Darwins *Journal* gelesen, aber nur wenige hatten sich mit dem Kapitel über die Galápagos so eingehend beschäftigt wie Wallace. »Sie müssen zuerst«, fuhr er in seinem Beitrag aus Sarawak fort, »wie andere neu gebildete Inseln durch die Tätigkeit der Winde und Strömungen bevölkert worden sein, und es muß das zu einer hinlänglich weit abliegenden Zeitperiode stattgefunden haben, so daß die ursprünglichen Arten aussterben und die modifizierten Prototyen allein zurückbleiben konnten.«

Diese »modifizierten Prototypen« waren die dort heimischen Arten, über die Darwin berichtet hatte – die Schildkröten, Finken, Spottdrosseln, Leguane und andere Arten mehr. Besonders die Finken stellten ein gutes Beispiel für das Wallacesche »Gesetz« dar: Sie präsentierten sich als ein ganzer Schwarm von nahe verwandten Arten, die in engem räumlichem und zeitlichem Zusammenhang auftraten. Wallace benutzte die Darwinschen Befunde, um einen Gedanken vorzutragen, den sich Darwin nicht getraut hatte, zur Sprache zu bringen – den Gedanken, daß Isolation plus Zeit dank eines natürlichen Evolutionsprozesses neue Arten ergibt. Wallace konnte nicht sagen, was diesen Prozeß in Gang setzte und ablaufen ließ. Aber der Beitrag aus Sarawak machte unmißverständlich klar, daß er an dem Problem arbeitete.

Etwa um diese Zeit fingen Wallace und Darwin an, miteinander zu korrespondieren. Wallace schrieb den ersten Brief, in der Hoffnung, ein »Ferngespräch« über die phantastische Idee in Gang zu bringen, die er in seinem Beitrag andeutungsweise geäußert hatte. Er war zwar ein scheuer junger Mann, aber so scheu war er auch wieder nicht, daß es ihn davon abgehalten hätte, sich um die Reaktion eines als Kapazität geltenden Unbekannten zu bemühen. Dieser erste Brief existiert nicht mehr. Darwin erhielt ihn, aber hob ihn nicht auf. Wir wissen nur, daß er den 10. Oktober 1856 als Datum trug und von Celebes abgeschickt worden war, wohin es Wallace auf seiner Tour durch den Archipel mittlerweile verschlagen hatte.

Sieben Monate später schickte Darwin eine Antwort. »Aus Ihrem Brief und noch mehr aus Ihrem Beitrag in den Annalen, der vor über einem Jahr erschien, ist mir klar ersichtlich, daß wir in sehr ähnlichen Bahnen gedacht haben und in einem gewissen Maß zu vergleichbaren Ergebnissen gelangt sind.« Tatsächlich sei es ungewöhnlich, erklärte er, daß zwei Naturforscher in einer theoretischen Frage so weitgehend übereinstimmten.

Darwin hatte offenbar den Beitrag aus Sarawak inzwischen noch einmal genauer studiert und tat ihn nun nicht mehr als einen bloßen Aufguß schöpfungstheoretischer Überlegungen ab. Die Hellsicht, mit der sich Wallace dem geheimnisvollsten aller Geheimnisse näherte, ließ Darwin mulmig werden. Mit einem leisen Unterton von Eifersucht und unter Einsatz eines wehleidigen Ausrufezeichens eröffnet er Wallace: »Im Sommer sind es zwanzig Jahre (!) her, seit ich mein erstes Notizbuch zu der Frage begann, wie und auf welchem Wege sich Arten und Varietäten voneinander unterscheiden. – Ich bin jetzt dabei, meine Arbeit für die Veröffentlichung fertig zu machen, aber wie ich feststellen muß, ist das Thema so außerordentlich umfangreich, daß trotz der vielen Kapitel, die ich bereits geschrieben habe, bis zum Erscheinen des Buches wohl noch zwei Jahre vergehen werden.«

Auf diese schräge Weise nahm Darwin für sich das Urheberrecht auf eine Idee in Anspruch, über die er gleichzeitig den Mantel des Schweigens breitete. Wenn du nur ein bißchen Geduld hast, gab er Wallace zu verstehen, so werde ich dieses Problem in Kürze für uns beide gelöst haben. Zwei Abschnitte später schrieb er: »Es ist mir schlechterdings *nicht möglich*, im Rahmen eines Briefes meine Ansichten über die Ursachen und Mittel darzulegen, die für die Abwandlung eines Naturzustandes verantwortlich sind; aber ich habe allmählich eine klar bestimmte und faßliche Vorstellung dazu entwickelt. – Ob sie zutrifft oder nicht, müssen andere entscheiden.« Klar bestimmt und faßlich mochte die Vorstellung ja sein, aber ehe Darwin nicht endlich geruhte, mit ihr herauszurücken, konnte sich weder Wallace noch sonst jemand ein Urteil über sie bilden.

Wenn er nicht vorhatte, seine Gedanken mitzuteilen, warum antwortete Darwin dann überhaupt auf den Brief von Wallace? Nun, Darwin war ein höflicher Mensch. Er war ein unermüdlicher Briefschreiber, und wenn er von einem anderen Wissenschaftler (mochte der auch nur ein obskurer junger Spund sein) einen Brief bekam, so war er gewohnt, darauf zu antworten.

Er hegte aber auch noch einen Hintergedanken. »Ich habe keine Ahnung, wie lange Sie beabsichtigen, im Malaiischen Archipel zu bleiben«, schrieb er. »Ich würde gerne aus dem veröffentlichten Bericht von Ihren dortigen Reisen noch vor Erscheinen meines eigenen Buches Nutzen ziehen, denn Sie werden ohne Frage eine Fülle von Material zusammentragen.« Und falls die Veröffentlichung des zu erwartenden Reiseberichts noch in ferner Zukunft lag, hatte Wallace dann vielleicht die Güte, Darwin einiges von dem Material zur Verfügung zu stellen? Besonders interessiere ihn, gab er zu, die Verteilung von Arten auf ozeanischen Inseln.

14 Daß Wallace und Darwin sich auf das Studium von Inseln verlegten, war zu einem großen Maße dem Zufall zu verdanken. Da der Zufall bei der ganzen Geschichte seine Hand im Spiel hat und, wie wir am Ende sehen werden, sowohl an der Entwicklung von Arten als auch an ihrem Aussterben maßgeblich beteiligt ist, wollen wir uns kurz ansehen, welche Rolle er in der wissenschaftlichen Karriere der beiden gespielt hat.

Als Charles Darwin damals, im Jahre 1831, England an Bord der *Beagle* verließ, war er nicht mit biogeographischen Fragen beschäftigt und hatte nicht die Galápagosinseln im Visier. Zu der Fahrt hatte er sich hauptsächlich verpflichtet, um sich von Langeweile und Orientierungslosigkeit zu heilen, um die gefürchtete, aber dem Anschein nach unausweichliche Aussicht auf ein Leben als Landpfarrer hinauszuschieben und um sich elterlichem Unmut zu entziehen – ungefähr so, wie heutzutage ein Zwanzigjähriger seinen Rucksack packt, um für einige Zeit durch die Welt zu trampen. Nachdem sie vier Jahre lang die Küste Südamerikas vermessen hatte, steuerte die Besatzung der *Beagle* westwärts zu einer Weltumseglung; die Galápagos boten einen geeigneten Anlaufhafen. Bis dahin hatte sich Darwin ebensoviel mit Geologie wie mit Biologie befaßt, und da die Galápagos vulkanischen Ursprungs waren, mögen sie ihn erst einmal nur als ein geeigneter Ort zur Fortsetzung seiner geologischen Forschungen interessiert haben.

Der junge Alfred Wallace hatte sich eindeutiger der Biologie verschrieben. Er begann zu reisen, nicht um deprimierenden Aussichten zu entrinnen oder »zu sich selbst zu finden«, sondern um etwas Größerem und Interessanterem auf die Spur zu kommen – er wollte das Geheimnis der Ursprünge aufdecken. Obwohl er sehr früh wußte, was er wollte, wurde ihm die Erfüllung seines wissenschaftlichen Strebens nur auf großen Umwegen zuteil. Als er England im Jahre 1848 verließ und zu seiner ersten Forschungsfahrt in ferne Länder aufbrach, war sein Bestimmungsort nicht der Malaiische Archipel. Es war nicht einmal so, daß er sich einfach auf den Weg machte und dann zufällig im Malaiischen Archipel landete. Sein erklärtes Ziel war vielmehr der Amazonas.

Wer für Katastrophen, Hartnäckigkeit, große Abenteuer, Unerschrockenheit und schwarzen Humor etwas übrig hat, muß die Heldensage der Wallaceschen Amazonasreise als einen Glanzpunkt in der Geschichte der Naturerforschung goutieren. Am Anfang standen die Lebensumstände, in denen Wallace sich als Heranwachsender befand. Durch die finanzielle Not seiner Familie gezwungen, mit vierzehn von der Schule abzugehen, verbrachte Alfred kurze Zeit in London, wohin er einem Bruder gefolgt war, der dort als Tischlergehilfe arbeitete. Ungefähr ab fünfzehn arbeitete er selbst dann sechs Jahre lang als Gehilfe ohne förmlichen Anstellungsvertrag bei einem anderen älteren Bruder, der sich als Landvermesser etabliert hatte. Die Landvermessung gefiel ihm, sie machte Spaß, weil sie ihm erlaubte, im Freien zu arbeiten (besonders gern arbeitete er in Wales, das er innig liebte) und sich gleichzeitig ein bißchen Mathematik und Geologie anzueignen. Damals reichte sein Ehrgeiz noch nicht weiter. Dann kam es im Landvermessungsgeschäft zu einem Konjunktureinbruch, und der Bruder entließ ihn. Eine kurze Zeit lang arbeitete er in der Stadt Leicester als Schullehrer – Lesen, Schreiben, Rechnen, ein bißchen Landvermessen und Zeichnen. Und in Leicester nahm sein Leben eine neue Wendung.

In der öffentlichen Bibliothek der Stadt las er Alexander von Humboldts *Reise in die Aequinoctial-Gegenden des neuen Kontinents in den Jahren 1799–1804*, mit dem Resultat, daß ein auf Großbritannien beschränktes Leben unvorstellbar für ihn wurde. Er las Prescotts *History of the Conquests of Mexico and Peru* [*Die Eroberung von Mexiko* und *Die Eroberung von Peru*] und Robertsons *History of America* [*Geschichte Amerikas*]. Er las Malthus' Traktat *An Essay on the Principle of Population* (*Über die Bedingungen und Folgen der Volksvermehrung*), der Jahre später in seinem Kopf wie eine Bombe losgehen sollte; Darwin passierte übrigens das gleiche. In der Bibliothek in Leicester freundete er sich auch mit einem jungen Mann seines Alters namens Henry Alan Bates an. Bates hatte ein Hobby, das Alfred faszinierend fand: Er sammelte Käfer.

Käfer zu sammeln war damals bei Jungen und Männern, die sich für die Natur begeisterten, gang und gäbe. Sie waren hübsch anzusehen, es gab von ihnen viele Arten, und sie waren leicht zu konservieren. Für einen ehrgeizigen oder konkurrenzbewußten Naturforscher boten sie ein Mittel, sich mit den anderen zu messen. Auch Darwin hatte mit Käfern angefangen. Für Alfred Wallace war in dem Entwicklungsstadium, in dem er sich befand, das Sammeln von Käfern ein herrliches neues Spiel. Er hatte nie für möglich gehalten, daß es so viele verschiedene Sorten gab – Hunderte von Käferarten allein in der Umgebung von Leicester und dreitausend auf dem Gebiet der Britischen Inseln. Sein neuer Freund Bates besaß ein dickes Nachschlagewerk, in dem diese Zahlen genannt wurden. »Ich lernte auch von ihm, an was für einer unendlichen Vielzahl von Orten man Käfer finden kann, wobei manche von ihnen das ganze Jahr über gesammelt werden können, also faßte ich sogleich den Entschluß, mit Sammeln anzufangen«, schrieb Wallace sechzig Jahre später in seiner Autobiographie, als er auf diese Zeit zurückblickte. Einen Teil der schwer verdienten Shillings, die er für seine Unterrichtstätigkeit bekam, gab er aus, um sich ein eigenes *Handbuch der Coleoptera Großbritanniens* zu kaufen. Er und Bates waren bald dicke Freunde: zwei bekloppte Käferkundler, die auf den Wiesen im Umkreis von Leicester herumkrabbelten. »Diese neue Beschäftigung verlieh den Spaziergängen aufs Land, die ich mittwochs und samstags nachmittags unternahm, zusätzlichen Reiz«, schrieb er. Aber es blieb nicht einfach nur ein leidenschaftlich gepflegtes Hobby. Weitere Ideen gelangten mit Hilfe weiterer Bücher in Alfreds Kopf und sorgten dort für den größten Aufruhr.

Eines dieser Bücher war Charles Darwins *Journal*. Ein anderes war William Swainsons *A Treatise on the Geography and Classification of Animals* [Abhandlung über die Geographie und Aufteilung von Tieren]. Swainson beschrieb darin die Verteilung der verschiedenen Arten und führte einige der Theorien an, die zur Erklärung des Phänomens bemüht worden waren; wie Charles Lyell nahm er allerdings hinsichtlich der zugrundeliegenden Prozesse seine Zuflucht zu einem frömmlerischen Agnostizismus. »Die Hauptursachen, die dazu geführt haben, daß die verschiedenen Regionen der Erde von verschiedenen Tierrassen bevölkert sind, und die Gesetze, die für ihre Ausbreitung bestimmend sind«, schrieb Swainson, »müssen menschlichem Forschungsdrang auf ewig verborgen bleiben.« Alfred war sich da nicht so sicher.

Am meisten beeinflußt haben dürfte ihn wohl ein damals vielbeachtetes Buch mit dem Titel *Vestiges of the Natural History of Creation [Natürliche Geschichte der Schöpfung des Weltalls, der Erde und der auf ihr befindlichen Organismen, begründet auf die durch die Wissenschaft errungenen Tatsachen]*, das im Jahre 1844 anonym veröffentlicht worden war und das später einem Mann namens Robert Chambers zugeschrieben wurde. *Vestiges* war ein konfuses Elaborat, das in der Öffentlichkeit zwiespältige Aufnahme fand. Es trug den allgemeinen Gedanken einer biologischen Entwicklungsgeschichte vor und untermauerte diesen Gedanken mit einigen interessanten Fakten und Überlegungen; es lieferte aber keine überzeugende Theorie über die Funktionsweise einer solchen Entwicklung und krankte daran, daß der Verfasser leichtgläubig genug war, jede Menge Ammenmärchen zu verzapfen. Zum Beispiel beschrieb Chambers Experimente, bei denen ein elektrischer Strom durch eine Lösung aus Kieselsäure und Pottasche geschickt und auf diese Weise eine Urzeugung von Insekten bewirkt worden sei. Er behauptete, die Larven eines Geschöpfes namens *Oinopota cellaris* lebten nirgends sonst als in Wein und Bier, was beweise, daß die Spezies erst irgendwann nach Entdeckung des Gärprozesses durch die Menschen entstanden sein könne. Wenn Eltern ständig logen, so konnte das ihm zufolge bei den Kindern zu einem angeborenen (erblichen) Hang zum Lügen führen, was sich besonders bei den ärmeren Volksschichten beobachten lasse. Die chinesische Sprache erklärte er wegen ihrer ideographischen Schrift für eine primitive Verständigungsform. Außerdem erklärte Chambers, die Chinesen würden, wenn sie entwickelter wären, nicht so große Schwierigkeiten mit dem Aussprechen des Buchstabens ›r‹ haben.

Daß *Vestiges*, vergleichbar den heutigen Publikationen über UFOs, aus der Evolution ein ebenso anregendes wie verschwommenes Thema für Salongeschwätz machte, sicherte dem Buch unter unkritischen Lesern einen großen Erfolg. Aber von unerschütterlichen Schöpfungstheoretikern wie auch von vielen nüchternen Naturforschern wurde das Buch als bare Sensationsmache abgetan. Charles Darwin fand es nicht nur unnütz, sondern schädlich, weil es dem ganzen Evolutionsthema ein Flair schriller Unglaubwürdigkeit verlieh und jeder ernsthaften Evolutionstheorie die Arbeit nur erschwerte. Für den jungen Alfred Wallace allerdings hatte *Vestiges* die Funktion eines Katalysators. Seine Überlegungen waren damals viel weniger weit gediehen als die Darwinschen, und das naßforsche Buch von Chambers half ihm dabei, sich auf eine einzige entscheidende Frage zu konzentrieren. Wenn die Arten durch natürlichen Wandel eine aus der anderen hervorgegangen waren, wie in *Vestiges* behauptet wurde, wie sah dann der Mechanismus aus, durch den das geschah?

Alfred Wallace hatte mittlerweile die Schullehrerstelle in Leicester aufgegeben und arbeitete wieder als Feldvermesser. Er schrieb an Henry Bates:

»Ich habe wohl eine vorteilhaftere Meinung über die ›Vestiges‹, als Du das offenbar hast. Ich sehe darin keine überstürzte Schlußfolgerung, sondern vielmehr eine sinnreiche Hypothese, die durch einige überraschende Fakten und Analogien entschieden gestützt wird, deren endgültiger Beweis durch mehr Fakten und eine weitere Erhellung des Problems mittels zusätzlicher Forschungen allerdings noch aussteht. Das Buch schlägt ein Thema an, dem jeder Beobachter der Natur seine Aufmerksamkeit schenken muß; was immer er beobachtet, wird entweder Beleg für es sein oder gegen es sprechen, und auf diese Weise dient es gleichermaßen als ein Ansporn, Fakten zu sammeln, und als der Gegenstand, auf den die gesammelten Fakten anschließend bezogen werden können.«

Er sprach von sich selbst. Ein Ansporn war das Buch in der Tat für ihn.

Erfüllt von jugendlichem Eifer und Überschwang fingen Alfred und Henry an, einen abenteuerlichen Plan zu schmieden. Sie würden als biologische Sammler in die Tropen gehen. Finanzieren würden sie das Unternehmen dadurch, daß sie nicht nur für sich selbst, sondern auch für den Markt sammelten. Sie würden Vogelbälge und präparierte Insekten an einen Händler in London schicken, damit dieser sie an Museen und betuchte Privatsammler verkaufte, die damals naturhistorische Musterexemplare kauften und ausstellten, wie es heutzutage Leute gibt, die präraffaelitische Kunst kaufen und ausstellen. Und während sie von ihrer eigenen Sammlung überzählige Exemplare als Kuriositäten an feine Pinkel verkauften, würden sie ihre Feldforschungen und die eigene Sammlung nutzen, um hinter das geheimnisvollste aller Geheimnisse zu kommen. Ja, wahrhaftig, sie würden den Ursprung der Arten aufdecken – oder es jedenfalls versuchen.

Aber wo genau sollten sie hingehen? In den Malaiischen Archipel? Nein, die Reize dieser Region scheinen erst etliche Jahre später Alfreds Beachtung gefunden zu haben. Auf die Galápagos? Nein, das war entschieden zu weit für zwei Amateure, die ohne Unterstützung reisten; außerdem hatte ja auch schon jemand die Inseln abgegrast. Den Ausschlag gab ein weiteres Buch. Gegen Ende des Jahres 1847 las Alfred das gerade erst erschienene Buch *A Voyage up the Amazon* [Eine Reise den Amazonas hinauf] von einem Amerikaner namens W. H. Edwards. Auch Bates las es, und beide waren sie fasziniert. Sie wickelten in aller Eile ihre Vorbereitungen ab, wozu auch eine Vereinbarung mit Samuel Stevens, einem Londoner Agenten mit guten Beziehungen gehörte, der ihre Musterexemplare übernehmen und weitervermitteln sollte. Es dauerte gerade einmal vier Monate, bis sie Liverpool an Bord eines Schiffes verließen, das nach Pará, dem heutigen Belém, an der Amazonasmündung segelte.

In Brasilien trafen sie am 26. Mai 1848 ein. Wallace sollte mehrere Jahre dort verbringen, Bates sogar noch längere Zeit. Keiner von beiden sah den langen Aufenthalt und die immensen Schwierigkeiten, die ihrer harrten, voraus.

15 Bald nach ihrer Ankunft in Brasilien fanden Wallace und Bates ein Haus am Rande von Pará, stellten einen Koch an, begannen, Portugiesisch zu lernen, und unternahmen zur Vorbereitung einige Exkursionen in den Urwald.

Wallace erinnerte sich später daran, wie er »vor Erwartung gefiebert« hatte. »Bei meinem ersten Gang in den Urwald sah ich umher und erwartete, Affen so zahlreich wie im Zoologischen Garten und dazu jede Menge Kolibris und Papageien zu sehen.« Als er aber nach mehreren Tagen immer noch keine Affen und kaum Vögel erblickt hatte, fing er an, zu vermuten, »daß diese und andere Hervorbringungen der südamerikanischen Urwälder viel seltener sind, als Reisende uns das weismachen wollen«. Jeder, der je einen Regenwald betreten hat, den Kopf vollgestopft mit den Hochglanz-Naturfotos, die er vorher zu sehen bekam, erlebt ungefähr die gleiche Enttäuschung, die einfach darin ihren Grund hat, daß Vielfalt mit Fülle verwechselt wird. Wallace stellte rasch fest, daß es gar nicht so einfach war, Insekten und Vögel in den Tropen zu sammeln. Außerdem boten sich die meisten Tiere nicht so ohne weiteres dem Auge dar, geschweige denn, daß sie leicht ins Netz zu locken oder zu erlegen waren. Er war überrascht, wie leer der Urwald wirkte. Die Insekten waren nicht so zahlreich, wie er angenommen hatte. Nashornkäfer sah er keine. Er mußte sich mit einigen Schmetterlingen zufriedengeben (darunter ein paar metallisch-blaue Exemplare der Gattung *Morpho*, die ordnungsgemäß prächtig und nach Amazonas aussahen), ein paar Fangschrecken und etlichen riesigen Vogelspinnen der Gattung *Mygale*. Moskitos und Zecken spürten ihn erfolgreicher auf als er umgekehrt sammelwürdige Arthropoden. Die Vögel wirkten ebenso rar und unscheinbar. Binnen eines Monats allerdings hatte Wallace herausbekommen, wie man sorgfältiger und gekonnter suchte, und sah nun auch, wieviel es in Wirklichkeit gab. Andere Probleme erledigten sich weniger rasch.

Nach zweimonatiger Sammeltätigkeit in der Umgebung von Pará schickten er und Bates den ersten Posten Musterexemplare an Samuel Stevens ab. Die Sendung kam heil in London an, und Stevens, der ein zuverlässiger Mann war und Wallace einige Jahre lang als Mittelsmann erhalten blieb, machte sich an die Aufgabe der Vermarktung. Diese erste Lieferung bestand weitgehend aus Insekten: ungefähr vierhundertfünfzig Käferarten und fast genauso viele Arten von Schmetterlingen. Im Oktober, nach einer Fahrt den Rio Tocantins hinauf, der ein Stück stromaufwärts hinter Pará, von Süden kommend, in den Hauptstrang des Amazonas mündet, hatten sie bereits eine weitere Sendung abgeschickt – auch diesmal hauptsächlich Insekten, dazu aber ein paar Vogelbälge und Muscheln. Dieser Sendung war ein Brief beigelegt, in dem Wallace die Logistik des Unternehmens schilderte:

»Für die Fahrt mieteten wir eines der schweren Eisenboote mit zwei Segeln; die Mannschaft bestand aus vier Indianern und einem schwarzen Koch. Wir hatten die üblichen Probleme, mit denen sich Reisende in diesem Land konfrontiert sehen, daß nämlich unsere Mannschaft sich aus dem Staub machte; dadurch konnten wir erst mit sechs oder sieben Tagen Verspätung den Fluß hinauffahren. Für die Reise nach Guaribas brauchten wir drei Wochen, und zurück zwei Wochen. Wir erreichten einen Punkt ungefähr dreißig Kilometer unterhalb Arroyas, von dem aus ein großes Kanu in der Trockenzeit nicht mehr weiterkommt, wegen der Stromschnellen, Wasserfälle und Strudel, die hier beginnen und die Schiffahrt auf diesem majestätischen Strom mehr oder minder bis zur Quelle behindern; hier mußten wir unser Fahrzeug zurücklassen und in einem offenen Boot weiterfahren, in dem wir zwei Tage lang ungeschützt saßen, wofür wir allerdings durch die Schönheit der Szenerie reichlich entschädigt wurden: der Fluß (anderthalb Kilometer breit), übersät mit felsigen und sandigen Inseln jeder Größe und bedeckt von einer üppigen Vegetation; die hohen, gewundenen Ufer, bestanden von einem dichten, aber malerischen Urwald; die Wasser dunkel und klar wie Kristall; und die Aufregung der sausenden Fahrt durch furchterregende Stromschnellen sorgte für die nötige Unterhaltung in der heißen Äquatorsonne und einer Temperatur, die bei 32 Grad im Schatten lag.«

Samuel Stevens tat sein Bestes, die Öffentlichkeit für die Sammlungen zu interessieren, und schickte den Brief von Wallace an

The Annals and Magazine of Natural History, wo er freundlicherweise in einem Auszug abgedruckt wurde.

Das war allem Anschein nach das erstemal, daß Wallace in der Zeitschrift erschien, die später durch den Abdruck seines Beitrags aus Sarawak Lyell und Darwin auf ihn aufmerksam machen sollte. In derselben Ausgabe machte Samuel Stevens auch Eigenreklame, stellte sich als »Agent für Naturgeschichte« vor und bot Musterexemplare aus Neuseeland, Indien, der Kapregion, vor allem aber »*zwei* herrliche Lieferungen mit Insekten aller Kategorien in hervorragendem Zustand, gesammelt in der Provinz von Pará« durch die Herren Bates und Wallace.

Nachdem er und Bates sich getrennt hatten (freundschaftlich, um in verschiedenen Regionen des Amazonas verschiedene Arten zu sammeln), verließ Wallace Pará und zog flußaufwärts, wobei er die nächsten vier Jahre damit verbrachte, entlang verschiedener Nebenflüsse eine Reihe von anstrengenden Expeditionen zu unternehmen. Zuerst fuhr er den Hauptstrom bis zur Stadt Santarém hinauf, die etwa 750 Kilometer weit im Landesinneren liegt und wo sich der riesige Rio Tapajós, von Süden kommend, in den Amazonas ergießt. »Ich bin jetzt flußaufwärts bis an diesen Punkt gekommen und nehme die Gelegenheit wahr, Ihnen ein paar Zeilen zu schicken«, schrieb er Stevens am 12. September 1849. »Um hierher zu gelangen, brauchte ich einen Monat, obwohl die Strecke nur so kurz ist.« Jetzt wartete er darauf, die Reise fortsetzen zu können, »aber selbst für ein paar Tage Männer zu finden, bereitet schon extrem große Schwierigkeiten«. Die Gegend um Santarém sei zwar sehr trocken und gestrüppreich, aber ein paar Stellen mit üppigem Urwald habe er immerhin gefunden, »und dort trifft man Lepidoptera in ziemlich großer Zahl; es gibt mehrere reizende *Erycinidae*, die ich noch nicht kenne, und viele gewöhnliche Insekten wie *Heliconia Melpomene* und *Agraulis Dido*, die wir in Pará kaum je zu Gesicht bekamen, im Überfluß: Coleoptera sind, wie ich zu meinem Bedauern feststellen muß, so rar wie eh und je«. Die Schmetterlinge hielten ihn bei Laune – trotz des Mangels an Käfern. Und vielleicht, meinte er, gebe es auf den Dreihundertmeter-Hügeln weiter flußaufwärts in der Nähe von Montalegre ja auch Käfer in Hülle und Fülle.

Er dachte sogar daran, sich bis nach Bolivien durchzuschlagen oder auch nach Bogotá oder Quito. Er wollte von Stevens wissen, ob diese Orte noch unerschlossen waren, was den Handel mit naturhistorischen Novitäten betraf. Auf all den wissenschaftlichen Reisen seiner jungen Jahre war Wallace ein von der Rücksicht auf den Markt bestimmter Sammler. Es blieb ihm gar nichts anderes übrig. »Bitte schreiben Sie mir, sooft Sie können, und lassen Sie mir alle Informationen zukommen, derer Sie habhaft werden können, sowohl die Frage, was für Sorten oder Kategorien von Artikeln verlangt werden, als auch die Fundorte betreffend.« Darwin, ein Sproß aus wohlhabendem Hause, hatte sich zu solcher Drecksarbeit nie gezwungen gesehen. Für Wallace aber erwies sie sich letztlich als ein Segen, da sie ihn nötigte, mit ganz spezieller Tendenz zu sammeln und nämlich zahlreiche Einzelexemplare der reißerischsten und marktgängigsten Arten aufzutreiben.

In Santarém wußte er die Annehmlichkeiten des Ortes zu schätzen. »Der Tapajoz bildet an dieser Stelle ein klares Gewässer mit Sandstrand, und in ihm zu baden ist köstlich; wir baden hier mitten am Tag, wenn uns der Schweiß von der Stirn tropft; Sie können sich nicht vorstellen, wie ungemein wohltuend das ist.« Orangen waren auf den Märkten von Santarém mit vier Pence pro Scheffel ebenso billig wie gut. Ananas wurden ebenfalls angeboten. Wallace hatte von Leicester bis hierher einen weiten Weg zurückgelegt und war dabei, sich an diese neue Welt zu akklimatisieren. »Je mehr ich von diesem Land sehe, *um so mehr möchte ich von ihm zu sehen bekommen*«, berichtete er Stevens. Die Vielfalt an Schmetterlingen war unendlich. Er lebte seinen Traum aus und fand das befriedigend, auch wenn er sich gleichzeitig ein bißchen beängstigt und vereinsamt fühlte. Grüßen Sie alle Freunde von mir, schrieb er.

750 Kilometer weiter flußauf erreichte er das Handelszentrum Barra, ein Städtchen mit schlammigen Straßen und kleinen rotgedeckten Häusern am Zusammenfluß von Amazonas und Rio Negro. Er folgte nun dem Rio Negro flußaufwärts bis zu dessen Quelle in Venezuela. Er überquerte eine Wasserscheide im moorigen venezolanischen Hochland und besuchte ein Gebiet, das Alexander von Humboldt fünfzig Jahre zuvor erforscht hatte. Wallace fuhr auch zweimal den Rio Uaupés hinauf, einen Neben-

fluß des Negro, der durch eine Kette von Wasserfällen und reißenden Stromschnellen blockiert war, an denen das Boot vorbeigetragen werden mußte. Er erreichte Orte, an denen noch nie ein Europäer das Schmetterlingsnetz geschwungen hatte. Er lernte, sich von *farinha* (einem knirschenden Mehl aus Maniok), Fisch und Kaffee zu ernähren. Manchmal gab es nichts weiter als *farinha* und Salz. Als Konservierungsflüssigkeit führte er *cachaça* mit, einen schwarzgebrannten Schnaps aus Zuckerrohr; als er indes einmal in den dortigen Dörfern Ruderer anheuerte, sahen diese in der Verwendung von *cachaça* für die Konservierung von Schlangen einen krassen Mißbrauch und soffen bei Gelegenheit seinen ganzen Alkoholvorrat aus. Wenn *cachaça* nicht zu haben war, konnten die Ruderer auf das heimische Gebräu *caxiri*, eine Art Bier, das aus Maniok gegoren wurde, zurückgreifen. Wallace war weniger anpassungsfähig; eine Konservierung von Präparaten in Bier kommt in seinen Berichten nicht vor.

Er gewöhnt sich daran, in einer Hängematte zu schlafen. Er wird ein begeisterter Schildkrötenesser. Als guter Viktorianer hält er ein gesundes Maß, wenn er bei Dorfzeremonien *cachaça* verteilt. Hin und wieder bewundert er die Figur einer jungen Indianerin, die im Fluß badet, aber das ist auch schon alles, was man in seinem späteren Bericht zum Thema Liebesverlangen und sexueller Begierde findet. Die Sandflöhe graben Löcher in seine Füße, die zu eitern anfangen und seinen Gang in ein Humpeln verwandeln. Einmal glaubt er, an Ruhr zugrunde zu gehen. Dann wieder setzt ihn das Malariafieber außer Gefecht. Den Durchfall heilt er dadurch, daß er aufhört, Maniokgrieß zu essen, und sich aushungert; gegen die Malaria hat er Chinin. Sein jüngerer Bruder Herbert, der von England herüberkommt, um sich ihm anzuschließen, hat, wie sich herausstellt, für die tropische Wildnis weniger übrig als Alfred und bringt auch weniger Widerstandsfähigkeit mit. Vom Leben im Urwald enttäuscht und entschlossen, mit dem nächsten Schiff nach England heimzukehren, fährt Herbert den Fluß hinunter nach Pará zurück. Ehe er ein Schiff für die Heimreise findet, stirbt er an Gelbfieber. Als das geschieht, ist Alfred 1500 Kilometer weit entfernt. Viel später werden ihn deshalb immer noch Schuldgefühle bedrücken. Ohne jede Ahnung von dem, was in Pará passiert, und selbst immer wieder von

Heimweh geplagt, hält er sich damals weit oben am Rio Negro auf.

Er denkt an die langen Sommerabende im fernen England und an die langen Winterabende, an denen sich die ganze Familie um das lodernde Herdfeuer scharte. Er ißt geröstete Kastanien und spricht fast nur Portugiesisch. Schlimmste Vereinsamungsgefühle suchen ihn heim und lassen ihn wieder los. Ungefähr einmal pro Jahr fährt er den Fluß hinunter bis nach Barra und hofft auf ein Postpaket. Herbert sei sehr krank, berichtet ihm ein Brief, den er bei einem seiner Jahresbesuche erhält. Später erfährt er, daß Herbert bereits im Jahr zuvor gestorben war. Er erträgt die Sandfliegen, die Stechmücken und die Vampire, die nachts lautlos in die Hütte geflattert kommen, um die Nase oder den Zeh des Schläfers anzuzapfen. Er schläft mit zugedeckten Zehen und wacht irgendwann mit einer schmerzlosen, aber blutenden Wunde an der Nasenspitze auf. Er sammelt und beschreibt hundertsechzig Fischarten.

Eines Tages sieht er im Urwald einen schwarzen Jaguar – das heißt, eine melanistische Aberration vom Fleckenmuster normaler Jaguare – und starrt ihn an, ohne auf ihn anzulegen. »Diese Begegnung bereitete mir großes Vergnügen«, erinnerte er sich später. »Ich war zu überrascht und zu sehr von Bewunderung erfüllt, um Furcht zu empfinden. Geraume Zeit hatte in voller Lebensgröße und in ihrem natürlichen Milieu die seltenste Varietät der stärksten, gewaltigsten und gefährlichsten Tierart vor mir gestanden, die den amerikanischen Kontinent bewohnt.« Dieser melanistische Jaguar führte ihm anschaulich vor Augen, wie weit einzelne Exemplare innerhalb einer Art gegenüber der Norm variieren konnten. Der Begriff »Varietät« sollte später eine im Verhältnis zu dem Gebrauch, den er und andere davon machten, neue Bedeutung gewinnen.

Er fuhr erneut den Rio Uaupés hinauf, umging Dutzende von Katarakten und drang bis zu einem Punkt vor, wo die Händler nicht mehr hinkamen; er war auf der Suche nach einem Vogel, von dem er gerüchtweise gehört hatte: einer sagenhaften weißen Version des schwarzen Schirmvogels, *Cephalopterus ornatus*. Handelte es sich bei dem weißen Schirmvogel um eine noch nicht bekannte Art, oder war es einfach ein abweichendes Einzelexemplar, eine Anomalie, eine Laune der Natur, wie der schwarze Jaguar, den ab und an zwei normal gefleckte Jaguare in die Welt setzten. Oder war der Vogel vielleicht nur eine Erdichtung? Zu Gesicht bekam er den weißen Schirmvogel nie. Statt ein Musterexemplar von ihm aufzuspüren, sammelte er Zeugnisse über ihn. Einige der dort ansässigen Uaupés wußten überhaupt nichts von einem solchen Geschöpf; andere erzählten ihm, es existiere zwar, sei aber selten. Wallace zog enttäuscht ab und war »geneigt, es für eine bloße weiße Varietät zu halten, wie sie ab und an bei unseren Schwarzdrosseln und Staren zu Hause vorkommen und wie man sie bei Hokkohühnern und bei Agutis antrifft«. Aber die Episode war nicht unnütz. Sie entwickelte seinen Sinn für Varietäten innerhalb von Arten.

Uns allen ist bewußt, daß *Homo sapiens* in seinen Exemplaren variiert, aber wir vergessen leicht, daß auch *Cephalopterus ornatus*, *Panthera onca* (der Jaguar) und all die anderen Arten routinemäßig Variationen einschließen. Noch leichter konnte man das zu Wallace' Lebzeiten vergessen, wo die typologische Sicht vorherrschend war – die Annahme, daß Arten aus einem Idealtypus bestanden, den die Einzelexemplare exakt kopierten. Die typologische Vorstellung ist reizvoll, aber irreführend. Jede Spezies umfaßt eine ganze Palette von empirischen Ausprägungen. Geradeso, wie manche Menschen größer sind als andere, sind manche Raben schwärzer als andere. Manche Giraffenhälse sind nicht ganz so lang wie der durchschnittliche Giraffenhals. Mancher Blaufußtölpel sieht sich mit Füßen geschlagen, die nicht ganz so strahlend blau sind wie die Füße der Verwandten, Nachbarn und Geschlechtsrivalen. Diese kleinen Anhäufungen innerartlicher Variation, diese geringfügigen Unterschiede zwischen den Exemplaren, gewannen für Wallace im Zuge seines Nachdenkens über die Evolution eine ungeheure Bedeutung.

Wallace hatte mehr Gelegenheit als die meisten anderen Naturforscher, solche Variationen zu bemerken. Als kommerzieller Sammler war er auf größere Mengen aus – sammelte nicht nur je ein Exemplar dieser Papageien- oder jener Schmetterlingsart, sondern manchmal ein Dutzend oder mehr Exemplare von einer einzigen Spezies. Wunderschöne tote Geschöpfe waren, bildlich gesprochen, sein täglich Brot; er schnappte sich, was er kriegen konnte, um es zu vermarkten. Aber nachdem er sie sich geschnappt hatte, konservierte, untersuchte und verpackte er diese Geschöpfe mit wachem Sinn und bekam dabei innerartliche Variationen in einer Breite und Deutlichkeit zu Gesicht, wie das anderen, wohlhabenderen biologischen Feldforschern (sogar den besten unter ihnen wie einem Darwin) normalerweise versagt blieb. Hier erhielt Wallace Hinweise, deren Spur er mit großem Nutzen folgen sollte.

Mit der Konservierung und der Aufbewahrung all der vielen Musterexemplare gab es ständig Schwierigkeiten. In der Regenzeit mußte Wallace feststellen, daß es praktisch unmöglich war, einen Vogelbalg oder ein Insekt zu trocknen. Ließ man ein fleischernes Exemplar auf dem Erdboden, auf einem Tisch, irgendwo in Reichweite liegen, lockte es rasch Ameisen an. Verstaute Wallace es in seiner Trockenkiste, fing es an zu schimmeln. Legte man es in die Sonne, zog es Fliegen an, die ihre Eier ablegten, und wurde dann von den geschlüpften Maden aufgefressen. Die einzige Methode, ein Fell zu konservieren, bestand, wie Wallace feststellte, darin, es wie einen Räucherschinken jeden Morgen und Abend über das Feuer zu hängen. Die geräucherten Exemplare wurden dann in Holzkisten gepackt und versiegelt.

Ein anderes Problem war der Transport. Solange er am unteren Amazonas arbeitete, war es möglich, wenn auch nicht leicht, die Präparate nach England an Stevens zu schicken. Das ging jetzt nicht mehr. Während Wallace sich droben am Rio Negro aufhielt, stapelten sich die Exemplare, die er während dieser Arbeitsphase sammelte, in Barra. Die in Kisten verpackten Sammlungen konnten nicht den Fluß hintergebracht und als Voraussendung nach England geschickt werden, weil die Zollbehörden es nicht zuließen – Wallace mußte erst persönlich die Papiere ausfüllen und die Zollgebühren bezahlen. Wallace konnte damals ohne zusätzliche Zahlungen von Stevens seinen Unterhalt finanzieren; die Verzögerung schien also keine Rolle zu spielen. Später sollte sich herausstellen, daß sie höchst gravierende Folgen hatte.

Schließlich hatte er genug. Noch länger im Amazonasgebiet zu bleiben würde ihn seiner Einschätzung nach wahrscheinlich das Leben kosten. In Barra standen sechs wertvolle Kisten, vollgepackt mit seinen Musterexemplaren. Außerdem besaß er Tagebücher, Zeichnungen und Aufzeichnungen aus vier langen Jahren, die nicht minder wertvoll waren. Und nun kam er vom Oberlauf des Uaupés mit einem sperrigen Sortiment lebender Tiere, darunter Affen, Papageien und andere große und kleine Vögel. Sein Problem bestand darin, möglichst viele dieser Tiere und auch sich selbst heil nach England hinüberzubringen.

Mit dieser Fracht den Uaupés hinunterzufahren war eine echte Herausforderung. Er hatte viel Zeit gebraucht, eine indianische Mannschaft aufzutreiben, Leute, die den Fluß gut genug kannten, um die Stromschnellen im Kanu zu meistern, und die zugleich bereit waren, sich für das verrückte Unternehmen eines weißen Mannes anheuern zu lassen und sich seinen verrückten Zeitvorstellungen zu unterwerfen. Fast alle hatten etwas Besseres zu tun: ein Haus zu reparieren, an einem rituellen Tanz teilzunehmen, bei der jungen Ehefrau zu bleiben. Das Gefühl, daß es ihm einfach nicht gelang, gute Leute zu finden, bereitete Wallace Höllenqualen – ein Gefühl, das man bei ungeduldigen Abenteurern damals und auch heute noch häufig antrifft. Aber er gab sich mit den Männern zufrieden, die sich ihm anboten, und gemeinsam schafften sie es tatsächlich, den Fluß zu überstehen.

»Am 1. April passierten wir eine Serie von Wasserfällen; die meisten schossen wir inmitten furchterregender Wogen und tosender Brecher hinunter«, schrieb er. Während einer früheren Talfahrt auf dem Oberlauf des Uaupés empfand er »ein kleines bißchen Angst vor der Durchfahrt durch die Wasserfälle, die der Umstand nicht vermindern konnte, daß der Steuermann völlig benommen war, weil er beim Abschied dem *caxirí* allzu reichlich zugesprochen hatte«; diesmal aber war sein Steuermann offenbar nüchtern. Er berichtet von einigen kleinen Mißgeschicken: So wurden etwa zwei seiner gefangenen Vögel von einem gefangenen Affen gefressen, und »einer meiner wertvollsten und schönsten Papageien (ein Einzelexemplar) ging bei der Durchfahrt durch die Wasserfälle verloren«. Trotz der Verluste blieben ihm immer noch vierunddreißig lebende Tiere, pelztragende und gefiederte, »die in einem kleinen Kanu keine geringe Belastung und Beschwer darstellten«. Die Menagerie umfaßte jetzt fünf Affen, zwei Aras, zwanzig Papageien und Sittiche verschiedener Arten, fünf kleine Vögel, einen brasilianischen Fasan mit weißem

Federkamm und einen Tukan. Nachdem er in Barra die Zollbehörden zufriedengestellt hatte, setzte er in einem größeren Kanu die Fahrt flußabwärts fort. Das war im Juni 1852. Kurz hinter Barra ging besagter Tukan über Bord und ertrank. Mit dem Rest seiner Schätze errreichte Wallace wohlbehalten Pará. Er war wieder an der Mündung des Amazonas, wo er im Jahre 1848 seine Expedition begonnen hatte.

Am 12. Juli warf er einen letzten Blick auf die weißen Häuser und gefiederten Palmen von Pará und ging dann an Bord einer Brigg namens *Helen,* die nach England fuhr. Das Schiff stand unter dem Kommando eines Kapitän John Turner und hatte als Fracht Gummi, Kakao, Besenborsten und Kopaivabalsam geladen. Der Balsam war in kleinen Fäßchen verstaut. Als Vorkehrung gegen Verschiebung und Bruch waren einige der Fäßchen in Sand gebettet, andere in Reisspreu – angesichts der Möglichkeit einer Selbstentzündung des Balsams war das eine sehr unglückliche Idee. Als Wallace an Bord kam, wußte er nichts von dem in Reisspreu gebetteten Balsam. Seine Kisten mit Musterexemplaren, seine Tagebücher und Zeichnungen sowie seine ganze Menagerie kamen mit an Bord der *Helen.*

Drei Wochen lang hatten sie schwachen Wind, aber ansonsten gutes Wetter. Wallace litt an einem Fieber. Er dachte zuerst, die Krankheit, die Herbert dahingerafft hatte, fordere jetzt auch sein Leben. Er überstand das Fieber aber und verbrachte, noch geschwächt, seine Zeit unter Deck mit Lesen und Ruhen.

Am 6. August befanden sie sich mitten auf dem Atlantik, rund tausend Kilometer östlich von Bermuda. Kapitän Turner kam in die Kabine und teilte Wallace mit: »Tut mir leid, aber ich fürchte, auf dem Schiff brennt es; kommen Sie und sagen Sie mir, was Sie davon halten.« Aus dem Teil des Laderaums, wo sich die in Reisspreu gebetteten Balsamfäßchen befanden, quoll Rauch.

Die Mannschaft hackte ein Loch, um den Bereich unter Wasser zu setzen. Das war ein weiterer unseliger Einfall, da der schwelende Balsam dadurch eine bessere Versorgung mit Sauerstoff bekam. Stunden vergingen, während derer die Mannschaft in fortdauernder Fehleinschätzung der Situation immer weitere Eimer Wasser hinunterschüttete. Der Schiffszimmermann sägte ein Loch in den Kajütenboden und verbesserte damit die Luftzufuhr für die Flammen noch weiter; der ebenso unfähige wie nervenstarke Kapitän Turner wurde allmählich unruhig. Schließlich war es soweit, daß Turner ging, um seinen Chronometer, seinen Sextanten, seine Kompasse und die Seekarten einzusammeln. Wallace sah zu und war wie gelähmt. Turner gab Befehl, die Rettungsboote zu wassern. Die Kajüte war mittlerweile voller Rauch, unerträglich heiß und stand kurz davor, in Flammen aufzugehen, aber Wallace tastete sich hinein und schnappte sich eine kleine Zinnschachtel, die ein paar seiner Hemden enthielt. Nur ein paar Schritte entfernt blubberten Balsamfäßchen wie Lava. Affen und Papageien kreischten, tobten und starben. In die Zinnschachtel stopfte Wallace, was er an Zeichnungen und anderen Papieren zu fassen bekam. Es gelang ihm, ein Tagebuch zu retten, ein paar Bleistiftskizzen von Palmbäumen und von Fischen sowie einen Packen Aufzeichnungen für eine Karte vom oberen Rio Negro. Dann sprang er in eines der Rettungsboote, nur um festzustellen, daß es verwittert, rissig und leck war. Zu spät erkannte Wallace, daß er sich auf einem Seelenverkäufer eingeschifft hatte.

Schon bald ging die *Helen* in Flammen auf. Wallace, Kapitän Turner und die Mannschaft saßen nicht weit davon entfernt in ihren undichten Rettungsbooten und schöpften unaufhörlich Wasser, während die Schiffstakelage Feuer fing. Sie sahen zu, wie die Segel verbrannten, als wären sie Papier. Sie sahen die Schiffsmasten umstürzen. Der Großmast fiel als erster, aber »der Fockmast stand noch lange Zeit aufrecht und erregte unsere Bewunderung und unser Staunen«, erinnerte sich Wallace heiter. Ein paar Affen und Papageien waren freigekommen und turnten aufgeregt und ziellos auf dem Wrack herum. Mehrere Tiere sah er in den Flammen verschwinden. Ein Papagei fiel ins Meer und wurde von dem Boot, in dem Wallace saß, gerettet. Coleridge wäre begeistert gewesen.

Zehn Tage lang lebten sie von rohem Schweinefleisch, Schiffszwieback, Wasser und ein paar anderen Kleinigkeiten, die sie hatten retten können. Der Koch hatte umsichtigerweise ein paar Korken aus der Kombüse mitgenommen, die ihnen beim Stopfen der Lecks zustatten kamen. Sie setzten ihre kleinen Segel und nahmen Kurs auf Bermuda. Ein oder zwei Tage lang war der Wind günstig, und sie hofften, Bermuda in einer Woche erreichen zu können oder jedenfalls von einem Schiff entdeckt zu werden, das nach Westindien unterwegs war. Dann drehte der Wind, und sie mußten sich nach Norden orientieren. Von einem anderen Schiff keine Spur. Obwohl der Sonnenbrand mittlerweile sein Gesicht und seine Hände mit Blasen bedeckt hatte, verlor Wallace offenbar nicht seine unverwüstlich gute Laune. »In der Nacht sah ich etliche Meteore«, schrieb er später, »und so, wie ich mitten im Atlantik in einem kleinen Boot auf dem Rücken lag, war ich wirklich in der denkbar besten Position für ihre Beobachtung.« Den Schiffbrüchigen wurde das Wasser knapp, wahrscheinlich auch die Nahrungsmittel. Wallace hatte seine eigenen Mittel, sich darüber hinwegzutrösten. Er bewunderte die metallischen Blau-, Grün- und Goldfarben der Delphine, die das Boot umkreisten. Er verlor niemals den Instinkt des Naturforschers. »Wir sahen auch einen Schwarm kleiner Vögel vorbeifliegen, die zirpende Laute von sich gaben; die Matrosen wußten nicht, was das für Vögel waren.« Die Matrosen, die mit diesem durchgedrehten Vogelnarren in einem Rettungsboot steckten, mögen mit dem Gedanken gespielt haben, aus *ihm* rohes Hackfleisch zu machen.

Am zehnten Tag wurden sie gerettet, jedenfalls aus ihrer Notlage im Rettungsboot – tatsächlich hatte die See noch weitere Gefahren für sie in petto. Sie wurden von einem Schiff namens *Jordeson* aufgelesen, einem englischen Kauffahrer, der, von Kuba kommend, auf dem Weg nach Hause war. Der Kapitän der *Jordeson* nahm sie herzlich auf. Der erste Luxus, den sie genossen, war Wasser zum Trinken. Der zweite war ein Tee.

In der anschließenden Nacht fand Wallace keinen Schlaf. Er dachte an England und an seine Familie. In seinem Kopf jagten sich Hoffnungen, neue Ängste und Niedergeschlagenheit; offenbar fühlte er sich den Launen des Schicksals stärker ausgeliefert denn je zuvor. Was ihn da an Bord der *Jordeson* für kurze Zeit ereilte, war ein emotionaler Zusammenbruch; ihn hatte er sich redlich verdient. Abgesehen davon, daß er mit knapper Not dem Tode entronnen war, daß er mit der unverhofften Rettung fertig werden mußte und daß ihm vier Jahre Heimweh in den Knochen saßen, war da noch die Geschichte mit den Sammlungen zu bewältigen, die in der *Helen* verbrannt und mit ihr untergegangen waren. »Nun, da die Gefahr vorüber schien, begann ich die Größe meines Verlustes erst voll zu empfinden. Mit wieviel Lust hatte ich jedes seltene und merkwürdige Insekt betrachtet, das ich meiner Sammlung hatte hinzufügen können!« Als er sich später daran erinnerte, brach er in ein Klagelied aus. Wie viele Male sei er fieberkrank durch den Urwald gekrochen, um eine neue Spezies aufzuspüren, Ausrufezeichen. All die aufreibenden Tage und Wochen, all die hochfliegenden Hoffnungen, all die unerforschten Orte, Ausrufezeichen. Wallace verfügte mittlerweile über eine eigene kleine Abreaktionstherapie in Form eines orgiastischen Gebrauchs von Interpunktionszeichen. »Und jetzt war alles verloren«, schrieb er, »und mir war kein einziges Exemplar geblieben, zum Beweis für die unbekannten Regionen, die ich betreten, oder als Erinnerung an die wildromantischen Szenen, die ich zu Gesicht bekommen hatte!« Dieser Ausbruch gegen Ende von *A Narrative of Travels on the Amazon and Rio Negro* [Ein Bericht über Reisen auf dem Amazonas und dem Rio Negro], seinem dreihundertfünfzig Seiten starken Bericht über das ganze schiefgelaufene Abenteuer, nimmt weniger als eine Seite Platz ein. »Aber Verlorenem nachzutrauern war, wie ich wußte, unnütz, und so versuchte ich, so wenig wie möglich an das zu denken, was hätte sein können, und mich mit den tatsächlichen Gegebenheiten zu befassen.« Es gehörte zu den Charakterstärken von Wallace, daß er dazu imstande war: sich auf die Anforderungen und die Annehmlichkeiten der gegebenen Wirklichkeit zu konzentrieren, statt sich mit dem aufzuhalten, was hätte sein können.

Von dieser Fähigkeit konnte er Anfang September erneut Gebrauch machen, als die *Jordeson* in einem heftigen Sturm fast gesunken wäre. Die Segel zerrissen, die Decks verschwanden unter den schäumenden Wogen. Die Pumpen waren die ganze Nacht über in Gang. Ein riesiger Brecher zerschmetterte das Oberlicht der Kajüte und setzte den schlafenden Wallace unter Wasser. Aber das Schiff überstand den Sturm, und Wallace bewahrte sich seine Unverdrossenheit. Mehrere Wochen später, als sie bereits im Britischen Kanal segelten, suchte sie das Schicksal in Gestalt eines weiteren furchtbaren Sturmes, der heftig genug war, um Schiffe auf den Meeresgrund zu schicken, ein letztes Mal heim. Aber die alte, angeschlagene *Jordeson* mogelte sich durch.

Am 1. Oktober 1852 ging Alfred Wallace in Deal, einer kleinen Stadt an der Südostküste Englands, an Land. Er hatte die kleine Zinnschachtel mit dem Tagebuch und den paar Zeichnungen bei sich, er war am Leben, und er hatte einige Erfahrungen gemacht. Er legte sich mit geschwollenen Knöcheln ins Bett.

Vier Tage später – er hütete immer noch das Bett – schrieb er an einen Freund im fernen Brasilien: »Fünfzig Mal seit ich aus Para abgereist bin, habe ich mir geschworen, daß ich mich, falls ich England erreiche, nie mehr dem Ozean anvertrauen werde. Aber gute Vorsätze sind rasch vergessen, und ich bin bereits nur noch ungewiß, ob der Schauplatz meiner nächsten Wanderungen die Anden oder die Philippinen sein sollen.« Wie gute Vorsätze, so sind auch Enttäuschungen und Verzweiflung rasch vergessen, jedenfalls bei einem gewissen Menschentyp. Alfred Wallace war solch ein Typ – hartnäckig und unverbesserlich optimistisch. Nach wie vor galt es, das geheimnisvollste aller Geheimnisse zu lösen. Nach vier Tagen Erholung hatte er bereits wieder Gebirge und Inseln im Kopf.

16 Obwohl er seine Musterexemplare und den Großteil seiner Aufzeichnungen verloren hatte, waren die Jahre, die Wallace am Amazonas verbracht hatte, keine vergeudete Zeit. Manche Beobachtungen ließen sich aus der Erinnerung und aus den Briefen, die er an Samuel Stevens geschickt hatte, wiedergewinnen. Durch die reine, ausufernde Sammeltätigkeit hatte er seinen Blick für das Phänomen innerartlicher Variation geschärft. Er hatte Feldforschungstechniken und Überlebensfähigkeiten entwickelt, die in die Tropen paßten. Und er hatte eine zentrale Erkenntnis gewonnen, nämlich die Einsicht, daß Verteilungsmuster im Bereich der Flora und Fauna bedeutungsvoll sind.

Maßgebend für die Verteilung war, wie Wallace festgestellt hatte, im allgemeinen irgendeine geographische Barriere – eine Bergkette, ein breiter Fluß, eine Veränderung der Vegetation, die Ausdruck einer veränderten geologischen Beschaffenheit des Bodens war. Wallace war aufgefallen, daß sich häufig zwei ähnliche, eng miteinander verwandte Tierarten auf die Gebiete beidseits einer solchen Grenze verteilten. Wallace ahnte, daß diese

Muster aufschlußreich waren. Sie hatten etwas zu sagen, er wußte nur nicht, was.

Ausgehend von dieser Einsicht hatte er begonnen, biogeographische Daten zu sammeln. Das heißt, er hatte angefangen, sich nicht nur dafür zu interessieren, zu welcher Art das jeweilige Exemplar gehörte, sondern auch, wo er es gefunden hatte. Die meisten damaligen Naturforscher schenkten dieser Dimension praktisch keine Beachtung; bei Museumsexemplaren begnügte man sich mit den unbestimmtesten geographischen Angaben. Vogelbälge, Insekten und Reptilien in Alkohl waren unter Umständen in taxonomischer Hinsicht genau bestimmt – diese Gattung, diese Spezies –, hinsichtlich ihres Herkunftsortes aber nur ganz vage zugeordnet. Bei einem ausgestopften Ameisenbär stand vielleicht als Ortansgabe nichts weiter als »Südamerika«. Ein aufgespießter Nashornkäfer ließ sich vielleicht nur nach »Südostasien« zurückverfolgen. Wallace erkannte, daß dies nicht ausreiche; wertvolle Informationen blieben ungenutzt. Sogar Charles Darwin hatte sich während seines Aufenthaltes auf den Galápagosinseln bei der geographischen Zuordnung seiner Musterexemplare Versäumnisse zuschulden kommen lassen. Später bedauerte er, daß er seine Finkenexemplare alle zusammengeworfen hatte, statt sie mit Anhängern zu versehen, die festhielten, auf *welcher* der Inseln er sie jeweils gefunden hatte. Welche Vögel stammten von Chatham, welche von Albemarle? Darwin wußte es nicht mehr. Da er sich im *Journal* zu diesem Fehler bekannte, kann es sein, daß Wallace durch die ehrliche Selbstkritik des Älteren auf das Problem aufmerksam gemacht worden war. Wie dem auch sei, Wallace verfuhr sorgfältiger. Die Musterexemplare, die mit der *Helen* untergegangen waren, hatte er allesamt sorgfältig mit beschrifteten Anhängern versehen. Durch sein methodisches Vorgehen am Amazonas hatte Wallace die Biogeographie als systematische Wissenschaft begründet.

Insbesondere waren ihm Verteilungsgrenzen bei Affen aufgefallen. Sowohl der Hauptstrom des Amazonas als auch der Rio Negro sind riesige Flüsse, die bei ihrem Zusammenfluß in der Nähe der Stadt Manaus, die Wallace unter dem Namen Barra kannte, Kilometer breit sind. Eine Vogelart mochte imstande sein, solch einen großen Fluß zu überbrücken und genug Individuen hin und her wechseln zu lassen, um die Population genetisch ungetrennt zu erhalten. Auch eine Insektenart war vielleicht in der Lage, beide Uferseiten zu umspannen. Bei einer Affenart war das unwahrscheinlich. Einem Affen mußte der Hauptstrom des Amazonas fast so ausgedehnt wie ein Ozean vorkommen. Ein Paka kann schwimmen, ein Capybara kann schwimmen, ein Tapir kann schwimmen, sogar ein Ozelot kann wenigstens schmale Wasserstraßen überqueren. »Daß Affen über irgendeinen Fluß geschwommen wären, habe ich nie gehört«, schrieb Wallace, »deshalb läßt sich erwarten, daß in ihrem Falle diese Art von Grenze einschneidender ist als bei anderen Vierfüßern, von denen die meisten ohne weiteres ins Wasser gehen.« Und Affen schwimmen nicht nur selten, sie gehen auch selten zu Fuß. Mehr als die meisten anderen Gruppen von Landtieren brauchen Affen ein fortlaufendes Dach aus zusammenhängendem Astwerk, das ihnen erlaubt, sich auf den Bäumen fortzubewegen. Sie würden wahrscheinlich den Amazonasfluß nicht einmal überqueren, wenn er ein breiter brauner Erdstreifen wäre.

Nachdem er zurück in London war, legte Wallace seine Ansichten über die Affen am Amazonas in einem Vortrag dar, den er vor der Zoologischen Gesellschaft hielt. Er hatte einundzwanzig Arten zu Gesicht bekommen: Brüllaffen, Klammeraffen, Wollaffen, Kapuzineraffen, Uakaris, Marmosetten und eine eigentümliche Gattung kleiner, massiger Geschöpfe mit buschigem Schwanz, die Wallace »Faultieraffen« nannte. Die Faultieraffen gehörten zur Gattung *Pithecia* (Schweifaffen), von der ihm zwei Arten untergekommen waren, *Pithecia irrorata* und eine andere, von der die Wissenschaft noch nichts wußte. Die neue Art zeichnete sich durch Koteletten und einen hellroten Bart aus.

»Während meines Aufenthaltes im Amazonasgebiet nahm ich jede Gelegenheit wahr, die Verbreitungsgrenzen von Arten festzustellen«, berichtete Wallace der Zoologischen Gesellschaft, »und ich fand bald heraus, daß der Amazonas, der Rio Negro und der Madeira die Grenzen bildeten, die bestimmte Arten nie überschritten.« Diese drei großen Flüsse, die mit ihrem Zusammenfluß in der Nähe der Stadt Barra eine Art Hühnerfuß bilden, spalten das obere Amazonasbecken in vier getrennte keilförmige Regionen auf. Wallace bezeichnete sie als das Guyana-Viertel (nordöstlich des Zusammenflusses von Amazonas und Rio Negro), das Ecuador-Viertel (nordwestlich dieses Zusammenflusses), das Peru-Viertel (südlich des Amazonas, westlich des Madeira) und das Brasilien-Viertel (südöstlich des Zusammenflusses von Amazonas und Madeira). Er war bereits dabei, biogeographische Modelle zu entwerfen. Das Amazonasbecken betrachtete er schon wie einen Archipel – vier durch Wasser getrennte Inseln.

Das Verbreitungsgebiet einiger Affenarten reichte über die großen Flüsse hinüber, besonders flußaufwärts zu den Quellen hin, wo die Überquerung leichter war. Mochte das Schema der vier Viertel auch stark vereinfacht sein, es zeigte jedenfalls, wie sich aus einem Wirrwarr biogeographischer Fakten ein sinnvolles Muster herauslesen ließ. Die Grunderkenntnis aus seinen affenspezifischen Daten lautete, daß diese Tiere Grenzen kannten.

Wallace gelang es, diese Grenzen nachzuzeichnen. Hier, am Amazonas, lange vor Sarawak, begann seine Beschäftigung mit der Artenverteilung bereits die Tatsache zutage zu fördern, daß eng verwandte Arten zeitlich und räumlich aufeinander bezogen sind.

Die zwei *Pithecia*-Arten wurden offenbar ebenfalls durch Flüsse voneinander getrennt. *Pithecia irrorata* fand sich am Südufer des Amazonas, westlich seines Zusammenflusses mit dem Madeira. Die noch unbenannte rotbärtige Spezies lebte nördlich des Amazonas und westlich des Rio Negro. Wir nehmen heute an, daß die rotbärtige Art identisch mit der Spezies ist, die wir unter dem Namen *Pithecia monachus* oder Mönchsaffe kennen. Wallace zufolge erstreckte sich ihre Verbreitung nicht ostwärts, in das Guyana-Viertel hinein. Nie? Und wenn nicht, warum nicht? Hier klafft eine interessante Lücke in seinen Daten über die Affen am Amazonas. Wenn der rotbärtige Mönchsaffe nie östlich des Rio Negro in Erscheinung trat, war dann dort eine andere Spezies von Faultieraffen ansässig? Wallace sagte nichts weiter über *Pithecia*. Er war ebenso gründlich wie unermüdlich, aber allwissend war er nicht.

Die Lücke ist mittlerweile gefüllt. Östlich des Rio Negro lebt eine dritte Art Faultieraffe, die wir jetzt unter dem Namen *Pithe-*

cia pithecia kennen. Östlich des Rio Negro treten wir wieder ins 20. Jahrhundert ein.

17 Die Faultieraffen werden heute als Sakis bezeichnet. Es gibt weißgesichtige Sakis, braune, lederfarbene Sakis und eine Handvoll anderer Arten, für die wir keine Namen haben. Im portugiesischen Slang werden die Sakis als *macacos velhos*, alte Affen, bezeichnet, weil einige Arten Graufärbung aufweisen. Droben in Kolumbien lautet ihr spanischer Spitzname *monos voladores*, fliegende Affen, womit ihrer akrobatischen Beweglichkeit Tribut gezollt wird. Namen wechseln und verändern sich, die Ströme fließen ohne Unterlaß, der Urwald hat sein eigenes Zeitmaß. Barra am nordöstlichen Ufer des Rio Negro, nicht weit von dessen Zusammenfluß mit dem Amazonas entfernt, ist heute eine große heruntergekommene Stadt namens Manaus.

Jahrzehnte nach Wallace' Aufenthalt erlebte Manaus als schmuckes, protziges Zentrum des Gummihandels einen großen Aufschwung. Riesige Vermögen wurden angehäuft und verschwendet. Ein Opernhaus mit goldener Kuppel, das Teatro Amazonas, wurde erbaut. Keine einzige Straße – von der Wasserstraße des Flusses abgesehen – verband diese Großstadt mit der Außenwelt. Manaus war der Mittelpunkt einer ganz eigenen Welt. Dann brach der Markt für brasilianischen Gummi zusammen, die Oper machte zu, und die Urwaldstadt mußte sich um andere Lebensquellen bemühen. Es begann ein harter Kampf, der bis heute andauert.

Fünfundsiebzig Kilometer nördlich von Manaus liegen, umgeben von Regenwald, eine Reihe Rinderfarmen oder *fazendas*, wie die Brasilianer sagen. Auf riesigen, leicht hügeligen Flächen wurde der Urwald mit der Kettensäge niedergemacht, eine Trockenzeit lang liegengelassen, um dürr zu werden, und dann verbrannt. Die Veränderung ist kraß: Der Urwald hat sich in Holzkohle verwandelt. Unter der Asche befindet sich ein kostbares bißchen Erdreich, zumeist kahler roter Lehm; an einigen Stellen des offenen Geländes aber wächst, zumindest zeitweilig, ein dickes Graspolster. Das Gras, das dem Regenwald fremd ist, wurde per Hand gepflanzt. An anderen Stellen, insbesondere entlang der aus zwei Fahrrillen bestehenden Bahnen, die als Zugangsstraßen fungieren, wirkt der von der Sonne getrocknete Lehm fast schon wie gebrannter Ton. Die finanzielle Logik einer mit Kettensäge und Feuer betriebenen Rinderzucht auf halb sterilem Boden im Herzen des Amazonasgebiets ist mir zwar erklärt worden, trotzdem aber unergründlich geblieben. Sie hat etwas mit der Freizonenverwaltung von Manaus zu tun, einer Behörde, die den Auftrag hat, private wirtschaftliche Initiativen zu fördern und zu bezuschussen. Vor einigen Jahrzehnten wurden verzweifelte staatliche Unterstützungsmaßnahmen beschlossen, um Ersatz für den zusammengebrochenen Gummihandel zu schaffen. Investoren trafen ein, um die staatlichen Prämien abzusahnen, Holzfäller und Brenner rodeten den Wald, von anderswo wurden *vaqueiros* herangekarrt, und schließlich tauchten auch ein paar weiße Kühe auf und wurden gefüttert. Offenbar hat alles soweit geklappt und sich bis zu einem gewissen Grad auch rentiert – denn kürzlich wurde das Teatro Amazonas wieder aufgemöbelt. Während meines Zwischenaufenthalts in Manaus stehe ich auf der Plaza davor und starre es mit Touristenblick an, aber Zeit, um eine Vorstellung zu besuchen, habe ich nicht. Ich muß weiter nach Norden, zur Fazenda Esteio.

Die Fazenda Esteio ist eine der Rinderfarmen, die dank der Freizone von Manaus in den Regenwald hineingeschnitten wurden. In ihrem Zentrum, mitten auf der großen kahlen Fläche, ist ein kleiner Placken Wald stehengeblieben.

Es gibt mehrere solcher Placken, auf der Fazenda Esteio ebenso wie auf den benachbarten Farmen; meist handelt es sich bei ihnen um sorgfältig abgezirkelte Quadrate. Ersonnen und stehengelassen wurden sie im Rahmen eines ungewöhnlichen wissenschaftlichen Vorhabens, auf das ich an späterer Stelle zurückkommen werde. Die quadratischen Placken, die durchnumeriert sind und jeweils für eine besondere Fallgeschichte stehen, bilden ein grandioses Außenlaboratorium, in dem Tom Lovejoy und seine Kollegen das Phänomen des Ökosystemzerfalls untersuchen. Lovejoys visionäre Kraft war es, die das Vorhaben in Gang brachte. Im Verein mit einigen weitsichtigen Brasilianern boxte er bei der Regierung durch, daß die Placken mit ihrer geradlinig rechteckigen Form und dem Programm, das sie repräsentieren, entstanden und daß sie (aufgrund eines brasilianischen Gesetzes) auch nicht abgeholzt werden dürfen. Der kleine Placken, zu dem ich unterwegs bin, stellt in dieser Gruppe von Ausnahmeerscheinungen seinerseits noch einmal einen Sonderfall dar. Er ist unregelmäßig geformt, nicht quadratisch – im Umriß gleicht er eher einem Bumerang als einer Schachtel – und ist in dieser Form stehengeblieben, weil er einen kleinen Wasserlauf umschließt.

Innerhalb des Plackens, der auf allen Seiten von Viehweiden und Sonnenlicht und den Monstrositäten einer mit öffentlichen Mitteln aus dem Boden gestampften Landwirtschaft umgeben ist, lebt eine kleine Population von *Pithecia pithecia*. Genauer gesagt, gehören diese Exemplare zu *Pithecia pithecia chrysocephala*, der goldköpfigen Unterart des Weißkopfsakis. Unmittelbar nach Sonnenaufgang an einem strahlenden Amazonasmorgen bekomme ich sie das erste Mal zu Gesicht.

Der Name *monos voladores* paßt – sie scheinen tatsächlich zwischen den Ästen zu fliegen. Sie machen keine Schwingbewegungen, sie klettern nicht, sie legen einfach los, und ab geht die Post – wie ein Torpedo. Für Affen, die in der Luft zu Hause sind, wirken sie mit ihrem dicken Körperfell, ihren dicken Schwänzen, ihren Haarschöpfen, die ponyartig nach vorne fallen, überraschend stämmig. Trotz des kompakten Eindrucks sind sie behende – ihre Behendigkeit wird mir deutlich, als ich über mir einen von ihnen als dunkles, horizontal liegendes und niedrig fliegendes Bündel einen Dreimetersprung zwischen den Bäumen machen sehe. Es sieht aus, als würde ein Dachs per Katapult durch den Wald geschossen.

»Das ist das Weibchen«, sagt Eleonore Setz.

Setz ist eine brasilianische Ökologin, die diese Population von Sakis seit 1985 beobachtet. Ursprünglich wollte sie in den quadratischen Reservaten arbeiten, aber die Zottelburschen im Wald mit dem Flüßchen taten es ihr an. Inzwischen kennt sie jeden einzelnen. Derzeit gibt es ganze sechs von ihnen – einen Patriarchen, eine Matriarchin, ein junges Weibchen, zwei Jugendliche, ein Einjähriges. Setz kann ihren Stammbaum zeichnen. Sie führt Buch über Geburten, Todesfälle, Paarungen und verschwundene Tiere. Sie möchte genau festhalten, wie die Tiere

SÜD-AMERIKA

Rio Uaupés
Rio Negro
Rio Amazon
Rio Madeira
Rio Tapajós
Rio Tocantins

FAZENDA ESTEIO
Manaus (Barra)
Santarém
Belém (Pará)

0   246   480
KILOMETER

ihre Zeit und Energie einteilen, während sie darum kämpfen, sich in ihrem versprengten Stück Lebensraum zu erhalten. An diesem Morgen darf ich Setz begleiten. Um fünf Uhr waren wir wach und heraus aus den Hängematten; wir schlangen im Licht einer Gaslaterne Guavagelee auf Crackers und starken brasilianischen Kaffee herunter, bis es Zeit zum Aufbruch war. Die Sakis schliefen ein bißchen länger. Jetzt fangen sie an, sich zu rühren.

»Das Männchen ist schwarz«, fügt Setz hinzu, »und hat ein oranges Gesicht.«

Die Färbung bei den Exemplaren von *Pithecia pithecia* ist keineswegs immer gleich – ein weiterer Fall von innerartlicher Variation. Alfred Wallace hätte sich vielleicht darauf gestürzt, wäre es ihm bekannt gewesen. Siebenhundertfünfzig Kilometer nordöstlich, droben in den Urwäldern von Surinam, haben die Männchen dieser Art ein weißes Gesichtsfell, das sich stark von der dunklen Farbe des Körpers abhebt und ihnen ihren Namen gibt: Weißkopfsaki. Hier unten entlang dem Rio Negro kann das Gesicht rotgelb oder gelb oder auch (wie bei der Horde von Setz) orangefarben sein. Die Weibchen sind weniger bunt gefärbt als die Männchen, haben aber ihre eigene Palette von Farbvarianten. Das Weibchen über uns ist von bräunlichem Grau, nicht ganz so dunkel wie das Männchen. Setz fühlt sich an ein Aguti erinnert, ich an eine Bisamratte. Schwache weiße und gelbe Strähnen durchziehen das düstere Fell des Weibchens. Ihr gelblicher Haarschopf und ihre Körpergröße reichen hin, sie als Individuum herauszuheben, jedenfalls in dieser kleinen Horde. Den Menschen, die sie beobachten, ist sie unter dem Namen Wilza Carla bekannt. Namensgeberin ist eine blonde Schauspielerin im brasilianischen Fernsehen.

»Da wären wir«, erklärt Setz und will damit sagen, daß die erste morgendliche Affensuchaktion vorbei ist. »Sie essen jetzt.«

Die Affen haben sich in einer Baumkrone niedergelassen und fangen an, die Samenhülsen einer Schlingpflanze aufzuknacken, die dort im Blätterdach hängt. Sie essen die Samen und schmeißen die Hülsen verachtungsvoll in unsere Richtung. Ich höre Vogelgesang, das Knirschen von Zähnen, das Rascheln der herunterfallenden Hülsen, nichts sonst. Für Insekten ist es noch zu früh. Setz macht sich mit ihrem Notizbuch und ihrer Digitaluhr, ihrem Fernglas, ihrer unendlichen Geduld und Neugier – all den Requisiten, die ein Verhaltensökologe für die Feldforschung braucht – an die Arbeit. Ich sitze auf der Erde und mache es mir bequem, abgesehen von dem steifen Hals, den ich mir hole, weil ich ständig nach oben starren muß.

Wer sich unter den Baumkronen des Amazonas-Urwalds die Zeit nimmt, einem Tier bei seiner Beschäftigung zuzusehen, kann die Erfahrung großen Friedens machen. Wenn die Moskitos ausnahmsweise nicht stechen, wenn der Regen gerade einmal aufgehört hat, kann man Stunden verträumen, kann man im Weltraum spazierengehen. Aber der Friede dieses speziellen Ortes, an dem Eleonore Setz ihre Beobachtungen anstellt, ist trügerisch und begrenzt. Mit der Morgendämmerung verfliegt die Illusion eines ausgedehnten Urwaldes. Durch den fünfzehn Meter entfernten, schroff abgesetzten Waldrand strömt Tageslicht herein, und dahinter sieht man blauen Himmel über Viehweiden, die Menschenhand geschaffen hat.

Die Abholzung fand in den achtziger Jahren statt, als das Förderungsprogramm für die Rinderzucht auf vollen Touren lief. Seitdem sitzen die Sakis in diesem Bruchstück von Wald fest. Ihre Isolation ist nicht absolut (gelegentlich mag ein junges Männchen aus dem entfernten Urwald über die freie Fläche herübergefunden haben, und mehrere Mitglieder von Wilzas Gruppe sind offenbar weggezogen), aber sie reicht aus, um für das Leben und die Zukunft der Horde ausschlaggebend zu sein. Ökologisch gesehen bedeutet das kleine Gebiet, auf das sich die Tiere für ihre Futtersuche beschränkt finden, eine Beeinträchtigung. Etliche ihrer Lieblingsfrüchte wachsen hier wahrscheinlich überhaupt nicht. Verhaltensspezifisch gesehen sind sie zu Ersatzleistungen gezwungen und müssen ihren Speiseplan der verfügbaren Nahrung anpassen. Sozial gesehen haben sie unter dem Fehlen von Artgenossen gelitten. Sie haben keine Nachbarn, keine Rivalen, es gibt keine Besucher, die ihnen Neues beibringen könnten. Auch genetisch gesehen sind sie im Nachteil – sie sind zur Inzucht gezwungen und den möglichen gesundheitlichen Gefahren ausgesetzt, die damit einhergehen. Angesichts all dieser widrigen Faktoren sind ihre Gesamtaussichten trübe. Als Spezies ist *Pithe-*

cia pithecia nicht unmittelbar bedroht, aber diese kleine Population ist es ganz bestimmt.

Ihr Lebensraumfragment umfaßt eine Fläche von 9,2 Hektar. Diese Information ist von größter Wichtigkeit.

Ein Hektar ist eine metrische Einheit, die im Blick auf den geplagten Regenwald als Standardgröße dient. Überall auf der Welt verwenden Tropenbiologen und Naturschützer die Meßgröße Hektar. Als gesunder, halsstarriger Amerikaner hege ich zwar für die Missionare des metrischen Systems abgrundtiefe Verachtung, aber der Hektar ist zweifellos praktisch und die Umrechnung einfach. Ein Hektar ist die Fläche, die ein Quadrat mit einer Seitenlänge von hundert Metern einschließt – gerade genug Platz für ein Fußballfeld, wenn man die Seitenzonen mit den Spielerbänken dazu nimmt. Mit seinen 9,2 Hektar hat das Waldstück von Setz ungefähr die Größe und Form zweier Golfspielbahnen mit Fünferschlagzahl, die nebeneinanderliegen und durch ein windungsreiches Wasserhindernis getrennt sind. Das Hindernis ist der kleine Wasserlauf, den ich erwähnt habe. Setz' *Pithecia* bewohnen eine beengte Welt.

Am Abend zuvor, als wir am Klapptisch saßen und uns unterhielten, fragte ich Setz, ob ihr Waldstück einen Namen habe. Na ja, Name ist zuviel gesagt, erklärte sie. Auf portugiesisch würde man es *matinha do igarape do acampamento Colosso* nennen. Das klingt doch nach jeder Menge Name sagte ich, was bedeutet es? *Acampamento Colosso* erkannte ich als das Außenlager, in dem wir uns befanden; obwohl es aus nichts weiter bestand als aus ein paar strohgedeckten Hütten mit Hängematten und Laterne, trug es den hochtrabenden Namen Colosso. Ein *igarape*, wußte ich, ist ein kleiner Bach. Das ergab dann »die *matinha* um den Bach bei Camp Colosso«. *Matinha* selbst war ein bißchen schwieriger zu übersetzen.

Es ist die Verkleinerungsform von *mata*, was Wald bedeutet, sagte Setz. Kleiner Wald. Wäldchen. Aber das trifft noch nicht die besondere Schattierung. *Matinha*. Es ist vertraulich, ist liebevoll, ist herablassend, als spräche man von einem Kind, sagte sie, bemüht, sich verständlich zu machen.

Wie wäre es mit »Spielzeugwäldchen«?

Ja, sagte sie. Das trifft es.

Eine *matinha do igarape do acampamento Colosso*: das Spielzeugwäldchen im Herzen des Amazonasgebiets. Ökologisch genommen ist es eine Insel. Wie Bali war es einst – zu Beginn seines Inseldaseins – artenreich und ist seitdem verarmt. Es gibt jetzt keine Jaguare, keine Nabelschweine, keine Tapire mehr. Der Placken Wald ist nicht nur isoliert, er ist auch entkompliziert. Von *Pithecia pithecia chrysocephala*, dem Goldkopfsaki, sind nur noch sechs Exemplare übrig. Seine Überlebensaussichten sind gering. Schon nach wenigen Jahren werden sie wahrscheinlich verschwunden sein, und nach ihnen werden andere Arten verschwinden. Das Stück Wald wird allmählich dem Amazonasgebiet immer unähnlicher, wird immer popliger, immer ärmer, immer mehr seiner biologischen Vielfalt beraubt sein, ohne flächenmäßig kleiner zu werden. Das ist der schreckliche Teufelskreis, den wir Ökosystemzerfall nennen.

Ich bat Setz, den portugiesischen Ausdruck zu wiederholen. Ich wollte von ihr wissen, wie man es buchstabiert. Hier, nehmen Sie mein Notizbuch zum Schreiben, sagte ich. Fremdsprachen prallen von meinem Gehirn ab wie Regen von einem Plastikschirm, aber das Wort *matinha* wollte ich mir unbedingt merken. Setz schrieb in ihrer sauberen portugiesischen Handschrift den Ausdruck in Druckbuchstaben hin.

Das war vergangene Nacht. Mittlerweile ist für die Sakis das Frühstück vorbei. Sie haben genug Schlingpflanzensamen genossen und ziehen weiter. Ihre waagrechten Sprünge, ihre jähen Landungen lassen die Äste erzittern. Ihre großen bauschigen Schwänze sorgen für die Balance. Sie legen rasch ein Stück Weg zurück, halten dann plötzlich inne, erstarren und werden im Schatten des hohen Unterholzes unsichtbar. Ich suche mit dem Fernglas die Umgebung ab, verdrehe die Augen und frage mich, wo die verdammten Biester hin sind. Ich bemühe mich verzweifelt, kein Geräusch zu machen, sie nicht zu verschrecken, ihnen nicht zu nahe zu kommen, und halte mich vier, fünf Meter hinter Setz, die ihnen seelenruhig folgt. Sie hat keine Angst, sie zu verlieren. Sie hat scharfe Augen, und der Auslauf dieser Tiere ist schließlich eng begrenzt.

18

Bali, Lombok, Madagaskar, das Guayana-Viertel, die *matinha* auf der Fazenda Esteio, Alfred Wallace, Sarawak – all das ist hier nicht von ungefähr versammelt. Es gibt eine Verbindung zwischen diesen Elementen, die mehr als bloß zufällig ist. Allesamt stehen sie im Zusammenhang mit dem A und O der Inselbiogeographie, ihrem Yin und Yang: der Entwicklung und dem Aussterben von Arten.

Wallace selbst stellte diese Verbindung mittels des Weges her, den sein Leben und sein Denken nahmen. Seine größte wissenschaftliche Leistung bestand in der Entdeckung und Erklärung der außerordentlichen Bedeutung, die dem Inselphänomen eignete. Aber er kam ein Jahrhundert zu früh zur Welt, um zu sehen, wohin diese Erkenntnis am Ende führen würde.

Ihn führte sie erst einmal zum Malaiischen Archipel. Das war, wie gesagt, in gewissem Maße ein Produkt des Zufalls. Hätte die Brigg *Helen* nicht Feuer gefangen, wären seine Aufzeichnungen und Musterexemplare vom Amazonas erhalten geblieben, hätte er die Daten von seiner ersten Expedition erfolgreich verwerten können, Wallace wäre vielleicht für den Rest seines Lebens zu Hause geblieben, wie das Darwin nach seiner Fahrt auf der *Beagle* getan hatte. Hätten gewisse andere Dinge sich anders entwickelt, er wäre vielleicht zurück nach Südamerika und in die Anden gegangen, wie er das, nach seinem Brief vom Krankenbett zu schließen, offenbar erwogen hatte. Er wäre vielleicht zu einem angesehenen viktorianischen Naturforscher herangereift, dessen Leben sich darin erschöpfte, die Flora und Fauna des Festlandes zu beobachten und zu sammeln. Aus ihm wäre eine Kapazität im herkömmlichen Sinne geworden. Und dabei wären ihm möglicherweise die grundlegenden Muster entgangen. Er hätte vielleicht die besondere Bedeutung, die den Inseln zukommt, übersehen.

Er wäre vielleicht, er hätte vielleicht... Aber Geschichte kennt nur, was Geschichte ist.

19

Wallace brauchte Geld und Abenteuer dringender als Ruhe und Erholung. Er brauchte auch biologische Daten. Er suchte immer noch nach einer Lösung für das geheimnisvollste aller Geheimnisse, den Ursprung der Arten. In den folgenden achtzehn Monaten, während er sich in England aufhielt, brachte er zwei Bücher heraus – *Narrative of Travels on the Amazon and Rio Negro* und ein schmaleres Buch mit dem Titel *Palm Trees of the Amazon and Their Uses* [Palmenbäume des Amazonas und ihre Nutzung], dem die Notizen zugrunde lagen, die er von der *Helen* gerettet hatte. Beide Veröffentlichungen taten seinem Schattendasein wenig Abbruch. Endlich war er soweit, erneut auszuziehen und seine Sammeltätigkeit wiederaufzunehmen. Die schlimmste Pechsträhne hatte er hinter sich; schon mit der Wahl seines neuen Zieles bewies er eine glückliche Hand. Aus wissenschaftlichen Gründen, aber auch mit Rücksicht auf die Ansprüche des Marktes, denen ein Lieferant naturgeschichtlicher Präparate Rechnung tragen mußte, fiel seine Wahl auf eine Welt tropischer Inseln.

Inseln waren, wie er wußte, generell Horte des Seltenen und Merkwürdigen, und für diese Inselgruppe galt das ganz besonders. »Meine regelmäßige Teilnahme an den Versammlungen der Zoologischen und Entomologischen Gesellschaften und meine dauernden Besuche in den Insekten- und Vogelabteilungen des Britischen Museums«, schrieb er später, »hatten mich hinlänglich unterrichtet, um mich zur Überzeugung zu bringen, daß für einen forschenden und sammelnden Naturkundler das ideale Betätigungsfeld im großen Malaiischen Archipel zu finden war.« Weil sich ein wohlmeinender Honoratior der Königlich Geographischen Gesellschaft für ihn verwendete, gewährte ihm eine Dampfschiffgesellschaft, die Routen nach Spanien und in den Orient befuhr, freie Überfahrt. Er reiste über Gibraltar nach Alexandria, fuhr von dort über Land nach Suez und ging an Bord eines anderen Schiffes. Im April 1854 traf er in Singapur ein.

Singapur erschien ihm als Ausgangsbasis für eine sechsmonatige Sammeltour auf der Malaiischen Halbinsel, dem Festlandsteil von Malaysia, geeignet. Die Halbinsel war reich an Arten, allerdings weniger reich an jener Sorte von ausgeprägten Mustern und geographischen Barrieren, wie er sie brauchte. Im

November wechselte er an die Nordwestküste von Borneo, nach Sarawak, über. Die folgenden sieben Jahre sollten der Wanderung von einer Insel zur anderen gehören.

In Reaktion auf seine eigene frühere Unachtsamkeit und auf den Schnitzer, der Darwin auf den Galápagosinseln unterlaufen war, hatte er einen Entschluß gefaßt: »Ich hatte beschlossen, ab dem ersten Tag meines Aufenthalts im Osten von allen Inseln und spezifischen Lokalitäten, die ich besuchte, eine vollständige Sammlung von bestimmten Gruppen anzulegen, um sie nach der Rückkehr für eigene Forschungen zu nutzen; denn ich war sicher, daß ich dadurch ein äußerst wertvolles Material erhielt, das mir dabei helfen konnte, die geographische Verteilung von Tieren im Archipel zu erarbeiten und außerdem Licht in etliche andere Probleme zu bringen.« Unter diesen anderen Problemen rangierte an erster Stelle die Evolution. Er war jetzt gewitzter und vorsichtiger; deshalb versah er seine Musterexemplare nicht nur mit Angaben über den Fundort, sondern schickte auch in regelmäßigen Abständen Teilsendungen ab, statt zuzulassen, daß sich große Mengen der Exemplare anhäuften. Er konnte nicht ahnen, daß noch vor seiner Rückkehr nach Hause das große Problem gelöst sein würde – und zwar gleich zweimal gelöst, einmal von ihm und einmal von Darwin.

Sarawak war ergiebig. Wallace sammelte reichlich Käfer, Schmetterlinge und Vögel. Er schoß (mit der Fühllosigkeit eines professionellen Jägers, der er auch war) mehrere Orang-Utans und adoptierte (für die kurze Zeit, die es lebte) ein verwaistes Orang-Utan-Baby. Er sah einen sogenannten fliegenden Frosch. Er hielt sich bei den Dajak im Landesinneren auf. Er schrieb auch seinen Beitrag über das »Gesetz« der eng verwandten Arten und schickte ihn nach London ab. Er unterbrach seine Feldforschungsarbeit lange genug, um Weihnachten als Gast bei Sir James Brook, dem Radscha von Sarawak, zu verbringen, der froh über ein bißchen gepflegte Unterhaltung mit einem klugen jungen Engländer war. Nach einem mehr als einjährigen Aufenthalt muß dieser Teil Borneos für Wallace fast schon eine Art Zuhause gewesen sein. Aber zu Hause zu sein war ein Luxus, den er sich für später aufhob. Also packte er seine Sachen, machte eine Schleife über Singapur und nutzte dann die sich bietenden Schiffsverbindungen, um nach Osten zu reisen, in Richtung des abgelegenen und kaum bekannten östlichen Randes des Archipels. Er fuhr bis hinunter nach Bali und setzte nach Lombok über, wo er seine Beobachtung über den auffällig drastischen Unterschied in der ornithologischen Fauna der benachbarten beiden Inseln machte. Von dort fuhr er nach Norden zum Handelshafen Makassar, dem heutigen Ujung Pandang, auf der Insel Celebes. In Celebes verbrachte er drei Monate und sammelte, so gut er konnte, während ihm Krankheit, regnerisches Wetter, der Mangel an gutem Wald in der unmittelbaren Umgebung von Makassar und andere logistische Schwierigkeiten zu schaffen machten. Die Krankheit war vielleicht ein neuer Malariaanfall, auch wenn er selbst sie auf verseuchtes Wasser zurückführte. Die Vögel, die Säugetiere und die Insekten von Celebes unterschieden sich von denen, die er in Sarawak gesehen hatte; ein Tier namens Babirusa beeindruckte ihn ganz besonders. *Babyrousa babyrussa* ist ein ausschließlich auf Celebes heimisches Wildschwein, dessen obere Eckzähne (beim männlichen Tier) lang und gewunden durch das Fleisch des Rüssels herauswachsen und sich wie ein Paar Hörner über der Stirn nach hinten krümmen. Auch wenn das Tier Wallace entfernt an ein afrikanisches Warzenschwein erinnerte, mußte er doch einräumen, es stehe »völlig einzigartig« da und habe »keine Ähnlichkeit mit den Schweinen irgendwo sonst in der Welt«. Er fragte sich, wie es wohl fraß. Wie benutzte es diese monströsen, unpraktisch aussehenden Hauer? Aus welchen Besonderheiten der Entwicklung oder des Verhaltens erklärte sich diese anatomische Modifikation? Wallace war nicht der Typ, ein celebesisches Schwein mit Hoolahoop-Hauern als Beweis für die Unerforschlichkeit göttlicher Ratschlüsse zu akzeptieren. Er sammelte auch zwei Arten von Nashornvögeln, die der Insel eigentümlich waren, einen hübschen Kakadu und drei Exemplare aus der Familie der *Papilionidae* oder Ritterfalter. Die Ritterfalter waren grandiose Geschöpfe mit einer Flügelspannweite von achtzehn Zentimetern, die großen schwarzen Flügel verziert mit weißen und samtig-gelben Flecken und Strähnen. »Ich zitterte vor Aufregung, als ich den ersten aus meinem Netz nahm und feststellte, daß er in bestem Zustande war«, schrieb er später. Er verglich seine drei Exemplare mit der Spezies *Ornithoptera remus*, über die er sich in einem Lehrbuch informierte, das er mithatte; völlige Übereinstimmung konnte er aber nicht feststellen. Es handele sich vielleicht um eine für Celebes typische Varietät von *remus*, vermutete er. Abgesehen von diesen und einigen weiteren Funden war Wallace von Celebes enttäuscht.

Die Vielfalt an Insekten und Vögeln wirkte gering im Vergleich zu dem, was er auf Borneo und der Malaiischen Halbinsel zu sehen bekommen hatte. Es gab keine Bartvögel, keine Trogons, keine Antipodenschnäpper, keine Würger.»Ganze Familien und Gattungen fehlen in ihrer Gesamtheit«, klagte er in einem Brief an Samuel Stevens,»und es gibt keinen Ersatz für sie.« Die Insel Celebes, die so ziemlich in der Mitte des Archipels allein im Meer lag, war interessant, aber nicht sehr ergiebig. Und nun fing auch noch die Wetterlage an, sich zu ändern.

Die stetigen, starken Ostwinde, die im Oktober und November das Klima von Makassar bestimmten, machten wechselhaften Brisen Platz, die anzeigten, daß ein Wetterumschwung bevorstand; von Westen schoben sich Sturmwolken heran. Der westliche Monsun nahte – massive Regengüsse –, Wallace war gewarnt. Bald schon würde das Sammeln unmöglich sein. Man schrieb den Dezember 1856. Der Monsunregen setzte ein. Die ausgetrockneten Reisfelder, die sich kilometerweit in der flachen Küstenregion erstreckten, von der Makassar umgeben war, füllten sich wieder mit Wasser. Die Außenbezirke der Stadt waren nur noch mit dem Boot passierbar; oder aber man war gezwungen, auf den schlammigen Uferbänken der Reisfelder entlangzubalancieren. Wenn Wallace hier im südlichen Celebes blieb, konnte er, wie man ihm sagte, fünf Monate lang mit dieser Art von Wetter rechnen. Also packte er seine Siebensachen. Besser, sich auf den Weg zu machen und vor dem westlichen Monsun Reißaus zu nehmen, fand er, als so viele Monate im Haus herumzulungern. Er mietete einen Platz auf einer Prau, die nach Osten zu den Aruinseln segelte.

Wallace hatte von den Aruinseln schon viel gehört. Sie waren ein winziger Inselhaufen, der 1500 Kilometer östlich lag, flächenmäßig verschwindend klein, aber bei den seefahrenden Bewohnern von Celebes, den Bugi, berühmt für seine wertvollen biologischen Produkte. Zu diesen Produkten gehörten Perlmutt und getrocknete Seegurke ebenso wie Bälge von Paradiesvögeln und andere Raritäten; im Leben eines buginesischen Händlers war eine Reise hinaus nach Aru unter Umständen ein ebenso zentrales Ereignis wie im Leben eines Moslem die lange Pilgerfahrt nach Mekka. Die Kaufleute von Makassar, die Bugi wie auch die eingewanderten Chinesen, handelten mit einer Vielzahl von Naturerzeugnissen, die aus allen Teilen der malaiischen Region stammten – mit Rattan aus Borneo, Sandelholz und Bienenwachs aus Flores und Timor, Seegurke aus dem Golf von Carpenteria, Kajeputöl aus Buru und mit Grundnahrungsmitteln wie Reis und Kaffee. Wichtiger allerdings als all diese Handelsbeziehungen sei, schrieb Wallace Jahre nach seiner Reise, »der Handelsverkehr mit Aru, einer Gruppe von Inseln vor der südwestlichen Küste von Neuguinea, deren Erzeugnisse fast zur Gänze in Eingeborenenfahrzeugen nach Makassar gelangen«. Für die Bugi liege Aru am äußersten Rand der zu Schiff erreichbaren Welt.

Er fügte hinzu: »Diese Inseln liegen weit abseits aller europäischen Handelsrouten und sind von kraushaarigen Wilden bewohnt, die dennoch zur Befriedigung der Luxusbedürfnisse zivilisiertester Rassen ihr Teil beitragen. Perlen, Perlmutt und Schildpatt finden den Weg nach Europa, während ganze Schiffsladungen von eßbaren Vogelnestern und ›Tripang‹ oder Seegurken geerntet werden, um den Chinesen Gaumenfreuden zu bereiten.« Mehr als die meisten anderen Reisenden der viktorianischen Zeit stand Wallace den Eingeborenenvölkern der Länder, die er besuchte, aufgeschlossen gegenüber, sogar wenn es »kraushaarige Wilde« waren; ohne Fehl war aber auch er in dieser Hinsicht nicht – seine Sprache wies ihn als Kind seiner Zeit aus. Bei den »kraushaarigen Wilden« handelte es sich tatsächlich um Papuas, die Aru von der nur 150 Kilometer entfernt gelegenen Küste Neuguineas aus besiedelt hatten; mochten sie Wilde sein oder nicht, der besondere Charakter von Aru war unter anderem auch ihrer Anwesenheit gedankt. Im ganzen östlichen Randgebiet des Archipels, von Celebes bis zu den zunehmend weiter abgelegenen Inseln Gilolo, Bouru, Timor, Seram, Banda und Ké waren die Bewohner eindeutig Malaien, keine Papua. Das heißt, sie waren braunhäutig, schmalgliedrig und glatthaarig. Daß auf Aru Papua lebten, war neben den knallig bunten Vogelbälgen und den Perlmuttmuscheln ein weiteres Indiz dafür, daß diese kleine Inselgruppe etwas Besonderes darstellte.

Dezember oder Januar, wenn der Monsun aus Westen kam, war die richtige Zeit, sich vom Wind nach Aru treiben zu lassen. Im Juli oder August konnte man dann mit dem Ostwind zurücksegeln. Zu anderen Zeiten im Jahr war die Fahrt nicht nur gefährlich, sondern geradezu unmöglich, da die buginesischen Praus sich nicht dazu eigneten, vor dem Wind zu kreuzen. »Die Handelsfahrten zu diesen Inseln gibt es schon seit alten Zeiten«, fügte Wallace hinzu, »und die beiden Arten von Paradiesvögeln, die Linné kannte, kamen von dort.« Diese beiden Arten waren *Cicinnurus regius*, eine kleine scharlachfarbene Spezies, die unter dem Namen Königsparadiesvogel bekannt ist, und der Große Paradiesvogel, *Paradisaea apoda*, wie er mit einer kleinen Korrektur der ursprünglichen Linnéschen Schreibweise heute heißt. Wallace trieb selbst Handel; der Geschäftsmann und der Naturforscher in ihm waren gleichermaßen erpicht darauf, die beiden Spezies vor die Flinte zu bekommen. Bei den betuchten englischen Sammlern, denen Samuel Stevens die Ausbeute der Wallaceschen Exkursionen verkaufte, brachte ein schönes Exemplar von *P. apoda* wahrscheinlich soviel wie jedes andere Geflügel oder Insekt, das sich auf dem Planeten finden ließ.

Aber nicht jeder buginesische Händler war wagemutig genug, die Pilgerfahrt nach Aru zu unternehmen. »Wer sie gemacht hat, zu dem sehen die Leute bewundernd auf«, schrieb Wallace, »und für viele bleibt sie das unerreichte Ziel ihres Lebens. Ich selbst hatte eher gehofft, als erwartet, dieses ›Ultima Thule‹ des Ostens jemals zu erreichen; als sich herausstellte, daß ich tatsächlich hingelangen konnte, vorausgesetzt, ich hatte den Mut, mich für eine Reise von 1500 Kilometern einer buginesischen Prau anzuvertrauen und mich sechs oder sieben Monate lang unter gesetzlosen Händlern und grimmigen Wilden aufzuhalten – da fühlte ich mich ungefähr so wie in meiner Schulzeit, als mir zum ersten Mal erlaubt wurde, außen auf der Postkutsche mitzufahren, um den Schauplatz all des Fremdartigen, Neuen und Wunderbaren zu besuchen, das sich jugendliche Phantasie in ihren kühnsten Träumen nur immer ausmalen kann – London!« Er vertraute sich der Prau an, einem hölzernen Lastschiff mit zwei Masten, das in etwa die Form einer chinesischen Dschunke hatte, von Rattan zusammengehalten wurde und mit Bambus und Palmstroh ausgekleidet war. Die Meergötter waren ihm diesmal freundlicher gesonnen als damals auf der *Helen* und der *Jordeson*. In der zweiten Februarwoche 1857 kam er wohlbehalten in Aru an. Nur wenige andere Naturforscher, wenige andere Europäer, hatten den Ort je zu Gesicht bekommen. Auf all seinen Reisen im Malaiischen Archipel sollte er niemals weiter östlich gelangen. In mehr als nur einer Hinsicht war Aru für ihn ein Wendepunkt.

20 Die wissenschaftliche Literatur zum Thema Inselbiogeographie ist ungeheuer umfangreich. Das meiste davon ist in Form von Zeitschriftenartikeln erschienen. Wie viele sind das? Ich habe nicht den Hauch einer Ahnung. Es ist so, als wollte man herausbekommen, wie viele Artikel zum Thema Krieg seit 1914 in der *New York Times* erschienen sind. Oder läßt sich wenigstens die Größenordnung angeben? Also, ich persönlich helfe mir mit folgendem Vergleich. In Montana, wo ich zu Hause bin, beschweren die Leute die Ladefläche ihrer Kleintransporter im Winter mit Sandsäcken oder Steinen aus dem Fluß. Ein leerer Transporter, auf dessen Hinterrädern kein Gewicht liegt, hat im Schnee verdammt miese Bodenhaftung. Statt der Sandsäcke könnten die Leute inselbiogeographische Literatur verwenden – Fotokopien von Zeitschriftenartikeln, mit Bindfaden zusammengebunden. Auf meinem Schreibtisch liegt derzeit ein handverlesener Stoß, eine bescheidene Auswahl aus dem verfügbaren Material. Der Waage im Badezimmer zufolge wiegt der Stoß gut sechzehn Pfund, Heftklammern eingerechnet.

Dieser Stoß umfaßt »The Origin of Species Through Isolation« [Artenentstehung durch Isolation] (1905), »Biological Peculiarities of Oceanic Islands [Biologische Besonderheiten ozeanischer Inseln] (1932), »Area and Number of Species« [Gebiet und Artenzahl] (1943), »Pygmy Elephant and Giant Tortoise« [Zwergelefant und Riesenschildkröte] (1951), »Isolation as an Evolutionary

Factor« [Isolation als Evolutionsfaktor] (1959), »Galápagos Tomatoes and Tortoises« [Tomaten und Schildkröten auf den Galápagos] (1961), »Animal Evolution on Islands« [Entwicklung der Tierwelt auf Inseln] (1966), »Small Islands and the Equilibrium Theory of Insular Biogeography« [Kleine Inseln und die Gleichgewichtstheorie der Inselbiogeographie] (1969), »Mammals on Mountaintops« [Säugetiere auf Berggipfeln] (1971), »The Numbers of Species of Hummingbirds in the West Indies« [Die Zahlen von Kolibriarten auf den Westindischen Inseln] (1973), »The Main Problems Concerning Avian Evolution on Islands« [Die Hauptprobleme im Zusammenhang mit der Entwicklung von Vögeln auf Inseln] (1974), »Island Colonization by Carnivorous and Herbivorous Coleoptera« [Die Besiedlung von Inseln durch fleisch- und pflanzenfressende Coleoptera] (1975), »Patch Dynamics and the Design of Nature Reserves« [Dynamik fragmentierter Gebiete und die Anlage von Naturreservaten] (1978), »The Application of Insular Biogeography Theory to the Conservation of Large Mammals in the Northern Rocky Mountains« [Die Anwendung der inselbiogeographischen Theorie auf den Schutz großer Säugetiere in den nördlichen Rocky Mountains] (1979), »The Statistics and Biology of the Species-Area Relationship« [Statistik und Biologie der Beziehung zwischen Art und Gebiet] (1979), »The Equilibrium Theory of Island Biogeography: Fact or Fiction? [Die Gleichgewichtstheorie der Inselbiogeographie: Dichtung oder Wahrheit?] (1980), »Should Nature Reserves Be Large or Small?« [Sind große oder kleine Naturreservate besser?] (1980), »The Virunga Gorillas: Decline of an ›Island‹ Population« [Die Virunga-Gorillas: Verfall einer »Insel«-Population] (1981), »Trees as Islands« [Bäume als Inseln] (1983), »The Evolution of Body Size in Mammals on Islands« [Die Entwicklung der Körpergröße bei inselbewohnenden Säugetieren] (1985), »Conservation Strategy: The Effects of Fragmentation on Extinction« [Naturschutz-Strategie: Die Auswirkungen der Zersplitterung auf den Prozeß des Aussterbens] (1985), »Two Decades of Interaction Between the MacArthur-Wilson Model and the Complexities of Mammalian Distributions« [Zwei Jahrzehnte Austausch zwischen dem MacArthur-Wilson-Modell und den komplizierten Verteilungsverhältnissen bei Säugetieren] (1986), »Extinction of an Island Forest Avifauna by an Introduced Snake« [Ausrottung einer insularen, waldbewohnenden Vogelfauna durch Einführung einer Schlange] (1987), »«Extinct Pygmy Hippopotamus and Early Man in Cyprus« [Das ausgestorbene Pygmäenflußpferd und der Frühzeitmensch auf Zypern] (1988) und »Conservation of Fragmented Populations« [Der Artenschutz bei zersplitterten Populationen] (1994). Brr, halten wir an, solange wir noch können.

Das ist nur eine Auswahl, um den Schreibtisch damit zu dekorieren. Weitere vierzig oder fünfzig Pfund von der Sorte sind in meinen Aktenschränken verstaut. Dabei handelt es sich, wie gesagt, nur um Zeitschriftenartikel, von denen meine Sammlung beileibe nicht alle umfaßt. Von den Büchern war dabei noch gar nicht die Rede. Was fängt man mit solch einer Überfülle an? Einen Kleintransporter besitze ich nicht mehr, also nehme ich mir das Zeug vor und – Gott steh mir bei! – lese es.

Tatsache ist, daß der Lesestoff, in kleinen Dosen genossen, fasziniert.

Dem Leser ist vielleicht aufgefallen, daß die meisten der aufgeführten Titel aus den siebziger Jahren und aus der Zeit danach stammen. Seit Erscheinen des Büchleins von MacArthur und Wilson, betitelt *The Theory of Island Biogeography*, im Jahre 1967 haben Untersuchungen über Inseln, Diskussionen über Inseln und an Inseln orientierte theoretische Überlegungen explosionsartig zugenommen. Etliches wurde auch bereits vorher zuwege gebracht. Ernst Mayr wandte in den dreißiger und vierziger Jahren unseres Jahrhunderts den Inselvögeln seine Aufmerksamkeit zu. David Lack studierte die Finken auf den Galápagosinseln. In den zwanziger Jahren beschäftigten sich mehrere Wissenschaftler mit der Beziehung zwischen der Anzahl von Arten auf einer Insel und deren Gesamtgröße. Es gab ein paar interessante Verlautbarungen, die bis in das Jahr 1858 zurückreichten. Und der Urahn des ganzen Geschlechts erschien im Dezemberheft 1857 von *The Annals and Magazine of Natural History*. Das war »On the Natural History of the Aru Islands« [Zur Naturgeschichte der Aruinseln] von Alfred Wallace.

Der Artikel war die Frucht der Reise nach Osten, die Wallace auf einer Eingeborenenprau unternommen hatte, um der Monsunzeit in Makassar zu entrinnen. Soweit mir bekannt, ist dies der erste wichtige Beitrag zur modernen Wissenschaft der Inselbiogeographie. Darwin hatte zuvor schon die Galápagosinseln beschrieben, aber die Bedeutung des Inselcharakters war ihm erst nach seiner Rückkehr in England aufgegangen, und das Kunterbunt seiner geschilderten Beobachtungen macht deutlich, daß er während seines Aufenthalts dort noch im Dunkel vorevolutionistischer Desorientierung tappte. Der Beitrag, den Wallace über Aru schrieb, war mit seiner Kombination aus akribischer Beobachtung und solider Analyse schon etwas ganz anderes.

»On the Natural History of the Aru Islands« taucht indes in heutigen wissenschaftlichen Bibliographien nicht auf. Die Fachbiologen wissen nichts von der Existenz des Aufsatzes, und außer einigen wenigen Historikern hat ihn keiner zur Kenntnis genommen. Falls er je in ungekürzter Form nachgedruckt worden sein sollte, dann jedenfalls nicht in neuerer Zeit; ein neugieriger Leser mit genug Beharrlichkeit muß also einen Originalband der Zeitschrift auftreiben. Das ist typisch für die Art, wie die Arbeit von Wallace übergangen, abgetan und vergessen wurde. Der Beitrag über Aru liegt wie ein gnostisches Evangelium begraben in einer Höhle des Vergessens.

Für Wallace hatten die Aruinseln eine vergleichbare Funktion übernommen wie für Darwin nachträglich die Galápagosinseln: die Funktion einer Synekdoche, eines Besonderen, das für etwas Allgemeines stand, einer Reihe von empirischen Fakten, die auf große systematische Wahrheiten hinwiesen.

21 Am 8. Januar 1857 landete die Prau, auf der Wallace reiste, in Dobbo, einer saisonalen Handelsniederlassung, die als kommerzielles Zentrum von Aru firmierte. Der Ort stand auf einem flachen Arm aus beigefarbenen Korallen, der von der Spitze einer kleinen Insel in nördlicher Richtung ins Meer ragte, »gerade einmal breit genug, um drei Häuserreihen Platz zu bieten«, wie Wallace es sah. »Obwohl der Platz als Standort für eine Siedlung höchst merkwürdig und trostlos wirkt, hat er doch viele Vorteile«, erinnerte er sich später. Er war durch einen

Kanal zugänglich, der den Ankömmling ungefährdet durch die angrenzenden Korallenriffe führte, und bot einen ruhigen Ankerplatz im Windschatten des Armes – wobei dieser Windschatten, je nachdem, woher die Monsunwinde bliesen, die eine oder die andere Wasserseite sein konnte. Diese Seebrisen, die ständig über den Arm hinwegstrichen, hielten auch die Moskitos fern und sorgten dafür, daß die Siedlung relativ frei von Malaria blieb. Die Gebäude waren strohgedeckte Schuppen eines einheitlichen Bautyps und dienten gleichzeitig als Wohn- und als Warenhäuser, mit einer Trennwand zwischen Wohnteil und Warenlager.

Das Schiff, mit dem Wallace kam, traf früh ein, noch ehe das Gros der anderen Handelsfahrer auf der Bildfläche erschienen war. Der Ort war praktisch leer, eine Anzahl Häuser stand unbewohnt, von denen er eines mit Beschlag belegte. Er breitete seine Ausrüstung aus: ein paar Kisten und Matten, einen Tisch, einen Rohrstuhl, seine Flinten und Netze und ein Trockengestell, dessen Füße er in Wasserbehälter stellte, um die Ameisen abzuhalten. Er hatte aus Makassar ein kleines Gefolge von jungen Hilfskräften mitgebracht – einen Boy, um ihn zu bekochen, und zwei andere, die ihm beim Sammeln und Konservieren der Musterexemplare helfen sollten. Ein Fenster in Gestalt eines Durchbruchs durch die Palmblätterwand lieferte Licht für seinen Tisch. Obwohl das Haus düster und eine erbärmliche Behausung war, fühlte er sich »so wohl, als hätte ich eine gut ausgestattete Villa erworben; dem einmonatigen Aufenthalt in dem Haus sah ich mit ungetrübtem Vergnügen entgegen«. Am nächsten Morgen war er bereits draußen im Wald beim Sammeln.

Seine erste Ausbeute an Schmetterlingen aus der Umgebung von Dobbo wirkte vielversprechend. Am ersten Tag gingen ihm dreißig Arten ins Netz, mehr, als er irgendwo sonst gefangen hatte, seit er vom Amazonas abgereist war. Viele davon waren schöne und seltene Arten, die britischen Lepidopteristen nur durch ein paar Exemplare bekannt waren, die aus Neuguinea stammten. Er fing einen Geisterfalter, der sich als *Hestia durvillei* bestimmen ließ, ein Tagpfauenauge mit blaßfarbenen Flügeln, *Drusilla catops*, und andere mehr. Einige Tage danach spürte er erneut einen riesigen, flugmächtigen, schillernden Ritterfalter der Gattung *Ornithoptera* auf, der den dreien, die er in Celebes gefangen hatte, ähnlich sah, aber nicht identisch war. Dieses Exemplar sah zuerst nach *Ornithoptera poseidon*, einer in Neuguinea heimischen Spezies, aus; bei genauerer Betrachtung aber erweckte es den Eindruck einer eigenen, für Aru typischen Form. Als er den Schmetterling majestätisch auf sich zufliegen sah, ahnte Wallace noch nicht, welch wichtige Rolle dieser in der Entwicklung seiner Gedanken spielen sollte. Aber er zitterte vor Erregung und konnte anschließend »kaum glauben, daß ich ihn tatsächlich erwischt hatte, bis ich ihn aus dem Netz nahm und stumm vor Bewunderung auf das samtige Schwarz und schillernde Grün seiner Flügel mit achtzehn Zentimetern Spannweite, seinen goldenen Körper und seine karmesinrote Brust starrte«. Er hatte Exemplare von *Ornithoptera poseidon* in Sammlungen zu Hause in England gesehen, aber »es ist etwas ganz anderes, solch ein Tier in eigener Person zu fangen, zu fühlen, wie es zwischen den Fingern zappelt, und es in seiner frischen, lebendigen Schönheit zu schauen, ein leuchtendes Juwel, das aus dem stillen Dunkel des finsteren und verschlungenen Waldes hervorstrahlt«.

Das Dorf Dobbo beherbergte an diesem Abend zumindest *einen* zufriedenen Menschen.

Seine Zufriedenheit verflüchtigte sich rasch, als er feststellen mußte, daß die Umgebung von Dobbo im Blick auf Vögel wenig ergiebig war. Wallace brachte eine Wunschliste von berühmten Vogelarten der Aruinseln mit, die in London gute Preise erzielten oder nützlich für seine eigenen Forschungen waren; die Art indes, hinter der er am meisten her war, erwies sich als dort nicht vorhanden. Dobbo lag auf Wamma, einer Trabanteninsel unmittelbar vor der Nordwestküste der Hauptformation von Aru, und so gut die Zufahrt zur Insel und der Hafen auch sein mochten, die außerordentliche Kleinheit Wammas schlug sich in ihrer geringen biologischen Vielfalt nieder. Die Insel wies nur eine ärmliche Teilmenge der vielen Arten auf, von denen das größere Aru bevölkert war. Den Rabenkakadu zum Beispiel gab es auf Wamma nicht. Und auch das Buschhuhn und der Kasuar fehlten. Schlimmer noch, auch die beiden Paradiesvogelarten waren nicht vorhanden. »Es stellte sich rasch heraus, daß auf dieser kleinen Insel nur eine sehr begrenzte Zahl von Vögeln existierte, und ich beschloß, so bald wie möglich auf die große Insel zu gehen«, schrieb er.

DIE ARUINSELN

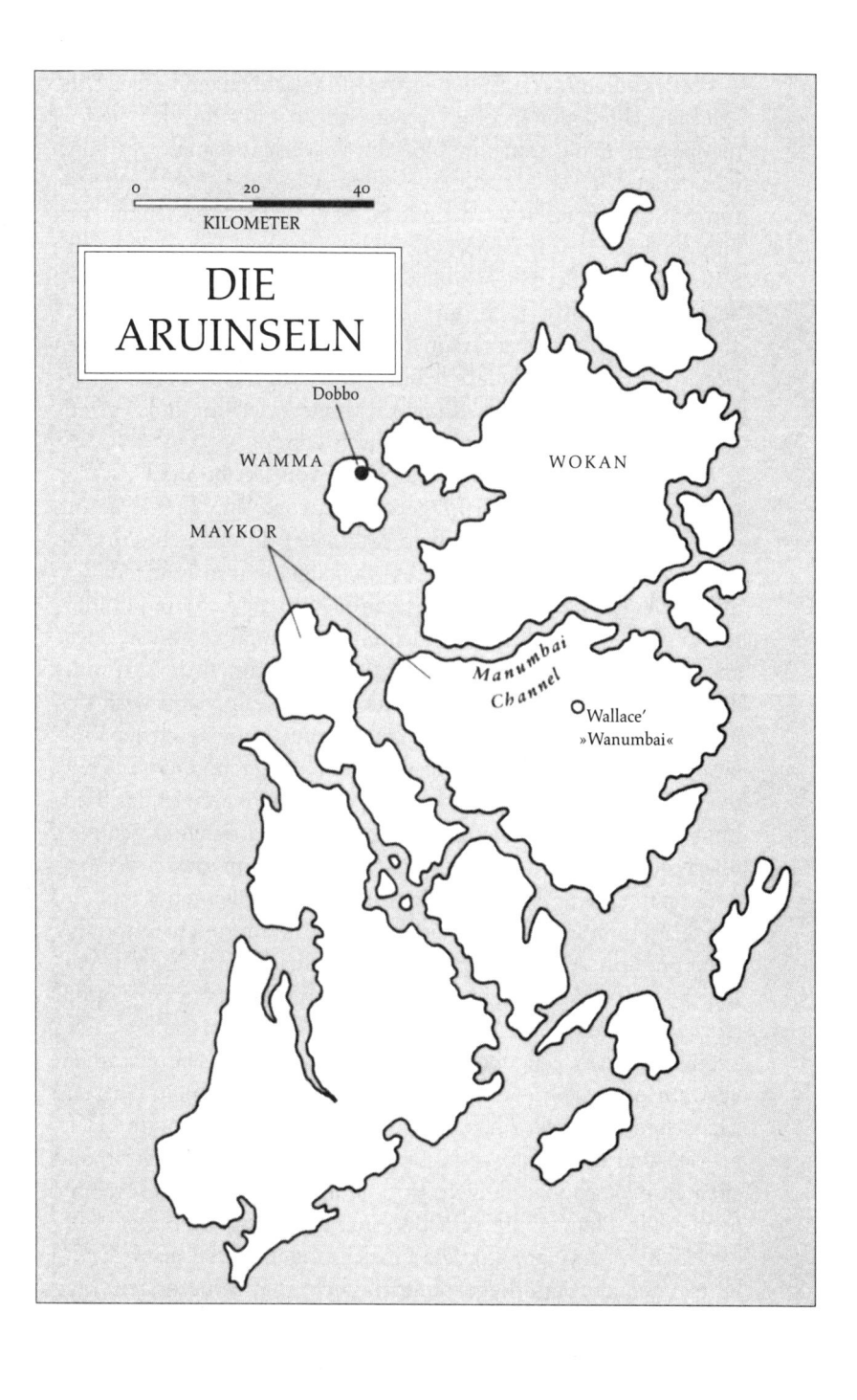

0 20 40
KILOMETER

Dobbo
WAMMA
WOKAN
MAYKOR

Manumbai Channel

Wallace' »Wanumbai«

Was er »die große Insel« nannte, ist tatsächlich ein halbes Dutzend verschiedener Inseln, die wie Stücke eines Puzzles zusammenpassen. Die Inseln sind bloß durch schmale Kanäle getrennt, von denen die Aru-Landmasse zumeist in ost-westlicher Richtung durchschnitten wird und die eine große Ähnlichkeit mit Flüssen haben. Ungeachtet dieser Ähnlichkeit führen sie kein Süßwasser, sondern Seewasser, und die Strömung wechselt mit den Gezeiten ihre Richtung. Der Effekt ist seltsam: an- und abschwellende Salzwasserkanäle, die sich zwischen bewaldeten Ufern schlängeln. Wallace wollte unbedingt von Wamma aus hinüber und einen dieser Kanäle erkunden, der ihn in das artenreiche Innere des Inselhaufens führen würde.

Aber Seeräuber hatten in der Nähe von Dobbo ihr Unwesen getrieben, und keiner der Eingeborenen von Wamma war bereit, die Überfahrt zu riskieren. Ihre Angst war durchaus begründet, keine paranoide Phantasterei; es war allgemein bekannt, daß in dieser Gegend Seeräuber Schiffe anhielten, die Ladung plünderten und die Mannschaft umbrachten; manchmal kamen sie sogar an Land, um Siedlungen anzugreifen, zu brennen und zu morden, Frauen und Kinder zu verschleppen. »Kein Mann wird sich in der nächsten Zeit aus seinem Dorf heraustrauen«, schrieb Wallace, »und ich bleibe nach wie vor in Dobbo gefangen.« Er kaufte sich ein Boot. Nach zwei frustrierenden Monaten in der Siedlung und nach »ungeheuer viel Zureden und Schwierigkeiten« überredete er zwei Ortsansässige, als Führer mitzukommen.

Sie setzten von Wamma über, fuhren aber in keinen Kanal ein, sondern einen Fluß hinauf, der sie durch Mangrovensümpfe ins Zentrum von Wokam, der nördlichsten Insel des größeren Aru-Komplexes, führte. Sie setzten ihren Weg fort, bis der Sumpf trockenem Land Platz machte und der Wasserlauf sie zu einem alleinstehenden Eingeborenenhaus brachte. Das Haus war ein verwahrloster kleiner Schuppen, vollgestopft mit einem Dutzend Menschen und zwei Kochstellen. Im Austausch gegen ein Hackmesser wurde Wallace erlaubt, sich dort einzuquartieren und etwa eine Woche zu bleiben. Er fand am einen Ende des Schuppens einen Platz, rollte sein Bett aus und hängte ein Regal für die Musterexemplare auf. Die Einrichtungen waren primitiv, die blutsaugenden Sandfliegen unerträglich, und seine ersten Tage dort waren zu regnerisch für eine ergiebige Sammeltätigkeit. Er fing an, den Mut zu verlieren. Dann brachte ihm einer seiner Boys ein Exemplar, »das mich für Monate vertaner Zeit und unerfüllter Erwartungen entschädigte«. Es war ein kleiner Vogel, nicht größer als eine Drossel, aber von verschwenderischer Pracht. »Der größte Teil seines Gefieders war intensiv zinnoberrot mit einem Glanz wie von gesponnenem Glas. Auf dem Kopf wurden die Federn kurz und sammetartig und gingen in ein prächtiges Orange über. Darunter von der Brust abwärts war er rein weiß von Seidenweiche und -glanz, und quer über der Brust trennte ein Band von tiefem metallischem Grün diese Farbe von dem Rot der Kehle. Über jedem Auge befand sich ein Fleck von demselben metallischen Grün. Der Schnabel war gelb, und die Füße und Beine, von einem schönen Kobaltblau, kontrastierten auffallend mit allen anderen Teilen des Körpers.« Der Vogel hatte unter den Flügeln merkwürdige grau und grün gefärbte Federbüschel, die er zu Fächern entfalten konnte, und zwei lange, schlanke Schwanzfedern, die aus den übrigen Federn des Schwanzes herausragten. Etwa nach zwölf Zentimetern rollten sich diese langen Federn spiralig auf und bildeten »ein Paar eleganter, glitzernder Plättchen« von metallischem Grün. »Diese zwei Zierate, der Brustfächer und die am Ende spiralig aufgerollten Federstrahlen des Schwanzes, sind durchaus einzig und kommen bei keiner anderen Art von den achttausend verschiedenen Vögeln, die man auf der Erde kennt, vor, und zusammen mit der höchst exquisiten Schönheit des Gefieders, machen sie diesen Vogel zu dem lieblichsten aller lieblichen Naturprodukte.« Er erkannte in dem Vogel den Königsparadiesvogel, den die heutige Wissenschaft unter dem Namen *Cicinnurus regius* kennt. Auf Aru hieß er goby-goby, wie Wallace erfuhr. Für die einheimische Bevölkerung war er nicht aufregender, als es ein Stieglitz in Kentucky wäre.

Trotz des goby-goby und eines großen schwarzen Kakadus, den er ebenfalls als »kostbare Trophäe« ansah, beschloß Wallace nach zwei Wochen, das Feld zu räumen. Vielleicht bezweifelte er, daß diese Gegend von Wokam ihm noch andere spektakuläre Musterexemplare liefern würde; vielleicht aber auch machten ihn das überfüllte Haus und die Sandfliegen fertig. Die Fliegen waren nachts am schlimmsten; sie »drangen in jeden Teil des Körpers und verursachten eine länger dauernde Reizung als Moskitos«, wie er klagte. »Meine Füße und Knöchel litten besonders und waren vollständig mit kleinen roten, geschwollenen Flecken bedeckt, welche mich furchtbar schmerzten.« Inzwischen war auch einer seiner einheimischen Begleiter fieberkrank und wollte nach Hause. Er heuerte einen Ersatzmann für den Kranken an, fuhr durch die Mangrovensümpfe zurück, segelte entlang der Westküste des Aru-Komplexes in südlicher Richtung und wandte sich an der Mündung des ersten großen Kanals, der Wokan von der südlich gelegenen großen Insel Maykor trennt, wieder ins Landesinnere. An seiner Mündung war der Kanal breit wie ein Meeresarm, aber ein kurzes Stück landeinwärts verengte er sich und hatte etwa die Breite der Themse bei London. Er wand sich wie ein Flußlauf zwischen parallelen Ufern dahin, und nur der Salzgeschmack des Wassers und die Gezeitenströme erinnerten daran, daß es sich in Wahrheit um eine Meeresstraße handelte. Der Wind stand günstig und trieb das Boot von Wallace voran, so daß sie nur ab und an mit den Riemen nachhelfen mußten. Die Gruppe verbrachte diesen Tag und den folgenden mit der Erkundungsfahrt in östlicher Richtung. Nachdem sie sich durch einige von Riffen durchzogene Untiefen einen Weg gesucht hatten, erreichten sie die östliche Mündung des Kanals und waren wieder in offener See. Sie waren mitten durch Aru durchgefahren und am entgegengesetzten Ende herausgekommen.

Aber die Ostküste des Inselhaufens war nicht das, was Wallace wollte; er strebte ins Landesinnere. Sie machten also kehrt und mußten wie wild rudern, weil sie sich jetzt von einem Sturmwind bedrängt sahen, der drohte, sie ins Meer hinauszutreiben. Sie gelangten mit knapper Not wieder in den Kanal. Die nächsten beiden Tage kämpften sie sich zurück nach Westen in den mittleren Bereich des Kanals und fuhren dort in einen kleinen Wasserlauf ein, der von Süden in den Kanal mündete und der ihnen gestattete, ins Zentrum der Insel Maykor vorzustoßen. Wo der Wasserlauf unbefahrbar wurde, stieß Wallace auf »das kleine Dorf Wanumbai, das aus zwei großen Häusern bestand, von Pflanzungen umgeben war und mitten in den jungfräulichen Wäldern lag«. Der Anblick des Fleckens gefiel ihm.

Er fand ein ordentliches, strohgedecktes Haus, das er für einen vernünftigen Preis in Warenform (acht Meter Stoff, eine Axt, ein paar Glasperlen, ein bißchen Tabak) mieten konnte, und quartierte sich für sechs Wochen, wie sich letztlich herausstellte, dort ein. Bei seiner ersten Erkundungstour durch die umliegende Gegend erspähte er einen weiteren großen Schmetterling. Dieser hier war schwarz mit großen blau schillernden Placken und erinnerte ihn möglicherweise an die Morphofalter im Amazonasgebiet. Es war ein Schwalbenschwanz, den er als *Papilio ulysses* identifizieren konnte. Wallace hörte außerdem hinlänglich vielfältigen Vogelgesang, um vermuten zu dürfen, daß sich auch das Sammeln von Vögeln lohnen werde. Die dortigen Männer und Knaben, die toll mit Pfeil und Bogen umzugehen wußten und in der Jagd auf Wildschweine, Känguruhs und eine Vielzahl verschiedener Vogelarten geübt waren, bekamen rasch mit, daß dieser exzentrische, blaßhäutige Fremde sie für bestimmte tote Tiere, die nicht unbedingt eßbar sein mußten, großzügig entlohnte.

An seinem zweiten Abend im Dorf brachte man Wallace einen interessanten Erdschmätzer von einer Spezies, die bislang nur aus Neuguinea bekannt war. Bald danach bekam er einen Liest mit racketförmigem Schwanz, hellblauem und weißem Gefieder und einem korallenroten Schnabel; seine zwei langen Schwanzfedern, die am Ende wie kleine Squashschläger geformt waren, legten nahe, ihn der Gattung *Tanysiptera* zuzuordnen. Dieser Liest stellte sich als eine neue Spezies heraus, die sich von den *Tanysiptera* auf den Molukkeninseln weiter im Westen ebenso unterschied wie von den östlichen auf Neuguinea. Von Anfang an sah demnach alles danach aus, daß der Ort Wanumbai und der ihn umgebende Wald die hochfliegenden Erwartungen befriedigen würde, die Wallace mit Aru verband. Die Jäger des Ortes brachten ihm weiterhin alle möglichen phantastischen Geschöpfe. Wallace selbst war täglich unterwegs – jedenfalls solange seine Gesundheit mitspielte –, und das galt auch für seine Boys, die mittlerweile genug Erfahrung in dem Metier gesammelt hatten, um sich beim Schießen und Entbalgen von Vögeln nützlich machen zu können. Nach einer Woche kam der eifrigere der beiden Boys triumphierend mit einem Exemplar von *Paradisaea apoda*, der größeren der beiden Paradiesvogelarten, an.

So gut die Vogeljagd in Wanumbai war, so schwierig blieben die Lebens- und Arbeitsverhältnisse. Das Haus war ein Tummelplatz für Ungeziefer. »Statt Ratten und Mäusen gibt es merkwürdige, kleine Beuteltiere von etwa der gleichen Größe, die nachts umherrennen und alles Eßbare anknabbern, das man offen hat stehenlassen. Vier oder fünf verschiedene Arten von Ameisen greifen alles an, was nicht im Wasser steht, und eine Art schwimmt sogar hindurch; große Spinnen lauern in Körben und Kästen«, schrieb er. Die Moskitos waren besonders zahlreich draußen in den Zuckerrohrfeldern und den Gemüsegärten, die das Dorf umgaben und durch die er seine täglichen Gänge machte. Leider handelte es sich um Stechmücken, die am Tage und nicht nur in der Dämmerung jagten; sie waren also zur gleichen Zeit aktiv wie er. Mit besonderem Vergnügen stürzten sie sich offenbar auf seine Füße, die immer noch von den Sandfliegen auf Wokam übersät mit Wunden waren. »Nach der unaufhörlichen Belästigung während eines ganzen Monats empörten sich diese nützlichen Glieder gegen eine solche Behandlung und brachen in offenen Aufstand aus, der sich in zahlreichen entzündeten, schmerzhaften und mich am Gehen hindernden Geschwüren kundtat. So sah ich mich ans Haus gefesselt ohne baldige Aussicht, es verlassen zu können. Wunden und Geschwüre heilen besonders schwer in heißen Klimaten, und ich fürchtete sie daher sehr, mehr als irgendeine Krankheit.«

Es herrschte jetzt klares und trockenes Wetter, genau richtig für das Sammeln von Insekten, wenn er nur das Haus hätte verlassen können. Es war zum Verrücktwerden. »Wenn ich mich ans Ufer schleppte, um zu baden, sah ich oft den blaubeschwingten Papilio ulysses und einige andere kleine und seltene Insekten, aber ich mußte Geduld haben und ruhig an mein Vogelabbalgen gehen oder an irgendwelche andere Arbeit, die ich zu Hause machen konnte.« Das reine körperliche Unbehagen bereitete ihm die geringste Pein. Von seinen schwärenden Wunden »als Gefangener gehalten zu werden in einem so reichen und unerforschten Lande, wo seltene und schöne Geschöpfe auf jedem Spaziergange in dem Wald zu finden sind – einem Land, das erst nach einer langen und beschwerlichen Reise erreicht wurde und das vielleicht in diesem Jahrhunderte zu demselben Zwecke nicht wieder besucht werden wird –, das ist eine zu schwere Strafe für einen Naturforscher, als daß er mit Stillschweigen darüber hinweggehen könnte«. Einen gewissen Trost schöpfte er daraus, daß seine beiden Boys die Arbeit fortsetzten und nach wie vor Exemplare des Großen Paradiesvogels, des Königsparadiesvogels und anderer eindrucksvoller Vogelarten anbrachten. Als die sechs Wochen in Wanumbai zu Ende gingen, hatte er über die Hälfte der Zeit im Haus festgesessen und seine eiternden Füße gepflegt. Seine Vorräte waren nahezu aufgebraucht, doch seine Kästen waren gefüllt mit Musterexemplaren. Seine Entzündungen bald loszuwerden konnte er unter den Lebensbedingungen des Außenlagers nicht hoffen. Hinzu kam, daß die Vogeljagd in letzter Zeit unergiebiger geworden war, wahrscheinlich nicht nur deshalb, weil Wallace und seine Gehilfen bereits ordentlich aufgeräumt hatten, sondern ebensosehr auch aus saisonalen Gründen. Er entschied, daß es Zeit war, den Rückzug nach Dobbo anzutreten. Er verteilte seine letzten Salz- und Tabakvorräte an die Dörfler, schenkte seinem Hauswirt eine Flasche Palmschnaps, nahm Abschied, bestieg sein Boot, fuhr den Wasserlauf hinab und erwischte auf dem Kanal einen strammen Westwind.

Ein so freundliches Dorf in einer so reichen, ungewöhnlichen Waldregion zu verlassen fiel ihm nicht ganz leicht. Im Rückblick glaubte Wallace zu erkennen, daß seine Monate auf den Aruinseln die gewinnbringendste Zeit seines ganzen achtjährigen Aufenthalts im Malaiischen Archipel gewesen waren und daß die Wochen in Wanumbai den Höhepunkt seiner Zeit auf Aru gebildet hatten. »Ich beabsichtigte fest zurückzukommen«, schrieb er später, »und hätte ich gewußt, daß die Umstände mich daran hindern würden, so hätte ich es schmerzlich empfunden, einen Platz verlassen zu müssen, an dem ich zum ersten Male so viele seltene und schöne Lebewesen gesehen und so im vollen Maße mich des Vergnügens erfreut hatte, welches das Herz des Naturforschers erfüllt, wenn er so glücklich ist, einen bis dahin undurchsuchten Distrikt zu entdecken, in welchem jeder Tag neue und unerwartete Schätze ans Tageslicht fördert.« Der »Distrikt« erwies sich als im doppelten Sinne ertragreich – nämlich nicht nur, was die Menge der aufgespießten Schmetterlinge und der

Vogelbälge betraf, sondern auch, was theoretische Fortschritte anging. Zurückkehren sollte er nicht mehr.

In Dobbo mußte Wallace sechs weitere Wochen das Haus hüten, ehe seine Füße soweit abgeheilt waren, daß er wieder Streifzüge in den Wald unternehmen konnte. Mittlerweile ging der Juni seinem Ende zu, das trockene Klima war einem Wetterumschlag zum Opfer gefallen, der Wald hatte sich in einen Morast verwandelt, und die kleine Insel Wamma, auf der die Siedlung lag, wirkte ärmer an Arten als je zuvor. Der Monsun hatte wieder gedreht und brachte Wind und Stürme aus östlicher Richtung. »Um die Pfade herrschte dumpfe Feuchtigkeit«, schrieb er, »und die Insekten waren sehr spärlich.« Er ergatterte ein paar merkwürdige Käferarten und mußte sich damit zufriedengeben.

Die Handelssaison in Dobbo hatte mittlerweile ihren kurzen Gipfelpunkt erreicht. Von den anderen Inseln brachten Boote Ladungen von Bananen und Zuckerrohr, die gegen Tabak oder sonstige importierte Luxusartikel getauscht wurden. Haufen von getrockneter Seegurke wurden in Säcken verstaut. Ballen Perlmutt, die mit Rattan verschnürt waren, wurden auf die großen Praus geladen. Alle Händler, die nach Makassar zurückwollten, bereiteten eilig ihre Abfahrt vor, weil sie wußten, daß sie ein weiteres Jahr auf Aru festsaßen, wenn sie den östlichen Monsun verpaßten. Für die Zurückbleibenden wurde es dann einsam. Dobbo, die Saisonstadt, verschwand wie ein Zirkus von der Bildfläche. Zurück blieben nur die leeren Schuppen. »Die Chinesen schlachteten ihr fettes Schwein und feierten das Abschiedsfest«, schrieb Wallace. »Sie waren so freundlich, mir ein bißchen Schweinefleisch zu schicken und eine Schale mit gedünstetem Vogelnest, das wenig mehr Geschmack hatte als ein Fadennudelgericht.« Als sorgfältiger Beobachter zeichnete er nach wie vor seine Eindrücke auf, während um ihn herum emsiges Treiben herrschte. Und im übrigen hatte er sein eigenes Kontingent kostbarer Handelsartikel zu packen: neuntausend einzelne Musterexemplare, die tausendsechshundert Arten repräsentierten, von denen die Wissenschaft eine beträchtliche Anzahl noch gar nicht kannte.

Er war mit seiner Ausbeute von den Aruinseln zufrieden. »Ich hatte eine merkwürdige und wenig bekannte Menschenrasse kennengelernt; ich war mit den Handeltreibenden des Fernen Ostens vertraut geworden; ich hatte das unendliche Vergnügen genossen, eine neue Fauna und Flora, eine der bemerkenswertesten und am wenigsten bekannten Gegenden der Welt zu erforschen; und ich hatte den Hauptzweck meiner Reise erreicht – nämlich, mich in den Besitz schöner Exemplare der großartigen Paradiesvögel zu bringen und sie in ihren heimischen Wäldern zu beobachten. Dieser Erfolg trieb mich dazu an, meine Forschungen noch fast fünf weitere Jahre in den Molukken und in Neuguinea fortzusetzen.« Am 2. Juli verließ seine Prau Dobbo und segelte gen Westen.

Binnen zehn Tagen war er wieder in Makassar und hatte eine fünfzehnhundert Kilometer lange Seefahrt hinter sich gebracht. Irgendwann kurz danach schrieb er, während das Erlebte noch frisch in seinem Kopf war, »On the Natural History of the Aru Islands«. Er schickte das Manuskript an Bord eines Postdampfers vermutlich an die Adresse von Samuel Stevens, und es erreichte London rasch genug, um in der Dezemberausgabe von *The Annals and Magazine of Natural History* zu erscheinen. England scheint dem Artikel keine große Beachtung geschenkt zu haben. Die Aruinseln mochten für buginesische Seehandelsleute eine große Anziehungskraft haben, britischen Naturforschern erschienen sie unvorstellbar fern und fremd.

Und das gleiche galt für die Gedankenbahnen, in denen Wallace sich bewegte.

22 Jahre später erzählte er die Geschichte seiner Expedition zu den Aruinseln in Form eines Reiseberichts voller Abenteuer und exotischer Szenen, einsamer Stunden und Enttäuschungen, Augenblicken der Begeisterung – das Ganze gehüllt in eine Aura nostalgischer Erinnerung. Diesen Bericht veröffentlichte er in dem Buch *The Malay Archipelago*, dem literarischen Werk, mit dem er den größten Erfolg hatte.

Der frühere kurze Artikel »On the Natural History of the Aru Islands« war weniger persönlich gefärbt und begrifflicher gehalten. Er setzte sich lose aus drei Teilen zusammen. Zuerst handelte Wallace in ein paar erzählenden Abschnitten den Verlauf seiner Reise skizzenhaft ab. Dann teilte er seine Beobachtungen mit und beschäftigte sich sowohl mit der ungewöhnlichen Geologie des Aru-Komplexes als auch mit der Liste von Vogel- und Säugetierarten, die er gesammelt oder jedenfalls zu Gesicht bekommen hatte. Das Artenverzeichnis war wichtig als eine empirische Grundlage, auf der er dann in einem dritten Teil einige Muster herauspräparierte.

Was für Geschöpfe beherbergten die Aruinseln? Neben den zwei Paradiesvögeln, *C. regius* und *P. apoda*, hatte Wallace über hundert weitere Vogelarten gezählt. Sein Verzeichnis umfaßte zwölf Tauben, vier Falken, neun Kolibris, dreizehn Schnäpper, zehn Papageien oder papageiähnliche Arten, eine Baumschwalbe, drei Arten von Würgern, zwei Pittas, fünf Nektarvögel und elf Liestarten. Viele dieser auf Aru lebenden Vögel kannte man auch in Neuguinea. Die Überschneidung war aus zwei Gründen bemerkenswert: erstens schien Neuguinea ziemlich weit weg (hundertfünfzig Kilometer offene See ist für einen Papagei eine gewaltige Strecke), und zweitens kamen die gleichen Arten weiter westlich im Archipel *nicht* vor. Er hatte den großen schwarzen Kakadu mit seinen rosafarbenen Wangenflecken angetroffen, der in Neuguinea und in Australien heimisch war, der sich aber nie bis ins westlich gelegene Celebes ausgebreitet hatte. Er hatte den Kakadu mit schwefelfarbenem Kamm angetroffen, ebenfalls eine auf Neuguinea heimische Art. Er hatte einen riesigen flugunfähigen Vogel angetroffen, der den wissenschaftlichen Namen *Casuarius casuarius* führte und in Australien als Kasuar bekannt war. Und es waren nicht nur die Vögel, die auf eine östliche Anbindung hindeuteten. Es war auch ein halbes Dutzend Beuteltierarten, darunter mehrere Kuskuse und ein Känguruh, die er erlegte beziehungsweise zu Gesicht bekam oder von denen er jedenfalls berichten hörte.

Es gab auch interessante Fehlanzeigen. Wallace führte sechs Vogelfamilien an (Spechte, Trogons, Nashornvögel, Antipodenschnäpper, Faulvögel und Bienenfresser), die überall in Java, Borneo, Celebes, im gesamten westlichen Archipel, reichlich vorhanden waren und die nur auf den Aruinseln fehlten. Bei den Säugetieren ein ähnliches Muster. Mit Ausnahme der Schweine (die oft von den Menschen auf neue Inseln gebracht wurden) und der Fledermäuse (die sich gut darauf verstehen, das Meer zu überqueren) war keine einzige größere Säugetiergruppe an beiden Enden des Archipels heimisch. Wie Wallace berichtete, gab es auf Aru keine Raubtiere, keine Nagetiere, keine Primaten und keine Huftiere. Außer Fledermäusen und Schweinen waren alle Säugetiere auf Aru Beuteltiere.

Der naheliegendste Schluß, der sich daraus ziehen ließ, war, daß die Aruinseln zu Neuguinea und Australien und nicht zum übrigen Malaiischen Archipel gehörten. Irgendwo auf seiner Schiffsreise nach Osten war Wallace von einer zoogeographischen Zone in eine andere übergewechselt – in eine Zone, wo die Beutelratten die Affen, die Kakadus die Trogons, die Kasuare die Babirusas und die Paradiesvögel der-Himmel-weiß-wen ersetzten. Die Transformation der biologischen Gemeinschaften, die in Lombok begann, fand hier ihre Vollendung, wie die bemerkenswerte Ähnlichkeit der Fauna von Aru und von Neuguinea bewies.

»Eine solche Übereinstimmung findet sich, wie ich glaube, nirgends sonst in Ländern, die durch einen solch breiten Streifen Meer getrennt sind«, schrieb Wallace. Ceylon liege näher bei Indien als Aru bei Neuguinea, bemerkte er, aber die zoologischen Unterschiede zwischen Ceylon und Indien seien größer. Tasmanien liege nicht weiter vom australischen Festland entfernt, aber auch das tasmanische Tierleben weise eine stärkere Eigentümlichkeit auf. Das gleiche gelte auch für Sardinien und Italien. Bali und Lombok lägen viel näher beieinander als Aru und Neuguinea, seien aber zoologisch viel stärker getrennt. Die einzige Erklärung, die es dafür gab, war nach Wallace' Überzeugung festes Land. Vor nicht allzu vielen Jahrtausenden mußte die Aru-Gruppe mit Neuguinea durch eine Landbrücke verbunden gewesen sein.

Geologisch gesehen war das plausibel. Westlich von Aru fiel der Meeresboden steil ab, während der Ozean nach Osten, in Richtung Neuguinea, flach ist. Aru befindet sich am Rande des Festlandsockels von Neuguinea. Zusätzlich zur Topographie des Meeresbodens gibt es auf Aru selbst einen noch auffälligeren Beweis für den Zusammenhang mit Neuguinea: nämlich die Kanäle, die den Landkomplex in Form von drei flußähnlichen Einschnitten zerspalten. Wallace wurde das Gefühl nicht los, daß »sie

Stücke wirklicher Flüsse sind«, auch wenn sie jetzt mit Salzwasser gefüllt seien, das sie im Gezeitenwechsel durchströme. Nach seiner Kenntnis gab es nirgends sonst auf der Erde eine Inselgruppe mit vergleichbaren Einschnitten. Die einzige Erklärungsmöglichkeit hierfür bestand nach seiner Ansicht in der »Annahme, daß sie einst wirkliche Flüsse waren und in ihren derzeitigen Zustand durch die Absenkung des dazwischenliegenden Landes versetzt wurden«. Er hielt sie für die gekappten Unterläufe von ehemaligen Flüssen Neuguineas, die übrigblieben, als geologische Rutschungsprozesse die weiter oben gelegenen Flußteile unter den Meeresspiegel senkten und Aru als Insel auf dem Schelf zurückließen. Wenn Wallace recht hatte, dann war vorzeiten Flußwasser von Neuguinea nach Aru hinuntergeflossen, während Waldvögel und Beuteltiere hin und her gewechselt waren.

Nachdem er das empirische Material zusammengetragen und gesichtet hatte, das Auskunft über die Verteilung der Arten gab, stellte er die entscheidende Frage nach dem Warum. Es ist wichtig, sich einmal mehr ins Gedächtnis zu rufen, daß damals die Theorie der speziellen Schöpfungsakte noch weithin anerkannt war und daß jede davon abweichende Ansicht als gefährlicher Irrglaube erschien. Aber wenn Gott einfach nur bestimmte Tiere für bestimmte Landschaftstypen geschaffen hatte, wie die rechte Lehre verkündete, warum mußte sich dann die Fauna der Aruinseln so drastisch von der Fauna der anderen malaiischen Inseln unterscheiden? Die Landschaften und das Klima ähnelten sich – warum dann nicht auch die Tiere? Warum *gab* es auf Bali keine Kakadus und Beutelratten? Warum *waren* auf Aru oder Neuguinea keine Affen und Spechte heimisch? Existierte dafür eine wissenschaftliche Erklärung, oder hatte Gott nach Lust und Laune entschieden? Hier wandte sich Wallace' Artikel über Aru Überlegungen und Mustern zu, die weit über Aru hinausgingen.

23 Sein eigentliches Angriffsziel war die Theorie der speziellen Schöpfungsakte.

Arten sterben aus, schrieb Wallace. Sie durchleben die Zeiträume, die ihnen jeweils zugemessen sind und die gewöhnlich Millionen von Jahren umfassen, und verschwinden dann wieder. Soviel haben uns die Fossilienfunde gelehrt. Durch Äonen hindurch war das ein fortlaufender Prozeß, dem das fortlaufende Auftauchen neuer Arten die Waage hielt. Selbst gläubige Schöpfungstheoretiker – jedenfalls die wissenschaftlich gesinnten unter ihnen wie Charles Lyell – räumten dieses Balanceverhältnis zwischen aussterbenden alten und entstehenden neuen Arten ein. Aber wie entstanden die neuen? Durch welchen Mechanismus traten sie in Erscheinung? Spezielle Schöpfungsakte, lautete die orthodoxe Antwort. »Allgemein lautet die Erklärung«, schrieb Wallace, »daß beim Aussterben der alten Arten im jeweiligen Land oder Landstrich neue geschaffen würden, die an die physikalischen Bedingungen der jeweiligen Region angepaßt seien.« Geschaffen, wohlgemerkt, durch direkten göttlichen Eingriff. Gott formte jede Spezies für ihr bestimmtes Milieu; er schuf und verteilte die Flora und Fauna der Welt nach seinem göttlichen ökologischen Ratschluß. So jedenfalls wollte es die Theorie der speziellen Schöpfungsakte.

Wie Wallace hervorhob, war eine logische Folge dieser Theorie, daß Arten, die einander ähnelten, in ähnlichen Landschaften beheimatet waren (damit Gott mit seiner Einschätzung, welche Arten zu welchem Landschaftstyp paßten, sich nicht selbst widersprach) und daß einander unähnliche Landschaften unähnliche Arten beherbergten. Ein Problem der Theorie aber bestand darin, daß diese logische Folge empirisch einfach nicht gegeben war.

Als Probe aufs Exempel führte Wallace Neuguinea und Borneo an. Die beiden großen Inseln seien sich in Größe, Lage, physikalischer Beschaffenheit und Klima sehr ähnlich. »Auf keiner gibt es eine ausgeprägte Trockenzeit, Regen fällt mehr oder minder das ganze Jahr hindurch; beide sind in der Nähe des Äquators, beide dem östlichen und westlichen Monsun ausgesetzt, beide durchgängig bedeckt mit hochstämmigem Wald; beide weisen eine ausgedehnte, sumpfige Küstenregion und ein gebirgiges Inneres auf«, und sowohl Neuguinea als auch Borneo, fügte er hinzu, seien reich an Palmen- und Pandaneenarten. Ungeachtet all dieser Ähnlichkeiten seien ihre Faunen grundverschieden.

Um den Gegensatz zwischen Neuguinea und Borneo schärfer herauszuheben, verglich Wallace Neuguinea auch mit Australien. Hier verhalte es sich mit der Ähnlichkeit und der Verschiedenheit genau umgekehrt. Die topographischen und klimatischen Bedingungen unterschieden sich drastisch (in Neuguinea schroffe Gebirge, größtenteils bedeckt von Regenwald; in Australien flache Ebenen, größtenteils bedeckt von Wüsten und Steppen), die heimischen Faunen hingegen ähnelten sich. Australien und Neuguinea beherbergten die gleichen Vogel- und Säugetiergruppen. Ihnen fehlten auch die gleichen Gruppen. »Wenn Känguruhs an die trockenen Ebenen und lichten Wälder Australiens besonders gut angepaßt sind, dann muß es irgendeinen anderen Grund geben, warum sie auch in die dichten, feuchten Urwälder Neuguineas Einzug hielten«, machte Wallace geltend. Und falls die trockenen Eukalyptuswälder Australiens für Spechte irgendwie unbekömmlich seien, so erkläre das noch nicht, warum sie auch in Neuguinea nicht vorkämen.

Die Biogeographie wurde bei Wallace zu einem Begriffsinstrument von großer Tragweite und Durchsetzungskraft. Wallace wußte zuviel über das Vorkommen und das Fehlen von Arten, um die Theorie der speziellen Schöpfungsakte akzeptieren zu können. Da er sah, daß die beobachteten Daten unvereinbar mit der überkommenen Theorie waren, sah er sich gezwungen, die Theorie preiszugeben. »Wir können uns deshalb schwerlich der Einsicht entziehen, daß irgendein anderes Gesetz die Verteilung der heute existierenden Arten gesteuert hat«, schrieb er. Und er hatte dabei nicht nur die Verteilung der Arten, sondern auch ihren Ursprung im Sinn.

Seinen eigenen Anwärter auf die Gesetzesrolle hatte er in seinem Beitrag aus Sarawak bereits vorgestellt. »In einer früheren Nummer dieser Zeitschrift«, erinnerte er die Leser der *Annals*, »haben wir nachzuweisen versucht, daß durch die einfache Gesetzmäßigkeit, derzufolge jede neue Schöpfung nahe verwandt mit einer in der gleichen Region schon existierenden Spezies ist, all diese Unregelmäßigkeiten erklärt werden können.« Wallace bewegte sich auf eine große Entdeckung zu, aber sein Anspruch, das Ziel bereits erreicht zu haben, war voreilig. Sein Beitrag aus Sarawak hatte die Unregelmäßigkeiten nicht *erklärt*; er hatte sie nur in einen systematischen, allgemeinen Zusammenhang gebracht. Im Artikel über Aru ging er einen Schritt weiter. Er spann seine Überlegungen zu Neuguinea und Australien, den beiden riesigen und klimatisch verschiedenen Inseln, die vormals zusammenhingen, fort. Auf Neuguinea lebe eine Zwergform des Kasuars, die sich vom australischen Kasuar artmäßig unterscheide (auch wenn sie nahe verwandt mit ihm sei). Neuguinea beherberge auch baumbewohnende Kängurus, die verschieden von den australischen Känguruhs seien (wenn auch nahe verwandt mit ihnen). Wie sei es zu dieser Situation gekommen? In dem Zeitraum seit der Trennung von Neuguinea und Australien, schrieb Wallace, seien allmählich in beide Regionen

»neue Arten eingeführt worden, aber jeweils in naher Verwandtschaft zu bereits existierenden Arten, von denen viele anfangs den beiden Regionen gemeinsam waren. Es liegt auf der Hand, daß dieser Prozeß zum derzeitigen Zustand der beiden Faunen führen mußte, in dem es viele verwandte Arten gibt – und nur wenige, die völlig übereinstimmen.«

Ferner:

»Aus Arten, die zur Zeit der Trennung nur in einer der beiden Regionen vorkamen, mußten aufgrund der allmählichen Einführung verwandter Arten Gruppen entstehen, die der betreffenden Region eigentümlich sind.«

Wenn auch die Formulierung vage blieb, waren die beiden Feststellungen ebenso wichtig wie zutreffend. Einer Erklärung des im Sarawak-Beitrag beschriebenen Musters nahe verwandter Arten, die räumlich und zeitlich zusammenhängen, kam er immer näher.
Zwei geistige Hürden mußten noch genommen werden. Der Ausdruck »allmähliche Einführung« mußte genauer bestimmt werden, ehe er sich in den Begriff »Evolution« verwandeln konnte. Und Wallace mußte die Antwort auf eine weitere große Fra-

ge finden: Welcher Mechanismus bewirkte die Evolution? Dies letztere war das geheimnisvollste aller Geheimnisse, das nach wie vor seiner Lösung harrte.

24 Gegen Ende des gleichen Jahres, 1857, fing Charles Darwin an, Wallace ernst zu nehmen, wenn auch nicht so ernst, wie es am Platze gewesen wäre. Wallace hatte Darwin einen zweiten Brief geschrieben, den er nach der Rückkehr von seiner Aru-Expedition in Makassar abgeschickt hatte. Wie auch der erste Brief von Wallace ist er in Darwins Unterlagen nicht erhalten; die einzigen Hinweise auf seinen Inhalt liefert uns Darwins Antwort. Wallace' früherer Brief war monatelang unbeantwortet liegengeblieben, aber auf diesen zweiten reagierte Darwin umgehend.

In seinem vom 22. Dezember datierten Schreiben erklärte Darwin, er sei »außerordentlich froh, zu hören, daß Sie sich mit der Verteilung nach Maßgabe theoretischer Überlegungen befassen. Ich bin der festen Ansicht, daß es ohne Theorie keine gute, echte Beobachtung gibt. Wenige Reisende haben sich mit solchen Punkten beschäftigt, wie sie derzeit von Ihnen bearbeitet werden; tatsächlich ist das ganze Thema der Verteilung von Tieren schrecklich im Hintertreffen gegenüber der Forschung bei den Pflanzen.«

Wallace hatte in seinem Brief nicht nur seine Arbeiten zur Artenverteilung erwähnt, sondern offenbar auch leichte Enttäuschung darüber durchblicken lassen, daß sein Beitrag aus Sarawak so ostentativ unbeachtet geblieben war, denn Darwin war mit Trostworten bei der Hand: »Sie sagen, Sie seien einigermaßen überrascht gewesen, daß Ihr Artikel in den Annals keine Beachtung gefunden habe: Mich überrascht das nicht im geringsten; denn nur die wenigsten Naturforscher interessieren sich für Dinge, die über die bloße Beschreibung von Arten hinausgehen. Aber Sie dürfen nicht glauben, daß sich keiner mit Ihrem Artikel beschäftigt hat: zwei Männer von Format, Sir C. Lyell und Mr. E. Blyth in Kalkutta, haben mich ausdrücklich darauf aufmerksam gemacht.« Dies Informationsbröckchen muß gewaltig ein-

geschlagen haben. Auf den einsam und frustriert in der tropischen Sonne schwitzenden Wallace wirkte Darwins Mitteilung, daß der berühmte Sir Charles Lyell von seinem Artikel Notiz genommen hatte, sicher wie eine kühle, belebende Brise.
Es half Wallace ein wenig dabei, wissenschaftliches Selbstvertrauen zu entwickeln. Und es eröffnete ihm eine Möglichkeit, die er sich später zunutze machen sollte – daß er nämlich durch Vermittlung Darwins in Kontakt mit Lyell kam.
»Ihren Artikel über die Verteilung von Tieren auf den Aru-Inseln habe ich noch nicht zu Gesicht bekommen«, fügte Darwin hinzu. Der Beitrag über Aru war gerade erst erschienen. Vorstellbar ist, daß Darwin überhaupt erst durch Wallace' Brief Kenntnis davon erhalten hatte. »Ich werde ihn mit *äußerstem* Interesse lesen«, erklärte Darwin höflich.

25 Darwin war gewarnt. Abgesehen von den beiden Beiträgen, die in den *Annals* erschienen waren und denen sich entnehmen ließ, wie nah Wallace ihm auf den Fersen war, hatte ihn in noch deutlicherer Form auch Lyell höchstpersönlich gemahnt.
Ein Jahr zuvor, im April 1856, hatte Lyell ein paar Tage bei Darwin in dessen Haus in dem südöstlich von London gelegenen Dorf Down verbracht. Während seines Aufenthalts hatte ihm Darwin eines Morgens die ganze aberwitzige Theorie auseinanderklamüsert, die er in den vergangenen achtzehn Jahren klammheimlich ausgebrütet hatte: daß die Arten sich eine aus der anderen entwickeln, und zwar durch einen Prozeß, bei dem natürliche Variationen innerhalb einer Population durch die unterschiedlichen Überlebenschancen und den unterschiedlichen Fortpflanzungserfolg der einzelnen Exemplare ausgelesen und verstärkt werden. Lyell war wahrscheinlich erst der dritte oder vierte Mensch, dem Darwin irgend etwas von seinen häretischen Vorstellungen anvertraute. Lyell reagierte zwar erst einmal verblüfft und skeptisch, aber dank seiner wissenschaftlichen Gesinnung und seiner großen intellektuellen Fairneß war es ihm dennoch möglich, in seinem wissenschaftlichen Journal einen

unvoreingenommenen Abriß der Ausführungen Darwins festzuhalten.

Für den Vorgang hatte Darwin, wie Lyell vermerkte, den Begriff *natürliche Auslese* geprägt. Auch auf die Inseln, die Lyell gut kannte, war er anwendbar. »Die Zahl der Arten, die durch Wanderung auf die Madeiras kamen«, schrieb er und gab dabei eher Darwins Sicht als die eigene wieder, »war nicht groß im Verhält. zu den jetzt dort lebenden, denn einige wenige Typen können der Ursprung vieler verwandter Arten gewesen sein.« Anders als der Begriff »natürliche Auslese« stammte offenbar der Ausdruck »verwandte Arten« von Lyell selbst – beziehungsweise er hatte ihn von jemand anderem als von Darwin übernommen. Diese Eintragung ins Journal spricht dafür, daß Lyells unmittelbare Reaktion darin bestand, Darwins Theorie mit dem »Gesetz« in Zusammenhang zu bringen, von dem im Beitrag des jungen Wallace die Rede war.

Nach drei Abschnitten, in denen er Darwins Überlegungen zusammenfaßte, stellte Lyell den Zusammenhang ausdrücklich her, indem er feststellte, daß »Mr. Wallace' Einführung von Arten, die denen am nächsten stehen, die ihnen zeitlich unmittelbar vorausgehen«, als ein durch Fossilienfunde belegtes Phänomen nun »durch die Theorie der Natürlichen Auslese erklärt scheint«.

Lyell selbst war von der Richtigkeit der Theorie nicht überzeugt, aber er gab seinem Freund Darwin den Rat, sie zu veröffentlichen. Er solle seine große Idee so rasch wie möglich an die Öffentlichkeit bringen, ehe ein anderer komme und sie als *seine* große Idee publiziere. Wenn die eingehende Behandlung der natürlichen Auslese noch nicht abgeschlossen sei, dann solle Darwin, drängte Lyell, wenigstens einen vereinfachten Abriß seiner Ansichten herausbringen, um sich das Erstgeburtsrecht zu sichern.

Darwin aber war noch nicht soweit. Zusätzlich zu seinen Notizbüchern von der Reise auf der *Beagle* verfügte er über Datensammlungen aus zwei Jahrzehnten, die so komplizierte und miteinander verschränkte Themen betrafen wie die Taxonomie der Rankenfüßer, die Kreuzung bei Pflanzen, das Überleben von Samen in Meerwasser, rudimentäre Organe, das Fehlen von Säugetieren und Fröschen auf ozeanischen Inseln und die Variationen, die bei Haustaubenrassen auftreten. Akribisch, wie er war, ließ er sich nicht gerne hetzen. Er räumte ein, daß Lyell nicht ganz unrecht habe, meinte aber, er brauche mehr Zeit, um seine Daten zu einem überzeugenden Beweisgang zu organisieren. Er hatte vor, ein gigantisches, gründliches, unwiderstehlich überzeugendes Manuskript zu verfassen; dieses Opus sollte seine erste öffentliche Stellungnahme zum Thema sein. Eine kürzere, rasch hingehauene und in aller Eile veröffentlichte Version würde, das war seine Sorge, nur Widerstand gegen die Theorie provozieren. Der arme Darwin war ein behutsamer Mann, auf dem die Bürde einer kühnen Idee lastete; manchmal wirkte er in seiner Unentschlossenheit wie gelähmt. Er glich einer Henne, die sich abmüht, ein überdimensioniertes Ei zu legen. Wenn er die Sache überstürzte, konnte es ihn Kopf und Kragen kosten. Aber das konnte es so oder so.

Etliche Wochen später schrieb er in einem Brief an Lyell: »Was Ihren Vorschlag eines Abrisses meiner Ansichten betrifft, so weiß ich nicht recht, wie ich das finde, werde aber darüber nachdenken«; wobei er gleich noch »allerdings geht es mir gegen den Strich« als zusätzliche Einschränkung anfügte. Eine gute kurze Zusammenfassung sei unmöglich, schrieb er, da die Theorie eine Vielzahl von Annahmen umfasse, die jeweils eine Fülle empirischer Beweise erforderten. Vielleicht könne er einfach nur den Hauptmechanismus, die natürliche Auslese, darstellen. Oder vielleicht könne er auch noch einige weitere Punkte ansprechen und ein paar der kritischen Einwendungen zuvorkommen. »Aber ich weiß nicht, wie ich mich dazu stellen soll«, gab er zu. »Die Vorstellung, daß ich schreibe, um mir das Urheberrecht zu erhalten, ist mir ziemlich zuwider, aber ganz sicher würde es mich ärgern, wenn jemand meine Lehren vor mir veröffentlichte.«

Er holte sich auch noch bei einem anderen berühmten Freund, Joseph Hooker, Rat und erwähnte in einem Brief an ihn, er habe sich »intensiv mit Lyell über meine Artenforschung unterhalten, und er riet mir nachdrücklich, etwas zu veröffentlichen«. Hooker, sein engster Vertrauter, war einer der wenigen Menschen, denen Darwin seine Theorie bereits vorgetragen hatte. »Wenn ich etwas veröffentlichte, müßte es ein *sehr dünnes* und kleines

Bändchen sein, das einen Abriß meiner Ansichten und Schwierigkeiten liefert; aber es ist entsetzlich unphilosophisch, von einem unveröffentlichten Werk ein Resümee ohne exakte Belege zu geben.« Mit »unphilosophisch« meinte er wissenschaftlich unseriös. »Aber Lyell schien der Ansicht, ich könne es tun, auf Drängen von Freunden ...« – eine versteckte Aufforderung an Hooker, Lyells Vorschlag zu unterstützen.

Hooker verweigerte die Unterstützung. Er war mit Lyells Rat nicht einverstanden. Steck deine ganze Kraft in den einen großen Donnerschlag, scheint er Darwin geraten zu haben.

Darwin konnte sich zu keinem Entschluß durchringen. Er schüttete anderen sein Herz aus. In einem Brief an seinen Vetter berichtete er, Lyell habe ihn gedrängt, einen Abriß zu schreiben. »Damit habe ich angefangen, aber meine Arbeit wird schrecklich unvollständig und voller Fehler sein; wenn ich daran denke, zittere und zage ich.« Im Herbst 1856 hatte er seine Meinung bereits wieder geändert und war zu dem Schluß gelangt, daß ein Abriß nicht genügte. Er hatte Lyells Warnung in den Wind geschlagen und damit begonnen, die lange Fassung zu schreiben. Er setzte alles auf eine Karte: Sein Opus sollte nicht nur die letztgültige, sondern – falls ihm das Glück hold war – auch die erste Abhandlung über die natürliche Auslese sein.

Soviel Glück war ihm nicht beschieden. Er hätte besser daran getan, Lyells Rat zu folgen.

26

Für Wallace hatte sich die Expedition zu den Aruinseln zwar körperlich als Tortur, aber im übrigen als voller Erfolg erwiesen. Nach Makassar zurückgekehrt, erholte er sich kurz von den Strapazen und der Einsamkeit der Feldforschung. Vermutlich hoffte er begierig, von zu Hause etwas zu hören. Weil der holländische Postdampfer Makassar anlief, war dies für Wallace der richtige Ort und die rechte Zeit, die Briefe, die sich während eines halben Jahres angesammelt hatten, zu lesen und zu beantworten. Wir wissen, daß er an Darwin schrieb. Und er hatte noch anderes zu erledigen: er mußte seine Vorräte ergänzen, seine Flinten reparieren lassen, seine Musterexemplare in

Kisten verpacken und abschicken, seine letzten Überlegungen niederschreiben, die Manuskripte absenden. Zusätzlich zu dem Artikel über Aru schickte er noch mehrere andere Beiträge, die bald darauf in englischen Zeitschriften erschienen. Er war ein ehrgeiziger, produktiver junger Mann, reich an Feldforschungsdaten und voller Ideen.

Einer der anderen Beiträge beschäftigte sich mit der überraschenden Ritterfalter-Form, die er auf Aru gefunden hatte – dem gleichen Insekt, das er mit seinen schwarzsamtenen und grünschillernden Flügeln, seinem goldenen Körper und seiner karmesinroten Brust »stumm vor Bewunderung angestarrt« hatte. Als er das Exemplar mit veröffentlichten Beschreibungen verglich, erwies sich eine klare Identifizierung als unmöglich. Der auf Neuguinea beheimateten Art *Ornithoptera poseidon* war es nicht eindeutig gleich, aber es unterschied sich auch nicht eindeutig davon.

Möglicherweise handelte es sich um *Ornithoptera priamus*, eine nahe verwandte Art, die man von der Insel Ambon kannte. Aber nach Wallace' Schmetterlingsbuch zu urteilen, paßte dieses Exemplar auch nicht zu *O. priamus*. *O. priamus* hatte auf dem Grün der hinteren Flügel je vier schwarze Punkte; *O. poseidon* wies nur zwei Punkte auf. Bei dem Ritterfalter von Aru waren es drei.

Diese unklare Situation warf einige Fragen auf. Stellte die Form auf Aru eine eigene Art dar? Alle anderen Tiere, die Wallace auf Aru angetroffen hatte, waren von den Arten in Neuguinea nicht zu unterscheiden. Warum sollte ein einziger Schmetterling anders sein? Aber vielleicht verhielt es sich so. Andererseits konnte es sich auch einfach nur um eine exzentrische Varietät von *O. poseidon* oder *O. priamus* handeln – fragte sich dann nur, von *welcher* der beiden Arten. Das Exemplar schien genau in der Mitte zwischen ihnen zu stehen. Ließ es sich irgendwie als eine Varietät beider betrachten? Das würde ein neues Verständnis des kategorialen Verhältnisses zwischen Varietäten und Arten erfordern. Dem herrschenden Verständnis zufolge konnte eine Varietät ebensowenig in der Mitte zwischen zwei Arten stehen wie ein Kind in der Mitte zwischen zwei Müttern.

Der Ritterfalter mit den drei Punkten zwang Wallace, sich auf unerforschtes theoretisches Terrain vorzuwagen. Entweder handelte es sich um eine neue Spezies, die nur auf Aru vorkam – was die Theorie der speziellen Schöpfungsakte noch weiter ad absurdum führen mußte –, oder es handelte sich um eine Varietät, die zwischen zwei Arten die Mitte hielt, womit dann der herkömmliche Artenbegriff in Frage gestellt wurde.

Was *war* eigentlich eine Art? Wodurch waren die Grenzen dieser Kategorie bestimmt? War eine Art unveränderlich? War sie genau umrissen? Der Ritterfalter mit den drei Punkten schien dafür zu sprechen, daß weder das eine noch das andere der Fall war.

Ein weiterer kurzer Artikel, den Wallace während der Ruhepause in Makassar schrieb, trug den Titel »Note on the Theory of Permanent and Geographical Varieties« [Anmerkung zur Theorie der permanenten und geographischen Varietäten]. Dieser Beitrag war abstrakter und enthielt keine ausdrückliche Erwähnung der Ritterfalter, auch wenn er genau das Problem behandelte, das sie aufgeworfen hatten – die Frage, wie sich die zwei Kategorien, Spezies und Varietät, unterschieden. Den Naturforschern galten sie traditionell als grundverschieden. Die Spezies war festgelegt, naturgegeben, bleibend; die Varietät war eine vorübergehende Abweichung von der Norm und stand häufig in Zusammenhang mit irgendeiner kleineren Population, die von der Hauptpopulation ihrer Art geographisch isoliert war. Die Daten, über die Wallace verfügte, deuteten nun aber darauf hin, daß der Unterschied nur ein gradueller war.

Das Problem schien unlösbar. Aber vielleicht konnte er wenigstens zu einer Klärung der Sachlage einen Beitrag leisten. Diesem Zweck diente der Artikel »Note on the Theory of Permanent and Geographical Varieties«. Wallace schlug darin vor, das Verhältnis zwischen Spezies und Varietät mit etwas mehr Behutsamkeit anzugehen.

War der Unterschied zwischen den beiden Kategorien quantitativer Natur? Unterschieden sich zwei Arten einfach nur *stärker* voneinander, als zwei Varietäten innerhalb einer bestimmten Art das taten? Wenn ja, dann war in manchen Fällen die Kluft zwischen zwei Arten nur minimal größer als die zwischen zwei Varietäten, und zwischen den beiden Kategorien bestand ein fließender Übergang. Wenn der Übergang fließend war, dann, so schrieb Wallace, war es »höchst unlogisch«, anzunehmen, daß Arten, nicht hingegen Varietäten, durch göttliche Einwirkung entstanden. Oder war der Unterschied zwischen den zwei Kategorien qualitativer Natur? Wenn ja, welche besondere Eigenschaft sorgte dann dafür, daß die Spezies kategorial höherrangig war? Die Permanenz? Nein, die taugte als Unterscheidungsmerkmal nicht. Entgegen der landläufigen Vorstellung waren Varietäten nicht immer nur vorübergehende Abweichungen von der Normalität; auch sie konnten praktisch permanent sein, zumal in Fällen, wo die Populationen durch permanente geographische Schranken getrennt wurden (wie etwa bei den Sakis im Amazonasgebiet oder den Ritterfaltern im Malaiischen Archipel). Wenn nicht die Permanenz, was dann? Es gab keine andere vernünftige Antwort. Die Variation innerhalb der Arten war so gängig und so vielgestaltig, daß sie sämtliche Differenzformen umfaßte, durch die sich auch die Arten voneinander unterschieden. Das zu beurteilen, war niemand qualifizierter als Wallace selbst. In seinen Jahren als kommerzieller Sammler, in denen er Exemplare im Überfluß gesammelt hatte, waren ihm so viele innerartliche Variationen zu Gesicht gekommen, wie die meisten anderen Naturforscher sie nicht einmal in einer ums Fünffache verlängerten Lebenszeit zu sehen bekommen hätten.

Wenn es keinen qualitativen Faktor gab, durch den sich Arten von Varietäten unterschieden, dann, so schrieb Wallace, »ist dieser Umstand eines der stärksten Argumente gegen die unabhängige Schöpfung von Arten, denn warum sollte ein spezieller Schöpfungsakt nötig sein, um einen Organismus ins Leben zu rufen, der sich nur graduell von einem anderen, auf gesetzmäßigem Wege entstandenen unterscheidet«?

Die Postdampfer waren langsam, aber die Vorlaufzeit bei Zeitschriften war damals kurz. Binnen sechs Monaten war Wallace' »Note on the Theory of Permanent and Geographical Varieties« im *Zoologist* erschienen. Der Beitrag war nur zwei Seiten lang; Darwin, der mit der Niederschrift seines großen Opus befaßt war, hat sein Erscheinen vielleicht gar nicht mitbekommen. Für Wallace war es ein weiterer kleiner Schritt nach vorn. Aber jetzt

hatte er einen Punkt erreicht, an dem ein Sprung erforderlich war.
Gegen Ende des Jahres verließ er wieder Makassar; diesmal benutzte er selbst den Postdampfer. Er fuhr zurück nach Osten, in eine abgelegene Region des Archipels, die buginesischen und holländischen Händlern, nicht aber den Naturforschern der englischsprachigen Welt bekannt war: die nördlichen Molukken. Nach kurzen Zwischenaufenthalten auf den Inseln Timor, Banda und Ambon landete er in einem Ort namens Ternate. Das war im Januar 1858.

27 Was dann genau passierte, ist eine kleine Rätselnuß, die zu knacken den Wissenschaftshistorikern nie gelungen ist. Im Kern geht es um die Frage, wer Anspruch auf eine der größten wissenschaftlichen Leistungen der Geschichte erheben kann – nämlich auf die erste Formulierung der Theorie, die Darwin als Theorie der natürlichen Auslese bezeichnet und die nicht nur erklärt, daß Arten entstehen, sondern auch den eigentümlichen Prozeß darlegt, durch den sie entstehen, einen Prozeß, bei dem natürliche Variationen durch unterschiedliche Überlebenschancen und unterschiedlichen Fortpflanzungserfolg ausgelesen und verstärkt werden. Nahm Charles Darwin seine Zuflucht zu Betrug und Lügen, um seinen Urheberanspruch auf diese Theorie zu verteidigen? Wirkte er manipulativ auf Lyell und Hooker ein, damit sie ihm dabei halfen? Fälschte er gewisse Dokumente und vernichtete andere, um einen jungen Parvenü daran zu hindern, ihm den Ruhm zu entreißen, den er als sein rechtmäßiges Eigentum betrachtete? Ließ es besagter Parvenü, Alfred Russel Wallace, zu, daß ihn angesehene Naturforscher niederträchtig behandelten, weil er zu sehr auf ihre Rechtschaffenheit baute und zu erpicht auf ihre Förderung war? Einige Wissenschaftler, wenn auch nur wenige, scheinen dieser Ansicht zu sein. »Dies ist die übelste Geschichte in der ganzen Naturwissenschaft, und eines Tages wird sie hochgehen«, behauptet ein hartnäckiger Rechercheur namens John Langdon Brooks. Brooks' Buch *Just Before the Origin* [Unmittelbar vor der Entstehung],

das 1984 erschien, ist nicht das einzige, in dem Darwins Verhalten verurteilt wird.

Oder war die parallele Formulierung der Theorie der natürlichen Auslese durch zwei Naturforscher, die unabhängig voneinander arbeiteten – der eine in einem Haus außerhalb von London, der andere im Malaiischen Archipel –, ein Mordszufall mit heiterem, erbaulichem Ausgang? Das ist die herkömmliche Lesart. Darwin und Wallace waren dieser Version zufolge gewissenhafte, gutherzige Männer, die, nachdem sie auf die gleiche große Idee verfallen waren, sich in freundschaftlichem Geiste darauf einigten, sie gemeinsam an die Öffentlichkeit zu bringen. Weit entfernt davon, sich eifersüchtig an die Anerkennung zu klammern, auf die er sich durch zwei Jahrzehnte mühsamen Forschens einen Anspruch erworben zu haben glaubte, hätte demnach Darwin alles darangesetzt, seinen Ruhm mit dem Nachzügler zu teilen. Die Episode war deshalb Loren Eiseley zufolge ein Beweis für »Edelmut auf beiden Seiten« und nach Julian Huxleys Ansicht ein »Zeugnis der natürlichen Großmut der beiden bedeutenden Biologen«. »Nie gab jemand ein schöneres Beispiel von Bescheidenheit, von selbstloser Anerkennung der Leistung des anderen, von unbeirrbarer Entschlossenheit, dem anderen den ungeschmälerten Lohn für seine eigenständigen Bemühungen und Gedanken zukommen zu lassen, als Darwin bei dieser Gelegenheit«, um es in den schwülstigen Lobesworten zu sagen, die Sir E. Ray Lankester anläßlich einer Gedenkfeier fünfzig Jahre später fand. Diese konventionelle Lesart, von Lankester und seinesgleichen mit Hilfe einer selektiven Erinnerung auf Hochglanz poliert, ist trügerisch.

Sie vergißt und verfälscht wichtige Fakten. Sie ist ein Wissenschaftsmärchen, fast so phantastisch wie die Geschichte vom Apfel, der Isaac Newton auf die Birne fiel. Die Wahrheit ist weniger edelmütig und komplizierter.

Die Schwierigkeit rührt zum Teil daher, daß wir nicht genau wissen, was tatsächlich passierte. Wegen der Lücken in der Chronologie wissen wir nicht, ob Darwin sich schändlich oder einfach nur wenig beeindruckend verhielt. Aber was auch immer Darwin tat, ein »Zeugnis« seiner »natürlichen Großmut« lieferte er jedenfalls nicht – mag Julian Huxley uns das noch so sehr weismachen wollen. Die Gretchenfrage ist von vornherein negativer: Benahm sich Darwin schäbig, oder tat er das nicht? Schwer zu sagen. Entscheidende empirische Belegstücke wurden vernichtet oder gingen verloren. Was die Hauptakteure hinterlassen haben, ist einseitig, diskret, widersprüchlich. Nur Darwin wußte Bescheid, und er schwieg bis ans Ende. Wallace selbst veröffentlichte ein halbes Dutzend Darstellungen der Episode. Aber auch seine Perspektive ist – bedingt durch die räumliche Situation – beschränkt, da er sich zum Zeitpunkt der strittigen Ereignisse 15 000 Kilometer weit weg befand und praktisch ohne Kontakt zur Außenwelt war. Alle Wallaceschen Darstellungen weichen leicht voneinander ab. Die Version, der ich den Vorzug gebe, fügte er als erläuternde Anmerkung in eine Sammlung seiner wissenschaftlichen Beiträge ein, die dreißig Jahre nach den Vorgängen erschien. Da die Gleichzeitigkeit seiner Entdeckung mit der Darwinschen ein gewisses Interesse an dem historischen Ablauf der Sache erregt habe, möge man ihm, schrieb er dort, »eine kurze persönliche Erklärung erlauben«.

In der Zeit nach Fertigstellung des Sarawak-Artikels, erinnerte sich Wallace, »war die Frage, *wie* der Artenwandel zustande kommen mochte, fast immer in meinem Geiste gegenwärtig«. Aber er war ratlos und kam

»bis Februar 1858 zu keiner befriedigenden Lösung. Damals litt ich in der molukkischen Stadt Ternate an einem ziemlich heftigen Anfall von Wechselfieber, und während ich mit Schüttelfrost im Bett lag, eingehüllt in Decken, obwohl das Außenthermometer 48 Grad anzeigte, stand mir das Problem wieder einmal vor Augen, und irgend etwas bewog mich, an die ›positiven Hemmnisse‹ zu denken, die Malthus in seinem ›Essay on Population‹ beschreibt, einem Werk, das ich einige Jahre zuvor gelesen und das einen bleibenden Eindruck bei mir hinterlassen hatte.«

Malthus hatte auch dem Darwinschen Denken als Katalysator gedient, was Wallace damals allerdings nicht wußte. Wie Darwin hatte er einfach erkannt, daß sich zu den das Bevölkerungswachstum eindämmenden »Hemmnissen«, von denen in Malthus' Essay die Rede war, Parallelen bei nichtmenschlichen Arten fanden.

»Diese Hemmnisse – Krieg, Seuchen, Hunger und dergleichen – mußten, kam mir in den Sinn, bei Tieren ebenso wie beim Menschen ihre Wirkung tun. Dann dachte ich an die ungeheuer rasante Vermehrung von Tieren, die zur Folge haben mußte, daß diese Hemmnisse sich bei ihnen viel nachdrücklicher auswirkten als im Falle des Menschen; und während ich vage über diesen Umstand nachsann, kam mir blitzartig die Idee vom Überleben des Tüchtigsten – daß die Exemplare, die diesen Hemmnissen zum Opfer fallen, denen, die überleben, aufs Ganze gesehen unterlegen sein müssen. In den zwei Stunden, die mein Fieberanfall dauerte, hatte ich fast die gesamte Theorie ausgedacht; am gleichen Abend noch brachte ich den Entwurf zu Papier, arbeitete ihn an den beiden folgenden Abenden aus und schickte ihn mit der nächsten Post an Mr. Darwin.«

Die nächste Post war ein Postdampfer, der von Ternate am 9. März auslief. Ein Brief, der mit dem Schiff geschickt wurde, brauchte im Schnitt zwölf Wochen bis nach England. Waren es aber auch in diesem Fall zwölf Wochen? Waren es vierzehn? Waren es nur zehn? Die Frage, wann die Schiffspost genau eintraf, ist für diejenigen, die Darwin einer schurkischen Tat verdächtigen, zur Schlüsselfrage geworden.

Wallace hatte diesem Artikel den Titel »On the Tendency of Varieties to Depart Indefinitely from the Original Type« [Über die Tendenz der Varitäten, unbegrenzt von dem Originaltypus abzuweichen] gegeben. Es war ein klarer, überzeugender Abriß der Theorie der natürlichen Auslese – auch wenn der Begriff selbst im Text nicht vorkam – und von daher eines der revolutionärsten wissenschaftlichen Manuskripte, das je in einen Briefumschlag gesteckt worden ist. Er hätte den Artikel direkt an den *Zoologist* oder an die *Annals* schicken können, und die Zeitschrift hätte ihn dann vielleicht ebenso rasch gedruckt, wie es mit seinen anderen Beiträgen geschehen war. Aber natürlich hätte sie auch diesen neuen Beitrag als zu tollkühn, zu spekulativ, zu empörend ablehnen können; Wallace hatte sich darüber seine Gedanken gemacht. Würde seine Idee dem normalen Biologen zu verrückt vorkommen? Möglich war das! Statt also seinen Artikel direkt einer Zeitung anzubieten, hatte er sich entschieden, ihn vertrauensvoll Mr. Darwin zu unterbreiten. Unter Berufung auf ihre spärlichen brieflichen Kontakte bat er Mr. Darwin um einen Gefallen: Falls dieser seinem fieberentsprungenen bilderstürmerischen Akt irgend etwas abgewinnen konnte, war er dann vielleicht so freundlich, das Manuskript an Sir Charles Lyell weiterzureichen, der so nette Worte für Wallace' früheren Beitrag gefunden hatte?

Der herrschenden Lesart zufolge bekam Darwin die schlechte Kunde am 18. Juni 1858 vom Briefträger ins Haus gebracht und kam der Wallaceschen Bitte umgehend nach. Er schickte das Manuskript mit der Post an Lyell weiter und bemerkte im Begleitschreiben: Wallace »hat mir heute Inliegendes geschickt und mich gebeten, es Ihnen zukommen zu lassen«. Entscheidend bei dieser Version ist die Behauptung, das Wallacesche Manuskript habe Darwin erst an ebendiesem Tag erreicht und sei augenblicklich weitergeschickt worden. In elegischem Ton fügte Darwin hinzu: »Bitte schicken Sie mir das M.S. wieder zurück, auch wenn er keinen Wunsch äußert, daß ich es veröffentlichen soll; aber ich werde selbstverständlich sofort schreiben und anbieten, es der Zeitschrift seiner Wahl zu schicken. So ist denn all meine Originalität, was immer sie wert war, zunichte.« Und für den Fall, daß Lyells Gedächtnis hinsichtlich Darwins früherem Anspruch auf die Theorie eine Auffrischung brauchte: »Ihre Worte, daß ich auf der Hut sein solle, haben sich schrecklich bewahrheitet. Sie sagten das, als ich Ihnen hier in aller Kürze meine Ansichten über die ›Natürliche Auslese‹ nach Maßgabe des Kampfes ums Überleben darlegte.«

Die herrschende Lesart weiß sodann zu berichten, wie Lyell und Joseph Hooker Darwin vor den schlimmsten Auswüchsen seiner eigenen Ehrpußligkeit bewahrten. Sie beruhigten Darwin. Sie übernahmen die Verantwortung. Nein, nein, erklärten sie ihm, seine Originalität sei nicht zunichte gemacht, denn sie beide könnten sein Urheberrecht bezeugen. In die Rolle hochsinniger wissenschaftlicher Schiedsrichter schlüpfend, ersannen Lyell und Hooker einen feingesponnenen Kompromiß. Sie verabredeten, daß der Wallacesche Artikel und Darwins eigene Behandlung der natürlichen Auslese ein paar Wochen später gemeinsam bei einem Treffen der Linné-Gesellschaft vorgetragen werden sollten. Dadurch kamen Darwin und Wallace Seite an Seite ins Sitzungsprotokoll, und auf die Teilung des Ruhms würde man sich später einigen. Was konnte fairer sein?

Einer alternativen Darstellung zufolge – nennen wir sie die revisionistische Lesart – hat Darwin über das Ankunftsdatum des Briefes die Unwahrheit gesagt. Statt erst »heute«, wie er am 18. Juni Lyell gegenüber behauptete, hatte er das Manuskript schon Wochen zuvor erhalten. Das würde dann bedeuten, daß Darwin sich während dieser unausgewiesenen Wochen heimlich und verzweifelt mit der Frage herumschlug, was er tun sollte. Sollte er das Manuskript vernichten und vorgeben, es nie erhalten zu haben? Sollte er es an Wallace zurückschicken? Sollte er es an eine Zeitschrift weiterreichen und zusehen, wie ihm sein Lebenswerk entrissen wurde? Da war nicht nur das Problem, wozu ihn das wissenschaftliche Ehrgefühl verpflichtete und was er sich selbst schuldete, sondern auch, womit er durchkommen mochte und womit nicht. Wie lange wohl brütete Darwin über diesen Fragen?

Der emsigste unter den Revisionisten, John Langdon Brooks, hat große Anstrengungen unternommen, etwas über die Fahrpläne holländischer Postdampfer und die postalischen Verbindungen zwischen Ternate und London damals, im Jahre 1858, herauszubekommen. Auf Basis seiner Befunde gelangt Brooks zu dem Ergebnis, daß der Brief von Wallace wahrscheinlich spätestens am 18. Mai, einen Monat früher, als von Darwin zugegeben, ankam. Brooks postuliert sogar, Darwin habe mit Hilfe des Wallaceschen Manuskripts einen unvollendeten Teil seines eigenen Werkes fertiggestellt – den Schlüsselabschnitt, in dem es um das Prinzip der sogenannten Divergenz geht, das erklärt, auf welche Weise die natürliche Auslese ein Übermaß an biologischer Vielfalt statt nur eine relativ kleine Zahl gut angepaßter Arten hervorgebracht hat. Sehen wir von den Einzelheiten dieser Erklärung ab, und konzentrieren wir uns nur auf die Frage der Urheberschaft. Brooks zufolge hat Darwin die Idee der Divergenz von Wallace gestohlen und Anfang Juni in Form eines einundvierzig Seiten langen Zusatzes seinem eigenen Entwurf eingefügt.

Beide Versionen, die herrschende und die revisionistische, haben Plausibilität; man könnte Jahre damit zubringen, sich durch die vertrackt vieldeutigen Unterlagen hindurchzuwühlen. Mehrere Revisionisten haben das getan. Brooks hat Unterlagen der Linné-Gesellschaft, des Britischen Museums, der damals die Orientrouten befahrenden Dampfschiffgesellschaft, des Niederländischen Postmuseums sowie andere Dokumente studiert, ehe er in *Just Before the Origin* seine Anschuldigungen erhob. *Wallace and Natural Selection* [Wallace und die Natürliche Auslese], ein Buch von H. Lewis McKinney, stellt ein weiteres gelehrsames Werk dar, das in trockener Sprache und fitzligen Fußnoten die revisionistische Lesart vorträgt. Arnold Brackmans *A Delicate Arrangement* [Eine heikle Übereinkunft] ist melodramatischer und weniger durch Rücksicht auf die empirische Beweislage in Zaum gehalten. Die überzeugendste revisionistische Behandlung des Themas ist zugleich die am wenigsten sensationslüsterne: ein pingeliger Artikel von sechzig Seiten, den eine Historikerin namens Barbara G. Beddall unter dem Titel »Wallace, Darwin, and the Theory of Natural Selection« in *Journal of the History of Biology* veröffentlicht hat. In ein paar Punkten stimmen diese vier Autoren überein. Alle gehen sie ausdrücklich oder stillschweigend davon aus, daß Lügen erzählt und Komplotte geschmiedet wurden und daß Charles Darwin der willentliche Nutznießer dieser Lügen und Komplotte war. Sie stimmen in der Ansicht überein, daß die Anrüchigkeit des Darwinschen Verhaltens nachträglich durch irreführende Darstellungen des tatsächlichen Geschehens übertüncht wurde.

Ein kleines Beispiel: Darwin schrieb Jahre später in seiner Autobiographie: »Es kümmerte mich sehr wenig, ob die Menschen mir oder Wallace die meiste Urheberschaft zuschrieben.« Das war ein von Wunschdenken diktiertes Märchen, das er sich und der Nachwelt auftischte und das durch den gequälten Aufschrei in seiner Notiz an Lyell vom 18. Juni Lügen gestraft wurde. Es kümmerte ihn sehr wohl, und nicht nur ein bißchen. Ein weiteres kleines Beispiel: Sieben Monate nach der gemeinsamen

Präsentation erklärte Darwin in einem Brief an Wallace:»Ich hatte nicht das geringste, absolut nichts, damit zu tun, Lyell und Hooker zu dem zu veranlassen, was sie als faire Vorgehensweise ansahen.« Dieser Lüge steht ein Brief entgegen, den er am 25. Juni an Lyell schrieb und in dem er unaufgefordert erklärte:»*Jetzt* wäre ich *ungeheuer froh*, wenn ich auf etwa einem Dutzend Seiten einen Abriß meiner allgemeinen Überlegungen veröffentlichen könnte. Aber ich bin nicht überzeugt, daß ich das mit Anstand tun kann.« Lyell reagierte auf den Hilferuf und leistete Überzeugungsarbeit.

Diese kleinen Ungereimtheiten begründen nur einen Anfangsverdacht gegen Darwin. Das entscheidende Beweisstück wäre der Wallacesche Brief zusammen mit dem Umschlag und dem Ankunftsstempel in London. Aber der Brief ist verschwunden. Er wurde nie veröffentlicht. Die Historiker können ihn nicht finden. Auch der Umschlag mit dem Poststempel ist verschwunden.

Außerdem fehlen in Darwins Papieren sechs weitere Briefe von Wallace ebenso wie die Briefe, die Lyell und Hooker schrieben, als sie das heikle Übereinkommen vermittelten. Charles Darwin legte gewohnheitsmäßig großen Wert auf die Aufbewahrung von Briefen. Abgesehen von den erwähnten Lücken sind seine Unterlagen so ziemlich vollständig. Barbara Beddall, die besonnenste unter den Revisionisten, kommt zu dem Schluß:»Jemand hat die Akten gesäubert.«

Aber daß entscheidende Beweisstücke fehlen, ist kein Beweis für Darwins Schuld. Und ungeachtet der eifrigen Nachforschungen von John Langdon Brooks sind auch die Fahrpläne aus dem Niederländischen Postmuseum kein solcher Beweis. Der wahre Verlauf dieser Episode wird sich wahrscheinlich nie mit Sicherheit ergründen lassen, weil sich Darwins persönliches Verhalten und seine Motivationen unserer Kenntnis entziehen. Wir bleiben auf das angewiesen, was der Öffentlichkeit bekannt ist.

Am Abend des 1. Juli 1858 hielt die Linné-Gesellschaft ihr Treffen ab. Nur dreißig oder vierzig Personen waren anwesend. Die Sitzung begann mit Routineangelegenheiten. Dann wurde ein Brief von Lyell und Hooker verlesen, der die Beiträge von Darwin und Wallace vorstellte und die ungewöhnlichen Umstände erläuterte. Als nächstes kam Darwins Beitrag, der unter Hinweis auf seine frühere Abfassung den Vorrang erhielt – auch wenn es sich dabei nur um eine Reihe von zusammengeschusterten Exzerpten aus unveröffentlichten Rohfassungen und Briefen handelte. Danach folgte der Wallacesche Artikel. Fünf andere Beiträge, die mit dem Thema Natürliche Auslese in keinem Zusammenhang standen, wurden anschließend ebenfalls verlesen. Das Ganze muß eine lange Sitzung gewesen sein – jedenfalls für einen Sommerabend, der möglicherweise auch noch heiß war. Nach Hookers Erinnerung entspann sich im Anschluß an die Vorstellung der Darwin-Wallaceschen Theorie keine Diskussion. Vielleicht hatten die Zuhörer die revolutionären Konsequenzen der Theorie so rasch nicht mitbekommen. Oder die Leute konnten es nur nicht erwarten, in die kühle Abendluft hinauszukommen.

Die Sache ging also rasch und unspektakulär über die Bühne, wie eine Mußheirat, die später fälschlich zu einer ordentlichen Hochzeit aufgemotzt wird. Der von Loren Eiseley beschworene »Edelmut auf beiden Seiten« war ein Phantasieprodukt. Alfred Wallace bewies zwar ohne Frage einigen Edelmut – aber das geschah erst später, nachdem er von der Übereinkunft unterrichtet worden war; Gestalt gewann sein Edelmut in der Loyalität und Ehrerbietung, die er Darwin ein Leben lang bewies. Darwin selbst hatte sich bestenfalls charakterschwach und egoistisch gezeigt; wie er sich *schlimmstenfalls* verhalten haben könnte, wissen wir nicht. Bei all der Ungewißheit und den vielen dunklen Vermutungen entspricht immerhin ein Stück der herrschenden Lesart den Tatsachen: Es handelte sich bei der Episode um die Folgen einer umwerfenden Duplizität der Ereignisse.

Zwei Männer hatten an entgegengesetzten Enden der Welt zur gleichen Zeit die gleiche große Entdeckung gemacht. Gemeinsam waren ihnen nichts weiter als die Muttersprache, ein Gefühl für die Frage, die es zu beantworten galt, die Gelegenheit zu reisen, die Bereitschaft, Briefe auszutauschen, eine flüchtige Kenntnis der Malthusschen Bevölkerungstheorie und ein Bewußtsein von der Bedeutung inselbiogeographischer Erkenntnisse.

28

Charles Darwin blieb an dem betreffenden Juliabend der Sitzung der Linné-Gesellschaft fern. Er wurde in seinem Haus im Dorf Down durch eine ernsthafte Erkrankung in der Familie festgehalten. Möglich auch, daß er sich schämte. Alfred Wallace nahm ebenfalls nicht teil. Er wußte überhaupt nichts von der Sitzung. Der herrschenden Lesart zufolge »stimmte Wallace der gemeinsamen Präsentation von ganzem Herzen« zu (wie Gertrude Himmelfarb in ihrer ansonsten sorgfältigen Studie *Darwin and the Darwinian Revolution* [Darwin und die Darwinsche Revolution] in einem Anfall von Leichtsinn schreibt), aber das ist Quatsch. Niemand wartete seine Zustimmung ab. Am 1. Juli 1858 sammelte er Vögel und Schmetterlinge in Neuguinea und hatte keine Ahnung von dem Tohuwabohu, das er in England angerichtet hatte.

Darwin schob das große Opus zur Seite und fing ein neues Manuskript an. Er hatte seine Lektion gelernt und begriffen, wie gefährlich Zögerlichkeit sein konnte. Statt gleich das ganze Corpus aus theoretischen Einsichten und empirischen Beweisen vorzulegen, brachte er rasch ein kürzeres Buch zu Papier, das nur die wesentlichen Punkte umriß. Er bezeichnete diese neue Fassung als einen Auszug. Wir würden heute von einer Sudelversion sprechen. Das kürzere Buch kam im November 1859 unter einem ellenlangen Titel heraus: *On the Origin of Species by Means of Natural Selection, or the Preservation of Favoured Races in the Struggle for Life* (*Über die Entstehung der Arten durch natürliche Zuchtwahl oder die Erhaltung der begünstigten Rassen im Kampfe ums Dasein*). Die Geschichte kennt das Buch unter dem Kurztitel *Entstehung der Arten*. Die Geschichte neigt dazu, in dem Buch den Anfangspunkt der Evolutionsbiologie zu sehen, aber die Geschichte nimmt es bekanntermaßen nicht sehr genau.

Alfred Wallace verbrachte das Jahr 1859 und die beiden darauffolgenden Jahre im Malaiischen Archipel, wo er seine Arbeit fortsetzte. Von Inseln ließ sich immer noch jede Menge lernen.

III
Von so gewaltiger Größ

29 In einer landschaftlich gestalteten Einfriedung auf einer kleinen tropischen Insel ruhen acht gigantische Schildkröten unter einer Pergola, in kunterbuntem Haufen übereinandergetürmt wie VW-Käfer nach einer bösen Massenkarambolage auf der Autobahn. Ihre Panzer sind von der Zeit glatt gewetzt. Sie atmen langsam ein und aus, sehr, sehr langsam. Die Rückenschilde sind jeweils 1,20 Meter lang und wölben sich zu hohen, runden Kuppeln auf. Die Tiere wirken, als gehörten sie in das untergegangene Zeitalter übermächtiger Reptilien. Die meisten Geschöpfe dieser Größe, die es heutzutage gibt, sind keine Neulinge auf der Welt. Ich starre sie an und bemühe mich, mit dem schieren visuellen Bild ein bißchen Bedeutung einzufangen.

Im elementaren Yin-Yang der Inselbiogeographie – das heißt, unter dem Gesichtspunkt von Entwicklung und Aussterben – verkörpern die Riesenschildkröten das Yin: die Entwicklung. In der Größe der Tiere spiegelt sich die Großartigkeit des Evolutionsphänomens. Ihre archaische Ruhe steht für den Zeitraum, den es umfaßt. Ihre Anwesenheit auf dieser abgelegenen Insel wie auch an ein paar anderen weitentfernten Orten verweist auf seine Bandbreite. Wenn der Mechanismus der natürlichen Auslese eine solch monumentale Ungeheuerlichkeit wie diese Viecher hervorbringen kann, dann scheint ihm nichts unmöglich. Die Frage bleibt, *wie* er das schafft.

Die große Erkenntnis von Wallace und Darwin, die im Jahre 1858 auf jener Sitzung der Linné-Gesellschaft erstmals verkündet wurde, bildete nur den Anfang der modernen Ära des Fragens. Das geheimnisvollste aller Geheimnisse war gelüftet, jedenfalls im groben Umriß; nun kam die Aufgabe, die Lösung auszuarbeiten. Die Kollegen und Nachfolger von Wallace und Darwin sind mittlerweile seit mehr als eineinviertel Jahrhunderten an der Arbeit, und während des größten Teils ihrer Bemühungen war die Biogeographie ihr wichtigstes Instrument. Die Muster der Artenverteilung haben Aufschlüsse über die Entstehung, den Wandel und die Verzweigung von Arten geliefert; die Frage nach dem *Wie* blieb unabtrennbar an die Frage nach dem *Wo* geknüpft. Durch ihre bloße Existenz verleiht eine Riesenschildkröte der ersten dieser beiden Fragen einen eigenen Nachdruck: Wie konnte sich solch ein absonderliches Geschöpf entwickeln? In der Auseinandersetzung mit dieser Frage wird man nicht weit kommen, solange man nicht auch die zweite Frage in Angriff genommen hat: Wo findet man solche Geschöpfe? Der Zusammenhang zwischen geographischen Umständen und Entwicklungsgeschichte ist im Wort »Biogeographie« festgehalten.

Die Antworten auf beide Fragen sind ebenso interessant wie lebenswichtig, weil Yin über die Form von Yang entscheidet. Damit meine ich, daß sich die Entwicklung von Arten am besten in Verbindung mit dem Aussterben von Arten und umgekehrt verstehen läßt. Ganz besonders die Entwicklung merkwürdiger Arten auf Inseln ist ein Prozeß, dessen Erhellung zugleich Licht auf sein dunkles Gegenstück wirft, um das es letztlich in diesem Buch geht: das Aussterben von Arten in einer Welt, die in Stücke zerhackt ist.

Der andere Grund, aus dem Yin unsere Aufmerksamkeit verdient, ist das Gefühl der Großartigkeit und der Frohsinn, die von ihm ausstrahlen und die es von Yang unterscheiden. Nehmen wir zum Beispiel diese gigantischen Schildkröten – sie haben ihre eigene Majestät, sogar als Eingepferchte. Daß sie überhaupt bis ins späte 20. Jahrhundert überlebt haben, ist Anlaß genug für ein wenig verhaltene Freude.

Sie liegen hier unter ihrer Pergola zusammengedrängt, um der tropischen Sonne zu entrinnen. Es ist Mittag. Auch ich komme schier vor Hitze um, aber für sie ist das Ganze mehr als bloß eine Frage des Wohlbefindens. Riesenschildkröten können nicht schwitzen, nicht hecheln, verfügen über keine geeigneten physiologischen Vorrichtungen, um ihre Körpertemperatur zu regulieren, und deshalb ist Überhitzung für sie eine tödliche Bedrohung. Also flüchten sie um der Selbsterhaltung willen in den Schatten, auch wenn das bedeutet, daß sie sich aufeinandertürmen müssen.

Jede der acht muß mindestens hundertzwanzig Kilo wiegen, ungefähr soviel wie ein Abwehrspieler beim amerikanischen Football – aber eine Schildkröte ist weniger ungeschlacht als ein Fußballspieler und hat einen längeren und anmutigeren Hals. Das Durchschnittsalter liegt wahrscheinlich bei über einem Jahrhundert. Als sie schlüpften, lag Darwin selbst erst seit kurzem unter dem Steinfußboden von Westminster Abbey. Sie gehören zur Gattung *Geochelone*, einer berühmten Schildkrötensippe. Nein, hier sind nicht die Galápagos.

30 »*Très jolies*«, sagt Hamid, während ich die Schildkröten anstarre. Hamid ist der eifrige Bengel, der sich mir als Führer verordnet hat. Ich habe den Verdacht, daß er sie gar nicht so sonderlich schön findet, sondern nur einem Kunden in den Hintern kriecht.

Wir stehen im Botanischen Garten Pamplemousses auf der Insel Mauritius im Indischen Ozean, zwei Ozeane und zwei Kontinente entfernt von den Galápagos. Das Hauptziel meines Besuchs auf Mauritius bildet eine andere biologische Monstrosität der Insel – der Dodo; der Pampelmusenpark ist für mich nur ein nachmittäglicher Zeitvertreib. Schildkröten hatte ich nicht erwartet. Aber selbst Hamid kann sehen, daß sie mich mehr interessieren als der Gewürznelkenbaum von Sansibar, die Betelnußpalme aus Asien, die Korkeiche aus Brasilien, der Echte Muskatnußbaum aus Ceylon, die riesigen Seerosen vom Amazonas, die es hierher, auf einen trüben Tümpel, verschlagen hat, und all die anderen exotischen Pflanzen, die er mir gezeigt hat. Bei dem kleinen Pferch bin ich stehengeblieben. Ich weigere mich, den nächsten Punkt auf der Liste von botanischen Touristenattraktionen anzusteuern, die Hamid in seinem Kopf gespeichert hat – einen Kampferbaum oder Gottweißwas, aus China oder von Gottweißwo hergeschafft.

Très jolies? »Ja, das sind sie«, stimmte ich zu. Sie bewegen sich kaum. Sie türmen sich einfach auf. Sie ragen empor. Ein unsensibler Betrachter könnte sie als ungeschlacht abtun, aber ich starre sie an, als wären es tänzelnde Panther.

Eine leibhaftige Riesenschildkröte wirkt merkwürdig unglaubhaft, wie ein Geschöpf aus der Kreidezeit, das nach achtzig Millionen Jahren plötzlich wieder auftaucht. Sie scheint allen Schranken und Forderungen Hohn zu sprechen, die für unsere eigene Zeit auf der Erde maßgebend sind. Auf einer Insel aber sind die Schranken und Forderungen der Evolution und des Überlebens etwas anders geartet als auf dem Festland; und das ist der Grund, warum man auf Inseln Riesenschildkröten finden kann.

Mauritius hat einmal zwei Arten von *Geochelone*, beide von der Riesensorte, beherbergt, aber beide waren im 19. Jahrhundert bereits ausgestorben. Die hier gezeigten Tiere können also nicht von der Insel stammen. Wie der Gewürznelken- und der Betelnußbaum müssen auch die Schildkröten des Pampelmusenparks von woanders her kommen.

»Seychellen«, sagt Hamid. Die Seychellen sind ein teils aus Granit, teils aus Korallen bestehender Inselhaufen, der ungefähr 1500 Kilometer nördlich von Mauritius im Indischen Ozean liegt. Die granitenen Seychelleninseln beherbergten einst Riesenschildkröten, eine Population, die dort bereits lange vor den Menschen heimisch war. Hamid könnte recht haben.

Aber eine andere Quelle widerspricht dem später und behauptet, die Tiere im Pampelmusenpark kämen von Rodrigues, einer kleineren Insel in der Nachbarschaft von Mauritius. Noch später erfahre ich dann aus einer Reihe von wissenschaftlichen und historischen Artikeln, daß sich die Herkunft der Schildkröten im Pampelmusenpark nicht so einfach klären läßt. Die zahlreichen, verstreuten Inseln im Indischen Ozean beherbergten zu der Zeit, als europäische Seeleute erstmals auftauchten, um die Gegend zu erforschen und auszuplündern, mehr als nur einige wenige Populationen von *Geochelone*. Manche der Populationen starben aus, und andere wurden mit Gewalt umgesiedelt. Es kam zu Kreuzungen. Zur Fleischerzeugung wurden Schildkrötenherden auf Inseln gezüchtet, auf denen die Tiere ursprünglich gar nicht heimisch waren. In manchen Fällen wurden einzelne Schildkröten hundert, ja sogar hundertfünfzig Jahre alt, so daß sich kein Mensch mehr an ihre Herkunft erinnerte. Die ganze Geschichte ist ein einziges großes Verwirrspiel.

Diese verworrene Geschichte um die Gattung *Geochelone* im Indischen Ozean hat uns Wichtiges zum Thema Evolution zu sagen. Unter anderem verrät sie uns, daß die Galápagosinseln am Ende gar nicht so etwas Besonderes sind. Auch wenn die biologischen Wunder der Galápagos mittlerweile ein alter Hut und jedem vertraut sind, der mit der Fernbedienung eines Fernsehers umgehen kann, wird doch bei aller Berühmtheit dieser merkwürdigen Finken, Leguane und Schildkröten nicht sonderlich gut verstanden, worum es sich bei ihnen handelt. Irgendwie sind die Leute zu der Überzeugung gebracht worden, daß die Galápagos auf geheimnisvolle Weise anders sind als andere Orte – sogar andere ozeanische Inseln eingeschlossen. Der Autor eines populären Buches über Darwin und seine Reise auf der *Beagle*, Alan Moorehead, macht sich zum Sprachrohr dieser irreführenden Ansicht vom Galápagos-Archipel und bekräftigt sie auf typische Weise, wenn er schreibt: »Der Ruhm der Inseln gründete sich auf einen entscheidenden Umstand: Sie sind unendlich fremdartig, lassen sich mit keiner anderen Insel auf der Welt vergleichen.« Irrtum. Die wirkliche Bedeutung der Galápagos gründet fast genau im Gegenteil: in ihrer fundamentalen Ähnlichkeit mit anderen Orten. Sie sind repräsentativ. Sie sind prototypisch normal. Was sie für Charles Darwin aufschlußreich machte und was sie auch für uns lehrreich macht, ist die Tatsache, daß sie auf haargenau die gleiche Weise fremdartig sind, wie andere Inseln dazu tendieren, fremdartig zu sein.

Inseln ganz allgemein sind biologisch anomal. Mit ihrer Anomalität entsprechen die Galápagos dem Schema. Sie sind einzigartig, und eben damit beweisen sie Normalität.

Den klarsten Beweis für diese Wahrheit bietet der Umstand, daß man nicht auf die Galápagosinseln gehen muß, wenn man eine ortsspezifische Population von Riesenschildkröten sucht. Eine Insel aber muß es sein. Vor einigen Jahrhunderten hatte man noch Wahlmöglichkeiten, darunter Mauritius, Rodrigues und der granitene Teil der Seychellen. Heutzutage allerdings findet man sich an einen Ort namens Aldabra verwiesen.

31

Drei verschiedene Gruppen von Riesenschildkröten hatten zu Beginn des 16. Jahrhunderts überlebt. Zusammengenommen beliefen sich die drei Gruppen auf mehr als ein halbes Dutzend Arten. Alle wurden sie groß wie Bären, und alle waren eng miteinander verwandt, der Gattung *Geochelone* zuzurechnen. Zusätzlich zu diesen drei Riesensorten umfaßte die Gattung auch noch eine Reihe von kleineren Schildkröten, die auf dem südamerikanischen Festland, in Afrika, Madagaskar und im südlichen Asien heimisch waren. Die Riesen waren nicht zufällig ausschließlich auf kleinen Inseln zu finden.

Eine Gruppe bewohnte die Galápagos. Eine andere Gruppe lebte auf den Maskarenen im Indischen Ozean, dem Haufen bewaldeter, vulkanischer Kuppen, zu denen Mauritius, Rodrigues und Réunion zählen. Die dritte Gruppe war ebenfalls im Indischen Ozean beheimatet, aber weit entfernt und eindeutig unterschieden von den Tieren auf den Maskarenen. Diese Gruppe lebte über Hunderte von Kilometern Meereswüste verstreut in einem Gebiet, das von den granitenen Seychellen südwestwärts über Farquhar und Cosmoledo bis zu dem kleinen Korallenatoll reichte, das unter dem Namen Aldabra bekannt ist. Aldabra lag in singulärer Existenz sich selbst überlassen im Meer, weitab von der tansanischen Küste.

Aldabra lag nirgendwo, Hunderte Kilometer entfernt von wo auch immer. Zu der Insel führte kein Schiffsverkehr; sie diente nicht einmal bei irgendeiner Seeroute als Anlaufstelle. Sie bestand aus einem flachen Ring aus Kalkstein, umgeben von Korallensand und bedeckt mit ein bißchen Gestrüpp; das Zentrum bildete eine seichte Lagune. Die Mittagssonne brannte glühend heiß herab, und die Trockenzeit war lang und hart. Nicht viele Tierarten konnten hier überleben. Ohne höher gelegenes Land, ohne anständigen Hafen, fast ohne Nahrungsmittel, Frischwasser oder Bauholz, wodurch sich menschliche Besucher hätten angezogen fühlen können, war Aldabra die gottverlassenste und unzugänglichste aller Schilkröteninseln. Im Unterschied zu manchen anderen kleinen ozeanischen Erhebungen verfügte sie nicht einmal über Guanoablagerungen, die den Abbau lohnten. Kaum jemanden gelüstete es nach Aldabra, kaum jemand kam dorthin zu Besuch. So konnten die Schildkröten der Insel überleben. Zu

INDISCHER
OZEAN

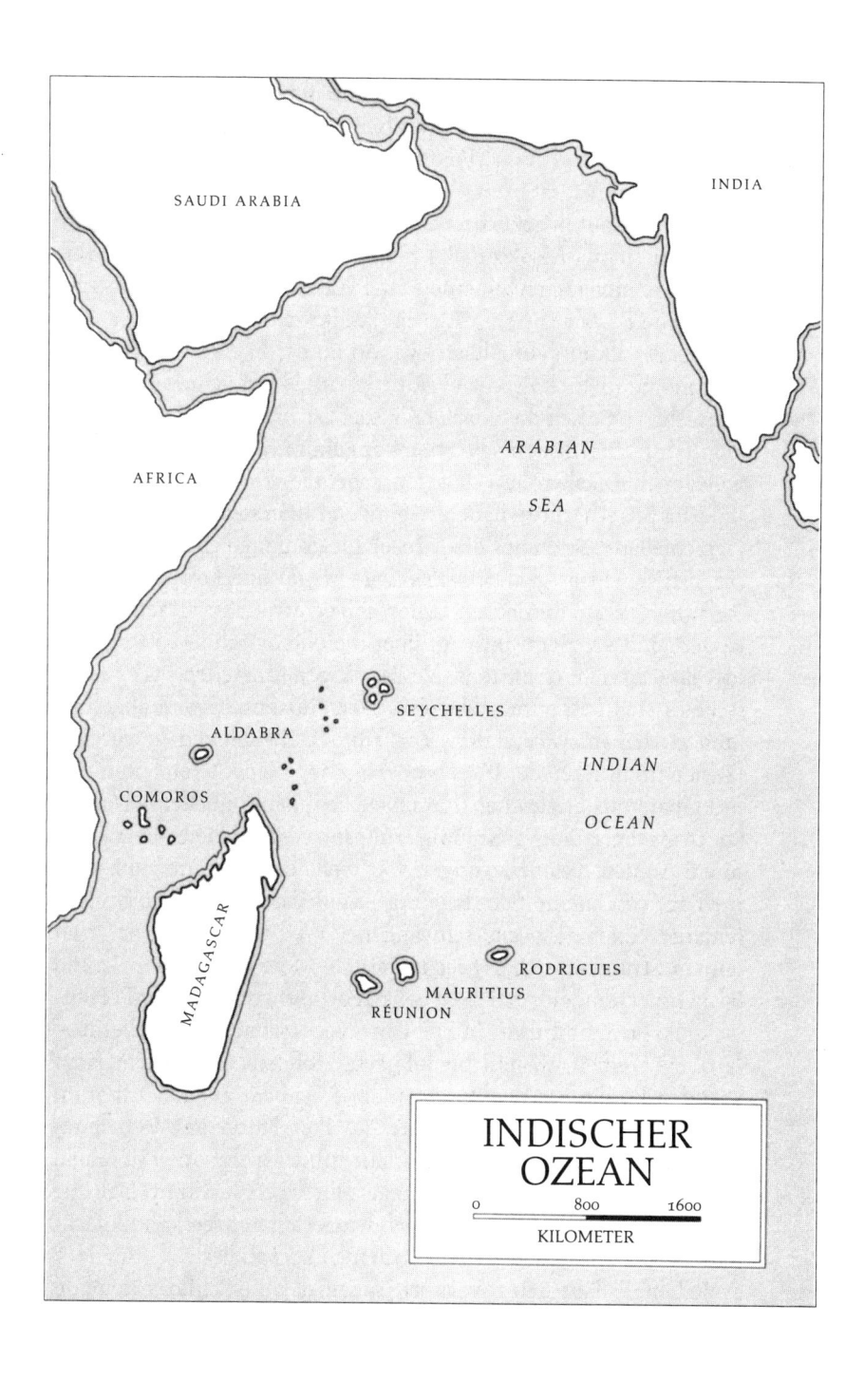

0 800 1600
KILOMETER

Anfang dieses Jahrhunderts waren alle übrigen Riesenschildkröten des Indischen Ozeans praktisch ausgestorben. Von einigen dieser ausgestorbenen Populationen mochten noch hybride Nachkommen existieren – in Herden, die an anderer Stelle als Fleischlieferanten gezüchtet wurden, oder in botanischen Gärten, wo man sie als Maskottchen hielt –, aber aus der freien Wildbahn waren sie verschwunden. Auf Aldabra hingegen blieb eine wirkliche Population von Riesenschildkröten erhalten.

Die Population auf Aldabra gehört zu der Spezies, die von den Taxonomen heute als *Geochelone gigantea* bezeichnet wird. Das ist wahrscheinlich die gleiche Art, der auch die Populationen auf den Granitinseln der Seychellen angehörten. Auf den südlicher gelegenen Maskarenen dagegen scheint jede Insel eine eigene Spezies beherbergt zu haben; in einigen Fällen scheinen sogar zwei verschiedene Arten auf einer Insel zusammengelebt zu haben.

Auf Mauritius gab es *Geochelone inepta* und *Geochelone triserrata*. Die anatomischen Unterschiede zwischen diesen beiden Arten sind sehr geringfügig; über die ökologischen Unterschiede lassen sich höchstens Vermutungen anstellen. *G. inepta* scheint sich besser mit den trockenen Küstenregionen abgefunden zu haben, während *G. triserrata* vielleicht die feuchteren Zonen im Inneren der Insel bevorzugt hat. Beide Arten leiten sich offenbar von der gleichen Stammspezies her; möglicherweise sind sie in zwei getrennten Kolonisierungsphasen auf die Insel gekommen. An den Kolonisierungen war vielleicht nur eine ganz kleine Zahl von Exemplaren beteiligt – vielleicht war es auch nur ein einziges Exemplar, ein schwangeres Weibchen etwa, das von einem Strand auf Rodrigues ins offene Meer gespült wurde und sich widerstandslos zur benachbarten Insel treiben ließ. Riesenschildkröten sind dazu in der Lage, Meeresflächen zu überqueren, sie treiben wie ein unsinkbares Floß mit erhobenem Kopf auf den Wellen und halten geduldig Tage oder auch Wochen im Wasser aus. Vielleicht stammte die Population auf Rodrigues ihrerseits von Kolonisten, die Jahrhunderte zuvor von einem Strand auf Mauritius ins Meer gespült worden waren. Daß die Kolonisierungsrichtung sich auch wieder umkehren kann, macht das Evolutionsmuster in Archipelen so kompliziert.

Jedenfalls läßt sich zuverlässig sagen, daß die Schildkröten von

Mauritius, Rodrigues und Réunion alle eng verwandt sind. Die Taxonomen packen sie heute allesamt in eine einzige Untergattung namens *Cylindraspis*, aber ich denke sie mir am liebsten einfach als die Maskarenensippe. Einfluß auf ihre Entwicklungsgeschichte auf den Maskarenen hatten verschiedene Faktoren, unter denen ein ganz entscheidender die Abwesenheit des Menschen war. Allen drei vulkanischen Kuppen blieb die Gegenwart von *Homo sapiens* bis noch vor wenigen Jahrhunderten erspart. Dank einer Laune des Schicksals (die wahrscheinlich mit der Entfernung der Inseln und den dort herrschenden Wasser- und Windströmungen zusammenhing) waren in den früheren Jahrtausenden keine das Meer befahrenden Menschen dort hingekommen. Während auf den Inseln von Polynesien und Melanesien reiche neusteinzeitliche Kulturen existierten, während selbst so abgelegene Orte wie Neuseeland, Hawaii und die Osterinseln von abenteuerlustigen Männern und Frauen, die in Kanus reisten, besiedelt wurden, blieben die Maskareneninseln (wie die Galápagos) unbewohnt. Das Fehlen der zweibeinigen Raubtiere erlaubte es den Schildkröten, zu überleben und sich zu entwickeln.

Aber ewig konnte das nicht gutgehen. Portugiesische Schiffe kamen bereits 1507 mit der Insel Mauritius in Berührung. Im Jahre 1598 landete eine holländische Expedition auf der Insel und leitete eine Zeit häufiger Kontakte ein; 1638 gab es auf der Insel eine holländische Niederlassung. Achtzig Jahre später wurde Mauritius von den Franzosen übernommen. Die Franzosen, die Holländer und die Portugiesen scheinen die Insel allesamt als Rastplatz für lange Seereisen und als Speisekammer genutzt zu haben. Die Portugiesen führten Ziegen, Schweine und Hühner ein, wahrscheinlich in der Hoffnung, daß diese Fleischlieferanten verwildern und sich vermehren würden; sie oder die Holländer brachten auch unabsichtlich Ratten auf die Insel; im fehlgeleiteten Bemühen, der Ratten Herr zu werden, wurden wahrscheinlich während der holländischen Siedlungsperiode Katzen eingeführt. Wer die Affen nach Mauritius brachte, weiß niemand, und niemand hat die leiseste Ahnung, warum. Außerdem schlachteten die Holländer einheimische Tiere ab, insbesondere Dodos und Schildkröten. Die seefahrenden Entdecker richteten damals ökologische Verwüstungen an, ohne sich auch nur im Traum vorzustellen, daß es eine Rolle spielte; sie aßen, was ihnen vor die Flinte kam.

Ein Engländer, der im Jahre 1630 die Insel besuchte, war von der Größe der Schildkröten beeindruckt – »so groß, daß sie unter der Last zweier Männer kriechen können« –; weniger beeindruckt war er von ihrem kulinarischen Reiz. Er nannte sie »ekelhafte Speise« – dank der Küche seiner Heimat war er wahrscheinlich mit Ekelhaftem vertraut und wußte, wovon er sprach. Die Holländer scheinen das Schildkrötenfleisch als Expeditionskost akzeptiert zu haben. Die Franzosen schafften es natürlich, aus der Nahrung, mit der sich die Holländer abfanden und die von den Engländern verabscheut wurde, eine Delikatesse zu machen. Französische Siedler auf Mauritius schlachteten Tausende von Schildkröten ab und pökelten das Fleisch ein oder opferten es für die Fettgewinnung. Das geschah, ehe die weltweiten Marine- und Walfangflotten eine Entdeckung machten, die den Untergang von *Geochelone* noch weiter beschleunigte: Riesenschildkröten ließen sich lebendig verstauen. Ihr Reptilienstoffwechsel und ihre kolossale Ausdauer gestatteten es den Tieren, ohne Nahrung oder Wasser monatelang im Rumpf eines Schiffes zu überleben. Um zu verhindern, daß sie herumwanderten, und um sie zu veranlassen, sich stoisch in ihr Schicksal zu ergeben, konnte man sie auf den Rücken drehen. Ihr physiologischer Dämmerzustand nahm den Tiefkühlraum vorweg.

Diese Ausbeutungsphase kam erst später. Während des 17. Jahrhunderts und bis ins achtzehnte hinein herrschte auf Réunion und Rodrigues ebenso wie auf Mauritius eine direktere Abschlachterei vor. Ein Reisender berichtete von Réunion: »Die Landschildkröten machen ebenfalls einen Teil der Reichtümer der Insel aus. Es gibt ungeheure Mengen von ihnen: Ihr Fleisch ist sehr schmackhaft; das Fett besser als Butter oder das beste Öl, für alle Arten von Saucen.« Ein anderer Augenzeuge, ein Franzose, der im Zuge einer Expedition vielleicht zu viele Wochen auf Rodrigues verbrachte, erinnerte sich an »soupe de tortue, tortue en fricassée, tortues en daube, tortues en godiveau, œufs de tortue, foie de tortue« und murrte, alles, was sie zu essen bekommen hätten, sei immer nur ein weiteres Schildkrötengericht gewesen. Etwa um das Jahr 1780 waren die Schildkröten von

Rodrigues, Réunion und Mauritius bereits zum größten Teil aufgegessen und bis zum Punkte extremer Seltenheit dezimiert. Binnen einer weiteren Generation waren sie in freier Wildbahn verschwunden, vielleicht sogar überhaupt ausgestorben. Niemand kennt das Schicksal des letzten reinrassigen Exemplars von *Geochelone triserrata* oder weiß, in welchen anderswo lebenden Hybriden ein Schemen der Spezies überdauert. Auf der Heimreise an Bord der *Beagle* kam im Jahre 1836 Charles Darwin höchstpersönlich nach Mauritius. Da sein Aufenthalt auf den Galápagos noch nicht lange zurücklag, müssen ihm die Riesenschildkröten noch frisch in Erinnerung gewesen sein. Hätte er auf Mauritius irgendwelche zu Gesicht bekommen, würde er das vermutlich erwähnt haben. Aber in seinem *Journal* findet sich kein Wort über eine Mauritius-Schildkröte.

Die Spezies von Aldabra und den Seychellen, *Geochelone gigantea*, war mit der Maskarenensippe nicht ganz so eng verwandt, wie es die Mitglieder der Sippe untereinander waren. *G. gigantea* stammte wahrscheinlich von einem anderen Zweig der Gattung ab; mittlerweile ordnen die Taxonomen sie einer eigenen Untergattung, *Aldabrachelys,* zu, wobei der Leser meinen vollen Segen hat, wenn er dieses entbehrliche Stück Fachchinesisch umgehend wieder vergißt. Der Untergattung werden auch einige Riesenschildkröten zugerechnet, die vormals auf der großen südwestlich gelegenen Insel Madagaskar lebten. Diese madagassischen Arten sind seit längerem ausgestorben, vielleicht schon seit mehreren Jahrtausenden; wir wissen heute von ihnen nur durch Überreste von Schildkrötenpanzern, die dem Panzer von *G. gigantea* stark ähneln. Es ist also möglich, daß diese Spezies ursprünglich von der Nordküste Madagaskars mit Hilfe von Meeresströmungen nach Aldabra kam. Ihre Verschiedenheit von der Maskarenensippe zeigt sich an ein paar merkwürdigen Besonderheiten ihres Schädelbaus. *G. gigantea* hat eine spitzere Schnauze. Die Nasengänge weisen eine eigentümliche Vorrichtung auf: ein klappenartiger Wulst dient offenbar dem Schutz der Riechkammer, während der Weg von den Nasenlöchern zur Speiseröhre frei bleibt. Der Wulst könnte Träger eines fleischigen Ventils sein (obwohl offenbar noch kein Wissenschaftler eine Schildkröte von Aldabra seziert hat, um sich darüber Gewißheit zu verschaffen), durch das die Riechkammer nach Belieben abgesperrt werden kann. Zusammen mit der im Feld gemachten Beobachtung, daß G. *gigantea* manchmal Wasser durch die Nasenlöcher einsaugt, deuten diese Strukturmerkmale auf eine interessante Möglichkeit hin: daß die Art an das Überleben in Dürrezeit angepaßt ist, weil sie ihren Durst aus tiefen, engen Strudellöchern stillen kann – indem sie den Hals in die Löcher hineinstreckt und mit der Nase trinkt. Wie es der Zufall will, ist der koralline Verbundstein von Aldabra übersät mit tiefen, engen Strudellöchern. Dürrezeiten gehörten zum entwicklungsgeschichtlichen Erfahrungshorizont von G. *gigantea*, aber die Ankunft des Menschen zu überleben – darauf war sie entwicklungsgeschichtlich in keiner Weise vorbereitet. Aldabra schützte seine Abgelegenheit; die anderen Inseln waren zugänglicher, deshalb waren die dort lebenden Populationen stärker gefährdet. Im Jahre 1609 entdeckte eine Expedition die granitenen Seychellen und ihre auffälligste Tierart. Ein Teilnehmer an der Expedition, ein gewisser William Revett, berichtete von »Landschildkroten von so gewaltiger Größ, daß niemand es glauben mag; von denen zu essen, die Schiffsleute wenig gelustet, dieweil sie so gewaltig ungeschlachte Geschöpf sind und Füß haben mit fünf Klauen wie ein Bähr.« Ich nehme an, er meinte die Schildkröten, nicht die Schiffsleute, wenn er »von gewaltig ungeschlachten Geschöpfen« sprach. Revett war noch so ein gastronomisch zimperlicher Engländer, dessen Abscheu vor Reptilienfleisch von denen, die später kamen, nicht geteilt wurde. Obwohl die Seychellen erst 1778 zum Standort für eine dauerhafte Niederlassung wurden, waren bereits Ende des 18. Jahrhunderts Schildkröten der wichtigste Exportartikel der Kolonie. G. *gigantea* erwies sich als ebenso wohlschmeckend wie die Maskarenenart. Tatsächlich ging ein großer Teil der exportierten Tiere nach Mauritius, wo sich die Bevölkerung einen traditionellen Hunger nach Schildkrötenfleisch bewahrte, während sie ihre eigenen Reserven fast erschöpft hatte. Den Unterlagen der Zollbehörden von Mauritius ist zu entnehmen, daß auf dem Gipfelpunkt des Handels Schiffsladungen mit Schildkröten in einer Gesamtzahl von fünftausend oder mehr Tieren von den Seychellen eintrafen. Weitere Tausende wurden durch Marineschiffe von den Inseln weggeschafft. Und verschlimmert wurde die

Lage noch dadurch, daß mit den Menschen Ratten und Katzen an Land kamen und den Eiern und der Brut der Schildkröten nachstellten. G. *gigantea* war bald von den granitenen Seychellen verschwunden (zumindest als wilde und reinrassige Spezies). Noch zu Anfang des 19. Jahrhunderts wurden Schildkröten in ganzen Schiffsladungen von den Seychellen nach Mauritius transportiert, aber da waren die Schildkrötenhändler der Seychellen schon nur mehr Zwischenhändler. Die Seychellen waren zu einer Importadresse geworden, und die importierten Schildkröten müssen von Aldabra gekommen sein. In diesem Ozean gab es keine andere Quelle mehr.

Um 1870 zog eine weitere Gefahr für die Spezies herauf, als jemand auf die Idee kam, Aldabra zu verpachten und zum Abholzen freizugeben. Zusammen mit den Verlusten durch die Jagd hätten schwere Einbußen an Lebensraum der Population auf Aldabra vermutlich den Garaus gemacht. Auch ohne das Abholzen war die Population bereits schwer dezimiert – wofür die Tatsache spricht, daß im Jahre 1878 ein Trupp Matrosen drei Tage lang nach Schildkröten jagte und nur eine einzige fand. Den Naturforschern im britischen Mutterland bereitete, was ihnen zu Ohren drang, so große Sorgen, daß eine illustre Gruppe, unter ihnen Charles Darwin und Joseph Hooker, einen Brief an den Gouverneur von Mauritius unterzeichnete, in dem gefordert wurde, Aldabra unter Schutz zu stellen. Einige Schutzmaßnahmen wurden in Kraft gesetzt, aber die Schildkrötenpopulation nahm weiter ab. Das Atoll war mittlerweile von Ratten und Katzen verseucht, und die Verlustrate bei den Eiern und bei der Brut, die auch unter den früheren, natürlichen Bedingungen schon hoch war, stieg an. Ein Naturforscher, der die Insel unmittelbar vor dem Ersten Weltkrieg besuchte und vier Monate dort kampierte, stellte fest, daß die Schildkröten Seltenheitswert hatten, und kam zu der Überzeugung man könne »Jahre auf Aldabra leben, ohne je ein Exemplar zu Gesicht zu bekommen«. Den Grund dafür sah er einfach darin, daß sie scheu waren und den Menschen aus dem Weg gingen. Der Gouverneur der Seychellen zeigte weniger Zuversicht: »Kein Plan wird wirksam verhindern können, daß diese merkwürdigen Überbleibsel in freier Wildbahn und in ihrem natürlichen Lebensraum schließlich aussterben.« Wie um den Gouverneur Lügen zu strafen, fing die Schildkrötenpopulation nicht lange danach an, sich zu erholen. Dieser Trend hat durch unser Jahrhundert hindurch angehalten. Von ihrem historischen Tiefstand aus hat sich die Schildkrötenpopulation spektakulär vermehrt. Warum? Nun, die Tiere blieben zumeist sich selbst überlassen, genossen Schutz vor den Fleischmachern, und die Buschvegetation ihres Lebensraumes blieb unversehrt. Wahrscheinlich half ihnen auch das trockene, herbe Klima des Atolls, das eine Bevölkerungsexplosion bei den Katzen und den Ratten unterband. Nach zwischenzeitlichen Befürchtungen in den sechziger Jahren, die britische Regierung plane, eine Militärbasis auf Aldabra einzurichten, und einem öffentlichen Proteststurm gegen diese schlechte Idee, nahm die Londoner Royal Society die Insel unter ihre Fittiche. Auf Aldabra wurde eine Forschungsstation gebaut; alles andere hielt man von der Insel fern. Im Jahre 1976 wurde Aldabra der Republik der Seychellen eingegliedert, die sich als unabhängiger Staat etabliert hatte; im Jahre 1981 erklärte die Regierung der Seychellen die Insel zum besonderen Schutzgebiet. Den jüngsten Berichten zufolge wächst und gedeiht *G. gigantea*.

Vielleicht gedeiht sie ein bißchen zu gut. Ungefähr 150 000 Schildkröten leben mittlerweile auf Aldabra, und sie steuern möglicherweise auf einen natürlichen Kollaps zu, falls sie ihre Nahrungsquellen allzu verheerend überbeanspruchen.

Die Geschichte von *G. gigantea* ist kompliziert, aber ihren Kern bildet eine schlichte Tatsache: das Faktum der geographischen Isolation. Im Falle von Aldabra ist diese Isolation extrem. Man kann heute einen Flieger in Miami besteigen und binnen Stunden im zentralen Amazonasgebiet landen; man kann auf die Galápagosinseln rausfliegen, auf eine Jacht umsteigen und an der Hand eines Führers mit staatlicher Zulassung von Insel zu Insel wandern; man kann ein »Abenteuerreisepaket« – welch schreiender Widerspruch! – in die Antarktis buchen; man kann sogar gegen eine Handvoll Rupien, die man dem Kapitän eines javanischen Fischerboots zusteckt, den Krakatau, den Schlackenhaufen Krakatau, erreichen. Nicht so bei Aldabra. Aldabra ist ein ganz anderer Fall. Das ist der Ort, wo man von hier aus nicht hinkommt.

Wenn man Wissenschaftler ist – ein Wissenschaftsjournalist

mit gewinnendem Wesen tut es notfalls auch, habe ich mir sagen lassen –, schafft man es vielleicht, sich in die alle zwei Jahre stattfindende Expedition des Smithsonian Institute nach Aldabra hineinzuschwatzen, und genießt das Privileg, einen sonnendurchglühten Monat lang zusehen zu dürfen, wie ernsthafte Menschen Würmer aus der Klasse der Vielborster in den Strudellöchern sammeln. Alternativ dazu könnte man auf den Seychellen ein einigermaßen zuverlässiges Boot chartern und sich auf die über tausend Kilometer lange Fahrt nach Aldabra machen, die der seychellische Kapitän mit Hilfe seines Kompasses und mit ein bißchen Glück vielleicht sogar findet, wenn auch nicht unbedingt beim ersten Anlauf. Die Charterfahrt kostet etwa 10 000 Dollar, hat man mir erzählt; und falls man das Atoll tatsächlich erreicht, ist man am Ende gar nicht legitimiert, an Land zu gehen. Nachdem ich über all das informiert bin, beschließe ich, weder meinen Charme noch mein Glück auf die Probe zu stellen.

Das veröffentlichte Material ist undurchsichtig, aber jedenfalls umfangreich, und in diesem Fall werde ich es damit gut sein lassen. Ich werde mich damit zufriedengeben, daß ich *G. gigantea* in einem botanischen Garten auf Mauritius gesehen habe. Die wildlebenden Schildkröten des Indischen Ozeans sind genug bedrängt worden. Sollen sie doch auf dem kleinen, gottverlassenen Atoll ihre Ruhe, ihr Privatleben haben. Wenn Aldabra das Gestalt gewordene Isolationsphänomen ist, wie könnte man dieser Tatsache dann angemessener Rechnung tragen als dadurch, daß man sich von der Insel, verdammt noch mal, fernhält?

32

Die geographische Isolation ist das Schwungrad der Evolution. Sie ist auch ein heißumstrittenes Thema, und das bereits seit mehr als einem Jahrhundert. Der Streit hat sich mit der Biologie selbst entwickelt, hat sich in dem Maße entzündet, wie der Darwinsche Evolutionismus mit der Paläontologie und der Genetik des 20. Jahrhunderts verschmolz und in einem Theorieamalgam resultierte, das als die moderne Synthese bekannt ist und das neuerdings noch eine zusätzliche Anreicherung durch die Molekularbiologie erfahren hat. Die Parteien in dieser

Kontroverse wenden einen Großteil ihrer Energie daran, sich mit empirischen Belegen zu bombardieren, die von Inseln stammen.

Ernst Mayr, ein deutschstämmiger Ornithologe und Taxonom, der in Harvard zu Hause ist, stellt die überragende Autorität auf diesem Gebiet dar. Mayr wurde 1904 geboren und unternahm Ende der zwanziger Jahre seine erste ornithologische Expedition nach Neuguinea. Er hat eine lange und facettenreiche Karriere hinter sich. Er zählt zu den angesehensten Biologen unserer Zeit, ist Autor eines einflußreichen Buches mit dem Titel *Systematics and the Origin of Species* (1942 erschienen) und hat an der Schaffung der modernen Synthese mitgewirkt, kraft derer die Genetik und Darwin miteinander verknüpft wurden. In der Debatte zum Thema geographische Isolation ist er praktisch gegenüber jedermann uneinholbar im Vorteil, weil er nicht nur Forscher und Theoretiker mit eigenen, dezidierten Ansichten, sondern dazu Wissenschaftsgeschichtler ist. Und zu allem Überfluß kann er auch noch gut schreiben.

Mit einem einzigen Federstrich könnte er einen Konsens per Dekret herbeiführen beziehungsweise der einen oder der anderen Schule den Sieg zusprechen. In der Rolle des Wissenschaftshistorikers wirkt er klug, selbstbewußt und objektiv, sogar dort, wo er, von sich in der dritten Person redend, den eigenen Beitrag beschreibt: »Die ersten, die die Gedanken der neuen Systematik in der Zoologie systematisch abhandelten, waren Rensch und Mayr.« Wie Ernst Mayr in zahlreichen Artikeln und Büchern dargelegt hat, reicht die Einsicht, daß geographische Isolation für die Evolution von entscheidender Bedeutung ist, weit in die Geschichte zurück, noch ein gutes Stück über Darwin und Wallace hinaus.

Es *gab* damals Evolutionstheoretiker, wenn auch auch nicht viele. Einer von ihnen war Robert Chambers, Autor der *Vestiges of the Natural History of Creation*, des wirren, aber provokativen Buches, das Wallace elektrisierte. Ein anderer war Charles Darwins eigener Großvater, Erasmus, ein ungehobelter, freidenkerischer Arzt, der *Zoonomia* schrieb, eine medizinische Abhandlung über »die Gesetze des Lebens und der Gesundheit«, worin sich auch Andeutungen über den Artenwandel fanden. Der berühmteste und wahrscheinlich einflußreichste Evolutionist vor

Darwin war Jean Baptiste Pierre Antoine de Monet, Chevalier de Lamarck, den die Geschichte unter dem letztgenannten Namen kennt. Lamarck trug seine ersten tastenden Überlegungen zur Evolution in einem Universitätsvortrag vor, den er am 11. Mai 1800 hielt, und entwickelte dann in seiner *Philosophie Zoologique*, die er neun Jahre später veröffentlichte, eine vollständige (allerdings irreführende) Theorie. Alle diese frühen Theoretiker – Lamarck, Erasmus Darwin, Robert Chambers und ein paar andere – hatten zumindest vage erkannt, daß die organische Evolution eine Tatsache war. Beweise hierfür lieferten ihnen die Vergleichende Anatomie, Fossiliensequenzen und die Biogeographie. Sie konnten nur einfach nicht erklären, wie der Artenwandel zustande kam. Der Mechanismus, den Charles Darwin und Alfred Wallace später entdeckten, die natürliche Auslese, kam diesen Vorläufern noch nicht in den Sinn. Aber sie waren nicht dumm, sie waren nicht blind, und gelegentlich gelangen ihnen wertvolle Beobachtungen und Einfälle. Einer dieser Vorläufer, Leopold von Buch, schrieb 1825:

»Die Individuen der Gattungen auf Kontinenten breiten sich aus, entfernen sich weit, bilden durch Verschiedenheit der Standörter, Nahrung und Boden Varietäten, welche in ihrer Entfernung nie von anderen Varietäten gekreuzt und dadurch zum Haupttypus zurückgebracht, endlich konstant und zur eigenen Art werden.«

An die Stelle des Wortes »Entfernung« können wir, so Ernst Mayr, den Begriff »geographische Isolation« setzen. Von Buch fährt fort:

»Dann erreichen sie vielleicht auf anderen Wegen auf das Neue die ebenfalls veränderte vorige Varietät, beide nun als sehr verschiedene und sich nicht wieder miteinander vermischende Arten.«

Das »entfernen sich weit« gewinnt mehr Kontur, wenn man weiß, daß den Buchschen Überlegungen das Studium der Flora und Fauna der Kanarischen Inseln zugrunde lag.

Der Prozeß, den von Buch beschreibt, trägt heute die Bezeichnung *allopatrische Artbildung*. *Allo*, verschieden; *patrisch*, den Vater betreffend – Artbildung in verschiedenen Vaterländern. Die simple Definition der allopatrischen Artbildung lautet: Eine Spezies spaltet sich in zwei auf, während die zwei Gruppen von Exemplaren der Spezies an verschiedenen Orten leben. Den Gegensatz dazu bildet die *sympatrische Artbildung*: Eine Art spaltet sich in zwei auf, obwohl beide Gruppen von Exemplaren am gleichen Ort leben. Die allopatrische Artbildung hat in den anderthalb Jahrhunderten seit von Buch seine Sätze niederschrieb, nichts von ihrer Bedeutung verloren. Sie gilt nach wie vor als der Weg, auf dem praktisch alle neuen Arten (oder jedenfalls die neuen Arten der sich geschlechtlich fortpflanzenden Tiere) entstehen. Gewisse Pflanzen komplizieren die Sache. Parthenogene, hermaphroditische und asexuelle Geschöpfe sorgen für Komplikationen. Aber bei den geschlechtlichen Tieren, die sich zur Fortpflanzung paaren müssen, und bei den meisten Pflanzen stellt die allopatrische Artbildung die Regel dar. Die sympatrische Artbildung ist entweder ein seltener Ausnahmefall oder eine Täuschung, je nachdem, an welchen der streitsüchtigen Biologen man sich hält. Und die Voraussetzung für die allopatrische Artbildung ist, wie von Buch schon vor langer Zeit festgestellt hat, die geographische Isolation.

Ich vermute, der Leser ahnt, wohin die Reise geht. Unser Ziel ist es, uns den ganzen Planeten als eine Inselwelt vorzustellen und die Evolution selbst als Konsequenz des Archipelcharakters der Welt zu verstehen.

33 Im 19. Jahrhundert war der führende Verfechter der eben beschriebenen Sichtweise – derzufolge die geographische Isolation das Schwungrad der Evolution darstellt – weder Charles Darwin noch Alfred Wallace. Es war ein verbohrter deutscher Naturforscher namens Moritz Wagner.

Der 1813 geborene Wagner gelangte auf dem gleichen Weg zu seinem Thema wie Darwin und Wallace. Er verbrachte einen wesentlichen Teil seines frühen Mannesalters damit, zu reisen,

Musterexemplare zu sammeln und die Strukturen der Artenverteilung zu erforschen. Diese Strukturen erfüllten ihn mit Staunen und mit abenteuerlichen Ideen. Wie Darwin und Wallace erkannte auch er, daß die Theorie der speziellen Schöpfung unhaltbar war. Was Wagner von den beiden Engländern unterschied, war der Umstand, daß er sich aufs Festland konzentrierte – auf Asien, die beiden amerikanischen Subkontinente, Nordafrika. Wie Darwin oder Wallace eine Insel nach der anderen abzuklappern war ihm nicht vergönnt, aber auch auf den Kontinenten begegnete er zahlreichen Fällen von geographischer Isolation, vergleichbar der Situation, die Wallace bei den Affen im Amazonasbecken angetroffen hatte. In seinen frühen zwanziger Jahren erforschte Wagner drei Jahre lang Algerien, unter anderem auch ein Gebiet entlang der Nordküste, wo zwei Flüsse, die aus dem Atlasgebirge gespeist wurden, für einige Arten die Grenzen ihrer Ausbreitung markierten.

Etwa die Ausbreitung von Käferarten. Bestimmte flugunfähige Käfer der Gattung *Pimelia* waren in ihrem Verbreitungsgebiet durch diese Flüsse beschränkt. Am einen Ufer des Flusses lebte die eine *Pimelia*-Art, am gegenüberliegenden Ufer eine andere, eng mit ihr verwandte. Und bei verschiedenen anderen Sorten von Tieren bildete häufig, wie Wagner bemerkte, eine Bergkette die gleiche Form von Trennlinie zwischen eng verwandten Arten. Ebenso stellten Wüsten Trennlinien zwischen nicht in der Wüste lebenden Arten dar. Die geographische Isolation schien in der einen oder anderen Form Ursache – oder zumindest Merkmal – der Aufspaltung einer Spezies in zwei eng verwandte Arten. Wagner veröffentlichte diese Beobachtung bereits im Jahre 1841.

Nachdem er 1859 die *Entstehung der Arten* gelesen hatte, wurde Wagner zu einem glühenden Anhänger des Evolutionismus und begann einen Briefwechsel mit Darwin. Er baute seine eigenen Ideen zu einem kühnen, exzentrischen Gedankengebäude aus, dem er den Namen *Separationstheorie* gab. In einigen Punkten war er sogar für Darwins Geschmack zu kühn und exzentrisch. Zu diesen Punkten gehörte die geographische Isolation. Wagner schrieb:»Die Bildung einer wirklichen Varietät, welche Herr Darwin bekanntlich als ›beginnende Art‹ betrachtet, wird der Natur nur da gelingen, wo wenige Individuen die begrenzenden Schranken ihres Standorts überschreitend sich von ihren Artgenossen auf lange Zeit absondern können.« Mit anderen Worten: keine Artbildung ohne geographische Isolation. Wagner fügte hinzu, daß »ohne eine lange Zeit dauernde Trennung der Colonisten von ihren früheren Artgenossen ... nach meiner Ansicht die Bildung einer neuen Art nicht gelingen (kann)«. Die kategorische Unbedingtheit der Wörtchen »nur« und »nicht« ging Darwin zu weit und machte die Feststellung inakzeptabel für ihn.

Darwin hatte in diesem Punkt seine Meinung geändert. In seinen eigenen frühen Notizbüchern und in zwei unveröffentlichten Aufsätzen zur natürlichen Auslese, die er lange vor der *Entstehung der Arten* entwarf, spielte die geographische Isolation eine wichtige Rolle. Irgendwann hatte er in einem Brief Hooker anvertraut: »Hinsichtlich der ursprünglichen Erschaffung oder Hervorbringung neuer Formen habe ich erklärt, daß offenbar die Isolation das Hauptelement darstellt.« Unter dem Eindruck dessen, was er auf den Galápagos zu sehen bekam – die Finken, die Schildkröten und vor allem die verschiedenen Arten von Spottdrosseln, von denen sich nicht zwei auf einer Insel zusammen finden –, mußte er natürlich zu dem Schluß gelangen, daß die geographische Isolation entscheidend war. Aber andere Daten, die von anderen Orten stammten, sprachen dagegen.

Auf dem südamerikanischen Festland hatte Darwin zwei verschiedene, aber eng verwandte Arten von Nandus, straußenartigen Vögeln, gesehen; beide Arten bewohnten die Steppe Patagoniens. Die eine war kleiner als die andere; abgesehen von der Größe, unterschieden sich die zwei Arten vermutlich auch noch in anderen subtileren Hinsichten. Aber wie immer die vollständige Palette ihrer Unterschiede aussehen mochte, sie schienen diese jedenfalls durch einen Prozeß der sympatrischen Artbildung entwickelt zu haben – schließlich teilten sie sich jetzt den gleichen Lebensraum, und nichts sprach dafür, daß sie das nicht schon immer getan hatten. Aufgrund der Befunde, die Darwin zu Gesicht bekam (und die einseitig und möglicherweise irreführend waren), kam er zu dem Schluß, daß die Abweichungen zwischen den beiden Nanduarten ohne geographische Isolation zustande gekommen sein konnten. In seinen späteren Tagen schrieb Darwin: »Ich erinnere mich, daß ich vor vielen Jahren heftig schwankte; dachte ich an die Fauna und Flora der Galápagosinseln, war ich Feuer und Flamme für die Isolation, dachte ich an Südamerika, war ich voller Zweifel.« Nach Erscheinen der ersten Ausgabe von *Entstehung der Arten* schwang das Pendel zurück zur Fauna Südamerikas und zu den Zweifeln und weg von der geographischen Isolation.

Der reife Darwin akzeptierte immer noch die Vorstellung, daß die geographische Isolation gelegentlich der Evolution Vorschub leisten konnte. Aber für nötig hielt er sie nicht. War es nicht eine Tatsache, daß große Lebensräume auf den Kontinenten einen viel größeren Artenreichtum als die Inseln aufwiesen? Die Empirie schien dafür zu sprechen, daß zwar *irgendeine* Form von Isolation als Faktor im Spiel sein mochte, daß aber möglicherweise verhaltensbedingt oder ökologisch isolierende Umstände zu den gleichen Ergebnissen führen konnten wie eine regelrechte geographische Isolation.

Darwin und Moritz Wagner stritten über diesen Punkt. Die per Post und durch Publikationen geführte Auseinandersetzung wurde im Laufe der Jahre heftiger. Zum Teil bestand das Problem darin, daß Wagners Separationstheorie einige unhaltbare Vorstellungen über die entwicklungsgeschichtliche Rolle der Migration enthielt. Nach Wagner besaß der Akt der Migration als solcher eine fast magische Kraft. Er vertrat die Ansicht, daß unabdingbare Voraussetzung für die Weiterentwicklung einer Art die Migration an einen neuen Standort war und daß die geographische Isolation bloß die Veränderungen festschrieb, die durch die Migration ausgelöst worden waren. Darwin dagegen konnte am Ortswechsel einer Spezies nichts Magisches entdecken. Im Jahre 1875 las er einen Abzug des neuesten Beitrages von Wagner und kritzelte »Jämmerlichster Quatsch« quer über die Vorderseite. Zum anderen bestand das Problem zwischen den beiden aber auch darin, daß sie die Arbeiten des anderen manchmal mißverstanden und daß begriffliche und konzeptionelle Unklarheiten die Mißverständnisse noch verschärften. Da der ganze Theoriebereich so neu war, konnten solche Unklarheiten schwerlich überraschen. Entscheidende Stücke der Evolutionstheorie waren noch unfertig, und andere fehlten ganz und gar. Zum Beispiel bemühten sich sowohl Darwin als auch Wagner, die Vererbbarkeit von Veränderungen zu verstehen, ohne daß sie bereits über einen Begriff vom Gen verfügten. Andere schwierige Konzepte, die noch genauer entfaltet werden mußten, waren die phyletische Evolution, im Unterschied zur Artbildung, und die reproduktive Isolation, im Unterschied zur geographischen Isolation. Auf diese beiden werde ich in Kürze zurückkommen.

Aber erst einmal müssen wir uns fragen, was eine Spezies ist? Diese Frage, über die sich Alfred Wallace den Kopf zerbrach, als er über die Ritterfalter von Aru nachdachte, und die ebensosehr Darwin und Wagner zu schaffen machte, gibt uns bis heute einigermaßen Rätsel auf. Die Antworten darauf sind zahlreich, und jede ist in gewisser Weise tendenziös. Pflanzen, Mikroben und meerbewohnende wirbellose Tiere halten sich nicht alle an den klar umrissenen Artbegriff, den wir allgemein verwenden, um Löwen und Tiger und Leoparden auseinanderzudividieren. Ein Botaniker hängt also nicht unbedingt der gleichen Definition von Spezies an wie ein Feldforschung treibender Zoologe, und unter Umständen verwenden ein Genetiker, ein Paläontologe und ein Taxonom jeweils wieder eine andere Definition. Der Einfachheit halber dürfte es wohl das beste sein, im Blick auf die Entwicklungsgeschichte die berühmte Begriffsbestimmung zu übernehmen, die Ernst Mayr im Jahre 1940 in Vorschlag brachte: »Arten sind Gruppen von aktuell oder potentiell sich kreuzenden natürlichen Populationen, die von anderen vergleichbaren Gruppen in reproduktiver Hinsicht isoliert sind.« In diese Formulierung ist viel wortklauberische Filigranarbeit eingeflossen.

Zwei Populationen gelten als reproduktiv isoliert voneinander, wenn sie sich nicht kreuzen können oder wenn die erste Generation der gekreuzten Nachkommen steril ist. Ein Pferd kann sich mit einem Esel kreuzen, und heraus kommt ein Maultier oder Maulesel; die aber können sich nicht fortpflanzen. Deshalb stellen die Pferde und die Esel eigene Arten dar. Mayrs Definition läßt die Frage offen, wie die Populationen voneinander reproduktiv isoliert *werden*. Kann das nur infolge geographischer Isolation geschehen, oder gibt es dazu einen alternativen Weg?

Die phyletische Evolution oder Stammentwicklung ist ein weiterer grundlegender Vorgang, über den sich die meisten von uns noch nie Klarheit verschafft haben. Sie unterscheidet sich von der Artbildung, dem Prozeß, durch den eine Spezies sich in zwei aufspaltet. Jedesmal wenn es zu einem Artbildungsereignis kommt, gibt es eine Art mehr auf der Erde. Eine Population pferdeartiger Tiere spaltet sich in zwei auf, die voneinander reproduktiv isoliert sind, und schon haben wir statt der einen Stammart zwei Abkömmlinge – sagen wir, das Burchell-Zebra (*Equus burchelli*) und das Grevy-Zebra (*Equus grevyi*). Darin besteht die Artbildung, stimmt; so funktioniert die Evolution, stimmt. Aber Evolution und Artbildung sind keine gleichbedeutenden Begriffe. Sie sind vielmehr ineinander verschachtelte Bestimmungen. Die Artbildung ist nur ein Aspekt des Ganzen. Die Stammentwicklung ist ein anderer.

Die Stammentwicklung ist der Prozeß, durch den sich eine Spezies allmählich, nach und nach, in eine Spezies verwandelt, die anders aussieht oder sich anders verhält. In der Stammentwicklung paßt sich die einzelne Art veränderten Lebensbedingungen an, ohne sich in zwei Arten aufzuspalten.

Die Artbildung vollzieht sich hauptsächlich in der räumlichen Dimension. Deshalb beziehen sich »allopatrisch« und »sympatrisch« auf räumliche Positionen. Die Stammentwicklung vollzieht sich hauptsächlich in der Zeitdimension. Eine bestimmte Spezies ist nicht mehr das, was sie einmal war, aber sie ist immer noch eine einzige Spezies. Die Artbildung grenzt neue Arten ab, während die Stammentwicklung dazu tendiert, die Unterschiede zwischen Arten zu vergrößern, nachdem diese sich abgegrenzt haben. Die Unterscheidung zwischen Burchell-Zebra und Grevy-Zebra ist Artbildung. Die Unterscheidung zwischen einem Zebra und einem Elefanten ist Artbildung plus viele Millionen Jahre Stammentwicklung.

Dieses Stückchen Schulmeisterei bringt uns zur Debatte zwischen Darwin und Wagner zurück. Erfordert die Stammentwicklung geographische Isolation? Nein. Erfordert die immer größere Divergenz zwischen Zebrastammbaum und Elefantenstammbaum, daß sie räumlich voneinander getrennt sind? Nein. Auch wenn sie in der gleichen Savanne als unmittelbare Nachbarn leben – Zebras und Elefanten kreuzen sich nicht. Ebenso können sich eine Krähenart und eine Spechtart weiter auseinanderentwickeln, obwohl sie den gleichen Wald bewohnen. Sie tun das, indem sie auf verschiedene Aspekte des Milieus verschieden reagieren – indem sie sich mit anderen Worten an unterschiedliche ökologische Nischen anpassen. Moritz Wagner aber entging dieser Punkt; von der Stammentwicklung bekam er nichts mit.

Wenn wir nun die Stammentwicklung ausklammern, können wir uns gezielter der schwerer zu beantwortenden Frage zuwenden: Erfordert die Artbildung geographische Isolation? Sogar heute noch herrscht in dieser Frage Uneinigkeit. Ernst Mayr vertritt mit Überzeugungskraft die Ansicht, daß Artbildung geographische Isolation erfordert, jedenfalls bei geschlechtlichen Tieren und bei den meisten Pflanzen. Kennzeichen jeder eigenständigen Art ist die reproduktive Isolation, aber diese entsteht laut Mayr nicht spontan. Sie kann nur aus genetischen Mutationen und sonstigen Unterschieden hervorgehen, die sich herausbilden, während zwei Populationen räumlich voneinander getrennt leben. Dieser Umstand entging Charles Darwin. Nicht, daß ich das beschwören könnte, ich bin kein Darwin-Spezialist, aber wenn Dr. Mayr es sagt, wird es wohl stimmen. Seiner Darstellung zufolge unterschied Darwin nicht klar zwischen reproduktiver Isolation (einem letzten Resultat) und geographischer Isolation (einer situativen Vorbedingung). Was sind die tatsächlichen Ursachen der reproduktiven Isolation? Dazu gehören Mutationen auf der genetischen Ebene, Veränderungen in den Mustern der Genkoppelung und Veränderungen in der Ökologie oder im Verhalten; dies alles kann ein Hindernis dafür werden, daß sich innerhalb einer Population die Gene mischen. Das sind die Wirkfaktoren, die für die Entstehung der reproduktiven Isolation sorgen. Knapp und bündig also: Mutation als wirkende Ursache, geographische Isolation als zureichende Bedingung, reproduktive Isolation als schließliches Resultat. Das alles zusammen führt zur Artbildung. Lange Zeiträume, der Kampf ums Überleben und ökologische Störungen fügen dann ein bestimmtes Maß an Stammentwicklung hinzu. Die Artbildung ist die Schneide des Keiles, der zwischen Populationen getrieben wird; die Stammentwicklung stellt das sich verdickende Ende des Keiles dar.

Der entscheidende Punkt beim Streit zwischen Darwin und Wagner ist, daß Darwin aus ihm als Sieger hervorging. Aber er trug nur in der Diskussion und in den Augen der Öffentlichkeit den Sieg davon, nicht in der Sache; da führte er vielmehr die Biologie in die Irre. Darwin redete seinen Kollegen ein, die geographische Isolation sei für die Evolution kein Erfordernis. Wallace war unter denen, die ihm beipflichteten – trotz seiner eigenen Erfahrungen im Feld und auch ungeachtet der Tatsache, daß er in wichtigen Einzelheiten der Evolutionstheorie mit Darwin *nicht immer* übereinstimmte. Moritz Wagner war der Wahrheit nähergekommen. Aber weil er ihr aus den falschen Gründen, im Zusammenhang mit der falschen Theorie, näherkam, schadete er der Sache der geographischen Isolation wahrscheinlich mehr, als er ihr nutzte.

In den ersten Jahrzehnten des 20. Jahrhunderts wurden Gregor Mendels klassische Untersuchungen zur Vererbung bei Erbsenpflanzen wiederentdeckt, und die Wissenschaft der Genetik wuchs und gedieh wie Entengrütze in einem warmen Tümpel. Während sich die Genetiker in ihren Laboratorien mit dem Phänomen der Mutation herumschlugen (das darauf hinzudeuten schien, daß neue Arten jäh und sympatrisch entstehen konnten), übersahen auch sie die Bedeutung der geographischen Isolation. Die Vorstellung geriet aus der Mode. Karl Jordan, ein in England heimischer deutscher Entomologe, gehörte zu den wenigen Wissenschaftlern, die damals die Rolle der Geographie hervorhoben. Aber gegen den allgemeinen Trend kam er nicht an. Nachdem die Theorie dem Konzept der sympatrischen Artbildung ihren Segen gegeben hatte, fanden mehr und mehr biologische Feldforscher empirische Belege dafür (oder glaubten jedenfalls, sie gefunden zu haben). Für die Dauer eines Wissenschaftlerlebens – von den achtziger Jahren des letzten Jahrhunderts bis zu den vierziger Jahren des gegenwärtigen – wollte man von der geographischen Isolation nichts mehr wissen. Der herrschenden Ansicht nach entstanden häufig Arten durch plötzliche Mutationen oder aufgrund ökologischer Spezialisierung, ohne daß dafür die geographische Trennung von Populationen erforderlich war. Die Genetiker und die Anhänger der Lehre von der sympatrischen Artbildung waren im Vormarsch. Vor diesem Hintergrund veröffentlichte Ernst Mayr im Jahre 1942 das erste seiner großen Bücher, *Systematics and the Origin of Species*.

Mayr stand der sympatrischen Artbildung skeptisch gegenüber. Weil das Konzept so verbreitete Zustimmung fand, sah er sich mit besonderer Sorgfalt bestimmte Fälle an, bei denen angeblich eine sympatrische Artbildung vorlag. Er kam zu dem Ergebnis, daß es sich um eine Täuschung handelte. Ging man der Sache auf den Grund, fand man Allopatrie. Geographische Isolation hatte stattgefunden, nur war sie nicht leicht zu entdecken.

Mayr bekräftigte den Standpunkt von Moritz Wagner und Karl Jordan: daß die geographische Isolation allen anderen Isolationsformen (der reproduktiven, ökologischen, verhaltensspezifischen) vorhergehen müsse. Die geographische Trennlinie sei vielleicht praktisch nicht zu entdecken, aber da sein müsse sie jedenfalls. Sie müsse den Austausch von Genen zwischen zwei Gruppen blockieren – zumindest anfänglich, bis verhaltensspezifische oder ökologische Unterschiede entstünden, die ausreichten, um ihrerseits die Genmischung zu unterbinden. Mit dieser Ansicht ging unter anderem die Forderung an die Feldforscher einher, die mutmaßlichen Fälle von sympatrischer Artbildung noch einmal genau unter die Lupe zu nehmen. Irgendwo zwischen dem geographischen Verbreitungsgebiet des Burchell-Zebras und dem geographischen Verbreitungsgebiet des Grevy-Zebras mußte damals – zum Zeitpunkt der artlichen Verselbständigung der beiden – eine physikalische Grenzscheide existiert haben. Irgendwo zwischen den beiden Nanduarten, die Darwin solches Kopfzerbrechen bereitet hatten, hatte es eine Trennlinie gegeben. Zusammenfassend kam Mayr zu dem Schluß: »Geographische Isolation allein kann nicht zur Bildung neuer Arten führen; sie muß mit der Entwicklung biologisch isolierender Mechanismen einhergehen, die Wirksamkeit beweisen, wenn die geographische Isolation zusammenbricht. Andererseits können sich biologisch isolierende Mechanismen im allgemeinen nicht ausbilden, wenn nicht durch die zumindest zeitweilige Schaffung geographischer Barrieren die Panmixia unterbunden wird.« *Panmixia* ist der gehobene Ausdruck für die ungehinderte Mischung von Genen innerhalb einer Population. Mayr äußerte sich fast so kategorisch wie Wagner: keine Artbildung (»im allgemeinen«) ohne geographische Isolation.

Jahrzehnte später sah Mayr aus der Perspektive des Historikers auf seine eigene Arbeit zurück, wie eine Seele, die in einer außerkörperlichen Erfahrung über dem eigenen Körper schwebt.

»Eine der Hauptthesen von Mayrs Werk *Systematics and the Origin of Species* (1942) war, daß ein fundamentaler Unterschied zwischen den beiden Arten von Isolationsfaktoren besteht«, schrieb er, »und daß, worauf Wagner und K. Jordan zuvor bestanden hatten, die geographische Isolation eine Voraussetzung für den Aufbau innerer Isolationsmechanismen ist.« Aus dem historischen Zusammenhang gerissen, könnte das ganze Gerangel um die geographische Isolation als marginales Gefecht erscheinen. Aber aus Sicht eines der olympischen Götter der modernen Biologie wurde eine große Schlacht geschlagen und gewonnen. Mayr fügte hinzu: »Seit 1942 ist die Bedeutung der geographischen Speziation, wie sie von den Naturbeobachtern entwickelt worden ist, nicht mehr bestritten worden.« Ausgearbeitet, wollte er damit sagen, durch Naturforscher wie Ernst Mayr, und zwar gegen die Maulwurfsperspektive der Genetiker und der anderen Sympatrie-Fans. Mit seiner historischen Beurteilung stand Mayr nicht gerade über den Parteien, aber die meisten heutigen Biologen dürften ihm in wissenschaftlicher Hinsicht wohl zustimmen.

Ein anderer Umstand im Zusammenhang mit Mayr ist noch erwähnenswert. Lange bevor er olympischer Historiker, Biologiephilosoph und Stifter der modernen Synthese wurde, war er Inselbiogeograph. Sein Buch *Systematics and the Origin of Species*, das so umfassend und gründlich davon handelte, wie Arten entstehen und wie die Evolution vor sich geht, basierte zum großen Teil auf Vogelexemplaren und Verteilungsdaten, die von der Whitneyschen Südsee-Expedition gesammelt worden waren. Diese Expedition, die zwischen 1921 und 1934 ununterbrochen tätig war, besuchte die meisten größeren Inseln der südlichen Meere. Mayr selbst konzentrierte sich in seiner Feldforschung auf die Salomoninseln und auf Neuguinea.

Das ist der Punkt, um den es uns ging: Wenn die geographische Isolation das Schwungrad der Evolution ist, dann sind die Galápagosinseln nicht »unendlich fremdartig« und »mit keiner anderen Insel auf der Welt [zu] vergleichen« (wie Alan Moorehead in seinem Buch über Darwin und die *Beagle* leichtfertig behauptet). Und die Evolution, wie sie sich auf Inseln –

allen Inseln – darstellt, ist nicht untypisch für die Evolution insgesamt. Im Gegenteil, sie ist beispielhaft. Sie wirkt nur untypisch, weil sie so sehr zu Kapriolen neigt.

34
Manche Geschöpfe sind nur auf Inseln heimisch: *Dendrolagus ursinus*, ein Känguruh, das auf Bäume klettert. Neuguinea. *Dendrolagus goodfellowi*, ein anderes Baumkänguruh, das auf einen anderen Teil von Neuguinea beschränkt ist. *Deinacrida megacephala*, die großköpfige, flugunfähige Grille. Neuseeland. *Amblyrhynchus cristatus*, der in der Brandung tauchende Leguan. Galápagos. *Hapalemur aureus*, kürzlich entdeckt, bekannt unter dem Namen Goldener Bambusmaki. Madagaskar. *Sarcophilus harrisii*, der Beutelteufel. Tasmanien, wenngleich die Spezies einst auch das australische Festland bewohnte. *Leucopsar rothschildi*, der weiße Star. Bali. *Casuaris bennetti*, der Zwergkasuar. Neuguinea. *Sauromalus hispidus*, der Riesenchuckwalla. Angel de la Guarda, im Golf von Kalifornien. *Strigops habroptilus*, der überdimensionierte flugunfähige Papagei, normalerweise unter dem Namen Eulenpapagei bekannt. Neuseeland. *Hypogeomys antimena*, das Votsotsa. Madagaskar. *Hyomys goliath*, die weißohrige Riesenratte. Neuguinea. *Solenodon cubanus*, der Kubanische Schlitzrüßler, das rattenartige Ding mit Karottennase, das gar keine wirkliche Ratte ist, sondern eine Kategorie ganz für sich darstellt. Kuba. *Varanus komodoensis*, der sogenannte Komododrache, in Wirklichkeit ein Riesenwaran. Komodo, Flores und ein paar andere winzige Inseln im zentralen Indonesien. *Ornithorhynchus anatinus*, das entenschnäbelige Schnabeltier. Australien – das schließlich eine Insel ist, auch wenn es gegenüber Tasmanien das Festland spielt. *Zaglossus bruijni*, der Langschnabeligel, ein dreizehiger stachliger Ameisenfresser. Neuguinea. *Dasyurus viverrinus*, der Beutelmarder. Tasmanien. *Thylacinus cynocephalus*, der Beutelwolf, vermutlich seit den dreißiger Jahren ausgestorben. Tasmanien. *Micropsitta keiensis*, der Gelbkappen-Spechtpapagei. Heimisch auf Aru, wo ihn Wallace zu Gesicht bekommen haben mag, wie auch auf den Kai-Inseln und auf Neuguinea. *Apteryx haasti*, der Große Fleckenkiwi. Neusee-

land. *Apteryx australis* und *Apteryx oweni*, zwei andere Kiwis, ebenfalls flugunfähig und auf Neuseeland beschränkt. *Macropanesthia rhinoceros*, die Riesengrabschabe. Australien. *Labidura herculeana*, der Riesenohrwurm. Sankt Helena. *Crotalus catalinensis*, die Klapperschlange ohne Klapper. Santa Catalina, im Golf von Kalifornien. *Halmenus robustus*, der flugunfähige Grashüpfer. Galápagos. *Nestor notabilis*, der Kea, ein fleischfressender Papagei, der sich auf die Schafjagd verlegt hat. Neuseeland. *Brachymeles burksi*, die beinlose Glattechse. Philippinen. *Nannopterum harrisi*, der flugunfähige Stummelkormoran. Galápagos. *Rallus owstoni*, nur eine von vielen flugunfähigen inselbewohnenden Rallenarten. Guam. *Anas aucklandica*, die flugunfähige Ente. Aucklandinseln. *Dimorphinoctua cunhaensis*, der flugunfähige Nachtfalter. Tristan da Cunha. *Schoinobates volans*, auch als der Größere Gleiter bekannt, ein Beuteltier mit flügelartigen Lappen, die ihm erlauben, wie ein Flughörnchen durch die Luft zu gleiten. Australien. *Petaurus australis*, der gelbbäuchige Gleiter, ein anderes flugfähiges Beuteltier. Australien.

Und natürlich:

Aepyornis maximus, der heute ausgestorbene Vogel, der eine halbe Tonne wog. Madagaskar. *Hippopotamus lemerlei*, das ebenfalls ausgestorbene Zwergflußpferd. Madagaskar. *Geochelone gigantea*, die Riesenschildkröte. Noch auf Aldabra existent. *Geochelone elephantopus*, die andere Riesenschildkröte. Noch auf den Galápagosinseln existent. *Astrapi mayeri*, die Schmalschwanz-Paradieselster. Heute freilebend nur noch in Neuguinea. *Hemicentetes nigriceps*, P. J. Stephensons beißender Borstenigel. Gesund und putzmunter in Madagaskar. *Raphus cucullatus*, die überdimensionierte, dümmlich aussehende, flugunfähige Taube, ausgestorben, wie allgemein bekannt. Mauritius.

In all den grotesken Absonderlichkeiten lassen sich gewisse Muster aufspüren. Ich habe mehr große als kleine Inseln erwähnt. Ich habe mehr alte als junge Inseln erwähnt. Die Reptilien und Vögel, die ich erwähnt habe, finden sich sowohl auf großen als auch auf kleinen Inseln, wohingegen die Säugetiere auf große Inseln beschränkt sind. Ich habe nur einen einzigen Seevogel erwähnt, den Kormoran. (Die Inseln sind voller Seevögel, aber dank ihrer großen Schwingen, ihrer Ausdauer, ihrer Fähigkeit, auf der Wasseroberfläche zu rasten, und der großen Reichweite, die sie aus diesen Gründen haben, sind Seevögel normalerweise nicht isoliert genug für eine lokal beschränkte Artbildung.) Ich habe keine fleischfressenden Säugetiere erwähnt, außer bei Tasmanien. Was ist Besonderes an Tasmanien? Die Insel ist Australien unmittelbar vorgelagert und war in nicht ferner Vergangenheit durch eine Landbrücke mit dem australischen Festland verbunden, das den weltweit größten und extravagantesten Schauplatz entwicklungsgeschichtlich alternativer Realitäten darstellt. Auf den meisten Inseln, die nicht größer als Tasmanien sind, glänzen fleischfressende Säugetiere durch Abwesenheit. Den Grund dafür werden wir zu gegebener Zeit kennenlernen.

Gibt es noch weitere Muster? Ich habe mehr tropische Inseln als Inseln in gemäßigten Zonen erwähnt. Ich habe bestimmte Festlandsnamen wie »Wolf« und »Marder« oder sogar »Ameisenfresser« benutzt, aber sie waren nicht buchstäblich, sondern metaphorisch gemeint. Von Fröschen oder Salamandern war keine Rede. Wiederholt gab es Hinweise auf Gigantismus, Zwergwuchs, Flugunfähigkeit und ein paar weitere charakteristische Formen der Abweichung von Festlandsvorfahren. Es gibt also Andeutungen von Ordnung inmitten des Chaos.

Arten auf Inseln tendieren zur Andersartigkeit. Lebensgemeinschaften auf Inseln tendieren dazu, sich von denen auf dem Festland zu unterscheiden. Aber die Manifestationsformen dieser Andersartigkeit sind zahlenmäßig beschränkt und ähneln sich überall auf der Welt.

35 Ich muß zugeben, ein bißchen verwirrend ist das Ganze schon! Inseln gleichen sich insofern, als keine der anderen gleicht. Wie bitte? Inseln unterscheiden sich von Festlandsgebieten insofern, als sie vereinfachte, überspannte Versionen der gleichen ... jawohl, der haargenau gleichen Entwicklungsprozesse bieten, die auf dem Festland stattgefunden haben. Also gut, wir befinden uns im Reich der Paradoxien. Graduelle Unterschiede gehen graduell in essentielle Unterschiede über, und die Begriffsgrenzen flimmern.

Manche Wissenschaftler haben genaue Listen der Erscheinungen aufgestellt, die typisch für die Biologie von Inseln sind und unter denen der Gigantismus, der Zwergwuchs und die Fluguntüchtigkeit nur die auffälligsten darstellen. Die Listen vergrößern allerdings im Zweifelsfall die Verwirrung noch, wenn sie nämlich zwei Kategorien von Phänomenen durcheinanderwerfen: Artmerkmale und Gemeinschaftsmerkmale. Um in dieser Verwirrung Klarheit zu schaffen, müssen wir die beiden Kategorien zuerst auseinanderklamüsern. Die erste Kategorie – Artmerkmale – trägt Evolutionskräften Rechnung, die auf Arten und Stämme einwirken. Die zweite Kategorie – Gemeinschaftsmerkmale – trägt ökologischen Kräften Rechnung, die Einfluß darauf haben, wie sich Gemeinschaften bilden. Der Riesenwuchs von *Aepyornis maximus* in Madagaskar ist ein Artmerkmal. Die Flugunfähigkeit von *Nannopterum harrisi* auf den Galápagosinseln ist ein Artmerkmal. Der Umstand, daß es in Madagaskar keine dort heimischen Katzenartigen gibt, ist ein Gemeinschaftsmerkmal. Kleine Inseln wie die Galápagosinseln sind im Normalfall auffällig frei von großen Raubtieren, von Säugetieren und von Amphibien – alle drei Umstände stellen Gemeinschaftsmerkmale dar. Für jedes Artmerkmal und für jedes Gemeinschaftsmerkmal gibt es eine biologische Erklärung, und an einem bestimmten Punkt sind die Erklärungen miteinander verknüpft. Aber das beste wird sein, wir betrachten die zwei Kategorien erst einmal jede für sich.

Bei der Erörterung der kennzeichnenden biologischen Eigenschaften auf Inseln stellen die Fachleute Listen wie die folgende zusammen:

Ausbreitungsfähigkeit
Veränderung in der Größe
Verlust der Ausbreitungsfähigkeit
Endemismus (örtlich begrenzte Verbreitung)
Disharmonie
Reliktualismus (Restbestandscharakter)
Verlust von Schutzanpassungen
Verarmung

Inselspezifische Artbildung
Adaptive Radiation

Bequemlichkeitshalber bezeichne ich das als das Inselmenü. Jeder der aufgeführten Punkte ist entweder für inselbewohnende Arten oder für inselbewohnende Gemeinschaften von besonderer Bedeutung. Aber die Artmerkmale und die Gemeinschaftsmerkmale sind wie Kraut und Rüben vermengt. Besser ordnet man sie auf folgende Weise an:

I. *Artmerkmale*

Ausbreitungsfähigkeit
Veränderung in der Größe
Verlust der Ausbreitungsfähigkeit
Endemismus (örtlich begrenzte Verbreitung)
Reliktualismus (Restbestandscharakter)
Verlust von Schutzanpassungen
Inselspezifische Artbildung
Adaptive Radiation

II. *Gemeinschaftsmerkmale*

Disharmonie
Verarmung

Sehen wir nun vorläufig von den Gemeinschaftsmerkmalen ab. Um die Evolution auf Inseln zu verstehen, müssen wir auf der Ebene der Arten anfangen.
 Arten verändern ihre Größe. Arten breiten sich aus. Arten verlieren ihre Ausbreitungsfähigkeit oder ihre Schutzanpassungen. Arten sind örtlich beschränkt oder bilden einen Restbestand. Gruppen von eng verwandten Arten, nicht ganze Gemeinschaften, stellen adaptive Radiation unter Beweis.
 Die Ausbreitungsfähigkeit ist Voraussetzung für alles übrige. Auf die Gefahr hin, mich lächerlich zu machen, weil ich mit Binsenwahrheiten hausieren gehe, möchte ich feststellen, daß Evolution nicht anfangen kann, solange nicht die ersten lebenden

Geschöpfe da sind. Wie sie eintreffen, wann sie eintreffen, welche Arten von Geschöpfen früher und häufiger auftauchen als andere Arten und welche die anderen Arten sind – all das ist folgenreich und prägt die biologische Geschichte einer Insel.

36

Stellen wir uns eine Insel vor, auf der es keine Spur von Leben gibt. Sie ist einfach nur ein kahler Felshügel, umgeben von Wasser.

Warum ist die Insel ohne Leben? Ein möglicher Grund: weil sie vulkanisch und gerade erst entstanden ist, ein Berg, der sich durch Lava gebildet hat, die am Meeresboden ausgetreten ist. Dampfend und steril, könnte die Insel ein siebzig oder achtzig Kilometer südöstlich von Mauna Loa gelegener Neuzuwachs zur Hawaiischen Inselkette sein. Oder es könnte sich bei ihr um Surtsey handeln, das im November 1963 vor der isländischen Küste aufgetauchte Inselchen. Oder um eine aus der Inselgruppe der Galápagos, die noch vor wenigen Millionen Jahren jung und unbewohnt waren.

Eine weitere Möglichkeit ist denkbar: Es könnte sich um Krakatau handeln, um eine alte Insel, die neu sterilisiert wurde.

Krakatau ist für Inselbiogeographen ein Wallfahrtsort, weil das Ökosystem der Insel unter den Augen der Wissenschaft ausgelöscht und neu begründet wurde. Das verlieh Krakatau die Bedeutung eines riesigen Naturexperiments zur Dynamik von Neubesiedlungen. Natürlich wurde die Neubesiedlung von Krakatau nicht so sorgfältig beaufsichtigt und gründlich überwacht, wie die experimentelle Methode das im Idealfall erfordert. Aber da die Evolutionsbiologie und die Inselbiogeographie beides eher deskriptive als experimentelle Wissenschaften sind und da es aber auch deskriptive Wissenschaftler nach den strengen Bewahrheitungskriterien gelüstet, die mit dem experimentellen Verfahren verknüpft sind, war der Fall Krakatau von enormem Wert.

Die geologische Katastrophe, die sich Ende August 1883 ereignete, bestand in einer Reihe von vulkanischen Ausbrüchen, durch die dreizehn Kubikkilometer Eruptivgestein in den Himmel über dem Malaiischen Archipel geschleudert wurden. Das Crescendo bildete am Morgen des 27. August eine einzige ungeheure Explosion, die noch in Perth zu hören war. Der Himmel verfinsterte sich, sämtliche Barographen in der Welt heulten auf, die Sonne zeigte sich durch einen gespenstischen Filter – der sie grün, später blau aussehen ließ –, und 36 000 Menschen kamen um, zum größten Teil durch die Flutwellen, die gegen die Küsten Sumatras und Javas anbrandeten. Eine Welle war dreißig Meter hoch und bewegte sich mit der Geschwindigkeit eines Eisenbahnzuges. In Ceylon wurden Schiffe auf die Strände geschleudert, und die Meereshöhe veränderte sich bis hinauf nach Alaska. Falscher Alarm ließ selbst noch in New Haven und Poughkeepsie die Feuerwehr ausrücken. Und monatelang kam es noch zu merkwürdigen Sonnenuntergängen und anderen atmosphärischen Erscheinungen. Der Staubschleier in der Atmosphäre kühlte den Planeten ab, der erst fünf Jahre danach wieder seine Normaltemperatur erreicht hatte.

Als sich an der Stelle von Krakatau selbst, knapp fünfzig Kilometer von der Westküste Javas entfernt, der Rauch schließlich gehoben und der Schrecken gelegt hatten, war von der ehemaligen Insel nichts mehr als ein halbmondförmiges Gebilde aus verbranntem Fels zu sehen. Dieses verschmorte Überbleibsel erhielt den Namen Rakata. Das war eine verstümmelte Form des ursprünglichen Namens, K-rakata-u, ein sanfter etymologischer Hinweis auf die unsanfte geologische Verstümmelung. Zwei andere kleine Inselchen, die in der Nähe lagen, aber nicht zu Krakatau selbst gehört hatten, waren ebenfalls verschmort. Auch wenn es dafür keine letzte Sicherheit gibt, geht doch die Wissenschaft davon aus, daß weder auf Rakata noch auf den anderen beiden Inseln ein einziges lebendes Wesen den Ausbruch überlebt hatte – keine Pflanze, kein Tier, kein Ei, kein Same, keine Spore. Neun Monate später fand eine nach Rakata geschickte französische Expedition nichts Lebendiges dort, außer einer Spinne.

Die Spinne von Rakata ist Ausdruck der Tatsache, daß Spinnen ganz allgemein äußerst ausbreitungsfähig sind. Die raffinierten Biester schaffen es, ohne Flügel dennoch zu fliegen. Aus den Spinndrüsen wird ein Seidenfaden herausgesponnen, der sich bauscht, sich hebt, irgendwie die Hebelkraft einer aufwindigen

Luftsäule nutzt und die Spinne wie einen Drachenflieger auf einem windigen Bergkamm davonsegeln läßt. Dieser Trick ist von Kräften abhängig, die nur im kleinen Maßstab wirken. Eine ausgewachsene Tarantel könnte auf diese Weise Gott sei Dank nicht durch den Himmel über Arizona segeln, aber zierlichere Spinnen sind zu solchen Ballonfahrten von Ort zu Ort durchaus in der Lage. Ich habe frisch geschlüpfte Schwarze Witwen gesehen, die nicht größer als Mohnkörner waren und durch die warme Luft einer Massagelampe hochgeweht wurden. Die Spinne auf Rakata mußte von einer Luftströmung aus Java entführt worden sein.

Die erste botanische Expedition, die unter der Leitung eines Professors namens Treub stand, traf 1886 in Rakata ein. Treubs Gruppe fand Moose, Blaualgen, Blütenpflanzen und elf Farnarten. Die Blaualgen, die aus schleimiger dunkler Schmiere bestanden und, wie sie als gelatineartige Substanz den Boden bedeckten, an Agar-Agar erinnerten, hatten wahrscheinlich den Sporen der Farne und den Samen der Blütenpflanzen als Nährboden gedient. Die Farne waren besonders kräftig und vielfältig. Unter den Blütenpflanzen befanden sich vier Arten, die zur Familie der Korbblütler gehörten (einer Gruppe, zu der neben anderen lufttauglichen Draufgängern in Sachen Streuung auch der Löwenzahn zählt), während es sich bei zwei Arten um Gräser handelte. Wahrscheinlich ist, daß der Wind die Korbblütler und die Farne nach Rakata getragen hatte. Bei einigen Arten bestand auch die Möglichkeit, daß ihre Samen durch das Meer angespült worden waren.

Rasch stellten sich auch andere Lebensformen ein. Im Jahre 1887 diente Rakata bereits jungen Bäumen, dicht bestandenen Grasflächen und einer Vielzahl von Farnen als Standort. 1889 beherbergte die Insel nicht mehr nur Spinnen, sondern auch Schmetterlinge, Käfer, Fliegen und mindestens einen großen Waran der Spezies *Varanus salvator*, der eng mit dem Komododrachen verwandt ist.

Wie die Farne und die Korbblütler ist auch *Varanus salvator* bekannt für seine Fähigkeit, weit zu reisen und neue Lebensräume zu besiedeln. Er schwimmt gut und ist an Land ein vielseitiger Chancenverwerter, bewegt sich flink und wenn nötig auf leisen Sohlen, kann klettern und graben. Er ist Fleischfresser, aber nicht wählerisch, frißt Krabben, Frösche, Fische, Ratten, faules Fleisch, Eier, wilde Vögel und stiebitzt bei Gelegenheit auch ein Huhn aus einem unbewachten Hühnerstall. Fleischfressende Tiere sind auf kleinen und auf neuen Inseln gewöhnlich arm dran, weil hier die Futterrationen karg sind, aber *V. salvator* genoß auf Rakata zwei Vorteile: Er war Allesfresser, und er war ein Reptil. Als Allesfresser mußte er nicht etepetete sein, und als Reptil brauchte er nicht so oft zu fressen.

Aber auch *V. salvator* war darauf angewiesen, daß überhaupt andere Tiere existierten, und die Existenz anderer Tiere hing davon ab, daß es Pflanzen gab. Bis 1906 beherbergte Rakata bereits an die hundert Arten von Pflanzen mit Gefäßsystem, wobei die Kuppe von einem Teppich aus Grün bedeckt war, während entlang dem Strand Baumgehölze wuchsen. In den Gehölzen befand sich die tamariskenähnliche Art *Casuarina equisetifolia*, ein Globetrotter in den tropischen Meeren, und auch die Kokosnußpalme, *Cocos nucifera*, die man praktisch an jedem vom Klima verwöhnten Strand antrifft. Auch eine andere Liebhaberin des tropischen Strandes, die Trichterwinde *Ipomoea pes-caprae*, war aufgetaucht. Mehrere Jahre später gab es auf der Insel Feigenbäume und ein paar andere für den Sekundärwald typische Arten. Die sonnenhungrigen Farne, die zuvor so dominiert hatten, zogen sich nun auf höhergelegenes Gelände zurück, weil sie drunten von den Gräsern und den schattenspendenden Bäumen vertrieben wurden.

Im Jahre 1934, ein halbes Jahrhundert nach dem Neuanfang, beherbergten Rakata und seine Nachbarinselchen 271 Pflanzenarten. Ein Botaniker hat eine fundierte Schätzung darüber angestellt, auf welchen Wegen die Arten jeweils die Insel erreichten. Ungefähr vierzig Prozent kamen mit dem Wind. Fast dreißig Prozent wurden vom Meer angetrieben. Die meisten der anderen waren wahrscheinlich durch Tiere eingeschleppt worden. Sie alle verfügten über eine große Ausbreitungskapazität, aber die Ausbreitungsmethoden waren verschieden.

Farne reisen als Sporen, als einzellige Fortpflanzungskapseln, die bei diesen Pflanzen die Rolle der Samen übernehmen. Sporen sind haltbare genetische Päckchen, wohlverwahrt, resistent gegen Austrocknen und winzig genug, um durch einen Nieser in alle

Winde zerstreut zu werden. Kein Wunder, daß die Farne in der Welt herumkommen. Kokospalmen finden weite Verbreitung, weil die Kokosnuß, die größenmäßig das entgegengesetzte Extrem zur Spore darstellt, ein so seetüchtiger Samen ist. Einige andere Pflanzenarten (wie etwa die unter dem Namen »Riesenhülse« bekannte Lianenpflanze der Gattung *Entada*) produzieren Samen mit einem Luftraum zwischen dem Keim und der Samenhülle, der sie befähigt, über weite Strecken im Wasser zu treiben. Darwin selbst führte im Laufe der Arbeiten, deren Resultat *Die Entstehung der Arten* war, Experimente durch, um die Ausbreitungsfähigkeit verschiedener Pflanzenarten zu prüfen. Er legte Samen, Früchte und Stücke von getrockneten Stengeln in Meerwasser, um herauszufinden, wie lange die Objekte auf dem Wasser trieben und ob die Samen danach noch keimfähig waren. »Zu meiner Überraschung stellte ich fest, daß von 87 Arten 64 keimten, nachdem sie 28 Tage im Wasser gelegen hatten; ein paar überlebten eine Wässerung von 137 Tagen.« Er fand auch heraus (und hielt mit der ihm eigenen Detailwut in *Die Entstehung der Arten* fest), daß reife Haselnüsse sofort versanken und daß Spargel viel besser an der Oberfläche trieb, wenn die Pflanze zuerst getrocknet wurde.

Die Besiedlung einer neuen Insel erschöpft sich nicht in dem Problem hinzugelangen. Die Ausbreitung ist nur der erste zweier entscheidender Schritte, von denen der zweite die *Etablierung* ist, wie die Ökologen das nennen. Diese Unterscheidung ist besonders wichtig für Geschöpfe, die auf sexuelle Fortpflanzung angewiesen sind. Wenn eine Spinne oder ein Waran glücklich das Ufer erreicht hat, stehen sie immer noch vor der Aufgabe, eine Population zu etablieren, die sich aus eigener Kraft zu erhalten vermag. Sie müssen Futter, einen Unterschlupf und (sofern es sich nicht um ein trächtiges Weibchen handelt) einen Geschlechtspartner finden; all das setzt sowohl Anpassungsfähigkeit als auch Glück voraus. Ist die Ausbreitung schon schwierig, so ist die Etablierung noch um ein vielfaches schwieriger. Unter den Wirbeltieren genießen Reptilien den Vorzug eines durch Nahrungsentzug nicht so leicht zu beeindruckenden Stoffwechsels. Und manche Reptilienarten (zum Beispiel der Gecko *Lepidodactylus lugubris*, der auf kleinen Inseln im Westpazifik weit verbreitet ist) haben sich sogar den Trick der Parthenogenesis angeeignet – und damit das Prinzip des allein für den Nachwuchs sorgenden Elternteils auf die Spitze getrieben. Die Parthenogenesis umgeht das Problem, auf jeder neuen Insel einen Geschlechtspartner finden zu müssen, obwohl man dort doch vielleicht als einsamer Vorreiter eintrifft.

Eine andere Form, wie sich landbewohnende Geschöpfe über das Wasser ausbreiten können, ist der zufällige Transport auf natürlichem Treibgut. Das Transportmittel kann ein alter Baumstamm, ein gerade erst entwurzelter Baum oder auch einfach ein Gewirr aus Zweigen und Ranken sein, die aus einer Flußmündung ins Meer gespült oder durch Orkanwinde aufs Meer hinausgetragen werden. Solche natürlichen Flöße können einen Termitenbau, eine Orchideenzwiebel, eine Gelege von Geckoeiern, eine Schlange, vielleicht sogar eine zitternde Ratte mitführen. Wenn das Treibgut schließlich an irgendeiner anderen Küste angespült wird, ist den Passagieren die Ausbreitung geglückt. Ein Biologe hat im Blick auf diesen Fall von Ausbreitungslotto gesprochen, weil der Erfolg so unwahrscheinlich ist. Im Verlauf der riesigen geologischen Zeiträume scheint er allerdings oft vorgekommen zu sein.

In seltenen Fällen ist das natürliche Floß vielleicht sogar massiv und haltbar genug, um Pflanzenbewuchs zu transportieren. Ein Biogeograph namens Elwood Zimmermann hat empirische Belege dafür gesammelt, daß in der blauen Wüste zwischen Sulawesi (Wallace kannte die Insel unter dem Namen Celebes) und Borneo »schwimmende Vegetationsinseln« aufs Meer hinausgespült werden und auf dem Wasser treiben. »Diese Vegetationsteppiche waren saftig und grün; Palmen erhoben sich drei bis sieben Meter hoch auf der treibenden Masse. Würde man sich diese Flöße näher anschauen, könnte man wahrscheinlich zahlreiche Pflanzen und Tiere auf ihnen entdecken.« Wallace selbst berichtete in *Island Life* von treibenden Inseln, die man im Gebiet der Molukken zu Gesicht bekommen könne. Er fügte hinzu, auf den Philippinen seien

»ähnliche mit Bäumen bewachsene Flöße nach Orkanen gesichtet worden, und es läßt sich leicht einsehen, daß bei einigermaßen ruhiger See die Strömung, unterstützt durch den

Wind, der gegen die Bäume drückt, solch ein Floß mit sich führen kann, bis es vielleicht nach einer Überfahrt von mehreren Wochen wohlbehalten an die Küste irgendeines Landstriches treibt, der mehrere hundert Kilometer entfernt vom Ausgangspunkt liegt. Kleine Tiere wie Eichhörnchen und Feldmäuse würden vielleicht auf den zum Floß gehörigen Bäumen mitreisen und könnten auf diesem Wege eine neue Insel besiedeln; da dies allerdings voraussetzte, daß ein Paar der gleichen Art zur gleichen Zeit auf diese Weise verpflanzt würde, dürfte außer Frage stehen, daß solche Zufälle selten sind.«

Gelegentlich findet man sogar Augenzeugenberichte von solchen Tiertransporten. Wallace erwähnt anschließend den Fall einer großen Boa constrictor, die auf einem Floß ihren Weg zur westindischen Insel St. Vincent gefunden habe, einer Insel, die fast dreihundert Kilometer von der südamerikanischen Küste entfernt liegt. Die Schlange hatte sich unterwegs »um den Stamm einer Zeder gewunden und hatte die Reise so heil überstanden, daß sie einige Schafe schlug, ehe sie erlegt wurde« – ein Beispiel für erfolgreiche Ausbreitung, gefolgt von mißlungener Etablierung.

Und manchmal kann das natürliche Treibgut sogar mineralisch statt vegetabilisch sein – womit wir wieder bei Krakatau sind. Unter den vielen Sorten von geologischem Schutt, die während der Explosionen ausgespieen wurden, befand sich auch Bimsstein, ein leichtgewichtiges vulkanisches Glas von schwammartiger Beschaffenheit. In seiner schaumigeren Form schwimmt Bimsstein an der Wasseroberfläche; zwei Jahre lang nach dem Vulkanausbruch waren die südlichen Meere mit Treibgut aus diesem Material übersät. Manche der Bimsteinflöße wurden durch die Strömung zusammengeführt, verkeilten sich ineinander und verstopften Buchten an der Küste von Sumatra; einige wurden an der südafrikanischen Küste, 7500 Kilometer weit westlich, angeschwemmt, andere trieben nach Osten über Guam hinaus. Ein Reisender beschrieb, wie sich der treibende Bimsstein vor der Küste von Java zusammenballte, wie ackergroße Flächen des Ozeans mit Brocken bedeckt waren, die jeweils die Größe eines Kohlensackes hatten. Ein anderer Augenzeuge, ein Schifskapitän namens Charles Reeves, der im Indischen Ozean auf Bimsstein stieß, ließ ein Boot zu Wasser, um sich die Sache genauer anzusehen. »Es war merkwürdig und interessant zu beobachten, wie es von Tieren und niederen Lebensformen als Lebensraum und Brutstätte genutzt wurde«, berichtete er. »Auf jedem Brocken waren unzählige kriechende Geschöpfe.« Reeves erklärte sich zwar für unzulänglich gebildet, um sie alle beim Namen nennen zu können, aber immerhin erkannte er Krabben und Entenmuscheln und sah kleine Fische, die sich darunter gesammelt hatten und auf Futter lauerten. Offenbar waren die Krabben, Entenmuscheln und anderen »niederen Lebensformen« an Bord gegangen, nachdem diese Raumfahrzeuge aus Bimsstein gewassert hatten; zweifellos hatten sich auch Samen, Eier und erwachsene Exemplare verschiedener landbewohnender Geschöpfe auf ihnen niedergelassen, die entweder vom Wind oder den eigenen Schwingen dort hingetragen oder aber von den Flößen bei einer vorübergehenden Landberührung aufgelesen worden waren. Eine moderne Untersuchung des Krakatau-Ereignisses kommt sogar zu dem Ergebnis, daß im Laufe der Jahrhunderte ähnliche Ausbrüche und der mit ihnen einhergehende Ausstoß riesiger Mengen schwimmfähigen Bimssteins ein wichtiger Faktor bei der Ausbreitung von Arten gewesen sind.

Eine Ausbreitungsform, die unmittelbarer einleuchtet, ist der Flug über weite Strecken. Aber selbst diese Form ist nicht so unkompliziert, wie sie auf den ersten Blick scheinen könnte. Vielen Vogel- und Insektenarten widerstrebt es, selbst bescheidenste Meerengen zu überqueren. Im Waldgebiet legen sie jede Strecke zurück, aber aufs Meer hinaus trauen sie sich nicht. Auf den Inseln des Solomonarchipels östlich von Neuguinea gibt es zum Beispiel drei Arten und mehrere Unterarten von Brillenvögeln (der Gattung *Zosterops*), die isoliert voneinander bleiben, obwohl sie auf eng benachbarten Inseln leben. Ebenso verhält es sich bei Salawati und Batana, zwei kleinen Inseln an der Westspitze von Neuguinea – sie liegen weniger als drei Kilometer voneinander entfernt, aber die Lücke war offenbar groß genug, um bei siebzehn Vogelarten die Ausbreitung von einer Insel auf die andere zu verhindern. Die Kluft zwischen dem Festland von Neuguinea und der großen Insel New Britain ist um etliches breiter, rund siebzig Kilometer. Diese Entfernung genügte, um hundertachtzig Vogelarten von Neuguinea daran zu hindern, New Britain zu besiedeln. Und dann haben wir da noch Bali und Lombok, wo Wallace feststellte, daß einige Vogelarten über die schmale Meerenge hinübergewechselt waren, viele andere dagegen nicht. Man kann nicht einfach sagen, daß flugstarke Arten reisen und flugschwache seßhaft bleiben. Ökologische und verhaltensspezifische Faktoren spielen ebenfalls eine Rolle. Seevögel wie Albatrosse, Sturmtaucher, Fregattvögel und Pelikane legen natürlich weite Strecken über den Ozean zurück; da sie mühelos kilometerweit schweben und sich auf der Wasseroberfläche ausruhen können, sind diese Arten vom festen Land nicht sehr abhängig. Bei Landvögeln ist die Sache heikler. Einige Arten und Gruppen von Arten neigen eher zu verwegenen oder versehentlichen Ozeanüberquerungen als andere. Ganz oben auf der Liste der Globetrotter rangiert die Taubenfamilie.

Die typische Taube ist ein leicht rundlicher Vogel mit kleinem Kopf und starken Flügeln; angepaßt ist sie an eine Ernährung aus Samen und Früchten, für die sie unter Umständen gewohnt ist, jahreszeitlich bedingte Wanderungen zu unternehmen. Diese Züge scheinen der Taube eine Neigung zu transozeanischen Wanderungen zu verleihen. Echte Tauben und Taubenabkömmlinge sind auf einigen der abgelegensten Inseln überdurchschnittlich gut vertreten. São Thomé, ein kleiner Landknubbel vor der westafrikanischen Küste, beherbergt fünf Taubenarten. Anjouan, das nördlich von Madagaskar im Indischen Ozean liegt, hat ebenfalls fünf verschiedene Tauben vorzuweisen. Auf Samoa gibt es die Zahntaube und die Jungferntaube. Palau verfügt über die Kragentaube und die Palau-Erdtaube. Neuguinea und die umliegenden Inseln beherbergen fünfundvierzig Taubenarten, ungefähr ein Sechstel der Gesamtzahl von Taubenarten auf der Welt. Und die Maskarenen verfügten über ihr eigenes, großzügig bemessenes Kontingent an Tauben und taubenartigen Vögeln, von denen der Dodo nur der berühmteste ist. Auf Mauritius hatte um 1835 ein schönes rot-weiß-blau gefiedertes Geschöpf namens *Pigeon Hollandais* (*Alectroenas nitidissima*) das Schicksal des Dodo geteilt und war ausgestorben; die Mauritiustaube (*Nesoenas mayeri*) ist derzeit vom Aussterben bedroht. Auf den beiden anderen Maskarenen, Réunion und Rodrigues, lebte jeweils eine große, flugunfähige Art von Einsiedlern (*Ornithaptera solitaria* auf Réunion, *Pezophaps solitaria* auf Rodrigues), die wie der Dodo Gemeinsamkeiten mit der Taube aufwiesen.

Ungewöhnlich an dieser langen Liste endemischer Taubenarten ist nicht einfach nur die Reichweite ihrer Verbreitung, sondern ebensosehr die Spannweite ihrer Verschiedenheit. Die Taubenvorfahren reisten häufig genug, um viele Inseln zu besiedeln – aber sie reisten auch *selten* genug, um nach der Besiedlung isoliert genug für evolutionäre Divergenzprozesse zu sein. In vielen Fällen hatte die Divergenz den Verlust der Ausbreitungsfähigkeit im Gefolge.

Der Dodo selbst ist ein ideales Sinnbild dieser allgemeinen Wahrheit – daß die Evolution auf Inseln häufig bedeutet, daß sich eine unternehmungslustige, hochfliegende Stammart in eine an den Boden gefesselte Nachkommenschaft verwandelt, der kein anderer Weg mehr offensteht, als auszusterben. Und das gemahnt uns daran, daß die Evolution auf Inseln, so wundersam sie auch erscheinen mag, ihrer Tendenz nach eine Einbahnstraße in den Untergang ist.

37 Auf dem verschmorten Hubbel namens Rakata, vormals Krakatau, müssen Seevögel zu den ersten Besuchern gehört haben: Sturmtaucher und Sturmvögel, Pelikane und Tölpel, Tropikvögel, Fregattvögel, Seeschwalben und Noddi. Wir wissen es nicht, aber wir können es vermuten.

Getrost vermuten dürfen wir auch, daß die Seevögel nicht alleine kamen. Wie Flöße aus Treibgut bringen auch fliegende Tiere Passagiere mit. In ihr Gefieder verheddert, an ihrer Haut schmarotzend, mit getrocknetem Schlamm an ihre Füße geheftet, durch ihren Verdauungstrakt wandernd, dürften alle möglichen Tramper mitgekommen sein: Sporen von Farnen und Pilzen, Keimmehl von Moosen und Flechten, Samen von Blütenpflanzen, Milben und Läuse sowie die kleinen klebrigen Eier von Schnecken, Landkrabben, Hundertfüßern, Regenwürmern und Insekten. Die

Seevögel, die zu Besuch kamen, dürften am Wiederaufbau eines Ökosystems mitgewirkt haben.

Landvögel und auf Treibgut reisende Reptilien wie auch größere Gliederfüßerarten dürften auf der Insel später eingetroffen sein. Die erste systematische Bestandsaufnahme wurde im Jahre 1908 durchgeführt; zu dieser Zeit beherbergte Rakata dreizehn Arten von ortsfesten Landvögeln. Bis 1921 war die Liste bereits auf mindestens siebenundzwanzig Arten angewachsen. Diese Zunahme war typisch für eine neue Insel: In den Anfangsjahren, wenn die Nischen noch leerstehen und alles von vorne beginnt, ist die Zuwanderungsrate hoch. 1934 wurde bei der Zahl der Landvogelarten kein weiterer Zuwachs verzeichnet (der einen Zählung zufolge waren es nach wie vor siebenundzwanzig, nach der anderen war die Zahl leicht gesunken), was darauf hindeutete, daß sich der Wiederauffüllungsprozeß nivelliert hatte. Auch das war typisch: eine Abnahme der Zuwanderung in dem Maße, wie die Nischen besetzt werden. Einzelne Vögel trafen immer noch ein, aber die Zahl der Arten schien sich stabilisiert zu haben. Rakata war eine kleine Insel, deshalb war dort nur für eine nicht sonderlich vielfältige Vogelfauna Platz. Möglicherweise war die Insel bereits voll und eine Art von Gleichgewichtszustand erreicht.

Wie MacArthur und Wilson später in ihrem bahnbrechenden Buch erläuterten, stellt bei allen Inseln die Zuwanderungsrate einen entscheidenden Parameter für die Bestimmung ihrer ökologischen Perspektive dar. Und die Vorstellung vom Gleichgewichtszustand – von einer dynamischen Ausgewogenheit zwischen den Faktoren, die auf eine Erhöhung der Artenvielfalt innerhalb eines Ökosystems, und denen, die auf eine Senkung der Artenvielfalt zielen – stand im Zentrum ihrer Forschungen. Auf diesen Begriff werden wir später zurückkommen. Für den Augenblick mag der Hinweis genügen, daß MacArthur und Wilson eine ganze Menge aus der Insel Rakata mit ihren siebenundzwanzig Vogelarten machten.

Mittlerweile war das Fallbeispiel Krakatau um eine weitere geologische Entwicklung reicher. In den letzten Monaten des Jahres 1930 stieg von dem unterseeischen Stumpf des alten Vulkans eine neue Insel empor. Dieser unerwartete neue Lavastapel trat nicht weit von Rakata entfernt ans Licht. Als er dampfend erstarrte und allmählich einen dauerhafteren Eindruck machte, erhielt er den Namen Anak Krakatau – was auf indonesisch »Kind des Krakatau« bedeutet. Heute ragt er fast zweihundert Meter über den Meeresspiegel empor, ein mit spärlichem Grün garnierter schwarzer Aschenkegel. Als eine der jüngsten tropischen Inseln der Welt stellt er einen weiteren wichtigen Testfall dar, um einige der grundlegenden Fragen der Biogeographie anzugehen. Wie breiten sich Arten aus? Welche Arten verbreiten sich am leichtesten? Was passiert innerhalb eines Ökosystems, wenn die Arten anfangen, sich zu drängeln? Stellt sich bei der Anzahl der Arten tatsächlich ein Gleichgewichtszustand her? Und wenn ja, was sind die Faktoren, die auf eine Zunahme oder umgekehrt auf eine Abnahme der Artenvielfalt hinwirken?

Im Jahre 1952 setzte ein weiterer Ausbruch auf der neuen Insel Anak Krakatau allem (oder fast allem) Leben dort ein Ende und drehte die Uhr der biologischen Besiedlung auf Null zurück. Seitdem besuchen eine Handvoll hingebungsvoller Biogeographen in Abständen immer wieder die Insel und führen sorgfältig Buch über den Gezeitenstrom der Arten. Für die meisten Wissenschaftler allerdings ist Anak Krakatau noch ein ebenso unbekannter wie entlegener Ort. Eine Forschungsstation gibt es nicht. Auch der indonesische Staat unterhält dort keinen Stützpunkt. Die Trampelpfade des üblichen Tourismus führen nicht an der Insel vorbei. Es gibt nicht einmal eine Anlegestelle, eine alte Hütte oder einen Fotofix-Automaten. Aus dem Gipfel entweichen immer noch heiße Gase, die Hänge sind immer noch so kahl und düster wie ein Schlackehaufen, als Bas von Balen und ich an Land waten.

38

Während wir den Strand hinaufgehen, sprintet ein fast zwei Meter langer Waran still und heimlich über den Strand – soweit bei einer fast zwei Meter langen Echse von Stille und Heimlichkeit die Rede sein kann.

Die Strandzone finden wir beherrscht von *Casuarina equisetifolia*, der Strandkasuarine, der tamariskenähnlichen Ozeanreisenden. Wir bemerken auch einen kleinen Feigenbaum, einen einsamen Schößling, der wahrscheinlich als Same im Gedärm irgendeines Feigen fressenden Vogels hierhergekommen ist. Die Aussichten des Schößlings, sich als Kolonie zu etablieren, sind trostlos, denn Feigenbäume vermehren sich durch sexuelle Paarung und sind für die Befruchtung auf eine Familie winziger Wespen, die *Agaonidae* oder Feigenwespen, angewiesen. Weil weder andere Feigenbäume da sind, mit denen er sexuell verkehren könnte, noch Agaonidenwespen, die für die Kopulation nötig sind, sieht der Feigenbaum einer zölibatären, unfruchtbaren Zukunft entgegen. Vielleicht kackt ein anderer, Feigen fressender Vogel einen weiteren Samen aus und verschafft dem Feigenbaum, ehe dieser altersbedingt das Zeitliche segnet, einen Sexualpartner; allerdings wäre dann immer noch nicht für die Wespen gesorgt.

Während ich mir durch das Kasuarinengehölz einen Weg bahne, in meinem Notizbuch Skizzen von Baumblättern mache und über die romantische Verlassenheit nachsinne, die einen Feigenbaum auf Krakatau erwartet, fängt Bas mit ornithologischem Feuereifer an, Vögel zu bestimmen.

Der Grünkopfliest sei da, berichtet er mir. *Halcyon chloris*. Bas trägt in seinem Kopf ein ganzes Vogelbuch mit sich herum. Der Grünkopfliest sei bekannt als Tramp und tauche von Indien bis Samoa überall auf, wo er warme Küstenwälder aus Mangroven oder Strandkasuarinen finde. Der Schnäpperdickkopf sei da, verkündet er. *Pachycephala cinerea* für ihn, für mich ein vorüberhuschendes Braun. Und der Sunda-Gerygone, *Gerygone sulphurea*. Wo? frage ich. Irgendwo da drüben in den Bäumen, erklärt Bas, der ihn gehört, aber nicht gesehen hat. Er macht seine Bestimmungen häufig nur mit Hilfe des Gehörs, was in einem dichten tropischen Urwald die effektivste Form der Registrierung des Vogelbestandes ist. Der Wald von Anak Krakatau ist winzig und nicht sehr dicht, ein spärlicher Halbmond, der wie eine schüttere Bartkrause den Strand einrahmt; deshalb ist in diesem Fall Bas' enzyklopädisches Gedächtnis in Sachen Vogelgesang weitgehend verschwendet. Wir haben den Wald rasch durchquert und fangen an, den Berg aus schwarzer Schlacke hinaufzusteigen.

Hier oben auf dem Hang finden wir Farne, die sich in Wasserrinnen eingenistet haben. Die Farne haben sich ohne Frage bereits in einem frühen Stadium des Besiedlungsprozesses eingefunden, wie das auch ein Jahrhundert zuvor auf Rakata der Fall war; nun, da die Kasuarinen die Strandregion mit Beschlag belegen, haben sie sich auf höheres Gelände zurückgezogen. Die Rinnen bieten an einem ansonsten ungastlichen Berghang gelegentlich einige Tropfen Wasser und ein paar Stunden Schatten am Tag. Manche Farne sind dennoch welk und rötlich braun; sie sehen aus wie filigrane Eisenskulpturen, die Rost angesetzt haben. Obwohl das Wetter heute unbeständig ist – jagende Nebelschwaden wie auf einem Turnerschen Seestück, kleine Sturmwolken, warme Regengüsse –, brennt die Sonne, wenn sie herauskommt, heiß. In einem schattigen Spalt sehe ich Moose. Exponiert auf dem schwarzen Hang halten sich tapfer einige Grasbüschel. Bas ist mit eigenen Angelegenheiten beschäftigt. Savannenziegenmelker? sagt er in fragendem Ton. Entweder hat er den Vogel nur flüchtig gesehen, oder er hat bloß ein unklares Zwitschern gehört. Er denkt nur laut; er spart sich die Mühe, mich zu Rate zu ziehen. Akribisch und professionell schreibt Bas *Caprimulgus affinis* in sein Notizbuch und macht dahinter die Fragezeichen, die deutlich machen sollen, daß er sich nicht sicher ist.

Wir klettern weiter. Der obere Teil des Hanges besteht aus einer Kruste bröckliger Lava. Unter unseren Sohlen knirscht sie wie Erdnußkrokant. Wir erreichen einen Kamm, der sich als der niedrigere von zwei kamelhöckrigen Kuppen erweist, in denen der Kegel von Anak Krakatau gipfelt. Die andere, höhere Kuppe ist der Rand des aktiven Kraters. Wir steuern darauf zu und steigen in ein Tal, das die beiden Kuppen voneinander trennt.

Unten in der Senke halten wir an. Man hat hier ein merkwürdiges Gefühl, das Gefühl einer außerordentlichen Leblosigkeit, anders als anderswo auf der Insel. Ich war selten an einem so stillen und sterilen Ort. Kein Vogelgesang, keine Insekten, keine Kasuarinen, keine Gräser, keine Feigenbäume. Der Fels ist grau wie ein Flintenlauf und quietscht und birst unter den Füßen. So muß es für Neil Armstrong gewesen sein.

Dann bemerke ich ein paar winzige Farne, deren halbentrollte Köpfe unter den Felsen hervorlugen und den Todesbann brechen. Diese verwegenen kleinen Pflanzen haben das Terrain besetzt, das kein anderes Geschöpf will. Nachdem Bas und ich den Ort

einen Augenblick lang genossen haben, kommen wir zu dem Schluß, daß auch wir ihn nicht wollen.
Wir beginnen, den gegenüberliegenden Hang hinaufzuklettern. Auf halber Strecke zum Kraterrand läßt uns das Gerippe eines Tieres innehalten.

Die von der Sonne gebleichten Knochen, die nach monatelangem Liegen in diesem tropischen Dampfkochtopf rein und asketisch wirken, heben sich gegen die dunkle Lava vorteilhaft ab. Sie bilden ein graziöses Ensemble, erinnern an ein Stilleben für einen japanischen Garten. Einst haben sie zu einem Säugetier gehört.

Wenn in meinen Ausführungen zur Besiedlung von Inseln Säugetiere nicht weiter vorkamen, so deshalb, weil es wenig über sie zu sagen gibt. Säugetiere verstehen sich weniger gut aufs Reisen als die meisten anderen Wirbeltiere. Ihre Fähigkeit, sich über Salzwasserflächen auszubreiten, ist generell gering. Sie sind mit dringenden physiologischen Bedürfnissen geschlagen und nur mäßig mit Durchhaltekraft gesegnet. Hunger und Durst bringen sie rasch um. Ertrinken können sie auch leicht. Wenn sie es schaffen, das andere Ufer zu erreichen, sind ihre Chancen, sich zu etablieren, immer noch klein. Da sie sich sexuell fortpflanzen, lebende Junge zur Welt bringen und diese Jungen säugen, genießen sie nicht die gleichen Anpassungsvorteile wie viele Pflanzen, Insekten und Reptilien. Ein erwachsenes Säugetier braucht einen Sexualpartner; ein junges Säugetier braucht eine Mutter. All diese Faktoren vermindern ihre Siedlungschancen. Kaum ein Säugetier gelangt tatsächlich auf eine Insel und etabliert sich dort; häufiger bleiben Inseln frei von jeglicher Säugetierfauna, und mögen auch Äonen vergehen. Wie Reptilien und Farne und Tauben im Zweifelsfall unverhältnismäßig stark auf Inseln vertreten sind, so tendieren Säugetiere dazu, unverhältnismäßig wenig vertreten zu sein.

Aber jedes biogeographische Muster kennt auch wiederum seine Ausnahmen.

Über das Gerippe gebeugt, frage ich Bas: Was ist das? Die Knochen sind zierlich. Mehrere sind lang und schmal wie Mikadostäbchen. Ich frage mich, wie um Himmels willen das kleine Biest hier hergefunden hat.

»Eine Fledermaus«, sagt er.

39 Fledermäuse sind immer ein sicherer Tip. Fledermäuse tauchen überall auf. Sogar Neuseeland hat Fledermäuse.

In seinem Teil des Pazifik sich selbst überlassen, 1500 Kilometer südöstlich von Australien, stellt Neuseeland die am meisten isolierte größere Landmasse auf der ganzen Erde dar. Wie groß diese Isoliertheit ist, bezeugt nicht zuletzt die Armut an Säugetieren. Bis der Mensch mit seinem pestilenzartigen Gefolge an Haus-, Begleit- und Schoßtieren dort eintraf, beherbergte Neuseeland keine nichtfliegenden Säugetiere, nicht einmal eine Nagetierart. Aber sogar damals schon, vor der Ankunft der ersten Schiffe, gab es auf Neuseeland heimische Fledermäuse. Die kurzschwänzige Art mit den langen Ohren, *Mystacina tuberculata*, scheint sich aus Vorfahren entwickelt zu haben, die es vor vierzig oder fünfzig Millionen Jahren, wahrscheinlich in einem Jahrhundertorkan, von Australien dorthin verschlug. Die langschwänzige Art mit den kurzen Ohren, *Chalinolobus tuberculatus*, ist vergleichsweise ein Neuankömmling. Ihre nächsten Verwandten leben in Australien und auf Neukaledonien (eine weitere größere Insel, 1500 Kilometer nördlich gelegen). Der Fall Neuseeland kann als Stütze für ein allgemeines Postulat dienen: Wann immer es eine Insel mit genügend Insekten und Früchten gibt, mag sie auch noch so abgelegen sein, wird sie früher oder später von einer Fledermausart aufgespürt.

Ratten und Mäuse waren zwar in Neuseeland ursprünglich nicht vertreten, tauchen aber auf den meisten anderen Inseln ebenfalls auf. Daß sie auf natürlichem Treibgut eine unbeabsichtigte Seereise machen, passiert ihnen leicht, und sie nisten sich auf jedem Schiff ein, das Menschen vom Stapel lassen. Die Galápagosinseln beherbergten bereits Wasserratten von der Gattung *Oryzomys*, bevor europäische Schiffe die berüchtigte Hausund Schiffsratte, *Rattus rattus*, einschleppten. Die Philippinen haben ihre Borkenratten der Gattung *Crateromys*, und dazu noch etwa vierzig andere endemische Nagerarten. Auf der Insel Sulawesi gibt es neben anderen Arten die Spezies *Eroteplos canus* und eine Spezies der Gattung *Margaretamys*. Auf Tasmanien ist die Spezies *Mastacomys fuseus* heimisch, die sich auch auf dem australischen Festland findet, und Australien selbst ist voll von

Springmäusen. Wie Neuguinea und Madagaskar verfügt auch Flores über seine eigene Art von Riesenratte. Auf der winzigen Insel Rinca in der Nähe von Komodo gibt es eine Maus gleichen Namens. Der Pazifik ist übersät mit Populationen von *Rattus exulans*, auch Polynesische Ratte genannt, und die Karibik war vor dem Eindringen von Menschen reich an vielen Arten rattenähnlicher Hutias.

Wie die Ausbreitung der Fledermäuse durch die Luft ist auch die Ausbreitung von Ratten und Mäusen mittels Treibgut einleuchtend genug, um keiner großen Erläuterungen zu bedürfen. Merkwürdiger mutet die Ausbreitung von Säugetieren an, wenn sie durch Schwimmen erfolgt – zumal, wenn die Schwimmer Elefanten sind.

40 Flußpferde, Rotwild und Elefanten sind die Najaden unter den landbewohnenden Säugetieren. Diese Gruppen von Landtieren sind am bekanntesten dafür, daß sie den Weg zu neuen Gebieten schwimmend zurücklegen – nicht den langen Weg nach Neuseeland, nicht nach Hawaii oder zu den Galápagosinseln, aber doch zu weniger weit entfernten Inseln. Darüber sind sich die Wissenschaftler einig. Leute mit ehrlichen Gesichtern und akademischen Meriten haben in angesehenen Zeitschriften Artikel veröffentlicht, die von seetüchtigen Flußpferden, Hirschen und Elefanten berichten. Wer will, kann es nachlesen.

Er könnte sich dann zuerst ansehen, was ein Mensch namens Donald Lee Johnson vor ein paar Jahren in *Journal of Biogeography* und anderswo veröffentlicht hat. Johnson hielt die Fähigkeit von Elefanten, lange Strecken schwimmend zurückzulegen, für eine ausgemachte Tatsache, auch wenn die meisten Biogeographen es vorgezogen hatten, ihr einfach keine Beachtung zu schenken. Er sammelte einen Haufen interessanter Daten über die Verbreitung der fossilen Knochen von Elefanten (genauer gesagt, von Elephantiden, wozu auch die Mammuts gehören) und über die Glanzleistungen lebender Elefanten beim Aufenthalt im Wasser. Die fossilen Befunde zeigen, daß Elephantidae einst die

Mittelmeerinseln Malta, Sardinien, Sizilien, Kreta, Zypern, Rhodos und Delos, die indonesischen Inseln Sulawesi, Timor und Flores, die Philippineninseln Mindanao und Luzon sowie einige kleinere Inseln andernorts in der Welt bewohnten. Die Knochen hat man ausgegraben. Die Tiere hatten sich unzweifelhaft dort aufgehalten. Aber wie waren sie hingekommen?

Traditionell wird angenommen, daß sie in Zeiten eines gesunkenen Meeresspiegels über Landbrücken auf die Inseln übergewechselt waren. Wie sonst hätten sie dorthin kommen können, wenn man davon ausgeht, daß Elefanten nicht ins Meer hinausschwimmen?

Neuere Ergebnisse der Verhaltensforschung deuten indes darauf hin, daß die traditionelle Annahme irrig ist. Elefanten schwimmen gelegentlich im Meer, wenn man Donald Lee Johnson glauben darf. Er kann sowohl mit Augenzeugenberichten als auch mit einer Reihe von überzeugenden Fotos aufwarten.

Am Nachmittag des 17. Januar 1958 ging eine Elefantenkuh von der unmittelbar vor der ceylonesischen Küste gelegenen Insel Sober Island ins Wasser und begann, in Richtung Ceylon zu schwimmen. Das Meer war hier bis zu sechzig Meter tief; die Entfernung betrug einen halben Kilometer. Die Elefantenkuh schwamm ohne Unterbrechung siebzehn Minuten lang und hob gelegentlich den Rüssel zum Atmen. Zwei Freunde namens Charles Rowe und Cecil Hooper beobachteten, wie sie sich auf den Weg machte, stoppten die Zeit und hielten die Aktion auf einer Reihe von Fotos fest. Als sie schließlich »festen Boden unter den Füßen spürte, hielt sie inne, um Cecil und mich zu beäugen, und trottete dann in Richtung Nicholson Cove davon«, berichtete Mr. Rowe.

Mehrere Jahre später unternahm eine andere Elefantenkuh in Begleitung ihres Kalbes die gleiche Schwimmtour in umgekehrter Richtung. Auch sie wurde beobachtet und fotografiert. Einer der Schnappschüsse zeigt, wie sie Atem holt, wobei sich Unterkiefer und Gesicht unter Wasser befinden und nur der anmutig gebogene Rüssel und die Schädelkuppe sichtbar sind – das Ganze sieht aus wie das Ungeheuer von Loch Ness hinter dem ein verliebter Buckelwal herscharwenzelt. Es gibt noch mehr solche Berichte aus diesem Teil von Ceylon (oder, wie man heute sagt,

Sri Lanka); offenbar ist es dort ganz üblich, daß Elefanten die kleinen, direkt vor der Küste gelegenen Inseln besuchen. Im Jahre 1970 schwamm ein Elefant von Sober Island zum Marinedock. Als man ihn wegscheuchte, machte er kehrt und schwamm zur Insel zurück. Ähnliche Berichte kommen aus Indien, aus Kambodscha, aus Kenia mit seinen küstennahen Inseln. Johnson zitiert einen Engländer aus dem letzten Jahrhundert, der vom Gebiet des heutigen Bangladesch zu berichten weiß: »Ausgewachsene Elefanten schwimmen vielleicht besser als jedes andere Landtier. Eine Gruppe Elefanten, die ich im November 1875 von Dakka nach Barackpore in der Nähe von Kalkutta beförderte, mußte den Ganges und mehrere seiner großen gezeitenabhängigen Mündungsarme überqueren. Bei der längsten Schwimmstrecke waren sie sechs Stunden ohne Bodenberührung unterwegs; nachdem sie auf einer Sandbank gerastet hatten, brachten sie in drei weiteren Stunden die Strecke hinter sich; kein einziger ging verloren.«

Was über kurze Strecken gang und gäbe ist, scheint über längere jedenfalls möglich. Einer Zeitungsmeldung zufolge, die Johnson zitiert, geriet im Jahre 1856 ein Schiff vor der Küste von South Carolina in einen Sturm, in dessen Verlauf ein Elefant über Bord ging. Obwohl das Schiff zu diesem Zeitpunkt fünfundvierzig Kilometer von der Küste entfernt war, kam geraume Zeit später der Elefant in einen der dortigen Häfen geschwommen. »Daß er den Sturm heil überstand, beweist nach unserer Ansicht ein bemerkenswertes Maß an Kraft und Ausdauer, das, soweit uns bekannt, in der Tierwelt beispiellos ist« – so die damalige Nachricht, die den *Charleston Evening News* entstammt. Da Zeitungen sind, wie sie sind, mag es dem Leser freigestellt sein, ob er die Anekdote glauben will oder nicht. Die meisten von Johnsons übrigen Daten sind zuverlässiger belegt, wenn auch weniger heroisch.

Johnson untersuchte den Fall der Fossilien, die man auf drei der Inseln des Santa Barbara Channel dreißig Kilometer vor der südkalifornischen Küste gefunden hat. Diese Fossilien gehören zu *Mammuthus exilis*, einer Zwergart, die von *Mammuthus columbi* abstammt, einer der Mammutarten, die während der letzten Jahrmillionen Nordamerika durchstreiften. Daß *Mam-*

muthus exilis auf den Inseln gelebt hatte, galt, wie Johnson schrieb, ein Jahrhundert lang als Beweis dafür, daß die nördlichen Channel-Inseln einst mit dem Festland durch eine Landbrücke verbunden waren. Diese mutmaßliche Landbrücke hatte wiederum in späteren biologischen Untersuchungen eine Rolle gespielt. Nachdem sich Johnson indes die geologischen Fakten und die Daten aus der Tiefseemessung angesehen hatte, gelangte er zu dem Ergebnis, daß es außer den Knochen von *M. exilis* keinen Grund zu der Annahme gab, daß solch eine Landbrücke je existiert hatte. Die Breite des Santa Barbara Channel hatte nach seiner Ansicht nie weniger als sechs Kilometer betragen. Hinzu kam, daß auf den nördlichen Channel-Inseln keine Fossilien von Bären, Faultieren, Säbelzahnkatzen, Pumas, Rotluchsen, Kojoten, Waschbären, Dachsen, Eichhörnchen, Streifenhörnchen, Kaninchen oder Kröten gefunden worden waren. All diese Tiere hatten im Pleistozän Südwestkalifornien bevölkert, und wenn die Mammuts über eine Landbrücke hinübergelangt waren, dann hätten die anderen das vermutlich auch tun können. »Warum findet sich von den 38 ausgestorbenen Säugetier- und Kriechtierformen, die in der Asphaltlagerstätte von Rancho La Brea gefunden wurden«, schreibt Johnson, »nur der wasserbegeisterte Elefant auf den Channel-Inseln« Weil er dorthin geschwommen ist, meint Johnson.

Wenn er anderen Wissenschaftlern den Vorwurf macht, sie täten sich schwer mit der Vorstellung von schwimmenden Elefanten, so hat er damit recht. Die Inseln Timor und Flores sind eine Probe aufs Exempel. Auf ihnen wurden Elephantidae-Fossilien von zwei verschiedenen Arten aus der Gattung *Stegodon* zutage gefördert; daß auf beiden Inseln einst beide *Stegodon*-Arten lebten, hat die Fachleute zu der Annahme bewogen, die Inseln seien einst durch eine Landbrücke verbunden gewesen. Um zu verstehen, warum Johnson dieser Annahme entgegentritt, müssen wir uns auf das Thema Landbrücken ein bißchen tiefer einlassen.

Landbrücken, die zwischen kontinentalen Inseln und dem nächstgelegenen Festland eine Verbindung schufen, sind im Laufe langer Zeiträume wiederholt entstanden und verschwunden. Zu den Mechanismen, die das Phänomen entstehen lassen, gehören, wie gesagt, größere Veränderungen in der Höhe des Meeresspiegels, zu denen es im Gefolge episodisch wiederkehrender Kälteperioden kommt. Die jüngste Erdepoche, das Pleistozän (das ungefähr vor zwei Millionen Jahren begann und bis etwa 10 000 v. Chr. dauerte), umfaßte eine Reihe solcher Perioden – die Eiszeiten, wie wir sie umgangssprachlich nennen. In all diesen Fällen sank der Meeresspiegel, während eine ungeheure Menge Meerwasser aus den Ozeanen abgezogen und in Form von Gletschern und Eiskappen in den polaren Breiten gebunden wurde. An den flachsten Stellen des Meeresbodens tauchten daraufhin Landverbindungen auf. Großbritannien war durch eine Landbrücke mit Kontinentaleuropa verbunden, Sizilien mit Italien. Bali war mit Java verbunden, Java mit Sumatra, und Sumatra wiederum mit dem asiatischen Festland. Wie stark sank nun eigentlich der Meeresspiegel während einer größeren Vereisungsperiode im Pleistozän? Vorsichtigen Schätzungen der Geologen zufolge könnten es hundertdreißig Meter gewesen sein.

Wenn man diesen Mechanismus bemüht, um eine Landverbindung zwischen Timor und Flores im Pleistozän zu postulieren, so ist das Problem, daß selbst ein Absinken des Meeresspiegels um hundertdreißig Meter nicht ausreichend wäre. Die Sawusee zwischen diesen beiden Inseln ist mehr als zehnmal so tief.

Dennoch können die Vereisungen im Pleistozän eine Rolle spielen. Ein bescheidenes Sinken des Meeresspiegels an der Selat Ombai genannten Seestraße hätte die Entfernung zwischen Timor und Flores auf vielleicht acht bis fünfzehn Kilometer schrumpfen lassen. Das würde es den Vertretern der Landbrückentheorie zwar immer noch nicht erlauben, einen Stegodon trockenen Fußes hinüberzuschaffen. Aber möglicherweise war die Kluft schmal genug, um sie schwimmend zu überbrücken. Schwimmende Stegodone? Bevor sich Johnson zu Wort meldete, schien das unvorstellbar. Vor zwei Jahrzehnten, kurz bevor Johnson mit seiner unorthodoxen Hypothese herausrückte, erklärten zwei angesehene Stegodontologen: »Weil ein Elefant (und vermutlich auch ein Stegodon) die Sawusee und die Ombaistraße nicht schwimmend hätten überqueren können, müssen wir eine Landverbindung zwischen Flores und Timor postulieren.« Es fiel ihnen leichter, die dreitausend Meter Tiefe der Sawusee außer acht zu lassen, als die empirisch belegte Tatsache zu akzeptieren, daß Elefanten eben doch schwimmen können. Warum sollte ein Elefant darauf verfallen, im Meer zu schwimmen? Johnson nennt drei mögliche Umstände, die ihn dazu bewegen könnten. Erstens könnten Hunger oder Dürre im heimischen Gebiet Tiere dazu bringen, sich todesmutig um einen neuen Lebensraum zu bemühen. Zweitens könnte ein Elefant mit guten Augen am Horizont eine Insel erspähen. Drittens könnte der Wind dem Riechorgan des Elefanten die Kunde zutragen, daß es auf der Insel eßbares Grünzeug gibt. Und wenn ein Elephantide im Pleistozän mit Absicht sechs Kilometer schwimmen konnte (von Kalifornien zu den nördlichen Channel-Inseln), dann konnte er vielleicht auch in irgendeiner außergewöhnlichen, unbeabsichtigten Situation fünfzehn Kilometer schwimmen (von Flores nach Timor). Die Vorstellung vom Ausbreitungslotto, durch das Vögel und Schildkröten auf Inseln verschlagen werden, die sie sonst nie erreicht hätten, zielt genau auf solche Zufallssituationen ab.

Johnson kann keine todsicheren Beweise anführen, aber seine Hypothese wirkt jedenfalls plausibler als die Annahme einer ganzen Latte von verschwundenen Landbrücken, die einst in Tiefseegebieten existiert haben sollen. Wenn man die Hypothese im Zusammenhang mit dem weltweiten Verteilungsmuster bei Elefanten, Flußpferden und Rotwild sieht, gewinnt sie noch an Überzeugungskraft.

Neben Donald Lee Johnson ist auch anderen Wissenschaftlern aufgefallen, daß man auf den Mittelmeerinseln Sizilien, Kreta, Malta und Zypern ebenso wie auf Madagaskar Flußpferdfossilien findet. Rotwildfossilien hat man auf Sardinien, Korsika, Sizilien, Kreta, Malta, einigen der kleineren Inseln in der Ägäis und auf den abgelegenen japanischen Inseln Ishigaki, Miyako und Okinawa gefunden. Auch von Elephantiden gibt es auf den meisten dieser Inseln Fossilien. Und ihre Anwesenheit sticht angesichts des Fehlens anderer großer Säugetiere noch stärker hervor. Eine Landbrücke hätte allen Vierfüßlern gleichen Zugang bieten müssen; das Verteilungsmuster aber verlangt nach einer Erklärung dafür, daß drei Säugetiergruppen vorhanden sind, während die übrigen fehlen. Das Muster spricht dafür, daß

Flußpferde und Rotwild wie die Elefanten abenteuerlustige Schwimmer sein müssen.

Das Muster ist auch noch aus einem anderen Grund bemerkenswert: Es deckt sich mit einem Zwergwuchsmuster. Die geographische Isolation auf Kontinentalinseln hatte eine eigentümliche Auswirkung auf diese Flußpferde, Hirsche und Elefanten. Sie ließ die Tiere im Laufe der Zeit mittels Stammentwicklung zierlich werden.

41 Nehmen wir den sizilianischen Elefanten aus dem Pleistozän, *Elephas falconeri*. Er stammte von einem Festlandsvorfahren ab, der ungefähr die gleiche Größe hatte wie ein moderner Elefant; auf Sizilien aber war das Tier um drei Viertel geschrumpft. Sein Schädel war runder als der seiner Ahnen und bot verhältnismäßig mehr Raum für Gehirn und weniger Knochenfläche für die Befestigung großer Muskelbänder. *Elephas falconeri* war auch stämmiger. Kurzbeinig und winzig hatte er die Höhe eines Ponys. In Anpassung an das Leben auf seiner Insel war der sizilianische Elefant zu einem Zwerg geworden.

Das gleiche Phänomen läßt sich auch bei anderen großen Säugetieren auf anderen Inseln beobachten. *Mammuthus exilis*, das von Festland-Mammuts abstammte, die in der Schultergegend eine Höhe von 4,30 Meter erreichten, maß auf den Channel-Inseln nur 1,80 Meter. Die Elephantiden von Timor und Flores waren bemerkenswert klein. Die Elephantiden von Kreta, Malta und Zypern stellten Zwerge dar. Das Rotwild der Inseln Kasos und Karpathos in der Ägäis hatte Taschenformat. Die Flußpferde des Mittelmeeres waren nicht größer als Zuchtsauen auf einer Landwirtschaftsschau.

Es gibt einige simple Gründe, die sich auf Anhieb anbieten, um diesen evolutionären Schrumpfungsprozeß zu erklären. Elefanten, die auf eine Insel beschränkt sind, finden dort vielleicht weniger zu fressen; Rotwild, das auf eine Insel beschränkt ist, wird dort vielleicht weniger von Raubtieren bedroht; das eine wie das andere kann eine Tendenz zum Zwergwuchs begründen. Aber ist diese Tendenz einheitlich? Bringen räumlich beschränkte Landschaften durchgängig kleine Tiere hervor? Nein. Was das Muster noch geheimnisvoller macht, ist die Tatsache, daß die Evolution auf Inseln zwar manche Arten kleiner, andere hingegen drastisch größer werden läßt. Während Säugetiere auf Inseln zum Zwergwuchs tendieren, tendieren Reptilien zum Gigantismus. Da sind als erstes die besagten Riesenschildkröten. Sodann gehören die beiden Gruppen von Leguanen dazu, die auf den Galápagosinseln heimisch sind, die Meerechsen *Amblyrhynchus cristatus* und die Landleguane der Gattung *Conolophus*.

Geckos, Glattechsen, Nachtechsen, Mauereidechsen und andere Eidechsenarten neigen ebenfalls dazu, auf Inseln größer auszufallen. Die Nachtechse *Xantusia riversiana*, die man auf drei der südlichen Channel-Inseln antrifft, ist beträchtlich größer und stämmiger als ihre nächsten Verwandten auf dem Festland. Australien beherbergt einige bemerkenswert kräftige Glattechsenarten, und auf den Kapverdischen Inseln gibt es eine endemische Gattung, *Macroscincus*, deren Name übersetzt »große Glattechse« bedeutet. Die Schleiche *Celestus occiduus*, die auf Jamaica lebt, ist für ihresgleichen ungewöhnlich groß. Beim Gecko *Phelsuma guentheri* und bei der Glattechse *Leiolopisma telfairii*, die früher auf Mauritius anzutreffen waren, aber mittlerweile dort ausgerottet und auf ein nahe gelegenes Inselchen namens Round Island beschränkt sind, handelt es sich um dreißig Zentimeter lange Giganten.

Größe ist etwas Relatives. Diese überdimensionierten Arten bilden nur das untere Ende der Gigantismus-Skala bei Reptilien. Sogar die sechzig Zentimeter lange neukaledonische Glattechse wirkt schmächtig, wenn man sie mit dem vergleicht, was die Insel Komodo dem Besucher zu bieten hat.

42 Ich erreiche die Insel an Bord eines alten Frachtbootes, das ich für fünfundzwanzig Dollar in einer Hafenstadt im westlichen Teil von Flores gemietet habe. Bei dem bescheidenen Tempo des Bootes braucht man vier Stunden Fahrt, um über eine zu dieser Jahreszeit ruhige See das westlich von Flores gele-

gene Komodo zu erreichen. Um den Monsun habe ich mich erfolgreich herumgedrückt. Mein Kapitän ist ein kleiner drahtiger Mann namens Sultan; sein ehrliches Lächeln enthüllt ein verkommenes Gebiß. Die Mannschaft besteht aus zwei Jungen, offenbar seine Söhne. Sultan hat einen Sarong und ein Unterhemd mit Trägern an und geht barfuß; er spricht noch weniger meine Sprache als ich seine, was die Sache schwierig machte, wäre da nicht Nyoman, der balinesische Schneider, den ich beschwatzt habe, mich auf einer weiteren Exkursion zu begleiten. Während das Motorboot vor sich hin tuckert, schläft Nyoman, den Stöpsel seines Transistorradios im Ohr, auf dem hölzernen Deck den Schlaf der Gerechten; ich starre derweil aufs Meer und frage Kapitän Sultan in meinem Kleinkinder-Indonesisch die Seele aus dem Leib. Als wir Komodo erreichen, ist es Nachmittag.

Die Bucht, in der wir ankern, leuchtet azurblau. Die vulkanischen Gipfel der Insel sehen aus wie Bonbonkegel aus Weingummi: steil, oben rund und weich. Auf dem Schild am Ende des Landestegs steht TAMAN NASIONAL KOMODO. Für unsereins heißt das Komodo Nationalpark. Das bewaldete Tal, das sich vom Strand bergaufwärts erstreckt, heißt Loh Liang. Mit seinem schilfgedeckten Parkverwaltungsgebäude, seinen wenigen schmucklosen Hütten, seiner im Freien gelegenen Cafeteria ist dies der Empfangsbereich für die Touristen. Hier werden die Besucher empfangen, die gekommen sind, um die Drachen zu begaffen.

»Komododrache« ist eine plakative Bezeichnung. Was wir mit diesem Spitznamen belegen, ist eigentlich eine überdimensionierte Waranart, *Varanus komodoensis*. Diese Art ist nur auf Komodo, in einem Gebiet entlang der Westküste von Flores und auf ein paar umliegenden kleineren Inseln heimisch. Der traditionelle Name des Warans im dortigen Mangarrai-Dialekt lautet *ora*, was passenderweise wie »Aura« klingt; denn Aura besitzen diese Tiere zweifellos. Aber der Mangarrai-Name scheint in dem Maße, wie sich neue kulturelle Einflüsse in der Region geltend machen, zu verblassen; die Menschen dort neigen heute eher dazu, die Tiere als »Komodos« zu bezeichnen. So ist nun die Spezies mit einem Ort gleichnamig – und das in mehr als nur einer Sprache.

In Afrika, Asien und Australien sind andere Waranarten heimisch, und ein paar von ihnen (vor allem *Varanus salvator*) werden ebenfalls groß, wenn auch nicht entfernt so groß wie *Varanus komodensis*. Ein ausgewachsener Komodo, der über drei Meter lang ist, kann, wenn er sich gerade erst den Bauch vollgeschlagen hat, an die 450 Pfund wiegen. Ein Exemplar, das dreißig Zentimeter kürzer ist und lange nichts gegessen hat, wiegt dagegen vielleicht nur 100 Pfund.

Anders als die Krokodile sind die Komodos Landtiere. Anders als die Schildkröten auf Aldabra sind sie nur unter bestimmten Umständen bewegungsträge – während sie bei anderen Gelegenheiten fürchterlich flink auf den Füßen sind. Außerdem ist *V. komodensis* im Unterschied zu den großen Schildkröten Fleischfresser. Das sind wichtige ökologische Bestimmungen, die den Komodo noch erstaunlicher machen, als er ohnehin schon ist. Große Krokodilartige wie die Nilkrokodile (die ihr Leben im Wasser verbringen, wo die Körpermasse weniger schwer wiegt) und Riesenschildkröten von der Gattung *Geochelone* (die mit heruntergeschaltetem Stoffwechsel langsam von einem Weideplatz zum nächsten wandern), genießen Anpassungsvorteile, die auf die mit dem Gigantismus verknüpften Probleme mäßigend einwirken. Der Komodo genießt diese Vorteile nicht. Er muß die vollen Konsequenzen seines Riesenwuchses tragen: heftige Aktivitätsausbrüche zu Lande, unterbrochen von gierigem Fleischverzehr.

Die Tatsache, daß *V. komodensis* nicht nur auf Komodo lebt, sondern auch auf den nahegelegenen Inseln Rinca und Gilimotang und am westlichen Ende von Flores, ist für das Bild, das sich die Öffentlichkeit von dieser Spezies gemacht hat, ohne Belang. Von Belang ist nur, daß es sich bei dem Tier um ein wahnsinnig großes Reptil handelt. Von Belang ist, daß es sich um ein furchterregendes Raubtier mit einem maßlosen Hunger nach rohem Fleisch handelt. In beiden Punkten ist das Bild zutreffend, wenn auch nicht detailgenau.

Nyoman und ich sprechen beim Verwaltungsbüro vor, um unsere Parkkarten zu kaufen, die mit 1000 Rupien (knapp einer Mark) ein Bombengeschäft im internationalen Tourismus darstellen. Der Parkwächter hinterm Schalter ist ein mürrischer Mann in blauem Uniformhemd, höflich, aber entsetzlich steif.

Die Bürde seiner Verantwortung scheint ihn regelrecht zu erdrücken. Vielleicht hat ihm die Art, wie ich ihn mit Fragen bestürme, die Laune verdorben. Oder es ist die Tatsache, daß morgen in aller Herrgottsfrühe eine weitere Ladung Touristen eintrifft, die ihm ein paar Stunden das Leben schwermachen, während sie bei der regelmäßigen halbwöchentlichen Fütterung zuschauen. Die Fütterung ist ein inszeniertes Schauspiel, bei dem Komodos aus dem umliegenden Wald mit einer geschlachteten Ziege angelockt werden. Eine kleine Lichtung füllt sich plötzlich mit Massen von Reptilien, tölpelhaften Touristen und durchgedrehten Amateurfotografen. Alles mögliche kann schiefgehen. Vielleicht läuft ein Kind weg und wird aufgeschlitzt. Vielleicht versucht eine amerikanische Touristin mit gefärbtem Haar einem der Drachen eine Banane ins Maul zu stecken und findet sich ohne Arm wieder. Offenbar sind es solche Schreckensvisionen, die den mürrischen Parkwächter heimsuchen und mit dem Ende seiner beruf-

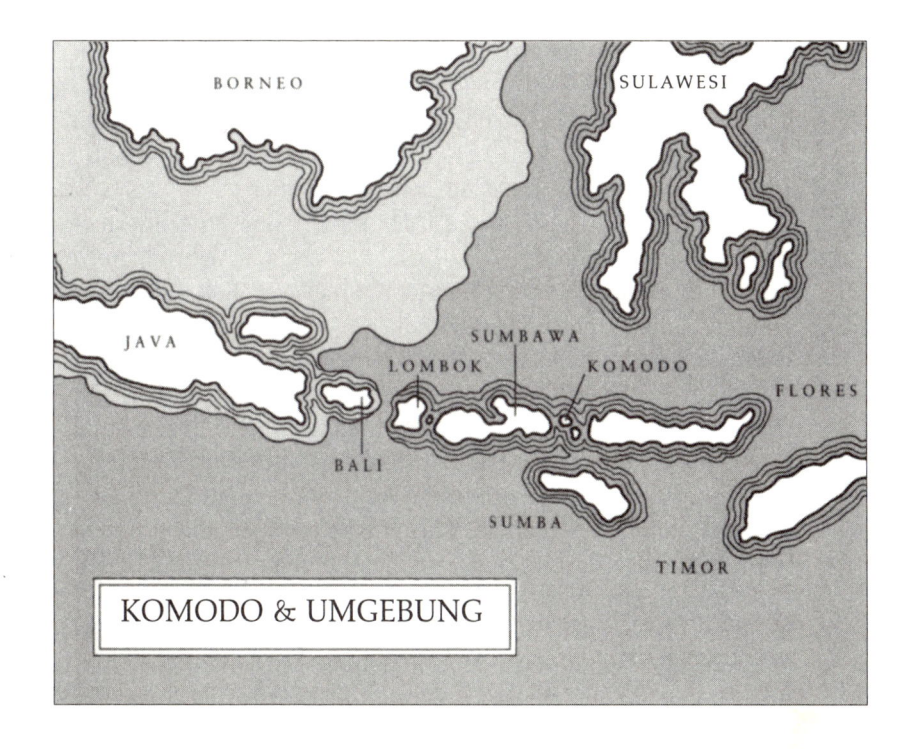

KOMODO & UMGEBUNG

lichen Karriere winken. Es läßt sich unschwer vorstellen, daß der Sonntag und der Mittwoch, an denen die Fütterungen stattfinden, die Wochentage sind, vor denen er sich am meisten grault. Heute ist Samstag. Die Fütterung findet um neun Uhr statt, sagt er uns. Hier sind Ihre Zimmerschlüssel. Tragen Sie sich bitte ins Buch ein. Und dann will ich nichts mehr von Ihnen sehen und hören, bedeutet er uns.

Ob es erlaubt ist, frage ich ihn, daß wir *dschalan-dschalan* – das heißt, einen kleinen Gang machen –, nachdem wir unser Gepäck aufs Zimmer gebracht haben. Er schiebt die Augen nach oben, ohne den Kopf zu heben. Ja, ja, sagt er, *dschalan-dschalan* ist okay. Aber nur am Strand entlang! Gehen Sie nicht in den Wald, sagt er.

Der Strand ist sicher, nicht hingegen der Wald, weil Komodos Raubtiere sind, die aus dem Hinterhalt jagen. Sie legen sich im Unterholz auf die Lauer, im Gesträuch entlang den Pfaden, im hohen Gras der Savanne. Von dort stürzen sie sich auf die nichtsahnende Beute. Eine Jagd über längere Distanzen können sie nicht durchhalten, aber auf der Sprintstrecke können sie ganz schön zuschlagen. Gelegentlich fallen sie auch Menschen an. Also *dschalan-dschalan* Nyoman und ich am Strand entlang, wo man freien Blick hat und kein Hinterhalt droht. Vielleicht, so hoffe ich, läßt sich das bewaldete Tal später erforschen.

Dieses Tal, Loh Liang, hat in der Lurch- und Kriechtierforschung Berühmtheit erlangt. Etwa vor zwanzig Jahren, noch bevor das Besuchercamp errichtet wurde, war Loh Liang der Hauptschauplatz der ersten gründlichen ökologischen Untersuchungen zu *V. komodoensis*, die von einem amerikanischen Wissenschaftler namens Walter Auffenberg geleitet wurden. Ein großer Teil unserer heutigen Kenntnisse über diese Spezies und ihren Lebensraum stammt aus Auffenbergs Buch *The Behavioral Ecology of the Komodo Monitor*. Das ist ein gewichtiger beigefarbener Band, den man in Bücherdiscountläden nicht finden wird; dafür aber klärt er klug, faszinierend und sachlich über den Unterschied zwischen Komododichtung und Komodowahrheit auf und ist für jeden, der sich mit dem Thema beschäftigt, von enzyklopädischem Nutzen. Neben meinem Moskitonetz, meiner Stirnlampe, meinen Malariatabletten, meinem Fernglas, meiner

Jodtinktur und meinen fäulnisbeständigen Sandalen gehört Auffenbergs Buch zu den wenigen kostbaren Dingen, die ich auf diesen Abstecher mitgenommen habe. Spät am Abend, während ich in meinem kleinen Schlafraum im Touristencamp vor mich hin schwitze und die Moskitos mich aufs Korn nehmen, schmökere ich einmal mehr in *The Behavioral Ecology of the Komodo Monitor.*

»Wenn der Komodowaran solche Berühmtheit erlangt hat, so hängt das zu einem beträchtlichen Teil damit zusammen, daß es sich bei ihm um die größte lebende Eidechse der Welt handelt«, schreibt Auffenberg. »Wie nicht anders zu erwarten, bot dieser Umstand Anlaß zu Mißverständnissen, Übertreibungen und Falschinformationen.« Nach mehr als einjähriger Feldforschung, während derer er sowohl Messungen vorgenommen als auch Verhaltensbeobachtungen angestellt hatte, war Auffenberg der geeignete Mann, einige dieser falschen Ansichten richtigzustellen.

Die Wissenschaft hatte erst im Jahre 1910 von der Spezies Kenntnis erhalten, als ein holländischer Kolonialbeamter namens van Hensbroek die Insel besuchte und die ersten Exemplare sammelte, die einem Biologen übergeben wurden. Van Hensbroek hörte Geschichten über schreckenerregende Urviech-Komodos, die bis an die acht Meter lang seien, aber die Tiere, die er sah und erlegte, waren nicht länger als gut drei Meter. Im Jahr 1923 schoß ein abenteuerlustiger deutscher Herzog einen Komodo, der nach seinen Angaben eine Länge von vier Metern hatte. Allerdings maß die Haut des Tieres, als sie im Berliner Zoologischen Museum eintraf, nur 2,25 Meter; mag sein, daß sie beim Eintrocknen geschrumpft war. Das längste dokumentierte Exemplar war nach Auffenberg ein Waranmännchen, das im Zoo von St. Louis gefangengehalten wurde. Von der Schnauze bis zur Schwanzspitze maß es genau 3,10 Meter – oder jedenfalls werde »berichtet«, daß es diese Länge gehabt habe, wie Auffenberg vorsichtig formuliert. Einer anderen Quelle zufolge wog es 331 Pfund; Auffenberg selbst allerdings erwähnt diese Zahl nicht. Das Tier wurde nach seinem Tod im Jahre 1933 ausgestopft und kann heute in einem kalifornischen Park besichtigt werden; die Zunge hängt ihm wie eine Grillgabel aus dem Maul.

Was die Größe der Komodos betrifft, so neigten westliche Reisende eher zu Übertreibungen als die Eingeborenen von Komodo und Flores, die ihre Rieseneidechsen so sehen, wie sie sind. Die Sache mit den acht Metern zum Beispiel stammte von zwei holländischen Perlenfischern, deren atemberaubender Geschichte van Hensbroek Glauben schenkte. Selbst Biologen haben feststellen müssen, daß auf visuelle Beobachtungen (im Gegensatz zur methodischen Vermessung) kein Verlaß ist. Auffenberg führt den Bericht von Feldforschern an, die einen Komodo beim Fressen eines Kadavers beobachteten und seine Länge auf 4,20 Meter schätzten. Als sie den gleichen Komodo später vermaßen, stellte sich heraus, daß er 1,20 Meter kürzer war als gedacht; sie räumten ein, sie seien »in diesem Fall durch die Suggestion von Energie und Stärke irregeführt worden, die von dem Tier ausging«. Wer Forellen angelt, ist mit dem Phänomen vertraut. Wenn ein Tier einen starken Eindruck macht – während es etwa an der Angelschnur zappelt und springt oder mit den Zähnen einen Wasserbüffel aufreißt –, kommt es zu einem gewissen Größenzuwachs, der spurlos verschwunden ist, sobald sich die Rahmenbedingungen ändern und ein Bandmaß ins Spiel gebracht wird. Der acht Meter lange Komodo wurde natürlich nie gefaßt.

Unter den ökologischen Fragen, mit denen sich Auffenberg auseinandersetzt, ist eine vertrackter, als es auf den ersten Blick scheint: Warum haben die Komodos die Größe, die sie haben? Vertrackt ist die Frage deshalb, weil sie zwei gegensätzliche Stoßrichtungen umfaßt: 1. Warum sind sie nicht so klein wie andere Eidechsen? 2. Warum sind sie nicht sogar noch größer, als sie es sind? Die zweite, scheinbar müßige Frage lohnt sich, im Lichte gewisser erstaunlicher Tatsachen zu stellen, auf die wir in Kürze zu sprechen kommen werden.

»Daß die Größe mit dem Raubverhalten zusammenhängt, liegt auf der Hand«, schreibt Auffenberg. »Bei fast allen Organismen, ergibt sich die optimale Größe des Räubers weitgehend aus der Wechselwirkung zweier Faktoren: in welchem Maße Beutetiere verschiedener Größe vorhanden sind und wieviel Energie ein Raubtier von bestimmter Größe jeweils aus ihnen zu gewinnen vermag.« Grob gesprochen heißt das: Die Evolution erzwingt

Effizienz; wenn also eine Zunahme an Körpergröße einem Raubtier erlaubt, Beutetiere mit größeren Körpern zur Strecke zu bringen und dies effizienter zu tun, als ihm das möglich wäre, wenn es als kleines Raubtier kleine Beutetiere jagte, so kann die Evolution ohne weiteres zum Gigantismus führen, jedenfalls bis zu einem gewissen Punkt. Was ist das für ein Punkt? Das ist der Punkt, an dem das Raubtier *zu* groß wird und seine Effizienz wieder abzunehmen beginnt. Wie weit der Riesenwuchs reicht, hängt davon ab, wie groß und wie reichlich vorhanden die verschiedenen Beutetiere sind und wie sie sich in Reaktion auf die Bedrohung durch das Raubtier verhalten.

Ausgewachsene Komodos stellen nach Auffenbergs Befund hauptsächlich Rotwild und Wildschweinen nach. Man hat sie auch schon Schlangen, Vögel, soweit sie Bodennister sind, andere Komodos, Ratten, Hunde, Ziegen, Wasserbüffel, Pferde und Menschen fressen sehen. Sie greifen ohne weiteres Tiere an, die doppelt so groß sind wie sie; ein ausgewachsener Wasserbüffel hat sogar das Zehnfache ihres Gewichts. Daß sie ihre Beute aus dem Hinterhalt anfallen, erlaubt ihnen, größere Tiere zu jagen, als andernfalls möglich wäre. Der Rusahirsch (*Cervus timorensis*), eine Spezies, die man in trockenen Milieus überall in Zentralindonesien antrifft, ist heutzutage ihre Hauptnahrungsquelle. Rusahirsche wandern in kleinen Herden, was sie zu idealen Opfern für die Taktik des Auflauerns und jähen Zuschlagens macht, die *V. komodoensis* praktiziert. Einer der Hirsche springt einen Wildwechsel entlang, ein weiterer folgt, und der auf der Lauer liegende Komodo wird in Alarmzustand versetzt; das dritte oder vierte Tier schlägt er; vielleicht erwischt er auch einen unseligen Nachzügler, der die Stelle zu langsam passiert. Im Zusammenhang mit dem Herdenverhalten bei Rusahirschen schreibt Auffenberg: »Die Evolution der Körpergröße bei Räubern, die ihre Beute aus dem Hinterhalt schlagen, ist massiv durch dieses Muster der Beutetierverteilung beeinflußt.« Das Herdenmuster erlaubt einem großen, aus dem Hinterhalt jagenden Raubtier, sich effizient von den Hirschen zu ernähren, wohingegen die Geduld des Räubers vielleicht nicht ausreichend belohnt würde, wenn die Hirsche Einzelgänger und gleichmäßig im Lebensraum verteilt wären. Das klingt logisch, nicht wahr? Ob es tatsächlich die Evolution des Riesenwuchses bei *V. komodoensis* erklärt, steht auf einem anderen Blatt.

Nachdem Auffenberg die Sache mit dem Herdenmuster entwickelt hat, fällt er sich selbst mit der Feststellung in den Rücken, daß es Rusahirsche wahrscheinlich erst seit einigen Jahrtausenden auf der Insel gibt. Und das gleiche gilt für Wasserbüffel und höchstwahrscheinlich auch für Wildschweine. Die fossilen Befunde sprechen dafür, daß Rotwild, Büffel und Wildschweine erst vor wenigen Jahrtausenden von Menschen auf die Insel Komodo gebracht wurden. Das war zu spät, als daß diese Tiere noch für eine Erklärung der Evolution der Komodowarane in Betracht kämen.

Wie ist dann aber zu erklären, daß die Komodos sich zu fleischfressenden Giganten entwickelten? Wenn *V. komodoensis* bereits seit Tausenden von Jahren auf der Insel lebte, ehe seine heutigen Beutetiere importiert wurden, wovon lebte er dann? Auffenbergs Antwort ist hinter ihrem trockenen Wortlaut ein richtiger Knüller: »Die Entwicklung der Körpergröße bei den Komodowaranen – deren ausschließlicher Grund vielleicht die Vorteile waren, die der Energiehaushalt aus dem Verzehr großer Beutetiere zog – war abhängig von dem Wild, das damals in dieser Gegend zur Verfügung stand, nämlich von zwei Zwergelefantenarten.«

43 Um neun Uhr am nächsten Morgen liegt die Fähre vor Anker und Kamp Komodo (so nenne ich es insgeheim) wimmelt von Touristen, einem plötzlich aufgetauchten Schwarm von Amerikanern, Briten, Australiern, Kanadiern, Holländern und Japanern, Dutzenden von aufgekratzten Leuten aller Schattierungen, was ihr Alter, ihre Vermögensverhältnisse, ihre Ungehobeltheit und ihre Sonnenbräune betrifft. Es können sogar ein paar indonesische Reisende darunter sein – abgesehen von Nyoman natürlich, der in dem Souvenirhut mit der Aufschrift TAMAN NASIONAL KOMODO, den ich ihm gekauft habe, so herrlich amtlich aussieht, daß er von den Weißen ständig nach dem Weg gefragt wird. Wir alle können es nicht erwarten, zusehen zu

dürfen, wie Rieseneidechsen ein Opferlamm verschlingen, das in diesem Fall eine Ziege ist.

Die Menge wird aufgefordert, sich zu sammeln, und der griesgrämige Parkwächter, der auf den Stufen vor seinem Büro steht, hält in Englisch eine kleine Ansprache. Für alle, die ohne Walter Auffenberg im Gepäck von der Fähre gestiegen sind, liefert er ein paar Grundkenntnisse: den wissenschaftlichen Namen der Komodos, wie sie sich ernähren, daß sie die größten Eidechsen der Welt sind. Die Gesamtpopulation von *Varanus komodoensis*, verrät er uns, ist nicht groß. In freier Wildbahn leben nicht mehr als fünftausend. In Gefangenschaft einige wenige. Nur in Indonesien ist die Spezies heimisch, wie er stolz verkündet. Einer neueren Bestandsaufnahme zufolge, die von Forschern seiner Behörde durchgeführt wurde, leben hier auf der Insel Komodo 2571 Exemplare. Auf der Insel Rinca weitere 795. Die kleine Insel Gilimotang beherbergt hundert. Und im westlichen Flores wurde ein Wildreservat eingerichtet, Wae Wuul, in dem 129 leben. Der Parkwächter ist ein gewissenhafter Mann; auf seine Zahlen kann man sich verlassen. Und wenn ein paar junge Komodos in den letzten drei oder vier Jahren geschlüpft und ein paar ältere gestorben sind, dann hat man ihn darüber halt noch nicht informiert.

Die Spezies steht nach indonesischem Recht unter Naturschutz, erklärt er. Der ganze Park steht unter Schutz. Die Koralle zu sammeln ist verboten. »Wir unterhalten diesen Park, damit die Kinder Spaß haben«, fügt er gefühlvoll hinzu; ich höre es mit Vergnügen. Die Kosten für die Ziege, sagt er, sehen so aus, daß eine Aufteilung unter die anwesenden siebzig Leute pro Person einen Beitrag von 750 Rupien ergibt. Noch so ein schmählicher Handel, denke ich bei mir. Sie werden bitte dem Mann am Wegrand das Geld aushändigen, sagt der Griesgram. Zur Futterstelle ist es eine Entfernung von zwei Kilometern. Sie tragen hoffentlich bequeme Schuhe. Bleiben Sie zusammen. Gut. Gehen wir los.

Ich fange an, diesen Typen wegen seiner Ernsthaftigkeit zu mögen; trotzdem wünschte ich, er wäre ein bißchen heiterer. Zum Zeitvertreib sonnengeschädigter Touristen tote Ziegen an Komododrachen zu verfüttern setzt sich immerhin leicht dem Verdacht einer etwas morbiden Art von Unterhaltung aus. Und es gibt schließlich üblere Jobs auf der Welt als den hier.

Die Futterstelle besteht aus einem mit Maschendraht eingezäunten Pferch, von dem aus man ein kahles Erdloch überblickt. Anfangs mißverstehe ich den Zweck des Pferchs: Ich erwarte, daß die Komodos dort hineingelockt werden und wir Touristen außerhalb im Kreis stehen und sie begaffen. Aber die Parkwächter treiben *uns* in den Pferch. Das bringt anschaulich zum Ausdruck, wer hierhergehört und wer nicht, aber natürlich ist der praktische Grund dafür die Sicherheit. Während wir uns im umzäunten Gelände versammeln, tauchen die Komodos nach und nach aus ihren Schlupflöchern auf. Ich vermute, der Ziegengeruch zieht sie an oder das menschliche Stimmengewirr; vielleicht sind sie auch nur kalendermäßig konditioniert: *Ha, heut' ist Sonntag! Gehen wir runter zum Pferch und schnappen uns einen Batzen Ziege.*

Ein einzelnes Tier kommt aus dem Unterholz geschlendert, dann ein zweites. Dann, nicht zu fassen, eine ganze Horde. Die größten sind drei Meter lang und dürften rund 180 Pfund wiegen. Sie bewegen sich auf hohen Beinen mit gleichmäßigen, raumgreifenden Schritten. Sie umringen den Pferch. Erwartungsvoll, aber ruhig, stellen sie sich zuvorkommend für die vielen Fotografen in Positur. Wie junge Hunde schnüffeln sie am Zaun. Gepaart mit ihren freundlichen Gesichtern aus altem Stiefelleder ist dieses friedliche Gebaren irreführend; sie wirken liebenswert und harmlos. Ihre gallig gelben Zungen lassen sie schlaff heraushängen und dann wieder im Maul verschwinden, während sie die Gerüche prüfen, die ihnen die Luft zuträgt. Dann fliegt plötzlich, von zwei Parkwächtern über die Umzäunung geschleudert, der Ziegenkadaver durch die Luft. Er landet mit einem fleischigen Plumps im Erdloch. Im Nu verwandeln sich diese trotteligen Reptilien in quicklebendige, gruselige Biester. Sie stürzen sich auf den Kadaver wie Rugbyspieler auf den Ball.

Sie fletschen die Zähne und mahlen. Sie schlingen. Sie schlagen um sich, raufen, ziehen und stoßen. Sie veranstalten einen Riesenzirkus. Binnen weniger Sekunden haben sie sich in ein adrettes strahlenförmiges Muster auseinandergelegt, dessen Nabe die inzwischen unsichtbare Ziege bildet; wie sie da Schulter an Schulter liegen, die Kinnbacken ins Fleisch eingegraben, mit den Schwänzen schlagend, ähneln sie einem monströsen neunarmigen Seestern. Ihre Gesichter mit den runden Schnauzen, die sie noch vor wenigen Augenblicken wie Bassets aussehen ließen, sind jetzt blutverschmiert. Als die Ziege in zwei Stücke auseinanderreißt, spalten sie sich in zwei Meuten auf, die sich über die beiden Teile hermachen. Jedes Tier hat das Maul voll Ziege; aber die Bissen sind noch durch Knochen und Sehnen mehr schlecht als recht verbunden. Sie graben die Kinnladen noch tiefer ein und halten eisern fest, kämpfen gierig an gegen die Widerborstigkeit der zerfleischten Ziege.

Alles geht in rasendem Tempo vor sich. In ihrer Gier nach dem Nachschlag krabbeln sie übereinander weg. Ihre Zähne sind entsetzliche kleine Messer, dünn und gezackt, perfekt geeignet, um große Batzen Fleisch herauszutrennen; aber trotz des wüsten Gerangels schaffen sie es irgendwie, sich nicht gegenseitig zu verstümmeln. Sie konkurrieren wie wild, aber kämpfen nicht miteinander. Den fünf Dutzend Nikons und Minoltas, die wie ein chinesisches Feuerwerk über ihren Köpfen prasseln, schenken sie keine Beachtung. Sie verputzen die Ziege – Fleisch und Eingeweide, Schädel und Rückgrat, Fell und Hufe –, als wäre das Ganze ein einziger Hamburger. Nur etwa zehn Minuten, höchsten fünfzehn, sind vergangen, da balgen sich zwei der hartnäckigeren Tiere um den letzten schleimigen Knochen. Die übrigen legen sich an schattigen Stellen bäuchlings auf die kühle Erde des Loches und strecken alle viere von sich. Ich bin sicher, daß ihr Hunger nicht gestillt ist, aber für den Augenblick scheinen sie sich mit ihrem kleinen Imbiß zufriedenzugeben. Der Friede ist so abrupt wieder eingekehrt, wie es vorher mit ihm vorbei war.

So künstlich diese inszenierte Fütterung war, keiner der Zuschauer fühlt sich in seinen Hoffnungen auf ein blutrünstiges Drama betrogen. Gleichzeitig sind einige bezeichnende anatomische, physiologische und verhaltensspezifische Züge von *V. komodoensis* zutage getreten. Es ist deutlich geworden, daß die Tiere gefräßig, stark und, wenn nötig, höchst beweglich sind, daß ihre messerscharfen Zähne und ihre flexiblen Kinnladen ihnen erlauben, unmäßig große Fleischbrocken abzusäbeln und zu verschlingen, daß sie beim gemeinsamen Fressen über eine an Haifische erinnernde Verträglichkeit verfügen, daß sie nichts übriglassen – keine Knochen, kein Fell – und daß ihre Verdauungstrakte sogar mit Hufen fertig werden. Aufs Ganze gesehen war das Schauspiel des Ziegenfraßes ein instruktives Erlebnis von der Art, wie es einem Caligula zugesagt hätte. Während die Komodos ruhen und verdauen, verlieren die Touristen das Interesse an ihnen und verkrümeln sich, womit sie wieder einmal die alte Weisheit bestätigen, daß *Homo sapiens* über die Konzentrationsfähigkeit einer Grille verfügt. Der Pferch leert sich. Die Massenszene ist vorüber, die Farbbilder sind geschossen, und ich habe nun freien Ausblick. Nach ein paar weiteren Minuten machen sich auch die Komodos aus dem Staub, alle bis auf ein friedliches Exemplar, das sich weiter in der Sonne aalt. Schließlich kommen zwei Parkwächter, um mich vom Maschendraht loszueisen. Sie teilen mir in höflichem Indonesisch mit, daß die Vorstellung vorbei ist. Sie wollen mit ihrer morgendlichen Arbeit zu Ende kommen und geleiten mich den Weg zurück zum Camp. Sie führen gegabelte Stöcke mit, als eine technisch simple Vorkehrung gegen Komodos, die eventuell auf der Lauer liegen und sich aus dem Unterholz auf uns stürzen könnten. Wenn der Komodo heranstürmt, wird er mit dem Stock abgewehrt – so muß man sich das vorstellen. Aber auf unserem kleinen Gang begegnet uns kein Komodo. Die Tiere haben einfach Grips genug, sich ihre Chancen auszurechnen.

Als wir Kamp Komodo erreichen, ist ein Exodus im Gange. Die Touristen haben genug von der Insel und ihren überdimensionierten Eidechsen; sie strömen auf ihre Fähre zurück. Das Schiff legt ab.

Das Camp ist himmlisch verlassen. Abgesehen von mir und Nyoman, den Parkwächtern und dem Personal des Camps ist fast niemand mehr da. Ich lasse mich an einem Tisch in der Freilicht-Cafeteria nieder, vor mir ein Glas mit indonesischem Kaffeeaufguß, und will mir eine weitere Stunde mit wissenschaftlicher Literatur die Zeit vertreiben. In meinem Auffenberg steckt die Fotokopie eines nur eine Seite langen Beitrages, der vor einigen Jahren in *Nature* erschien und den ich mir noch einmal ansehen möchte. Geschrieben hat ihn ein Ökologe namens Jared Diamond. Sein Titel lautet »War die Entwicklung der Komododrachen auf den Verzehr von Zwergelefanten abgestellt?«

44 Tatsächlich seien, behauptet Diamond, Elefanten die für die Evolution der Komodowarane maßgebende Nahrung gewesen. Wie er einräumt, hat er diese These von Auffenberg übernommen.

Diamond stützt die These auf paläontologische Befunde und indirekte Beweise: 1) auf die fossilen Überreste zweier Elephantidenarten, die man auf der Insel Flores in geologischen Schichten aus dem Pleistozän gefunden hat; 2) auf den Umstand, daß heute Komodos sowohl auf Flores als auch auf Komodo vorkommen; und 3) darauf, daß keine fossilen Überreste von alternativen Anwärtern auf die Beutetierrolle gefunden wurden. Wenn die Vorfahren der Komodos damals, in der frühen Zeit, keine Elefanten fraßen, so fehlt uns jeder Hinweis darauf, was sie *statt dessen* gefressen haben könnten. Der kleinere der fossilen Elephantiden, *Stegodon sompoensis*, hatte nur etwa eine Höhe von 1,50 Meter und wog nicht mehr als ein Büffel. Die Jungtiere waren dann sogar noch kleiner und angreifbarer. Diamond trägt die Überlegung vor, daß die Vorfahren der Komodos während ihrer Entwicklung zum Gigantismus diese Zwergelefanten gefressen und sich dabei vielleicht hauptsächlich an die Jungtiere gehalten haben könnten. Tatsächlich *müsse* es so gewesen sein, da es keine andere Nahrungsgrundlage gegeben habe. Rotwild, Wildschweine und Büffel waren noch ebensowenig da wie der Mensch.

Wann genau bildete *V. komodoensis* seinen Riesenwuchs aus? Niemand weiß es. War er zu der Zeit, als diese Elefanten noch auf Flores lebten, bereits groß genug, um einen kleinen Elefanten anzugreifen? Niemand weiß es. Die fossilen Befunde von den beiden Inseln – mit ihrer für fossile Befunde typischen quälenden Lückenhaftigkeit – verraten uns wenig über die evolutionären Veränderungen bei *V. komodoensis*, und Jared Diamond sagt auch nicht viel darüber. Offenbar tauchen bei den Fossilienfunden die Vorfahren der Komodos im Unterschied zu den Elefanten nicht auf. Aber ganz nebenbei erwähnt Diamond einen anderen Umstand, der mich fasziniert: »Ein Schlüssel zur Evolution der oras auf der Inselgruppe bei Flores ist die Tatsache, daß in Australien früher ein sogar noch größerer Waran, *Megalania prisca*, existiert hat, der bis zu sechs Meter lang wurde und ein Gewicht von 2000 Kilogramm erreichte. Mit anderen Worten, ein komodoesker Drache, ungefähr zehnmal so stämmig wie der heutige. Er lebte im Pleistozän. Er war kein Dinosaurier, er gehörte zur Ordnung der Panzerechsen oder Krokodile, er war eine Eidechse. Ein Raubtier, wahrscheinlich landlebend und schnellfüßig wie *V. komodoensis*. Was fraß er? Wahrscheinlich Riesenkänguruhs, Riesenwombats, wahrscheinlich alles, was er wollte. In der Cafeteria von Kamp Komodo führe ich mir diesen Satz in Diamonds Beitrag erneut zu Gemüte und übersetze die Angaben in amerikanische Maße. Sechs Meter lang, 2000 Kilo schwer? Ich muß nicht lange rechnen, um zu verstehen, daß *Megalania prisca* ein höllisches Vieh gewesen sein muß.

45 Nyoman unterbricht mich; er bringt gute Nachricht. Er hat einen Parkwächter aus dem Hinterland überredet, uns auf eine Wanderung über die Berge mitzunehmen und ein abgelegenes Tal mit uns zu erkunden. Auf der anderen Seite des Passes gibt es keine arrangierten Vorführungen, keine Maschendrahtzäune, keine Touristen, dafür aber jede Menge Komodos. Der Parkwächter ist ein freundlicher junger Floresianer namens David Hau; das Tal heißt Loh Sabita. Binnen einer Stunde machen wir uns auf den Weg, nachdem wir unsere Rucksäcke mit Proviant aus der Cafeteria – Malzbiskuits, Ölsardinen und Flaschen mit Wasser – gefüllt haben. Aus Gründen der Sicherheit wollen wir Loh Sabita vor Einbruch der Dunkelheit erreichen.

Nach anderthalb Kilometern auf dem Hauptweg – wir sind nicht mehr weit entfernt von der Futterstelle – zweigen wir ab und bewegen uns auf einem weniger ausgetretenen Pfad in nördlicher Richtung. Auf beiden Seiten ist dichtes Unterholz, gute Deckung, um sich auf die Lauer zu legen. Mir kommt der Gedanke, daß ich genau hier meine hirnlosen Amerikaner abpassen würde, wenn ich ein Komodo wäre. David Hau führt keinen gegabelten Stock mit. Aber er scheint zu wissen, was er tut. Als wir aus der Zone mit dem dichten Gestrüpp in einen Wald gelangen, wo das Unterholz spärlicher wächst und man mehr überblickt, fühle ich mich ein bißchen wohler. Wir durchqueren ein trockenes Bachbett, auf dessen staubigem Grund wir Fährten erkennen – den gewundenen Abdruck eines hinterhergezogenen Schwanzes und links und rechts davon Klauenspuren. Die Fußstellung ist eng, die Schritte sind kurz.

»Komodo?«

»Ja«, sagt David.

»*Kecil?*«

»Ja, ja.«

Das indonesische Wort *kecil* bedeutet klein. Auf der Insel Komodo hat es die spezifische Bedeutung »zu klein, um einem das Bein abzubeißen«. Wir halten an, um Kakadus zu beobachten. Wir kosten die *serikaya* genannte Frucht, grüne Flickenkugeln, die mit süßem Brei gefüllt sind, der wie Vanillejoghurt schmeckt. Wir kommen an einem hohen Erdhügel vorbei, der wie ein riesiger Ameisenhaufen aussieht. Es ist ein Nest, das ein Großfußhuhn gebaut hat, eine Laufvogelart mit großen Füßen, die solche großen Haufen Erde und Kompost zusammenträgt, um ihre Eier auszubrüten. Das Nest ist leer, von irgendeinem Eierräuber aufgegraben.

»Komodo?«

»Ja«, sagt David.

»*Kecil?*«

Keine Antwort. Vielleicht hat er mich nicht gehört.

Wir verlassen den Wald und steigen einen grasbewachsenen Hang hinauf; der Pfad führt uns zu einem Bergsattel zwischen den beiden Tälern. Es ist kein langer Anstieg, aber die Sonne ist brennend heiß. Mein Hemd ist durchweicht; der Stadtmensch Nyoman sieht mitgenommen aus. Auf der Höhe pausieren wir, um wieder zu Atem zu kommen und Wasser zu trinken, während wir den Blick zurück auf die Rinne des Loh-Liang-Tals und auf das dahinter, nahe dem Strand gelegene Kamp Komodo genießen. Hier oben auf dem Paß steht ein weißes Holzkreuz, gestützt von einer Steinpyramide.

Auf einer Tafel liest man:

IN ERINNERUNG
AN BARON RUDOLF VON REDING, BIBEREGG,
GEBOREN AM 8. AUGUST 1895 IN DER SCHWEIZ
UND VERSCHWUNDEN AUF DIESER INSEL
AM 18. JULI 1974
»SEIN LEBEN LANG LIEBTE ER DIE NATUR.«

Ich habe von dem Baron gelesen. Er legte hier in der Gegend eine Rast ein, während seine Begleiter weiterwanderten. Zwei Stunden später, als die anderen zurückkamen, war nichts mehr da außer einer Hasselblad mit gerissenem Tragriemen. Für sein Verschwinden hat man hungrige Komodos verantwortlich gemacht. Wir überqueren den Sattel und steigen in das Tal Loh Sabita hinab, wo das Rotwild nicht zahm und das Wasser nicht in Flaschen gefüllt ist und wo keine toten Ziegen vom Himmel fallen, wo die Komodos noch von ihrer Fertigkeit als Jäger leben.

Der Wachposten in Loh Sabita besteht aus zwei schilfgedeckten Hütten auf Stelzen, einer Küche im Freien, einem kunstlosen Holztisch und einer Kerosinlampe. In der Nähe gibt es eine Quelle. Vor den Hütten zieht sich eine breite, flußmündungsähnliche Schlickfläche bis hinüber zum Saum eines Mangrovengehölzes. Wir kommen unmittelbar vor Einbruch der Dämmerung an, während der ferne Waldsaum schattig wird und die Kakadus, die zu ihren nächtlichen Nistplätzen fliegen, sich gräulich-rosa verfärben. Davids drei Kollegen – Ismail, Johannes und ein onkelhafter Typ namens Dominikus – heißen uns herzlich willkommen und bestehen darauf, ihr Essen mit uns zu teilen. Trockenfisch und Reis haben noch nie besser geschmeckt.

Dann serviert Dominikus Tee, eine Mückenspule wird angezündet, und alle stecken sich ihre Gewürznelken-Zigaretten an, machen es sich gemütlich und beginnen eine Unterhaltung. Ich folge mit meinen paar Wörtern Indonesisch dem Gespräch, so gut ich eben kann. Offenbar wurde ein Freund von Ismails Familie zu Hause in seinem Heimatdorf erst vor vierzehn Tagen von einem Komodo angefallen. Ja, der Mann habe überlebt. Er liege in einem Krankenhaus auf Flores, sagt Ismail.

Solche Angriffe sind ungewöhnlich, aber sie kommen vor. Auffenberg erwähnt einige, darunter den Fall eines vierzehnjährigen

Jungen, der im Wald einem besonders schlecht gelaunten Komodo über den Weg lief. Auffenberg bekam die Geschichte von dem Vater des Jungen erzählt. Beim Versuch wegzulaufen hatte sich der Junge in einer Ranke verfangen.»Die Ranke hielt den Knaben einen Augenblick lang auf, und der Ora biß ihn heftig ins Hinterteil und riß viel Fleisch heraus. Die Blutung war gewaltig, und der junge Mann ist anscheinend in weniger als einer halben Stunde verblutet.« Wenn der unmittelbare Angriff nicht tödlich ist, dann sind es unter Umständen die Folgen. Einige Opfer erliegen den Infektionen durch bakterielle Krankheitserreger, die Komodos wie einen giftigen Pesthauch im Maul beherbergen.

David berichtet von einem anderen Vorfall, der sich vor sieben Jahren in einem Dorf namens Pasarpanjang auf der Insel Rinca ereignete. Als eine Familie mit dem Mittagessen fertig war, sprang ein sechsjähriges Kind vom Tisch auf und lief die Stufen vor dem Haus hinunter. Ein Komodo, der sich ins Dorf geschlichen hatte, lauerte unter diesen Stufen. Er brachte das Kind irgendwie zum Stehen, vielleicht mit einem Schlag seines Schwanzes, und stürzte sich dann auf es. Er hatte das Kind schon halb verschlungen, als Hilfe kam. Das ganze Dorf kam angerannt. Sie stemmten die Kinnbacken des Tieres auf, befreiten das Kind, töteten den Komodo. Aber das Kind, sagt David, war schon tot.

Das Gespräch nach Tisch verebbt schließlich, und ich ziehe mich auf meine Schlafmatte zurück, den Bauch voller Reis und den Kopf voller gefährlicher Komodos. Nach einer erholsamen Nachtruhe bekomme ich noch eine weitere Geschichte dieser Art zu hören. Einige Fischersleute haben in der Nähe am Strand festgemacht, um sich aus der Quelle der Parkwächter frisches Wasser zu holen; zum Dank dafür, daß sie die Wasserstelle benutzen dürfen, bereiten die Frauen uns ein Mittagessen. Eine dieser Frauen kann von einem Komodoangriff erzählen, aber sie ist zu schüchtern, um es gegenüber einem amerikanischen Journalisten zu tun. Sie heißt Saugi. Sie trägt einen orangefarbenen Sarong und grinst verlegen. Während Saugi den Fisch putzt und brät und sich am Feuer versteckt, kitzelt Dominikus die Geschichte aus ihr heraus, die mir Nyoman dann in Bruchstücken übersetzt. Das Ganze ist Saugis Mutter passiert.

Ihre Mutter war beim Schilfschneiden, berichtet Nyoman.

»Plötzlich kam der Komodo den Hang herunter.« Einen schicksalsschweren Augenblick lang dachte Saugis Mutter, der Komodo wolle sich auf ein junges Hündchen stürzen, das in ihrer Nähe herumtollte. »Aber Hund ist zu schnell«, sagt Nyoman. »Komodo kommen her und vielleicht zornig oder enttäuscht.« Jäh das Ziel wechselnd, sprang der Komodo die Frau an. Er umklammerte mit den Kinnbacken ihren Arm und hielt fest. Sie wand sich. »Ist wie ein Tanz«, berichtet mir Nyoman und hüllt die krude Geschichte in eine an balinesische Tempeltänze gemahnende Metapher. In einem Winkel der Küche bearbeitet Saugi heftig einen Fisch. Sie murmelt. »Das Maul von Komodo schon beißt und festhalten und einfach so bleiben«, sagt Nyoman. Saugis Mutter verdeckte die Augen des Tieres, die entsetzlich nahe und zudringlich gewirkt haben müssen, mit ihrem Sarong; währenddessen bemühte sie sich nach Kräften freizukommen. Die Kinnladen wollten sich nicht öffnen. Sie versuchte, sich auf einen Baum hinaufzuziehen. »Und sie ist, wutsch, so hier« – Nyoman reißt seinen Arm zurück, als ziehe er ein Kaninchen aus dem Hut, und starrt mich mit aufgerissenen Augen fragend an. *Warum? Warum müssen wir diese furchtbare Geschichte wieder aufwärmen? Warum müssen wir die arme Frau quälen?* scheint sein empfindsames balinesisches Herz von mir wissen zu wollen. »Und das Fleisch von der Mutter ist schon im Maul vom Komodo.« Das halbe Fleisch war vom Arm abgerissen.

Aber Saugis Mutter war glücklicher als manch anderer. Sie überlebte. Sie verbrachte einen Monat im Krankenhaus und schaffte es, den Arm zu behalten; sie lernte sogar, ihn wieder halbwegs zu gebrauchen. Während Nyoman diesen Schluß der Geschichte herunterbetet, verfällt Saugi in Schweigen. Der gefühllose Fremde mit dem Notizbuch, will heißen meine Person, gafft seinen Übersetzer begierig an. Weiter. Was sagt sie sonst noch?

»Jetzt immer noch sehen können ...«, sagt Nyoman zögernd. »Immer noch sehen können ... wie sagt man? Flecke? Wenn man schneidet und kann später sehen?«

Narben, sage ich. Saugi beendet ihre Arbeit, wäscht sich die Hände, wickelt sich ein Ende ihres Sarongs wie einen Turban um den Kopf und schreitet davon.

46 Später am gleichen Tag wandern David Hau und ich in die Umgebung. Wir folgen einer Reihe von Komodospuren entlang einem ausgetrockneten Bachbett durch den Wald. Das Bachbett führt uns zum oberen Ende des Tales. Wir gelangen zu einer Lavawand, der vertikalen Front einer Felsklippe, die über die Baumwipfel emporragt. Am Fuß der Klippe zeigt mir David mehrere kleine Höhlen, in denen Komodos gehaust haben. Er deutet auf einen Haufen Komodolosung, deren grauweiße Färbung auf einen hohen Anteil verdauter Knochen hinweist. Andere Kotproben in der Nähe sprechen dafür, daß dies ein stark frequentiertes Terrain ist. Wir gehen um die Felsklippe herum und kommen aus dem Wald in sonnenbeschienenes Grasland; nun klettern wir zu einer weiter oben gelegenen Plattform hinauf. Hier finden wir halbzerkaute Knochen von Oberschenkel oder Oberarm, die trocken wie Zunder und leicht wie Balsaholz sind.

»Wild. Komodo ist hier irgendwann«, sagt David und hebt ein Knochenstück hoch. »Er kann alles fressen.«

Von diesem friedlichen Augenblick an überschlagen sich die Ereignisse.

Während ich mir die Knochen anschaue, sucht David mit meinem Fernglas den gegenüberliegenden Talhang ab. »Ah, Komodo«, wispert er. »Komodo!« Mit seiner Hilfe schaffe ich es mühsam, das Tier zu orten: eine dunkle längliche Gestalt, dreiviertel Kilometer entfernt, auf einem sonnigen Flecken kahler Erde. Er rührt sich nicht. Er sonnt sich. Ich könnte genausogut einen komodoähnlichen Baumstamm im Visier haben? Na gut, tröste ich mich, besser als nichts: ein Komodo im Hinterland, aus großer Entfernung erspäht. Ich kann schließlich nicht die gleiche künstliche Unmittelbarkeit erwarten, wie sie die Opferziege vor dem Pferch erzeugt, oder? Doch nicht hier, in Loh Sabita, wo *V. komodoensis* in freier Wildbahn lebt, nein, wirklich nicht! Wir klettern vom Felsen herunter und steigen in Richtung auf eine andere Klippe bergan.

Wir bemerken, daß sich unmittelbar vor uns im Gestrüpp etwas bewegt. Dann wird ein außerordentlich großer Komodo sichtbar, den wir durch unser Vordringen aufgestört haben, und klettert die senkrechte Front der Klippe hinauf, wie ein Alligator, der an der Fassade eines vierstöckigen Gebäudes hochstürmt. Steinbrocken brechen ab und poltern herab. Mir bleibt der Mund offenstehen.

Wir sehen zu, wie der Komodo sich aus dem Staub macht. Was mögen seine genauen Maße sein? Spräche nicht alles dafür, daß mich die Suggestion von Energie und Stärke in die Irre führt, die von ihm ausgeht, ich würde ihn auf vier bis viereinhalb Meter Länge und rund 360 Pfund Gewicht schätzen. Ich lasse es jedoch lieber bleiben, denn mehr als ungefähr drei Meter und 180 Pfund konzediert mir Walter Auffenberg ohnehin nicht. Also gut, drei Meter und 180 Pfund – aber, um Himmels willen, das Biest *galoppiert eine Felswand hinauf*.

Ich hebe rechtzeitig das Glas, um zu sehen, wie der Komodo den Scheitelpunkt erreicht. Er hält dort an, hebt sich als riesige Reptiliensilhouette gegen den strahlend hellen Himmel ab. Dann ist er hinüber und verschwindet aus unserem Blickfeld. In diesem Augenblick höre ich David brüllen, während ein anderer großer Komodo aus seinem Versteck unmittelbar hinter uns hervorstürzt.

Arrgh. Wir fahren herum, auf den Fleck gebannt.

Aber das Tier entscheidet sich in Sekundenbruchteilen dagegen, uns in Kniehöhe durchzusäbeln. Vielleicht ist es nicht hungrig. Vielleicht riechen wir unappetitlich. Ihm bietet sich genau die Gelegenheit, nach der sich alle Komodos vermutlich sehnen – die Chance, sich aus dem Hinterhalt auf wandelndes Fleisch zu stürzen –, aber aus irgendeinem Grund entscheidet er sich gegen die Attacke. Er dreht unvermittelt ab und trollt sich mit den vorsichtigen Bewegungen eines Nashorns den Hang hinunter. Wir hinterher, wobei wir unser Tempo dem seinen anpassen, um nicht zu ihm aufzuschließen. Wir sehen, wie er in eine Senke eintaucht, und lassen ab von ihm.

Nachdem unsere Benommenheit nachgelassen und die Atmung sich normalisiert hat, brechen wir auf, um von dem grasigen Hang wieder wegzukommen. Am oberen Ende eines weiteren ausgetrockneten Bachbettes, in der Nähe des Waldrandes, hält David an. Er liest einen Knochen auf. Der hier ist kein Balsaholzstück. Er ist schwer und frisch, klebrig von angetrocknetem Blut und Speichel.

»Zu spät«, sagt er. »Einen Tag spät. Fressen in der Nacht.« Das Tier ist noch nicht lange tot, will David sagen, und der Komodo hat erst vor kurzem seine Mahlzeit beendet.

Aber vielleicht hat der Komodo seine Mahlzeit auch noch gar nicht beendet! Ein starker, süßlicher, ekelhafter Geruch liegt in der nachmittäglichen Luft.

Zwanzig Schritte weiter stoßen wir auf den abgetrennten Kopf und Hals eines Rusahirsches, eines Dreienders; eine Million hysterischer Fliegen kümmern sich um ihn. Abgerissen wurde er am Widerrist; die obersten Rippen baumeln noch vom Stummel des Rückgrats. Die Augen des Hirsches sind klebrig feucht und schwarz. Der Körper ist verschwunden. Er sieht aus, als hätte ihn ein Zug überrollt. Nein, ich möchte mich korrigieren. Er sieht aus, als wäre ein Ungeheuer aus dem Pleistozän namens *Megalania prisca* über ihn gekommen.

Mir fällt ein, was David kurz zuvor über den Komodo geäußert hat: *Er kann alles fressen*. Elefanten, Ziegenhufe, Büffelknochen, Menschen und ganz gewiß einen Bissen wie den hier. Die Chancen stehen also gut, daß der Komodo zurückkommen wird. Und wenn nicht der gleiche, der das Tier erlegt hat, dann andere, denen der Duft in die Nase steigt. Wir überlassen den in Fliegen gehüllten Kopf seinen diversen Anspruchstellern und ziehen Leine.

47 Unter besonderen Lebensbedingungen stellt die Evolution besondere Bedingungen fürs Überleben. Inseln sorgen für besondere Lebensbedingungen. Die Veränderungen in der Größe, die man bei inselbewohnenden Arten antrifft, sind ein Anzeichen dieser Tatsache. Es gibt auch noch andere Anzeichen, aber die Größenveränderung sticht auf eine Weise ins Auge, wie das die übrigen nicht tun. Die Veränderung in der Größe verläuft fast linear und kennt im großen und ganzen nur zwei Richtungen: die zum Gigantismus und die zum Zwergwuchs. Das klingt vielleicht einfach. Tatsächlich aber ist die Sache kompliziert, und sie wird immer komplizierter, je länger sich die Wissenschaft damit beschäftigt.

Die beobachteten Phänomene lassen sich in zwei Gruppen aufteilen. Die einen Geschöpfe werden größer; die anderen Geschöpfe werden kleiner. Elefanten gehören, wie wir bereits wissen, zu den anderen Geschöpfen. Auch Flußpferde neigen zur Kleinheit – von Riesenflußpferden auf Inseln ist uns nichts bekannt. Aber es gibt noch weit mehr Zwergarten. Kaninchen, Rotwild, Schweine, Füchse und Waschbären tendieren auf Inseln ebenfalls zum Zwergwuchs. Auch Schlangen neigen mit ein paar interessanten Ausnahmen zum Zwergwuchs. Nager hingegen tendieren wie die Leguane, Schildkröten, Geckos, Skinks und Warane zum Gigantismus. Vögel sind auf Inseln häufig größer als auf dem Festland, wenngleich sie in manchen Fällen auch kleiner sind. Ungeachtet all der riesigen flugunfähigen Vögel, die überall auf der Welt durch insulare Wälder und Steppen gestapft sind (man denke an die neuseeländischen Moas, die australischen Emus, die Kasuare von Australien und Neuguinea, den madagassischen *Aepyornis* und natürlich den Dodo), neigen Enten auf Inseln dazu, kleiner zu sein als Enten auf dem Festland. Die Evolution auf Inseln hat, wie es scheint, nie eine flugunfähige Riesenente hervorgebracht. Warum nicht? Eine Frage, wie geschaffen für schlaflose Nächte.

Insekten sind erkennbar zum Gigantismus disponiert. Australien hat seine Riesenschabe. In Neuguinea gibt es Gespenstheuschrecken, die so groß sind wie eine Havannazigarre. Der Riesenohrwurm auf Sankt Helena, den ich so gern bemühe, war ungefähr siebeneinhalb Zentimeter lang. Aber wie die Vögel sind auch die Insekten in manchen Fällen miniaturisiert. Der Nachtfalter der Galápagosinseln ist kleiner als seine Verwandten auf dem Festland.

Zwerge und Riesen, Behemots und Kleinvieh – das Ganze ist ein Verwirrspiel aus maßstäblichen Vergrößerungen und Verkleinerungen. Sinnbild des Verwirrspiels ist jener Elephantide aus dem Pleistozän, dessen Fossilien auf den nördlichen Channel-Inseln gefunden wurden und dessen Name der verkörperte Widerspruch ist: *Mammuthus exilis*, das Zwergmammut. Wer vermag sich auf all das einen Reim zu machen?

Der Biologe J. Bristol Foster hat das bereits im Jahre 1964 versucht; seine Arbeit gilt bis heute als wichtiger Beitrag zur Evolutionstheorie. Foster beschränkte sich darauf, eine Erklärung für den Säugetierbereich zu suchen. Er veröffentlichte einen kurzen

Zeitschriftenartikel mit einem einzigen Diagramm, in dem er seine Befunde zum Größenunterschied zwischen inselbewohnenden Säugetieren und ihren Vorfahren auf dem Festland anhand von ungefähr hundert Fallbeispielen zusammenfaßte. Fosters Zusammenfassung deutet darauf hin, daß Nager auf Inseln häufiger größer als kleiner werden, daß Fleischfresser die gegenteilige Tendenz zeigen und sich häufiger verkleinern als vergrößern und daß *Artiodactyla* (Paarhufer, zu denen Flußpferde, Rotwild und Schweine zählen) gewöhnlich kleiner werden. Das generalisierte Muster sagt aus, daß sich große Säugetiere tendenziell verkleinern, während sich kleine Säugetiere tendenziell vergrößern. Diese Generalisierung war fundiert und interessant genug, um ihr von seiten anderer Biologen das Etikett »Inselgesetz« einzutragen. Aber da die Inselbiologie voller Muster und kodifizierbarer Trends steckt, die man als inselspezifische Gesetze betrachten kann, tun wir besser daran, die obige Gesetzmäßigkeit als »Fostersche Regel« zu bezeichnen.

Wichtiger als die Regel selbst war Fosters Erklärung der Faktoren, die zu ihr führten. Foster schlug vor, für die beiden Richtungen, in die sich die Größenveränderung entwickelte, zwei verschiedene Ursachen anzunehmen. Kleine Säugetiere wie etwa Nager wurden größer, wenn sie sich unter Bedingungen einer verminderten Bedrohung durch Raubtiere und einer verminderten zwischenartlichen Konkurrenz wiederfanden. Gab es weniger Räuber, die ihnen nachstellten, und weniger Konkurrenten um die vorhandene Nahrung und den verfügbaren Unterschlupf, so konnten sie es sich leisten, größer zu werden. Der größer gewordene Nager konnte besser Fett und Wasser speichern, Hungerzeiten überstehen, sich warm halten, größere Junge werfen, länger leben und sich in Auseinandersetzungen mit Exemplaren der eigenen Art entscheidender in Szene setzen. Folglich hatten die größten Exemplare der jeweiligen Generation die besten Chancen, Nachkommen zu zeugen. Das evolutionäre Ergebnis war dann der Riesenwuchs.

Für den Zwergwuchs kamen laut Foster andere Ursachen in Frage. Während Nager auf Übervölkerung mit einem automatischen Rückgang der Fruchtbarkeit reagierten, schrieb er, sei das bei Paarhufern normalerweise nicht der Fall. Das habe zur Folge, daß Rotwild, Flußpferde und andere Paarhufer »besonders stark Gefahr laufen, ihre Nahrungsvorräte überzubeanspruchen, mit dem Ergebnis, daß sie an Unterernährung leiden und ihre Jungtiere verkümmern«. Die Übervölkerung, zu der es wegen fehlender natürlicher Geburtenkontrollmechanismen komme, könne bei den betreffenden Arten zu einer Behinderung des Wachstums führen. Durch Hunger bedingte Behinderungen des Wachstums seien zwar nicht dasselbe wie Zwergwuchs, aber im Laufe vieler Generationen könnten sie auf den Zwergwuchs hinauslaufen, wenn sich nämlich kleinere Exemplare erfolgreicher fortpflanzten als große Exemplare.

Fosters hypothetische Erklärung der Fosterschen Regel umschließt also diese beiden getrennten Mechanismen. Fügt man sie zusammen, so bekommt man das in zwei Richtungen weisende Veränderungsmuster, das Fosters Diagramm bezeugt. Die Erklärung ist einfach, logisch und entspricht dem Profil der empirischen Daten.

Foster traf noch eine weitere interessante Feststellung. »Anpassungen auf Inseln werden dank der Kleinheit des Genpools und der Verhinderung des Genaustausches mit anderen Populationen im Zweifelsfall rascher und präziser erreicht.« Damit hatte er ohne Frage recht. Was auch immer sich über die Evolution auf den Festlandsgebieten der Kontinente sagen läßt, als rasch werden wir sie gewiß nicht bezeichnen und in den meisten Fällen auch nicht als präzise. Raschheit und Präzision gehören zu den Merkmalen, die der Evolution auf Inseln ihren ganz eigenen, verrückten Reiz verleihen.

In seiner speziellen Feldforschung beschäftigte sich Foster mit Größenunterschieden zwischen zwei Arten von Hirschmäusen auf den Queen-Charlotte-Inseln vor der Küste von British Columbia. Aber allgemeiner betrachtet, schrieb er über das Antlitz der Welt.

48 In den vergangenen dreißig Jahren wurde J. Bristol Fosters kleiner Artikel von Biologen, für die Größenveränderungen auf Inseln ein wichtiges Thema ist, häufig herangezogen. Gewöhnlich erwähnten sie »Foster (1964)«, um es zu kritisieren, es zu verbessern oder es als Ausgangspunkt zu nehmen. Wie bei Gesetzen auf dem Gebiet der Ökologie und der Evolutionsbiologie meist der Fall, war die Fostersche Regel zu einfach, um die Fachleute lange zufriedenstellen zu können. Sie repräsentiert, wenn man so will, einen Zustand vorrevolutionärer Unschuld, steht jenseits eines großen Umbruchs – zu dem es 1967 kam, als MacArthur und Wilson *The Theory of Island Biogeography* veröffentlichten. Danach war nichts mehr so wie vorher.

In den Fußstapfen von MacArthur und Wilson trat eine neue Generation von Ökologen und Biogeographen auf den Plan. Die Neuen waren unerbittlich intelligente junge Doktoranden und Assistenzprofessoren, die unzufrieden waren mit der naturgeschichtlichen Tradition der Biologie und ihrem deskriptiven Ansatz. Diese jüngeren waren mathematisch geschult und strebten danach, das deskriptive Verfahren durch quantifizierende Methoden zu ersetzen. Sie waren darauf aus, den theoretischen Teil der Biologie auf ein neues Niveau statistischer Strenge und formulatorischer Genauigkeit zu heben. Fragen wie die von Foster aufgeworfenen – Warum werden Nager auf Inseln größer, während Elefanten kleiner werden? – wollten sie lieber mit Hilfe von Differentialgleichungen, fünf Parameter umfassenden Begriffsmodellen und später dann mit Apple-Computern lösen. Wie die Physiker der Einsteinschen Generation, die sich zur Relativitätstheorie und dann zur Quantenmechanik und dann weiter zur allgemeinen Feldtheorie vortasteten, glaubten diese neuen Ökologietheoretiker, daß sie mittels geheimwissenschaftlicher mathematischer Analysen quantifizierter Beobachtungsdaten zu tieferen Einsichten in die Natur gelangen konnten – was in diesem Fall tiefere Einsichten in das Wesen von Arten und Gemeinschaften hieß. Robert MacArthur selbst war ihr erster und bedeutendster Wortführer.

MacArthur, der im Jahre 1972 jung verstarb und ein schmales, aber herausforderndes Schriftencorpus hinterließ, wurde zum James Dean der theoretischen Ökologie. Niemand wird jemals wissen, wie weit er es hätte bringen können, und so hatte die Phantasie derer, die ihn überlebten, freie Bahn, ihn zu glorifizieren. Tatsächlich hat er im Laufe seiner kurzen wissenschaftlichen Karriere einige sehr konkrete, sehr weitreichende Leistungen vollbracht. Sein letztes Buch, das er in aller Hast schrieb, als er schon im Sterben lag, ist das großartige, wenn auch unfertige letzte Resultat seiner Bemühungen um die Verschmelzung von mathematischer Ökologie und Biogeographie. Das Buch ist sein wissenschaftliches Grabmal und trägt den Titel *Geographical Ecology* sowie den noch aufschlußreicheren Untertitel *Patterns in the Distribution of Species* [Muster der Artenverteilung]. Wie Wallace und Darwin und andere große Naturforscher wußte auch MacArthur, daß es die Muster sind, die den empirischen Daten *Bedeutung* verleihen. Das kann man in der Einleitung des Buches nachlesen: »Wissenschaft zu treiben heißt nicht bloß, Fakten zu sammeln, sondern nach Mustern zu suchen, die sich wiederholen, und die Wissenschaft der theoretischen Ökologie zu treiben heißt, im Leben der Pflanzen und Tiere nach Mustern zu suchen, die sich kartographisch erfassen lassen.«

Viele führende Vertreter dieses neuen Ansatzes sind frühere Schüler von MacArthur oder frühere Kollegen und Mitarbeiter, die zu schätzen wußten, was er tat, oder auch Mitarbeiter seiner früheren Mitarbeiter. Eine direkte oder mittelbare Verbindung zu MacArthur gilt heute als Empfehlung. Es ist so, als könne man geltend machen, daß man sich einst in Zürich mit einem reizbaren russischen Emigranten namens V. I. Lenin bei einer Tasse Kaffee politisch in die Wolle gekriegt hat. Aber anders als an Lenin erinnert man sich an MacArthur liebevoll und ehrerbietig. Und weil er als Lehrer und Mitarbeiter ein so einnehmendes Wesen hatte, wurde seine persönliche Leistung bei der Anwendung der Mathematik auf die Ökologie vielleicht ein wenig übertrieben. Bringt man die Übertreibung in Abschlag, so kann man sich darüber streiten, was an persönlicher Leistung bleibt. *Ohne* Abschlag gelten lassen muß man allerdings seinen *methodologischen* Einfluß auf dieses Wissenschaftsgebiet. Er hat die Denkweise in der Ökologie verändert. Seit mittlerweile zwanzig Jahren treiben die Anhänger von MacArthur einen Großteil der interessantesten Forschungen im Bereich der Ökologie, der Evolutionsbiologie und der Biogeographie. Zu dieser postrevolutionären Generation zählt ein gewisser Ted J. Case, der es an Brillanz, Verrücktheit und Durchblick mit jedem aufnehmen kann. Case erforscht Rieseneidechsen auf den Inseln im Golf von Kalifornien. Aber lassen Sie sich nicht täuschen! Auch hier ist das eigentliche Thema das Antlitz der Welt.

Ende der siebziger Jahre, in der Anfangsphase seiner Karriere, veröffentlichte Case in der Zeitschrift *Ecology* einen ebenso glänzenden wie schwierigen Artikel über Größenveränderungen bei inselbewohnenden Tieren. Er trug hier vor, wie er sich eine verbesserte Fassung von Fosters Erklärung der Fosterschen Regel vorstellte. Case gab dem Artikel die Überschrift »A General Explanation for Insular Body Size Trends in Terrestrial Vertebrates« (Eine allgemeine Erklärung für Trends in der Körpergröße bei landbewohnenden Wirbeltieren auf Inseln), auch wenn die Allgemeinheit, die der Titel versprach, sich ausführlichst in Einzelheiten vertiefte. Die achtzehn Seiten des Artikels enthielten eine Zusammenfassung der empirischen Befunde, eine Erörterung verschiedener begrifflicher und mathematischer Modelle zur Beschreibung der für die Körpergröße maßgebenden Faktoren, eine Diskussion der Frage, wieweit diese Modelle den unterschiedlichen Verhältnissen auf dem Festland und auf Inseln Rechnung trugen, einen Abschnitt über Verfahren zur Überprüfung der Vorhersagen der Modelle, einen Abschnitt über Fälle, die offensichtlich quer zu dem Modell standen, das Case selbst in Vorschlag brachte, einen Abschnitt mit dem Titel »Eine weitere Folgerung« und am Ende, hinter der drei Seiten langen Liste mit den Quellenangaben, einen mathematischen Anhang, an dem sich die ganz Eifrigen verlustieren konnten. Der Artikel machte sehr schön deutlich, welches veränderte Aussehen die theoretische Ökologie in der postrevolutionären Ära gewonnen hatte. Während in dem kleinen Beitrag von J. Bristol Foster allgemeinverständliche Dinge zu lesen waren wie etwa:

	Kleiner	*Gleich*	*Größer*
Beuteltiere	0	1	3
Insektenfresser	4	4	1
Hasenartige	6	1	1

	Kleiner	Gleich	Größer
Nagetiere	6	3	60
Fleischfresser	13	1	1
Paarhufer	9	2	0

standen im Artikel von Ted J. Case Dinge wie die folgenden:

Modell 1:
1A) $dR/dt = rR(1-R/K) - WRC/(M + R)$
1B) $dC/dt = -dC + WRC/(M + R)$

oder

Modell 3:
3A) $dR/dt = F - WRC/(M + R)$
3B) $dC/dt = sC(1 - C/JR)$

wobei R die Nahrungsressourcen auf einer Insel repräsentiert, C die Arten, die von diesen Ressourcen leben, und dR/dt die Tatsache belegt, daß angesichts unserer knapp bemessenen Lebenszeit niemand von uns normalen Sterblichen verlangen kann, daß wir bei Differential- und Integralrechnungen durchsteigen. Zu unserem Glück kann sich Ted J. Case auch auf englisch klar und verständlich ausdrücken. Es war, erklärte er in dem Artikel, tatsächlich möglich, bei den Größenveränderungen, denen Arten auf Inseln unterworfen sind, ein Muster zu entdecken, und es war auch möglich, hinter dem Muster biologische Ursachen aufzuspüren. Wie von Foster vermutet, hatten der Riesenwuchs bei kleinen Tieren und der Zwergwuchs bei großen Tieren unterschiedliche Gründe und waren nicht etwa auf eine magische normative Kraft zurückführen, die dem Mittelmaß eignete. Jawohl, viele Tierarten neigten dazu, auf Inseln größer zu werden, außer, wenn besondere Umstände vorlagen, die sie kleiner werden ließen. Anders als die Fostersche Regel war die von Case mitnichten einfach. Der entscheidende Faktor, aus dem sich alles übrige ergab, war Case zufolge die Energiemenge, die das Exemplar einer bestimmten Spezies in einem bestimmten Zeitraum letztlich gewinnen konnte.

Um diesen maßgebenden Parameter festzustellen, mußte man Antwort auf eine Reihe von Fragen finden. Wieviel Nahrung steht zur Verfügung? Wie viele Räuber und Konkurrenten stören das Tier bei seinem Bemühen, sich mit Nahrung zu versorgen? Wenn auf einer Insel Räuber und Konkurrenten fehlten, war der Nettoertrag an Nahrung unter Umständen hoch, und das Tier konnte sich in der Tat in Richtung Gigantismus entwickeln. Es sei denn. Es sei denn, schränkte Case ein, die Abwesenheit von Räubern und Konkurrenten führt bei der betreffenden Art zur Übervölkerung; in diesem Fall liegt der Nettoenergieertrag unter Umständen niedriger als auf dem Festland, und die Art bildet vielleicht Zwergwuchs aus. Es sei denn. Es sei denn, schränkt Case ein, die betreffende Art zeichnet sich zufällig durch Territorialverhalten aus, das heißt, jedes Exemplar ergreift von einem bestimmten Territorium für den Eigengebrauch Besitz und verteidigt es gegen seinesgleichen; in diesem Fall kann der Ertrag nach wie vor ausnehmend gut sein und die Spezies größer werden. Es sei denn. Es sei denn, es gibt natürliche physiologische Bedingungen, die dafür sorgen, daß der Spezies aus dem Größerwerden Nachteile erwachsen. (Ein Vogel, der zu groß ist, kann nicht fliegen; ein Gecko, der zu groß ist, kann mit seinen Saugnapfzehen keine senkrechten Mauern hochklettern.) Oder es sei denn, die Spezies hat auf dem Festland traditionell unter Räubern gelitten, die ihre Angriffe vorzugsweise auf größere Exemplare konzentrierten. In diesem Fall entwickelt sich die Inselpopulation, da sie ja nun den Hinderungsgrund fürs Größerwerden los ist, möglicherweise in Richtung Gigantismus. Es sei denn, irgendein anderer Grund sorgt dafür, daß es sich anders verhält. Kein besonderer Umstand, zu dem es nicht weitere besondere Umstände gäbe. Nehmen wir etwa die Klapperschlangen von Angel de la Guarda.

Angel de la Guarda ist eine Insel im Golf von Kalifornien vor der Ostküste der Halbinsel Baja, etwa am Ende des ersten Wegdrittels in Richtung Süden. Auf der Insel gibt es zwei Arten von Klapperschlangen, die auch auf dem mexikanischen Festland vorkommen. In der Form, in der man die beiden Arten auf dem Festland antrifft, ist *Crotalus ruber* etwa zweimal so groß wie *Crotalus mitchelli*. Auf der Insel ist das Verhältnis umgekehrt: *Crotalus mitchelli* hat sich vergrößert, *Crotalus ruber* hat sich verkleinert, und zwar so weit, daß nun die »kleine« Art doppelt so groß ist wie die »große« Art. Warum ist das geschehen? Der These von Case zufolge besiedelte *C. mitchelli*, die kleine Festlandsart, Angel de la Guarda früher als *C. ruber*. Die zeitliche Aufeinanderfolge war vielleicht ein bloßer Zufall, aber Zufälle sind folgenreich. Dadurch, daß sie früher kam, sicherte sich *C. mitchelli* möglicherweise solch einen Vorsprung in der Entwicklung zum Gigantismus, daß *C. ruber*, als sie nachfolgte, gezwungen war, den entgegengesetzten Weg in Richtung Zwergwuchs einzuschlagen. Mit anderen Worten, da die ökologische Nische für die große Klapperschlangenart bereits von *C. mitchelli* besetzt war, mußte sich *C. ruber* mit der Nische für die kleine Klapperschlange abfinden.

Cases Artikel »A General Explanation for Insular Body Size Trends in Terrestrial Vertebrates« ist ein ehrfurchtgebietendes Stück wissenschaftlicher Synthese. Wer es liest, wird sich vielleicht den Autor als ernsthaften, methodischen, hochgradig kopflastigen Burschen vorstellen. Im großen und ganzen stimmt dieses Urteil, aber wie bei so vielen Verallgemeinerungen sind auch hier Einschränkungen am Platze.

49

Knapp zwanzig Kilometer südlich der mexikanischen Grenze fahren wir – mit Ted Cases Boot auf einem wenig vertrauenerweckenden Anhänger im Schlepptau – von der Autobahn ab, weil uns nach Margaritas und Hummer gelüstet. Tijuana ist gerade erst aus dem Rückspiegel verschwunden. Aber es ist ein heißer Nachmittag im Monat Mai, Dr. Case hat sich soeben von seinem Büro und seiner akademischen Existenz an der University of California in San Diego verabschiedet, um mit der neuen Feldforschungssaison zu beginnen, und das will gefeiert sein. Die Margaritas hier sind toll, sagt er. Die Hummer sind klein, aber billig; nehmen Sie mindestens zwei, rät er mir. Sein Boot ist neu, ein seetüchtiges, acht Meter langes Panga eines Typs, der für die mexikanische Fischereiindustrie entworfen wurde; Ted hat das Boot liebevoll *MacArthur* getauft. Sein altes Boot ist letztes Jahr unter unglücklichen Umständen verschwunden; er und ein Doktorand namens Ray Radtkey saßen tagelang auf Angel de la Guarda fest. Wenn man an abgelegenen Orten Feldforschung treibt, passiert schon so allerlei, und Ted stellt Kosten und Risiken mit philosophischer Gelassenheit in Rechnung; er hat sich allerdings geschworen, daß er dieses Jahr besser gerüstet sein wird. Nach mehreren Margaritas und mehreren Hummern machen wir uns wieder auf den Weg, aber in Ensenada bricht beim Anhänger eine Blattfeder.

Wir verlieren also eine Nacht und den Großteil des folgenden Tages, während wir auf der Suche nach einem Schmied, der Blattfedern repariert, die Straßen von Ensenada durchstreifen. Nach zwanzig Feldforschungsaufenthalten auf der Halbinsel Baja und den Inseln des Golfs von Kalifornien kennt sich Case mit Spanisch aus und hat gelernt, wie man den richtigen Ton anschlägt und die Leute zwanglos überredet. Wir sprechen mit Tito, dem Vorarbeiter an der dortigen Bootswerft, und mit seinem Mann Togo, der sich aufs Schweißen von Anhängern versteht. Tito und Togo bedauern, bedauern zutiefst, aber es ist ihnen unmöglich, uns behilflich zu sein – sie haben zuviel zu tun. In einer anderen Straße spüren wir Temo, den Sprungfedermann auf, der gerade einen Bügelbolzen auf dem Amboß in Form schlägt, nachdem er das Metallstück im Feuer einer simplen Holzkohlenesse zu orangenem Glühen gebracht und geschmeidig gemacht hat. Fasziniert von dem Vorgang beobachte ich Temo bei der Arbeit. Nie hätte ich für möglich gehalten, daß man das so perfekt mit einem Hammer machen kann. Die Eisenzeit ist noch lebendig. Da mein eigenes Spanisch praktisch nichtexistent ist, bin ich passiver und schicksalsergebener Zuschauer beim Versuch, Temo zur Reparatur des Anhängers zu bereden; jedenfalls bin ich entschlossen, das Schauspiel nach Kräften zu genießen. Temo kann uns nicht helfen, leider Gottes nein, nicht vor dem späteren Nachmittag, auch er hat jede Menge zu tun, aber vielleicht sein Bruder. Seinen Bruder findet man in einer anderen Schmiede, nicht weit weg, die Straße runter, dann noch eine andere, eine Gasse, ein Schild und so weiter. *No es difícil*, wenn man ihm glauben darf. Irgendwie hat Ted Temos Anweisungen im Kopf behalten, und wir folgen ihnen.»Kaputter Anhänger in Mexiko« von Franz Kafka, denke ich. El Hermano de Temo ist indes wundersam entgegenkommend, und zu meiner großen Überraschung ist binnen zwei Stunden aus alten Metallteilen eine Sprungfeder für den Anhänger zurechtgeschmiedet. Die neue Feldforschungssaison für Inselbiogeographen muß also doch nicht im Ortskern von Ensenada zugebracht werden. Wir sind wieder flott.

Am nächsten Tag im Morgengrauen erreicht unsere Expedition ihr Basislager, ein Motel im Dorf Bahia de los Angeles an der Ostküste von Baja. Angel de la Guarda zeichnet sich draußen vor der Küste, jenseits einer Reihe kleinerer Inseln, in einer Entfernung von dreißig Kilometern am Horizont ab.

Wie die kleineren Inseln stellt Angel de la Guarda einen sonnendurchglühten Felsklumpen dar, mit einer kärglichen Wüstenvegetation, wie sie für den Staat Sonora typisch ist, einigen wenigen Reptilienpopulationen, noch weniger Vogelpopulationen und ohne ständige menschliche Präsenz. Zu einer getrennten Insel wurde Angel de la Guarda dank einer Ausdehnung des Meeresbodens, die das Gebiet vor etwa einer Million Jahren von der Ostküste ablöste. Als sie im Zuge ihrer tektonischen Extratour von der Halbinsel fortglitt, muß sie ein paar Pflanzen und Tiere mitgenommen haben. Andere Arten kamen vermutlich in den Jahrtausenden, die seitdem vergingen, durch Ausbreitung über das Meer dazu. Daß Angel de la Guarda so ausnehmend ungastlich ist – kein frisches Wasser, grausame Temperaturen, kaum Schatten und praktisch kein Erdreich, das diesen Namen verdiente –, hat den Ort vor menschlicher Besiedlung bewahrt. Obwohl sie nur 450 Kilometer Luftlinie von San Diego entfernt liegt, dürfte die Insel eine der primitivsten und naturbelassensten auf der ganzen Welt sein. Eine Million Jahre Isolation, die erst seit einem Jahrhundert ab und an von Menschen ein bißchen gestört wird, haben aus ihr einen hervorragenden Platz für das Studium insularer Prozesse gemacht, besonders wenn jemand Reptilien und Sonnenglut mag. Ted Case schwärmt für beides.

Den Kernpunkt der wissenschaftlichen Forschungen, die Case bei seinen jährlichen Expeditionen nach Angel de la Guarda betreibt, bildet eine langfristig angelegte demographische und ökologische Studie des Riesenchuckwalla, *Sauromalus hispidus*, eines unansehnlichen Reptils, das knapp ein Kilo wiegt und ungefähr einem Leguan gleicht. In dem Maße allerdings, wie ich mit den Verhältnissen und der Gemütsart von Case vertrauter werde, wächst bei mir der Verdacht, daß er teilweise deshalb Jahr um Jahr hierherkommt, weil es ihm einfach Spaß macht, in Schweiß gebadet zu sein und sich von der Sonne braun brennen zu lassen. »Das ist Angel«, sagt er und legt einen Tortillachip auf eine imaginäre Karte. Wir sitzen mittlerweile im besten Restaurant von Bahia de los Angeles, einem schlichten Etablissement mit Bohnen, Reis und kaltem Bier, an einem Tisch im Freien, und Case führt uns in die Geographie des Golfs von Kalifornien ein. Er benutzt frisch fritierte Chips als Kennmarken; Angel de la Guarda wird durch einen großen Chip mit eleganter Kräuselung vertreten. »Hier is' Esteban«, sagt er. Eine weitere Insel, ein weiterer Chip. »Und das sind die Lorenzos« – zwei andere Inseln, auf denen er ebenfalls Feldforschung getrieben hat – »und Partida.« Wir starren auf fünf insulare Häppchen knuspriger Tortilla, die in einem Meer aus Tischplatte schwimmen. Die Bierflaschen Marke Pacifico könnten eine Flotte von Fischerbooten sein. »Das Problem ist«, sagt Case, »daß zwischen all diesen Inseln verrückte Gezeiten- und Windbewegungsmuster entstehen. Es kann ganz schön wirbelig zugehen.«

»Sind Sie mit dem hier fertig?« fragt ein hochgewachsener, hungriger Doktorand, der mit auf die Expedition gekommen ist, um bei den Arbeiten im Feld zu helfen. Jawohl, Case ist mit dem Angel-de-la-Guarda-Chip fertig, also stippt ihn der Student in Salsa und ißt ihn auf.

Wirbelige Gezeiten und Winde gehören für Biogeographen im Golf von Kalifornien zum Berufsrisiko, und das gilt auch für etliche andere Erscheinungen widrigen Wetters und stürmischer Anfechtungen. Wenngleich die Lufttemperatur hier normalerweise hoch, der Himmel normalerweise blau und der Golf selbst schmal und langgestreckt ist, kann die Fahrt im kleinen Boot doch Gefahren bergen. Case geriet mehrfach in hohe, kabbelige See, die aus der neunzig Kilometer langen Überfahrt zur Insel San Esteban eine echte Prüfung à la Joseph Conrad werden ließ. Er kam plötzlich in Nebel und rammte um ein Haar die Klippe bei Partida. Er trieb drei Tage lang auf dem Meer und konnte an keiner der Felseninseln an Land gehen, saß auf dem Boot fest, benutzte einen Eimer als Klosett, hatte kaum mehr Benzin, packte die Korbflaschen mit Trinkwasser in Schwimmwesten, weil er mit dem Untergang des Boots rechnete, und erreichte schließlich mit Müh und Not wieder Bahia, ohne einen einzigen Chuckwalla gefangen zu haben – für ihn die zweitschlimmste Kränkung. Er ist ein hartnäckiger Forscher, ein im Feld erfahrener Fachmann, und ohne reptilienkundliche Daten läuft in seinem Beruf nichts. Nach dem dreitägigen Alptraum, der ihn an den Rand eines Schiffbruches führte, ruhte er ein oder zwei Tage in Bahia aus, duschte, trank ein Pacifico, verkündete »Ich fahre nicht heim, bis ich die Daten habe«, und fuhr wieder hinaus, ähnlich wie Wallace nach dem Untergang der *Helen*. Die allerschlimmste Kränkung, die sogar noch die Heimkehr ohne Chuckwalla-Daten übertrifft, ist natürlich der Tod.

Aber Case hat die Gefahren bislang heil überstanden. An der ersten Wunde, die ihm ein Stachelrochen zufügte, starb er nicht; sie war bloß unangenehm. Auch die zweite schaffte ihn nicht ganz, obwohl dieses Mal sein Bein wie verrückt anschwoll und der Doktor ihn später warnte, er habe sich vielleicht eine Allergie gegen das Stachelrochengift zugezogen, und ihm den mitfühlenden Rat gab, er solle es auf ein drittes Mal lieber nicht ankommen lassen. Und er kam auch im vergangenen Jahr nicht um, als er und Ray das alte Boot verloren und vier Tage auf Angel de la Guarda festsaßen.

Er und Ray fuhren am nordöstlichen Ende der Insel, nicht weit weg von einer berüchtigten Stelle namens Punta Diablo, auf dem Meer, als ein Sturm aufzog. Sie suchten Zuflucht in einer nahegelegenen kleinen Bucht. Case kannte die Bucht, weil das die Landestelle für seine Besuche im Cañon de las Palmas war, einem der Schauplätze seiner langfristigen Chuckwalla-Untersuchungen. Sie setzten das Boot auf den Strand und fingen an, Vorräte in eine Höhle zu schleppen, die ihnen Unterschlupf bieten sollte. Aber das Boot wurde vom Wind ins Meer getrieben, während sie ihm den Rücken zuwandten, und trieb so rasch ab, daß selbst Case, der ein guter Schwimmer war, es nicht einholen konnte. Sie waren fast ohne Lebensmittel. Was sie hatten, war ein Wasservorrat für sieben Tage, ein Quantum Gin und zwei Camping-Faltstühle aus Aluminium. Sie setzten sich hin, um zu überlegen, wie groß ihre Überlebenschancen waren.

MIDRIFF-INSELGRUPPE

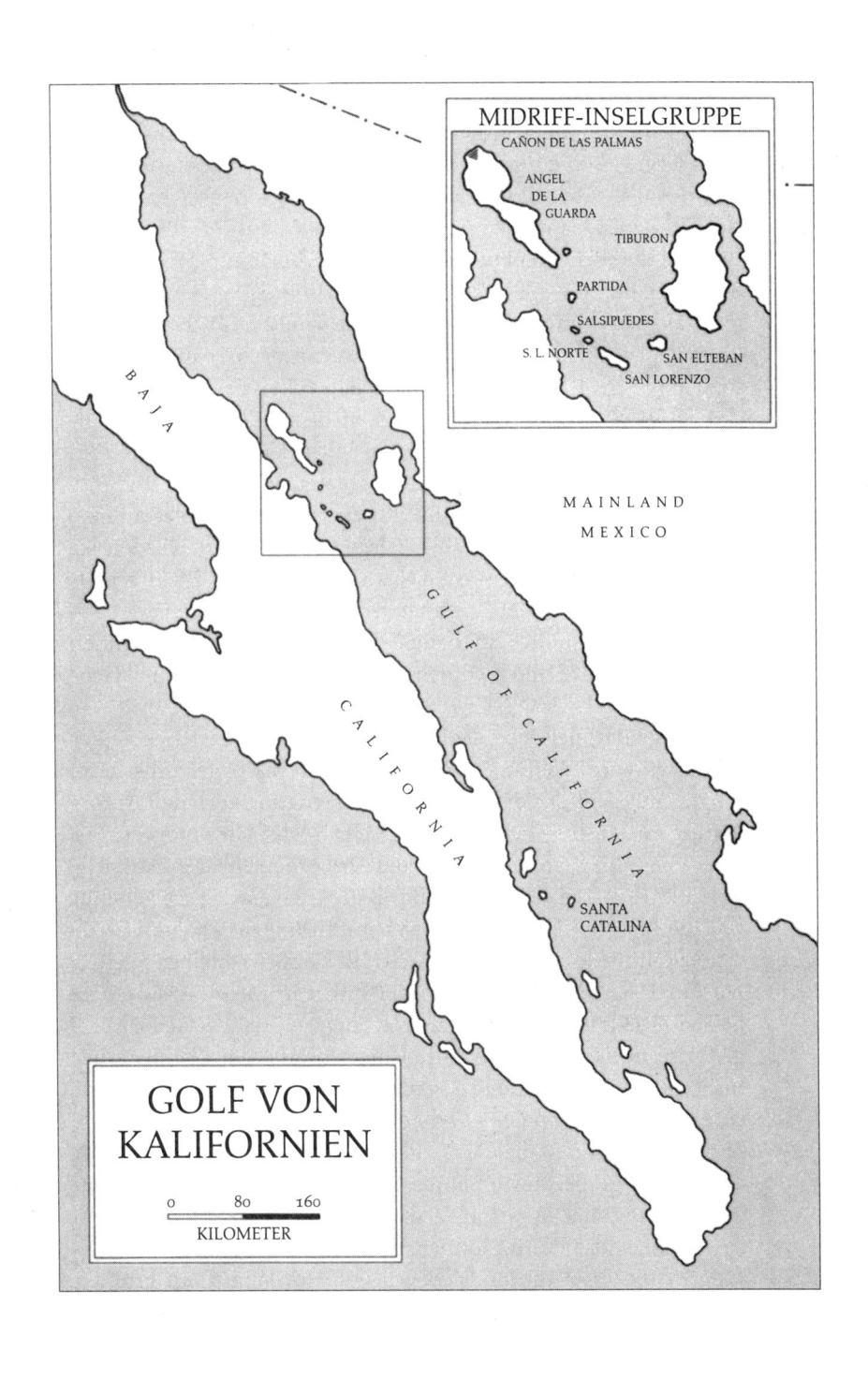

- CAÑON DE LAS PALMAS
- ANGEL DE LA GUARDA
- TIBURON
- PARTIDA
- SALSIPUEDES
- S. L. NORTE
- SAN ELTEBAN
- SAN LORENZO

BAJA

MAINLAND MEXICO

GULF OF CALIFORNIA

CALIFORNIA

SANTA CATALINA

GOLF VON KALIFORNIEN

0   80   160
KILOMETER

Vier Tage lang lebten sie von Wasser, Gin und Eßbarem, das sie erbeuteten. Sie sammelten Miesmuscheln in der Bucht. Sie fingen und aßen ein paar Klapperschlangen. Sie probierten auch Chuckwallas, aber das Fleisch schmeckte so scheußlich, daß sie den Hungertod vorzogen. Schutz bot ihnen die Höhle. Zur Unterhaltung standen ihnen zwei Bücher zur Verfügung: Doris Lessings *Briefing for a Descent into Hell* (*Anweisung für einen Abstieg zur Hölle*) und ein Buch mit dem Titel *Endurance*, das von einer katastrophal gescheiterten Südpolexpedition handelte. Case fand das Südpol-Buch einigermaßen aufmunternd, weil seine und Rays Lage *so* verzweifelt denn doch nicht war. Schließlich machten sie sich einigen Fischern bemerklich, die leider nicht zum Hafen von Bahia de los Angeles unterwegs waren. Ted und Ray ließen sich trotzdem retten und fuhren mit den Fischern auf eine andere, etwas näher bei Bahia gelegene Insel. Dort wurden sie abgesetzt und mußten warten, bis sie ein zweites Mal gerettet wurden. Die zweite Rettungsmannschaft brachte sie zurück nach Bahia. Case bestellte ein neues Boot und dazu einen großen Anker. Den Kauf ermöglichte ihm eine Beihilfe der National Geographic Society.

Case glaubt, daß sich das neue Boot in kabbeliger See besser bewähren wird. Wenn die Konstruktion für die Krabbenfischerei taugt, dann genügt sie nach seiner Überzeugung auch den Anforderungen der Inselbiogeographie. Um sechs Uhr morgens an einem Tag mit klarem Himmel und unvorhersehbaren Aussichten sind Ray, Ted und ich an Bord, die Ausrüstung ist verstaut und die *MacArthur* zum Ablegen bereit. Ohne die anderen Expeditionsmitglieder, die bei diesem Streifzug zurückbleiben, gleiten wir durch das glasklare Wasser der Bucht in Richtung Angel de la Guarda. Als wir die Südspitze von Angel erreichen, ist die Morgenbrise noch frisch; wir fahren nun entlang der Ostküste der Insel nach Norden. Plötzlich wird die Luft warm. Obwohl wir fast einen Kilometer von der Küste entfernt sind, können wir die Hitze der Insel spüren; die Ostwand von Angel de la Guarda strahlt die gestern gespeicherte Sonnenenergie ab, wie ein Kachelofen, in dem das Feuer längst ausgegangen ist. Als wir Punta Diablo passieren, ist das Wetter immer noch gut. In nordsüdlicher Richtung ist die Insel fünfundsiebzig Kilometer lang. Zum größten

Teil besteht sie aus kahlem unfruchtbarem Gestein – nackte Berge von rötlich-grauer Farbe, mit Buschwerk bewachsene Schluchten, Felsklippen, Orte, die nicht einmal Ted Case kennt. Nach dreistündiger Fahrt landen wir in der gleichen Bucht, in der Ted und Ray vormals festsaßen.

Wir schlagen unser Lager in der Nähe der Höhle auf. Ins Land hinein, am Ausgang des Cañon, befindet sich eine ebene sandige Fläche, die spärlich mit Riesensäulenkakteen, Perückensträuchern, Agaven, Balsambaumgesträuch (*Bursera microphylla*), Palo verdes (Gattung *Cercidium*) und einem kleinen Gehölz der blauen Fächerpalmen bewachsen ist, die der Schlucht ihren Namen gegeben haben. Die Fläche ist alluvial und besteht aus kleinkörnigem Sediment, das bei den äußerst seltenen Regenfällen die abfließenden Wasser aus der Schlucht herausgespült haben. Case nennt die Fläche *bajada*. Sie fällt zur See hin sanft ab. Es gibt auf Angel de la Guarda nicht viele Orte wie diesen; anderswo ist das Terrain so steil, daß sich nicht einmal die dürrebeständigste Vegetation darauf halten kann. Mit ironischem Lachen bemerkt Case: »Das hier ist der Gartenplatz.« Seit zwölf Jahren untersucht er jeden Sommer die Population von Chuckwallas, die an dieser Stelle lebt.

Während der letzten drei Jahre hat er beobachtet, daß der Ort unter einer Dürre leidet. Der ohnehin spärliche Niederschlag ist praktisch ausgeblieben. Obwohl die an Wüstenbedingungen angepaßten Tiere und Pflanzen auf extreme Trockenheit eingestellt sind, hat sie die Dürre stark mitgenommen. Bäume sterben ab. Reptilien sterben. Eine der Palmen in der Nähe des Ausgangs der Schlucht hat im vergangenen Jahr Früchte angesetzt, sie aber nicht ausgebildet. Unsere Aufgabe besteht darin, uns ein Bild von den Auswirkungen der Dürre auf die Chuckwallas zu machen. Bei früheren Aufenthalten hat Case auf der *bajada* einen Untersuchungsraster angelegt und die Rasterpunkte mit blauem Plastikklebeband markiert, das er an Zweigen befestigte. Der Raster ist so ziemlich rechteckig und bedeckt eine Fläche von dreißig Hektar. Wie die Jahre zuvor gehen Ted und Ray unter einer sengenden Sonne auf der *bajada* an die Arbeit, wandern von Punkt zu Punkt, zählen und vermessen Chuckwallas, machen sich Notizen. Wie in früheren Jahren finden sie Dutzende von Exemplaren der Riesenspezies, *Sauromalus hispidus*. Im Unterschied zu früher allerdings sind diesmal die meisten Exemplare tot. Tote Chuckwallas zu zählen ist, wie Case bemerkt, viel leichter, als eine Bestandsaufnahme von lebenden zu machen. Einige Tierarten neigen dazu, sich in Löcher zu verkriechen, wenn sie sterben; sie verstecken sich und verrecken still und heimlich, mit dem Ergebnis, daß man den Kadaver nie findet. Und die sterbenden Tiere, die sich nicht verkriechen, werden – jedenfalls unter Festlandsbedingungen – normalerweise von Räubern aus der Klasse der Säugetiere getötet und gefressen. Bei den Chuckwallas auf Angel de la Guarda, wo es keine räuberischen Säugetiere gibt, ist das anders. Diese Tiere verenden im Freien, ohne alles Bedürfnis nach Heimlichkeit, unbekümmert darum, daß sie noch auf dem Totenbett einem Räuber zum Opfer fallen könnten, und bereit, ihre Kadaver den aasfressenden Raben zu überlassen. Die Raben nisten auf der Spitze von Riesensäulenkakteen. Sie tragen die toten Chuckwallas in ihr Nest, verleiben sich ein paar Bissen Bauchfleisch ein und lassen dann den Rest herunterfallen. Am Fuße vieler Säulenkakteen auf dieser *bajada* findet man deshalb die angefressenen Kadaver von Chuckwallas, die der Dürre erlegen sind. Für den Reptilienforscher, der dort vorspricht, ist das bitter, aber bequem.

Einige der toten Chuckwallas tragen Zahlen auf dem Rücken, die ihnen Case bei früheren Aufenthalten aufgemalt hat. »Ich habe gerade ein totes Exemplar wiedergefunden, das ich zum ersten Mal vor zwölf Jahren gekennzeichnet habe«, berichtet er irgendwann. Das Wort »wiederfinden« scheint angesichts des Zustandes der Exemplare ziemlich gewagt. Case kann seinem Notizbuch die Lebensgeschichte der wiedergefundenen Tiere entnehmen: Wachstumstempo, Veränderungen im körperlichen Zustand, Mindestlebensdauer. Jetzt kann er bei den »Wiedergefundenen« das Todesjahr eintragen. Er kann auch eine mutmaßliche Todesursache (oder jedenfalls einen wichtigen beitragenden Faktor) benennen: die Dürre.

Offenbar empfindet er Zuneigung zur Spezies *S. hispidus*, ohne deshalb für die einzelnen Exemplare ungebührlich viel Gefühl aufzubringen. Sein bisheriger Umgang mit ihnen war kurz und bündig – fangen, wiegen, vermessen, das Geschlecht bestimmen, wieder freilassen. Die gegenwärtige Notlage, diese mörderische Dürre, ist schlimm für die Chuckwalla-Population, hat aber für den Reptilienkundler einen morbiden Reiz. Er sieht sich einer Störung im natürlichen Milieu gegenüber, die eine Reihe von natürlichen Auswirkungen hat. Die Aufgabe von Case, die Chance, die sich ihm bietet, besteht darin, diese Auswirkungen zu dokumentieren. Wenn ihn etwas bekümmert, dann höchstens der Gedanke, *S. hispidus* könne aussterben und nicht nur dezimiert werden, falls die Dürre noch lange anhält. Aber selbst das wäre ein vielsagendes biologisches Ergebnis, dessen Dokumentation sich durchaus lohnte. Der Tod in der Wüste ist ein trockenes Geschäft.

Die Aufgabe, die ich auf Angel de la Guarda zugewiesen bekommen habe, ist eine Sisyphosarbeit, die man dem Neuling aufhalst, und besteht darin, die Vielfalt und Vielzahl von Ameisen auf der Insel festzustellen. Case hat ein Experiment entworfen und mich gebeten, es durchzuführen, während er und Ray tote Chuckwallas jagen. Prima, mache ich gern, habe ich gesagt, ohne zu ahnen, was für eine mühsame Angelegenheit es ist, auf einer so dürren Insel wie dieser nach Ameisen zu fahnden.

Den Anweisungen von Case folgend, vergrabe ich an verschiedenen Punkten des Rasters kleine Plastikfläschchen – Fallgruben für Ameisen –, und zwar so, daß sie bis zur Oberkante im groben Wüstensand stecken. Auf den Boden jedes der Fläschchen spritze ich eine tödliche kleine Dosis Äthanol. Es soll die Ameisen, die hineinfallen, nicht nur töten, sondern auch konservieren. In der Nähe jedes Fläschchens stecke ich eine Markierung in die Erde. Und dann plaziere ich an vier Stellen rund um das Fläschchen winzige Häufchen von dem, was Case in seiner Weisheit zum unwiderstehlichen Ameisenköder erklärt hat: ein Häufchen mit Samen, eines mit geraspelter Kokosnuß, eines mit Katzenfutter aus der Dose und das vierte mit dem kleinen Zuckersplitt, den man zur Verzierung von Weihnachtsplätzchen verwendet. Wie heißen sie doch gleich? Streusel, Zuckerkrümel, eßbare Pailletten, Liebesperlenschrot, ich weiß es nicht. Statt sie auf ein Plätzchen zu streuen, streue ich sie auf Angel de la Guarda. Wie sich herausstellt, sind die Ameisen nicht gerade aus dem Häuschen.

Die Mittagstemperatur auf dieser *bajada* beträgt 43 Grad. Luftfeuchtigkeit gleich null. Tagelang mache ich pflichtbewußt die Runde mit dem kleinen Beutel, in dem die Flaschen sind, dem Äthanol, dem Zuckerschrot, den Samen und der Kokosnuß sowie der offenen Dose Katzenfutter, die genauso angenehm stinkt, wie man es sich vorstellt. Alles für die Wissenschaft. Ich fange nicht mehr als ein halbes Dutzend Ameisen. Als Inselmyrmekologe habe ich versagt, wenngleich Ted Case weiß, daß es nicht meine Schuld ist. Auf Angel de la Guarda sind Ameisen einfach kaum mehr vorhanden.

Wenn es am späten Abend kühl wird, sitzen wir in unseren Klappstühlen aus Aluminium, trinken Wein und lassen die *jejenes* sich an uns gütlich tun. Jejenes sind die hiesige Ausgabe winzig kleiner Stechfliegen. Sie pirschen sich unbemerkt an und verpassen einem dann einen Stich, als würde man von einem Teilchenbeschleuniger mit Mohnkörnern beschossen; Case scheint das allerdings nichts auszumachen. Mit seiner Schirmmütze vom Los Angeles Sportanglerklub sitzt er zufrieden da, süffelt seinen Wein, zerquetscht Jejenes und redet. Beiläufig erwähnt er den Glaubenskrieg zwischen Populationsbiologie und Molekularbiologie – der ihm Sorgen macht, weil er am Biologischen Institut der University of California in San Diego die Leitung übernehmen soll und in dieser Funktion als Friedensstifter wirken muß. Er macht ein paar Bemerkungen zur Ökologie des Riesenchuckwalla. Er stellt einige Überlegungen zu zyklisch wiederkehrenden Notsituationen und Dezimierungsprozessen bei kleinen Populationen an. Aber meist ist nach den ermattenden, wenngleich nicht sehr anstrengenden Tagen im Feld die Unterhaltung am Abend entspannt und beschränkt sich auf Geplauder. Während dieser Stunden lerne ich einen Ted J. Case kennen, der allem Anschein nach mit dem Autor von »A General Explanation for Insular Body Size Trends in Terrestrial Vertebrates« wenig Ähnlichkeit hat. Dieser hier ist an den Stränden Südkaliforniens groß geworden, als aufgeweckter Bursche, der mit seiner Jugend nichts besseres anzufangen wußte, als sie auf einem Surfbrett zu verbringen, und der das nie bereut hat; schließlich wurde aus ihm ein hochangesehener Naturwissenschaftler, in dessen Brust immer noch das Herz eines unverbesserlichen Neunzehnjährigen schlägt.

Als Teenager war Ted ständig auf Achse und klapperte die besten Strände fürs Surfen ab; er wurde schön braun und riß, wie vorhersehbar, in der Schule keine Bäume aus – »weil ich die halbe Zeit schwänzte«, erklärt er. »Ich war beim Surfen.« Die Erinnerung entlockt ihm ein breites Grinsen. Das war kein Sport, sagt Dr. Case, das war eine Subkultur. Die Musik war laut, die Sonne war golden, die Frauen waren Mädchen und das Leben war klasse. Ein eifriger Chronist dieser Subkultur könnte in alten Nummern der Zeitschrift *Surfer* Fotos vom jungen Ted finden. Ich frage, ob er immer noch surft. Ich weiß, daß Schwimmen zu seinem Tagesprogramm gehört und daß sich in seinem Büro in der Universität ein Zehngang-Tourenrad breitmacht; der Mittelalter-Speck in seiner Bauchgegend dürfte nicht mehr als einen Hamburger wiegen. »Ich habe nicht mehr den Körper dafür«, sagt er. »Das letzte Mal stand ich vor drei Jahren auf einem Brett. Ich fühlte mich alt. Ich bin gut in Form, technisch komme ich noch damit zurecht. Aber mir fehlt schlicht die Beweglichkeit. Schnelligkeit und Balance. Es ist sehr frustrierend, da draußen auf einer Welle zu reiten und im Kopf genau zu wissen, was man tun muß, und der Körper schafft es einfach nicht mehr.« Nachdem er sich mit schlechten Noten, aber einigem Erfolg in Schauspiel und bildender Kunst durch die Oberschule durchgewurstelt hatte, schrieb er sich mit einem Stipendium für das Schauspielfach an der University of Redlands ein. In Redlands aber ging er in sich. »Jeder x-beliebige dort wußte über alles x-beliebige mehr als ich. Es war demoralisierend. Ich brauchte also etwas, worin ich mich auszeichnen konnte. Ich fing an, mich für Biologie zu interessieren, und ich arbeitete wie ein Teufel.« Als er seinen Studienabschluß machte, hatte Case ein Stipendium der National Science Foundation und die Position eines Woodrow Wilson Fellow, was bedeutete, daß ihm alle Forschungseinrichtungen offenstanden. Er entschied sich für Stony Brook auf Long Island. Das sei ein Fehler gewesen, sagt er heute. Der kalifornische Surfer in ihm haßte den Ort. Nach ein paar Monaten ging er wieder und kehrte an die Westküste zurück, um sich dort für ein anderes Graduiertenprogramm und schließlich auch für eine andere Lebensweise zu entscheiden. Long Island war eindeutig nicht die Art von Insel, die ihn interessierte.

Hier auf Angel de la Guarda ist er in seinem Element. Mit jedem Tag, der vergeht, legt er mehr Kleidung ab und gewinnt an Bräune. Wenn die Inselbiogeographie auf Grönland, Spitzbergen und die Falklandinseln beschränkt wäre, dann, vermute ich, wäre Ted Case in einer anderen Branche tätig.

Jeden Morgen wandern wir zu dem Raster. Danach Mittagessen, eine Siesta im Schatten der Höhle, und am Spätnachmittag suchen wir wieder den Raster auf. Nach sonnengedünstetem Katzenfutter stinkend, folge ich den Markierungen meiner Ameisen-Planfläche und klappere Punkt für Punkt ab, getrennt von Ted und Ray, aber doch in Hörweite. Die Luft der *bajada* ist dank ihrer Trockenheit derart rein, daß ich aus hundertachtzig Metern Entfernung hören kann, wenn sich einer der beiden räuspert. Fast jede Stunde stoße ich unter irgendeinem Vorwand zu ihnen, weil mir, verglichen mit meiner langweiligen Aufgabe, ihre langweilige Aufgabe unüberbietbar aufregend vorkommt.

Sie suchen einen Säulenkaktus nach dem anderen auf. Sie folgen den Raben. Sie spähen auch unter die halbverdorrten Büsche und unter Felsbrocken. Die Anzahl der toten Chuckwallas wächst ständig; jeder Kadaver bekommt im Notizbuch von Case seinen statistischen Nachruf. Die Zahl der lebenden Chuckwallas, die gefangen und wieder freigelassen werden, ist drastisch gering. Auf jedes lebende Tier, das von Ted und Ray aufgespürt wird, kommen rund zehn Kadaver; die Populationsverluste sind vielleicht noch schwerwiegender, als dieses Verhältnis vermuten läßt, weil die Daten noch einen anderen Trend zu erkennen geben. »Wir haben es mit einer demographischen Katastrophe zu tun – alle lebenden Exemplare, die wir finden, sind Männchen.« Er will damit sagen, daß die Sterblichkeit bei den Weibchen besonders hoch ist und daß bei einer polygamen Spezies die Weibchen häufig wertvoller sind als die Männchen, wenn man die Sache demographisch betrachtet. Sinkt die Zahl der Weibchen zu sehr, so spielt die der Männchen keine Rolle mehr. Und gehen die Weibchen während dieser Dürre vollständig zugrunde, so stellen die überlebenden Männchen eine Gruppe wandelnder Toter dar, und die Spezies ist zum Aussterben verurteilt.

Die Sterblichkeit bei den Chuckwallas ist alarmierend, aber eine andere Alarmglocke schrillt noch lauter. Als wir eines Abends ins Lager zurückgezuckelt kommen, stellen wir fest, daß die Ankerkette von Cases flottem neuem Boot gerissen ist. Das Boot hat sich vom Anker losgerissen und ist abgetrieben – allerdings nur bis zum Ende einer langen Notleine, an der Case es festgemacht hat. In einiger Entfernung vom Strand schaukelt es frech in der Dünung. Der Anker ist verloren und liegt neun Meter tief auf dem Grund der Bucht, immerhin aber sitzen wir nicht fest. Ray ist erleichtert. »Wir hätten wieder Klapperschlangen fressen müssen«, stöhnt er. Und was noch schlimmer ist: Diesmal hätte es nicht einmal Gin gegeben. Case schwimmt hinaus, um die *MacArthur* zurückzuholen. Danach taucht er in der Bucht. Schließlich erscheint er wieder an der Wasseroberfläche, nach Luft ringend, mit dem Anker in den Armen und mit einer geplatzten Ader in einem Nasenloch. Wir helfen ihm aus dem Wasser. Er verstopft das Nasenloch mit einem Propfen aus Saugpapier und zieht ein rotes Hawaiihemd an, auf dem man die Blutstropfen nicht sieht. Ich fange an, mich zu fragen, ob Ted J. Case einfach vom Pech verfolgt ist oder ob er in einem gefahrvollen Beruf in vorderster Linie agiert. An Aufregung fehlt es bei dieser Expedition nicht, das Ganze ist höchst ereignisreich, mit Ausnahme vielleicht meiner Ameisenerhebung.

Was die Ameisen betrifft, so habe ich herausgefunden, daß a) auf Angel de la Guarda offenbar kaum welche existieren und daß b) die meisten von denen, die da sind, Katzenfutter der geraspelten Kokosnuß vorziehen.

Zu weiteren ernsthaften Mißgeschicken oder wichtigen Entdeckungen kommt es nicht mehr. Die Raben plündern eines Nachmittags unsere Lebensmittelvorräte und stopfen sich, während wir weg sind, mit einer Zweitageration aus Brot und Frühstücksfleisch voll, aber Case ist diesen Vögeln gegenüber nachsichtig, weil sie ihm auf seiner kahlen Insel Gesellschaft leisten und ihm dabei helfen, die Chuckawalla-Kadaver einzusammeln. Die drei Tage auf Angel de la Guarda gehen rasch vorüber. Nur die Hitze läßt sie lang und schleppend erscheinen. Wir begegnen der vergrößerten insularen Form der kleinen Klapperschlange, *Crotalus mitchelli*, und der verkleinerten insularen Form der großen Klapperschlange, *Crotalus ruber*, aber das Glück bleibt uns hold, und wir müssen sie nicht verspeisen (trotz Ankerkette und trotz gefräßiger Raben). Niemand tritt auf einen Skorpion. Niemand tritt auf einen Stachelrochen. Das Nasenbluten bei Case erweist sich als merkwürdig hartnäckig und tritt alle paar Stunden wieder auf, so daß Ray und ich uns daran gewöhnen, ihn mit einem Pfropf aus scharlachrot bekleckstem Papier im einen Nasenloch herumlaufen zu sehen; der Blutverlust ist aber nicht lebensbedrohlich. Das Boot unternimmt keine weiteren Versuche, uns im Stich zu lassen. Nachdem wir drei Morgen und drei Nachmittage lang die *bajada* kreuz und quer durchkämmt haben, sind wir plangemäß aufbruchsbereit.

Am letzten Abend öffnen wir die letzten Bierdosen, die wir aus den himmlisch kühlen letzten Eisresten herausgefischt haben; ich hebe die Dose, um auf Angel de la Guarda und unseren erfolgreichen Besuch zu trinken.

»Ich nehme jedenfalls an, daß er erfolgreich war, oder?« füge ich rasch hinzu.

»Jawohl. Er war erfolgreich«, sagt Case. Er stößt mit mir an. »Wir haben die Daten.« Das Nasenbluten ist endlich gestillt. Er trägt sein blutrotes Hawaiihemd, ein paar zitronengelbe Trainingshosen, Plastiksandalen, einen stoppeligen dunklen Dreitagebart, eine kakaobraune Haut und seine launige Schirmmütze vom Los Angeles Sportanglerklub. Er sieht aus wie ein zwielichtiger malaiischer Spielhöllenbesitzer am Morgen nach Silvester.

»Das ist die Grundregel bei dem Spiel: die Daten heimzubringen«, fügt er hinzu. In gewisser Weise hat sich das Spiel seit Darwin und Wallace nicht geändert. Inselbiogeographie kann nach wie vor ein gefährliches Unternehmen sein. »Riskierst du zu viel, kommst du nicht mehr heim«, sagt Case. »Riskierst du zu wenig, kriegst du nicht die Daten.«

50

Die Daten: Mit Hilfe der Raben und in geringerem Umfang auch mit meiner Unterstützung haben Case und Radtkey 108 tote Chuckwallas gefunden. Sie haben gerade einmal zwölf lebende gefangen, vermessen und wieder freigelassen. Unter den lebenden Chuckwallas haben sie nur ein einziges Weibchen angetroffen. Das Verhältnis in diesem Jahr ist also massiv in Richtung Tod und Unfruchtbarkeit gewichtet – massiv genug, um sogar Case in Verwunderung zu stürzen, der später erklärt: »Die Sterblichkeit da draußen ist unglaublich. Biblisch. Es ist wie der Dritte Weltkrieg.« Solche Zahlen konfrontieren mit dem Problem des Aussterbens von Arten. Das ist einer der Gründe, warum Case so ungeheuren Wert darauf legt, sie zu erheben.

Wie jede Spezies, die Ökologen mit Vorbedacht auswählen, um sie zu untersuchen, ist auch *Sauromalus hispidus* etwas Exemplarisches, eine konkrete Wirklichkeit, die für mehr als nur für sich selbst steht. Die Umstände der Lebensgeschichte einer Art sind einzigartig, und die statistische Möglichkeit, daß die Art irgendwann ausstirbt, sind an diese Umstände geknüpft und auch an äußere Bedingungen wie eine im Lebensraum auftretende Dürre. Aber sogar noch in den speziellsten Umständen lassen sich generelle Muster erkennen. So sind ein paar Fakten im Zusammenhang mit Cases Riesenchuckwallas für unsere allgemeinere Fragestellung von Belang – ich meine, für die Frage nach dem Yang des Aussterbens und nach dem Yin der Evolution.

S. hispidus ist ausschließlich auf Angel de la Guarda und einer Reihe von kleineren nahe gelegenen Inseln heimisch. Er ist nicht nur dreimal so groß wie sein nächster Verwandter auf dem Festland, er unterscheidet sich auch noch in mehrfacher anderer Hinsicht. Er lebt durchschnittlich länger als die Chuckwallas auf dem Festland, pflanzt sich aber weniger häufig und weniger reichlich fort. Der Gigantismus der Spezies, den der Mangel an Konkurrenten und Raubtieren möglich gemacht hat, mag seinerseits mitverantwortlich für ihr Durchhaltevermögen und ihre Langlebigkeit sein, weil die Größe für das Überleben in längeren Perioden des Nahrungs- und Wasserentzuges Vorteile bietet. Reptilien mit großen Körpern sind besser dazu in der Lage, Wasser und Nahrung zu speichern, auf Sparflamme zu leben, die Notzeiten zu überstehen. Dennoch sind manche Klimaabschnitte sogar für Tiere mit großen Körpern und Durchhaltekraft zu anstrengend. Dann sterben von den Chuckwallas welche – und nicht nur ein paar. Eine ernsthafte Dezimierung der Population, hervorgerufen durch eine außergewöhnlich lange Dürrezeit, ist ein Rückschlag, von dem sich eine Spezies mit geringer Fruchtbarkeit nicht so rasch erholt. Und da es sein kann, daß Fortpflanzungsaktivitäten auf die fetten Jahre beschränkt sind, wenn Wasser und Nahrung im Überfluß vorhanden sind, bringt eine schlimme Dürre nicht nur viele Exemplare um, sondern hält auch die Überlebenden davon ab, sich zu vermehren. Dauert die Dürrezeit noch länger oder macht irgendein anderes Unglück (etwa eine Viruserkrankung, eine Invasion fremder Raubtiere oder eine bei den Baja-Fischern plötzlich ausbrechende Mode, für den internationalen Handel mit exotischen Haustieren Chuckawallas zu sammeln) die Notsituation von *S. hispidus* noch schwieriger, so kann sich eine »biblische« Sterblichkeit in einen Fall von Artensterben verwandeln.

Nächstes Jahr oder ein Jahr später, wenn der Leser dieses Buch in Händen hält, gibt es vielleicht auf der Insel Angel de la Guarda kein *S. hispidus* mehr, abgesehen von Kadavern, die, von der Sonne gedörrt und von Raben angefressen, zu Füßen der Säulenkakteen herumliegen. Das mag hart klingen. Solche Härte ist indes auf Inseln gang und gäbe.

Wenn dieser unscheinbare Chuckwalla aus dem irdischen Jammertal verschwindet, so wird Ted Case es als erster wissen. Er könnte sich seine Bräune auch am Strand von La Jolla holen, aber er interessiert sich für das Antlitz der Welt.

51 Größe und Kleinheit sind nicht das einzige, was das Antlitz der Welt vielgestaltig macht. Insbesondere der Gigantismus tritt in Verbindung mit einem anderen Punkt des Inselmenüs auf: dem Verlust der Ausbreitungsfähigkeit. Für Reptilien wie *S. hispidus* oder die Riesenschildkröten ist diese Verbindung weniger typisch als für Insekten und Vögel.

Der Verlust der Ausbreitungsfähigkeit ist häufig gleichbedeutend mit dem Verlust der Flugfähigkeit. Um größere Ozeanstrecken zu überwinden, sind Reptilien eher auf phlegmatische Durchhaltekraft als auf die Kraft von Schwingen angewiesen, und da die phlegmatische Durchhaltekraft mit der Körpergröße zunimmt, kann der Gigantismus ihre Ausbreitungsfähigkeit befördern. Exemplarisch hierfür stehen die Schildkröten, die sich auf dem Meer bis nach Aldabra vorkämpften; eine Schildkröte von der Größe einer Dosenschildkröte hätte das nicht so ohne weiteres geschafft. Aber bei Insekten und Vögeln, die für die Ausbreitung auf ihre Flügel angewiesen sind, kehrt sich das Verhältnis um. Größere Flügel können die Ausbreitung begünstigen – ein Albatros überquert Ozeane leichter als ein Sperling –, ein größerer Körper allerdings ist ein Hindernis. Die Prinzipien der Aerodynamik und des Größenverhältnisses schreiben einer Spezies, die im Fluge die Welt erobern will, Beschränkungen der Körpergröße zwingend vor. Daß die meisten Insekten klein und die meisten Vögel grazil gebaut und hohlknochig sind, ist kein Zufall.

Die Evolution kann diese Beschränkungen in Frage stellen, aber das tut sie dann im Zweifelsfall an Schauplätzen der Entwicklungsgeschichte, an denen allzu kühne Experimente nicht streng und umgehend bestraft werden. Sprich, an Orten, wo die Konkurrenz und die räuberischen Nachstellungen nicht so intensiv sind. Sprich, auf Inseln.

Hat eine Insekten- oder Vogelspezies eine neue Insel erreicht und dort eine Population etabliert, so bietet die Entwicklung hin zum Riesenwuchs gewisse Vorteile: Fettspeicherkapazität, stabiler Wärmehaushalt, Verteidigung gegen Räuber, falls überhaupt vorhanden. Aber der Gigantismus ist auch ein Weg zur Flugunfähigkeit, und Flugunfähigkeit bedeutet, daß die betreffende Art auf der Insel festsitzt. Diese evolutionären Tendenzen haben einen zirkulären Zug. Eine riesenwüchsige, inselbewohnende Insekten- oder Vogelart kann ihren Riesenwuchs ausgebildet haben, weil sie auf der Insel festsitzt, und sie kann auf der Insel festsitzen, weil sie ihren Riesenwuchs ausgebildet hat. Aber gleichgültig, was Ursache und was Wirkung ist, Ausbreitungsunfähigkeit ist das Resultat.

Die australische Riesenschabe ist flugunfähig. Die Riesengrillen von Neuseeland sind flugunfähig. Der Kormoran der Galápagosinseln, der größer ist als alle anderen Kormorane, ist auch der einzige, der nicht fliegen kann. Der neuseeländische Eulenpapagei, der alle sonstigen Papageien an Größe übertrifft, ist flugunfähig. Auf der Insel Tristan da Cunha im kalten Südatlantik lebt eine flugunfähige Nachtfalterart, *Dimorphinoctua cunhaensis*, die größer ist als ihre Verwandten auf dem Festland. Sie sieht aus wie eine Schlammfliegenlarve, Größe neun, mit einem Paar Flügel der Größe drei. Der mittlerweile ausgestorbene Riesenalk war ein überdimensioniertes Mitglied der gleichen Vogelfamilie, der auch die Papageientaucher und die Alken angehören. Auf Inseln im Nordatlantik beheimatet, wäre er der vollständigen Ausrottung durch die Menschen vielleicht entronnen, wäre er nicht im Unterschied zu Papageientauchern und Krabbentauchern flugunfähig gewesen. In Kuba gab es eine flugunfähige Rieseneule, *Ornimegalonyx oteroi*, die jetzt ebenfalls ausgestorben ist. Die Insel Madagaskar hatte ihren *Aepyornis maximus*, den größten der Gruppe, die man gemeinhin als Elefantenvögel bezeichnet. Ein Elefantenvogel mochte mit den Flügeln schlagen, wie er wollte, er konnte nicht fliegen, außer in arabischen Märchen. Auf Neuseeland lebte der Moa *Dinornis maximus*, ein Riese der gleichen Größenordnung wie *Aepyornis maximus*, nur hagerer – eher einer Giraffe ähnlich als einem Elefanten. Und abgesehen von *Dinornis maximus* gab es noch mindestens zwölf andere Arten von neuseeländischen Moas.

Die neuseeländische Liste ist besonders beachtlich – dreizehn oder mehr Arten von riesigen flugunfähigen Vögeln in einem Gebiet, das nicht größer ist als Colorado. Viele dieser Arten lebten noch, als die Maoris, die aus Polynesien kamen, Neuseeland um 1000 n. Chr. erstmals besiedelten. Trotz der Verfolgung durch die Maoris und später durch europäische Siedler überlebten ein paar Arten noch bis ins 18. Jahrhundert. Die Überbleibsel dieser verschwundenen Vögel in Form von Subfossilien (alte Knochen, die noch nicht versteinert sind) und Fossilien deuten auf eine breite Palette von Abwandlungen des Grundschemas: enorm große Moas der Gattung *Dinornis*, kleinere, aber dickbeinige Moas der Gattung *Pachyornis*, mittelgroße Moas der Gattung *Euryapateryx*, Zwergmoas der Gattung *Anomalopteryx*. Warum so viele Spielarten? Ein Handbuch zum Thema ausgestorbene Vögel erklärt den Sachverhalt durch Hinweis auf zwei Faktoren: »Erstens lebten nicht alle beschriebenen Arten gleichzeitig – Formen entwickelten sich und starben aus im Laufe von Jahrmillionen; zweitens wurde die Anzahl und Vielfalt durch besondere Umstände beeinflußt, die in Neuseeland gegeben waren, hingegen in keinem anderen Land von vergleichbarer Größe und mit gleichartigem Klima. Die Vögel paßten sich an ökologische

Nischen an, die normalerweise von Säugetieren besetzt werden – einfach deshalb, weil die warmblütige, vierbeinige Konkurrenz fehlte.« Denken wir daran, daß Neuseeland den größten Teil seiner Geschichte frei von landlebenden Säugetieren war. Die Moafamilie fand also günstige Bedingungen für eine ausbruchartige adaptive Radiation vor, ähnlich der erfolgreichen Entwicklung, die auf Madagaskar die Borstenigel genommen hatten. Madagaskar selbst wies auch eine vergleichbare Radiation im Vogelbereich auf. In den Jahrtausenden vor dem Eindringen der Menschen, beherbergte die Insel nicht nur *Aepyornis maximus*, sondern außerdem eine Handvoll kleinerer Elefantenvögel.

Die Moas von Neuseeland und die Elefantenvögel von Madagaskar erscheinen vielleicht als naheliegende Illustrationen des für Inseln typischen Musters aus Riesenwuchs und Flugunfähigkeit. Tatsächlich aber sind sie alles andere als naheliegend; ihre Stammesgeschichte ist in Wirklichkeit hochkompliziert. Beide Gruppen gehören einer Sonderkategorie an, den Ratiten. Selbst unter so vielen ungewöhnlichen Erscheinungen stechen diese Geschöpfe als ausnehmend eigenartig hervor.

52 Die Straußenvögel oder Ratiten als Gesamtheit weisen mehrere gemeinsame Züge auf: die Größe, die Flugunfähigkeit, die starken Beine, auf denen sie gut gehen oder rennen können, und das Fehlen eines hohen Knochenkammes auf dem Sternum. Das Sternum ist das Brustbein, und der Knochenkamm ist die Stelle, an der normalerweise die Muskulatur der Flügel befestigt ist. Bei einem Vogel ohne nennenswerte Flügelmuskulatur gibt es auch keinen hohen Knochenkamm. Bei Vögeln, von denen uns nur eine Handvoll Subfossilien erhalten sind, kann das Sternum ein vielsagendes Beweisstück sein, weil wir mit einem Blick entscheiden können, ob die Art flugfähig war.

Die heute noch lebenden Ratiten sind mit ihrem kiellosen Sternum allesamt schlaksige Wunderwesen mit nutzlosen kleinen Flügeln. Wie schon die ausgestorbenen Ratiten sind sie zumeist auf Inseln beschränkt. Als Ratit, der das Festland Afrika bewohnt, bildet der Strauß eine Ausnahme. Die in Südamerika heimischen

Nandus fallen weniger aus dem Rahmen, da Südamerika eine Insel war, ehe sich die Panama-Landbrücke aus dem Meer hob. Andere lebende Ratiten sind die Kasuare in Australien und Neuguinea, die australischen Emus und die neuseeländischen Kiwis. Zu den sperrigen Rätseln im Zusammenhang mit den Ratiten gehört die Frage, ob ihre Flugunfähigkeit Folge des Gigantismus war oder ob sich ihr Gigantismus entwickelte, um die Flugunfähigkeit zu kompensieren. Die relative Kleinheit der Kiwis führt hinsichtlich der Lösung des Rätsels in die Irre, weil diese Kleinheit Resultat einer späteren entwicklungsgeschichtlichen Abwandlung des ursprünglichen Körpergrößenprogramms ist. Mit anderen Worten, ein Kiwi ist die zum Zwerg verkleinerte Spielart eines flugunfähigen Riesenvogels. Ebenso hartnäckig hält sich die Ungewißheit, ob die Ratiten eine echte verwandtschaftliche Gruppe mit einem gemeinsamen entwicklungsgeschichtlichen Ursprung darstellen oder ob sie einfach nur eine unzusammenhängende Ansammlung von Arten sind, die zufällig Größe und Flugunfähigkeit miteinander teilen. Diese Frage schließt eine weitere ein. Gelangten die frühen Ratiten nach Neuseeland, Madagaskar und Australien auf dem Luftweg, oder gingen sie zu Fuß?

Wenn sie auf ihren Flügeln kamen, dann verloren alle diese Vögel, die Moas, die Kiwis, die Elefantenvögel, die Emus und die Kasuare, ihre Ausbreitungsfähigkeit unabhängig voneinander. Der Verlust könnte in diesem Fall während der letzten fünf bis zehn Millionen Jahre eingetreten sein. Sind sie hingegen zu Fuß gekommen, dann muß das in der weiter zurückliegenden Vergangenheit geschehen sein, ehe der große südliche Kontinent, den wir heute unter dem Namen Gondwanaland kennen, in Stücke zerbrach. Die These, daß die Ratiten gewandert sind, genießt gewisse Vorzüge. Zum einen gestattet sie die weniger aufwendige Annahme, daß die Ratiten ihre Flugunfähigkeit von einer gemeinsamen Stammart geerbt haben, statt unabhängig voneinander durch eine ganze Reihe von zufällig parallelen Entwicklungen dazu gelangt zu sein. Den Biogeographen früherer Generationen mußte die Vorstellung von wandernden Ratiten allerdings so lange Kopfzerbrechen bereiten, wie die Theorie der Kontinentalverschiebung noch nicht entwickelt und als gültig anerkannt war. Wie sollte ein Riesenvogel zu Fuß von Afrika nach Neuseeland gelangt sein? Nur wenige Naturforscher des letzten Jahrhunderts setzten sich mit diesen, die Ratiten betreffenden Fragen auseinander. Einer von ihnen war unser alter Freund Wallace. In seinem Buch *The Geographical Distribution of Animals* (*Die geographische Verbreitung der Tiere*) äußerte er bereits 1876 vorausschauend die Vermutung, die Riesenvögel von Neuseeland, Madagaskar, Afrika und Südamerika stammten von einem gemeinsamen Vorfahren ab. Er hielt sie für »einen sehr alten Vogeltypus, der sich entwickelte, als die stärker spezialisierten fleischfressenden Säugetiere noch nicht ins Dasein getreten waren, und der sich nur in Gegenden erhielt, die lange Zeit vor dem Eindringen solcher gefährlicher Feinde bewahrt blieben«. Aber wie diese flugunfähigen Giganten ihre abgelegenen Inseln besiedelt hatten, konnte er sich nicht erklären. Die Kontinentalverschiebung war das entscheidende Stück, das fehlte.

Der Gedanke, daß flugunfähige Großvögel im Mesozoikum von Afrika nach Neuseeland wanderten, stellt heute eine vernünftige Hypothese dar. Wie konnten die Vögel vom einen zum anderen Ort gelangen? Natürlich dadurch, daß sie die Antarktis durchquerten. Das war einfach eine Frage der Migration von einem Teil Gondwanalands in einen anderen. Der große Kontinent fing etwa vor hundertdreißig Millionen Jahren an auseinanderzubrechen; damals hatten sich die ersten Vögel bereits aus ihren Dinosauriervorfahren entwickelt. Etwa vor neunzig Millionen Jahren, als Südamerika sich von Afrika trennte, waren die ältesten Ratiten wahrscheinlich über ganz Gondwanaland verstreut, so daß Südamerika von ihnen welche mitnahm. Madagaskar könnte sich um dieselbe Zeit von der Ostküste Afrikas losgerissen haben, ebenso Neuseeland vom Westteil der Antarktis; jede dieser neuen Inseln entführte ihren Anteil Ratiten. Australien löste sich etwas später von der Antarktis und trieb in nördlicher Richtung seinem Zusammentreffen mit Neuguinea entgegen. Das alles ist spekulativ, aber es gibt die durch Daten fundierten Spekulationen glaubwürdiger Geologen wieder.

Die Ratiten sind ebenso lehrreich, wie sie in die Irre führen können. An ihnen läßt sich eine ganze Menge über Inselökologie deutlich machen, allerdings nicht soviel über die Evolution auf Inseln, wie man vielleicht annehmen möchte. Sie verraten uns weniger über den Innovationsprozeß als über den Prozeß des Überlebens. Der Unterschied, auf den ich damit ziele, ist der zwischen Endemismus und Reliktualismus.

Eine endemische Spezies ist entwicklungsgeschichtlich an ebendem Ort entstanden, an dem sie jetzt heimisch ist – sagen wir, auf einer Insel. Eine Reliktspezies hat an einem bestimmten Ort überlebt, während sie ansonsten verschwunden ist. Diese Zweiteilung läßt sich nicht nur auf Arten anwenden; auch größere taxonomische Gruppen wie eine Gattung oder eine Familie können endemisch oder relikthaft sein. Die Ratiten sind zwar sehr alt als Gruppe und waren früher verbreiteter als jetzt, dennoch haben sie nicht aufgehört, neue Arten hervorzubringen. Bei der Ratiten-Familie verbinden sich also Aspekte des Endemismus und des Reliktualismus – Endemismus auf der Ebene der Spezies, Reliktualismus auf der Ebene der Gesamtgruppe. *Aepyornis maximus* war auf Madagaskar endemisch, nachdem er sich aus seinem direkten Vorfahren auf dieser Insel entwickelt hatte. Die Ratiten-Familie im allgemeinen mit ihrem Erbe aus Riesenwuchs und Flugunfähigkeit hingegen hat in Australien, Neuguinea und Neuseeland (und hatte bis vor kurzem auch in Madagaskar) Reliktstatus, da sie an diesen Orten überlebt hatte, während sie von den Kontinenten seit langem verschwunden war.

Die Familie hat auch mit Mühe und Not in Afrika überlebt. Die einzige lebende Straußenart, *Struthio camelus*, hat sich dort erhalten, obwohl auf einem Kontinent, der von Löwen, Schakalen, Hyänen und anderen Raubtieren sowie von riesigen Herden pflanzenfressender Nahrungskonkurrenten aus der Säugetiergruppe bevölkert war, alles dagegen zu sprechen schien. Wie ist dieser flugunfähige Großvogel dem Schicksal des Aussterbens entronnen? Mit einigen Schwierigkeiten. Sogar die Straußenfamilie ist in ihrer jetzigen Verbreitung ein Relikt, nachdem sie einst auch in Europa und Asien vertreten war. *Struthio camelus* überlebte in Afrika, weil er sich an die von schnellfüßigem Fluchtverhalten bestimmte Lebensweise in den großen Savannen anpaßte. Seine Beinknochen unterscheiden sich drastisch von denen des *Aepyornis maximus* und ermöglichen ihm ein viel größeres Renntempo. Seine Schnelligkeit, seine Fähigkeit, Tritte auszuteilen, und noch mehrere andere Eigentümlichkeiten haben den Strauß in die Lage versetzt, das Leben auf einem Kontinent zu meistern.

Nahe Vorfahren von *Aepyornis maximus* lebten einst wahrscheinlich ebenfalls auf dem afrikanischen Festland. Aber in dem Maße, wie die Raubtiere aus der Säugetierordnung gefährlicher und die pflanzenfressenden Säugetiere zahlreicher wurden und wie das Klima sich veränderte und die feuchten Urwälder den trockeneren und offeneren Savannen Platz machten, kamen die alten Elefantenvögel mit den neuen Lebensbedingungen nicht mehr zurecht. Die Evolution, die manchmal (aber nicht immer) für neue Probleme neue Lösungen liefert, konnte sie nicht schnell genug retten. So starben die Elefantenvögel im kontinentalen Afrika aus. In Madagaskar, einer Zufluchtsstätte vor solcher Bedrängnis, überlebten sie als Relikte.

Dort und an ihren anderen Zufluchtsorten entwickelten sich die Ratiten weiter. Neue Arten entstanden, die an ihrem jeweiligen Ort endemisch waren. Falls sie Feinde hatten, waren diese erträglich. Zumindest bis Menschen kamen, überlebte also die Familie der großen flugunfähigen Vögel auf den verstreuten Bruchstücken von Gondwanaland, die wir heute als die größten Landmassen auf der südlichen Halbkugel des Planeten kennen – Australien, Neuseeland, Neuguinea, Südamerika, Afrika, Madagaskar. Das einzige große gondwanaische Bruchstück, auf dem die Ratiten nicht so lange überlebten, ist die Antarktis, und die Gründe dafür dürften klimatischer Natur sein.

Wenn der Strauß ein Ausnahme-Ratit ist, so stellen die Ratiten insgesamt eine Ausnahme von praktisch jeder Regel dar, außer von einer: nämlich der Regel, daß Inseln uns neue und ausgefallene Erscheinungen des biologisch Machbaren vorführen. Ich rate, sie als Kuriosität zu genießen und sie dann zu vergessen. Wenn wir die Ratiten ausklammern, können wir die Flugunfähigkeit als spezifisches Merkmal der Evolution auf Inseln klarer und umfassender verstehen. Die meisten flugunfähigen Vögel und Insekten, die es auf den Inseln unseres Planeten gibt, gelangten *nicht* dadurch an ihre Wohnstätten, daß sie die Antarktis durchquerten.

Die Rieseneule auf Kuba kam nicht zu Fuß von Gondwanaland dorthin. Der flugunfähige Kormoran watete nicht durchs Wasser auf die Galápagosinseln. Die Ralle auf Guam war nicht flugunfähig, als sie die Insel besiedelte. Die flugunfähigen Käfer der Madeiras stammen von Arten ab, die sich per Flug auf die Inseln ausbreiteten. Wir können uns getrost an die Käfer der Madeiras halten. Sie sind in diagnostischer Hinsicht so vertrauenswürdig wie jede andere Gruppe. Wie kam eine inselbewohnende Coleoptera-Spezies dazu, ihre Flügel zu verlieren? Charles Darwin selbst fand diese Frage interessant und war unbesonnen genug zu meinen, er könne sie beantworten.

53 Die flugunfähigen Käfer der Madeiras spielen in *Die Entstehung der Arten* eine merkwürdige Rolle. Sie zeigen Darwin von seiner besten und von seiner schlechtesten Seite. Die Kraft der intellektuellen Methode Darwins entsprang seiner Fähigkeit, viele kleine unscheinbare Fakten einem einzigen großen Beweisgang einzugliedern, und auf diese Weise machte er auch von den madeiranischen Käfern Gebrauch. Aus den Käfern, die fraglos klein und unscheinbar waren, schien sich Großes herleiten zu lassen. Ob sie bewiesen, was sie Darwin zufolge beweisen sollten, ist eine andere Frage.

Die Madeiras, die sich sechshundert Kilometer westlich von Marokko aus dem Ostatlantik erheben, sind ein Paar winziger Inseln namens Porto Santo und Madeira; letztere ist die größere und ökologisch reichere der beiden. Sie ist ein steiler vulkanischer Felsklumpen, der sich 1800 Meter hoch über den Meeresspiegel erhebt, mit einem hohen zentralen Kamm, der den tropischen Winden und Stürmen ausgesetzt ist, und einer Reihe von Bergrücken, die vom Kamm quer herablaufen wie die Rippen von der Wirbelsäule eines ausgemergelten Pferdes. Diese stark gegliederte Topographie erklärt wahrscheinlich unter anderem, warum eine so kleine Insel eine so große Artenvielfalt aufweist, jedenfalls bei gewissen Insektengruppen. Die Insel liegt in der Bahn der Passatwinde und war für europäische Segelschiffe, die nach

Westen über den Atlantik fuhren, der letzte Zwischenaufenthalt. Für eine ozeanische Insel relativ zugänglich, lenkte sie schon früh die Aufmerksamkeit der Naturforscher auf sich. Den Besuch von Charles Lyell im Jahre 1854 habe ich bereits erwähnt, und auch die Tatsache, daß Lyell bei den Käfern von Madeira einen hohen Grad an Endemismus bemerkte. Ein anderer Kollege Darwins, ein ruhiger Mann namens T. Wollaston, erforschte die entomologischen Verhältnisse auf Madeira gründlicher und veröffentlichte 1856 einige seiner Befunde in einem Buch, das er Darwin widmete.

Wollaston hatte die bemerkenswerte Entdeckung gemacht, daß zweihundert von den auf Madeira heimischen fünfhundertfünfzig Käferarten flugunfähig waren. Die Flügel dieser zweihundert Arten waren bis an den Punkt völliger Nutzlosigkeit klein geraten. In den extremeren Fällen fand Wollaston, daß die Flügel nichts weiter mehr darstellten als putzige kleine Auswüchse. Auf der Ebene der Gattungen fiel das Verhältnis sogar noch stärker zugunsten der Flugunfähigkeit aus. Unter den neunundzwanzig der auf Madeira heimischen Käfergattungen umfaßten dreiundzwanzig ausschließlich flugunfähige Arten. Wollaston stellte auch fest, daß bestimmte umfängliche Gruppen von Käfern, die auf dem Festland verbreitet waren und für die das Fliegen eine besonders wichtige Rolle spielte, auf Madeira überhaupt nicht vorkamen.

Sein Freund Darwin stürzte sich auf diese Fakten und verwandte sie im Zusammenhang mit zwei verschiedenen Überlegungen: seinen Überlegungen zur Evolution durch natürliche Auslese und zu den evolutionsgeschichtlichen Auswirkungen des Gebrauchs und Nichtgebrauchs von Fähigkeiten. Im einen Fall (Gebrauch und Nichtgebrauch) war, wie sich gezeigt hat, Darwin gewaltig im Irrtum. Im anderen Fall (natürliche Auslese) traf er allem Anschein nach nur knapp daneben.

In Kapitel fünf von *Die Entstehung der Arten*, in dem es um die »Gesetze der Abänderung« geht, findet sich Darwins irrige Annahme: »Aus den im ersten Kapitel erwähnten Tatsachen geht meines Erachtens unzweifelhaft hervor, daß der Gebrauch gewisse Teile kräftigt und vergrößert, während der Nichtgebrauch sie schwächt; und es geht ferner daraus hervor, daß solche Modifikationen erblich sind.« Seine Untersuchungen an Hunden, an Zuchttauben und an Rennpferden hatten ihn zu der Überzeugung gebracht, daß Eigenschaften, die in einer Generation erworben wurden – zum Beispiel durch eifriges Training oder durch Übungen zum Aufbau von Muskeln –, auf biologischem Wege an die nächste Generation weitergegeben werden konnten. Und wenn das bei Haustieren zutraf, warum dann nicht auch bei Käfern auf einer windgepeitschten Insel? Darwins Überlegung enthielt drei einleuchtende Prämissen: daß die Käfer auf Madeira dazu neigen, sich am Boden zu verstecken, um nicht auf das Meer hinausgeweht zu werden, daß diese Angewohnheit, am Boden zu bleiben, zu einer Verkümmerung der Flügel führt und daß ein Weibchen, dessen Flügel durch Nichtgebrauch verkümmert sind, Nachwuchs produziert, bei dem die Flügel von Geburt unentwickelt sind. Die Käfer auf Madeira mit ihren geschrumpften Flügeln konnten, so meinte Darwin, zu beweisen helfen, daß erworbene Eigenschaften vererbt werden können.

Heute wissen wir das besser. Die Vorstellung, daß ein Individuum im Laufe seines Lebens Züge ausbilden und diese Züge dann an seine Nachkommen als angeborene biologische Eigenschaft weitergeben kann, läuft den heiligsten Überzeugungen der modernen Genetik zuwider. Wenn eine Frau bei einem Autounfall ihren Arm verliert, bringt sie dann einarmige Kinder zur Welt? Nein. Werden die Kinder eines Bodybuilders mit schwellendem Bizeps geboren? Nein. Wenn aber erworbene Eigenschaften vererbbar wären, dann müßte so etwas vorkommen. Einige zeitgenössische Biologen, für die Charles Darwin der unfehlbare Prophet ist, brandmarken diese Vorstellung als »Lamarckschen Irrglauben« und legen sie damit dem älteren und leicht verworrenen Evolutionstheoretiker Jean Baptiste Lamarck zur Last. Aber in Kapitel fünf von *Die Entstehung der Arten* findet sich die gleiche Vorstellung. Wenn es sich um einen Irrglauben handelt, dann um einen, dem auch Darwin gegen den Darwinismus anhängt.

Darwin behauptete allerdings nicht, daß der Nichtgebrauch mit seinen vererbbaren Auswirkungen der einzige Faktor sei, aus dem sich Wollastons Befunde erklärten. Wichtiger noch war nach seiner Ansicht die natürliche Auslese.

Unter typischen Festlandsumständen begünstigt die natürliche Auslese körperliche Tüchtigkeit, und ein Merkmal körperlicher Tüchtigkeit ist die Flugfähigkeit. Angenommen, das Fliegen ist nützlich bei der Nahrungssuche, bei der Paarung und beim Schutz gegen Feinde, so werden die einzelnen Käfer, die gute Flieger sind, mehr Nachkommen in die Welt setzen als die anderen, die schlechter fliegen können; auf diese Weise wird sich die Flugfähigkeit der Art allmählich verbessern. Auf einer Insel wie Madeira hingegen *bestraft* die natürliche Auslese im Gegenteil die großflügeligen, flugtüchtigen Exemplare. Wieso? Weil die Flugtüchtigen mit größerer Wahrscheinlichkeit vom Wind hinaus aufs Meer geweht werden. Werden sie aufs Meer hinausgeweht, verschwinden ihre Gene aus dem Genpool auf der Insel. Folglich werden die Gene für Flugtüchtigkeit bei der Inselpopulation ausgemerzt. Nur die schlechteren Flieger und die gelegentlichen Mutanten, die völlig flugunfähig sind, bleiben auf der Insel zurück und vermehren sich. Auf der Grundlage dieser Hypothese und der zweifelhaften über erworbene Eigenschaften gelangte Darwin zu dem Schluß, »daß der flügellose Zustand so vieler Käfer auf Madeira hauptsächlich eine Folge natürlicher Zuchtwahl ist« – womit er recht hatte –, »wahrscheinlich in Verbindung mit Nichtgebrauch« – worin er irrte.

Darwin klammerte die Vorstellung vom Nichtgebrauch aus und konzentrierte sich beherzt auf sein Hauptthema, die natürliche Auslese. Er beschrieb, wie sie bei einer inselbewohnenden Insektenpopulation zur Flugunfähigkeit führen konnte: »Denn während vieler Generationen werden Käfer, die wenig fliegen (entweder weil bei ihnen die Flügel schlecht entwickelt oder weil sie zu träge sind), die größte Aussicht gehabt haben, leben zu bleiben, weil sie nicht in die See geweht wurden, und andererseits werden Käfer, die am bereitwilligsten flogen und am befähigtsten dazu waren, am häufigsten in das Meer geweht und vernichtet worden sein.« Das klingt, ob nun empirisch belegt oder nicht, aus dem Munde eines Darwin gut genug, um als die Wahrheit zu erscheinen. Ganz gewiß wirkt es weit plausibler als die Erklärung durch Nichtgebrauch. Aber die Plausibilität einer Hypothese und das Ansehen der Person, die sie vorträgt, sind keine Garantie dafür, daß sie auch stimmt.

Die Entstehung der Arten ist ein Buch von enzyklopädischer Fülle und unzähligen tendenziösen Färbungen, ein großes Potpourri aus Gedankengängen und Fakten, in dem der Leser fast alles finden kann, wonach ihm eventuell der Sinn steht: Lamarckismus, Tierzucht, Geologie, Verhaltensforschung, experimentelle Botanik, Alltägliches, Inselbiogeographie. Aber Darwin beantwortet nicht alle Fragen, und nicht jede Frage beantwortet er unfehlbar richtig. Die Evolutionsbiologen des 20. Jahrhunderts haben seine allgemeine Vorstellung von den vererbbaren Folgen des Nichtgebrauchs von Fähigkeiten für unhaltbar erklärt. Und ein moderner Forscher, Philip Darlington, zieht seine Ansichten über die Flugunfähigkeit bei madeiranischen Käfern in Zweifel.

54 Darlington war ein Museumsdirektor und Taxonom, der sich auf Carabidae spezialisierte, eine Coleoptera-Familie, die gemeinhin unter dem Namen Laufkäfer bekannt ist. Sein Artikel über die Flugunfähigkeit erschien 1943 unter mutmaßlich schwierigen und unruhigen Lebensumständen – Darlington diente im Zweiten Weltkrieg als Entomologe in der Armee und wechselte von Australien nach Neuguinea, auf die Philippinen und schließlich nach Japan. Seine reizende Monographie schrieb er vielleicht, um der Realität des Krieges zu entfliehen. Ich stelle ihn mir in einem Zelt mitten im Dschungel vor, wie er einen Stoß schmuddeliges Papier vollkritzelt. »Leutnant Darlington, was machen Sie da, verdammt noch mal?« will sein Unteroffizier wissen. »Wir müssen Moskitos und Läuse vernichten. Wir haben dreihundert GIs zu entlausen.« Vielleicht stank sein Käfer-Manuskript nach DDT und nach angefaulten Stiefeln. Er schickte den Artikel an die Zeitschrift *Ecological Monographs*, wo er schließlich erschien, und zwar unter dem Titel »Carabidae of Mountains and Islands: Data on the Evolution of Isolated Faunas, and on Atrophy of Wings« [Carabidae in Gebirgen und auf Inseln: Daten zur Evolution isolierter Tierwelten und zur Verkümmerung der Flügel]. Auf der Grundlage seiner Bestandsaufnahme von Daten über Laufkäfer in allen Teilen der Welt vermaß sich Darlington, Mr. Darwin zu widersprechen.

Die Familie der Carabidae umfaßt etwa zwanzigtausend bekannte Arten von zumeist unspezialisierten Käfern, die in der Mehrzahl vom Raub leben und die auf allen Kontinenten (abgesehen von der Antarktis) und auf den meisten Inseln reichlich vertreten sind. Viele der Arten sind dunkel, glänzend und flach. Viele leben auf der Erde und verstecken sich zwischen Steinen und Pflanzenresten. Wenn er aufgestöbert wird, neigt sogar ein normaler Laufkäfer eher dazu, wegzurennen als wegzufliegen; das Fliegen erfüllt zwar für den normalen Laufkäfer bestimmte Zwecke, aber zu denen scheinen einfache Fortbewegung und Flucht nicht zu gehören. Obwohl sich die gesamte Carabiden-Familie aus normal geflügelten Vorfahren entwickelt hat, sind heute Arten mit funktionsunfähigen Flügeln häufig. Ein Fünftel der Carabiden-Arten im östlichen Nordamerika, ein Siebentel der Arten in Südamerika und fast die Hälfte der australischen Arten haben geschrumpfte Flügel. Die Carabidae eignen sich gut für eine Untersuchung über Flugunfähigkeit, weil diese ein wiederkehrendes Merkmal ihrer Familientradition ist.

Darlington war darauf bedacht, seine Analyse auf die beobachtbare Anatomie der Flügel, statt nur auf die Flugunfähigkeit zu stützen, da letztere ein negatives Faktum darstellt (vergleichbar der Unschuld, dem Unwissen, der Jungfräulichkeit oder dem strengen Vegetariertum), das unter Umständen schwer nachzuweisen ist. In Fällen, in denen die Flügel drastisch verkümmert waren, ließ sich indes die Flugunfähigkeit zuverlässig schlußfolgern. Darlington benutzte Symbole (ein Pluszeichen für normale Flügel, ein Minuszeichen für geschrumpfte), um die Beschaffenheit der Flügel zu charakterisieren; für unsere Zwecke ist es aber einfacher, von vollflügeligen und schrumpfflügeligen Arten zu sprechen. Auf der Insel Madeira gehörten nach Darlingtons Schätzung fast zwei Drittel aller Laufkäfer der schrumpfflügeligen Gruppe an.

Ihm war aufgefallen, daß es in den Festlandsgebieten ein ähnliches Verteilungsmuster zwischen Carabiden-Arten im Gebirge und solchen im Flachland gab. Verkümmerte Flügel kamen in den Bergen häufiger vor als im Flachland. Da man im Gebirge häufig inselartige, das heißt, ökologisch isolierte und windgepeitschte Lebensräume findet, schien es logisch, Darwins Erklärung in

Anwendung zu bringen und anzunehmen, daß Käferpopulationen im Gebirge deshalb zur Flugunfähigkeit tendierten, weil die Flugtüchtigen vom Winde verweht worden waren. Aber nach Darlington traf das nicht zu. »Darwins Erklärung war zu einfach. Das Problem ist komplex und läßt sich nicht durch Generalisierungen, sondern nur durch eine sorgfältige Analyse der konkreten Daten lösen.« Also hatte Darlington eine Reihe von konkreten Coleoptera-Daten aus den White Mountains in New Hampshire, den Appalachians in North Carolina, der Sierra Nevada de Santa Marta in Kolumbien, den Blue Mountains in Jamaika sowie unter anderem aus Hawaii, Sankt Helena, den Seychellen und Bermuda gesammelt. Schrumpfflügelig, vollflügelig, schrumpfflügelig, vollflügelig, Prozentsätze, Prozentsätze, Prozentsätze. Um sich auf diese Daten einen Reim machen zu können, mußte man nach Darlingtons Ansicht einiges über die Ökologie der Carabidae wissen.

Manche Arten leben ausschließlich auf dem Boden. Er nannte sie Geophile. Manche Arten leben an Bachufern, langsam fließenden Flüssen und Tümpeln. Er nannte sie Hydrophile. Und es gibt auch eine arboreale, auf Bäumen lebende Gruppe. Diese drei Kategorien halfen ihm dabei, eine klarere Vorstellung vom Muster der Flugunfähigkeit auszubilden.

In den Gebirgen der Festlandsgebiete sind die meisten Carabiden-Arten geophil und leben unten auf dem Boden; die meisten dieser geophilen Arten sind schrumpfflügelig. Die beiden Merkmale – Geophilie und Schrumpfflügeligkeit – sind aufeinander bezogen, nicht hingegen auf das Merkmal der Windanfälligkeit. Wie sich herausstellt, sind die meisten Gebirgsregionen nicht unbedingt die am meisten vom Wind heimgesuchten. Viele von Darlingtons bergbewohnenden Carabiden leben in dichten, geschlossenen Wäldern an feuchten Berghängen und sind gegen Wind gut geschützt. Aber wenn nicht die Sortierfunktion des Windes als natürlicher Auslesemechanismus diente und dafür sorgte, daß Flugunfähigkeit bei den Überlebenden zum vorherrschenden Merkmal wurde, was erfüllte dann diese Aufgabe?

Mindestens teilweise scheint die Antwort darin zu liegen, daß geophile Arten in geschlossenen Waldgebieten keine Flügel *brauchten*. Sie lebten in dichten, lokalen Ansammlungen, was das

Problem, Paarungspartner zu finden, erleichterte, und da auch die Nahrung am Ort vorhanden war, hatten sie keinen Grund, groß herumzustreifen. Außerdem hatten sie nur wenige Feinde. Warum sollten sie also fliegen? Für sie war das Fliegen zu einem überflüssigen Unternehmen geworden. Und weil der mittels natürlicher Auslese entschiedene Überlebenskampf eine strikte Ökonomie der Mittel verlangt, wurden die Energieressourcen, die ursprünglich für die Entwicklung der Flügel bereitstanden, allmählich anderen Zwecken zugeführt. Schrumpfflügelige Käfer konnten sich etwa stärkere Beine, sagen wir, zum Rennen oder Graben oder auch kräftigere Kinnladen zum Packen der Beute leisten. Unter den Bedingungen des Lebens, das sie führten, waren Flügel ein nutzloser Luxus.

Das ist etwas anderes als Darwins Vorstellung vom Nichtgebrauch. Nichtgebrauch kann nicht bewirken, daß ein Organ aus der genetischen Erbmasse verschwindet – die natürliche Auslese hingegen mit dem strengen Gericht, das sie über jede Fehlverwendung von Ressourcen hält, kann das sehr wohl.

Auf Inseln wie in den Bergregionen des Festlandes war das Muster komplizierter, als Darwin angenommen hatte. Darlington klamüserte die verzwickten Komponenten des Musters auseinander. Erstens stellte er fest, daß die Carabiden-Arten auf Inseln hauptsächlich der geophilen Gruppe angehörten, das heißt, den Käfern, die sich auf der Erde wohl fühlten. Arten, die Wasserläufe beziehungsweise Bäume schätzten, fehlten dagegen zumeist. Zweitens fand er heraus, daß bergige Inseln (wie etwa das vulkanische Madeira) vorzugsweise schrumpfflügelige Arten beherbergten, wohingegen flachere Inseln (wie Korallenatolle und Sandbänke) vornehmlich vollflügeligen Arten einen Lebensraum boten.

Für das Laufkäfer-Muster hatte Darlington eigene Erklärungen anzubieten, bei denen Faktoren wie die Physiologie der Flügelmuskulatur, die Populationsdichte und die Stabilität des Lebensraumes eine Rolle spielten. Ohne auf diese Einzelheiten näher einzugehen, möchte ich nur feststellen, daß Darlingtons Überlegungen auf das grundlegende Yin und Yang der Inselbiogeographie zielten: darauf, daß sich bei der Bestimmung biogeographischer Muster Artentwicklung und Artensterben komplementär zueinander verhielten. Und er rührte außerdem an eine wichtige empirische Wahrheit, von der bereits die Rede war: die Wechselbeziehung zwischen beschränktem Lebensraum und beschränkter Artenvielfalt. Darlingtons Arbeit über Käfer stellte eine weitere kluge Würdigung eines Phänomens dar, das als *Zusammenhang zwischen Art und Lebensraum* bezeichnet wird; ich werde bei Erörterung des Yang noch darauf zu sprechen kommen.

Hat sich der Leser die Ratiten aus dem Sinn geschlagen? Ja? Gut. Nun möchte ich ihn bitten, das gleiche auch mit den geophilen Carabiden zu machen. Um ehrlich zu sein, erscheint sogar mir die Vorstellung eines den Boden bevorzugenden Laufkäfers ziemlich überflüssig. Aber den Namen Darlington sollte man im Kopf behalten wie auch den Umstand, daß dieser Mann im Jahre 1943 im Zuge seiner haarspalterischen Auseinandersetzungen mit Charles Darwins Erklärung der Flugunfähigkeit bei inselbewohnenden Coleoptera schrieb: »Die Beschränkung des Lebensraumes führt bei isolierten Tierwelten häufig zu Beschränkungen sowohl der Zahl als auch der Artenvielfalt der Tiere.« Mit anderen Worten, kleine Gebiete bieten einer geringeren Anzahl von Arten Lebensraum als große Gebiete. Er wußte, daß dabei keineswegs nur von den Käfern auf Madeira die Rede war.

55 Der Verlust der Schutzanpassungen, ein weiterer Punkt aus dem Inselmenü, weist gewisse logische Überschneidungen mit dem Verlust der Ausbreitungsfähigkeit auf, insofern die letztere gleichbedeutend mit Mobilität ist und Mobilität zu den Schutzmechanismen gehört. Ein flugunfähiger Käfer ist nicht nur daran gehindert, sich über ozeanische Wasserflächen auszubreiten, sondern hat auch Schwierigkeiten, Gefahren zu entrinnen. Das gleiche gilt für einen flugunfähigen Vogel. Aber Flugunfähigkeit ist nicht die einzige Form einer sekundär erworbenen Schutzlosigkeit; andere Formen sind der Verlust der Tarnfärbung, eine verlängerte Brutphase und der Verlust der Wachsamkeit. Letzteres läßt manche Inselarten so eigentümlich zutraulich gegenüber Menschen erscheinen.

Der Verlust der Tarnfärbung ist besonders auffällig bei der Eidechse *Uta clarionensis*, die auf der Clarion-Insel vor der Westküste Mexikos heimisch ist und deren hellblaue Zeichnung höchst verräterisch gegen die dunkle Lava ihres Lebensraumes absticht. Zu einem Verlust des Warnmechanismus ist es bei *Crotalus catalinensis*, der klapperlosen Klapperschlange auf Santa Catalina gekommen. Eine verlängerte Brutzeit trifft man bei den Kiwis Neuseelands an, deren Eier ungefähr fünfundsiebzig Tage bebrütet werden müssen, ehe die Jungen schlüpfen. Den Verlust der Wachsamkeit läßt manchmal argloses Nistverhalten deutlich werden: Der Blaufußtölpel auf den Galápagos legt seine Eier einfach auf die nackte Erde, ohne sie zu schützen, zu verstecken oder auch nur durch eine Pflanzenunterlage weich zu betten. Eine andere Form von arglosem Nistverhalten besteht darin, ein Nest offen auf einem Baumast zu bauen, wo es jedes kletterfähige Raubtier leicht plündern kann. Die Guamkrähe auf der Insel Guam legt dieses leichtsinnige Verhalten an den Tag. Ein vorsichtigerer Vogel würde das Nest wenigstens verdecken oder es außer Reichweite am Ende eines dünnen Zweiges plazieren oder es in einem kunstvoll gewobenen Beutel aufhängen, wie es die tropischen Stirnvögel machen. Aber Stirnvögel sind Festlandsarten, umgeben von Raubtieren und zu größerer Vorsicht gezwungen. Tölpel können es sich leisten, Tölpel zu sein. Was den allgemeinen Abbau der Wachsamkeit angeht, so trifft man das Phänomen unter dem irreführenden Namen »Zahmheit« bei einer Vielzahl von Inseltieren überall auf der Welt an.

Die Falklandinseln beherbergten einst eine heimische Fuchsart, aber der Falklandfuchs war »unheilbar zutraulich gegenüber Menschen«, wie es in einer Quelle heißt; er wurde nicht geheilt, sondern ausgerottet. Zu Anfang dieses Jahrhunderts beherbergte Aldabra eine heimische Ibis-Spezies, die »zahm, dumm und ungeheuer neugierig« war; ob sie noch existiert oder nicht, ist unbekannt. Auch der Galápagoshabicht macht einen zahmen Eindruck.

Die Galápagostölpel wirken zahm. Die Galápagosschildkröten wirken zahm. Die Reiher und Grasmücken der Galápagos wirken zahm. Die berühmten Galápagosfinken wirken zahm. Tatsächlich vermittelt praktisch die ganze Fauna auf den Galápagosinseln einen zahmen Eindruck. Jedem, der die Inselgruppe besucht, muß auffallen, mit welch ruhiger Gleichgültigkeit die dortigen Tiere das Eindringen des Menschen hinnehmen. Charles Darwin ging es in dieser Hinsicht nicht anders: Im *Journal* vermerkt er am Ende seines Abschnittes über die Galápagosinseln die »außerordentliche Zahmheit« der Vögel, die er gesehen hatte. Darwin war dieser Zug bei der gesamten landbewohnenden Vogelfauna – den Finken, den Fliegenschnäppern, der einen Taubenart, den Spottdrosseln und anderen – aufgefallen. »Es gibt keine, die nicht so nahe herankäme, daß man sie mit einer Gerte erlegen kann und manchmal sogar, wie ich selbst ausprobiert habe, mit einer Mütze oder einem Hut.« Das war markant anders als in den tropischen Urwäldern des südamerikanischen Festlandes, wo ein Vogelsammler schwerlich erwarten konnte, viele Exemplare zu erbeuten, wenn er mit dem Hut um sich schlug. Die Galápagos ließen das Beutemachen zu einem beschämend einfachen Unternehmen werden: »Ein Gewehr erübrigt sich hier fast«, schrieb Darwin, »denn einen Habicht habe ich mit dem Gewehrlauf vom Ast eines Baumes heruntergestoßen.« Ein andermal landete eine Spottdrossel auf dem Rand eines Wasserkruges, den er gerade hielt, und machte sich ans Trinken. »Ich habe oft versucht, und fast wäre es mir auch gelungen, diese Vögel bei den Beinen zu packen«, berichtete er. So sehr ihn ihr unvorsichtiges Verhalten überraschte, Darwin hielt es für möglich, daß die Vögel früher noch unvorsichtiger gewesen waren. Er zitierte einen frühen Reisenden, einen gewissen Cowley, dessen Schilderung der Galápagos aus dem Jahre 1684 stammte. »Turteltauben waren so zahm«, schrieb Cowley, »daß sie sich häufig auf unseren Hüten und Armen niederließen, so daß wir sie lebendig fangen konnten. Furcht vor den Menschen bekamen sie erst, als einige aus unserer Mannschaft auf sie feuerten; dadurch wurden sie scheuer.« Und wer nicht scheuer wurde, büßte das mit seinem Leben.

»Zahmheit« beschreibt dieses Phänomen falsch, weil das Wort beinhaltet, daß die Tiere durch Erfahrung konditioniert wurden, dem Menschen freundschaftlich zu begegnen. Die Wirklichkeit sieht anders aus: Die Evolution, nicht die individuelle Erfahrung hat sie ihrer Wachsamkeit beraubt. Diese »zahmen« Tiere auf den

Galápagosinseln sind einfach nicht auf der Hut, weder gegenüber Menschen noch gegenüber anderen möglichen Feinden. Der Galápagoshabicht, der Darwin so schutzlos preisgegeben war, hätte sich bei einem Mungo genauso verhalten. Die Galápagosspottdrossel wäre einer Baumschlange ebenso zutraulich begegnet wie Darwin. Warum? Weil diese Habichtart und diese Spottdrosselart sich in einem Schlaraffenland entwickelt hatten. Während eines entwicklungsgeschichtlichen Zeitraums von wenigstens einer Million Jahren hatten ihre Vorfahren einen Archipel bewohnt, der himmlisch frei von Mungos, Baumschlangen und jungen englischen Naturkundlern war.

Wir können mit Besserem dienen als mit dem Begriff »Zahmheit«. Und da wir schon einmal dabei sind, meine ich, daß wir auch mit Besserem dienen können als mit »Verlust der Schutzanpassungen«. Der Ausdruck, mit dem ich diese ganze Reihe von Phänomenen (einschließlich des Verlusts der Tarnfärbung, des Verlusts der Warnmechanismen, der verlängerten Brutzeit, des arglosen Nistverhaltens und des Verlusts der angeborenen Wachsamkeit) am liebsten bezeichne, lautet *ökologische Naivität*. Diese Tiere sind nicht blöde. Die Evolution hat sie einfach nur auf ein Leben in einer kleinen Welt eingestellt, die weniger kompliziert und unschuldiger ist als die große weite Welt.

56 Während Darwin sich auf den Galápagosinseln aufhielt, wurde er irgendwann auf die Meerechse, *Amblyrhynchus cristatus*, aufmerksam, die sogar nach Inselmaßstäben ein Unikum darstellt. Sie ist die einzige Eidechse auf der Erde, die sich ihre Nahrung tauchenderweise aus dem Ozean holt. Für einen Leguan erreicht das Tier eine beachtliche Größe – es wird 1,20 Meter lang, zwanzig Pfund schwer –; sein muskulöser Schwanz eignet sich gut zum Schwimmen. Darwin traf es auf dem Archipel allenthalben an, stets nahe dem Meer an felsigen Küsten, nie auch nur zehn Meter vom Wasser entfernt. »Es ist ein scheußlich aussehendes Geschöpf von schmutzig schwarzer Färbung, dumm und träge in seinen Bewegungen«, schrieb er

wenig zuvorkommend. Er räumte allerdings ein, das Tier wirke anmutig, wenn es schwimme.

Er schnitt die Mägen mehrerer Meerechsen auf und fand nichts darin als »zerkleinerten Seetang« in dünnen Büscheln von hellgrüner und mattroter Farbe. »Ich erinnere mich nicht, diesen Seetang in nennenswerter Menge auf den von der Flut überspülten Felsen gesehen zu haben; ich habe Grund zu der Annahme, daß er auf dem Meeresboden in geringer Entfernung von der Küste wächst. Wenn das der Fall ist, so erklärt es, warum diese Tiere gelegentlich ins Meer hinausschwimmen.« Der stets scharfsichtige Naturkundler Darwin hatte recht. Die Meerechsen ernähren sich von Algen, die sie bei Ebbe von freiliegenden Felsen abgrasen oder nach denen sie bei Flut tauchen. Zwölf oder fünfzehn Meter tief trifft man sie an, wie sie am Meeresboden weiden. Im Normalfall dauert ein Tauchvorgang nur ein paar Minuten, aber manchmal kann er sich auch über mehr als eine halbe Stunde erstrecken. Größere Exemplare sind imstande, durch eine nicht zu heftige Brandung zu schwimmen; gelegentlich hat man Meerechsen dreiviertel Kilometer von der Küste entfernt gesichtet. Dennoch gibt es, wie Darwin feststellte, »in dieser Hinsicht eine merkwürdige Anomalie, daß nämlich das Tier, wenn es erschreckt wird, nicht ins Wasser flüchtet«. Er verließ sich dabei nicht aufs Hörensagen. Vielmehr trieb er ein Tier in die Enge, packte es und warf es in einen großen Tümpel, den die Ebbe zurückgelassen hatte.

Die Evolutionsbiologie ist, wie gesagt, im allgemeinen keine experimentelle Wissenschaft. Aber es gibt historische Ausnahmen von dieser Regel.

Den Bericht von dieser Interaktion zwischen Darwin und einer armen unglücklichen Meerechse findet man im *Journal*. Nachdem er unsanft ins Wasser befördert worden war, schwamm der Leguan zu der Stelle zurück, wo Darwin stand, wie eine Apachentänzerin, die zu ihrem Partner zurückkehrt. Darwin warf den Leguan erneut ins Wasser. Wieder kam er zurück. »Er schwamm mit sehr anmutigen und raschen Bewegungen in der Nähe des Grundes und gebrauchte gelegentlich die Füße, um über Unebenheiten hinwegzukommen. Sobald er in die Nähe des Randes kam, versuchte er, noch unter Wasser, sich in Haufen von

Seetang zu verstecken oder in einer Spalte zu verkriechen. Sobald er glaubte, die Gefahr sei vorüber, kroch er rasch auf die trockenen Felsen und trottete so rasch, wie er konnte, davon.« Aber der unselige Leguan wurde nicht von irgendeinem gelangweilten Rohling, irgendeinem sadistischen Schuljungen mit rasch erlahmendem Interesse traktiert; er hatte es mit Charles Darwin zu tun. »Ich erwischte mehrmals diese selbe Echse, indem ich sie an einen bestimmten Punkt trieb, und obwohl sie über solch perfekte Schwimm- und Tauchkünste verfügte, konnte sie nichts dazu bringen, ins Wasser zu gehen; und sooft ich sie hineinwarf, sooft kehrte sie auf die geschilderte Art und Weise zurück.« Ungeachtet seiner gelegentlichen Anflüge von Charakterlosigkeit (besonders dreiundzwanzig Jahre später, bei der Sache mit Wallace), war Darwin im ganzen offenbar ein bewunderungswürdiger, unprätentiöser Mensch und großer Wissenschaftler; diese Begegnung mit dem Leguan scheint mir für ihn typisch. Er war unendlich neugierig. Er beobachtete scharf. Er war freundlich, aber entschlossen. Er war schlau. Und er hatte keine Angst davor, wie ein Verrückter zu wirken.

Was lernte er aus dem Vorgang? »Vielleicht läßt sich dieser Fall von scheinbar einzigartiger Borniertheit«, folgerte Darwin, wobei er die des Leguans, nicht seine eigene meinte, »aus dem Umstand erklären, daß dieses Reptil auf dem Lande keinerlei Feind hat, während es im Meer oft ein Opfer der zahlreichen Haie sein dürfte. Wahrscheinlich von einem fixen, erblichen Instinkt getrieben, der ihm sagt, daß die Küste ein sicherer Ort für es ist, sucht also das Tier hier Zuflucht, gleichgültig, wie die Notlage aussieht.«

Die Evolution hat diesen einzigartigen Schutzinstinkt geschaffen: Wenn du bedroht bist, wenn du angegriffen wirst, wenn du nicht weißt, was tun, *ab zur Küste*. Aber die Evolution hat nicht für die Intelligenz gesorgt, die zur Anpassung an veränderte Umstände befähigen würde.

57 Die Charles-Darwin-Forschungsstation liegt an der Südküste der zu den Galápagos gehörenden Insel Santa Cruz, in der Nähe der Siedlung an der Academy Bay, von wo sie auf einer unbefestigten Straße erreichbar ist. Academy Bay ist ein natürlicher Hafen, entstanden durch eine Reihe von Lavavorschüben, die anschließend erstarrten. Eine kleine internationale Biologengemeinschaft benutzt die Station als Basis. In einem Gebäude befindet sich eine Bibliothek, die in der Hauptsache Fachliteratur zu den Galápagosinseln enthält, die aber auch – nicht ohne guten Sinn! – eine ansehnliche Sammlung von Veröffentlichungen über die Riesenschildkröten auf Aldabra umfaßt, dem Zwillingsökosystem auf der gegenüberliegenden Seite des Planeten. Ein in der Nähe der Basis gelegenes Hotel läßt sich zu Fuß erreichen. Der Küstenstreifen außerhalb des Hotels – vom Wasser abgeschliffene Lavabrocken, schokoladefarben und blutrot getönt, die unmittelbar oberhalb der Gezeitengrenze einem struppigen, hellgrünen Teppich aus salzverträglicher Vegetation Platz machen – wimmelt von Leguanen.

Sie sonnen sich auf den Felsen und auf dem Treibgut. Sie starren aufs Meer hinaus. Ihre Gesichter sind dunkel und ernst; hinter dem mopsigen Ausdruck verbirgt sich ein sanftes Gemüt. Gelegentlich weisen sie sich gegenseitig in ihre Schranken. Ich sitze mit meiner Schirmmütze zwischen ihnen und denke nach über den jungen Charles Darwin, über seinen Wurfarm und über die ökologische Naivität von *Amblyrhynchus cristatus*. Weil ich schon mehrere Tage auf Posten bin, schälen sich meine Ohren und sind rot wie der Kopf eines Truthahngeiers.

Darwin war gegenüber diesen Geschöpfen unfair, denke ich. Sie sind gar nicht so »scheußlich aussehend«, und »schmutzig schwarz« wird ihrem Reichtum an Farbtönen nicht gerecht. Sie sind hier an einem kleinen Stück Küste versammelt, um sich zu sonnen, zu fressen und Liebesspiele zu treiben, und zwar in einer Vielzahl von Größen und Schattierungen: Jungtiere, ausgewachsene Weibchen, die mit ihrer schwärzlichen Färbung zur Lava passen, große, dominante Männchen mit orangenen, olivfarbenen, türkisen und karmesinroten Flecken. Ein ausgewachsenes Männchen trägt auf Kopf und Rücken einen Kamm aus dornförmigen Stacheln; der Kamm eines Weibchens ist zierlicher. All-

ÖSTLICHER PAZIFIK

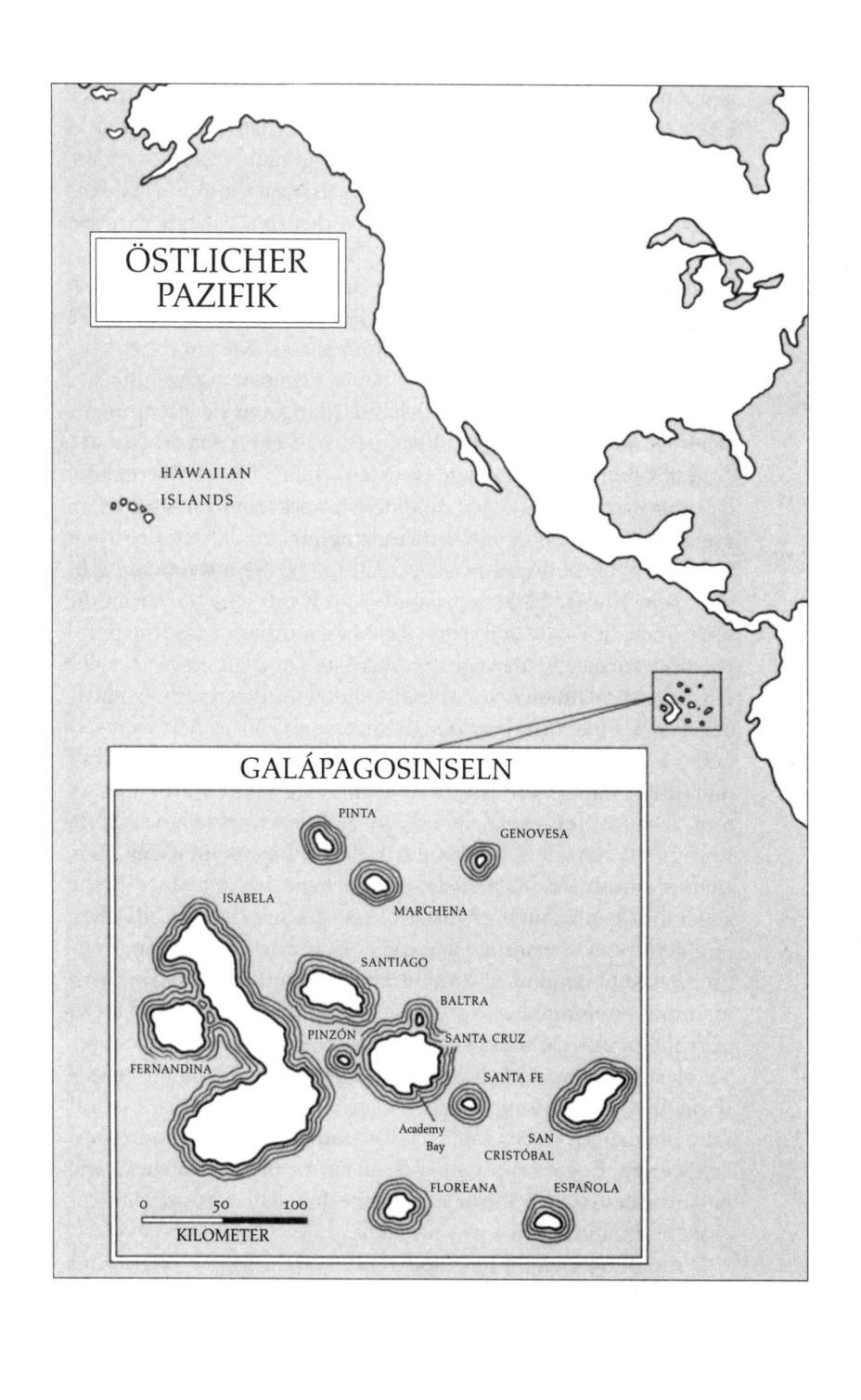

HAWAIIAN ISLANDS

GALÁPAGOSINSELN

PINTA
GENOVESA
ISABELA
MARCHENA
SANTIAGO
BALTRA
PINZÓN
SANTA CRUZ
FERNANDINA
SANTA FE
Academy Bay
SAN CRISTÓBAL
FLOREANA
ESPAÑOLA

0 50 100
KILOMETER

gemein sind sie stumpfnasiger als andere Leguane, was Ausdruck einer anatomischen Anpassung an ihre Ernährungsweise sein mag, bei der sie dünne Tangschichten von den Felsen abweiden. Ihre Zähne sind für die Tätigkeit des Grasens und Zermahlens wie geschaffen. Ihre Körper sind salzverkrustet. Salziger Schleim rinnt ihnen aus den Nüstern, tropft herunter wie Rotz bei einem Kind; sie scheiden ihn aus, um das Salz loszuwerden, das sie bei der Nahrungsaufnahme unvermeidlich mit verschlucken. Einige von ihnen liegen flach auf dem Bauch, schlaff wie ein rohes Lendenstück, und saugen die Hitze der sengenden Sonne und der sonnendurchglühten Lava in sich auf. Man kann sie sicher unansehnlich nennen, aber scheußlich ist leicht übertrieben.

In der Paarungszeit zeigen die Männchen Territorialverhalten. Das paarungsbereite Leguanmännchen steckt sein Territorium ab und bedroht jeden männlichen Eindringling mit den leguanischen Spielarten der üblichen maskulinen Signale. Sein Kamm sträubt sich, sein Körper bläht sich auf. So groß bin ich, gibt er an. Er bläht auch die Kehle und sperrt das Maul auf, damit das rote Innere zu sehen ist. Er bewegt den Kopf auf und ab. Entweder der Eindringling läßt sich von dieser Demonstration furchterregender Männlichkeit hinlänglich abschrecken, oder er hält, von seinen eigenen Hormonen in Raserei versetzt, stand. In diesem Fall marschiert das ortsansässige Männchen auf den Eindringling zu und versetzt ihm mit dem oberen Teil des Kopfes einen Stoß. Wumm, da hast du's. Das ist die äußerste Beleidigung und Herausforderung. Der Kopf jedes Männchens ist mit einer Reihe kegelförmiger Schuppen ausgestattet, die wie Nieten aussehen und dem Stoß Nachdruck verleihen. Denkbar, daß der Eindringling den Kopf senkt und zurückstößt. Nun sind die beiden in einen mannhaften Kampf verwickelt. Sie stoßen, sie schieben, die Puste geht ihnen aus, sie müssen sich erholen. Dann erneutes Stoßen. Sie blasen Salz aus den Nüstern und bezeigen sich damit gegenseitig ihre Verachtung. Dieses alberne Spiel kann bis zu fünf Stunden dauern – aber wer im Glashaus sitzt, soll nicht mit Steinen werfen. Es geht nicht alberner dabei zu als am Samstagabend in einem bayrischen Wirtshaus. Immerhin schlagen sich die Tiere keine Maßkrüge auf den Schädel.

Normalerweise gibt der Eindringling klein bei. Er kriecht auf der Suche nach einem leichter zu erobernden Territorium davon. Verletzt wird niemand.

Das siegreiche Männchen genießt das Privileg, sich mit allen Weibchen zu paaren, die sich auf seinem Territorium einfinden. Manche Wissenschaftler haben die Ansammlungen von Weibchen als Harems bezeichnet umd damit eine gewaltsame Herrschaft des Männchens über die Weibchen suggeriert. Diese Herrschaft übt das territoriale Männchen aber vielleicht gar nicht aus. Genausogut könnte man von Gigolo-Stationen reden, bei denen die Weibchen nach Gusto vorsprechen.

Meine Anwesenheit fällt in die Paarungszeit; deshalb sind die Leguane, zwischen denen ich sitze, ein bißchen empfindlich, was ihren Grund und Boden und ihre Stellung betrifft. Ein großes Männchen hat sein Hauptquartier auf einem riesigen Balken errichtet, der aus dem übrigen Treibgut hervorragt und nach dem Schiffbruch irgendeines alten Holzschiffes angespült worden ist. Drei Weibchen umgeben ihn auf dem Balken, der ein idealer Platz ist, um sich zu sonnen; andere rekeln sich auf der benachbarten Lava. Jungtiere kommen und gehen, ohne von der sexuellen Spannung etwas mitzukriegen. Als ich mich zuerst näherte und mit leisen Schritten ein bißchen zu dicht herantrat, führte mir das Männchen sein Kopfbewegungsritual vor. Es schien sagen zu wollen: Hau ab, Arschloch, die Miezen hier sind meine. Ich wich zurück. Er verlangte gar nicht viel – knapp drei Meter Abstand zwischen mir und dem Balken schienen sein Bedürfnis nach Privatsphäre zu befriedigen. Ich ließ mich in dieser Entfernung nieder, und jetzt bemerkt er mich gar nicht mehr und beschäftigt sich mit ernsthafteren Konkurrenten. Aber in der Stunde, die ich heute zuschaue, paart sich niemand. Es wird auch nicht mit den Köpfen gestoßen. Niemand geht ins Meer schwimmen. Also verziehe ich mich wieder und nutze eine Gelegenheit, Karl Angermeyers ausgefallenere Leguankolonie auf der gegenüberliegenden Seite von Academy Bay zu besuchen.

Ich fahre mit dem Boot hinüber, in Begleitung eines Führers, der Karl kennt. Karls Wohnsitz ist ein abgelegenes und ungewöhnliches Hauswesen, eine private Zufluchtsstätte, kein Ort, wo ein Fremder uneingeladen auftauchen sollte. Das Haus selbst ist eine stabile kleine Burg aus Lavafelsen, die nahe dem Klippenrand thront und die Bucht überblickt. Das Dach ist mit lebenden Leguanen bedeckt.

Karl Angermeyer ist ein breitbrüstiger Mann im Alter von ungefähr siebzig. Er hat heute nur Shorts an; sein Körper und seine Beine sind so schwarz wie verbrutzelte Butter. Er heißt uns freundlich willkommen. Er trägt ein Spitzbärtchen und erinnert an einen jener ältlichen europäischen Lebemänner, die man an der spanischen Riviera in Begleitung einer jungen Ehefrau trifft. Karl ist Maler, wie ich erfahre. Er malt die Galápagos. Er lebt seit fünfzig Jahren hier und liebt die Inseln glühend. Er wacht über ihre geheimen Reize, hat ganze Lagunen im Kopf, kennt das Licht. Kommen Sie, sagt er, werfen Sie einen Blick ins Atelier. Wie gar nicht zu übersehen, ist nicht nur sein Dach, sondern auch seine Veranda mit Leguanen bevölkert. Ein schläfriger Mischlingshund mit Airedaleblut in den Adern treibt sich ebenfalls herum und knurrt menschliche Eindringlinge an, während er offenbar darauf konditioniert ist, die Leguane unbeachtet zu lassen. Einige Leguane hängen auch senkrecht an den Außenwänden des Hauses. Für ein Reptil, das acht oder zehn Pfund wiegt, ist es keine Kleinigkeit, senkrecht an einer Mauer zu hängen, aber *Amblyrhynchus cristatus* hat starke Glieder und scharfe Krallen, und Lavagestein ist porös. Kommen Sie, wiederholt Karl gastfreundlich.

Das Atelier ist ein kühler Raum, übersät mit Leinwänden, Zigarrenkisten voller Farbtuben, Paletten, Dosen und Krügen, Terpentin, Lappen, Streichhölzern, Kram und Abfällen jeder Art – kurz, es findet sich alles, was ein Maler so braucht, nur keine Pinsel. Pinsel? Nein, Karl benutzt keine. Macht sich nichts daraus. Er malt lieber schnell, und Pinsel machen ihn langsam. Er malt mit den Fingern. Tupfer und Wirbel und Spritzer, Kleckse, hier ein Strich, da ein Schubs, impulsive gemischtfarbene Daumenabdrücke. Für eine dünnen Linie benutzt er einen Fingernagel. Seine Hände sind riesig und geschickt, wie die Hände eines Schaufelbaggerfahrers oder die von Andrés Segovia.

Ich zeige es Ihnen, sagt er. Er schnappt sich ein paar halbleere Farbtuben und produziert in weniger als zwei Minuten eine kleine Landschaft auf dem Deckel eines Kartons. Es handelt sich unverkennbar um eine Szene von den Galápagos; man sieht eine

Lavafelsküste bei Sonnenuntergang mit einem baumartigen Feigenkaktus. Dann schiebt er das Bild achtlos zur Seite und wischt sich die Hände ab. Die Wände des Ateliers sind gepflastert mit ähnlichen Ansichten von Riesenkakteen, Mangrovenlagunen, Vulkanausbrüchen, Meerechsen, deren Umrisse sich vor pastellzartem Dämmerlicht abheben, alles mit den Fingern gemalt. Sein Œuvre wirkt in sich geschlossen und verrät eine besondere Vorliebe für rosige Sonnenuntergänge und im Gegenlicht erscheinende Wälder aus Feigenkakteen. Sein Platz ist irgendwo in dem großen Niemandsland zwischen Monet und schwarzem Samt. Manche von Karls Bildern sind schön, manche sogar köstlich. Manche strahlen Frische und Reinheit aus. Die übrigen bleiben eindrucksvoll, wenn man sie an ihren Entstehungsbedingungen mißt – als Produkte einer ohne Pinsel ausgeführten Arbeit von zwanzig bis dreißig Minuten. Während ich sie durchmustere, höre ich vom Dach ein dumpfes Schlaggeräusch.

Paarungszeit, erklärt Karl. Es sind die Leguane. Die Männchen beharken sich. Die Saison endet am 12. Februar, verkündet er mit der Selbstsicherheit eines Langzeitbeobachters; danach wird erneut Friede einkehren. Sie sind dann wieder nett zueinander. Im Augenblick allerdings sind sie damit beschäftigt, das Haus abzudecken.

Karl ist ein freimütiger Mensch, der sich freut, über seinen eigentümlichen Lebenslauf als Reptilien- und Kunstliebhaber reden zu können. Die Sache war folgendermaßen, erzählt er, ohne sich lange bitten zu lassen. Er kam im Jahre 1937 mit seinen Brüdern auf die Galápagos. Sie arbeiteten als Fischer und auch als Bauern; später betrieben sie ein Charterunternehmen für Bootsfahrten zwischen den Inseln. Damals mußte ein Siedler auf den Galápagos vielseitig sein. Sein Haus hier an der Küste baute Karl vor Jahrzehnten; in der Gegend wimmelte es von Leguanen, und die weigerten sich, den Platz zu räumen. Ihm war es recht. Es war Raum genug für alle da. Jetzt schwärmt er für sie und füttert sie wie eine Herde heiliger Gänse, auch wenn er zugibt, daß sie während der Paarungszeit seine Geduld auf eine harte Probe stellen.

Wenn es sein muß, fressen Karls Leguane Tang, aber mittlerweile ziehen sie Brot und Reis vor. Zuerst war nur ein altes Männchen schamlos genug, um Essen zu betteln. Die anderen zogen nach, und inzwischen treiben sich mehr als hundert im Umkreis seines Hauses und seines Anwesens herum und warten auf milde Gaben. Drei große Männchen haben das Dach unter sich aufgeteilt, erzählt er mir, und zwei weitere herrschen auf der Veranda. Nun ruft er sie zu einem Imbiß. »Annay-annay-annay!« brüllt er und löst eine Lawine von Leguanen aus. Von den Mauern kommen sie heruntergestürzt, aus den entferntesten Winkeln der Veranda stürmen sie gierig herbei. Er wirft ihnen Brotstücke zu, schleudert Brot hinauf zu den Tieren droben auf dem Dach. Später am Tag kriegen sie Reis. Anfangs ging es nur darum, seine Essenreste beseitigen zu lassen. Nachgerade aber geht die Sache weit darüber hinaus: Hundert hungrige Mägen warten darauf, gefüllt zu werden. Seine Hausangestellte hat ihm gekündigt, erzählt Karl niedergeschlagen. Sie ist eine ältere Frau, ungefähr sein Alter, und sie findet, daß sie zu alt ist, um für eine Herde geiler Reptilien Reis zu kochen.

»Annay-annay-annay!« Brot für die lieben Tierchen, jawohl. Was er hat, gibt er hin, teilt es aus, bis seine Hände leer sind. Nichts mehr da. Tut mir leid, alles weg.

Karl hebt einen großen Leguan am Schwanz hoch und packt ihn dann geschickt hinter dem Kopf, damit ich die Ohrlöcher des Tieres bewundern kann. Der Leguan hat sich mit einer Klaue in Karls Hand verhakt; der scheint das nicht zu bemerken, bis ich ihn darauf aufmerksam mache, daß die Hand blutet. Ach ja, das macht nichts. »All die Kratzer hier«, sagt er und zeigt mir stolz und liebevoll dünne weiße Narben an seinem linken Arm, »sind von den Leguanen.«

Ich frage ihn, was *annay-annay-annay* bedeutet.

Das hat keine Bedeutung sagt er, ist unübersetzbar. Es ist einfach ein sinnloser Laut, den die Leguane gelernt haben, mit Fütterung zu verbinden. Er hat ihnen beigebracht, mit einer gewissen Freigebigkeit zu rechnen, und sie haben ihm beigebracht, dafür zu sorgen, daß ihre Erwartungen auch erfüllt werden.

Der Hund ruht friedlich zwischen ruhenden Leguanen. Morgen komme ich zurück, um eines von Karls Bildern zu kaufen. Erst einmal klettere ich aber von Karls Privatdock, das unmittelbar unter seiner Veranda vom Lavafels ins Meer hinausragt, wieder ins Boot. Er winkt. Selbst aus einiger Entfernung sieht man noch, wie sich auf dem Dach seines Hauses Leguane behaglich aalen. Mir kommt der Gedanke, daß diese speziellen Tiere anders sind als die meisten im Archipel lebenden Exemplare von *Amblyrhynchus cristatus*, anders als die meisten endemischen Arten auf den meisten anderen Inseln. Karls Leguane sind nicht einfach nur ökologisch naiv. Beim Himmel, sie sind zahm.

58 Die Artbildung in Inselreichen, ein weiterer Punkt des Inselmenüs, ist ein Vorgang, bei dem die insularen Tier- und Pflanzenwelten nicht nur ausgefallener werden, sondern sich auch in Richtung größerer Artenvielfalt entwickeln. Dieser Vorgang beinhaltet die anfängliche Besiedlung eines Archipels durch eine Tier- oder Pflanzenart, gefolgt von lokaler Ausbreitung, durch die sich auf den einzelnen Inseln je eigene Populationen etablieren. Die getrennten Populationen weichen mit der Zeit genetisch voneinander ab, bis jede Insel eine endemische Spezies beherbergt, die mit allen anderen eng verwandt ist. Zu diesem Prozeß kommt es in Inselreichen, wo die Inseln so weit auseinander liegen, daß die Ausbreitung von einer Insel zur anderen möglich, aber ein Ausnahmefall bleibt. Liegen die Inseln *zu nah* beieinander, gibt es ein ständiges Hin und Her, und es kommt zu keiner genetischen Divergenz.

Die Meerechse auf den Galápagos stellt einen Fall von archipelspezifischer Artbildung im Anfangsstadium dar – aber eben nur im Anfangsstadium, da sich die getrennten Populationen auf ihren jeweiligen Inseln noch nicht bis zum Punkt eigenständiger Arten auseinanderentwickelt haben. Die Art *Amblyrhynchus cristatus* umfaßt sieben Populationen auf sieben verschiedenen Inseln, die sich genetisch einigermaßen unterscheiden, ohne daß allerdings die Kluft unüberbrückbar wäre. Führte man die Populationen wieder zusammen, so könnten sie sich wahrscheinlich nach wie vor kreuzen.

Aufgrund einer kürzlich vorgenommenen taxonomischen Überprüfung werden diese Populationen jetzt als sieben Unterarten innerhalb der Spezies anerkannt. Die Unterart, die auf Santa Cruz heimisch ist und zu der auch die Tiere auf dem Dach von Karl Angermeyer und an dem Küstenstreifen vor meinem Hotel gehören, heißt *A. cristatus hassi*. Sie ist größer als die Unterarten auf den am Rande des Archipels gelegenen Inseln und ähnelt mehr den Unterarten auf den nahe gelegenen Inseln Fernandina und Isabela, die sich ebenfalls durch große Körper auszeichnen. *A. cristatus venustissimus*, die auf der Insel Española am südöstlichen Rand des Archipels lebt, ist für ihre leuchtenden Farben bekannt. *A. cristatus nanus* auf der Insel Genovesa am nordöstlichen Rand ist klein und dunkel gefärbt. Die Abweichungen bei diesen Leguanpopulationen stellen keinen Extremfall dar – sie gehen ganz gewiß nicht so weit wie bei den dreizehn verschiedenen Finkenarten auf den Galápagos oder den sechzehn Arten von Rüsselkäfern auf den Tristan-da-Cunha-Inseln oder den Artbildungsprozessen der Nager auf den Philippinen. Sie gemahnen bloß daran, daß sich die archipelspezifische Artbildung auf Inselgruppen überall auf der Erde ereignet und manchmal klammheimlich vollzieht.

Vulkanische Inselgruppen im tiefen Meer wie die Maskarenen oder die hawaiische Inselkette oder die Galápagos weisen häufig die für eine archipelspezifische Artbildung geeigneten räumlichen Abstände auf. Die Inseln bilden zwar einen Haufen, sind aber klar voneinander getrennt und halten so zwischen Isolation und Kolonisation ein Gleichgewicht, das es den Populationen erlaubt, abweichende Entwicklungen einzuschlagen. Typische Ergebnisse sind die sieben Unterarten von Meerechsen – oder die fünf Galápagos-Geckoarten der Gattung *Phyllodactylus* oder die sechs Galápagos-Feigenkaktusarten der Gattung *Opuntia* oder die vierzehn Unterarten von Galápagosschildkröten. All diese Muster von örtlich beschränkter Artenvielfalt lassen sich im Lichte der modernen Evolutionstheorie leichter würdigen. Charles Darwin selbst wurde bei den Schildkröten auf das Phänomen der archipelspezifischen Artbildung aufmerksam, wußte aber nicht, was er davon halten sollte.

59 Mit der Scharfsicht, die der Rückblick verleiht, erklärte Darwin in seinem *Journal* zum bemerkenswertesten Aspekt der Naturgeschichte der Galápagosinseln die Tatsache, daß »die verschiedenen Inseln in einem beträchtlichen Maße von verschiedenen Gruppen von Geschöpfen bewohnt werden«. Mit dieser verschwommenen Formulierung wollte er sagen, daß die verschiedenen Inseln unterschiedliche Arten und Unterarten aus bestimmten Familien beherbergten. »Der Vizegouverneur, Mr. Lawson, machte mich zuerst darauf aufmerksam, als er erklärte, die Schildkröten unterschieden sich von einer Insel zur anderen, und wenn eine Schildkröte gebracht werde, könne er mit Sicherheit sagen, von welcher Insel sie stamme.« Obwohl die Äußerung des Vizegouverneurs vielleicht das Folgenreichste war, was Charles Darwin in seinem Leben jemals von jemandem zu hören bekam, erregte sie damals nur gemäßigtes Interesse bei ihm. Mr. Lawson hatte ihn unabsichtlich auf das Phänomen der archipelspezifischen Artbildung gestoßen, aber Darwin ließ sich Zeit damit, die Anregung aufzugreifen.

Die Form des Panzers ist der klarste Hinweis auf Unterschiede zwischen den Schildkröten auf den Galápagosinseln. Der Panzer einer Schildkröte von Española ist sattelförmig mit einem Bogen vorne, der dem Tier erlaubt, den Hals nach hochhängender pflanzlicher Nahrung emporzurecken. Der Panzer einer Schildkröte von Santa Cruz ist kuppelförmig mit niedrigem vorderem Rand. Diese verschiedenen Formen spiegeln offenbar Anpassungen an ökologische Unterschiede zwischen den beiden Inseln wider. Auf der trockenen Insel Española grasen die Schildkröten die herunterhängenden Zweige des baumförmigen Feigenkaktus ab, wohingegen die feuchte Hochebene von Santa Cruz mit Gras und anderem bodennahem Futter üppig bewachsen ist, weshalb die Schildkröten ihre Köpfe unten halten können. Die große Insel, Isabela, weist fünf Vulkangipfel auf, von denen jeder seine eigene Schildkrötenpopulation mit eigener Panzerform hat. Die Populationen im grasreichen Südteil Isabelas haben Panzer, die im allgemeinen dem Kuppeltyp entsprechen, während die Panzer der Populationen im Nordteil der Insel zum Satteltyp neigen.

Neben der Panzerform gibt es auch noch andere Kennzeichen.

Darwin zufolge waren die Schildkröten von Santiago nicht nur runder, sondern auch schwärzer und hatten »mehr Wohlgeschmack«. Heutige Schildkrötentaxonomen sind gezwungen, auf das Zeugnis der Zunge zu verzichten.

Darwin tat es später leid, daß er die Äußerungen des Vizegouverneurs über Unterschiede bei den Schilkrötenpanzern erst einmal übergangen hatte. »Es dauerte eine ganze Zeit, bis ich diese Feststellung hinlänglich würdigte, und da hatte ich bereits die Sammlungen von zwei der Inseln miteinander vermengt.« Er hatte sich nicht vorstellen können, daß Inseln, die einander in ihren natürlichen Bedingungen so ähnlich waren und so nahe beieinander lagen, von je eigenen Gruppen von Geschöpfen bewohnt wurden.

Wie bereits erwähnt, beschränkte sich seine methodische Unachtsamkeit nicht auf Schildkröten; auch einige Vogelpräparate warf er zusammen, ohne Rücksicht darauf zu nehmen, von welcher Insel sie stammten. »Unglücklicherweise waren die meisten Exemplare von der Klasse der Finken vermengt«, gestand er in einer späteren Ausgabe des *Journal*. Man darf nicht vergessen, daß auch schon die Originalausgabe seines *Journal* erst nach seiner Rückkehr nach England niedergeschrieben worden war; das Buch war ein literarisches Werk, zu dem das Tagebuch und die Notizbücher von der *Beagle* bloß das Rohmaterial geliefert hatten. Während der Feldforschung selbst hatte er die Dinge noch anders gesehen. Er hatte mit Eifer, aber ohne Zeit oder reflexive Distanz, gesammelt und seine Präparate sorglos zusammengeworfen. Erst später, als er zurück in England war, nahm er mit Hilfe fachkundiger Taxonomen hinlänglich Notiz von der Sache, um seine Nachlässigkeit zu beklagen und sich vorzustellen, wieviel Aufschluß die Daten, die er vollständig zu sammeln versäumt hatte, hätten bieten können. Solche nachträglichen Einsichten waren eben das, wodurch sich das *Journal* (zumal in seinen überarbeiteten Ausgaben) vom Tagebuch unterschied.

Vielfach stößt man auf die irrige Ansicht, die Galápagosfinken – dreizehn heute als »Darwins Finken« berühmte Arten von graubraunen kleinen Vögeln mit verschieden geformten Schnäbeln und korrespondierend unterschiedlichen ökologischen Nischen – hätten Darwin zu seiner großen evolutionstheoretischen Einsicht geführt. Aber auf die Gefahr hin, als historischer Spielverderber zu gelten, muß ich das richtigstellen: Nicht die Finken regten Darwin zu seiner Theorie an, sondern die Spottdrosseln.

Im *Journal* räumte er ein, welch wichtige Rolle sie gespielt hatten: »Meine Aufmerksamkeit wurde erstmals nachdrücklich geweckt, als ich die zahlreichen Exemplare der Spottdrosseln miteinander verglich, die ich selbst und andere Gruppen an Bord geschossen hatten, wobei ich zu meinem Erstaunen entdeckte, daß alle von Charles Island zur gleichen Art (Mimus trifasciatus) gehörten, alle von der Albemarle Insel zu M. parvulus und alle von James Island und Chatham Island (zwischen denen als Bindeglieder zwei weitere Inseln liegen) zu M. Melanotis.« Die wissenschaftlichen Namen der Arten haben sich mittlerweile geändert (aus *Mimus* ist *Nesomimus* geworden), und das gleiche gilt auch für die Namen der Inseln (James Island wurde zu Santiago), aber die Bedeutung ist die gleiche geblieben. Vier Arten von Galápagosspottdrosseln haben sich von einem gemeinsamen Vorfahren aus divergent entwickelt. Bei einer dieser Arten gibt es sieben Unterarten, die auf sieben verschiedenen Inseln heimisch sind. Hier kann man archipelspezifische Artbildung als Faktum und in der Entwicklung studieren. Darwin sah das Muster und wußte, daß hier etwas Wichtiges vor sich ging.

Das Muster ist relativ einfach. Nicht auf einer einzigen Insel gibt es zwei Spottdrosselarten. Das steht in markantem Gegensatz zum Verteilungsmuster der Finken, das ein verworrenes Geflecht darstellt. Bei den Finken hat es ein vielfaches Hin und Her von Besiedlungen gegeben, so daß auf manchen Inseln bis zu zehn Finkenarten nebeneinander existieren. Warum ist das Muster bei den Spottdrosseln einfach? Vielleicht sind die Spottdrosseln weniger abenteuerlustig als die Finken und neigen weniger dazu, zwischen den Inseln zu wechseln. Möglicherweise trafen sie erst später im Archipel ein und hatten noch nicht genug Zeit. Was immer der Grund dafür ist, die Divergenz bei den Spottdrosseln ist jedenfalls noch nicht über ein Anfangsstadium hinausgelangt. Die verschiedenen Arten bleiben auf den einzelnen Inseln isoliert und haben sich noch nicht mittels Konkurrenzdruck merkwürdige neue Rollen aufgenötigt. Der Gegensatz zwischen den Spottdrosseln und den Finken kann deshalb gut den heiklen Unterschied zwischen archipelspezifischer Artbildung und adaptiver Radiation, einem weiteren Punkt auf dem Inselmenü, veranschaulichen.

60 Wir wissen bereits etwas über adaptive Radiation, weil oben von den Borstenigeln in Madagaskar die Rede war, stimmt's? Aber es gibt noch mehr darüber zu sagen. Von adaptiver Radiation läßt sich in einem weiteren oder engeren Sinne reden. In seiner weiten Bedeutung genommen, läßt sich der Begriff auf praktisch jeden Aspekt der Entwicklungsgeschichte anwenden. Kondore unterscheiden sich dank der adaptiven Radiation von Chickadee-Meisen. Kojoten unterscheiden sich dank der adaptiven Radiation von Wombats. Wombats unterscheiden sich von Kondoren dank der ... und so weiter. Adaptive Radiation hat während der letzten vier Milliarden Jahre auf der Erde stattgefunden. Aber diese Sicht ist so umfassend, daß sie einen nützlichen Begriff in eine schwammige Binsenweisheit verwandelt. Ich empfehle eine Definition aus dem Lehrbuch:

»Adaptive Radiation ist die Diversifizierung von Arten, die auf einen gemeinsamen Vorfahren zurückgehen, um eine breite Vielfalt ökologischer Nischen auszufüllen. Zu ihr kommt es, wenn eine einzelne Spezies durch wiederholte Artbildungsvorgänge zahlreiche Abkömmlingsarten hervorbringt, die sympatrisch innerhalb eines kleinen geographischen Gebiets bleiben. Die zusammen existierenden Arten tendieren dazu, sich in ihrer Nutzung ökologischer Ressourcen auseinanderzuentwickeln, um die zwischenartliche Konkurrenz zu vermindern.«

Nischen, Sympatrie, Konkurrenz – das sind die Schlüsselwörter. Die Definition ist eine gute, umsichtige Darstellung des Sachverhalts und so kompakt, daß sie der Kommentierung bedarf.

Über Sympatrie haben wir bereits gesprochen. Eng verwandte Arten sind sympatrisch, wenn sie dasselbe geographische

Gebiet bewohnen. Auch von Nischen war bereits die Rede, aber vielleicht ist es an der Zeit, diesem wichtigen Begriff seine genaue wissenschaftliche Bedeutung zuzuordnen. Eine ökologische Nische ist das System von Ressourcen, natürlichen Bedingungen und verhaltensspezifischen Möglichkeiten, innerhalb dessen eine Population von Organismen lebt. Jede Spezies braucht ihre eigene Nische. Einige Wörterbücher beschreiben die Nische als einen Ort, aber das ist falsch; sie ähnelt eher einer Rolle. Was die zwischenartliche Konkurrenz betrifft, so erklärt sich dieser Begriff fast von selbst: Er bezeichnet den Kampf zwischen Arten um die Ausnutzung eines begrenzten Angebots an Ressourcen.

Konkurrenz und Sympatrie zusammen mit dem besonderen Akzent auf anpassungsbedingten Abweichungen zwischen eng verwandten Arten oder Unterarten – das ist es, was die adaptive Radiation von der archipelspezifischen Artbildung unterscheidet. Bevor wir diesen Maßstab an die Spottdrosseln anlegen, wollen wir noch einmal einen Blick auf die Schildkröten werfen.

Die vierzehn Unterarten von Galápagosschildkröten entstanden in vierzehn verschiedenen insular begrenzten Stücken Lebensraum – durch allopatrische Divergenz, um die Fachterminologie zu bemühen. Neun dieser Unterarten entstanden einzeln auf neun verschiedenen Inseln und die fünf übrigen auf den fünf Vulkanen der Insel Isabela. Drei der Unterarten wurden in den letzten Jahrhunderten ausgerottet; die überlebenden elf umfassen alle fünf von Isabela zuzüglich der auf Santa Cruz, San Cristóbal, Santiago, Española, Pinzón und Pinta heimischen Unterarten. Innerhalb jeder Unterart sind gewisse individuelle Variationen in der Panzerform unvermeidlich, aber im allgemeinen weist die jeweilige Unterart eine kollektiv kennzeichnende Panzerform auf.

Die meisten der elf überlebenden Unterarten lassen sich eindeutig einem der beiden erwähnten Typen zuordnen – dem sattelförmigen und dem kuppelförmigen Panzertypus. Haben die Panzerformen die Bedeutung einer Anpassungsleistung? Diese Frage erfordert zwei Antworten, die mit Einschränkung und gesondert gegeben werden müssen. Ein extrem sattelförmiger Panzer, der dem Tier erlaubt, den Kopf nach oben zu strecken, stellt unter bestimmten Umständen einen Anpassungsvorteil gegenüber einem kuppelförmigen Panzer dar, der die Reichweite nach oben beschränkt, aber besseren Schutz bietet; unter anderen Umständen verhält sich die Sache vielleicht umgekehrt. Die sattelförmigen Schildkröten von Española sind wahrscheinlich an diese trockene Insel besser angepaßt, als eine kuppelförmige Schildkröte das wäre; die kuppelförmigen Tiere von Santa Cruz kommen wahrscheinlich auf den grünen Weiden dieser Insel besser zurecht, als eine mit beweglichem Hals ausgestattete, weniger gut geschützte, sattelförmige Unterart das könnte. Im Blick auf die beiden Grundtypen der Panzerform lautet demnach die Antwort ja, die Unterschiede sind anpassungsbedingt.

Aber stellen die Zwischenstufen bei den verschiedenen Panzerformen der elf Unterarten allesamt nennenswerte Anpassungen dar? Nicht unbedingt.

Das ist eine wichtige Wahrheit, die gewöhnlich in vereinfachenden Darstellungen entwicklungsgeschichtlicher Prozesse unterschlagen wird: daß nämlich nicht jeder genetische Unterschied zwischen eng verwandten Arten oder Unterarten anpassungsbedingt ist. Ein solcher Unterschied kann auch Zufallsprodukt sein. Er kann das Resultat von Unterschieden in der Genhäufigkeit sein, die zwischen der Population, die neues Terrain besiedelt, und der Ausgangspopulation, von der jene sich getrennt hat, zufällig bestehen. Bei den Unterarten der Galápagosschildkröten ist das wahrscheinlich der Fall.

Solche zufälligen genetischen Unterschiede können vermutlich zwei Ursachen haben. Einmal ist da das Gründerprinzip, wie es Ernst Mayr in seinem 1942 erschienenen Buch beschrieben hat. Wenn eine neue Population an einem isolierten Ort begründet wird, stellen die Ausgangsexemplare gewöhnlich eine numerisch winzige Gruppe dar – eine Handvoll einsamer Siedler oder ein einzelnes Paar oder gar nur ein trächtiges Weibchen. Die Population die von einer solch kleinen Zahl von Gründern abstammt, verfügt nur über eine ganz kleine und bis zu einem gewissen Grade zufällige Auswahl aus dem Genpool der Ausgangspopulation. Die Auswahl ist höchstwahrscheinlich nicht repräsentativ und umfaßt weniger genetische Vielfalt, als der Gesamtpool enthält. Dieser Effekt tritt auf, wo immer einer großen Sammlung von vielfältigen Dingen eine kleine Stichprobe entnommen wird; ob es sich dabei um Gene, um gefärbte Kaugummikugeln, um Knöpfe, um einen Packen Spielkarten oder irgendeine andere Menge verschiedenartiger Dinge handelt, normalerweise wird eine kleine Auswahl weniger vielfältig sein als das Ganze. Nehmen wir ein prosaisches Beispiel und stellen uns eine Schublade voller Socken vor.

Wenn man zehn Paar schwarze, neun Paar braune und ein Paar flamingorosafarbene Socken besitzt, dann ist der Gesamtbestand zu fünf Prozent rosafarben. Nehmen wir nun an, wir stolpern im frühmorgendlichen Dunkel zur Sockenschublade, weil wir dabei sind, einen kleinen Koffer zu packen. Wir haben noch keinen Kaffee gekriegt. Das Flugzeug geht in einer Stunde. Wir greifen blind zu und packen vier Paar Socken in den Koffer. Werden die vier Paar, die wir uns geschnappt haben, die Farbverhältnisse unseres Gesamtbestandes an Socken genau wiedergeben? Nein. Werden im Koffer flamingorosafarbene Socken sein? Wahrscheinlich nicht (und das macht ja auch nichts, falls wir nicht gerade nach Las Vegas wollen). Das Gründerprinzip funktioniert im großen und ganzen auf die gleiche Weise. Die Genauswahl, über die eine kleine Gründergruppe verfügt, wird nicht genau repräsentativ für den gesamten Genpool sein. Wenn es der Zufall will, kann sie auch ganz unrepräsentativ sein.

Die andere Ursache für zufallsbedingte genetische Unterschiede zwischen Populationen wird genetische Drift genannt. Sie kommt ins Spiel, nachdem die Gründer angefangen haben, sich fortzupflanzen. Die Siedlerpopulation fängt an, von der Ausgangspopulation, von der sie geographisch isoliert ist, genetisch allmählich abzuweichen. Im Laufe der Generationen unterscheidet sich ihr Genpool immer stärker von dem der Ausgangspopulation – sowohl was die Zusammenstellung von Allelen (das heißt, von varianten Formen eines gegebenen Gens) als auch was die Verbreitung des einzelnen Allels betrifft. Das Entscheidende an der Drift-Metapher ist, daß auch diese Veränderungen nicht nur durch natürliche Auslese, sondern in einem gewissen Maße zufallsbedingt eintreten. Um das zu verdeutlichen, möchte ich die Allele durch ein anschaulicheres Bild repräsentieren. Kehren wir noch einmal zur Herrenbekleidung zurück.

Denken wir uns Socken als Gene. Denken wir uns Schuhe als

Gene. Denken wir uns Handschuhe als Gene. Ein Gen ist eine Kategorie, die auf verschiedene Weise verkörpert werden kann. Stellen wir uns eine Reihe von Verkörperungsvarianten vor, die alle zu einer dieser Kategorien gehören: schwarze Socken, braune Socken, Gamaschen, Trainingssocken, karierte Kniestrümpfe, Nylonstrümpfe und flamingorosafarbene Socken. Dies sind Allele des Sockengens. Socken treten natürlich paarweise auf. Das tun auch die genetischen Allele in einem von zwei Eltern abstammenden Organismus. Warum? Weil Lebewesen, die sich fortpflanzen, im allgemeinen zwei separate Allele für jedes Gen besitzen (auf jedem der paarweise vorhandenen Chromosome eines), die sie von den zwei Elternteilen geerbt haben. Sind die zwei Allele identisch, dann gilt das Individuum hinsichtlich dieses Gens als *homozygot* oder reinerbig. Ein *heterozygotes* oder mischerbiges Individuum weist zwei verschiedene Allele für das betreffende Gen auf, wie jemand, der zwei verschiedene Socken trägt. Das sind zweifellos vertraute Begriffe, wenn sie auch nicht unbedingt zum alltäglichen Sprachgebrauch gehören. *Meiose*, ein anderes altertümliches Wort, das wir alle in der Oberschule im Biologieunterricht gelernt und sobald wie möglich wieder vergessen haben, bezeichnet den Zellteilungsprozeß der Geschlechtsdrüsen, bei dem jeweils die Hälfte der verfügbaren Allele nach dem Zufallsprinzip dem einzelnen Ei und der einzelnen Samenzelle beigegeben wird. Die Eltern geben dann diese zufallsbestimmte Hälfte der verfügbaren Allele an die nächste Generation weiter.

Und hier liegt der Hase im Pfeffer. Manche Allele sind in einer Population verbreitet, andere sind selten. Wenn die Population groß ist und Tausende oder Millionen von Elternteilen umfaßt, die Tausende oder Millionen von Nachkommen zeugen, dann werden gewöhnlich die seltenen ebenso wie die häufigen Allele weitergereicht. Wenn das Zufallsprinzip mit hohen Zahlen operiert, dann pflegt es stabile Resultate hervorzubringen, und die Proportion zwischen Seltenheit und Häufigkeit bleibt unverändert. Ist die Population dagegen klein, so werden die seltenen Allele höchstwahrscheinlich im Verlauf der Meiose und der Befruchtung verschwinden, weil der Zufall, der mit geringen Zahlen operiert, Abweichungen von der statistischen Wahrscheinlichkeit hervorbringt und weil bereits eine bescheidene Abweichung ausreicht, um ein seltenes Allel vollständig zum Verschwinden zu bringen. Der Prozeß der zufallsbestimmten Auswahl wird also tendenziell die seltenen Allele übergehen, so daß sie oft nicht weitergegeben werden. In dem Maße, wie eine kleine Siedlerpopulation im Laufe ihrer Entwicklung seltene Allele einbüßt, wird sie der Ausgangspopulation, von der sie abstammt, immer unähnlicher. Ihre Mischerbigkeit nimmt ab. Ein größerer Teil der vorhandenen Exemplare wird im Blick auf den größeren Teil ihrer Gene reinerbig sein. Im Sockenbereich gibt es hierfür kein entsprechendes Bild, aber nur deshalb nicht, weil Koffer unfähig zur Meiose sind.

Bei den Spottdrosseln der Galápagos findet man wie bei den Schildkröten Anzeichen sowohl für Anpassungsprozesse als auch für Driftphänomene. Die vier Spottdrosselarten sind einander äußerst ähnlich: Sie sind wenig scheu, haben etwa die Größe und Gestalt einer Wanderdrossel, mit einem dunklen Fleck hinter beiden Augen, einer cremefarbenen Brust, dunklen Flügeln, einem langen Schwanz und einem schlanken, gebogenen Schnabel. Schwanz und Beine sind länger als bei den südamerikanischen Spottdrosseln, mit denen sie am engsten verwandt sind. Ihre Raublust ist ebenfalls stärker ausgeprägt als bei den Festlandsverwandten. Sie töten und fressen Insekten, Hundertfüßer, Kielschwänze, sogar junge Finken.

Unter den vier Spottdrosselarten sticht eine hervor: *Nesomimus macdonaldi*, die auf der Insel Española lebt. Ihr Schnabel ist außerordentlich groß, ihr Verhalten außerordentlich aggressiv, und sie frißt Eier. Von den anderen drei Spottdrosselarten der Galápagos fressen ebenfalls welche gelegentlich Eier, aber nicht so regelmäßig wie *N. macdonaldi*. Sie erbeutet Albatroseier, Tölpeleier, Möweneier, Leguaneier, praktisch jedes Ei, das sie finden kann. Einige Biologen haben auf die Möglichkeit hingewiesen, daß der vergrößerte Schnabel dieser Spezies eine Anpassung an die Aufgabe darstellt, Eier aufzuschlagen. Gehen wir einmal von dieser Möglichkeit aus, daß die Veränderung des Schnabels bei *N. macdonaldi* eher anpassungsbedingt als zufallsentsprungen ist. Bei den anderen drei Arten findet man keine solchen nützlichen Spezialisierungen. Die Merkmale, durch die sich *N. trifas-*

ciatus, N. melanotis und *N. parvulus* unterscheiden, scheinen eher zufällig als ein Produkt der Anpassung zu sein. Solange keine weiteren Forschungsergebnisse vorliegen, erklären wir diese Unterschiede am besten durch das Gründerprinzip und die genetische Drift.

Zusammengenommen, stellen die Spottdrosseln der Galápagos einen Fall von archipelspezifischer Artbildung, nicht hingegen von adaptiver Radiation dar. Das erstere ist Voraussetzung für letzteres. Das heißt, die archipelspezifische Artbildung führt zu Unterschieden, die als Ausgangspunkt für Prozesse der adaptiven Radiation dienen. Die archipelspezifische Artbildung bewirkt, daß geographisch isolierte Populationen sich auch in Fortpflanzungshinsicht isolieren. Die adaptive Radiation setzt erst ein, wenn die geographische Isolation durchbrochen wird – wenn zum Beispiel eine zweite Gruppe von Siedlern eine Insel erreicht, die bereits von einer früheren Gruppe bewohnt wird. Hier wird nun, wenn sich die beiden verwandten Populationen in der langen Zeit, in der sie sich aus den Augen verloren hatten, hinlänglich weit genetisch auseinanderentwickelt haben, ihre reproduktive Isolation dafür sorgen, daß sie sich nicht mehr kreuzen. Statt sich zu kreuzen, werden sie konkurrieren.

Damit sind wir wieder beim Thema Konkurrenz und Sympatrie angelangt. Das heißt, wir sind wieder bei den Galápagosfinken.

61 Das Verteilungsmuster der Galápagosfinken ist ein Verwirrspiel, das Fürst Metternich gefallen hätte. Es ist ein einziges großes Durcheinander von einander überschneidenden Gruppen und Untergruppen, Verknüpfungen und Ausschlüssen. Durch Farben auf einer Karte ließe es sich nicht darstellen, weil allzu viele Zonen purpurschwarz erschienen.

Das phylogenetische Muster ist sogar noch schlimmer. Von einer einzigen Ursprungsart abstammend, sind diese ruhelosen, wandlungsfähigen Finken von einer Insel zur anderen gewechselt, haben eine neue Art gebildet, sind wieder zurückgewechselt, haben konkurriert, ihre divergente Entwicklung fortgesetzt, wieder die Insel gewechselt, wieder konkurriert, sich wieder divergent entwickelt, wieder gewechselt. Sie haben Arten gebildet, als bekämen sie es bezahlt. Heute umfassen sie dreizehn verschiedene Arten. Während der Jahrtausende, die seit ihrer ersten Besiedlung des Archipels verstrichen sind, mögen einige weitere Arten entstanden und wieder ausgestorben sein. Die näheren Einzelheiten verlieren sich im Seenebel, in den die Vorgeschichte der Galápagosinseln getaucht ist, aber was an empirischen Daten erhalten geblieben ist, hat ausgereicht, mehr Biologen zu faszinieren als nur Charles Darwin. Im Jahre 1947 veröffentlichte ein Ornithologe namens David Lack ein einflußreiches kleines Buch mit dem Titel *Darwin's Finches* [Darwins Finken]. Neueren Datums ist das meisterliche Werk von Peter R. Grant, *Ecology and Evolution of Darwin's Finches* [Ökologie und Evolution von Darwins Finken]; Grant hat die Vögel jahrzehntelang in freier Wildbahn erforscht. Die Zeitschriftenartikel zum Thema könnte man zu einem Stoß von der Höhe eines Sofas auftürmen. Halten wir uns den schlichten mathematischen Umstand vor Augen, daß jede von dreizehn Finkenarten auf jeder von siebzehn größeren Inseln entweder ansässig ist oder nicht, so bekommen wir einen Eindruck von dem potentiellen Komplikationsgrad der Verhältnisse. Und verschlimmert wird die Sache noch dadurch, daß es darüber hinaus Unterarten gibt. Wäre ich so töricht, zu erwarten, daß der Leser Lust hat, sich in diese Einzelheiten zu vertiefen, ich würde sie alle in ein ausgetüftelt unverdauliches Diagramm packen, mit den Inseln auf einer horizontalen Achse, den Arten auf einer vertikalen Achse und mit alphabetischen Symbolen in Gitterkästchen, um das Vorhandensein verschiedener Unterarten anzuzeigen. Der Leser hätte dann das ganze Muster zur Hand, nur daß ihm beim Anblick die Augen zufallen würden wie eine Brandschutztür.

Ein paar wichtige Punkte lassen sich ohne große Umstände festhalten. Erstens unterscheidet sich das Muster der Verteilung von Finken in einer entscheidenden Hinsicht von den Mustern bei Schildkröten und Spottdrosseln: Erstens leben die eng verwandten Arten sympatrisch. Vier Arten des Grundfinks der Gattung *Geospiza* leben zusammen auf der Insel Santa Cruz. Diese vier Arten tauchen auch auf Marchena auf. Drei Arten von Baumfinken der Gattung *Camarhynchus* teilen sich die Insel Floreana. Sympatrie.

Zweitens haben die Finken eine breite Palette ökologischer Nischen besetzt, die auf einem Festland von anderen Vogelgruppen ausgefüllt würden. Da sie diese Nischen leer vorfanden, als sie die Galápagosinseln ursprünglich besiedelten, ergriffen die Finken die Gelegenheit beim Schopfe. Sie haben sich auf den Erdboden, die Bäume, die Mangrovenflächen spezialisiert; eine Spezies hat die Gewohnheiten und Fertigkeiten des Spechtes ausgebildet. Sie haben sich an neue Nahrung gewöhnt. David Lack begann sein Buch mit der Feststellung: »In einem englischen Garten fressen Finken unterschiedlicher Art und Größe Samen und Früchte, Meisen verschiedener Größe untersuchen die Zweige und Äste, Grasmücken verschiedener Art picken Insekten von den Blättern, Drosseln suchen auf der Erde nach Nahrung, und Spechte klettern die Baumstämme hoch.« Er wollte darauf hinaus, daß auf den Galápagos die verschiedenen Finkenarten dies alles abdecken. Die gängigen Namen spiegeln das ökologische Rollenspiel wider: Grundfinken, Baumfinken, Kaktusfinken, Spechtfinken, Laubsängerfinken, Vegetarischer Baumfink, Mangrovenfink. Sie haben sich divergent in leere Nischen hineinentwickelt.

Als dritter wichtiger Punkt ist zu nennen, daß Sympatrie Konkurrenz nach sich zieht und Konkurrenz zur Divergenz zwingt. Dies ist adaptive Radiation. Eng verwandte Arten auf einer gemeinsam bewohnten Insel (wie die Grundfinken auf Santa Cruz oder die Baumfinken auf Floreana) können nicht lange nebeneinander existieren, sofern sie nicht Wege finden, sich voneinander zu unterscheiden. Sind sie einander zu ähnlich, stirbt die eine Art aus oder wird vertrieben, während die andere die Nische allein mit Beschlag belegt. Damit sie sympatrisch bleiben können, sind sie gezwungen, die verfügbaren Ressourcen weiter aufzuteilen und sich an engere, spezifischer definierte Nischen anzupassen. Wo eng verwandte Arten im selben Lebensraum zusammentreffen, da können sie verschiedene Sorten Nahrung fressen. Oder sie können, wenn sie an derselben Nahrung festhalten, diese an verschiedenen Orten sammeln. Eine andere Dimension, in der sie sich voneinander abheben können, ist die Größe – die Körpergröße, die Größe des Schnabels, die Größe der

Nahrungsbrocken, mit denen sie fertig werden. So kommt es zu Gruppen von Arten, die einander ähneln und verschiedene Größen haben. Kleine, mittelgroße und große Grundfinken. Kleine, mittelgroße und große Baumfinken.

Ein vierter wichtiger Punkt: Die größeren Galápagosinseln (Santa Cruz, Isabela, Fernandina) beherbergen mehr unterschiedliche Arten als die kleinen Inseln (Santa Fe, Española, Genovesa). Das ist der Zusammenhang zwischen Art und Gebiet, wie er durch Erhebungen bei der Gattung Geospizinae nachgewiesen wurde. Große Gebiete beherbergen eine größere Vielfalt an Finkenarten als kleine Gebiete. Überraschend ist diese Tatsache nicht, aber sie ist komplizierter, als es den Anschein hat. Und das ganze Buch hindurch wird sie von allergrößter Bedeutung bleiben.

62 Aus den Finken der Galápagos und der angeblichen Wichtigkeit, die sie für Charles Darwin hatten, wurde eine der pikanteren Legenden der Wissenschaftsgeschichte gewoben. Dieser Legende zufolge beobachtete Darwin die Vögel während seines Aufenthalts auf den Galápagos, erkannte, daß sie das Werk adaptiver Radiation waren, und gelangte dadurch zu seiner Evolutionstheorie. Lehrbücher der Biologie, Vogelbücher, Biographien über Darwin, kurzgefaßte Wissenschaftschroniken und sogar ernsthafte Auseinandersetzungen mit entwicklungsgeschichtlichen Themen haben sich diese Legende nicht selten zu eigen gemacht. Sogar David Lacks bahnbrechende Arbeit leistete hierzu einen Beitrag.

»Vor etwas mehr als einem Jahrhundert, im Jahre 1835«, schrieb Lack im Vorwort seines Buches, »sammelte Charles Darwin einige unscheinbar wirkende Finken auf den Galápagosinseln. Sie erwiesen sich als eine neue Vogelgruppe und setzten zusammen mit den Riesenschildkröten und anderen Tieren der Galápagos Überlegungen in Gang, die in *Die Entstehung der Arten* gipfelten und die Welt erschütterten.« Schon der Titel von Lacks Buch, *Darwin's Finches*, suggerierte eine enge Verbindung zwischen dem Evolutionstheoretiker Darwin und den Finken als evolutionstheoretischem Beweisstück.

Tatsache ist, daß die Verbindung keineswegs so eng war. Wie die meisten Legenden ist auch diese bequem, erzählerisch ansprechend und weitgehend frei erfunden. Bequem ist sie für Lehrbücher, weil sie erlaubt, einen klassischen Fall von adaptiver Radiation mit einer Entdeckung von historischer Tragweite parallelzuschalten. Ansprechend für uns übrige ist sie, weil ein Darwin auf den Galápagos, der Vögel beobachtet und mit Leguanen um sich wirft, so herrlich das junge, bekloppte Genie verkörpert. Aber bequem oder nicht, ansprechend oder nicht, die Legende traf nicht zu und verlangte nach einer Richtigstellung. Im Jahre 1982 veröffentliche ein Wissenschaftshistoriker namens Frank J. Sulloway in *Journal of the History of Biology* einen ruhigen, abgewogenen Beitrag mit dem Titel »Darwin and His Finches: The Evolution of a Legend« [Darwin und seine Finken: Die Entwicklung einer Legende], worin Phantasie und Wirklichkeit voneinander geschieden wurden.

In den folgenden Jahren haben dann einige andere Historiker (darunter Stephen Jay Gould und die Darwin-Biographen Peter J. Bowler und Ronald W. Clark) Sulloways revidierte Fassung der Geschichte gebührend zur Kenntnis genommen. Die meisten allerdings, soweit sie überhaupt von Darwin und den Finken etwas wissen, hängen immer noch der irrigen Version an.

In ihren Einzelheiten kolportiert, lautet die Legende folgendermaßen: Der aufgeweckte junge Charles Darwin beobachtete bei seinem Aufenthalt auf den Galápagosinseln einige interessante Unterschiede bei einer Gruppe von eng verwandten Vogelarten. Er konnte sehen, daß es sich um Finken handelte. Er beobachtete Abstufungen in der Größe und Form ihrer Schnäbel. Er sammelte Musterexemplare. Zuerst beging er den Fehler, seine Exemplare nicht nach den Inseln zu rubrizieren, auf denen er sie jeweils erbeutet hatte, aber bald schon, als ihm die Bedeutung dieser Information klargeworden war (dank der Bemerkung des Vizegouverneurs über die Schildkröten), begann er, ihren Fundort festzuhalten. Er sah, daß diese eine Finkengruppe ein Dutzend oder mehr besondere Arten umfaßte, die sich alle anatomisch und ökologisch unterschieden. Er fragte sich, was das zu bedeuten hatte. Nach England zurückgekehrt, übergab er seine Finkenarten einem Ornithologen namens John Gould, der die taxonomischen Beschreibungen vornahm. Als Goulds Aufgabe beendet war, beschäftigte sich Darwin erneut mit den Finken und auch mit anderen Sammlungen und Aufzeichnungen, bis ihm die Erleuchtung kam, daß die Theorie der speziellen Schöpfung Humbug war. Plötzlich sah er die Fauna und Flora der Welt in einem neuen, klaren Licht. Darwin erkannte, daß die Arten nicht von einer tüftlerischen Gottheit geschaffen worden waren, sondern einem natürlichen und kontinuierlichen Prozeß organischen Wandels entsprangen. Sie entwickelten sich. Irgendwie. Wie, wußte Darwin noch nicht. Im Jahre 1837 nahm er eine Eintragung in sein Tagebuch vor, in der er festhielt, daß er sein erstes Notizbuch über den Artenwandel angefangen habe. Seit dem vorangegangenen März, schrieb er, hätten ihn die Beschaffenheit südamerikanischer Fossilien und die auf den Galápagos heimischen Arten stark beschäftigt. Ohne sich mit Verben aufzuhalten, rief er sich in Erinnerung: »Diese Fakten Ursprung (besonders letzteres) aller meiner Auffassungen.« Das wichtigste dieser Ursprungsfakten betraf die Finken. Stimmt das so?

Nein, die Geschichte klingt gut, aber sie stimmt nicht.

Frank Sulloways emsigen Nachforschungen zufolge taucht die Legende stückchenweise in so verschiedenartigen Büchern auf wie *Introduction to Evolution, Evolution as a Process, Darwin and the Beagle, Darwin's Century, Introduction to Physiological Psychology, Grzimeks Tierleben* und mehreren Lehrbüchern mit dem schlichten Titel *Biologie*. In einem gewissen Maß fand die Legende ihre Begründung in Darwins eigenen Schriften. Die zweite Ausgabe des *Journal*, die 1845 erschien, enthielt eine Beschreibung der Finken und eine illustrative Federzeichnung. Die Illustration zeigte vier Vogelköpfe mit verschieden geformten Schnäbeln. Diese Vögel, schrieb Darwin, seien »eine ganz einzigartige Gruppe von Finken, die nach der Beschaffenheit ihrer Schnäbel, ihrer kurzen Schwänze, ihrer Körpergestalt und ihres Gefieders eng zusammenhängen.« Das Bemerkenswerte an ihnen sei die perfekte Staffelung in der Schnabelgröße zwischen den einzelnen Arten. Bei manchen Arten, fügte er hinzu, sei auch die Form des Schnabels verschieden.»Angesichts dieser Staffelung und Vielfalt in der Beschaffenheit einer einzigen, eng verwandten Vogelgruppe, könnte man tatsächlich auf die Idee verfallen, daß, ausgehend von einem zu Anfang spärlichen Vogelbestand in diesem Archipel, eine Spezies benutzt und für verschiedene Zwecke abgewandelt worden war.« Das ist eine wahrhaft volltönende Passage, wenn man sie in ihrem historischen Kontext betrachtet und als einen 1845 unternommenen Vorgriff auf die Verlautbarungen von 1859 begreift, die in der Welt für Aufregung sorgten. Sie zeigt, daß Darwin bereits vierzehn Jahre vor der Veröffentlichung von *Die Entstehung der Arten* wußte, wohin sein Weg führte.

Aber durch die sorglose Wiedergabe der Finkengeschichte hat man die Passage zum Beweis für sehr viel mehr werden lassen: zum Beweis dafür, daß noch zehn Jahre früher, nämlich 1835, Darwin, während er auf den Galápagos beobachtete und sammelte, in den Finken einen Fall von adaptiver Radiation erkannt habe. Er hatte nichts dergleichen erkannt. Als er das *Journal* für die Ausgabe von 1845 überarbeitete, deutete er vorsichtig an, man könnte angesichts der Finken »tatsächlich auf die Idee verfallen«, aber er war damals nicht darauf verfallen. Erst im Rückblick schätzte er die Finken so ein, wie er es in dieser Ausgabe tat.

Die erste Ausgabe des Buches, die 1839 erschien, enthält nur eine kurze Erwähnung der Galápagosfinken. Keine Federzeichnung begleitet die Passage. Davon, daß Arten den Eindruck machen, »für verschiedene Zwecke abgewandelt« zu sein, ist hier nicht die Rede. Der Text dieser Ausgabe wurde aber unmittelbar nach Darwins Rückkehr von der Reise geschrieben, fast zur gleichen Zeit, da er auf seine Theorie verfiel. Die Ausgabe von 1839 scheint wahrheitsgetreuer als die von 1845 festzuhalten, was die Galápagosfinken zu Darwins frühestem evolutionstheoretischem Denken beisteuerten. Sie deutet darauf hin, daß die Finken keine erhebliche Rolle spielten.

Die Finkenlegende, wie sie Frank Sulloway erforscht hat, umfaßt zwei Hauptthemen. Das erste, schreibt Sulloway, »betrifft den Anspruch, daß die verschiedenen Formen von Finken zusammen mit den Schildkröten und den Spottdrosseln Darwin zuerst zu der Überzeugung von der Veränderlichkeit der Arten geführt hätten und daß dies geschehen sei, während er sich noch im Galápagos-Archipel aufhielt.« Eine Frage der zeitlichen Abfolge. Das zweite Thema der Legende betrifft laut Sulloway die Behauptung,»daß die Beobachtungen, die Darwin bei den Finken machte, richtungweisend für seine ganzen späteren Theorien waren, weil sie ihm ein maßgebendes Beispiel für praktizierte Evolution lieferten. Insbesondere wird geltend gemacht, die Finken hätten die entscheidende Bedeutung sichtbar werden lassen, die der geographischen Isolation und der adaptiven Radiation als Mechanismen des evolutionären Wandels zukommt.« Kehren wir die Reihenfolge der beiden Themen um und fassen wir beide in Frageform: Wodurch wurde Darwin auf den rechten Weg gebracht, und wann geschah das?

Sulloways Beitrag beläuft sich auf dreiundfünfzig Seiten verwickelter Beweisgänge und Belege. Er stützt sich auf Darwins unveröffentlichtes Tagebuch und die Kataloge der Musterexemplare, die er während der Reise anlegte, auf seine ornithologischen Feldaufzeichnungen, seine originalen Vogelpräparate (Finken und einige andere, die im Britischen Museum aufbewahrt werden), seine Kennzeichnungsverfahren, seine späteren Notizbücher (die entstanden, als er wieder in England war und seine Theorie entwickelte), seine frühen theoretischen Entwürfe, die erste und zweite Ausgabe seines *Journal*, sein stärker fachwissenschaftliches Werk mit dem Titel *The Zoology of the Voyage of H.M.S. Beagle*, seine Briefe, seine Autobiographie, das Protokoll einer Sitzung der Zoologischen Gesellschaft, die 1837 abgehalten wurde und auf der John Gould die ersten Ergebnisse seiner Untersuchung der Darwinschen Präparate vorstellte, sowie andere Arten von historischen Hinweisen, darunter etliche, die anderthalb Jahrhunderte unbeachtet geblieben waren. Schauen wir uns an, was Sulloway hinsichtlich der genannten beiden Hauptthemen herausgefunden hat.

Erstens, die zeitliche Abfolge. Stimmt es, daß Darwin noch während seines Aufenthaltes auf den Galápagos auf die Bedeutung der Finken aufmerksam wurde und deshalb anfing, seine Musterexemplare nach Inseln geordnet zu registrieren? David Lack erklärt in seinem Buch über die Finken diese Version für zutreffend. Sulloway widerspricht und führt Belege an, die Lack und andere übersehen haben. Die originalen Finkenexemplare, die Darwin mit nach Hause brachte, tragen zwar in der Tat Schildchen mit Ortsangaben, berichtet Sulloway, aber beschriftet sind diese nicht mit Darwins Handschrift. Vielmehr stammt die Beschriftung von späteren Museumspflegern. Das ist noch kein schlüssiger Gegenbeweis; wir könnten ohne weiteres annehmen, daß die Museumspfleger, einer gängigen Praxis folgend, Darwins Schildchen einfach durch genormte eigene ersetzt und bei der Auswechslung Darwins Ortsangaben abgeschrieben hatten. Dieser Annahme setzt Sulloway als Gegenbeweis ein einzelnes verlorengegangenes Musterexemplar entgegen, das er in einer anderen Gruppe von Vögeln wiedergefunden hat und das noch sein ursprüngliches Etikett trägt. Das wiedergefundene Präparat (ein Exemplar des amerikanischen Reisstärlings, der die Galápagos als Zugvogel besucht) beweist, daß Darwin sein Beschriftungssystem auch gegen Ende seines Galápagos-Aufenthaltes *nicht* dahingehend korrigierte, daß er Vermerke über den Fundort aufgenommen hätte. Dieser Reisstärling war einer der letzten Vögel, die Darwin sammelte und mit Etikett versah; auf dem Originalschildchen ist indes nichts über den Fundort vermerkt.

Sulloway legt überzeugend dar, daß Darwin bereits wieder in England war, seine Daten ordnete und über die Evolution nachdachte, als ihm erstmals das Bedürfnis aufstieß, seine Finkenexemplare nach Inseln geordnet zu vergleichen. War es dazu nicht zu spät? Wie ließen sich solche verlorenen Informationen wiederbeschaffen? Darwin hatte Glück: Einige Finken waren auch von drei anderen Männern auf der *Beagle* gesammelt worden, die mehr Gewissenhaftigkeit bewiesen und den Fundort verzeichnet hatten. Kapitän FitzRoy, der Kommandant des Schiffes höchstpersönlich, hatte eine ansehnliche Kollektion zusammengetragen, die (wie schließlich auch die Darwinsche) ins Britische Museum wanderte. Ein Schiffskamerad namens Harry Fuller hatte in bescheidenem Umfang gesammelt, und das galt auch für Darwins eigenen Bediensteten, Syms Covington. Bald nachdem Darwin an seiner Theorie zu arbeiten begonnen hatte, befand er, daß es nützlich war, zu wissen, welche Finken von welcher Insel stammten. Er beschaffte sich die Daten, indem er auf die Sammlungen von FitzRoy, Fuller und Covington zurückgriff und sie für Rückschlüsse und Vergleiche nutzte. Die Aufzeichnungen über diese anderen Sammlungen, die in Darwins Handschrift niedergeschrieben sind, werden in der Bibliothek der Cambridge University aufbewahrt. Sulloways Beitrag enthält Faksimiles davon.

Während seiner Feldforschung auf den Galápagos kann sich also Darwin um die Verteilungsmuster bei den Finken keine großen Gedanken gemacht haben, da er es nicht einmal für der Mühe wert hielt, die Fundorte festzuhalten. Bei der Rückkehr nach England hatte er immer noch keine Ahnung davon, was ihn die Geospizinae eventuell lehren konnten.

Das zweite Thema in Frank Sulloways Artikel betrifft die ursächliche Beziehung. Haben die Finkenarten Darwin die Richtung gewiesen? Sulloway verneint das. Er kommt auf die zitierte Äußerung in Darwins Tagebuch aus dem Jahre 1837 zurück: »Habe mich seit etwa März letzten Jahres intensiv mit Beschaffenheit südamerikanischer Fossilien – und mit Arten im Galápagos-Archipel – beschäftigt. Diese Fakten Ursprung (besonders letzteres) aller meiner Auffassungen.« Aber auf welche Fakten bezog sich Darwin dabei? Die entscheidenden Fakten kamen Sulloway zufolge hauptsächlich von John Gould.

Im vorangegangenen März hatte Darwin sich mit Gould in London getroffen, um zu hören, was der ornithologische Fachmann zu den Galápagos-Sammlungen zu sagen hatte. Goulds Ergebnisse waren überraschend. Drei der vier Spottdrosseln gehörten zu neuen, eigenen Arten. Insgesamt beurteilte Gould fünfundzwanzig der sechsundzwanzig Landvögel von den Galápagos als Exemplare neuer, eigener Arten, die sonst nirgends auf der Erde bekannt waren. Und von den Landvögeln abgesehen, meinte Gould auch noch einige andere Exemplare unbekannter Arten entdeckt zu haben, darunter eine Möwe, einen Reiher und einen Steinwälzer. Laut Sulloway war Darwin sprachlos, nicht nur wegen John Goulds Feststellungen über die Spottdrosseln, sondern auch wegen der Tatsache (die Darwin offenbar entgangen war), daß diese einzigartigen Galápagos-Arten eng verwandt mit Arten auf dem südamerikanischen Festland waren.

Es war das gleiche unheimliche Phänomen, das zu eindrucksvoll war, um rein zufällig zu sein, und das Alfred Wallace in der Folge als Gesetz bezeichnen sollte: *Jede Spezies ist im räumlichen und zeitlichen Zusammentreffen mit einer bereits existierenden, eng verwandten Spezies in Erscheinung getreten.* Es sprach gegen die Theorie der speziellen Schöpfung. Darwin ließ sich ebenso von ihm überzeugen wie später Wallace.

Sulloway zufolge waren in dieser Phase der Darwinschen Erleuchtung die Finkenexemplare ohne Bedeutung. Anders als die Spottdrosseln zeigten sie keine spektakuläre Ähnlichkeit mit Arten auf dem nahe gelegenen amerikanischen Festland. In seinen Gedanken und seinen Notizbüchern spielten sie keine Rolle, als er schrieb: »Diese Fakten Ursprung (besonders letzteres) aller meiner Auffassungen.«

Frank Sulloways Artikel stellt keinen Angriff auf Charles Darwin dar; er ist eine Kritik an den unsauberen Gedankengängen derer, die aus Gründen darstellerischer Bequemlichkeit Geschichtsklitterung betrieben haben. Sulloways Fazit lautet schlicht und einfach, daß Helden der Wissenschaft (geradeso wie andere Heroen) zur Legendenbildung anregen und daß Legenden etwas anderes sind als wissenschaftliche und historische Darstellungen:

>»Wie sich herausstellt, unternahm Darwin während seines Aufenthaltes auf den Galápagos keinerlei Anstrengung, seine Finken nach Inseln zu sortieren; und was er an Fundortinformationen später veröffentlichte, rekonstruierte er nach seiner Rückkehr nach England, wobei er sich der sorgfältig etikettierten Sammlungen anderer Schiffsgenossen bediente.«

Sulloway fügt hinzu:

>»Was den Einblick in die Evolution durch adaptive Radiation betrifft, den Darwin angeblich noch während seines Aufenthaltes auf den Galápagos gewann: Je mehr die verschiedenen Finkenarten dieses bemerkenswerte Phänomen unter Beweis stellten, um so mehr verwechselte Darwin sie damals mit den Formen, die sie nachahmten. Sogar noch, als er wieder in England war und John Gould ihn über die verwandtschaftlichen Zusammenhänge dieser ungewöhnlichen Vogelgruppe aufgeklärt hatte, tat sich Darwin schwer damit, zu verstehen, wie sich die Galápagosfinken entwickelt hatten. Insbesondere ver-

fügte er nur über eine begrenzte und weitgehend irrige Vorstellung sowohl von den Ernährungsgewohnheiten als auch von der geographischen Verteilung dieser Vögel – das heißt, ihm fehlten die für eine angemessene Erklärung ihrer Evolution entscheidenden Informationen. Und schließlich fanden die Finken, weit entfernt davon, daß sie in seinen evolutionstheoretischen Überlegungen eine wesentliche Rolle gespielt hätten, wie die Legende uns glauben machen will, in *Die Entstehung der Arten* nicht die geringste Erwähnung.«

Die Geospizinae waren für Darwin, als er ihnen zuerst begegnete, ein undurchsichtiger und wenig eindrucksvoller Verein. Während er sie sammelte, war er sich nicht einmal sicher, ob es sich bei ihnen überhaupt um Finken handelte. Bei manchen schien es sich um Kernbeißer zu handeln, bei anderen um Zaunkönige. Manche sahen eher wie Wiesenlerchen oder wie Amseln aus. Er hatte auf diese Zeugnisse adaptiver Radiation geschaut, ohne zu begreifen, was er sah. Obwohl die verschiedenen Arten verschiedene ökologische Nischen bewohnten und obwohl diese Nischen sich weitgehend durch die Ernährung definierten, war Darwin nichts aufgefallen. Aus seiner Sicht fraßen die Finken anscheinend alle dieselbe Nahrung. Der Schluß, zu dem später Untersuchungen ihrer Schnabelformen, ihrer Verteilung und ihrer Gewohnheiten führten – daß nämlich die Galápagosfinken durch zwischenartliche Konkurrenz gezwungen waren, voneinander zu divergieren –, kam Darwin während seiner Feldforschung auf den Inseln nicht in den Sinn.

Er brachte einunddreißig rätselhafte kleine Kadaver mit nach Hause, schüttelte den Kopf und überließ sie John Gould. Ungefähr hundert Jahre später waren sie dann »Darwins Finken«.

63 Die Galápagosfinken sind nicht das A und O in Sachen adaptive Radiation. Sie sind nur eines von vielen Beispielen, das wegen seiner Verknüpfung mit Darwin in Lehrbüchern und populärwissenschaftlichen Darstellungen Berühmtheit erlangte. Sieht man von der Berühmtheit ab und betrachtet den Fall wissenschaftlich, so ist er weit weniger spektakulär als andere Beispielfälle von anderen Orten. Insbesondere die Hawaii-Inseln sind Schauplatz einiger eindrucksvoller Exzesse auf dem Gebiet der Artbildung und der Radiation – bei Blütenpflanzen, landlebenden Schnecken, Insekten und der Vogelgruppe, die unter dem Namen Kleidervögel bekannt sind. Was macht Hawaii so ergiebig hinsichtlich dieses Phänomens? Eine Kombination von Faktoren. Die Hawaii-Inseln sind der am stärksten isolierte Archipel auf der ganzen Erde. Für eine Gruppe ozeanischer Inseln ist der Archipel ziemlich alt. Er umfaßt eine größere Gesamtlandfläche als die meisten anderen abgelegenen Archipele, und seine Hauptinseln (Hawaii, Maui, Oahu und Kauai) sind jeweils größer als die meisten sonstigen ozeanischen Inseln. Außerdem ist der hawaiische Archipel warm, feucht und in seiner topographischen Beschaffenheit schroff bergig – drei Bedingungen, die normalerweise biologischen Artenreichtum begünstigen. Schließlich werden seine Gebirgshänge von Abflußrinnen, alten Lavaströmen und Bergkämmen zerklüftet, durch die sie in vielfältige kleine isolierte Lebensräume zerfallen. Charles Darwin bekam die Hawaii-Inseln nie zu Gesicht. Hätte er sie kennengelernt, die Galápagos hätten vielleicht im Vergleich mit ihnen blaß ausgesehen.

Das entwicklungsgeschichtliche Paradestück Hawaiis sind die Kleidervögel, eine dort heimische Unterfamilie von Vögeln, die der Wissenschaft unter dem Namen Drepanidinae bekannt ist. In der Eingeborenensprache Hawaiis tragen die Vögel Namen wie *mamo, ou, iiwi, poo uli* und *akohekohe*. Wie die Geospizinae stammen auch die Drepanidinae von finkenartigen Vorfahren ab; anders als die Geospizinae haben sie die Divergenz auf die Spitze getrieben. Die Evolution hat ihnen leuchtende Farben und auffällige Formen verschafft. Sie umfassen rund dreißig Arten – die genaue gegenwärtige Anzahl ist einigermaßen unklar, und zwar sowohl, weil man sich taxonomisch nicht einig ist, als auch, weil es zu Verlusten durch Aussterben gekommen ist. Es gibt schwarzfarbene Vögel mit langen Schnäbeln, rotschwarzfarbene Vögel mit gekrümmten Schnäbeln, grünliche Vögel mit feinen Sichelschnäbeln, Vögel mit Pagageischnäbeln, olivfarbenen Schwingen und gelben Augenbrauen, Vögel, die Distelfinken ähneln, nur daß sie blaue Schnäbel und schwarze Gesichtsmasken haben, und immer so weiter bis zur dreißigsten Umwandlung. Einige Arten sind (oder waren, bevor sie ausstarben) auf das Trinken von Nektar spezialisiert, einige auf das Fressen von Insekten, einige darauf, mit ihren Schnäbeln Samenkapseln aufzureißen. Und einige sind weniger spezialisiert und ernähren sich je nach Gelegenheit von Insekten, Früchten, Samen, sogar von Seevogeleiern. Die Gruppe der hawaiischen Kleidervögel ist als »das schönste Beispiel für den Prozeß der sogenannten adaptiven Radiation« bezeichnet worden, aber diese Charakterisierung stammt von einem Haufen Vogelfans, deren Voreingenommenheit außer Frage steht. Ein Entomologe mit Fixierung auf Hawaii sähe die Sache wahrscheinlich anders, weil für ihn kein Weg vorbei an *Drosophila* führen würde.

Drosophila ist eine erstaunlich vielgestaltige Gattung von Taufliegen. Der Name spielt in der Geschichte der Genetik eine große Rolle, dank seiner Verknüpfung mit Laboratoriumsexperimenten zur Vererbung. Ein paar ausgewählte Arten, insbesondere *Drosophila melanogaster*, waren für solche genetischen Forschungen von unschätzbarem Wert, weil sie sich rasch vermehren, unter Laboratoriumsbedingungen gut gedeihen und in ihren Speicheldrüsen überdurchschnittlich große Chromosomen haben. Diese Riesenchromosomen, die sich leicht herauspräparieren und ebenso leicht entschlüsseln lassen, bewahren die Genetiker davor, ihren Verstand und ihr Augenlicht einzubüßen.

Sogar wir normalen Menschen, die wir nie in die Verlegenheit kommen, Chromosomen durchs Mikroskop zählen zu müssen, sehen zumeist Drosophila als reines Laboratoriumsgeschöpf an, das in einer Plastikwelt lebt, pürierte Banane frißt, auf große Fragen der Genetik rasche Antworten liefert und dessen abstraktes ontogenetisches Wesen es auf halbem Weg zwischen einer weißen Ratte und einem Rechenbrett angesiedelt sein läßt. Aber es gibt tatsächlich Drosophila, die in freier Wildbahn leben. Eine zuverlässige Schätzung besagt, daß die Gattung weltweit fünfzehnhundert Arten umfaßt, von denen fünfhundert auf Hawaii endemisch sind.

Ins Kraut geschossen sind sie dort dank adaptiver Radiation. Die Vorfahren, die es zufällig auf den Archipel verschlug, fanden dort Früchte, leere Nischen, isolierende Nester vor und hatten nicht zuletzt großzügig bemessene Zeiträume zur Verfügung. Die verschiedenen isolierten Populationen entwickelten sich aufgrund des Gründerprinzips, der genetischen Drift und lokaler Anpassungsprozesse genetisch auseinander, bis sie schließlich neue Arten bildeten. Dann breiteten sie sich wieder aus. Neu entwickelte Arten wechselten von Kauai nach Oahu, von Oahu nach Maui, von Maui überallhin und trafen auf ihre eigenen nahen (aber mit ihnen nicht mehr kreuzungsfähigen) Verwandten. Sie konkurrierten. Es kam zu Hungersnot und Übervölkerung. Manche Stammlinien starben aus. Andere überlebten, divergierten unter dem Konkurrenzdruck immer weiter und bildeten fünfhundert verschiedene drosophilöse Daseinsweisen aus.»Unter allen Organismusgruppen, egal, ob pflanzlichen oder tierischen, die sich auf Inseln studieren lassen, sind die hawaiischen Drosophilidae einzigartig«, schreibt ein Populationsbiologe namens Mark Williamson. Seine Begeisterung ist zwar nachvollziehbar, aber auch er ist möglicherweise ein klitzekleines bißchen voreingenommen. Stellt man allerdings in Rechnung, wieviel Anstrengung es ihn gekostet hat, der teuflisch verwickelten Drosophila-Vielfalt Herr zu werden, so hat er ein gewisses Recht darauf, in Superlativen zu schwelgen.

Verglichen mit Hawaii scheinen die großen ostafrikanischen Seen wenig verheißungsvolle Schauplätze für das Phänomen adaptiver Radiation. Mittlerweile haben indes die Biologen herausgefunden, daß während der letzten paar hundert Jahrtausende auch dort spektakuläre Dinge vor sich gegangen sind. Bei einer Familie von Fischen, die unter dem Namen Cichlidae bekannt ist, hat sich eine regelrechte Artenexplosion ereignet.

Diese großen afrikanischen Seen liegen alle entlang dem Rift Valley, einem tiefen Grabenbruch, der die Ostseite des Kontinents in nordsüdlicher Richtung durchschneidet. Der größte See ist der Victoriasee, rund wie ein Tümpel, aber fast so groß wie Irland; er liegt unmittelbar westlich des kenianischen Hochlandes. Weiter südlich im Rift Valley schließt sich der Tanganyikasee an, ein langgestrecktes, schmales Gewässer, das die Grenze zwischen Tansania und Zaire bildet. Der Tanganyikasee ist für seine außerordentliche Wassertiefe bekannt. Noch weiter südlich liegt der

Malawisee, der auf seine eigene Art ebenfalls ein außergewöhnliches Gewässer ist. Die drei Seen sind nicht durch Wasserläufe miteinander verbunden. Alle drei entstanden, als tektonischer Druck diesen Teil des Kontinents anhob und dann nachgeben und einbrechen ließ, wobei sich alte afrikanische Flüsse in der Falle der umfänglichen neuen Becken wiederfanden. Mit den Flüssen fingen sich die Becken naturgemäß auch Fische ein. Darunter befanden sich auch einige Vertreter der Buntbarschfamilie, Cichlidae, die, wie sich herausstellte, über eine große entwicklungsgeschichtliche Formbarkeit verfügte.

Die Zichliden gediehen und füllten den Victoria-, Malawi- und Tanganyikasee nicht nur mit einer Fülle von Fischen, sondern auch mit einer großen Vielfalt verschiedener Arten. Entscheidend für diese Explosion in der Artenvielfalt war die physiographische Vielgestaltigkeit der drei Seen, ihre buchtenreichen Ufer, ihre unregelmäßigen Muster im Blick auf die Tiefe und Abschüssigkeit, ihre Perioden der Trockenheit und eines sinkenden Wasserspiegels; all dies sorgte dafür, daß einzelne Stücke Lebensraum dauerhaft oder zeitweilig isoliert waren. Ein Buntbarsch, der in einem Abschnitt mit tiefem Wasser feststeckte, konnte sich mit einem Buntbarsch in einem anderen Abschnitt nicht kreuzen, wenn etwa die beiden Abschnitte durch ungastliche Untiefen voneinander getrennt waren. Innerhalb der isolierten Lebensräume nahmen die Zichliden divergente Entwicklungen und bildeten Arten.

Im Laufe der Jahrhunderte traten viele der separaten Lebensräume zwischenzeitlich auch wieder in Verbindung miteinander. Die Wiederherstellung einer Verbindung ermöglichte den Fischpopulationen die Vermischung – jedenfalls die räumliche, wenn schon nicht die genetische. Verschiedene Populationen, die kreuzungsunfähig, aber eng verwandt waren, gerieten in Konkurrenz miteinander und standen deshalb vor der Alternative, sich radiativ zu spezialisieren oder auszusterben. Viele entschieden sich gegen das Aussterben.

Die Vielfalt der Buntbarsche in diesen afrikanischen Seen ging über die bloße Artenfülle hinaus; sie nahm geradezu monströse Dimensionen an. Viele Arten bildeten spezialisierte anatomische Werkzeuge und spezialisierte Verhaltensweisen aus. Insbeson dere die Mundform erlebte im Zusammenhang mit spezialisierten Ernährungsgewohnheiten eine vielfache Ummodelung. Die Fische teilten die Seen in eine verblüffende Vielzahl kleiner Nischen auf. Sie veränderten ihre Gestalt und schränkten sich auf eng definierte Rollen ein: da sind der Felsputzer *Pseudotropheus tropheops*, der Pflanzenputzer *Hemitilapia oxyrhynchus*, der im Sand buddelnde Insektenfresser *Lethrinops brevis*, der Schalenfresser *Genyochromis mento*, der Benager fremder Fischflossen *Docimodus johnstoni*, der Blatthäcksler *Haplochromis similis*, der felsendurchforschende Insektenfresser *Haplochromis euchilis*, der Fischfresser *Haplochromis pardalis* und mein persönlicher Favorit, *Haplochromis compressiceps*, den in der wissenschaftlichen Literatur sein Ausbeißen von Augäpfeln berühmt gemacht hat. Alle sind sie Zichliden, einander ähnlich in den Grundelementen, aber einzigartig in ihren Besonderheiten.

Diese Beispiele stammen aus dem Malawisee. In seinen stillen Wassern treiben sich zweihundert Buntbarschspezies herum, alle bis auf vier ausschließlich dort heimisch. Molekulargenetiker vermuten, daß sie möglicherweise alle von einer einzigen Stammspezies abstammen. Zweihundert verschiedene Buntbarsche lassen für andere Fischarten nicht viel ökologischen Raum übrig. Der Zichlidenstamm stellte sich dort offenbar früh ein und riß die meisten der für Fische verfügbaren ökologischen Nischen an sich. Im Tanganyikasee finden sich mindestens hundertsechsundzwanzig Arten, die allesamt endemisch sind. Der Victoriasee beherbergte einst etwa zweihundert Buntbarscharten – bis ein sturzbachartiger Aussterbeprozeß, dessen Ursache menschliche Einwirkung war, ihre Reihen lichtete. Ein mit entwicklungsgeschichtlichen Fragen befaßter Ichthyologe könnte mit Recht von diesen Phänomenen in den gleichen Tönen schwärmen wie sie ein Fliegenexperte der hawaiischen Drosophila vorbehielte.

Die Buntbarsche vom Malawisee, die Galápagosfinken, die Kleidervögel und die Taufliegen von Hawaii – sie alle sind Beispiele aus dem Lehrbuch für den Mechanismus der adaptiven Radiation. Ein weiteres Beispiel kommt aus Madagaskar, wo ein einzelnes, übriggebliebenes Stück Regenwald drei sympatrische, eng verwandte Arten von bambusfressenden Lemuren beherbergt. Über dieses Beispiel findet man in den Lehrbüchern nichts.

Drei Spezies. Verglichen mit dem bloßen zahlenmäßigen Umfang der anderen Fälle klingt das ärmlich. Aber die bambusfressenden Lemuren bieten ein Schauspiel eigener Art.

64

Im Jahre 1986 führte eine einundvierzigjährige Primatologin namens Patricia C. Wright eine kleine Expedition ins südöstliche Madagaskar. Sie unternahm ein ungewisses wissenschaftliches Abenteuer. Sie hoffte, *Hapalemur simus* aufzuspüren und zu studieren, ein Tier, das gemeinhin unter dem Namen Großer Halbmaki bekannt war und das noch kaum jemand lebend zu Gesicht bekommen hatte.

Hapalemur simus bildete eine der beiden bekannten Arten von bambusfressenden Lemuren, die nur in den Regenwäldern Madagaskars heimisch waren. Den Großteil unseres Jahrhunderts hindurch hielt man diese Art für ausgestorben. Aber Mitte der sechziger Jahre wurde auf einem dörflichen Markt ein lebendes Exemplar zum Kauf angeboten und dort von einem französischen Entomologen erstanden, dem es später entfloh. Im Jahre 1972 fing man ein Paar von *H. simus* in einem kleinen Flecken Wald, den eine Kaffeeplantage umgab. Die beiden Exemplare wurden in den Parc Botanique et Zoologique de Tsimbazaza in Antananarivo gebracht und überlebten in zoologischer Gefangenschaft mehrere Jahre. Sie hatten sogar zwei Junge. Dann starben sie wie auch die beiden Jungtiere, und *H. simus* geriet wieder in Vergessenheit, vielleicht für immer.

Beide Stätten, an denen Exemplare der Art aufgetaucht waren – die Kaffeeplantage bei Kianjavato und der Dorfmarkt in der Nähe von Vondrozo –, lagen im südöstlichen Madagaskar, nahe der großen Schichtstufe, die steil vom Zentralplateau des Landes herabfällt. Der Steilhang ist so zerklüftet, so sehr vom Regen ausgewaschen und verschlammt, so ungeeignet für Holzwirtschaft, Reisanbau und Viehzucht, daß an einigen Stellen der alte Regenwald erhalten geblieben ist. Andernorts in Madagaskar ist die Landschaft durch hochintensive menschliche Nutzung verwüstet. Die feuchten Wälder der Küstenebene im Osten sind zum größten Teil abgeholzt, die Savannen des Hochlandes wurden wiederholt abgebrannt, der Boden ist ebenso arm wie die Menschen, und Lebensraum für die Lemuren hat Seltenheitswert. Der Hang im Südosten dagegen weist immer noch beträchtliche Flächen Regenwald auf. Diese Flächen waren nach Pat Wrights Vermutung der Ort, wo man *H. simus* finden würde, wenn er überhaupt noch irgendwo aufzuspüren war.

Sie hielt Ausschau nach Bambusgehölzen. Über die Ökologie beziehungsweise das Verhalten des Großen Halbmakis war wenig bekannt, nur die Tatsache, daß er seinem Namen getreu Bambus fraß. Frühere Beobachter hatten berichtet, er ernähre sich von jungen Sprossen; wenn es keine Sprossen gebe, benage er ausgewachsenes Rohr. In Madagaskar waren mehrere Bambusarten heimisch, darunter eine große Art mit Namen *Cephalostachyum viguieri*, die mit ihrem dickstieligen Rohr, das einen Lemuren ohne weiteres tragen konnte, dichte Haine bildete. Aufgrund seiner besonderen ökologischen Verbreitungsgrenzen und der allgemeinen Zerstörung der Vegetation war der Riesenbambus aber mittlerweile selten geworden.

Pat Wright selbst war eine unbekannte Assistenzprofessorin, deren Feldforschungskarriere spät begonnen hatte. Nach ihrem Collegeabschluß im Jahre 1966 war sie im Rahmen eines der Sozialprogramme, die der damalige Präsident Lyndon B. Johnson ins Leben rief, als Sozialarbeiterin in einem der Ghettos von New York City tätig. Der einzige Hinweis auf ihre spätere Bestimmung, den es zu dieser Zeit gab, bestand darin, daß sie im Westen des Staates New York als waldliebende Göre aufgewachsen war und daß sie während ihres ersten Jahres im Großstadtdschungel einen südamerikanischen Affen an Kindes Statt angenommen hatte. Der Affe war ein jämmerliches kleines Kapuzineräffchen, das ein Freund von ihr in einem Tiergeschäft in East Village gekauft und dann ihrer Barmherzigkeit überlassen hatte, als es mit der eigentlich geplanten Konstellation nicht klappte. Ihr Freund lebte bei seiner Mutter, erzählt Wright, »und als er mit dem Affen heimkam, erklärte seine Mutter, sie werde binnen drei Tagen Krebs kriegen, wenn er den Affen nicht aus dem Hause schaffe«. Wright und ihr Mann sprangen in die Bresche und übernahmen das Tier. Später folgten andere. Wenn man einmal mit einem Affen zusammengelebt habe, behauptet sie, falle es schwer, keinen zu haben. Das nächste Jahrzehnt verbrachte sie in Brooklyn – einige Jahre lang als Sozialarbeiterin, dann als Mutter und Hausfrau; gewöhnlich versorgte sie einen Affen oder zwei zusammen mit ihrer kleinen Tochter. Anschließend drückte sie wieder die Schulbank, nachdem sie sich für ein Promotionsprogramm in Physischer Anthropologie qualifiziert hatte.

Ihr Mann, den sie jahrelang unterstützt hatte, als er an seiner eigenen Promotion saß, gab ihr prompt den Laufpaß. »Es macht einen großen Unterschied«, sagt sie heute nachsichtig, »wenn man mit jemandem verheiratet ist, der einem sozusagen sein ganzes Leben weiht, und dann plötzlich« – unter veränderten Umständen – »mit jemandem, der total wahnsinnig und von wissenschaftlichen Problemen besessen ist.« Wahnsinnig oder nicht, besessen war Pat Wright jedenfalls, nämlich von Fragen, bei denen es um Ökologie und das Verhalten tropischer Primaten ging.

Glücklicherweise war ihre kleine Tochter ein physisch und emotional widerstandsfähiges Kind, das gut mit dem Leben draußen im Feld zurechtkam. Mütterliche Pflichten und wissenschaftliche Aufgaben miteinander vermengend, erforschte Pat Wright für ihre Dissertation Nachtaffen im peruanischen Teil des Amazonasgebiets. Danach untersuchte sie Koboldmakis in Malaysia und auf den Philippinen. Ihren ersten Blick von Madagaskar erhaschte sie im Jahre 1984, als ein Kongreß sie nach Nairobi führte. Sie erwischte einen Exkursionsflug weiter nach Antananarivo, um in aller Eile ein bißchen Wissenschaftstourismus zu machen, und als ihr Flugzeug über der Insel einschwebte, die drunten in ihrer feuerversehrten und erosionszerklüfteten Nacktheit dalag und ihre rot verschlammten Flüsse wie Blutströme in den Indischen Ozean ergoß, fing sie an zu heulen. »Ich betrachtete diese verbrannten Hügel und beschloß, nie wieder herzukommen. Es war einfach zu schrecklich.« Aber ein paar Tage bei den Lemuren ließen sie ihre Meinung ändern. Diese Geschöpfe waren so faszinierend, daß sie einfach nicht widerstehen konnte.

Sie kehrte 1985 zurück, um *Hapalemur griseus* zu studieren, eine kleine Art, die unter dem Namen Grauer Halbmaki bekannt ist. Die Stelle, wo sie ihre Forschungen durchführte, war ein kleiner Flecken Wald auf der östlichen Schichtstufe; sie hatte den Ort ein Jahr zuvor besucht und sich in ihn verguckt. Es war ein spezielles Wildreservat, das den Namen Analamazaotra trug und das in ihrem beruflichen und emotionalen Leben unauslöschliche Spuren hinterlassen sollte. Dort beobachtete sie eine ganze Feldsaison hindurch *H. griseus* und fand heraus, daß es sich um ein sehr spezialisiertes Geschöpf handelt, das sich hauptsächlich von Bambus ernährt. Frühere Forscher hatten zwar den Zusammenhang mit Bambus erwähnt, aber niemand sonst hatte bisher so gründliche Erhebungen angestellt. Wright interessierte sich auch für das monogame Paarungsverhalten bei *H. griseus* und für die Funktionen, die männliche und weibliche Tiere bei der Aufzucht der Jungen übernahmen. Sie stellte fest, daß die männlichen Lemuren bei diesem Prozeß eine wichtigere Rolle spielten als etwa die Männer bei den Menschen. Das war eine gewichtige Beobachtung mit vielen Implikationen: Geschlechterrollen, die in der Isolation Madagaskars in einer alternativen Primatenwelt eine Neubestimmung erfuhren. Als sie aber später ihre Arbeit Russ Mittermeier schilderte, einem bekannten Naturschützer, der sich damals im World Wildlife Fund um den Schutz der Primaten kümmerte, schlug er ihr vor, sich auf eine andere Spezies zu konzentrieren. *H. griseus* sei im östlichen Regenwald immer noch relativ häufig anzutreffen, machte er geltend. Warum erforsche sie nicht etwas unmittelbar Bedrohtes, so daß er eine Rechtfertigung habe, sie mit Geldern vom WWF zu unterstützen?

»Ich überlegte«, erinnert sich Wright, »und sagte: ›Also, Sie meinen, ich soll hinfahren und mir *Hapalemur simus*, den Großen Halbmaki vornehmen?‹« Mittermeier wußte ebensogut wie sie, daß diese Spezies seit Anfang der siebziger Jahre nicht mehr gesichtet worden war. »Und er sagte: ›Genau.‹ Und ich sagte: ›Er ist wahrscheinlich ausgestorben, wissen Sie. Niemand gibt mir Geld, damit ich ein ausgestorbenes Tier studiere.‹ Und er sagte: ›Sie kriegen von mir Geld, bis Sie ihn gefunden haben.‹«

Sie fuhr also zurück, um nach Überlebenden von *H. simus* zu fahnden. Sie verlegte ihre Suche in ein Regenwaldgebiet am südlichen Ende der Schichtstufe, nicht weit entfernt von der Kaffeeplantage, wo ein Dutzend Jahre zuvor das letzte bekannte Paar gefangen worden war. Sie spielte Lotterie – zog los, um ökologische Daten über eine Spezies zu sammeln, die möglicherweise gar nicht mehr existierte. Aber es war nicht ihr erstes Hasardspiel.

Diesmal wurde sie von einem kleinen Team begleitet: zwei amerikanischen Studenten, einem felderprobten Expeditionskoordinator, mit dem sie bereits anderswo zusammengearbeitet hatte, und einem blutjungen madagassischen Naturkundler namens Joseph Rabeson, den alle unter dem Spitznamen Bedo kannten. Dieser Jugendliche, Bedo, war in der Nähe des weiter nördlich gelegenen Reservats Analamazaotra aufgewachsen und hatte sich mit Wright angefreundet, während sie im Jahr zuvor dort gearbeitet hatte. In seinem eigenen heimatlichen Wald kannte er sich aus wie in seiner Westentasche und quoll über von zoologischen Kenntnissen. Aber die Südostregion war für sie alle neu.

Ihr Fahrzeug für die Feldforschung war ein alter Geländewagen Marke Toyota. »Wir fuhren diese Straßen, die wirklich entsetzlich waren, rauf und runter. Die schlimmsten Straßen, die ich je erlebt habe«, erinnert sich Wright voll Wehmut. »Wenn wir Bambusgehölze sahen, hielten wir an. Wir fragten die Leute, ob es Halbmakis dort gab. Wir machten uns auf die Socken und erkundeten die Gegend. Wir marschierten tagelang abseits der Straßen, zogen so herum, wissen Sie, und es machte wirklich großen Spaß. Keiner von uns hatte von irgend etwas irgendeine Ahnung.« Sie fuhren dann östlich der Stadt Fianarantsoa auf einer matschigen zweispurigen Straße Richtung Küste, wobei sie den Achterbahnwindungen des Namoronaflusses folgten, der dort in einer Reihe von Wasserfällen die Schichtstufe herunterstürzt. Je weiter sie sich von Fianarantsoa entfernten, um so feuchter und vegetationsreicher wurden die Berghänge. Ein Teil der Vegetation schien unberührter Regenwald zu sein. Unmittelbar außerhalb der kleinen Stadt Ranomafana sichteten sie an den Hängen oberhalb des Flusses Dickichte von Riesenbambus. »Das sah aus wie ein Ort«, erzählt Wright, »an dem man den Großen Halbmaki vielleicht noch finden konnte.«

Sie wanderten einen Berg hoch und schlugen Zelte auf. Es fing an zu regnen. Fünf Tage lang regnete es ununterbrochen – und das, obwohl angeblich Trockenzeit war. Naß und schlammbedeckt erforschten Wright und ihre Kollegen trotzdem die Gegend, kletterten glitschige Hänge hoch und überquerten neblige Bergkämme, fielen unsanft auf den Hintern, bemühten sich verzweifelt, ihre Ferngläser trocken zu halten, und wanderten auf der Suche nach *H. simus* von einem Dickicht zum anderen. Sie hatten glücklicherweise die Bekanntschaft von zwei waldkundigen Dörflern, Emile und Loret, gemacht, die ihnen als Führer dienten. Auch wenn diese beiden madagassischen Männer nicht ganz solche Wunderknaben waren wie Bedo, verfügten sie doch über jene intime Kenntnis des Waldes, die der traditionellen physischen und emotionalen Verbundenheit der Dorfbewohner mit ihrem Lebensraum entsprach. Im größten Teil Madagaskars war dieses Wissen in dem Maße verlorengegangen, wie der Wald selbst verschwunden war. Aber Ranomafana lag auf der Grenze zwischen ursprünglicher Landschaft und landwirtschaftlicher Nutzfläche. Mit Emiles und Lorets Hilfe und dank der außerordentlich scharfen Beobachtungsgabe, die Bedo im Wald bewies, bekamen Wright und die anderen viel vom Leben in der Wildnis zu sehen: rotbäuchige Lemuren, braune Lemuren und eine auffällige Art von springenden, schwarzen Lemuren, die unter dem Namen *Propithecus diadema*, Diademsifaka, bekannt sind.

Sie erhaschten sogar einen kurzen Blick auf *H. griseus*, den Grauen Halbmaki, die gleiche Spezies, die Wright droben im Norden studiert hatte. Sie sahen ihn Bambusblätter fressen. Ihnen fiel auf, daß sich dieser besondere (später als *Cephalostachyum perrieri* identifizierte) Bambus von der Riesenbambusart unterschied. All diese Details sollten sich schließlich als wichtig erweisen.

Daß sich hier im südöstlichen Wald Graue Halbmakis blicken ließen, konfrontierte das Team mit der sorgenvollen Frage, ob die ökologische Nische für einen bambusfressenden Lemuren etwa bereits besetzt war. Bedeutete die Anwesenheit von *H. griseus* die Abwesenheit der selteneren Art *H. simus*? Wright und ihr Team suchten weiter. Sie fanden Hinweise darauf, daß Riesenbambusstengel von Tieren gekaut worden waren, die offenbar *H. griseus* an Größe übertrafen. Aber ein leibhaftiges Exemplar von *H. simus* bekamen sie nicht zu Gesicht.

»Ich hatte die Hoffnung so gut wie aufgegeben«, berichtete Wright in einem kurz danach veröffentlichten Artikel, »als ich früh an einem kalten, dunstigen Morgen kurz einen Lemur erspähte, der sich an einen Baumstamm klammerte, laute, dumpf hallende Rufe ausstieß und seinen langen, roten Schwanz wie eine Windmühle kreisen ließ. Er war von goldroter Farbe, hatte eine stumpfe Schnauze, kurze pelzige Ohren, die mich an den Grauen Halbmaki erinnerten, war aber zweimal so groß.« Sie war außer sich vor Entzücken. Sie dachte, das könne *H. simus* sein.

Sie hatte allerdings erwartet, daß der Große Halbmaki holzkohlengrau gefärbt war. In früheren Beschreibungen der Spezies, die sich auf einige wenige Exemplare stützten, war von dieser rotgelben Farbe, die Wright als ein Goldrot erschien, nicht die Rede. Aber diese Unstimmigkeit schien kein allzu großes Problem, da Farbvariationen bei Lemurenarten häufig vorkommen. Der Farbunterschied zwischen dem graufarbenen *H. simus* und diesem neuen Geschöpf bei Ranomafana konnte nach Wrights Vermutung auch eine innerartliche Eigenheit bedeuten. Vielleicht gab es anderswo eine graue Varietät von *H. simus* und hier im Südosten eine rötlich-goldende Varietät, zwischen denen irgendeine geographische Grenze verlief.

Aber dann verschwand das rotgoldene Tier. Obwohl sie und das Team weitersuchten, bekamen sie es nicht mehr zu Gesicht. Schließlich brachen sie das Lager ab und stiegen wieder in ihren Geländewagen. Sie fuhren eine kurze Strecke auf der Straße weiter, bis sie zu dem von einer Kaffeeplantage umgebenen Waldstück bei Kianjavato kamen. Dort, nur knapp fünfzig Kilometer von der anderen Stelle entfernt, gelang es ihnen, den eigentlichen Expeditionsauftrag zu erfüllen: Sie fanden ein Dutzend überlebender Exemplare von *H. simus*, dem Großen Halbmaki. Hurra, die Spezies existierte noch – und Russ Mittermeiers finanzieller Einsatz hatte sich rentiert.

Aber so erhebend die Entdeckung war, sie machte zugleich die Hypothese von den verschiedenfarbigen Varietäten in getrennten Regionen zunichte, weil das Dutzend Tiere bei Kianjavato holzkohlengrau war und damit der ursprünglichen Erwartung von Wright entsprach. Es war rätselhaft. Kianjavato und Ranomafana lagen nach Wrights Ansicht zu nahe beieinander und waren sich ökologisch zu ähnlich, um zwei verschiedene Unterarten einer einzigen Art zu beherbergen. Demnach mußte jetzt die Antwort auf eine andere Frage gefunden werden: Wenn das rotgoldene Geschöpf, das sie bei Ranomafana gesehen hatten, weder *H. simus* noch *H. griseus* war, was war es dann? Von einer dritten Art bambusfressender Lemuren hatten die früheren Feldforscher nichts berichtet.

Eine Zeitlang setzte Wrights Gruppe ihre Erkundungsfahrten in die Umgebung fort. Sie fuhren nach Süden in das Gebiet von Vondrozo, wo zwanzig Jahre zuvor der arme, einsame *H. simus* auf dem Dorfmarkt gekauft worden war. Hier war die Landschaft grausig. Die Wälder waren weitgehend verschwunden; man hatte sie abgeholzt und niedergebrannt, um Reis anzubauen. Den Vordergrund füllten kahle Hügel. Nur die höchsten Berggipfel und Kämme wiesen noch die ursprüngliche Vegetation auf. Wenn jemals Dickichte von Riesenbambus die Flußufer geziert hatten, dann waren auch sie verschwunden. Und das galt auch für den Großen Halbmaki, soweit Wright das beurteilen konnte. Ehe sie aufgab, unterhielt sie sich mit einigen ortsansässigen älteren Leuten. Ja, sie erinnerten sich an den großen grauen Lemuren. Ja, er war zusammen mit dem Wald verschwunden. Sie sprachen allerdings nicht nur von ihm, sondern auch noch von einem anderen Tier – einem roten Halbmaki. Aber auch dieses Tier war vor etwa zehn Jahren verschwunden.

Sie und das Team kehrten mit neuerwachtem Interesse an dem rotgoldenen Lemuren nach Ranomafana zurück. Inzwischen hatte sich ein weiterer Forscher eingefunden, ein Deutscher namens Bernhard Meier. Der folgte einem Tip über eine unbekannte Lemurenart im südöstlichen Regenwald. Während der Abwesenheit von Wrights Team hatte auch er das rotgoldene Geschöpf entdeckt. Nachdem er es zum ersten Mal zu Gesicht bekommen hatte, fing er an, den Wald nach weiteren Exemplaren, weiteren kleinen Gruppen zu durchkämmen, und erfaßte kartographisch die Besuche, die sie verschiedenen Bambusdickichten abstatteten. Jetzt verfolgten Wrights Team und Meier beide die gleiche Spur. Sie konkurrierten nicht – jedenfalls nicht offen –, aber sie arbeiteten getrennt. Manchmal trafen sie sich und tauschten Gedanken aus. Beide mußten feststellen, daß es außerordentliche Schwierigkeiten machte, diese rotgoldenen Lemuren aufzuspüren, weil sie so extrem scheu waren.

Pat Wright und ihr Team konzentrierten sich auf eine bestimmte Gruppe. Sie verbrachten zwei Monate mit dem Versuch, die Gruppe an die Anwesenheit menschlicher Beobachter zu gewöhnen. Aber die Tiere blieben auf der Hut und weigerten sich, die menschliche Nähe sogar in der verstohlensten Form zu tolerieren. Meier arbeitete auf seine Weise, zog von einer Gruppe zur anderen und deckte ein größeres geographisches Gebiet ab. Dabei blieb die Frage der Zuordnung der Tiere ungeklärt. »Bernhard und ich diskutierten viel darüber«, sagt Wright. »Ob es zwei Arten waren oder nur eine.« Sie einigten sich schließlich darauf, daß der rotgoldene Typ eine neue Spezies von bambusfressendem Lemur sein müsse, den die Wissenschaft noch nicht zur Kenntnis genommen hatte. Seine Lautgebung war anders als bei *H. simus*. Sein Farbmuster war unverwechselbar. Und abgesehen von diesen ethologischen und morphologischen Beweisstücken gab es auch noch einen ökologischen Umstand, der dafür sprach.

Wright erinnert sich: »Ich glaube, wirklich und vollständig überzeugt davon war ich von dem Tag an, als wir herausfanden, daß sie hier sympatrisch lebten. Am gleichen Ort. Wissen Sie, das ist eine unbestreitbare Tatsache. Die Sympatrie – der Umstand, daß holzkohlengraue Exemplare von *H. simus* und rotgoldene Exemplare der geheimnisvollen neuen Form beide im Wald bei Ranomafana anzutreffen waren – sprach eindeutig dafür, daß es sich um verschiedene Arten handelte.« Wright und ihr Team fingen an, die neue Form mit einem eigenen Namen zu benennen und sie als Goldener Halbmaki zu bezeichnen. Später, als Meier, Wright und andere ein offizielles taxonomisches Protokoll über die neue Spezies anfertigten, erhielt diese den wissenschaftlichen Namen *Hapalemur aureus*.

Ehe sie ihr Lager bei Ranomafana abbrach und die Arbeit für diese Saison beendete, brauchte Wright noch ein weiteres Beweisstück: eine Fotografie. Sie wußte, daß ein Foto ihren Anspruch, daß es sich um eine neue Spezies handelte, entscheidend stützen konnte. Aber wegen des regnerischen Wetters, des schlechten Lichts, der Wachsamkeit der Tiere und anderer logistischer Beeinträchtigungen war es Wright und ihrem Team noch nicht gelungen, von den Tieren ein Bild zu schießen. Sie hatte sich mit diesem Mißerfolg fast schon abgefunden. Aber der junge Bedo, das junge Waldgenie, gab nicht auf.

»Am letzten Tag unseres Aufenthalts dort«, erinnert sich Wright, »kam Bedo plötzlich ins Lager gestürzt. Er sagte: ›Ich habe sie gefunden. Sie sind dicht über der Erde. Und sie werden direkt von der Sonne beschienen.‹« Zuerst glaubte sie ihm nicht; abgesehen davon, daß er ein ungewöhnlich guter Naturkenner war, führte dieser halbwüchsige Schlingel auch gern andere an der Nase herum. Dennoch folgten Wright und die anderen ihm in den Wald hinaus. »Und dort waren sie tatsächlich. Saßen einfach da. Also schlichen wir näher und machten eine Serie Fotos.« Einer dieser Schnappschüsse war dann die erste jemals veröffentlichte Fotografie von *Hapalemur aureus*.

65 Stellen wir uns einen stark gestutzten Weihnachtsbaum vor. Stellen wir uns vor, daß in der Nähe der Spitze an einem einzigen dünnen Ästchen drei schimmernde Glaskugeln so dicht beieinander hängen, daß sie sich berühren: eine kleine graue, eine große graue und eine rotgoldene. Sie sollen für die sympatrisch lebenden Arten *H. griseus*, *H. simus* und *H. aureus* stehen. Ein klassischer Fall von adaptiver Radiation, bescheiden im Umfang und von gläserner Zerbrechlichkeit. Der Baum ist Madagaskar, von oben bis unten mit Lemuren geschmückt.

Lemuren gehören zur Unterordnung *Strepsirhini*, zusammen mit Galagos, Pottos und Loris – das heißt, mit den kleinwüchsigen, großäugigen, langnasigen, insektenfressenden, nachtaktiven Primaten. Ihnen steht die Unterordnung *Haplorhini* gegenüber, zu der Schimpansen, Gorillas und wir gehören. Manche Biologen bezeichnen die Halbaffen als primitive Vertreter der Primatenstammlinie. Aber wie bereits im Zusammenhang mit den Borstenigeln bemerkt, gilt anderen Biologen der Begriff »primitiv« als irreführend und abwertend – und das ist er nicht weniger, wenn er für die Strepsirhini gebraucht wird. Er verdeckt die Tatsache, daß die Lemuren einen langen erfolgreichen evolutionsgeschichtlichen Weg zurückgelegt und sich Dutzende von Millionen Jahren lang an die jeweils vorgefundenen Lebensbedingungen bestens angepaßt haben. Heute sind sie nur auf der Insel Madagaskar und auf den Komoren, einer Gruppe kleiner Inseln vor der Nordwestküste Madagaskars, heimisch.

Als sich die Landmasse Madagaskars vom afrikanischen Festland abspaltete, lebten auf ihr keinerlei Primaten, und zwar einfach deshalb nicht, weil Primaten noch' gar nicht existierten. Wann die Insel sich abspaltete, ist nicht sicher, aber vor hundert Millionen Jahren – das heißt, in der mittleren Kreidezeit, als die Dinosaurier noch reichlich die Erde bevölkerten – war es vermutlich bereits geschehen. Die frühesten Fossilien lemurähnlicher Geschöpfe stammen aus Eozän-Schichten in Europa und Nordamerika, die etwa sechzig Millionen Jahre alt sind. Daß von diesen lemurähnlichen Vorfahren auch welche Afrika bewohnten, lag auf der Hand. Und sie besiedelten Madagaskar. Aber wie? Die Wasserkluft zwischen dem Kontinent und der Insel war immer noch schmal, und ein paar Lemuren müssen auf Treibgut hinübergelangt sein. Aber die Kluft wurde in den folgenden Epochen immer breiter, weil tektonische Kräfte Madagaskar weiter in den Ozean hinausschoben. Als die Evolution die Haplorhini hervorbrachte – jenen Stammbaum, zu dem die Menschen, die Großaffen und die Affen gehören –, war die Wasserstraße schon zu breit, um von Primaten überquert zu werden. Dank des Zufalls der Zeit und der Umstände behielten also die Lemuren Madagaskar für sich. Ihren entfernten haplorhinen Verwandten blieb der Zutritt zur Insel verschlossen.

Noch später dann starb der lemurähnliche Stamm auf dem afrikanischen Festland aus und verschwand auch aus Europa und Nordamerika. Über die Gründe können wir nur Vermutungen anstellen. Vielleicht unterlagen diese lemurähnlichen Arten im Konkurrenzkampf mit den Affen. Vielleicht vermochten sie sich nicht gegen die hunde- und katzenartigen Raubtiere zu verteidigen, die in den Festlandsgebieten in Erscheinung getreten waren. Ihren strepsirhinen Verwandten (unter anderen den Vorfahren der Galagos und Pottos) gelang es tatsächlich, in Afrika zu überleben, allerdings um den Preis, daß sie sich auf eine enge Palette von Eigenschaften beschränkten und somit nachtaktive solitäre Insektenfresser ohne kompliziertes Sozialverhalten blieben.

Auf Madagaskar stand es den Lemuren währenddessen frei, sich zu entfalten.

Sie waren in eine eigene Welt entronnen, ein Land freundlicher Wälder und offenstehender ökologischer Nischen. Sie mußten nicht mit Affen konkurrieren und fielen keinen Schakalen, Hyänen oder Leoparden zum Opfer. So gediehen die Lemuren und wurden vielfältiger. An diesem nachsichtigen Ort konnten sie es sich leisten, tagaktiv und Pflanzenfresser zu werden; sie konnten in kleinen Familiengruppen oder größeren Horden zusammenleben; sie konnten kunstvolle Formen sozialer Interaktion ausbilden. Auf sich gestellt, vollzogen sie einige der gleichen ökologischen, morphologischen und verhaltensspezifischen Anpassungen, die Affen und Großaffen auf dem afrikanischen Festland vornahmen. Einige wichtige Anpassungen versäumten sie auch – nicht zuletzt die Ausbildung eines größeren Gehirns. Und sie erforschten ein paar Möglichkeiten, die den Affen und Großaffen weitgehend verschlossen blieben, wie etwa die soziale Vorherrschaft von Weibchen. Zum allgemeinen Thema der Primatenevolution lieferten sie eine radikal eigene Ausführung.

Die Liste der madagassischen Lemuren umfaßt heute ungefähr dreißig lebende Arten, und mindestens ein Dutzend ausgestorbene Arten sind durch subfossile Funde belegt. Selbst diese beachtliche Liste kann die Vielfalt, zu der sich die Lemuren im Laufe der Zeit entwickelt haben, nur andeuten, da die Subfossilien in ihrer Mehrzahl ziemlich jung sind und von Arten stammen, die gerade einmal erst vor ein- oder zweitausend Jahren ausgestorben sind. Weiter zurückliegende Vorfahren, Arten, die vor zehn oder zwanzig Millionen Jahren lebten und in Formen, über die wir nur Mutmaßungen anstellen können, den frühen Lemurenstammbaum repräsentierten, sind noch nicht ausgegraben worden. Unter den subfossilen Arten stechen einige hervor. *Megaladapis edwardsi* war eine Riesenform, mindestens dreimal so groß wie jede heute lebende Spezies. *Palaeopropithecus ingens* war kleiner, aber im Vergleich mit den lebenden Lemuren immer noch riesig. Diese Spezies hatte die langen Arme und kurzen Beine eines Orang-Utan; sie könnte sich wie ein Faultier mit dem Bauch nach oben und an Armen und Beinen hängend an der Unterseite von Ästen entlangbewegt haben. Wer *Megaladapis edwardsi* und *Palaeopropithecus ingens* auf dem Gewissen hat (ein Verdächtiger ist *Homo sapiens*, der etwa um diese Zeit Madagaskar gerade besiedelt hatte), scheint es vorzugsweise auf großgeratene Arten abgesehen zu haben. Die Riesenlemuren sind alle verschwunden.

Bei den überlebenden Lemuren läßt sich ein auffälliges geographisches Muster beobachten. Sie verteilen sich über einen schmalen Ring von Wäldern, der die Insel umgibt, wobei sich die Verbreitungsgebiete mancher Arten überschneiden, während bei anderen Arten die Gebiete durch geographische Barrieren strikt getrennt sind. Das zentrale Madagaskar, das wahrscheinlich auch einst bewaldet war, ragt aus dem Ring von Wäldern wie die Glatze eines mittelalterlichen Mönchs empor. Es bildet ein hochgelegenes, grasbewachsenes Plateau, das nur bescheidene Regenmengen und im Winter kalte Temperaturen abbekommt und das in seinem gegenwärtigen Zustand unbekömmlich für baumbewohnende Lemuren ist. Der segmentierte Ring umfaßt verschiedene Waldtypen: Regenwald entlang der östlichen Schichtstufe und im Norden, trockener Wald mit Affenbrotbäumen und anderen dürreerprobten Baumarten im Westen, kaktusartiger Dornenwald im Süden. (Tatsächlich sind die Waldtypen noch zahlreicher, und die Verteilung der Pflanzenarten ist komplizierter – aber egal. Uns interessiert hier das grobe Muster, nicht das Bild in allen seinen verwirrenden Einzelheiten.) An manchen Stellen des Ringes vollzieht sich der Übergang von einem Waldtyp zum anderen allmählich; an anderen Stellen, wo er mit ökologischen Schranken zusammenfällt, geht er abrupt vor sich. Im entfernten Südosten zum Beispiel trennt eine strahlenförmige Bergkette den östlichen vom südlichen Bereich. Breite Flüsse, die vom Hochland zum Meer fließen, stellen eine weitere Form von Barriere dar. Das zerstückelte Ringmuster fördert die entwicklungsgeschichtliche Divergenz bei den waldbewohnenden Arten.« »Tatsächlich hat der Ring aus feuchtem und trockenem Wald in Madagaskar«, schreiben drei Experten in Sachen Lemuren, »fast die gleiche Wirkung wie ein Inselarchipel, auf dem die Evolution schneller abläuft als [auf] völlig getrennten Inseln oder einem zusammenhängenden Festland. Daraus erklären sich unter anderem der Reichtum Madagaskars an Lemuren und all die anderen üppig wuchernden

Lebensformen, die man dort antrifft.« Die archipelspezifische Artbildung war die erste Phase eines zweiphasigen Prozesses. Die adaptive Radiation – im strengen Sinne und einschließlich Konkurrenzkampf – war die zweite.

Im Jahre 1970 hielt ein Anthropologe namens R. D. Martin eine Vorlesung über die adaptive Radiation bei Lemuren. Wie seine Zuhörerschaft ein solches mündliches Bombardement mit Informationen aushalten konnte, ist mir unklar, aber die sechzig Seiten lange veröffentlichte Version der Vorlesung enthält einige Punkte, die für das, was ich beschrieben habe, von Belang sind. Martin teilte Madagaskar schematisch in sieben Lebensräume auf – sechs Waldsegmente an der Peripherie und das Hochplateau in der Mitte als Knotenpunkt. Das Plateau selbst, das vielleicht einst eine reiche Lemurenfauna besessen hatte, die zusammen mit den Wäldern verschwunden war, blieb als Zone unklar. Die anderen sechs Zonen beherbergten Kombinationen von Arten. Zwischen seiner nordöstlichen und seiner südöstlichen Zone zog Martin eine Trennlinie unmittelbar südlich des Mangoroflusses, der dort, ungefähr auf halbem Weg zwischen Analamazaotra und Ranomafana, von der Hochebene in südöstlicher Richtung herabfließt. Er grenzte auch eine südwestliche, mittelwestliche und nordwestliche Zone ab sowie eine Zone an der Nordspitze der Insel. Er legte ein Schaubild vor, das zeigte, welche Lemurenart wo vorkam. Er benutzte Plus- und Minuszeichen, um zu vermerken, ob eine bestimmte Art in den einzelnen Zonen vorkam oder nicht.

Nehmen wir etwa den Fettschwanzmaki: im äußersten Norden vorhanden, in den drei Westzonen vorhanden, nicht vorhanden in den beiden Ostzonen. Oder den Wollmaki, der auch unter dem Namen *Avahi laniger* bekannt ist: sechs Pluszeichen, die seine weite Verbreitung zeigen. Oder der Diademsifaka, *Propithecus diadema*: nur in den beiden Ostzonen vorhanden. Anstelle von *Propithecus diadema* beherbergten Martins Diagramm zufolge die Zonen im Westen und im Norden dessen nahen Verwandten *Propithecus verreauxi*. Das Katta – eine Spezies, die einem magersüchtigen Waschbär ähnelt und uns allen aus dem Zoo und durch niedliche Fotos bekannt ist – war auf den Südwesten beschränkt. Der Indri, der größte und erstaunlichste aller lebenden Lemuren,

MADAGASKAR

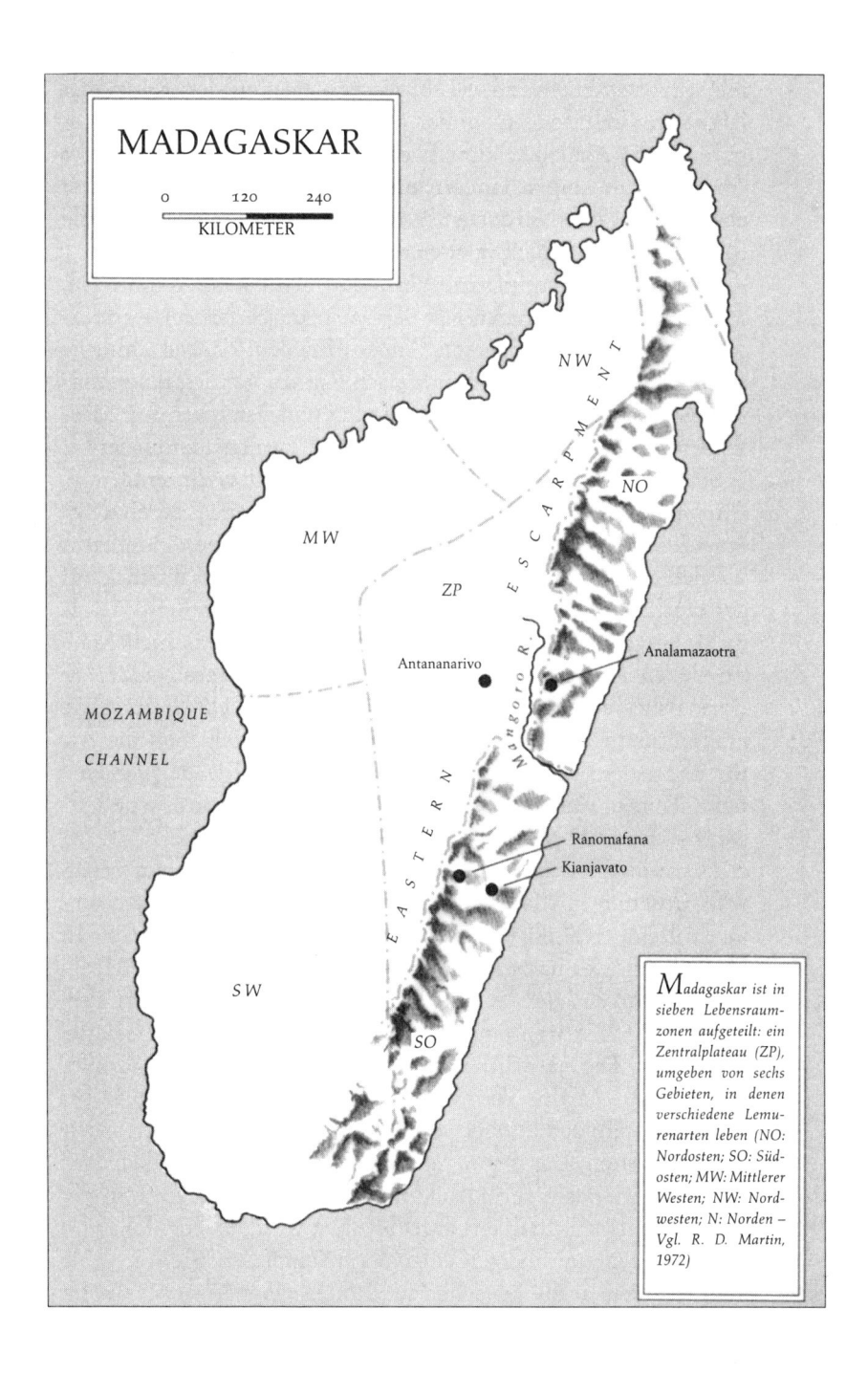

0 — 120 — 240
KILOMETER

NW

NO

MW

ZP

Antananarivo

Analamazaotra

MOZAMBIQUE
CHANNEL

EASTERN ESCARPMENT

Mangoro R.

Ranomafana
Kianjavato

SW

SO

Madagaskar ist in sieben Lebensraumzonen aufgeteilt: ein Zentralplateau (ZP), umgeben von sechs Gebieten, in denen verschiedene Lemurenarten leben (NO: Nordosten; SO: Südosten; MW: Mittlerer Westen; NW: Nordwesten; N: Norden – Vgl. R. D. Martin, 1972) mit schwarzweißem Fell wie ein Riesenpanda und dem Kopf eines Afghanen, ließ sich nur in der nordöstlichen Zone, unter anderem auch in Analamazaotra, blicken. Das Fingertier, ein bizarres Geschöpf mit langen Fingern und Nachttiergewohnheiten, war ebenfalls auf den Nordosten beschränkt. Der Große Wieselmaki kam wie der Wollmaki in allen sechs Waldzonen vor.

Das war eine vereinfachte Version. Martin selbst räumte ein, daß die vier Populationen von *verreauxi* möglicherweise artverschieden voneinander waren. Andere Fachleute haben ähnliche Einschränkungen gemacht, und nach wie vor werden taxonomische Abgrenzungen verfeinert, geändert und diskutiert. Seit Martin seine Vorlesung hielt, hat sich das Bild weiter kompliziert.

Selbst Martins frühes Diagramm war nicht völlig eindeutig. Um Unklarheiten in der Zuordnung zu bezeichnen, benutzte er Fragezeichen statt seiner Plus- und Minuszeichen. Vielleicht überlebte der Indri in irgendeinem unbekannten Waldstück auf der Hochebene. Vielleicht galt das auch für den Großen Wieselmaki. Für *Hapalemur simus*, den Großen Halbmaki, hielt Martin sieben Fragezeichen bereit, für jede Zone eines: »???????« Darin drückte sich ebensosehr ein Moment von Verzweiflung wie erkenntnistheoretische Vorsicht aus. Damals hielt man die Art für überall ausgestorben. Und *Hapalemur aureus*, der Goldene Bambusmaki, war natürlich nicht einmal aufgeführt. Seine Existenz sollte erst später offenbar werden.

Zusammenfassend gelangte Martin zu der Einschätzung, daß »die Situation in Madagaskar der Situation auf den Galápagosinseln ziemlich ähnlich ist, nur daß die Migrationshindernisse in Flüssen und klimatischen Faktoren bestehen (statt in Meerflächen) und daß in Madagaskar das geschlossene System wahrscheinlich schon weit länger in Funktion ist als auf den Galapagosinseln«. Die natürlichen Grenzen zwischen den Waldzonen hatten nach Martins Vermutung der genetischen Divergenz bei den Lemurenpopulationen erlaubt, bis zur Unumkehrbarkeit fortzuschreiten. Das segmentierte Ringmuster der Wälder war zu einem Mandala der Artbildung geworden. Später waren die ursprünglichen Schranken durchbrochen worden, jedenfalls von ein paar abenteuerlustigen einzelnen Exemplaren. Sie waren als neue Formen in die benachbarten Zonen eingedrungen, wo sie sich mit ihren nahen Verwandten in den Lebensraum teilen mußten. Diese sympatrische Situation lieferte Martin zufolge »die Grundlage für die folgende Spezialisierung neuer Arten«.

Vor einem Publikum aus Fachkundigen redete er verkürzt. Die »Grundlage«, die er meinte, war der Konkurrenzkampf. Wenn sich eng verwandte Arten plötzlich in einen Lebensraum teilen und um dessen Ressourcen konkurrieren mußten, dann sahen sie sich vor die wohlbekannte Alternative »Radiation oder Tod« gestellt.

»Bei den Lemuren«, stellte Martin fest, »ist es durchaus möglich, daß einer der Hauptfaktoren, der diese isolierte Primatengruppe zur umfassenden Radiation nötigte, der ökologische Konkurrenzkampf war.« Dabei beließ er es. Die Vorlesung war bereits lang genug. Wer mehr über das Thema wissen wolle, meinte er, könne immer auf David Lacks Buch über Darwins Finken zurückgreifen.

66

In manchen Fällen ist die adaptive Radiation von subtiler Art. In der äußeren Anatomie weist praktisch nichts auf sie hin. Die Verhaltensunterschiede wirken geringfügig und belanglos. Im Wald bei Ranomafana lebten drei nahe verwandte Arten der Gattung *Hapalemur* sympatrisch beisammen und hatten es irgendwie geschafft, die Rolle des bambusfressenden Lemuren so aufzuspalten, daß sie drei verschiedene Nischen ausfüllte. Pat Wright fragte sich, wie ihnen das gelungen war.

Mehrere Jahre nach der Entdeckung von *H. aureus* richtete Wright bei ihren Feldstudien ihr besonderes Augenmerk auf die Frage der Ernährung. Sie hatte eine kleine Gruppe von Mitarbeitern, Amerikaner und Madagassen, darunter ein Pflanzenchemiker aus Illinois. Gemeinschaftlich und jeder für sich sammelten die Mitglieder der Gruppe stundenlang präzise verhaltensbezügliche Beobachtungen, wogen und vermaßen die paar Tiere, die sie gefangen hatten, sammelten Bambusproben und unterzogen die Proben chemischen Analysen. Bei letzteren wurde das Pflanzenmaterial in frischem Zustand in Würfel geschnitten, in eine heiße alkoholische Flüssigkeit gegeben, gekocht, abgekühlt und abgegossen; die Lösung wurde dann mit einem farbreaktiven Papierstreifen getestet. Bei Vorhandensein von Zyanid, das in manchen Bambusarten als natürlicher Bestandteil vorkommt, färbte sich der Papierstreifen dunkelblau. Wieviel Zyanid konnte ein Lemur vertragen? Bei einer der Spezies lautete das Ergebnis: jede Menge.

Indem sie Verhaltensökologie und Biochemie miteinander verknüpften, gewannen Wright und ihre Mitarbeiter zwei Einsichten, von denen die erste nicht sonderlich spektakulär war. Bambus zu fressen war, wie sie feststellten, kein einfaches, sondern ein mehrfaches Verhalten. Jede der drei Lemurenarten verhielt sich dabei anders, indem sie entweder andere Teile der Bambuspflanze oder andere Bambusarten fraß. *H. griseus* fraß die Blätter einer bestimmten Bambusspezies, *Cephalostachyum perrieri*. *H. simus* fraß das Mark der ausgewachsenen Stengel des Riesenbambus, *C. viguieri*. Der Goldene Halbmaki, *H. aureus*, fraß ebenfalls Riesenbambus, aber nicht das Mark der ausgewachsenen Stengel. Pat Wrights Beobachtungen ergaben, daß *H. aureus* sich auf die jungen Schößlinge, die Blätterbasis und das Mark aus schmalen Stengeln beschränkte.

Der Unterschied in den Freßgewohnheiten bei *H. simus* und *H. aureus* war besonders auffällig. *H. simus* schien sich mehr anzustrengen, indem er die dicken, faserigen Rohre zerbiß, um an das Mark heranzukommen; *H. aureus* ging offenbar raffinierter vor, indem er die zarten Schößlinge, Blätterbasen und dünnen Stämmchen fraß. Warum sparte sich *H. simus* nicht die Mühe und hielt sich ebenfalls an die zarten Pflanzenteile? Die Aufteilung der Nahrungsvorräte war rätselhaft – jedenfalls bis die chemischen Analysen gemacht waren.

Die Analysen ergaben nämlich, daß die Schößlinge, die Blätterbasis und das Mark der dünnen Stämme – kurz, die Teile, die *H. aureus* fraß – voller Zyanid waren.

Die Bambusrohre hingegen, die *H. simus* fraß, wiesen keine Spur von Zyanid auf. Und das galt auch für die Blätter von *C. perrieri*, die *H. griseus* bevorzugte. *H. simus* und *H. griseus* mieden das Zeug und taten damit, was die meisten Tiere vernünftigerweise taten. Die neuentdeckte und noch ganz unbekannte Art *H. aureus* hingegen verschlang es ohne Rücksicht auf Verluste.

Zyanid wirkt auf Säugetiere normalerweise massiv toxisch. Die tödliche Dosis für einen Hund beträgt etwa vier Milligramm pro Kilogramm Körpergewicht, für eine Katze zwei Milligramm. Bei einer Ratte, die ein bißchen mehr verträgt, sind zehn Milligramm pro Kilogramm Körpergewicht tödlich. Bezogen auf eine Auswahl von Säugetierarten beträgt der Durchschnittswert einer tödlichen Dosis 4,3 Milligramm pro Kilogramm Körpergewicht. Da ein Goldener Halbmaki etwa anderthalb Kilogramm wiegt, müßten bei ihm 6,5 Milligramm Zyanid tödlich sein – wenn *H. aureus* ebenso anfällig wäre wie andere Arten. Aber dem ist nicht so. Nach der Schätzung von Wright und ihren Kollegen schluckt ein Goldener Halbmaki täglich zwölfmal so viel Zyanid, als mutmaßlich nötig wäre, ihn umzubringen.

»Wir wissen nicht, wie Goldene Halbmakis der Zyanidvergiftung entgehen«, berichteten sie, »aber mehrere Möglichkeiten sind denkbar.« Eine Möglichkeit bestünde in der Zyanidentgiftung mit Hilfe bestimmter Aminosäuren. Aber da diese Aminosäuren einem bambusfressenden Lemuren praktisch nicht zur Verfügung stehen, scheint die Entgiftungshypothese auf schwachen Füßen zu stehen. Sodann gäbe es die Möglichkeit, daß *H. aureus* einen extrem säurebildenden Magen hat – der eine so schauderhafte Salzsäurebrühe produziert, daß kein Maaloxan oder Riopan ihr gewachsen wäre –, und daß dadurch vielleicht die Ausschüttung von Zyanid ins Körpersystem verhindert wird. Hat der Goldene Halbmaki einen solchen Magen? Niemand weiß es, nicht einmal Pat Wright, weil das Verdauungssystem der Art noch nie untersucht wurde.

Diese drei sympatrisch lebenden Arten der Gattung *Hapalemur* mit ihren ernährungsspezifischen und physiologischen Unterschieden, kraft derer sie sich auf Nischen verteilen, kann als Paradebeispiel für den Mechanismus der adaptiven Radiation gelten, das sogar noch lehrreicher ist als Darwins Finken. Aber es gibt nach wie vor offene Fragen. Welche ökologischen Bedingungen haben ursprünglich zu ihrer Entstehung geführt? Wissen wir nicht. Welche biogeographischen Vorgänge führten sie bei Ranomafana zusammen? Wissen wir nicht. Wie sieht ihre phylogenetische Geschichte aus? Wissen wir nicht. Ein evolutionsgeschichtliches Szenario für die Halbmakis ließe sich nur mit Hilfe von Rätselraten entwerfen, und Wissenschaftler haben für Rätselraten nicht viel übrig. Sie praktizieren es, aber nur im stillen Kämmerlein. Wer in der Öffentlichkeit Rätselraten betriebe, würde sich dem Verdacht fehlender intellektueller Seriosität aussetzen; Wissenschaftler aber (und zumal jemand wie Pat Wright, die zur Arbeit in den Urwald zieht, Monate später zerstochen und verdreckt wieder auftaucht und von einer neuen Primatenart zu berichten weiß) sind darauf angewiesen, daß ihre Berufskollegen sie ernst nehmen.

Dieses Problem habe ich nicht, ich kann mir also Spekulationen erlauben. Nehmen wir an, daß der in ganz Madagaskar verbreitete und sich erfolgreich behauptende Graue Halbmaki, *H. griseus*, als erster seiner Gattung den Wald von Ranomafana bewohnte. Er ernährte sich dort hauptsächlich von *C. perrieri*. Mag sein, daß er nicht völlig auf diese Bambusart spezialisiert war und daß er auch die Blätter und Früchte anderer Pflanzen fraß. Jedenfalls war er bei Ranomafana fest in seiner Nische etabliert. Nehmen wir weiter an, daß der Große Halbmaki, *H. simus*, der sich an anderer Stelle auf der Insel entwickelt hatte, als nächster eintraf. Er war zwar größer als *H. griseus*, hatte aber im Gebiet von Ranomafana den Nachteil, ein Neuankömmling zu sein. Er sah sich nicht in der Lage, *H. griseus* von den Flächen, die mit der schmackhaften Bambusart *C. perrieri* bewachsen waren, zu vertreiben. Als robusteres Tier mit stärkeren Kinnbacken und Zähnen konnte er indes auf eine andere ökologische Option zurückgreifen: Er konnte sich für seine Ernährung an den Riesenbambus, *C. viguieri*, halten. Nehmen wir an, daß in dieser Konstellation *H. griseus* und *H. simus* sympatrisch existierten und sich in die Bambusressourcen teilten, indem sie unterschiedliche Arten abgrasten.

Nun ein weiterer spekulativer Sprung. Erinnern wir uns, daß sich Pflanzen an die Verfolgung durch Räuber anpassen, geradeso wie Tiere das tun. Stellen wir uns vor, die Bambusspezies *C. viguieri* paßte sich an die pflanzenfresserischen Attacken von *H. simus* dadurch an, daß sie die Fähigkeit entwickelte, in ihren zarten Teilen Zyanid anzusammeln. Diese Anpassung diente dazu, die Lemuren abzuschrecken – allerdings nicht völlig. Indem *H. simus* die zarten Teile unbeachtet ließ und statt dessen die ausgewachsenen Rohre zermalmte, um das Mark zu fressen, konnte die Art nach wie vor von *C. vigueri* leben.

Dann, sagen wir, kam *H. aureus* – der Goldene Halbmaki. Vielleicht hatte er sich (wie Pat Wright vermutet) in irgendeinem Winkel des Waldes, wo der einzige verfügbare Bambus mit Zyanid versetzt war, aus *H. griseus* entwickelt. Vielleicht war diese neue Spezies dadurch von *H. griseus* divergiert, daß sie sich wie weiland Mithridates an giftiges Essen gewöhnt hatte. Als sie später ihren Lebensraum nach Ranomafana ausdehnte, sah sie sich mit einer neuen Herausforderung konfrontiert: mit Konkurrenz statt bloß mit Gift. Sie war gezwungen, ihre eigene Nische zu finden. Sie überlebte, weil sie fraß, was der Magen keines anderen Halbmakis verkraftete.

67 Pat Wrights Lager bei Ranomafana besteht aus einem räumlich knapp bemessenen Holzgebäude, das als Vorratsraum und Büro fungiert, einer überdachten Veranda, die als Kasino dient und ein paar verstreuten Zelten im umliegenden Wald. Das unmittelbare Forschungsgebiet erstreckt sich über Berghänge oberhalb des Namoronaflusses und ist von einem Netz unregelmäßiger Fährten durchzogen. In der Regenzeit füllen sich die Fährten mit glitschigem Schlamm. Die Feldkleidungsmode läuft sowohl für die Biologen als auch für Besucher auf hohe Gummistiefel sowie regendichte Parkas und Hosen hinaus; darunter trägt man stinkendes Polypropylen. Für jeden, der an Lemuren interessiert ist und Sauberkeit und Trockensein nicht fetischisiert, ist das Camp ein vergnüglicher Ort.

Ich habe mein eigenes Zelt an einer flachen Stelle neben einer der Fährten aufgeschlagen; darunter habe ich eine geborgte Plane und niedergetretenes Gestrüpp deponiert, um zu verhindern, daß durch den Zeltboden flüssiger Schlamm hereinsuppt. Seit zwei Wochen bin ich hier, ernähre mich mit Wright und ihren Studenten und Kollegen von Reis und Bohnen, stapfe die Fährten entlang, beobachte die Biologen, während sie die Tiere beobachten, wasche meine Socken im Fluß, trinke bei Sonnenuntergang in guter Gesellschaft billigen madagassischen Rum auf der

Veranda, kritzele spät nachts beim Schein meiner Taschenlampe in mein Notizbuch – kurz, ich bin nahezu eingewöhnt.

Eines Morgens mache ich mich mit einem kurzangebundenen, aber höchst kundigen Führer namens Pierre auf die Suche nach dem berühmten *H. aureus*. Wir gehen in Richtung Fluß, wenden uns dann bergauf, erklettern einen Grat und überqueren ihn. Auf der anderen Seite steigen wir zu einer kleineren Fährte hinab und kommen unten in ein Bachtal, dem wir bis zu einem dichten Bambusgehölz folgen. Die Bambusrohre stehen gebeugt wie unter der Last von Regen. Sie bilden ein gewölbtes Blätterdach, unter dem wir herumstreunen. Pierre, der das Auge des geübten Fährtensuchers hat, bückt sich, um einen abgetrennten Stengel aufzuheben. »*Ils mangent ici*«, sagt er. »*Peut-être hier.*« Der Stengel verrät ihm, daß Lemuren hier für einen Imbiß Rast gemacht haben, möglicherweise gestern.

Nach einer weiteren Stunde Fußweg Hänge hinauf und Hänge hinab, durch freistehendes Unterholz und durch weitere Bambusdickichte, macht Pierre abermals den Mund auf. »*Ah. Ici.*«

Wo? Ich sehe nichts. Wo?

Und dann entdecke ich sie, zehn Meter über dem Erdboden, im Blätterdach des sich neigenden Bambus, vor dem Hintergrund des fahlen, grauen Himmels: ein Paar flauschige Bälle, nicht größer als Hauskatzen.

»*Aureus?*«

»Oui«, sagt Pierre mit stolzer Sicherheit. »*Aureus.*« Goldener Bambusmaki, jawohl.

Der Morgen ist zu regnerisch und kalt, um sie zum Fressen animieren zu können. Oder aber sie haben bereits gefressen und sind einfach nicht hungrig. Jedenfalls zeigen sie derzeit kein Interesse an den saftigen zyanidverseuchten Blättbasen und Stengeln um sie herum. Sie wirken, als kuschelten sie sich wärmesuchend zusammen. Sie bewegen sich kaum. Objektiv betrachtet, bieten sie keinen aufregenden Anblick – zwei rötlich-braune Fellgestalten –, aber ich bin von weit hergekommen, habe viel über sie gehört, und Tatsache ist, daß sie zu den seltensten Primaten der Welt gehören. Ich sitze lange Zeit da und beobachte sie.

Als der Regen gleichmäßiger herabtrommelt, ziehe ich mir die

Kapuze des Parka über den Kopf. Unter meinem Hintern ist die Erde aufgeweicht. Ich hocke auf meinem Fleck. Die Goldenen Bambusmakis hocken auf ihrem Fleck. Ich starre zu ihnen hinauf, und sie werfen hin und wieder einen mitleidigen Blick zu mir herab. Eine Stunde verstreicht im Schneckentempo. Der Regen hört nicht auf, und die Lemuren enthalten sich jeden denkwürdigen Verhaltens. Ein paar Blutegel kriechen blutdürstig meine Beine hoch. Ich schnippe sie ohne böse Gefühle herunter. Ich koste einen weiteren Tag romantischen Abenteuers im Regenwald aus.

Am späten Nachmittag, als ich wieder im Camp bin, versetzt ein Bazillus meinen Magen in Gärzustand, und ich gehe ohne Abendessen ins Bett. Von Schmerzen und Übelkeit geplagt, lege ich mich in den Schlafsack und ziehe den Reißverschluß zu. Ich verbringe viele Stunden in unruhigem Schlaf, wechsle zwischen Schüttelfrost und alles durchnässenden Schweißausbrüchen. Um Mitternacht stehe ich auf, stolpere in ein wildes Ingwergehölz hinter dem Zelt und stecke mir den Finger in den Hals. Das Erbrechen bringt mir einige Erleichterung. Ich gehe wieder ins Bett zurück.

Wenn ich's recht bedenke, habe ich ziemlich viel Glück gehabt, daß ich während der Wochen hier in Ranomafana weitgehend gesund geblieben bin. Aber ich bin ja nur ein vorübergehender Besucher und nicht gegen alle hiesigen Anfechtungen gefeit – dabei habe ich noch nicht einmal den Bambus gekostet.

68

Die adaptive Radiation war, wie dem Leser sein gutes Gedächtnis bestätigen wird, die letzte der Arteigenschaften, die unser Inselmenü aufführte:

Ausbreitungsfähigkeit
Veränderung in der Größe
Verlust der Ausbreitungsfähigkeit
Endemismus (örtlich begrenzte Verbreitung)
Reliktualismus (Restbestandscharakter)
Verlust von Schutzanpassungen

inselspezifische Artbildung
adaptive Radiation

Wer diese acht Punkte verstanden hat, der hat eine ganze Menge von Evolutionsbiologie verstanden, und zwar bezogen auf Kontinente ebenso wie auf Inseln.
Drehte sich das vorliegende Buch ausschließlich um Evolutionsbiologie, müßten wir beide, der Leser und ich, noch eine ganze Menge mehr davon begreifen. Sie ist ein gigantisches Gebiet, und ihr Aufbau ist komplizierter als ein Uhrwerksgetriebe. Eines ihrer vielen Getriebeteile bildet Ernst Mayrs Theorie der genetischen Revolutionen. Diese Theorie verdient in unserem Zusammenhang besondere Beachtung, weil sie mit den großen Dingen zu tun hat, die an kleinen Orten geschehen.
Mayrs Theorie der genetischen Revolutionen ist eine Konsequenz aus seinem Gründerprinzip, das er in *Systematics and the Origin of Species* entwickelt. In *Systematics* stellt er die These auf, daß die Evolution in kleinen Populationen rascher verläuft als in großen. Als Beispiel nennt er die Artengruppe der Lieste – *Tanysiptera* und andere – auf Neuguinea und den umliegenden Inseln. *Tanysiptera galatea*, der Spatelliest, ist ein faszinierender Vogel mit dem unverkennbar großen Kopf und dem kellenähnlichen Schnabel, den beiden Merkmalen, die für Lieste ganz allgemein typisch sind. Unter dem großen Kopf befinden sich ein kleiner, blau und weiß gefärbter Körper und ein langes Paar weißer Schwanzfedern, schlank und am Ende mit einer Quaste wie ein langstieliger Teelöffel. Während der Feldforschung, die er in frühen Jahren in diesem Weltteil trieb, untersuchte Mayr die Verteilung von *T. galatea* und den ihr nahestehenden Arten. *T. galatea* selbst bewohnte das Festland von Neuguinea und hatte sich dort trotz der breiten Vielfalt verfügbarer Lebensräume nur in drei Unterarten auseinanderentwickelt. Auf den kleineren Inseln vor der Küste hingegen hatte sich die Gattung *Tanysiptera* zu sechs verschiedenen Formen entfaltet, von denen die meisten als eigene Arten betrachtet wurden. Auf dem Festland von Neuguinea schien die Evolution langsam voranzukommen, hingegen schnell auf den dazugehörigen Inseln. Mayr zog daraus den Schluß, daß sich neue

Arten unter Bedingungen einer kleinen, isolierten Gründerpopulation schneller entwickeln.

Das schien sich auch bei den Hummeln der Gattung *Bombus* und bei den Gallwespen der Gattung *Cynips* zu bestätigen; ebenso schien es für verschiedene Arten der Westindischen Inseln, der Salomoninseln und Hawaiis zuzutreffen. »Daß kleine Populationen das Zeug zu raschen, divergenten Entwicklungen haben«, folgert Mayr, »erklärt auch, warum wir auf Inseln so viele zwerg- oder riesenwüchsige Rassen antreffen beziehungsweise Rassen mit farblichen Eigentümlichkeiten (Albinismus, Melanismus) oder mit besonderem Körperbau (lange Schnäbel bei Vögeln) oder mit anderen Besonderheiten (Verlust der spezifisch männlichen Befiederung bei Vögeln).« Er hätte ohne weiteres die Schildkröten auf Aldabra, die Chuckwallas auf Angel de la Guarda, das Flußpferd von Madagaskar, die Käfer auf Madeira, die Elephantiden auf Timor, die Leguane auf den Galápagos, die Finken von Darwin und Lack, den Ohrwurm auf Sankt Helena und den Dodo anführen können. Sie alle waren gemeint.

Was mochte der Grund dafür sein, daß solche Eigenarten bei kleinen Populationen so rasch in Erscheinung traten? Die genetische Drift spielte dabei eine Rolle, aber die genetische Drift war nicht besonders schnell. Die natürliche Auslese spielte eine Rolle, aber die war sogar noch langsamer. Mayr hatte in *Systematics* als Hauptgrund für die beschleunigte Evolution auf Inseln das Gründerprinzip angegeben. Demnach tendierte eine kleine Siedlerpopulation deshalb zur abrupten evolutionären Divergenz von der Stammpopulation, weil ihr Genpool nur eine winzige und nicht repräsentative Auswahl aus dem Gesamtpool darstellte.

Dennoch konnte der Rückgriff aufs Gründerprinzip Mayr nicht befriedigen. Das Tempo der evolutionären Divergenz kam ihm zu schnell vor. Etliche Jahre lang blieb diese Ungereimtheit für ihn »ein großes Rätsel«. Dann lieferte er im Jahre 1954 eine neue Erklärung, die kühner und spekulativer war: eine Vorstellung, die er mit dem Namen »genetische Revolutionen« belegte. Im Rückblick bezeichnete er sie »als vielleicht die originellste Theorie, die ich je vorgetragen habe«.

Er legte sie in einem Artikel mit dem Titel »Change of Genetic Environment and Evolution« [Veränderungen im genetischen Milieu und Evolution] dar. Den Kernpunkt bildete der Begriff des »genetischen Umfelds« – Mayrs paradoxe Bezeichnung für die Matrix aus Wechselwirkungen, durch die sich die Allele eines bestimmten Genpools miteinander verknüpft zeigen. Eine plötzliche Veränderung in diesem genetischen Umfeld konnte, so seine These, einen Sturzbach weiterer Veränderungen in der Art und Weise auslösen, wie die Allele sich gegenseitig beeinflußten. Ein möglicher Auslöser für solche sturzbachartigen Veränderungen war das Gründerprinzip. Wenn eine kleine Population irgendeiner tierischen oder pflanzlichen Spezies isoliert wurde und nur über eine kleine Auswahl der Allele der Stammesart verfügte, so konnte sich das neue genetische Umfeld drastisch vom genetischen Umfeld der größeren Population unterscheiden. Wenn das der Fall war, dann kam es zu einer genetischen Revolution, während die kleine Population sich an ihre neuen Lebensbedingungen anpaßte.

Damit das verständlich wird, müssen wir uns daran erinnern, daß Allele keinen absoluten Wert haben. Anpassung als solche ist ein relativistischer Begriff, und ob ein Allel einen guten (oder schlechten) Anpassungswert hat, ist kontextabhängig. Ein bestimmtes Allel mag innerhalb eines bestimmten Umfelds nützlich (oder schädlich oder neutral) sein; innerhalb eines anderen Umfelds ist unter Umständen auch sein Wert ein anderer. Ein Allel zum Beispiel, das bei einer Vogelart zum Riesenwuchs beiträgt, kann auf einer Insel nützlich, auf dem Festland dagegen schädlich sein.

Dem einen Aspekt nach ist das Umfeld äußerlich – als Milieu, als physische und biologische Bedingungen des Lebensraumes. Einem anderen Aspekt nach ist es, wenn wir uns Mayrs Sicht anschließen, genetisch – als Matrix der in Wechselwirkung miteinander stehenden Allele des Einzelexemplars und als die umfassendere Matrix der Allele der gesamten Population. Allele mußte man sich Mayrs Überlegung zufolge vorstellen wie die Füllung in einem Sitzsack. Sie funktionierten als Bestandteile eines integrierten Systems; änderte sich das System, konnte sich auch der Wert des einzelnen Allels ändern. Ein Allel, das in dem einen genetischen Umfeld segensreich wirkte, war unter Umständen in einem anderen tödlich. Ein Allel, das in dem einen genetischen Umfeld bedeutungslos blieb, konnte in einem anderen wichtig werden. Ein Allel, das nur unwesentlich vorteilhaft war, wenn es in einer Population selten vorkam, konnte sich als hochgradig vorteilhaft erweisen, wenn die gesamte Population es besaß. Nahm man an, daß die Allele eines bestimmten Gens mit den Allelen vieler anderer Gene im selben Individuum und mit dem größeren Genpool der sich fortpflanzenden Population in Wechselwirkung standen, so konnten die Veränderungen, die eine Veränderung im genetischen Umfeld nach sich zog, die dramatische Form eines Sturzbaches annehmen. »In der Tat kann das den Charakter einer regelrechten ›genetischen Revoution‹ haben«, schrieb Mayr.

In dem Artikel von 1954 kam er auf das Beispiel aus seinem früheren Buch zurück: auf die Lieste in Neuguinea. Dieses Mal konzentrierte er sich auf Numfor Island, eine kleine, nicht einmal fünfundsiebzig Kilometer vor der Nordwestküste Neuguineas gelegene Insel. Numfor beherbergt eine eigene Art innerhalb der Gruppe der Lieste, *Tanysiptera carolinae*. Mayr nahm an, daß es irgendwann in der Vergangenheit einige wenige Paare von *Tanysiptera galatea* vom Festland auf diese kleine vorgelagerte Insel verschlagen hatte. Sie pflanzten sich fort, vermehrten sich und etablierten eine kleine Population. Unter den neuen Lebensbedingungen veränderte sich im Laufe der Zeit der Charakter der Population. Es entstand *T. carolinae*, die sich von *T. galatea* dadurch unterschied, daß sie statt einer weißen eine blaue Brust und hellgelbe Beine und Füße hatte. Möglicherweise hatte sie auch einige Unterschiede im Verhalten ausgebildet. Was hatte diese Veränderungen bewirkt?

Das Klima von Numfor ist Mayr zufolge dem Klima der nahe gelegenen Küste von Neuguinea sehr ähnlich. Flora und Fauna auf Numfor sind ein bißchen anders, aber nicht so, daß es ins Gewicht fiele. Der Hauptfeind, den die Lieste im Küstengebiet des Festlands haben, eine Hühnerhabichtart, findet sich auch auf Numfor. »Das physikalische und biotische Milieu an den beiden Orten ist sich demnach ziemlich ähnlich«, schrieb er. »Ein drittes Milieu allerdings, das genetische Umfeld, unterscheidet sich markant.« Diese Unterschiede im genetischen Umfeld hatten möglicherweise tiefgreifende Folgen: Allele, die auf neue Weise zur Wirkung kamen und neue Formen des Zusammenspiels mit anderen Allelen ermöglichten, die im Kampf der Lieste um eine erfolgreiche Fortpflanzung zu neuen Vorteilen und neuen Nachteilen führten.

Das war eine instabile Situation. Häufig vorhandene Allele, die an Wert verloren hatten, wurden rasch selten. Einige seltene Allele, die plötzlich nützlich wurden, gewannen rasch an Häufigkeit. Die natürliche Auslese erzwang Zweckdienlichkeit und Zweckmittelrationalität. Der evolutionäre Wandel gewann an Tempo. Schließlich fand das System zu einem neuen Gleichgewichtszustand. Und als es das tat, war *Tanysiptera carolinae* in der Welt, ein aus altem Material neugeschaffenes Wesen, ein Liest mit blauer Brust und gelben Füßen und mit anderen unsichtbaren Besonderheiten, denen die Ornithologen bislang noch nicht auf die Spur gekommen sind.

Solch eine genetische Revolution kann Veränderungen im Körperbau, in der Körpergröße, in der Physiologie, im Verhalten zur Folge haben. Sie kann aus einem Riesen einen Zwerg, aus einem Fleischfresser einen Pflanzenfresser, aus einem flugtüchtigen Tier einen dicken, erdverhafteten Watschler oder aus einem dicken, erdverhafteten Watschler einen schlanken Schwimmer machen. Ozeanische Inselgruppen sind nach Mayrs Bekunden die besten Orte auf der Erde, um die Ergebnisse solcher Umwälzungen zu studieren.

Indes nicht die einzigen Orte. Mayr fügt hinzu: »Meiner Ansicht nach kommen alle bedeutenderen evolutionären Neuerungen auf ähnliche Weise zustande.«

69 Wenn Inseln der genetischen Umstrukturierung derart förderlich sind, so ist es kein Wunder, daß sie Ernst Mayr und anderen Evolutionsbiologen als überaus lehrreiche Freiluftlaboratorien gedient haben. Die letzten beiden Punkte unseres Inselmenüs sind allerdings eher biogeographisch als evolutionsgeschichtlich relevant. Deshalb fasse ich sie auch unter einer eigenen Überschrift zusammen:

II. *Gemeinschaftsmerkmale*

Disharmonie
Verarmung

Die beiden Punkte betreffen umfassendere Muster, nicht bloß artspezifische Eigenschaften. Sie berühren die grundlegendsten Fragen der Biogeographie: Welche Lebewesen kommen an welchen Stellen vor. Welche fehlen in welchen Gegenden, und warum ist das so?

Disharmonie und Verarmung beziehen sich auf den Umstand, daß die Artenvielfalt auf unserem Erdball nicht gleichförmig verteilt ist. Unter Verarmung verstehen wir, daß in bestimmten Gegenden Arten spärlich vorhanden sind; Disharmonie meint, daß Arten oder Artengruppen an verschiedenen Orten ungleich vertreten sind. Logischerweise überschneiden sich die beiden Begriffe, da ja Verarmung nichts weiter als eine Form von Disharmonie darstellt – eine Form, die besonders typisch für Inseln ist.

Bezogen auf ein nahe gelegenes Festland, weist eine Insel normalerweise verhältnismäßig weniger Artenvielfalt auf. Das heißt, eine Insel beherbergt weniger Arten als ein entsprechendes Lebensraumgebiet auf dem Festland. Das bedeutet Verarmung. Disharmonie ist schwieriger zu definieren. Sie bezieht sich auf jedes, egal, ob positives oder negatives, Ungleichgewicht zwischen dem Artenspektrum auf einer Insel und auf dem nächstgelegenen Festland. Auch wenn Inseln von manchen Pflanzen- und Tiergruppen verhältnismäßig wenig Arten beherbergen, sind andere Gruppen wiederum mit verhältnismäßig mehr Arten vertreten. Madagaskar zum Beispiel beherbergt sämtliche Lemuren der Welt; in Afrika gibt es davon keine einzige Art. Bei dieser Gruppe zumindest übertrifft Madagaskar das nächstgelegene Festland an Artenvielfalt bei weitem. Die Galápagos sind außergewöhnlich reich an Finkenarten. Auch hier übertrifft die Finkenvielfalt der Inselgruppe die auf dem benachbarten Festland Südamerika bei weitem (zumindest, wenn man die gleiche Gebietsgröße zugrunde legt). Das nennt man Disharmonie.

Unterschiede in der Ausbreitungsfähigkeit sind eine der Ursachen für Disharmonie. Normalerweise trifft man auf einer Insel weniger Säugetierarten, weniger Amphibien und weniger Süßwasserfische als auf dem nächstgelegenen Festland. Die Insel beherbergt mit großer Wahrscheinlichkeit auch weniger Vogelarten, wenngleich der Abstand geringer ist. Wegen der ungeheuer verstärkten Artbildung allerdings kann eine Insel ohne weiteres innerhalb einer bestimmten Gruppe von Lebewesen *mehr* verschiedene Arten beherbergen (zum Beispiel mehr Taufliegen oder mehr Spottdrosseln) als der nächstgelegene Kontinent. Dies ist die Hinsicht, in der sich Disharmonie von Verarmung unterscheidet.

In der Disharmonie spiegeln sich auch die Abgelegenheit und das Alter einer Insel wider. Sri Lanka, das während der letzten Eiszeit mit Indien verbunden war, umfaßt eine Sammlung von Arten, die im Verhältnis zum Artensortiment auf dem Festland keine große Disharmonie aufweist. Madagaskar, eine alte und abgelegene Insel, steht in radikaler Disharmonie zum östlichen Afrika, und das nicht nur bei Lemuren und Borstenigeln.

Neben den Unterschieden in der Ausbreitungsfähigkeit, der Abgelegenheit der jeweiligen Insel und der Zeitspanne ihres isolierten Bestehens trägt mindestens ein weiterer Faktor zur Disharmonie bei: die Größe der Insel. Kleine Inseln ziehen sich weniger Arten auf dem Wege der Besiedlung zu. Und kleine Inseln verlieren mehr Arten durch Aussterben. Prägen wir uns diesen Satz ein: *Kleine Inseln verlieren mehr Arten durch Aussterben.* Wir werden bald schon und viele Male darauf zurückkommen.

Muster der Disharmonie auf Inseln werden oft in negativer Form konstatiert. Dies oder jenes ist nicht. Das eine oder andere gibt es nicht. Zum Beispiel: Auf Hawaii gibt es keine einheimische Eichenart. Und Hawaii hat auch keine Ahorn-, Weiden- oder Rüsterarten. Obwohl der Hawaiische Archipel sechstausend endemische Insektenarten beherbergt, befindet sich darunter nicht eine einzige Ameisenart.

Auf Madagaskar gibt es keine heimischen Katzen und keine heimischen Antilopen, obwohl die afrikanischen Savannen so nahe sind.

Tristan da Cunha kennt keine Raubvögel.

Neuguinea kennt keine Spechte und keine Geier.

Die Inseln von Neuseeland, deren nächster großer Nachbar Australien, die große Wiege einer Vielzahl von Eukalyptusarten, ist, beherbergen selbst keinerlei heimische Eukalpytusbäume. Und Neuseeland hat auch keine heimischen Beuteltierarten.

Auf sehr kleinen Inseln leben im allgemeinen keine Schlangen.

Frösche sind, wie bereits erwähnt, auf Inseln nur spärlich vertreten. Der Galápagosarchipel verfügt über viele Reptilien, hingegen über keine Amphibien.

Säugetiere sind auf Inseln schwach vertreten. Und von den Säugetierarten, die dort natürlicherweise vorkommen, sind wenige großwüchsig. Der Hauptteil besteht aus Fledermäusen oder Ratten.

Tasmanien ist zwar an Tauben- und Wachtelarten fast so reich wie das australische Festland, weist aber nur halb so viele Eulenarten auf.

Aldabra bietet neben Schildkröten, Strandfliegen, Hinterkiemern und Vielborstern wenig Arten einen Lebensraum.

Bevor Menschen nach Mauritius kamen, war die Insel frei von landbewohnenden Säugetieren. Nicht einmal Ratten hatten es dorthin geschafft. Dann kamen die Schiffe. Der Begriff Disharmonie gewann eine neue Bedeutung.

70 In *Die Entstehung der Arten* streift Darwin auch das Thema Verarmung. »Die Arten aller Klassen, die Meeresinseln bewohnen, sind im Vergleich zu denen gleich großer kontinentaler Gebiete gering an Zahl«, schreibt er.

Darwin war nicht der erste Inselforscher, dem das auffiel, und er war auch nicht der letzte, dem es wichtig erschien. Aber die Gründe für diese simple Tatsache sind kompliziert und die Konsequenzen weitreichend und umstritten. In den Anfangsjahren unseres Jahrhunderts wurde Darwins plane Feststellung von anderen Biologen weiter entfaltet und durch eine zusätzliche Beobachtung ergänzt: Nicht nur sind Inseln ärmer an Arten als Festlandsgebiete, kleine Inseln sind auch stärker verarmt als große. Diese besondere Einsicht wurde als das Theorem von der

Beziehung zwischen Artenvielfalt und Lebensraum berühmt. Für die Ökologiewissenschaft unserer Generation spielt das Theorem etwa die gleiche Rolle wie der Mond für Wölfe und fürs Meer.

Die Beziehung zwischen Artenvielfalt und Lebensraum ist eine empirische Tatsache, deren Deutung indes großen intellektuellen Streit entfacht hat. Man erwähne das Theorem in Gegenwart eines Biogeographen oder eines Populationsbiologen oder eines Ökologietheoretikers oder eines Ornithologen, die in Neuguinea oder Indonesien oder den Antillen geforscht haben – jeder weiß auf Anhieb, wovon die Rede ist. Keiner fragt zurück: *Was für eine* Beziehung? Eine ungeheure Masse einschlägiger Daten und Vorstellungen kommt ins Spiel, sobald sich das Gespräch den vielfach vermittelten, weitreichenden Konsequenzen der Verarmung zuwendet. Das Wort »Verarmung« selbst wird weniger häufig in den Mund genommen. Es ist als selbstverständlich vorausgesetzt. Die Sonne geht im Osten auf, der Papst ist Katholik, Inseln sind verarmt.

Aber *warum* sind Inseln verarmt? Dafür gibt es zwei Hauptgründe. Erstens: viele Arten gelangen gar nicht auf die Insel. Zweitens: manche Arten, die auf die Insel gelangen und sie besiedeln, halten sich dort nicht. Für ersteres ist die Isolation verantwortlich: die Entfernung, das blaue Meer und andere Barrieren, die einer Ausbreitung und Besiedlung entgegenstehen. Bei letzterem geht es ums Aussterben.

Das ist ein Punkt »von so gewaltiger Größ«, daß ich ihn für zuletzt aufspare. Ausbreitungsfähigkeit, Veränderungen in der Körpergröße, Verlust der Ausbreitungsfähigkeit, Endemismus, Reliktualismus, archipelspezifische Artbildung, Disharmonie und das übrige – all dies ist charakteristisch für die Evolution auf Inseln und für insulare Ökosysteme; nichts allerdings ist so charakteristisch für das Leben auf Inseln wie das Aussterben. Mit dem Territorium ist ein hohes Aussterberisiko verknüpft. Arten gehen zum Sterben auf Inseln.

IV
Todgeweihte Rarität

71 Die plumpe, riesenhafte taubenähnliche Vogelart, die schließlich die Bezeichnung *Raphus cucullatus* erhielt und die wir unter dem geläufigeren Namen Dodo kennen, hatte lange Zeit auf Mauritius gelebt. Niemand weiß, wie lange. Wahrscheinlich hielt sich die Stammlinie dort schon viele Tausende von Jahren auf. Das Tier war ein entwicklungsgeschichtlicher Erfolg; es hatte sich gut an die örtlichen Lebensbedingungen angepaßt. Es existierte nirgends sonst.

Höchstwahrscheinlich ernährte sich der Dodo von heruntergefallenen Früchten. Vielleicht fraß er auch, wenn sich die Gelegenheit bot, Samen und Knollen. Er wurde groß und kräftig, speicherte in einem Maße Fett, wie das echten Tauben unmöglich ist, und rannte auf stämmigen Beinen durch den Wald. Ein Schnelläufer war er wahrscheinlich nicht, auch nicht das, was wir als anmutig bezeichnen würden, aber in seinem Kontext vermochte er sich gut zu behaupten. Sein Körper war zwar gewachsen, nicht aber seine Flügel, und irgendwann hörte er auf zu fliegen. Das war ein wohlabgewogenes Zugeständnis, bei dem die Vorteile die Nachteile überwogen. Ein solch mächtiger Vogel mit so großem Kopf und sperrangelweit klaffendem Schnabel konnte ganze Früchte von beträchtlichem Umfang herunterschlingen und durch den Verzehr riesiger Nahrungsmengen in Zeiten des Überflusses erfolgreich Nährstoffe speichern. Mit Hilfe dieser Nährstoffreserven konnte er dann Mangelzeiten überstehen. Den kleineren Vogelarten, die sich von Früchten ernährten und, weil sie vergleichsweise geringfügige Mengen verzehrten, an Gewicht weniger zunehmen und abnehmen konnten, dürfte es schwergefallen sein, damit zu konkurrieren. Auf der Negativseite stand zu Buche, daß die Flugunfähigkeit den Verlust einer Fluchtmöglichkeit bei Verfolgung bedeutete. Aber das war nur ein kleines Opfer, da der Dodo sich in einem Ökosystem entwickelt hatte, das arm an Raubtieren war. In seinem ursprünglichen Zustand beherbergte Mauritius keine landbewohnenden Säugetiere – keine Nagetiere, keine Fleischfresser, keine Menschen. Es gab einige große Reptilien, aber keines von denen konnte einem dreißig Pfund schweren Vogel mit einem Schnabel von der Durchschlagskraft eines Klauenhammers Angst einjagen. Die Flugunfähigkeit zwang den Dodo dazu, sein Nest auf der Erde zu bauen. Auch das stellte kein Problem dar, denn in diesem Ökosystem waren Bodennester ebenso ungefährdet wie unaufwendig zu bauen. Mag sein, daß der Dodo eine Kuhle aus Gras bildete, die dann das Ei aufnahm, wie eine historische Quelle behauptet. Der gleichen Quelle zufolge bestand das Gelege des Dodo aus einem einzigen weißen Ei, das ungefähr Birnengröße hatte. Offenbar enthielt der Kropf des Dodo Kiesel, die mithalfen, die Nahrung zu zerschroten. Der scharf gekrümmte Schnabel diente ihm möglicherweise dazu, aus großen Früchten, die er mit den Klauen am Boden festhielt, Stücke herauszureißen. Ein neuerer Historiker ist zu dem Schluß gelangt, daß der Dodo zwar nicht schwimmen konnte, aber auch nicht wasserscheu war und ebensogern in Wasser badete wie reichlich Wasser trank.

Das ist eigentlich alles, was wir über die Ökologie, das Verhalten und die Biogeographie von *Raphus cucullatus* wissen. Alles andere sind Gerüchte.

Der Gesang des Dodo, falls er über dergleichen verfügte, ist für das menschliche Gedächtnis verloren. Ein Zeuge, der die Inseln 1638 besuchte, erinnerte sich später, der Vogel habe wie eine junge Gans gequäkt. Ein holländischer Seemann, den es 1662 als Schiffbrüchigen nach Mauritius verschlug, berichtet: »Als wir einen am Bein hielten, stieß er einen Schrei aus, andere rannten herbei, um dem Gefangenen beizustehen, und wurden ebenfalls ergriffen.« Allerdings darf man einen Notschrei nicht mit dem natürlichen Ruf einer Spezies verwechseln. In *Extinct Birds*, einem neueren Buch zum Thema, stellt Errol Fuller fest: »Der

Ruf wurde nie deutlich beschrieben, aber eine Schulrichtung neigt zu der Ansicht, das Wort ›dodo‹ – wahrscheinlich eine Prägung portugiesischer Seeleute – sei einfach eine lautliche Wiedergabe des Rufes.« Fuller verliert sich anschließend in etymologischen Spekulationen über den Namen, ohne sich zur Stimme des Vogels noch weiter zu äußern. Andere moderne Quellen zu *Raphus cucullatus* kommen auf das Thema der Lautgebung meist gar nicht zu sprechen. Über den Gesang des Dodo werden wir nie etwas wissen, weil keiner der Zeitzeugen sich die Mühe gemacht hat, in den Wald zu gehen und zuzuhören.

Was die Anatomie des Dodo betrifft, so gibt es zwei oder drei zusammengeflickte Skelette, die in Museen aufbewahrt werden, sowie ein verstreutes Sortiment einzelner Knochen, einen abgetrennten und getrockneten Fuß, ein paar schriftliche Schilderungen vom Aussehen des Vogels und eine Reihe von Gemälden und Stichen, die bis ins Jahr 1600 zurückreichen. Die dreidimensionalen Rekonstruktionen, die in manchen Museen gezeigt werden und die so tun, als wären sie ausgestopfte Exemplare, sind bloß Nachbildungen aus Gips und Draht, die man mit dem Gefieder ordinären Geflügels beklebt hat. Die Gemälde und Stiche bilden eine Folge von Ableitungen und Entstellungen, da die späteren Künstler die früheren ohne große Sorgfalt kopiert haben. Im allgemeinen zeigen die Bilder ein unansehnliches Tier mit überdimensioniertem Schnabel, der in eine Art Knauf ausläuft, und mit einem nackten Gesicht, hinter dem sich der gefiederte Teil des Kopfes wie die Kapuze einer Trainingsjacke ausnimmt. Das nackte Gesicht, der alberne Federkranz, der in einem Knauf endende Schnabel und der plumpe Körper – das alles trug dazu bei, den Dodo unwirklich erscheinen zu lassen. Aber jenseits der Rekonstruktionen und der halb phantasieentsprungenen Bilder existierte ein Vogel, dessen Gesicht, wie wir annehmen können, frei von Gefieder war. Wenn man den Abbildungen überhaupt trauen kann, so hatte der Dodo ein graues Gefieder, während die nutzlosen kleinen Schwungfedern entweder gelblich weiß oder aber schwarz waren. Ein paar der Stiche und Gemälde überzeugen und vermitteln den Eindruck eines Tieres aus Fleisch und Blut; die meisten allerdings sind Karikaturen. Allem Anschein nach wurde keines der Bilder von einem Künstler angefertigt, der *Raphus cucullatus* je in freier Wildbahn zu Gesicht bekommen hatte.

Über der Geschichte des Dodo liegt also ein Nebel von Ungewißheiten. Wir können davon ausgehen, daß es ihn gab. Daß er auf Mauritius beschränkt war. Daß seine Körperform den erhalten gebliebenen Skeletten entsprach. Daß er lange Zeit gedieh und dann von der Katastrophe ereilt wurde. Daß die Katastrophe direkt oder indirekt durch *Homo sapiens* heraufbeschworen wurde. Ist das nicht ein hübscher Kenntnisstand bei einem Tier, das seit Jahrhunderten verschwunden ist? Nein, das kann man nicht sagen! Denken wir, um einen lehrreichen Vergleich zu ziehen, an den hadrosaurischen Dinosaurier *Maiasaura peeblesorum*, der vor ungefähr siebzig Millionen Jahren ausstarb. Die Paläontologen sind besser über diese Spezies informiert als die Ornithologen über den Dodo. Es gibt fossile Eier und Embryonen von *Maiasaura peeblesorum*. Vom Dodo hingegen gibt es in keinem Museum der Welt ein beglaubigtes Ei oder einen Embryo. Wir wissen, daß er ein Vogel war. Ein Warmblütler. Ein erdgebundenes Tier. Auffällig fleischig und, wie sich herausstellte, verletzlich. Wir wissen, daß ihn um 1600 die Gegenwart von Menschen, Schweinen und Affen in einen Überlebenskampf verstrickte. Ansonsten wissen wir sehr wenig. Das Sicherste, was wir über *Raphus cucullatus* wissen, ist die Tatsache, daß er um 1690, wenn nicht schon früher, ausgestorben war.

72 Das Aussterben des Dodo ist in mehrerer Hinsicht typisch für die Verhältnisse in der Neuzeit, nicht zuletzt im Hinblick darauf, daß sich der Vorgang auf einer kleinen Insel abspielte. Daß die Insel Mauritius so klein und abgelegen ist, läßt sie als ein peripheres Gebilde erscheinen, aber dieser Eindruck ist irreführend. Kleine Inseln spielen im Zusammenhang mit dem Aussterben von Arten eine zentrale Rolle, während andererseits dem Aussterben von Arten eine zentrale Bedeutung zukommt, wenn es darum geht, wie *Homo sapiens* seine eigene Welt beeinflußt. Während der letzten vier Jahrhunderte, in deren Verlauf die Menschheit Allgegenwart auf der Erde und Gewalt über sie erlangte, war das Aussterben von Arten weitgehend ein Inselphänomen. Dieses Phänomen sich anzuschauen und es zu verstehen, ist der beste Weg zu einem Verständnis des heutigen krisenhaften Artensterbens in den Festlandsgebieten.

Das Muster des Artensterbens auf Inseln ist bei Vögeln am klarsten erkennbar – zum Teil deshalb, weil Vögel so sorgfältig beobachtet und identifiziert wurden und weil deshalb die Aufzeichnungen für sie vollständiger sind als für andere Tiergruppen. Bei Säugetieren und Reptilien ist die empirische Situation komplizierter und weniger gut dokumentiert; dennoch scheint sie in die gleiche Richtung zu weisen. Die Daten für Vögel ergeben ein krasses Bild. Mehrere Wissenschaftler haben unabhängig voneinander Schätzungen vorgenommen, die leichte Unterschiede aufweisen, aber allesamt zeigen, daß eine enge Verbindung zwischen Artensterben und Inseln besteht.

Jared Diamond (der Ökologe, von dem die Spekulationen über die Zwergelefantendiät der Komododrachen stammen) hat eine Reihe von Zahlen vorgelegt, von deren Zuverlässigkeit wir wohl ausgehen können. Diese Zahlen finden sich in einem Beitrag mit dem Titel »Historic Extinctions: A Rosetta Stone for Understanding Prehistoric Extinctions« [Artensterben in der historischen Vergangenheit: Ein Rosetta-Stein für das Verständnis des Artensterbens in vorhistorischer Zeit], worin Diamond die neueren Einbußen an Artenvielfalt in einem umfassenderen paläontologischen Zusammenhang diskutiert. Lassen wir fürs erste diesen umfassenderen Zusammenhang beiseite und beschränken wir uns auf die Befunde für die neuere Zeit. Nach Diamonds Zählung wissen wir von 171 Vogelarten und Vogelunterarten, daß sie seit 1600 ausgestorben sind. Die früheste und berühmteste Art war der Dodo. Von den 171 Arten und Unterarten lebten und starben 155 auf Inseln. Das sind über neunzig Prozent.

Hawaii hat vierundzwanzig Arten und Unterarten eingebüßt. Die Inseln um Baja California verloren laut Diamond acht. Die Maskarenen, zu denen neben Mauritius auch Réunion und Rodrigues gehören, verloren außer dem Dodo dreizehn. In Westindien gingen fünfzehn verloren. Lord Howe Island, ein einsamer kleiner Höcker auf halber Strecke zwischen Australien und Neuseeland hat mehr Vogelarten und -unterarten verloren, als Afrika, Asien und Europa zusammengenommen.

Die Zahlen wirken noch extremer, wenn man bedenkt, daß nur zwanzig Prozent der weltweit vorhandenen Vogelarten auf Inseln beschränkt sind. Neun Zehntel der ausgestorbenen Vogelarten entfallen also auf Lebensräume, die nur ein Fünftel der Arten umfassen. Das bedeutet, daß ein Inselvogel mit einer rund fünfzigmal größeren Wahrscheinlichkeit des Aussterbens konfrontiert ist als ein Festlandsvogel. Einer anderen Schätzung zufolge ereignen sich außerdem drei Viertel der Fälle, in denen inselbewohnende Arten aussterben, auf kleinen Inseln. Große Inseln sind viel sicherer. Ein Vogel auf einer kleinen Insel wie Mauritius scheint also mit viel größerer Wahrscheinlichkeit vom Schicksal des Aussterbens bedroht als ein Vogel auf einer großen Insel. Warum ist das so?

Die Antwort auf diese Frage ist verzwickt.

73

Portugiesische Seeleute kamen als erste nach Mauritius. Das war im Jahre 1507, zu einer Zeit, als portugiesische Seeleute überall in der Welt herumkamen. Die Expedition, die unter dem Befehl von Alfonso Albuquerque stand, machte wahrscheinlich auch auf Réunion und Rodrigues Station. Das gilt als die europäische Entdeckung der Maskarenen; handeltreibende arabische Seefahrer aus den Ländern rund um den Indischen Ozean wußten allerdings bereits von der Inselgruppe. Als Albuquerques Geschwader die Maskarenen besuchte, gab es dort keine menschliche Seele. Im Jahre 1512 erreichte ein anderer portugiesischer Seefahrer namens Pedro Mascarenhas die Inseln, der anscheinend außer seinem Namen wenig Spuren hinterließ. Während des übrigen 16. Jahrhunderts bewiesen die Portugiesen kein übermäßiges Interesse an Mauritius, auch wenn sie einem Bericht zufolge einige Haustiere dort einführten. Immerhin kamen und gingen sie mit weniger Getöse als spätere europäische Besucher. Und wenn sie den Dodo je zu Gesicht bekamen, so haben sie der Nachwelt jedenfalls keine Nachricht davon hinterlassen.

Bei den Holländern, die zu Ende des Jahrhunderts in Erscheinung traten, war das anders. Eine Expedition unter dem Befehl von Jacob Cornelius van Neck erreichte Mauritius 1598. Von diesem Jahr an diente die Insel den holländischen Seefahrern, die den Indischen Ozean überquerten, als Weidegrund und Zuchtstätte für Hausvieh und als Bezugsquelle für Wildfleisch, das sich dort erbeuten ließ. Ich habe bereits erwähnt, daß sie einen Teil der auf Mauritius heimischen Schildkröten aufaßen. Sie aßen auch Dodos.

Der älteste Bericht über Dodophagie entstammt einer Schilderung der Expedition van Necks, die 1601 erschien. Da der Dodo damals noch ein unbekanntes Wesen war, stellte der Bericht das Tier den Lesern erst vor Augen, ehe er zur kulinarischen Kritik schritt:

»Graue Papageien sind dort ebenfalls häufig und auch andere Vögel, dazu eine große Art, größer als unsere Schwäne, mit dickem Kopf, der zur Hälfte von haubenähnlicher Haut bedeckt ist. Diesen Vögeln fehlen die Flügel, an deren Stelle es drei oder vier schwärzliche Federn gibt. Der Schwanz besteht aus ein paar schmalen, gebogenen Federn von grauer Farbe. Wir nennen sie Walckvögel, und zwar aus dem Grund, weil sie immer ungenießbarer werden, je länger man sie kocht.«

Das war wahrscheinlich der erste Bericht, der Europa die Existenz des Dodo zur Kenntnis brachte und der auch gleich musterbildend für die fortan üblichen Schmähungen war, denn *walckvögel* ist holländisch und bedeutet soviel wie »widerlicher Vogel«. In verschiedenen Schreibweisen zieht sich dieser Schimpfname durch die folgenden Berichte: *Walgh-voghel, walg-vogel, waldtvögel, wallighvogel, walyvogel.* Immer wieder findet man die Beschwerde, daß »sogar langes Kochen sie kaum weich werden läßt, vielmehr bleiben sie zäh und hart, mit Ausnahme der Brust und des Bauchs, die sehr gut sind«. Den gleichen Ton schlägt ein adliger englischer Besucher an, der hochnäsig erklärt, die Dodos stünden im Ruf, »eher Staunen als Eßlust zu erregen; gierige Mägen mögen ihnen nachstellen, aber für Leute mit Geschmack sind sie abstoßend und kommen als Nahrung nicht in Betracht«. Jedenfalls nicht für den erlesenen Geschmackssinn des hohen Herrn; die meisten frühen Reisenden, die Mauritius besuchten, konnten es sich indes nicht leisten, derart wählerisch zu sein. Wie zäh oder zart das Dodofleisch auch immer sein mochte, so widerlich, daß der Dodo Nutzen daraus hätte ziehen können, war es nie.

Etliche Jahre nach van Necks Expedition kam ein anderes Schiff nach Mauritius. Dem Bordbuch des Kapitäns läßt sich entnehmen, daß eine auf Nahrungssuche ausgesandte Gruppe mit einigen eindrucksvoll fetten Dodos aufs Schiff zurückkehrte und daß »drei oder vier von ihnen ein reichliches Mahl für die ganze Mannschaft ergaben und noch eine gute Portion übrigblieb«. Zehn Tage später brachte die ausgeschickte Gruppe weitere zwei Dutzend Dodos mit zurück; die große Menge sprach entweder dafür, daß die Männer in Windeseile eine hohe Kunstfertigkeit in der Dodojagd ausgebildet hatten oder aber, daß die Vögel nicht schwer zu erlegen waren. Sie waren so groß und schwer, daß ein Paar von ihnen ausreichte, die ganze Mannschaft zu verköstigen, »und alles, was übrigblieb, wurde eingesalzen«. Noch später gingen dann fünf Männer an Land, »ausgerüstet mit Stöcken, Netzen, Musketen und anderen Jagdutensilien. Sie erkletterten Berge und Hügel, streiften durch Wälder und Täler und erbeuteten während der drei Tage, die sie unterwegs waren, ein weiteres halbes Hundert Vögel, darunter etwa zwanzig Dodos, die sie allesamt an Bord brachten und einpökelten.« Wie die Schildkröten waren auch die Dodos leichte Beute.

In diesem Bordbuch findet man drei verschiedene Namen für die großen flugunfähigen Vögel: sie werden als *dronten*, als *dodaarsen* und als *wallich-vogel* bezeichnet. Die Namen sind insofern vielsagend, als sie frischen Eindrücken entspringen, an deren Stelle später übernommene Klischees traten. Die Etymologie der Namen ist allerdings umstritten. Ein Wissenschaftler erklärte, der Name *dronten* sei nicht niederländischen Ursprungs; ein anderer behauptete, es handle sich dabei um die obsolete Form eines niederländischen Verbs mit der Bedeutung »geschwollen sein«. Der letztere versicherte, auch *dod-aarsen* spiele auf die füllige Form des Vogels an: *dod* bedeute auf holländisch »runder schwerer Brocken«, und *aarsen* sei die holländische Entsprechung zum deutschen Wort »Arsch«. Rundarsch. Fettarsch. Der geschwollene, dickärschige Vogel. Unser erster Wissenschaftler hingegen vertrat die Ansicht, *dod-aarsen* leite sich vielmehr vom niederländischen Wort *dodoor* her, was »Faulpelz« bedeute. Jahrhunderte verstrichen, während die Debatte hin und her wogte und ganze Wörterbücher veralteten. Für zusätzliche Verwirrung sorgt, daß für *dod-aarsen* (ebenso wie für *walckvögel*) eine Reihe von verschiedenen Schreibweisen existiert und daß man in frühen Quellen die Formen *dodoaersen, dottaerssen, dodderse* und sogar *totersten* findet. Was kann man da machen? Die Gutenbergsche Revolution lag noch nicht allzulange zurück, und man kümmerte sich einen Dreck um Schreibweisen. Unserem ersten Wissenschaftler zufolge wurde aus *dodoor dodars*, und *dodars* wiederum wurde zu *dodo*. Der Faulpelzvogel. Der langsame, träge Vogel. Es gibt noch eine dritte Version, die der hochnäsige Engländer mit dem empfindlichen Magen vortrug und derzufolge *dodo* von *doudo*, einem portugiesischen Wort abstammt, das »dumm« oder »einfältig« bedeutet. Bei dem Engländer handelte es sich um Sir Thomas Herbert, dessen Reiseerzählung 1634 erschien. Herbert mag in diesem Punkte Anspruch auf eine gewisse Glaubwürdigkeit erheben können, da er dem Vernehmen nach der erste war, der den Namen »Dodo« in gedruckter Form verwendete. Und dann gibt es noch die vierte Ansicht, die Fuller in *Extinct Birds* erwähnt und die sich auf ältere Quellen zurückverfolgen läßt: daß nämlich »dodo« eine lautmalerische Wiedergabe des dem Vogel eigenen Rufes ist, der demnach eine aus zwei Tönen bestehende taubenähnliche Lautfolge war, die wie »doo-doo« klang.

Die unterschiedlichen Vermutungen treffen alle in der Vorstellung vom einfältigen, geschwollenen, trägen Vogel mit dickem Hintern zusammen. Ob diese Vorstellung nun ornithologisch zutreffend ist oder nicht, ob sie dem Vogel gerecht wird oder nicht – den Dodo der Legende führt sie uns jedenfalls vor Augen.

Was den europäischen Augenzeugen als Dummheit und Trägheit erschien, können wir als eine gewisse natürliche Unbefangenheit erkennen, in der die langfristige Anpassung des Vogels an ein freundliches Milieu ihren Niederschlag fand. Um es mit dem bereits vorgeschlagenen Begriff zu sagen, war der Dodo ökologisch naiv. Das bezeugt auch ein holländischer Seemann, der 1631 Dodos zu Gesicht bekam: »Sie sind äußerst gelassen oder majestätisch, sie präsentierten sich uns mit einem extrem dunklen Gesicht und geöffnetem Schnabel, ihr Gang war flink und selbstbewußt, sie wichen uns kaum aus.« Das ist eine hübsche anteilnehmende Beobachtung; »gelassen« und »selbstbewußt« haben größere biologische Plausibilität (»flink« steht zugegebenermaßen auf einem anderen Blatt) als die schmähsüchtigen Attribute, die mit dem Namen verknüpft sind. Der Dodo war nicht dümmer oder einfältiger oder träger als die Meerechsen, die Riesenschildkröten, die Spottdrosseln, die sich auf Charles Darwins Wassergefäß niederließen, oder die anderen scheinbar zahmen Tiere der Galápagos und anderer Inseln.

Auch auf Mauritius selbst stand der Dodo mit seiner ökologischen Naivität nicht allein. Einige andere heimische Vögel waren gleichfalls katastrophal zutraulich – darunter auch einige der kleinen, beweglichen Arten mit unbeeinträchtigter Flugfähigkeit. Van Necks Chronist berichtet, daß an Land geschickte Kundschafter keine menschlichen Bewohner fanden, sondern »nur Turteltauben und andere Vögel in großer Fülle, die wir griffen und töteten, denn da niemand da war, der ihnen Angst einflößte, fürchteten sie sich nicht vor uns, blieben sitzen und ließen sich von uns töten«. In einem anderen Bericht, der eine Reise aus dem Jahr 1607 schildert, heißt es, die Leute der Mannschaft hätten »von Schildkröten, Dodos, Tauben, Turteltauben, grauen Papageien und andern Wildtieren gelebt, die sie in den Wäldern mit der Hand fingen«. Im Jahre 1611 war der Chronist einer weiteren Expedition gleichermaßen von der Menge des Wildes beeindruckt und von der Leichtigkeit, mit der es zu erlegen war. Dieser Berichterstatter schenkte dem Dodo besondere Beachtung: »In der Farbe sind sie grau; die Menschen nennen sie *Totersten* oder *Walckvögel*; es gibt sie dort in großer Zahl, so daß die Holländer täglich viele fingen und aßen. Denn nicht nur diese, sondern allgemein alle Vögel sind derart zahm, daß sie Turteltauben wie auch die anderen Tauben und Papageien mit Stöcken erschlugen und mit der bloßen Hand fingen. Sie ergriffen auch die *Totersten* oder *Walckvögel* mit den Händen, mußten aber gut aufpassen, daß diese Vögel sie nicht mit ihren Schnäbeln, die sehr stark, dick und gekrümmt sind, in die Arme oder Beine bissen; denn gewöhnlich beißen sie ungeheuer fest zu.« Gut zu hören, daß die Dodos entgegen dem Klischee, das von ihnen entworfen wurde, nicht völlig fügsam und wehrlos waren. Das Leben rettete ihnen das allerdings nicht.

In Zusammenfassung der historischen Berichte schreibt Errol Fuller: »In der kurzen Zeit, die ihr Kontakt mit den Europäern währte, wurden die Dodos erbarmungslos gejagt, und mehr als ein halbes Jahrhundert lang erwiesen sie sich als nützliche Frischfleischquelle für Reisende im Indischen Ozean.« Anders als die Riesenschildkröten wurden sie nicht in den Schiffen lebend gestapelt, um Wochen und Monate in einem Zustand stoischen Hindämmerns zu verbringen. Statt dessen wurden, wenn der Nachschub an Dodos zu groß war, einige von ihnen gepökelt oder geräuchert; andere wurden frisch gegessen und sättigten ganze Schiffsmannschaften, wobei noch reichlich übrigblieb. Man kann sich die Speisekarte an Bord vorstellen – gekochter Dodo, gebratener Dodo, marinierter Dodo, Räucherdodo, Dodohack. Möglicherweise war es das einfache Übermaß an Dodofleisch, was den Widerwillen gegen die Vögel hervorrief.

Obwohl der Raubbau jahrzehntelang andauerte, konnte er doch nicht ewig währen. Eine Vogelart, die so groß wurde und deren Gelege nur aus einem Ei bestand, konnte ihn unmöglich aushalten. Das unmittelbare Abschlachten der Vögel durch die Menschen fügte der Dodopopulation zweifellos Schaden zu, vielleicht sogar schweren Schaden. Dennoch ist die Geschichte damit noch nicht vollständig erzählt.

Vielmehr gehört zu der Geschichte noch ein subtilerer und weniger direkter Teil. Irgendwann in den Anfangsjahren ihrer Bekanntschaft mit Mauritius hatten die Portugiesen Schweine dort eingeführt. Und nur wenige Jahrzehnte später kam es auf bis heute ungeklärte Weise zu einer Überschwemmung der Insel mit Affen.

74 Die Schweine und die Affen stellten für *Raphus cucullatus* eine größere Gefahr dar als die Ziegen, Hühner, Rinder, Rehe, Katzen und Hunde, die ebenfalls mit den Portugiesen und dann später mit den Holländern ins Land kamen. Ziegen waren Nahrungskonkurrenten, Katzen schufen Probleme, aber Schweine und Affen stellten eine tödlich wirksame Bedrohung für den flugunfähigen Dodo dar – oder jedenfalls für seine Jungen und seine Nester. In geringer Zahl auf die Insel gelangt, faßten diese neuen Feinde in den Wäldern Fuß und vermehrten sich alptraumhaft.

Sie waren Allesfresser, ihr Populationsniveau wurde also nicht durch eine bestimmte Nahrungsquelle in Schranken gehalten. In Berichten aus dem ausgehenden 17. Jahrhundert ist davon die Rede, daß die Schweine der Fortpflanzung der Land- und Seeschildkröten durch den Fraß ihrer Eier ein Ende machten. Im Jahre 1709 hatten die wildlebenden Schweine derart zugenommen und richteten solche »großen Verwüstungen« an, daß ein Aufgebot von achtzig Männern an einem einzigen Tag über tausend von ihnen erlegten. Wahrscheinlich hatte dieses Gemetzel keine nachhaltigen Auswirkungen auf die Schweinepopulation, und für den Dodo kam die Aktion ohnehin zu spät.

Die Geschichte mit den Affen ist rätselhafter. Die Affen, die sich in den restlichen Wäldern und an den Straßenrändern von Mauritius herumtreiben, gehören zur Spezies *Macaca fascicularis*, gemeinhin bekannt unter dem Namen Langschwanzmakak, einer für ihre Anpassungsfähigkeit berüchtigten Primatenart, deren ursprüngliches Verbreitungsgebiet sich von Nordbirma durch Indochina und Malaysia bis auf einige der weniger abgelegenen Inseln der Philippinen und Indonesiens erstreckte. *Macaca fascicularis* ist in der Lage, sich wie ein Heuschreckenschwarm über einen tropischen Kontinent auszubreiten, nicht hingegen, ohne fremde Hilfe eine ozeanische Insel zu besetzen; im Unterschied zu den Affen des Zauberlandes Oz kann diese Spezies nicht fliegen. Wie sie zuerst nach Mauritius kam und warum, weiß niemand. Früher einmal glaubte man, sie sei im 16. Jahrhundert von den Portugiesen ins Land gebracht worden. Für eine solche Annahme spricht lediglich die Tatsache, daß die Anwesenheit der Affen in wenigstens einem der frühesten holländischen Berichte erwähnt wird, und der Umstand, daß portugiesische Seeleute angeblich Affenfleisch schätzten. Aber die Sache mit dem Affenfleisch kann ebensogut eine von den Holländern in Umlauf gesetzte Verleumdung sein. Hinzu kommt, daß die Portugiesen, wenn sie die Maskarenen anliefen, Réunion vor Mauritius den Vorzug gaben und daß aber Réunion von einer dauernden Verpestung mit Affen verschont blieb. Und offenbar findet sich auch nirgends berichtet, daß die Portugiesen je Langschwanzmakaken auf irgendeine andere Insel verpflanzt hätten. Warum sollten sie auch? Es handelt sich um eine wildlebende Art, die ebenso mager wie pfiffig ist, und nicht um ein pflegeleichtes, Fett ansetzendes Haustier, das man bei Bedarf als Nahrungsquelle nutzen kann. Wenn den Portugiesen nichts anzuhängen ist, fällt die Sache auf die Holländer zurück. Außerdem ist der in Mauritius lebenden Rasse von *M. fascicularis* kürzlich eine javanische Herkunft nachgewiesen worden, und Java war bereits 1596 eine holländische Anlaufstelle.

Was die Holländer mit der Einführung von *M. fascicularis* bezweckten, darüber läßt sich trefflich spekulieren. Vielleicht frönten sie selbst heimlich dem Genuß von Affenfleisch. Oder irgendein holländisches Schiff, das Mauritius anlief, führte als Maskottchen ein Affenpaar mit, das ausbrach. Oder nur das schwangere Weibchen brach aus. Oder ein paar Makaken wurden absichtlich in Mauritius freigelassen, weil sie (wie die in der Kanalisation ausgesetzten Schoßtier-Alligatoren aus der New Yorker Schauergeschichte) ihren Besitzern an Bord zu einer Last geworden waren. Wie dem auch sei, die Lebensbedingungen auf dieser neuen Insel kamen *M. fascicularis* in hohem Maße entgegen. Die Population nahm explosionsartig zu. Derselbe Reisende, der von dem Schweineausrottungsversuch des Jahres 1709 berichtet, erwähnt auch, er habe »das Vergnügen genossen, in einem nahe gelegenen Garten mehr als 4000 Affen zu sehen«.

Viertausend Affen sind eine Menge. Mochte der Besucher auch seinen Spaß daran gehabt haben, das Spektakel spricht dafür, daß die Insel von einer rasenden Horde schlauer Allesfresser überschwemmt war, die einer Spezies bodennistender Vögel das Leben (oder jedenfalls die Fortpflanzung) unmöglich machen mußte. Meiner Ansicht nach, die allerdings ebensowenig empirisch belegt ist wie die anderen aufgeführten Hypothesen, stellte die Einführung des Langschwanzmakaken – gleichgültig, wer dafür verantwortlich war und welche unerforschlich törichten Gründe der Betreffende hatte! – eine überaus folgenreiche Tat dar. Der Beitrag, den diese Affen zum Aussterben des Dodo leisteten, ist, so fürchte ich, entschieden unterschätzt worden.

75 Rivière des Anguilles, zu deutsch Fluß der Aale, ist der vielversprechende Name eines Badeorts an der Südküste der Insel Mauritius. Von meinem Hotel im westlich gelegenen Rivière Noire sind es zwei Stunden Autofahrt dorthin. Zu dieser Spritztour nimmt mich ein gewisser Carl Jones mit. Auf die Insel bin ich wegen der Dodoknochen im Mauritius-Institut droben in der Stadt Port Louis gekommen; aber die Bekanntschaft mit Jones hat mir bereits einen großen Gewinn an unverhofften Erfahrungen eingetragen; jetzt steht sogar noch mehr in Aussicht. Ich würde liebend gern einen Fluß voller Aale sehen. Ich bin indes bei dieser Exkursion nur Mitfahrer, und so werde ich mich mit dem zufriedengeben, was Jones mir vesprochen hat, nämlich mit einem Haufen Krokodile und Affen.

Carl Jones ist ein hochgewachsener, sarkastischer Waliser mit ins Gesicht hängendem Haar, einer Schwäche für schlechte Witze und einer manischen Begeisterung für die auf Mauritius heimischen, wildlebenden Tiere, besonders die Vögel. Sein Ruf reicht weit über den Südwesten der Insel hinaus, aber ich habe den Mann gerade erst kennengelernt und noch keine rechte Ahnung, woran ich mit ihm bin. Ich weiß, daß er bereits ein Dutzend Jahre auf Mauritius lebt. Ich bin informiert, daß er in der Nachbarschaft von Rivière Noire ein Vogelschutzprojekt betreibt – nahe dem Ausgang eines Systems aus schroffen Tälern und vulkanischen Klippen, das (jedenfalls von den Englischsprachigen in dieser polyglotten Kultur) Black River Gorges, Schwarzflußschluchten, genannt wird. Mir ist bekannt, daß es in den Schluchten kleine, kostbare Reste von Bewaldung gibt, Enklaven naturbelassener Landschaft inmitten des Zuckerrohrs, der städtischen Siedlungen und des Badetourismus, von denen das moderne Mauritius flächendeckend überzogen wird. Ich weiß, daß ein Schwerpunkt der Jonesschen Bemühungen eine ernstlich bedrohte Falkenart, der mauritiuseigene Turmfalke war, der bei Jones' Eintreffen unmittelbar vor dem Aussterben stand. Und ich weiß, daß sich Jones, seiner wissenschaftlichen Ausbildung zum Trotz, eine Begeisterung für die Taubenzucht bewahrt hat, wie sie sonst nur Jugendliche aufbringen.

Am Sonntag geht's nach Rivière des Anguilles, hatte er mir verkündet; fahren Sie mit, wenn Sie Lust haben. Was gibt es da unten, wollte ich wissen. Owens Krokodile, sagte er. Jones schätzt keine langen Erklärungen, wenn es auch eine kurze Mitteilung tut. Also besuchen wir seinen Freund Owen Griffiths, einen studierten Schneckentaxonomen, der eine kommerzielle Zuchtfarm für Affen und Krokodile betreibt, weil Schneckentaxonomie, so aufregend sie auch sein mag, sich nicht bezahlt macht. Wie das Schreiben von Gedichten ist sie eine Berufung, kein Beruf.

Unverhoffte Erfahrungen setzen voraus, daß man sich in einem gewissen Maße den Umständen ausliefert, und das tue ich: Mein Interesse gilt der Insel insgesamt – einschließlich ihrer Affen.

Owen ist Australier, freundlich, gesetzt und leicht förmlich im Umgang, obwohl er mit Jones dick befreundet ist. Er und seine Frau züchten seit 1985 Affen. Im Augenblick haben sie fast zweitausend Stück. Er führt uns herum.

Bei Owens Bestand handelt es sich natürlich um Langschwanzmakaken. Er hat sie in Gruppen aufgeteilt, die er in großen und kleinen Käfigen sorgfältig getrennt hält. Jeder der größeren Käfige beherbergt tobende Haufen von Makaken. Sie kommen ans Käfigende gerast, verkrallen die Hände im Maschendraht und starren uns neugierig entgegen. In den kleineren Käfigen befinden sich die besonders guten Zuchttiere. Owen erläutert ein wenig, wie sich die Vermarktung von Affen betriebswirtschaftlich darstellt und welch gewissenhafte hygienische Versorgung und medizinische Überwachung dabei nötig ist. »Das hier ist *der* Affe für die biomedizinische Forschung«, sagt er. In den USA beträgt der Einzelhandelspreis für einen Langschwanzmakaken, der in der biomedizinischen Forschung eingesetzt werden soll, fünfzehnhundert Dollar. Das ist der Preis für ein Tier, das in freier Wildbahn gefangen wurde. Die in Gefangenschaft aufgezogenen Tiere sind sogar noch wertvoller, weil bei ihnen genaue Angaben über Alter und Krankengeschichte existieren. »Die Laboratorien wollen keine Schrottaffen«, sagt Owen. »Verlangt werden heute *Qualitätsaffen*.« Owens Frau, eine schöne mauritische Kreolin namens Mary Ann, ist Mikrobiologin. Sie hat die technische Leitung der Farm. Wenn man Owen und Mary Ann Glauben schenken kann, gibt es keine gesünderen kommerziell vertriebenen Makaken als ihre. Sie verschiffen die Tiere zu Hunderten. Das Geschäft läuft gut. Die Gewinne aus dem Affenhandel ermöglichen es Owen, sich nebenher ein bißchen in dem weniger leicht kalkulierbaren, schwerer zu etablierenden Geschäft mit Krokodilhäuten zu versuchen.

Diese ganze Aufzucht von Laboratoriumsaffen bildet die zweite Phase eines Unternehmens, das in den Wäldern von Mauritius seinen Anfang nahm. Auch wenn der Markt mittlerweile nach Makaken verlangt, die in der Gefangenschaft aufgezogen und mit Gesundheitszeugnis ausgestattet sind, begründete Owen seinen Betrieb damit, daß er in freier Wildbahn den Affen Fallen stellte. Der Schneckentaxonom mit dem Unternehmergespür erkannte, daß die auf Mauritius ansässige Population von *M. fascicularis* einen gewaltigen, ungenutzten Naturreichtum darstellte, und fand heraus, wie sich Angebot und Nachfrage miteinander verknüpfen ließen. Es war, als machte er Geld aus Herbstlaub. Langschwanzmakaken sind im heutigen Mauritius eine Landplage, was sie wahrscheinlich schon seit drei Jahrhunderten sind. Sie zählen nicht zum schutzwürdigen Wildtierbestand. Wenn man das Netz von zweispurigen Überlandstraßen befährt, sieht man die Tiere, wie sie entlang den Straßenrändern herumlungern, furchtlos den Verkehr beobachten und darauf lauern, etwas abstauben zu können. Sie sind hier allem Anschein nach verbreiteter als Stachelschweine in Wisconsin oder Gürteltiere im Osten von Texas. Einer der Orte, an denen Owen seiner anfänglichen Fallenstellerei nachging, waren die Schwarzflußschluchten, das gleiche Gebiet aus zerklüfteten, bewaldeten Tälern, in dem Jones darum kämpft, den Turmfalken vor dem Aussterben zu bewahren. Im ersten Jahr, in dem er den Makaken nachstellte, fing er fünfzehnhundert Exemplare. Diese hohe Fangquote schien unmöglich von Dauer sein zu können. Im folgenden Jahr aber gingen ihm am gleichen Ort weitere fünfzehnhundert in die Falle und ebenso viele im dritten Jahr, »ohne daß die Population«, sagt er, »auch nur angekratzt ist«. Die Gesamtmenge der heute auf Mauritius lebenden Exemplare von *M. fascicularis* und die Lebenskraft der Population ist unvorstellbar.

Ebenfalls unvorstellbar sind die Auswirkungen, die diese fremde Spezies auf den heimischen Wildtierbestand gehabt haben muß. Zum Beispiel auf den bedrohten Turmfalken, der am Tiefpunkt seines Niedergangs Mitte der siebziger Jahre auf eine hoffnungslos winzige Population – etwa ein halbes Dutzend Exemplare – reduziert war und unrettbar verloren schien. Der Turmfalke nistet in kleinen höhlenartigen Löchern, mit denen die Lavafelsen der mauritischen Berge übersät sind, wie beispielsweise in der Gegend von Rivière Noire. Jeder Räuber mit genug Beweglichkeit, die Felsen zu erklettern, und mit einem Faible für Eier konnte die Spezies dadurch auslöschen, daß er ständig die Nester ausraubte; selbst wenn er den erwachsenen Turmfalken nicht direkt nachstellte, starben sie schließlich altersbedingt oder aus anderen Gründen, ohne Nachwuchs zu hinterlassen. Vielleicht war dies das Problem oder jedenfalls Teil des Problems, das den Turmfalken zu schaffen machte, als Jones eingriff. Am Niedergang der Turmfalkenpopulation gab es nichts zu deuten, aber der Grund dafür lag im dunkeln. Ein Dutzend Jahre nach Beginn seiner Arbeit ist Jones noch immer bemüht, Licht in das Dunkel zu bringen.

Hast du übrigens Eier? fragt er Owen.

Eier?

Eier, wiederholt Jones. Hühnereier, Marke Küche, roh. Er habe selbst ein paar mitnehmen wollen, um ein kleines wissenschaftliches Experiment zu veranstalten, habe die verdammten Dinger aber vergessen. Ob Owen vielleicht ein paar für ihn übrig hätte?

Owen hat. Mit Jones' plötzlichen Einfällen vertraut, beschafft er aus der Küche ein paar rohe Eier. Wir gehen zu einem der Affenkäfige zurück. Während die Makaken abgelenkt sind, läßt Jones die Eier behutsam auf den Erdboden am einen Käfigende gleiten. Er tritt zurück. Schaut kühl und unbeteiligt in eine andere Richtung. Die Frage, die ihm sein Behelfsexperiment beantworten soll, lautet: Wird ein in Gefangenschaft aufgezogener

Langschwanzmakak, der auf anderes Futter eingestellt ist, von sich aus ein Vogelei fressen? Als er sich wieder umdreht, sieht er sechs Tiere, die sich um schleimige Eierschalenreste kabbeln.

76 Der letzte glaubwürdige Augenzeugenbericht, in dem von lebenden Dodos die Rede ist, stammt aus dem Jahre 1662. Ein Holländer namens Volquard Iversen strandete in diesem Jahr auf Mauritius, nachdem sein Schiff in einem Sturm untergegangen war. Zwar hatten Holländer bereits ein Menschenleben zuvor zum ersten Mal die Insel betreten, aber nicht lange, ehe Iversen dort strandete, war ein Ansiedlungsversuch fehlgeschlagen; als er und seine Schiffskumpane an Land stolperten, fanden sie Mauritius unbewohnt. Wir können getrost davon ausgehen, daß die hungrigen und verzweifelten Schiffbrüchigen die Gegend nach Eßbarem absuchten. Wenngleich durch den Hunger zur gründlichen Suche motiviert, traf Iversen auf dem mauritischen Festland keinerlei Dodos mehr an. Er entdeckte allerdings einige auf einem kleinen Inselchen direkt vor der Küste, das nahe genug war, um bei Ebbe zu Fuß erreichbar zu sein. »Neben anderen Vögeln«, berichtete Iversen, gab es auch solche, die von den Leuten in den indischen Kolonien *doddaerssen* genannt werden; sie waren größer als Gänse, konnten aber nicht fliegen. Statt der Schwingen hatten sie kleine Flügellappen; sie konnten allerdings sehr schnell laufen.« So knapp und wenig informativ Iversens Bericht ist, er ergibt einen guten ökologischen Sinn. Die kleine Wasserstraße war vermutlich gerade groß genug, um das Inselchen vor Schweinen und Affen zu schützen.

Mindestens einige der Dodos auf dem Inselchen wurden von Iversens Gruppe gefangen. Die Schilderung, die er davon gab, habe ich bereits zitiert: »Als wir einen am Bein hielten, stieß er einen Schrei aus, andere rannten herbei, um dem Gefangenen beizustehen, und wurden ebenfalls ergriffen.« Natürlich spielten die Holländer nicht aus Spaß Fangen mit den Vögeln. Ein Messer, ein Lagerfeuer, ein stabiler grüner Stock, der als Bratspieß herhielt – die Einzelheiten kann man sich ausmalen; zweifellos aber war Volquard Iversen daran beteiligt, ein paar Dodos zu schlachten und aufzuessen, bei denen es sich um die letzten Exemplare der Art gehandelt haben könnte oder auch nicht. Wahrscheinlich erschienen dieser Gruppe von Schiffbrüchigen die *walckvögel* nicht ganz so *walck*. Ich fühle mich hier an ein paar Zeilen eines alten Knittelversgedichtes erinnert, das vom Kannibalismus einer Gruppe Gestrandeter handelt, wobei das letzte Opfer, das geschlachtet wird – und zwar vom Dichter selbst –, der Koch ist:

»Und ich eß den Koch in rund einer Woch,
Und während ich mampf die letzten Kaldaunen,
Also, da fall ich fast um vor Staunen,
Weil auf der See ein Schiff ich erspäh.«

Iversen und seine Genossen hatten Glück. Nach nur fünf Tagen wurden sie von einem vorbeifahrenden Schiff gerettet. Einen lebenden Dodo hat niemand mehr zu Gesicht bekommen.

77 Die Handgreiflichkeit der Iversen-Geschichte ist einigermaßen irreführend. Entscheidend für das Aussterben – nicht nur von *Raphus cucullatus*, sondern auch von jeder anderen Spezies – ist nicht der Tod der letzten Excmplare. Dieser Tod ist nur ein Abschluß. Der Grund oder die Gründe, die das Aussterben eigentlich verschulden, sind unter Umständen ganz anderer Art. Bis es zum Tod des letzten Exemplars kommt, hat die Spezies bereits allzu viele Schlachten im Überlebenskampf verloren. Sie ist in einen Strudel aus miteinander verquickten Nöten geraten. Ihre evolutionäre Anpassungsfähigkeit hat sie weitgehend eingebüßt. Ökologisch gesehen ist sie todgeweiht. Neben anderen Faktoren, die ihr entgegenwirken spricht schon die reine Wahrscheinlichkeit gegen ihr Überleben. Der unaufhaltsame Strom ihres Verderbens reißt sie mit sich hinab.

Die Ursachen des Aussterbens sind gewöhnlich vielfältig und in einem komplizierten Wirkmuster miteinander verknüpft. Die Vorbedingung fürs Artensterben allerdings läßt sich in ein einziges Wort fassen, das Wort Rarität. Wenn verbreitete Arten rar werden, so ist das offenbar das Vorspiel zu ihrem völligen Verschwinden; und Arten, die von Natur rar sind, laufen natürlich ein besonderes Risiko auszusterben. Diese Feststellung – daß Seltenheit zum Aussterben führt – klingt vielleicht gemeinplätzig, aber der Gemeinplatz hat einen Gehalt. Die wissenschaftliche Erforschung des Artensterbens behandelt drei grundlegende Fragen: 1) Warum sind manche Arten von Natur aus selten? 2) Warum entwickeln sich andere zu einer Seltenheit? 3) Mit welchen besonderen Schwierigkeiten sind seltene Arten konfrontiert?

Rar zu sein bedeutet für eine Art, daß die Schwelle zum kollektiven Zusammenbruch niedriger liegt. Jedes Unglück, sogar eines, das, absolut betrachtet, geringfügig wirkt, tendiert dazu, sich als totale Katastrophe zu erweisen. Ein Mißgeschick bescheidenen Umfangs kann eine seltene Art an den Rand des Untergangs bringen. Unabhängig von den Faktoren, die eine Art an die Schwelle zum Aussterben getrieben haben, ist dann der Tod des letzten Exemplars vielleicht nur noch ein unglücklicher Zufall.

Nehmen wir zum Beispiel an, der letzte Dodo sei nicht auf Iversens Insel zugrunde gegangen. Stellen wir uns einen einzelnen Überlebenden vor, einen einsamen Flüchtling, der Ende des 17. Jahrhunderts noch irgendwo auf Mauritius existierte. Stellen wir uns vor, daß es sich um ein Weibchen handelte. Das Tier war unbeholfen und flugunfähig und desorientiert – aber es war schlau genug, zu entkommen und zu überleben, während die Artgenossen zugrunde gingen. Vielleicht hatte es auch einfach nur Glück gehabt.

Möglicherweise verbrachte das Tier sein ganzes Leben im Bambous-Gebirge an der Südostküste, wohin die verschiedenen Formen menschlicher Bedrohung nur langsam vordrangen. Oder es hielt sich in einem Seitental der Schwarzflußschluchten versteckt. Zeit und widrige Umstände gaben ihm nun den Rest. Stellen wir uns vor, sein letztes Junges wurde von einem wildlebenden Schwein aufgestöbert, während sein letztes fruchtbares Ei ein Affe gefressen hatte. Das Männchen war tot, erschlagen von einem hungrigen holländischen Seemann, und einen neuen Partner zu finden konnte das Weibchen nicht hoffen. In den letzten sechs Jahren, einem Zeitraum, der das Erinnerungsvermögen eines Vogels überstieg, hatte es nicht einen einzigen Artgenossen zu Gesicht bekommen.

Raphus cucullatus hatte sich zu einer dem Tode geweihten Rarität entwickelt. Dieses eine leibhaftige Exemplar aber war noch am Leben. Stellen wir uns vor, daß es dreißig oder fünfunddreißig Jahre zählte, für die meisten Vogelsorten ein hohes Alter, aber bei einer so großwüchsigen Spezies nichts Unmögliches. Das Tier rannte nicht mehr, es watschelte schwerfällig. Mittlerweile war es dabei, zu erblinden. Sein Verdauungssystem streikte. Dann kam ein Morgen im Jahre 1667, an dem es noch vor Tagesgrauen unter einem kalten Steinsims am Fuße eines der Schwarzflußfelsen Zuflucht vor einem heftigen Regenguß suchte. Es neigte den Kopf und preßte ihn an den Körper, plusterte sich auf, um den Wärmeverlust gering zu halten, stierte in stiller Trübsal vor sich hin. Es wartete. Weder es selbst noch sonst jemand wußte, daß es das letzte lebende Dodoexemplar auf der ganzen weiten Erde war. Nach dem Regensturm öffnete es nicht mehr die Augen. So sieht Aussterben aus.

78

Carl Jones sitzt auf einer Mole in Rivière Noire, dem kleinen Dorf, das ihm bei seinen Vogelschutzbemühungen in den Schluchten der Gegend als Stützpunkt dient. Es ist spät am Nachmittag. Das flache Wasser unmittelbar vor dem Strand wechselt unter dem schräg einfallenden Sonnenlicht die Farbe: Aus dem Azurblau wird ein metallisches Blaugrau. Vor unseren Augen dehnt sich der Indische Ozean nach Westen: Bis Madagaskar sind es neunhundert Kilometer und noch einmal dreihundert bis zur Küste Ostafrikas. Auf der Mole ist es ruhig. Ins Gespräch vertieft, sind Jones und ich hier hinausgewandert, um den Ansprüchen und Ablenkungen zu entrinnen, mit denen er sich in seinem Vogelgehege alltäglich konfrontiert findet.

Heute gab es eine zusätzliche, nicht ganz so alltägliche Ablenkung. Seine Freundin, eine intelligente, ernsthafte Pflanzenökologin namens Wendy Strahm, war sauer auf ihn. Und das zu Recht. In dem großen, erwachsenen Carl Jones steckt nämlich irgendwo ein Tunichtgut, und dieser Tunichtgut hatte den Transportbehälter von Wendys Computer als Taubenkiste zweckentfremdet. Inzwischen hatte Wendys Computer den Geist aufgegeben und mußte zur Reparatur geschickt werden; deshalb machte sie sich auf die Suche nach dem Behälter. Natürlich hatten ihn die Tauben vollgeschissen. Jetzt gab es also Knatsch – keinen großen Krach, nichts, was sich nicht wieder bereinigen ließe –, aber Jones hatte bereits verschiedenes anderes auf dem Kerbholz. Er zog schuldbewußt den Kopf ein, als Wendy an uns vorbei durch das Gelände stürmte, und schlug dann mit nervösem Grinsen einen Spaziergang zum Strand vor.

Nun sind wir am Meer, und am Meer ist die Luft rein.

Jones beschreibt seine Wahlheimat, wie sie aussah, bevor die Menschen kamen. »Wenn man sich frühe bildliche Darstellungen der Insel anschaut und die holländischen Schilderungen liest, dann kann man sich gar nicht dem Eindruck entziehen, daß Mauritius ein Paradies war. In den Lagunen lebten Seekühe, überall gab es vielfarbige Muscheln und Fische, da waren Seeschildkröten und gigantische Landschildkröten. Herden von Landschildkröten. Es gab riesige Kolonien von Seevögeln, Fregattvögeln und Tölpeln, Australischen Seeschwalben und Rußseeschwalben und Noddiseeschwalben. Es gab viele Papageienarten. Wir streiten uns bis heute darüber, wie viele Papageienarten und was für welche es hier gab. Es existierte eine sehr große Spezies, ein bodenbewohnender Papagei, der wahrscheinlich nicht fliegen konnte. Der größte bekannte Papagei. Er trägt die Bezeichnung *Lophopsittacus mauritianus*. Graureiher und Seidenreiher, Flamingos, Kormorane. Alle möglichen Vogelarten. Bedauerlicherweise sind viele von ihnen ausgestorben.«

Und das gleiche gelte für Schlangen, Geckos und Glattechsen, sagt er. »Es gab eine große Glattechse, *Didiosaurus mauritianus*, die größte, von der wir wissen. Die konnte man hier finden.« Wie die meisten heimischen Vögel seien auch die meisten heimischen Schlangen verschwunden. Jones betet diese Litanei des Todes und Aussterbens wie gehetzt herunter. Der Gedanke daran macht ihn wütend, traurig, verzweifelt. Und dann ist er plötzlich beim Dodo angelangt.

»Wir sind uns nach wie vor nicht einig darüber, wann er eigentlich ausgestorben ist, aber vermutlich verschwand er in den sechziger Jahren des 17. Jahrhunderts. Er ist quasi zum Inbegriff des Vogelsterbens geworden. Und er ist ein sehr wichtiger Vogel.

Schon vorher sind Arten ausgestorben und jede Menge danach, aber sein Fall ist wichtig, weil es das erste Mal war, das erste Mal in der ganzen Geschichte des Menschen, daß er mitbekam, *er* hatte das Verschwinden einer Art bewirkt. Das Wörtchen »er« steht hier für *Homo sapiens* und läßt sich zu einem »wir« erweitern.« Das Surren meines Tonbandgeräts stachelt Jones zu tiefempfundenem Pathos an. In einem Ton, der weit auf das Meer hinausschallt, fährt er fort: »Und in diesem Augenblick – oder in diesem Zeitraum – begriff er, daß der Dodo weg war, begriff er, daß die Erde nichts Unerschöpfliches darstellte. Daß er nicht einfach weiter rauben und verwüsten konnte. Das war also ein sehr entscheidender Moment.«

Jones macht eine Pause. »Ich weiß nicht, wer auf diesen Gedanken kam. Wer ihn zuerst erfaßte. Aber wenn man sich's überlegt, war das ein sehr, sehr wichtiger Zeitpunkt in der menschlichen Bewußtseinsentwicklung.«

Wir sehen zu, wie die Sonne gen Madagaskar sinkt. In meinem Hotel richten sie jetzt das Büffet her und werfen die Hammondorgel an.

Carl Jones ist ein delirierender Optimist, und deshalb mag ich ihn. Mit von Hoffnung geblähten Segeln kreuzt er gegen den Wind. Der mauritische Turmfalke, vormals der seltenste Vogel der Welt, läßt sich retten. Seine geliebte, nachsichtige Wendy wird ihm vergeben. Ein anderer Transportbehälter läßt sich immer finden. *Homo sapiens* hat lichte Momente, Augenblicke des Begreifens.

79 Mauritius war auch Zwischenstation auf einer anderen bemerkenswerten Reise, die ein gewisser Abel Tasman im Jahre 1642 unternahm. Tasman war von Batavia (dem heutigen Djakarta) nach Westen gesegelt und fuhr, nachdem er Mauritius angelaufen hatte, um Wasser und Lebensmittel aufzunehmen, zu einer langen Erkundungsfahrt im Zickzackkurs zurück nach Südosten. Zwar berichten uns die historischen Quellen, welche Route er nahm und daß er den Auftrag hatte, »den verbleibenden unbekannten Teil des Erdballes zu kartographieren«, aber ob er irgendwelche Dodos einpökelte, darüber erfahren wir nichts.

Batavia war damals die Zentrale der Holländisch-Ostindischen Kompanie, und ausgeschickt wurde Tasman von Anton van Diemen, dem Generalgouverneur der Kompanie, um den südlichen Ozean zu erforschen. Versprengte Zeugnisse früherer holländischer Seeleute legten die Vermutung nahe, daß irgendwo da drunten eine größere Landmasse im Meer lag – entweder ein unentdeckter Kontinent oder mindestens eine gewaltige Insel. Gegenstand der Gerüchte war, wie wir heute wissen, Australien. Für die Holländisch-Ostindische Kompanie, die erpicht darauf war, ihr Handelsreich zu erweitern, stellten diese Gerüchte eine Aufforderung dar, aktiv zu werden. Aus Sicht der Kompanie erschien es lohnend, diese große Landmasse im Südosten, wo auch immer sie lag, zu finden und kartographisch aufzunehmen. Vielleicht gab es dort Wertvolleres als Riesenschildkröten und dicke flugunfähige Vögel. Vielleicht lieferte sie Nelken und Muskatnuß, Gewürze, mit denen man in anderen Regionen des Ostens ungeheure Gewinne erzielen konnte.

Dem Plan zufolge sollte Tasmans Expedition von Mauritius aus geradewegs nach Süden bis zum 54. Breitengrad fahren und dann entlang dieser Linie in östlicher Richtung, bis sie auf den geheimnisvollen Brocken unerforschten Landes stieß. Der Plan hatte den Schönheitsfehler, daß der 54. Breitengrad genau in der Mitte zwischen Australien und der Antarktis verläuft. Außerdem kam es gar nicht erst zur Ausführung des Plans, weil Tasman weniger weit nach Süden fuhr, als er sollte. Vielleicht wollte er es lieber ein bißchen wärmer haben. Vielleicht rissen ihn die brausenden Westwinde am 40. Breitengrad unwiderstehlich mit sich fort. Jedenfalls verpaßte er das australische Festland, erhaschte keinen einzigen Blick davon und landete an einer südlich gelegenen kleineren Insel.

Diese kleinere Insel lag zu weit im Süden, um noch ein tropisches Klima zu haben. Die warmen Strände und die Wüstengebiete im Landesinneren, die Tasman in Westaustralien angetroffen hätte, fehlten hier. Die Insel war kühl, feucht und mit eindeutig zur gemäßigten Zone gehörigen Pflanzen dicht bewachsen. Als pflichtbewußter Untergebener nannte Kapitän Tasman die Insel nach dem Mann, der ihn hergeschickt hatte, Van-Diemens-Land. Seine Selbstverleugnung erfuhr auf späteren Landkarten eine Korrektur – dort erscheint die Insel unter dem Namen Tasmanien.

Abel Tasman schenkte der Insel nicht viel Beachtung. Sie sah wenig vielversprechend aus, war eine Wildnis ohne Anzeichen höherer menschlicher Kultur oder wertvoller Produkte. »Keine Eingeborenen ließen sich blicken«, entnehmen wir einem Bericht, »obwohl eingekerbte Bäume und Spuren von Feuerstellen zu sehen waren.« Einer anderen historischen Quelle zufolge berichtete Tasman von »Fußspuren, nicht unähnlich den Krallen eines Tigers«. Das war dummes Gerede, weil bei Katzenspuren die Krallen normalerweise nicht sichtbar sind und weil (was Tasman allerdings nicht wissen konnte) der nächste lebende Tiger auf Bali zu Hause war, viereinhalbtausend Kilometer weit weg. Die erwähnten Fußspuren dürften aber wohl wirklich existiert haben, und höchstwahrscheinlich zeigten sie auch Abdrücke von Klauen, was bei Spuren eines Hundes, eines Wolfes oder – damit kommen wir der Sache näher – eines wolfsähnlichen Beuteltieres der Fall ist. Der Vergleich mit einem Tiger verleiht Tasmans Bericht so etwas wie eine prophetische Note. Im Zuge eines flüchtigen Besuchs dieser unbekannten Insel hatte er deren wichtigstes Raubtier entdeckt, das später den irreführenden Namen »Tasmanischer Tiger« erhalten sollte.

Die Holländisch-Ostindische Kompanie hatte ihn aber nicht ausgeschickt, um zoologische Kuriositäten zu registrieren, und so hielt er sich nicht weiter auf. Er setzte die Fahrt über den südlichen Ozean fort und kämpfte sich in östlicher Richtung bis nach Neuseeland durch, von wo aus er dann nach Tonga und den Fidschiinseln hinaufsegelte. Später gelang es ihm, die Nordküste Australiens zu erkunden – der Kompanie brachte das allerdings nicht viel Nutzen. Gewürznelken oder Muskatnuß fand er auch dort nicht. Und Tasman selbst kehrte niemals zu dieser wilden Insel im Süden mit ihren eigenartigen Fußspuren zurück. Seine Beziehung zu ihr blieb flüchtig und bedeutungslos, wenn man einmal davon absieht, daß sie schließlich seinen Namen erhielt.

80 Tasmanien ist seit mindestens zwanzigtausend Jahren von Menschen bewohnt. Die ersten Siedler, australische Ureinwohner, scheinen nicht mit dem Boot, sondern zu Fuß aus dem südwestlichen Australien herübergekommen zu sein – während einer jener Eiszeitperioden, in denen der gesunkene Meeresspiegel eine Landbrücke zwischen Tasmanien und dem Festland entstehen ließ. Sie lebten von Känguruhs, Beutelratten, Schalentieren und Wildpflanzen und bemalten sich den Körper mit Ockerfarbe.

Eine Gruppe britischer Eindringlinge ging im Jahre 1803 an Land. Zu ihr gehörten freie Siedler, Soldaten, zwei Dutzend Sträflinge und ein dreiundzwanzigjähriger Leutnant; außerdem zweiunddreißig Schafe, die bei der Eroberung der Insel eine wesentliche Rolle spielen sollten. Die Briten hatten mit den Aborigines wenig Gemeinsamkeiten, abgesehen von dem, was ihnen das Land aufzwang. Sie aßen Känguruhs, wenn sie mußten, verpflegten sich, soweit möglich, mit den per Schiff ins Land gebrachten Lebensmitteln, bauten ein wenig Weizen an und schmückten ihre Körper mit Kotelettbärtchen, Westen und Messingknöpfen. Einige von ihnen trugen Ketten an den Füßen. Van-Diemens-Land war bald schon als eine der grausamsten Außenstellen des Strafvollzugs berüchtigt, für den die Briten Australien nutzten. Devil's Island und Alcatraz konnten sich damit nicht messen. Der spätere Namenswechsel, der aus der Insel Tasmanien werden ließ, stellte einen Akt politischer Kosmetik dar, die den schlechten Ruf der Insel aufbessern sollte.

Binnen weniger Jahrzehnte nach dem Eintreffen der Briten fing die Schafzucht bereits an, die Landschaft, die Ökonomie und die politische Kultur zu beherrschen. Tasmanien bot damals Schafzüchtern mit Pioniergeist, gleichgültig, ob sie über Erfahrung verfügten oder nicht, besonders gute Aussichten, weil es reichlich grüne Weiden gab und weil die Regierung es sich angelegen sein ließ, durch die Zuteilung von Sträflingen für billige Arbeitskräfte zu sorgen. Selbst gemessen an den Maßstäben, die für Kolonisationen in der Wildnis üblich waren, wirkte Tasmanien wie eine Kolonie von einem anderen Planeten. Außerhalb der winzigen befestigten Siedlungen machte eine Banditen-Subkultur aus entlaufenen Sträflingen die Wälder unsicher sowie

WESTLICHER PAZIFIK

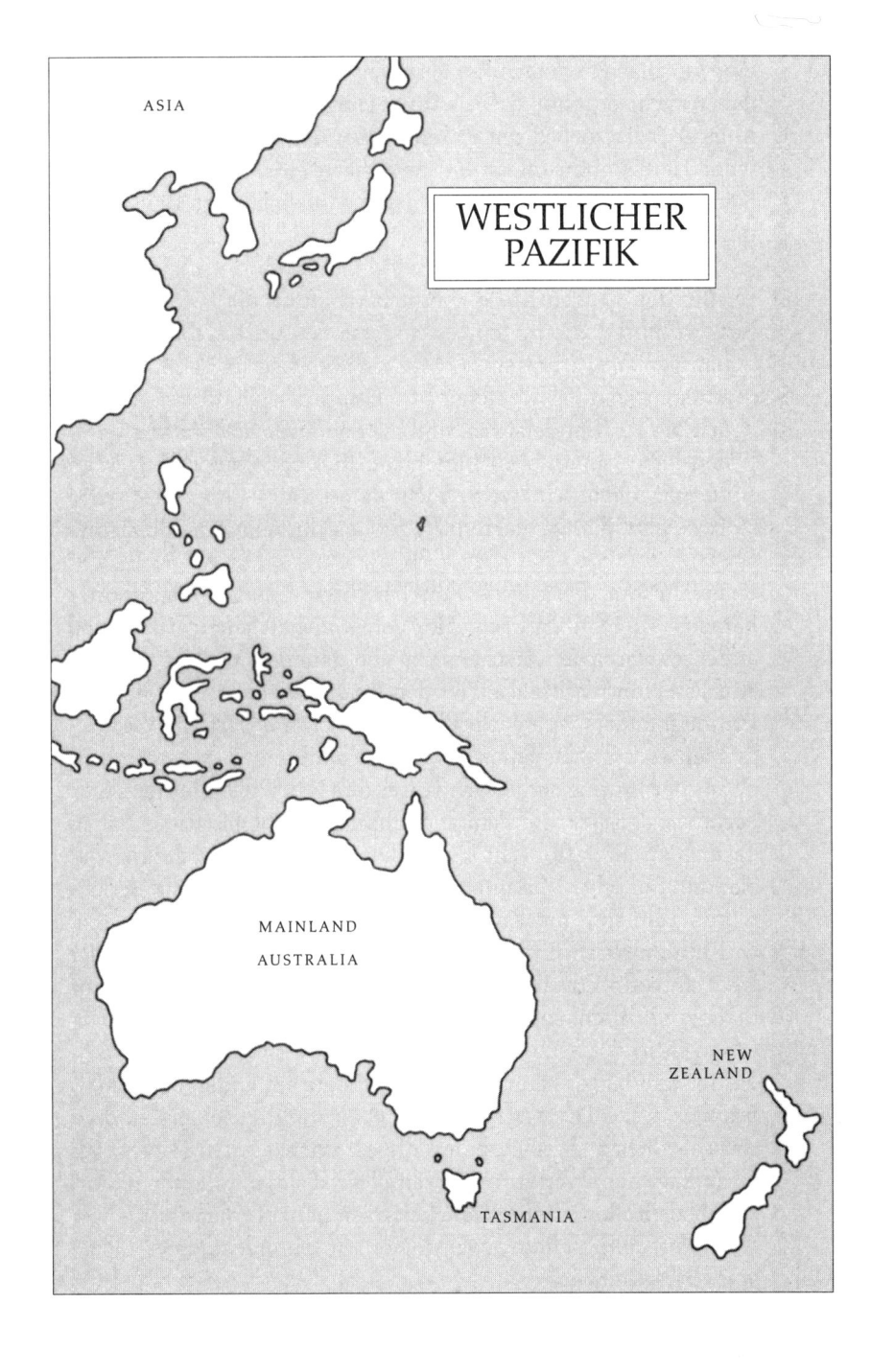

ASIA

MAINLAND AUSTRALIA

NEW ZEALAND

TASMANIA

eine versprengte Population zorniger, furchterfüllter Aborigines, denen nicht entging, daß sie ihrer Heimat beraubt wurden und in ihrer Existenz bedroht waren. Außerdem gab es dort seltsame wilde Tiere. Bereits im Jahre 1805 notierte ein Geistlicher namens Knopwood in der Niederlassung, die damals Hobart Town hieß, in seinem Tagebuch:

»Bin den ganzen Morg. damit beschäftigt, die 5 Gefangenen zu verhören, die in den Busch gegangen waren. Sie berichteten mir, sie hätten am 2. Mai, während sie im Wald waren, einen großen Tiger gesehen, der Hund, den sie dabeihatten, sei fast bis zu ihm gelaufen, und als der Tiger die Männer gesehen habe, die etwa 80 Meter von ihm entfernt waren, sei er weggegangen. Ich zweifle nicht daran, daß es hier viele wilde Tiere gibt, die wir noch nicht zu Gesicht bekommen haben.«

Ungefähr um die gleiche Zeit berichtete ein Kolonialbeamter namens Paterson, daß »ein Tier von wahrhaft einzigartiger und außergewöhnlicher Erscheinung von Hunden getötet wurde«. Auf Paterson machte das Tier den Eindruck einer »Art, die vollkommen anders ist als jedes bislang bekannte tierische Wesen«. Er hielt es für »zweifellos das einzige starke und furchterregende aus der Familie der Fleischfresser und Räuber, das bis jetzt entdeckt worden ist«, auf dem australischen Festland ebenso wie in Tasmanien. Er hatte recht: Es handelte sich um ein Beuteltier, das als Raubtier lebte. Zusammengenommen liefern uns die Berichte von Paterson und Knopwood eine Reihe von Erkenntnissen, worunter nicht die unwesentlichste ist, daß Hunde bereits auf der Insel eingeführt waren und die dort heimischen Wildtiere zur Strecke brachten, sogar das »starke und furchterregende« tigerartige Geschöpf.

Mehrere Jahre später zweckentfremdete ein anderer Kolonialbeamter seine Dienststunden zur Anfertigung der ersten wissenschaftlichen Beschreibung dieses unbekannten Tieres; als Grundlage dienten ihm zwei Exemplare, die man mit einem Känguruh als Köder in einer Falle gefangen hatte. Er nannte das Tier *Didelphis cynocephalus*, was soviel wie »hundeköpfiges Opossum« bedeutet.

Mit langgezogener Schnauze, starken Kinnbacken, Reißzähnen und einem Beutel für die Jungtiere wirkte das Tier wie eine Schimäre. Der wissenschaftliche Name wurde später geändert, als die Beuteltier-Taxonomie sich präzisierte und den Wissenschaftlern klar wurde, daß dieses Tier, was auch immer es darstellte, jedenfalls kein Opossum war. Es jagte und tötete andere große Säugetiere. Es erreichte die Größe eines Apportierhundes der Labradorrasse, war allerdings schlaksiger. In vielen anatomischen Hinsichten ähnelte es einem Hund (nicht weil es mit den Hundeartigen verwandt war, sondern weil es eine konvergente Entwicklung durchgemacht hatte), aber es war auf Anhieb durch die etwa sechzehn dunklen, senkrechten Streifen zu unterscheiden, die sich vom Rücken herabzogen. Sein Schwanz war an der Basis dick und steif in der Bewegung, fast so, als seien die Schwanzwirbel miteinander verschmolzen. Anders als beim Känguruh hatte sein Beutel die Öffnung nach hinten. Sein neuer und endgültiger wissenschaftlicher Name lautete *Thylacinus cynocephalus*.

Bekannter wurde es unter weniger offiziellen Namen, die wie *cynocephalus* Metaphern verwendeten und vermengten: Tasmanischer Wolf, Beutelwolf, Zebraopossum, Hundekopfopossum, Beutelrattenhyäne, Streifenwolf. (Der Tasmanische Beutelteufel ist ein anderes Tier, kleiner und gedrungener und nicht entfernt so wolfsähnlich.) Der berühmteste umgangssprachliche Name, mit dem *T. cynocephalus* belegt wurde, war auch der am wenigsten zutreffende: Tasmanischer Tiger. Die Aborigines Tasmaniens kannten das Tier schon seit Ewigkeiten; die verschiedenen Stammesgruppen hatten ihm jeweils besondere Namen gegeben: *kanunnah, lagunta, corinna*. Für unsere Zwecke empfiehlt es sich, den Namen zu verwenden, den die Biologen und Historiker verwenden, auch wenn das bedeutet, daß man der Präzision das Reißerische opfert: Sprechen wir also vom Thylacin.

Dieses Tier war keine tasmanische Spielart irgendeines anderen Geschöpfes. Es war einfach nur es selbst: ein schlankes, fleischfressendes Beuteltier mit vorstehendem Oberkiefer.

Seine Gesamtpopulation auf Tasmanien war vermutlich nie groß, auch nicht vor der Ankunft der Briten. Durch die energetische Ökonomie der Nahrungskette sind Raubtiere ganz allgemein auf eine geringe Populationsdichte beschränkt; im allgemeinen sind sie mindestens zehnmal weniger zahlreich als die Tiere, denen sie nachstellen. Das Thylacin mag sogar noch viel seltener gewesen sein. Außerdem war es scheu und nachtaktiv. In den ersten Jahrzehnten der Anwesenheit der Briten mied es Zusammentreffen mit den Menschen und blieb im Busch auf Distanz zu ihnen. Einer der Zählungen zufolge war im Jahre 1820 erst viermal seit Ankunft der Briten von der Begegnung mit einem Thylacin berichtet worden.

Dann änderte sich die Lage. Das Thylacin lernte, Schafe zu schlagen.

Im Jahre 1824 klagte ein Siedler, es gebe »ein Tier wie ein Panther, das in den Herden furchtbare Verheerungen anrichtet«. Als es auf den Geschmack von Schaffleisch gekommen war, änderte das Thylacin sein Verhalten, wenn auch nur marginal. Es mied nach wie vor die besiedelten und gerodeten Regionen; aber wenn die Schaffarmer ihre Tiere ins Hinterland trieben, sagte das Thylacin nicht nein und riß das eine oder andere Schaf. Daraufhin schlug wiederum bei vielen Farmern die Stimmung um. Sie ließen auch weiterhin Schafe in der Wildnis weiden, waren aber außer sich vor Empörung über ihre Verluste und faßten einen geradezu hysterischen Haß auf das Thylacin. Ihre Klagen häuften sich und wurden gezielter. Zu viele Schafe würden, verdammt noch mal, von »Tigern« gerissen. Mittlerweile gab es auch Hunde, die auf britischen Schiffen ins Land gekommen und dort verwildert waren, und diese umherstreunenden Wildhunde rissen ebenfalls nicht wenige Schafe. Außerdem wurden Schafe gestohlen, wahrscheinlich von Sträflingen, die entsprungen waren und sich im Busch versteckt hielten. Das Thylacin aber, ein fremdartig anmutendes Geschöpf (obwohl es, ökologisch gesehen, hier zu Hause war und die Schafe die fremdartige Spezies bildeten), eignete sich besser als Haßobjekt und Schreckgespenst. »Wo Schafe in großen Herden nahe den Bergen umherziehen, vernichtet es Lämmer in großer Zahl.« Die Thylacine wurden für Tötungen verantwortlich gemacht, die sie begingen, und für viele, die sie nicht begangen hatten. Im Jahre 1830 begann man mit der Kopfgeldjagd auf die Spezies.

Das erste Abschußprämienprogramm war eine private Initiative von seiten der Van Diemen's Land Company, eines Schafe und Rinder züchtenden Unternehmens, das im nordwestlichen Tasmanien riesige Landflächen erworben hatte. Die Prämien sollten die Ländereien der Gesellschaft auch von Wildhunden und Beutelteufeln befreien, aber die Hauptzielscheibe waren die Thylacine, von der Gesellschaft »Hyänen« genannt. Ausgesetzt waren »5 Shilling für jede männliche Hyäne, 7 Shilling für jede weibliche Hyäne (mit oder ohne Jungtiere) und die Hälfte der obigen Prämien für männliche und weibliche Teufel und Wildhunde«. Für Landarbeiter waren das damals beachtliche Beträge, die etwa einem Tageslohn entsprachen. Besonders gefährlich wurde das Kopfgeld für die Gesamtpopulation an Thylacinen durch eine Zusatzbestimmung, die eine Progression bei den Prämien vorsah: »Wenn 20 Hyänen vernichtet worden sind, wird die Belohnung für die nächsten 20 auf 6 Shilling beziehungsweise 8 Shilling angehoben, und danach kommt nach jeweils 7 erlegten Tieren ein weiterer Shilling pro Kopf hinzu, bis die Belohnung 10 Shilling für jedes männliche und 12 Shilling für jedes weibliche Tier beträgt.« Die Leitung der Gesellschaft war schlau. Ein steigendes Kopfgeld entschädigte die Jäger dafür, daß in dem Maße, wie die Thylacine seltener wurden, der Arbeitsaufwand für jedes erlegte Tier stieg. Eine progressive Prämie war das richtige Mittel, eine schwindende Spezies so lange unter unablässigem Dezimierungsdruck zu halten, bis ihre vollständige Ausrottung vollbracht war.

Die Van Diemen's Land Company setzte nicht nur öffentlich Abschußprämien aus, sie ging sogar so weit, auf einer ihrer Besitzungen, einem Gut namens Woolnorth, das an der äußersten Nordwestspitze der Insel lag, die Position eines »Tigermannes« zu schaffen. Aufgabe des Tigermannes war es, Raubtiere, besonders Thylacine, zu erlegen. Er erhielt Verpflegung und Unterkunft und für jedes abgeschossene Tier eine Belohnung. Unterlagen darüber, wie viele Thylacine in den dreißiger und vierziger Jahren des letzten Jahrhunderts vom Tigermann und der breiteren Öffentlichkeit zur Strecke gebracht wurden, sind nicht erhalten geblieben, aber wir können wohl davon ausgehen, daß es Hunderte waren. Um die Mitte des Jahrhunderts begannen Beobachter, die dem Thylacin mit wissenschaftlichem oder historischem Interesse (statt mit viehzüchterischem Haß) begegneten, von dem Schwund der Art zu berichten. Einer bezeichnete das Tier als »extrem selten« und sagte voraus: »In nur ganz wenigen Jahren wird dieses Tier, das für den Zoologen so außerordentlich interessant ist, ausgestorben sein.« Ein anderer schrieb: »Sobald die vergleichsweise kleine Insel Tasmanien dichter besiedelt ist und ihre ursprünglichen Wälder von Straßen durchschnitten werden, die von der Ost- bis zur Westküste reichen, wird die Zahl dieses einzigartigen Tieres rasch abnehmen, seine Ausrottung wird auf der ganzen Linie voranschreiten, und schließlich wird es wie der Wolf in England und Schottland der Vergangenheit angehören.« Das war für das Jahr 1863 eine ungewöhnlich vernünftige Einschätzung, aber prophetischer Gaben bedurfte es dazu nicht.

Ungeachtet des beobachteten Schwundes behaupteten die Landbesitzer in Osttasmanien, die vom Thylacin angerichteten Verwüstungen hätten ein unerträgliches Ausmaß erreicht, und die Regierung müsse, verdammt noch mal, etwas unternehmen. Sie schlugen Krach in der Abgeordnetenkammer in Hobart, das sich mittlerweile zu einer ansehnlichen Hauptstadt der Kolonie entwickelt hatte. Einer erklärte, die Thylacine an der Ostküste rissen jährlich dreißig- bis vierzigtausend Schafe; später setzte er die Zahl auf fünfzigtausend hoch. Ein anderer klagte über zwanzigprozentige Verluste in seinen Herden, die er in den Bergen weiden ließ. Viele der Abgeordneten waren offenbar selbst Schafzüchter. Einige von ihnen hatten nach ihrem Bekunden bereits aus eigener Tasche Abschußprämien ausgesetzt; sie wollten, daß die Regierung die Kosten übernahm. Ein entsprechender Antrag wurde angenommen. Das Abschußprämienprogramm der Regierung wurde 1888 in Kraft gesetzt und bis 1912 fortgeführt, als man es mangels Thylacinen auslaufen ließ.

Die erhalten gebliebenen Berichte von diesem Programm zeigen ein merkwürdiges Muster. Im ersten Jahr wurden Prämien für einundachtzig tote Thylacine ausgezahlt; im nächsten Jahr waren es über einhundert. Dann blieb die jährliche Anzahl ungefähr ein Jahrzehnt lang auf diesem Niveau. Gegen Ende des Jahrhunderts stieg sie wieder an, erreichte im Jahre 1900 mit 153 einen Gipfelpunkt und fiel dann schroff ab. 1905 war das letzte

Jahr, in dem Belohnungen für mehr als hundert Thylacinkadaver ausgezahlt wurden. 1908 waren es gerade noch siebzehn. 1909 wurden nur noch zwei Prämien ausgezahlt. 1910 keine einzige mehr. Und auch danach nie mehr eine. Irgendwann zwischen 1905 und 1909 war, nach diesen Unterlagen zu urteilen, die Thylacinpopulation zusammengebrochen.

Warum gingen die Zahlen so plötzlich zurück? Im nordwestlichen Woolnorth wiesen die entsprechenden Unterlagen der Van Diemen's Land Company die gleiche jähe Kurve nach unten auf. Warum?

Eine Autorität in Sachen Thylacin, ein Zoologe und Historiker namens Eric Guiler, äußert in diesem Zusammenhang: »Der letzte rasante Absturz, zu dem es ungefähr gleichzeitig im ganzen Lande kam, ist nicht typisch für eine Spezies, die bis zur Ausrottung gejagt wurde.« Die Jagd spielte fraglos eine Rolle. Aber außerdem muß nach Guilers Überzeugung damals noch irgendeine Kombination weiterer tödlicher Faktoren dem Thylacin zugesetzt haben.

Was für Faktoren? Da ist zum einen die Einbuße an Lebensraum. Bis zur Mitte des 19. Jahrhunderts war ein Großteil der freundlicheren Regionen der Insel – an der Ostküste, entlang dem Derwent-Fluß oberhalb von Hobart, im Landesinneren und im Nordwesten – an einzelne Siedler beziehungsweise an die Van Diemen's Land Company verpachtet oder verkauft worden. Man hatte Täler gerodet, Zäune gezogen, riesige Mengen Schafe und Rinder auf die Weiden gebracht, und durch all das wurden große Flächen Tasmaniens auf eine Weise verändert, daß dem Thylacin die Anpassung an die neuen Gegebenheiten unmöglich wurde. Hinzu kam, daß ihm die Wildhunde Konkurrenz machten. Die Hundemeuten stellten nicht nur Schafen nach, sondern wahrscheinlich auch den heimischen Wallabys und Filandern (kleinen Pflanzenfressern, die Känguruhs ähneln), von denen das Thylacin unter natürlichen Bedingungen lebte. Neben diesen drei apokalyptischen Reitern – Nachstellung durch die Jagd, Verlust an Lebensraum und fremde Konkurrenz – hatte nach Eric Guilers Vermutung noch ein weiterer die Hand im Spiel: eine Seuche.

Um 1910 suchte den Berichten zufolge eine staupeähnliche Krankheit mehrere kleine Raubtierarten heim, den Tüpfelbeutelmarder (*Dasyurus viverrinus*, auch als die heimische Katze bezeichnet) und den Riesenbeutelmarder (*Dasyurus maculatus*), zwei Arten, die zu den *Dasyurinae*, der Gruppe der sogenannten Beutelmarder, einer Untergruppe der Raubbeutler, gehören. Vielleicht befiel die Krankheit auch das Thylacin. Sie spielte den Beutelmardern furchtbar mit und verursachte eine so hohe Sterblichkeit, daß die beiden Arten vom Erdboden verschwunden schienen. Ihre Populationen erholten sich später wieder. Aber die Beutelmarder genossen einige Vorteile – ihre ökologischen Bedürfnisse waren bescheidener als die des Thylacins, ihre Fortpflanzungsrate lag höher, sie wurden weniger durch fremde Konkurrenz und durch die Jagd bedrängt. Falls die gleiche oder eine ähnliche Seuche tatsächlich das Thylacin zu einem Zeitpunkt erwischte, wo es bereits schwer angeschlagen war, mochte sie ohne weiteres die Art dem Aussterben so nahegebracht haben, daß ein Wiedererstarken der Population nicht mehr möglich war.

Das ist Guilers Hypothese. »All diese Faktoren kamen zusammen«, schrieb er, »drückten die Zahlen unter den für eine hinlängliche Vermehrung erforderlichen Schwellenwert und verhinderten auf diese Weise die Erholung von einem Einbruch, der sonst nur eine normale zyklische Schwankung dargestellt hätte.« Hinter dem »für eine hinlängliche Vermehrung erforderlichen Schwellenwert«, von dem hier die Rede ist, verbirgt sich eine Fülle von ebenso komplizierten wie schwerwiegenden Implikationen, die uns später noch wie ein Hartholzbumerang um die Ohren sausen werden. Für den Augenblick wollen wir nur als bemerkenswertesten Umstand der Guilerschen Sicht festhalten, daß keine Klagen über das Aussterben des Thylacins über seine Lippen kamen. Warum nicht? Ließ ihn das Ereignis gleichgültig? Nein, er nahm schon Anteil, aber er glaubte einfach nicht, daß es bereits passiert war. Er hielt das Thylacin für noch nicht ganz, noch nicht endgültig ausgestorben.

Sein Buch zum Thema, das 1985 erschien, trägt den Titel *Thylacine: The Tragedy of the Tasmanian Tiger*. Die eigentliche Tragödie bestand nach Guiler nicht darin, daß die Spezies nicht mehr existierte, sondern darin, daß jedermann sie allzu vorschnell für ausgestorben erklärte. Guiler glaubte, sie habe, wenn auch mit knapper Not, im tasmanischen Busch überlebt.

Nach gängiger Ansicht ist das ein Irrtum – das Thylacin ist demnach bereits vor Jahrzehnten ausgestorben. Die meisten Biologen, die sich mit der Frage beschäftigt haben, vertreten diese Ansicht. Als das Jahr des Aussterbens wird häufig 1936 genannt; damals starb das letzte in Gefangenschaft lebende Tier. Wie beim Dodo entziehen sich allerdings auch bei dieser Spezies Zeit und Umstände des endgültigen Aussterbens in freier Wildbahn unserer Kenntnis. Blieben ein paar versprengte, einsame Exemplare über 1936 hinaus am Leben? Wahrscheinlich. Wie lange? Schwer zu sagen. Alles, was wir haben, sind Unterlagen über gezahlte Abschußprämien, exportierte Felle, Beobachtungen und Fotoaufnahmen freilebender Exemplare und einzelne Tiere, die in Gefangenschaft lebten und starben. Ansonsten gibt es nur die Fehlanzeige, die an Überzeugungskraft gewinnt, je länger eine fehlende Art wiederaufzutauchen versäumt.

Im Jahre 1930 schoß ein Farmer namens Wilf Batty ein Thylacin und posierte, Gewehr in der Hand, für ein Erinnerungsfoto, neben ihm das erlegte Tier, das gegen einen Zaunpfahl gelehnt steht. Sieht man von der merkwürdigen Steifheit und friedlichen Ruhe des Opfers ab, so wirkt es auf Battys Foto fast wie lebendig. Das war das letzte abgeschossene wildlebende Thylacin, von dem wir Kunde haben. Im Londoner Zoo gab es ein überlebendes Exemplar, das in der Zeit nach dem Abschußprämienprogramm von Tasmanien für den saftigen Preis von 160 Pfund Sterling gekauft worden war; damals waren Thylacine bereits zoologische Kuriositäten, die lebendig mehr einbrachten als tot. Aber das Londoner Tier starb im Jahre 1931. Der Hobart Domain Zoo beherbergte noch zwei Exemplare, die 1924 zusammen mit ihrer Mutter gekauft worden waren. Die beiden Geschwister wuchsen zusammen in Gefangenschaft auf – und wurden in Gefangenschaft alt. Das eine starb 1935; das andere hielt noch bis zum 7. September 1936 durch. Eine Woche später fand sein Tod im Protokoll einer Kommissionssitzung des Stadtrats von Hobart Erwähnung; die Kommission beschloß haushälterisch, es würden Anstrengungen unternommen, »für einen Anschaffungspreis von höchstens 30 Pfund pro Tier einen anderen Tiger zu beschaffen«. Die Stadtväter phantasierten. Weder zu diesem noch zu irgendeinem anderen Preis war das Tier mehr zu haben. In all den Jahren, die seit damals vergangen sind, hat es kein Foto, keinen Fang, keinen einzigen unbestreitbaren empirischen Anhalt gegeben, der bewiese, daß Thyacine überlebt haben.

Im Juli 1936, zwei Monate vor dem Tode des letzten Exemplars, erklärte die Regierung Tasmaniens *Thylacinus cynocephalus* zur geschützten Art.

81 Politisch gehört Tasmanien heute zu Australien. Als kleinster und südlichster Staat gründete es 1901 zusammen mit Queensland, Victoria, New South Wales und den anderen kolonialen Territorien den Australischen Bund. Geologisch reicht die Verbindung viel weiter zurück.

Tasmanien ist eine kontinentale Insel – sie war einst mit dem australischen Festland durch eine Landbrücke verknüpft –, im Unterschied zu einer ozeanischen Insel, die dauerhaft isoliert in tiefen Gewässern liegt. Der Unterschied ist, wie bereits erläutert, folgenreich. Eine ozeanische Insel tritt dadurch in die Existenz, daß sie aus dem Wasser emporsteigt – entweder allmählich, wie ein Korallenatoll, oder abrupt als dampfender, steriler Lavaberg, wie das beim Anak Krakatau der Fall war. So oder so fängt die Insel beim Erwerb ihres terrestrischen Ökosystems ganz von vorne an und ist auf die langsamen Prozesse der Ausbreitung und Etablierung von Arten angewiesen. Eine Landbrückeninsel hingegen beginnt ihre insulare Existenz mit einem übernommenen Ökosystem.

Vor dreizehn- oder vierzehntausend Jahren, während der letzten Eiszeit im Pleistozän, als der Meeresspiegel hundert oder zweihundert Meter tiefer lag als heute, bildete Tasmanien den hochgelegenen knubbelförmigen Abschluß einer Halbinsel. Durch die Brückenfunktion der Halbinsel ökologisch mit dem Südostteil des Festlandes verbunden, hatte es ständigen Anteil an der Flora und Fauna jener Region. Dann kam es zu einer Erwärmung, und die großen Eisberge und Eiskappen gaben ihr Wasser frei. Der Meeresspiegel stieg, die Landbrücke wurde überflutet, die Halbinsel zerschnitten, und Tasmanien verwandelte sich in eine Insel. Die Pflanzen und Tiere, die bis dahin die Halbinsel durchwandert und sich auf dem Knubbel angesiedelt hatten, sahen sich nun auf ihn beschränkt. Zu den Tieren zählten Menschen und Thylacine.

Daß es sich vom australischen Festland nach Tasmanien ausgebreitet hatte, ermöglichte *T. cynocephalus* das Überleben bis in unsere Zeit. Auf dem Festland starb es viel früher aus. Auf Tasmanien hatte es den Status eines Relikts – es war gestrandet, aber auch vor den Kräften der Zerstörung, die das Festland überflutet hatten, bewahrt geblieben (jedenfalls vorläufig), geradeso wie der Dodo (vorläufig) auf Iversens Inselchen überlebt hatte. Was dem Thylacin droben im Norden den Garaus gemacht hatte, war ihm offenbar nicht über die Landbrücke gefolgt.

82 An einer heiligen Stätte der Aborigines namens Ubirr, inmitten der roten Sandsteinklippen des Kakadu-National-Parks im australischen Nordterritorium, sagt der Führer zu mir: »Da haben Sie Ihr Thylacin.«

Ubirr ist berühmt für seine Felsenbilder. Und tatsächlich, gute zwanzig Meter über der Erde sieht man an der Sandsteinwand ein unmißverständliches Piktogramm: ein schlankes, hundeähnliches Geschöpf mit dunklen, senkrechten Streifen, die sich vom Rücken herabziehen.

Das Bild ist künstlerisch weniger aufsehenerregend als die an Röntgenbilder erinnernden Schilkröten und Fische, für die Ubirr berühmt ist – möglicherweise wäre ich achtlos daran vorübergegangen –, aber nachdem nun meine Aufmerksamkeit darauf gelenkt worden ist, finde ich es eindrucksvoll genug. Wie alt ist es? Der Führer kann nur raten. Vielleicht fünftausend Jahre, vielleicht zehn, vielleicht noch mehr. Er erzählt mir, daß im Laufe der Jahrtausende und sogar bis in die letzten Jahrzehnte hinein manche der Röntgenbildfiguren in Ubirr von den dortigen Aborigines, die es sich angelegen sein ließen, ihre Kultur lebendig zu erhalten, aufgefrischt wurden. Aber das Thylacin, das in primitiverem Stil gemalt ist, sieht alt und unüberarbeitet aus. Es ist einfach ein zweidimensionaler Umriß in roter Ockerfarbe. Die Hinterbeine hat das Wetter weggewaschen. Während die anderen

Mitglieder meiner Touristengruppe weitertrotten, bleibe ich zurück und mache in meinem Notizbuch eine Skizze.

Die Streifen. Strich, Strich, die Streifen sind wichtig. Nicht nur beim wirklichen Tier, sondern auch auf dem Felswandbild sind sie kennzeichnendes Merkmal. Ich brauche eine Gedächtnishilfe: Auf der Zeichnung in Ubirr sind eindeutig Streifen. Ein Wildhund weist diese Musterung nicht auf. Ein Dingo (*Canis dingo*, die Art von Wildhund, die es seit vorgeschichtlicher Zeit in Australien gibt) hat ebenfalls keine senkrechten Streifen. Kein Zweifel, daß der Künstler, der dieses Bild schuf, das Thylacin kannte.

Andere Figuren mit Streifen auf dem Rücken, die man auf Felswänden an anderen Orten sowohl im Nordterritorium als auch in Westaustralien findet, liefern den gleichen Beweis: Die Aborigines auf dem Festland waren in früheren Jahrtausenden mit dem Anblick des Thylacins vertraut. Und der künstlerische Beweis findet in subfossilen Belegen seine Bestätigung. Im Gebiet der trockenen Nullarborebene entlang der Südküste hat man in einer Höhle Thylacinknochen gefunden, die durch Radiokarbonmessungen auf etwa 1000 v. Chr. datiert wurden. Irgendwann zwischen dieser Zeit und der Ankunft der Europäer verschwand *T. cynocephalus* vom australischen Festland.

Warum es von dort verschwand, ist fast unmöglich herauszufinden. Aber wir können Vermutungen anstellen. Vielleicht wurde es von den Aborigines gejagt, die es als Nahrungsquelle oder als Totemtier hinlänglich schätzten, um es mit Zeichnungen wie der in Ubirr zu ehren. Mit Sicherheit machten ihm die Wildhunde Konkurrenz, die vor etwa zehntausend Jahren aus Asien nach Australien kamen (vermutlich im Troß einer Welle menschlicher Einwanderer). Nicht nur die Hunde setzten dem Thylacin zu, auch durch die Dingos war es wahrscheinlich bedroht. *Canis dingo* ist ein Fleischfresser von hundeähnlicher Gestalt und Größe aus der Gruppe der über eine Plazenta verfügenden Säugetiere, wohingegen das Thylacin ein Fleischfresser von hundeähnlicher Gestalt und Größe aus der Säugetiergruppe der Beutler war. Mag sein, daß sich die beiden zu ähnlich waren, um miteinander auszukommen. Der Dingo blickte auf eine lange Geschichte auf dem australischen Kontinent zurück und hatte sich gut an das Land angepaßt. Mit den Vorteilen, die ihm seine

Fortpflanzung auf Plazentabasis bot, stellte er möglicherweise einen überwältigend starken Konkurrenten dar, der allmählich die Nische des Thylacins besetzte. Ein negatives Faktum scheint diese Überlegung zu stützen: Der Dingo kam nie nach Tasmanien. Entweder erreichte er den Kontinent zu spät, oder er breitete sich zu langsam nach Süden aus. Ehe *C. dingo* dem *T. cynocephalus* an diese im äußersten Süden gelegene Zufluchtsstätte folgen konnte, war die letzte große Eiszeit vorüber. Die Gletscher waren abgeschmolzen. Die tasmanische Thylacinpopulation zog aus Klimabedingungen und der zeitlichen Abfolge Nutzen. Der Wasserspiegel war gestiegen, und mit der Brücke war es aus.

83 Das Stück Meer, das Tasmanien vom australischen Festland trennt, ist als Bass Strait bekannt. Am östlichen und westlichen Rand der ehemaligen Landbrücke befinden sich ein paar höhergelegene Stellen. Sie ragen über den jetzigen Meeresspiegel empor und bilden nun selbst Inseln. Mindestens vier von ihnen sind groß genug, um auf einer halbwegs ernstzunehmenden Landkarte verzeichnet zu sein. Flinders, die größte der Inseln, liegt auf der Ostseite der Wasserstraße, Cape Barren Island und Clarke Island stecken unmittelbar südlich von ihr. King Island, das auf der Westseite liegt, ragt weniger weit aus dem Meer, hat aber ein feuchteres Klima. In der Nähe sind mehrere Dutzend weitere Inseln verstreut, manche von ihnen kaum größer als ein Fußballfeld. Jede der größeren Inseln und die meisten der Inselchen bieten genug Lebensraum für wenigstens ein paar Beuteltierarten. Da das ganze Gebiet einst eine zusammenhängende Landschaft war – nennen wir sie die Bassmanische Halbinsel –, müssen viele Arten, die wir heute auf Tasmanien antreffen, früher auch diese Flecken besiedelt haben. Als sich das Klima weltweit erwärmte und der Meeresspiegel stieg, wurden die Flecken zu insularen Zufluchten. Jede der Inseln konnte nur kleine Populationen beherbergen; deshalb bestand die Wahrscheinlichkeit, daß einige zufallsbedingt ausstarben. In den folgenden zehn oder zwölf Jahrtausenden blieben auf manchen Inseln viele der Arten, die dort Zuflucht gefunden hatten, erhal-

ten, während es auf anderen nur ein paar waren. Das ist der Grund, warum die biologische Geschichte der bassmanischen Hügelkuppen ein Naturexperiment zur Frage des Aussterbens von Inselpopulationen darstellt.

Die Einzelheiten dieses Naturexperiments hat eine Biogeographin namens J. H. Hope zusammengetragen. Über sie selbst weiß ich nichts, ich kenne nur ihre höchst interessante Forschung, mit der sie im Rahmen ihrer Promotion an einer australischen Universität begann. Hope konzentrierte sich auf zehn verschiedene pflanzenfressende Beuteltierarten, von denen einige groß und schwerfällig, andere klein und rattenhaft waren: das Graue Riesenkänguruh, das Rotnackenwallaby, das Südliche Kaninchenkänguruh, das Tasmanische Bürstenrattenkänguruh, der Wombat, der Kusu, der Ringbeutler, der Kurznasenbeutler und der östliche Bänder-Langnasenbeutler. Ein Nasenbeutler, falls es jemanden interessiert, kommt der Beuteltierversion einer Riesenspitzmaus nahe. Ein Bürstenrattenkänguruh ähnelt so ziemlich einem Kaninchenkänguruh, nur daß es dicker ist. Hope listete diese Arten in einem Diagramm auf und brachte sie in Korrelation zu fünfundzwanzig Inseln der Bass Strait, wobei sie die Inseln der Größe nach anordnete. Sie war sich bewußt, daß die Inselgröße unter Umständen eine aufschlußreiche Variable darstellte.

Mit Hilfe historischer Quellen und einer erdrückenden Menge subfossiler Belege stellte sie fest, von welchen Arten auf welchen Inseln den Großteil der vergangenen zwölftausend Jahre über Populationen existiert hatten. Sie grub auch ein paar Hinweise auf die Anwesenheit beziehungsweise Abwesenheit fleischfressender Beuteltiere aus. Ihr Diagramm zeigt ein vielsagendes Muster: Die Zahl der Arten, die auf den einzelnen Inseln überlebten, steht in Zusammenhang mit der jeweiligen Inselgröße.

Auf Flinders, der größten Insel, fanden sich sieben der zehn Pflanzenfresserarten. Es fehlten nur das Graue Riesenkänguruh, das Bürstenrattenkänguruh und der Bänder-Langnasenbeutler. Auf King Island und auf Cape Barren Island existierten jeweils sechs Arten. Auf beiden Inseln fehlten die gleichen drei Spezies, die auch auf Flinders fehlten, zusätzlich einer weiteren, die aber jeweils eine andere war. Auf Clarke Island, das flächenmäßig viel

BASSMANISCHE HALBINSEL

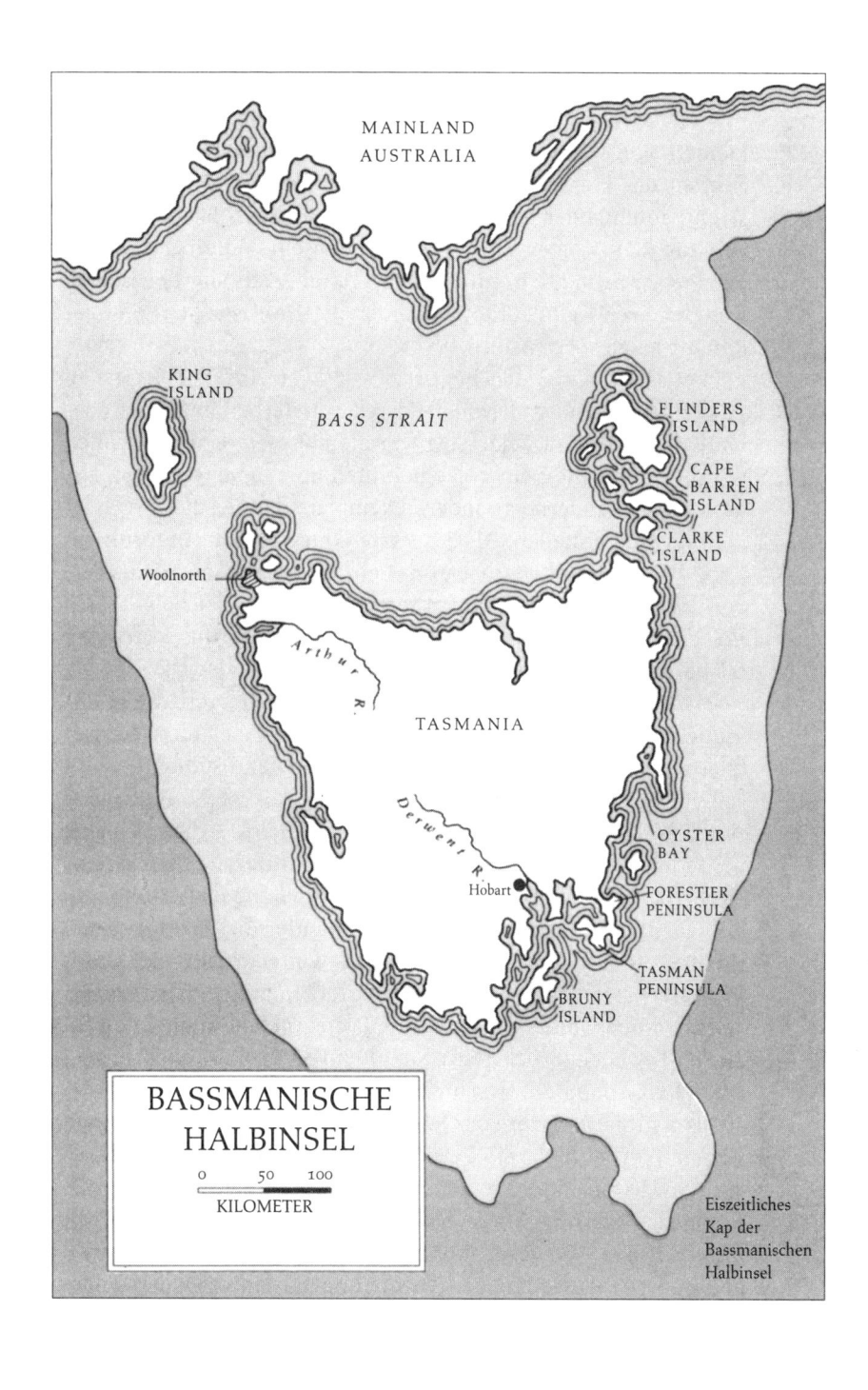

MAINLAND AUSTRALIA

KING ISLAND

BASS STRAIT

FLINDERS ISLAND

CAPE BARREN ISLAND

CLARKE ISLAND

Woolnorth

Arthur R.

TASMANIA

Derwent R.

OYSTER BAY

Hobart

FORESTIER PENINSULA

TASMAN PENINSULA

BRUNY ISLAND

0 50 100
KILOMETER

Eiszeitliches Kap der Bassmanischen Halbinsel

kleiner ist als King Island oder Cape Barren Island, hatten sich nur vier Arten gehalten. Und so weiter, von großen Inseln zu kleinen, von vielen Arten zu keiner, in einem Abstieg durch die Spalten des Hopeschen Diagramms, bei dem Inseln und Arten streng aufeinander bezogen waren. Little Green Island schließlich, die kleinste der fünfundzwanzig Inseln, beherbergte keine einzige der zehn pflanzenfressenden Arten. Aufs Ganze gesehen, war der Trend eindeutig: Je kleiner die Insel, um so häufiger kommt lokales Artensterben vor.

Hier ist es nötig, den Begriff des *lokalen Aussterbens* genau zu definieren und vom vollständigen Aussterben einer Art oder Unterart zu unterscheiden. Mit lokalem Aussterben bezeichnen wir die Ausrottung einer geographisch abgesonderten Population, während andernorts andere Exemplare der gleichen Art oder Unterart fortbestehen. Als das letzte Graue Riesenkänguruh auf Cape Barren Island starb, war das ein Fall von lokalem Aussterben, da die Art auf Tasmanien fortbestand. Das gleiche gilt auch für das Verschwinden des Bürstenrattenkänguruhs von King Island und des Bänder-Langnasenbeutlers von Flinders.

J. H. Hope legte kein großes Gewicht auf die theoretischen Konsequenzen ihrer Daten von der Bass Strait. Aber diese Konsequenzen wurden später von Jared Diamond herausgestellt, der in seinem Beitrag zu einem 1983 veranstalten Symposion über das Artensterben Hope anführte. Er bezeichnete ihre Arbeit als »eine besonders gelungene Untersuchung zum differentiellen Artensterben«, faßte die Befunde zusammen und zog dann sein eigenes Fazit: »Abhängig von der Fragmentierung ihres Lebensraumes wiesen die Arten starke Unterschiede in ihrer Widerstandsfähigkeit gegen das Aussterben auf.«

Tasmanien, Flinders Island, King Island und die anderen Inseln stellen Festbodenbruchstücke der alten Bassmanischen Halbinsel dar. Warum fand die Geschichte der Tierwelt auf diesen Bruchstücken größeres Interesse? Weil zu dem Zeitpunkt, als Diamond seinen Vortrag hielt, die Lebensraumfragmentierung bereits als ein schwerwiegendes Problem erkannt worden war, das auch alle Festlandsgebiete der Erde betraf. Wenn bestimmte Arten sich unter solchen – nicht nur in Bassmanien, sondern vielleicht auch andernorts anzutreffenden – Bedingungen in ihrer Widerstandsfähigkeit gegen lokales Aussterben unterschieden, dann wollte Jared Diamond wissen, warum das so war.

Er zog aus Hopes Daten drei allgemeine Schlüsse.

Erstens: »Fleischfresser waren anfälliger als Pflanzenfresser.« Dem Thylacin war es nicht gelungen, auf Flinders oder King Island oder irgendeiner anderen Insel in der Bass Strait zu überleben. Ebenso waren der Beutelteufel und der Tüpfelbeutelmarder dort überall verschwunden. Von den vier großen Fleischfresserarten hatte sich nur der Riesenbeutelmarder (eventuell) auf der einen oder anderen Insel in der Bass Strait gehalten. Demgegenüber kamen die meisten pflanzenfressenden Beuteltiere dieser Größenordnung auf etlichen Inseln vor. Pflanzenfresser hatten überlebt, wo Fleischfresser ausgestorben waren.

Zweitens: »Große Fleischfresser waren anfälliger als kleine Fleischfresser.« Während das Thylacin, der Beutelteufel und der Tüpfelbeutelmarder vollständig verschwunden waren, hatten zwei winzige Arten (die Weißfußbeutelmaus und die Sumpfbeutelmaus, zwei mäuseähnliche fleischfressende Beuteltiere) auf einigen der Inselchen kleine Populationen aufrechterhalten. Ein größerer Körper hatte sich als fataler Nachteil erwiesen, jedenfalls bei den fleischfressenden Beuteltieren.

Drittens: »Auf Lebensräume spezialisierte Arten waren anfälliger als Arten, die in vielen Lebensräumen zurechtkamen.« Nicht jede der Inseln umfaßte die ganze Palette der Lebensräume, die man in Bassmanien antraf. Auf den kleineren Inseln war die Lebensraumvielfalt gering. Umfassend angepaßte Pflanzenfresser – solche, die jede Nahrung vertrugen und überall leben konnten – ertrugen im Zweifelsfall diese geringe Vielfalt und streckten sich nach der Decke. Zwei kleine Arten von tasmanischen Nagern (eine langschwänzige Maus und eine dunkelfarbige, kurzschwänzige Ratte der Gattung *Mastacomys*) hielten sich auf keiner der Inseln in der Bass Strait. Warum nicht? Offenbar sind diese Arten zu abhängig von Nahrungsquellen und Schutzmöglichkeiten, wie man sie nur in bestimmten Gebieten mit Feuchtwald und mit hochgelegenem Buschwerk antrifft. Das Schnabeltier mit seinem entenähnlichen Schnabel ist vergleichbar spezialisiert und abhängig von Süßwasserseen und Bächen, die es auf Tasmanien reichlich findet, während sie auf den Inseln der

Bass Strait Seltenheitswert haben. Spezialisten dieser Art hatten unter der Fragmentierung der Bassmanischen Halbinsel schwer zu leiden.

Das Hauptmuster, das die Daten zu erkennen gaben, besagte Diamonds Ansicht nach, daß »die Gefahr des Aussterbens sank, je größer nach unserer Erkenntnis die Population war«. In einem begrenzten Gebiet wird eine fleischfressende Spezies normalerweise weniger zahlreich sein als eine Pflanzenfresserspezies, ein großwüchsiger Fleischfresser wird normalerweise weniger zahlreich sein als ein kleinwüchsiger, und eine auf Lebensräume spezialisierte Art wird normalerweise weniger zahlreich sein als eine nicht spezialisierte Art. Die Spezialisten und die Fleischfresser, insbesondere die großwüchsigen Fleischfresser, werden folglich einem größeren Aussterberisiko ausgesetzt sein. Große Populationen sterben nicht aus, kleine Populationen sehr wohl. Das überrascht nicht, ist aber wichtig.

Anders gesagt: Selten zu sein ist gefährlich.

84 Warum ist es gefährlich, selten zu sein? Warum *sterben* kleine Populationen eigentlich aus? Die Antwort ist in den groben Zügen ebenso einfach wie in den wissenschaftlichen Einzelheiten kompliziert. Halten wir uns erst einmal an die groben Züge. Kleine Populationen sterben aus, weil 1) jede Population unter dem Einfluß von Faktoren, bei denen die Ökologen zwischen *kausal bestimmten* und *zufallsabhängigen* unterscheiden, von Zeit zu Zeit Größenschwankungen unterworfen ist und weil 2) kleine Populationen im Unterschied zu großen Gefahr laufen, durch solche Schwankungen auf den Nullpunkt gebracht zu werden, da der Nullpunkt bei ihnen weniger weit weg ist.

Wie sehen die kausal bestimmten Faktoren aus? Sie umfassen unmittelbare Ursache-Wirkung-Beziehungen, die sich in einem gewissen Maße voraussagen und steuern lassen. Im wesentlichen bedeutet dies menschliche Aktivitäten: Jagd, Fallenstellerei, Zerstörung von Lebensraum, Einführung fremdartiger Tiere, die mit heimischen Arten konkurrieren oder ihnen nachstellen, Anwendung von Pestiziden, Stehlen von Vogel- oder Meeresschildkröteneiern, Unterbrechung der Wanderrouten von Lachs oder Aal sowie jede andere vorsätzliche Handlung, die direkte oder indirekte negative Auswirkungen hat. Weil solche Faktoren vorhersagbar, vernunftbestimmt (also, darüber läßt sich streiten) und steuerbar sind, können wir sie ausschalten, wenn wir wirklich wollen; in den meisten Fällen können wir auch den Schaden beheben, der angerichtet wurde.

Wie sehen die zufallsabhängigen Faktoren aus? Sie stehen im Zusammenhang mit geophysikalischen oder biologischen Ursachen, die so undurchsichtig komplex sind, daß sie als zufällig *erscheinen*. In der Praxis können wir sie als zufällig gelten lassen. Klimabedingungen zum Beispiel. Ein harter Winter ist ein zufälliger Faktor. Das gilt auch für Dürrezeiten. Ebenso für einen Hagelsturm im Frühling. Und für einen Waldbrand, der durch einen Blitz verursacht wird. Ein jäher Anstieg in der Population bestimmter Raubtierarten kann bei der Population der Beutetiere zu einem Einbruch führen. Auch eine Seuche kann eine Population dezimieren. Ein Parasitenbefall; oder eine statistische Abweichung im Zahlenverhältnis der Geschlechtszugehörigkeit bei den Neugeborenen – das heißt, wenn zu viele Männchen und zu wenige Weibchen geboren werden.

Häufig sind diese zufallsbedingten Schwankungen klein. Manchmal sind sie groß. Und gelegentlich sind sie zwar zahlenmäßig geringfügig, aber doch von schwerwiegender Bedeutung.

Denken wir uns zwei Spezies, die auf derselben winzigen Insel leben. Das eine ist eine Maus. Ihre Gesamtpopulation beträgt zehntausend. Das andere ist eine Eule. Gesamtpopulation achtzig. Die Eule ist eine gefährliche, routinierte Mäusevertilgerin. Die Maus ist ein furchtsames, schwaches, leicht zu erbeutendes Geschöpf. Aber als Gesamtheit genießt die Mäusepopulation die Garantie ihrer großen Zahl.

Nehmen wir an, diese Insel der Mäuse und Eulen wird von einer dreijährigen Dürre heimgesucht, gefolgt von einer durch Blitzschlag ausgelösten Feuersbrunst, zufällige Ereignisse, die beiden Spezies Schaden zufügen. Die Mäusepopulation sinkt auf fünftausend, die Eulenpopulation auf vierzig. Auf dem Höhepunkt der nächsten Brutzeit schlägt ein Taifun zu, verwüstet die

Baumkronen und vernichtet eine ganze Generation von Eulen, die noch nicht flügge sind. Dann verstreicht ein Jahr friedlich, und die beiden Populationen halten ihr Niveau, weil der durch Alter und individuelles Unglück bedingte Abgang von Exemplaren ungefähr durch Neugeburten wettgemacht wird. Als nächstes werden die Mäuse von einer Epidemie heimgesucht, die ihre Population auf tausend herunterbringt, so wenig wie seit Jahrzehnten nicht mehr. Dieser extreme Rückgang zieht sogar die Eulen in Mitleidenschaft, die aus Mangel an Beutetieren zu verhungern beginnen.

Durch Hunger geschwächt, ziehen sich die Eulen ihre eigene Epidemie zu, eine mörderische Viruserkrankung. Gerade einmal vierzehn Vögel überleben. Nur sechs von den vierzehn sind Weibchen, und drei von den sechs sind zu alt zum Brüten. Dann erstickt ein junges Eulenweibchen an einer Maus. Bleiben zwei fruchtbare Weibchen übrig. Dem einen der beiden wird das nächste Gelege von einer Schlange geraubt. Das andere brütet erfolgreich und schafft es, vier Junge großzuziehen, die zufällig allesamt Männchen sind. Die Eulenpopulation ist nun auf einen Punkt akuter Gefährdung heruntergebracht. Zwei brutfähige Weibchen, ein paar ältere Weibchen, ein Dutzend Männchen. Zusammen verfügen sie über ein genetisches Material, das für die Anpassung an künftige Schwierigkeiten nicht vielfältig genug ist; die Wahrscheinlichkeit ist groß, daß es zwischen Müttern und Söhnen zur Inzucht kommt. Kommt es dazu, ist im Zweifelsfall der eine oder andere genetische Defekt die Folge. Die Mäusepopulation ist währenddessen gleichfalls weit unter ihre ursprüngliche Zahl herabgedrückt.

Zehn Jahre vergehen, in deren Verlauf die Eulenpopulation wegen der Inzucht immer mehr an Gesundheit einbüßt. Ein paar weitere Weibchen werden ausgebrütet, kostbare Erwerbungen im Blick auf ein ausgewogenes Verhältnis zwischen den Geschlechtern; allerdings kranken einige der Weibchen an erblich bedingter Sterilität. Im gleichen Zeitraum kommt es bei der Mäusepopulation zu einer kräftigen Erholung. Gutes Wetter, reichlich Nahrung, keine Epidemien, genetisch alles in Ordnung – und so finden die Mäuse rasch zu ihrer früheren großen Zahl zurück.

Dann rast ein weiteres verheerendes Feuer über die Insel; ihm fallen vier erwachsene Eulen und sage und schreibe sechstausend Mäuse zum Opfer. Bei allen vier toten Eulen handelt es sich um brutfähige Weibchen, die für die arg bedrängte Population von entscheidender Wichtigkeit waren. Die sechstausend Todesfälle bei den Mäusen sind demographisch weniger schwerwiegend. Bei den Eulen gibt es jetzt nur noch ein junges und fruchtbares Weibchen. Es erkrankt an Eierstockkrebs, für den die Inzucht bei seinen Vorfahren die Anfälligkeit geschaffen hat. Es stirbt, ohne Nachkommen zu hinterlassen. Schlimm für die Eulenspezies! Suchen wir die Mäuse gerechtigkeitshalber noch mit einer weiteren Epidemie heim: mit einer ansteckenden, tödlichen Erkrankung der Atemwege, der achthundert Exemplare zum Opfer fallen. Das ist nichts Unglaubhaftes. Solche Dinge geschehen. Die Eulenpopulation – zusammengeschrumpft auf ein Dutzend Trübsal blasende Männchen, ein paar Matronen und einige sterile Weibchen – ist zum Untergang verurteilt. Wenn die verbliebenen Tiere eins nach dem anderen das Zeitliche gesegnet haben werden, ohne Nachkommenschaft zu hinterlassen, ist ein für allemal Schluß. Die Mäusepopulation erlebt in Reaktion auf das Aussterben der Eulen einen Aufschwung, was schlicht und einfach beweist, daß es sich leichter leben läßt, wenn einem niemand nachstellt. Zwölftausend Mäuse. Fünfzehntausend. Zwanzigtausend. Bei so hohen Zahlen wird die Spezies allerdings wohl ihre Nahrungsquellen überbeanspruchen und schließlich einen durch Hunger verschuldeten Rückgang erleben. Anschließend wird die Population wieder wachsen. Und dann wieder schrumpfen. Und dann wieder ...

Die Mäusepopulation ist ein Jojo-Spiel mit langer Schnur. Trotz aller zufallsbedingten Katastrophen, trotz allem Auf und Ab sterben Mäuse nicht aus, weil sie keine Rarität sind. Die Eule stirbt aus. Warum? Weil das Leben ein einziges katastrophengesäumtes Spießrutenlaufen ist und weil die Größe, die die Eulenpopulation in guten Zeiten hatte, nicht ausreichte, um sie extrem schlechte Zeiten überstehen zu lassen.

85 Im Jahre 1936 war die Thylacinpopulation auf Tasmanien bereits verschwindend klein. Die Bedrängnis, der sie über ein Jahrhundert lang ausgesetzt war, hatte sie auf ein Nichts zusammenschrumpfen lassen. Aber starb die Art damals aus? Oder hatte das Thylacin im tasmanischen Busch als ein ebenso seltenes wie menschenscheues Tier überlebt? Obwohl alles dafür sprach, daß die Art ausgestorben war, wurden immer wieder Tiere gesichtet.

Vorsichtiger ausgedrückt, wurden sie *angeblich* gesichtet. Seit 1936 haben sich dreihundert Berichte angesammelt. Unter dem Titel »Recent Alleged Sightings of the Thylacine (Marsupialia, Thylacinidae) in Tasmania« [Fälle aus neuerer Zeit, bei denen das Thylacin (Marsupialia, Thylacinidae) in Tasmanien angeblich beobachtet wurde] ist darüber ein wissenschaftlicher Artikel einschließlich Tabellen und Graphiken erschienen. Viele dieser Ansprüche waren zweifellos aus der Luft gegriffen: Hätten die betreffenden Augenzeugen nicht *T. cynocephalus* im Busch erspäht, ihnen wäre statt dessen vielleicht Elvis im Tante-Emma-Laden begegnet. Einige Beobachter aber machten hinsichtlich Gestalt und Körpergröße korrekte Angaben und nahmen die Streifen an der Stelle wahr, an der sie zu sein hatten; manche von ihnen erwähnten sogar die eigentümliche Steifheit des Schwanzes. Ein Bericht, der aus dem Jahre 1982 stammt, wirkt besonders überzeugend. Sein Urheber war ein Wildhüter der für die Überwachung der Nationalparks zuständigen Dienststelle, ein Mann, der bei seinen Kollegen in Hobart als sachkundig und gewissenhaft galt. Hier seine Darstellung:

»Ich hatte in einer abgelegenen Waldgegend im Nordwesten des Staates an einer Wegkreuzung geparkt und mich hinten in meinem Fahrzeug schlafen gelegt. Es regnete heftig. Um zwei Uhr in der Früh wachte ich auf und tastete gewohnheitsmäßig die Umgebung mit dem Suchscheinwerfer ab. Während ich den Lichtstrahl im Kreis führte, erfaßte er ein großes Thylacin, das sechs bis sieben Meter entfernt stand und mir die Seite zukehrte. Meine Fototasche war nicht in unmittelbarer Reichweite, also beschloß ich, mir das Tier sorgfältig anzuschauen, ehe ich eine Bewegung riskierte. Es war ein ausgewachsenes Männchen in hervorragendem Zustand, mit zwölf schwarzen Streifen auf sandfarbenem Fell. Die Augen schimmerten fahlgelb. Es bewegte sich nur einmal, riß das Maul auf und entblößte seine Zähne. Nachdem ich es eine Weile beobachtet hatte, versuchte ich, meine Fototasche zu erreichen, aber dabei störte ich das Tier, und es verschwand im Unterholz. Als ich aus dem Fahrzeug stieg und zu der Stelle ging, wo es verschwunden war, bemerkte ich einen starken Geruch. Trotz intensiver Suche konnte ich von dem Tier keine weitere Spur entdecken.«

Dieser Wildhüter war nicht auf Publicity aus. Er verkaufte seine Geschichte nicht an den *National Enquirer*. Er wollte nicht einmal, daß sein Name genannt wurde.

Infolge dieses Berichtes eines eigenen Mitarbeiters stellte die Naturparkbehörde einen Beamten ab, der dem Fall nachgehen sollte. Beträchtliche Mengen Geld und Arbeitszeit wurden auf die Sache verwendet. Kotproben wurden gesammelt und chemisch analysiert. Sandgruben wurden nach Thylacinfußspuren abgesucht. Die Suchaktion entsprang keiner bloßen Laune: Wenn Thylacine überlebt hatten, dann war die tasmanische Zweigstelle der Naturparkverwaltung satzungsmäßig verpflichtet, sich um den Schutz der Tiere zu kümmern. Zwei Jahre lang kehrte der mit den Nachforschungen betraute Beamte alle vierzehn Tage in die abgelegene Gegend zurück, in der Hoffnung, die damalige Beobachtung wiederholen zu können. Umsonst.

In Hobart unterhalte ich mich mit einem nüchternen jungen Biologen über die Episode. Der junge Mann hat selbst monatelang im Busch gelebt und Material für eine Doktorarbeit über ein anderes fleischfressendes Beuteltier, den Beutelteufel, gesammelt. Die kommen relativ häufig vor; er hat eine Menge von ihnen zu Gesicht bekommen. Er weiß zwischen einer verläßlichen Beobachtung und einer, die nur Aufsehen erregen will, zu unterscheiden. Ich frage ihn, was er von der Beobachtung eines lebenden Thylacins durch den Wildhüter hält? Ist das irgend glaubhaft?

»*Ich* glaube es«, sagt er.

Wo wurde das Tier gesichtet? In einer abgelegenen Waldgegend im Nordwesten, ja, ich weiß – aber *wo genau*? Droben im Gebiet des Arthur River, verrät er mir.

86 Da, wo die zweispurige Asphaltstraße im Nordwesten Tasmaniens aufhört, befindet sich ein Weiler namens Marrawah, der von einigen Dutzend Menschen und von einigen Hundert Guernseyrindern bewohnt wird. Er liegt unmittelbar südlich von Woolnorth, den alten Ländereien der Van Diemen's Land Company. In diesen Gegenden haben Kühe die Schafe als bevorzugter Tierbestand ersetzt, jedenfalls bei den kleinen Farmern, denen ihre Vorfahren keine ausgedehnten, staatlich zugewiesenen Ländereien hinterlassen haben. Der eigentliche Ort Marrawah besteht aus ein paar Häusern, einem Einkaufsladen, einer Baptistenkirche, einem Rathaus und einem Pub. Der Pub nennt sich Taverne, was, wie ich vermute, irgendeinen besonderen Anspruch signalisiert, auch wenn ich nicht recht weiß, welchen. THE MARRAWAH TAVERN, PROP. BUCK AND PETER BENSON, steht auf einem Schild. Das Wort »Pub« hat einen unverändert britischen Klang, und auch wenn ein Großteil Tasmaniens vom kulturellen Firnis des britischen Mutterlandes überzogen ist und in ländlichen Hotels nach wie vor Teestunde abgehalten wird – Marrawah ist definitiv unbritisch. Der Ort weist die rauhe, herzliche Atmosphäre eines am Rande der Welt gelegenen Nestes auf, wie sie eher für eine Holzfällerstadt im Nordwesten Montanas typisch ist. Die Guernseyrinder sind sanfte, in sich gekehrte Seelen, aber viele weitere Wesen ihres Naturells dürfte es dort kaum geben. An einem Samstagabend im Ort angekommen, genehmige ich mir in der Taverne ein Bier. Der reservierte Biologe in Hobart hat mir geraten, den Pub in Marrawah nicht zu versäumen.

Ein Fernseher läuft, aber die Musikbox ist lauter. Es gibt auch Videospiele. Hier und da ist die Wand mit zotigen Kneipenscherzen (Hemd und Schuhe Pflicht, Büstenhalter und Schlüpfer freigestellt) bepflastert, zur nimmer endenden Belustigung derer, die sie angepinnt haben. Hinter der Bar oben an der Wand hängen alte Flinten aus der Pionierzeit, eine Reihe von Ochsenhörnern, ein ausgebleichter Kuhschädel und ein kaputtes Surfbrett. Als Zapfbiere werden Boags Lager und Foster's ausgeschenkt. Boags ist das Bier der Gegend, das trinken muß, wer darauf aus ist, sich unter die Leute zu mischen.

Die Samstagnachtkundschaft, die sich auf den Raum verteilt, ist nicht allzu zahlreich. Zur Ausstattung gehören außerdem ein

Dartbrett und mehrere Fotos von Cricketmannschaften; möglich also, daß ich mit meinen Vermutungen, was die Haltung von Buck und Peter Benson in Sachen Kulturerbe betrifft, auf dem Holzweg bin. Die Musikbox dröhnt »Wild Thing« in den Raum, einen Titel der Troggs, wenn ich mich nicht täusche. Ein schlaksiger junger Rabauke, der gerade stockbesoffen am Poolbillard das Queue schwingt, zweckentfremdet es zur Gitarre und mimt dazu den Gesangspart. Jemand brüllt: »Mach endlich deinen verdammten Stoß, Mike.« Hingeworfene Bemerkungen und rollende Augen geben mir zu verstehen, daß Mike eine berüchtigte Nervensäge und am Ort wohlbekannt, wenn auch nicht wohlgelitten ist. Er macht seinen Stoß nicht. Er ist auf der Bühne, er hat abgehoben: Waald dsäng, änd ah wanna nou fu schuh. Er ist in Aktion, leckt lüstern am Queue. »*Mach* deinen verfluchten Stoß«, drängt eine andere Stimme. Aber dieser Anwurf von der Galerie kann Mike nur erheitern. Sein schmierenkomödiantischer Instinkt übermannt ihn wie eine Erektion. Er zieht verächtlich eine Schnute. Er hat's, verdammt noch mal, nicht eilig, einen Stoß zu machen, er nicht! Er paradiert. Mit Füßen wie ein Percheronpferd, in Arbeitsstiefeln. Er grabscht sich ausdrucksvoll an den Hosenschlitz. Waald thang, you make muh heart sang, you make evvvthang guh ... roovy. Weiteres Brüllen aus der Menge, von ihm mit einem neuerlichen Griff an den Hosenschlitz beantwortet. Ich sitze auf einem Barhocker in der Ecke, nippe an meinem Boags und frage mich müßig, ob ich wohl eine erstklassige tasmanische Prügelei zu sehen kriegen werde. Falls ja, wer wird wohl der brave Bürger sein, der mit dem dicken Ende eines Queues Mike k.o. schlägt?

Etwa um diese Zeit bemerke ich drüben an einer Wand eine rautenförmige Tafel nach Art eines Straßenschilds, einen Scherzartikel, der sich amtlich gibt und auf dem Kraftfahrer gewarnt werden: TASMANISCHER TIGER, ? KILOMETER VORAUS. Das abgebildete Tier ist unverwechselbar: hundeartige Schnauze, Streifen, die sich vom Rücken herunterziehen, steifer Schwanz. Ich nehme das für ein gutes Omen und verlasse am folgenden Tag Marrawah in Richtung des Gebiets um den Arthur River.

87 Die Gegend ist hügelig und bedeckt mit buschartiger Küstenvegetation. Die Luft ist salzig. Der karge Boden, ein beigefarbener, pulveriger Sand, bekommt viel Regen, kann ihn aber nicht speichern. Die vorherrschende Pflanze ist die Südseemyrte, ein dürres Gewächs, das auf kalkhaltigen Dünen zu gedeihen vermag. Dieses Buschland um den Arthur River ist kein Wunder an biologischer Vielfalt und bietet auch kein großes Naturschauspiel, aber die Gegend ist verwahrlost und wild, nur spärlich von unbefestigten Straßen durchschnitten, ungeeignet für die Landwirtschaft und dabei hinlänglich mit heimischer Vegetation bewachsen, um pflanzenfressenden Beuteltieren, den Wallabys und Wombats und Beutelratten, einen hervorragenden Lebensraum zu bieten. Und diese Eigenschaften machen sie auch zu einem idealen Lebensraum für Thylacine.

Jedenfalls zu einem idealen potentiellen Lebensraum. Zu ihrer Zeit müssen sie sich hier bestens entwickelt haben.

Ständige menschliche Bewohner hat die Gegend verschwindend wenige. Ein paar Besucher, die aus kleinen Städten an der Nordküste wie Burnie und Smithton kommen, nutzen das Gebiet um den Arthur River als Strandidyll für arme Leute. Sie verbringen Wochenenden und Ferien in baufälligen Hütten und in den Motels mit »Pauschalangeboten«, um sich zu erholen, in aller Ruhe ihr Bier zu trinken, zu angeln, mit Freizeitfahrzeugen den Strand entlangzufahren, in Liegestühlen zu dösen und mit den Zehen zu wackeln und Gott-weiß-was-sonst-noch zu machen. Aber die Motels und Hütten sind nicht zahlreich, und entlang der nach Süden verlaufenden Küstenstraße nehmen sie sogar noch ab. Der Ort, dem der Arthur River seinen Namen gegeben hat, ein Häufchen verwitterter Häuser am Nordende der alles andere als vertrauenerweckenden Holzbrücke über den Fluß, läßt ein Dorf wie Marrawah nachträglich übervölkert erscheinen. Ich fahre in den Ort, werfe einen erstaunten Blick umher, fahre über die Brücke, suche nach weiteren Gebäuden, sehe aber keine, wende und komme zurück. Jawohl, hier ist es: das Zentrum der Metropole Arthur River. Töricht von mir, auf ein Café gehofft zu haben.

In der nachmittäglichen Totenstille ist kein Mensch zu sehen. Schließlich finde ich ein Motel. Ich schlendere zum Empfangsbüro, das gleichzeitig Lebensmittelladen ist und offenbar der einzige Ort weit und breit, wo man etwas zu essen kaufen kann.

Hinter dem Ladentisch steht ein kleiner rothaariger Mann, ein vergrämter Kerl, dessen Leben schiefgelaufen ist und der, wie sich herausstellt, einen nicht geringen Lustgewinn daraus zieht, Fremde an den Einzelheiten teilhaben zu lassen. Während er munter wird und anfängt, auf mich einzureden, mustere ich seine Kühltruhe und die Regale. Das Sortiment ist unter dem Gesichtspunkt langer Haltbarkeit und geringen Umsatzes ausgewählt – einige Dutzend staubige Konservenbüchsen und Schachteln –, aber ich bin selber schuld, weil ich es zu eilig hatte oder zu unbesonnen war, mich mit Proviant zu versorgen, ehe ich losfuhr. Als Lastwagenfahrer hat er gearbeitet, erzählt mir der Rothaarige. Ferntransporte. Von Burnie nach Hobart und zurück. Ach, wirklich, hmmm, sage ich. Daß ich Schwierigkeiten habe, mich zwischen einem Sack Bohnen und einem Glas Gemüseextrakt zu entscheiden, und deshalb zögere, wird mir als Kontaktbereitschaft ausgelegt. Aber jetzt, erklärt mir der Mann, führt er dieses Haus. Hmmm? Jawohl, und es macht ihm Vergnügen, verkündet er. Dem Himmel sei Dank, daß er hier sein kann. Er ist froh, daß er hier ruhig sitzen kann, Muße hat, die Fernfahrerei los ist. Frau und Töchter sind droben in Burnie. Sie wollen von Arthur River nichts wissen. Schiet. Burnie, auch so eine Mistwelt. Seine Frau hat sich plötzlich verändert, vertraut er mir an. »Verändert« – das ist sein Wort. Ein ominöses kleines Wort. Für ihn scheint ihre Veränderung etwas absolut Undurchsichtiges und Geheimnisvolles. Ich trete von einem Fuß auf den anderen, schaue zur Tür und frage mich insgeheim, was die Frau dazu gebracht haben mag, eigene Wege zu gehen. Diesen armen Kerl, diese zornige, unwirsche Seele haben Zeit und Schicksal schwer mitgenommen. Er ist erst um die Fünfzig, aber alt und k.o., verbittert, irreparabel zerknautscht. Für seine Töchter ist er Luft, sagt er. Schiet. Er kann jetzt verstehen, erklärt er mir, wenn von Männern berichtet wird, die ihre ganze Familie abgeknallt haben. Wie bitte? formuliere ich innerlich, haben Sie da etwas von »abknallen« gesagt?; aber ich werde wohl den Mund halten. Jau, wiederholt Rotschopf, er kann verstehen, wie jemand so weit getrieben werden kann. Die vertraulichen Eröffnungen, deren er mich in vollem Ernst würdigt, beantworte ich mit einem Kopfnicken. Einem höflichen, aber unverbindlichen Nicken. Dann flüchte ich ins Freie, in der Hand eine Konserve mit Rindfleisch und Nudeln. Danke, schönen Tag noch. Ich fahre noch ein paar Kilometer, um mein Zelt in gebührendem Abstand zu dem Rotschopf aufzuschlagen.

Nachdem ich zu Abend gegessen und anschließend eine frühabendliche Siesta gehalten habe, stehe ich in der Dunkelheit auf, um an mein nächtliches Werk zu gehen. Ich fahre auf einer einsamen, unbefestigten Straße tiefer hinein ins Hügelland, bis zu einem geographischen Punkt, der auf meiner Landkarte wie ein kleiner Schnörkel aussieht: Tiger Creek. Welche geeignetere Stelle für die Fahndung nach Tasmanischen Tigern läßt sich meines Erachtens denken als ein obskurer kleiner Zufluß des Arthur River namens Tiger Creek?

Für die Fahrt dorthin brauche ich eine halbe Stunde, und unterwegs lausche ich fasziniert einer Radiosendung mit Zuhörerbeteiligung, die der Australische Nationalfunk in irgendeiner fernen Großstadt ausstrahlt. Diese gespenstische Eigentümlichkeit des tasmanischen Hinterlands ist mir bereits aufgefallen: daß man, besonders nachts, einen guten Rundfunkempfang hat. Da Hobart von keinem Teil der Insel sehr weit entfernt ist (jedenfalls nicht, wenn man es in Fluglinie mißt) und da Melbourne praktisch auf der anderen Seite der Bass Strait liegt, sind die Funksignale kräftig. Dank der Australischen Rundfunkanstalt ist auch das Programm gut. In der einen Nacht eine Jimmy-Dorsey-Retrospektive, in der nächsten Nacht eine Oper aus London. Heute ist die Sendung mit Höreranrufen an der Reihe, und der Teil, den ich mitbekomme, dreht sich um neuere Interpretationen der Schriftrollen vom Toten Meer – ein tolles Thema, zu dem praktisch jeder eine leidenschaftlich unbedarfte Meinung beisteuern kann –, wobei im Studio ein Bibelwissenschaftler voller wüster und gefährlicher Theorien sitzt. Der Kult der Essener, radikales Mönchstum, die wirkliche Rolle von Johannes dem Täufer und die Frage, wer der in den Schriftrollen erwähnte »gottlose Priester« eigentlich war. War Jesus ein gerissener Sterblicher, dem es gelang, die Kreuzigung zu überleben? Der Gedankengang ist nicht neu, aber offenbar gibt es neue, erst kürzlich übersetzte Belege dafür.

Ich parke nahe beim Tiger Creek am Straßenrand, dort, wo ein Pfad in den Busch hineinführt. Ich würde gern noch sitzen bleiben und mehr über die Schriftrollen hören. Statt dessen schalte ich das Radio ab, getrieben von meinem eigenen kleinen Vorhaben.

Die Nacht ist warm. Der Mond steht noch tief. Aber auch schon das Sternenlicht reicht aus, mich ungefähr sehen zu lassen, wohin ich gehe, während ich der sandigen Fährte folge, die sich fahl von der dunklen Vegetation abhebt. Ich habe einen Stirnscheinwerfer und eine starke Taschenlampe mit, aber die will ich nur im Notfall benutzen; sich mit leisen Schritten im Dunkeln zu nähern, ist eine bessere Methode, Tiere zu überraschen. Weiß der Himmel warum, jedenfalls wähle ich diesen Augenblick, um mich mit der Frage zu beschäftigen, ob es auf Tasmanien gefährliche Schlangen gibt. Wenn ich's recht bedenke, gibt es da nicht eine außerordentlich giftige Spezies namens Tigerotter, die bekannt ist für ihre Reizbarkeit? Ein berüchtigter Killer, dunkelfarbig wie ein Rennläufer und deshalb im schattigen Unterholz total unsichtbar? Zumindest auf dem australischen Festland, ich bin sicher, daß es die da gibt: die Tigerotter, *Notechis scutatus*, eine der tödlichsten Schlangen der Welt. Aber mein Gedächtnis für die biogeographischen Details läßt mich im Stich, und ich kann mich nicht erinnern, ob *N. scutatus* es im Pleistozän über die Landbrücke geschafft hat. Falls ja, hat der Name Tiger Creek vielleicht gar nichts mit Thylacinen zu tun – schluck!

Ich setze mit aller Vorsicht die Füße auf. Jedenfalls so vorsichtig, wie es einem Menschen möglich ist, der töricht genug ist, mit ausgeschalteter Stirnlampe nachts in billigen Laufschuhen durch den Busch zu latschen.

Der Pfad ist pulvrig weich unter meinen Füßen. Er windet sich den Hang eines Hügels hinauf, führt in eine Senke hinab, wieder auf einen Hügel, dann auf einen weiteren, durchläuft ein oder zwei Serpentinen, gabelt sich. Ich wähle den rechten Abzweig, der vom Auto wegführt. Er windet sich durch eine weitere Reihe von Anstiegen, Serpentinen und Durchquerungen fort bis zu einer weiteren Gabelung. Weil ich Angst habe, mich zu verirren, fange ich an, diese Gabelungen in meinem Notizbuch zu protokollieren. Wieder weiter. Auf der Kuppe eines Hügels eröffnet sich mir ein plötzlicher Ausblick auf die dunkle Landschaft, auf endlose Kilometer Hügelland, dicht bewachsen mit Südseemyrtengehölz und Wald, durch kein einziges elektrisches Fünkchen verunstaltet. Der Mond steht jetzt hoch am Himmel. Groß, aber nicht voll, tritt er in Abständen hinter dicken Wolkenfetzen hervor. Ich würde ihn als abnehmend bezeichnen und in der Phase zwischen Vollmond und Halbmond orten, nur daß er hier in den Antipoden, wo der Himmel auf dem Kopf steht und rückwärts läuft, vielleicht im Gegenteil zunimmt. Wie das funktioniert, kriege ich nicht mehr zusammen. In weiter Ferne sehe ich Mondschein auf einer Biegung des Arthur River; im Dunkeln glänzt das Wasser wie geschmolzenes Blei. Als die Wolkendecke sich wieder schließt, verschwindet der Mond, und die Luft ist mit einem warmen, dunstigen Nieselregen geschwängert. Ich wandere weiter. Ich folge der Fährte ins Nirgendwohin. Ich lausche.

Ich bin mittlerweile gerade einmal lange genug in Tasmanien, um ein paar der Naturgeräusche zu kennen. Das dumpfe Stampfen eines rennenden Wallabys zum Beispiel klingt, als wären zwei Leute mit Baseballschlägern auf Ameisenjagd. Der Laut, den der Kusu macht, ist ein tiefes, gutturales Puffen. Die andere verbreitete Beutelratte, der Ringbeutler, stößt ein helles, übermütiges Zwitschergeräusch aus, das wie der Ruf eines Seetauchers klingt. Sowohl die Kusus als auch die Ringbeutler hausen auf Bäumen und versetzen Zweige und Blätter in heftige Bewegung, wenn sie sich von Menschen gestört fühlen. Ich vermute, das hat eine ähnliche Bedeutung wie das ostentative Sichräuspern bei uns Menschen. Und neben den hörbaren Signalen habe ich auch noch ein paar visuelle kennengelernt. Der Wombat ist ein rundschultriger Klumpen dunklen Fells (wie ein junger Bär, nur apathischer), der erst bewegungslos verharrt und dann ruhig die Richtung ändert, wenn man ihm nachts auf einer Fährte begegnet. Der Beutelteufel, der sich ebenfalls nachts gerne auf ausgetretenen Pfaden bewegt, hinterläßt mit den Hinterfüßen einen unverwechselbaren Abdruck: einen rechteckigen Ballen, die vier Zehen vorne nebeneinander aufgereiht. Der Beutelteufel ist kleiner und behender als der Wombat; quer über die schwarze Brust zieht sich eine weiße, jochförmige Markierung, die bei einer unvermittelten Konfrontation ein auffälliges Erkennungszeichen ist. Begegnet man einem Beutelteufel nachts auf einer Fährte, reagiert er schuldbewußt und rasch, wohingegen der Wombat nur irritiert wirkt. Der Fußabdruck des Thylacins ist durch Museumsexemplare wohlbekannt. Über die Lautgebung des Thylacins dagegen läßt sich nichts sagen; sie hat sich in den Hintergrundgeräuschen der Geschichte verloren.

Ein Heulen? Nein. Ein Bellen? Nein. Ein Gesang? Nicht im irgendwie üblichen Sinne. Manche Quellen beschreiben den Laut des Thylacins als ein Husten. Manche sprechen von einer Art nasalem Kläffen. Einem der Experten zufolge gab (oder gibt?) ein gereiztes Thylacin ein dumpfes Knurren von sich. In erregtem Zustand stieß (oder stößt?) es ein rauhes Zischen aus. Thylacine in Gefangenschaft waren normalerweise stumm. In freier Wildbahn waren (sind?) sie etwas stimmfreudiger. Und in der menschlichen Einbildung machen sie alle möglichen unheimlichen Geräusche. Fünf nächtliche Stunden lang wandere ich jetzt schon inmitten von Beutelratten und Wombats und Wallabys und Beutelteufeln, höre diese Tiere, sehe sie und lese ihre Spuren im Licht der Taschenlampe. Meine Gedanken sind bei dem stummen, unsichtbaren Thylacin.

Ich denke an all die Leute, die ihm bereits vor mir nachgespürt haben. Manche von ihnen waren hinter Geld her, aber bei vielen war das Motiv teilnehmende Neugier. Anfang 1937, weniger als ein Jahr, nachdem das letzte in Gefangenschaft lebende Tier im Zoo von Hobart gestorben war, schickte das Fauna Board, die Regierungsbehörde, die damals für den Artenschutz zuständig war, eine kleine Expedition aus, die nach eventuell in freier Wildbahn überlebenden Exemplaren von *T. cynocephalus* suchen sollte. Die Gruppe bestand aus einem Sergeant Summers von der Tasmanischen Polizei, einem weiteren Polizisten und einem erfahrenen Fährtensucher. Sie kamen hierher ins Gebiet des Arthur River. Sie fanden gute, wenn auch nur spärliche Belege dafür, daß die Art nach wie vor existierte: Spuren und Berichte, daß Tiere kürzlich gesehen worden waren. Sergeant Summers empfahl, das Gebiet unter Naturschutz zu stellen; sein Vorschlag fand aber kein Gehör. Später im gleichen Jahr und dann wieder im folgenden wurden andere Suchtrupps nach Südwesten geschickt, wo sich einige der wildesten Buschgegenden befanden, und auch sie stießen auf Spuren. Die Expedition von 1938 wiederholte Summers' Vorschlag, ein Naturschutzgebiet einzurichten, und empfahl dafür eine andere Region. Auch dieser Vorschlag blieb unbeachtet. Dann brach der Krieg aus. Hitler und Japan waren weit dringlichere Probleme als der Zustand einer Raubbeutlerpopulation, und so wurde die nächste Expedition erst nach Kriegsende ausgeschickt. Im November 1945 kam ein Naturforscher namens David Fleay vom australischen Festland nach Tasmanien, um eine neuerliche Expedition in den Südwesten zu führen. Monatelanges Suchen förderte außer einigen zweifelhaften Fußspuren nichts zutage, was auf Thylacine hindeutete. Fleays große Stahlkäfigfallen, in denen Schinken und lebende Vögel als Köder ausgelegt waren, fingen nur Beutelteufel und andere unerwünschte Beutler. Fleay schleppte Fleischbrocken durch den Busch, ohne damit auch nur ein einziges Thylacin anzulocken. Eines Nachts hörte seine Gruppe einen seltsamen Schrei, vielleicht den Schrei eines Thylacins, vielleicht auch nicht. Anfang 1946 gab Fleay auf. Er kehrte aufs Festland zurück, nach wie vor überzeugt davon, daß die Spezies noch lebte; allerdings hatte er dafür weniger Beweise gefunden als Summers im Jahre 1937. In der Zeit von Fleays Expedition bis heute scheint die Spur immer mehr erkaltet zu sein.

Mag sein, daß die dreißiger und vierziger Jahre ein kritischer Zeitraum waren, in dem die letzten Reste der Thylacinpopulation – in verschiedene Enklaven naturbelassener Landschaft versprengt, voneinander isoliert und jeweils zu klein, um demographisch und genetisch widerstandsfähig zu sein – den kollektiven Endpunkt unüberbietbarer Rarität erreichten und dann gänzlich ausstarben. Genaues wissen wir nicht. Spätere Forschungen zur Situation des Thylacins im besonderen und zur Lage kleiner Populationen im allgemeinen sprechen für diese Vermutung.

Im Jahre 1957 brachten Zeitungen rund um die Welt eine aufregende Neuigkeit. Ein merkwürdiges Tier, das man im Verdacht hatte, ein Thylacin zu sein, war von zwei Männern gesichtet worden, als sie im Hubschrauber ein abgelegenes Stück Strand an der Südwestküste überflogen. Die Männer hatten das Tier umkreist und ein Foto von ihm geschossen. Aber das Foto konnte nicht überzeugen, da das Tier dunkel war und einen buschigen

Schwanz hatte. Anschließende Nachforschungen (über die von den Zeitungen rund um die Welt *nicht* berichtet wurde) ergaben, daß einem Fischer in dieser Gegend mehrere Wochen vorher sein Hund entlaufen war.

Ende 1963 begann der Zoologe und Historiker Eric Guiler mit einer Suche an der Südwestküste, die durch das Fauna Board gefördert und direkt vom tasmanischen Regierungschef finanziell unterstützt wurde, der sich offenbar von der Wiederentdeckung des Thylacins günstige Auswirkungen auf die Wirtschaft beziehungsweise das Ansehen des Bundesstaates oder Weiß-der-Kuckuck-was-Sonst erhoffte. Als Verfasser wissenschaftlicher Studien zum Thema und als Teilnehmer an früheren Suchaktionen war Guiler wahrscheinlich der führende tasmanische Fachmann für Thylacinologie. Seine Expedition arbeitete acht Monate lang, klapperte im Land Rover die Buschstraßen ab, legte in unwegsamem Gelände viele Kilometer zu Fuß zurück, stellte mehr als viertausend Fallen auf und kontrollierte sie. Nach Guilers eigener Schätzung addierte sich die Fallenstellerei, die er und sein Team betrieben, zu einer Gesamtzahl von 126 000 Nachtspannen, in denen das Thylacin Gelegenheit hatte, in eine Falle zu gehen. Sie fingen eine Menge heimischer Tiere, darunter 338 Filander, 132 Beutelteufel, 70 Wallabys, 46 Wombats, 13 Riesenbeutelmarder, 9 Kusus, 2 Ameisenigel, 2 Krähen und einen Seeadler. Aber keine Thylacine. Wie Guiler bekannte, »hatten wir das Gefühl, für all die Mühe und Arbeit, die wir in das Projekt gesteckt hatten, Besseres verdient zu haben«. Sein Projekt war nicht so sehr ein wissenschaftliches Unterfangen als ein Glaubensakt. Und aller empirischen Enttäuschung zum Trotz bewahrte sich Guiler seinen Glauben, was sich bei wahrhaft Gläubigen auch so gehört. Denn ebendies ist ja Glaube: eine Überzeugung, die über alle Empirie hinausreicht.

Glaube tröstet, Empirie aber schafft Gewißheit. Da er Gewißheit wollte, hoffte Guiler weiter darauf, daß schließlich doch noch greifbare Beweise für die Existenz des Thylacins auftauchen würden. Die sechziger und siebziger Jahre hindurch unternahmen er und andere weitere Suchaktionen – private Nachforschungen und offizielle Expeditionen, die meisten unter großer Anteilnahme der Öffentlichkeit gestartet und in aller Stille zu

Ende gebracht. Etwas Greifbares sprang bei keiner von ihnen heraus. Dreißig Jahre nachdem die letzten eindeutigen Spuren von *T. cynocephalus* gefunden worden waren, hatte sich die große Thylacinjagd fast schon in ein mythologisches Unterfangen verwandelt, in ein halb spinnertes, aber voll Stolz zelebriertes tasmanisches Kulturritual, das zur Unterhaltung der zeitunglesenden Öffentlichkeit in Abständen abgewickelt wurde. Das Thylacin übernahm die Rolle, die anderswo der Nikolaus, die UFOs, das Ungeheuer von Loch Ness oder der mit Fallschirm operierende Flugzeugentführer D. B. Cooper spielen: ein Knaller, der jede Wahrheit in den Schatten stellt und dazu taugt, die Leute bei Laune zu halten.

Im Jahre 1966 wurden in einem mutmaßlichen Thylacinbau Haarproben gesammelt. Einem Fachmann zufolge stimmten die Proben mit dem Thylacinhaar überein, das man von präparierten Exemplaren kannte. Ein anderer Fachmann kam zu dem gegenteiligen Ergebnis. Im Jahre 1972 wurden an zwei Dutzend Stellen automatische Kameras mit Blitzlicht installiert; sie waren mit Stolperdrähten verbunden, und es waren Köder ausgelegt. Sie machten Fotos von einigen höchst überraschten Wallabys. Im Jahre 1973 verbrachte ein amerikanischer Naturfreund ein paar Nächte auf einem Baum und blies auf einem kleinen unmusikalischen Instrument, das unter der Bezeichnung Schädlingslockruf bekannt ist. Ein weiterer Versuch wurde 1979 unternommen, als der World Wildlife Fund 55 000 Dollar für einen massiven Zangenangriff auf das Thylacin-Problem zur Verfügung stellte. Die eine Angriffsspitze war Eric Guiler, der Filmkameras mit automatischem Auslöser einsetzte. Die andere stand unter der Leitung eines zweiten Zoologen und setzte sich aus historischen Nachforschungen, der Analyse früherer Beobachtungen und Fotoapparaten mit automatischem Auslöser zusammen. Guilers Film erbrachte »eine ganz unerwartete Fülle« von Beutelratten. Die Fotoapparate ergaben, daß es dem Beutelteufel gutging und daß sich sogar Filander gelegentlich von Fleisch angezogen fühlen. Auch diesmal konnte das Ausbleiben von empirischen Beweisen Guilers Glauben nicht ins Wanken bringen. Der andere Zoologe fertigte einen gründlichen, klarsichtigen Bericht an, in dem er zu dem Schluß gelangte, das Thylacin sei »wahrscheinlich ausgestorben«, aber vielleicht, ganz vielleicht, auch nicht.

Meine nächtliche Wanderung im Gebiet des Arthur River läßt mir Zeit, über all dies nachzusinnen. Ich denke an Guilers Bemühungen, seinen Glauben, seine Enttäuschungen. Ich denke an die Leutchen von der Internationalen Gesellschaft für Kryptozoologie, eine harmlose Gruppe begeisterter Hobbyzoologen, die gern reisen und phantasieren und mit äußerster Sorgfalt anekdotisches Material über zweifelhafte Tiere sammeln; bei ihnen ist das Thylacin ein Kultobjekt. Ich denke an Nessie und Sasquatch. Ich denke an das Feuer abenteuerlicher Phantasien, das in *Homo sapiens* brennt, daran, daß in jedem von uns ein kleiner Kryptozoologe steckt. Ich denke an die Schriftrollen vom Toten Meer. Ich denke an die logische Form des Satzes »*Thylacinus cynocephalus* existiert nicht mehr« und an die Tatsache, daß man negative Aussagen nicht beweisen kann. Ich denke über Rarität, Inzucht und über die verschiedenen zufälligen Rückschläge nach, die eine winzige Thylacinpopulation in den vergangenen sechzig Jahren unvermeidlich hätte einstecken müssen. Ist vorstellbar, daß irgendeine Population so lange Zeit so nahe am Nullpunkt ausharren könnte, ohne daß ihr eine fatale Schwankung nach unten den Garaus macht. Schwer zu sagen. Ich zweifle. All diese Einfälle stellen einfach nur die ungeordnete Gedankenflut einer ganzen Nacht dar, keine logische Abfolge oder zusammenhängende Überlegung. Währenddessen bin ich ungefähr fünfzehn Kilometer gewandert. Zeit, soviel nachzudenken, habe ich in den nächtlichen Bergen oberhalb des Tiger Creek nicht zuletzt deshalb gefunden, weil mich kein einziges Mal der Anblick eines Thylacins abgelenkt hat.

Als ich um drei Uhr nachts zum Wagen zurückkomme, ist die Sendung mit Zuhörerbeteiligung vorbei. Sollte es irgendwelche schockierenden, wenngleich einleuchtenden Enthüllungen über die Identität des gottlosen Priesters gegeben haben, so sind sie mir entgangen. Der ABC-Sender bringt jetzt Rock 'n' Roll.

Am nächsten Morgen fahre ich nach Marrawah zurück. Ich halte an der Taverne, um einen Kaffee zu trinken. Die Frau hinter der Bar möchte ihre Ruhe haben; nachdem sie mir eine Tasse bräunliches Wasser gebracht hat, überläßt sie mich mir selbst.

Im klaren Licht eines Montagmorgens schaue ich mir das rautenförmige Straßenschild mit seiner Warnung TASMANISCHER TIGER, ? KILOMETER VORAUS noch einmal an. Unmittelbar daneben befindet sich ein kleineres Schild, das ich am Samstagabend nicht bemerkt habe. JEDER BRAUCHT ETWAS, WORAN ER GLAUBEN KANN, steht darauf. Bei näherer Betrachtung entdeckt man einen schaumgekrönten Krug und in kleiner Schrift den Satz: »Ich glaube, ich trinke noch ein Bier.«

88 Da wir uns Gedanken über den Zusammenhang zwischen Seltensein und Aussterben machen, ist es angebracht, daß ich auf die Wandertaube (*Ectopistes migratorius*) zu sprechen komme, die heute ausgestorben ist, obwohl sie einst wahrscheinlich der *am wenigsten* seltene Vogel auf der ganzen Welt war.

Vor gerade einmal zwei Jahrhunderten gab es Wandertauben in fast unvorstellbarer Zahl. Sie war weiß Gott keine Inselspezies, sie war eine Erscheinung kontinentalen Ausmaßes. Sie bewohnte die östliche Hälfte Nordamerikas und bevölkerte die großen Laubwälder vom Küstenstaat Massachusetts bis zu den großen Prärien und vom nördlichen Mississippi bis hinauf nach Nova Scotia. Innerhalb einer kurzen Zeitspanne sank ihre Population von ungefähr drei Milliarden auf sage und schreibe Null. Während sie gedieh, war sie ein umwerfender biologischer Erfolg. Als sie zugrunde ging, tat sie das rasch und total. Das erste und offenkundigste der Probleme, die ihr zu schaffen machten, waren die Menschen, die sie ohne jedes Maß und voll Gier abschlachteten. Ihr letztes Problem war anderer Natur. Oberflächlich betrachtet erscheint die Wandertaube als eine Spezies, die von außerordentlicher Häufigkeit ins Ausgestorbensein überwechselte, ohne im Zustand einer Rarität zu verweilen oder den Bedingungen, die damit verknüpft sind, nennenswert ausgesetzt zu sein. Dieser Eindruck ist irreführend. Die Menschen sorgten dafür, daß *Ectopistes migratorius* selten wurde. Und ihre Seltenheit ließ die Art dann anfällig für einen ganzen Komplex weiterer Nöte werden.

Seltenheit ist ein relativer Begriff. Fünftausend Thylacine in Tasmanien mögen ausgereicht haben, um von der Spezies bestimmte Probleme fernzuhalten, von denen kleine Populationen betroffen sind. Dagegen waren fünf Millionen Wandertauben in Nordamerika vielleicht nicht genug. Warum ist das so? Weil die jeweilige Sozialstruktur und die damit in Zusammenhang stehenden ökologischen Verhältnisse die Populationsstabilität der verschiedenen Arten an unterschiedliche Schwellenwerte binden. *E. migratorius* hatte ihren eigenen Schwellenwert, der außergewöhnlich hoch lag und zum Teil eine Funktion der einzigartigen sozialen und ökologischen Besonderheiten der Spezies war. Durch die menschlichen Nachstellungen sank die Populationszahl unter den Schwellenwert, woraufhin die Dynamik des Artensterbens subtilere und kompliziertere Züge annahm.

Wandertauben waren fanatische Herdentiere. Wir wissen nicht viel über ihre Gewohnheiten, aber soviel wissen wir immerhin. Die Evolution hatte sie auf eine Strategie extremer Gemeinschaftlichkeit verpflichtet. Sie fanden Behaglichkeit, Sicherheit vor räuberischen Angriffen und angemessene Paarungsbedingungen innerhalb riesiger, zusammengeballter Kolonien, die für andere Arten einen Zustand unerträglicher Übervölkerung bedeutet hätten. Sie lebten von Futter, das in hohen Konzentrationen vorkam, nicht gleichmäßig über weite Regionen verteilt, sondern stellenweise und in räumlich und zeitlich geballter Form. Riesige Haufen Eicheln und Bucheckern und ähnliches Mastfutter waren wichtig, aber auch Trauenkirschen, Maulbeeren, Holunderbeeren, die Samen von Feldahorn und Ulme und (in dem Maße, wie europäische Ansiedlungen die Landschaft umgestalteten) die Getreidefelder unseliger Farmer. Die Vögel waren in riesigen Schwärmen unterwegs, was bedeutete, daß Millionen Augenpaare gemeinsam nach diesen weit verstreuten Futterfundgruben Ausschau hielten. Sie brüteten in riesigen Kolonien, die sich über eine Fläche von bis zu vierhundert Quadratkilometern erstreckten. Wenn sie aufflogen, um als Gruppe nach Nahrung oder nach einem Schlafplatz zu suchen, verfinsterte sich im buchstäblichen Sinne der Himmel.

Um 1614 berichtete ein Mann aus Virginia von Tauben »in unvorstellbarer Zahl« und fügte hinzu: »Ich selbsten hab erblicket drei oder vier Stunden ohn Unterlaß Schwärme ziehen durch den Äther, so dichte, daß gar das Firmament unseren Augen entzogen war.« Ein holländischer Siedler in Manhattan schrieb 1625: »Die häufigsten Vögel sind wilde Tauben; diese sind so zahlreich, daß sie die Sonne verdunkeln.« Ein Gedicht aus dem Jahre 1729, das aus Pennsylvania stammt, enthält die Zeilen: »Im Herbste gibt's hier von Tauben ein solches Gewimmel, daß ihre Schwärme verdunkeln den ganzen Himmel.« In den historischen Quellen unzählige Male wiederholt, wirkt die Beobachtung wie eine stereotype Formel, bis ein neuer Augenzeuge ihr wieder den frischen Atem erlebter Wirklichkeit einhaucht. Ein französischer Forscher namens Bossu, der um 1760 nach Illinois kam, war beeindruckt von »Wolken von Tauben, bei denen es sich um eine Art Holz- oder Wildtaube handelt. Es mag unglaubhaft klingen, aber sie verdunkeln die Sonne.« Bossu berichtete auch, ein Jäger könne mit einem Schuß achtzig Stück erlegen. Um 1810 schätzte der Ornithologe Alexander Wilson die Größe eines einzigen Schwarmes und kam auf die gewissenhaft überschlagene, schwindelerregende Zahl von 2 230 272 000 Vögeln. (Tägliche Futtermenge: rund 600 Millionen Liter Eicheln.) Hätte Wilson die Zahl abgerundet und von »zwei Milliarden Vögeln« gesprochen, würden wir ihn verdächtigen, maßlos zu übertreiben. Etwa um die gleiche Zeit beschrieb John James Audubon einen Schwarm, den er gesehen hatte und nicht aufgehört hatte zu sehen, während dieser Kentucky überflog. Der Schwarm brauchte drei Tage, um über ihn hinwegzufliegen.

Der Rückgang, der aus Überfülle Rarität werden ließ, scheint sich rasch vollzogen zu haben, wahrscheinlich in den achtziger Jahren des 18. Jahrhunderts. Zu Anfang dieses Jahrzehnts nistete *E. migratorius* noch in Scharen von vielen Millionen Tieren, aber im Jahre 1888 war der Anblick von 175 Exemplaren schon etwas Bemerkenswertes. Der Himmel wurde niemals wieder von Wandertauben verdunkelt. Der letzte wildlebende Vogel, von dem wir Kunde haben, wurde am 24. März 1900 in Sargents im Bundesstaat Ohio geschossen. Danach gab es die Spezies nur noch in Zoos. Die letzte bekannte Wandertaube, die unter einem persönlichen Namen, Martha, in die Geschichte des Artensterbens eingegangen ist, überlebte bis 1914 im Zoo von Cincinnati. Sie und

Erzherzog Franz Ferdinand starben im gleichen Sommer. Marthas Leichnam wurde in einem Eisblock eingefroren und ins Smithsonian Institute geschafft, um dort untersucht zu werden. Milliarden von Wandertauben waren bereits erlegt worden, ohne daß der Anatomie oder dem Verhalten oder der Ökologie des Tieres nennenswerte Beachtung geschenkt worden wäre. Jetzt plötzlich war Marthas kleiner Kadaver eine Kostbarkeit, ganz im Einklang mit der Theorie vom Seltenheitswert. Ihr Balg wurde ausgestopft und ausgestellt. Sie verkörperte eine bemerkenswerte Tatsache: Ausgerechnet die Art, die durch ihre Zahl vor jedem Aussterben geschützt schien, war ausgestorben.

Bis heute fragt man sich, wie das geschehen ist. Im Laufe des vorigen Jahrhunderts wurden dafür eine Vielzahl phantastischer und weniger phantastischer Erklärungen geliefert. Zum Beispiel gab es da die Meldung, ein frankokanadischer Priester habe *E. migratorius* mit einem Fluch belegt, weil sie seinem Sprengel Schaden zugefügt habe. »Fast jeder vorstellbare Grund ist für das Aussterben der Taube angeführt worden«, schrieb ein Historiker namens A. W. Schorger und fügte hinzu: »Zu den beliebtesten Erklärungen zählte die These von einem massenhaften Ertrinkungstod im Golf von Mexiko oder im Atlantischen Ozean. Selbst an der Küste Rußlands wurden angeblich noch Tauben angespült. Einer anderen Theorie zufolge wanderten die Tauben, um der Verfolgung zu entgehen, nach Chile und Peru aus. Noch 1939 glaubte man, sie in Bolivien gesichtet zu haben.« Wer weiß, wieviel länger sie noch überlebt und sich im trauten Verein mit Mengele und Bormann dort unten versteckt haben mögen.

Schorgers Buch, *The Passenger Pigeon: Its Natural History and Extinction* [Die Wandertaube: Ihre Naturgeschichte und ihr Aussterben], eine historisch gründliche, wenn auch mittlerweile wissenschaftlich veraltete Behandlung des Themas, die 1955 erschien, verwarf solche von den Menschen zur eigenen Entlastung erfundene Vorstellungen wie den massenhaften Ertrinkungstod, die Flucht nach Bolivien oder den unmittelbaren göttlichen Eingriff. Schorger erwähnte ein paar andere Faktoren, die zur Begründung des Verschwindens der Taube angeführt worden waren: Waldbrände, epidemische Erkrankungen, Holzfällerei, die zur Zerstörung der als Nahrungsgrundlage dienenden Laubwälder führte, und ungünstige klimatische Bedingungen zu einer Zeit, als die Verluste an Lebensraum die Vögel zwangen, nach Norden auszuweichen. Schorger hielt auch fest, in welchem Ausmaß die Tauben abgeschlachtet worden waren.

Eben das massenhafte Auftreten, das mitgeholfen hatte, die Wandertauben vor ihren natürlichen Feinden zu schützen, machte sie besonders hilflos gegenüber menschlichen Nachstellungen. Das instinktive Bedürfnis der Vögel nach sozialem Zusammenhalt war so stark, daß man Tausende von ihnen töten konnte, ehe die übrigen das Weite suchten. Seinen Gipfelpunkt erreichte das Massaker nach dem Bürgerkrieg, als ein ganzes Heer von professionellen Jägern die großen Schwärme jagte. Hilfestellung leisteten den Jägern die Telegraphenverbindungen (bei der Information über Nistplätze) und die Eisenbahnen (beim raschen Abtransport der Beute). Ortsansässige, und zwar nicht nur die Männer, sondern ganze Familien, beteiligten sich ebenfalls. Die Vögel wurden wie Äpfel in einem Obstgarten aufgelesen, wobei Hunderte liegen blieben und verwesten. »Jagd« ist für eine solch stumpfsinnige, methodische Schlächterei eigentlich ein zu edles Wort; »Ernte« mag zwar bei einer Tierspezies einigermaßen beschönigend wirken, ist aber wohl zutreffender. Die Ernte wurde mit Netzen, Fallen, Schwefeldämpfen, Keulen und langen Stangen ebenso wie mit der Flinte praktiziert. Eine Familie in Massachusetts, die mit Stangen die Vögel von ihren Schlafplätzen herunterschlug, erlegte in einer Nacht zwölfhundert Stück. In manchen Fallen fanden tausend Vögel auf einmal Platz. Fässer voll mit gepökelten oder eisgekühlten Tauben wurden in die Städte im Osten geschickt, wo man pro Vogel nicht mehr als ein Fünfcentstück bezahlte. Wenn es auf den Märkten in den Städten gelegentlich zu einem Überangebot kam, sank der Preis sogar noch tiefer, und man verschenkte Wandertauben oder verfütterte sie an die Schweine.

Noch im Jahre 1878 betrug die vermarktete Ausbeute von einem Nistplatz in der Nähe von Petoskey in Michigan mindestens 1,1 Millionen Tiere. An einen anderen Nistplatz in Michigan erinnerte sich in den dreißiger Jahren eine ältere Frau namens Etta S. Wilson, die als junges Mädchen ein solches Ereignis miterlebt hatte:

»Tag und Nacht ging das gräßliche Geschäft weiter. Überall lag Vogelleim und bedeckte in einer dicken Schicht den Boden. Töpfe, in denen Schwefel verbrannt wurde, spien an verschiedenen Stellen ihre tödlichen Dämpfe aus, an denen die Vögel erstickten. Erdgeister in menschlicher Gestalt, die alte, zerlumpte Kleider anhatten, deren Kopf mit grober Leinwand bedeckt war und die an den Füßen alte Schuhe oder Gummistiefel trugen, gingen mit Stöcken und Keulen herum und schlugen die Vogelnester herunter, während andere Bäume fällten und die überladenen Äste abbrachen, um die Jungvögel einzusammeln.«

Außer dem, was sie sah und roch, waren ihr auch noch Geräusche im Gedächtnis geblieben:

»Schweine kamen zu dem Nistplatz, um sich an den heruntergefallenen Vögeln zu mästen, und ergänzten den allgemeinen Lärm durch ihr Quieken, wenn jemand auf sie trat oder sie mit einem Tritt aus dem Weg beförderte, während die hohen, gackernden Töne der angstvollen Tauben, die ein bißchen heiser und verhalten klangen, als wären sie außer Atem, zu einem seltsamen Tosen zusammenflossen, das keinem bekannten Geräusch glich und an die zwei Kilometer weit zu hören war.«

Das war der Gesang der in Todeszuckungen liegenden Spezies *E. migratorius*. Wilson fügte hinzu:

»Von den unzähligen Tausenden zermalmter, totgeschlagener, heruntergefallener Vögel konnten nur vergleichsweise wenige aufgelesen werden, und doch wurden in fast ununterbrochener Folge Wagenladungen aus dem Nistplatz herausgefahren, während der Boden immer noch mit lebenden, sterbenden, toten und verwesenden Vögeln bedeckt war.«

Das Geschilderte hatte sich um 1870 im Bezirk Leelanau, unmittelbar westlich der Grand Traverse Bay, zugetragen. Etta Wilson trug ihre Erinnerungen sechzig Jahre danach bei einer Versammlung der Amerikanischen Ornithologischen Vereinigung vor; ihren Äußerungen eignet ein gewisser Bekenntnischarakter: »In meiner Jugend war ich mit allen Vorgängen vertraut, die zum Taubenhandel gehörten; das fing mit dem Einsammeln an, dann kam das Sortieren und Packen, dann war man damit beschäftigt, die Vögel zu rupfen, auszunehmen und zu kochen, und schließlich wurden sie gegessen.« Aber sie bemerkte auch, daß ihr eigener Großvater, ein Missionar, eine Warnung gehört und sich zu Herzen genommen habe, die von den dort lebenden Indianern stammte und das logische Ende des Gemetzels betraf: »Nach einiger Zeit wird es keine Tauben mehr geben.« Ihr Großvater seinerseits habe sich bemüht, die professionellen Jäger von dieser Wahrheit zu überzeugen, aber die hätten es vorgezogen, vom Gegenteil überzeugt zu bleiben: »Tauben wird es geben, solange die Welt besteht.«

Die Klarsicht der Indianer und des großväterlichen Missionars war wenig verbreitet. Mehrere Bundesstaaten hatten Gesetze zur Regulierung des Handels mit Tauben erlassen, aber den Gesetzen mangelte es an Konsequenz, sie wurden selten durchgesetzt, und als sie in Kraft traten, war es wahrscheinlich schon zu spät. Zwanzig Jahre früher, vor dem Bürgerkrieg und der Schaffung eines Eisenbahnnetzes, hätte ein wirklicher gesetzlicher Schutz *E. migratorius* vielleicht noch retten können. Aber die Ansicht, die 1857 ein Ausschuß der gesetzgebenden Versammlung von Ohio äußerte, war damals gang und gäbe: »Die Wandertaube braucht keinen Schutz. Das Tier, das von unglaublicher Fruchtbarkeit ist, die endlosen Wälder des Nordens als Brutstätte zur Verfügung hat und auf der Suche nach Futter Hunderte von Kilometern zurücklegt, ist heute hier und morgen dort; keine normale Zerstörung kann sie dezimieren oder den Myriaden, die jährlich erzeugt werden, erkennbare Verluste zufügen.« Heute hier, morgen dort. Aber wie es danach um die Spezies stehen würde – nach fünf Jahren oder einem Jahrzehnt oder einem Menschenleben –, ließ sich schwer voraussehen; nicht einmal im Rückblick ist leicht zu verstehen, was passiert war.

Welche Ursache oder Reihe von Ursachen das Aussterben der Taube letztlich bewirkte, bleibt unklar. Ist es tatsächlich denkbar, daß Jäger drei Milliarden Vögel zur Strecke gebracht haben? Ist es tatsächlich denkbar, daß Menschen so erbarmungslos effektiv waren? A. W. Schorger war der Überzeugung, daß es sich so verhielt. Ihm zufolge »hielt die Verfolgung an, bis der letzte wildlebende Vogel verschwunden war«. Aber Schorgers Ansicht steht offenkundig dem Prinzip der sinkenden Profitrate entgegen. In dem Maße, wie die Spezies seltener wurde, wie die Schwärme sich verkleinerten und die Nistplätze verstreuter lagen, müssen die Techniken der massierten Ernte ihre Wirksamkeit eingebüßt haben und muß das Verhältnis zwischen Aufwand und Profit sich verschlechtert haben. Die Schrotflinten, Fallen und Netze müssen pro Einsatz weit weniger Vögel erbracht haben. Am Ende kann E. migratorius als marktgängiges Wildbret kaum attraktiver gewesen sein als jede andere genießbare und nicht allzu häufige Vogelart. Was geschah dann?

Wir verfügen über fast keine wissenschaftlichen Belege. Die Fachleute können nur auf der Basis ihrer Kenntnis der Materie Vermutungen anstellen. Eine solche Vermutung wurde 1980 von einem Biologen namens T. R. Halliday vorgetragen. Halliday, den Schorgers These nicht hatte überzeugen können, schrieb: »Das Rätselhafte am Untergang der Wandertaube besteht darin, daß sich der Verfall der Spezies in den letzten Jahren ihrer Existenz mit einer Geschwindigkeit fortsetzte, für die allein die Tatsache, daß ihr von den Menschen nachgestellt wurde, als Erklärung nicht ausreicht.« Er wies darauf hin, daß zwischen dem großen Nistplatz bei Petoskey und dem Tode von Martha gerade einmal sechsunddreißig Jahre lagen. Diese Ausrottung ging nach Hallidays Ansicht zu rasch vor sich, um bloß das Werk kommerziellen Raubbaus sein zu können. Und auch Umweltzerstörungen lieferten keine befriedigende Antwort, da es zu der Zeit, als die Taubenpopulation kollabierte, noch ansehnliche Waldgebiete aus Buchen und Eichen gab, die nicht der Axt zum Opfer gefallen waren.

Mit Methoden der theoretischen Ökologie (wozu ein Diagramm, eine hypothetische Kurve und Begriffe wie »kritische Koloniegröße« und »kritische Jungvögelrate« gehörten) versuchte Halliday, den Zusammenbruch zu erklären. Weil seine Entwicklungsgeschichte den Vogel abhängig von den Vorteilen der Haufenbildung hatte werden lassen, stand er laut Halliday vor der Alternative, entweder in riesigen Massen zu existieren oder gar nicht. Um sein Futter zu finden und sich gegen seine natürlichen Feinde zu schützen, brauchte er Millionen Augenpaare. Um seine Eier auszubrüten und seine Jungen zu atzen, war er auf die schoßartige Geborgenheit angewiesen, die ihm die Masse seiner Artgenossen bot. Als die Größe der Schwärme unter einen bestimmten Schwellenwert sank, verloren die Futtersuchflüge an Ergiebigkeit, wurden die Rhythmen der Paarung und Brutpflege gestört, hörten die Schwärme auf, selbsttragende Einheiten zu sein und begann die Spezies als ganze auszusterben. Hallidays These zufolge »hingen soziale Faktoren, nämlich die Koloniegröße und der Fortpflanzungserfolg, so miteinander zusammen, daß die Fortpflanzungsrate nicht mehr ausreiche, um die Sterberate auszugleichen, obwohl die Spezies dem Anschein nach immer noch ziemlich häufig vorkam. Der Ausdruck »allem Anschein nach« soll uns daran erinnern, daß der Anschein häufig trügt und Rarität ein relatives Phänomen ist.

Mit einer verbleibenden Population von einigen Millionen, die sich auf kleine, verstreute Schwärme verteilte, hätte die Spezies noch zahlreich genug scheinen können, um zu überleben; aber dem war nicht so. Sie war eines entscheidenden ökologischen Aktivpostens beraubt: ihrer Vielzahl. Wenn wir uns Hallidays Sicht anschließen, starb die Wandertaube aus, weil die Jagd sie hatte selten werden lassen – relativ selten jedenfalls – und weil ihr Raritätsniveau sich mit der sozialen Ökologie der Spezies nicht vereinbaren ließ.

89 So vertraut die Geschichte der Wandertaube in ihren groben Zügen anmutet und so eindrucksvoll menschliche Barbarei in ihrer ganzen Ungeheuerlichkeit durch sie belegt wird – eigentlich lenkt sie uns von den größeren Zusammenhängen ab. Die Taube war schließlich ein Festlandsbewohner. Der Fall der Vögel Hawaiis ist da schon repräsentativer.

Nach Jared Diamonds »Rosettastein«-Schätzung, von der oben bereits die Rede war, sind Festlandsarten mit weniger als einem Zehntel (16 von 171) an der Rate des Vogelsterbens während der neueren Geschichte beteiligt. Nur acht von Diamonds ausgestorbenen Vogelarten lebten und starben auf dem amerikanischen Kontinent, wohingegen dreimal so viele Fälle von Artensterben allein auf den Hawaii-Inseln vorkamen. Auch die Maskarenen übertreffen Nordamerika beim Artensterben, und das gleiche gilt für Neuseeland und die Westindischen Inseln, wenngleich sogar diese vom Schicksal geschlagenen Orte nicht mit Hawaii mithalten können, dem führenden Schauplatz des Vogelsterbens, seitdem die Europäer anfingen, sich dort breitzumachen.

Entfernung und Größe der Inselgruppe zählen zu den Faktoren, die eine Rolle spielen. 4500 Kilometer vom nächsten Kontinent und 3000 Kilometer von jeder anderen erwähnenswerten Insel entfernt, ist der Hawaiische Archipel unüberbietbar abgelegen. Er umfaßt acht große und kleine Inseln, die einen Haufen bilden, dazu rund ein Dutzend Inselchen, die sich wie der Schwanz eines Kometen in Richtung Nordwesten verlieren. Die zusammenliegenden Inseln (Oahu, Maui, Kauai, Molokai, Lanai, Kahoolawe, Niihau sowie die Insel, die unter dem Namen Hawaii oder, weniger verwirrend, unter der Bezeichnung Große Insel bekannt ist) sind durch Wasserstraßen voneinander getrennt, die gerade breit genug sind, um eine archipelspezifische Artbildung zu begünstigen. Oahu, Maui, Kauai und die Große Insel sind jeweils größer als bei vulkanischen Inseln zumeist der Fall, und der Archipel als ganzer umfaßt mehr Landfläche als die meisten anderen abgelegenen Inselgruppen – zweimal soviel wie die Galápagosinseln. Die Ausdehnung einzelner Inseln ermöglicht eine größere topographische Vielgestaltigkeit und klimatische Abwechslung, was beides zu einer größeren Vielfalt an Lebensräumen beiträgt, wodurch wiederum die Artbildung zusätzlich befördert wird. Dank dieser Bedingungen war der Hawaiische Archipel, als zum erstenmal Menschen eintrafen, außerordentlich artenreich – bei den Drosophilidae, den Kleidervögeln und anderen Gruppen.

Weil er so isoliert lag, und das vielleicht schon zehn Millionen Jahre lang, war er auch außerordentlich störungsanfällig. Die ersten menschlichen Siedler waren Polynesier, die um 500 n. Chr. im Kanu die Inseln erreichten. Kapitän Cook landete im Jahre 1778. Bald nach ihm erschienen europäische Siedler und Missio-

DIE PAZIFIK-REGION

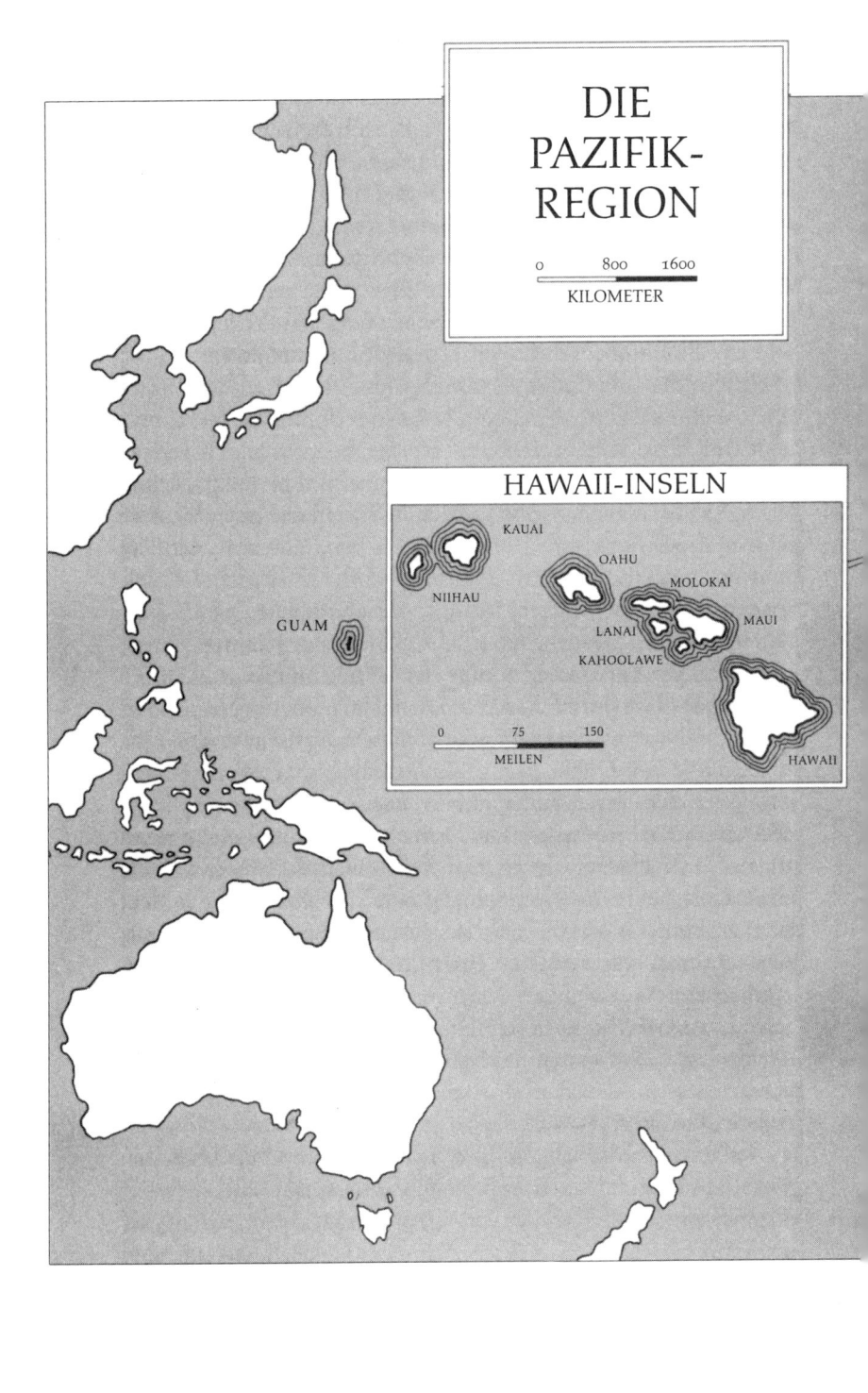

0   800   1600
KILOMETER

HAWAII-INSELN

KAUAI
NIIHAU
OAHU
MOLOKAI
LANAI
KAHOOLAWE
MAUI
HAWAII

GUAM

0   75   150
MEILEN

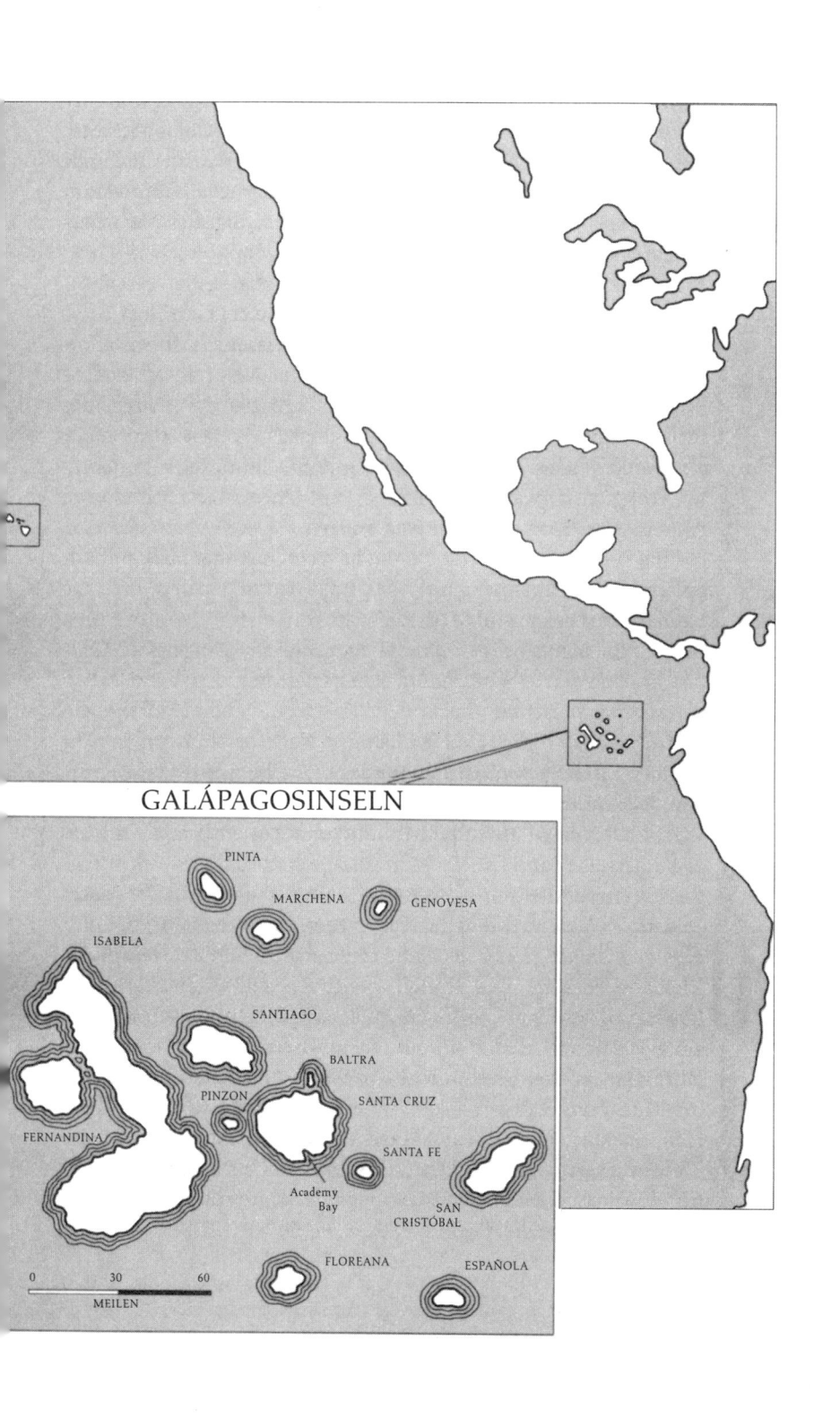

GALÁPAGOSINSELN

- PINTA
- MARCHENA
- GENOVESA
- ISABELA
- SANTIAGO
- BALTRA
- PINZON
- SANTA CRUZ
- SANTA FE
- FERNANDINA
- Academy Bay
- SAN CRISTÓBAL
- FLOREANA
- ESPAÑOLA

0 30 60
MEILEN

nare und brachten ihr Vieh, ihre Gewehre, ihre Bibeln und ihre Äxte und Pflüge mit. Nichts war unter diesen Umständen leichter vorhersehbar als die Tatsache, daß die Inselgruppe rasch Dutzende von Arten einbüßen würde. Was den Fall Hawaii interessant macht, sind die eigentümlichen Variationen, die dieses vorhersehbare Thema hier erfuhr.

Eine der Variationen hing mit dem Eintreffen eines bestimmten fremdländischen Tieres, einer Stechmücke der Gattung *Culex*, zusammen. Falls die Vermutungen von Wissenschaftlern stimmen, richtete dieses Geschöpf größeren Schaden an als andere Eindringlinge auf anderen Inseln – mehr als der Dingo, das Schwein, die Ratte, der Langschwanzmakak, ja, fast sogar mehr als *Homo sapiens*. »Hier gibt es keine Stechmücken«, berichteten frohgemut zwei Missionare, die im Jahre 1822 nach Hawaii kamen. Aber das sollte sich bald ändern.

Eine spätere historische Quelle hält einen Augenblick unheilvollen Wiedererkennens fest. »Dr. Judd wurde gerufen, um eine bis dahin unbekannte Art Jucken zu behandeln, hervorgerufen durch eine neue Sorte *nalo* (Fliege), die als ›Singen im Ohr‹ beschrieben wurde. Von dem Jucken hatten erstmals Anfang 1827 Hawaiianer berichtet, die in der Nähe von stehenden Tümpeln und an Bächen hinter Lahaina lebten.« Nachforschungen vor Ort ergaben rasch, daß im Jahr zuvor das britische Schiff *Wellington*, das aus dem tropischen Teil von Mexiko kam, in Lahaina (an der Westküste von Maui) angelegt hatte und daß ein Trupp an Land gegangen war, um Trinkwasser aufzunehmen. Ehe sie ihre Fässer füllten, entleerten sie Reste des alten Wassers in den Bach. Das alte Wasser wimmelte von Larven der Stechmücke *Culex pipiens fatigans*, einer nachtaktiven Sorte, die an der Westküste Mexikos vorkam. Das Unheil wollte es, daß diese bestimmte Unterart von Natur aus genau solch einen Lebensraum wie den am Bach nahe Lahaina vorgefundenen schätzt. Innerhalb eines Jahrzehnts waren Stechmücken in Oahu und Kauai ebenso wie in Maui fest etabliert und breiteten sich schließlich auf alle Hauptinseln aus. Für die Menschen war die Anwesenheit der Stechmücken zwar ärgerlich, aber schlimmer als ärgerlich war sie für Vögel, da *Culex pipiens fatigans* der Hauptüberträger einer Malariaform ist, die Vögel befällt.

Die Culex-Stechmücke ist auch an der Übertragung von Hirnhautentzündung beim Menschen und von einem in Hundeherzen lebenden Fadenwurm beteiligt sowie an der Verbreitung einer Virenerkrankung, die unter dem Namen Geflügelpocken bekannt ist und von der Hausgeflügel befallen wird. Das einzige Gute an der Sache war, daß *C. p. fatigans* als eine an tropisches Klima angepaßte Unterart die kühlen Hochlandsgebiete Hawaiis nicht besiedeln konnte. Aber im Tiefland, wo viele der heimischen Vögel lebten, gedieh die Stechmücke.

Die Malaria bei Vögeln ähnelt der Malaria beim Menschen. Sie wird von einem Parasiten der Gattung *Plasmodium* hervorgerufen, den die Stechmücken in ihrem Speichel von einem Opfer zum anderen transportieren. Wie die Malaria beim Menschen kann sie auch bei Vögeln tödliche Folgen haben, wenn sie eine Population trifft, die der Krankheit noch nicht ausgesetzt war (und deshalb keine Abwehrkräfte gegen sie ausbilden konnte).

Wahrscheinlich war der Plasmodium-Parasit im Laufe von Jahrtausenden immer wieder einmal auf Hawaii vorhanden, weil er von infizierten Küstenvögeln und Enten eingeschleppt wurde, die vom amerikanischen Festland herüberkamen. Aber ohne eine auf Hawaii ansässige Stechmücke, die Plasmodium von einem Vogel zum anderen transportieren konnte, war die Krankheit nicht übertragbar; den auf Hawaii heimischen Vögeln konnte also nichts passieren. Das Geflügelpockenvirus, das ebenfalls potentiell tödlich, aber weniger durchschlagend ist, scheint mit dem Hausgeflügel von Siedlern ins Land gekommen zu sein. Für die heimischen Vögel stellte es ebenfalls keine Gefahr dar – nicht, solange die Stechmücken fehlten, die den Kreis schließen konnten. Dann entsorgte die *Wellington* ihr larvenverseuchtes Wasser, und plötzlich waren alle Mitspieler auf dem Schauplatz.

Lange bevor dieser Augenblick eintrat, litten die heimischen Arten Hawaiis bereits unter anderen Störungen, die auf den Menschen zurückgingen. Kapitän Cook selbst hatte Ziegen und Schweine ins Land gebracht. Ein anderer früher Entdecker, Kapitän George Vancouver, hatte Rinder und Schafe eingeführt. Binnen weniger Jahrzehnte waren alle vier Haustierarten verwildert, setzten den Wäldern heftig zu und beeinträchtigten die natürliche Beschaffenheit des Lebensraumes wie auch das Gleichgewicht zwischen den Pflanzenarten. Währenddessen fällten die Siedler heimische Bäume, um Bauholz zu gewinnen. Sie trieben im Tiefland Brandrodung, um große Flächen für den Zuckerrohranbau freizumachen. Auf das Zuckerrohr folgte die Ananas. Auch wo der Wald nicht gerodet wurde, drangen fremde Pflanzen in die heimische Flora ein. Raubtiere von außerhalb wie der Mungo und die Hauskatze etablierten auf mehreren Inseln wildlebende Populationen. Auch einige Pferde und Esel verwilderten. Aus Indien wurden Fleckenhirsche eingeführt, die sich so rasant vermehrten und so zerstörerisch ästen, daß man Berufsjäger beauftragen mußte, sie zu dezimieren. Das hawaiische Ökosystem war freundlich und zuträglich genug, um alle möglichen fremden Arten aufzunehmen. Ein Paar Wallabys brachen 1916 auf der Insel Oahu aus der Gefangenschaft aus, und auch sie gründeten eine wildlebende Population, die dem Vernehmen nach bis heute in den Bergen oberhalb von Honolulu existiert.

Für die Vogelfauna war eine andere Bedrohung unmittelbarer tödlich: die Jagd. Die kommerziellen Jäger waren hauptsächlich an buntem Gefieder interessiert; auch die wissenschaftlichen Sammler fingen und schossen eine ungebührlich große Menge heimischer Vögel. In dem Maße, wie die Populationen abnahmen und die Jagd geringere Erträge brachte, gewannen manche Arten noch an Wert. Die Nachfrage stieg proportional zur Seltenheit.

All diese Konsequenzen der europäischen Besiedlung stellten bereits die zweite Phase eines Prozesses dar, der ungefähr tausend Jahre früher begonnen hatte. Die ursprünglichen polynesischen Siedler hatten ihre eigene Menagerie archipelfremder Tierarten mitgebracht: Hunde, Hühner, eine polynesische Rasse kleinwüchsiger Schweine und die in den Tropen lebende Ratte *Rattus exulans* (die vermutlich in ihren seetüchtigen Kanus als blinder Passagier mitreiste). Diese frühen Siedler rodeten Land, um Taro und Süßkartoffeln anzubauen. Sie rückten den Wäldern mit Feuer zu Leibe. Sie setzten dem Milieu mit Eingriffen anderer Art zu. Am Ende bildete ihre Nachkommenschaft, die einheimische hawaiische Bevölkerung, das Gefühl eines festen menschlichen Verankertseins in der Natur aus, das seinen Ausdruck in dem ehrerbietigen Wort findet, mit dem diese Natur bezeichnet wird, *aina*. Aber *aina* war gegen Mißbrauch nicht gefeit. Die Oligarchen der hawaiischen Kultur wurden als *alii* bezeichnet; auf den einzelnen Inseln trug jeweils der höchste unter ihnen den Titel *alii-ai-moku*, »der Häuptling, der die Insel ißt«, was auf eine großmannssüchtigere Rolle hindeutet als auf das priesterliche Amt eines bloßen Treuhänders.

Die Einheimischen fügten den Vögeln des Archipels ebenfalls Verluste zu. Die eindrucksvollen gefiederten Umhänge und Hauben, die den hawaiischen Häuptlingen als Rangzeichen dienten, und die zeremoniellen Federgewänder, die *kahilis* (»Fliegenklatschen«, frei übersetzt) genannt werden, kosteten Tausenden von Vögeln das Leben. In der Frühzeit der hawaiischen Geschichte waren die Untertanen sogar verpflichtet, ihren *alii* Tribut in Form von Federn zu entrichten. Schillerndes schwarzes Gefieder von der einen Spezies, scharlachrotes von einer anderen, grünes von einer dritten. Gelb war die am meisten geschätzte Farbe – Pech für eine Spezies wie *Drepanis pacifica*, mit hawaiischem Namen *mamo*, bei der sich der hellgelbe Bürzel von einem starenschwarzen Körper abhob. Die Annalen der hawaiischen Geschichte berichten von einem modebewußten Häuptling, Kamehameha dem Großen, der einen leuchtend gelben Umhang sein eigen nannte, der aus den Federn von achtzigtausend *mamo* bestand.

Den beiden menschlichen Einwandererwellen, der polynesischen und der europäischen, zum Trotz gelang es einer reichen Palette von Vogelarten, sich zu behaupten. Einige der im Tiefland gelegenen Lebensräume auf Oahu und Hawaii blieben unbeeinträchtigt. Einige der kleineren Inseln wie Lanai waren nur dünn besiedelt. Den Großteil des 19. Jahrhunderts hindurch deutete nichts auf einen verheerenden Verlust an Arten hin. Aber dann, in den neunziger Jahren des letzten Jahrhunderts, änderte sich das Bild. Naturkundliche Beobachter auf Oahu und im Gebiet von Kona auf Hawaii fingen an, bei manchen Vögeln »schlimme Beschwerden« zu registrieren: krankhafte Gewebsveränderungen und Tumore im Bereich des Gesichtes, an den Beinen und an den Füßen. Das waren Symptome der Geflügelpocken. Gleichzeitig bekamen die Naturforscher allgemein weit weniger Vögel zu Gesicht, auch in unberührten Wäldern. Falls die Vögel immer noch zahlreich vorhanden waren, zeigten sie sich jedenfalls nicht. Sie sangen nicht. In den Wäldern von Hawaii war es still geworden.

Ein Ornithologe namens H. W. Henshaw beschrieb im Jahre 1902 diese Wälder:

>»Man kann Stunden darin zubringen, ohne das Lied eines einzigen heimischen Vogels zu hören. Und doch waren vor wenigen Jahren die gleichen Gebiete noch reichlich von heimischen Vögeln bevölkert, und die Lieder der oo, amakihi, iiwi, akakani, omao, elepaio und anderer Arten ließen sich von allen Seiten vernehmen.«

Was Henshaws Ratlosigkeit noch vergrößerte, war die Tatsache, daß sich der Lebensraum nicht verändert hatte. Er kannte die Pflanzenarten, von denen diese Vögel abhingen – kannte sogar ebenso wie bei den Vögeln ihre hawaiischen Namen –, und war verblüfft, daß die Nahrungsquellen unbeachtet herumstanden:

>»Die ohia blüht so freigebig wie immer und sondert reichlich Nektar für die iiwi, akakani und amakihi ab. Die ieie trägt nach wie vor Frucht und bietet wie seit alters ihre karmesinrote Samenähre dem ou dar. Soweit das menschliche Auge das überblicken kann, bietet den Vögeln ihr angestammter Lebensraum alles, was er ihnen auch sonst bot, nur daß die Vögel selbst nicht mehr da sind.«

Sowenig das Fehlen der Vögel sich aus Zerstörungen des Lebensraumes erklärte, sowenig war auch die Jagd dafür verantwortlich zu machen. Einigen der fehlenden Arten war niemals groß wegen ihres Gefieders nachgestellt worden.
Auf der Insel Oahu traten die Verluste besonders plötzlich ein. Sechs Arten endemischer Wildvögel waren bis 1900 offenbar verschwunden, und das aus einer Gesamtmenge von elf Arten, die Oahu nicht lange zuvor noch bewohnt hatten. Einer der verschwundenen Vögel war der *ou*, ein dickschnabeliger kleiner Kleidervogel der Gattung *Psittirostra*. Unmittelbar nach der Jahrhundertwende schrieb Henshaw:

>»Der Grund für das Aussterben des ou auf Oahu erscheint ganz und gar unklar. Der Vogel ernährt sich besonders von der

Frucht der ieie-Rebe, und auf den Bergen der Insel gibt es beträchtliche Waldflächen, wo die Rebe noch massenhaft vorkommt. Ebenso gibt es auch Landstriche, wo die eingeführte Guava und die Mamaki nach wie vor reichlich vorhanden sind; der ou schätzt die Frucht und die Beeren sehr. Da offenbar kein Mangel an Nahrung und Nistmöglichkeiten herrscht, ist nicht einzusehen, warum der ou von Oahu verschwunden sein soll, während er auf anderen Inseln, wo die Waldgebiete sogar noch eingeschränkter sind, nach wie vor anzutreffen ist.«

Eine mögliche Erklärung, die Henshaw offenbar übersah, besteht darin, daß Oahu im Vergleich mit Maui, Hawaii und Kauai eine tiefliegende Insel ist. Sowohl Maui als auch Hawaii umfassen große Hochlandregionen mit Berggipfeln, die über dreitausend Meter emporsteigen. Oahu dagegen weist nur ein paar bescheidene Bergspitzen und wenig Hochland auf. Diese Topographie in Ökologie übersetzt bedeutet: Fast jeder Teil von Oahu ist einer tropischen Tieflandstechmücke zugänglich. Vor *C. p. fatigans* bietet die Insel keine nennenswerte Zuflucht.

Ein Dutzend Jahre, nachdem Henshaw Alarm geschlagen hatte, stellte ein anderer Ornithologe fest: »Oahu kann den traurigen Rekord für sich in Anspruch nehmen, gemessen an der Gesamtzahl der Vogelarten, von denen wir wissen, daß sie auf der Insel heimisch waren, über eine größere Liste ausgestorbener Vögel zu verfügen als jedes andere vergleichbare Gebiet der Welt.«

Auch der Rest des Archipels hat Verluste erlitten, wenn auch nicht so drastisch beziehungsweise so rasch wie Oahu. Der Insel Lanai, die wie Oahu flach ist und beträchtlich kleiner, die aber von den frühen europäischen Siedlern relativ vernachlässigt wurde, blieb das Artensterben in der Vogelfauna offenbar erst einmal erspart, bis auch bei ihr der Sterbeboom einsetzte. Noch im Jahre 1920 waren die Vogelpopulationen auf Lanai gesund. Ein Vogelkenner namens George Munro überprüfte mit aller Sorgfalt ihren Zustand. Dann, im Jahre 1923, faßte die Ananasindustrie auf Lanai Fuß und errichtete in Lanai City einen Stützpunkt. Mit den Arbeitern der Ananasplantagen kamen Hühner auf die Insel. Und mit den Hühnern kamen die Probleme. Munro nahm an, daß die Arbeiter »mit ihrem Geflügel Vogelkrankheiten einschleppten und daß die Krankheiten, die offenbar von Stechmücken übertragen wurden, für die heimischen Vogelpopulationen tödlich waren«.

Munro zählte zu den ersten, die diese Hypothese zur Diskussion stellten. In jüngerer Zeit hat Richard E. Warner eine eigene umfängliche Darstellung veröffentlicht, die eine Kombination aus experimentellen Daten und historischen Berichten bietet. Beweise dafür, daß die Geflügelpocken grassierten, liefern Feldbeobachtungen infizierter Vögel, die von damals stammen, als die Populationen zusammenbrachen. Die Beweise im Hinblick auf die Vogelmalaria sind indirekter, aber immer noch überzeugend. Zum Beispiel ist die *Culex*-Stechmücke auf Lebensräume unterhalb siebenhundert Meter Höhe beschränkt, während die meisten heimischen Vögel, die überlebt haben, auf Lebensräume oberhalb dieses Niveaus beschränkt sind. Warum haben sich die letzten Kleidervögel Hawaiis in die Berge zurückgezogen? Warners These zufolge geschah das wegen der Malaria im Tiefland – und experimentelle Daten stützten seine These. Warner setzte ein paar in Käfigen gehaltene Hochlandvögel den Moskitoangriffen im Tiefland aus, wo sie prompt an Malaria erkrankten. Sein Fazit: »Jeder längere Aufenthalt in dem von Tiefland-Stechmücken verseuchten Gebietsgürtel wäre gleichbedeutend mit dem baldigen Tod durch Ansteckung mit *Plasmodium*. Selbst wenn einige die Malaria überlebten, würden Erkrankungen an Geflügelpocken die Ausrottung vollenden.«

Die Hochlandarten, von denen es nicht viele gab, hielten in ihrer bergigen Zuflucht aus. Ein paar andere, breit angepaßte Arten vermochten, in diese geschützteren Lebensräume überzuwechseln. Für viele Arten und Unterarten der im Hawaiischen Archipel heimischen Vögel allerdings, unter ihnen die ausgefallensten Sorten von Kleidervögeln, war die Wanderung in höhergelegene Zonen keine Option. Sie konnten nicht ins Hochland ausweichen und starben aus. *Drepanis pacifica*, auf hawaiisch *mamo*, wurde das letzte Mal 1899 gesichtet. *Drepanis funerea*, der schwarze *mamo*, verschwand im Jahre 1907. *Ciridops anna*, ein finkenähnlicher kleiner Kleidervogel, dessen Gefieder rot, schwarz und grau gefleckt ist, wird ungefähr ebensolange vermißt. Die Eingeborenen gaben ihm den Namen *ula-ai-hawane*, was wie ein Triller über die Zunge rollt. Der Laysan-Kleidervogel ist ausgestorben. Der Goldkopf-Koagimpel ist ausgestorben. Das gleiche gilt auch für den Orangebrust-Koagimpel und den Konagimpel und die hawaiische Ralle. Der Grünrückenkleidervogel ist ausgestorben, desgleichen der *nukupuu* auf Oahu, der *amaui*, der *kioea*, der *oo* auf Oahu (nicht zu verwechseln mit dem *ou*) und mindestens drei von vier Unterarten des *akialoa*. Die vierte *akialoa*-Unterart, die das letzte Mal vor dreißig Jahren in einem Sumpf auf der Insel Kauai gesehen wurde, ist offenbar inzwischen ebenfalls ausgestorben. Der *kakawahie* ist höchstwahrscheinlich ausgestorben, und der *olomau* ist auf Maui und Lanai ausgerottet. Man muß nicht die hawaiische Sprache können, um das Ausmaß dieser Verluste zu begreifen, obwohl, wie ich vermute, die Sprachkenntnis von Nutzen wäre.

90 Auf der Insel Guam, sechstausend Kilometer westlich von Hawaii, ist es vor noch kürzerer Zeit zu einem ähnlichen allgemeinen Zusammenbruch gekommen. Der Wald verstummte. Die heimischen Vogelpopulationen waren plötzlich am Rande des Aussterbens, ehe noch jemand eine Ahnung hatte, was ihnen zu schaffen machte. Noch 1960 schien bei ihnen alles in bester Ordnung; 1983 indes stand fest, daß sie Opfer eines unsichtbaren Massakers geworden waren. Ich erfuhr davon im Jahre 1985 aus den Zeitungen, als die Nachricht noch eine Neuigkeit war.

Wohin waren die Vögel verschwunden? Was hatte sie umgebracht? Hatte sie wie in Hawaii eine von außen eingeschleppte Seuche hingerafft? Waren sie durch gesammelte Mengen DDT vergiftet worden? Hatten verwilderte Katzen, klettertüchtige Schweine und kapitulationsunwillige japanische Soldaten die Vögel verspeist? Hatte jemand eine Neutronenbombe gezündet? Der Zeitungsartikel, den ein Reporter in Philadelphia namens Mark Jaffe geschrieben hatte, trug die Überschrift »Aufklärung eines geheimnisvollen ökologischen Mordes«.

Der Artikel zitierte Larry Shelton, Vogelpfleger im Zoo von

Philadelphia, der im Zuge von Bemühungen, einige der Vögel in Gefangenschaft zu züchten und dadurch zu retten, mit der Situation in Guam konfrontiert worden war. »Wir haben so etwas noch nie erlebt«, erklärte Shelton. Niemand hatte das – jedenfalls nicht seit den Tagen von H. W. Henshaw auf Oahu. »Daß eine Vogelfauna auf diese Weise völlig kollabiert, hat es noch nie gegeben«, fügte er hinzu. Auch wenn Shelton mit dieser Behauptung augenscheinlich den Fall Hawaii außer acht ließ, war sein Entsetzen verständlich.

Guam ist die größte und südlichste der Marianen, einer Kette kleiner Inseln im Westpazifik, die fast genau südlich Tokios in Richtung Neuguinea liegen. Manche betrachten die Marianen gern als das höchste Gebirge der Erde, da sie aus der Tiefe des Marianengrabens über zehn Kilometer hoch emporsteigen. Was über dem Meeresspiegel sichtbar wird, sind aber bloß Hügelkuppen. Guam selbst ist nur etwa dreißig Kilometer lang und vierzehn Kilometer breit. In der Mitte verengt, breiter an den beiden Enden, ähnelt die Insel im Umriß einem springenden Lachs, der mit nach Norden zeigendem Schwanz in der Luft zappelt.

Im Unterschied zu manchen anderen ozeanischen Inseln ist Guam nicht rein vulkanischen Ursprungs. Das Nordende stellt ein poröses Kalksteinplateau dar. Es besteht aus Kalziumkarbonat, der Hinterlassenschaft von im Laufe der Epochen abgestorbenen riffbildenden Meeresorganismen; das zusammengewachsene, verdichtete Gebilde wurde schließlich durch Druck von unten ans Tageslicht gehoben. Einige Flächen des nördlichen Plateaus sind dicht bewaldet – nämlich jene Flächen, die von der Luftwaffe der Vereinigten Staaten, der das Land dort droben zum größten Teil gehört, nicht für Rollbahnen, Munitionsdepots und Siedlungen zur Unterbringung des Personals mit Beschlag belegt worden sind. Der Wald ist grün und tropisch, aber nicht von Bächen durchzogen und nicht mit stehenden Gewässern gesprenkelt, da der Kalkstein den Regen aufsaugt wie ein Schwamm. Der Boden ist hart und zerklüftet und kantig. Der Kalkstein setzt den Schuhen zu, während man über ihn wandert. Wenn man gezwungen ist, auf ihm zu kriechen, zerreißt er die Hosenbeine an den Knien und schneidet in die Handflächen ein.

Die südliche Inselhälfte ist anders, ein bräunlicher Kuhfladen aus alter Lava, und da die Erosion dieses vulkanische Gestein mühelos zerbröselt, ist der Boden weicher. Die Landschaft ist offen. Im Süden, jedenfalls auf den Höhen, die noch nicht völlig für menschliche Behausungen, Geschäfte und den Krieg vereinnahmt sind, besteht die Vegetation aus Grasland. Entlang den Steilhängen der Schluchten, die das Land zur Südküste hin entwässern, ziehen sich dünne Streifen Bewaldung. Während der Norden von der US-Luftwaffe beherrscht wird, ist im Süden die US-Marine ein wichtiger Landeigner. Die Vögel verendeten im Zuge einer geheimnisvollen Aussterbewelle, die von den südlichen Savannen nach Norden verlief.

Bis vor kurzem beherbergte die Insel heimische Populationen von elf veschiedenen waldbewohnenden Vögeln. Fünf von ihnen waren auf Spezies- oder Subspeziesebene ausschließlich auf Guam beschränkt. Den Marianenmyiagra (*Myiagra freycineti*) gab es nirgends sonst auf der Welt. Der Semper-Brillenvogel (*Zosterops conspicillatus*) war auf den Marianen endemisch, und seine Population auf Guam bildete eine dort endemische Unterart. Der Fuchsfächerschwanz (*Rhipidura rufifrons*) und der Zimtkopfliest (*Halcyon cinnamomina*) waren auf Subspeziesniveau ebenfalls beide endemisch. Auch die Guamralle (*Rallus owstoni*), die durch ihre Flugunfähigkeit auf der Insel festgehalten wurde, war eine endemische Art. Hinzu kam die Guamkrähe (*Corvus kubaryi*), die man nur auf Guam und einer kleinen benachbarten Insel namens Rota antraf.

Irgendwann nach dem Ende des Zweiten Weltkrieges fingen diese sechs Vogelarten an, unter Populationsschwund zu leiden. Eine Zeitlang fiel das niemandem auf. Ende der sechziger Jahre ließ sich der Trend nicht mehr übersehen. Zu diesem Zeitpunkt zeigte sich die Bewaldung der südlichen Schluchten praktisch frei von Vögeln. Es war unheimlich. Südguam hatte klammheimlich seine Vogelfauna verloren, und niemand wußte, was schuld daran war. Die siebziger Jahre hindurch setzten die unsichtbaren Werkzeuge des Todes ihre Säuberungsaktion unaufhaltsam in nördlicher Richtung fort. Die Waldflächen, die im Norden übriggeblieben waren, bestanden zumeist aus Sekundärwald, der nach der kriegsbedingten Entwaldung nachgewachsen war; am Nordende des Plateaus gab es allerdings zu Füßen des Klippenrandes einen kleinen Streifen primären tropischen Waldes. 1983 stellte dieser Waldstreifen praktisch den letzten Ort dar, an dem sich eine intakte Gemeinschaft der auf Guam heimischen Vögel – alle zu erwartenden Arten in normaler Häufigkeit – antreffen ließ. Auf der Gesamtinsel waren die einzelnen Arten praktisch nicht mehr vorhanden. Ihre Populationen hatten sich drastisch verkleinert und waren dementsprechend drastisch bedroht.

Dann starb der Marianenmyiagra aus. Klick. Der Semper-Brillenvogel verschwand. Klick. Der Fuchsfächerschwanz, die Jungferntaube, die Rosenkopf-Fruchttaube der Marianen, der Feuerhonigfresser: klick, klick, klick, klick. Von den elf waldbewohnenden Arten Guams waren diese sechs Mitte der achtziger Jahre von der Insel verschwunden.

Überlebende Exemplare zweier anderer Arten, der Guamralle und des Zimtkopfliests, wurden eingesammelt und evakuiert, ehe das gleiche Schicksal auch sie ereilte. Sie wurden verschickt, um in Zoologischen Gärten auf dem Festland ihr Leben in Gefangenschaft zu beschließen und, betreut von naturschutzbewußten Pflegern wie Larry Shelton in Philadelphia, als Bruttiere zu dienen. Diese krisenentsprungene Luftbrücke eröffnete die Chance, aus dem größeren Genpool eine kleine Auswahl verschiedener Gene zu retten, aber sie war zugleich Zeugnis des ökologischen Scheiterns. Wenn die Ralle und der Liest schon nicht völlig ausgestorben waren, so waren sie doch jetzt aus der freien Wildbahn verschwunden (oder würden es sein, sobald der letzte, noch wildlebende Liest das Zeitliche gesegnet hatte). Wem auch immer die Wälder von Guam gehörten, der heimischen Vogelfauna jedenfalls nicht mehr!

Währenddessen trat in diesen Wäldern ein weiteres unheimliches Phänomen auf: Die Spinnen nahmen schrecklich überhand. Bei vielen von ihnen handelte es sich um Radnetzspinnen aus der Familie der Araneidae. Was auch immer tödlich für die Vögel gewesen sein mochte – den Araneiden war es offenbar höchst zuträglich. Sie sammelten sich in riesigen gemeinsamen Netzen, in glitzernden, dreidimensionalen Gebilden, die an Kristalleuchter erinnerten. Jedes Netz enthielt Dutzende von Araneiden, manche ausgewachsen, manche winzig. Sie spannen ihre filigranen Gitter, füllten damit die Lücken zwischen den Bäumen und warteten dann auf Beute. Sie verschlossen Durchgänge. Sie blockierten Fluchtwege. Ihre Gespinste klumpten im Unterholz wie ausgeworfener Schleim. Sie lauerten, wie nur Spinnen lauern können: achtäugig und still und wachsam, mit den Füßen lauschend.

Aber die Spinnen selbst hatten nicht die Vögel Guams gefressen. Daß sie so überhandnahmen, war nur sichtbares Symptom eines umfassenderen ökologischen Traumas.

91 Die Lösung des Rätsels ließ lange auf sich warten. Anfang der achtziger Jahre diskutierten angesehene Ornithologen immer noch mindestens fünf verschiedene mögliche Erklärungen für das Verschwinden der Vögel Guams, und die Spärlichkeit wissenschaftlicher Daten machte es schwer, sich für eine der Versionen zu entscheiden: Vergiftung durch Pestizide, eingeführte Raubtiere, eingeschleppte Krankheiten, Umweltzerstörung durch die Menschen sowie Taifune. Die Bandbreite dieser Hypothesen läßt deutlich werden, wie groß das Rätsel war, vor das sich die Leute gestellt sahen.

Das Pestizid, das hauptsächlich im Verdacht stand, war DDT, von dem auf Guam sowohl das amerikanische Militär als auch die dortigen Farmer regen Gebrauch gemacht hatten. Auch Krankheiten drängten sich angesichts der beispielhaften Warnerschen Untersuchungen über Malaria und Geflügelpocken in Hawaii als eine Möglichkeit auf. Taifune wurden als Zusatzgrund in Vorschlag gebracht. Guam wird zwar gewöhnlich von mehreren Taifunen pro Jahr heimgesucht, aber ungefähr einmal in jedem Jahrzehnt schlägt ein besonders heftiger Wirbelsturm zu. Im Jahre 1976 war ein solch außergewöhnlicher Taifun mit einer Geschwindigkeit von dreihundert Stundenkilometern über Guam hinweggefegt und hatte einige Vogelpopulationen, die bereits dezimiert und gefährdet waren, schwer getroffen. Was die eingeführten Raubtiere betraf, so gehörten zur Liste dieser ökologischen Störenfriede Warane, vier Arten von Ratten, eine Spitzmausart, verwilderte Katzen, verwilderte Schweine und eine

Schlangenart mit dem wissenschaftlichen Namen *Boiga irregularis*. Die meisten dieser Fremdlinge hatten zwar keine Tugenden, die den Schaden aufwogen, den sie anrichteten, von der Schlange allerdings sprachen manche Naturforscher in wohlwollendem Ton, weil sie angeblich mithalf, die Ratten im Zaum zu halten.

Die Chronologie schien zu Zweifeln an der angeblichen Rolle der eingeführten Raubtiere zu berechtigen, da die vier Rattenarten, der Waran und die verwilderten Säugetiere alle schon seit den neunziger Jahren des letzten Jahrhunderts auf der Insel vorhanden waren, während sich der Vogelschwund ein ganzes Lebensalter später ereignete. Die Schlange allerdings war ein neuerer Eindringling; sie siedelte sich in den späten vierziger Jahren auf der Insel an, wahrscheinlich ausgehend von ein paar Exemplaren, die nach dem Zweiten Weltkrieg als blinde Passagiere in einem von irgendwoher aus Südostasien zurückkehrenden Schiff oder Flugzeug mitgereist waren. Indes hatte man sie falsch bestimmt. Die Untersuchungen wurden von Ornithologen durchgeführt, und die verstanden sich nicht auf die Feinheiten der Reptilienkunde. Sie identifizierten *Boiga irregularis* als »Philippinische Rattenschlange«. Schließlich zeigte 1983 jemand einem Herpetologen ein Foto von der Schlange. Ach *die*, sagte der Experte. Das ist keine Philippinische Rattenschlange, ihr Schwachköpfe. Das ist eine vogelfressende Nachtbaumnatter von den Salomoninseln.

Der korrekte umgangssprachliche Name für *B. irregularis* war, wie sich herausstellte, Braune Nachtbaumnatter. Hand in Hand mit dem neuen Namen kamen eine Reihe neuer lebensgeschichtlicher Eigenschaften und ökologischer Konsequenzen ins Spiel. Die Spezies ist in Neuguinea, im tropischen Australien, im östlichen Indonesien bis nach Sulawesi, auf dem Bismarck-Archipel und den Salomoninseln heimisch. Es handelt sich um eine Giftschlange, die ganz schön wild werden kann, wenn sie sich bedroht fühlt, die aber normalerweise für Menschen nicht sehr gefährlich ist. Da sich ihre Giftzähne hinten im Maul befinden, ist sie nicht wie die Klapperschlange imstande, blitzartig einen giftigen Biß auszuteilen; statt dessen umschlingt sie ihre Beute und spritzt während des Kauens das Gift systematisch ein. Elegant und verstohlen bewegt sie sich langsam durch das Blätterdach des Waldes; sie jagt in der Nacht und frißt Verschiedenes, darunter Vögel und Vogeleier. Sie hat einen extrem schlanken Körper und enorme muskuläre Spannkraft, was ihr erlaubt, zwischen den Zweigen große horizontale Abstände zu überbrücken. Für Jungvögel, ungefiederte Brut und Altvögel, die in der kühlen Nachtluft Eier bebrüten, stellt sie eine tödliche Gefahr dar. Als Vogeljägerin war *B. irregularis* schrecklicher als alles, womit die heimischen Vögel Guams je zu tun gehabt hatten.

Aber selbst der Herpetologe, der die Identität der Schlange richtigstellte, mochte nicht recht glauben, daß sie die Lösung für das Guam-Rätsel darstellte. Sein Sinn für ökologische Zusammenhänge ließ ihn daran zweifeln, daß eine einzige Schlangenart eine ganze Vogelfauna zerstören konnte. Raubtiere verursachen normalerweise nicht das Aussterben ihrer Beutetiere. Eher geschieht es, daß eine Raubtierpopulation sich zur Hungersnot verurteilt, weil sie mit ihrem Bestand an Beutetieren Raubbau treibt. Sobald die Beutetierpopulation ernsthaft dezimiert ist, kommt es bei den hungernden Raubtieren zu einem Zusammenbruch ihrer eigenen Population, so daß die Beutetierpopulation Gelegenheit erhält, sich wieder zu erholen. Das schafft im Verhältnis zwischen Raub- und Beutetier eine Art von wackligem Gleichgewichtszustand. Wenn das Artensterben auf Guam tatsächlich die Folge räuberischer Nachstellungen war, dann bildete es einen Ausnahmefall.

Unterdes hatte im Sommer 1981 der U.S. Fish and Wildlife Service (USFWS) in Zusammenarbeit mit der auf Guam stationierten Division of Aquatic and Wildlife Resources (DAWR) zwei bescheidene Untersuchungen über die Insel ins Leben gerufen – die eine sollte eine Einschätzung des Pestizidproblems vornehmen, die andere eine Erhebung zur Größe der Vogelpopulationen durchführen. Eine junge Zoologin namens Julie Savidge wurde von der DAWR angestellt, um den Wissenschaftlern des USFWS den Sommer über bei der Arbeit zu helfen. Da sie an der University of Illinois eine Zulassung zur Promotion in Ökologie erhalten hatte, suchte sie nach einem Feldforschungsprojekt, das ihr den Stoff für eine Dissertation liefern konnte. Im Laufe des Sommers wuchs ihr die Insel ans Herz, und das Geheimnis der verschwindenden Vögel ließ sie nicht mehr los. Ein Jahr später kehrte Savidge nach Guam zurück und schloß einen etwas längerfristigen Arbeitsvertrag mit der DAWR ab; von da an spielte sie bei der Erforschung des Rätsels eine führende Rolle. Um die Krankheitshypothese zu überprüfen, sammelte sie Vogelkadaver ein und schickte sie in gefrorenem Zustand an ein Naturschutzlaboratorium in Wisconsin. Das Laboratorium fand keine Hinweise auf eine Epidemie. Savidge stellte auch Experimente an, wie sie Warner in Hawaii zum Nachweis der Malaria durchgeführt hatte: Sie setzte Vögel in Käfigen potentiellen Krankheitsüberträgern wie zum Beispiel Stechmücken aus und kontrollierte den Zustand der Tiere. Starben sie an seltsamen Fieberanfällen? Bildeten sie Tumore am Kopf aus oder kam es zu krankhaften Gewebsveränderungen an den Füßen? Blieben andere Vögel, die unter gleichen Bedingungen gehalten wurden, aber durch Gitter vor den Stechmücken geschützt waren, gesund? Unter den gefangenen Exemplaren, die Savidge bei ihrer Krankheitsuntersuchung einsetzte, befanden sich einige Semper-Brillenvögel, die von den anderen Marianeninseln stammten, auf denen sie noch relativ häufig vorkamen. Es handelte sich um zierliche, grün und gelb gefärbte Vögel, deren Augen in weiße Ringe eingefaßt waren. Die Unterart auf Guam bildete die kleinste aller Waldvögelarten, die man auf Guam antraf, und aus irgendeinem Grund war sie auch die anfälligste – in der Krise, von der die Vogelfauna gerade betroffen war, verschwand sie jeweils als erste aus den einzelnen Lebensräumen. Eines Nachts drang ein kleines Exemplar von *B. irregularis,* der Schlange, durch die Klimaanlage in Savidges Laboratorium ein. Bis zum Morgen hatte sie drei Brillenvögel gefressen und einen vierten getötet.

Dieses Ereignis und andere Fingerzeige, die in die gleiche Richtung wiesen, lenkten Savidges Augenmerk in zunehmendem Maße auf die Schlange. Feldforschungsberichte, die beim DAWR von Guam aufbewahrt wurden, publizierte Quellen und Fragebogenaktionen bei Bewohnern Guams ermöglichten es ihr, nachzuweisen, daß in dem Zeitraum, als die Vogelpopulationen abzunehmen begannen, die Population von *B. irregularis* einen hohen Stand erreicht hatte. Hinzu kam, daß die Schlangenpopulation die Insel in einer Welle überschwemmt hatte, die geographisch dem Weg entsprach, den der Vogelschwund genommen hatte – von den südlichen Savannen in den fünfziger Jahren, durch den zentralen Teil der Insel in den sechziger Jahren, bis 1980 die Wälder im Norden erreicht waren. Durch das Aufstellen von Fallen, für die sie Wachteln als Köder benutzte, fand Savidge heraus, daß ein lebender Vogel, der über Nacht im Freien schutzlos blieb, gute Aussichten hatte, von einer Schlange gefressen zu werden. *B. irregularis* war auf der Insel bereits ein wohlbekanntes Ärgernis; sie drang in Hühnerställe ein, kroch in Häuser und Vorratslager, tauchte in Beleuchtungsvorrichtungen, Schränken, Klosetts und Betten auf, erkletterte Zäune, Spanndrähte und elektrische Leitungen, verursachte Kurzschlüsse und verhedderte sich gelegentlich lange genug mit einem Kleinkind im Laufställchen, um dem Kind einen ernsthaften Biß zu verpassen. Ein paar der größeren Schlangen hatten Ferkel und Stallhasen getötet, sogar junge Schäferhunde. Guambewohner aller Couleur hatten inzwischen mit *B. irregularis* ein Hühnchen zu rupfen. Savidge fing an, Schlangen zu sammeln und zu sezieren. In einigen fand sie Vögel und Vogeleier. Als sie 1986 ihre Dissertation abschloß, hatte sie überzeugend nachgewiesen, daß der Schurke, der hinter dem geheimnisvollen ökologischen Mord auf Guam steckte, die Schlange war.

Julie Savidge war nur eine von vielen damals beteiligten Wissenschaftlern. Ein anderer war Bob Beck, ein lebenslang begeisterter Vogelbeobachter und Biologe, der etwa um dieselbe Zeit beim DAWR auf Guam zu arbeiten begonnen hatte wie Savidge. Becks ursprünglicher Auftrag bestand darin, die schwindenden Populationen zu überwachen und womöglich Wege zu finden, dem Schwund Einhalt zu gebieten. Als Savidge die Ursache des Problems geklärt hatte, wurde auch Becks Rolle klarer: Es galt, die Vögel vor der Schlange zu retten, entweder durch Schutzmaßnahmen in freier Wildbahn oder durch Evakuierung. Zusammen mit ihm kümmerten sich ein paar weitere Biologen um die verschiedenen Arten, wobei sich die Zuständigkeiten innerhalb der Abteilung überlappten. Um den Brillenvogel, den Fächerschwanz oder den Myiagra zu retten, kamen sie zu spät. Aber sie sammelten die letzten Exemplare der Guamralle ein, um in verschiedenen Vogelhäusern auf Guam und in Zoologischen Gärten auf dem Festland Zuchten anzulegen; und sie fingen dreißig Zimtkopflieste, fast die gesamte Population, die auf Guam noch existierte, und verfrachteten die Tiere aufs Festland. Beck selbst begleitete 1984 auf einer Reihe von Langstreckenflügen die ersten sechs Liestpaare von Guam nach New York, betreute sie im Passagierraum und versorgte sie mit lebenden Geckos. Nach Guam zurückgekehrt, ersann er mit seinen Kollegen Schutzbarrieren (wie zum Beispiel einen Streifen Klebemasse, mit dem sie die Baumstämme bestrichen), damit die Schlangen die Nester der Guamkrähe nicht erreichen konnten. Sie hielten nächtlich Wache bei anderen heimischen Vögeln, die mittlerweile massiv bedroht waren: beim Karolinenstar und bei der Moosnest-Salangane, der auf Guam heimischen Teichhuhn-Unterart. Sie stellten fest, daß sogar die philippinische Turteltaube (eine fremdbürtige Art, die man während der spanischen Zeit auf der Insel eingeführt hatte) in hohem Maße vom Nestraub der Schlange betroffen war. Sie schrieben Stellungnahmen und interne Berichte, sie taten ihr Bestes draußen im Feld – aber solange sich *B. irregularis* auf der Insel munter vermehrte, waren das alles Verzweiflungstaten und Notbehelfe.

Ein weiterer wichtiger Mitspieler war Tom Fritts, ein felderfahrener Herpetologe aus dem U. S. Fish and Wildlife Service, der 1984 vom Festland nach Guam kam. Fritts wollte anfänglich nicht glauben, daß eine einzelne Schlangenspezies sich derartig vermehren beziehungsweise solches Unheil anrichten konnte. Er hatte von der angeblichen Schlangenplage auf Guam gehört und beschlossen, sich selbst vor Ort ein Bild zu machen. An seinem ersten Morgen dort fand er auf dem Trottoir vor seinem Hotel eine tote Schlange. Das war ein interessantes Zeichen, obwohl es vielleicht auch gar nichts zu bedeuten hatte. Er brauchte nicht lange zu suchen, um im Stadtgebiet, in den Wäldern und praktisch überall viele weitere Schlangen, tote und lebendige, zu finden. Das hatte etwas zu bedeuten – nur was?

Für einen Berufsherpetologen wie Fritts war die Bevölkerungsexplosion bei *B. irregularis* ein beeindruckendes Phänomen. Wie viele Schlangen mochte es auf der Insel geben? Ein anderer Herpetologe hatte bereits über den Daumen gepeilt, daß es mindestens eine Million sein mußten. Fritts ging behutsamer vor und gründete seine Schätzung auf die Fangquote bei Fallen, die er auslegte: Er kam auf eine Zahl von vielleicht sechstausend pro Quadratkilometer. Da die Gesamtfläche der Insel fünfhundertzwanzig Quadratkilometer beträgt, schuf eine einfache arithmetische Operation Platz für über drei Millionen Schlangen. Zugegeben, die Populationsdichte, die Fritts errechnete, bezog sich hauptsächlich auf bewaldete Lebensräume, nicht auf die städtischen Regionen Guams. Dennoch war klar, was beide Schätzungen besagten: Guam beherbergte *B. irregularis* in solcher Hülle und Fülle, daß es einem den Atem verschlug. Wenn sie bereits die meisten heimischen Vögel aufgefressen hatten, so mußten sie danach andere Nahrungsquellen aufgetan haben, um sich am Leben zu erhalten – Nagetiere, fremdbürtige Vögel, Eidechsen und weiß der Himmel was sonst noch. Aber selbst angesichts der anderen vorhandenen Nahrungsquellen war das Übermaß an Schlangen eindrucksvoll. Wie die meisten Raubtiere konnten es sich auch Schlangen normalerweise nicht leisten, in dichten Konzentrationen von ihresgleichen zu leben. Aber die Situation hier war offenbar auch nicht normal.

Es gab ein weiteres Kriterium, um die Populationsdichte von *B. irregularis* zu messen, das Tom Fritts in einem offiziellen Bericht erwähnte: Wie viele Exemplare vermochte ein erfahrener Schlangensammler in einer Nacht zu fangen? Wie sich herausstellte, fingen Fritts und seine Kollegen auf Guam achtmal soviel Schlangen wie in den Regenwäldern im Quellgebiet des Amazonas. Dieses Regenwaldgebiet im östlichen Ecuador bot einundfünfzig verschiedenen Schlangenarten einen Lebensraum. Die Schlangenfauna auf Guam dagegen bestand allein aus *B. irregularis* und einer winzigen blinden Schlange. Die blinde Schlange, eine heimische Art, konnte man bei Fritts Wie-viele-Exemplare-pro-Nacht-Befund vernachlässigen. Folglich ergab die Prüfung eines erfahrenen Sammlers, daß auf der Insel Guam *B. irregularis* allem Anschein nach vierhundertmal häufiger vorkam als eine gewöhnliche Schlangenart in einem charakteristischen Landstrich des Amazonas.

Solch ein schwindelerregendes ökologisches Ungleichgewicht zu ermessen ist nicht leicht. Achtmal, vierhundertmal. Wenn ich mir anschaue, auf welche Zahlen ein erfahrener Schlangensammler kommt, packt mich die Lust, herauszufinden, wie sie wohl bei einem Amateur aussehen mögen.

92

Mein Flugzeug kommt abends an. Gordon Rodda, ein junger Herpetologe, der mit Tom Fritts im Team des USFWS zusammenarbeitet, holt mich ab. Den Großteil des Jahres verbringt Gordon im südlichen Arizona, wo ein Reptilienfan das wahre Glück erleben kann. Aus seiner Sicht ist die Situation auf Guam schlimm, aber wissenschaftlich interessant – für einen beratenden Herpetologen ein idealer Schauplatz. Unter anderem meine Bekanntschaft mit Ted Case hat mich zu der Überzeugung gebracht, daß Herpetologen ein angenehmes Völkchen sind, und auch Gordon erweist sich als zupackend, ungezwungen, sympathisch. Los geht's, sagt er, jetzt wird geschlängelt. Man packt sie so, steckt sie hier rein. Er stattet mich mit einem Kopfstrahler und einem Batterieteil aus. Für ihn selbst gibt es außerdem einen dünnen Gartenhandschuh, der seine rechte Hand schützen soll. »Ich werde nicht gerne gebissen«, erläutert er. Aus dem Munde eines Schlangenexperten klingt das fast entschuldigend.

Wir fahren an einem Wachtposten vorbei auf das Gelände der Marineluftstreitkräfte, in eine verschlossene kleine Welt aus Wohnsiedlungen, grasbewachsenen Höfen, Gitterdrahtzäunen, an denen sich Gestrüpp entlangzieht; das Ganze wirkt wie die militärische Ausgabe einer verschlafenen Vorortsiedlung. Unmittelbar außerhalb der Umzäunung beginnt tropischer Sekundärwald; innerhalb des Zauns befindet sich der wenig eindrucksvolle Tummelplatz der Rasenmäher, Harken und ewigen Kämpfe gegen die Fingerhirse. Die meisten Häuser sind dunkel. Entweder schlafen alle, oder sie sind im Offizierskasino und spielen Bridge. Wir verlassen die Straße, fahren leise durch ihre Hinterhöfe, über ihren Rasen, ihre Wasserschläuche, vorbei an ihren Liegestühlen und ihren Veranden, während wir durch die Wagenfenster mit unseren Kopfstrahlern auf der Suche nach Schlangen die Gegend abtasten. Am hellichten Tage könnte man so etwas nicht machen. Aber es ist die richtige Nachtzeit, und Gordon kennt die guten Stellen. Die bewaffneten Wachen, der Zaun sind kein Schutz gegen *B. irregularis*, und sie können ebensowenig Gordon Rodda abhalten. Er hat einen regierungsamtlichen Ausweis. Er darf. Ehe ich mein Motelzimmer zu sehen bekomme, bin ich schon fünfzehn Schlangen begegnet.

Es wirke vielleicht merkwürdig, sagt Gordon, daß sich die Lage auf Guam so weit zuspitzen konnte, ehe jemand auf die Idee kam, der Schlange die Schuld zu geben.»Aber tatsächlich konnte sich niemand vorstellen, daß auf der Insel so viele Schlangen *existierten*. Man sieht sie einfach nicht. Es sei denn, man zieht nachts mit einem Strahler los.«

Zwei Stunden lang pirschen wir durch die Hinterhöfe von Marineoffizieren. Gordon unterhält mich mit begleitenden Kommentaren.»Das hier ist der berühmte Hochspannungsmast #84«, sagt er an einem Punkt. Es ist ein riesiger Betonpfeiler, stämmig wie eine Douglastanne; er trägt zwei Stromleitungen. Die obere Leitung führt 115 000 Volt, die untere nur einen Bruchteil davon. Gelegentlich erwischt eine unselige Schlange die untere Leitung und stellt für kurze Zeit eine Brücke zwischen dieser Leitung und einem im Boden verankerten Spannseil her. Das Ergebnis ist gebrutzelte Schlange und ein gewaltiger Kurzer, der diese Leitung lahmlegt.»Manchmal ist der Kurzschluß von einem riesigen Feuerball begleitet«, sagt Gordon begeistert.»Man kann ihn kilometerweit sehen. Und manchmal legt der Feuerball auch die obere Leitung lahm. Das ist die größte Stromleitung auf Guam. Wenn die ausfällt, wird es auf der ganzen Insel finster.« In den letzten zehn Jahren haben die Schlangen mehr als fünfhundert Stromausfälle verursacht. Mast #84 hier draußen in der schlangenverseuchten Wildnis der Marienoffizierssiedlungen hat es siebzehnmal erwischt. Die Elektrizitätsbehörde von Guam, für die diese Kurzschlüsse eine Unannehmlichkeit sind, die sie Millionen von Dollar kostet, beschloß kürzlich, etwas zu unternehmen.

Nach etlichen fehlgeleiteten Überlegungen stattete die Behörde ihre gefährdetsten Hochspannungsmasten mit Manschetten aus – glatten Metallplatten, ähnlich den Zinnmanschetten, die manchmal die Tragepfeiler von Futterplattformen für Vögel umkleiden, damit die Eichhörnchen mit ihren Krallen keinen Halt finden und nicht hinaufklettern können. Die Manschetten um die Hochspannungsmasten waren zwei Meter hohe Zylinder aus gleißendem, rostfreiem Stahl. Es war eine ebenso teure wie energische Maßnahme, erklärt Gordon, »nur hatte es niemand für nötig befunden, sich bei einem Biologen zu erkundigen, ob Schlangen überhaupt an Betonpfeilern hochklettern. Das tun sie nämlich nicht; sie gehen an den Spannseilen hoch.« Die Elektrizitätsbehörde hätte ihren eigenen beratenden Herpetologen gebraucht, der sie darauf aufmerksam hätte machen können, daß Nachtbaumnattern anders als Eichhörnchen keine Krallen haben und sich beim Klettern um das Objekt herumwinden und daß Betonmasten dieses Kalibers dafür zu dick sind. Verspätet klug geworden, stattete die Behörde auch die Spannseile mit Manschetten aus – mit Metallscheiben, ähnlich dem Rattenschutz an Halteleinen alter Schiffe. Die Scheiben hätten von größerem Nutzen sein können als die Zylinder, wären da nicht ihr geringer Durchmesser und ihre sternförmigen Speichen gewesen, die einer großen Schlange immer noch soviel Halt boten, daß diese um sie herumklettern konnte. Inzwischen greift die Elektrizitätsbehörde von Guam zu einer noch besseren Methode, ihre 115 000-Volt-Leitung zu schützen: Sie schaltet sie zwischen Abenddämmerung und Morgengrauen ab. Damit gesteht sie allerdings ein, daß die Nacht dem Feind gehört.

Die Stromausfälle seien zwar ärgerlich und teuer, sagt Gordon, aber doch nicht ganz so erschütternd wie einige andere durch die Schlange verursachte Vorfälle. »Was die Leute wirklich hochbringt, ist, wenn sie in die Geschlechtsteile gebissen werden, während sie auf dem Klo sitzen.« Oder ein Herzstillstand bei einem sechsmonatigen Kind, wie gerade diese Woche passiert. Die lokalen Zeitungen waren voll davon. Die kleine Tochter eines Stabsunteroffiziers der Luftwaffe mußte mit der Ambulanz ins Krankenhaus geschafft werden, nachdem eine 1,70 Meter lange Schlange versucht hatte, ihren Arm zu verschlingen. Das Mädchen erlitt einen angstbedingten Atemstillstand, wurde aber gerettet. Sie befindet sich immer noch in ärztlicher Betreuung. Niemand auf Guam ist bislang an einem Schlangenbiß gestorben, wenn auch bei diesem Kleinkind und in einigen anderen Fällen nicht viel fehlte. Objektiv betrachtet, meint Gordon, sei die Gefahr für Menschen nicht sehr erheblich. Bienenstiche führten zu mehr medizinischen Notfällen als *B. irregularis.*»Aber das *Bewußtsein,* daß es sich um eine Schlange handelt, verschlimmert die Sache.« Gelegentlich unterbricht das Auftauchen einer Schlange unsere Unterhaltung. Immer wenn das geschieht, steigt Gordon auf die Bremse und springt aus dem Wagen. Er streift sich den Gartenhandschuh über. Er rennt zum Gitterdrahtzaun, taucht wie ein Footballspieler hinunter und packt zu. Mit der freien Hand und den Zähnen knotet er einen Stoffsack auf, in den er die Schlange geschickt hineinschleudert. Wie man eine Giftschlange in einen Sack schmeißt und den Sack zuschnürt, ehe diese oder eine andere Schlange wieder herausgeschossen kommt, gehört zu den besonderen kleinen Tricks, die ein Berufsherpetologe kennt. In seinem Feldnotizbuch vermerkt Gordon die Länge der Schlange und ein paar andere Daten. Nacht für Nacht, Monat für Monat hat er ähnliche Daten gesammelt. Davon träumen kleine Jungen: im Auftrag der Regierung der USA auf einer tropischen Insel Schlangen zu sammeln.

Während wir wieder fahren, ermuntere ich Gordon, mir von seiner Doktorarbeit über Alligatoren zu erzählen. Die Nacht ist ruhig, und wir haben Zeit zu plaudern. Feldforschung trieb er in Florida. Er ging der Frage nach, wie Alligatoren sich auf ihren Wanderungen orientieren. Es habe sich herausgestellt, sagt Gordon, daß sie über einen hochentwickelten Orientierungssinn verfügten, wenngleich der von Krokodilen sogar noch besser sei. Gordon fragte sich, wie dieser Sinn funktioniert. Haben sie eine Art von innerem Kompaß, der geomagnetische Felder aufspürt? Arbeiten sie mit dem Geruchsorgan? Wie wichtig ist das Gedächtnis? Für Alligatoren oder Menschen oder wen auch immer sei das Entscheidende bei der Orientierung, erklärt Gordon, daß man wisse, wo man sich befindet. Das sei das Allerwichtigste: in einem gegebenen Moment die eigene Position genau zu kennen. Während er das sagt, fährt er über einen Bordstein, eine leicht ansteigende Rasenfläche hinauf, vorbei an ein paar Schlafzimmerfenstern, einen steilen grasbewachsenen Hügel hinab und um einen weiteren Hochspannungsmast herum, wobei er im Fahren die Gegend nach Schlangen absucht.

Haben Sie schon einmal einen dieser Masten gerammt, während Sie den Zaun beobachteten? frage ich ihn.

»Nein. Aber ich bin schon einmal in einem Loch gelandet.«
Bis jetzt haben wir fünfzehn Schlangen eingesammelt. Sie fahren auf dem Rücksitz mit und verhalten sich in ihren Stoffsäcken ruhig. Kein besonders großer Fang für eine Nacht. Da die Trockenzeit begonnen hat und die Platzwarte der Marine den Zaun von Vegetation gesäubert haben, findet Gordon in letzter Zeit hier nicht mehr so viele *B. irregularis* wie in früheren Monaten. Mit Vermutungen darüber, was die gesunkenen Zahlen bedeuten könnten, hält er sich zurück. Er ist zu solcher Zurückhaltung verpflichtet – schließlich ist er Wissenschaftler. Meine Verpflichtungen sehen anders aus, und im Privatissime des dunklen Autos habe ich keine Skrupel, ihn zu Spekulationen anzustiften. Na ja, gibt Gordon zu, die Zahlen könnten etwas zu bedeuten haben, vielleicht aber auch nicht. Möglich, daß die Schlange wie das Wetter im Westpazifik extrem natürlichen Zyklen unterworfen ist: Hoch- und Tiefstände in der Populationsentwicklung oder Höhen und Tiefen der Sichtbarkeit, die sich dann darauf auswirken, wie viele Schlangen in den Gegenden, in denen Gordon sie einsammeln kann, jeweils nächtlich aktiv sind. Vielleicht ist die Populationsdichte hier, in der Einrichtung der Marineflieger, gesunken, während sie droben im nördlich gelegenen Wald immer noch steigt. Oder aber auf der ganzen Insel verhungern Schlangen aus Mangel an Vögeln, nachdem die heimische Vogelfauna weitgehend aufgefressen ist. Das wirkt unwahrscheinlich, da *B. irregularis* ein wenig spezialisierter Räuber ist, der auch Eidechsen und Ratten frißt. Aber mag sein, daß auch die Eidechsen- und Rattenpopulationen dezimiert sind. Wenn das der Fall ist, dann könnte der Hunger in der Tat dazu führen, daß die Schlangenpopulation einen Rückgang erlebt. Bei einer Dichte von sechstausend Schlangen pro Quadratkilometer müßte die Spezies eine verdammt große Futtermenge verputzen.

In dem Lebensraum, aus dem die Schlange stammt, lagen die Verhältnisse ganz anders. In den Wäldern von Neuguinea zum Beispiel ist *B. irregularis* nur eine Nachtbaumnatterspezies unter vielen und wird ihrerseits von Räubern und Konkurrenten bedrängt, von Parasiten und Krankheiten heimgesucht; jede größere Zunahme oder Abnahme der Population würde durch das Tohuwabohu ökologischer Wechselwirkungen normalerweise rasch wieder korrigiert. Mit der Übersiedlung nach Guam indes entrann die Schlange den meisten, wenn nicht sogar der Gesamtheit ihrer gewohnten Feinde, Konkurrenten, Parasiten und Krankheiten. Wie ein Verbrecher auf der Flucht, der sich einen neuen Namen und einen anderen Haarschnitt zulegt, befreite sie sich aus ihrem bisherigen Zwangsrahmen und legte sich eine neue Rolle zu. Hier steht ihr nun ein breiteres Spektrum von Entfaltungsmöglichkeiten offen, das vom kometenhaften Aufstieg bis zum Kollaps reicht. Jetzt gerade befindet sich die Population vielleicht in einer Phase des Kollabierens. Folgt daraus, daß *B. irregularis* unter die Schwelle abgesunken ist, die sie zu einer gefährdeten Rarität werden läßt? Wahrscheinlich nicht. Daß sie von Guam ganz und gar verschwinden wird? Zu schön, um wahr zu sein. Was man bei Konjunkturzyklen nicht außer acht lassen darf, ist die Tatsache, daß sie Zyklen sind. Nach einer Periode des Niedergangs klettert die Schlangendichte vielleicht wieder auf sechstausend Stück pro Quadratkilometer. Der Schlange wird es an Nahrung nicht fehlen, solange ihre anderen Beutetiere – die Ratten, die Glattechsen, die Anolen, die Geckos – nicht der auf Guam heimischen Spezies des Myiagra folgen und aussterben. Aber sicher ist nichts von alledem. Wir treiben hier keine Wissenschaft, sondern plauschen über wissenschaftlich denkbare Entwicklungen. Die Naturgeschichte von *B. irregularis* und ihre Populationsdynamik auf Guam liegen immer noch weitgehend im dunkeln, ganz zu schweigen von den langfristigen Konsequenzen, die diese Dynamik für das Ökosystem hat. Fest steht nur, daß es Tausende und Abertausende von Schlangen auf der Insel gibt, vielleicht sogar Millionen und Abermillionen, und daß sich Gordon Rodda so viele wie möglich greifen muß.

»Da ist eine!« Er bremst. Er springt aus dem Auto. Er streift sich den Gartenhandschuh über und rennt zum Zaun.

93 Einen Großteil meiner zwei Wochen auf Guam verbringe ich in Gesellschaft von Gordon Rodda und Tom Fritts, mit denen ich durch den Wald wandere, die Zaunstrecken kontrolliere, nächtens über die Grasbahnen eines Golfplatzes flaniere – immer auf der Suche nach *B. irregularis*.

Gordon und Tom brauchen empirische Daten. Konkreter gesagt, sie brauchen Schlangen. Letztlich besteht ihr Auftrag darin, Mittel und Wege zu finden, durch die sich die Schlangenpopulation unter Kontrolle bringen läßt, so daß die heimischen Wildtierarten eine Überlebenschance bekommen. Wie sich der seuchenartige Überfluß an Schlangen eindämmen läßt, dazu haben sie ein paar Ideen, wenn sie sich auch der traurigen Wahrheit bewußt sind, daß sich *B. irregularis* wahrscheinlich nie völlig von Guam wird vertreiben lassen. Nachdem die Schlange einmal da ist und Fuß gefaßt hat, dürfte sie ein unausrottbarer Bestandteil der dortigen Fauna und Flora sein. Die Insel ist zu groß und unübersichtlich, die Schlange zu versteckt und zäh und fruchtbar, als daß sich auf ihre völlige Ausmerzung hoffen ließe. Die Biologen müßten den Ort zerstören, um ihn zu retten, und das hat nicht einmal in Vietnam funktioniert. Aber vielleicht muß der Sieg der Schlange nicht total sein. Derzeit ist *B. irregularis* eine Geißel Gottes, mit ein bißchen Glück und ein bißchen menschlicher Kunstfertigkeit ließe sie sich vielleicht auf eine einfache Plage herunterbringen. Damit das allerdings geschehen kann, gilt es, die Schlange erst einmal besser zu verstehen. Die Biologie ihrer Fortpflanzung, ihre Wachstumsgeschwindigkeit, die Physiologie ihrer Sinneswahrnehmung, ihre demographischen Verhältnisse, ihr Jagdverhalten, ihre Wach- und Schlafzyklen, ihre Vorlieben für das eine oder andere Beutetier, ihre Bereitschaft, in die Falle zu gehen, ihre Reaktionen auf verschiedene Köderarten – all das muß beschrieben und registriert werden. Darin besteht die Aufgabe von Rodda und Fritts. Während die meisten Bewohner von Guam die Schlange verabscheuen, untersuchen Gordon und Tom sie mit einem Eifer, der von liebevoller Zuwendung nicht weit entfernt ist.

Schließlich handelt es sich bei der Schlange nicht um ein boshaftes Tier, sondern nur um ein moralfreies und ausgesprochen unintelligentes Geschöpf, das sich am falschen Ort befindet. Was

B. irregularis hier in Guam macht, ist genau dasselbe, was *Homo sapiens* auf dem gesamten Planeten getan hat: Sie schafft es, auf Kosten anderer Arten unmäßig erfolgreich zu sein. Begegnet man der Schlange in Neuguinea, in Queensland, in Sulawesi oder Guadalcanal, so ist sie ein hübsches, schlankes heimisches Reptil, das durch die natürlichen Schranken seiner Lebensverhältnisse in Zaum gehalten wird. Tom Fritts und Gordon Rodda sind sich dessen stets bewußt.

An einem alltäglichen Morgen begleite ich sie bei ihrem Kontrollgang zu den Fallen. Die Fallen sind in einem rechteckigen Gitter angeordnet, das Gordon in einem Sekundärwaldgebiet im Norden der Insel ausgelegt hat. Es liegt innerhalb des größeren Areals der Anderson-Luftwaffenbasis. Die Gegend ist Sperrgebiet, und man wird kaum gestört, abgesehen von den B-52, die dicht über den Köpfen vorbeidonnern, und ab und an von einem Hubschrauber. Auf einer zwei Hektar großen Fläche hat Gordon achtzig Fallen aus Maschendraht aufgestellt, die speziell für die Schlangen eingerichtet sind. Die Fallen sind in zwanzig Viererreihen arrangiert; die Stellen hat Gordon mit einer Art von Plastikklebeband markiert, das in der Feldvermessung gebräuchlich ist und das auch Ted Case auf der *bajada* von Angel de la Guarda benutzte. Anders als auf der *bajada* gibt es hier allerdings dichten Wald; die einzelnen Fallen sind durch Pfade verbunden, die mit der Machete ins Dickicht gehauen werden mußten. Fächerpalmen und Schraubenpalmen und Tangantangan-Bäume wölben sich dicht über dem Pfad und machen einen Tunnel aus ihm. Dunkle Schmetterlinge der Schwalbenschwanzgattung huschen durch das Dämmerlicht. Termitennester hängen wie massive braune Kröpfe an den Luftwurzeln der Schraubenpalmen. Ungeheuer große Spinnennetze unterbrechen den Pfad auf Kopfhöhe. Jedes Netz ist das Werk einer Raubkooperative und beherbergt rund ein Dutzend große Spinnen und viele weitere Gehilfen; manche von ihnen sind schorfig rot und dickleibig, manche schwarz mit gelber Zeichnung, manche tiefschwarz. Unter den Spezies mit schwarzem Körper ist besonders auffällig eine Sorte mit langen, graziösen Beinen und einem Hinterleib von der Größe einer Pflaume.

Übrigens muß ich etwas gestehen: Ich graule mich, wie es der

Zufall so will, vor Spinnen. Ich bekomme Zustände, wenn ich sie sehe. Selbstverständlich gibt es dafür keinen rationalen Grund; das Ganze ist einfach nur eine Sache der Psyche und des Geschmacks. Die Biester machen mich nervös: zu viele Augen, zu viele Beine und die geifernde Verstohlenheit, mit der sie sich bewegen. In meinen schlimmsten Alpträumen kommen Taranteln vor, die so groß wie Dachse sind. Ich belaste den Leser mit dieser Enthüllung nur, um ihm deutlich zu machen, wie sehr das hohe Niveau der Spinnenpopulationen an meinen Nerven zerrt, während ich hinter Gordon und Tom durchs Unterholz stolpere.

Ich gebe mir alle Mühe, Gefahrenstellen auszuweichen. Der Boden unter unseren Füßen ist der rauhe, aus Korallen entstandene Kalkstein, von dem schon die Rede war. Er ist zerklüftet und scharfkantig, in dieser Gegend zerfurcht von alten Gräben und Kratern, übersät mit Colaflaschen und verrosteten Kriegstrümmern. Im Jahre 1944, als Guam von den USA erobert wurde, leisteten die Japaner nicht weit entfernt von dieser Stelle ihren letzten, erbitterten Widerstand. Überall flogen Bomben, Mörser- und Gewehrgranaten durch die Luft. Manche der Vertiefungen wurden vielleicht von den Japanern gegraben, um Munition darin zu lagern. Also aufgepaßt auf nichtexplodiertes Material, rät Tom. Aufgepaßt auf nichtexplodiertes Material und auf große schwarze Spinnen, denke ich bei mir.

Tom hat die Spinnen natürlich auch bemerkt, aber er ist mit einer dicken Haut gesegnet. »Manchmal habe ich einen Stock dabei«, sagt er, »und bringe die halbe Zeit damit zu, Spinnweben zur Seite zu schlagen.« Er hegt den Verdacht, daß die starke Zunahme der Spinnen eine sekundäre Folge von *B. irregularis* ist. Vielleicht handele es sich um einen zwei- oder dreispurigen Effekt der Dezimierung der Vogel- und Eidechsenpopulationen durch die Schlange, der sowohl verminderte Bedrohung als auch verminderte Konkurrenz einschließe. Von ihren Feinden befreit, schlagen die Spinnen über die Stränge. Sie vermehren sich wie wild. Und die Schlange selbst stört sie nicht, weil sie größere Happen vorzieht.

Tom stellt nur Vermutungen an, aber daß irgendeine ungewöhnliche Bevölkerungsexplosion stattgefunden hat, liegt auf der Hand. In keinem anderen tropischen Wald habe ich je eine solche Konzentration von Arachniden gesehen. Wir ducken und winden uns, um an Großsiedlungen aus Seide vorbeizukommen, die jeweils ganze Scharen von Spinnen beherbergen. Ich wäre durchaus nicht überrascht, wenn ich in einem der Netze einen Kokon mit der ausgesogenen Hülle eines unvorsichtigen Herpetologen hängen sähe.

Gordon macht sich an jeder einzelnen Falle ausführlich zu schaffen. Ist eine gefangene Schlange darin? In der hier nicht. In der da auch nicht. Heute nicht. Funktionieren die Eingangsklappen noch? Er stochert, prüft. Hat das Ködertier in der Falle gelitten? Als Köder dienen lebende Geckos, und die Schlangen mögen lieber Beutetiere, die bei Kräften sind; Gordon hat deshalb frischen Nachschub mitgebracht. Ist das Ködertier verschwunden? Manchmal frißt die Schlange es und entkommt. Gordon weiß, daß das derzeitige Fallen- und Ködersystem verbessert werden muß; zum Teil besteht seine gegenwärtige Aufgabe darin, herauszufinden, wie. Ich folge ihm von Falle zu Falle, helfe ihm bei seinen Tätigkeiten, weiche den Spinnen aus.

Während wir arbeiten, erzählt Gordon uns etwas über Geckos. Die Spezies, die er hauptsächlich als Köder für die Schlange verwendet, heißt *Hemidactylus frenatus*, wegen ihrer Neigung, sich in der Nähe menschlicher Behausungen aufzuhalten, auch Fächerfußgecko genannt. Die Spezies ist im ganzen westlichen Pazifik für ihre Wanderfreudigkeit berühmt und hat innerhalb der letzten Jahrhunderte jede Menge Inseln besiedelt, offenbar als blinder Passagier auf seetüchtigen Schiffen. Unter anderem gelangte sie auch nach Guam, und offenbar fühlt sie sich hier wohl, obwohl sie in einem gewissen Maße unter den Nachstellungen der Schlange zu leiden hat. *Gehyra oceanica* ist eine auf Guam heimische großwüchsige Spezies, achtmal so korpulent wie *H. frenatus* und stärker aufs Waldmilieu beschränkt. Sie ist eine dralle, fleischige Eidechse, deren Größe und bevorzugter Lebensraum sie zu einer idealen Beute für die Schlange machen. Früher auf der Insel im Überfluß vorhanden, ist die Art inzwischen selten geworden.

Andere heimische Geckos haben ebenfalls einen Rückgang erlebt, an dem die Schlange schuld sein könnte. *Lepidodactylus lugubris* ist eine kleinwüchsige Art, die früher verbreitet war und die jetzt auf Guam seltener vorkommt als auf den schlangenfreien Inseln in der Nachbarschaft. *Gehyra mutilata* ist eine Spezies mittlerer Größe, die berühmt für ihren Trick ist, sich aus ihrer eigenen Haut herauszuschälen, um den Fängen eines Raubfeindes zu entwischen, und sich rosa und nackt und fleischig roh aus dem Staub zu machen. Aber der Trick ist nicht narrensicher und verfängt vielleicht nicht bei Braunen Nachtbaumnattern. Die Population von *Gehyra mutilata* hat in gravierendem Maße abgenommen. *Nactus pelagicus*, eine etwas größere Art, ist völlig verschwunden. *Perochirus ateles* scheint ebenfalls weg zu sein; jedenfalls ist sie seit zehn Jahren nicht mehr gesichtet worden. Während also die Zeitungen auf der anderen Seite des Planeten großes Geschrei um das Vogelsterben auf Guam gemacht haben, waren auch Eidechsen von der Dezimierung, Vernichtung, Ausrottung bedroht. »Aber die Leute sind nur sehr schwer zu bewegen, sich das Schicksal von Geckos zu Herzen zu nehmen«, sagt Gordon. Eine Geckoart spricht die Öffentlichkeit nicht so an wie ein kleiner grüner Vogel.

Auch die Glattechsen, eine andere Echsenfamilie, sind in Mitleidenschaft gezogen. Glattechsen unterscheiden sich von Geckos in mehreren, unschwer erkennbaren Hinsichten – ihre Körper sind glatter und runder, ihre Füße eignen sich weniger gut zum Klettern, sie neigen nicht so zu schrillen Lauten, und sie sind im allgemeinen tagaktiv. Im gleichen Zeitraum, in dem die Geckos und Vögel ausstarben, sind auch mehrere Glattechsenarten aus den Wäldern von Guam verschwunden, entweder zur Gänze oder weitgehend. *Emmoia slevini* ist augenscheinlich nicht mehr da. *Emmoia caeruleocauda* ist selten geworden. *Emmoia atrocostata* gibt es auf einem Inselchen unmittelbar vor der Küste von Guam reichlich, während die Art auf Guam selbst verdächtig unsichtbar ist. Hat die Schlange ihre Populationen bis auf das letzte Exemplar aufgefressen? Gordon hält nichts von wilden Spekulationen. Die empirischen Daten fehlen. Bitte, etwas langsamer und alles buchstabieren, ersuche ich ihn. Besteht *caeruleocauda* aus einem Wort oder aus zweien? Wie hieß die Spezies mit dem Trick, aus der Haut zu fahren?

Wie stets in der Ökologie ist die Sache kompliziert. Durch die Ausrottung ganzer Populationen von heimischen Vögeln und

Eidechsen hat *B. irregularis* zwar mit der Holzhammermethode für Vereinfachung gesorgt – trotzdem bleibt es kompliziert. Eine drastische ökologische Störung hat im Zweifelsfall Auswirkungen in alle Richtungen und tendiert dazu, sich in den Konkurrenzmustern, in der Nutzung des Lebensraumes, in der Populationsgröße und in den Raubverhältnissen niederzuschlagen. Die Konsequenzen prallen wie Billardkugeln aufeinander.

Nehmen wir zum Beispiel den Zimtkopfliest Guams. Er war ein Raubvogel, der wahrscheinlich sein Teil Glattechsen fraß. Dazu möchte ich von Gordon Näheres hören und fange an, ihn auszufragen. Hat er eine bestimmte Art Glattechsen den anderen vorgezogen? Mochte er lieber niedliche kleine Happen oder mächtige Batzen? Hat er stärker den baumkletternden oder den bodenbewohnenden Arten nachgestellt? Fragen Sie mich nicht, sagt Gordon. Wenn Sie wissen wollen, was ein Liest tut, merkt er freundlich an, müssen Sie sich an einen Ornithologen wenden. Um zu erfahren, was ein Liest mag oder nicht mag, deutet er damit an, wende ich mich am besten an den Liest selbst. Mit einemmal giere ich nach verhaltenspraktischen Informationen über die auf Guam heimische Unterart des Zimtkopfliests – nach Beobachtungen, die nun, da die Unterart nur noch in Zoologischen Gärten überlebt, vielleicht nie mehr gesammelt werden. Wie ernährte er sich in freier Wildbahn? Stürzte er sich zwischen das Geäst der Bäume, oder stellte er seiner Beute im Offenen nach? Zog er kleinere Glattechsen mit zarten Schuppen großen Glattechsen mit dickeren Schuppen als Futter vor? Falls der Liest sein Raubverhalten auf diese Weise differenzierte, spielte er unter Umständen bei der Aufrechterhaltung eines Gleichgewichts zwischen konkurrierenden Glattechsenarten eine wichtige Rolle.

Während der Liest zufällig oder auch nicht so zufällig verschwunden ist, hat sich zumindest eine Glattechsenspezies stark vermehrt. Die Population von *Carlia fusca*, einer Spezies, die in den sechziger Jahren unseres Jahrhunderts von Neuguinea oder anderswoher eingeführt wurde, wächst und gedeiht.

Wie hängen all diese Fakten zusammen? Schwer zu sagen. Was geschieht als nächstes? Unmöglich vorauszusagen. Vorstellbar ist, daß die stark wachsende Population von *Carlia fusca* zum Beispiel die letzten paar Exemplare irgendeiner seltenen, auf Guam endemischen Insektenart frißt. Ökologische Feldforschung ist ein allem Anschein nach unabsehbares Geschäft, dem langsam und akribisch nachgegangen werden muß, wie Gordon Rodda und Tom Fritts ihm nachgehen, und bei dem mit Methoden gearbeitet werden muß, die ein hoffnungslos beschränktes Blickfeld eröffnen; wilde Spekulationen überläßt man dem schriftstellernden Besucher.

Achtzig Fallen schienen viel, als wir mit dem Rundgang begannen. Aber am Ende der beiden Stunden, die der Kontrollgang dauert, haben Gordon, Tom und ich keine einzige Schlange gefangen. Vielleicht ist es die Trockenheit. Vielleicht hat die Schlangenpopulation nicht nur im Süden, sondern auch hier im Norden, den Gipfelpunkt des Zyklus überschritten und nimmt ab. Mag sein, daß die Konstruktion der Falle nichts taugt oder daß wir den falschen Köder verwenden. Was immer die Gründe sein mögen, *B. irregularis* läßt sich zur Zeit nicht blicken. Die Folgen ihrer Anwesenheit allerdings umgeben uns wie ein Spinnennetz.

94 Die Spinnen haben meine Neugier geweckt. Ein verschlungener Pfad aus Nachfragen und Verweisen führt mich zu einem kleinen vollgestopften Laboratorium in einem Gebäude auf dem Gelände der Universität von Guam, auf dem ENTOMOLOGIE geschrieben steht. Präparierte Exemplare, Nadeln, Mikroskope, Staub, Schutzhüllen, Gläser voll mit Guano, herumliegende Verpuppungen, Stöße mit Fachliteratur und abgebrochene Stücke von Insektenleibern schmücken die Räumlichkeiten. Die Luft ist staubig und feucht und säuerlich wie in einem Hühnerstall. Zwei Insektenkundler namens Don Nafus und Ilse Schreiner arbeiten hier Seite an Seite inmitten all der Unordnung, zwei klar denkende, unprätentiöse Naturforscher, deren Begeisterung für ihr Forschungsgebiet geradezu ansteckend wirkt. Andererseits, falls in diesem Raum irgend etwas ansteckend *ist*, möchte ich es mir ganz gewiß nicht einfangen.

Ohne zu erklären, worum es mir geht, frage ich Nafus und Schreiner, ob sie in neuerer Zeit Invasionen fremdländischer

Gliederfüßer oder ein dramatisches Bevölkerungswachstum unter den heimischen Arten beobachtet haben. Ich frage nach Gliederfüßern statt nach Insekten, weil das eine umfassendere Kategorie ist, die auch so reizende, nicht zu den Insekten gehörige Wirbellose einschließt wie Zecken, Hundertfüßer, Tausenfüßer und Spinnen. Erkundigt man sich bei einem Berufsentomologen nach Gliederfüßern (statt zum Beispiel nach Käfern), so gibt man ihm damit zu verstehen, daß man zumindest eine gewisse Vertrautheit mit dem Thema besitzt. Das hindert nicht, daß die Dümmlichkeit meiner Frage Nafus in seinen Sessel zurückwirft.
»Bei uns gibt es *ständig* Invasionen und Explosionen.«
Wie bei den Reptilien und den Vögeln stellt offenbar auch bei den Gliederfüßern Guam ein ökologisches Schlachtfeld dar, auf dem die heimischen Arten endlose Abwehrkämpfe gegen die fremden ausfechten. Nafus und Schreiner können eine lange Liste einzelner Fälle aufzählen. Die Weiße Zitrusfliege ist ein Exot. Das gleiche gilt für den Philippinischen Marienkäfer. Die Taufliege *Dacus dorsalis* ist ein weiterer Eindringling, und das sind auch der Rosenkäfer *Adoretus sinicus*, die Formosatermite und die Kokosnuß-Schildlaus. Dann gibt es da noch die Minierfliege, den Poinciana-Spanner, den Bananendickkopffalter, die Ägyptische Hibiskusschildlaus, den Gurkenblattkäfer, mehrere Arten der Lehmwespe, einen Glanzkäfer, einen Magarodid, einen Blattfloh, einen Sackspinner – sogar die Namen muten fremdartig an. Allein an Stechmücken sind seit 1945 vierzehn verschiedene fremde Arten ins Land gekommen. Ob es Invasionen gegeben hat – daß ich nicht lache!
Ich versuche es auf andere Weise. Wie steht's mit dem Artensterben? Haben Sie beobachtet, daß von den heimischen Gliederfüßern welche ausgestorben sind?
Diese Erkundigung stellt sich als weniger lachhaft heraus. Nafus reagiert mit einem behutsamen Ja. Einiges deute darauf hin, daß zur gleichen Zeit, als die Vögel verlorengingen, auch »eine Reihe von Schmetterlingen ausstarben«. Wie bei vielem von dem, was Nafus und Schreiner erforschen, ist auch in diesen Fällen das Hauptmotiv der Konflikt zwischen heimischen und fremdländischen Arten.
Der Schwalbenschwanz *Papilio xuthus* zum Beispiel hat seit

den fünfziger Jahren einen schlimmen Rückgang erlebt. Früher war er gängig. Heute ist er selten, wenn nicht ausgestorben. *Euploea eleutho* ist ein anderer, auf den Marianen heimischer Schmetterling, der seit Jahrzehnten auf Guam nicht mehr gesichtet wurde. Schreiner, die mit Nafus an einem Insektenführer arbeitet, zeigt mir eine Seite des Manuskripts, auf der er abgebildet ist. *Vagrans egistina* stellt eine weitere auf den Marianen heimische Art dar, die mittlerweile von Guam verschwunden ist. Auch hier zeigt mir Schreiner, wie die Spezies aussah. Dann wendet sich die Unterhaltung einem seltenen Schmetterling zu, der vielleicht nie sehr verbreitet war – einer Art, die unter dem inoffiziellen Namen Guanofalter bekannt ist.

Der Guanofalter trägt diesen Namen, weil man seine Larven ausschließlich in Kothaufen der Moosnest-Salangane, eines schwalbenähnlichen Vogels, findet. Die Moosnest-Salangane brütet in Höhlen, wobei sie ihre Nester mit Speichel an die Decke der Höhle klebt. Wie die anderen heimischen Vögel ist sie vom Aussterben bedroht. Obwohl sie in ihrem Brutverhalten soviel Vorsicht an den Tag legt, hat eine Kombination von Faktoren (zu denen möglicherweise auch die Schlange gehört) dafür gesorgt, daß die Salangane auf einige wenige hundert Exemplare zusammengeschrumpft ist, von denen die meisten heute als Kolonie in einer einzigen Höhle leben. Diese Höhle liegt im Hinterland des südlichen Guam, einige Kilometer entfernt von der nächsten öffentlichen Straße. Dort, im Dämmer des unterirdischen Brutplatzes, kann man Larven des Guanofalters finden, die fröhlich auf dem Kothaufen unter den Vogelnestern herumkriechen. Eine merkwürdige Nische, eine enge Nische – aber sie gehört ihnen. Der Ort wird zwar von der Naturschutzbehörde Guams aus Angst vor weiteren Belastungen der Salanganen durch menschliche Besucher geheimgehalten, aber ein Biologe, der mir vertraute, hat mich dorthin genommen. Treten Sie nicht in das Guano, ermahnte er mich, Sie könnten den seltenen Faltern Schaden zufügen.

Als ich den Guanofalter erwähne, wird Ilse Schreiner lebendig. »Hier sind sie«, sagt sie stolz und knallt ein Glas mit grauschwarzem Pulver auf den Tisch. Es ist eine kostbare Probe Salanganenkot, die derselbe Biologe, der mir die Höhle zeigte, ihr und Nafus mitgebracht hat. Schreiner breitet das Zeug auf einem sauberen Blatt Computerpapier aus und stochert mit einer Schere, dem geeignetsten Instrument, das zur Hand ist, eifrig darin herum; sie sucht nach bestimmten kleinen Klümpchen. »Salanganenkot ist echt interessant«, sagt sie, »wenn man ihn unter dem Mikroskop betrachtet. Nichts als winzige Stückchen von Insekten. Köpfe und Beine und andere Körperteile.« Sie deutet mit der Schere auf ein braunes Bröckchen, nicht größer als ein Sonnenblumenkern, und erklärt, das sei eine Art von kapselartiger Hülle, in der eine Larve des Guanofalters stecke. Was für eine Hülle denn? Sie weiß es nicht. Ein Kokon oder eine Puppe zur Aufbewahrung der Übergangsstufe zwischen Larve und ausgewachsenem Tier könne es nicht sein, weil sie und Nafus Hüllen in einer ganzen Reihe von Größen gesehen hätten. Es müsse also eine tragbare Schutzhülle sein, die das Larvenleben hindurch mitgeschleppt und gemäß dem Wachstum der Larve durch neue größere ersetzt werde. Woraus besteht die Hülle? Wahrscheinlich aus Seide und Bruchstücken. Wie fertigt die Larve sie an? Unbekannt. Die Verhaltensweisen dieses Insekts sind für Schreiner und Nafus ungeklärte Rätsel. Es ist nicht einmal klar, um was für ein Insekt es sich eigentlich handelt, da »Guanofalter« nur ein provisorischer Name ist, bis man Genaueres weiß. Ist das Insekt auf Guam beschränkt? Vielleicht. Beschränkt auf diese eine Höhle? Möglich. Nafus hat den Verdacht, die Spezies könne neu für die Wissenschaft sein, noch nie zuvor benannt oder beschrieben.

»Da ist das ausgewachsene Tier«, sagt Schreiner und deutet mit der Schere auf einen kleinen Kadaver. »Wir schicken es jemandem in Hawaii, der auf Höhlenfauna spezialisiert ist. Vielleicht kann er es identifizieren. Aber wenn wir es bis hinunter zur Gattung schaffen, können wir schon froh sein.« Die Ermittlung seiner genauen taxonomischen Zugehörigkeit – beziehungsweise die Zuweisung einer Identität, falls es eine neue Spezies ist – muß allerdings warten. Schreiner und Nafus stecken bis über beide Ohren in anderen Arbeiten, bei denen es sich zumeist um eingeschleppte Seuchen mit bedeutenden wirtschaftlichen Konsequenzen handelt. Die Landwirtschaft ist normalerweise der Bereich, der die Entomologie in Brot setzt; kein Wunder also, daß die Weiße Zitrusfliege und der Bananendickkopffalter den Vorrang vor einem anspruchslosen Guanofalter haben, von dem unklar ist, ob er auf Guam endemisch ist oder nicht.

Ich schneide das Thema Spinnen an. Sind sie nicht außergewöhnlich zahlreich? Ist denkbar, daß die Explosion ihrer Population ein Sekundäreffekt des Umstands ist, daß die Schlangen so viele Eidechsen gefressen haben? Ja, das sei möglich – aber mehr können Nafus und Schreiner dazu nicht sagen, da sie der Sache noch nicht nachgegangen sind. Niemand auf Guam ist ihr nachgegangen. Aber vor ein paar Jahren wurde in der Karibik ein Experiment durchgeführt. Zwei Wissenschaftler entfernten auf einer Insel aus umfriedeten kleinen Lebensräumen alle Eidechsen. Sie stellten fest, daß sich daraufhin die Spinnenpopulationen dramatisch vermehrten.

Ob mir Nafus und Schreiner wohl sagen können, wie die Spinne mit dem schwarzen Körper heißt, der so groß wie eine Pflaume ist? Nein, können sie nicht; Spinnen liegen ziemlich außerhalb ihres Spezialgebiets. Aber sie können mich an jemanden verweisen, der es vielleicht weiß. Alex Kerr heißt er – nur ein Student, aber vernarrt in Spinnen und sehr versiert. Er arbeitet drüben im Marinelaboratorium. Ich notiere mir die Adresse.

Don Nafus ist währenddessen leicht abgelenkt. Er beteiligt sich zwar nach wie vor am Gespräch, beobachtet aber dabei eine Gottesanbeterin, die über seine Hand kriecht. Das Insekt ist gerade erst geschlüpft, winzig und zart wie eine Ameise. Weil Gottesanbeterinnen im Wachstumsprozeß keine großen Metamorphosen durchmachen (wie das etwa bei Schmetterlingen und Käfern der Fall ist), ist dieser Winzling eine Miniaturausgabe des ausgewachsenen Tieres, steht kühn und streitbar auf seinen vier Hinterbeinen, mit aufgerichtetem Rumpf, die Vorderfüße wie Fäuste eines Boxers vorgestreckt. Eine ausgewachsene Gottesanbeterin ist ein ernstzunehmendes Raubtier, das seine Kinnladen im Finger eines Menschen vergraben kann; das Junge allerdings schlendert unschuldig durch die Landschaft aus Knöcheln und entdeckt die Welt. Nafus beugt sich vor und schiebt es auf meine Hand, als hätte ich gebeten, es streicheln zu dürfen.

Ich bewundere die kleine Gottesanbeterin pflichtschuldig. Ich lasse sie auf mir herumtapern, während ich ein paar weitere Fragen stelle. Ich gebe mir alle Mühe, sie nicht zu erschrecken. Nach

einer, wie ich meine, angemessenen Zeitspanne ermuntere ich das kleine Geschöpf, auf Nafus' Knie zurückzukehren. Das tut es auch. Plötzlich packt es Nafus mit zwei Fingern, zerquetscht es und wirft es in Richtung Papierkorb.
»Eingeschleppt«, sagt er.

95 Ein paar Tage später, als ich mit Gordon Rodda die Fallen kontrollieren gehe und einen Augenblick unachtsam bin, versenke ich das Gesicht in einen der Kronleuchter aus Spinnweben.
Ich erstarre. Meine Poren krampfen wie Schließmuskeln. Ich spüre die starken, zarten Fäden, die klebrig von irgendeiner Art arachnoidem Drüsensekret sind und sich straff entlang meiner Stirn und meiner Wangen spannen. Mit gespielter Ruhe trete ich den Rückzug an. In gekrümmter Haltung wische ich mir über die Haare, klatsche mir auf die Ohren, fahre mir in den Kragen. Das Gespinst ist wie Zuckerwatte. Ich streife ab, soviel ich kann. Dann schaue ich hoch und sehe in Augenhöhe eine langbeinige schwarze Spinne direkt vor mir. Aus dieser Perspektive erscheint die Pflaumenmetapher unangemessen; ihr Leib wirkt so groß wie eine Aubergine.
Bewegungslos und aktionsbereit schwebt sie auf der anderen Seite des Netzes. Mag sein, daß sie starr vor Schrecken ist. Aber falls ihr Puls so rast wie meiner, zeigt sie es jedenfalls nicht. Geduldig wartet sie darauf, daß ich meinen Kopf aus ihrem Netz zurückziehe. Vage ist mir klar, daß sie nicht von Rachsucht gegen mich erfüllt ist. Ich passe nicht in das Schema ihrer gewohnten Feinde oder Beutetiere. Ich bin für sie eine Naturkatastrophe, ein Schicksalsschlag.
Ich will dem Leser nicht weismachen, daß dieser Augenblick mein Leben veränderte. Das Ereignis ist nur eines von zwei denkwürdigen Spinnenerlebnissen, die ich während der letzten Tage meines Aufenthalts auf Guam hatte. Das zweite findet am Nachmittag des gleichen Tages statt. Nach einer Rennerei, die sogar Chandlers Philip Marlowe die Beine hätte schwer werden lassen,

erwische ich endlich Alex Kerr, den Studenten der Arachnologie, den mir Nafus und Schreiner genannt haben.

Die Mühe, die es gekostet hat, ihn aufzuspüren, hat sich gelohnt. Als ich Alex die große pflaumenförmige Spinne in dem dreidimensionalen Netz beschreibe, weiß er genau, wovon die Rede ist. Die Spezies heißt *Cyrtophora moluccensis*, erzählt er mir. Sie gehört zur Familie der *Araneidae*, der Radnetzspinnen. Man trifft sie auf Inseln überall im pazifischen Raum an. Ich erwähne meinen Eindruck, daß sie in den Wäldern von Guam außerordentlich reichlich vertreten ist.

Seine Antwort entbehrt zwar wissenschaftlicher Methodik und Diktion, dennoch hört man, daß der Fachmann spricht. »Jau«, sagt Alex heiter, »hab' auch schon mal an eine Spinnenexplosion gedacht.«

96

Mein Interesse an den Spinnen hat seinen Grund. Der Grund geht über bloße Arachnophobie hinaus und ist nicht auf Guam beschränkt. *Cyrtophora moluccensis* rückt ein Phänomen ins Blickfeld, das Jared Diamond und andere mit dem Begriff *Ernährungskaskaden* belegen; ehe wir dieses Phänomen nicht verstanden haben, haben wir auch vom Artensterben noch nicht einmal ansatzweise etwas verstanden.

Der Begriff bezeichnet kaskadenartige Störungen, zu denen es zwischen Ernährungsebenen kommt – das heißt, zwischen den verschiedenen Gruppen von Organismen, die in der Stufenfolge der Energieübertragung innerhalb eines Ökosystems zusammengeschlossen sind. Das Ökosystem selbst ist nicht einfach eine Landschaft voller Pflanzen- und Tierarten; es ist ein kompliziertes Beziehungsgeflecht, das Beziehungen umfaßt wie die zwischen Raubtieren und ihrer Beute, blühenden Pflanzen und ihren Bestäubern, fruchttragenden Pflanzen und den Tieren, die für die Ausbreitung der Samen sorgen. Jede solche Beziehung stellt eine Verbindung zwischen Ernährungsebenen her. Ernährungskaskaden, wie sie Diamond in seinem »Rosettastein«-Beitrag definiert, sind die Sekundäreffekte, die das Aussterben einer einzigen Spezies von einer Ebene zur anderen nach sich zieht.

Mit seinen Worten gesagt: »Da die Arten hinsichtlich des Umfangs, in dem sie vertreten sind, auf vielfältige Weise voneinander abhängen, hat normalerweise das Verschwinden einer einzelnen Spezies kaskadenartige Auswirkungen auf die zahlenmäßige Größe der Arten, denen sie als Beutetier, als Bestäuber oder als Samenausbreiter dient.« Am unteren Ende der Größenskala steht die betreffende Spezies dann natürlich in der Gefahr, zur todgeweihten Rarität zu werden.

Als Beispiel führt Diamond eine Pflanzengruppe an, die offenbar – sekundär – Opfer der Malaria ist. »Alle fünf Arten der auf Hawaii endemischen Pflanzengattung *Hibiscadelphus* sind ganz oder nahezu ausgestorben, weil ihre Bestäuber, die Hawaiischen Kleidervögel verschwunden sind, deren lange gekrümmte Schnäbel zu den engen, gekrümmt röhrenförmigen Blüten der Pflanzen passen.« Die ausgefallene Form der Blüten hat eine exklusive Beziehung zwischen Pflanze und Bestäuber zur Folge. Eine längere Geschichte wechselseitiger Anpassung scheint die Schnäbel bestimmter Kleidervögelarten auf die Blüten bestimmter Arten von *Hibiscadelphus* abgestimmt zu haben, unter Ausschluß anderer honigsammelnder Tiere (wie Bienen, Falter, Fledermäuse). Wenn sich das so verhält, dann können die Arten von *Hibiscadelphus*, nachdem die Kleidervögel von der Malaria hingerafft worden sind, nicht mehr bestäubt werden. Während die älteren Pflanzen absterben, keimen keine neuen Pflanzen, um sie zu ersetzen. Am Ende sind die Pflanzenarten dann ausgestorben. Ihr Verschwinden ist ein Sekundäreffekt des Verschwindens der Vögel. Diesen Mechanismus nennt man Ernährungskaskade.

Stellen wir uns eine andere Reihe von Arten und Beziehungen in einem anderen tropischen Wald vor. Dieser Wald ist hypothetisch wie unsere Insel mit den Eulen und Mäusen, aber an den Haaren herbeigezogen ist nichts davon. Um der Kontinuität willen bemühe ich sogar wieder eine Eulenart. Das Gesamtsystem umfaßt eine Pekarispezies (Nabelschweine), eine Froschspezies, eine Stechmückenspezies, einen mikrobischen Parasiten, eine Affenspezies, eine Spezies des Mangobaums, eine Spezies der Blattschneiderameise, eine Eidechsenspezies, eine Wespenspezies und unsere Eulenspezies – diesmal eine zwergwüchsige, die auf das Nisten in kleinen Höhlungen eingestellt ist. Diese verschiedenen Arten stehen in vielfältiger und unauslotbarer Wechselwirkung miteinander, wobei sich allerdings ein paar der Interaktionen namhaft machen lassen. Das Pekari wühlt entlang den feuchten Ufern der Waldbäche nach Nahrung, und seine Wühltätigkeit schafft Schlammlöcher. Der Frosch und die Stechmücke legen beide Eier in diese Schlammlöcher. Während die geschlüpften Kaulquappen wachsen, ernähren sie sich von den Moskitolarven. Die ausgewachsene Stechmücke überträgt durch ihren Speichel den Mikrobenparasiten, und der führt beim Affen zur Erkrankung. Zum Glück für den Affen ist die Stechmückenpopulation klein, und so tritt die Krankheit nur selten auf. Der Affe frißt eine breite Palette pflanzlicher Nahrung, gibt aber saftigen und süßen Dingen den Vorzug. Sobald der Mangobaum Früchte trägt, mästet sich der Affe an ihnen. Die Mangos sind klein genug, daß der Affe manchmal die ganze Frucht verschlingt; der holzige Mangokern wandert dann durch den Verdauungstrakt des Affen. Die Blattschneiderameise stöbert auf dem gleichen Baum nach Nahrung. Die Ameise ist tatsächlich so sehr spezialisiert, daß sie einzig und allein von dieser Baumart lebt. Die Eidechse ist ein bißchen weniger spezialisiert und frißt Ameisen, Fliegen und gelegentlich auch eine Wespe. Die Wespenart baut ihre Nester in den kleinen Baumlöchern, die ursprünglich von Spechten ausgehöhlt worden sind. Wie die Wespe sucht sich auch die Zwergeule ihr Nest in verlassenen Spechthöhlen.

Bringen wir nun dadurch eine Störung in das Ökosystem, daß wir eine der Arten aussterben lassen, und stellen wir uns vor, was die Folge sein könnte. Sagen wir, die Pekaripopulation wird von Jägern vernichtet.

Nachdem das Pekari weg ist, führen die Bäche klares Wasser, die Ufer bleiben unaufgewühlt, und nach einiger Zeit sind auch die Schlammlöcher verschwunden. Der Frosch, der seiner Stätten zur Eiablage beraubt ist, folgt dem Pekari und stirbt ebenfalls aus. Die Stechmücke hingegen, die weniger spezialisiert ist als der Frosch, überlebt. Sie paßt sich an und verkraftet das Fehlen der Pekarisuhlen dadurch, daß sie ihre Eier in den Tümpelchen ablegt, die das Regenwasser auf dem Laubboden bildet. Tatsächlich überlebt die Stechmücke nicht einfach nur; weil ihren Larven keine Kaulquappen mehr nachstellen, erlebt sie sogar eine rasante Zunahme. Schwärme hungriger Stechmücken durchstreifen den Wald, machen allen Warmblütern das Leben zur Hölle und stecken jeden Affen mit der Mikrobenkrankheit an. Dieser Krankheitsausbruch versetzt den Affen, die (wie das Pekari) bereits durch die Jagd dezimiert sind, den Todesstoß. Die Affen sterben also aus. Die Stechmücke vermißt die Affen nicht weiter, weil sie ihre blutsaugerischen Angriffe auf eine Vielzahl kleiner Säugetiere und Vögel verlagert. Der Mangobaum hingegen leidet unter dem Verschwinden der Affen, weil diese für ihn ein unersetzlicher Partner waren. Ohne die Affen, die seine Früchte verschlangen, die Kerne durch den Verdauungstrakt wandern ließen und sie zusammen mit kleinen Häufchen Dünger wieder auf die Erde schissen, kann der Baum sich nicht fortpflanzen. In den Jahren nach dem Aussterben der Affen wachsen also keine neuen Schößlinge der Mangoart mehr. Nach zwei Jahrhunderten ohnmächtiger Unfruchtbarkeit, zwei Jahrhunderten ohne Nachwuchs, ist der letzte alte Mangobaum abgestorben.

Ziehen wir eine Zwischenbilanz: Pekari ausgestorben, Frosch ausgestorben, Affe ausgestorben, Baum ausgestorben. Die Stechmücke ist wohlauf. Der Mikrobenparasit ist wie der Mangobaum dem Affen ins Grab gefolgt – er war nicht anpassungsfähig genug, um in anderen Säugetieren, die von der Stechmücke heimgesucht werden, neue Infektionsherde anzulegen.

Der Kaskadeneffekt geht weiter. Die Blattschneiderameise stirbt aus, weil sie ihre bevorzugte Baumspezies verloren hat. Da es keine Ameisen mehr gibt, erlebt die Eidechsenpopulation einen schweren Einbruch. Der Eidechsenschwund ist ein Segen für die Wespenpopulation, die sich von den Nachstellungen der Eidechse befreit findet. Ein paar Eidechsen gibt es zwar immer noch, aber die Verlustquote ist geringer als je zuvor, und die Wespen vermehren sich enorm. Sie ergreifen Besitz von jeder verlassenen Spechthöhle, bauen darin ihre Nester, ziehen ihre Nachkommenschaft auf, vermehren sich immer weiter, belegen noch mehr Höhlen mit Beschlag. Die Zwergeule ist bei diesem Konkurrenzkampf der Verlierer. Angesichts des aggressiven Territorialverhaltens der Wespe kneift sie den Schwanz ein. Sie erbt die Erde nicht! Ohne Zugang zu Nistplätzen stirbt sie aus.

Ernährungskaskaden haben das Ökosystem verwandelt.

97 In dem erwähnten Beitrag führt Jared Diamond zwei andere bemerkenswerte Beispiele für das Phänomen an, das er als Ernährungskaskade bezeichnet. Das eine, bei dem es um das Aussterben von Vögeln auf der Insel Barro Colorado im Wasserreservoir für den Panamakanal geht, ist wahrscheinlich einschlägig. Das andere, bei dem es um eine Baumspezies namens *Calvaria major* auf Mauritius geht, wahrscheinlich nicht. Daß Diamond den Calvaria-Fall als Beleg heranzieht, zeigt, daß auch ein so bedeutender Theoretiker wie er nicht gefeit dagegen ist, sich durch falsche Feldforschungsberichte irreführen zu lassen. Aber einschlägig oder nicht, der Fall ist jedenfalls interessant, weil bei ihm der Dodo eine Rolle spielt. Ehe wir ihn uns genauer anschauen, betrachten wir indes erst einmal Diamonds zutreffendes Beispiel.

Barro Colorado ist eine Landbrückeninsel wie Tasmanien und Bali, mit einem entscheidenden Unterschied, der ihr Alter betrifft. Während die meisten Landbrückeninseln etwa vor zwölftausend Jahren, am Ende des Pleistozän, zu Inseln wurden, hat Barro Colorado erst seit viel kürzerer Zeit Inselcharakter. Sie ist fast so jung wie Tom Lovejoys Reservate am Amazonas. Was heute Barro Colorado bildet, war zur Jahrhundertwende noch ein bewaldeter Hügel im Inneren Panamas, nicht weit entfernt vom Fluß Chagres. Dann wurde quer durch die Halbinsel der Kanal gegraben und der Chagres dazu verurteilt, den See Gatún entstehen zu lassen, der mithelfen sollte, den Kanal mit Wasser zu versorgen. Als der See sich füllte und das Wasser stieg, wurde der Hügel zur Insel.

Es ist ein winziges Stück Land mit nur vierzehn Quadratkilometern Fläche, dem die Wissenschaft indes ein außergewöhnlich großes Maß an Aufmerksamkeit zugewandt hat. Damals, im Jahre 1923, als die Regenwälder noch Urwälder waren und nur wenige kostbare Naturressourcen in ihnen sahen, wurde Barro Colorado zum Naturreservat erklärt. Die Ornithologen kamen, um die Vögel der Insel zu studieren. Die Botaniker kamen, um die Pflanzen zu studieren. Seit 1946 wird die Insel vom Smithsonian Institute als Forschungsstätte genutzt. Seit sieben Jahrzehnten ist sie einer der am sorgfältigsten erforschten Landstriche in den amerikanischen Tropen. Auch dadurch unterscheidet sich die

Insel wesentlich von Tasmanien, von Bali, von praktisch allen anderen Landbrückeninseln, über deren frühe ökologische Bedingungen sich nur Vermutungen anstellen lassen: Die Anfangsbedingungen auf Barro Colorado waren direkter Beobachtung zugänglich. Während des größten Teils ihrer Geschichte war die Insel von Biologen heimgesucht wie ein sommerliches Picknick von den Fliegen.

Die Biologen haben Veränderungen beobachtet. Ehe man das Reservat zum Naturschutzgebiet erklärte, wurden einige Stücke Wald für die Holzgewinnung und für landwirtschaftliche Zwecke gerodet. Nach 1923 ließ man auf den gerodeten Flächen Sekundärwald wachsen. In den Primärwäldern entwurzelten Stürme gelegentlich Bäume, und diese Windschläge boten bestimmten Tieren neue Lebensräume. Im Jahre 1952 beeinträchtigten Erdrutsche in ein paar abschüssigen Zonen die Vegetation. Die Stürme, die Erdrutsche, der nachwachsende Wald – all das war für die umfassendere ökologische Gemeinschaft von Bedeutung. Die dramatischste Veränderung aber bestand im Aussterben von Tierarten. Bald nachdem der Hügel zu einer isolierten Insel geworden war, verschwanden bestimmte Säugetier- und Vogelpopulationen.

Der Puma ging als einer der ersten. Er war ein großes Raubtier mit großem Fleischbedarf, und Barro Colorado war zu klein. Der Jaguar verschwand ebenfalls, vermutlich aus dem gleichen Grund. Niemand weiß, was aus dem letzten Jaguar wurde, ob er den Hügel räumte, ehe das Wasser anstieg, oder später wegschwamm oder sich durchs Wasser eingeschlossen fand und einsam und verlassen starb – das Ergebnis war jedenfalls so oder so das gleiche. Nicht einmal mehr die Harpyie horstete auf Barro Colorado. Der Verlust dieser großwüchsigen Raubvögel mit großem Revier war nur der Anfang.

Bis 1970 waren fünfundvierzig Vogelarten verschwunden. Für ein kleines Waldgebiet ist das eine schwere Einbuße – für jedes Waldgebiet, um genau zu sein. »Barro Colorado hat sich zwar als wertvolles Naturlaboratorium erwiesen«, schrieb einer der Forscher, »aber als Naturreservat zum Schutze der Fauna ist es ein Fehlschlag. Das Tempo des Artensterbens ist inakzeptabel hoch.«

Was ließ die vielen Vogelarten aussterben? Die Gründe sind

schwer auszumachen, aber eine Reihe von denkbaren ökologischen Ursachen lassen sich aufzählen: Konkurrenz, Raubfeinde, Mangel an ausreichendem Entfaltungsraum, Mangel an passendem Lebensraum, Regenmangel und die zufälligen Arten von Mißgeschick, die einer kleinen Population den Garaus machen können. Die meisten der verlorengegangenen Vogelarten waren Bewohner von Wiesen, Waldrändern und früher Sekundärwaldvegetation; das Wiederentstehen eines Vollwaldes könnte sie also ihres Lebensraumes beraubt haben. Bei über einem Dutzend aber handelte es sich um Arten, die Vollwald als Lebensraum brauchen. Was mit ihnen passiert war, ließ sich also nicht aus Milieuveränderungen erklären.

Die meisten der im Vollwald lebenden Arten waren Vögel des unteren Zweigwerks, die auf dem Boden nisteten beziehungsweise ihr Futter suchten. Zum Beispiel das Tuberkelhokko. Die Guyanawachtel. Das Tajazuira. Die Schwarzkehl-Ameisendrossel. Sie alle verschwanden. Warum? Eine einleuchtende (wenn auch unbewiesene) Erklärung wurde im Jahre 1980 von zwei Forschern namens John Terborgh und Blair Winter vorgetragen.

Bei der Hypothese von Terborgh und Winter spielten Säugetiere mittlerer Größe eine Rolle, von denen manche ein Ernährungsniveau hatten, das auf halbem Wege zwischen dem der Großkatzen und der Vögel lag. Die Liste dieser mittelgroßen Säugetiere auf Barro Colorado umfaßte Pekaris, Beutelratten, Gürteltiere, Weißrüsselnasenbären, Pakas, Agutis, Brüllaffen und Faultiere. Die Pekaris, die Beutelratten, die Nasenbären, die Pakas und die Agutis suchten allesamt ihre Nahrung auf dem Boden; unter normalen Umständen wurden sie von Pumas und Jaguaren gejagt. Nachdem die großen Raubtiere weg waren, ging es den mittelgroßen Raubtieren gut. Ihre Populationen nahmen zu. In welchem Ausmaß? Terborgh und Winter sprachen nur allgemein von »übermäßiger Dichte«; in einem späteren Beitrag gab Terborgh allerdings an, die Nasenbären, Pakas und Agutis kämen auf Barra Colorado zehnmal so häufig vor wie auf vergleichbaren Festlandsflächen. Beutelratten und Gürteltiere waren ebenfalls ungewöhnlich zahlreich und überstiegen die Dichte, die Terborgh andernorts antraf, mindestens um das Doppelte, höchstens um das

Zehnfache. Die Pekaris und die Affen hatten sich ebenfalls vermehrt, auch wenn Terborgh für sie keine Zahlen nannte.

Diese Zunahmen mußten zwangsläufig Folgen haben. Die Nasenbären sind flinke Allesfresser, die in kleinen Gruppen auf Futtersuche gehen, heißhungrig im Unterholz herumschnüffeln und fressen, was sie fangen oder ergattern können, Vogeleier und Jungvögel eingeschlossen. Der Hypothese von Terborgh und Winter zufolge, die Jared Diamond aufgriff, weil sie ein Beispiel für seine Ernährungskaskaden lieferte, fielen die bodenbewohnenden Vögel auf Barro Colorado einer unbekömmlichen Zunahme der Raubtiere mittlerer Größe zum Opfer.

Das ergibt ein Szenarium wie aus dem Bilderbuch: Das Hokko, die Wachtel und das Tajazuira verschwanden von dieser kleinen Waldfläche – warum? –, weil alle ihre Eier und Jungvögel gefressen wurden – warum? –, weil die Nasenbären und ihresgleichen außergewöhnlich stark zunahmen – warum? –, weil die Pumas und die Jaguare verschwanden – warum? –, weil die Pumas und die Jaguare in dem kleinen Waldgebiet unverkraftbar selten waren und das kleine Gebiet von der Außenwelt abgeschnitten wurde – warum? –, weil ein See entstand und den Ort in eine Insel verwandelte. Daß eine Insel entstand, damit fing alles an; danach pflanzte sich das Artensterben kaskadenförmig von einer Ernährungsebene zur nächsten fort. Der Bilderbuchcharakter des Szenariums schließt nicht aus, daß es realistisch ist.

98 Die Geschichte vom Calvariabaum und vom Dodo klingt ebenfalls wie aus dem Bilderbuch, ist aber weit zweifelhafter. Ein Ökologe namens Stanley Temple erzählte sie 1977 in der Zeitschrift *Science* der staunenden Welt.

Temple hatte Anfang der siebziger Jahre während eines mehrjährigen Aufenthalts auf Mauritius bedrohte Vogelpopulationen studiert. Für Pflanzenökologie interessierte er sich nebenher. Nach Temples Darstellung des Falles hatte die Baumspezies *Calvaria major* auf geheimnisvolle Weise ihre Fortpflanzungsfähigkeit verloren und sah deshalb dem Aussterben entgegen. Auch hier stellte sich die Frage nach dem Warum. Die Antwort war einfach, aber ergreifend – soweit jedenfalls Pflanzenökologie ergreifend sein kann. C. *major* trieb in Ermangelung seines unentbehrlichen ökologischen Partners, des Dodo, einem langsamen Tod entgegen.

Die Baumart ist auf Mauritius endemisch. Den historischen Quellen zufolge war sie einst in den Wäldern des hochgelegenen Teils der Insel verbreitet und wurde oft für Bauholz genutzt.»Im Jahre 1973 indes«, schrieb Temple, waren nur noch dreizehn alte, überfällige und sterbende Bäume bekannt, die in den Resten des heimischen Waldes der Insel überdauert hatten.« Sachkundige Förster vermittelten Temple die Überzeugung, daß jeder dieser Bäume dreihundert Jahre alt war. Jüngere Exemplare kannte er nicht; er ging davon aus, daß auch niemandem sonst welche bekannt waren. Die alten Bäume trugen immer noch Früchte, die so aussahen, als könnten sie zur Fortpflanzung taugen, aber laut Temple keimten die Samen aus diesen Früchten nicht. Das gegenwärtige Fehlen (oder scheinbare Fehlen) von Jungpflanzen und die gegenwärtige Keimunfähigkeit (oder scheinbare Keimunfähigkeit) der Samen verführte ihn zu einem riskanten deduktiven Sprung über einen erkenntnistheoretischen Abgrund: es hätten »seit Hunderten von Jahren keine Calvariasamen mehr gekeimt«. Diese kühnen kategorischen Behauptungen – keine jüngeren Exemplare, derzeitige Keimunfähigkeit aller Samen, seit Jahrhunderten keine Keimung – waren alle für Temples Argumentation nötig. Da der Dodo selbst seit langem verschwunden war, ließ sich über seine Beziehung zu anderen Arten nur mittels der Logik negativer Feststellungen etwas aussagen.

C. *major* gehört zu den Sapotaceae, einer Familie tropischer und subtropischer Bäume, die kugelförmige Früchte tragen. Die Frucht dieser Art hat ungefähr die Größe eines Pfirsichs, mit einer steinharten inneren Fruchthaut von der Größe eines überdimensionierten Pfirsichkerngehäuses. Innerhalb des Kerngehäuses steckt ein einziger Same. Das Gehäuse ist dickwandig und sehr hart – so hart, daß man unter Umständen Schwierigkeiten hat, sich vorzustellen, wie ein zarter Keim durchbrechen und wachsen soll. Stanley Temple *hatte* diese Schwierigkeiten. Seinen Überlegungen zufolge keimten die Samen von C. *major* deshalb nicht, weil sie sich in ihrem Fruchtgehäuse eingesperrt fanden. Aber warum sollte das heutzutage ein Problem sein, wenn es damals keines gewesen war? Weil sich im Milieu etwas geändert hatte. Die Samen hatten einen unentbehrlichen Helfer verloren, vermutete Temple.

»Das zeitliche Zusammentreffen zwischen dem Aussterben des Dodo vor dreihundert Jahren und der letzten nachweislichen natürlichen Keimung von Calvariasamen«, schrieb er, »brachte mich dazu, die folgende wechselseitige Beziehung zwischen Calvaria und dem Dodo anzunehmen.« Die Beziehung war in Temples Augen eine »obligatorische Wechselwirkung«. Er führte aus:

»In Reaktion auf den intensiven Verzehr ihrer Früchte durch Dodos bildete Calvaria zum Schutz ihrer Samen eine extrem dicke innere Fruchthaut aus; waren die Samen nur von dünnwandigen Gehäusen umschlossen, mußte sie der Muskelmagen des Dodo zerstören. Die spezialisierten, dickwandigen Gehäuse konnten dem Verdauungsprozeß der Dodos widerstehen, aber die darin befindlichen Samen konnten nicht mehr keimen, sofern sie nicht vorher im Muskelmagen eines Dodo abgeschliffen und rissig gemacht worden waren.«

Ein hübscher Einfall! Aber trifft er auch zu?
Wenn Temple von »obligatorischer Wechselwirkung« spricht, so ist das einigermaßen irreführend, sogar im Kontext seiner eigenen Argumentation. Der Ausdruck suggeriert eine Wechselwirkung, die für beide Partner lebenswichtig ist. Es gibt aber keine Beweise dafür, daß der Dodo entscheidend abhängig war von den Früchten der Baumspezies *C. major*. Nicht einmal Temple behauptete das. Sein tatsächliches Argument war beschränkter: *C. major* habe entscheidend vom Dodo abgehangen. Das war eine These, über die sich reden ließ, da sie in ehrlichen wissenschaftlichen Begriffen formuliert und einer Überprüfung beziehungsweise Widerlegung zugänglich war.

Temple versäumte, zu erwähnen, daß die These nicht von ihm stammte. Im Jahre 1941 hatten zwei in Mauritius ansässige Botaniker in *Journal of Ecology* einen Beitrag veröffentlicht, in dem sie die Beschaffenheit und Entwicklung des Hochlandwaldes der Insel beschrieben und die Ansicht vertraten, der Dodo habe vielleicht im Lebenszyklus von *C. major* eine Rolle gespielt. »Die Keimung und Ausbreitung dieser bemerkenswert hölzernen Samen wurde wahrscheinlich dadurch befördert, daß sie durch den Verdauungstrakt des Dodo wanderten«, schrieben die beiden; »tatsächlich sind junge Samen dieser Spezies zusammen mit Überresten des Dodo ausgegraben worden.« Einer der beiden Botaniker war ein ruhiger, gewissenhafter Mann namens R. E. Vaughan. Er und sein Mitautor P. O. Wiehe hielten die Möglichkeit einer Beziehung zwischen Dodo und Calvaria für interessant genug, um ihr nachzugehen, ohne daß sie deshalb gleich annahmen, es müsse sich um eine »obligatorische« Beziehung gehandelt haben. Nach seiner Erwähnung in diesem einen Satz verfolgten sie den Gedanken aber nicht weiter.

Temples kurzer, dramatischer Beitrag in *Science* brachte die Idee erneut in Umlauf. Wie er sie darstellte, klang sie überzeugend; ein Hauch von melancholischer Ironie des Schicksals kam als Würze hinzu. Was einst von Anpassungsfähigkeit gezeugt hatte – die stabile Fruchthaut, die den Samen vor der Zerstörung im Muskelmagen des Dodo bewahrt hatte –, erwies sich in der Ära nach dem Dodo als tödlicher Kerker.

Auch wenn er über keinen direkten Beweis verfügte, lieferte Temple immerhin einige Informationen, die seine These stützen konnten und die seinen Überlegungen eine Note von Präzision verliehen. Aufgrund der Resultate von Experimenten mit anderen Vögeln schätzte er die Kraft, die der Muskelmagen eines Dodo ausübte, auf 11 300 Kilogramm pro Quadratmeter. In einer Art von maschinellem Zertrümmerer testete er den Kern der Früchte von *C. major*, um herauszufinden, bei welchem Druck er in die Brüche ging. Aufgrund von Daten, die ihm Hickorynüsse lieferten, setzte er die Kraft seiner »Zertrümmerungsmaschine« einerseits und andererseits die Kräfte, die der Muskelmagen eines Vogels entwickelte, ins Verhältnis zueinander. Er kam zu dem Ergebnis, daß Kerne von *C. major* die Wanderung durch den Muskelmagen eines Dodo hätten überstehen können. Er verfütterte auch einige Kerne von *C. major* an Truthähne. Ein beträchtlicher Teil der Gehäuse ging in die Brüche, aber zehn kamen unzerstört, wenngleich abgeschliffen und rissig, am einen oder anderen Ende der Truthähne wieder zum Vorschein.

Temple pflanzte die zehn Kerne ein. Drei von ihnen gingen auf. Für seine Studie war das der Gipfel des Triumphs. »Gut möglich, daß dies die ersten Calvariasamen waren, die seit über dreihundert Jahren gekeimt sind«, krähte er.

Temples Beitrag erregte größere Aufmerksamkeit, als bei einer Veröffentlichung in *Science* normalerweise der Fall. In London nahm die *Sunday Times* Notiz davon. Stephen Jay Gould referierte Temples These auf den Seiten von *Natural History*. Andere Biologen machten sich den Fall als ideale Illustration des Phänomens Wechselwirkung zu eigen und führten ihn als warnendes Beispiel dafür an, welche Folgen das Aussterben von Arten haben konnte. Jared Diamond zog ihn für seine Ausführungen zum Thema Ernährungskaskaden heran. Auf der Basis ebenso kärglicher empirischer Beweise wie eines die Phantasie unmittelbar ansprechenden Naturells erlangte die Dodo-Calvaria-Geschichte allenthalben Berühmtheit. Als sein Beitrag erschien, hatte Temple Mauritius schon verlassen und war an die University of Wisconsin gegangen.

Während ich selbst mich in Mauritius herumtreibe und keine Calvaria von einem Feigenbaum unterscheiden könnte, möchte ich gern wissen, ob man die Sache auch anders sehen kann. Ich frage also Carl Jones, den sarkastischen Waliser, der das Vogelschutzprojekt in den Schwarzflußschluchten betreibt, was er von Temples Beitrag hält.

Das Dodo-Calvaria-Ding? Quatsch mit Soße, sagt Jones auf seine liebenswert brüske Art. »Von allen Ökologen auf den Maskarenen«, erklärt er, »akzeptiert kein einziger Temples Version.«

99 Jones hat guten Grund zur Skepsis: Seine eigene Freundin, Dr. Wendy Strahm die Schreckliche, ist Fachfrau auf dem Gebiet und völlig anderer Meinung.

Strahm, die sich in der Pflanzenökologie von Mauritius besser auskennt als jeder andere Sterbliche, bestreitet Temples Grundvoraussetzung, den gegenwärtigen Stand der Population von *C. major* betreffend. Die Bäume hätten sich weiter fortgepflanzt, behauptet sie, wenn auch die Schößlinge weder zahlreich seien, noch sich dem Blick aufdrängten. Die Situation, die Temple mit seiner These zu erklären beanspruche – die gebe es gar nicht.

Obwohl Temple in den heimischen Wäldern der Insel nur die besagten »dreizehn alten, überfälligen und sterbenden Bäume« fand, setzt Strahm die Population auf Hunderte von Exemplaren an. Viele davon seien jüngere Bäume – viel jünger als dreihundert Jahre. Allein dieser Umstand würde Temples Vorstellung von einer obligatorischen Wechselwirkung widerlegen. Die jüngeren Exemplare von *C. major* seien wegen ihrer verblüffenden Ähnlichkeit mit verwandten Arten vom Nichtfachmann leicht zu übersehen. Der Ornithologe Stanley Temple war auf dem Gebiet der Sapotaceae kein Fachmann. Strahm hingegen hat sich seit Jahren mit der Pflanzenfamilie beschäftigt, und zwar mit Unterstützung eines ehrwürdigen Mentors: des verstorbenen R. E. Vaughan, der in dem Beitrag von 1941 zusammen mit Temple die Dodo-Calvaria-Hypothese aufgestellt hatte.

Temples griffige Geschichte wird auch von Anthony S. Cheke, einem anderen Fachmann für die Ökologie der Maskarenen, in Zweifel gezogen. Die Behauptung, daß Calvariasamen nicht mehr keimen, entspricht laut Cheke nicht der Wahrheit. Sie wird durch die Empirie gärtnerischer Bemühungen während der vergangenen fünfzig Jahre widerlegt. Jeder Kern weist eine rundum verlaufende Naht auf, und dort bricht der Kern auf, wenn es das Schicksal will, daß er überhaupt aufbricht. Einige tun das. Die meisten nicht. Die Keimquote war während der letzten Jahrhunderte gering, allerdings nicht so gering, daß sich eine langlebige Baumspezies nicht auf ihrer Grundlage als eine stabile Population behaupten könnte. Und selbst eine geringe Keimungsrate reichte aus, um Temples kategorische Feststellung zu widerlegen, die Samen seien ohne die Hilfe eines Dodo außerstande zu keimen.

Wenn sich aber Temples Hypothese nicht halten läßt, was tritt dann an ihre Stelle? Irgend etwas treibt *C. major* in Richtung Aussterben. Sogar wenn man Strahms Zahlen zugrunde legt, ist die Spezies gefährlich rar. Der wirkliche Grund ihres Niedergangs ist vielleicht weniger einfach und weniger dramatisch als die abgebrochene Beziehung zum beiderseitigen Vorteil, die sie mit dem berühmtesten toten Vogel der Welt unterhalten haben soll.

Carl Jones hat so seine Gedanken dazu. Auf *C. major* angesprochen, legt er zu einem seiner typischen Vorträge los. Um sich von diesem bestimmten Baum ein zutreffendes Bild zu machen, meint er, dürfe man sich ihn nicht als isolierte Spezies mit einem einzigen Partner auf Gegenseitigkeit vorstellen, sondern müsse ihn als eine unter vielen ähnlichen Baumarten sehen, die sich an das mauritische Ökosystem angepaßt hatten, wie es existierte, ehe die Menschen anfingen, den Ort zu verhunzen.

Eine ganze Reihe dieser heimischen Bäume erzeugt Samen, die durch harte Kerne geschützt sind.»Und das geschieht, nehme ich an, um zu verhindern, daß Papageien die Samen fressen«, sagt Jones. Vor der menschlichen Besiedlung habe die Insel vielleicht vier Papageienarten beherbergt, von denen nur eine (der Mauritiussittich, ein kleinwüchsiger Vogel, der mittlerweile hoffnungslos selten ist) überlebt hat. Zu den verlorengegangenen Papageien zählte *Lophopsittacus mauritianus*, ein stämmiges Tier, möglicherweise der größte Papagei, der jemals gelebt hat. Und abgesehen von den Papageien, fügt Jones hinzu, habe es auch noch zwei große pflanzenfressende Fledermäuse der Gattung *Pteropus* gegeben. Eine von ihnen sei mittlerweile ausgestorben, die andere nachhaltig dezimiert. Wenn sie nicht markant anders waren als ihre überlebenden Verwandten, so ernährten sich diese ausgestorbenen Papageien und Fledermäuse von Früchten. Jeder fruchttragende Baum, erläutert Jones, habe mit der Bedrohung fertig werden müssen, die eine ganze Riege scharfschnäbeliger und scharfzähniger Fruchtfresser darstellte.

Konnten die Kerne eines bestimmten Baumes einer ordentlichen Portion Knabbern und Benagen widerstehen, dann mußte der Baum aus der Aufmerksamkeit der Papageien und Fledermäuse Nutzen ziehen, da diese Tiere seine Samen in neue Lebensräume schleppten. Der ökologische Zweck von Früchten besteht schließlich genau darin: Fruchtfresser anzulocken, die bei der Ausbreitung der Samen helfen können. Wenn aber die Kerne unter dem Knabbern und Benagen zu sehr litten, dann war die Baumspezies in Nöten. In ihrer Fortpflanzung beeinträchtigt, war sie einem Populationsschwund ausgesetzt. Im Laufe entwicklungsgeschichtlich relevanter Zeiträume entwickelte nach Jones' Vermutung mehr als eine mauritische Baumspezies in Reaktion auf diesen Druck, der von den Fruchtfressern ausging, Früchte mit extrem harten Kernen. C. major zählt zu dieser Gruppe. »Sie dient der fruchtfressenden Fledermaus zur Nahrung. Und dem Mauritiussittich«, sagt Jones. Damit beschreibt er gegenwärtige Tatsachen der Calvaria-Ökologie, keine hypothetischen Verhältnisse der Vergangenheit. Woher er über diese Fruchtfresserei Bescheid weiß? »Weil wir es beobachtet haben.« Und deshalb habe die Spezies harte Kerne. »Mit Dodos hat das nichts zu tun. Es hat mit Papageien zu tun.«

Neben den Papageien und den Fledermäusen gilt es, noch weitere Faktoren zu berücksichtigen: Samensterblichkeit aufgrund von Pilzinfektionen, Konkurrenz durch eingeschleppte Pflanzen, Samenfraß durch Ratten, Vernichtung von Schößlingen durch äsendes Wild, Zerstörungen durch Schweine; vielleicht trifft sogar die infernalischen Affen ein Teil Schuld. Und aus einem dieser Faktoren oder aus allen zusammen erklärt sich der Niedergang von C. major. Ganz abgesehen von den ihr widersprechenden Fakten mag Jones die Templesche Lösung nicht; sie sei zu patent. »Ich vermute, die wirkliche Wahrheit ist weit interessanter«, sagt er.

Die wirkliche Wahrheit allerdings – die verzwickten Beziehungen zwischen heimischen Bäumen, fruchtfressenden Fledermäusen, ausgestorbenen Riesenpapageien, samentötenden Pilzen, eingeschleppten Pflanzen und Tieren – ist einschüchternd kompliziert und nicht dazu angetan, als zweiseitige Mitteilung in einer Zeitschrift kurz und bündig präsentiert zu werden. Sie ist das drei Generationen umspannende Werk eines Dutzends methodisch arbeitender Ökologen wie Wendy Strahm. Währenddessen durchgeistert eine spektakuläre, aber fehlgeleitete Hypothese als weitere faszinierende wissenschaftliche Legende die Welt.

Jede dieser eingängigen Legenden, die erzählt und nacherzählt werden, vernachlässigt ein Stück undurchsichtiger, aber erkenntnisrelevanter Realität. Wir haben das bei Darwins Finken gesehen, und wir sehen es wieder bei der Geschichte um Dodo und Calvaria. Hinzu kommt, daß manche Legenden zwar einen Nutzen, alle aber ihren Preis haben. Die Realität zu ignorieren kann seine Nachteile haben. Was das betrifft, so dürfte es weder die

Dodo-Calvaria-Idee noch die Geschichte von den Finken an Kostspieligkeit ganz mit einer anderen Legende aus dem Sagengut um ausgestorbene Populationen aufnehmen können: der Legende vom letzten tasmanischen Ureinwohner.

100 Dieser Legende zufolge war die letzte Überlebende vom Volk der tasmanischen Aborigines eine grimmige kleine alte Frau namens Truganini. Sie starb im Jahre 1876.

Mehrere Fotos von Truganini sind uns erhalten geblieben, grobgekörnte Bilder, auf denen sie wie von einer Aura aus Zorn und einsamer Kraft umwittert wirkt. Im hohen Alter war sie mit ihrem roten Turban und ihrem Sergekleid in den Straßen von Hobart eine vertraute Erscheinung. Falls sie Kinder zur Welt gebracht hatte, waren diese vor ihr gestorben. Sie hielt sich Hunde. Angeblich hatte sie panische Angst, daß ihr Körper nach ihrem Tod von leichenschänderischen weißen Männern, die sich Wissenschaftler nannten, aufgeschnitten würde. Diese ihre Angst erwies sich als nur zu begründet. Heute hängt ihr Bild im Tasmanischen Museum und im Kunstmuseum. Einige Jahre lang war auch ihr Skelett dort ausgestellt. Als sie am 8. Mai 1876 um zwei Uhr nachmittags starb, wurde das als Schlußpunkt eines zwölftausendjährigen Romans aufgefaßt, den die tasmanischen Aborigines durchlebt hatten. Einer Geschichte voll Bedeutung, Pathos und Erfahrungsgehalt – nur am Schlußpunkt selbst ist etwas faul.

Ihr Leben lang war Truganini Zeugin von Veränderungen, Krieg, Vertreibung, Verschleppung, zerstörerischer Bevormundung und institutionalisierten Mißhandlungen – Beeinträchtigungen, die schließlich auf den Genozid hinausliefen. Sie hatte zusehen müssen, wie ihre Verwandten durch Krankheiten, durch die Weißen, durch eigene Verzweiflung dahingerafft wurden. Die legendenhafte Darstellung dieses qualvollen Vorgangs – die oberflächlich von Mitgefühl bestimmt scheint, hinter der sich aber eine Haltung brutalen Aufräumens verbirgt – behauptet, daß am Ende die vollständige Ausrottung der eingeborenen Tasmanier gestanden habe, die durch Truganinis Tod besiegelt worden sei. Diese Version beherrscht seit einem Jahrhundert die Geschichtsschreibung über Tasmanien. Dafür ein Beispiel: »Die Eingeborenen, denen zu ihrer Verteidigung nichts als Schläue und primitivste Waffen zur Verfügung standen, waren kein ebenbürtiger Gegner für die Virtuosen des Messers und der Schußwaffe. 1876 starb der letzte von ihnen. So ging ein ganzes Volk unter.« Noch ein Zitat, das von einem angesehenen Gelehrten stammt: »Die tasmanischen Aborigines sind ein ausgestorbenes Volk.« Diese Legende spricht in mehrfacher Hinsicht unmittelbar an: Sie ist traurig, dramatisch, schlicht, endgültig, und sie fordert andachtsvolles Bedauern, hingegen keine Wiedergutmachungsanstrengungen. Sie nötigt die weißen Tasmanier nicht dazu, mit Überlebenden über die Rückgabe von Land zu verhandeln, da es solche Überlebenden angeblich ja nicht gibt.

In neuerer Zeit allerdings wurde die Legende einer Überprüfung unterzogen. Zwar besteht am Datum von Truganinis Tod oder der Tatsache, daß sie eine tasmanische Ureinwohnerin war kein Zweifel. Fraglich ist vielmehr, ob sie die letzte ihres Volkes war.

Für Forschungen, die sich mit dem Phänomen lokalen Artensterbens beschäftigen, ist diese Frage von höchstem Belang, denn die tasmanischen Ureinwohner waren zwar keine eigene Hominiden*spezies*, sie stellten aber eine eigene Population dar, die Eigenständigkeit sogar gegenüber den Aborigines des australischen Festlands behauptete. Die Geschichte der Tasmanier, egal, ob in ihrer legendären oder in ihrer revidierten Form, bildet ein klassisches Beispiel für die biologischen Gefahren des Inseldaseins.

101 Zwölftausend Jahre lang auf ihre Insel beschränkt, nahmen die tasmanischen Aborigines eine sowohl genetisch als auch kulturell divergente Entwicklung. Ihr Haar war stärker gekraust als das der Aborigines auf dem Festland. Ihre Haut hatte eine eher rötlich-braune als schwarze Färbung. Als erstmals Europäer dort landeten, verfügten die Tasmanier nicht wie die Festlandsbewohner über Fertigkeiten der Metallbearbeitung, über Steinwerkzeuge mit geschliffenen Kanten oder hölzernen Stielen, über Holzgefäße. Sie kannten keine Bumerangs. Ihre Felszeichnungen steckten noch in den Anfängen und waren nicht entfernt so eindrucksvoll wie die hochentwickelten Piktogramme an Festlandsorten wie Ubirr mit seinen Schildkröten in Röntgenbildmanier und seinem Thylacin. In Befolgung irgendeines unerforschlichen Tabus oder Vorurteils, das vor ungefähr viertausend Jahren entstand, weigerten sich die tasmanischen Ureinwohner, Fisch zu essen. Die Archäologen fragen sich bis heute nach dem Grund dafür. Sie rieben sich das Haar mit Fett und Ocker ein. Sie führten Feuer mit sich, wenn sie es kriegen konnten, aber wie man es macht, scheinen sie nicht gewußt zu haben. Sie benutzten einfache Körbe, Grabstöcke, Speere ohne Steinspitzen und eine Art von leichter Keule, die als *waddy* bezeichnet wird. Sie bauten Kanus aus gebündelter Rinde, mit denen man zu den näher gelegenen Inseln vor der Küste paddeln konnte, die aber nicht für abenteuerliche Reisen übers Meer geeignet waren. Sie lebten auf der Basis eines Speiseplans, dessen verschiedene Nahrungsmittel sie sich durch Jagd und Sammeltätigkeit beschafften und bei dem Känguruhfleisch eine herausragende Rolle spielte. Eine Schriftsprache besaßen sie nicht. Ihre religiösen Überzeugungen und rituellen Praktiken sind nur in Bruchstücken überliefert. Für den Eifer allerdings, mit dem sie gelegentlich dem Tanz und Gesang frönten, waren sie berühmt.

Ihre Gesamtpopulation war klein. Unmittelbar bevor sie mit den Europäern in Berührung kamen, dürfte ihre Zahl vielleicht nur drei- oder viertausend betragen haben. Entweder war ihre Geburtenrate von Natur niedrig, oder aber die Art, wie sie das Land nutzten, bot nicht vielen eine Lebensgrundlage.

Die zuverlässigste Chronistin des Ureinwohnervolkes Tasmaniens dürfte Lyndall Ryan sein, die ihre gewissenhaften Forschungen in dem Buch *The Aboriginal Tasmanians* vorlegte, das 1981 erschien. Ehe die Europäer von der Insel Besitz ergriffen, war sie nach Ryans Auskunft in neun Stammesterritorien aufgeteilt. Die sozialen Grundeinheiten im Alltagsleben waren die Horde, von denen es in jedem Stamm rund ein halbes Dutzend gab. Eine Horde umfaßte ungefähr vierzig Mitglieder, die gemeinsam Nahrung suchten, gemeinsam kampierten, gemeinsam auf Wanderung gingen und sich mit einem gemeinsamen Namen bezeichneten. Für unsere Ohren klingen diese Namen ziemlich unaussprechlich: Tommeginer-Horde, Pennemukeer-Horde, Luggermairrernerpairrer-Horde, Trawlwoolway-Horde. Droben an der Ostküste, in der Nähe der Oyster Bay, lebte die Loontitetermairrelehoinner-Horde. Truganini kam in der Lyluequonny-Horde des Stammes im Südosten zur Welt, dessen Territorium sich entlang der Südostküste in der Nähe der Mündung des Huon erstreckte. Ihr Vater war Chef der Horde. Sie scheint seinen starken Charakter geerbt zu haben.

Als sie 1812 geboren wurde, war die Eroberung und Aneignung der Heimat ihres Volkes durch die Weißen bereits voll im Gange. Britische Seehundjäger hatten auf den Inseln der Bass Strait Fuß gefaßt, wo sie jährlich Tausende von Bärenrobben mit Knüppeln erschlugen, um ihnen das Fell abzuziehen. Die erste britische Strafkolonie war im Jahre 1803 auf dem Ostufer des Derwent River eingerichtet worden, nicht weit von der Stelle entfernt, an der später Hobart entstand. Die Zahl der Sträflinge und des mit ihrer Bewachung beauftragten Militärs stieg rasch an, da von Sydney auf dem Seeweg Nachschub kam und zwei weitere Strafkolonien gegründet wurden. Einige der Sträflinge brachen aus und lebten als Buschläufer in der Wildnis. Seit 1807 trafen auf der Suche nach Acker- und Weideland auch zu Hunderten freie Siedler ein. Die europäische Bevölkerung wuchs so rasch, daß sie irgendwann in Truganinis früher Kindheit die Ureinwohnerbevölkerung zahlenmäßig erreichte und dann überstieg. Das landwirtschaftlich genutzte Land, die Siedlungsgebiete entlang den Flüssen, die Populationen der Rinder und Schafe – all das war rasant gewachsen und sollte weiter zunehmen. Der Zusammenstoß zwischen Europäern und Aborigines war unvermeidlich.

Die britischen Seehundjäger waren freiheitsbewußte, rauhe Männer, die nach ihrer Manier mit den Stämmen der Nordküste Kontakt aufnahmen und bei ihnen Frauen kauften (in einigen Fällen auch raubten), die ihnen als Beischläferinnen dienten und beim Abhäuten der Robben halfen. Die militärischen und zivilen Verwaltungen beggegneten den Eingeborenen mit freundlicher Indifferenz – oder behaupteten das jedenfalls, anfänglich zumindest. Der Kommandant in Hobart hatte Anweisung, »Verbindungen zu den Eingeborenen zu knüpfen und sich um ihr Wohlverhalten zu bemühen«; zugleich sollte er dafür sorgen, daß die Kolonisten, die seiner Verwaltung unterstanden, »verträglich und in gutem Einvernehmen« mit den Eingeborenen zusammenlebten. Trotz solcher Aufforderungen betrachtete die britische Regierung die tasmanischen Eingeborenen nicht als »zivilisierte Menschen« und gewährte ihnen deshalb auch keinen Rechtsstatus, nicht einmal den Status eines unterworfenen Volkes. Nach Lynall Ryan »waren sie jetzt britische Untertanen, ohne die damit verknüpften Rechte zu besitzen. So hatten die Aborigines keinen Anspruch darauf, als die ursprünglichen Eigentümer des Landes zu gelten, und jeder Versuch von ihrer Seite, ihr Land zu verteidigen, konnte nach britischem Recht nur als kriminelle Absicht gewertet werden.« Zu solchen Versuchen kam es. Der erste Europäer wurde 1807 umgebracht. Binnen eines Jahres waren nach Ryans Schätzung zwanzig Europäer und hundert Aborigines bei gewalttätigen Auseinandersetzungen umgekommen.

Das Ganze als Streit um die Frage aufzufassen, wem das Land gehörte, ist eine Möglichkeit, sich den Konflikt vor Augen zu stellen; allerdings waren den Aborigines Eigentumsvorstellungen im europäischen Sinne fremd. Eine andere Art, die Sache zu betrachten, geht von den Känguruhs aus. Soweit sie zurückdenken konnten, hingen die Aborigines schon von den Känguruhs ab; jetzt aber errichteten die bleichhäutigen, widerlichen Fremden ihre Dörfer und Farmen in einigen der besten Jagdgründe und trieben, was noch schlimmer war, Raubbau am Känguruhbestand. In den ersten Jahren der Kolonialisierung wurde Känguruhfleisch für die Siedler zur Hauptproteinquelle. Jäger, die aus der Känguruhjagd ein Geschäft machten, verdienten damit gutes Geld, so daß es sich für sie lohnte, umfassendere Gebiete zu bejagen, wenn die Känguruhbestände in der Nähe der Siedlungen erschöpft waren. Auch die in den Busch entlaufenen Sträflinge erlegten Känguruhs. Diese massive Abhängigkeit der Europäer von Känguruhfleisch war situationsbedingt und nichts Unveränderliches; sie schwand, als an die Stelle der heimischen tasmanischen Pflanzenfresser Schafe und Rinder traten. Die Aborigines waren in ihrem Fleischverzehr weniger anpassungsfähig.

Anpassungsfähig *waren* sie zwar in ihren Ansichten über Eigentumsansprüche auf das Land, aber da gerieten sie in Konflikt mit den neuen, starren Vorstellungen von Grundbesitz, wie sie die Siedler kultivierten. Grundstücksgrenzen hinderten die verschiedenen Horden in zunehmendem Maße daran, die traditionellen Routen und Rhythmen einzuhalten, von denen ihre nomadische Nahrungssuche bestimmt war. Die Insel füllte sich mit Weißen. Sie wurde in Farmen und Viehweiden parzelliert. Freie Siedler strömten im zweiten und dritten Jahrzehnt des 19. Jahrhunderts nach Tasmanien, und jeder Einwanderer, der über einigermaßen gute Beziehungen drüben in London verfügte (wie etwa ein pensionierter Offizier oder ein zweiter Sohn aus begütertem Hause), brachte einen Empfehlungsbrief mit, der sich in eine Landschenkung und einen Sträfling ummünzen ließ, der für Sklavenlohn dem Siedler bei der Bewirtschaftung des Landes helfen mußte. Bis 1830 war die europäische Bevölkerung auf 23 500 angestiegen. 404 700 Hektar Land waren von der Kolonialverwaltung per Schenkung vergeben worden, obwohl diese rechtens gar nicht dazu befugt war. Eine Million Schafe fraßen Gras, das vorher den Känguruhs zur Verfügung gestanden hatte.

Irgendwann in dieser Zeit, während ihrer Mädchenjahre, war Truganini einer Erfahrung ausgesetzt, die ihr zeigte, welche Art von »Verträglichkeit und gutem Einvernehmen« sie von Weißen erwarten konnte. Sie erinnerte sich Jahre später an das Ereignis; es findet sich in einem Buch, das den Titel *Black War* trägt und ein halbes Jahrhundert später von Clive Turnbull veröffentlicht wurde. Die junge Truganini befand sich an einem Küstenstreifen nahe der Huon-Mündung, auf dem Territorium ihres eigenen Stammes, in Begleitung eines gewissen Paraweena, des Aboriginemannes, den sie heiraten sollte. Zusammen mit einem anderen männlichen Eingeborenen wollten sie nach Bruny Island hinüberfahren, einem Stück Land, das nur wenige Kilometer vor der Küste lag und ebenfalls zum Territorium des im Südosten beheimateten Stammes von Truganini gehörte. Zwei weiße Männer (Watkin Lowe und Paddy Newell, wie wir dank Truganinis unauslöschlicher Erinnerung wissen), boten ihnen an, sie hinüberzurudern. Auf halbem Weg zur Insel warfen Lowe und Newell die Aboriginemänner über Bord. Als sich Paraweena und der andere Eingeborene zum Boot zurückkämpften und sich ans Dollbord klammerten, schlugen ihnen Lowe und Newell mit Beilen die Hände ab. In der nüchternen Sprache des Turnbullschen Buchs: »Die verstümmelten Aborigines wurden dem Ertrinkungstod überlassen, und die Europäer konnten nach Lust und Laune mit dem Mädchen verfahren.«

Anfang der zwanziger Jahre des letzten Jahrhunderts traten die Beziehungen zwischen Eingeborenen und Siedlern in eine neue Phase ein. Bis dahin hatten nach Lyndall Ryans Darstellung die Europäer in den Aborigines »furchtsame, sanfte Menschen gesehen, die für die Expansion weidewirtschaftlicher Siedlungen kein Hindernis bildeten«. Zahlreich waren sie nicht, diese sanften Menschen. Sie bauten keine Dörfer. Sie wanderten von einem Ort zum anderen, verlangten wenig vom Land und erhoben keinen Anspruch darauf, es zu besitzen. Sie waren nahezu unsichtbar. Die weißen entsprungenen Sträflinge im Busch schienen eine ernsthaftere Gefahr für die öffentliche Sicherheit und den Verkehr. Dann brachte im Jahre 1823 eine Horde mit Namen Laremairremener, die zum Stamm der Oyster Bay an der Nordostküste gehörte, zwei Viehzüchter um. Vier Monate später schlug die gleiche Horde wieder zu und tötete noch zwei Weiße. Die Anführer der Laremairremener, die zu diesen Überfällen angestiftet hatten, wurden gefangengenommen, kamen vor Gericht, durften nicht aussagen, weil sie keine Christen waren, und wurden zum Hängen verurteilt. Als weitere drei Europäer 1826 durch Speere ums Leben kamen, wurden prompt weitere zwei Aborigines zum Tode durch den Galgen verurteilt. Diese beiden Männer waren als Jack und Black Dick bekannt.

Jack und Black Dick gehörten zu einer Gruppe des Oyster-Bay-Stammes, die am Kangaroo Point, direkt gegenüber von Hobart auf der anderen Flußseite, kampierte. Die Leute von Kangaroo Point hatten sich an Zuwendungen aus der Kolonie gewöhnt. Wie geltend gemacht worden ist, ließ sie das gefährlicher werden, als es die Aborigines waren, die im Busch lebten. Mit anderen Worten, das Problem waren nicht die Ureinwohner als solche, sondern die durch den Kontakt und seine verführerischen Seiten »korrumpierten« Ureinwohner. Am Tage, als Jack und Black Dick hingerichtet wurden, veröffentlichte der Gouverneur (der oberste Kolonialoffizier, der seine Befehle aus London erhielt) eine kurze Erklärung, in der er optimistisch behauptete, die Hinrichtungen würden nicht nur »weitere Greueltaten verhindern«, sondern auch »ausgleichenderen Umgangsformen« Vorschub leisten. Von ausgleichenden Maßnahmen zu faseln war bei britischen Kolonialisten damals beliebt und sollte es in der Folgezeit sogar noch mehr werden. »Ausgleich« war von nun an der übliche beschönigende Ausdruck, hinter dem sich eine Vielzahl von Repressionen verbargen. In Klartext bedeutete er: *Wir nehmen euch euer Land, wir geben euch unsere Religion, unsere Sprache und unsere Krankheiten, und dann schmelzt ihr mitsamt eurer Kultur dahin wie Schnee auf einer heißen Herdplatte.* Als Jack und Black Dick Ende 1826 zum Galgen geführt wurden, galten sie als nichtrepräsentative Einzelfälle. Das sollte sich als Illusion erweisen. Die Siedler hatten noch nicht mitbekommen, daß Krieg herrsche.

In den nächsten paar Monaten wurden sechs weitere Europäer umgebracht; den Leuten begann zu dämmern, was los war. Es kam zu neuen Überfällen auf einsame Viehzüchter an den Rändern der besiedelten Regionen. Im Laufe des Jahres 1827 kamen dreißig Europäer um. In einer Gegend organisierten Viehzüchter eine Selbstschutztruppe und zogen zu einem Rachefeldzug gegen die Aborigines aus. Ein paar warnende Stimmen (darunter der Leitartikler der Zeitung *Colonial Times*) sagten voraus, dieser Krieg führe, wenn er bis zum Ende durchgefochten werde, zur Ausrottung der Eingeborenen Tasmaniens – für die damalige Zeit eine bemerkenswerte Voraussicht, auch wenn die Prophezeiung sich nicht vollständig erfüllte. Einige vertraten die Ansicht, es sei vielleicht humaner, die Aborigines auf eine kleinere Insel zu verbannen. Könne man sie nicht auf eine der windgepeitschten Kuppen in der Bass Strait abschieben, die zur Zeit nur von ein paar Robbenfängern und ihren Aboriginefrauen bewohnt seien? Gouverneur der Kolonie war ein unentschlossener, friedfertiger Mensch namens George Arthur, der solch einer Karikatur von Menschlichkeit durchaus hätte zuneigen können. Aber sogar Arthur war klarsichtig genug, um seine Vorgesetzten in London wissen zu lassen: »Sie klagen bereits darüber, daß die Weißen Besitz von ihrem Land ergriffen, ihnen ihre Jagdgründe

BASSMANISCHE HALBINSEL

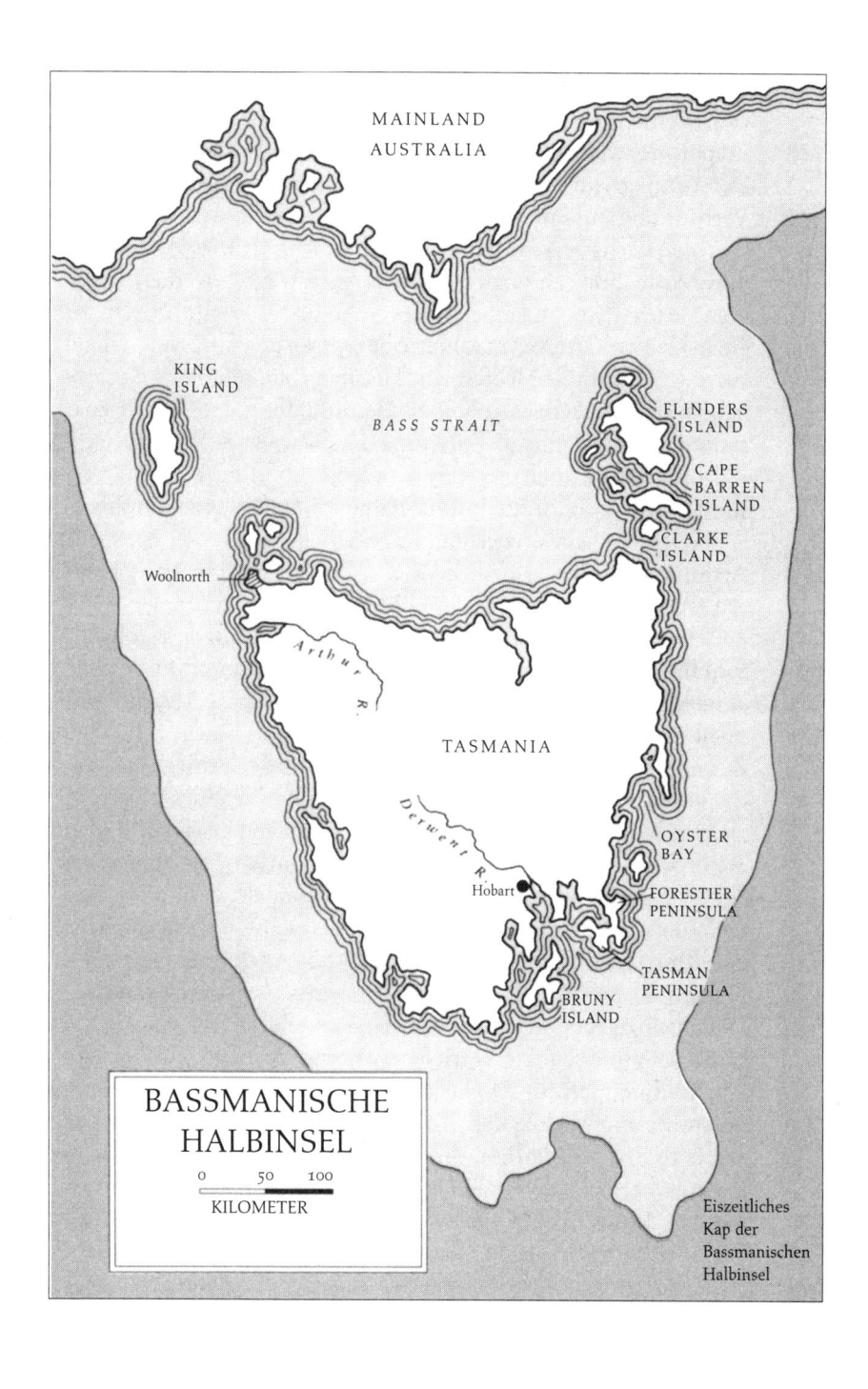

0 50 100
KILOMETER

MAINLAND AUSTRALIA

KING ISLAND

BASS STRAIT

FLINDERS ISLAND

CAPE BARREN ISLAND

CLARKE ISLAND

Woolnorth

Arthur R.

TASMANIA

Derwent R.

Hobart

OYSTER BAY

FORESTIER PENINSULA

TASMAN PENINSULA

BRUNY ISLAND

Eiszeitliches Kap der Bassmanischen Halbinsel

weggenommen und ihre natürliche Nahrungsquelle, das Känguruh, vernichtet haben; sie wären zweifellos außer sich vor Empörung, wenn man sie von ihren geliebten Stätten vertriebe.« Der Gouverneur stand vor einer schwierigen Frage: Wenn die Verbannung auf eine andere Insel keine Lösung war, was dann?

In den nächsten paar Jahren wurden unter Arthurs Verwaltung drei Maßnahmen ergriffen. Erstens beauftragte er einen frommen Geschäftsmann namens George Augustus Robinson, sich bei einer kleinen Gruppe fügsamer Aborigines, die auf Bruny Island vor der Südostküste lebten, als Missionar zu betätigen. Zusätzlich zu den Decken, der europäischen Kleidung und den Essensrationen (eine tägliche Zuteilung von Zwieback, Pökelfleisch, Kartoffeln, Brot und Tee), mit denen die Aborigines bereits versorgt wurden, sollte Robinsons Mission ihnen eine salbungsvolle christliche Unterweisung angedeihen lassen. Gouverneur Arthur hoffte, dieses festliche Menü werde Aborigines aus anderen Gegenden und von anderen Stämmen anlocken.

Arthurs zweite Maßnahme war ein Programm von Kopfgeldzahlungen für gefangene Aborigines. Das Programm wurde 1830 aufgelegt, im gleichen Jahr, in dem auch erstmals Abschußprämien für Thylacinkadaver gezahlt wurden. In diesem zeitlichen Zusammentreffen spiegelt sich die Tendenz der britischen Siedler, die tasmanischen Aborigines so zu sehen wie das Thylacin: als eine besondere Spezies, die zu den bestehenden Verhältnissen nicht paßte und deshalb entfernt werden mußte. Die Kopfgelder für Aborigines waren großzügiger bemessen als die für Thylacine und betrugen fünf Pfund für einen Erwachsenen und zwei für ein Kind. Die Selbstschutzgruppen konnten jetzt finanziellen Nutzen aus dem »Schwarzenfang« ziehen, wie sie es nannten. Die Buchführung scheint bei den Kopfgeldern für Aborigines nicht so gewissenhaft betrieben worden zu sein wie bei den Abschußprämien für Thylacine; deshalb ist es schwer zu beurteilen, welchen Erfolg das Programm hatte. Gouverneur Arthur verfügte, daß für Aborigines, die in den besiedelten Gebieten beim freundschaftlichen Verkehr mit Europäern gefangengenommen wurden, keine Zahlung geleistet werden sollte; er bemühte sich auch, willkürliches Töten zu verhindern.

Als Angehörige der Stämme vom Big River und von der Oyster

Bay in der Gegend um Hobart ihre Guerillaangriffe fortsetzten, versuchte es Arthur mit einer dritten Maßnahme. Er genehmigte eine Militäroperation, die unter dem Namen Black Line (Schwarzenfront) bekannt wurde.

Ihrer Konzeption nach bedeutete die Black Line ein forsches, entschlossenes Vorgehen. Eine Menschenkette aus Soldaten, Feldpolizisten, Sträflingen und Freiwilligen aus der Stadt sollte das Land durchkämmen und jeden Aborigine fangen oder töten, der ihr in die Quere kam. Die Front sollte rund sechzig Kilometer nördlich von Hobart in Marsch gesetzt werden und dort zwischen den Bergen im Westen und einem Punkt an der Ostküste eine geschlossene Kette bilden. Sie sollte dann Hunderte von Quadratmeilen ländlichen Gebiets durchziehen und sich unaufhaltsam in südöstlicher Richtung auf eine Landenge zubewegen, durch die man auf die Forestier-Halbinsel gelangte, von der aus dann eine weitere Landenge auf die Tasman-Halbinsel führte. Sämtliche Aborigines, die vor der vorrückenden Front flohen, ließen sich leicht auf der äußeren Halbinsel in die Enge treiben. Waren sie erst einmal dort zusammengetrieben, so würden sie nach Arthurs Erklärung diesen Flecken Land als Reservat zugewiesen bekommen. Nach der Schätzung des Kommandanten der Operation stand die Gefangennahme beziehungsweise Einkesselung von nicht weniger als fünfhundert Angehörigen der beiden Stämme zu erwarten.

Die Black Line setzte sich am 7. Oktober 1830 in Bewegung. Sie umfaßte zweitausend Mann, die mit tausend Gewehren, reichlich Munition und dreihundert Handschellen ausgerüstet waren. Sie waren bereit zu großen Taten und glänzenden Triumphen. Lassen wir Ryan zu Wort kommen:

»Drei Wochen lang spielten sie Treibjagd, bauten Schutzhütten, um aus ihnen heraus ihre unsichtbaren Gegner anzugreifen, durchkämmten das Land, verirrten sich in strömendem Regen und verputzten riesige Mengen staatlicher Vorräte. Trotz ihres offenbar chaotischen Zustands vertrieb die Black Line die Oyster-Bay-Leute an der Ostküste, wobei am 24. Oktober bei Prosser Plains zwei Aborigines gefangengenommen und zwei andere erschossen wurden. Die übrigen sechs oder sieben durchbrachen die Black Line in Richtung Nordosten und waren froh, mit dem Leben davongekommen zu sein.«

Zwei gefangengenommen, zwei erschossen – eine beschämend magere Ausbeute. Die Siedler gingen Ende Oktober nach Hause, und auch die Sträflinge wurden offenbar zurückgezogen; übrigblieben die Soldaten und die Feldpolizisten, um weiter nach versprengten Eingeborenen zu fahnden, von denen sie aber kaum einen einzigen auftrieben. Die Schätzung des Kommandanten, daß die Front fünfhundert Aborigines aufstöbern werde, erwies sich als völlig abwegig. In dem ganzen Gebiet hatte es vielleicht ein Dutzend Flüchtige gegeben, und von denen waren die meisten geschickt genug, diesem Aufmarsch lärmender weißer Männer auszuweichen.

In der Presse der Kolonie wurde über die Black Line weidlich gelästert, weil sie so wenig erbracht habe. Tatsächlich aber hatte sie den beabsichtigten Zweck mehr oder minder erfüllt: Sie hatte den Aborigines des Gebietes klargemacht, daß ihr angestammtes Land verloren war. Der Oyster-Bay-Stamm und der Big-River-Stamm – beziehungsweise die wenigen, die davon übriggeblieben waren – unternahmen keinen gemeinsamen Versuch mehr zurückzukehren. Ihre Guerillaaktivitäten ebbten ab. Die meisten der Leute von der Oyster Bay waren tot oder versprengt. Der Rest des Big-River-Stammes zog sich nach Westen in die Berge zurück.

Truganini gehörte unterdes zu der Pazifikgruppe, die sich unten auf Bruny Island von den Briten mit Unterkunft und Nahrung versorgen ließ. Eine andere historische Persönlichkeit, die dort lebte, war Woorraddy, ein Eingeborenenkrieger mit Frau und drei kleinen Kindern. Woorraddy war ein Mann, der seine Würde wahrte, aber auch Geschmeidigkeit bewies und der in den Folgejahren lernte, die Kluft zwischen den beiden Kulturen zu überbrücken; er machte sich den weißen Eroberern nützlich, ohne seine überkommene Lebensweise jemals völlig aufzugeben. Als der wohlmeinende, aber verblendete George Augustus Robinson kam, um den Vorposten auf Bruny Island in eine Mission zu verwandeln, fand er Woorraddy und seine Familie, Truganini und gerade einmal dreizehn andere vor – die Überreste des südöstlichen Stammes, der nicht lange vorher noch hundertsechzig Personen gezählt hatte.

Robinsons Plan, hinter dem auch Gouverneur Arthur stand, sah die Einrichtung eines Musterdorfes vor, in dem die Aborigines christianisiert und zivilisiert werden konnten. Jagen und Sammeln sollten der Vergangenheit angehören, Landwirtschaft war angesagt; mit der Bekleidung aus Känguruhfell sollte es vorbei sein, jetzt waren Hosen und Röcke an der Reihe; und daß Truganini und die anderen Frauen mit primitiven britischen Robbenfängern in wilder Ehe lebten, damit war ein für allemal Schluß, wenn es nach Robinson ging. Er hatte vor, ein grobes Abbild anständiger englischer bäuerlicher Familien zu schaffen. Merkwürdigerweise bestand einer seiner ersten Schritte auf dem Weg zu diesem Ziel darin, die Aboriginekinder von ihren Eltern zu trennen, um sie gründlicher indoktrinieren zu können.

Die sozialen Einrichtungen scheinen sich nicht bewährt zu haben, und ebensowenig taten das die Essensrationen, die weniger proteinhaltig waren als die traditionelle Nahrung der Aborigines. Daß sie fremden europäischen Krankheiten ausgesetzt waren, kam als Problem hinzu. Die Aborigines der Mission wurden prompt krank, wahrscheinlich durch Grippe, die für jeden Menschen mit einem geschwächten oder unvorbereiteten Immunsystem tödlich sein kann. Woorraddys Frau starb. Drei weitere starben. Die überlebenden Erwachsenen zogen fort, um der schlechten Luft, den schlechten Assoziationen, dem schlechten *mojo* des Ortes zu entrinnen. Ein Ortswechsel war ihre übliche Methode, mit tödlichen Krankheiten fertig zu werden, wie sie Robinson erklärten, dem das gar nicht gefiel. Sie zogen in die Südhälfte der Insel, wo ein Mensch noch jagen und sammeln konnte. Känguruhs gab es dort reichlich, was den Verlust des Zwiebacks und des Pökelfleisches aus der Mission mehr als wettmachte. Zu Robinsons Mißfallen verbrachten Truganini und mehrere andere Frauen einen großen Teil ihrer Zeit auf einer nahe gelegenen Walfangstation. Robinson selbst sah ein, daß der Missionsversuch gescheitert war. Er verlor indes nicht den Mut; vielmehr phantasierte er sich ein weit ehrgeizigeres und fatal schwachsinniges Projekt zusammen. Er überlegte sich, wie er mit

Hilfe der Leute von Bruny Island die Aboriginestämme in ganz Tasmanien gewinnen konnte.

Er beschloß, mit seiner Mission auf die Straße zu gehen und wie mit einem Faschingszug, er selbst in der Rolle des Karnevalsprinzen, durchs Land zu ziehen. Er würde rund um die Insel reisen, begleitet von seiner kleinen Schar halbbekehrter Ureinwohner, würde Kontakt zu den verschiedenen Horden in den Grenzregionen und in der Wildnis aufnehmen und sie überreden, die Segnungen der christlichen Zivilisation anzunehmen. Er würde sie aus der Dunkelheit und der Kälte in die Geborgenheit führen. Er würde vertrauenswürdige, ordentlich gekleidete, gottesfürchtige koloniale Untertanen dritter Klasse aus ihnen machen. Es war ein grandioser Plan, der in Robinsons Augen zwei guten Absichten diente: die Aborigines Tasmaniens aus der Barbarei zu erretten und sie vor dem Aussterben zu bewahren.

Gouverneur Arthur erteilte dem Plan die offizielle Genehmigung. Am 3. Februar 1830 brachen Robinson und seine Mannschaft auf. Sie wanderten westwärts in ein Gebiet, das zu den wildesten Gegenden Tasmaniens gehörte. Wooraddy war mit von der Partie, um Robinson als Führer im Busch und als Verbindungsmann zu den unbefriedeten Stämmen zu dienen. Truganini war ebenfalls dabei. Auf ihre Weise stellte auch sie einen Aktivposten für Robinson dar; außerdem war sie Wooraddys neue Frau.

Sie zogen acht Monate lang umher. Eine Begegnung in der Nähe des Giblin River an der Westküste war typisch. Am 25. März traf Robinson eine dort lebende Horde vom Südweststamm. Mit Waddies bewaffnet (den keulenähnlichen Waffen, mit denen sie gejagt hatten) und in Känguruhfelle gekleidet, waren sie auf der Hut vor ihm. Nur zwei Männer ließen sich blicken, während die übrigen im Unterholz zurückblieben. Aber mit ein bißchen gutem Zureden lockte er sie aus ihrer Reserve und brachte sie dazu, aus ihrem Versteck näher zu kommen und ihn zu begrüßen. Durch seine Dolmetscher ließ Robinson ihnen sagen, er sei nicht ihr Feind – er habe im Gegenteil die Absicht, ihnen zu helfen. Vermutlich erklärte er ein bißchen von dem, was er vorhatte, aber nicht viel. Sie seien herzlich eingeladen, mit ihm weiterzuziehen, wenn sie Lust dazu hätten; wenn nicht, auch gut. Die Südwestleute schlossen sich Robinsons Gruppe tatsächlich an, und an diesem Abend sangen und tanzten sie im Lager bis spät in die Nacht. Sie blieben vier Tage bei ihm. Dann, mitten in der Nacht, verschwanden sie. Danke, aber lieber nicht, danke nein.

Die Aborigines zu gewinnen, war schwerer, als Robinson gedacht hatte. Entlang der Südwestküste traf er Ureinwohner, deren Kultur noch intakt war und die diese Kultur allem vorzogen, was Robinson ihnen bieten konnte. Im Norden traf er kampflustige Horden, die durch ihre Konflikte mit Robbenfängern, Kopfgeldjägern, Siedlern und der Van Diemen's Land Company verbittert waren. Robinson notierte nachdenklich in sein Tagebuch:

»Die Kinder haben miterlebt, wie ihre Eltern massakriert und ihre Verwandten von diesen erbarmungslosen Eindringlingen in die Gefangenschaft verschleppt wurden; ihr Land wurde ihnen weggenommen, und das Känguruh, ihre Hauptnahrungsquelle, aus schnöder Gewinnsucht massenhaft abgeschlachtet. Können wir uns da über den Haß wundern, den sie gegen die weiße Bevölkerung hegen?«

Er fügte hinzu: »Wir sollten eilen, ihnen Linderung zu schaffen. Wir sollten ein wenig von dem Elend wiedergutmachen, das wir über die ursprünglichen Eigentümer des Landes gebracht haben.« Genau das hatte er vor zu tun. Er war offenbar ein Mann mit großem Herzen, großer Energie und weniger großer historischer Perspektive, dessen unermüdliche Anstrengungen wahrscheinlich die Situation letztlich noch verschlimmerten.

Die Reise von 1830 war nur ein erster Versuch. In ihrem Verlauf stellte er freundschaftliche Kontakte zu einer Reihe von Horden her (die sich weigerten, ihm zu folgen), machte ein paar Gefangene (die später wieder freigelassen wurden), lernte ein wenig von der Sprache der Aborigines und eignete sich einige Fertigkeiten an, die man im Busch brauchte. Aber sein Traum war nach wie vor ein Traum, dem keine der beiden Rassen viel abgewann. Die Aborigines waren nicht sonderlich daran interessiert, von ihrer traditionellen Lebensweise erlöst zu werden; die Robbenfänger, Viehzüchter und Bauern legten keinen großen Wert darauf, sie überhaupt vor etwas gerettet zu sehen. Robinson umrundete die Insel und kehrte in die besiedelten Gegenden um Hobart rechtzeitig zurück, um sich zur Teilnahme an der Black Line auffordern lassen zu können.

Davon wollte er allerdings nichts wissen. Er hatte Angst, Wooraddy, Truganini und die anderen an die Kultur der Weißen angepaßten Aborigines seiner Umgebung, würden vielleicht, wenn er sie als Fährtensucher zur Black Line mitbrachte, von schießwütigen Soldaten oder Siedlern erschossen. Und außerdem fand er, daß die Operation nur geeignet war, die Situation zu verschlimmern. Damit hatte er zweifellos recht. Trotz seines ernüchternden Ergebnisses verstärkte das Unternehmen Black Line bei verdrießlichen Siedlern, die nach einer Endlösung für das von ihnen behauptete Aborigineproblem lechzten, offenbar die »Ausrottungsgelüste«. Robinson selbst, der durch das Gerede von Ausrottung aufgeschreckt wurde, gelangte zu dem Schluß, daß die tasmanischen Aborigines in Tasmanien ihres Lebens nicht mehr sicher waren.

Er bekannte sich jetzt zu dem gleichen Plan, den bereits vorher ein paar andere in Vorschlag gebracht hatten: den tasmanischen Aborigines eine eigene Zufluchtsstätte auf einer Insel vor der Küste zu geben. Im Rückblick können wir unschwer erkennen, daß »Zufluchtsstätte« soviel wie »endgültige Aussiedlung« bedeutete. Aber damals schien es eine gute Idee. Gouverneur Arthur, der zum Teil mit Robinsons hartgeprüfter Menschenfreundlichkeit sympathisierte, spielte abermals mit.

Im März 1831 schaffte Robinson einundfünfzig Aborigines hinaus nach Gun Carriage Island, einem in der Bass Strait gelegenen kleinen Landbuckel zwischen den Inseln Cape Barren Island und Flinders Island, knapp fünfzig Kilometer vom nordöstlichsten Punkt der Küste Tasmaniens entfernt. Die Ankunft der Gruppe markierte die Gründung der Aborigineniederlassung, des offiziellen Reservats für die Eingeborenen Tasmaniens, das auf der einen oder anderen Insel bis 1847 bestand. Weniger offiziell betrachtet, war es eine Gefängniskolonie. Gun Carriage Island hatte eine Fläche von nur wenigen Quadratkilometern, zu wenig, um selbst diese paar Dutzend Aborigines zu ernähren – geschweige denn die Hunderte, die Robinson noch dort zusammenpferchen wollte –, es sei denn in einer durch feste Ansiedlung und Lebensmittelzuteilungen bestimmten Form. Die Insel bot genug Raum, um zu existieren, aber nicht, um ein normales Aborigineleben zu führen.

Robinson zog das gleiche fehlgeleitete Programm durch wie zwei Jahre zuvor auf Bruny Island: Er wies den Eingeborenen Hütten und Gartenparzellen zu und erwartete, daß aus Nomaden Bauern wurden. Dann unternahm er eine Expedition auf einige der anderen Inseln und bemühte sich, den Robbenfängern Aboriginefrauen zu entreißen; als er einen Monat später zurückkehrte, waren seine Gefangenen bereits krank und starben. Der für die Niederlassung zuständige Arzt wollte diese Gesundheitsprobleme auf das rauhe Klima, die schlechte Unterbringung, die unzulängliche Versorung mit Frischwasser zurückführen. Lyndall Ryan zufolge spielten »gewaltsame Verschleppung, erzwungene Ortsgebundenheit und der Verlust der Freiheit, über das eigene Leben zu bestimmen«, ebenfalls eine Rolle. Ryan selbst maß möglicherweise den tödlichen Auswirkungen unbekannter bakterieller Infektionen zu geringes Gewicht bei. Man darf nicht vergessen, daß die Aborigines Tasmaniens eine Inselbevölkerung darstellten und daß sie Jahrtausende lang vom dynamischen Prozeß zwischen Krankheit und immunologischer Anpassung abgeschnitten waren, den die Menschen der Festlandsgebiete durchlaufen hatten.

Binnen eines Jahres wurde die Aborigineniederlassung an einen etwas besseren Ort auf Flinders Island verlegt, aber das Sterben hörte nicht auf. Anfang 1832 gab es bereits nur noch zwanzig Überlebende.

In den frühen dreißiger Jahren des letzten Jahrhunderts hielt sich George Augustus Robinson zumeist in Tasmanien selbst auf, wo er weitere Expeditionen unternahm, um die Aborigines einzusammeln, die sich noch in Freiheit befanden; seine Bemühungen um den »Ausgleich« trugen ihm den Ruf des »Großen Versöhners« ein. Dieses Geschwätz über »Ausgleich« war ein Beispiel für Doppelzüngigkeit bester Orwellscher Tradition und diente hauptsächlich der Einschläferung des kollektiven Gewissens der Eroberer. Unterdes änderte Robinson bereits seine Taktik und ging von der Überredung zum Zwang über. Vorbereitet wurde diese Wendung durch einen Vorfall, der sich im August 1832 an der Westküste nahe dem Arthur River ereignete, nicht weit entfernt von der Stelle, wo ich auf der Suche nach dem letzten Thylacin meine Nachtwanderung unternehmen sollte.

Robinson, der mit der Gruppe von Aborigines, die ihn ständig begleiteten (wozu auch Truganini gehörte), die Küste entlang von Süden kam, überquerte den Arthur River mit dem Floß. Kurze Zeit später erschien ein großer Trupp Aboriginemänner in seinem Camp. Sie waren die Reste dreier verschiedener Horden und trugen Speere. Robinson bot ihnen Brot an. Er schenkte ihnen ein paar Perlen. Das brachte ihn nicht weiter. Irgend etwas an ihrem Verhalten machte ihn nervös, wie er später in seinem Tagebuch festhielt: »Sie waren argwöhnisch und mürrisch, gleichzeitig aber forsch und draufgängerisch.« Die mürrischen, forschen Männer gingen fort, um zu jagen, und Robinson verbrachte eine unruhige Nacht, weil er mit irgendeiner häßlichen Überraschung rechnete. Im Morgengrauen packte er rasch seine Ausrüstung zusammen. Er forderte einen seiner Aboriginedolmetscher auf, den Leuten zu sagen, sie könnten tun, was sie wollten: mit ihm kommen oder ihres Weges gehen, da er nicht beabsichtige, sie zu bedrohen. Lyndall Ryan schildert anschaulich, was danach geschah:

> »Kaum hatte Robinson gesprochen, umringten die Fremden ihn mit Speeren in der Hand. Seine eigenen Aborigines flohen. Irgendwie entkam Robinson. Während er durch das Buschwerk rannte, überholte er Truganini, die Angst hatte, gefangen zu werden, weil sie Verwandte unter den Leuten hatte und diese an Frauenmangel litten. Als er den Fluß erreichte, fabrizierte er ein Behelfsfloß, indem er zwei Rundhölzer zuerst mit seinen Hosenträgern und, als diese rissen, mit seiner Krawatte zusammenband. Er lag auf diesem Floß und bat Truganini inständig, ihn hinüberzuschieben, denn er konnte nicht schwimmen.«

Als sie das andere Ufer erreichten, war Robinsons Glaube an seine ausgleichenden Fähigkeiten schwer erschüttert. Auch Truganinis Hochachtung vor ihm dürfte einigermaßen gelitten haben.

Verängstigt und verwirrt, unfähig, die Widerborstigkeit der Aborigines zu verstehen, »führte Robinson fortan Schußwaffen mit und ging gewaltsamer vor, um die Leute zur Unterwerfung zu zwingen«, schreibt Ryan.

Fast drei Jahre lang fuhr er mit seiner paradoxen Mission fort: mit seinem Versuch, die Eingeborenen mit vorgehaltener Pistole »zu gewinnen« und sie unter Bewachung nach Flinders Island in die Niederlassung zu schaffen. Er fing etwa dreihundert ein. Die meisten von ihnen starben in Übergangslagern, ohne je Flinders zu erreichen. Andere kamen bis Flinders und starben dort. Verzweiflung und schlechte Ernährung trugen zu der hohen Sterblichkeitsrate ohne Zweifel bei, indem sie die Tödlichkeit unbekannter Krankheiten verstärkten. Grippe, Tuberkulose und Lungenentzündung dürften die Haupttodesursachen gewesen sein, auch wenn nur sporadisch Diagnosen gestellt wurden und wir Genaueres nie erfahren werden. Von den Aborigines, die Robinson nicht einfing, wurden viele erschossen, während einige wahrscheinlich im Busch an Krankheiten starben, die sie sich durch Kontakt mit Weißen zugezogen hatten; eine Reihe von Kindern fanden Aufnahme in Siedlerfamilien (wo sie in den meisten Fällen als Haussklaven aufwuchsen); ein paar Frauen lebten weiter mit den Robbenfängern; der Rest verschwand. Am 3. Februar 1835 berichtete Robinson einem Kolonialbeamten stolz: »Die gesamte Aboriginebevölkerung ist nunmehr umgesiedelt.«

Das war fast richtig, aber nicht ganz. Mindestens eine Familie befand sich nach wie vor im tasmanischen Hinterland in Freiheit.

102

George Augustus Robinson war es müde, durch den Busch zu reisen, und suchte eine weniger anstrengende Aufgabe. Er übernahm den Posten eines Kommandanten der Aborigineniederlassung und schickte, statt weiter in eigener Person nach Aborigines zu jagen, seine Söhne mit einem Suchtrupp aus. Im November 1836 traf der Suchtrupp in den hochgelegenen, frostigen Moorgebieten im Landesinneren nahe dem Cradle Mountain eine Aboriginefamilie.

Die Familie lehnte es ab, sich nach Flinders Island bringen zu lassen. Irgendwie entkamen sie dem Trupp und wurden jahrelang nicht mehr gesichtet. Dann, im Jahre 1842, tauchte ein Ehepaar mit fünf Söhnen (wahrscheinlich handelte es sich um die Familie vom Cradle Mountain, auch wenn die historischen Quellen in diesem Punkte nicht eindeutig sind) in der Nähe des Arthur River auf. Diesmal entkamen sie nicht. Sie wurden von Robbenjägern gefangengenommen, zur Nordküste geschafft und von dort mit dem Boot nach Flinders hinübergebracht. Sie waren die letzten tasmanischen Aborigines, die ihrem Land und ihrer Kultur gewaltsam entrissen wurden. Einer der Söhne war ein siebenjähriger Junge, der als William Lanney bekannt wurde.

William Lanneys Leben bietet ein ergreifendes, schauerliches Bild und sticht in der Gesamtgeschichte der Aborigines fast ebenso heraus wie Truganinis Leben. Fünfundzwanzig Jahre später sollte Lanney als der letzte überlebende männliche Aborigine Tasmaniens gefeiert werden. Im Jahre 1842 indes war er noch nichts weiter als ein unscheinbarer Junge, einer unter vielen. Als das Boot ihn nach Flinders Island brachte, traf sein Weg mit dem von Truganini zusammen.

Truganini selbst war gerade wieder in Flinders gelandet, nachdem sie auf dem australischen Festland zweifelhafte Berühmtheit erlangt hatte. Robinson hatte sie drei Jahre zuvor nach Port Phillip (einer Hafenstadt an der Südküste Australiens, die heute Melbourne heißt) mitgenommen, nachdem er zum »Beschützer« der Aborigines Südaustraliens ernannt worden war. Worum es den Weißen in Port Phillip dabei eigentlich ging, war natürlich ihr eigener Schutz. Nach ihrer Vorstellung sollte Robinson seine unvergleichlichen Fähigkeiten und seine Truppe angepaßter tasmanischer Aborigines einsetzen, um die streitbaren Aborigines auf dem Festland in irgendein gefängnisähnliches Reservat nach dem Vorbild von Flinders zu locken. Außer Truganini hatte Robinson Woorraddy und ein Dutzend anderer mitgebracht, zu denen auch zwei Männer namens Timmy und Pevay gehörten. Robinsons Mission auf dem Festland war kein großer Erfolg, aber Truganini und ein paar ihrer tasmanischen Landsleute sorgten für Aufsehen. Irgendwann im Jahre 1841 setzten sich Timmy und Pevay zusammen mit Truganini und zwei anderen Frauen von Robinson ab und rebellierten; sie verwandelten sich in ein

Häuflein marodierender Gesetzloser, die in der Gegend südöstlich von Port Phillip die Hütten von Schafhirten plünderten. So machen wir's in Tasmanien, schienen sie sagen zu wollen. Sie verwundeten vier Viehzüchter. Ryan schreibt: »Ihre Taktik wies alle Merkmale eines anhaltenden Guerillakampfes gegen die weißen Siedler auf.« Mag sein, daß sie auch durch die Aussicht terrorisiert waren, nach Flinders zurückgebracht zu werden. Am 6. Oktober nahm ihre Rebellion, die bereits schlimm genug war, eine verzweifelte Wendung, als sie zwei Walfänger töteten. Als sie gefangen und vor Gericht gestellt wurden, nahmen Timmy und Pevay alle Schuld für die Morde auf sich. Sie wurden gehängt. Die drei Frauen, darunter Truganini, wurden freigesprochen. Das beeindruckte Port Phillip sorgte für ihre umgehende Deportierung.

Die anderen aus der tasmanischen Gruppe, die sich zwar weniger mißliebig gemacht hatten, den weißen Siedlern auf dem Festland aber noch genug Sorgen bereiteten, wurden ebenfalls abgeschoben. Robinson blieb mit seiner neuen Aufgabe zurück, und mindestens die tasmanischen Aborigines waren ihn damit los.

Aber sie erlitten weiter Verluste. Wooraddy starb an Bord des Schiffes, das sie von Port Phillip nach Flinders Island brachte, kurz bevor sie dort anlegten. Vielleicht war er tödlich erkrankt, vielleicht auch nur einfach krank und lebensmüde. Ryan schreibt über Wooraddy: »Mit einem Alter von fünfzig Jahren verkörperte er den letzten traditionsgebundenen Ureinwohner. Er lernte nie lesen oder schreiben, trug nie europäische Kleidung und aß nie europäische Nahrungsmittel. Sein Glaube an seine Identität als Ureinwohner blieb all die Jahre der Entwurzelung hindurch unerschüttert.« Auch William Lanneys Familie, die etwa um diese Zeit nach Flinders überstellt wurde, paßte sich nicht leicht an. Binnen weniger Jahre waren beide Eltern tot, dazu zwei von den fünf Brüdern. Neunundfünfzig weitere Aborigines waren in den Anfangsjahren der Niederlassung auf Flinders gestorben; die massive Sterberate veranlaßte Truganini zu der Vorhersage, bald werde es »keine Blackfellows mehr geben, die in den neuen Häusern wohnen können«. Robinson selbst teilte Truganinis Pessimismus und räumte in einem seiner Berichte ein, »in sehr kurzer Zeit wird die Rasse ausgestorben sein«, falls sich die Verhältnisse nicht irgendwie besserten. Aber die Verhältnisse wurden nur schlimmer.

Unter den etwa sechzig Aborigines, die Mitte der vierziger Jahre des letzten Jahrhunderts, nach Truganinis Rückkehr von Port Phillip, übriggeblieben waren, lag die Sterbequote höher als die Geburtenrate. Nur die wenigsten Kinder überlebten das Säuglingsalter, und die meisten von denen wurden in die Waisenschule in Hobart geschafft, wo ihre kulturelle Identität ausradiert wurde. Im Jahre 1847 lebten bereits weniger als fünfzig Erwachsene und Kinder auf Flinders in Gefangenschaft. Aus einer Reihe vornehmlich kaltherziger Erwägungen (unter anderem fand man es zu kostspielig, für eine so kleine Zahl von Menschen auf Flinders eine eigene Niederlassung aufrechtzuerhalten) beschlossen an diesem Punkte die Kolonialbehörden in Hobart und London, die Gruppe aufs tasmanische Festland zurückzubringen. Drunten an der Oyster Cove, gerade einmal dreißig Kilometer südlich von Hobart, stand ein Straflager leer. Dort ließen sich die Aborigines unterbringen.

Für Truganini schloß sich damit ein ausladender Kreis, denn die Oyster Cove lag an der Küste genau gegenüber von Bruny Island, innerhalb des Territoriums, auf dem ihr eigener, südöstlicher Stamm ursprünglich gelebt hatte. Sie war begeistert über die Rückkehr. Auch die anderen Überlebenden waren froh über den Umzug (nach ihrer Überzeugung war jeder andere Ort Flinders Island vorzuziehen) und feierten ihre Ankunft mit einem gewaltigen zeremoniellen Tanzspektakel. Wahrscheinlich sangen sie auch einige der alten Gesänge. Aber das Lager an der Oyster Cove war nichts weiter als ein Haufen heruntergekommener Holzbaracken, die auf einem kahlen Schmutzboden standen, der in der Regenzeit mit Schlammlöchern übersät war und den man als Strafkolonie aufgegeben hatte, weil er als zu ungesund für Sträflinge galt. Die Hochstimmung der neuen Bewohner hielt nicht an. Die restlichen Kinder wurden in die Waisenschule überstellt; damit blieben gerade einmal siebenunddreißig Erwachsene übrig.

Der Ort an der Oyster Cove war dreckig, windig und kalt. Die Unterkünfte waren voll Ungeziefer und feucht. Das Essen war schlecht und wurde in Tagesrationen ausgegeben: soviel Fleisch, soviel Tee, soviel Tabak. Einige der Frauen verkehrten mit Robbenfängern, eine altbekannte Form der Erniedrigung, die von dem ebenso erniedrigenden und dazu noch langweiligen Zwang befreite, fügsam im Lager herumsitzen zu müssen; bei den Robbenfängern hatten die Frauen immerhin die bittere Genugtuung, sich für Alkohol zu prostituieren. Ein paar der Männer zog es in die Wirtshäuser von Hobart. Daß unter diesen Bedingungen das Bevölkerungswachstum negativ blieb, kann nicht überraschen. Praktisch niemand von den Gefangenen an der Oyster Cove bekam Kinder und zog sie auf. Die Geschichte der tasmanischen Aborigines war zu einer Sache kleiner Zahlen und aufzählbarer Namen geworden – der Trommelwirbel vor dem Leichenzug.

Als im April 1851 George Augustus Robinson zu einem Abschiedsbesuch hereinschneite, waren weitere dreizehn tot. Darunter ein Mann namens Eugene. Eine Frau namens Hannah. Auch Louisa, einst als Drummernerlooner bekannt, war tot. Nancy und Old Maria waren tot. Wild Mary and Neptune und Cranky Dick waren tot. David Bruny war tot – ein Sohn von Woorraddy. Der junge Mann namens Barnaby Rudge war tot, überlebt von seinem Bruder, William Lanney. Alphonso, der zweite Mann von Truganini, war tot. Truganini selbst, stur wie ein Panzer, hielt durch. Robinson begrüßte sie und die anderen Überlebenden und stellte klarsichtig fest, daß sein Anblick keine Begeisterungsstürme auslöste. Er nahm von einem netten sechzehnjährigen Mädchen namens Fanny Cochrane und ihrer Schwester, die einen Robbenjäger zum Vater hatten, ein paar Muschelhalsbänder entgegen. Dann kehrte er nach England zurück und sah in seinem ganzen Leben keinen tasmanischen Ureinwohner mehr.

Der Trommelwirbel ging weiter. Alexander starb (sein wirklicher Name, den er als Angehöriger des Big-River-Stammes getragen hatte, war Druemerterpunner). Amelia (vormals Kittewer, zum Nordwest-Stamm gehörig) starb. Charley (Drunteherniter) starb. Frederick (Pallooruc) starb. Harriet (Wottecowwidyer) starb. Washington (Maccamee) starb. Moriarty starb und hinterließ keine Nachricht über seinen Aboriginenamen. Fanny Cochranes Mutter starb. William Lanneys letzter Bruder starb.

Aus Sicht der Kolonialverwaltung war der Schwund an der Oyster Cove in doppelter Hinsicht ein Segen. Die Ausgaben für die Erhaltung der dortigen Population nahmen mit den Todesfällen kontinuierlich ab, und das Verschwinden der Ureinwohnerrasse wurde quasi als Beweis dafür genommen, daß Britisch-Tasmanien eine Art von Reifeprüfung für die Zugehörigkeit zum Empire abgelegt hatte. Die Rationen wurden noch mehr gekürzt. Die Gebäude ließ man verkommen. 1859 war das Lager an der Oyster Cove ein Ruinenkomplex aus zerbrochenen Scheiben, undichten Dächern, Räumen ohne Mobiliar. Es existierten nun noch vierzehn Überlebende, die meisten von ihnen krank und in Erwartung ihres Todes. Neun Frauen, fünf Männer; Ryan schildert sie uns: Sophie brachte den größten Teil ihrer Zeit in Tränen zu, Caroline redete nur mit ihren Hunden, die anderen Frauen litten an Lungenkrankheiten, die sie noch nicht ganz umgebracht hatten; Jack Allen und Augustus (hatte man ihn etwa nach dem »Großen Versöhner« benannt?) waren Alkoholiker, Tippo Saib war senil und fast blind. William Lanney demgegenüber war ein strammer Vierundzwanzigjähriger, von dem die Frauen bewundernd sagten, er sei »ein hübscher junger Mann, viel Bart, viel Lachen, sehr gut, dieser Bursche«.

Lanney war eine Leitfigur. Wenn *er* nicht durchhielt, sich behauptete, den Stammbaum fortsetzte, wer dann?

Fotos zeigen William Lanney gedrungen und rundschultrig, mit sanften, traurigen Augen. Man stellt ihn sich körperlich stark, liebenswürdig, wahrscheinlich schüchtern vor. Sein Leben verlief glücklicher als das manch eines anderen. Von traditionsgebundenen Eltern im Wald aufgezogen, kam er mit sieben nach Flinders und dann auf die Waisenschule; er war ein anpassungsfähiger Junge und imstande, die Sprache der Weißen, die Besitz von seiner Welt ergriffen hatten, zu lernen und ihren Erwartungen zu genügen. Mit sechzehn fuhr er auf einem Walfänger zur See. Er scheint ein eifriger Matrose gewesen und zumindest herablassendes Wohlwollen gefunden, wenn nicht gar sich Achtung erworben zu haben. Er schloß einige Freundschaften. Einem der Berichte zufolge ließ er sich später vollaufen, sooft sein Schiff in einem Hafen festmachte, und blieb betrunken, bis er kein Geld mehr hatte; das unterschied ihn allerdings nicht von den anderen Matrosen, die auf Walfängern dienten. Zynische Witzbolde aus Hobarts Einwohnerschaft verliehen Lanney einen Spitznamen, mit dem sie sich nicht nur über seine Bescheidenheit lustig machten, sondern auch darüber, daß er infolge des Wegsterbens der anderen männlichen Aborigines zum vornehmsten Vertreter seiner Rasse geworden war: Sie nannten ihn König Billy. Als der Herzog von Edinburgh dem Land einen königlichen Besuch abstattete, wurde ihm Lanney als »König der Tasmanier« vorgestellt. Der Historiker Clive Turnbull meinte, Lanney sei »ein armseliges, besoffenes Stück Treibgut« gewesen; die meisten, die ihn kannten, hätten ihren Spaß mit ihm getrieben. Bei Lyndall Ryan kommt er besser weg. Seit 1864 sei Lanney, berichtet sie, der einzige noch lebende reinblütige männliche Aborigine gewesen und habe diese Rolle mit Verantwortungsgefühl angenommen. Als die paar Aboriginefrauen an der Oyster Cove keine angemessenen Lebensmittelzuteilungen bekamen, habe er einen offiziellen Protest eingereicht. Er verfügte über hinlängliche Nüchternheit und Würde, um zu erklären: »Ich bin der letzte Mann meiner Rasse, und ich muß mich um meine Leute kümmern.« Er hat nie geheiratet.

Im Jahre 1869, während er sich zu einem kurzen Urlaub in Hobart aufhielt, zog sich Lanney eine unbestimmte Krankheit zu und starb in seinem Zimmer im Dog and Partridge Hotel. Er war vierunddreißig.

Sein Leichnam wurde in die Leichenhalle des Colonial Hospital gebracht, angeblich, um ihn zu schützen. Aber das »armselige, besoffene Stück Treibgut« war plötzlich ein begehrtes Musterexemplar. Zwei Chirurgen am Colonial Hospital geiferten nach einer Gelegenheit, den Leichnam zu sezieren. Sie hießen Stokell und Crowther. Sie waren angesehene Mediziner und persönliche Konkurrenten, jeder von ihnen mit eigener Anhängerschaft. Dr. Stokell war ein prominentes Mitglied in der Royal Society von Tasmanien, einem Klub von Naturforschern aus gehobenen Kreisen; Dr. Crowther gehörte der Königlichen Akademie für Chirurgen an. Offenbar waren beide Männer der Überzeugung, Lanneys Leichnam werde irgendwelche dramatischen Aufschlüsse darüber liefern, wie sich Aborigines von Europäern unterschieden. Nachdem er Dr. Stokell vom Krankenhaus weggelockt hatte, schlich sich Dr. Crowther in die Leichenhalle und machte sich mit Unterstützung eines Baders ans Sezieren. Gegen neun Uhr abends verließ er die Leichenhalle mit einem Päckchen unter dem Arm. Darin befand sich Lanneys Schädel. Um seinen Diebstahl zu kaschieren, hatte er einen Ersatzschädel an die Stelle gelegt und mit den Resten von Lanneys Kopfhaut und Gesicht notdürftig umkleidet. Dr. Stokell kehrte zurück und sah, was Dr. Crowther getan hatte. Er hielt rasch mit seinen Kollegen von der Royal Society Rat und schnitt, um nicht völlig leer auszugehen, Lanneys Hände und Füße ab.

Am folgenden Tag wurden William Lanneys arg mißhandelte sterbliche Überreste in einem Sarg zum Friedhof getragen. Die Trauergemeinde war groß. Zu ihr gehörten viele von Lanneys Schiffskameraden, die damit deutlich machten, daß im Hobart des späten 19. Jahrhunderts die Walfängerbesatzungen mit mehr Sinn für Humanität ausgestattet waren als der Chirurgenstand. Lanneys Sarg wurde ins Grab hinabgelassen und mit Erde bedeckt. Gegen Mitternacht kam Dr. Stokell, um ihn wieder auszugraben. Offenbar hatte er es sich überlegt; die Hände und Füße reichten ihm nicht. Die frühen Morgenstunden hindurch bohrten und schnitten Dr. Stokell und seine Kumpane von der Royal Society in dem Leichnam herum, bis ihre Neugier befriedigt war. Danach packten sie ihn wieder in die Leichenhalle. Einer der Quellen zufolge war nichts mehr übrig als »Massen von Blut und Fett, verstreut auf dem ganzen Boden«. Jetzt war wieder Dr. Crowther an der Reihe. Als er erfuhr, daß Lanneys Leiche immer noch herumgeisterte, eilte er zur Leichenhalle, fand sie verschlossen und brach die Tür mit einer Axt auf – außer Fettflecken und Fleischfetzen war aber nichts mehr vorhanden. Was mit dem größeren Teil der Leiche geschah, bleibt unklar. Irgend etwas von William Lanney kam schließlich in ein Faß und erhielt ein dauerhafteres Begräbnis. Dr. Stokell ließ sich laut Ryan »aus einem Stück Haut einen Tabakbeutel machen, und andere würdige Naturforscher waren im Besitz der Ohren, der Nase und eines Teils des Armes. Die Hände und Füße wurden später in den Räumen der Royal Society in der Argyle Street gefunden, der Kopf allerdings tauchte nie wieder auf.«

Das ist der Grund, warum Truganini ihre letzten Jahre in Unruhe verbrachte. Zuletzt, 1876, war sie die einzige reinblütige Aborigine, die von all denen, die George Augustus Robinson »gewonnen« hatte, noch am Leben war. Sie hatte fast von Anfang bis Ende die Vernichtung ihres Volkes miterlebt. Zur Zeit ihrer Geburt, im Jahre 1812, war Tasmanien noch eine grandiose grüne Wildnis, die Eingeborenenstämme, Thylacine und unzählige Känguruhs beherbergte, auch wenn bereits die ersten Europäer eingetroffen und die Veränderungen schon im Gange waren. Binnen weniger Jahre wurde ihre Mutter von Robbenfängern erstochen, ihre Schwester von einem Robbenfänger entführt und später dann erschossen, während der Mann, dem sie versprochen war, von Weißen verstümmelt und ermordet wurde. Sie hatte Robinsons Ankunft auf Bruny Island im Jahre 1829 erlebt. Sie hatte ihm vertraut, war ihm gefolgt, hatte ihm geholfen, sich an ihn gewöhnt und ihn schließlich Abschied nehmen sehen. Sie hatte erlebt, wie die Kultur ihrer Vorfahren bekämpft wurde, als handele es sich um eine heilbare Krankheit. Ihre beiden Ehemänner waren an fremden Krankheitskeimen und an der Verzweiflung gestorben. Sie hatte zugesehen, wie ihre Rasse dahinwelkte und ihre Freunde starben. Sie hatte gesehen, wie Oyster Cove leer und einsam wurde. Ihre lange Lebensdauer verhalf ihr zur Rolle einer nationalen Sehenswürdigkeit. Zuletzt ließ man sie nach Hobart umziehen und sorgte für ihren Lebensunterhalt. Auf ihrem Sterbebett dachte sie an William Lanney und bat den Arzt: »Laßt nicht zu, daß sie mich aufschneiden.«

Sie fügte noch hinzu: »Begrabt mich hinter den Bergen.«

Sie wurde indes diesseits der Berge begraben, an der Stätte eines ehemaligen Gefängnisses für weibliche Sträflinge, und das auch nur vorübergehend. Ihr Leichnam wurde wie der von Lanney exhumiert – man hielt ihn für zu wertvoll, um an die Würmer verfüttert zu werden. Statt der Würmer nahm sich die Royal Society von Tasmanien seiner an. Sie säuberten ihr Gebein und fügten es zu einem Museumsskelett zusammen. In dieser Form, als wanderndes Exponat, machte sie sogar Melbourne einen erneuten Besuch. Dann kam das Skelett wieder nach Hause und war bis 1947 im Tasmanischen Museum zu besichtigen. Diese Knochen hatten vermutlich größeren Wert für die Politik als für die Wissenschaft; ihre Botschaft lautete: *Wir, die aus Großbritannien stammenden Eroberer und derzeitigen Herren Tasmaniens, haben wie so viele große Völker eine schuldbeladene Ver-*

gangenheit. Wir haben die Rasse ausgerottet, die vor uns hier lebte. Dieses Geschöpf hier, Truganini, war die letzte der tasmanischen Aborigines. Jetzt sind sie ausgestorben. Das ist furchtbar, seufz, aber es ist vorbei. Truganinis Skelett war kostbar, weil es für diese bequeme Lüge stand.

103 In Wirklichkeit war Truganini nicht die letzte. Droben auf Kangaroo Island, unmittelbar vor der Südostküste des australischen Festlandes, überlebte in einer Gemeinschaft von Robbenfängern nebst Frauen und Kindern eine Frau namens Suke. Sie war eine reinblütige tasmanische Aborigine. Suke, die bereits in jungen Jahren von ihrem Stamm getrennt worden war, hatte dadurch die Gelegenheit verpaßt, von George Augustus Robinson »gewonnen« und mit den anderen in Flinders und an der Oyster Cove eingesperrt zu werden. Sie lebte bis 1888, zwölf Jahre länger als Truganini.

Fanny Cochrane, das nette Mädchen, das Robinson vor seiner Abreise nach England ein Muschelhalsband schenkte, lebte ebenfalls länger. In dem Aussterbe-Countdown blieb sie unbeachtet, weil ihr Vater Weißer war – obwohl ein Foto von ihr aus dem Jahre 1903 zeigt, daß sie ganz entschieden eine Aboriginefrau war, und eine hübsche dazu. Sie heiratete einen Weißen, einen Sägewerker namens William Smith, mit dem sie sechs Söhne und fünf Töchter großzog. Eine Zeitlang betrieben Fanny und Smith eine Pension in Hobart. Sie assimilierte sich mit Grazie, wenn auch nicht zur Gänze, der kolonialen Kultur und war einem Bericht zufolge als »treue Methodistin, ausgezeichnete Köchin und hervorragende Sängerin« wohlbekannt und geachtet. Auch wenn sie es den weißen Tasmaniern ermöglichte, ihre Existenz problemlos zu akzeptieren, behielt sie doch einige der alten Aboriginegesänge im Gedächtnis, die sie als Kind in Flinders gelernt hatte. Im Jahre 1899 und noch einmal vier Jahre später wurden ihre Lieder von Mitgliedern der Royal Society aufgezeichnet, unter denen sich ein gewisser Horace Watson befand (der offenbar weniger von wissenschaftlicher Raubgier erfüllt war als die früheren Mitglieder der Royal

Society, die Lanneys Hände und Füße stahlen). Auf dem Foto von 1903 sieht man Fanny Cochrane wie den Hund, der »His Master's Voice« lauscht, an der Öffnung des Grammophontrichters stehen, während Horace Watson den Zylinder mit Wachs bestreicht. Sie sang in ihrer Muttersprache. Eines der Lieder ist übersetzt:

»Schau! Kraftvoll rennt der Mann:
Meine Ferse ist schnell wie das Feuer,
Meine Ferse ist wahrhaftig schnell wie das Feuer,
Komm her und renn' wie ein Mann;
Ein gewaltiger Mann, ein großer Mann,
Ein Mann, der ein Held ist!
Hurra!«

Ihrer Poesie und Melodie beraubt, läßt diese kahle Übersetzung die Musik der tasmanischen Aborigines etwa auf gleiche Weise vorstellig werden wie Truganinis Skelett die lebende Rasse.
    Ein anderer dieser alten Gesänge ist – jedenfalls für meinen Geschmack – aussagekräftiger und macht einen entschiedener tasmanischen Eindruck. Schließlich ist der heldenhafte Schnellläufer – mag seine Ferse auch schnell wie das Feuer sein – ein nichtssagender Typ, den jede Kultur aus dem Hut zaubern kann. Besser gefällt mir:

»Die verheiratete Frau jagt das Känguruh und das Wallaby,
Der Emu rennt im Wald,
Der Bumerangwerfer rennt im Wald.
Der junge Emu, das kleine Känguruh,
Das Känguruhjunge, der Nasenbeutler,
Die kleine Känguruhratte, die weiße Känguruhratte,
Der kleine Beutler, der Ringbeutler,
Der große Beutler, der Riesenbeutelmarder.
Der hundegesichtige Beutler … «

– sie alle rennen im Wald. Oder taten es jedenfalls früher. In seiner ursprünglichen Form, seiner ursprünglichen Zeit war das gesungene Biogeographie, die rühmend aufzählte, was Tasmanien zu Tasmanien machte. Der hundegesichtige Beutler war natürlich das Thylacin.

Fanny Cochrane starb im Jahre 1905. Aber immer noch lebten tasmanische Aborigines. Das waren die gemischtrassigen Nachkommen der Aboriginefrauen, die von Robbenjägern entführt oder auf andere Weise erworben worden waren. Sie lebten als Ausgestoßene, abseits der herrschenden Kolonialkultur, in kleinen Gemeinschaften auf einigen Inseln der Bass Strait. Von den juristischen und sozialen Entscheidungsträgern des britischen (später australischen) Tasmanien wurden sie als Nullen behandelt; man gestattete ihnen widerstrebend, Land auf den Inseln zu besitzen, ohne sie je als Eigentümer des Landes anzuerkennen, und bezeichnete sie abschätzig als »Halbblütige« oder unbestimmt als »die Inselleute«. Sie bewahrten viel von ihrer alten Aboriginekultur und ihrem Identitätsgefühl. Aber sie litten unter der doppelten Hypothek, daß sie weder als Weiße akzeptiert, noch als »echte« Aborigines anerkannt wurden. Truganini war die letzte ihres Stammes – so die offizielle Version –, und geblieben waren nur diese Halbblütigen, diese Inselleute. Wenn sie nicht richtige Aborigines waren, wenn ihre Haut nicht so dunkel und ihr Haar nicht so kraus war wie bei William Lanney – so die offizielle Unlogik –, welchen Anspruch konnten sie dann darauf erheben, angestammte Eigner des tasmanischen Festlandes zu sein? Was für Ansprüche auf Entschädigung hatten sie? Was für Ansprüche konnten sie auch nur auf jene Inseln in der Bass Strait geltend machen, wo sie als Siedler ohne eingetragenes Besitzrecht lebten? Keine.

Als Geste der Versöhnung verabschiedete das tasmanische Parlament im Jahre 1912 ein Gesetz, das den Inselleuten die Nutzung eines Reservats auf Cape Barren Island zugestand – allerdings keinen Eigentumsanspruch auf das Gebiet. Im Jahre 1951 wurde die Schenkung widerrufen. Grundbesitz auf Cape Barren war mittlerweile gefragt. Weiße vom Festland hatten entdeckt, daß man dort gut Viehzucht treiben konnte. Wer von den Inselleuten nicht in der Lage war, einen Einzelpachtvertrag abzuschließen, von dem wurde erwartet, daß er sich aus dem Staub machte, aufs Festland verzog, in einem Armenviertel von Hobart oder Launceston verkroch, sich anpaßte, so gut es eben ging, kurz, daß er verschwand. Und so geschah es denn auch.

In den Jahrzehnten seit 1951 hat sich die Situation kaum verbessert. »Für weiße Tasmanier ist es nach wie vor viel einfacher, in den tasmanischen Aborigines ein ausgestorbenes Volk zu sehen«, schreibt Lyndall Ryan, »als sich mit den Problemen einer existierenden Aboriginegemeinschaft auseinanderzusetzen, die Opfer einer bewußten Strategie des Genozid ist.« Eine kürzlich durchgeführte Volkszählung ergab rund siebentausend, im ganzen Staat verstreute Tasmanier, die sich als Aborigines verstehen. Zu ihnen zählt Denise Gardner, eine Vorkämpferin für die Rechte der Aborigines mit krausem, rötlich-braunem Haar und einer ungestümen Intelligenz.

Denise Gardner lebt in Hobart. Als ich sie telefonisch erreiche, stimmt sie, wenn auch widerstrebend, einem Treffen zu. Sie hat entsetzlich viel zu tun, aber eine halbe Stunde kann sie für mich erübrigen.

Ich treffe sie in ihrem alten Haus, das in Hafennähe liegt. Das Haus ist vollgestopft mit Büroräumen, in denen das Tasmanische Aborigine-Zentrum untergebracht ist. An einer Wand hängt eine schwarz-rot-gelbe Aborigine-Fahne. Hager und heftig an einer Zigarette ziehend, sieht Gardner in ihren Jeans und ihrem Pulli aus wie eine Friedenskämpferin aus den sechziger Jahren oder wie eine Aktivistin der Sozialistischen Partei.

»Viele Leute meinen, man muß stammesmäßig leben, wenn man sich als Aborigine bezeichnet«, berichtet sie. Damit meint sie: Es wird von ihnen erwartet, daß sie sich als Jäger und Sammler betätigen und in der Wildnis alte Bräuche pflegen. »Wir haben uns nie als Stammesleute ausgegeben. Wir sind städtische Schwarze. Wir leben in Häusern. Wir essen das gleiche wie andere Leute.«

Als eine Hauptfunktionärin des Zentrums ficht sie im Bereich der Rechtshilfe, der Familienunterstützung und des Drogenmißbrauchs innerhalb der Aboriginegemeinschaft täglich Kämpfe aus, abgesehen von der langfristigen Schlacht um die Landrechte. Die streitbare, zornige Frau hat nichts übrig für das haarspalterische Gerede von »reinblütigen« tasmanischen Aborigines im Gegensatz zu irgendwelchen »andersblütigen« Gruppen.

»Ich habe einen schwarzen und einen weißen Elternteil«, sagt Gardner. »Aber die Familie meines Vaters *kenne* ich nicht einmal. Ich wurde in meiner schwarzen Familie großgezogen. Ich wuchs in dieser Kultur auf.« Wie sie zu Recht geltend macht, ist maßgebend für ethnische und kulturelle Identität nicht die Blutsmischung. Und im übrigen ist, wie sie bemerkt, »Blut bei allen Menschen gleich. Es ist überall rot.«

In erkennbarem Maße von tasmanischen Aborigines abzustammen habe einst als schwerwiegende Beeinträchtigung gegolten. Neuerdings sei es Anlaß zum Stolz. Das Tasmanische Aborigine-Zentrum wurde Mitte der siebziger Jahre gegründet; seitdem gebe es ein neuerwachtes kollektives Identitätsgefühl und gemeinsame politische Anstrengungen, Rechte auf Land geltend zu machen. Aber das Märchen von den ausgestorbenen tasmanischen Aborigines, das Märchen, daß Truganini die letzte Tasmanierin gewesen sei, habe diese Anstrengungen stark behindert. »Etliche Jahre lang mußten wir gegen das Stigma ankämpfen, nicht existent zu sein.«

Warum war dieses Märchen so haltbar? Warum hat es nicht nur als populäre Vorstellung, sondern auch bei angeblich ernsthaften Historikern fortbestanden?

»Mag sein, daß sie schreiben, was sie gerne glauben möchten«, sagt Gardner. Oder vielleicht gibt es dafür irgendeinen anderen Grund. Sie wischt die Frage beiseite, hat weder Zeit noch Geduld, historiographischen Spekulationen nachzuhängen. »Es ändert nichts an der Tatsache, daß wir *existieren*.«

104

N. J. B. Plomley war einer der Historiker, die es besser hätten wissen müssen, aber lieber an der Legende weiterstrickten. »Die tasmanischen Aborigines sind ein ausgestorbenes Volk«, verkündete er kurz und knapp in einer Broschüre, die er 1977 im Selbstdruck herausbrachte, just zu der Zeit, als die Bewegung für die Rechte der tasmanischen Aborigines mit ihrem Kampf begann.

In derselben Broschüre liest man anschließend: »Viele Ursachen trugen zum Aussterben der Tasmanier bei, und auch wenn es vielleicht als Binsenwahrheit erscheint, die Hauptursache bildete der Umstand, daß, seit sie Kontakt mit den Europäern hatten, die Sterbequote die Geburtenrate überstieg.« In einem anderen Werk ging Plomley über das Niveau dieser Binsenwahrheit hinaus und bot komplexere Erklärungen. Dieses andere Werk ist die von Plomley besorgte Mammutausgabe der Tagebücher und Aufzeichnungen von George Augustus Robinson aus den Jahren des »Ausgleichs«.

Plomley gab dem Mammutwerk den Titel *Friendly Mission*, wobei die Rede von einer freundschaftlichen Mission höchstens eine Andeutung von Ironie enthält; ohne Frage betrachtete er auch sich selbst als einen wohlmeinenden Chronisten der Aborigine-Tragödie. Am Ende des Buches befindet sich ein Anhang mit dem Titel »Die Ursachen für das Aussterben der Tasmanier«. Plomleys Rechnung zufolge gab es deren fünf:

fremdländische Krankheiten
Aneignung der Jagdgründe und Sammelgebiete der
Aborigines durch die Weißen
direkte Tötung und Verwundung durch Weiße
Entführung von Aboriginefrauen zu Zwecken der
Prostitution und der Sklaverei
generelle Störung des Lebens und der Kultur der Aborigines

Die fünfte Kategorie – generelle Störung – untergliederte er wiederum in mehrere Punkte:

Vernichtung der Nahrungsvorräte
Eindringen vertriebener Stämme in Gebiete der anderen
Beeinträchtigung des Familienlebens
Wegnahme von Kindern
verringerte Geburtenrate

Grippe, Tuberkulose, mit Waffengewalt erzwungene Kooperationsbereitschaft, Entführungen, Syphilis, gesellschaftliche Auflösungserscheinungen, Verzweiflung, Konkurrenz, räuberische Übergriffe, Verlust an Lebensraum, die Black Line und die Überbeanspruchung der Känguruhbestände – all das war in Plomleys

Kategorien enthalten. Und wie er erkannte, standen diese Faktoren in Wechselwirkung miteinander und verschärften sich gegenseitig.

Vergessen wir für den Augenblick, daß N.J.B. Plomley der Legende von den ausgestorbenen Tasmaniern Vorschub leistete. Gehen wir davon aus, daß er klarsichtig die Faktoren analysiert hat, die zum Aussterben führen können. Plomley selbst war sich darüber wahrscheinlich nicht im klaren, aber der Fall der tasmanischen Aborigines – als einer genetisch eigenständigen Population, die Tausende von Jahren isoliert auf einer Insel gelebt hatte und gut an ihre gewohnten Lebensbedingungen angepaßt, aber unfähig war, sich auf die neuen Verhältnisse einzustellen, die das Eindringen einer anpassungsfähigen, aggressiven neuen Population mit sich brachte –, dieser Fall wies viele der Merkmale auf, die typisch für Inselpopulationen (oder Inselspezies) sind, die am Rande des Aussterbens (oder unmittelbar davor) stehen.

Plomley wies sogar eigens darauf hin, daß »die Tasmanier wahrscheinlich nie ein zahlreiches Volk waren«. Er scheint auch eine andere, scheinbar auf der Hand liegende, tatsächlich aber komplizierte und bedeutungsschwere Wahrheit erfaßt zu haben: daß nämlich der für ihre Bedrohung durchs Aussterben verantwortliche Hauptfaktor von Anfang an darin bestand, daß sie eine Rarität bildeten.

105 Diese Beispielfälle aus Tasmanien, Guam, Mauritius und Hawaii stellen nur eine Auswahl dar. Dutzende weitere Arten, Unterarten und genetisch eigenständige Populationen ließen sich anführen, die allesamt auf Inseln heimisch waren und alle während der letzten Jahrhunderte ausgestorben sind.

In Neuseeland ist der Lachkauz ausgestorben. Das gleiche gilt für die Schwarzbrustwachtel, den Neuseelandschlüpfer auf der Nordinsel und den neuseeländischen Forellenhechtling. Christmas Island südwestlich von Java beherbergt nicht länger die unter dem Namen »bulldog rat« und »Captain Maclear's rat« bekannten beiden Rattenarten oder ihre besondere Dickschwanzspitzmaus, die dort alle drei endemisch waren. Auf den Falklandinseln gab es einst eine Canidenspezies, genannt *warrah*, auch unter dem Namen Polarwolf bekannt; Charles Darwin, der dort 1833 mit der *Beagle* anlegte, verschaffte sich ein paar Musterexemplare für seine Sammlung. Mit Darwins freundlicher Unterstützung ist der warrah mittlerweile ausgestorben.

Der japanische Wolf ist ausgestorben. Der tasmanische Emu ist ausgestorben. Zwei puertorikanische Agutiarten sind ausgestorben.

In Westindien sind fünfunddreißig Säugetierarten verschwunden – mehr als in Afrika, Asien und Europa zusammengenommen. Hawaii allein hat mehr Vogelarten verloren als sämtliche Kontinente der Erde. Im Vergleich mit dem Verzeichnis der Arten, die in historisch neuerer Zeit von den Inseln der Welt verschwunden sind, ist die Liste bei den Festlandsgebieten auffällig klein.

Auf Samoa ist das dort heimische Pfuhlhuhn ausgestorben. Auf der Insel Macquarie die dort heimische Unterart des Ziegensittichs. Auf Tristan da Cunha das dort heimische Tristanteichhuhn. Auf den Kapverdischen Inseln die dort heimische Riesenglattechse. Auf Wake Island die dort heimische Wake-Ralle. Auf der Insel Guadeloupe der dort heimische Guadeloupe-Goldspecht. Auf São Thomé der dort heimische São-Thomé-Kernbeißer. Auf der Insel Auckland der dort heimische Auckland-Säger. Auf Iwo Jima die dort heimische Weißbrauenralle. Auf den Riukiu-Inseln die dort heimische Unterart des Zimtkopfliest. Auf der nicht weit von Mauritius gelegenen Insel Réunion ist eine ganze Latte endemischer Vögel ausgestorben. Auf den Gesellschaftsinseln der geheimnisvolle Schlichtstar, dem sein Verschwinden nichts von seinem Geheimnis genommen hat. Auf den Inseln im Nordatlantik, zwischen Norwegen und Neufundland, der Riesenalk. Auf Stephens Island der dort heimische Stephenschlüpfer.

Stephens Island ist ein Tupfer Land zwischen der Nordinsel und der Südinsel von Neuseeland; das Aussterben dieses endemischen Schlüpfers ist nur ein Beispiel unter vielen, für sich genommen eine Bagatelle, aber aufs Ganze gesehen vielsagend. Der Vogel war ein kleines Ding mit kurzen Flügeln und fast keinem Schwanz, entweder vollständig oder annähernd flugunfähig. Er drückte sich zwischen den Felsen herum und lebte von Insekten. Selbst in guten Zeiten war die Spezies riskant selten. Abgesehen von diesen Nachteilen krankte sie vermutlich auch an ökologischer Naivität – sie war vertrauensseliger als ihr guttat. Wir wissen nicht mit Sicherheit, ob sie völlig flugunfähig war oder nicht, und wissen auch nicht, was für ein katastrophales Ausmaß ihre Vertrauensseligkeit erreichte, denn lebendig gesehen hat sie kaum jemand.

Sie wurde 1894 von einem Leuchtturmwächter namens Lyall entdeckt – genauer gesagt, war es eine von Lyalls Katzen, die den Vogel entdeckte. Das heißt, sie tötete ihn und brachte, wie das Katzen gern tun, ihre Beute voll Stolz zu ihrem Herrn. Lyall, der sich für Vögel interessierte, erkannte, daß es sich bei dem stummelflügeligen Geschöpf um etwas Ungewöhnliches handelte, und reichte es an einen Fachmann für neuseeländische Vögel weiter. Der wiederum schickte das präparierte Exemplar an eine britische ornithologische Fachzeitschrift, nebst einem Manuskript, in dem er die neue Spezies beschrieb und nach dem Leuchtturmwächter *Xenicus lyalli* nannte. Nachdem nun der Schlüpfer internationale Bekanntheit erlangt hatte, stellten sich Sammler auf Stephens Island ein. Durch das Zusammenwirken mehrerer Faktoren – Sammeltätigkeit, Verlust an Lebensraum, weil Wald zur Schaffung von Weideland gerodet wurde, und weitere Nachstellungen durch Lyalls Katzen – wurde offenbar in kürzester Zeit die gesamte Population ausgerottet.

Zwölf Exemplare von *X. lyalli* existieren heute in Museen. Auf Stephens Island selbst ist der Vogel nie wieder gesehen worden.

106 »Von Inselfällen abgesehen, wissen wir«, einem Ökologen namens Michael Soulé zufolge, »sehr wenig über den Vorgang des natürlichen Aussterbens.« Soulé kann das beurteilen, denn er hat sich über diesen Vorgang so gründlich wie kein anderer in der Welt Gedanken gemacht.

In der Anfangszeit seiner Karriere erforschte Soulé Entwicklungstrends bei Eidechsen, die auf Inseln im Golf von Kalifornien leben. Er interessierte sich für biogeographische Muster und ihre genetischen Grundlagen. Ernst Mayrs Beitrag von 1954 über genetische Revolutionen erregte seine Aufmerksamkeit; er forschte ähnlichen Fragestellungen nach. Er trieb Feldforschung auf einigen der trockenen Inseln, für die später Ted Case eine Vorliebe ausbildete. Allmählich fing Soulé an, sich stärker für das Problem des Artensterbens zu interessieren. Das Aussterben ganzer Arten, das Aussterben lokaler Populationen, das Aussterben auf Inseln, das Aussterben andernorts – was ging dabei eigentlich verloren, fragte sich Soulé, und warum? Seine Arbeit gewann an Reichweite und an Einfluß.

Schließlich half Soulé bei der Entwicklung einer neuen Methode, sich mit den ökologischen und genetischen Aspekten des Artensterbens auseinanderzusetzen, einer wissenschaftlicheren Herangehensweise an das Problem der Erhaltung biologischer Vielfalt. Das ist der Grund, warum er in einem späteren Teil des Buches eine wichtige Rolle spielen wird. Hier kommt Soulé kurz zu Wort, weil er wie N. J. B. Plomley eine Liste von Faktoren aufstellte, die zum Aussterben einer Population beitragen können.

Soulés Liste stellte eine warnende Aufzählung genereller Gründe fürs Aussterben dar, nicht wie bei Plomley eine Feststellung spezieller Todesursachen. Sie war Teil seines Beitrags zu einem 1983 erschienenen Sammelband, in dem es um Überschneidungen zwischen Genetik und Artenschutz ging. Soulés Beitrag trug den Titel »Was wissen wir wirklich vom Artensterben?« Nicht annähernd soviel, wie nötig wäre, lautete seine Antwort; aber das Wenige, das wir wissen, ist interessant und wichtig.

Wir wissen zum Beispiel, daß insulare Formen besonders verletzlich sind. Wir wissen, daß es einen ausgeprägten Zusammenhang zwischen ökologischer Isolation – durch Meerwasser oder auch durch andere Arten von Grenzen – und der Gefahr des Aussterbens gibt. Wir wissen, daß in manchen Fällen räuberische Nachstellungen und Konkurrenz eine Population ausrotten können, zumal wenn der Räuber oder der Konkurrent fremdländischer Herkunft ist. Und wir wissen, daß Zerstörung von Lebensraum eine andere, höchst wirksame Methode ist, einer Spezies den Garaus zu machen. Diese traurige Kunde war noch nicht alles;

es gab noch einiges mehr aufzulisten. Soulé nannte achtzehn Faktoren, die einzeln oder im Verein dazu beitragen konnten, daß eine bestimmte Art ausstarb:

1. Seltenheit (geringe Dichte)
2. Seltenheit (kleine, verstreute Gebiete)
3. Eingeschränkte Ausbreitungsfähigkeit
4. Inzucht
5. Verlust der Heterozygotie
6. Gründereffekte
7. Bastardierung
8. Anhaltender Verlust von Lebensraum
9. Milieuveränderung
10. Langfristige milieuspezifische Entwicklungen
11. Katastrophen
12. Aussterben oder Schwund von Populationen, mit denen ein Wechselwirkungsverhältnis besteht
13. Konkurrenz
14. Räuberische Nachstellungen
15. Seuchen
16. Jagd- und Sammeltätigkeit
17. Störungen im Lebensraum
18. Zerstörungen von Lebensraum

Keine Panik, ich verzichte auf Erläuterungen! Ich wollte nur, daß der Leser einmal einen Blick auf dieses Geflecht biologischer Fährnisse wirft.

Im gleichen Kapitel hielt Soulé eine ebenso schicksalsträchtige wie nüchterne Beobachtung fest: »Scharen von Vögeln, Säugetieren und Blütenpflanzen sind während der letzten hundert Jahre plötzlich ausgestorben, insbesondere auf ozeanischen Inseln. Es ist, als wüte eine Epidemie unter diesen Spezies.« Soviel weiß der Leser inzwischen bereits selbst. »Jetzt scheint die Seuche auf die Festlandsgebiete überzugreifen«, fügte Soulé hinzu.

V
Prestons Glocke

107 Der Zusammenhang zwischen Art und Gebiet ist eines der ältesten und tiefgreifendsten Theoreme der Ökologie. Wie alt und wie tiefgreifend, darüber streiten sich die Gelehrten bis heute. Der Streit ist kein eitles Gezänk. Es geht dabei um Erhalt oder Verlust der biologischen Vielfalt auf unserem Planeten, wo das Gesamtgebiet natürlicher Landschaften Jahr für Jahr kleiner und stärker fragmentiert wird.

Bei den Ökologen vom Fach reicht der Streit bis vor 1922 zurück, als Henry Allan Gleason in der Zeitschrift *Ecology* einen Aufsatz mit dem Titel »On the Relation Between Species and Area« [Über den Zusammenhang zwischen Art und Gebiet] veröffentlichte. Gleasons Aufsatz war teilweise eine Reaktion auf einen anderen Beitrag, den genau ein Jahr zuvor ein schwedischer Botaniker namens Olof Arrhenius veröffentlicht hatte. Der Beitrag von Arrhenius trug einfach nur den Titel »Species and Area« [Art und Gebiet], was Ausdruck der Tatsache war, daß es bei dem Thema noch um Grundsatzfragen ging.

Aber auch Arrhenius und Gleason hatten schon Vorläufer. Ein Forscher namens Jaccard war 1908 auf den Zusammenhang zwischen Art und Gebiet gestoßen, und fünfzig Jahre vorher hatte H. C. Watson bei der Flora Großbritanniens einschlägige Beobachtungen gemacht. Ein Landschaftsgebiet von der Größe einer Quadratmeile im Norden Surreys, hatte Watson festgestellt, beherbergte halb so viele Pflanzenarten wie Surrey als Gesamtregion. Das war kein dramatischer Befund, aber er barg Konsequenzen, von denen ein viktorianischer Botaniker sich nichts träumen ließ. Und sogar noch hinter Watsons Arbeit reichte die bereits zitierte Äußerung jenes sauertöpfischen preußischen Biogeographen Johann Reinhold Forster zurück, der seine Beobachtungen angestellt hatte, während er mit Kapitän Cook den Südpazifik erforschte: »Inseln bringen eine größere oder geringere Zahl von Arten in Abhängigkeit davon hervor, ob sie umfangreicher oder weniger umfangreich sind.«

Ein geringerer Umfang umschließt ein kleineres Gebiet. Soviel ist logisch klar. Ein kleineres Gebiet beherbergt weniger Arten. Das war die empirische Realität, die Forster mit eigenen Augen beobachtet hatte.

Wie Gleason und Arrhenius, Jaccard und Watson bezog sich auch Forster auf Pflanzenarten. Pflanzen eignen sich gut, um diese Sorte Daten zu sammeln, weil die einzelne Pflanze, nachdem sie sich in einem bestimmten Gebiet angesiedelt hat, am Ort bleibt und leicht zu zählen ist. Tiere mit ihrer Mobilität sind schwerer zu orten. Aber wenn auch Gleason und Arrhenius Forsters Vorbild folgten und mit Pflanzen arbeiteten, sahen sie doch, daß der Zusammenhang zwischen Art und Gebiet ein allgegenwärtigeres Phänomen war, als aus Forsters Beschreibung hervorging. Gleason und Arrhenius waren nicht nur mit der Anzahl von Arten auf Inseln befaßt. Ihnen ging es um die Anzahl von Arten in Quadraten, wo auch immer diese sich befinden mochten.

Was ist ein Quadrat? Es ist ein rechteckiges Stück Terrain, das ausgewählt wird, um als repräsentative Stichprobe zu dienen. Anders als Inseln sind Quadrate nicht ökologisch isoliert. Wir brauchen nur mit Zeltstangen und Kordel ein Stück unseres Hinterhofs abzustecken, und schon haben wir ein Quadrat. Wenn das Quadrat typisch für den Hinterhof als ganzen ist, können wir mit seiner Hilfe feststellen, daß es pro Quadratmeter siebzig Exemplare Löwenzahn und fünfhundert Quadratzentimeter Fingerhirse enthält. Multiplizieren wir das mit der Gesamtquadratmeterzahl des Hinterhofes, so wissen wir, welche Schätze an Unkraut er birgt. Auch wenn sie nur einen Schätzwert ergibt, erspart uns diese Vorgehensweise doch die Mühe, den ganzen verdammten Rasen durchzuzählen. Die Gebietseinheiten, auf deren Grundlage Gleason und Arrhenius die Artenvielfalt taxierten, waren Quadrate in diesem Sinne: künstlich abgegrenzte Placken in einem größeren Areal.

Gleason sammelte seine Daten in einem von Espen überragten Dickicht im nördlichen Michigan. In diesem Dickicht legte er zweihundertvierzig Placken fest, jeder von ihnen mit einer Fläche von einem Quadratmeter. Dann nahm er eine Zählung der Pflanzenarten auf den einzelnen Placken vor. Die durchschnittliche Anzahl von Pflanzenarten lag knapp über vier. Das gesamte System, das zweihundertvierzig Quadratmeter umfaßte, beherbergte siebenundzwanzig Arten. Es war keine sonderlich artenreiche Vegetationsgemeinschaft, aber sie war reich genug, während ihre relative Artenknappheit sie für Gleasons Absichten leichter kontrollierbar machte.

Indem er seine Placken in verschieden große Aggregate (das heißt, in zusammenhängende Plackenhaufen) zerlegte und die Arten innerhalb jedes Aggregats zählte, konnte Gleason seine Ergebnisse immer neu arrangieren, um Unterschiede abhängig von der Größe der Fläche sichtbar zu machen. Eine zehn Quadratmeter große Fläche zum Beispiel enthielt im Durchschnitt etwa zehn Arten von den gesamten siebenundzwanzig. Ein zwanzig Quadratmeter großes Areal enthielt dreizehn Arten, eine Fläche von vierzig Quadratmetern enthielt sechzehn Arten, und ein Gebiet von achtzig Quadratmetern enthielt zwanzig Arten, fast drei Viertel der Gesamtmenge für das ganze System. Die einzelnen Zahlen sind nur insofern wichtig, als sie ein Muster deutlich machen: Größere Areale enthalten mehr verschiedene Arten als kleinere Areale. Dies war die Beziehung zwischen Art und Gebiet, wie sie eine Lebensgemeinschaft von Pflanzen in Michigan sichtbar werden ließ.

Gleasons Feldforschung war schlüssig und seine Statistik interessant – jedenfalls für einen Pflanzenökologen. Er arbeitete das Muster scharf konturiert heraus. Für ihn allerdings blieb die Sache eine rein akademische Angelegenheit. Ihre Bedeutung für die Welt im großen blieb späteren Erörterungen vorbehalten.

108 Wie es auch immer um diese Bedeutung stand, der Zusammenhang zwischen Art und Gebiet war nicht bloß ein Phänomen, das Pflanzen betraf. Hier kommen wir wieder auf Philip Darlington zurück, der damals, im Jahre 1943, in seinem Aufsatz über Flugunfähigkeit bei Käfern das gleiche Muster registriert hatte: »Die Beschränkung des Lebensraumes führt bei isolierten Tierwelten häufig zu Beschränkungen sowohl der Zahl als auch der Artenvielfalt der Tiere.«

Kuba, Hispaniola, Jamaika und Puerto Rico waren die vier Inseln, die er für seine Diagnose heranzog. Er hatte persönlich auf jeder von ihnen Käfer gesammelt. Die vier schienen sich für einen Vergleich zu eignen, weil sie sich zwar in der Größe unterschieden, ökologisch und klimatisch aber einander ähnelten. Kuba, die größte Insel, umfaßte eine Fläche von rund 110 000 Quadratkilometern. Wie vielen Arten von Laufkäfern vermochte diese große Insel einen Lebensraum zu bieten? Nach Darlingtons aktueller Schätzung betrug die Anzahl 163. Hispaniola war mit rund 76 000 Quadratkilometern kleiner, und ihre Vielfalt an Laufkäfern war ebenfalls geringer. Dann kam die noch kleinere Insel Jamaika, die wiederum eine geringere Anzahl von Arten beherbergte. Puerto Rico umfaßte nicht einmal ein Zehntel der Fläche von Kuba und wies weniger als halb so viele Laufkäferarten auf. Darlington hielt die Proportion zwischen Kuba und Puerto Rico, der größten und der kleinsten Insel fest, und kam zu dem Schluß: »Bei einem Zehntel der Fläche wird die Anzahl der Laufkäferarten halbiert.« In seinem Aufsatz von 1943 war das nur eine hingeworfene Bemerkung, die in seinen Ausführungen über die Flugunfähigkeit bei Laufkäfern nahezu unterging. Aber in dem Buch, durch das er sich hauptsächlich einen Namen machte, griff Darlington später diesen Punkt mit größerem Nachdruck und mehr Daten wieder auf.

Das Buch trägt den Titel *Zoogeography* und erschien 1957. Es ist ein großes breitgefächertes Werk, eine enzyklopädische Abhandlung über die Verteilung aller möglichen Tiere in allen möglichen Teilen der Erde und einer der letzten Meilensteine in jener altmodischen biogeographischen Tradition, die mit Johann Reinhold Forster beginnt. Es ist in schlichter englischer Prosa geschrieben, enthält ein paar einfache Diagramme und einige Karten, aber kein ausladendes statistisches Abrakadabra, keinen Schwall rechnerischer Hexenkünste, fast überhaupt keine Mathematik. Für mathematisch Behinderte ist es deshalb eine angenehme Lektüre. Eine bescheidene Ausnahme von der Regel der anumerischen Prosa findet man auf Seite 484. Hier kommt in einem Kapitel mit der Überschrift »Inselmuster« Darlington auf den Zusammenhang zwischen Art und Gebiet zurück. Wie Henry Allan Gleason legt auch er eine Zahlentabelle vor.

Vielleicht ist es der plötzliche Anblick von Zahlen und der nüchterne, zuverlässige Eindruck, den sie vermitteln, was diese Seite besonders vielsagend erscheinen läßt. Dieses eine Stück aus der *Zoogeography* kennt heute jeder Ökologe.

Wie in seinem früheren Aufsatz entnahm Darlington seine empirischen Daten den Antillen. Jetzt faßte er Reptilien- und Amphibienarten ins Auge statt Käfer. Er hatte herausgefunden, daß Kuba (mit seiner Fläche von rund 110 000 Quadratkilometern) soundso viele Eidechsenarten, soundso viele Schlangenarten, soundso viele Frosch- und Schildkrötenarten beherbergte. Kümmern wir uns nicht um die einzelnen Posten – die Gesamtzahl für diese Gruppen belief sich jedenfalls auf ungefähr achtzig. Puerto Rico (mit seinen ungefähr 9000 Quadratkilometern) beherbergte nur soundso viele Eidechsen, nur soundso viele Schlangen, nur soundso viele Frösche und Schildkröten. Die Gesamtsumme für Puerto Rico betrug vierzig. Zwischen Puerto Rico und der nächstkleineren Insel klaffte in der absteigenden Größenordnungskurve eine Lücke, weil Darlington über keine empirischen Daten von einer Inselfläche in den Antillen verfügte, die rund 1000 Quadratkilometer groß war. Er konnte hingegen berichten, daß die kleine Insel Monserrat (deren Fläche nur ein Hundertstel der Fläche von Puerto Rico betrug) neun Reptilien- und Amphibienarten aufwies. Noch kleiner war mit ungefähr neun Quadratkilometern die Insel Saba, die gerade einmal fünf herpetologische Arten beherbergte. In diesen Daten erkannte Darlington das gleiche Muster, das er bei den Käfern beobachtet hatte; er wiederholte sein früheres Theorem und stellte fest: »Bei einem Zehntel der Fläche wird die Reptilien- und Amphibienfauna halbiert.«

Mit diesem Theorem als Faustregel riskierte er es, die Lücke in seinen Daten – die fehlende Insel betreffend, die größenmäßig zwischen Puerto Rico und Montserrat lag – durch Extrapolation auszufüllen. Eine hypothetische Insel von 900 Quadratkilometern Fläche, die also ein Zehntel der Größe von Puerto Rico hatte, mußte halb so viele herpetologische Arten beherbergen wie Puerto Rico – nämlich zwanzig. Mit dieser Schätzung wagte sich Darlington auf ein neues Gebiet vor – das der theoretischen Ökologie.

Er beschwatzte seine Zahlen, sich zu einer Beweisführung zu organisieren, und heraus kam eine elegante, pyramidenförmige Tabelle:

Gebiet (Quadratkilometer)	Arten (geschätzte)	Arten (tatsächliche)
90 000	80	76–84
9 000	40	39–40
900	20	–
90	10	9
9	5	5

Kein Biogeograph hätte zur damaligen Zeit eine kühnere zusammenfassende These aufstellen können. Aber sie war nur erst ein Anfang.

Ein Punkt bereitete weiterhin Kopfzerbrechen: Welche Ursache hatte der Zusammenhang zwischen Art und Gebiet? Was für ein Mechanismus bewirkte, daß Beschränkungen des Gebiets Beschränkungen in der Artenvielfalt zur Folge hatten? Wie sah der zugrundeliegende Prozeß aus, der dafür sorgte, daß kleine Regionen soviel ärmer an Arten waren als große?

109 Ein Forscher namens Frank Preston hatte unterdes sein Interesse einem Thema zugewandt, das, wie sich herausstellte, eng mit dem obigen Problem verknüpft war: der Frage, wie es dazu kam, daß manche Arten verbreitet und andere selten waren. Wie bei Untersuchungen über den Zusammenhang von Art und Gebiet ging es auch hier darum, Muster zu erkennen und zu deuten.

In einer biologischen Gemeinschaft sind einige Arten häufig vertreten, während andere rar sind und wieder andere eine Mittelgruppe bilden, die sich durch maßvolle, nicht aus dem Rahmen fallende Häufigkeit auszeichnet. Gibt es ein Muster, nach dem die Arten sich auf die genannten Gruppen verteilen – ein Muster, das für verschiedene Ökosysteme durchgängige Geltung beansprucht? Auf der Grundlage seiner Untersuchungen von Daten, die das Verhältnis von Häufigkeit und Seltenheit in bestimmten Vogel- und Insektengemeinschaften betrafen, und mit Hilfe einiger eigener konzeptioneller Einfälle gelangte Preston zu dem Schluß, daß es dieses Muster gibt. Er nannte es die *kanonische Verteilung* von Häufigkeit und Seltenheit, weil es seiner Ansicht nach Anspruch auf kanonische Geltung erheben konnte. Es schien fast ein Naturgesetz zu sein.

Prestons kanonisches Muster stellte eine Spielart einer umfassenderen Klasse statistischer Verteilungen dar, die (aus Gründen, die uns hier nicht zu interessieren brauchen) als *logarithmisch normal* bezeichnet werden. Wenn man sie auf ein übliches Koordinatensystem abbildet, beschreibt die logarithmische Normalverteilung eine typische Kurve: Sie steigt steil von der linken Seite aufwärts, erreicht rasch einen Gipfelpunkt und fällt dann zur rechten Seite des Koordinatensystems hin allmählich ab – ähnlich der Kontur des Felsens von Gibraltar. Seinen speziellen logarithmisch normalen Verteilungsfall stellte Preston vorzugsweise in leicht abgewandelter graphischer Form dar, indem er ihn mit Hilfe einer gängigen mathematischen Bereinigung in eine logarithmische Skala entlang einer einzigen Achse umwandelte. Dank dieser Umwandlung beschreibt die Folge von Koordinaten eine anders gestaltete Kurve, die sich von links elegant emporschwingt, oben in einer zentral gelegenen, runden Kuppel mündet und dann nach rechts außen hinabschwingt – wie der Umriß einer Glocke. Die Mathematiker bezeichnen sie als Glockenkurve.

Wie alle Glockenkurven war auch die Prestonsche akkurat und symmetrisch. Sie bildete eine biologische Gemeinschaft ab, die einige sehr seltene Arten, einige relativ häufige Arten und einige wenige äußerst zahlreiche Arten umfaßte. Falls Prestons Behauptung stimmte und diese Verteilung von Häufigkeit und

Seltenheit kanonisch war, dann war sie für fast jede komplette biologische Gemeinschaft typisch. Preston stellte auch noch eine weitere These auf, die weniger auf der Hand liegt und weniger zwingend ist, als auf den ersten Blick scheinen mag: In einer kompletten biologischen Gemeinschaft gehörten die meisten Exemplare den paar zahlreichsten Arten (und nicht den vielen Arten mittlerer Häufigkeit) an.

Aus diesen Prämissen, die ihre Grundlage in empirischen Befunden hatten und ihre Relevanz der Magie der Mathematik verdankten, leitete Preston einige gewichtige Folgerungen her. Zum Beispiel: »Wenn das Gesagte stimmt, ist es unmöglich, in einem bundesstaatlichen Naturschutzgebiet oder einem Nationalpark eine maßstabverkleinerte vollständige Kopie der Fauna und Flora eines viel umfassenderen Gebietes anzusiedeln.« Die entscheidenden Worte in diesem Zusammenhang lauten »vollständig« und »maßstabverkleinert«. Prestons kanonische Hypothese führte zu MacArthurs und Wilsons *The Theory of Island Biogeography* und noch darüber hinaus. Seine Glocke läutete eine Revolution ein.

Frank Preston selbst stellt eine merkwürdige Figur in der Ökologiegeschichte dar. Er kam in England zur Welt, verzichtete auf ein Stipendium für Oxford und absolvierte statt dessen eine Lehre als Hoch- und Tiefbauingenieur; er lernte auf eigene Faust genug Chemie und Physik, um 1916 an der University of London sein Examen abzulegen, und arbeitete dann in einer Firma für optische Geräte. Neun Jahre später kehrte er an die Universität zurück, machte hauptsächlich aufgrund der Qualität von Aufsätzen, die er vorher veröffentlicht hatte, rasch seinen Doktor und begab sich, um diesen akademischen Triumph zu feiern, auf eine Vogelbeobachtungstour rund um die Welt. Er ließ sich in Pennsylvania nieder, wo er seine eigene Ingenieursfirma gründete, die sich auf Glas spezialisierte. Einer neueren Quelle zufolge wurde er »ein Gigant auf industriellem Gebiet, schrieb über sechzig Beiträge für Zeitschriften im Bereich der Festkörperphysik und erwarb rund zwanzig Industriepatente«. Seine Vogelstudien betrieb er nebenher. In Zeitschriftenbeiträgen, die diesen Studien entsprangen, gab er als Kontaktadresse »Preston Laboratories, Butler, Pennsylvania« an; das klang, als könne es sich um irgendeine Art von Institut für biologische Forschung handeln. Dieser Eindruck wird allerdings still und heimlich durch eine Fußnote in einem der Beiträge zerstört, aus der hervorgeht, daß die früheren Preston Laboratories mittlerweile den Namen »American Glass Research, Inc.« führen. Aber wenn die theoretische Ökologie für Preston ein Zeitvertreib war, dann huldigte er diesem Zeitvertreib mit großer Energie und Entschiedenheit.

Seinen ersten Beitrag zum Thema Häufigkeit und Seltenheit veröffentlichte er im Jahre 1948. 1960 folgte ein weiterer, und dann erschien im Frühjahr und Sommer 1962 in zwei aufeinanderfolgenden Nummern von *Ecology* ein langer zweiteiliger Aufsatz unter dem Titel »The Canonical Distribution of Commonness and Rarity« [Die kanonische Verteilung von Häufigkeit und Seltenheit]. Das waren seine letzten hervorstechenden Beiträge zur ökologischen Literatur, auch wenn er erst 1989 starb.

Prestons Arbeiten strotzen von Ideenreichtum und Mathematik; zwei Stücke allerdings ragen bis heute heraus. Das erste ist die »Arrheniussche Gleichung«, die Preston durch die Namensgebung einem seiner Vorgänger zuschrieb und dadurch mit einem Stammbaum versah. »Diese Gleichung stellt Arrhenius nicht auf, aber sie folgt aus seiner Arbeit«, erklärte er. Sie ist abscheulich anzusehen, aber für jeden, der sich mit den späteren Entwicklungen in der Inselbiogeographie beschäftigt, ist sie unerbittliches Muß. Lieber Leser, schließ die Augen, während ich sie rasch hinschreibe.

$$S = cA^z$$

So, jetzt können die Augen wieder geöffnet werden.

Die Gleichung besagt, daß die Anzahl von Arten (S) innerhalb eines gegebenen Gebiets mit dessen Größe (A) zusammenhängt, und zwar in einem mathematischen Verhältnis, über das zwei strategisch zugeordnete Konstanten, c und z, entscheiden. Keine der beiden Konstanten ist indes konstant. Verstanden? Jedenfalls nicht im üblichen Sinne des Wortes konstant! Die Konstante c ist spezifisch auf unterschiedliche taxonomische Gruppen und geographische Regionen bezogen – ein Wert für Laufkäfer der

Antillen, ein anderer Wert für Vögel auf den Galápagos. Die Konstante z ist situationsbezogen.

Die Konstante z hält fest, in welchem Maß sich die Zahl der Arten auf den einzelnen Flächen in Korrespondenz zur Abnahme der jeweiligen Flächengröße verringert. Weil die Flächen auf den Galápagosinseln weit stärker abgegrenzt sind als bei den Gebüschregionen in Michigan, weisen die Galápagos für z einen hohen, die Gebüschregionen in Michigan dagegen einen niedrigen Wert auf. Die Exponentialgröße z ist als das Gefälle der Beziehung zwischen Art und Gebiet bekannt. Aufgepaßt, hier die Formel noch einmal: $S = cA^z$. Diese geheimnisvolle, aber wichtige Gleichung ist aus Daten der wirklichen Welt hergeleitet. Mit anderen Worten, sie beschreibt nichts weiter als den Zusammenhang zwischen Art und Gebiet, den die Naturforscher draußen im Felde beobachtet haben.

Wenn man sie mit ein paar tatsächlichen Zahlen füttert und auf ein Exponentialpapier abbildet, dann nimmt die Gleichung jene graphische Gestalt an, die Preston und andere nach ihm als *Spezies-Flächen-Kurve* bezeichnet haben. Eine Spezies-Flächen-Kurve bildet den Zusammenhang zwischen Arten und Gebiet in einer abgestuften Auswahlgruppe von beschränkten Lebensräumen ab.

Ach, dieses Fachlatein – aber ein bißchen behutsames Entziffern der Fachbegriffe ist wichtig, um den Eindruck völliger Undurchsichtigkeit zu verhindern. Ich sollte also des weiteren erläutern, daß es zwar nur *eine einzige Beziehung* zwischen Art und Gebiet gibt – das allgemeine Faktum, daß kleinere Flächen weniger Arten einen Lebensraum bieten –, daß es hingegen *zahllose* mögliche Spezies-Flächen-*Kurven* gibt. Jede empirische Erhebung über den Zusammenhang zwischen Art und Gebiet ergibt in jedem neuen Kontext eine eigene Spezies-Flächen-Kurve. Jede Inselgruppe, auf der man Reptilien und Amphibien gezählt hat, hat ihre besondere Kurve; das gleiche gilt auch für jede Gruppe von Quadraten, bei der man die Vielfalt von Pflanzenarten untersucht hat. Preston nahm in seinen Aufsatz von 1962 eine Sammlung von Beispielen auf: eine Spezies-Flächen-Kurve für Vögel in Ostindien, eine andere Kurve für landlebende Wirbeltiere auf Inseln im Michigansee, eine andere Kurve für die

Pflanzenvielfalt auf Wiesenquadraten in England und noch weitere Kurven. Aber hier kommt nun eine zusätzliche Information, die das normale Sprachverständnis des Lesers beleidigen muß: Wenn die graphische Darstellung ordnungsgemäß bereinigt ist und die Umwandlung in Logarithmen entlang beider Achsen stattgefunden hat, dann bildet im einen wie im anderen Fall die »Kurve« eine Gerade.

Welchen Sinn hat dieses Jonglieren mit Logarithmen in der Absicht, Kurven geradezubiegen? Nun, jede graphische Anordnung, durch die Daten zu einer Kurve in einem Diagramm organisiert werden, dient dem Wissenschaftler als Hilfsmittel, von den Fakten zur Theorie zu gelangen. Sie dient als verläßlicher Pfad zu Einsichten in den Bereich dessen, was sich empirisch nicht ermitteln läßt. Und eine geradlinige Kurve wird dabei bevorzugt, weil man mit ihr leichter arbeiten kann als mit einer Wellenlinie. Der Wert, den z in einem bestimmten Spezies-Flächen-System hat, entscheidet über den Neigungswinkel, mit dem die betreffende Kurve ihr Diagramm durchläuft – weshalb z unter dem Namen Gefälle bekannt ist. Eine Kurve, die tatsächlich kurvig ist, wird sich durch eine Vielzahl verschiedener Gefälle hindurchwinden, während eine Gerade bequemerweise nur ein einziges Gefälle zeigt. Das Gefälle einer Spezies-Flächen-Kurve weist geradeso den Weg zu theoretischen Ableitungen wie die Tülle der atomaren U-Boote den Polarisraketen den Weg weist.

Bist du noch da, lieber Leser? Verzeihst du mir, daß ich das Thema Logarithmen aufs Tapet gebracht habe?

110 Der andere denkwürdige Punkt in Prestons Arbeit ist seine Unterscheidung zwischen *Stichproben* und *Isolaten*. Das bringt uns zu der Frage zurück, wie viele häufig vorkommende Arten und wie viele seltene Arten in biologischen Systemen vertreten sind.

Eine Stichprobe ist laut Preston eine Gruppe von Arten oder ein Stück Landschaft, die Teile eines größeren Ganzen sind. Das heißt, die Stichprobe kann entweder eine repräsentative Landfläche innerhalb eines größeren Areals oder eine repräsentative

Auswahl aus einer umfassenderen Artenliste bilden. Gleason und Arrhenius mit ihren Quadraten, die sie in Landschaften Michigans und Schwedens zur Untersuchung von Pflanzengemeinschaften abgrenzten, erforschten Stichproben. Der durch eine Kordel ausgegrenzte Placken mit Löwenzahn und Fingerhirse im Hinterhof ist eine Stichprobe. Die Nachtfalter, die in einem Wald in Tennessee während einer Sommernacht das Licht auf der Veranda umschwirren, stellen eine Stichprobe aus der Nachtfalterfauna des betreffenden Teiles von Tennessee dar. Und ein Hektar Regenwald im zentralen Teil des Amazonasgebiets bildet, wenn er von einem großen, zusammenhängenden Gebiet ähnlichen Regenwaldes umgeben ist, eine Stichprobe.

Ein Isolat hingegen ist eine abgetrennte Gruppe von Arten oder ein isoliertes Stück Landschaft – eine Insel zum Beispiel.

Diese Unterscheidung ist wichtig, weil bei Stichproben und Isolaten die Balance zwischen häufig vorkommenden Arten und seltenen Arten unterschiedlich ausfällt. Eine Stichprobe ist reicher an seltenen Arten als ein Isolat. Warum? »Die Erklärung«, schreibt Preston, »ist darin zu suchen, daß auf isolierten Inseln eine Annäherung an ein internes Gleichgewicht und vermutlich an eine in sich abgeschlossene kanonische Verteilung stattfinden muß; und da eine Insel nur einer beschränkten Zahl von Exemplaren einen Lebensraum bietet, wird die Anzahl der Arten sehr klein sein. Mit »internem Gleichgewicht« meinte er, daß innerhalb eines Isolats die seltenen Arten praktisch nie durch von außen einwandernde andere Exemplare der gleichen Art verstärkt werden. Die paar isolierten Exemplare der seltenen Arten sind absolut auf sich gestellt. Entweder sie überleben und pflanzen sich untereinander fort, oder aber die betreffende Art verschwindet von der Insel. »Auf dem Festland dagegen befindet sich ein kleines Gebiet nicht im internen Gleichgewicht; es befindet sich in einem Gleichgewicht mit Gebieten jenseits seiner Grenzen und ist eine Stichprobe aus einem weit größeren Gebiet.« Eine Stichprobenfläche auf dem Festland umfaßt also mehr Arten am unteren Rande des Spektrums, an der Schwelle zur Seltenheit. Bei einer Stichprobe tendieren die lokal seltenen Arten dazu, fortlaufend (wenn auch mit knapper Not) durch Exemplare aufrechterhalten zu werden, die aus dem Gesamtgebiet zuwandern.

Nehmen wir das Gesamtgebiet weg – verwandeln wir, mit anderen Worten, die Stichprobe in ein Isolat –, so verändert sich das Gleichgewicht. Zuwandernde Exemplare treffen nicht mehr ein. Viele der seltenen Arten können sich nicht aus eigener Kraft erhalten. Also verschwinden sie kurzerhand aus dem Isolat.

»Das ist ein Sachverhalt«, fügte Preston bescheiden hinzu, »der offenbar in früheren Untersuchungen zur Beziehung zwischen Art und Gebiet nicht in Betracht gezogen wurde.« Im Jahre 1962, als er diese Worte schrieb, verhielt es sich in der Tat so. Aber das sollte sich ändern.

111

Zwei Gedanken spuken mir im Kopf herum, während das tuckernde alte Boot von Kapitän Sultan Nyoman, den balinesischen Schneider, und mich von Komodo wegfährt. Erstens bin ich froh, der Klippe von Loh Sabita reich an Erfahrung und mit unversehrtem Hintern entronnen zu sein. Mein zweiter Gedanke lautet: $S = cA^z$.

Das Wetter ist nach wie vor gut. Das Meer ist so glatt wie ein Teich. Würden wir direkt nach Osten steuern, wir könnten unseren Heimathafen an der Westküste von Flores binnen vier oder fünf Stunden erreichen. Wir könten die Nacht in einem sauberen kleinen Logierhaus verbringen, könnten uns in einem Restaurant Bratfisch und kaltes Bier genehmigen und könnten am Morgen ins Flugzeug steigen. Aber das entspricht nicht meiner Absicht. Ich habe Nyoman eröffnet, daß ich noch nicht willens bin, nach Flores zurückzukehren. Zuerst möchte ich einige der kleineren Inseln erkunden, die am Weg liegen. Ich möchte sehen, wie sich der Zusammenhang zwischen Art und Gebiet darstellt, wenn eine der beteiligten Arten *Varanus komodoensis* ist.

Wir haben also zehn Flaschen Trinkwasser und einen Vorrat Malzkekse mit an Bord genommen. Sultan hat sich hinlänglich mit Reis und Kaffee versehen, so daß wir es ein paar Tage aushalten können. Frischfisch und Kalmar können wir bei den Fischern kaufen, deren Praus wir ab und an auf dem Meer begegnen. Ein Parkwächter von Komodo, der gerade dienstfrei hat – es ist Johannes, einer von den Leuten, die uns im Hinterland von

Loh Sabita so freundlich aufgenommen haben –, fährt mit, weil er sich ein erlebnisreiches Wochenende davon verspricht. Während wir von Komodo nach Osten in eine Gegend fahren, in die das öffentliche Fährschiff nicht kommt, leiten uns nichts weiter als die Launen meiner Neugier und die Seekarte, die Sultan in seinem Kopf gespeichert hat.

Das Gebiet zwischen Komodo und Flores, das sogar in besseren Atlanten als bloße blaue Fläche erscheint, bildet tatsächlich eine Welt aus kleineren Inseln. Wie eine Eisbergflotte ragen sie in Sichtweite voneinander aus dem Meer. Obskure Landkuppen, die kein Tourist besucht und von denen sogar die meisten Indonesier noch nie etwas gehört haben: Padar, Rinca, Sebayur, Siaba, Papagaran, Pongo, Gilimotang und noch eine ganze Reihe anderer. Sie zerteilen das Meer in dieser Gegend in ein Labyrinth aus kabbeliger See und Brandungsketten, tiefen Kanälen und schiffeversenkenden Riffen. Größenmäßig reichen sie von Rinca – das mit 225 Quadratkilometern fast so groß wie Komodo ist – bis zu dem kleinsten kahlen Felsbuckel, der groß genug ist, um einen Namen zu verdienen. Nusa Pinda mit zwei Zehntel Quadratkilometer Fläche ist ein typisches Exemplar aus dieser Gruppe. Rinca ausgenommen, sind die Inseln zumeist menschenleer – sie sind zu trocken, zu rauh, zu nutzlos, niemand will sie haben. Wie die Inseln im Golf von Kalifornien, auf denen Ted Case seiner Arbeit nachgeht, bieten sie hauptsächlich Reptilien und Vögeln eine Bleibe. Zu Ehren des Drachen, dessen Verbreitungsgebiet die Inseln einschließt, möchte ich die Region Kleinkomodoland nennen. Großkomodoland, womit ich den kompletten Verbreitungsraum des Reptils bezeichne, umfaßt außerdem noch die Insel Komodo und eine Reihe von Lebensräumen entlang der Westküste von Flores. Es ist wichtig festzuhalten, daß in den Grenzen seines Verbreitungsraumes *V. komodoensis* nur gebietsweise vorkommt. Nicht jede Insel von Kleinkomodoland beherbergt eine Komodopopulation.

Auf Rinca und Gilimotang gibt es welche. Auf den meisten anderen Inseln nicht. Warum ist das so?

Ein Faktor scheint die Fläche zu sein. Rinca ist relativ groß. Gilimotang ist kleiner, aber nicht zu klein. Sebayur ist noch kleiner und beherbergt keine Komodos. Nusa Pinda ist unannehmbar winzig. Der Zusammenhang zwischen dieser Abstufung der Inselflächen und dem Vorhandensein beziehungsweise Fehlen von *V. komodoensis* läßt sich leicht messen. Die anderen Faktoren, die eine Rolle spielen, sind schwerer faßlich.

Als erstes landen wir auf Padar und waten zu einem weißen Strand hinauf, während Sultan das Schiff unmittelbar vor der Küste ankern läßt. Padar ist zwölf Quadratkilometer groß, wie ich einer praktischen und genauen Karte in Walter Auffenbergs *The Behavioral Ecology of the Komodo Monitor* entnehme; das Buch führe ich nach wie vor in meiner Feldtasche mit. Die Insel

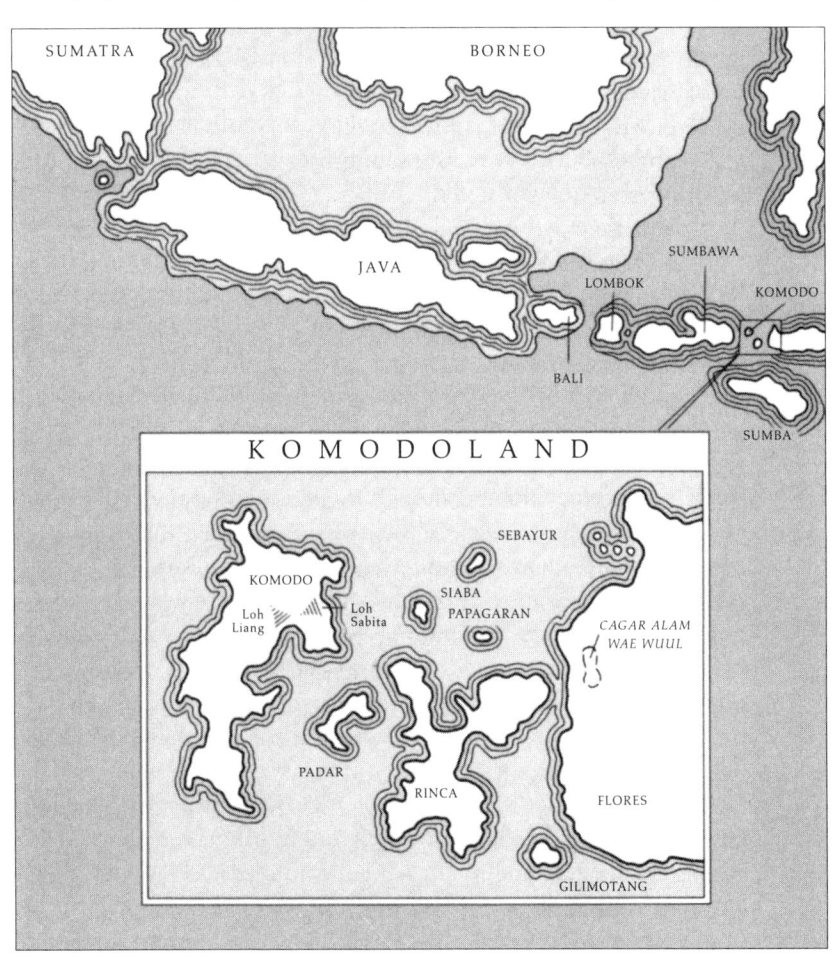

Padar, die zum größten Teil mit dickem, bräunlichem Gras bewachsen ist, gipfelt in einer Reihe mäßig hoher Vulkankegel, die allerdings nicht hoch genug sind, um viel Regen aufzufangen oder Raum für viel Wald zu bieten; sie ist mithin ein trockener Ort mit einem kargen steppenartigen Ökosystem. Sie weist keine menschlichen Siedlungen auf und beherbergt nur wenige große Tiere. Trotz ihrer Kargheit gehörte Padar aber zu den Inseln, auf denen Auffenberg während der Feldforschungen, die er schließlich in seinem Buch dokumentierte, *V. komodoensis* tatsächlich antraf. Aber diese Untersuchungen liegen zwanzig Jahre zurück. Die Komodopopulation auf Padar scheint klein gewesen zu sein, und zwanzig Jahre sind in der prekären Geschichte einer kleinen Population eine lange Zeit. Sultan hat mich bereits davor gewarnt, mir zu viele Hoffnungen zu machen. »*Ora? Tidak ada*«, hat er gesagt. Nee, Komodos sind hier nicht. Jedenfalls heute nicht mehr.

Ich lege Wert auf Sultans Ansichten in diesen Fragen, denn er kennt sich in Komodoland aus wie kaum einer und ist ein scharfer Beobachter. Johannes pflichtet ihm bei; sein Zeugnis wird mir durch Nyoman auf englisch präsentiert: »Er sagen, 1991 war Feuer. Verbrannte ganze Insel, außer die Stelle hier. Hans kam her mit Leuten, um bei Bekämpfung mitzuhelfen. Vorher gibt Rotwild und Komodo. Danach sie nie mehr gesehen.« Die Geschichte klingt plausibel. Eine Feuerkatastrophe ist genau die Art von Vorfall, die eine kleine Population in einem isolierten Stück Lebensraum ausrotten kann. Sichtbare Anzeichen für eine Feuersbrunst sind nicht zu entdecken, jedenfalls nicht für meine Augen, aber eine ausgedörrte Steppe würde brennen wie Stroh und rasch wieder nachwachsen.

Eine Stunde lang wandern wir auf Padar umher. Von der Landungsstelle auf der Westseite steigen wir einen sanften Abhang hinauf bis zu einem Bergsattel zwischen zwei Gipfeln und dann den jenseits gelegenen Hang hinunter bis in eine Mulde auf der Ostseite. Wir sehen nur einige wenige Baumgruppen, die das Grasland sprenkeln, das fast durchgängig offen und sonnenbeschienen daliegt – ungünstig für ein Raubtier, das auf Überfälle aus dem Hinterhalt spezialisiert ist. Andererseits könnte es auch ungünstig für großwüchsige Beutetiere sein, denen sich nur wenige Versteckmöglichkeiten bieten. Aber ob die Offenheit der Landschaft eher der Beutespezies oder der Raubtierart zugute kommt, scheint eine müßige Frage, wenn beide Arten vom Feuer vernichtet oder vertrieben sind. Das Gras ist hüfthoch, und wir machen halt, um uns von Zecken zu befreien.

Als wir weiterziehen, erspähen wir zwei Hirsche, die aus der Deckung einer kleinen Baumgruppe treten und den Hang hinauftraben. Johannes reagiert mit Gemurmel, und Nyoman übersetzt: »Interessant. Letztesmal sind Leute nachschauen, sind *keine* Tiere. Jetzt aber ist zwei Hirsche. Er machen Bericht an Amt.«

Da Hirsche gelegentlich zu kühnen Schwimmtouren übers Meer losziehen und wohlbehalten an fremden Gestaden landen, besteht eine gute Chance, daß die beiden Hirsche nach der Feuersbrunst Padar von Komodo aus neu besiedelt haben. Wenn sie ohne weibliche Begleitung gekommen sind, dann sind sie natürlich dazu verdammt, als frustrierte, biologisch aufgeschmissene Junggesellen zu sterben und die Insel so leer wie zuvor zurückzulassen, es sei denn, in der Zwischenzeit kommen irgendwelche Weibchen nach, um sie aufzuheitern und ihren Beitrag zur Aufrechterhaltung einer Population zu leisten. Auch Komodos schwimmen gelegentlich. So könnten auch sie schließlich Padar neu besiedeln. Fürs erste allerdings finden wir keine Spur von *V. komodoensis* – keine Fährten, keine Komodolosung, keine Stapel halbzerkauter Knochen.

Auch von wilden Schweinen keine Spur. Keine Spur von Ziegen. Die schiere Winzigkeit der Fläche oder irgendein anderer Faktor haben Padar um seine großen Wirbeltiere gebracht. Die vorherrschende Fauna scheint aus Zecken zu bestehen, von denen wir uns ein weiteres Dutzend aus den Unterhosen klauben, ehe wir zum Boot zurückwaten. Die Zecken müssen bei dem hier herrschenden Mangel an Blutlieferanten völlig abgezehrt und dem Hungertod nahe sein. Während Sultan uns durch die Untiefen hinaussteuert, empfinde ich keinen Abschiedsschmerz. Ich bin froh, die Insel der Hungrigen Zecken im Rückspiegel betrachten zu können, ehe die kleinen Ungeheuer Zeit hatten, sich zu einem Großangriff zu formieren.

Siaba nahe dem nördlichen Rand von Komodoland ist kleiner: Laut Karte beträgt die Fläche der Insel nur 3,2 Quadratkilometer. Wir gehen an Land, passieren die Mangroven und gelangen auf eine sandige, spärlich mit Gras bewachsene Ebene. Vor zwanzig Jahren traf Auffenberg auf Siaba keine Komodos an, und das gilt Johannes zufolge noch immer: »*Disini, tidak ada ora. Tidak ada rusa. Ada kambing, ya.*« Keine Komodos hier. Kein Rotwild. Nur ein paar Ziegen.

Wir durchstreifen die Ebene, suchen nach Spuren. Die Ziegen von Siaba müssen ein kärgliches, wenn auch unbehelligtes Leben führen. Sogar mit der Kacke knausern sie und hinterlassen niedliche Häufchen trockener, rosinenartiger Kötel. Wenn es keine Komodos gibt, frage ich Johannes, was ist dann *hiermit*? Ich stehe über einen Schwanzabdruck gebeugt, der sich durch einen der Sandplacken windet. Abdrücke von klauenbewehrten Füßen rahmen die Schwanzspur ein und deuten auf ein Tier, das eher klein, aber eindeutig ein Reptil ist.

»Ah. *Tidak ora. Varanus salvator*«, sagt Johannes. Kein Komodo, nein. Diese Spuren hat *Varanus salvator* hinterlassen, die kleinere Art von Waran. Weniger kräftig, weniger wild, ist *V. salvator* bei uns als der Bindenwaran bekannt; er ist Komodos kleiner Vetter.

Als wir auf der sandigen Ebene weitergehen, finde ich einen gebleichten Kieferknochen und dann weitere Reptilienspuren. Ja, das ist die Kinnlade einer *kambing*, einer Ziege, bestätigt Johannes. Ich möchte gar zu gern glauben, daß die Ziege keines natürlichen Todes gestorben ist. Ich deute auf die Spuren und frage, auf Widerspruch hoffend: »*Ini, salvator?*« Auch wieder die kleinere Spezies? Aus meiner Lektüre und aus eigener Erfahrung weiß ich, daß *V. salvator*, der gut schwimmt und wahrscheinlich auf den meisten Inseln Indonesiens anzutreffen ist, weit häufiger in Erscheinung tritt als der Komodo. Dennoch wäre ich glücklich, wenn ich herausfände, daß sich seit Auffenbergs Besuch *V. komodoensis* höchstpersönlich auf der Insel angesiedelt hat und sich von ihren Wildziegen nährt. Mit der ärgerlichen Pingeligkeit eines Menschen, der weiß, wovon er redet, weigert sich Johannes indes, diesen Gedanken gelten zu lassen.

»*Tidak ora?*«

»*Tidak*«, erklärt er entschieden. »*Tidak ora.*« Nein. Ein Blick auf die Spuren genügt, ihm die Gewißheit zu verschaffen, daß sie

nicht vom Komodo stammen. Seine Überlegung erreicht mich in Nyomans Übersetzung: »Ist nicht möglich für Komodo, hier zu leben. Weil keine anderen Tiere leben hier, um zu essen.«
»Was ist mit den Ziegen?«
»Ziegen gehören jemand. Sind hier gebracht.«
»Trotzdem könnten Komodos eine Ziege essen«, meine ich rechthaberisch, »selbst wenn sie jemandem gehört. Oder?«
»Nein. Wenn Leute weiß, daß hier Komodo, sie nicht bringen Ziege.«
Das riecht verdächtig nach Zirkelschluß, aber ich gebe nach. Höchstwahrscheinlich liegt Johannes mit seiner Empirie richtig, selbst wenn es mit seiner Logik hapert. Höchstwahrscheinlich ist Siaba zu klein, zu rauh, zu arm an eßbaren Säugetieren, um auch nur vorübergehend eine Komodopopulation beherbergen zu können. Wir kehren zum Boot zurück.

Am späten Nachmittag nähern wir uns der Insel Papagaran und liegen bei Ebbe über einem türkisfarbenen Riff, das uns daran hindert, näher als hundertfünfzig Meter an die Küste heranzukommen. Wir liegen unmittelbar vor einem Fischerdorf – fünfzig kleine Häuser auf Pfählen am Rande des Wassers –, aber es gibt keine Landebrücke, keine Durchfahrt durch die Korallen. Die Fischer dort *brauchen* weder Anlegestelle noch Durchfahrt, weil sie in ihren flach gebauten Kanus nach Belieben kommen und gehen können. Da ich entschlossen bin, mindestens eine symbolische Erkundung Papagarans vorzunehmen, mache ich Anstalten, an Land zu schwimmen. *Was* wollen Sie machen? staunen die anderen. Wie die meisten Seeleute hält auch der Seemann Sultan Schwimmen für schwachsinnig. Um mir die Anstrengung und die Gefahr zu ersparen, ruft er einen Jungen, der in einem Einbaum sitzt.

Der Junge ist bereit, mich an Land zu paddeln, wenn ich aufpasse, daß ich ihn nicht zum Kentern bringe. Der Bootsrand liegt kaum drei Zentimeter über dem Wasser, aber wir schaffen es.

Papagaran ist ein trister Ort, eine flacher Hügel aus rotem Fels, der von kleinen Schluchten zerklüftet und spärlich mit braunem Stoppelgras bewachsen ist. Das Dorf ist winzig, wenngleich stolz oder fromm genug, um seine eigene, mit einem Blechdach überkuppelte Moschee zu besitzen. Die Insel ist mit keiner Quelle gesegnet, nicht einmal mit einem Brunnen; das ganze Frischwasser muß also herbeigeschafft werden. Wenn es mit dem Nachschub hapert, was mögen die Leute dann wohl machen? Vielleicht trinken sie Ziegenmilch. An Ziegen scheint kein Mangel zu sein; sie gedeihen in dieser sonnenversengten Landschaft, wie sie das in sonnenversengten Landstrichen auf der ganzen Welt tun. Während ich eine felsige Schlucht hinaufsteige, weichen mir drei oder vier von ihnen aus, die dort unsichtbare Büschel abgrasen. Mit seinem felsigen roten Boden, seiner trockenen Hitze, seinem Mangel an Bäumen, seinem dürstenden Dorf und seinen Ziegen stellt Papagaran eine Kombination der unseligsten Merkmale dar, die Galiläa und den Mars auszeichnen.

Die Insel hat eine Gesamtfläche von rund anderthalb Quadratkilometern. Laut Auffenberg gab es auf ihr keine Komodos. Das verhält sich ohne Frage immer noch so.

Wir steuern nach Süden. Die Dämmerung bricht in Komodoland früh herein, und Sultan hat keine Lust, im Finstern in diesen heiklen Gewässern herumzuirren; er schlägt deshalb vor, in der Nachbarschaft eines anderen Fischerdorfs an der Küste einer weiteren Insel die Nacht vor Anker zu verbringen. Wir können an Deck schlafen und am frühen Morgen wieder losfahren.

Während wir durch das Zwielicht auf den Ankerplatz zusteuern, entfaltet sich am Himmel ein überirdisches Schauspiel: Ein großer Schwarm Flederhunde – es mögen tausend Stück sein, jeder von ihnen so groß wie ein Rabe – fliegt seinen nächtlichen Futterplätzen auf der Insel Flores entgegen. Hoch in der Luft und lautlos, voll Anmut, tauchen sie aus dem Himmel im Westen auf und schlagen in langsamem Rhythmus mit den riesigen gebogenen Flügeln, während der letzte Schein des Tages den Horizont in pfirsichfarbene Glut taucht. Der Mond ist eine dünne Sichel. Während sie in der matten Glut vor dem Mond vorbeiziehen, werden die Flederhunde nacheinander im Schattenriß sichtbar, als geisterten Draculas Vampire durch den Traum eines ängstlichen Kindes. Der Anblick ist so gespenstisch schön, daß ich einen Flederhund in mein Notizbuch skizziere, um später einen Beweis dafür zu haben, daß es Wirklichkeit war. Auch die fünf oder sechs Inseln, die am Horizont zu sehen sind, werden zu Schattenrissen. Wir gehen vor Anker.

Beim Licht einer Kerosinlampe verschlingen wir unseren Reis mit Fisch. Dann wird die Lampe gelöscht. Die Seeluft ist von angenehmer Kühle. Sultan hat ein paar alte Matratzen angeschleppt; als Bettuch bekomme ich einen Sarong. Zufrieden richte ich mich darauf ein, daß dem großartigsten Sonnnenuntergang, den ich je gesehen habe, ein grandios friedlicher Nachtschlaf folgt. Wie sich indes herausstellt, steckt das Fischerdorf voller Hähne und hysterisch bellender Hunde. Noch vor Sonnenaufgang machen wir uns bereits wieder auf den Weg.

Sultan hat vorausgedacht. Er weiß, daß unsere Route hinunter nach Gilimotang durch eine schwierige Meerenge führt, einen Flaschenhals zwischen Inseln, wo die Brandungslinien und Strudel tückisch sind und der Meeresboden mit zerschellten Schiffen übersät ist. Er möchte diese Durchfahrt bei Flut machen. Den Weg dorthin legt er in einer guten Zeit zurück, und es gelingt uns tatsächlich, auf dem Rücken der Flut die Meerenge heil zu durchqueren; nur das hungrige Schlürfen strudelnden Wassers deutet an, daß an dieser Stelle Gefahren lauern.

Als Gilimotang in unseren Gesichtskreis tritt, sehe ich auf Anhieb, daß sich die Insel spektakulär von Papagaran, Siaba und Padar unterscheidet: ein hoher Bratklops statt eines flachen Pfannkuchens, nicht so dürr wie die anderen und weitaus dichter mit Vegetation ausstaffiert. Die Fläche beträgt nur neun Quadratkilometer, womit die Insel kleiner ist als Padar. Aber sie weist von der Küste bis hinauf zur Berghöhe Baumbewuchs auf, der nur durch ein paar Streifen Grasland unterbrochen wird. Und sie beherbergt, wie ich von Auffenberg weiß, Populationen von Rotwild und von wilden Schweinen. Das Rotwild findet Nahrung und Schutz im offenen Grasland, durch das sich seine festen Fährten ziehen. Eine solch buntscheckige Mischung aus Grasland und Wald bedeutet, daß die beiden Vegetationsformen vielfach aneinanderstoßen, und diese Berührungsstellen sind bevorzugte Lebensräume für *V. komodoensis*. Wenn ein hungriger Komodo, im Wald versteckt und dabei drei Sprünge von einer Rotwildfährte, die sich durch das Gras schlängelt, entfernt, seiner Beute auflauern kann, so hat er die vorteilhafte Position, die er braucht.

Einer kürzlichen Zählung zufolge, die indonesische Forscher auf Gilimotang vorgenommen haben, gibt es dort einhundert

Komodos. Das ist keine große Zahl, aber auf einer Insel dieses Ausmaßes bedeutet sie eine relativ hohe Populationsdichte, jedenfalls für eine Spezies so großwüchsiger Raubtiere. Wir sind kaum an Land, da stehen wir schon über eine andere Art Fährte gebeugt: eine Schwanzspur auf dem Strand, links und rechts Klauenabdrücke.

»Komodo«, entscheidet Johannes.

Augenblick mal. Sind diese Spuren nicht fast die gleichen, wie wir sie auf Siaba gesehen haben? Ich frage, was Johannes so sicher sein läßt, daß es sich nicht nur um ein großes Exemplar der kleineren Spezies, *V. salvator*, handelt.

Nyoman übermittelt meine Frage, hört sich die Antwort an und erzählt mir dann irgend etwas über feine Unterschiede in den Proportionen, mit deren Hilfe er *Salvator*-Spuren von *Komodoensis*-Spuren unterscheidet. Die feinen Unterschiede entgehen mir, weil sie entweder Nyomans Englisch überfordern oder mein Verständnis übersteigen. Nyoman erklärt mir auch, Johannes sei bereits früher im Auftrag seiner Behörde zu Bestandsaufnahmen auf die Insel gekommen. »Letztes Jahr er machen Kontrolle viel Male. Bringen Ziege her. Zum Fressen kommen immer Komodo.« Aha. Also gut. Zwei große Komodos aus dem Wald stürzen zu sehen, um eine Ziege in Stücke zu zerreißen, wäre, wie ich zugeben muß, ein ziemlich überzeugender Beweis dafür, daß sie hier existieren.

Eine Stunde lang wandern wir durch ein langes Stück Grasland bergauf. Gewissenhaft suchen wir die Waldränder ab. Einen großen Komodo stöbern wir in seiner Deckung auf und jagen ihm in sicherer Entfernung nach, bis er im Wald verschwindet. Durch mein Fernglas sichte ich eine Gruppe von vier Hirschen, die gemächlich einen fernen Hang hinaufsteigen. Ein paar Minuten lang verfolge ich ihren Weg und hege die schamlose Hoffnung, einen Komodo vorstürzen und einen von ihnen erbeuten zu sehen. Als die vier außer Sichtweite sind, erspähe ich ein weiteres Exemplar, ein kleines Weibchen, und dann noch zwei andere. Mangel an Beutetieren gibt es auf Gilimotang also nicht. Und der Lebensraum scheint von hervorragender Beschaffenheit. Und menschliche Siedlungen gibt es auf der Insel keine. Außerdem liegt sie weit ab von jeder Fährlinie und wird kaum von Touristen heimgesucht, außer von den wenigen, die wie ich von besonders starker Neugier und einer fixen Idee hergetrieben werden. Dieses Stück Landschaft könnte ein ideales Schutzgebiet für *V. komodoensis* scheinen, hätte es nicht einen Mangel: Es ist zu klein.

Mit nur neun Quadratkilometern Fläche bietet die Insel keine ausreichende langfristige Bestandsgarantie. Ihre Population von einhundert Komodos ist möglicherweise nicht zahlreich genug, um den Gefahren trotzen zu können, die mit dem Status einer Rarität verknüpft sind. Zufällige Faktoren (wie etwa die Feuersbrunst, die Padar verheerte) und die naturgegebene statistische Verletzlichkeit kleiner Populationen setzen wahrscheinlich die Komodos von Gilimotang einer gewissen Gefahr aus, zugrunde zu gehen.

Dazu später mehr, aber da wir gerade von Gefahr reden: Sultan hat uns gedrängt, den Aufenthalt auf Gilimotang nicht zu lange auszudehnen, da wir im Wettlauf mit der Ebbe stehen und auf der Rückfahrt noch durch die Meerenge müssen.

Als ich deshalb sehe und höre, wie unser Kapitän uns winkt und zuruft, während wir den Hang herunterkommen, denke ich, er möchte uns lahmarschigen Landratten Beine machen. Aber nein – jetzt sehe ich, worauf er uns aufmerksam macht. Zwischen uns und dem Schiff steht ein gut anderthalb Meter langer Komodo. Mein Gott, sie sind so zahlreich auf Gilimotang, daß sie auf die Strände überschwappen. Ich versuche, nahe genug heranzukommen, um ein Foto zu machen. Aber das Tier richtet sich auf seinen Beinen hoch auf und rennt los, wobei es sich so geschmeidig bewegt, daß sein Schwanz keine einzige Spur im Sand hinterläßt.

Nun haben wir vier kleinere Inseln besucht, die sich nach Klima und Lage so ziemlich ähneln und nur in der Größe unterscheiden. Wir haben den Zusammenhang zwischen Art und Gebiet vor Ort und in natura studieren können. Der Zusammenhang verläuft nicht völlig geradlinig, aber er ist eine Tatsache. Gilimotang, eine relativ große Insel in dieser kleinen Gruppe, beherbergt Tierarten (Komodos, Rotwild, Schweine), die auf den kleineren Inseln Siaba und Papagaran nicht existieren. Padar beherbergt noch Rotwild, sogar nach dem Feuer. Die Schwellengröße für eine drachenbewohnte Insel – das heißt, die erforderliche Mindestfläche für die Erhaltung einer Population Komodos –, scheint irgendwo zwischen neun (Gilimotang) und 3,2 (Siaba) Quadratkilometern zu liegen. Daß ich mit solch genauen Zahlen vorpresche, ist angesichts der Vielzahl von Variablen, die außer der Fläche eine Rolle spielen, sehr unbesonnen von mir; dennoch sind die empirischen Daten vielsagend. Philip Darlington mit seiner pyramidenförmigen Zahlentabelle für Spezies-Flächen-Beziehungen in den Antillen hätte Komodoland sicher auch gemocht.

Wir müssen weiter und klettern wieder aufs Schiff. Die Flut ebbt ab, und wir sind noch nicht am Ende. Alle vier Inseln, die wir besichtigt haben, sind Isolate in dem Sinne, in dem Frank Preston den Begriff gebraucht. Jetzt möchte ich mir eine Stichprobe anschauen. Also fahren wir nach Norden zu einem Ort namens Wae Wuul, einem Naturreservat im Hinterland des westlichen Flores, wo Menschen und Komodos sich noch das Land teilen, in einem Verhältnis unbehaglicher Vertrautheit und wechselseitiger Bedrohung, als wären sie beide gefährdete Arten.

112

Das Reservat trägt den offiziellen Namen Cagar Alam Wae Wuul. Übersetzt bedeutet das Wae-Wuul-Naturschutzgebiet. Es umfaßt etwa fünfundzwanzig Quadratkilometer und ist damit doppelt so groß wie die Insel Padar, wobei es aber im Unterschied zu Padar nicht durch Küste und Meer begrenzt ist. Begrenzt ist es durch einen amöbenförmigen Umriß auf der Landkarte, der den gesetzlichen Geltungsbereich des Schutzgebiets markiert. In dem Gebiet leben (nach einer kürzlichen Zählung) 129 Komodos; es können auch ein paar weniger oder mehr sein. Unmittelbar außerhalb des Gebiets, in den Wäldern und auf dem Grasland rings herum, leben noch weitere Exemplare. Es gibt keinen Zaun, keine Eingangs- und Ausgangstore. Der amöbenförmige Umriß ist in natura nicht zu sehen. Er isoliert das Wae-Wuul-Naturschutzgebiet nicht von der Umgebung, er markiert es nur als Stichprobe.

Die Gegend um Wae Wuul ist Wildnis mit nur spärlicher

menschlicher Besiedlung. In ihr gibt es kleine Dörfer, aber keine Städte, Wege, aber keine Straßen. Das Reservat selbst erstreckt sich über hochgelegene Täler und bewaldete Hänge etwa drei Kilometer landeinwärts und ist weder per Auto noch per Schiff erreichbar. Dieser Teil von Westflores ist ein Wandergebiet und keines, wo man wandert, um sich zu erholen.

Sultan setzt uns bei einem weiteren kleinen Fischerdorf an der Küste an Land. Von dort folgen Nyoman, Johannes und ich einem Pfad, der uns einen kleinen Berg hinaufführt, dann wieder hinunter, durch ein Stück Wald, und schließlich hinaus auf eine weite Grasfläche. Der Pfad windet sich durch dichtes Gestrüpp in unübersichtlichen Kurven, und ich verspüre beim Gehen die gleiche nervöse Anspannung, die ich verspüren würde, wenn ich mit Grizzlybären rechnen müßte. Seit der Schrecksekunde bei den Felsen von Loh Sabita bin ich mir der Tatsache bewußt, daß ein Komodo aus dem Unterholz stürzen und einem von uns den Arsch abbeißen könnte.

Kurz nach zwölf Uhr mittags erreichen wir die Forststation, wo uns Johannes' Kollegen mit Wasser und einem Schwätzchen bewirten. Sie versichern mir, es sei aussichtslos, um diese Tageszeit nach Komodos zu suchen; in der Nachmittagshitze pflegten vernünftige Reptilien wie jeder vernünftige Mensch der Ruhe im Schatten. Also hängen wir herum. Ich stelle einige Fragen, die mich beschäftigen, seit ich zuerst von Wae Wuul gehört habe. Bilden die Komodos des Reservats für die Menschen der Dörfer, die es im Umkreis gibt, eine ernsthafte Gefahr? Stimmt es, daß kürzlich jemand angegriffen wurde?

»Ya, ya.« Vor drei Jahren gab es einen Unfall, erzählen sie mir, nahe einem Dorf namens Mbuhung. Eine schlimme Sache, jawohl, aber der Betreffende hat überlebt. Als ich Einzelheiten wissen will, öffnet einer der Forstleute einen staubigen Schrank. Aus einem Haufen Teetassen, Ferngläser und Kerosinlampen kramt er einen getippten Bericht hervor.

Ich schiebe den Bericht Nyoman zu, der ihn liest und übersetzt.

Abgefaßt wurde er vom Dorfoberhaupt, einen Tag nach dem Vorfall. Berichtet wird von einem Mann namens Don Lamu, der das Dorf verließ, um seinen Wasserbüffel auf die Weide zu bringen, und »von einem Komodo angefallen wurde, was ihm eine sehr ernste Verletzung eintrug, deren Heilung sehr langwierig war«. Der Vorfall ereignete sich im September, gegen Ende der Trockenzeit. Don Lamu und ein Freund holten den Büffel aus einer Suhle, als sie einen Hund bellen hörten. Sie gingen nachsehen, weil sie annahmen, der Hund habe ein Wildschwein gestellt. Kein Schwein war zu sehen. Einen Augenblick lang waren sie abgelenkt und nicht auf der Hut. »Plötzlich«, heißt es laut Übersetzung in dem Bericht, »taucht Komodo zwischen den beiden Personen auf. Einer von ihnen rennen weg, aber Don Lamu können nichts machen, weil Abstand zwischen Don Lamu und Komodo ungefähr fünfzehn Zentimeter.« Die Sache mit den fünfzehn Zentimetern klingt zwar kurios – zuwenig Abstand, zu genaue Entfernungsangabe –, aber im Kern soll es heißen, daß der Komodo aus dem Nichts auftauchte und aus nächster Nähe zuschlug. Don Lamu versuchte, sich mit Fußtritten zu wehren, aber der Komodo »stürzen auf hintere Seite von Don Lamus Knie, bis es schwer verletzt«. Er trat mit dem anderen Bein. »Aber das Tier antworten mit den Zähnen, so daß sein linkes Bein auch zerfetzt wurde von den Zähnen des Komodo.« Mit seinem zweiten Zuschnappen hatte der Komodo Halt gefunden. Hier fügt der Bericht einen Satz an, der auf die gleiche trostlose Intimität zwischen Raubtier und Beute hindeutet, die ich damals auch aus der Geschichte von Saugis Mutter in Loh Sabita heraushörte: »Dann setzte sich Don Lamu hin und hielt das Maul des Komodo, während er brüllte und nach Hilfe schrie.«

Don Lamus Freund kam mit einem Hackmesser wieder und hieb auf das Tier ein, bis dessen Kinnladen sich öffneten. Er zog Don Lamu einige Meter weit weg. Aber der Komodo stürzte sich wieder auf sie. »Don Lamus Freund war zornig, und es kam zu einem Kampf«, heißt es im Bericht. Der namenlose Freund spielt eine heldenhafte Rolle, zweifellos zum Teil deshalb, weil Don Lamu sich zu dem Zeitpunkt, als der Bericht abgefaßt wurde, in einem schlimmen Zustand befand und der Freund als einziger Zeuge die Darstellung lieferte. Nur mit dem Hackmesser bewaffnet, wehrte der Freund den Komodo ab und tötete ihn.

Der Bericht des Dorfoberhaupts endet mit einer bescheidenen, aber dringlichen Bitte: *Demikian hal ini kami sampaikan dihad-*

apan Bapak untuk bersama memikirkanya. Übersetzt bedeutet das: »Das ist unser Bericht. Wir hofften, jedermann würde sich bemühen, einen Weg zu finden, wie das Problem bewältigt werden kann.« Im Klartext hieß das: Um Allahs willen, helft uns, diese fleischfressenden Bestien loszuwerden.

Im Forstamt von Wae Wuul gibt es keinen Kopierer. Die Forstleute sitzen geduldig herum, rauchen Gewürznelkenzigaretten und scherzen mit Nyoman und Johannes, während ich den gesamten indonesischen Text des Berichts, ohne ein Wort zu verstehen, in mein Notizbuch abschreibe. *Demikian hal ini kami sampaikan dihadapan Bapak untuk bersama memikirkanya.* Dann wandert das Original in den Schrank zurück.

Es ist ein eindrucksvolles Dokument und lohnt alleine schon den Marsch nach Wae Wuul. Warum? Weil das Problem, auf das der Dorfobere so kummervoll anspielt, umfassender und allgemeiner ist und weit über den Fall einer Rieseneidechse hinausreicht, die in den Wäldern und Fluren im Umkreis dieses kleinen Reservats Hunde, Ziegen, Büffel, Rotwild, Pferde, Männer, Frauen und Kinder frißt. Überall auf der Erde führt die Menschheit Krieg gegen andere Arten, gegen die Wildheit der Wildnis, gegen die Blutröte der Zähne und Klauen der Natur. Der Sieg ist der Menschheit sicher. Die einzige offene Frage ist, wie hart die Friedensbedingungen sein werden. Die Zukunft der Wildnis im westlichen Flores vorauszusehen fällt nicht schwer. Infolge einer wachsenden menschlichen Bevölkerung und zunehmender menschlicher Bedürfnisse und Ansprüche werden sich – wahrscheinlich binnen weniger Jahrzehnte – tiefgreifende und unumkehrbare Wandlungen vollziehen: An die Stelle des Waldes treten Weiden, an die Stelle des Weidelands Ackerland, Dörfer und Wege verwandeln sich in Städte und Straßen, Lebensraum geht verloren, das normale Verhältnis zwischen Raub- und Beutetieren wird gestört, Komodos werden mit Hackmessern niedergemetzelt, sobald sie sich aus ihrem Reservat herauswagen und durch lebensgefährliche Attacken unbeliebt machen. Irgendwo in der Gegend ensteht dann vielleicht ein schickes Hotel, das sich dem Ökotourismus verschreibt und seine Gäste im klimatisierten Kleinbus vom Flughafen abholt. Wenn Don Lamu weiteren Unfällen aus dem Weg geht, kann er die Zeit noch erleben.

Das Wae-Wuul-Naturschutzgebiet, das seinerseits unter dem gesetzlichen Schutz des indonesischen Staates steht, muß von diesen Veränderungen nicht unbedingt berührt werden. Seine Grenzen haben vielleicht Bestand. Die Städte, Felder und Straßen und all die anderen Beeinträchtigungen schließen vielleicht seinen amöbenförmigen Umriß ein, ohne in das Gebiet vorzudringen. Im Reservat selbst mag *V. komodoensis* überleben, jedenfalls in einer kleinen Population und mindestens eine Weile lang.

In dem Maße aber, wie das umgebende Land sich verändert, wird Wae Wuul aufhören, Teil eines zusammenhängenden Ökosystems zu sein, das größer und reichhaltiger ist als es selbst. Das Gebiet wird keine Stichprobe mehr sein; es wird sich in ein Isolat verwandeln. In eine weitere winzige Insel, soweit es die Komodos betrifft.

VI
GROSS IM KOMMEN

113 Im Jahre 1967 brachte Princeton University Press ein kleines, komprimiertes, sinnverwirrend mathematisches Buch heraus, das ich bereits erwähnt habe, *The Theory of Island Biogeography*. Es war der erste Titel in einer Reihe, die Princeton unter dem Obertitel Monographien zur Populationsbiologie herausbringen wollte; daß dieses graue kleine Bändchen den Anfang der Reihe machte, deutete darauf hin, daß sein Interesse sich nicht auf Inseln und nicht auf die Biogeographie beschränkte.

Populationsbiologie war damals noch ein neuer Name für eine neue Kombination wissenschaftlicher Interessen und Gesichtspunkte. Die Kombination schloß eine Anzahl Disziplinen ein, die in vorangegangenen Jahrzehnten, in vorangegangenen Jahrhunderten als etwas Getrenntes behandelt worden waren: Evolutionsbiologie, Taxonomie, Biogeographie, Ökologie, Demographie von Pflanzen- und Tierarten, Genetik. In den dreißiger und vierziger Jahren unseres Jahrhunderts hatte die Evolutionsbiologie (begründet durch Darwin und Wallace) endlich die Genetik (begründet durch Gregor Mendel, dessen Arbeit Darwin und Wallace nicht kannten) zur Kenntnis genommen und war mit ihr verschmolzen, hauptsächlich dank der Bemühungen von Leuten wie Sewall Wright, R. A. Fisher, J. B. S. Haldane und Theodosius Dobzhansky. Während dieser Zeit hatte außerdem die Taxonomie Aufnahme in den Verbund gefunden, vor allem dank Ernst Mayr und George Gaylord Simpson. In den fünfziger Jahren begann dann ein großer Ökologe und Lehrer namens G. Evelyn Hutchinson, ein gebürtiger Brite, den es nach Yale verschlagen hatte, eine maßvoll mathematisierte Form von ökologischer Forschung mit den anderen Elementen zu verknüpfen. Hutchinsons eigenes Spezialgebiet war die Limnologie, die Erforschung von Seen. Für einen Ökologen seiner Richtung war das eine kluge Wahl, weil Seen klar begrenzte Ökosysteme darstellen, relativ klein und relativ arm an Arten sind und sich deshalb gut für eine relativ gründliche ökologische Erforschung eignen. Diesen Charakter haben sie mit Inseln gemein – was nicht überrascht, da ja ein See das Kehrbild einer Insel ist. Aber die Ähnlichkeit zwischen den Ökosystemen von Süßgewässern und Inseln ist nicht das, was G. Evelyn Hutchinson Eingang in unsere Geschichte finden läßt. Unter den Doktoranden, die Hutchinsons Ruf als Lehrer alle Ehre machten, befand sich – besser gesagt, stach hervor – ein junger Mann namens Robert MacArthur, Geburtsjahr 1930.

Nach einem Abschlußexamen in Mathematik hatte sich MacArthur der Ökologie zugewandt; 1952 kam er nach Yale, um an einem Promotionsprogramm unter Hutchinsons Leitung teilzunehmen. 1955 veröffentlichte die Zeitschrift *Ecology* einen ersten Aufsatz von ihm. 1957 schrieb er einen aufsehenerregenden theoretischen Beitrag, der in *Proceedings of the National Academy of Sciences* [Sitzungsberichte der Nationalen Akademie der Wissenschaften] erschien. Seine Dissertation, eine Untersuchung zur Gemeinschaftsstruktur und Nischenaufteilung bei verschiedenen Arten von Grasmücken, ergab ebenfalls einen Aufsatz für *Ecology*, der 1985 erschien und den Ruf eines kleinen Klassikers errang. Der junge MacArthur war ein vielversprechendes Talent. Er hatte die richtige Mischung aus Begabung und Ehrgeiz, um in dieser besonderen Zeit auf diesem besonderen Gebiet Furore zu machen. Er war unsäglich helle, rastlos, mordsmäßig neugierig, einfallsreich und ein Könner in Mathematik. Er liebte die Natur, insbesondere Vögel, hatte aber keine Lust, sein Leben als deskriptiver Feldforscher zu verbringen. Er interessierte sich für theoretische Ideen und übergreifende Mechanismen, für Strukturen und Erklärungen, und nicht einfach nur für Lebewesen und Landschaften. Er brannte darauf, die Ökologie grundlegend zu verändern.

MacArthur fand, daß die Wissenschaft der Ökosysteme über

die bloße Beschreibung hinausgehen müsse. Sie solle sich nicht damit bescheiden, Fakten zu sammeln und zu katalogisieren. Sie solle umfassendere Muster in der Natur aufspüren und aus diesen Mustern allgemeine Prinzipien ableiten. Sie solle messen und zählen und abstrakte rechnerische Operationen durchführen, durch die das Wesentliche inmitten des Nebensächlichen sichtbar werde. Sie solle stark und mutig genug sein, Prognosen aufzustellen. Olof Arrhenius, Henry Allan Gleason und ein paar andere Ökologen hatten bereits bescheidene Vorstöße in diese Richtung unternommen. Das galt auch für Hutchinson selbst. Und Frank Preston hatte gerade damit begonnen, die Glocke der kanonischen Verteilung zu läuten, als MacArthur seine wissenschaftliche Reife erreichte. Aber so, wie die Ökologie generell betrieben wurde, war sie nach wie vor ein lose gestricktes, deskriptives, nichtquantifiziertes, theorieloses Unternehmen.

MacArthur fing an zu lehren. Er veröffentlichte auch weiterhin interessante Aufsätze. Sein Ruhm mehrte sich. Nach etlichen Jahren Lehrtätigkeit an der University of Pennsylvania nahm er im Jahre 1965 einen Ruf nach Princeton an; zu seinen Aufgaben dort gehörte die Gesamtherausgeberschaft für die Monographiereihe zur Populationsbiologie, die ein Forum für die neuartige Ökologie zu werden versprach, um die er sich bemühte. Beim ersten Band dieser Reihe sollte MacArthur selbst als Mitautor firmieren. Er hatte damals bereits einen anderen jungen Wissenschaftler namens Edward O. Wilson kennengelernt und begonnen, Gedanken mit ihm auszutauschen.

Wilson war Myrmekologe, Fachmann für die Biologie der Ameisen. Er war im Süden als naturbegeisterter Junge aufgewachsen, der Insekten sammelte und Schlangen hielt und viel von seiner Zeit allein in den Wäldern und Sümpfen von Alabama und Nordflorida verbrachte. Mit neun hatte er angefangen, sich für Ameisen zu interessieren, und bald danach begann der frühreife Junge ernsthafte myrmekologische Feldforschung zu treiben. Warum Ameisen? Zum Teil war es die Faszination, die von den Ameisen selbst ausging, zum Teil war Wilson durch die Umstände dazu gezwungen. »Ich konnte nur mein linkes Auge gebrauchen«, erklärt er in einem autobiographischen Beitrag, den er auf dem Höhepunkt seiner Karriere schrieb. Das rechte Auge

»war weitgehend blind aufgrund eines traumatischen Katarakts, den ich mir im Alter von sieben Jahren zuzog, als ich mir aus Unachtsamkeit eine Fischfinne hineinschleuderte«. Mit dem Sehvermögen nur eines Auges fiel es ihm schwer, Vögel oder Säugetiere in freier Wildbahn zu beobachten. Das linke Auge allerdings sah sehr scharf, besonders wenn es darum ging, feine Details aus großer Nähe zu erkennen. »Ich bin der letzte, der einen Habicht auf dem Baum wahrnimmt, aber die Haare und Körperformen eines Insekts kann ich ohne die Hilfe eines Vergrößerungsglases erkennen.« Viele Jungen sammeln Insekten, dieser einäugige Junge indes trieb Wissenschaft.

Im Alter von dreizehn begann Edward Wilson mit der gründlichen Untersuchung bestimmter Ameisengruppen in der Gegend von Mobile und sammelte seine ersten veröffentlichenswerten Beobachtungen. Einige Jahre danach beschloß er mit jugendlicher Ernsthaftigkeit, sich auf ein entomologisches Spezialgebiet zu verlegen. Mit Rücksicht auf die Herausforderung, die sie darstellten, und die Chancen, die sie boten, gab er Fliegen (der Ordnung Diptera) den Vorzug vor den Ameisen. Aber damals schrieb man das Jahr 1945, und der Zweite Weltkrieg hatte die Lieferungen von Insektennadeln unterbrochen, die hauptsächlich aus der Tschechoslowakei kamen. Da Ameisen sich besser in kleinen Fläschchen mit Alkohol als auf Nadeln gespießt konservieren lassen, kehrte Wilson zu ihnen zurück – und er hat es auch nie bereut. »In gewissem Sinne haben mir die Ameisen alles gegeben«, erklärt er. Sein höchstes Karriereziel in diesem Alter bestand darin, als staatlicher Entomologe zu arbeiten, »in einem dieser grünen Kleintransporter herumzufahren, die der Außendienst des amerikanischen Landwirtschaftsministeriums benutzte«, und den Farmern bei der Bekämpfung von Ernteschädlingen zu helfen. Aber er verfügte, wie sich herausstellte, über einen erstklassigen wissenschaftlichen Verstand, und der führte ihn von der University of Alabama zur University of Tennessee und von dort nach Harvard. Der besondere Reiz von Harvard bestand für ihn darin, daß sich im dortigen Museum die größte Ameisensammlung der Welt befand. »Verschaff dir ein globales Bild«, hatte ein älterer Kollege ihm geraten, »bleib nicht in ausschließlich lokalen Forschungen stecken.« Als er Ende 1959 Robert MacArthur kennenlernte, war Wilson gerade von einer langen Feldforschungstour in die Tropen zurückgekehrt.

Seine Fähigkeiten und Interessen ergänzten die von MacArthur. Während MacArthur sein Interesse von der Mathematik auf die mathematische Ökologie verlagert hatte, war Wilson Taxonom und Zoogeograph. Er hatte in Neuguinea und Australien, auf der Insel Neukaledonien, auf den Neuen Hebriden und den Fidschiinseln umfangreiche Sammlungen zusammengetragen. Er wußte über die Ameisenunterfamilien der Cerapachyinae und der Ponerinae in Melanesien mehr als jeder andere Mensch auf Erden. Er wußte, wie sie aussahen, wie sie sich ernährten, welche Arten auf welchen Inseln lebten. Wie MacArthur aber war er nicht nur an der Beschreibung naturgeschichtlicher Phänomene interessiert. Während sich sein Kopf und seine Feldnotizbücher mit Daten über Ameisen füllten, fing Wilson an, Muster zu erkennen. Zum Beispiel sah er, daß die Anzahl von Ameisenarten auf einer Insel tendenziell in einem engen Zusammenhang mit der Inselgröße stand.

Das Übermaß an rein deskriptiven Daten, mit dem sein Hirn sich füllte, scheint dazu beigetragen zu haben, daß er über den Sinn und Nutzen seiner Sammeltätigkeit ins Grübeln geriet. Im Jahre 1961 nahm er, leicht depressiv und im ungewissen darüber, wie er sich beruflich orientieren sollte, einen Forschungsurlaub. Seine Flucht aus Harvard führte ihn nach Südamerika. Er liebte die Feldforschung nach wie vor, und die Regenwälder von Surinam wimmelten zu seinem großen Vergnügen von Ameisen, die noch niemand studiert hatte. Er besuchte auch die Inseln Trinidad und Tobago unmittelbar vor der Küste von Venezuela. Trinidad ist groß, Tobago klein. Auf Trinidad traf er mehr Ameisenarten an als auf Tobago.

Über den deskriptiven Charakter seiner bisherigen Arbeit nachsinnend, sehnte er sich nach etwas Weiterführendem. »Es schien einfach nicht genug, die Naturgeschichte und Biogeographie der Ameisen immer nur auszubauen«, enthüllt er in seinem kurzen Lebensbericht. »Die Herausforderungen entsprachen nicht den gewaltigen Kräften, von denen damals die biologischen Wissenschaften getrieben und erschüttert wurden.« Seine neue Bekanntschaft mit Robert MacArthur und einigen anderen jungen mathematischen Ökologen wie auch seine Kenntnis der Arbeiten von G. Evelyn Hutchinson hatten Wilson zu der Überzeugung gebracht, daß »ein Großteil des Gesamtspektrums der Populationsbiologie reif für eine Synthese und für rasche Fortschritte im Bereich der experimentellen Forschung ist; aber erreichen ließ sich dies nur mit Hilfe einfallsreichen logischen Denkens auf der Grundlage mathematischer Modelle«. Er war nach eigener Einschätzung ein mittelmäßiger Mathematiker, ohne eine Ausbildung, die über Algebra und Statistik hinausging. Während seines grüblerischen Sommers auf Trinidad und Tobago eignete er sich deshalb, wenn er nicht gerade Ameisen sammelte, aus Lehrbüchern ein bißchen Infinitesimalrechnung und Wahrscheinlichkeitstheorie an. Als er nach Harvard zurückkehrte, schrieb er sich in einem Mathematikkurs ein und saß als der Assistenzprofessor, der er war, inmitten einer Schar von Studienanfängern pflichteifrig an seinem kleinen Pult. Nach einigem weiterem Förderunterricht beherrschte er genug Mathematik, um sich sicherer zu fühlen. Unterdes begann er mit einer Zusammenarbeit, die ihn über die bloße Beschreibungstätigkeit hinausführen sollte.

»Im Jahre 1962 beschlossen Robert H. MacArthur und ich, beide Anfang Dreißig, in der Biogeographie etwas Neues in Angriff zu nehmen«, erzählt Wilson. »Die Disziplin, die sich mit der Verteilung von Pflanzen und Arten überall in der Welt beschäftigt, war ideal für theoretische Forschungen. Die Biogeographie bildete ein intellektuell wichtiges Gebiet, quoll über von schlecht organisierten Daten, war spärlich bevölkert und entbehrte fast völlig quantitativer Modelle. Ihre Grenzzonen zur Ökologie und Genetik, Fachgebieten, mit denen wir gleichfalls vertraut waren, stellten Niemandsland dar.« Wilson äußerte gegenüber MacArthur die Überzeugung, daß sich die Biogeographie in eine strenge, analytische Wissenschaft verwandeln ließ.

In dem Wust von Daten gebe es überraschende Regelmäßigkeiten, die noch niemand erklärt habe, meinte Wilson. Zum Beispiel den Zusammenhang zwischen Art und Gebiet. Konkreter gesagt, das wiederkehrende Verhältnis, auf das Philip Darlington aufmerksam gemacht hatte: Mit jedem Rückgang des Gebiets auf ein Zehntel ging ungefähr eine Abnahme der Artenvielfalt auf etwa die Hälfte einher. Bei den Ameisenarten Asiens und der pazifischen Inseln war Wilson ein anderes Muster aufgefallen. Neuentwickelte Arten schienen ihren Ursprung auf den großen Landmassen Asiens und Australiens zu haben und sich von dort dann abenteuerlustig auf die entferntesten Inseln auszubreiten. Wenn die sich ausbreitenden Arten kleine und abgelegene Orte wie die Fidschiinseln besiedelten, dann ersetzten sie offenbar die älteren heimischen Arten, die vor ihnen dort hingelangt waren. Ständig trafen neue Arten ein, alte Arten starben ständig aus, und heraus kam schließlich, daß sich die Anzahl der Ameisenarten gleichblieb. Wilson gewann den Eindruck, daß es hier so etwas wie eine natürliche Balance gab.

Jawohl, bestätigte MacArthur, ein Gleichgewichtszustand.

114

»Er war mittelgroß und dünn, mit ansprechend eckigem Gesicht«, erinnerte sich Wilson an MacArthur zehn Jahre nach dessen verfrühtem Tod. »Er fixierte dich mit ruhigem Blick, wobei ein ironisches Lächeln und leicht geweitete Augen den Eindruck der Gelassenheit noch verstärkten. Er sprach mit dünner Baritonstimme in vollständigen Sätzen und Passagen; seine wichtigeren Äußerungen unterstrich er dadurch, daß er den Kopf leicht nach hinten neigte und schluckte.« MacArthur formulierte zwar vielleicht keinen vollständigen Satz, als er erstmals gegenüber Wilson das Wort »Gleichgewichtszustand« in den Mund nahm, den Kopf dürfte er aber nach hinten geneigt haben.

»Er hatte eine ruhige, unterkühlte Art«, fährt Wilson fort, »die bei Intellektuellen Anzeichen gezügelter Kraft ist. Weil nur sehr wenige Universitätsleute ihren Mund so lange halten können, bis sie sich einer Sache sicher sind, verlieh MacArthurs Selbstbeherrschung seinen Äußerungen einen Hauch von Endgültigkeit, der gar nicht in seiner Absicht lag. Im Grunde war er schüchtern und zurückhaltend.«

An diese persönlich gefärbte, liebevolle Schilderung schließt Wilson eine Feststellung an, die haargenau ins Schwarze trifft: »Nach allgemeiner Überzeugung war MacArthur der wichtigste Ökologe seiner Generation.«

In den Jahren 1961 und 1962 zerbrachen sich die beiden gemeinsam den Kopf über diesen Begriff einer biogeographischen Balance. Sie untersuchten Wilsons Ameisendaten aus Melanesien. Sie studierten Verteilungsmuster bei Vogelarten auf den Philippinen, in Indonesien und in Neuguinea, die sie Veröffentlichungen von Ernst Mayr und anderen entnahmen. Sie griffen auf Darlingtons Aufzählung von Vogel- und Reptilienarten auf verschiedenen Antilleninseln zurück und nahmen den Fall Krakatau unter die Lupe, mit Hilfe jener historischen Quellen, die über seine Wiederbesiedlung durch Tierarten nach dem katastrophischen Großreinemachen berichteten. Sie lasen den kürzlich erschienenen Aufsatz von Frank Preston über die kanonische Verteilung von Häufigkeit und Seltenheit und stellten fest, daß er im wesentlichen mit ihren eigenen Ansichten übereinstimmte. Ihre Überzeugung festigte sich, daß die Arten, die während eines bestimmten Zeitraums einer Insel *verlorengingen*, unter normalen Umständen den Arten an Zahl in etwa gleichkamen, die im selben Zeitraum die betreffende Insel *dazugewann*. Sofern die Insel nicht sehr neuen Ursprungs beziehungsweise Opfer einer abrupten Katastrophe war, neigten die Verlust- und Gewinnquoten dazu, sich auszugleichen. Das Ergebnis war eine dynamische Stabilität. Die *Anzahl* der auf der Insel heimischen Arten blieb sich gleich, während sich die Liste der *Arten selbst* im Zuge des Ersetzungsvorgangs ständig änderte.

Wie verschwinden eigentlich Arten von Inseln? Dadurch, daß sie dort aussterben. Und wie werden sie dazugewonnen? Auf zweierlei Weise: durch Artbildung, wenn eine einzelne alte Spezies sich in zwei neue aufspaltet, und durch Einwanderung, wenn eine Spezies auf die Insel kommt und sich dort etabliert. Nach MacArthurs und Wilsons Vermutung war der zweite Fall, die Einwanderung, unvergleichlich häufiger als der erste. Demnach wäre die Artbildung zu vernachlässigen, und man könnte den Gleichgewichtszustand, den die beiden sich vorstellten, als Balance zwischen Zuwanderung und Aussterben bezeichnen. Wir tun gut daran, noch einmal zu betonen, daß Aussterben in diesem Zusammenhang normalerweise das Aussterben einer lokalen Population, nicht das globale Aussterben der ganzen Spezies meint. Das Festland oder benachbarte Inseln, die für den Fluß von transozeanischen Zuwanderern sorgen, erhalten den Zuwandererstrom aufrecht, während auf der Insel Arten aussterben.

MacArthur und Wilson zeichneten eine einfache, anschauliche Graphik mit zwei schrägen Linien, die ein X bilden: Die Zuwandererlinie verläuft von links oben nach rechts unten, während die Aussterbelinie von links unten nach rechts oben verläuft. Die abwärts laufende Linie besagt, daß tendenziell Fälle von Zuwanderungen in dem Maße an Häufigkeit *abnehmen,* wie die Artenfülle auf der Insel überhandnimmt. Die aufwärts laufende Linie beinhaltet die Umkehrung dieses Satzes: In dem Maße, wie die Artenfülle auf der Insel überhandnimmt, findet bei den Fällen von Aussterben tendenziell eine *Zunahme* statt. Beide Linien sind leicht konkav geformt und hängen eine Spur durch, was subtile Veränderungen im Verhältnis anzeigt, in dem auf einer immer überfüllteren Insel die Zuwanderung ab- und das Aussterben zunimmt. In der Mitte der Graphik kreuzen sich die Linien; ihr Schnittpunkt markiert den Gleichgewichtszustand. Die Anzahl von Arten, die diesem Punkt in der Graphik entspricht, stellt das normale Artenkontingent der Insel dar, das sich über die Zeit hinweg ungefähr gleichbleibt. Jedenfalls nahmen MacArthur und Wilson das an.

Sie schufen auch ein kompliziertes mathematisches Modell – eine lange Folge von Differentialgleichungen, die am einen Ende numerische Daten aufnehmen und wie das Fließband in einer Konservenfabrik am anderen Ende ein nach Gusto zurechtgemodeltes Produkt ausstoßen konnten. Bei diesem Fließband bestand das Produkt in Voraussagen. Das Modell konnte in Einzelheiten vorhersagen, wie die Herstellung eines Gleichgewichtszustands auf einer gegebenen Insel vor sich gehen würde (welcher Zeitraum? wie viele Arten?).

MacArthur und Wilson schrieben sodann gemeinsam einen Aufsatz, den die Zeitschrift *Evolution* im Jahre 1963 veröffentlichte. Der Aufsatz trug den Titel »An Equilibrium Theory of Insular Zoogeography« [Eine Gleichgewichtstheorie in der Zoogeographie von Inseln] und enthielt den Kern ihrer Überlegungen, dargeboten in klar verständlicher Form. Aus irgendeinem Grund indes hatte der Aufsatz nicht sogleich den Effekt, die Wissenschaft der Ökologie vollständig umzukrempeln. Das sollte noch kommen.

Sie arbeiteten weiter an der Theorie. Sie dehnten den Bereich der empirischen Daten, die sie zur Stützung der Theorie heranzogen, so weit aus, daß er außer Tierarten auch Pflanzenarten umfaßte. Sie fügten Ausführungen zu verwandten Themen hinzu – sagten einiges zum Vorgang der Besiedlung, zum Vorgang, durch den sich Inselgemeinschaften unter Umständen der Ansiedlung neuer Arten widersetzen, und auch ein bißchen was zur inselspezifischen Evolution. Vier Jahre später wurde die so erweiterte Fassung des ursprünglichen Aufsatzes Band eins der Monographiereihe in Princeton und erschien unter dem Titel *The Theory of Island Biogeography*. Die leichte Veränderung des Buchtitels gegenüber dem Titel des Aufsatzes beweist gesteigertes Selbstvertrauen und einen entschieden erweiterten Geltungsanspruch.

Der neue Titel klingt sogar ein bißchen überheblich. Aus *einer* inselbiogeographischen Gleichgewichtsgewichtstheorie war *die* inselbiogeographische Gleichgewichtstheorie geworden. Tatsächlich handelte es sich nicht um die einzige Theorie dieser Art; die wissenschaftliche Literatur war bereits einigermaßen mit theoretischen Vorstellungen zur Biogeographie von Inseln durchsetzt. Aber keine der anderen Theorien war so überzeugend, keine so im einzelnen ausgeführt, und keine erwies sich als entfernt so einflußreich. Die Überheblichkeit des Titels war gerechtfertigt. Nach diesem Buch war alles anders.

115 Für einige Leute, die nicht zahlreich, dafür aber lautstark sind, ist Edward O. Wilson ein Buhmann, als führender Vertreter einer Wissenschaftsrichtung namens Soziobiologie übel beleumundet. Von anderen wird er aus dem gleichen Grunde geschätzt und bewundert. Jawohl, es ist der gleiche Edward O. Wilson, der im Jahre 1975 *Sociobiology: The New Synthesis* veröffentlichte, worin er sich zu der These verstieg, das menschliche Sozialverhalten sei möglicherweise zum Teil durch entwicklungsgeschichtlich-genetische Faktoren geprägt. Dieser

Abschnitt seines Lebens und seiner Karriere ist eine eigene Geschichte (wie er beschuldigt wurde, pseudowissenschaftliche Rechtfertigungen für bestehende rassistische und sexistische Verhältnisse zu liefern, wie er von linkksorientierten Intellektuellen in Druckerzeugnissen und von zornigen jungen Demonstranten auf Plakaten beschimpft wurde, wie ihm die unerwünschte Ehre widerfuhr, von einem dieser Demonstranten einen Krug Wasser über den Kopf geschüttet zu bekommen, während er vor der American Association for the Advancement of Science [Amerikanische Gesellschaft zur Förderung der Naturwissenschaften] eine Ansprache hielt), aber es ist nicht die Geschichte, die ich hier erzähle. Anderen, Jüngeren, wiederum gilt Edward O. Wilson als brillanter vielseitiger Gelehrter und großer Stilist, als ein Warner von staatsmännischem Format, der auf die weltweiten Verluste an Artenvielfalt hinweist, ein weiser Mentor der Naturschutzbewegung. Und bei seinen Kollegen in der Entomologie ist er eine alles überragende Autorität für die Taxonomie und das Verhalten von Ameisen.

All dieser Aspekte der Wilsonschen Persönlichkeit bin ich mir bewußt, aber mich interessiert noch ein weiterer. Für mich ist er der überlebende Partner des Teams MacArthur/Wilson und hat in dieser Partnerschaft Geschichte gemacht. Er ist unter allen Lebenden am besten qualifiziert, Auskunft darüber zu geben, warum ein so formlos betriebenes und scheinbar so peripheres Gebiet wie die Inselbiogeographie sich so stark formalisieren und für die Wissenschaft der Ökologie so zentral werden konnte. Er ist außerdem, wie ich feststelle, ein großzügiger, angenehmer und bescheidener Mensch. Gelassen wie ein gutherziger Methodistenpfarrer beim Krankenbesuch, opfert er mir mitten an einem geschäftigen Arbeitstag drei Stunden seiner Zeit, um mich intellektuell zu bewirten. »Nennen Sie mich doch Ed«, sagt er. »Und ich nenne Sie David, wenn ich darf.«

Sein Büro in einem Obergeschoß des Museums für Vergleichende Zoologie in Harvard ist ein großer, heiterer Raum, dekoriert mit Erinnerungsstücken und Ameisen. Anders als die Ameisen, die in meinem eigenen Büro ein und aus gehen, stecken seine in Käfigen. Die Käfige sind adrette Plastikteile und stehen auf langen einfachen Holztischen aufgereiht. Einige von ihnen, ohne

Zweifel die mit den tropischen Spezies, werden durch rote Glühlampen sanft gewärmt. Auf einem Sockel mit Widmung hockt die überdimensionale Bronzeskulptur einer Ameise, groß wie ein Hummer. Auf einem alten Nummernschild des Staates Georgia, einem unsinnigen Andenken von jener Art, wie sie einem die Post als Geschenk ins Haus schleppt, steht HIANTS. Und auf einem Tisch liegt der Schädel einer Säbelzahnkatze (oder jedenfalls ein Abguß davon) und sorgt in dem myrmekologischen Arrangement für einen Hauch von Abwechslung.

Hoch oben an der linken Wand hängen eine Reihe gewichtiger, schwarzgerahmter Fotografien: fünf ehrwürdige Männer. Handelt es sich um Ed Wilsons erlauchte Vorgänger hier am Museum für Vergleichende Zoologie? Das vermute ich, und es gelingt mir, eines der Gesichter als das von William Morton Wheeler zu identifizieren, einem großen amerikanischen Ameisenexperten aus den Anfängen des Jahrhunderts. Die übrigen kenne ich nicht. Die fünf würdigen Altvorderen blicken streng auf alles herab. Hat die Leitung von Harvard diese Fotos als obligatorischen Büroschmuck aufgehängt, vergleichbar dem salbungsvollen Konterfei des Präsidenten, das jedes Postamt schmückt? Von der gegenüberliegenden Wand glotzen aus ebenso schwarzen Rahmen fünf Ameisen zurück und bilden einen ironischen Kontrapunkt.

Drüben, an der hinteren Wand, hängt, unauffällig neben Wilsons Schreibtisch plaziert, ein weiteres Foto: der junge Robert MacArthur.

Ehe wir ernsthaft in das Inselthema einsteigen, setzt mir Wilson einen Lunch vor. Aus dem Kühlschrank in seinem Büro zieht er Sandwiches mit Truthahnfleisch, Flaschen mit Kronsbeerensaft und in Papier eingewickelte Stücke Baklava; all das scheint er selbst in irgendeinem dortigen Delikatessenladen eingekauft zu haben. Dieser große Mann, dieses bewundernswerte, verrückte Musterbild an Höflichkeit, entschuldigt sich bei mir für die einfallslose Bewirtung. Aber der Truthahn schmeckt prächtig und der Kronsbeerensaft ist aus dem fernen Finnland bis hierher gereist. Während wir uns vollstopfen, plaudern wir über die Politik der Mittelvergabe für wissenschaftliche Projekte (besonders darüber, wie die Ökologie gegenüber der Molekularbiologie das

Nachsehen hat) und über die soziopolitische Herausforderung einer Erhaltung der biologischen Vielfalt. Beides ist miteinander verknüpft, und beides macht ihm große Sorgen. Aber der finnische Saft sorgt für eine Abschweifung und bringt uns auf das Thema skandinavischer Nachnamen; meiner habe seine Neugier geweckt, äußert er.

Der Name sei norwegisch, antworte ich. Vor seiner Amerikanisierung habe er sich ungefähr mit »Kuhhirte« oder »Kuhmann« übersetzen lassen – sei mir jedenfalls gesagt worden. Daraus lasse sich notfalls »Cowboy« machen, falls jemand Wert darauf lege, was bei mir nicht der Fall sei. Außerdem gebe es, sage ich, in Norwegen keinen großkotzigen Kult um Pferde und Kautabak und spitze Stiefel. Durch mein Geschwätz animiert, vertraut Wilson mir an, er habe immer an der Gewöhnlichkeit seines Namens Anstoß genommen. Wenn es schon ein für die englischstämmige protestantische Mittelschicht typischer Name habe sein müssen, dann doch wenigstens etwas Robusteres. Zum Beispiel Stonebreaker [Steinbrecher], sinniert er. Sein Mund kräuselt sich zu einem kleinen Lächeln, während er wiederholt: Stonebreaker. Ich sehe es vor mir: *Dr. Edward O. Stonebreaker, der berühmte Ameisenexperte und Soziobiologe, erklärte heute in Harvard, er werde den Namen Wilson nicht mehr verwenden und außerdem würden keine marxistischen Hampelmänner jemals wieder SEINEN Kopf mit Wasser übergießen.*

Aber er ist offenbar kein nachtragender Mensch und scheint sich auch nicht wichtig zu nehmen. Mit dem Namensscherz zieht er sich selbst durch den Kakao. Jawohl, entscheidet er, Stonebreaker wäre der Name seiner Wahl, weil er so hübsch an Generationen muskelbepackter, schwerblütiger Vorfahren denken lasse, von denen einige Fußeisen trügen. Er gluckst.

Nach dem Baklava gehen wir mit Kaffeetassen über den Korridor in einen nahe dem Büro gelegenen Saal. Da Wilson die Hauptstoßrichtung meiner Fragen voraussieht, hat er einige Dias zurechtgelegt, die er mir vorführen möchte. Seine Absicht ist, wie sich herausstellt, mir über die Entstehung und Entwicklung der MacArthur/Wilson-Theorie einen Privatvortrag zu halten. Ein Projektor steht bereit. Wilson schiebt das erste Dia ein und redet, weil das Bild einen Strom von wissenschaftlichen und persönlichen Erinnerungen bei ihm auslöst, fast eine Stunde lang, ehe er das nächste anklickt.

Das Dia zeigt zwei junge Männer in tropentauglicher Kleidung auf einer sonnendurchglühten weißen Sandbank. Einer der beiden, eine dürre und kantige Gestalt, trägt grobe Baumwollhosen und Segeltuchschuhe und eine rotweiße Baseballmütze mit herabgezogenem Schirm, so daß man darunter nur schwach einen Dreitagebart erkennt.

»MacArthur haßte es immer, sich fotografieren zu lassen«, erzählt mir Wilson.

116 Zu Ende der vierziger und im Laufe der fünfziger Jahre, so Wilson, sammelte G. Evelyn Hutchinson in Yale einen kleinen Kreis außergewöhnlicher Doktoranden um sich, die er in Evolutionstheorie unterrichtete und denen er »wieder und wieder einschärfte, daß die Ökologie eine Wendung hin zur Evolutionstheorie brauche«. Hutchinson und diese besonderen Studenten, meint Wilson, schürften in der Frage, welche Rolle die evolutionsgeschichtliche Anpassung in der Dynamik komplexer Gemeinschaften spielte, ein bißchen tiefer als andere. Wie dem auch sei, einer der Hutchinsonleute war ein junger Bursche namens Larry Slobodkin; er hatte gerade ein kleines Lehrbuch zur Ökologie geschrieben, in dem er die Bedeutung quantitativer Modellbildung für entwicklungstheoretische Probleme darlegte.

Wilson selbst, der droben in Harvard tätig war, gehörte nicht zu Hutchinsons Kreis. MacArthur hatte er noch nicht kennengelernt, und er hatte auch noch nicht seinen Forschungsurlaub in Südamerika absolviert. Er kannte allerdings Larry Slobodkin und verstand sich gut mit ihm. Da sich ihre Interessen überkreuzten, fingen er und Slobodkin an, ein gemeinsames Projekt zu planen.

Slobodkin verfügte über einige der mathematischen Fertigkeiten, die Wilson abgingen; außerdem war er auch in ökologischen Theorien zu Hause. Wilson wiederum war bewandert in Myrmekologie, Biogeographie und Theorie der Artbildung. »Slobodkin und ich sahen, daß wir diese zwei Wissenskomplexe und

Theorieansätze zusammenführen und eventuell ein Buch über Populationsbiologie schreiben konnten«, erinnert sich Wilson. Sie hatten über den Plan sogar schon mit einem Verlag gesprochen. »Dann kamen Slobodkin Bedenken. Er sagte: ›Eigentlich brauchen wir einen dritten Autor‹« – Slobodkin dachte an eine bestimmte Person, einen gewissen Mathematiker –, »›weil er so unheimlich gut ist. Er ist so genial, er ist in der Ökologie groß im Kommen und voller grandioser Einfälle. Ich möchte, daß du Robert MacArthur kennenlernst.‹« Während einer Tagung im Dezember 1956 trafen sie sich dann tatsächlich. »Und er und ich waren sofort ein Herz und eine Seele«, sagt Wilson.

Ich starre auf den jungen Mann mit der rotweißen Mütze, der mittlerweile berühmt und mittlerweile verstorben und dessen Bild auf Wilsons Leinwand fixiert ist.

MacArthur war gerade aus Oxford zurückgekehrt, wo er nach der Promotion ein Jahr verbracht hatte. Wilson gewann von ihm auf Anhieb den Eindruck »eines leicht ätherischen, feinfühligen, englisch angehauchten Amerikaners, der sich über diese Dinge offenbar tiefschürfende Gedanken machte«. Die beiden freundeten sich rasch an, fingen einen Dialog per Briefwechsel an und tauschten im Blick auf das geplante gemeinschaftliche Buch Gedanken aus. Wilson entwarf sogar einige Kapitel. Aber dann ging aus irgendeinem Grund die Freundschaft zwischen Slobodkin und MacArthur in die Brüche – nach Ed Wilsons Erinnerung war es Slobodkin, der eine Antipathie gegen MacArthur entwickelte, und MacArthur, der sich dadurch gekränkt fühlte –; damit war das Buchprojekt gestorben. Wilson selbst nahm seinen Forschungsurlaub und anschließend Hilfsunterricht in Mathematik. Als er in den Norden zurückkehrte, war sein Interesse an der quantitativen Methode stärker denn je, und er nahm wieder Kontakt zu MacArthur auf. Sie trafen sich, sooft sie konnten – auf Kongressen, an der University of Pennsylvania, als Wilson zu einem Vortrag dorthin eingeladen wurde, in MacArthurs Sommerfrische in dem kleinen Städtchen Marlboro in Vermont. Sie führten »ausufernde Gespräche über Biologie – über die Zukunft der Populationsbiologie und so weiter«. Sie waren jung und energiegeladen, träumten die Art von Träumen, die energiegeladene junge Männer häufig träumen.

Sie lechzten danach, an dem einen oder anderen Projekt gemeinsam zu arbeiten. »Und ich war überzeugt davon, daß die Zusammenarbeit sich auf die Biogeographie konzentrieren würde, weil ihr mein Herz gehörte.« Wilson war fasziniert von den biogeographischen Mustern, die er in seinen eigenen Feldforschungsdaten zu tropischen Ameisen aufgespürt und über die er in Arbeiten von Darlington, Mayr und anderen gelesen hatte. Ganz besonders fesselten ihn Spezies-Flächen-Kurven. »Ich gewann immer mehr Interesse an ihnen, weil sie in meinen Augen möglicherweise einen Gleichgewichtszustand wiedergaben. Sie stellten irgendeine Art Gesetz dar.« Er und MacArthur unterhielten sich vielfach über das, was sie als »Naturbalance« betrachteten.

Das alte Foto von MacArthur flimmert immer noch vor uns. Hätte der Projektor nicht eine gute Lüftung, wäre das kostbare Dia schon längst einem Schmelzprozeß zum Opfer gefallen.

»Okay«, sagt Wilson, »jetzt komme ich zum Clou.« Er hat die Geschichte schon mehrfach in seinen Seminaren erzählt, aber noch nie einem kleineren oder interessierteren Publikum. »Slobodkin scheidet aus«, sagt er. »MacArthur und ich werden unzertrennlich. Wir sind jetzt hingerissen von der Vorstellung, daß sich mit der Biogeographie etwas wirklich Bedeutendes anfangen läßt. Ich sage also immer wieder: ›Biogeographie, der gehört die Zukunft.‹ Naturbalance. Gleichgewichtszustand und so weiter. Wir schauen uns diese Kurven an. Dann, im Jahr '62, im Sommer '62, nach Gesprächen in Pennsylvania und in Marlboro, in seinem Ferienhaus, bekomme ich mit der Post einen kleinen zwei- oder dreiseitigen Brief von MacArthur mit dem Gleichgewichtsmodell – den sich kreuzenden Linien. Und er schreibt: ›Ich denke, so ließe sich an die ganze Sache herangehen.‹ Und ich schaue es mir an. Und ich sage: ›Jawohl, das ist es.‹«

117 Die Gleichgewichtstheorie der Inselbiogeographie ist kein konzeptuelles Kunstwerk. Sie ist ein Instrument. MacArthur und Wilson entwickelten sie in zweierlei Absicht: sie sollte Erklärungen liefern und Voraussagen ermöglichen.

Auch wenn die mathematischen Einzelheiten entsetzlich kompliziert sind, ist sie im Kern simpel. Denken wir sie uns ähnlich wie unsere digitale Armbanduhr. Man braucht die Schaltkreise auf einem Silikonchip nicht zu verstehen, um von der Uhr die Zeit ablesen zu können. Wahrscheinlich hat man es sogar geschafft (nach einigen vergeblichen Versuchen, wenn es wie bei mir geht), das kleine Weckzirpen einzustellen und die Stoppuhrfunktion zu betätigen. Die glückliche Unschuld in Sachen Chip haben wir uns bei alledem bewahrt. Einverstanden? Beim Umgang mit der Gleichgewichtstheorie ist es ungefähr auch so. In dem Aufsatz von MacArthur und Wilson aus dem Jahre 1963, in dem die Theorie zum ersten Mal vorgestellt wurde, findet sich ein bescheidenes Maß an geheimnisvollem mathematischem Schaltkreiswissen. Das Buch, das 1967 erschien, enthält unmäßig viel davon. Wir, der Leser und ich, werden uns darum nicht kümmern. Wir sind daran interessiert, zu wissen, wie spät es ist, und den Pieper zu benutzen, nicht aber, Einblick in die elektronische Digitaltechnik zu gewinnen.

Zwei Muster bei Daten der empirischen Welt dienten der Theorie als Ausgangspunkte; beide gemeinsam sollten durch die Theorie erklärt werden.

Erstes Muster: der Zusammenhang zwischen Art und Gebiet. Die Ameisen auf den Inseln im westlichen Pazifik, die Ed Wilson so gut kannte, lieferten ein erfreulich regelhaftes Beispiel für diesen Zusammenhang. Auf den großen Inseln gab es mehr Ameisenarten, auf den kleinen Inseln weniger. Die Laufkäfer sowie die Reptilien und Amphibien auf den Antillen boten laut Darlingtons Bericht weitere passende Beispiele für den Zusammenhang zwischen Art und Gebiet. Die Landvögel gewisser indonesischer Inseln stellten noch so einen einschlägigen Fall dar. In allen Fällen beherbergten größere Inseln mehr Spezies als kleinere Inseln, und wenn man die Anzahl von Arten in Korrelation zur Größe der jeweiligen Inseln graphisch erfaßte, dann ordneten sich (ein bißchen logarithmisches Jonglieren einbegriffen) die Punkte der Graphik zu einer geraden Linie. Obwohl die Linie eine Gerade ist, wird sie, wie der Leser sich erinnern dürfte, im wissenschaftlichen Sprachgebrauch als Kurve bezeichnet. Das Gefälle jeder Spezies-Flächen-Kurve läßt sich durch eine Dezimalzahl ausdrücken, die von einer Inselgruppe zur anderen verschieden ist.

Um die Geschichte mit dem Gefälle in schlichtes Deutsch zu fassen: Bei manchen Inselgruppen wiesen die großen Inseln *sehr viel* mehr Arten auf als die kleinen Inseln, während bei anderen Inselgruppen die großen Inseln nur unerheblich mehr Arten aufwiesen als die kleinen. Die Gleichung, die MacArthur und Wilson für den Zusammenhang zwischen Art und Gebiet in Vorschlag brachten, war die gleiche, die bereits Preston auf Arrhenius zurückgeführt hatte: $S = cA^z$. Der Exponent z repräsentierte das Gefälle der Kurve – das heißt, er gab wieder, wie extrem das Verhältnis zwischen Anzahl der Arten und Inselgröße bei den jeweiligen Inselgruppen war. Dieser Exponent hatte für die Käfer der Antillen einen bestimmten Wert, für die indonesischen Vögel einen anderen Wert und wieder einen anderen für die Ameisen im Westpazifik. Jeder Archipel war verschieden, allerdings nicht *allzu* verschieden; das Ausmaß, in dem große Inseln mehr Arten beherbergten als kleine, wies offenbar eine naturgegebene Übereinstimmung auf. Der durchschnittliche Neigungswert der Kurven bei den von MacArthur und Wilson herangezogenen Fällen betrug rund 0,3 – für uns normale Sterbliche eine Zahl mehr, aber für jeden, der das Wechselverhältnis von Artenvielfalt und Lebensraum studiert, eine wichtige Orientierungsmarke.

Das zweite Muster, das der Theorie von MacArthur und Wilson zugrunde lag, war wie das erste den Biogeographen schon lange vertraut: Abgelegene Inseln beherbergen eine geringere Zahl von Arten als weniger abgelegene.

Dieses Muster tritt auf verschiedene Weise in Erscheinung. Wenn eine Insel einer bestimmten Größe in der Nähe des Festlands liegt, dann beherbergt sie im allgemeinen mehr Arten als eine weiter draußen gelegene Insel gleicher Größe. Sodann beherbergt eine kleine Insel in der Nähe einer großen Insel (zum Beispiel eine der Satelliteninseln bei Neuguinea) im allgemeinen mehr Arten als eine kleine Insel ohne großen Nachbarn. Und schließlich beherbergt eine Insel, die zu einem Archipel aus kleinen Inseln gehört, der weit weg vom nächsten Festland oder der nächsten großen Insel liegt, mehr Arten als eine ebensoweit entfernt von größeren Nachbarn, aber einsam gelegene Insel. In allen Fällen ist der Artenreichtum dem Grad der Isolation umgekehrt proportional.

Die Vorgänger von MacArthur und Wilson hatten gewöhnlich dieses Muster in historischen Begriffen erklärt. Abgelegenheit war ein Hindernis, das nur Äonen überwinden konnten. Artenarmut und Abgelegenheit zusammen deuteten auf eine relativ kurze Geschichte der Insel hin. Die Besiedlung jeder neuen ozeanischen Insel brauchte Zeit – gewaltige Zeitspannen, wenn die Insel abgelegen war –, und abgelegene Inseln waren normalerweise nicht alt genug, um die nötige Zeit für den Erwerb großen Artenreichtums gehabt zu haben. So die historische Hypothese.

MacArthur und Wilson hatten indes den Verdacht, daß die Antwort nicht in der Geschichte zu suchen war. Ihrer Überzeugung nach war die Zeit nur in den frühesten Perioden einer neuen ozeanischen Insel der einschränkende Faktor, und die meisten Inselökosysteme auf der Erde waren längst voll ausgebildet, hatten längst einen Balancezustand, ein Gleichgewicht, erreicht, wo die jeweilige Anzahl der Arten nicht historische Bedingungen, sondern aktuelle Prozesse widerspiegelte. Die aktuellen Prozesse, die nach ihrer These die Balance am stärksten prägen, waren Zuwanderung und Artensterben.

Auf Seite 21 ihres Buches druckten MacArthur und Wilson die Kurve mit der durchhängenden X-Form ab, um ihre ahistorische Theorie zu veranschaulichen. Die Abnahme bei der Zuwanderungsrate und die Zunahme bei der Aussterberate sind nicht auf verstrichene Zeitspannen, sondern auf die Anzahl der jeweils auf einer Insel vorhandenen Arten bezogen. In dem Maße, wie eine Insel sich mit Arten füllt, nimmt die Zuwanderung ab und das Aussterben zu, bis sich beides auf einer mittleren Ebene ausgleicht und es in der Bilanz weder Gewinne noch Verluste mehr gibt. Das Phänomen des Ausgleichs zwischen Zu- und Abnahme – der Personalwechsel bei gleichbleibender Dienstliste – wird als *Umschlag* bezeichnet. Die eine Schmetterlingsart trifft ein, während eine andere ausstirbt, und am Ende gibt es auf der Insel die gleiche Zahl von Schmetterlingsarten wie vorher. Gleichgewicht mit Umschlag.

Dieses X aus sich kreuzenden, durchhängenden Kurven wurde in der ökologischen Literatur zum bekanntesten und herausforderndsten Diagramm. In seiner ursprünglichen Gestalt und in vielen Varianten tauchte es in zahllosen Büchern und Beiträgen auf. Bei vielen Ökologen fand es begeisterte Aufnahme und stieß bei einer Reihe anderer auf ebenso leidenschaftliche Ablehnung. Wenn Prestons kanonische Kurve die Glocke war, die den Umbruch einläutete, dann war das Gleichgewichtsdiagramm von MacArthur und Wilson das Signal zum offenen Aufruhr.

Das Begriffsmodell der beiden erklärt in der Tat die zwei Muster in den empirischen Daten; sein Erklärungswert verlieh ihm seine Überzeugungskraft. Kleine Inseln beherbergen weniger Arten als große Inseln – warum? Weil auf kleinen Inseln weniger Zuwanderer eintreffen und mehr Arten aussterben. Im Schema von MacArthur und Wilson wird das als der Flächeneffekt bezeichnet. Abgelegene Inseln beherbergen weniger Arten als näher gelegene Inseln – warum? Weil auf abgelegenen Inseln weniger Zuwanderer eintreffen und ebenso viele Arten aussterben. Das ist der Entfernungseffekt. Fläche und Entfernung regulieren durch ihre vereinten Effekte die Balance zwischen Zuwanderung und Aussterben. Alles fügt sich nahtlos ineinander.

Die Figur des durchhängenden X im Buch von MacArthur und Wilson war nur eine generalisierte Version spezifischer Gleichgewichtsdiagramme, die sich für einzelne Inseln zeichnen lassen. Für manche Inseln sind die Kurven steiler als für andere, weil besondere lokale Umstände eine Rolle spielen. Je nachdem, wie steil die Kurve ist, wandert der Schnittpunkt nach unten oder nach oben (was eine höhere oder niedrigere Umschlagsrate im Gleichgewichtszustand anzeigt) und nach links oder rechts (was eine größere oder geringere Artenzahl im Gleichgewichtszustand anzeigt). Wenn eine der beiden Kurven besonders steil ist – und damit ausdrückt, daß entweder die Zuwanderung besonders schroff abnimmt oder das Artensterben besonders stark zunimmt –, verschiebt sich der Schnittpunkt nach links auf Null zu. Die Verschiebung bedeutet, daß unter diesen besonderen

Umständen der Gleichgewichtszustand nur relativ wenige ortsansässige Arten umfaßt.

Mit anderen Worten, hohe Aussterbe- und geringe Zuwanderungsraten führen zu einem verarmten Ökosystem. Für unsereins ist solch eine nahe bei Null liegende Schnittstelle ein Punkt in einem abstrakten Raum, für eine Insel dagegen stellt sie eine schicksalhafte Wirklichkeit dar.

118 Wochen vergingen. MacArthur hatte Wilson seine kleine Skizze mit den sich kreuzenden Linien zugeschickt, und Wilson hatte Heureka gerufen; aber die vollständige Theorie mit ihrer argumentativen und mathematischen Untermauerung war noch nicht zu Papier gebracht. Eines Tages saßen sie dann, wie Wilson sich erinnert, zusammen am Kamin in MacArthurs Wohnzimmer. Auf dem Kaffeetisch vor ihnen lagen lauter Notizen und Graphiken. Das war Ende 1962. Sie waren sich sicher, daß ihr Gleichgewichtsmodell eine gute Erklärung für die beiden empirischen Muster lieferte. Aber das reichte nicht aus. Beide Muster – von denen das eine die Wirkung der Entfernung, das andere die der Fläche zum Ausdruck brachte – waren relativ unkompliziert; irgendeine andere Theorie konnte sie vielleicht ebensogut erklären. MacArthur und Wilson brauchten weitere empirische Beweise. Sie mußten nachweisen, daß zwischen den Aussagen ihrer Theorie und den tatsächlichen Gegebenheiten eine enge Verknüpfung bestand.

MacArthur machte einen Vorschlag. Mit Hilfe des mathematischen Apparats ihrer Theorie konnten sie errechnen, wie rasch sich eine neuentstandene Insel dem Gleichgewichtszustand annähern mußte und wie die Beziehung zwischen dem Annäherungstempo und der schließlichen Umschlagsgeschwindigkeit der Insel beschaffen war. Für jede neuentstandene Insel sahen die Zahlen anders aus. Sie würden eine Insel auswählen und mit ihr einen Versuch machen. Entweder die Theorie fand eine Stütze, oder sie wurde widerlegt. Der Vorschlag war gut, er hatte nur einen praktischen Haken: Neuentstandene Inseln sind selten. Und nicht viele von ihnen sind in der Zeit ihrer Annäherung an den

Gleichgewichtszustand im Verhältnis der Arten wissenschaftlich studiert worden. Viele empirische Daten gab es also nicht. Einsame Kuppen aus frischer Lava, die, einem Schlackehaufen vergleichbar, mitten im Ozean abkühlen, finden nicht oft das Interesse von Ökologen.

Hier hatte nun Ed Wilson einen Einfall. Schauen wir uns den Krakatau an, sagte er.

Wilson selbst war nie dagewesen und schlug auch nicht vor, hinzufahren, aber er wußte einiges über den Krakatau aus der Literatur. Er wußte, daß durch den großen Ausbruch im Jahre 1883 alles Leben ausgelöscht und die Insel in einen verschmorten Hügel verwandelt worden war. Er wußte, daß der Ascheregen sich kaum gelegt hatte, als auch schon Spinnen und Insekten und Farnsporen eintrafen, um das biologische Vakuum zu füllen. Und er begriff, daß dieser verschmorte Hügel (unter seinem neuen Namen Rakata) faktisch eine neue Insel und einen gut dokumentierten Fall darstellte, der die Annäherung einer Insel an den Gleichgewichtszustand empirisch vorführte. Hier bot sich ein Experiment zur Überprüfung der Theorie, wie es zwei junge, ungeduldige Biologen besser gar nicht kriegen konnten.

Also fingen MacArthur und Wilson zu rechnen an. Sie konzentrierten sich auf Vögel. Durch Extrapolation von einer Spezies-Flächen-Kurve für die Vogelfaunen anderer asiatischer Inseln schätzten sie, wie viele Arten Rakata beherbergen mußte, wenn sich der Artenbestand im Gleichgewicht befand. Sie schätzten, wieviel Zeit nach der sterilisierenden Explosion nötig war, um Rakata diesen Gleichgewichtszustand erreichen zu lassen. Sie schätzten die Umschlagsgeschwindigkeit nach Erreichen des Gleichgewichts. In Zahlen sahen ihre Schätzungen wie folgt aus:

Gleichgewichtszahl: dreißig Arten
Zeit bis zum Gleichgewicht: vierzig Jahre
Umschlag: eine Spezies pro Jahr

Darauf wandten sie sich den empirischen Daten zu.

Nach der ersten biologischen Expedition unter Leitung von Professor Treub im Jahre 1886 war Rakata immer wieder aufgesucht und einer Bestandsaufnahme unterzogen worden, vor allem in den Jahren 1908, 1921 und 1934. Die Daten dieser Bestandsaufnahmen fanden sich in einem holländischen Zeitschriftenbeitrag aus dem Jahre 1948 zusammengefaßt. Als sie diesen Beitrag heranzogen, stellten MacArthur und Wilson fest, daß im Jahre 1908 auf Rakata gerade einmal dreizehn Vogelarten siedelten. Die Wiederbesiedlung steckte noch in den Anfängen. Zwischen 1908 und 1921 stieg, wie sie feststellten, die Zahl auf siebenundzwanzig. Dann flachte die Kurve ab. Zwischen 1921 und 1934 kam es zu keiner Veränderung der Gesamtzahl; abermals wurden siebenundzwanzig Arten registriert. Das deutete auf eine Form von Stabilität hin, mochte sie nun dynamischer oder sonstiger Art sein. Bei den siebenundzwanzig Vogelspezies, die 1934 identifiziert wurden, waren indes fünf der alten Spezies verschwunden und an ihre Stelle fünf neue getreten. Das war Umschlag. Der Gleichgewichtszustand hatte sich offenbar innerhalb von rund vier Jahrzehnten hergestellt, und die Gleichgewichtszahl betrug rund dreißig; beides wie vorhergesagt. Die Umschlagsrate blieb zwar hinter der Schätzzahl zurück, aber nicht so stark, daß es MacArthur und Wilson hätte entmutigen können.

»Wir waren höchst aufgeregt«, erzählt mir Wilson. »Wir sagten, mein Gott, zum ersten Mal können wir hier ein astreines Modell davon bieten, wie ein Gleichgewichtszustand aussehen muß, und es gibt tatsächlich auch einen Fall, wo man Gleichgewicht und Umschlag messen kann, und es scheint zu passen.«

Drei Jahrzehnte später ist die Frage, wie gut die Krakatau-Daten zur Theorie von MacArthur und Wilson passen, immer noch Gegenstand des Disputs. Muß man beide Augen zudrücken, reicht es zur Not, oder handelt es sich um einen Fall von umwerfender Paßgenauigkeit? Die Ökologen unternehmen nach wie vor Expeditionen nach Rakata, machen nach wie vor Bestandsaufnahmen von den Vogelarten, ziehen die Summe, prüfen den Umschlag; und nach wie vor vergleichen sie ihre Befunde mit den Berechnungen, die MacArthur und Wilson am Kaffeetisch angestellt haben. Warum machen sie sich diese Mühe?

Sie machen sie sich deshalb, weil es der Gleichgewichtstheorie der Inselbiogeographie gelungen ist, die Gemüter in Bann zu schlagen. Während eines Großteils der vergangenen dreißig Jahre war sie für die Ökologen vom Fach ein wichtiger Bezugsrahmen ihrer Forschung und Diskussion.

Und der Fall Krakatau trug entscheidend zu ihrem Erfolg bei. Wilsons Einfall, diese Daten unter die Lupe zu nehmen, hatte sich ausgezahlt. »Aber das stellte mich nicht zufrieden«, fügt er hinzu. »Was wir brauchen, ist ein ganzes System aus Krakataus.«

119 »Es gibt *nichts* Abenteuerlicheres als die Biogeographie«, erklärt Ed Wilson mit stiller Inbrunst, und weiß der Himmel, verzaubert, wie ich in diesem Augenblick bin, nehme ich ihm das fast ab.

Die Aura des Abenteuerlichen verkörperten Wissenschaftler wie Philip Darlington, der zu Wilsons frühen Vorbildern in Harvard gehörte. Wenn Darlington nicht das klösterliche Leben eines Käfertaxonomen und Kurators führte, war er »ein harter Typ, ein echter draufgängerischer Feldmensch«, wie Wilson sich erinnert. Auf der Jagd nach Käfern marschierte Phil Darlington schnurgerade durch das Dickicht eines tropischen Waldes – abseits der Fährten, Berge rauf, Berge runter, nur von seinem Kompaß geleitet. Auf diese Weise bekomme man die wirkliche Fauna, die Fauna des Waldesinneren, instruierte er Wilson. Ein weiterer eindrucksvoller Vorgänger war William Diller Matthew, ein Paläontologe am Amerikanischen Museum für Naturgeschichte, der die Biogeographie ausgestorbener Säugetiere erforschte und Feldforschungsexpeditionen an Orte wie Java, die Mongolei und Wyoming unternahm. Früher noch, vor Matthew und Darlington, gab es die – wie Wilson sich ausdrückt – zahllosen, heroischen, kiplingesken Naturforscher der Vergangenheit. Er nennt Alfred Wallace nicht namentlich, aber das braucht er auch nicht, da wir beide wissen, daß auf keinen Menschen die Beschreibung »heroisch und kiplingesk« besser paßt als auf ihn.

Wilson will mit seinem Hohenlied auf etwas hinaus. Jawohl, die Biogeographie sei immer etwas Abenteuerliches gewesen, das einen körperlich gefordert habe und bei dem spannende Feldforschungsreisen an exotische Schauplätze für Leben gesorgt hätten. Aber intellektuell gesehen sei sie ein Tohuwabohu gewesen.

Gestaltlos, verworren. Ihr habe die Strenge einer quantifizierenden Wissenschaft gefehlt. Sie habe die experimentelle Methode nicht genutzt. Anfang der sechziger Jahre aber sei er, Wilson, erstmals zu der Überzeugung gelangt, daß sich das vielleicht ändern lasse.

Während er mit MacArthur an der Gleichgewichtstheorie arbeitete, erfüllte ihn diese Aussicht mit neuer Kraft: die Biogeographie zu einer Experimentalwissenschaft umzugestalten. Das Abenteuer behalten, und das Chaos loswerden. Der Wissenschaft die Fähigkeit verleihen, nicht bloß zu beschreiben und zu erklären, sondern auch Voraussagen zu machen. Ein Problem gab es dabei allerdings. Wilson war klar, daß er selbst keine wesentliche Rolle in solch einem Wandlungsprozeß übernehmen konnte, solange er die ganze Zeit über in dem städtischen Massachusetts hockte.

»Ich sagte mir also, ich muß raus ins Feld.«

Er war nicht mehr so jung und unbekümmert wie zur Zeit seiner Feldforschung in Melanesien. Er hatte mehr Verpflichtungen: Da waren eine Familie, ein Lehrstuhl in Harvard. Er konnte sich nicht einfach für Monate, aus denen Jahre wurden, auf irgendeiner tropischen Insel herumtreiben. Aber er wollte gar zu gern draußen im Feld ein wichtiges Experiment zur biogeographischen Gleichgewichtsfrage veranstalten. »Ich wußte, daß so etwas möglich war«, sagt er heute, »vorausgesetzt, ich konnte den richtigen Ort dafür finden. Ich brütete ständig über Landkarten der Vereinigten Staaten, auf der Suche nach Orten, wissen Sie, wo ich rasch hinkam. Und da hatte ich es gefunden: das südliche Florida.«

In den Sommerferien 1965 fuhr er mit seiner Familie nach Key West. Er besorgte sich ein fünf Meter langes Boot mit Außenbordmotor. Er fing an, die kleine Welt aus Mangroveninseln zu erforschen, von denen die seichten blauen Gewässer südlich der Everglades übersät waren.

Es gab Tausende dieser Mangroveninseln, so viele, daß kein Kartograph sich je die Mühe gemacht hatte, sie alle mit Namen zu versehen. Die Florida Bay besaß ebenfalls ein reichhaltiges Kontingent – winzige Grünpolster, mit denen die Salzwasserflächen gesprenkelt waren – draußen vor Boca Chica, vor Sugarloaf Key, vor der Küste der Snipe Keys, der Squirrel Key und der Johnston Key, draußen zwischen den Bob Allen Keys und den Calusa Keys, nördlich von Crawl Key, nördlich von Fiesta Key, die ganze Strecke, bis zurück nach Key Largo. Sie wölbten sich dunkel vor dem strahlend hellen Meereshorizont, wie Bisons, die auf einer frostüberzogenen Prärie grasen. Wilson lenkte das Boot zwischen sie.

Er sah, daß viele ausschließlich aus Vegetation bestanden, aus isolierten Haufen von Mangroven, die knietief im seichten Wasser standen. Die Rote Mangrove, *Rhizophora mangle*, ist eine wasserliebende, salzverträgliche Spezies, die unter solchen Bedingungen gedeiht. Sie erhebt sich auf einem einzigen Hauptstamm und auf einem ständig dicker werdenden Geflecht aus Stützwurzeln, das sich nach außen ausbreitet, dem Baum im Schlick unter der Wasserfläche einen immer festeren Stand verleiht und immer mehr Raum einnimmt. Eine kleine Mangroveninsel besteht unter Umständen nur aus einem einzigen Baum, oder sie setzt sich aus mehreren Roten Mangroven zusammen, in deren Gewirr sich eine Schwarze Mangrove eingenistet hat. Der ganze Haufen ist vielleicht im Umfang kaum größer als ein Sonnenschirm.

Eine so winzige Insel ohne festen Boden kann keine großwüchsigen Landtiere beherbergen. Sie ist zwangsläufig frei von Säugetieren und im Zweifelsfall auch von Reptilien. Baumbewohnende Gliederfüßer hingegen wird man dort finden – hauptsächlich Insekten und Spinnen, vielleicht auch ein paar Hundertfüßer, Tausendfüßer, Asseln, Skorpione, Afterskorpione und Milben. In einem solch winzigen und vereinfachten Ökosystem hält sich die Vielfalt in Grenzen und sind die Populationen klein. Ein paar Dutzend verschiedene Arten, ein paar Tausend Exemplare. Ein Wissenschaftler, der es darauf anlegte, könnte praktisch sämtliche Geschöpfe sammeln und bestimmen.

Wilson legte es darauf an.

Er kam 1966 mit einem jungen Doktoranden namens Dan Simberloff wieder, einem weiteren Vertreter aus der langen Reihe mathematisch versierter Mitarbeiter, die er im Laufe seiner Karriere um sich scharte. Wilson und Simberloff konzipierten ein Projekt, das die erste experimentelle Überprüfung der Gleichgewichtstheorie darstellte – und übrigens auch einen der ersten

Schritte in der experimentellen Biogeographie insgesamt. Es sollte wegen seiner logischen Eleganz, seiner Ergebnisse und seiner raffinierten Methoden Berühmtheit erlangen. Der Plan bestand darin, ein paar der kleineren Inseln auszuwählen und eine vollständige Bestandsaufnahme bei ihnen vorzunehmen, das heißt, jede dort ansässige Gliederfüßerart zu identifizieren. Danach sollte von den Inseln alles tierische Leben so getilgt werden, wie der Vulkanausbruch es von Rakata getilgt hatte. Und dann sollte überwacht werden, was als nächstes passierte.

Würde eine Neubesiedlung stattfinden? Ja, ganz sicher. Abenteuerlustige Gliederfüßer würden durch die Kraft ihrer Flügel und den Wind zurückgebracht, um das zoologische Vakuum zu füllen.

Würde das langsam oder schnell passieren? Würde zwischen der Geschwindigkeit der Besiedlung und der Abgelegenheit der jeweiligen Insel ein Zusammenhang bestehen? Würde die Anzahl von Arten auf den einzelnen Inseln schließlich einen Gleichgewichtszustand erreichen? Wenn das der Fall war, würde dann die neue Gleichgewichtszahl in etwa mit der ursprünglich von Wilson und Simberloff angetroffenen übereinstimmen? Und würde ein Umschlag stattfinden? In welchem Tempo? Würde all das im Einklang mit den Voraussagen der Theorie stehen? Das waren die letztlich entscheidenden Fragen.

Erst einmal allerdings mußte die Frage beantwortet werden, wie sich das tierische Leben von den Inseln tilgen ließ.

Sie beauftragten eine Kammerjägerfirma in Miami, National Exterminators. Die Leute von National waren von der Aufgabe fasziniert und zeigten sich ihr gewachsen. Im Schlickboden des seichten Wassers errichteten sie Gerüste und Türme. Sobald die anfängliche Bestandsaufnahme beendet war, schlugen sie jede der Inseln in ein großes Zelt aus plastifiziertem Nylon ein. (Als sich später der Avantgardekünstler Christo dadurch einen Namen machte, daß er Inseln zu Paketen verschnürte, versäumten es die Kunsthistoriker im allgemeinen, seine Dankesschuld gegenüber Ed Wilson, Dan Simberloff und National Exterminators zu würdigen.) Dann füllten sie das Zelt mit einem Ausräucherungsmittel für Böden namens Pestmaster #1, einem gasförmigen Pestizid, das hauptsächlich aus Methylbromid besteht. Methylbromid ist für Gliederfüßer tödlich und unter Umständen auch für Rote Mangroven schädlich, aber Wilson und Simberloff sorgten dafür, daß die Giftdosen klein gehalten und die Ausräucherungen nachts durchgeführt wurden; dank dieser Rücksichtnahme blieben die Bäume gesund. Die Behandlung mit dem Gas dauerte zwei Stunden. Die Insekten und Spinnen fielen tot um, das Zelt wurde entfernt, das Gas vom Wind verweht und die Insel war plötzlich von Tierarten leergefegt – ansonsten aber unverändert.

»Dabei ruhte die Hauptlast der Arbeit auf Dan Simberloffs Schultern«, sagt Wilson. »Mit der Firma verhandeln, vor Ort sein, die Ausräucherung weitgehend überwachen. Und danach mit der Kontrollbeobachtung anfangen.«

Hier, im Seminarraum, setzt sich Wilsons Diakarussell wieder in Bewegung. Der Schnappschuß von dem kamerascheuen jungen Mann verschwindet, und neue Bilder tauchen auf. Klick: eine Mangroveninsel. Klick: Die Insel wird in dunkelfarbigen Plastikstoff gewickelt. Sie sieht aus wie eine gigantische Tomatenpflanze unter einer Plastiktüte in einer Nacht, in der die Gärtnerei Frost erwartet. Klick: Nahaufnahme eines Käfers. Zumindest visuell sind wir über Robert MacArthur hinausgelangt.

Abgesehen von dem Ausräucherungsproblem waren mit der Arbeit in Florida, berichtet Wilson, einige eigentümliche Schwierigkeiten verknüpft. Er und Simberloff wurden von Hubschraubern bedrängt. Es war die Küstenwache, die sie kontrollierte, »weil es in der Gegend jede Menge castrofeindlicher Kubaner gab, die diese Inseln, wie man uns erzählte, als Waffenverstecke benutzten«. Die Patrouillen von der Küstenwache waren hinter jedem her, der sich draußen im flachen Wasser herumtrieb und nicht wie ein Fischer aussah. Es läßt sich leicht vorstellen, daß Wilson und Simberloff, zwei Typen aus Harvard in Khakikleidung, die im Geäst eines Mangrovenbaums herumkletterten oder bis zu den Knien im seichten Wasser standen und unter riesigen schwarzen Zelten ganze Inseln verschwinden ließen, einigen Verdacht erregten. Der Schlick war laut Wilson auch so eine Sache. Er sog an ihren Knöcheln wie Fugendichtmasse. Sie sanken ein, sie staken fest. Simberloff zerbrach sich den Kopf und verfiel auf die Idee, große Sperrholzsohlen anzufertigen, die er und Wilson wie Schneeschuhe tragen konnten. In die Sohlen wurden lauter

Löcher gebohrt, in der Hoffnung, dadurch den Saugeffekt zu vermindern. »Aber man kam mit ihnen nicht voran«, sagt Wilson. »Im Scherz nannte ich sie Simberloffs. Ich sagte: ›Mit unseren Simberloffs werden wir nicht weit kommen.‹ Dan schien den Scherz nicht sehr zu goutieren. Dabei gab er wirklich sein Bestes.«

Nach den Ausräucherungen kehrte Wilson zeitweilig nach Harvard zurück, während Simberloff ein Jahr lang vor Ort blieb und den Neubesiedlungsprozeß beobachtete. Weil die neuen Populationen so klein waren und weil es darum ging, lebende Ökosysteme im Zustand der Erneuerung zu studieren, konnten Simberloff und Wilson sich nicht einfach darauf beschränken, Gliederfüßer einzusammeln und zwecks Bestimmung mitzunehmen. Sie mußten ihre Artenbestimmungen nach dem Augenschein vornehmen oder Fotos machen und dann jedes Gliederfüßerexemplar unversehrt wieder freilassen. Stellt man das Herumklettern auf Bäumen, den Schlick, das Klima und die Bestimmungsprobleme in Rechnung, so verlangte das Projekt einen akrobatischen entomologischen Taxonomen, der gegen Sonnenbrand und Verzweiflung immun war, gut mit einem Fotoapparat umgehen konnte und mit Quadratfüßen gesegnet war. Simberloffs Schuhgröße ist uns nicht überliefert, aber laut Wilson meisterte der Stadtmensch seine Aufgabe mit Bravour.

Und die Ergebnisse fielen zur Zufriedenheit aus. »Zu meiner unendlichen Genugtuung und zu Dans Genugtuung, weil er damit promovieren wollte«, erzählt Wilson, »konnten wir beobachten, wie binnen ungefähr eines Jahres die Zahl der Arten auf ein Niveau kletterte, das offenbar den Gleichgewichtszustand darstellte.« Zumindest bei drei von den Inseln war das der Fall. Alle drei wurden rasch wiederbesiedelt. Bei jeder stieg die Artenvielfalt auf einen kurzzeitigen Gipfelpunkt, fiel dann wieder ab und stabilisierte sich auf einem niedrigeren Niveau. Die stabilen Niveaus entsprachen fast genau dem Artenbestand, den die einzelnen Inseln vor ihrer Ausräucherung beherbergt hatten. Hier fand die Vorstellung vom Gleichgewicht eine nachdrückliche Bestätigung.

Auf einer vierten Insel ging währenddessen die Wiederbesiedlung langsamer vor sich. Diese Insel lag weiter ab. Sie erreichte schließlich einen eigenen Gleichgewichtszustand, aber die Gleichgewichtszahl war niedriger als bei den weniger abgelegenen Inseln. Auch der Entfernungseffekt fand also seine Bestätigung. Nach zwei Jahren wurden bei den vier Inseln erneut Bestandsaufnahmen vorgenommen. Auf jeder der Inseln gab es nach wie vor etwa die gleiche Anzahl von Arten wie nach dem ersten Jahr – allerdings waren einige neue Arten dazugekommen, andere hingegen verschwunden. Die Zuwanderung setzte sich fort und wurde durchs Artensterben aufgewogen: Umschlag.

Das war eine schöne wissenschaftliche Leistung, die Simberloff seinen Doktortitel einbrachte. Er und Wilson veröffentlichten in *Ecology* drei Artikel über das Projekt und wurden für ihre Arbeit von der Amerikanischen Ökologischen Gesellschaft ausgezeichnet. Bei anderen Ökologen und Biogeographen erlangte das Projekt still und heimlich Berühmtheit. Es sorgte für eine empirische Bestätigung der Gleichgewichtstheorie in einer Situation, in der dieser empirischen Bestätigung entscheidende Bedeutung zukam. Zusammen mit MacArthur und Wilson (1967) wurden die drei Beiträge zum Mangrovenexperiment – im trockenen Wissenschaftsjargon firmieren sie als Wilson und Simberloff (1969), Simberloff und Wilson (1969) und Simberloff und Wilson (1970) – bald schon überall in den Zeitschriftenartikeln anderer Wissenschaftler zitiert. Daß sie sich bei den Mangroven bewährt hatte, verlieh der Theorie Glaubwürdigkeit; ihre Verfechter fingen an, eine große Bandbreite praktischer Anwendungsmöglichkeiten mit ihr zu verbinden, zumal auf dem Gebiet der Planung von Naturreservaten. Für den, der weiß, daß Dan Simberloff später eine wichtige Rolle als herausragender Kritiker einer Anwendung der Gleichgewichtstheorie auf Naturschutzprobleme spielte, entbehrt das im Rückblick nicht der Ironie.

120

Nach der Veröffentlichung von *The Theory of Island Biogeography* im Jahre 1967 hatte Robert MacArthur noch fünf Jahre zu leben. Er setzte seine Lehrtätigkeit in Princeton fort und veröffentlichte weitere Artikel. Im Jahre 1968 fuhr er hinunter zu den Keys und besuchte Wilson, der ein weiteres Forschungsjahr genommen hatte und es dort unten verbrachte. Wilson fuhr mit ihm hinaus, um einige der Mangroveninseln zu besichtigen, in denen Dan Simberloff nach wie vor herumkletterte. Die beiden, MacArthur und Wilson, unterhielten sich voll innerer Erregung über die Inselbiogeographie als quantitative Methode und darüber, wo sie noch hinführen mochte. MacArthur bemühte sich darum, Ideen, die ihm gerade dämmerten, in die prägnante Sprache der Mathematik zu fassen. Sie war für ihn ein Mittel zum Zweck, zu verstehen, auf welche Weise Evolutionsprozesse und ökologische Spannungen bei der Bildung ökologischer Gemeinschaften zusammenwirken.

Ein Thema zog sich durch die meisten seiner Arbeiten. Dieses Thema war – heute klingt das wie eine Binsenwahrheit, aber MacArthur selbst legte Wert darauf, es eigens noch einmal hervorzuheben – die Suche nach Mustern. Mustern, Gleichgewichtszuständen und prozessualen Abläufen maß er besondere Bedeutung bei, während er zeitlich fixierte, kontingente Ereignisse, die bei historischen Erklärungen eine so große Rolle spielen, in ihrer Bedeutung eher herunterspielte.

Wo liegt der Unterschied zwischen diesen beiden Arten von Erklärung, der prozeßorientierten und der historischen? Ein Historiker schenkt den Unterschieden zwischen Phänomenen besondere Beachtung, weil sie die Rolle des historischen Zufalls beleuchten. »Er fragt etwa, warum es in den Tropen der Neuen Welt Tukane und Kolibris gibt«, schrieb MacArthur, »und in Teilen der Alten Welt Nashornvögel und Nektarvögel.« Bei den Nashornvögeln Afrikas und Asiens handelt es sich um großwüchsige Allesservögel mit riesigen Schnäbeln, die ihnen gestatten, in etwa die gleichen ökologischen Nischen auszufüllen wie die Tukane im tropischen Amerika; ebenso besetzen die afrikanischen Nektarvögel als kleinwüchsige, leuchtend gefärbte Nektartrinker ungefähr die gleichen Nischen wie die amerikanischen Kolibris.

Der historisch orientierte Biogeograph fragt sich, warum auf einem bestimmten Kontinent Kolibris und nicht Nektarvögel die geeigneten Nischen besetzt haben. MacArthur selbst war mehr an den Ähnlichkeiten zwischen Phänomenen interessiert, weil Ähnlichkeiten die Wirkungsweise regelmäßiger Vorgänge sichtbar machen. Er neigte eher dazu, sich zu fragen, warum Kolibris und Nektarvögel ungeachtet ihrer verschiedenen Herkunft und ihrer eigenständigen Geschichte in unterschiedlichen Erdteilen einander so ähnlich sind. MacArthurs Feststellung, daß Wissenschaft darin bestehe, »nach wiederkehrenden Mustern zu suchen und nicht einfach nur Fakten zu sammeln«, habe ich bereits zitiert; die Muster, die ihn besonders beschäftigten, waren die der Biogeographie.

Die geographische Verteilung von Tier- und Pflanzenarten hatte ihn völlig in ihren Bann geschlagen. Das Thema steckte voller höchst interessanter Fragen. Warum umfaßte eine bestimmte Gemeinschaft *diese* Arten, nicht dagegen *jene*? Warum lebten bestimmte Arten *hier*, nicht dagegen *dort*? MacArthur wußte, daß es darauf Antworten gab, und war überzeugt davon, daß die Antworten wichtig waren. Natürlich hatten die besten unter den frühen Biogeographen, Darwin und Wallace, ebenfalls nach wiederkehrenden Mustern gesucht und sich bemüht, Antworten auf die höchst interessanten Fragen zu finden, die diese Muster aufwarfen; MacArthur setzte nur ihre Tradition fort, wobei er neue Methoden ersann. Zu Anfang seiner Karriere war er Mathematiker, später bezeichnete er sich als Ökologe; in den letzten Lebensjahren aber sah er sich laut Wilson am allerliebsten als Biogeograph. Eines seiner letzten Feldforschungsprojekte bestand in einer Untersuchung des Nischenumfangs und der Gesamthäufigkeit bei den Vögeln auf der Insel Puercos vor der Südküste von Panama. Die Vögel von Puercos waren, für sich genommen, nicht überwältigend interessant. Aber es ließen sich bei ihnen Muster feststellen, und die waren vielleicht vielsagend.

Irgendwann im Jahre 1972 wurde MacArthurs Krankheit festgestellt. Das Abenteuer endete.

Er litt an Nierenkrebs. Die Krankheit machte rasche Fortschritte. Er zog sich in das Haus in Vermont zurück und schrieb im Wettlauf mit der Zeit, ohne Zugang zu Bibliotheken, ein schmales Buch mit dem Titel *Geographical Ecology: Patterns in the Distribution of Species* [Geographische Ökologie: Muster in der Verteilung von Arten], worin er seine Ansichten zum wichtigsten Thema in der ökologischen Wissenschaft abschließend zusammenfaßte. Im Vorwort bedankte er sich ausdrücklich bei Ed Wilson, der »mir zeigte, wie interessant die Biogeographie sein konnte, und der den Löwenanteil eines gemeinsamen Buches über Inseln schrieb«.

Im Spätherbst war MacArthur wieder zurück in Princeton. Obwohl er und Wilson nach ihrer Zusammenarbeit unterschiedliche Projekte verfolgt hatten, waren sie enge Freunde geblieben. Ed Wilson erzählt mir von ihrer letzten Unterhaltung. Er hatte gehört, MacArthur gehe es schlecht, also rief er an. »Ich wußte, er lag im Sterben. Daß es nur noch wenige Stunden bis zu seinem Hinscheiden waren, wußte ich nicht.«

»Worüber haben Sie geredet?« frage ich.

Es sei einfach die gleiche Art Plausch gewesen, wie er ihn viele Male mit MacArthur gepflegt habe. Sie hätten sich über die Ökologie unterhalten, die Zukunftsaussichten, die unbeantworteten Fragen, die Persönlichkeiten. »Wir sprachen über neuere Entwicklungen auf dem Gebiet, und wir tratschten darüber, wer Grips hatte und wer nicht«, sagt Wilson. MacArthur würdigte seine Krankheit kaum einer Erwähnung, ignorierte sie, als habe er noch hundert Jahre zu leben, und er und Wilson schwatzen über alle möglichen anderen Dinge. Das Telefonat dauerte eine halbe Stunde. Wilson machte sich unmittelbar anschließend Notizen, wobei er nicht so sehr daran dachte, letzte Weisheiten vom Sterbebett einer historischen Persönlichkeit festzuhalten, sondern etwas für die künftige, persönliche Erinnerung aufzubewahren. Er habe die Aufzeichnungen in einen Ordner gesteckt und während der seitdem vergangenen zwei Jahrzehnte nicht mehr angeschaut. Offenbar verläßt er sich lieber auf sein Gedächtnis. Das weiß Dinge, an die sich keine Aufzeichnung erinnern kann.

Zu den Notizen bemerkt er: »Ich schrieb hin, was wir sagten, und die Ansichten, die wir über bestimmte Leute äußerten, und ich weiß nicht, was sonst noch. Und damit hatte sich's. Ich meine, es gab kein ... Gefühle kamen nicht zur Sprache.« Damit will er offenbar sagen, daß echtes Gefühl, das hier reichlich vorhanden war, häufig sprachlos bleibt. »Und Abschied wurde auch nicht genommen. Außerdem rechnete ich ja auch nicht damit, daß es so schnell gehen würde. Und das war's dann.«

MacArthurs Tod aus Wilsons Sicht – das kann doch nicht schon *alles* sein, denke ich. Da ist doch garantiert noch mehr. Mit Sicherheit gibt es da irgendein winziges menschliches Detail, eine Kleinigkeit, schmerzhaft lebendig, so peinigend, daß sogar das Gedächtnis lieber nichts mehr davon wissen will. Ich würde gern sagen: Sehen wir uns die Notizen an. Schauen wir, was Sie vergessen haben. Aber natürlich lasse ich es bleiben.

Nachgerade habe ich von Ed Wilsons Arbeitstag nicht mehr viel übriggelassen, und es ist Zeit, ihn wieder in die Gegenwart entrinnen zu lassen. Aufgescheucht habe ich ihn genug, nicht zuletzt dadurch, daß ich ihn an den Ordner mit den Aufzeichnungen erinnert habe. Der Ordner muß immer noch irgendwo sein, vermutlich in dem mit Ameisen bevölkerten Büro, in dem ein Foto von MacArthur wie ein privates Heiligenbild hängt. »Eines Tages werde ich es heraussuchen und lesen«, sagt Wilson, »und vielleicht aus einer anderen Perspektive. Vielleicht mache ich das wirklich. Ich habe schon seit geraumer Zeit vor, es herauszukramen.«

»Es zu lesen könnte nicht schaden«, sagt er und läßt sich von seinen Worten ebensowenig überzeugen wie ich.

121

MacArthur war tot, aber die Theorie lebte. In Fachkreisen der Ökologie und Populationsbiologie gewann sie zunehmend an Einfluß. Wir, der Leser und ich, bekamen das damals nicht mit – warum hätten wir es auch mitbekommen sollen? –, aber Zeitschriften wie *Ecology* und *Evolution* waren voll davon. Die Wissenschaft der Ökologie erlebe eine Revolution, behaupteten manche. Durch die neuen Techniken einer mathematischen Modellbildung aufgerüttelt, befreit von ihrer drögen Fixierung auf die bloße Katalogisierung naturgeschichtlicher Details, befinde sich die Ökologie im Aufruhr. Endlich entwickele sie sich zu einer theoretischen, prognostischen Wissenschaft. Die Revolution in Gang gesetzt hatte dieser Ansicht zufolge Robert MacArthur; sein resonanzkräftigster Schlachtgesang war *The Theory of Island Biogeography*. Nicht alle Ökologen stimmten in den Chor derjenigen ein, die das Buch für genial, überzeugend und sinnvoll hielten – aber auch die Zweifler fanden es schwer, die Gleichgewichtstheorie zu ignorieren. Sie war groß im Kommen.

Ihr wachsender Einfluß läßt sich unter anderem an der Häufigkeit messen, mit der *The Theory of Island Biogeography* von anderen Wissenschaftlern als Quelle angeführt wurde. Quellenangaben sind, wie die Aufzählung der Karrierestationen eines Spielers in *The Baseball Encylopedia*, eine Folge von verballhornten, verschlüsselten Eintragungen, aus der sich ein ganzes Panorama des Scheiterns oder des Erfolgs herauslesen läßt. Jeder Zeitschriftenbeitrag in der Ökologie (wie auch in den meisten anderen Wissenschaftszweigen) endet mit einer bibliographischen Auswahl, die gewöhnlich die Überschrift »Quellen« oder »Angeführte Literatur« trägt. Angeführte Werke sind dabei alle, die mit Verfassernamen und Erscheinungsjahr im Text des Beitrags erwähnt werden, wobei die Erwähnung besagen soll, daß die Werke für den, der sie anführt, von besonderem Nutzen waren – oder jedenfalls anregend oder vielleicht auch nur wegen unheilbarer Dummheit anstoßerregend. Solche Erwähnungen haben die Funktion, den wissenschaftlichen Diskurs zu vereinheitlichen und zu konzentrieren. Die schiere Häufigkeit, mit der ein wissenschaftliches Buch oder ein Artikel angeführt wird, spiegelt wider, wie weit sein Einfluß reicht. Eine Buchführung, die solche Literaturangaben festhält, ist deshalb ein gutes Mittel, den Überblick zu behalten. Und Wissenschaftler legen großen Wert darauf, den Überblick zu behalten.

Wie für die genannten Baseballstatistiken gibt es auch für die Dokumentation der Literaturangaben ein eigenes enzyklopädisches Organ. Das ist der *Science Citation Index*, eine Reihe von großen, langweiligen Bänden, die alljährlich ergänzt werden. Für praktisch jede in den letzten Jahrzehnten erschienene wissenschaftliche Veröffentlichung ist in einem dieser Bände jede Erwähnung, die sie gefunden hat, in codierter Form eingetragen; in den Universitätsbibliotheken stehen die Bände als Hilfsmittel für die Forschung bereit (beziehungsweise verkleiden eine Wand im wirbelsturmsicheren Bunker). Der *Science Citation Index* erlaubt uns also, nachzuvollziehen, welchen Einfluß die Theorie von MacArthur und Wilson ausübt.

Zuerst ist da die Kurzfassung, »An Equilibrium Theory of Insular Zoogeography«, die 1963 als Zeitschriftenbeitrag erschien. Sie fand in den folgenden Jahren wenig Beachtung, und der Beitrag machte keine Anstalten, der Renner der Saison zu werden.

Im Jahre 1967 folgte das Buch. Im nächsten Jahr, während die Welt sich für studentische, nicht für wissenschaftliche, Revolutionen interessierte und Denny McLain für die Detroit Tigers einunddreißig Spiele gewann, fand *The Theory of Island Biogeography* magere fünf Erwähnungen.

Aber dann fing ihr Zauber an zu wirken. Die Zahlen kletterten hoch, hielten auf einem bestimmten Niveau inne, kletterten weiter. Im Jahre 1969 wurde das Buch über zwei dutzendmal erwähnt. Kaum eine ökologische Publikation findet je soviel Beachtung. 1970 neunundzwanzig Erwähnungen. In den nächsten paar Jahren bewegte sich die Zahl um die dreißig, dann, im Jahre 1974, schnellte sie auf neunundsiebzig hoch. Die Sache hatte sich herumgesprochen. Die Ökologen waren dabei, sich flüsternd über insulares Gleichgewicht, Zuwanderung kontra Aussterben, den Flächeneffekt, den Entfernungseffekt, die Umschlagsrate auszutauschen. 1976 vierundneunzig Erwähnungen. Ich weiß die genaue Zahl, weil ich über den unteren Rand meiner Brille die irrsinnig kleine Schrift entziffert und die Publikationen selber gezählt habe. 1977 über hundert. 1978 immer noch steigend. Das waren die großen Jahre für das Modell von MacArthur und Wilson. Die Inselbiogeographie war kein Randgebiet mehr, das hauptsächlich kiplingeske Käfertaxonomen interessierte. Sie war zu einem der zentralen Paradigmen der Ökologie geworden. 1979 wurde das Buch in hundertdreiundfünfzig Fällen von anderen Wissenschaftlern angeführt, eine außerordentliche Summe. Und noch immer war der Gipfelpunkt des Einflusses, den das Buch ausübte, nicht erreicht.

Im Jahre 1982 brachte es Willie Wilson von den Kansas City Royals (nicht mit Ed Wilson aus Harvard verwandt) auf eine Schlagleistung von 332. Er führte in der Liga. Im gleichen Jahr schaffte Reggie Jackson, der für die Angels spielte, neununddreißig Läufe um alle vier Basen. Er war stolz darauf, sich von den Yankees gelöst zu haben. Bei den Oakland A's wechselte Rickey Henderson 130mal ungehindert die Basen, mehr als sogar Lou Brock in seiner Glanzzeit geschafft hatte. Und außerdem fand in diesem Jahr, ein Jahrzehnt nach MacArthurs Tod, *The Theory of Island Biogeography* 161mal Erwähnung.

122 Warum machte das Buch in der Ökologie und in der Populationsbiologie soviel Furore? Nicht weil Inseln so wichtig waren, sondern weil *The Theory of Island Biogeography* das inselbiogeographische Paradigma auf die Festlandsgebiete übertrug.

Das stellten MacArthur und Wilson bereits auf der ersten Seite des Buches heraus. Sie zitierten Charles Darwins frühe Ahnung, die Zoologie von Archipelen werde »die genauere Untersuchung lohnen«. Sie hielten fest, daß Muster der Artenverteilung auf Inseln seit Darwins Tagen bei der Entwicklung der Evolutionstheorie eine wichtige Rolle gespielt hatten. Sie fügten eine wichtige Beobachtung an:

> »Insularität ist darüber hinaus ein universaler Tatbestand der Biogeographie. Viele der Prinzipien, die auf den Galápagosinseln und auf anderen abgelegenen Archipelen plastisch in Erscheinung treten, treffen in geringerem oder größerem Maße auf alle natürlichen Lebensräume zu.«

Das hieß, daß Inseln im buchstäblichen Sinne einer von Wasser umgebenen Landfläche nur *eine* mögliche Ausprägung der insularen Situation bilden. In Betracht gezogen werden müssen auch andere Landflächen, die ihrem Wesen nach Inseln darstellen, weil sie von Sperren anderer Art umgeben sind.

»Nehmen wir zum Beispiel den Inselcharakter von Wasserläufen, Höhlen, Flußwäldern, Gezeitentümpeln oder der Taiga, wo sie in die Tundra beziehungsweise der Tundra, wo sie in die Taiga übergeht«, schrieben MacArthur und Wilson. Die Taiga ist ein subarktischer Nadelwald. Die Tundra ist eine baumlose Ebene. Entlang ihrer Grenze im hohen Norden ragen sie stellenweise eine in die andere hinein und bilden ein Tüpfelmuster. Eine baumbewohnende Tierspezies, die einen kleinen, von Tundra eingeschlossenen Fleck Taiga bewohnt, führt faktisch ein Inseldasein. Denken wir auch etwa an die Seen, die für die Fische und Amphibien, die sie bewohnen, insulare Bedeutung haben. Denken wir an Berggipfel, die kühler und feuchter sind als die umliegenden Täler und oft völlig eigene Pflanzen und Tiere beherbergen. Auf all diese Situationen bezog sich die Gleichgewichtstheorie.

Die neue Denkweise fing rasch an, sichtbar zu werden. Im Jahre 1968 veröffentlichte ein phantasievoller Ökologe namens Daniel H. Janzen einen kurzen Beitrag in *American Naturalist*, der den Titel trug »Host Plants as Islands in Evolutionary and Contemporary Time« [Wirtspflanzen als Inseln im Laufe der Evolution und in der Gegenwart]. Für ein pflanzenfressendes Insekt stelle jede Pflanze, erklärte er, einen insularen Lebensraum dar. Janzen hatte MacArthur und Wilson rascher gelesen und sich angeeignet als die Mehrzahl seiner Kollegen.

Im Jahre 1970 veröffentlichte David C. Culver einen Artikel mit dem Untertitel »Caves as Islands« [Höhlen als Inseln]. Culver brachte die Gleichgewichtstheorie in seine Analyse der Lebensgemeinschaften in bestimmten Höhlen Westvirginias ein. Desgleichen veröffentlichte 1970 François Vuilleumier eine Untersuchung über Vogelarten auf »Páramoinseln« in den nördlichen Anden. *Páramo* ist eine Vegetation aus Wiesenflächen und Gestrüpp, die sich in über dreitausend Meter Höhe auf einigen Gipfeln der Andenkette findet, isoliert durch einerseits die Schnee- und andererseits die Baumgrenze. Da Páramo eine eigene botanische Gemeinschaft bildet und die einzelnen Placken Vogelarten beherbergen, die sich von den Vögeln der weiter unten liegenden Wälder unterscheiden, entschloß sich Vuilleumier, seine Páramo-Daten wie Daten von Inseln zu analysieren und mit Konzepten wie dem Flächeneffekt, dem Entfernungseffekt oder dem Gefälle der Spezies-Flächen-Kurve zu arbeiten. Das Gefälle der betreffenden Kurve fügte sich, wie er berichtete, bestens in das schmale Spektrum der Gefällewerte ein, die MacArthur und Wilson bei ihrer eigenen Beispielsammlung ermittelt hatten. Etwa um die gleiche Zeit legte S. David Webb eine paläontologische Studie vor, die ebenfalls in der Schuld der Theorie von MacArthur und Wilson stand. Webb betrachtete Nordamerika als ganzes wie eine einzige große Insel, die vollständig isoliert war, wenn die Landbrücken der Beringsee und Panamas unter dem Meeresspiegel lagen; er stellte fest, daß in den vergangenen zehn Millionen Jahren die Vielfalt der landlebenden Säugetiere Nordamerikas in etwa ein Gleichgewicht gehalten hatte, Umschlag eingeschlossen.

Die Untersuchungen von Webb, Culver, Vuilleumier und Janzen waren ein stillschweigender Hinweis darauf, daß die neue Denkweise Fuß faßte. Eine andere Studie der gleichen Richtung lenkte größere Aufmerksamkeit auf sich, zum Teil deshalb, weil sie zu gegenteiligen Befunden kam. Es handelt sich um »Mammals on Mountaintops: Nonequilibrium Insular Biogeography« [Säugetiere auf Berggipfeln: Inselbiogeographie ohne Gleichgewicht], veröffentlicht von James H. Brown im Jahre 1971. Brown verkündete höflich, aber bestimmt, daß seine Forschungsergebnisse *nicht* zur Theorie paßten.

Browns »Inseln« waren bewaldete Berggipfel, die aus der Great-Basin-Wüste aufragen. Das Great Basin ist durchgängig trocken, niedrig gelegen, karg und flach: ein Meer von Salbeisträuchern bedeckt diese riesige Region des amerikanischen Westens, deren Ränder in etwa durch Las Vegas, Mount Whitney, Reno, Boise, Pocatello und Salt Lake City markiert werden. Aus der salbeifarbenen Ebene steigen einige Bergketten empor, die auf der Höhe bewaldet sind. In den oberen Regionen, oberhalb von 2500 Metern, sind diese Berge hinlänglich kühl und regenreich, um Pinien- und Wacholderwäldern als Standort zu dienen. Sie bieten auch einen Lebensraum für bestimmte kleine Säugetierarten, die in der Ebene drunten nicht überleben können. Die Amerikanische Wasserspitzmaus (*Sorex palustris*) zum Beispiel trifft man im Flachland des zentralen Nevada nicht an; hingegen behauptet sie sich als isolierte Population in den feuchtesten Hochlagen der Toiyabe-Bergkette. Der Pfeifhase (*Ochotona princeps*) braucht ein subalpines Klima, nahrhafte Almflächen und Geröllhänge, die ihm Schutz bieten; in den Salbeiebenen, wo er diese Lebensbedingungen nicht vorfindet, fehlt er; in den Ruby-Bergen südöstlich von Elko hingegen gibt es ihn. Außer der Amerikanischen Wasserspitzmaus und dem Pfeifhasen traf Brown auf den Gebirgshöhen im Great Basin das Hermelin, das Uinta-Streifenhörnchen, das Gelbbäuchige Murmeltier, die Buschschwanzratte und neun weitere kleine Säugetierarten an. Allesamt waren sie waldbewohnende Arten, die normalerweise die kalten Wälder im Norden bewohnen.

Brown beschrieb siebzehn Hochgebirgsinseln, die meisten davon in Nevada, die getrennt voneinander aus der riesigen Salbeisenke zwischen der Sierra Nevada in Kalifornien und den

Rocky Mountains in Utah emporragen. Im Vergleich zu den inselartigen Berghöhen stellen die Sierra und die Rocky Mountains mit ihren ausgedehnten hochgebirgsspezifischen Lebensräumen und den Stammpopulationen von waldbewohnenden Säugetieren, die sie beherbergen, Festlandsgebiete dar. Für jede der Inseln trug Brown die bekannte Sorte von Daten zusammen: Fläche, Entfernung vom Festland, Liste der ortsansässigen Arten. Wie die anderen Forscher fertigte er Diagramme an. Er zeichnete Spezies-Flächen-Kurven. Er entdeckte Muster und gewann den Mustern einen Sinn ab. In diesem Fall aber sahen die Muster und der Sinn anders aus als sonst.

Brown gelangte zu dem Ergebnis, daß diese Säugetiere auf den Gebirgshöhen nicht von Zuwanderern abstammten, die den Salbei durchquert hatten. Sie waren vielmehr Relikte, Restbestände aus der Zeit, als ringsum der Lebensraum austrocknete. Ihre Vorfahren waren irgendwann im Pleistozän, vor vierzehntausend Jahren vielleicht oder auch früher, während einer der Eiszeiten eingetroffen, als kühlere und feuchtere klimatische Bedingungen der Pinien- und Wacholdervegetation erlaubten, sich in die tiefergelegenen Regionen hinein auszudehnen. Das Waldland in den tieferen Regionen bildete ein Netz aus Lebensräumen, das zwischen den abgelegenen Gebirgshöhen und der Sierra beziehungsweise den Rocky Mountains eine Verbindung herstellte. Während die kühlen klimatischen Bedingungen herrschten, waren die kleinen waldbewohnenden Säugetiere in diesem umfassenden Lebensraum stark verbreitet. Dann ging die letzte Eiszeit zu Ende, und das Klima veränderte sich. Das Netz zerfiel in Einzelteile. Die waldbewohnenden Säugetiere starben in den unteren Regionen aus, überlebten aber (jedenfalls eine Zeitlang) in ihren Enklaven droben im Gebirge. Der Pfeifhase und die Buschschwanzratte und die Amerikanische Wasserspitzmaus saßen fest – geradeso, wie der Kurznasenbeutler und der Wombat etwa um die gleiche Zeit auf den zu Inseln gewordenen Landbrückenresten zwischen dem australischen Festland und Tasmanien gestrandet waren.

Der Flächeneffekt stach bei Browns Daten klar hervor. Die größeren Inseln des Lebensraumes auf den Gipfelhöhen beherbergten eine deutlich größere Zahl von Arten als die kleineren

Inseln. Browns Spezies-Flächen-Kurve war also ziemlich paßgenau. Aber sie wirkte ungewöhnlich steil; das Gefälle der Kurve (das sich aus der besagten Spezies-Flächen-Gleichung ableitete) lag über dem oberen Rand des von MacArthur und Wilson beschriebenen Spektrums. Das bedeutete, daß bei diesen Hochgebirgsinseln die Korrelation zwischen Art und Gebiet nicht nur vorhanden, sondern extrem zugespitzt war. Ein großer Berggipfel bot nicht nur mehr Säugetierarten aus dem Norden eine Heimstatt als ein kleiner Berggipfel, es waren sogar *weitaus* mehr.

Der Entfernungseffekt andererseits existierte nicht. Die Nähe der einzelnen Inseln zu den Rocky Mountains oder zur Sierra war ohne jede Bedeutung. Es gab kein umgekehrtes Verhältnis zwischen Entfernung und Artenzahl, wie es laut Gleichgewichtstheorie eigentlich sein mußte. Die Stansbury Mountains, die sich gerade einmal sechzig Kilometer westlich der Rocky Mountains (in Utah) erhoben, beherbergten nur drei Arten. Die nicht mehr als fünfundsiebzig Kilometer östlich der Sierra (im südöstlichen Kalifornien) gelegenen Panamints wiesen eine einzige Spezies auf. Einige der weiter entfernten Inseln mit etwa der gleichen Größe umfaßten mehr Arten als die weniger weit entfernten Inseln. Die Entfernung spielte also im Blick auf die Artenvielfalt keine Rolle. Was hatte das zu bedeuten?

Es bedeutete, daß bei *keiner* der Inseln der Artenreichtum durch Zuwanderung mitbestimmt wurde. Die kleinen Säugetiere schafften keine Neubesiedlung mittels Durchquerung des Great Basin – weder gelegentlich noch in Ausnahmefällen noch überhaupt. Die Pfeifhasen, Amerikanischen Wasserspitzmäuse, Streifenhörnchen und Buschratten waren nicht so mobil und abenteuerlustig, wie Reptilien und Vögel es häufig sind. Mit den hohen Anforderungen, die ihr Stoffwechsel stellt, ihren winzigen Trippelschritten, ihrer Anfälligkeit gegen Streß und räuberische Nachstellungen hatten sie nicht die Spur einer Chance, einen sechzig Kilometer breiten Streifen aus Salbeigesträuch zu durchqueren. Die Hindernisse, die einer Ausbreitung und Etablierung entgegenstanden, waren unüberwindlich. Brown läßt in seiner Zusammenfassung keinen Zweifel daran: »Offenbar ist die derzeitige Rate der Zuwanderung waldbewohnender Säugetiere in isolierte Gebirgsregionen faktisch gleich Null.«

MacArthur und Wilson hatten versucht, die Ökologie von historischen Erklärungen zu befreien, aber hier war ein Fall, bei dem historische Bedingungen nicht außer acht gelassen werden konnten.

Die Verteilungsmuster stellten eher ein künstliches Produkt historischer Umstände dar, als daß sie Ausdruck zeitloser Vorgänge waren. Die Besiedlung hatte im Pleistozän stattgefunden – historisches Faktum. Dann hatte sich das Klima verändert, der Lebensraum zerbrach in Stücke, und die Populationen auf den Berghöhen saßen in der Falle – historisches Faktum. Die Zuwanderung hörte auf – historisches Faktum. In den folgenden zehntausend Jahren war das Ganze nach Browns Vermutung nur mehr eine Frage des Überlebens (einiger Populationen) und des Aussterbens (anderer Populationen).

Ohne Zuwanderung kann es kein Gleichgewicht zwischen Zuwanderung und Artensterben geben. Deshalb kündigte Brown mit dem Titel seines Beitrags einen inselbiogeographischen Fall »ohne Gleichgewicht« an. Er widerlegte das Modell von MacArthur und Wilson nicht eigentlich, sondern benutzte es, um eine andere Art von Situation zu beleuchten.

Statt des Umschlags fand Brown nur Artensterben. Langsam, aber unwiderruflich war von den jeweiligen Inseln eine Art nach der anderen verschwunden, ohne daß die Verluste durch Neuerwerbungen wettgemacht wurden. Als die Stansbury Mountains ihr letztes Hermelin verloren, sprangen keine Uinta-Streifenhörnchen als Ersatz ein. Als die Panamints ihr letztes Gelbbäuchiges Murmeltier verloren, wurde der Verlust nicht durch neuankommende Pfeifhasen ausgeglichen. Die Artenzahl der einzelnen Inseln blieb nicht am Gleichgewichtspunkt stehen, sie ging ausschließlich zurück. Für die Gemeinschaften auf den Gebirgshöhen im Great Basin beinhaltete die Inselexistenz einen unerbittlichen Rückgang in der Artenvielfalt.

Klingt das unheilvoll? Klingt es vertraut? Das gleiche Phänomen sollte schließlich unter verschiedenen Namen Bekanntheit erlangen; einer davon lautet Ökosystemzerfall.

123 Browns Beitrag aus dem Jahre 1971 war ein Vorgriff auf einen bald schon wichtig werdenden Trend: die Verwendung der Gleichgewichtstheorie, um das Augenmerk auf die Zerstückelung von Lebensraum und das Artensterben auf den Kontinenten zu lenken.

MacArthur und Wilson hatten diesen Trend mit einer Bemerkung im ersten Kapitel ihres Buches vorweggenommen:

> »Die gleichen Prinzipien sind anwendbar – und werden in rasch wachsendem Maße in Zukunft Anwendung finden – auf vormals geschlossene natürliche Lebensräume, die nun durch das Vordringen der Zivilisation zerstückelt werden.«

Den Zerstückelungsprozeß sahen sie »durch die Landkarten von Curtis veranschaulicht, die zeigen, wie sich die Waldgebiete in Wisconsin verändert haben«. Diese Karten, die sie in ihrem Buch abdruckten, verliehen ihrer These bildlichen Nachdruck, daß die Inseltheorie, die sie vorlegten, nicht bloß für Inseln Geltung beanspruchte.

John T. Curtis, Botanikprofessor an der University of Wisconsin, hatte die fortschreitende Zerstörung der heimischen Wälder und Grasflächen seit dem ersten Eindringen weißer Siedler in den Mittelwesten untersucht. Seine Untersuchung erschien 1956 als eines der Kapitel eines Bandes mit dem Titel *Man's Role in Changing the Face of the Earth* [*Die Rolle des Menschen bei der Umgestaltung des Antlitzes der Erde*]. Die Zielsetzung des Buches war global; Curtis selbst allerdings hatte sich auf ein einziges kleines Fleckchen Land konzentriert: die Gemeinde Cadiz in Green County, Wisconsin. Das Gebiet war eine quadratische Fläche mit einer Seitenlänge von neun Kilometern. Curtis stellte den botanischen Wandlungsprozeß mit Hilfe von vier datierten Karten dar: es gab jeweils eine Karte für die Jahre 1831, 1882, 1902 und 1950.

Damals, im Jahre 1831, ehe die Siedler das Land zu roden anfingen, war das Gebiet bedeckt mit Laubwald, in dem Schwarzlinden, Rotulmen, Zuckerahorn und Hickorynuß vorherrschend waren. Was später zur Gemeinde Cadiz wurde, war damals eine Hartholzwildnis, die einen Daniel Boone oder John Muir begeistert hätte. Im Jahre 1882 war das Gebiet bereits zu einem Flickenteppich aus Waldparzellen geworden, eingestreut in ein umfängliches Ackerlandsystem. Bis 1902 waren der Karte zufolge, die Curtis anhand historischer Quellen anfertigte, die Waldstücke kleiner und seltener geworden. Bis 1950 hatten sie sich noch weiter verringert. Diese letzten paar Streifen Wald, die es Mitte des 20. Jahrhunderts in der Gemeinde Cadiz noch gab, wirkten wie ein paar zerstreute Körnchen gemahlenen Pfeffers auf einem kahlen Porzellanteller. Man hatte das Gefühl, daß man nur einmal zu niesen brauchte, und schon waren sie weg.

Die Karten von Curtis waren faszinierend. Wie Zeitrafferfotos von hoch oben zeigten sie den unerbittlichen Flächenverlust, durch den ein Festlandsgebiet in größere Inseln zerfiel, worauf an diesen dann so lange herumgeknabbert wurde, bis nur noch kleine Inselchen übrigblieben. Die Reste waren zu poplig, um sonderlich viel großwüchsige, waldabhängige Tiere beherbergen zu können. Die Karten führten vor, wie menschliches Wirken und menschliches Bevölkerungswachstum ein Quadrat Wildnis in funktionslose Stückchen zertrümmert hatte. Und die Gemeinde Cadiz in Green County, Wisconsin, stand natürlich stellvertretend für die Welt als ganzes.

124

Die gleiche Art von Schema, die Curtis in Wisconsin nachgewiesen hatte, sah Jared Diamond in größeren Kontexten am Werk. Unter anderem entfaltete es sich nach seiner Ansicht in Neuguinea, und das berührte ihn ganz besonders.

Diamond, der Mann mit den elefantenfressenden Komodos und den Erhebungen in Sachen Vogelsterben, ist ein unerschrockener Feldforscher im Bereich der Ökologie, der 1964 mit ornithologischen Expeditionen nach Neuguinea begann. Er hatte gerade sein Graduiertenstudium mit einer Promotion in Physiologie abgeschlossen. Die Aussicht auf eine Schmalspurkarriere als Laboratoriumsforscher auf dem Gebiet der Membranenphysiologie, seinem Spezialfach, konnte ihn nicht befriedigen. Er hatte andere Vorstellungen und Begabungen. Seit seiner

Kindheit war er ein engagierter Vogelbeobachter. Er war mit einer robusten Gesundheit und einem feinen Ohr für Vogelgesang gesegnet – den beiden Voraussetzungen für ornithologische Arbeit in den Tropen. Einfach dadurch, daß er herumwanderte und zuhörte und dabei die Vogelrufe mit dem akustischen Lehrbuch in seinem Kopf verglich, vermochte er eine Bestandsaufnahme von der Vogelfauna eines Waldes zu machen – sogar, wie er herausfand, wenn der Wald so dicht und undurchdringlich war wie die Wälder in Neuguinea. Während seines ersten Aufenthalts entwickelte er eine lebenslange Begeisterung für die Insel.

»Neuguinea ist mein geistiges Fundament«, sagt Diamond. Er habe das Gefühl, dort geboren zu sein. »Mein halbes emotionales Leben spielt sich in Neuguinea ab. Würde ich von Neuguinea getrennt, ginge es mir wie Rachmaninoff, dem man seine russische Heimat genommen hat.« Diamond stammt aus einer musikalischen Familie, was zu einem Großteil die Schärfe seines Gehörs erklären dürfte.

Seit Anfang der siebziger Jahre beunruhigte ihn die Geschwindigkeit, mit der die Menschen den tropischen Regenwald zerstörten. Das geschah nicht nur in seinem geliebten Neuguinea, sondern auch am Amazonas, in Malaysia, auf Madagaskar, in Mittelamerika, in Westafrika, auf den Philippinen und andernorts. Die Zerstörung vollzog sich in zwei Grundformen, die ihrem sozioökonomischen Charakter nach sehr verschieden waren, aber im Ergebnis einander ähnelten: einerseits eine in großem Maßstab betriebene Holzgewinnung durch kommerzielle Unternehmen und andererseits im kleinen Maßstab betriebene Brandrodung, durch die sich hungernde Menschen Ackerland verschafften. Diamond selbst hatte beide Formen kennengelernt.

Am Ende eines ansonsten hochwissenschaftlichen Artikels über die Anwendung der Gleichgewichtstheorie auf die Artenvielfalt bei Vögeln, den Diamond 1972 veröffentlichte, erwähnte er das Problem. Überall in den Tropen, schrieb er, werde Regenwald »in einem solchen Tempo zerstört, daß binnen weniger Jahrzehnte kaum mehr etwas übrig sein wird. Da viele Spezies des Regenwaldes in anderen Lebensräumen nicht existieren können, würde die Zerstörung der Regenwälder viele Arten auf der Erde vernichten und den Lauf der Evolution dauerhaft verändern.« Er war nicht der erste Biologe, der diese Sorge äußerte, aber er fügte eine düstere Erkenntnis an, die er aus den Arbeiten von MacArthur und Wilson herausgelesen hatte:

»Die Regierungen einiger tropischer Länder, darunter auch die von Neuguinea, versuchen heute, einige Regenwaldgebiete für Zwecke des Naturschutzes aufzusparen. Falls diese Pläne Erfolg haben, werden die Regenwälder, statt vollständig zu verschwinden, in ›Inseln‹ aufgespalten, die von einem ›Meer‹ offenen Landes umgeben sind, in dem waldbewohnende Arten nicht leben können.«

Das wahrscheinliche Ergebnis der Einrichtung solcher Schutzgebiete, warnte er, sei das gleiche, wie man es von Halbinseln kenne, wenn sich diese in isolierte Landbrückeninseln verwandelten: Seltene Arten stürben aus, und die Artenvielfalt insgesamt sinke. So sei es auf Flinders Island und King Island in der Bass Strait und auf Browns Hochgebirgsinseln im Great Basin gewesen. Auf Barro Colorado in Panama sei das gleiche geschehen. Es könne, meinte Diamond, in jedem beliebigen Stückchen Ökosystem passieren, das zur Insel werde – zum Beispiel in einem Naturschutzreservat oder einem Nationalpark.

Diamond bezog sich zwar nicht auf Frank Preston, aber dieser hatte ein Jahrzehnt zuvor in einer Erörterung des Verhältnisses zwischen Stichproben und Isolaten dasselbe geltend gemacht. Erinnern wir uns: »Wenn das Gesagte stimmt, ist es unmöglich, in einem bundesstaatlichen Naturschutzgebiet oder einem Nationalpark eine maßstabverkleinerte vollständige Kopie der Fauna und Flora eines viel umfassenderen Gebiets anzusiedeln.«

Diamonds Begriff für das Phänomen lautete *Entspannung zum Gleichgewicht*. Bei dem Gleichgewicht, von dem hier die Rede war, handelte es sich natürlich um das von MacArthur und Wilson, und die Entspannung bestand in einem Artenverlust, bis die Anzahl von Arten auf einem neuen, niedrigeren Niveau, das der neuen, verkleinerten Fläche des isolierten Fleckens entsprach, wieder ins Lot kam. Das Ganze war einfach nur ein anderer Ausdruck für Ökosystemzerfall. Der Ausdruck könnte als eine Bekundung stoischer Gleichgültigkeit mißverstanden werden –

Entspannung klingt gemächlich und beruhigend –, aber gleichgültig war Diamond nun wirklich nicht.

125 Im Jahre 1974 trat der Aufruhr, den MacArthur und Wilson entfacht hatten, in seine nächste Phase. Die Gleichgewichtstheorie war mittlerweile veröffentlicht, weithin zur Kenntnis genommen und empirisch überprüft worden. Sie war auf eine Vielzahl natürlicher Situationen – auf Janzens Pflanzeninseln, Culvers Höhleninseln, Vuilleumiers Páramoinseln – projiziert worden und hatte mitgeholfen, diese Situationen aufzuhellen. Intellektuell gesehen war sie ein Erfolg. Die nächste Phase war praxisbezogener: angewandte Biogeographie. Ließ sich die Theorie für die Lösung von Problemen in der empirischen Welt benutzen?

Eine kleine Schar von Wissenschaftlern, die sich unabhängig voneinander zu Wort meldeten, behaupteten, dies sei möglich. Ihrer Ansicht nach war die Theorie relevant für die Zukunft natürlicher Landschaften und wildlebender Geschöpfe auf dem ganzen Planeten. In einer Zeit, da die Menschheit in rasantem Tempo Wälder abholzte und Savannen umpflügte und die Lebensräume allenthalben von Fragmentierung und Verinselung betroffen waren, berge die Gleichgewichtstheorie zukunftsträchtige Wahrheiten. Sie sei nicht einfach ein interessantes Ideengebäude – sie sei verflucht wichtig. Wenn man sie sich zu Herzen nehme und rechten Gebrauch von ihr mache, könne sie dazu beitragen, Arten vor dem Aussterben zu bewahren. Besonders deutlich ließ sich in diesem Chor von Stimmen Dan Simberloff vernehmen.

Simberloff erklärte in gedruckter Form, die Arbeiten von MacArthur und Wilson hätten zusammen mit den unbekannten Beiträgen von Frank Preston durch die These vom dynamischen Gleichgewicht die Biogeographie »revolutioniert«. »Binnen eines Jahrzehnts«, schrieb Simberloff, »verwandelte sich die Inselbiogeographie aus einer ideographischen Wissenschaft mit wenigen organisierenden Prinzipien in eine nomothetische Wissenschaft mit allgemeinen Gesetzen, denen Prognosewert zukommt.« Er war ein aufgeweckter junger Mann mit geheimnisvollem Wortschatz. Vom »Ideographischen« zum »Nomothetischen«: Damit wollte er ausdrücken, daß MacArhur und Wilson ihre Hoffnungen verwirklicht und die Biogeographie erfolgreich aus einem deskriptiven Unterfangen in eine Disziplin überführt hatten, die einige maßgebende Naturgesetze zu formulieren vermochte. Jawohl, die Theorie habe neue Einsichten in die Ökologie von Inseln erbracht; aber mehr noch falle ins Gewicht, fügte Simberloff hinzu, daß sie auch auf inselartig isolierte Lebensräume in den Festlandsgebieten anwendbar sei. »Wir können deshalb die inselbiogeographische Theorie dazu nutzen, unser Verständnis einer Vielzahl von evolutionären und ökologischen Phänomenen voranzutreiben und sogar zum Schutz der biotischen Vielfalt der Erde gegenüber dem ökologischen Raubbau des Menschen beizutragen.«

Simberloffs Äußerungen erschienen im Jahre 1974. Jared Diamond sagte so ziemlich das gleiche. Diese Übereinstimmung war, wie noch zu sehen sein wird, ein ebenso flüchtiger wie bemerkenswerter Schulterschluß.

Im folgenden Jahr veröffentlichte Diamond einen Zeitschriftenartikel mit dem Titel »The Island Dilemma: Lessons of Modern Biogeographic Studies for the Design auf Natural Reserves« [Das Inseldilemma: Was lehren uns neuere biogeographische Untersuchungen im Blick auf die Einrichtung von Naturreservaten?]. Der Artikel sollte einer seiner bekanntesten Beiträge werden. Weil »The Island Dilemma« einen Gipfelpunkt in der Entwicklung dieser Konzeptionen darstellt und solch heftige Reaktionen hervorrief, lohnt es, sich Diamonds Überlegungen etwas genauer anzuschauen.

Wie Simberloff war auch Diamond überzeugt davon, daß MacArthur und Wilson eine »wissenschaftliche Revolution« ausgelöst hatten. Ein Aspekt der Revolution war ein geschärftes Bewußtsein davon, daß sich der Inselcharakter unter natürlichen Bedingungen auf dem Festland herstellen kann: ein Berggipfel, ein See, ein Stück Wald, umgeben von Grasland. In dem Maße, wie die Menschheit die Landschaften der Erde zerstückelt, werden auch diese Stücke zu Inseln. Ein Naturschutzgebiet ist seiner Definition nach eine Insel des Schutzes und der relativen Stabilität in einem Meer von Gefährdungen und Veränderungen.

Die Dynamik von Naturparks und Reservaten läßt sich demnach mit Hilfe der Gleichgewichtstheorie beschreiben – und vorhersagen. Aus der Theorie ergeben sich nach Diamonds Ansicht eine Handvoll gravierender Folgerungen. In der Absicht, sich diese Folgerungen genauer anzusehen, ließ Diamond noch einmal einige der logischen und empirischen Grundlagen der Theorie Revue passieren: unter anderem die Spezies-Flächen-Gleichung und Darlingtons Zehnfach-zu-Zweifach-Verhältnis. Er erinnerte an Vuilleumiers Páramoinseln in den Anden und an Browns Forschungen über Säugetiere auf den Berggipfeln im Great Basin. Er winkte mit Krakatau. Er beschrieb das Mangrovenexperiment von Simberloff und Wilson. Er nahm auch Bezug auf seine eigenen Untersuchungen zur »Entspannungsdauer« bei den Satelliteninseln rund um Neuguinea. Er führte die hohe Aussterberate bei den Arten auf Barro Colorado an. Dieser Zusammenhang aus Empirie und Theorie führte nach Diamonds Ansicht zu bestimmten Schlüssen, was die Überlebensaussichten von Arten in isolierten Schutzgebieten betraf:

- Ein gerade erst isoliertes Reservat wird *vorübergehend* mehr Arten beherbergen, als seiner Gleichgewichtszahl entspricht – aber dieser Artenüberschuß wird in dem Maße verschwinden, wie die Entspannung zum Gleichgewicht eintritt.
- Die Entspannung wird in kleinen Reservaten rascher vor sich gehen als in großen.
- Die verschiedenen Arten brauchen unterschiedliche Mindestflächen, um eine dauerhafte Population aufrechterhalten zu können.

Am Schluß des Beitrags präsentierte er eine Reihe von »Konstruktionsprinzipien« für ein System von Naturschutzgebieten, darunter die folgenden Punkte:

- Ein großes Reservat kann im Gleichgewichtszustand mehr Arten beherbergen als ein kleines.
- Ein Reservat, das in der Nachbarschaft anderer Reservate liegt, kann mehr Arten beherbergen als ein abgelegenes Schutzgebiet.

- Eine Gruppe von Reservaten, die miteinander in lockerer Verbindung stehen – oder jedenfalls nahe beieinander liegen –, können mehr Arten beherbergen, als eine Gruppe von Reservaten, die voneinander getrennt oder in Reih und Glied angeordnet sind.
- Ein rundes Schutzgebiet kann mehr Arten beherbergen als ein langgezogenes.

Diamond faßte seine Konstruktionsprinzipien nicht nur in Worte, er führte sie auch graphisch in einem Diagramm vor, das an ein Flohhüpfspiel erinnert. Kreise verschiedener Größe und in verschiedenen räumlichen Anordnungen stellten ein ganzes Menü von alternativen Wahlmöglichkeiten dar. Jede Alternative war mit einem Buchstaben versehen: Prinzip A, Prinzip B und so weiter, bis zu Prinzip F. Der visuelle Eindruck, der sich aufdrängte, war, daß manche Inselmuster sowohl in der konkreten Wirklichkeit als auch in der abstrakten Darstellung weitaus schädlicher waren als andere.

Für seine Konstruktionsprinzipien nahm Diamond zweierlei in Anspruch: daß sie bei der Planung von Naturschutzgebieten anwendbar und daß sie aus der Theorie von MacArthur und Wilson abgeleitet waren. Zwar waren beide Ansprüche umstritten, aber auf besonders starken Widerspruch stieß der erste. Es gab Streit um Prinzip F, Vorbehalte gegen E, Einschränkungen bei C – aber nichts von alledem löste so hitzige und anhaltende Kontroversen aus wie das Prinzip, das Diamond unter dem Buchstaben D vorstellte.

Vier kleine Flohhüpfer seien »schlechter« als ein großer, gab Diamonds Graphik zu verstehen. Aber waren in der Empirie vier kleine Naturreservate notwendig schlechter als ein einziges großes? Über diese Frage stritt man sich ein Jahrzehnt lang. Der Streit nahm hitzige und persönliche Züge an. Er bekam das handliche Etikett SLOSS angeheftet, die Abkürzung für »single large or several small« [ein großes oder mehrere kleine]. In den ausgehenden siebziger Jahren entspann sich um die Frage eine Art akademischer Grabenkrieg.

126

Der Chor der Meinungen über die angewandte Biogeographie schwoll 1975 zum Crescendo an. Neben Diamonds Artikel gab es aufsehenerregende Stellungnahmen von John Terborgh, Robert M. May und anderen.

Mays Beitrag erschien unter dem Titel »Island Biogeography and the Design of Wildlife Preserves« [Inselbiogeographie und die Anlage von Naturschutzreservaten] in *Nature*. In der Frage, ob ein großes oder mehrere kleine Reservate sinnvoller seien, solidarisierte sich der Verfasser mit Diamond. »In Fällen, in denen die Einrichtung eines großen Schutzgebietes undurchführbar ist, muß man sich darüber im klaren sein, daß mehrere kleine Gebiete, deren Gesamtfläche sich auf die des einen großen Gebietes beläuft, biogeographisch keine gleichwertige Alternative darstellen«, schrieb May. Statt gleichwertig zu sein, tendieren die kleinen Gebiete dazu, »eine kleinere Gesamtzahl von Arten zu beherbergen«.

Terborgh, ein alter Freund und Seelenverwandter von Jared Diamond, schloß sich an. Seine Untersuchungen zur Situation im Barro Colorado und seine Feldforschungen in anderen tropischen Wäldern hatten ihn in der Überzeugung bestärkt, daß die Gleichgewichtstheorie gleichermaßen wissenschaftlich gegründet und auf die Planung von Naturschutzgebieten anwendbar war. Er zollte MacArthur und Wilson mit der Bemerkung Tribut, daß »sich die von ihnen entwickelten Methoden und Denkweisen auf eine viel umfassendere Palette von Situationen ausdehnen lassen, einschließlich der Anlage von Tierschutzgebieten«. In der SLOSS-Frage bezog Terborgh nicht so eindeutig Stellung wie May, vertrat aber die Ansicht, aus der Gleichgewichtstheorie lasse sich die Notwendigkeit ableiten, zwischen den Reservaten verbindende Lebensraumkorridore zu belassen – was Diamond mit einem anderen seiner Konstruktionsprinzipien gefordert hatte. Terborgh äußerte zudem, die Planer von Naturreservaten sollten für gewaltige Abmessungen sorgen, falls sie vorhätten, großwüchsige Raubspezies am Leben zu erhalten.

Ed Wilson stimmte in den Chor ein. Zusammen mit einem Kollegen namens Edwin O. Willis (der durch seine Langzeitstudien über die Vögel des Barro Colorado auch Terborghs Denken wesentlich beeinflußt hatte) schrieb Wilson einen Artikel über angewandte Biogeographie, worin er viele der gleichen Prinzipien wie Diamond in Vorschlag brachte. Der Beitrag von Wilson und Willis erschien als Schlußkapitel in einem viele Autoren umfassenden Sammelband, der aus einem Symposion von geradezu historischer Bedeutung hervorging, das im November 1973 in Princeton abgehalten wurde.

Die Wahl von Princeton als Veranstaltungsort und der Termin waren vielsagend. Ein Jahr war seit dem Tod von MacArthur vergangen; das Symposion stellte ein Gedenktreffen dar. Zu den Teilnehmern gehörten Jared Diamond, James Brown, Robert May, Edwin Willis, John Terborgh und eine Handvoll weiterer Ökologen der neuen Prägung, dazu G. Evelyn Hutchinson und Ed Wilson; allesamt hatten sie Grund, MacArthur ihren Dank abzustatten. Der Sammelband erschien mehrere Jahre danach unter dem Titel *Ecology and Evolution of Communities* [Ökologie und die Evolution von Gemeinschaften]. Er war MacArthur gewidmet.

VII
Der Igel am Amazonas

127

Wir sind ein Tüpfelchen am Himmel über dem Urwald aller Urwälder. Drunten, aber nicht weit drunten, erstreckt sich ein geschlossenes Laubdach in alle Richtungen und verliert sich am Horizont: der Amazonaswald. Der Himmel ist heute wolkenverhangen und grau, die Fläche unter uns sieht ausnehmend ungastlich aus, und unser lärmendes kleines, zweimotoriges Flugzeug tuckert in gut hundertfünfzig Metern Höhe tapfer seines Weges; in dieser prekären Höhe ist die Luft so dick wie geronnene Milch. Wir fliegen von der Stadt Manaus nach Norden. Ab und zu schnellt das Flugzeug sechs oder zehn Meter nach oben. Oder es sackt nach unten. Es flattert wie ein Drachen, während wir bemüht sind, unsere Aufmerksamkeit auf die Gegend drunten zu konzentrieren. Wie ich aus Erfahrung weiß, wird mein Magen mehr als eine Stunde Flug unter diesen Bedingungen nicht mitmachen.

»Wenn der Pilot sich verirrt«, überbrüllt Tom Lovejoy das sonore Heulen des Motors, »kann es uns ohne weiteres nach Venezuela verschlagen.« Und beglückt mich mit seinem Streifenhörnchenlächeln.

Von oben, aus unserer Vogelperspektive, wirkt der Wald wie ein einziges großes abstraktes Gemälde aus Chlorophyll – geheimnisvoll, eintönig, grün. Jedenfalls auf den ersten Blick. Hinter der erstaunlichen Unwirklichkeit verbirgt sich indes eine erstaunliche Fülle von Details, und beim zweiten und dritten Hinsehen vermag ich das eine oder andere auszumachen. Das Grün löst sich in Hunderte von Schattierungen auf, die für Hunderte von verschiedenen Baumarten stehen. Hie und da ist die Krone eines einzelnen Baumes eingestreut, die in auffälligem Gelb oder Magentarot blüht. An einigen Stellen, wo die wäßrige Ausdünstung des Pflanzenstoffwechsels Feuchtigkeit in den Himmel zurückschickt, steigen flockige Dunstschwaden auf. »Fünfzig Prozent der Regenfälle im Amazonasgebiet werden vom Wald selbst verursacht«, erzählt mir Lovejoy. Daß ein so grandios in sich verschlungenes, organismushaftes Ökosystem seinen eigenen Atem hat, scheint nur logisch.

Ich recke den Hals, um aus dem Fenster hinunterzusehen. Landschaften sausen vorbei wie eine Bachsche Fuge bei achtundsiebzig Schallplattenumdrehungen. Die das Erbrechen auslösenden Drüsen unter meiner Kinnlade fangen an, Alarm zu schlagen. Das leise Bocken unserer niedrig fliegenden Maschine ist nicht das Problem; das Problem ist, daß ich zu lange nach unten geschaut habe. Wenn ich mich entspanne und tief durchatme, mich in dem Schauspiel verliere, kann ich vielleicht vermeiden, Dr. Lovejoys Schuhe mit meinem gehaltvollen brasilianischen Frühstück zu überschütten.

Ich beobachte fünf große blaue Aras, die im Formationsflug über die Wipfel gleiten. Andere Waldtiere sehe ich nicht, nur Laub und Stämme. Das Blätterdach breitet sich wie ein Zelt über allem aus. Lücken scheint es nicht zu geben – keine Lichtungen, kein Grasland, keine Teiche. Kein Spalt in dem grünen Polster, durch den man einen Fluß mit braunem oder schwarzem Wasser erspähte. Jedenfalls nicht in dieser Gegend. Nur Baumwipfel. Den großen Zusammenfluß zwischen dem Rio Negro und dem Hauptstrom des Amazonas haben wir hinter uns gelassen. Sogar die lehmrote Straßenschneise, die aus Manaus herausführt und die nach dem Abflug unsere erste Orientierungslinie war, ist ihrer Wege gegangen – während wir unserer abstrakten Bahn folgen. Unter uns findet man kaum etwas anderes als Pflanzen und Tiere in unermeßlicher Fülle. Und vor uns findet sich, wie Lovejoy mit geradezu hämischer Genugtuung festgestellt hat, kaum etwas anderes als noch mehr Pflanzen und Tiere und anschließend Venezuela. Das Flugzeug legt sich in die Kurve. Der Boden steigt seitlich zu uns empor. Wir stürzen hinunter, kommen wieder in die Waagerechte und fliegen im Tiefflug, als wollten wir einen

Bombenangriff unternehmen. Meinem aufmüpfigen Magen gäbe das den Rest, wäre ich nicht durch eine Reihe neuer Ausblicke abgelenkt. Vor meinen Augen bricht das Laubdach jäh ab. Der Wald ist plötzlich verschwunden. Unter uns erstreckt sich statt dessen eine andere Art Landschaft. Wir haben eine ökologische Grenze überquert.

Wir befinden uns über der gerodeten Zone. Wir blicken auf fast nackten Amazonaslehm, spärlich bedeckt von Unkraut. Der tropische Erdboden ist so kahl wie ein geschorenes Schaf.

Ich sehe ein Stoppelfeld aus Baumstümpfen. Ein paar verkohlte Stämme liegen kreuz und quer in wirren Stapeln, die Reste des Brandes, der alles übrige vernichtet hat. Die Holzfäller und Brandroder haben gründliche Arbeit geleistet. Sie haben weit mehr als Bäume vernichtet. Sie haben nicht nur den Regenwald beseitigt, sie haben auch die Bedingungen vernichtet, die den Regenwald möglich machen: das Dunkel, die Feuchtigkeit, die schattenliebende Vegetation des Unterholzes, die vielen verschiedenen fliegenden und kletternden Tiere, die großen Raubtiere, die kleinen Beutetiere, den Laubboden, die Bodenfauna, den Schutz vor Wind und Erosion, die für die Mykorrhiza verantwortlichen Pilze, die chemischen Nährstoffe, den Pulsschlag der ökologischen Lebensgemeinschaft. Auch der feuchte Atem des Waldes ist verschwunden.

Das Flugzeug neigt sich erneut zur Seite und eröffnet durchs Fenster einen weiteren merkwürdigen Ausblick. Mitten im brandgerodeten, sonnengedörrten Gelände steht ein Placken unversehrten Waldes von nahezu quadratischer Form. Er sieht aus wie ein Stück Plüschteppich, den man auf den schmutzigen Erdboden geworfen hat.

»Das ist ein Reservat von zehn Hektar«, sagt Lovejoy. Wir befinden uns im Luftraum über Fazenda Esteio, derselben ärmlichen Rinderfarm, die auch das Reservat umschließt, in dem ich später mit Eleonore Setz hinter *Pithecia pithecia* herhetzen werde – jenen sprungstarken Affen, die in ihrem winzigen Waldfragment festsitzen. Im Augenblick allerdings bekomme ich ein ähnliches Fragment aus einer entschieden anderen Perspektive zu sehen. Die Zehn-Hektar-Parzelle kennt Lovejoy unter der Signatur Reservat #1202. Dabei handelt es sich, um es in Worte zu fassen, die den meisten von uns vertrauter sind, um ein 100 000 Quadratmeter großes Stück herzzerreißend isolierten Regenwaldes. Es bildet eine der Einheiten in einem Mammutprojekt, das Lovejoy selbst im Jahre 1979 gestartet hat, um die Dynamiken des Ökosystemzerfalls zu studieren. Er hat mich heute hier hinauf mitgenommen, um mir einen Überblick über die weltweit größte experimentelle Untersuchung der Prinzipien und Konsequenzen der Inselbiogeographie zu verschaffen.

Das Reservat #1202 ist nur eines von vielen. Andere Waldparzellen dieser Art liegen verstreut auf den gerodeten Flächen der Fazenda Esteio, und noch weitere auf dem Gebiet der benachbarten Farmen; jede von ihnen hat die gleiche, merkwürdig rechtwinklige Form und ist in eine strenge Stufenfolge von Flächengrößen eingeordnet: ein Hektar, zehn Hektar, hundert Hektar, tausend Hektar. Dieser zehn Hektar große Placken hier hat ungefähr die Größe von vier städtischen Häuserblocks. Er stellt eine Urwaldinsel in einem Meer von Weideland dar, das Menschen geschaffen haben. Er wurde 1980 isoliert, in der sonnenversengten Ödnis sorgfältig behütet und ist seitdem Gegenstand ausführlicher Forschungen gewesen. Um ihn herum sehe ich einen ausgetretenen Pfad verlaufen.

Unser Flugzeug wendet in einer aufsteigenden Kurve und fliegt das Gebiet aus einem anderen Blickwinkel erneut an. Nun kommt eine zweite, noch kleinere Insel in Sicht. Sie stellt kaum mehr als eine kleine Baumgruppe dar. Wie die erste Insel ist auch sie von einem Pfad gesäumt, aber quadratisch ist sie nicht mehr. Sie ist ramponiert wie eine alte Stoffahne. Sonne und Wind haben sie ausgedörrt und verschlissen. Bäume sind umgestürzt – große Regenwaldbäume mit mächtigen Stämmen, aber flachem Wurzelwerk, das der exponierten Lage nicht gewachsen war. Das Laubdach ist voller Lücken. Das schattenliebende Unterholz welkt vor sich hin.

Während das Flugzeug sich senkt, um dicht über das Wäldchen hinwegzufliegen, sehe ich unmittelbar außerhalb der Bäume etwas sich bewegen. Aha, denke ich, Amazonasfauna. Begierig bin ich darauf gefaßt, einen Blick von einem Affen oder einem Tapir oder, wenn ich großes Glück habe, vielleicht sogar von einem Jaguar zu erhaschen.

Fehlanzeige. Was ich gesichtet habe, sind Kühe.

Sie sind weiß wie Knochen. Ein im Regenwald heimischer Pflanzenfresser könnte es sich nicht leisten, weißfarbig zu sein – er würde eine Schutzfärbung brauchen; aber diese Tiere sind nicht heimisch. Die Tatsachen des Raub- und Schutzverhaltens, die dort gelten, bedeuten ihnen nichts. Vom Lärm unseres Motors aufgeschreckt, tapern sie hirnlos umher.

»Das ist ein Reservat von einem Hektar«, sagt Lovejoy.

Sogar aus dieser Höhe kann ich erkennen, daß dieser Placken von Hektargröße nur mehr der Schatten seines früheren Selbst ist. Was hat ihn verändert? Keine Kettensägen, kein Feuer, keine Kühe – jedenfalls nicht auf direktem Wege. Innerhalb seiner überwachten Grenzen hat man ihn vor diesen Faktoren sorgfältig geschützt. Verändert hat ihn vielmehr sein reines Inseldasein.

Unabhängig von ihren besonderen Umständen werfen diese beiden Reservate ein allgemeineres Problem auf: Gibt es eine quantifizierbare und folglich auch vorhersagbare Beziehung zwischen Verinselung und Zugrundegehen?

Wo liegt die Schwelle zum Ökosystemzerfall? Wo liegt die untere Grenze für den ökologischen Zusammenhalt eines Stückes Landschaft? Wenn ein Fragment von einem Hektar Fläche zu klein ist, um als Lebensraum Bestand zu haben, wenn ein zehn Hektar großes Fragment ebenfalls zu klein ist, wieviel ist dann ausreichend? Anders gefragt und in Tom Lovejoys Worten ausgedrückt: Was ist die kritische Minimalgröße für ein Stück Regenwald am Amazonas?

128 In den Anfangsjahren, von 1979 an, gaben Lovejoy und andere dem Projekt den Namen »Kritische Minimalgröße von Ökosystemen«. In Brasilien hatte es auch einen portugiesischen Namen, der auf eine weniger eingeengte Zielsetzung hindeutete: Projeto Dinâmica Biológica de Fragmentos Florestais. Grob übersetzt besagt das: Projekt zur Biologischen Dynamik von Waldfragmenten. Das konnte vieles bedeuten.

Tatsächlich hat es auch vieles bedeutet. Im Verlauf seiner Geschichte hat Lovejoys Unternehmen einer Reihe von Subprojekten und kleineren Untersuchungen Raum geboten: über die lokale Schlangenfauna, über Fledermäuse, über Primaten, über Nager, über Einsiedlerbienen, über gesellig lebende Spinnen, über die Verteilung und Ökologie von Palmen, über so wichtige Baumfamilien wie die Lecythidaceae und die Sapotaceae, über die Fortpflanzungsbiologie von Baumwürgern der Gattung Clusia aus der Familie der Hartheugewächse, über Bodenstickstoff, über das Mikroklima und die Beziehungen zwischen Pflanzen und Wasser in den Reservaten, über die Strömungsdynamik bei Wasserläufen, über die Rolle von Pilzen beim Verrotten des Laubes und anderes mehr. Die Arbeit von Eleonore Setz über die kleine Population von *Pithecia pithecia* ist ebenfalls eine von diesen vielen, in aller Stille betriebenen Forschungen. Ein neuerer Bericht zählt dreißig verschiedene Forschungsthemen auf. Die Begriffe »Ökosystemzerfall« und »Kritische Minimalgröße« tauchen zwar auf der Liste nicht auf, bilden aber das ursprüngliche, durchgängige Leitmotiv.

Ende der achtziger Jahre wurde auf Drängen irgendeiner speziellen Kontrollkomission der englische Projektname geändert, um ihn in Einklang mit der brasilianischen Fassung zu bringen und den Eindruck umfassenderer Zielsetzungen zu vermitteln. Jetzt lautet er hier wie dort offiziell »Projekt zur Biologischen Dynamik von Waldfragmenten«. Lovejoy selbst mochte den alten Namen, und mir geht es ebenso. Der alte Name war eng, zugegeben, aber er war auch anschaulicher und vermittelte eine bessere Vorstellung von den theoretischen Grundlagen des Projekts. Zu diesen Grundlagen zählen die Spezies-Flächen-Beziehung, die Gleichgewichtstheorie, die frühen Versuche von Jared Diamond und anderen, die Inselbiogeographie für die Anlage von Naturschutzgebieten nutzbar zu machen, und die Rätselfrage, die unter der Abkürzung SLOSS bekannt wurde.

Ein großes oder mehrere kleine? Über diese Frage hatte man diskutiert, immer wieder diskutiert, so lange diskutiert, bis man nicht mehr ein noch aus wußte, als Lovejoy der Gedanke kam, die Sache mittels eines gigantischen Experiments anzugehen.

129

»Der Fuchs weiß viele Dinge«, schrieb Archilochos, ein griechischer Dichter, der ungefähr um 700 v. Chr. lebte, »der Igel hingegen weiß *eine* große Sache.«

Unserem Teil der Welt ist der Igel geläufiger als das Stachelschwein. Und die eine große Sache, die er weiß, besteht natürlich im Überlebenswert des Stachligseins. Dem Fuchs, einem Raubtier, das mit Zähnen, Klauen, Schnelligkeit und Schlauheit gut gerüstet, aber kleinwüchsig und zartgliedrig ist, bleibt nichts anderes übrig, als beweglicher und vielseitiger zu sein.

Vor vierzig Jahren schrieb der Geisteswissenschaftler Isaiah Berlin einen denkwürdigen Essay mit dem Titel »Der Igel und der Fuchs«; das Tierpaar diente ihm dazu, einen Zwiespalt zu veranschaulichen, von dem er den Romancier Leo Tolstoi betroffen sah. Berlin vertrat die Ansicht, Tolstois Werke verrieten eine Art von gespaltenem Bewußtsein, das Ausdruck einer Spannung zwischen der natürlichen Begabung des großen Schriftstellers und seiner intellektuellen Überzeugungen sei. Einerseits sei hier ein schöpferischer Geist, der über eine außerordentliche Beobachtungs- und Erfindungsgabe verfüge, andererseits ein Philosoph, der einer letztgültigen, einzigen Antwort nachjage. Tolstois detaillierte, pluralistische Sicht von der menschlichen Geschichte stehe im Gegensatz zu seinen theoretischen monistischen Überzeugungen. Wenn er die Welt betrachte, sehe ein Teil von ihm das Eine, und ein anderer Teil sehe Vieles. Isaiah Berlin zufolge, der die Kategorien von Archilochos übernahm, war Tolstoi also gleichzeitig Igel und Fuchs. Berlin wandte die Kategorien nicht nur auf Tolstoi an, er machte auch in bezug auf andere Gebrauch davon. Balzac, der Intellektuelle mit Liebe zum Detail, war zum Beispiel ein Fuchs. Bei Puschkin, Herodot, Joyce handelte es sich ebenfalls um Füchse. Unbeirrbare Visionäre wie Dante und Dostojewski und Nietzsche waren Igel. Nicht, daß Igel nicht auch die Mannigfaltigkeit des Lebens und Erlebens wahrnähmen; aber wie Tolstoi in seinem Roman *Anna Karenina* sähen sie diese Vielfalt im Lichte einer einzigen großen Idee.

Nach diesem Maßstab beurteilt, kann uns Tom Lovejoy als der Igel der Tropenökologie gelten.

Lovejoy ist ein gewinnender Typ in mittleren Jahren, der täuschend jugendlich und in seinem Verhalten täuschend unbe-

schwert wirkt. Er drängt sich einem nicht als ein Mensch mit
großen Visionen auf. Er sieht so proper und harmlos wie ein Doktorand aus Indianapolis aus, obwohl er tatsächlich der Sproß einer
wohlhabenden Familie aus Manhattan ist und eine waschechte
Ausbildung an den Eliteuniversitäten der Ostküste hinter sich
hat. Derzeit ist er Berater beim Leiter der Smithsonian Institution, was ihn zu einem einflußreichen Wissenschaftsexperten mit
weitgefächerter Zuständigkeit macht. In den Büros und Sitzungssälen von Washington tritt er mit Fliege auf. Er behauptet,
hängende Schlipse zögen Soßenflecke an und machten mehr
Ärger als eine Fliege. Tatsächlich aber gibt es schlicht und einfach den Fliegen-Typ – schrullig, aber patent, von unverwüstlichem Selbstbewußtsein getragen, immun gegen modische Extravaganzen, in Neuengland fest verwurzelt –, und so einer ist
Lovejoy. In den Straßen von Manaus, wenn ein Regenguß à la
Amazonas niederprasselt, entfaltet er einen Knirps. Aber wenn
er in den Wald geht, ist seine Khakikleidung verschlissen, und
seine Stiefel sind alt. Er spricht fließend portugiesisch. Er hat ein
geschultes Ohr für den Gesang der dort heimischen Vögel. Er
kann einen Waldfalken von einem Karakara, ein Hoatzin von
einer Sonnenralle und die eine Art Wollrücken von der anderen
unterscheiden. Seit 1965 pendelt er regelmäßig zwischen den
USA und dem Amazonas hin und her. Damals hatte er gerade
erst das College hinter sich und noch keine Doktorarbeit begonnen.
 Die Ökologen vom Fach sind eine kleine Gemeinschaft; ihre
Wege kreuzen sich häufig. Wie MacArthur promovierte auch
Lovejoy unter den breiten, gluckenhaften Fittichen von G. Evelyn Hutchinson in Yale, wenngleich ihn elf Jahre von MacArthur
trennten und er erst nach Yale kam, als dieser schon weg war.
Und wie MacArthur näherte auch er sich der theoretischen Ökologie auf dem Weg über solide empirische Kenntnisse auf
ornithologischem Gebiet. Die Forschungen für seine Doktorarbeit betrieb Lovejoy an der Mündung des Amazonas, wo er im
Wald nahe Belém (der brasilianischen Küstenstadt, die früher
Pará hieß und in der Alfred Wallace seinen ersten Stützpunkt
errichtete) einige Jahre lang Vögel fing und beringte. Seine Notizbücher weisen am Ende siebzigtausend gefangene Einzelexem-

plare aus. Er suchte nach Mustern der Artenvielfalt und der Häufigkeit bei Vogelspezies in waldbewohnenden Gemeinschaften, ein Thema, das sich über MacArthur auf direktem Wege bis zu Frank Preston zurückverfolgen ließ.

Zwischen Lovejoys anfänglichen Forschungen und dem Wirken von MacArthur gab es auch noch einen weiteren Punkt der Übereinstimmung. Noch bevor er Brasilien besucht und sich in das Land verliebt hatte, nahm Lovejoy an einer ornithologischen Expedition nach Ostafrika teil, wo ihm auffiel, daß isolierte Bergwälder so etwas wie ökologische Inseln über der Savanne drunten in der Ebene darstellten. Vorübergehend hatte er sogar erwogen, seine Dissertation um diesen Punkt herum aufzubauen. Aber damals war das noch keine zündende Idee; sie löste nicht die spätere, gewaltige Resonanz aus. Die Transformation des ökologischen Begriffsrahmens durch MacArthur und Wilson stand erst bevor; Inseln bildeten noch nicht das beherrschende Paradigma, zu dem sie in Kürze werden sollten.

»Zum ersten Mal auf die Inselbiogeographie aufmerksam wurde ich, während ich mich in Belém aufhielt, um 1967 oder '68«, erinnert sich Lovejoy, »und es tauchte dieser Doktorand aus Harvard mit einem Exemplar des Buches auf.« Mit »dem Buch« meint er, ohne ein Wort darüber verlieren zu müssen, *The Theory of Island Biogeography*. »Gerade erst erschienen. Das werde ich nie vergessen. Und es war alles sehr interessant. Nur schien es mit dem, was ich gerade tat, nicht viel zu tun zu haben.« Damals jedenfalls noch nicht. Später sehr wohl.

Im Jahre 1973 wurde Lovejoy Programmleiter der amerikanischen Sektion des World Wildlife Fund. Heute ist der WWF-USA ein Riesenunternehmen, das unter anderem die Funktion erfüllt, kleine Naturschutzprojekte in allen Teilen der Welt finanziell zu unterstützen. Damals, als Lovejoy dort anfing, war die Organisation selbst noch klein; trotzdem spielte sie bereits eine wichtige Rolle bei der Vergabe von Geldern. Zu Lovejoys Aufgaben gehörte es, die Anträge auf Unterstützung zu lesen und zu begutachten. Ein einziger Sekretär leistete ihm dabei Hilfe. Auf der Grundlage seiner Beurteilung wurden die Hilfsgelder bewilligt oder verweigert. Bei vielen der vorgeschlagenen Projekte ging es um die Abgrenzung von gesetzlich geschützten Lebensräumen –

das heißt, um die Einrichtung neuer Naturparks und Schutzgebiete. So fand sich der gerade einmal Dreißigjährige damit beschäftigt, folgenreiche Empfehlungen zu der Frage abzugeben, welche Gebiete der reichsten Ökosysteme des Planeten unter Schutz gestellt werden konnten und bei welchen das nicht möglich war. Er erinnert sich, daß es hinsichtlich dieser Schutzgebiete um die Beantwortung zweier entscheidender Punkte ging. Wo sollten sie eingerichtet werden? Und *wie groß* sollten sie sein? Er wollte seinen Ratschlägen den besten Kenntnisstand zugrunde legen, über den die Wissenschaft verfügte. Er las die frühe Zeitschriftenliteratur zum Thema angewandte Biogeographie. Dann kam SLOSS.

»Ich fing an zu begreifen«, sagt er, »daß es im Zusammenhang mit der Anlage eines Naturschutzgebietes dieses ziemlich ernstzunehmende Problem gab.«

130 Die Debatte um SLOSS wurde 1976 an die Öffentlichkeit getragen, als Dan Simberloff und ein Kollege namens Lawrence Abele einen kurzen Beitrag in *Science* veröffentlichten, in dem sie ihren Bedenken gegen die neue Mode der angewandten Biogeographie Ausdruck verliehen. Sorge machte ihnen, daß die Theorie von MacArthur und Wilson zur Herleitung dogmatischer Prinzipien für die Anlage von Schutzgebieten benutzt werde. Sie führten Diamonds Artikel »The Island Dilemma« an und verwiesen auf den kurzen, aber vielbeachteten Essay von Robert May, »Island Biogeography and the Design of Wildlife Preserves« [Inselbiogeographie und die Anlage von Naturschutzreservaten], den die Zeitschrift *Nature* veröffentlicht hatte. Sie zitierten Mays Feststellung, daß mehrere kleine Schutzgebiete »dazu tendieren, eine kleinere Gesamtzahl von Arten zu beherbergen« als ein einziges großes Schutzgebiet mit entsprechender Gesamtfläche. Simberloff und Abele ging das alles zu schnell.

Die Theorie selbst sei nicht umfassend genug empirisch bewiesen, warnten sie, um eine solch bedenkenlose Anwendung zu rechtfertigen. Und das Grundprinzip, das May, Diamond und andere geltend machten – daß nämlich Naturreservate immer aus der größtmöglichen zusammenhängenden Fläche bestehen sollten –, treffe vielleicht gar nicht zu. Es sei keine notwendige Folgerung aus der Theorie. Die empirischen Beweise, die zur Stützung der Option eines einzigen großen Areals angeführt würden, ließen sich teilweise ebensogut zugunsten der Option vieler kleiner Areale anführen. Simberloff und Abele zufolge war das alles noch unausgegoren. Die komplexen Entscheidungen, die für die Anlage eines Naturschutzgebietes nötig waren, ließen sich nicht auf ein halbes Dutzend stromlinienförmiger Prinzipien zurückführen. Bedenke man, wie teuer und wie unumkehrbar anspruchsvolle Naturschutzprogramme seien, dann richte die nur halbdurchdachte Anwendung einer nur zu drei Vierteln durchdachten Theorie unter Umständen mehr Schaden an, als sie Nutzen bringe.

Simberloffs Haltung in diesem Zusammenhang ist interessant. Ende der sechziger Jahre, als er noch Doktorand bei Ed Wilson war, hatte er praktisch an der Entstehung der Gleichgewichtstheorie mitgewirkt. In den Mangroven von Florida schuftend, hatte er mitgeholfen, die experimentellen Daten zusammenzutragen, die zur Untermauerung der Theorie dienten. Damals schien er überzeugt vom prognostischen (wie auch vom deskriptiven) Wert der Theorie. Widersprach er also seiner früheren Überzeugung, wenn er nun, im Jahre 1976, Kritik an der Anwendung der Theorie übte? Nicht unbedingt. Sowenig sich indes seine wissenschaftlichen Ansichten geändert hatten, sosehr hatte das sein Elan getan. Seine Haltung war eine andere als noch vor zwei Jahren, wo er in gedruckter Form erklärt hatte, die inselbiogeographische Theorie könne tatsächlich einen Beitrag »zum Schutz der biotischen Vielfalt der Erde« leisten. Er verwarf jetzt die Gleichgewichtstheorie nicht etwa. Er wies nur warnend darauf hin, daß sie vielleicht nicht auf alle insularen Ökosysteme so gut paßte wie auf die Mangroven in Florida und daß sie keine simplen Richtlinien für den Naturschutz lieferte.

Zum Teil reagierte er damit auf die unbesonnene Hast, die er bei den anderen am Werke sah. Zum Teil waren aber auch neue Daten für sein Widerstreben verantwortlich. Simberloff und sein Kollege Abele hatten beide in jüngster Zeit Feldforschungen betrieben, die Zweifel an der Vorstellung nährten, daß ein größeres Reservat unfehlbar die bessere Lösung war.

Simberloff war zu den Mangroveninseln zurückgekehrt – nicht einfach nur zu dem Areal im allgemeinen, sondern zu den speziellen Gruppen, die er und Wilson ausgeräuchert hatten. Ende 1971, nach Abschluß des ursprünglichen Experiments, hatte er einige dieser Inseln verändert, indem er durch das Wurzel- und Astwerk Schneisen geschlagen hatte. Seine Einschnitte verringerten die Gesamtfläche nur geringfügig, führten aber ein neues Niveau der Fragmentierung ein. Jede der Mangroveninseln war jetzt ihrerseits ein winziger Archipel aus Inselchen. Wie würde die Fragmentierung die Gesamtzahl von Gliederfüßerarten beeinflussen, die der jeweilige Archipel beherbergte? Simberloff wartete drei Jahre, damit die Inselchen zu ihrem Gleichgewichtszustand zurückfinden konnten; im Frühjahr 1975 kam er dann wieder, um eine neuerliche Erhebung durchzuführen. Seine Ergebnisse waren uneindeutig; eine einzige große Mangroveninsel beherbergte nicht in jedem Fall mehr Arten als mehrere kleine. In einem Fall wiesen die vier getrennten Fragmente zusammengenommen eine größere Gesamtzahl von Arten auf als die ursprüngliche Insel. In einem anderen Fall gab es auf den zwei getrennten Fragmenten weniger Arten, als es auf der unfragmentierten Insel gegeben hatte. Simberloff teilte in dem Beitrag, den er 1976 mit Abele veröffentlichte, diese uneinheitlichen Ergebnisse mit.

Abeles eigene Feldforschungen in maritimen Ökosystemen hatten eine ähnliche Situation ergeben. Seine »Inseln« waren Korallenspitzen, besiedelt von meerbewohnenden Gliederfüßern, denen die eine oder andere als Lebensraum diente. Abele hatte ein durchgängiges Muster festgestellt: Zwei kleine Korallenspitzen beherbergten mehr Gliederfüßerarten als eine große Korallenspitze mit entsprechender Gesamtfläche. Abeles Forschungsbefunde waren verwickelt und vieldeutig, aber wie die Befunde Simberloffs liefen sie letztlich darauf hinaus, die kategorische Behauptung, daß eine große Insel stets artenreicher sei als zwei kleine, in Frage zu stellen.

Vor dem Hintergrund der langen Geschichte von Spezies-Flächen-Untersuchungen und der durch die Gleichgewichtstheorie neuerdings ausgelösten Begeisterung wirkte das ketzerisch. Simberloff und Abele hätten geradesogut verkünden können, der Papst sei nicht katholisch und der Bär kein Honigmaul.

Wie ließen sich diese den Erwartungen widerstreitenden Befunde erklären? Simberloff und Abele nannten einige in Frage kommende Faktoren: 1) Größe des Artenbestands auf dem Festland, 2) fehlende Unterschiede in der Ausbreitungsfähigkeit der Festlandsarten und 3) zwischenartliche Konkurrenz. Jeder dieser Faktoren konnte aus verschlungenen Gründen auf eine Situation hinwirken, in der zwei kleine Inseln mehr unterschiedliche Arten umfaßten als eine einzige große.

Ein weiterer denkbarer Faktor – den Simberloff und Abele in ihrem Beitrag von 1976 nicht erwähnten, der aber dann in der SLOSS-Debatte eine Rolle spielen sollte – war die Vielfalt an Lebensräumen. Wenn die zwei kleinen Inseln drei Formen von Lebensraum boten und die eine große nur zwei Lebensraumformen, dann ließ sich vorstellen, daß die beiden kleinen Inseln mehr Arten beherbergten.

Oder vielleicht auch nicht. Und vielleicht umfaßte die eine große Insel nicht weniger, sondern mehr Formen von Lebensraum als die zwei kleinen. Vielleicht sorgten der Lebensraumfaktor und andere Faktoren in einer bestimmten Situation dafür, daß Flächengröße und fehlende Fragmentierung tatsächlich eine größere Artenvielfalt begünstigten. Simberloff und Abele wollten das alles nicht ausschließen. Inseln in der empirischen Welt seien vielfältig. Die Prinzipien der Anlage von Naturschutzgebieten, wie sie Diamond formuliere, gingen dagegen von einer gewissen Uniformität aus. Ihr Ziel sei nicht die Behauptung, erklärten Simberloff und Abele, daß mehrere kleine Reservate notwendig einem einzigen großen Reservat vorzuziehen seien. Sie wollten nur klarmachen, daß die Spezies-Flächen-Beziehung (wie sie Eingang in die Theorie von MacArthur und Wilson gefunden hatte) keine Hilfestellung bei der Entscheidung über die vorzuziehende Option gebe und daß jede Situation nach Maßgabe ihrer konkreten Umstände beurteilt werden müsse.

»In summa läßt sich sagen«, so der Schluß, zu dem Simberloff und Abele kamen, »daß die umfassenden Verallgemeinerungen, von denen man hört, auf beschränkten und unzureichend verifizierten theoretischen Grundlagen sowie auf Feldforschungen zu Arten beruhen, die vielleicht nicht repräsentativ sind.« Selbst im Rahmen eines ritualisierten wissenschaftlichen Diskurses klingen diese Wort nicht besonders aggressiv. Dennoch schlug der Artikel wie eine Bombe ein.

131 »Als das erschien«, hat mir ein Biologe gesagt, »war das so, als hätte jemand ein Streichholz in schön trockenen Zunder fallen lassen. Ich glaube, ich übertreibe nicht, wenn ich sage, daß explosionsartig Widerspruch laut wurde.«
Der Beitrag von Simberloff und Abele erschien im Januar 1976. Im September brachte *Science* die ablehnenden Stellungnahmen von sechs verschiedenen Autoren, darunter auch Jared Diamond und John Terborgh. Diamonds Antwort machte den Anfang. Er nahm den von Simberloff und Abele erhobenen Vorwurf der Überstürztheit, der unzureichend verifizierten Theorie, der nicht repräsentativen Forschungsdaten zur Kenntnis. Er räumte ein, daß in den Situationen, die Simberloff und Abele postuliert hatten, mehrere kleine Reservate unter Umständen einem einzigen großen vorzuziehen waren. Und er schrieb: »Ihre Argumentation auf Basis ihrer Annahmen ist zutreffend, spielt aber weit wichtigere Probleme des Naturschutzes herunter oder schenkt ihnen keine Beachtung. Weil diejenigen, die dem biologischen Naturschutz gleichgültig gegenüberstehen, unter Umständen den Bericht von Simberloff und Abele als wissenschaftlichen Beweis dafür anführen könnten, daß große Reservate unnötig sind, ist es wichtig, die Schwachpunkte ihrer Argumentation deutlich zu machen.« Der Streit war entbrannt.
Zu den Schwachpunkten gehörte nach Diamonds Ansicht die besondere Betonung, die sie darauf legten, daß zwei kleine Inseln manchmal mehr Arten beherbergten als eine große. Das könne unter bestimmten Umständen zutreffen, sei aber unerheblich. Wie denn das? Weil die bloße Zahl der Arten, die sich auf irgendeiner Insel oder Inselgruppe oder in irgendeinem Naturschutzgebiet oder einer Gruppe solcher Gebiete vorfänden, nicht das eigentliche Problem darstelle. Das eigentliche Problem bestehe

darin, welche Auswirkungen eine Insel oder ein Reservat auf das Aussterben oder den Schutz einzelner Arten im Gesamtzusammenhang habe. Und im Gesamtzusammenhang betrachtet, seien nicht alle Arten gleich.

Warum seien sie nicht gleich? Weil einige Arten viel stärker vom Aussterben bedroht seien als andere. Die seltenen Arten, die hochspezialisierten Arten, die weniger konkurrenztüchtigen Arten und die Arten, die über eine geringe Fähigkeit zur Ausbreitung und Neubesiedlung verfügten – all diese Arten fehlten unter Umständen in einem Naturreservatssystem, wenn die Reservate zahlreich, aber klein seien. Dagegen seien die gängigen Arten, die Generalisten, die Konkurrenzfähigen, die unternehmungslustigen Arten, im Zweifelsfall vorhanden. Diamond räumte ein, daß mehrere kleine Reservate ohne weiteres eine große Anzahl von Arten beherbergen könnten; von denen gehörten dann aber, behauptete er, die meisten oder alle zur zweiten Gruppe: der Gruppe der Mobilen, der tüchtigen Konkurrenten, der Generalisten. Das seien genau die Arten, die am wenigsten Schutz brauchten. Sie könnten sich behelfen und vertrügen Störungen. Sie seien in allen möglichen Landschaftsformen zahlreich vertreten. Sie seien gegen das Aussterben gefeit. Sie könnten möglicherweise sogar ohne jedes Reservatssystem überleben. Die schutzbedürftigen Arten gehörten zur ersten Gruppe: den Spezialisten, den weniger konkurrenzfähigen Geschöpfen, den beim Ortswechsel Zögerlichen. »Ein System von Rückzugsgebieten, das viele Arten wie den Star und die Hausratte beherbergte, während es einige wenige Arten wie den Elfenbeinspecht und den Timberwolf einbüßte«, schrieb Diamond, »wäre eine Katastrophe.«

Die Zurückweisung, die Simberloff und Abele seinen Konstruktionsprinzipien widerfahren ließen, wies wiederum er zurück. Nicht repräsentativ – so ein Quatsch! Überstürzt – Schwachsinn! Natürlich sagte er das nicht so offen, aber er meinte es. Die Biologen täten gut daran, meinte Diamond abschließend, sich diesem Inseldilemma zu stellen.

John Terborgh und die anderen Autoren, die eine Entgegnung veröffentlichten, trugen ähnliche Überlegungen vor. Terborgh erklärte sogar, Simberloffs und Abeles Logik könnte, wenn sie unkritisch übernommen werde, »den Bemühungen um den Schutz der bedrohten Tierwelt abträglich sein«. Diese Bemerkung scheint gesessen zu haben.

In der gleichen Ausgabe von *Science* erhielten Simberloff und Abele Gelegenheit zu einer letzten Stellungnahme. Sie wiederholen ihren Vowurf in Sachen unzureichender empirischer Grundlagen. Sie wiederholen ihre Behauptung, die Spezies-Flächen-Beziehung gebe kein allgemeingültiges Maß an die Hand. Sie spielten nunmehr auf den Faktor der Lebensraumvielfalt an. Zur Hölle mit euch Typen und dem Inseldilemma, auf dem ihr herumreitet, sagten Simberloff und Abele, wenn auch mit etwas anderen Worten.

Sie reagierten auch auf Terborghs giftige Bemerkung. »Wir bedauern, daß man uns als die schwarzen Schafe der Naturschutzbewegung brandmarkt«, schrieben sie. Aber einen Rückzieher machten sie nicht. »Unser Fazit gilt unverändert: Die Spezies-Flächen-Beziehung der Inselbiogeographie trägt nichts zur Entscheidung der Frage bei, ob ein einziges großes Schutzgebiet oder mehrere kleine besser sind.«

Das Publikum, vor dem diese Debatte ausgetragen wurde, waren die anderen Biologen. Unter ihnen befand sich Tom Lovejoy, der Grund hatte, sich ganz besonders dafür zu interessieren.

132

»Ich las sämtliche Artikel. Ich diskutierte darüber mit anderen. Die Kontroverse tobte«, sagt Lovejoy. »Und sie war ärgerlich, irgendwie. Weil es unmittelbar auf der Hand lag, daß manche Arten ein großes Gebiet brauchen und daß man, um sie schützen zu können, über ein großes Gebiet verfügen *muß*.« Großwüchsige Raubtiere aus der Säugergruppe zum Beispiel. Eine Population von Jaguaren oder Wölfen oder Tigern kann sich in den Grenzen eines kleinen Gebietes einfach nicht erhalten.

Andererseits hatten Simberloff und Abele, wie Lovejoy einräumt, recht mit ihrem Hinweis darauf, daß die inselbiogeographische Theorie keine logische Grundlage für die Annahme liefert, daß große Reservate notwendig besser sind. »Weil die

Theorie zwischen den Arten keinerlei Unterschiede macht«, sagt er. Sie stellt numerische Schätzungen an, keine qualitativen Beurteilungen. Sie sagt voraus, daß die Gleichgewichtszahl von Arten in einem großen Reservat höher liegen muß als die Gleichgewichtszahl in einem kleinen Reservat, aber zwischen einem großen Reservat voller Allerweltsarten und einem großen Reservat voller seltener Arten macht sie keinen Unterschied. Sie kümmert sich nicht darum, ob eine Spezies, die sich in einem bestimmten Reservat vorfindet, in der ganzen übrigen Welt hochgradig bedroht ist. Sie kann eine große Insel von einer kleinen unterscheiden, nicht aber einen Elfenbeinspecht von einem Star.

Die SLOSS-Debatte wurde demnach dadurch zusätzlich kompliziert, daß sie sich um zwei eng miteinander verknüpfte Streitfragen drehte: 1) Wie legt man am besten Naturschutzgebiete an? und 2) was sagt die Gleichgewichtstheorie gegebenenfalls darüber aus, wie man am besten Naturschutzgebiete anlegt? Die eine Streitfrage war hauptsächlich praktischer, die andere vornehmlich theoretischer Natur. Der pragmatische Naturschützer Lovejoy interessierte sich stärker für die erste als für die zweite Frage.

»Mit meinen Wissenschaftskollegen führte ich viele Gespräche und machte mir viele Gedanken darüber«, erinnert er sich. Er gelangte zu der Überzeugung, daß Leute wie er, die sich mit der Planung von Naturschutzgebieten befaßten, mehr brauchten als nur Theorie und Diskussion. Sie brauchten empirische Daten. Genauer gesagt, sie brauchten Informationen über den Aufbau von ökologischen Gemeinschaften und über das bedrohliche Phänomen, das Diamond Entspannung nannte. Sie benötigten Antworten auf eine Reihe von fachwissenschaftlich klingenden, aber entscheidenden Fragen:

- Was genau passiert, wenn eine Lebensraumstichprobe zum Isolat wird und einen Prozeß der Entspannung zum Gleichgewicht durchläuft? Arten gehen verloren, klar, aber welche Arten sind das?
- Sind die Verluste zufallsbestimmt, oder sind sie durch Aspekte der Gemeinschaftsstruktur des Ökosystems determiniert?
- Bietet ein bestimmtes Naturschutzgebiet langfristigen Schutz für jene Arten, die am stärksten gefährdet sind? Oder

büßt das Reservat binnen kurzer Zeit seine bedrohten Arten ein, während die Populationen der weniger bedrohten Arten erhalten bleiben?
- Sind es bei mehreren Reservaten, die ähnliche Lebensräume bieten, jeweils die gleichen Arten, die verlorengehen und die erhalten bleiben? Oder weichen die einzelnen Reservate zufallsbestimmt voneinander ab und gewährleisten die Erhaltung unterschiedlicher und komplementärer Artenkonstellationen?

Diese Fragen waren noch nicht beantwortet – nicht durch Simberloffs Forschungen in den Mangroven, nicht durch Browns Untersuchungen auf den Berggipfeln im Great Basin, nicht durch sonstige empirische Studien und ganz gewiß auch nicht durch die Diskussionen in der Anfangsphase von SLOSS.

Lovejoy selbst reagierte auf die SLOSS-Debatte mit einem gewissen Überdruß. »Vielleicht ist mein unpolitischer Charakter schuld daran – ich habe mich jedenfalls nie in diesen Pißbogen-Wettstreit verwickeln lassen«, sagt er. »Einfach, weil ich nicht sah, was ich dazu beitragen konnte. Ich hielt es für besser, einfach rauszugehen und mich um die empirischen Daten zu bemühen.« Aber wie?

Unmittelbar vor Weihnachten 1976 wurde Lovejoy zum Sitz der National Science Foundation eingeladen, um mit ein paar anderen Biologen, zu denen auch Simberloff gehörte, Möglichkeiten zu erörtern, wie sich das Problem bewältigen ließ. »Wir saßen herum und redeten über das Problem«, erinnert sich Lovejoy. »Und plötzlich, mit einem Mal, kam mir dieses Projekt in den Sinn.«

133

»Das war eine dieser grandios einfachen Ideen«, sagt Rob Bierregaard, ein junger Biologe, den Lovejoy als ersten für die Mitarbeit am Projekt »Kritische Minimalgröße von Ökosystemen« rekrutierte.

Bierregaard kennt Lovejoy seit 1969. Sie gingen, mit ein paar Jahren Altersunterschied, auf dieselbe Vorbereitungsschule und ließen sich dort vom selben Lehrer für Naturwissenschaften, einem bemerkenswerten Mann namens Frank Trevor, inspirieren. Durch Trevors Empfehlung lernte Bierregaard Lovejoy kennen – Bierregaard war damals Studienanfänger in Yale und Lovejoy noch Doktorand –, und letzterer wiederum führte Bierregaard bei G. Evelyn Hutchinson ein, dem bedeutenden Ökologen, der bei MacArthur die Rolle des Mentors gespielt hatte. Bis zum ersten Examen studierte Bierregaard Ökologie bei Hutchinson, und in Bierregaards Erinnerung war das so, »als nehme man seinen Konfirmationsunterricht beim lieben Gott persönlich«. Die Verbindungen zwischen Hutchinson, MacArthur, Lovejoy und Bierregaard, mit dem segensreich wirkenden Frank Trevor im Hintergrund, sind mehr als das Produkt einer Seilschaftsdynamik in der Fachwissenschaft; sie sind eine maßgebende Wirkkette in der Geschichte der modernen Ökologie, die von der bahnbrechenden Theorie zu bahnbrechenden Anwendungen führt.

Lovejoy war gerade von seiner zweijährigen Feldforschung für die Promotionsarbeit zurückgekehrt, als er Bierregaard in Yale traf; er heuerte den Studenten als Hilfsassistenten an, damit er sich um die Computerverarbeitung seiner Daten für die Dissertation kümmerte. Nachdem Bierregaard seine eigene Promotion abgeschlossen hatte, verschaffte ihm Lovejoy erneut eine Stelle – diesmal beim World Wildlife Fund in Washington, wo Bierregaard fünfhundert Dollar im Monat verdiente und im Kellergeschoß von Lovejoys Haus mietfrei wohnen konnte. Als perfekte rechte Hand erfüllte Bierregaard schließlich acht Jahre lang die Aufgabe eines Feldforschungsleiters in Lovejoys Amazonasprojekt. Wegen der so wichtigen Rolle, die er bei der praktischen, alltäglichen Umsetzung des Projekts gespielt hat, ist Bierregaard mehr als jeder andere berechtigt, die Idee des Projekts als einfach zu bezeichnen.

»Jemand mußte die Sache anpacken«, sagt Bierregaard, »und herausfinden, was eigentlich bei diesem ganzen Vorgang des Ökosystemzerfalls in fragmentierten Lebensräumen passiert.« Der Einfall, den Lovejoy bei der Sitzung Ende 1976 hatte, bot eine Möglichkeit dazu.

Die entscheidenden Fragestellungen hatte man bereits eingekreist. Das Schwierige war die Planung eines Experiments, das hinlänglich groß angelegt war und dennoch durchführbar blieb. Das Experiment mußte weitaus umfänglicher sein als das Mangroven-Projekt von Simberloff und Wilson. Es mußte größere Fragmente, eine vielfältigere ökologische Gemeinschaft, einen längeren Zeitraum umfassen. Und von vornherein wie im nachhinein mußten Bestandsaufnahmen der verschiedenen Spezies durchgeführt werden, die in dem jeweiligen Fragment heimisch waren; das heißt, man durfte sich nicht mit bloßen Mutmaßungen zufriedengeben wie bei irgendeiner Landbrückeninsel, wo man nach der Wahrscheinlichkeit entschied, welche Arten die Insel vor ihrer Isolation, im fernen Pleistozän, beherbergt haben mochte. Das neue Vorhaben mußte anders sein als jedes bis dahin unternommene ökologische Feldforschungsexperiment. Es mußte sagenhaft ehrgeizig, aber finanzierbar sein. Dem pragmatischen, aber theoretisch geschulten Naturschützer Tom Lovejoy standen diese Erfordernisse klar vor Augen. Zufällig war ihm auch eine bestimmte Gesetzesvorschrift im brasilianischen Recht bekannt.

Diese Vorschrift (nennen wir sie die Fünfzig-Prozent-Bestimmung) betraf das Besteuerungssystem und die Landrechte im Amazonasgebiet, einschließlich der unter dem Namen Manaus-Freizone bekannten Region, die eine Reihe von Viehfarmen wie die Fazenda Esteio umfaßte. Unter den Förderbedingungen der Freizone wurden auf der Fazenda Esteio und anderswo große Flächen Regenwaldes gerodet, um für ein paar dürre Rinder Weideland zu schaffen. Der Fünfzig-Prozent-Vorschrift zufolge mußten indes fünfzig Prozent des Waldes auf den jeweiligen Fazendas erhalten bleiben. Faktisch wurde dadurch die Schaffung isolierter und verstreuter Regenwaldfragmente verfügt. Lovejoys Idee bestand darin, aus der gesetzlichen Not eine wissenschaftliche Tugend zu machen. Wenn die Viehfarmer mitspielten, was sie leicht tun konnten, da es sie ja nichts kostete, ließ sich vielleicht die erzwungene Inselbildung in ein Experiment verwandeln.

An der ganzen Sache war nichts sonderlich Geheimnisvolles. Aber wie andere grandios einfache Ideen lag auch diese erst dann für jedermann auf der Hand, als der Igel auf sie verfallen war.

Der nächste Schritt bestand in einer langwierigen Überzeugungsarbeit. Lovejoy flog hinunter nach Manaus und fing an, die Leute zu beknien. Er sprach mit Wissenschaftlern am brasilianischen Nationalinstitut für Amazonasforschung (auf portugiesisch abgekürzt INPA), vor allem mit Dr. Herbert Schubart, der so fasziniert war, daß er fortan gemeinsame Sache mit ihm machte. Lovejoy redete mit brasilianischen Naturschützern, unter ihnen Maria Tereza Jorge de Padua, der damals für die Nationalparks des Landes zuständig war. Schubart und Jorge de Padua führten ihn bei anderen Stellen ein. Er erläuterte seine Idee den Beamten der SUFRAMA, der Behörde der Manaus-Freizone. Er suchte auch einige der Viehfarmer auf. Mit seinem diplomatischen Geschick, seiner Liebenswürdigkeit und seinem fließenden Portugiesisch brachte Lovejoy die Leute dazu, seine Vision zu übernehmen (oder sie jedenfalls zu tolerieren). Er schmiedete ein breites Bündnis. Und schließlich war es beschlossene Sache: Die Zerstörung von Wald, die so oder so stattfinden würde, sollte bestimmten Mustern folgen. Ein Reststück hier, ein Reststück dort, ein größeres Reststück da drüben ... und das übrige gerodet.

Manche der Reststücke waren quadratisch, mit schnurgeraden, kantigen Rändern. Sie wurden genau nach Maßgabe des Zehnersystems ausgemessen und umfaßten eine Sequenz von Größen: ein Hektar, zehn Hektar, hundert, tausend. Eine große Fläche von Weideland, das Menschenhand angelegt hatte und das nur Kühen bekömmlich war, umgab die Placken unberührten Urwaldes. Diese Parzellen wurden sowohl nach ihrer Isolation als auch vorher von Wissenschaftlern untersucht, die Lovejoy, Bierregaard und Schubart für diesen Zweck anwarben. Um Vergleichsmöglichkeiten zu schaffen, gab es die größenmäßig verschiedenen Parzellen in mehrfacher Ausfertigung, so daß die Ergebnisse einer Parzelle von zehn Hektar mit denen einer Parzelle von einem oder hundert Hektar oder aber auch mit denen einer anderen zehn Hektar großen Parzelle verglichen werden konnten. Im Laufe eines Untersuchungszeitraums von zwei oder drei Jahrzehnten würden die Parzellen Informationen über den Ökosystemzerfall liefern.

So umfassend der konzeptionelle Rahmen hinsichtlich der Größe der zu behandelnden Probleme war, so bescheiden ließ sich hinsichtlich der geringen Ressourcen, über die Lovejoy verfügte, die Durchführung an. Anfangs bestand der ganze Mitarbeiterstab aus Rob Bierregaard, dessen Betriebsmittel winzig waren. »Als ich das Projekt in Gang gebracht hatte«, erinnert sich Lovejoy, »holte ich ihn hierher, stellte ihn den Leuten vor und sagte ›Da wären wir also, Rob. Nun sieh zu, was du zuwege bringst.‹«

Bierregaard gibt eine etwas plastischere Schilderung ab: »Lovejoy ließ mich einfach im Stich«, erklärt er heiter. »Wir fuhren nach Belém, wo ich ein paar Leute kennenlernte, und er sagte: ›Also, setz dich ins Flugzeug, flieg zurück nach Manaus, chartere ein Flugzeug, überflieg das Gebiet, wo die Parzellen sind. Und arbeite mit Schubart zusammen.‹« Bierregaard schrieb den Projektantrag neu, um die staatliche Genehmigung zu bekommen, und Schubart übersetzte den Text ins Portugiesische. Das reichten sie dann ein. »Es war mitten im Karneval«, sagt Bierregaard. »Das Karnevalsthema in Manaus war in diesem Jahr Disneyland. Da ging ich zum Karneval in Brasilien, war das erste Mal außer Landes, sollte wirklich und wahrhaftig ein Stück lateinamerikanische Kultur erleben – und auf dem Festzug-Boulevard kommen mir Mickymausfiguren entgegen. Die Regenzeit war auch gerade auf ihrem Höhepunkt. Ich mußte also irgendwie ein Flugzeug chartern, mit den Viehfarmern sprechen, und das alles in dem Portugiesisch, über das man nach etwa zwei Monaten Arbeit mit ein paar Sprachkassetten verfügt. Unglücklicherweise hatte ich knapp vor dem Imperfekt aufgehört. Es war entsetzlich.«

Als aber der Karneval vorbei war und die Mickymäuse sich ausgetobt hatten, stellten sich die Probleme als lösbar heraus. Ein halbes Jahr später wurde die staatliche Genehmigung erteilt. Und zu guter Letzt konnte er sich – sogar auf portugiesisch und im Imperfekt – an jene harten Anfangszeiten mit Rührung erinnern.

Bierregaard richtete sich im September 1979 vor Ort ein. Er gab in diesem Monat 245 Dollar aus und lieferte in seinem ersten Finanzbericht eine lange Erklärung für sein verschwenderisches Verhalten. Er eröffnete ein Miniaturbüro in Manaus und kaufte im Oktober ein Fahrzeug. Die Bestandsaufnahme in den Reservaten hatte begonnen, aber bis jetzt war praktisch noch kein Wald gerodet. Die Reservate ähnelten den Hügelkuppen auf der Bass-

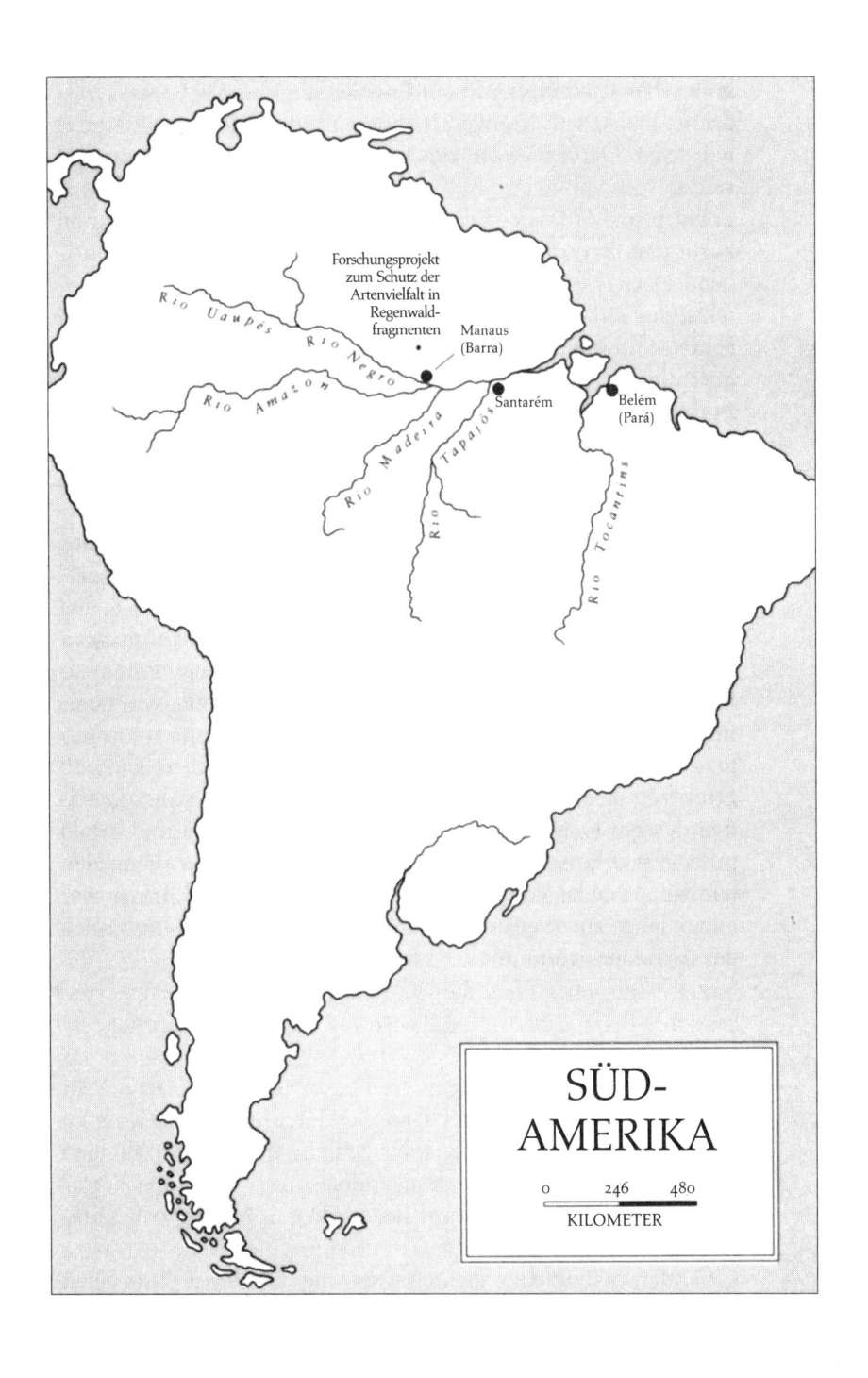

Forschungsprojekt
zum Schutz der
Artenvielfalt in
Regenwald-
fragmenten

Rio Uaupés
Rio Negro
Rio Amazon
Rio Madeira
Rio Tapajós
Rio Tocantins

Manaus (Barra)
Santarém
Belém (Pará)

SÜD-
AMERIKA

0   246   480
KILOMETER

manischen Halbinsel während der letzten Niedrigwasserperiode im Pleistozän: Sie waren Inseln in spe. Diesmal allerdings würde ein Ökologenteam zuschauen, wenn die Verinselung passierte.

Ein paar Monate später kam Lovejoy selbst aus Washington zurück an den Amazonas. Was er vorfand, erschien ihm ermutigend. Nach wie vor war es erst der bescheidene Beginn eines Projekts, das sich zu einem gewaltigen Unternehmen auswachsen sollte – mit einem Jahreshaushalt von 700 000 Dollar und einer beachtlichen Mannschaft aus Wissenschaftlern, Hilfspersonal, Praktikanten (jungen Freiwilligen aus den USA, Brasilien und von anderswo) und brasilianischen Holzfällern –, aber Lovejoy konnte bereits erkennen, wie seine Idee Gestalt annahm. Er und Bierregaard fuhren zusammen in den Wald. Dort wanderten sie auf einem langen Fußweg bis zu der Stätte, wo nach der Brandrodung eines ihrer Inselreservate entstehen sollte. »Es war herrlich«, erzählt Lovejoy. »Große bodenbewohnende Vögel flogen auf, während wir den Weg entlangkamen. Schließlich machten wir halt. Und er fachte ein kleines Feuer an, wobei er für das feuchte Holz ein Stück Gummi als Zunder benutzte, wie sie es im Urwald machen.« Bierregaard erhitzte zwei Büchsen mit *feijoada*, dem dunklen, bohnenreichen brasilianischen Eintopf. Dann zog er eine Miniflasche Wein heraus, die er sich von seinem letzten Flug aufgehoben hatte. »Und als wir da im Urwald saßen«, sagt Lovejoy, »stießen wir auf den Biologielehrer an, den wir damals in der Vorbereitungsschule hatten.« Frank Trevor war einige Jahre zuvor gestorben. Er hatte immer von einem Besuch des Amazonas geträumt.

134

»Ich neige dazu, Sachen in Gang zu setzen«, sagt Lovejoy, »und dann die Durchführung anderen zu überlassen.« Bemüht, der Realität gemeinsamer Anstrengungen und den Empfindlichkeiten des Nationalstolzes Rechnung zu tragen, verbessert er sich: »– mir bei der Durchführung von anderen *helfen zu lassen*«.

Seitdem wir in dem kleinen Flugzeug das Projekt von oben

besichtigt haben, sind ein paar Tage vergangen. Mittlerweile sind wir zu Fuß hinausgezogen. Wir sind einen Pfad entlanggewandert, weg von den gerodeten Flächen, tief hinein in ein unversehrtes Waldgebiet, wo ich Gelegenheit habe, mir den grandiosen Detailreichtum des Urwaldes aus nächster Nähe anzuschauen. Wir sind durch eine von grünem Licht erfüllte Wildnis gegangen, eingehüllt in Dunstschleier, umgeben von Summ- und Heulgeräuschen, die gegen das um so tiefere Schweigen anbranden, von Tukanen, die im Laubdach rascheln, von Kolibris und himmelblau beschwingten Morphofaltern in den wenigen sonnenbeschienenen Lichtungen, von Kotingas, kreischenden Pihas, Epiphyten, Lianen, Blattschneiderameisen, die in langen Zügen durch das Unterholz marschieren, von scheuen Eidechsen, Flechten, Pilzen in strahlenden Pastelltönen. Wir haben in Hängematten in einem Lager draußen genächtigt und den Brüllaffen gelauscht, die mit ihrem zischenden Dröhnen wie ein Harpyienchor die Nacht erfüllten. Zum Abendessen und zum Frühstück haben wir *caldeirada* gegessen, eine aromatische dicke Suppe aus Flußfisch und *cilantro*. Und zusätzlich zur *caldeirada* habe ich von Lovejoy so viele Informationen bekommen, wie ich nur irgend schlucken konnte. Jetzt habe ich ein bißchen Zeit zum Verdauen.

Unter dem Feldforschungsleiter Bierregaard nahm das Projekt »Kritische Minimalgröße von Ökosystemen« an Umfang zu. Andere Wissenschaftler trafen ein, um vor Ort Feldforschung zu treiben. Die ökologische Bestandsaufnahme begann. Die erste Frage, die es zu beantworten galt, lautete: Was für Tier- und Pflanzenspezies bewohnen diese abgesteckten Quadrate, bevor es zu irgendeiner Form der Isolation kommt? Um das herauszufinden, setzten die Forscher Flornetze für Vögel ein, Fallen für kleine Säugetiere, Ferngläser für Primaten und alle möglichen anderen Techniken für das Sammeln und Bestimmen der Fauna und Flora. Der Finanzhaushalt des Projekts wuchs ebenso wie das Hilfspersonal; mehr Holzfäller und Praktikanten wurden ausgeschickt, um beim Sammeln der Daten zu helfen. In der Trockenzeit 1980 wurden die ersten Isolate geschaffen; eine Parzelle von einem Hektar und eine von zehn Hektar Größe.

Das Unterholz außerhalb der Parzellengrenzen wurde mit der

Machete beseitigt. Baumfäller mit Kettensägen legten die Bäume um. Die Sägespäne und den Holzabfall ließ man einige Monate trocknen, dann wurde alles abgefackelt. Das Feuer toste und erlosch. Die zwei Parzellen blieben, rechteckige grüne Inseln in einem Meer von Holzasche. Eine der beiden Parzellen war Reservat #1202, das zehn Hektar große Quadrat, das mir Lovejoy vom Flugzeug aus gezeigt hatte. Mir, in dessen Magen es so gewaltig rumorte, war da nicht klar, auf was für ein wissenschaftsgeschichtliches Paradestück ich hinabschaute.

Sogleich begann Phase zwei der Feldforschungsarbeit. Bierregaard und die anderen zogen wieder mit ihren Flornetzen und ihren Fallen hinaus, diesmal um die Folgen der Isolation zu studieren. Lovejoy, Bierregaard und ein paar Kollegen veröffentlichten in den Jahren 1983 und 1984 gemeinsam einige erste Ergebnisse. Die waren dramatisch, kamen aber nicht überraschend.

Erst einmal und naheliegenderweise hatten beide Reservate ihre großen Raubtiere eingebüßt. Der Jaguar, der Puma und die Langschwanzkatze waren nicht mehr da. Warum nicht? Neben dem irritierenden Krawall der Kettensägen und des Feuers, der wahrscheinlich mitgeholfen hatte, sie zu verjagen, gab es dafür einen ökologischen Grund: Die Reservate waren zu klein, um für so großwüchsige Raubtiere ausreichend Schutz und Nahrung zu bieten.

Das Paka, das Rotwild, das Weißbartpekari und die übrigen größeren Beutetiere waren ebenfalls verschwunden. Zuwenig Nahrung, zuwenig Schutz, zuwenig von diesem oder jenem. Die näheren ökologischen Einzelheiten sind unbekannt; wir wissen nur, daß diese Arten nicht mehr fanden, was sie brauchten.

Die Primatenpopulationen waren ebenfalls betroffen. Das Reservat von zehn Hektar hatte vor seiner Isolation eine Horde Rothandtamarine (*Saguinus midas*) beherbergt. Nicht lange danach kamen sie von den Bäumen herunter und flitzten über die gerodete Fläche davon. Zwei Satansaffen oder Bartsakis (*Chiropotes satanus*) fanden sich ebenfalls in dem zehn Hektar großen Placken isoliert. Anders als die Tamarine bewohnten die Sakis das Laubdach und waren nicht gewohnt, sich auf der Erde zu bewegen. Daß sie auf einer so kleinen Insel festsaßen, muß für die beiden Exemplare hart gewesen sein, da Satansaffen gewöhnlich in großen Gruppen leben und auf der Suche nach Früchten und Samen ausgedehnte Rundreisen im Wald unternehmen. Das konnten die zwei gefangenen Sakis nicht mehr. Im Reservat trug nur ein einziger Baum Früchte, und den hatten sie bald leergefressen. Dann verschwanden sie, erst der eine, danach der andere. Vielleicht starben sie vor Hunger. Vielleicht kamen sie in ihrer Verzweiflung von den Bäumen herunter und preschten los. Keiner weiß es.

Eine dritte Primatenart in dem zehn Hektar großen Gebiet war der Rote Brüllaffe (*Alouatta seniculus*), der den Vorteil hatte, sich von Blättern zu ernähren. Wie die Kühe finden Laubfresser normalerweise etwas zu fressen. Dennoch waren die Brüllaffen in Schwierigkeiten. Anfangs betrug ihre Zahl acht. 1983 hatte sie sich auf fünf reduziert, und auf dem Waldboden hatte man das Skelett eines jungen Männchens gefunden.

Bei den Vögeln machte sich unmittelbar nach der Isolation eine eigentümliche Tendenz bemerkbar: eine höhere Fangquote in den Flornetzen, die auf eine erhöhte Populationsdichte in den Reservaten hinwies. Die mutmaßliche Erklärung dafür war, daß die Waldparzellen vorübergehend die Bedeutung von Rettungsbooten angenommen hatten und überfüllt mit Vögeln waren, die sich aus den gerodeten Gebieten vertrieben sahen. Wenn sich das so verhielt, dann ließ sich erwarten, daß dieser Zustand nicht von Dauer war, da der Lebensraum der Reservate für die Vögel nicht ausreichte. Und der Zustand war auch nicht von Dauer. Binnen eines Jahres sank die Vogeldichte in dem Zehn-Hektar-Reservat auf das Normalniveau zurück; im ein Hektar großen Reservat war sie geringer als je zuvor.

Die Vogelfauna in beiden Reservaten nahm weiter ab. Die Abnahme machte sich nicht nur numerisch bemerkbar, auffällig war auch, welche Arten zuerst verschwanden – zu nennen sind hier vor allem die Ameisenvögel. Das sind Vogelarten des Unterholzes, deren Beute Insekten sind, die von Wanderameisenzügen aufgescheucht werden. Manche Ameisenvögel sind vielseitig genug, um sich auch auf andere Weise Nahrung zu beschaffen, aber etliche (wie der Weißbart-Ameisenvogel, *Pithys albifrons*, und der Rotkehl-Ameisenvogel, *Gymnopithys rufigula*) sind Spezialisten, die vollständig von den Ameisenzügen abhängen, denen sie folgen. Gibt es keine Ameisen, fressen die Vögel nicht. Sowohl der Weißbart- als auch der Rotkehl-Ameisenvogel brauchen offenbar ein umfangreiches Futtergebiet – groß genug, um es mit mindestens ein paar Ameisenkolonien zu teilen, die ihre Züge täglich auf den Marsch schicken. Und allein schon eine einzige Kolonie dieser Ameisen braucht für sich ein relativ großes Revier. Um eine halbe Million Mäuler zu stopfen, reicht ein Hektar nicht aus. Nach sechs Monaten Isolation waren deshalb die Wanderameisen aus dem einen Hektar großen Reservat verschwunden, und auch die Weißbart- und Rotkehl-Ameisenvögel waren nicht mehr da. Nach einem Jahr waren weitere Arten von Ameisenvögeln weg. Sie hatten sich den Ameisen auf ihrem Zug nach Nirgendwo angeschlossen.

Bei den Schmetterlingen wurden die schattenliebenden Arten des Waldesinneren selten; manche verschwanden ganz und gar. Die Zahl der lichtliebenden Arten (wie etwa die leuchtendblauen Morphofalter, die an Lichtungen und Waldränder angepaßt sind) nahmen zu. Das bedeutete Umschlag im Sinne von MacArthur und Wilson. Auch wenn unter dem Strich keine Arten verlorengingen, deutete der Umschlag bei der Schmetterlingsfauna auf zerstörerische Veränderungen hin.

Einige der Veränderungen betrafen auch die Vegetation. Die Bäume an den Rändern der Reservate waren in ungewohntem Maß dem Sonnenlicht, der Trockenheit und den Winden ausgesetzt. Mit verdorrten Blättern und innerlich geschwächten Wurzelsystemen hielten sie außergewöhnlichen Belastungen nicht mehr stand und begannen, abzusterben und umzustürzen. Manchmal riß ein stürzender Baum einen anderen mit, und jede neue Lücke bot dem Sonnenlicht und den Winden neuen Zugang. Lichtverträgliche Pflanzen, darunter auch Unkraut von den Weiden, drang ein. Heiße Luftbrisen verringerten in den Reservaten die Feuchtigkeit und erhöhten die Temperaturen, während sie den Laubboden austrockneten. Nahe dem Zentrum des zehn Hektar großen Reservats wuchs die Zahl der abgestorbenen Bäume dramatisch. Und manche der Bäume standen nicht nur unter Streß, sie waren regelrecht desorientiert: Ein ausgewachsener Baum der Spezies *Scleronema micranthum* kam gegenüber seinen Artgenossen um sechs Monate zeitverschoben in Blüte. In der zu diesem Zeitpunkt herrschenden Mangelsituation verlor er einen Großteil seiner Samen an Räuber. Der Wald steckte im Auflösungsprozeß.

Das Ökosystem war dabei, zu zerfallen. Arten verschwanden, Verbindungen zerrissen, sogar mit den klimatischen Bedingungen ging es bergab. Die Lehre aus diesen frühen Daten war unmißverständlich. Ein kleiner Placken Amazonaswald – sagen wir, von einem oder auch zehn Hektar Größe – konnte als isoliertes Gebilde nicht existieren. Er hatte einfach nicht genug Fläche, um sich behaupten zu können. Was *war* dann aber die kritische Minimalgröße? Falls es auf diese Frage überhaupt eine sinnvolle Antwort gab, würde sie sich weder rasch noch leicht finden lassen.

135

Während Lovejoy sein Experiment auf den Weg brachte, ging die SLOSS-Debatte weiter, mit Jared Diamond und Dan Simberloff in den Hauptrollen.

Das ganze Jahrzehnt hindurch, das auf den Schlagabtausch folgte, den die beiden 1976 in *Science* geführt hatten, wurden die bekannten Argumente vorgetragen und einige neue in die Diskussion gebracht. Jede Partei sammelte Anhänger. Debattiert wurde nicht nur über die eine Frage, wie Naturschutzgebiete anzulegen seien, ob man einem einzigen großen Reservat den Vorzug vor mehreren kleinen oder umgekehrt geben solle, sondern auch über so umfassende Probleme wie den Erkenntniswert der Spezies-Flächen-Beziehung oder die wissenschaftliche Haltbarkeit der Gleichgewichtstheorie und darüber, ob diese beiden Konzepte für den Naturschutz irgendeine Bedeutung hatten oder nicht.

Zeitschriftenartikel erschienen in rascher Abfolge. Selbst wenn man sie in der üblichen Kurzform anführt, in der sie den Ökologen vom Fach geläufig sind, ergeben sie eine längere Liste: Gilpin und Diamond (1976), Abele und Patton (1976), Brown und Kodric-Brown (1977), Simberloff (1978), Diamond (1978), Abele und Connor (1979), Connor und Simberloff (1979), Gilpin und Diamond (1980) und Dutzende mehr. Jeder dieser Artikel strotzte von durchdachten Argumenten und ehrlichen Überzeugungen. Manche waren verseucht mit Mathematik. Wissenschaftler tragen ihre Kämpfe üblicherweise in den Fachzeitschriften aus und bombardieren sich mit Beiträgen, als wären es Brandpfeile; und so wurde auch die Schlacht um SLOSS geschlagen. Sie dauerte nicht so lange wie der hundertjährige Krieg der Rosen, und es floß auch nicht soviel Blut, aber hitziger als bei einer freundlichen Diskussion unter Kollegen ging es schon zu.

Die Einzelheiten der Debatte waren kompliziert und tendenziös gefärbt. Ich empfehle die Lektüre als ein Mittel gegen Schlaflosigkeit. Aber ein paar wichtige Themen klingen in dem Stimmenwust an; sie verdienen Erwähnung. Eines von ihnen ist die Vielgestaltigkeit des Lebensraumes.

Vertreter aus dem Simberloff-Lager machten geltend, daß die Vielgestaltigkeit des Lebensraumes viel wichtiger sei als die bloße Flächengröße, wenn es darum gehe, wie viele Arten in einem bestimmten Reservat leben können. Eine Handvoll verschiedener Formen von Lebensraum biete viel mehr Arten eine Lebensgrundlage als ein großes einheitliches Stück Lebensraum; durch eine Reihe kleinerer Reservate lasse sich das Erfordernis der Vielgestaltigkeit am besten erfüllen.

Die Vertreter des Diamond-Lagers widersprachen – aber sie widersprachen nicht diametral, sondern mittels Einschränkung. Sie leugneten nicht, daß ein vielgestaltiger Lebensraum wichtig war. Diamond selbst hatte einige Jahre zuvor in einer Untersuchung über den Umschlag bei Vogelarten auf den Channel Islands die Bedeutung der Vielgestaltigkeit des Lebensraumes hervorgehoben. Jetzt allerdings hielten es Diamond und andere aus praktischen Gründen für vernünftig, auf die mühsame Bestandsaufnahme der Lebensraumvielfalt zu verzichten. In der heutigen Welt, in der die Menschen die ökologische Zerstörung so rasch vorantreiben, sei ein abgekürztes Verfahren bei Naturschutzmaßnahmen gerechtfertigt, ja, sogar nötig. Sie dachten an Planer wie Tom Lovejoy, der gezwungen war, auf der Grundlage unvollständiger ökologischer Daten folgenreiche Entscheidungen zu treffen. Den Diamondianern zufolge war unter diesen Umständen die reine Ausdehnung eines vorgeschlagenen Reservats ein hochwichtiger Faktor. Man könne sie als groben Maßstab sowohl für die Artenvielfalt als auch für die Lebensraumvielgestaltigkeit nehmen.

Nein, könne man nicht, sagten die Simberloffianer. Wer von solch einer Gleichsetzung ausgehe, schließe die Augen vor der Beschaffenheit der ökologischen Realität.

Die Details dieser Kontroverse füllten Dutzende von Seiten in *American Naturalist, Biological Conservation, Journal of Biogeography* und in anderen Zeitschriften. Welche Seite hatte recht? Jedermann war aufgerufen, Stellung zu beziehen. In karikierender Form (und hitzige Debatten tendieren dazu, karikaturhafte Züge anzunehmen) wurden die gegensätzlichen Standpunkte als die »Vielgestaltiger-Lebensraum-Hypothese« und die »Fläche-als-solche-Hypothese« bezeichnet, auch wenn nur wenige Diamondianer den Ausdruck »Fläche-als-Solche« für eine angemessene Charakterisierung ihrer Position gehalten haben dürften.

Ein weiteres Thema aufgreifend, machten die Simberloffianer geltend, daß mehrere kleine Reservate Schutz gegen bestimmte Katastrophenformen böten. Wenn ein Taifun oder ein Waldbrand ein kleines Reservat verwüste, das zu einem System verstreuter anderer Reservate gehöre, dann blieben die anderen wahrscheinlich verschont, wohingegen der gleiche Taifun oder Brand durch ein einziges großes Reservat ungehemmt hindurchfegen und ganze Pflanzen- und Tierpopulationen vernichten könne. Fasse eine gefährliche Seuche in einem großen Reservat Fuß, so könne sie sich ebenfalls umfänglich ausbreiten, während mehrere kleine Reservate einen Quarantäneschutz böten. Auch ein eingeschleppter Räuber wie die Baumschlange auf Guam könne in einem einzigen großen Reservat mehr Schaden anrichten. Um eine Reihe von kleinen Reservaten heimzusuchen, müsse sich der gleiche Räuber mehrfach erfolgreich ansiedeln; daß ihm das jeweils gelinge, sei höchst unwahrscheinlich. Setzt nicht alles auf eine Karte – das war es im wesentlichen, wofür die Simberloffianer eintraten.

Die Diamondianer ihrerseits machten geltend, daß ein einziges großes Gebiet in seinem Inneren mehr Sicherheit biete, wohingegen mehrere kleine Reservate entlang ihren Rändern verhältnismäßig mehr Störungen ausgesetzt seien. Ein großes

Reservat sei außerdem nötig, um großwüchsige und weit umherstreifende Raubtiere wie die Jaguare und Pumas des Amazonas aufzunehmen. Und ein großes Reservat biete möglicherweise auch einen Sicherheitsspielraum gegen klimatische Veränderungen; falls eine Region des Reservats für eine bestimmte Spezies zu trocken oder zu heiß werde, könne diese in eine feuchtere oder kühlere Region überwechseln, ohne durch eine Grenze aufgehalten zu werden. Ein kleineres Reservat stelle solche Migrationsmöglichkeiten nicht zur Verfügung.

So ging es immer weiter: pro und kontra, Argument gegen Argument. Kleine Reservate seien möglicherweise kostengünstiger, um tropische Insekten und seltene Pflanzen zu schützen, die dazu neigten, sich auf kleine Lebensraumnischen zu beschränken. Wenn man die kleinen Reservate sorgfältig auswähle, könnten sie unter Umständen mehr Pflanzen- und Tierarten beherbergen als ein einziges großes Reservat; die verstreuten Reservate seien vielleicht sogar insgesamt weniger kostspielig als eine einzige, zusammenhängende Landfläche. Andererseits war denkbar, daß viele Pflanzen und Tiere in kleinen Reservaten gängigen und verbreiteten Arten angehörten, die eigentlich gar keinen Schutz brauchten. Ein einziges großes Reservat beherberge insgesamt zwar vielleicht weniger Arten, dafür aber mehr seltene und bedrohte ... Andererseits mochten kleine Reservate ... Andererseits mochte ein großes Reservat ... Und so weiter.

All diese Behauptungen sind hier im Konjunktiv wiedergegeben – betreffen Dinge in der Möglichkeitsform, die passieren *konnten*, nicht passiert waren oder mit Sicherheit passieren würden –, weil die SLOSS-Debatte naturgemäß hypothetisch war. Und der Schlüsseltext, der einem Großteil dieser hypothetischen Erörterungen zugrunde lag, war die Gleichgewichtstheorie von MacArthur und Wilson.

Der Logik der Diamondianer zufolge war zu erwarten, daß ein großes Reservat mehr Zuwanderer erhielt und weniger unter Artensterben litt. Warum? Ein großes Reservat bietet Exemplaren, die sich ausbreiten, einen umfangreicheren Zielpunkt – also ist die Zuwanderungsquote höher. Ein großes Reservat ermöglicht große Populationen und schützt damit die einzelnen Arten vor den Gefahren, die das Seltenwerden birgt – also ist die Aussterberate niedriger. Und eine höhere Zuwanderungsquote, verknüpft mit einer niedrigeren Aussterberate, führt zu einer größeren Zahl von Arten im Gleichgewichtszustand. Quod erat demonstrandum, sagten die Diamondianer.

Blödsinn, sagten die Simberloffianer. Da kommt ihr schon wieder mit MacArthur-und-Wilson.

136 Sie stritten so lange, bis sie sich völlig verrannt hatten. Aber all seiner Heftigkeit zum Trotz muß der »Pißbogen-Wettstreit«, wie Lovejoy ihn nannte, uns hier nicht in all seinen Aspekten interessieren. *Ein* Aspekt, der für uns von Interesse ist, hatte mit einem Biologen namens Michael Gilpin zu tun.

Gilpin hat an der University of California in San Diego eine Stelle und ist ein Kollege von Ted Case, dem verwegenen Herpetologen aus dem Golf von Kalifornien, mit dem ihn die einigermaßen rauhe Wesensart verbindet. Man würde Gilpin nicht mit einem Syndikus verwechseln; eher würde man ihn für einen Leichtathletiktrainer halten. Wie Case ist er ein alternder Sportsmann, der nicht einsieht, warum er sich durch steifer werdende Gelenke, Cholesterin und seinen siebenundvierzigsten Geburtstag zu einem gesetzten Leben verurteilen lassen soll. Sein Lachen, das er oft ertönen läßt, ist ein von Herzen kommendes, schmetterndes Gebrüll. Er liest viel, ist tatkräftig, denkt rasch, aber gründlich, und seine Welt umfaßt mehr als nur die Wissenschaft, so umfassend seine wissenschaftliche Welt auch ist. Das mehrjährige Interview, das ich in Abständen mit Mike Gilpin geführt habe, fand in Kajaks statt, auf Skilifts, beim Joggen durch städtische Straßen, im Führerhaus eines alten Lastwagens während einer Nachtfahrt durch Nevada, an Lagerfeuern im Hinterland von Montana und bei mehr als nur ein paar Gläsern Bier. Er nimmt auch an Triathlon-Wettbewerben teil, aber bei dieser Narretei muß er auf meine Gesellschaft verzichten.

Von Haus aus ist Gilpin Physiker; in den sechziger Jahren arbeitete er für Hughes Aircraft »an der Entwicklung von Lasern zur Blendung des Vietcong«, wie er heiter erklärt. Das sagte ihm nicht zu, deshalb sprang er ab und ging zum Friedenskorps. Nach einigen Jahren im Vorderen Orient kehrte er in die USA zurück; eines Abends sah er im Fernsehen eine Sendung mit Paul Ehrlich und begann daraufhin, sich für Ökologie zu interessieren. Ehrlich sprach in der Sendung über menschliches Bevölkerungswachstum, Artensterben und was sonst noch zum Phänomen des Ökosystemzerfalls gehört. Gilpin nahm sich das Gehörte zu Herzen. Er absolvierte ein Aufbaustudium in Ökologie und machte rasch seinen Doktor.

In seinem neuen Leben als Ökologe bewies Gilpin ein besonderes Talent für Computerdarstellungen. Auch in der Zusammenarbeit und Abstimmung mit Kollegen bewährte er sich. Er leistete ein bißchen schwerverständliche theoretische Arbeit auf dem Gebiet der Populationsgenetik, studierte die Dynamik des Wechselverhältnisses zwischen Raub- und Beutetieren und der Konkurrenz zwischen ähnlichen Arten und kam dann in Kontakt mit »zwei wirklich guten Inselbiogeographen«, die sein Forschungsinteresse in diese Richtung lenkten. Der eine war Ted Case. Der andere war Jared Diamond. Dank seiner Bewandertheit in Mathematik und seiner meisterlichen Fähigkeiten im Computerprogrammieren gab Gilpin während der SLOSS-Debatte einen guten Mitstreiter für Diamond und einen würdigen Gegner für Dan Simberloff ab.

Seine Zusammenarbeit mit Diamond im Kampf gegen Simberloff spitzte sich schließlich auf die sogenannte Nullhypothese zu. Hier wurde auf einem Nebenschauplatz des großen Krieges eine heftige kleine Schlacht ausgetragen.

Die Kontroverse um die Nullhypothese war stärker eine theoretische Angelegenheit als der Streit um SLOSS. Bei ihr ging es um Deduktionsverfahren und deren philosophische Grundlagen. Aber sie beinhaltete auch ein paar praktische Konsequenzen eigener Art. Ihr Ausgangspunkt war eine Studie, die Diamond im Jahre 1975 veröffentlicht hatte und in der es um Verteilungsmuster und Gemeinschaftsstrukturen in der Vogelfauna auf fünfzig Inseln des Bismarck-Archipels, unmittelbar östlich von Neuguinea, ging.

Die Verteilungsmuster der Vögel des Bismarck-Archipels waren unregelmäßig und bildeten einen verworrenen Flickenteppich aus Artenlisten, die sich von einer Insel zur anderen unterschieden. In all der Verworrenheit gab es allerdings eine Andeutung von Ordnung. Bestimmte Arten oder Artenkombinationen schienen sich gegenseitig auszuschließen. Diamond hielt das für aufschlußreich. Zu den Faktoren, die über die Verteilung entschieden, zählte nach seiner Überzeugung die zwischenartliche Konkurrenz. Einige der Vogelarten konnten mit anderen einfach nicht zusammenleben. Die Konkurrenz machte es ihnen unmöglich, sympatrisch zu koexistieren. Sie hinderten einander daran, ihre jeweiligen Inseln zu besiedeln.

Oder vielleicht stimmte das gar nicht. 1978 griff Simberloff sowohl Diamonds Methoden als auch seine Schlußfolgerungen an. Weniger aufwendig wäre, behauptete Simberloff, eine Nullhypothese zu vertreten, statt gleich zur Konkurrenzhypothese zu greifen. Worauf zielte diese Nullhypothese? Auf Zufallsbestimmtheit. Vielleicht stelle die Verteilung im Bismarck-Archipel, die als Folge der Konkurrenz erscheine, in Wirklichkeit nichts anderes als ein Produkt des Zufalls dar. Der menschliche Geist sei schließlich immer darauf erpicht, sinnvolle Muster zu gewahren, selbst dort, wo es gar keine sinnvollen Muster gebe. Wie bei einem in Ziffernpunkte aufgelösten Bild verknüpften wir die Sterne des Nachthimmels zu vermeintlichen Figuren. In Wolken glaubten wir Tiergestalten zu erkennen, Sumpfgase gaukelten uns Fliegende Untertassen vor, hinter jedem Irrsinnsmord sähen wir eine Verschwörung, und aus Teeblättern läsen wir die Zukunft heraus. Simberloff hegte den Verdacht, daß sich Diamond der gleichen Leichtgläubigkeit schuldig machte. Er mahnte zu mehr Skepsis. Wenn der reine Zufall ausreiche, diese Verteilung der Vögel zu erklären, dann sei Diamonds Behauptung, in den Daten drücke sich stärker ein kausaler Vorgang (nämlich ein Konkurrenzusammenhang) aus, überflüssig und logisch unannehmbar.

Das war der Ausgangspunkt für den Nullhypothesen-Streit, der ganze Zeitschriftenjahrgänge hindurch andauerte, wobei Mike Gilpin auf Diamonds Seite kämpfte und ein Biologe namens Edward F. Connor bei Simberloffs Artikeln Coautor spielte.

Diamond, der Vogelökologe, hatte viele seiner Daten über den Bismarck-Archipel während seiner anstrengenden Feldforschungsexpeditionen in der Region von Neuguinea gesammelt. Die ursprünglichen, über den Daumen gepeilten Analysen hatte er selbst vorgenommen. Aber dank Gilpins Mitarbeit konnte er die Sache jetzt weitertreiben. Gilpin der Mathefreak und sagenhafte Programmierer, war imstande, sich in seinem Haus zu verkriechen und tausend Zeilen ingeniösen Maschinencodes zu schreiben, ehe er ans Tageslicht zurückkehrte. Mit Hilfe eines frühen Vax-Computermodells trieb er die Analyse der Diamondschen Verteilungsdaten auf ganz neue Niveaus statistischer Perfektion.

Simberloff und Connor pflegten ihre eigene haltbare Form partnerschaftlichen Zusammenwirkens; dadurch bekam der Austausch von Brandpfeilen in Artikelform einen gewissen Zug von Pärchen-Symmetrie. Ein Connor-und-Simberloff-Beitrag erschien, in dem neue und schneidendere Kritik an der ursprünglichen Arbeit von Diamond geübt wurde; in Antwort auf diesen Beitrag erschien ein Diamond-und-Gilpin-Beitrag, auf den wiederum Simberloff und Connor mit einem Beitrag reagierten, der seinerseits die Gegenrede von Gilpin und Diamond herausforderte. Die Gereiztheit nahm zu. Man machte sich über die mathematischen Fähigkeiten der anderen Seite lustig. Es wurden Ausrufezeichen verwendet, was in der wissenschaftlichen Literatur selten geschieht und als ziemlich drastisch empfunden wird. Man warf sich gegenseitig Kunstfehler vor. Es ist schludrig und unlogisch, die Konkurrenzhypothese aufzustellen, ohne vorher die Nullhypothese ausgeschlossen zu haben, erklärten Simberloff und Connor. Nein, ist es nicht, behaupteten dagegen Gilpin und Diamond. Und außerdem, meinten sie, ist eure »Null«-Hypothese auch gar nicht so perfekt null. Sie enthalte heimliche Annahmen, durch die eine ökologische Gewichtung eingeführt werde. Stimmt gar nicht, sagten Simberloff und Connor.

Ist der Leser interessiert daran, die ganze Auseinandersetzung in allen Einzelheiten erzählt zu bekommen? Ich darf wohl davon ausgehen, daß er darauf keinen Wert legt. Aber ich wollte den Vorgang aus zwei Gründen erwähnt haben: weil Mike Gilpin später wieder auftauchen wird, und zwar in einem Zusammenhang, der für die Frage des Aussterbens isolierter Populationen unmittelbarer von Bedeutung ist, und weil eine gewisse Kenntnis des

Streites um die Nullhypothese für eine Würdigung dessen nötig ist, was mich erwartet, als ich nun bei Dan Simberloff vorspreche.

137 Simberloffs Büro befindet sich in einem gesichtslosen Gebäude auf dem Gelände der Florida State University in Tallahassee. Es liegt ziemlich am Ende eines Schlackensteinkorridors. So grau die Umgebung ist, die Bürotür selbst ist mit Zeitungsausschnitten geschmückt. Eine Schlagzeile sticht mir ins Auge:

BILD AUF TORTILLA LOCKT SCHAREN NACH HIDALGO

Darunter liest man: »Sie kommen einzeln oder in Gruppen, um eine Tortilla zu besichtigen, die sich in einer mit Silberfolie gerahmten Schale über einem Hausalter befindet. Kerzen flackern, während die Menschen in einem verdunkelten Wohnzimmer darauf warten, mit eigenen Augen sehen zu können, worum es bei all dem Wirbel geht.« Hildago ist eine kleine Stadt auf der mexikanischen Seite des Rio Grande. Bei dem Wirbel geht es offenbar um ein aufregendes Muster. Ob das Muster etwas bedeutet – die Antwort auf diese Frage überläßt der Zeitungsreporter anderen. »Sie wollen aus erster Hand beurteilen, ob die Geschichte stimmt, ob ein Bild von Jesus Christus wundersamerweise auf der letzten Tortilla erschien, die Paula Riviera, eine Hausfrau aus Hidalgo, am 28. Februar buk.« Manche Akademiker begnügen sich damit, Karikaturen an ihre Bürotür zu heften. Dan Simberloff hat offenbar einen etwas trockeneren und schärferen Humor. Der Zeitungsausschnitt stellt natürlich eine Fortsetzung des Nullhypothesenstreits mit anderen Mitteln dar.

An der Tür findet sich noch ein halbes Dutzend weiterer Ausschnitte ähnlichen Kalibers. JESU BILD LOCKT MASSEN NACH FOSTORIA lautet die Schlagzeile über einem Bericht, in dem es um dunkle, verschwommene Umrisse an der Außenwand eines Speichertanks für Sojabohnenöl in Ohio geht. »BILD« DER JUNGFRAU MARIA LOCKT GLÄUBIGE UND NEUGIERIGE AN heißt es auf einem anderen Ausschnitt, der von einer Frau in Arizona zu erzählen weiß, die Unsere Liebe Frau von Guadalupe in einer Yuccapflanze fand. FRAU ÜBERFÜHRT G.E. JESUS ist auch nicht übel. Darin wird von einer Dame aus Tennessee berichtet, die erklärte, sie habe von Gott einen Auftrag bekommen. Der bestand darin, ihre General-Electric-Tiefkühltruhe, auf der sie einen Christuskopf entdeckt hatte, an einen Ort zu überführen, der sich als Kultstätte für die Öffentlichkeit besser eignete. »Arlene Gardner behauptet steif und fest, Gott habe ihr Haushaltsgerät auserwählt, um das Antlitz Jesu zu offenbaren; allerdings behaupten manche der 3000 Besucher, die es in den letzten Wochen besichtigt haben, es erinnere mehr an den Countrysänger Willie Nelson.« Letzteres klingt ausnehmend ungereimt. Warum sollte sich Gott wohl die Mühe machen, Willie Nelsons Gesicht auf einer Tiefkühltruhe erscheinen zu lassen?

Ich sollte vorsichtshalber betonen, daß ich das alles nicht erfinde. Was ich hier wiedergebe, sind Tatsachen – genauer gesagt, Tatsachen aus der Welt des Zeitungsjournalismus. Ich berichte von den Daten auf Dan Simberloffs Tür. Vielleicht die beste seiner Schlagzeilen lautet WUNDERERSCHEINUNG AUF SCROTUM! »EIN WUNDER!« SAGEN DIE EXPERTEN; sich die Einzelheiten auszumalen überlasse ich der blühenden Phantasie des Lesers. Simberloff hat auch eine Geschichte über einen Moslem in England angepinnt, der in einer Aubergine Allahs Namen geschrieben fand. Irgendwo im westlichen Asien sind garantiert die Gesichtszüge Mohammeds auf einem Fladenbrot erschienen, auch wenn Simberloff offenbar bislang noch nichts davon mitgekriegt hat. Aber es gibt noch einen weiteren Bericht über das Erscheinen Jesu in seinem Lieblingsmedium: »Maria Rubio buk im letzten Herbst eine Tortilla für das Abendessen ihres Mannes aus, als sie bemerkte, daß die Bräunungsspuren, die der Tiegel auf der Tortilla hinterließ, dem leidenden Antlitz Jesu Christi unter einer Dornenkrone glichen. Seitdem sind 8000 neugierige Pilger, die meisten von ihnen Amerikaner mexikanischer Abstammung, in das kleine Stukkohaus der Rubios im ländlichen Lake Arthur, New Mexico, gewallfahrtet, um das von ihnen als heilig angesehene Kultbild zu schauen.«

Während ich vor Simberloffs Tür stehe, brummt mir der Kopf

von lauter unbeantworteten Fragen. Zum Beispiel: War es Mais- oder Weizenmehl? Ich würde gerne in Ruhe das ganze Dossier durchstudieren, aber ich komme bereits zu spät zu der Verabredung, und ich möchte nicht, daß er mich erwischt, wie ich draußen herumlungere. Ich klopfe also an die Tür.

138

Die ausgebackene Tortilla steht für Daten. Ein ovalförmiger Umriß aus dunklen Ölspritzern steht für ein Muster. Anzunehmen, daß dieses Muster etwas bedeutet – daß es ein Gesicht darstellt, und zwar nicht einfach ein Gesicht, sondern vielmehr das Antlitz Jesu als eine von Gott gesandte Wundererscheinung –, heißt, sich eine Theorie über das Muster in den Daten zurechtzulegen. Zum Generalthema Theorie hegt Simberloff dezidierte Ansichten.

»Vielleicht war ich nicht schonungslos genug«, erklärt er mir. Er spricht von seinen Artikeln über SLOSS, seiner Rolle bei der Nullhypothesen-Kontroverse und seine kritischen Veröffentlichungen zu der nach seiner Meinung übereifrigen Anwendung der Theorie von MacArthur und Wilson. »Es fällt mir schwer zu glauben, daß ich es an Deutlichkeit habe fehlen lassen«, fügt er hinzu. »Aber Theorien können viel Ärger machen.«

Manch ein verheerender Fehlgriff gehe aufs Konto der Theorie, sagt Simberloff. Und abgesehen von den Katastrophen, die es tatsächlich gegeben habe, sei man auch mehrfach nur um Haaresbreite an welchen vorbeigeschrammt. Er erwähnt eine Reihe von Fällen, in denen die herrschende Theorie erfolgreich angefochten und dadurch eine schlechte Entscheidung in Sachen Naturschutz knapp vermieden wurde. Die staatlichen Stellen in Costa Rica zum Beispiel hätten Miene gemacht, den Schutz der Jaguare und Harpyien aufzugeben, weil sie irgendwo gelesen hätten, daß Seltenheit, wenn sie ein genau bestimmtes Maß erreiche (einen Bestand von unter fünfzig Exemplaren), die betreffende Spezies zum Untergang verurteile. Ihre Jaguare und Adler hätten bereits diesen Grad von Seltenheit erreicht, deshalb seien die Behörden bereit gewesen, alle Hoffnung fahrenzulassen. Simberloff weiß von ähnlichen Situationen in Australien, wo Regierungen in einzelnen Bundesstaaten bereit gewesen seien, den Schutz für bestimmte Arten fallenzulassen, und zwar aufgrund theoretischer Vorstellungen, denen zufolge diese Arten zu einer unrettbaren Rarität geworden waren.

Zu einem weiteren beachtlichen Triumph fehlgeleiteter Theorie kam es nach Simberloffs Ansicht, als das Umweltschutzprogramm der Vereinten Nationen, die Internationale Union für Naturschutz und der World Wildlife Fund in ihrem gemeinsamen Strategiepapier zum weltweiten Naturschutz aus dem Jahre 1980 die Prinzipien für die Anlage von Reservaten übernahmen, für die sich Jared Diamond in »The Island Dilemma« eingesetzt hatte.

Und dann gibt es da noch den Fall Israel. »Ich habe in Israel ein paar Forschungen über Minierinsekten getrieben«, erzählt Simberloff. »Als ich mich '85 dort aufhielt, suchte mich ein Mann vom Amt für Naturreservate auf. Er war verzweifelt. Und verzweifelt war er aus folgendem Grund. Israel hat ein großartiges System von Naturschutzgebieten – in einem Land, in dem Naturschutzgebiete sehr schwer zu *schützen* sind.« Sie hätten mehr als zweihundert Reservate, berichtet Simberloff, obwohl das ganze Land kleiner sei als Maryland. Außerdem sei ein großer Teil der israelischen Bevölkerung zutiefst naturbegeistert. Wie die Engländer brächten auch die Israelis den Resten ihrer heimischen Fauna und Flora ein starkes Gefühl von besitzergreifender Verbundenheit entgegen. Die meisten der Reservate lägen in der Nachbarschaft von Gewässern, wo die ökologischen Gemeinschaften artenreich seien. Viele von ihnen habe man vor Jahrzehnten eingerichtet, als Israel sich gerade erst als Staat etabliert hatte. Über Jahre hinweg habe es Streit gegeben zwischen dem Amt für Naturreservate und zwei Interessengruppen, die eine *Auflösung* der Reservate betreiben: Landwirtschaft und Militär. Die Landwirtschaft giere nach den Standorten wegen des Wassers, und das Militär wolle sie aus strategischen Gründen. Aber dem politischen Druck habe man standgehalten; die Reservate seien Schutzgebiete geblieben. Unmittelbar vor Simberloffs Aufenthalt dort habe dann ein neuer Faktor gedroht, das Kräftegleichgewicht zu kippen.

»Sie lasen beide, die militärischen und die landwirtschaftlichen

Interessengruppen, daß kleine Reservate keine lebensfähigen Populationen beherbergen könnten. Und fast alle Reservate in Israel sind äußerst klein. Auf Kabinettsebene trugen sie also vor, es gebe gewichtige wissenschaftliche Beweise dafür, daß die Reservate wertlos seien – wozu seien sie dann überhaupt nütze? Und sie wollten, daß ich hinging und mir ihre Reservate ansah und ihnen wissenschaftliche Munition lieferte. Wissen Sie, das Ganze war absoluter Schwachsinn«, sagt er.

Die Israelis hatten von SLOSS läuten hören. Sie waren hingerissen von dem Argument, daß eine Anzahl kleiner Reservate wenigen großen Reservaten an Wert notwendig nachstünden – jenem Argument, das Simberloff als »Cocktailparty-Einfall im Wissenschaftstalar« abtut.

In einem Punkt – nicht dem einzigen! – möchte ich ihm beipflichten: Man hat nicht den Eindruck, daß er es an Unverblümtheit hat fehlen lassen.

»Ich könnte noch mit anderen Beispielen aufwarten«, sagt er. »Eine Theorie, die nicht wirklich empirisch fest fundiert ist, kann sehr gefährlich sein.« Zur Gruppe der gefährlichen Theorien zählt er nicht nur Jared Diamonds Prinzipien für die Anlage von Naturschutzgebieten, sondern auch die Gleichgewichtstheorie selbst. Auf jedem Wissenschaftsgebiet schließe Theorie die Gefahr ein, daß man den Kontakt zur Realität verliere; in einer so vielschichtigen Wissenschaft wie der Ökologie sei die Gefahr besonders groß. Finde die Theorie Anwendung in Entscheidungsprozessen, die Einfluß darauf hätten, wie die Menschheit mit Landschaften auf der Erde umgehe, dann seien die Risiken noch größer und die Konsequenzen noch unabsehbarer. »Es ist nicht so, daß es schlimmstenfalls nichts nutzt. Schlimmstenfalls *schadet* es.«

Der rechte Weg, die Wissenschaft in die Planung von Naturschutzgebieten einzubringen, besteht laut Simberloff in detaillierten ökologischen Untersuchungen bestimmter Spezies an bestimmten Orten, nicht in der Anwendung bombastischer Theorien. Was *er* favorisiert, benennt er mit dem Begriff *Autökologie*; es schließe die unbedingte Forderung ein, die Lebensweise der Geschöpfe selbst und die unmittelbaren Beziehungen, die sie mit ihrem Milieu verbinden, zu erforschen, ehe allgemeine Aussagen über die Gesamtstruktur der Gemeinschaft getroffen werden, zu denen die Geschöpfe gehören. Dem stehe die *Synökologie* gegenüber, die sich mehr mit der Gemeinschaftsebene befasse und mit jener Art von organisierenden Prinzipien, wie sie Diamond bei den Vögeln des Bismarck-Archipels am Werk sehe. Auch wenn der Unterschied zwischen beidem eine Frage der Gewichtung sei, bleibe er doch erkennbar genug, um in Rechnung gestellt zu werden. Die Autökologie, der von Simberloff bevorzugte Ansatz, sei der Tendenz nach stärker deskriptiv als theoretisch, und die deskriptive Ökologie sei aus der Mode gekommen. Es gebe zwar immer noch Leute, die diese Art von Arbeit machten, aber sie ernteten nicht die gebührende Anerkennung bei ihren Kollegen, und sie hätten nicht genug Einfluß auf die Politik des Naturschutzes. Zuviel Aufmerksamkeit werde den mit heißer Nadel gestrickten Theorien geschenkt.

»Es ist traurig. In dem Ganzen steckt ein Moment von Minderwertigkeitskomplex gegenüber der exakten Naturwissenschaft«, erklärt mir Simberloff. »Darum geht es hier eigentlich. Die Naturschützer und die mit dem Naturschutz befaßten Wissenschaftler haben das Gefühl, daß sie irgendeine Theorie – und je quantitativer, um so besser – vorweisen müssen, damit die Leute ihre Ansichten und Vorstellungen respektieren.« Regierungsbeamte, Naturschutzbeauftragte, Politiker wie auch die wissenschaftlichen Kollegen – das seien die Leute, deren Anerkennung für sie eine so große Rolle spiele. Um in den politischen Gremien Beachtung zu finden, glaubten manche Ökologen, deduktive Ergebnisse in exakter mathematischer Form vorlegen zu müssen. »Aber tut mir leid, die Ökologie ist keine Wissenschaft dieser Art.«

Ob dies das Erbe von Robert MacArthur sei, frage ich.

Nein, sagt Simberloff. Er finde diese Erklärung zu einfach. MacArthur sei zufällig ein äußerst kluger Kerl gewesen, der sich zur rechten Zeit am rechten Ort befunden habe, aber das dringende Bedürfnis nach einer mathematischen Ökologie habe bereits in der Luft gelegen. Wenn nicht MacArthur, so wäre es ein anderer ein paar Jahre später gewesen.

Wie es zu seiner eigenen Desillusionierung in Sachen Gleichgewichtstheorie gekommen sei, frage ich.

»Also, wissen Sie, das reicht zurück bis, ich weiß nicht ...« Von da stürzt er sich in eine umständliche Antwort, während ich gern wissen möchte, bis wie weit es denn nun zurückreicht.

Vermutlich bis in die ersten Anfänge. Schließlich ist Simberloff der gefallene Erzengel, der zur Rechten von Ed Wilson stand, während dieser und MacArthur ihr eigenes Universum schufen. Zumindest kann man die Sache auf diese zugegebenermaßen leicht melodramatische Weise sehen. Dan Simberloff selbst hat keinen Hang zum Melodram. Sein Geist schneidet rasiermesserscharf, zieht schnurgerade Trennlinien. Wenn er nostalgische Seiten hat, dann legt er sie jedenfalls nicht jedem journalistischen Besucher offen. Nachdem er seine Erinnerungen wieder in der Versenkung hat verschwinden lassen, setzt er neu an.

»Man betrachtet mich als eine Art Miesmacher vom Dienst«, erklärt er zutreffend. »Einen Großteil der Ökologie, die sich mit Gemeinschaften beschäftigt, finde ich wenig überzeugend. Und die Skepsis, die ich in einem gewissen Maße gegenüber der Gleichgewichtstheorie empfinde, stammt aus derselben Quelle. Damit will ich sagen: Modellbildung macht Spaß. Manchmal kommen dabei elegante Strukturen heraus, aber es gibt eine Tendenz zur Verdinglichung der Modelle. Eine Tendenz, sie für Natur zu halten, während sie doch tatsächlich nur hypothetische Abstraktionen der Natur sind. Wenn eine Literatur anfängt, sich auf der Grundlage der Modelle selbst, statt auf Basis der Natur zu entfalten, mache ich mir Sorgen.« In den Ökologiezeitschriften gebe es zuviel begriffliches Larifari, zuwenig beobachtete Daten. Viel zuwenig Experimente. »Und mir erschien die Gleichgewichtstheorie mehr und mehr als diese Art von Untier. Das heißt, Ed und ich unternahmen dieses Experiment und versuchten, sie direkt zu überprüfen.« Sie seien zu den Mangroven gezogen. Sie hätten Bestandsaufnahmen von wirklichen Gliederfüßern auf wirklichen Inseln unter der wirklichen Sonne Floridas gemacht. Sie hätten nicht einfach nur die Theorie gegen die Realität gehalten; sie hätten sie mit Hilfe von Daten aus einer überwachten, genau manipulierten Situation überprüft. Sie hätten einen Weg gefunden, kleine Ausschnitte eines funktionierenden Ökosystems in eine strenge Experimentalanordnung zu verwandeln. »Das haben nicht viele andere getan.«

Das bringt uns zu Tom Lovejoys Experiment im Amazonasgebiet, für das Simberloff gedämpfte Bewunderung bekundet. Die ursprüngliche Idee sei großartig, erklärt er. Die Durchführung sei zweifelhaft. Zu schade, daß die experimentellen Bedingungen keiner genaueren Überwachung unterlägen. Zu schade, daß es die Parzellen nicht in mehr Ausfertigungen gebe. »Aber verdammt, niemand hat so etwas vorher schon mal gemacht. So gesehen, war es eine tolle Leistung, das in Angriff zu nehmen.« Und es habe auch einige gute Forschungsarbeiten erbracht. Er erwähnt eine Herpetologin namens Barbara Zimmerman, die zufällig zu seinen eigenen Doktoranden zählt. Zimmermans Untersuchung von Froscharten in den Reservaten spreche dafür, daß die Vielgestaltigkeit des Lebensraumes wichtiger sei als seine reine Größe. Aufgrund dieser und anderer Befunde sei sie zur Skeptikerin geworden. Sie halte die Anwendung der Gleichgewichtstheorie auf den Naturschutz und die Vorstellung, daß ein einziges großes Reservat stets besser sei als mehrere kleine, für Quatsch. Aber ihre Ergebnisse seien aus Lovejoys Experiment hervorgegangen, und das sei gut, meint Simberloff.

Wir unterhalten uns zwei Stunden lang über diese und andere Dinge. Bei seinen knappen, prägnanten Erklärungen komplizierter wissenschaftlicher Vorstellungen verliere ich gelegentlich den Faden, und einmal reagiert er ungehalten auf meine Begriffsstutzigkeit. Wie Robert MacArthur ist Dan Simberloff unverkennbar ein äußerst schlauer Bursche. Und er weiß es auch. Er ist absolut höflich und kooperationsbereit, aber anders als Ed Wilson verschwendet er seinen Charme nicht an Fremde. Man könnte ohne weiteres von dem Mann ein falsches Bild gewinnen. Er verfügt über eine gefährliche kritische Intelligenz, stimmt. Er nimmt kein Blatt vor den Mund, stimmt. Er würde mit Vergnügen einer fehlgeleiteten Vorstellung die Gurgel durchschneiden und eine harmlose falsche Angabe wie eine Fliege zerquetschen. Was die anderen von ihm halten, scheint ihn einen Dreck zu kümmern. Er verachtet ökologisches Theoretisieren, wenn es verantwortungslos betrieben wird, was nach seiner Ansicht in den meisten Fällen geschieht. Er schätzt Feldforschung, Autökologie und Experimente. Er wirkt kurz angebunden und emotionslos. Wie manche seiner Kollegen das offenbar getan haben, könnte man leicht zu dem Schluß gelangen, daß ihm viel mehr an makelloser wissenschaftlicher Exaktheit als an der Natur selbst liegt. Zu diesem Schluß wäre vielleicht auch ich gelangt. Aber irgendwie kommen wir in der Unterhaltung wieder auf seine Arbeit bei den Mangroveninseln zu sprechen. Seit den siebziger Jahren sei er ein paarmal dort unten gewesen, erzählt er mir. Es sei nicht so weit entfernt von Tallahassee. Er habe noch ein paar Ideen, denen er gerne in diesem experimentellen Kontext nachgehen würde. Aber er sei nun seit fünf Jahren nicht mehr dort gewesen.

»Ich will Ihnen sagen, warum ich aufgehört habe, dort zu arbeiten«, sagt er, obwohl ich ihn gar nicht danach gefragt habe.

Auf jeder Fahrt dorthin habe er ein neues Eßlokal oder einen neuen Campingplatz oder irgendeinen anderen menschlichen Eingriff in die Natur registriert. »Dort zu arbeiten wurde immer bedrückender, weil ich sehen konnte, wie die Florida Keys um mich herum vor die Hunde gingen«, sagt er. Dann schweifen seine Gedanken zurück in die Anfangszeit seiner Arbeit mit Ed Wilson, und er erzählt mir eine Geschichte aus jenen Tagen.

»Nachdem wir uns ungefähr zurechtgelegt hatten, wie ich vorgehen sollte – ich glaube, es war '65 oder '66 –, fuhr ich hinunter und verbrachte ziemlich lange Zeit in den Florida Keys. Ich lernte das Ganze kennen, hielt Ausschau nach Inseln, die sich für unsere Zwecke eigneten, und so weiter. Damals gab es eine Insel in der Nähe der Seven Mile Bridge – es war die dritte westlich der Seven Mile Bridge, die erste echte Insel –, und sie hieß Ohio Key, weiß der Himmel, warum. Auf ihr gab es viel Wald, niemand lebte auf ihr. Und gesäumt war sie von Mangrovensumpf. Außerhalb des Sumpfes lagen zwei Inseln, die in unseren Aufzeichnungen die Namen E4 und E5 bekamen, wenn ich mich recht erinnere. Und ich nahm probehalber bei diesen zwei Inseln Bestandsaufnahmen vor. Es kann auch sein, daß wir probehalber eine von ihnen ausräucherten – ich bin mir nicht ganz sicher. Er und Wilson hätten auch eine Schneckensammlung von den beiden Inseln angelegt. Ed bewahre die Schneckenhäuser immer noch in einer Schachtel auf, sagt Simberloff, und benutze sie zur Illustration bestimmter Punkte, wenn er Evolution lehre. In einer rein sinnbildlichen, gefühlsbetonten Hinsicht seien diese beiden winzigen Inselchen am Rande von Ohio Key etwas Besonderes gewesen. Er habe sie wie seine Westentasche kennengelernt. »Sie waren halt meine ersten Mangroveninseln. Sie waren etwa ein Drittel so groß wie die Inseln, die wir schließlich ausräucherten. Jede von ihnen beherbergte ungefähr fünfundzwanzig Arten.« Sie hätten direkt neben Ohio Key gelegen, nicht weiter weg als von hier bis zur Tür, sagt er und deutet mit der Hand. Diese unmittelbare Nachbarschaft habe Ohio Key selbst zu ein bißchen was Besonderem werden lassen. In bezug auf E4 und E5 habe die Insel die Rolle des Festlands gespielt.

»Und dann, Mitte der siebziger Jahre«, sagt er, »ich erinnere mich nicht genau an das Jahr, fuhr ich hinunter zu einer der Stellen, wo wir die Nachuntersuchungen durchführten. Ich kam runter von der Seven Mile Bridge, überquerte die erste Key, sie wurde Little Duck Key genannt, und die zweite, das war die Missouri Key. Von der Missouri Key aus mußte ich eigentlich die Bäume der Ohio Key sehen. Statt der Ohio Key sah ich *nichts*. Als ich das Ende von Missouri Key erreichte, erkannte ich den Grund: Es gab dort keine Bäume mehr. Die ganze Key mit einer Fläche von gut anderthalb Hektar war gerodet und planiert. Da war nichts als zerstampfte Koralle. Sie war in einen Wohnwagenpark verwandelt.

Ihr neuer Name lautete Ferieninsel«, bemerkt Simberloff trocken. »Und sie war so brandneu, daß noch nicht einmal Wohnwagen dort waren. Da stand also in der Mitte dieser eine Wohnwagen, der als Laden diente, und überall sah man die Pfosten, wissen Sie. Zum Anschließen der Campingwagen. Und am Rande dieses gleißenden Korallenmonstrums lagen meine zwei Inselchen, E4 und E5. Sie hockten immer noch da.«

Mittlerweile habe ich begriffen, wo die Geschichte hinsteuert, und fange allem Argwohn zum Trotz an, Dan Simberloff zu mögen. Er hat nicht einfach die kalte Intelligenz einer Kobra, er ist vielschichtig. Man könnte seine glatte, strenge Wissenschaftlichkeit und seinen unerbittlichen Empirismus für unvereinbar mit echter Liebe zur Natur halten. Aber das wäre letztlich auch wieder nur ein Fall von angewandter Theorie.

»Ich war so ...« Er macht eine Pause.

Er setzt neu an. »Ich überquerte sie, ohne anzuhalten, und fuhr auf die nächste Key, Bahia Honda, wo sich der staatliche Naturpark befindet. Und ich hielt den Wagen an und heulte. Ich wurde nicht damit fertig. Es war so unendlich traurig. Und es war so sinnbildlich für das, was in den Keys geschah.«

Besser als die meisten von uns weiß Simberloff, daß das gleiche auf Inseln und Festlandsgebieten rund um die Erde geschieht. Aber manchmal gehen einem Verluste besonders nahe, weil das Verlorene einem ans Herz gewachsen war.

»Deshalb habe ich aufgehört, dort zu arbeiten«, sagt er.

139 Mitautor von Barbara Zimmermans Artikel über Frösche am Amazonas, den Simberloff bei unserem Gespräch erwähnte, war Lovejoys eigener Forschungsleiter, Rob Bierregaard. Der Artikel erschien im Jahre 1986. Es ist in mehrerer Hinsicht ein herausfordernder Beitrag; mein eigenes Exemplar ist bedeckt mit hingekritzelten Bemerkungen, weil ich ihn im Laufe der Jahre ein halbes dutzendmal gelesen habe. Auch wenn der Artikel Bierregaards Namen trägt, ist er vornehmlich Zimmermans Werk; die Froschdaten entstammen ihren Forschungen. Tatsächlich sind es zwei Beiträge in einem: ein analytischer Abschnitt über Anforderungen an den Lebensraum bei neununddreißig Froscharten, und ein Abschnitt, in dem die These verfochten wird, daß die Gleichgewichtstheorie von keinerlei Relevanz für den Naturschutz sei.

Wie ihr Mentor Simberloff ist Zimmerman eine entschiedene Autökologin. Ihrer Ansicht nach führt der beste Weg zu Schutzmaßnahmen für Frösche über die umständliche, Schritt für Schritt durchgeführte, schlammige Füße nicht scheuende Erforschung von – na, was wohl? – Fröschen. Annähernd drei Jahre Feldforschung brachten sie zu der Überzeugung, daß die Überlebenschancen für die Froschpopulationen in den Reservaten am Amazonas von empirischen Gegebenheiten der für die Fortpflanzung verfügbaren Lebensräume, statt von der Größe der Reservate abhängig sind. Sie machte drei Typen von lebenswichtigen Brutgelegenheiten aus, die jeweils verschiedenen Froschspezies einen Lebensraum bieten: große Wasserläufe, kleine, permanente Teiche, zeitweilige Tümpel. Wieviel von diesen Sorten

Lebensraum sich jeweils im Reservat vorfindet, steht, ihr zufolge, in keiner Korrelation zur Größe des Areals. Mit anderen Worten, ihr eigenes Engagement im Projekt »Kritische Minimalgröße von Ökosystemen« führte Zimmerman, so ironisch das auch anmuten mag, zu der Überzeugung von der Sinnlosigkeit ebendieses Konzepts einer kritischen Minimalgröße (jedenfalls wenn man das Konzept abstrakt setzt und von den Besonderheiten des jeweiligen Lebensraumes ablöst).

Kümmern wir uns nicht um die abstrakte Fläche, lautete ihr Plädoyer. Vergessen wir die Feldmeßgrenzen. Ein Reservat von hundert Hektar, das einen reichen Vorrat an Brutstätten enthält, hat als Naturschutzgebiet mehr Wert als ein Reservat von fünfhundert Hektar mit wenig Brutstätten. Wer Amphibien schützen will, so ihre These, der muß von all den Spezies-Flächen-Kurven absehen, muß $S = cA^z$ vergessen, muß die Vorstellung fallenlassen, daß nur große Reservate gute Reservate seien, und muß sich mit seinen Schutzmaßnahmen auf Wasserläufe und Pfützen konzentrieren.

Das also lehrten die Frösche. In dem anderen Abschnitt des Beitrags zogen Zimmerman und Bierregaard weitreichendere Folgerungen. Im Tone des Bedauerns vorgetragen, klängen sie geradezu elegisch. »Wegen der Ähnlichkeit zwischen Inseln und Naturreservaten bestanden große Hoffnungen, daß die Gleichgewichtstheorie aus der Inselbiogeographie Richtlinien für die Anlage von Naturschutzgebieten liefern könne.« Was sei aus diesen Hoffnungen geworden? Sie seien geplatzt, in sich zusammengebrochen, zunichte gemacht. Was sei aus der angewandten Biogeographie geworden? Nichts. Was sei mit der Gleichgewichtstheorie selbst passiert? Die Ökologen hätten es überbekommen, sich ständig mit ihr zu beschäftigen. »Daraus ergab sich« laut Zimmerman und Bierregaard »der unausweichliche Schluß«, daß die Theorie von MacArthur und Wilson »uns wenig gelehrt hat, was für die Anlage wirklicher Reservate an wirklichen Orten von wirklichem Nutzen sein kann«.

Dan Simberloff muß Genugtuung empfunden haben, als er das las. Jared Diamond vermutlich nicht. Tom Lovejoy wahrte wie stets Distanz zu dem Pißbogen-Wettstreit und sah zu, daß er nicht naß wurde. Sein Projekt steckte erst in den Anfängen; es würden noch mehr Daten kommen. Was die Frösche lehrten, war nicht unbedingt identisch mit der Lehre der Vögel, Affen oder Käfer. Aber weil der Beitrag von Zimmerman und Bierregaard mit seinen konkreten Behauptungen eine so solide experimentelle Basis hatte und seine umfassendere These so schlüssig vortrug, dürfte er bei manchen Biologen den Eindruck eines überzeugenden Schlußworts hinterlassen haben. War die Auseinandersetzung um SLOSS demnach entschieden?

Nein. SLOSS wird niemals entschieden sein; die Debatte wird sich höchstens durch andere und neuere Streitfragen in den Hintergrund gedrängt finden. Jedenfalls ließ sich währenddessen eine weitere interessante Stimme in der Auseinandersetzung vernehmen. Ein junger Mann namens William Newmark mischte sich in die Diskussion.

140

Newmark hatte mit dem Lovejoy-Projekt nichts zu tun. Seine wissenschaftlichen Vorstellungen waren nicht durch die Mangroven Floridas, die Vögel Neuguineas oder die Frösche des Amazonas geprägt worden. Er arbeitete in einem kühleren Milieu.

Mitte der siebziger Jahre verließ Newmark die University of Colorado mit einem Abschluß in Politikwissenschaft. Schon als junger Politologiestudent hatte er ein bißchen in die Ökologie hineingeschmeckt, und in einem der Kurse, an denen er teilnahm, war er zum ersten Mal der Vorstellung von ökologischer Verinselung begegnet. »Das war '74«, sagt er. »Ich kann mich genau an die Vorlesung erinnern, in der von Inselbiogeographie die Rede war und erklärt wurde, es gebe gewisse Möglichkeiten einer Anwendung auf die Anlage von Naturschutzgebieten.« Die Gleichgewichtstheorie von MacArthur und Wilson fand in dem Kurs zumindest flüchtige Erwähnung. Bald danach wechselte Newmark zur Biologie, machte in diesem Fach einen weiteren Abschluß und begann dann mit einem Graduiertenprogramm in Michigan. Während der Forschungen für seine Magisterarbeit – bei dem bescheidenen Projekt ging es um Datensammeln im Ökosystem des Yellowstone National Park – entdeckte er in den Archiven des Naturparks Aufzeichnungen über die Beobachtung von Tieren, die jahrzehnteweit in die Geschichte des Reservats zurückreichten. Den Aufzeichnungen ließ sich entnehmen, welche Arten von Tieren wann gesehen worden waren. Implizit gaben sie so auch Auskunft darüber, seit wann bestimmte Arten nicht mehr gesehen worden waren. Das war eine potentiell aufschlußreiche Informationssammlung.

Newmark fand heraus, daß die gleichen Informationen auch bei anderen Naturschutzparks existierten. Aufzeichnungen über Tierbeobachtungen aus der Vergangenheit hatten bruchstückweise Eingang in eine breite Palette von Chroniken, Berichten und Checklisten gefunden. Newmark erkannte, daß ein geduldiger Forscher aus diesen Quellen eine vollständigere Reihe von Checklisten zusammenstellen konnte, die Auskunft darüber gaben, welche Tierarten im jeweiligen Park zur Zeit seiner Gründung und zu verschiedenen Zeitpunkten danach vorhanden waren. So konnte man den Aufzeichnungen zum Beispiel entnehmen, daß im Jahre 1976 der Yellowstone Park unter anderem amerikanische und asiatische Elche, Bisons sowie zwei Arten von Rotwild, Raben, weißköpfige Seeadler und Kiefernhäher, Berglöwen und Luchse, Rotluchse und Vielfraße, Schwarzbären und Grizzlybären, Dachse, Kojoten und Hermeline beherbergte. Wie genau stimmte diese Liste mit einer Liste von vor, sagen wir, sechzig Jahren überein? Im Jahre 1916 gab es amerikanische und asiatische Elche und Bisons und ... praktisch die gleiche Liste, mit einer Ausnahme: die Wölfe. Der Wolf, *Canis lupus*, war damals noch vorhanden und nun verschwunden.

Die traurige Geschichte von der Ausrottung des Wolfes im Yellowstone Park hat wenig mit Inselbiogeographie zu tun (dafür um so mehr mit einem von allen guten Geistern verlassenen Umgang mit Wildtieren, der unter dem Namen »Raubtierkontrolle« firmierte und vormals sogar von der Verwaltung des Nationalparks praktiziert wurde), aber sie steht für die allgemeinere Tatsache, daß die Bestandslisten von Tierarten in amerikanischen Nationalparks Veränderungen unterworfen waren. Einige Spezies, die vormals vorhanden waren, sind mittlerweile verschwunden. Und gezielte Ausrottungskampagnen sind nicht die einzige Ursache für solches Verschwinden. Der Inselcharakter ist ein weiterer Grund. William Newmark entging das nicht.

Nachdem er seinen Magister gemacht hatte, suchte er nach einem Promotionsthema. Er erinnerte sich an die Beobachtungsprotokolle. »Ich glaube nicht, daß ich das Dissertationsthema ohne weiteres gewählt hätte, wäre ich nicht während meiner Arbeit in Yellowstone zufällig auf die Bestandslisten gestoßen. Er erinnerte sich auch daran, was er während des Ökologiekurses damals in Colorado über die Theorie von MacArthur und Wilson gehört hatte. Und ihm war bekannt, daß neben anderen auch Jared Diamond eine Parallele zwischen Naturreservaten und Inseln festgestellt hatte. In Reaktion darauf spürte Newmark das gleiche heftige Verlangen nach Empirie wie Tom Lovejoy: Er war erpicht auf Daten über den Zusammenhang zwischen Inselbildung und ökologischen Veränderungen. Er entschloß sich, zur Untersuchung dieses Zusammenhangs Tierbeobachtungsprotokolle aus Yellowstone und anderen Naturparks heranzuziehen.

Bei seiner Arbeit ging er davon aus, daß Nationalparks Vergleichbarkeit mit Landbrückeninseln hatten. Auch sie stellten begrenzte Flächen natürlicher Landschaft dar, die vormals mit viel größeren Gebieten in Verbindung standen und jetzt aber, umringt von einer Flut menschlicher Einwirkungen, im Begriff standen, zu Inseln zu werden, oder es bereits geworden waren. Sie mochten jünger sein als Tasmanien, mochten größer sein als Barro Colorado, mochten von Weizenfeldern und umzäunten Weiden und Städten und Landstraßen statt von Meer umgeben sein, aber ökologisch war ihre Situation ähnlich. Wenn seine Hypothese stimmte, dann durfte Newmark erwarten, daß sich den Beobachtungsprotokollen bestimmte Muster entnehmen ließen.

Im Herbst 1983 verließ er Ann Arbor Richtung Westen. »Ich fuhr einen kleinen Toyota-Kombiwagen und schlief im hinteren Teil«, erzählt er. »Im Grunde tat ich nichts anderes, als in die Parks zu fahren, bei den verantwortlichen Wissenschaftlern, der Parkverwaltung, vorzusprechen und mir bei ihnen die Erlaubnis zu holen, daß ich ihre Unterlagen durchsehen, ihre Checklisten zum Ausgangspunkt nehmen und Informationen über die einzelnen Arten zusammentragen durfte.« Im Verlauf mehrerer Monate machte er die Runde durch die westlichen USA und durch zwei kanadische Provinzen, wobei er vierundzwanzig verschiedene Naturparks und Gruppierungen von Naturparks besuchte. Yellowstone und Grand Teton bildeten eine solche Gruppierung, Glacier National Park und Waterton Lakes, zwischen denen die amerikanisch-kanadische Grenze verlief, eine weitere. Er besuchte außerdem Zion und Bryce Canyon (getrennte Parks, keine Gruppierung) in Utah, Yosemite in Kalifornien, Crater Lake in Oregon, Olympic und Mount Rainier in Washington und die riesige Banff-Jasper-Gruppierung entlang der kanadischen Rocky Mountains. An all diesen Orten durchkämmte er mit der freundlichen Genehmigung der Parkdirektoren oder sonstiger Verwaltungsbeamter die Akten. Er konzentrierte sich besonders auf die großen Säugetiere, weil die Beobachtungsprotokolle für sie gründlicher und verläßlicher waren als für weniger auffällige Tiere. Wenn eine bestimmte Spezies im Park vorhanden war, wiesen die Unterlagen das aus. Wenn es sie früher gegeben hatte und sie später nicht mehr vorhanden schien, erkundigte er sich danach, wann sie zuletzt beobachtet worden war. Im Winter des gleichen Jahres dann, er war mittlerweile nach Ann Arbor zurückgekehrt, organisierte er seine Daten und füllte die Lücken mit Hilfe weiterer Nachforschungen, die er postalisch betrieb. Er stellte vereinheitlichte Säugetier-Checklisten für sämtliche Naturparks und Gruppierungen von Naturparks zusammen. Er schickte seine Checklisten an die wissenschaftlichen Betreuer der Parks, damit diese sie durchsahen und korrigierten. Er förderte einige Fakten zutage, die für sich genommen zwar bedauerlich, aber nicht sonderlich besorgniserregend schienen. Zusammengenommen indes zeigten sie eine Entwicklung an, die besorgniserregend *war*.

Der Rotfuchs war im Nationalpark Bryce Canyon nicht mehr vorhanden. Newmarks Nachforschungen zufolge war er dort seit 1961 nicht mehr gesichtet worden. Seiner Erhebung zufolge gab es auch den Fleckenskunk und den Präriehasen in Bryce Canyon nicht mehr. Aus dem Nationalpark Mount Rainier waren der Luchs, der Pekan (ein kleines Raubtier, das Ähnlichkeit mit einem Wiesel hat) und der Streifenskunk verschwunden. Dem Nationalpark Crater Lake waren der Flußotter, das Hermelin, der Nerz und der Fleckenskunk abhanden gekommen. Die Nationalparks

Sequoia und Kings Canyon, die nebeneinander in Zentralkalifornien liegen, hatten gleichfalls ihre Rotfuchs- und Fischotter-Populationen verloren.

Newmark stieß auf über vierzig Fälle dieser Art. In keinem der Fälle schien das lokale Artensterben Folge direkter menschlicher Einwirkungen zu sein – Folge der Jagd, der Fallenstellerei oder der Vergiftung. Was auch immer schuld daran war, es blieb unsichtbar.

Newmark stellte nicht nur Checklisten der Arten auf, er trug auch quantitative Informationen über die Vielgestaltigkeit des Lebensraumes innerhalb der einzelnen Naturparks zusammen. Er vermerkte auch die Größe des jeweiligen Parks und das Jahr seiner Einrichtung. Artenvielfalt, Lebensraumvielgestaltigkeit, Fläche, Alter – auf der Grundlage dieses Datencorpus führte er eine ganze Folge mathematischer Analysen durch. Dann hielt er nach umfassenderen Mustern Ausschau und fand einige. Schließlich schrieb er eine Doktorarbeit, die in den wissenschaftlichen Kreisen für Aufsehen sorgte, was nicht vielen Disserationen gelingt.

Anfang 1987 veröffentlichte er eine Zusammenfassung seiner Ergebnisse in *Nature*. Weil *Nature* eine hochangesehene Zeitschrift ist und Wissenschaftsautoren sie zur Orientierung lesen, gelangten Newmarks Befunde zur Kenntnis einer breiteren Öffentlichkeit. Die *New York Times* brachte einen Artikel unter der Schlagzeile ARTEN VERSCHWINDEN AUS VIELEN PARKS. Ohne seinen Lesern mit langatmigen Ausführungen zum Thema Inselbiogeographie auf die Nerven zu gehen, verkündete der Artikelschreiber, Säugetierarten verschwänden aus den Nationalparks Nordamerikas »einfach deshalb, weil diese Naturschutzgebiete – selbst die mehr als hunderttausend Hektar großen – zu klein sind, um ihnen einen Lebensraum zu bieten«.

Die vollständige Dissertation hatte mittlerweile in fotokopierter Form eine gewisse Verbreitung gefunden. Die ersten Fotokopien dienten als Vorlage für weitere, die körnig und schwer entzifferbar waren wie private Kopien eines illegalen Mitschnitts von einem Auftritt des halbbetrunkenen Bob Dylan in irgendeinem unbekannten Lokal. Die Kunde verbreitete sich, daß dieser Neuling namens William Newmark, den keiner kannte, ein wichtiges Stück Arbeit geleistet hatte. Er hatte Beweise dafür gefunden, daß in Amerikas eigenen hochgeschätzten Nationalparks ein Ökosystemzerfall vor sich ging.

In der Dissertation schrieb Newmark:

»Aus der Hypothese, daß Naturreservate Landbrückeninseln vergleichbar sind, folgen mehrere Voraussagen. Sie lauten: 1) die Gesamtzahl der Aussterbefälle in einem Reservat übersteigt die Gesamtzahl der Neuansiedlungen; 2) die Anzahl der Aussterbefälle steht in einer Umkehrrelation zur Fläche des Reservats; 3) die Anzahl der Aussterbefälle steht in einer direkten Relation zum Alter des Reservats.«

Die drei Voraussagen gingen unmittelbar aus den Prestonschen Überlegungen zum Verhältnis von Stichproben und Isolaten, der Fortentwicklung dieser Überlegungen durch MacArthur und Wilson und der Auslegung hervor, die sie zu Anwendungszwecken in Diamonds »The Island Dilemma« erfahren hatten.

Im Kern stellt ein Naturreservat eine Landschaftsstichprobe dar, die dazu verurteilt ist, zum Isolat zu werden. Die Gesamtzahl der Aussterbefälle »übersteigt die Gesamtzahl der Neuansiedlungen«, weil der Zuwanderung Hindernisse im Wege stehen. Die Anzahl der Aussterbefälle »steht in einer Umkehrrelation zur Fläche des Reservats«, weil a) die Fläche des Reservats bei den einzelnen Arten über die Größe der Population entscheidet und b) kleine Populationen besonders bedroht sind. Die Stoßrichtung dieser ersten beiden Voraussagen geht dahin, daß in einem neu eingerichteten Reservat die Anzahl der vorhandenen Arten vorübergehend über der Gleichgewichtszahl liegt, daß aber dieser Überschuß nach und nach verlorengeht und daß die Verluste in einem vergleichsweise kleinen Reservat vergleichsweise groß sind. Im Laufe der Zeit gehen weitere Arten verloren, bis sich das Reservat zu einem neuen Gleichgewichtszustand »entspannt« hat. Das Alter des Reservats ist von Bedeutung, weil es grob Auskunft darüber gibt, wieviel Zeit seit der Verwandlung der Stichprobe in ein Isolat verstrichen und wie weit deshalb der Artenverlust gediehen ist.

Entsprechen die nordamerikanischen Nationalparks diesen

NEWMARKS PARKS

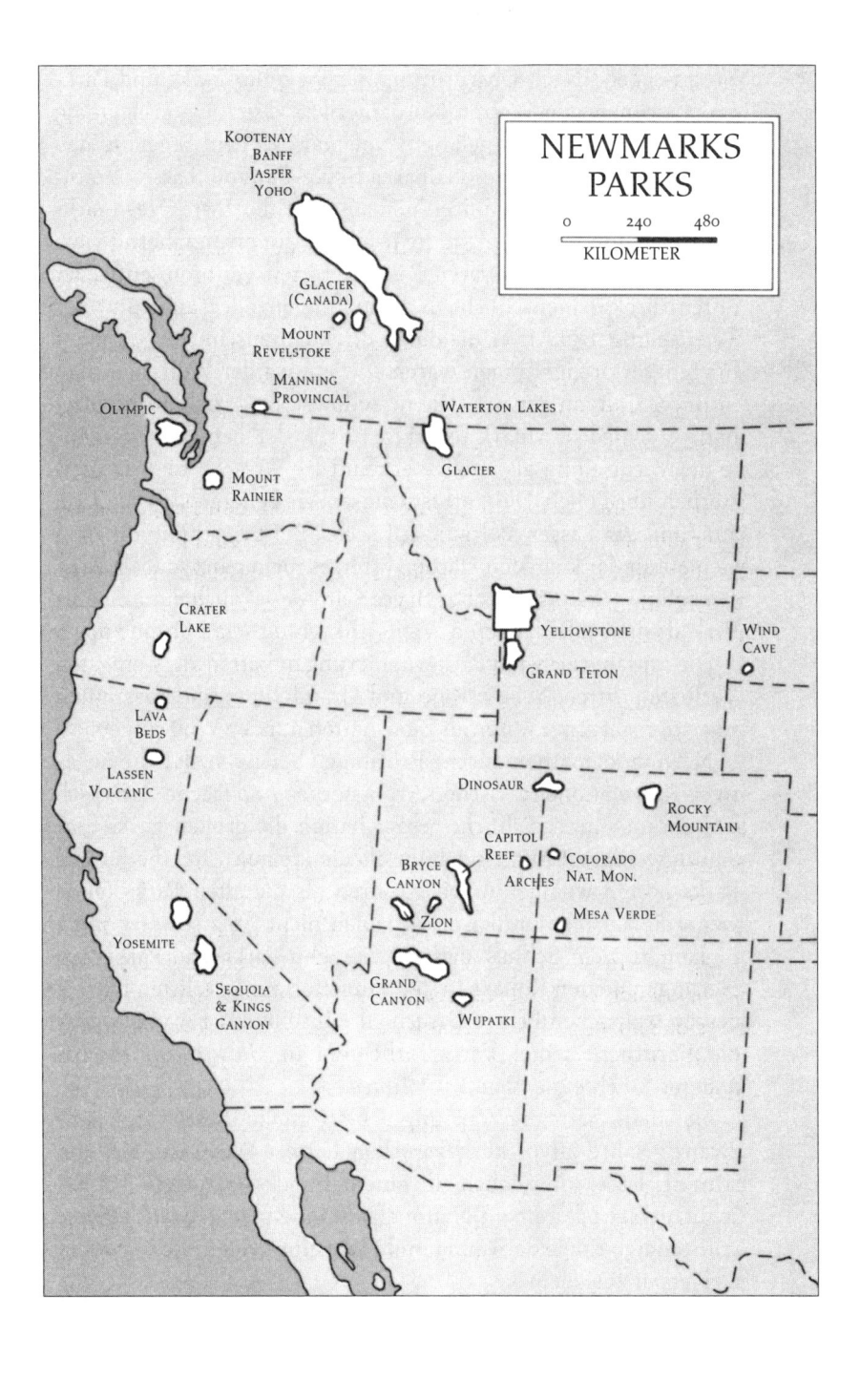

0 240 480
KILOMETER

- KOOTENAY
- BANFF
- JASPER
- YOHO
- GLACIER (CANADA)
- MOUNT REVELSTOKE
- MANNING PROVINCIAL
- OLYMPIC
- WATERTON LAKES
- GLACIER
- MOUNT RAINIER
- CRATER LAKE
- YELLOWSTONE
- GRAND TETON
- WIND CAVE
- LAVA BEDS
- LASSEN VOLCANIC
- DINOSAUR
- ROCKY MOUNTAIN
- CAPITOL REEF
- BRYCE CANYON
- ARCHES
- COLORADO NAT. MON.
- ZION
- MESA VERDE
- YOSEMITE
- SEQUOIA & KINGS CANYON
- GRAND CANYON
- WUPATKI

Voraussagen? Nach Überprüfung der vierzehn Parks und Parkgruppierungen im Westen Nordamerikas, deren Unterlagen am vollständigsten waren, gelangte Newmark zu dem Ergebnis, daß dies der Fall ist. Die Nationalparks Bryce Canyon, Lassen Volcanic und Zion waren die drei kleinsten auf der Liste. Newmarks Nachforschungen zufolge hatte jeder von ihnen annähernd vierzig Prozent seiner größeren Säugetierarten verloren, entweder durch direkte menschliche Nachstellungen oder aufgrund der Verinselung. Die Arten, die durch direkte menschliche Nachstellungen verlorengegangen waren – wie etwa der Wolf, den man in Bryce Canyon genauso wie in Yellowstone gezielt ausgerottet hatte –, schied Newmark als Faktor aus, so daß beim Rest der Fälle die Verinselung als einzige erkennbare Ursache für das Aussterben übrigblieb. Die Verluste dieser Art beliefen sich bei Zion auf fünf. Bei Lassen Volcanic auf sechs. Bei Bryce Canyon, dem Gebiet mit der kleinsten Fläche, waren es nicht ganz so viele Aussterbefälle – nur vier –, aber Bryce Canyon ist auch ein jüngerer Park als die beiden anderen. Vielleicht schlug seine Stunde noch.

Die umfangreichsten Parkgruppierungen hatten am wenigsten Verluste erlitten. Yellowstone und Grand Teton, die zusammen zwanzigmal größer waren als Zion, hatten nur den Wolf eingebüßt.

Newmarks mathematische Prüfungen bewiesen, daß die negativen Korrelationen zwischen Artensterben und Fläche statistisch bedeutsam waren. Schlicht gesagt hatten die großen Parks eindeutig weniger Arten eingebüßt als die kleinen. Und die jungen Parks hatten weniger Arten verloren als die alten Parks (auch wenn die Korrelation dieser Variablen nicht ganz so stark war). Er kam zu dem Schluß, daß die vierzehn Parks und Parkgruppierungen »einen Kollaps in der Säugetierfauna« erlitten hatten, dessen wahrscheinlichste Ursache die Inselbildung war. Das war die Kernthese seiner Veröffentlichung in *Nature*, und nichts anderes brachte die *New York Times*.

Newmark hatte die Warnung bekräftigt, die Preston fünfundzwanzig Jahre zuvor ausgesprochen hatte: »Wenn das Gesagte stimmt, ist es unmöglich, in einem bundesstaatlichen Naturschutzgebiet oder einem Nationalpark eine maßstabverkleinerte vollständige Kopie der Fauna und Flora eines viel umfassenderen Gebiets anzusiedeln.«

Die Dissertation selbst arbeitete noch einen anderen bemerkenswerten Umstand heraus, der den Streitpunkt Vielgestaltigkeit des Lebensraumes kontra bloße Ausdehnung betraf. Im Zuge seiner Datenanalyse hatte Newmark irgendwann die Checklisten für die einzelnen Parks und Parkgruppierungen zusammengefaßt und die Gesamtergebnisse mit der Frage konfrontiert, ob sich die Unterschiede im Reichtum an Säugetierarten am besten durch die flächenmäßige Ausdehnung oder durch die Vielgestaltigkeit des Lebensraumes erklären ließen? Fläche ist eine leicht meßbare Größe. Vielgestaltigkeit des Lebensraumes ist weniger leicht zu messen, da mit ihr komplexe und unscharfe Abstufungen verknüpft sind. Newmark bemühte sich indes um einen indirekten Zugang durch Zuhilfenahme einiger anderer Parameter – geographische Breite, Höhenunterschiede, Pflanzenvielfalt. Von diesen dreien könnte die Pflanzenvielfalt als vielversprechendster Bestimmungsgrund erscheinen, da die Vegetation im Lebensraum der Tiere eine solch wichtige Rolle spielt. Er stellte indes fest, daß die Pflanzenvielfalt in den einzelnen Parks in keiner nennenswerten Wechselbeziehung zur Anzahl der vorhandenen Säugetierarten stand. Das gleich galt auch für die geographische Breite. Diese Ergebnisse sind bemerkenswert. Tendenziell widerlegen sie die von den Simberloffianern im SLOSS-Krieg vertretene Hypothese von der Bedeutung der Lebensraumvielgestaltigkeit. Dagegen läßt sich dann vielleicht geltend machen, daß Newmarks drei Parameter das Wesen solcher Vielgestaltigkeit nicht träfen. Dennoch bleibt interessant, daß von den dreien nur das Spektrum der Höhenunterschiede in einer erkennbaren Korrelation zur Artenzahl stand. Und die stärkste Korrelation, die Newmark feststellen konnte, war die zwischen Artenzahl und Fläche.

Die großen Parks beherbergten mehr Säugetierarten als die kleinen Parks – soviel ließ sich erwarten. Nicht von allen Biologen erwartet wurde dagegen der Befund, daß der beste Voraussagefaktor im Blick auf die Artenvielfalt die reine Fläche war, unabhängig von parkspezifischen Unterschieden im Höhenspektrum, in der geographischen Breite und in der Vegetation. Das gab der Hypothese von der Fläche als solcher, der die Simberloffianer so beredt am Zeug geflickt hatten, neuen Auftrieb. Newmark warf damit seine nordamerikanischen Naturpark-Säugetiere gegen Zimmermans Amazonasfrösche in die Waagschale. Für Naturschutzplaner wie Lovejoy war das ein folgenreicher Befund. Die *New York Times* hielt sich allerdings nicht damit auf.

141 »Es gibt ein Ideal- oder Traumziel, das wir vielleicht erreichen können, vielleicht aber auch nicht«, sagt Lovejoy, während wir in einem Hotel in Manaus beim Kaffee zusammensitzen. »Was ich sowieso für das letztendliche Ziel aller Naturschutzplanung halte. Nämlich intakte, voll entfaltete Ökosysteme, die in Reservaten bestehen können.« Er wählt seine Worte mit Bedacht, selbst wenn er bei der Syntax schludert, und das wichtigste unter mehreren wichtigen Worten in dieser Verlautbarung ist »bestehen«.

Er redet nicht nur von den Miniaturreservaten seines Amazonasprojekts. Er redet von wirklichen Naturschutzgebieten überall in der Welt. In irgendeinem Ökosystem ein Isolat abzugrenzen, ein Schild davorzuhängen, auf dem ZWERGNATIONALPARK steht, Wächter zu postieren, die das Gebiet vor Eindringlingen schützen sollen, und das Ganze zum Schutzgebiet zu erklären, ist eines. Etwas ganz anderes ist, ob die Arten und Beziehungen innerhalb des Isolats Bestand haben, nachdem die ganze Landschaft rings umher demoliert ist.

Nehmen wir dieses Ökosystem mitten im Amazonasgebiet als Testfall, sagt Lovejoy. Denken wir an die Artenvielfalt, die allein bei den Bäumen herrscht. Nehmen wir an, daß jede beliebige Stichprobe von zehn Hektar Größe, die wir in dem zusammenhängenden Waldgebiet markieren, rund dreihundert Baumarten umfaßt. »Letztlich geht es mir um eine Nationalparkgröße, die sicherstellt, daß nach tausend Jahren jemand hineingehen, eine Stichprobe von zehn Hektar nehmen und *immer noch* dreihundert Baumarten antreffen kann. Und daß dann das Reservat nach wie vor ausgestattet ist mit der ganzen Vielfalt an Wirbellosen und allem anderen« – Ameisen, Ameisenvögel, Frösche, Pekaris, Falter, Affen, Jaguare. »Es geht mir nicht einfach um die Erhaltung einzelner Arten, sondern des ganzen Systems. Und das ...

wissen Sie, vielleicht schaffe ich das nicht. Aber das ist es, was mir vorschwebt.«

Er räumt ein, daß es Rückschläge bei dem Projekt gab. Weniger Isolate wurden eingerichtet, als er gehofft hatte. Durch Veränderungen in der staatlichen Politik wurden die finanziellen Anreize für Viehzucht in der Manaus-Freizone abgeschafft, so daß die Viehzüchter nicht mehr viel Land für neue Weiden roden – was gut für den Wald, aber schlecht für Lovejoys Experiment ist. Auf manchen der gerodeten Flächen ist Sekundärwald gewachsen und hat (im tatsächlichen wie auch im begrifflichen Sinne) die Scheidelinie zwischen isolierten Reservaten und zusammenhängendem Waldgebiet verwischt. Und es hat die üblichen Beeinträchtigungen gegeben, die zur biologischen Feldforschung in den Tropen einfach dazugehören. Die Ausrüstung war nur mit Mühe instand zu halten. Auf die Finanzmittel war kein Verlaß. Bei den Verlängerungen der Forschungsgenehmigungen gab es bürokratische Verzögerungen. Die Leishmaniase, eine häßliche Krankheit, die von winzigen Sandmücken übertragen wird, hat unter den Feldforschern ihre Opfer gefordert.

Und die Forschungsergebnisse weisen größere Kompliziertheit auf, als von Lovejoy vorausgesehen. Der Flächeneffekt, der Entfernungseffekt, die Vielgestaltigkeit des Lebensraumes, Waldsaumeffekte, kleine Klimaveränderungen, Beziehungen zwischen Arten und die Unwägbarkeiten des Zufalls – das alles spielt in der biologischen Dynamik von Waldfragmenten eine Rolle. Selbst nach mehr als einem Jahrzehnt hat das Projekt noch keine eindeutigen Auskünfte geliefert. Es hat zwar Einsichten in das Problem des Ökosystemzerfalls erbracht, aber im Idealfall hätte es mehr erbringen können. Dennoch wirkt Lovejoy nicht entmutigt.

»So komisch das klingt, aber wir hätten auch während all dieser Jahre einfach dort im Wald sitzen und *cachaça* trinken können«, erklärt er mir, »und das Projekt hätte einen echten Nutzen gehabt.« *Cachaça* ist der gleiche alte Zuckerrohrfusel, den schon Alfred Wallace für die Konservierung seiner Musterexemplare verwendete. Lovejoy will sagen, daß der symbolische Wert des Experiments in einem gewissen Maße von den empirischen Resultaten unabhängig ist. Das Projekt »Kritische Minimalgröße von Ökosystemen« findet in Kreisen der Wissenschaft und der Naturschutzbewegung weithin Anerkennung als einzigartig visionäre Idee und gilt nicht einfach nur als ein Konglomerat von lose zusammenhängenden Forschungsvorhaben. »Seine Existenz hat rund um die Welt die Menschen dazu gebracht, über das Problem nachzudenken, und hat sie motiviert, dem Naturschutz größere Flächen einzuräumen.«

142 Ich lasse Lovejoy in Manaus und fahre zurück in den Wald. Ich möchte ihn wieder aus einer weniger olympischen Perspektive sehen, als ein niedrig fliegendes Flugzeug sie bietet. Ich habe mich in einem der Feldforschungscamps angekündigt, wo ich ein paar Tage verbringen und zwei Praktikantinnen namens Peggy und Summer beim Beringen von Vögeln über die Schulter schauen will.

Der selbstironische Name, den sich diese Praktikanten – Peggy, Summer und die anderen – gegeben haben, lautet »Vogelsklaven«. Es sind im allgemeinen junge Leute mit ein bißchen wissenschaftlicher Schulung oder zumindest einer ernstzunehmenden ornithologischen Beobachtungsgabe. Für ein geringfügiges Entgelt und die Gelegenheit, das Amazonasgebiet kennenzulernen, haben sie sich zur Mitarbeit verpflichtet. Peggy hat an der University of California, Santa Cruz, ein Examen in Geowissenschaft und Umweltforschung abgelegt. Vorher hat sie für den Peregrine Fund gearbeitet. Summer hat keine wissenschaftliche Vorbildung und strahlt einen Hauch von New-Age-Idealismus aus. Zu ihren früheren Erfahrungen zählen acht Jahre Mitgliedschaft in einem Kollektiv, das in Berkeley eine Biobäckerei betrieb. Schon seit sie Kind war, erzählt mir Summer, wollte sie den Amazonas besuchen. »Ich habe diese atavistischen Neandertalergene«, erklärt sie – soweit ich sehen kann, meint sie es ernst. Diese Gene drängten sie zur Flucht aus der Zivilisation und zu einem primitiveren Leben in der Wildnis. Zu dieser Vogelsklaventour gemeldet habe sie sich aus Sorge um die Zerstörung des Regenwaldes. Aber als sie dann endlich hier angekommen sei und zu arbeiten angefangen habe, gibt sie mit bewundernswerter Ehrlichkeit zu, habe sie den Wald furchterregend gefunden. »Ich hätte vor Angst in die Hose machen können. Es war einfach eine Art von seelischem Zustand. Dann, nach drei Monaten, fing ich an, ein bißchen lockerer zu werden. Jetzt geht es mir allmählich besser.« In Antwort auf meine entsprechende Frage versichern sowohl Peggy als auch Summer, daß sie mit Inselbiogeographie nicht das geringste verbinden. Was sie betrifft, so geht es bei dem Projekt um die Ökologie und die Erhaltung des Amazonasgebiets. Reiche das nicht aus?

Natürlich. Ja doch. Aus einem bestimmten Blickwinkel tut es das zweifellos. Ob dieser Blickwinkel die wirkliche Bedeutung des Unternehmens von Tom Lovejoy erfaßt, diese Frage können wir für den Augenblick offenlassen.

Vor Tagesanbruch am nächsten Morgen marschieren wir los. Ich gehe auf einer dunklen Fährte hinter ihnen her, hinaus auf ein gerodetes Gebiet, das von einer niedrigen, dichten, verunkrauteten Vegetation bedeckt ist. Unser Ziel ist ein Reservat von hundert Hektar. Die zwei Frauen tragen Stirnlampen, die von großen, auf Rückentragen montierten Batterien gespeist werden, während ich eine alberne kleine Taschenlampe mithabe. Wir schlurfen vor uns hin, bis zu den Knöcheln im Laub von *Cecropia*; die Blätter haben die Größe kaputter Regenschirme. Wir steigen über modernde Baumstämme, aus deren glitschigen Seiten gespenstisch gefärbte, obszöne Pilzgewächse sprießen. Der Pfad ist schlüpfrig und schmal, ein mit der Machete aus dem wuchernden Kraut herausgehauener Tunnel. Dann kommen wir in das eigentliche Reservat, wo das Baumdach hoch und das Unterholz lichter ist.

Lianen hängen herab wie die Takelung eines Segelschiffs. In der Ferne kläffen Kapuzineraffen. Tukane und Aras wechseln droben von einem Ast zum anderen. Die Baumstämme sind von Flechten und Termitenspuren gemustert. Oben in den Astgabeln wachsen Epiphyten. Von irgendwo in der Nähe hört man den schrillen Pfeilaut eines kreischenden Piha. Obwohl das Licht der Lampen mir flüchtige Blicke ermöglicht, verraten mir die Ohren mehr als die Augen. Das Gedächtnis versorgt mich mit einigen ökologischen Details, und die Einbildungskraft steuert ein paar eigene Geschöpfe bei.

Ich achte darauf, wo ich hintrete. Ich habe Peggy erwähnen hören, daß ihr auf einer der Fährten in der Dämmerung ein Buschmeister (*Lachesis mutus*, die größte Grubenotter der Welt und berüchtigt für ihre Fähigkeit, ohne Vorwarnung zuzustoßen) begegnet ist. »Also, man kann sie kaum übersehen«, sagt Peggy. »Ein Buschmeister von zweieinhalb Meter Länge, daß man darauf tritt, ist unwahrscheinlich.« Eine Schlange, die so groß und tödlich ist, daß man in der Dunkelheit nicht auf sie treten kann? Meiner Ansicht nach weist dieser logische Purzelbaum Peggy als Optimistin aus; als Pessimist bin ich froh, zehn Schritte hinter ihr gehen zu können, während sie an der Spitze marschiert.

Für Beringer tropischer Vögel ist entscheidend, daß sie der Morgendämmmerung zuvorkommen. Beim ersten Lichtstrahl, wenn die Vögel anfangen, sich zu regen, müssen die Flornetze entfaltet und bereit sein. Aber wenn sie vor Tagesanbruch arbeiten, setzen sich die Beringer auch den dämmerungsaktiven Mücken aus, die Leishmaniase übertragen. Die Krankheit ist zwar scheußlich, aber heilbar, wie ich mir habe sagen lassen; das Heilverfahren ist gleichfalls scheußlich: Es besteht aus einer Reihe von Antimonspritzen. Zu schützen suche ich mich vor der Infektion mittels langer Ärmel, in die Stiefel gestopfter Hosenbeine, Insektenabwehrmittel aus der Apotheke und der närrischen Hoffnung, daß es mich nicht erwischt.

Peggy und Summer sind stehengeblieben, und ich schließe zu ihnen auf, ohne zu merken, daß wir die Netzlinie erreicht haben. Das feine Nylongespinst bleibt unsichtbar für mich, bis ich fast das Gesicht darin vergraben habe. Die gleiche instinktive Spinnenangst, die mich schon auf Guam fertiggemacht hat, läßt mich auch hier zurückzucken. Das zentrale Amazonasgebiet beherbergt mindestens eine Tarantelart, die groß und anmaßend genug ist, um Vögeln nachzustellen. Es könnte sich um die gleiche Spezies handeln, die schon Alfred Wallace kannte und wegen ihres musterexemplarischen Reizes sammelte (ein weiterer Maßstab seines heldenhaften Mutes). Auch Rob Bierregaard hat eine gesehen, und zwar in einem Flornetz wie diesem, wo sie einen ins Netz gegangenen Vogel tötete, ehe er dazwischengehen konnte. Gott sei Dank ist heute von einer Vogelspinne nichts zu sehen. Wäre eine da, würde ich wahrscheinlich den Kopf genau in ihre

Fänge stecken und von ihr eingewickelt werden wie ein Gelbbürzeltyrann.

Die Netzlinie durchschneidet das Reservat wie eine Stakkatofolge von Trennstrichen quer über eine Seite. Die Netze sind fest an Stangen befestigt, so daß sie nur allmorgendlich aufgezogen werden müssen. Peggy, Summer und ich tun das. Binnen weniger Minuten haben wir die ganze Front entfaltet – eine durchscheinende Barrikade, die sich dreihundert Meter quer durch den Wald erstreckt. Dann ziehen wir uns aus dem Gebiet zurück, überqueren einen schwarz-morastigen Wasserlauf und klettern einen flachen Hang hinauf. Dort, am entfernten Ende des Reservats, setzt sich Peggy auf einen Baumstamm. Machen Sie sich's bequem, fordert sie mich auf.

Die Stirnlampen und Batterien werden abgelegt. Das erste Tageslicht stiehlt sich durch das löchrige Blätterdach, und dann sind plötzlich Sonnenstrahlen da. Wir befinden uns in der Randzone, wo das unmittelbare Sonnenlicht und lichtliebende Arten angefangen haben, in den Wald einzudringen. Ein Kolibri taucht vor uns auf, schwebt in der Luft und glotzt.

Der Kolibiri ist ein leuchtendes kleines Geschöpf und hat zwei Schwanzfedern, die so lang wie Zahnbürsten sind. *Phaetornis superciliosus*, sagt Peggy, die tausend Dinge mit Namen kennt.

Nach einer Stunde kehren wir zurück zu den Netzen. Peggy befreit mit sanfter Hand den ersten Vogel. Sie beruhigt ihn, untersucht ihn, nimmt Vermessungen vor. Sie und Summer erkennen auf den ersten Blick, daß es sich um einen Zimtkopf-Breitschnabel, *Platyrinchus saturatus*, aus der Familie der Tyranniden handelt. Sein breiter Schnabel eignet sich zum Aufschlitzen von Insekten. Dieses Exemplar hier ist kein neuer Fang; es wurde bereits bei früherer Gelegenheit beringt und wieder freigelassen. Im Büro in Manaus ist es bereits im Computer. Daß es nach wie vor da ist und in welchem Zustand es sich derzeit befindet, kommt nun als weitere Information in die Akte.

Peggy geht routiniert mit ihm um. Sie bläst Federn beiseite und untersucht die Haut nach Parasiten. Sie diktiert Summer: Bau des Sternums, Fettanteil, Mauserungsgrad, Flügellänge, Schwanzlänge. Summer notiert die Daten. Ich tue das ebenfalls, in meinem eigenen Notizbuch, ohne daß ich recht weiß, warum.

Irgend etwas in meinem Inneren sagt mir nur, daß diese Detailgenauigkeit etwas Wichtiges ist, etwas kostbar Reales an sich hat. Die Schwanzlänge beträgt fünfundzwanzig Millimeter. Die Flügellänge dreiundfünfzig Millimeter. Mauserspuren, keine. Ringnummer 24998. Der Vogel wiegt zehn Gramm.

Peggy öffnet ihre Hand. Einen Augenblick lang sitzt der zierliche braune Breitschnabel benommen auf der Handfläche, während sein Herz heftig pocht, und ich habe Zeit, mir über seine Zukunft Gedanken zu machen. Wie lange kann sich *Platyrinchus saturatus* in einem hundert Hektar großen Reservat behaupten? Wird diese Spezies am Ende verschwinden wie die Langschwanzkatzen und die Rothandtamarine? Wird sie den Ameisenvögeln folgen, die ihren Ameisen gefolgt sind? Wird sie in Abwesenheit der Einsiedlerbienen ökologisch auf verlorenem Posten stehen? Wird sie an der Zerstörung irgendeiner anderen Wechselwirkungsbeziehung zugrunde gehen? Wird sie absterben, bis sie einen Zustand prekärer Seltenheit erreicht hat, sich dann durch Inzucht weiter schwächen, ihre Anpassungskraft verlieren und schließlich einem geringfügigen Mißgeschick erliegen. Oder sind hundert Hektar isolierter Lebensraum alles, was eine Population von Zimtkopf-Breitschnäbeln zum Überleben braucht?

Und wird im übrigen das Lovejoysche Experiment Antwort auf diese Fragen liefern?

Der Vogel fliegt plötzlich auf und verschwindet im Wald. »*Ciao*«, sagt Peggy. Ja, denke ich. Leb wohl und viel Glück.

VIII
Der Gesang des Indri

143 Die Menschen in Madagaskar wissen etwas von kritischer Minimalgröße. Sie haben ein Sprichwort: *Ny hazo tokano tsy mba ala.* Das bedeutet: Ein Baum macht noch keinen Wald.

Aber wenn nicht einer, wie viele dann?

Die vielen Jahre der Debatte um SLOSS, die jahrelangen empirischen Untersuchungen in Lovejoys Amazonas-Reservaten, die Jahrzehnte der durch die Theorie von MacArthur und Wilson angeregten Forschungen und Diskussionen – der ganze Aufwand an Zeit und Kraft hat keine einfache Antwort auf die Frage erbracht. Statt einer einfachen Antwort hat es komplizierte Fortschritte gegeben. Um 1980 begannen sich sogar die Begriffe, mit denen der Diskurs geführt wurde, zu verändern. Seitdem ist die Inselbiogeographie aufgeplatzt wie ein Schmetterlingskokon, und heraus kam ein verwandeltes Geschöpf: das Konzept der Lebensfähigkeit von Populationen.

Sollten die Menschen in Madagaskar ein Sprichwort haben, das den Sinn dieses Konzepts erfaßt, so ist mir davon jedenfalls nichts bekannt. Wie wir übrigen stehen sie vor der Notwendigkeit, sich eine neue Denkweise anzueignen.

144 Das Waldreservat von Analamazaotra liegt am zerklüfteten Osthang von Madagaskar, neunzig Kilometer entfernt von Antananarivo. Die Straße ist schlecht und die Bahnlinie kurvenreich; sie schlängelt sich vom Plateau herab und führt dann über das von Schluchten durchschnittene Relief der Schichtstufe. Die meisten Besucher Analamazaotras reisen von der Hauptstadt mit dem Zug an; die Fahrt dauert ungefähr fünf Stunden. Gemessen an den Verhältnissen in Madagaskar (wo Reisen schwierig sein können) ist das ein rascher und bequemer Ausflug, was nicht hindert, daß der Zug zwei Dutzend Mal in Dörfern mit unaussprechlichen Namen hält. Etwa auf halber Strecke verändert sich die Landschaft: Hochsteppe und Reisfelder weichen einem Regenwaldgebiet. Der Regenwald ist unzusammenhängend und an mehr als nur ein paar Stellen unterbrochen von Zonen nackter Erde, wo man das Hartholz und die Baumfarne gefällt und verbrannt hat. An einigen dieser kahlen Hänge wächst spärlich Trockenreis. An den Rändern der verunstalteten Zonen gedeiht Ravenala, auch unter dem Namen »Baum der Reisenden« bekannt, ein wie Unkraut wuchernder madagassischer Abkömmling der Bananenfamilie. Beträchtliche Flächen sind mit Eukalyptusplantagen bepflanzt. Diese Eukalyptusbäume, die Madagaskar von Haus aus fremd sind, beherbergen keine Wildtiere und taugen nur für Brenn- und Bauholz. Die Zugreise von Antananarivo nach Analamazaotra bietet demnach ein Diorama ökologischer Verwüstung. Das kleine Waldreservat ist umgeben von bedrohter, sich verändernder Landschaft. Die Bahnlinie führt weiter die Schichtstufe hinunter in die Ebene entlang der Ostküste, die sich besser für dichte menschliche Besiedlung eignet und wo der heimische Regenwald schon seit langem fast vollständig zerstört ist. Der tägliche Zug hält nur kurz in der Nähe von Analamazaotra, ehe er seinen Weg hinunter fortsetzt. Der Bahnhof liegt in einem Dorf, das unter dem Namen Perinet bekannt ist.

Das ist ein französischer Name, der noch aus der Kolonialzeit stammt. Der neuere und richtigere Name, der auf den Fahrplänen steht, lautet Malagasy, aber der alte Name Perinet hält sich, weil der Ort berühmt und traditionell unter diesem Namen bekannt ist. Nach Perinet kommen Leute aus aller Welt, um einen Blick auf den Indri zu erhaschen.

MADAGASKAR

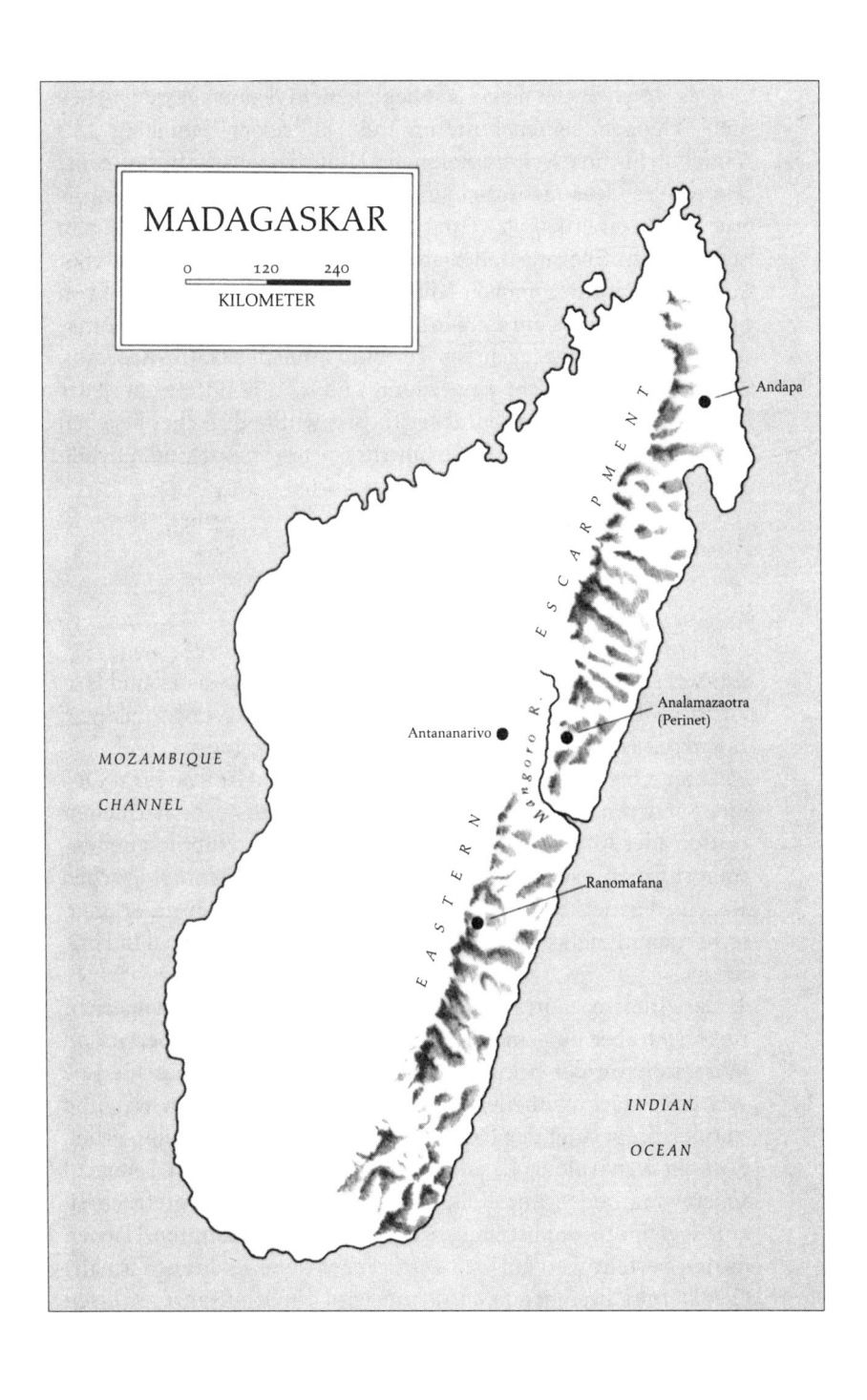

0 — 120 — 240
KILOMETER

Andapa

EASTERN ESCARPMENT

Mangoro R.

Antananarivo

Analamazaotra (Perinet)

MOZAMBIQUE CHANNEL

Ranomafana

INDIAN OCEAN

Das Hôtel-Buffet de la Gare liegt, seinem Namen getreu, neben den Schienen; seinen hinteren Trakt bildet der Bahnsteig. Das Hotel stellt eine weitere koloniale Hinterlassenschaft dar; es ist ein großes Gebäude mit einer breiten Treppe aus Rosenholz, die zu den Zimmern im zweiten Stock hinaufführt und zu einem geräumigen Speisesaal, der auch als Empfangshalle und als Bar dient. Einen guten halben Kilometer vom Hotel entfernt – von der Hoteltür ist es ein kurzer Spaziergang entlang einem schmalen Weg – befindet sich das Tor zum Analamazaotra-Reservat. Das Reservat ist nicht eingezäunt, und man könnte es an jeder beliebigen Stelle betreten, aber pflichtbewußte Besucher begeben sich zum Tor und zeigen ihre Eintrittskarte vor. Auf einem Schild dort steht zu lesen:

EAUX ET FORÊTS
RESERVE D'INDRI
BABAKOTO

Eaux et Forêts bezeichnet das Ministerium für Gewässer und Forste, dem die Aufsicht über dieses und andere Reservate obliegt. *Babakoto* ist der madagassische Name für den Indri.

Einer Quelle zufolge bedeutet *babakoto* »Großvater«. Nach einer anderen Lesart bedeutet es »kleiner Vater«, und nach einer dritten »der Ahn«. Madagaskar hat seine eigenen subtilen Benennungsformen, seine eigenen wandelbaren epistemologischen Regeln; die meisten Dinge, von denen man hier Kenntnis erlangt, lernt man in mehreren Versionen kennen. Das gilt zumal in Perinet.

Das Analamazaotra-Reservat wurde im Jahre 1970 eingerichtet, blickt aber auf eine viel ältere Tradition zurück. Bereits im Jahre 1881, in der Schlußphase der heimischen Monarchie (die von dem mächtigen Merinastamm begründet worden war und mit der Eroberung der Insel durch die Franzosen endete), erließ Königin Ranavalona II. ein Verbot, den Wald »durch Feuer zu roden, um Felder mit Reis, Mais oder anderen Erntefrüchten anzulegen; nur die bereits gerodeten und abgebrannten Flächen dürfen bestellt werden; wer durch Feuer neue Rodungen schafft oder bereits bestehende ausdehnt, wird für fünf Jahre in Eisen gelegt«. Betrachtet man die Verfügung der Königin wohlwollend, so kann man darin einen Ausdruck der traditionellen madagassischen Verehrung für den Wald sehen, der als »das Gewand der Ahnen« gilt, die in ihm begraben liegen. Betrachtet man die Verfügung weniger wohlwollend, so wird man darin hauptsächlich königliche Kraftmeierei erkennen. Aber unabhängig vom »Gewand der Ahnen« und vom königlichen Muskelspiel hätte sich ein vollständiges Rodungsverbot gar nicht durchsetzen lassen, selbst wenn die Monarchie weiterbestanden hätte, da die madagassische Bevölkerung solche herrischen Verfügungen unwillig aufnahm und bereits unwiderstehlichen demographischen Druck gegen die Beschränkungen verfügbaren Ackerlandes ausübte. Die französische Besatzungszeit begann im Jahre 1895, und acht Jahre später erließ die Kolonialverwaltung ihre eigenen Strafgesetze gegen Brandrodungen zur Anlage von Reisfeldern oder Weideland. Wie bei der Verfügung von Ranavalona II. scheint es auch bei dem neuen Verbot eher um die Kontrolle über das wirtschaftliche Leben und die Naturschätze des Landes als um den Naturschutz gegangen zu sein. Auch diesmal war die Maßnahme ebenso vergeblich wie herzlos; man hätte genausogut durch Gesetz verbieten können, Kinder zu kriegen und aufzuziehen.

Weder die Merina-Monarchie noch die französische Kolonialregierung konnten hoffen, für den Schutz jeden Hektar Waldes zu sorgen, aber seit 1927 schlugen die Franzosen einen bescheideneren Weg ein – diesmal offenbar im tatsächlich vorausschauenden Bemühen um die Erhaltung einiger der Naturwunder der Insel. Sie richteten ein System von Naturreservaten ein. Anfangs gab es zehn, die über das Land verstreut lagen und jeweils einer einzigartigen ökologischen Gemeinschaft einen Lebensraum boten. Zwei andere kamen unter französischer Verwaltung noch hinzu, und nachdem das Land im Jahre 1960 seine Unabhängigkeit erlangt hatte, wurden weitere eingerichtet. Heute gibt es in Madagaskar sechs Arten von gesetzlich geschützten Gebieten, von denen drei für den Artenschutz lebenswichtig sind: Naturreservate im eigentlichen Sinn, Nationalparks und Sonderschutzgebiete. Die eigentlichen Reservate sind für jedermann unzugänglich, außer für Angestellte von *Eaux et Forêts* und für anerkannte Forscher – jedenfalls theoretisch unzugänglich, da es mit der regelmäßigen Überwachung hapert. Die Nationalparks sind große Flecken wunderbarer Landschaft, wo jedermann willkommen ist; von ihnen gibt es allerdings nicht viele. Der Nationalpark Montagne d'Ambre im äußersten Norden dient dem Schutz des Hochlandregenwaldes. Der Nationalpark Isalo im Südwesten birgt ein verrücktes Labyrinth von Schluchten und Türmen aus Sandstein, dazu eine ungewöhnliche Trockenwaldgemeinschaft. Der Nationalpark Ranomafana umfaßt eine der letzten großen Regenwaldflächen an der Ostküste, einschließlich der drei sympatrischen, bambusfressenden Halbmakiarten, von denen bereits die Rede war. Die Sonderschutzgebiete, von denen die meisten im Vergleich mit Isalo oder Ranomafana winzig sind, wurden jeweils mit enger begrenzten Zweckbestimmungen eingerichtet – normalerweise, um eine bestimmte Tier- oder Pflanzenart zu schützen. Analamazaotra ist ein Sonderschutzgebiet, und das Besondere an ihm ist der Indri.

Der Indri, der größte aller lebenden Lemuren, ist auch der auffälligste und merkwürdigste unter ihnen. Er hat einen langen Hals, schlaksige Gliedmaßen, seine Augen leuchten gelbbraun aus einem glotzenden, schwarzen, schakalhaften Gesicht. Seine Ohren sind vergleichsweise klein und rund, wie bei einem Koalabären. Das Hell-Dunkel-Muster seines Fells erinnert zwar an einen Riesenpanda, aber die Körperform ist graziler und menschenähnlicher. Er wirkt, als wäre er für Basketball geschaffen. Die Beine sind kräftig, Hände und Füße beweglich. Er hat fast keinen Schwanz, nur einen Knubbel, und mit dieser Knubbelschwänzigkeit steht er einzig unter den Lemuren da – sie ist ungewöhnlich für einen baumbewohnenden Primaten. Sein wissenschaftlicher Name, *Indri indri*, verrät nicht das geringste, außer daß er zu einer Artengruppe gehört. In Gefangenschaft läßt er sich nicht halten. Er flieht vor den Menschen und toleriert keine Störung seines Lebensraumes. Man könnte ihn als das verkörperte Wildtier bezeichnen.

Der Indri erreicht die Größe eines kleinen Pavians, bewegt sich aber ohne Bodenberührung durch den Wald – in großen Sprüngen von einem Baumstamm zum anderen, wobei er manchmal sieben oder acht Meter überbrückt. Seine Art der Fortbewegung ist erstaunlich. Mit einem kräftigen Stoß der Beine katapultiert er sich hinaus; während er waagrecht durch den Raum segelt, dreht er sich um; er findet Halt am nächsten Baumstamm, drückt ihn zur Seite, stößt sich in Richtung des nächsten Baumes ab und fliegt so von Baum zu Baum, schneller, als ein Mensch laufen kann. Perinet-Touristen der athletischeren Sorte versuchen manchmal, Schritt mit ihm zu halten, und stolpern ihm durch das Unterholz nach. Hoffnungslos. Aber gelegentlich hält der Indri an. Er kauert sich hoch droben in eine Astgabel und wird praktisch unsichtbar, obwohl ihn ein Besucher mit Ausdauer, einem Fernglas und der Hilfe eines scharfsichtigen Führers unter Umständen wieder ausfindig machen kann. Und wenn die Zeit stimmt und der Besucher Glück hat, singt der Indri.

Der Gesang des Indri ist ein unirdisches Geräusch. Er schallt an die zwei Kilometer weit durch den Wald. Bis zum Hôtel-Buffet de la Gare hallt die Luft von ihm wider. Man hat behauptet, der Gesang gehöre zu den lautesten Geräuschen, die irgendein lebendes Wesen macht. Es ist ein langgezogenes Heulen, unheimlich, aber schön, als wären der Ruf eines Buckelwals und das Saxophon-Ostinato eines Charlie Parker eine Verbindung miteinander eingegangen. Die Biologen vermuten, daß es dazu dienen könnte, für den territorialen Abstand zwischen benachbarten Indri-Gruppen (den gesellschaftlichen Grundeinheiten, die aus einem Elternpaar mit ein oder zwei Jungtieren bestehen) zu sorgen und vielleicht auch über größere Entfernungen hinweg andere Arten von Informationen auszutauschen (zum Beispiel darüber, ob geschlechtsreife Tiere für die Fortpflanzung vorhanden sind). Er könnte auch ein Drohgeschrei oder ein Warnruf sein oder eine Methode, Reklame für neue Gene zu machen. Was der Gesang tatsächlich bedeutet, bleibt ein ungelüftetes Geheimnis wie so vieles im Zusammenhang mit dem Indri. Die gründlichste Untersuchung aus den letzten Jahrzehnten stammt von einem jungen Biologen namens Jon I. Pollock; aber selbst der kann keine letzte Sicherheit für seine Befunde beanspruchen.

Die Forschungen von Pollock und anderen lassen uns die Ökologie und das Verhalten des Indri im groben Umriß erkennbar werden. Die Spezies hat nur in Restbeständen des nordöstlichen Regenwaldes, im Gebiet etwa zwischen der Stadt Andapa im Norden und dem Mangoro-Fluß im Süden, überlebt. (Im Wald bei

Ranomafana, der wie ein geeigneter Lebensraum aussieht, aber südlich des Mangoro-Flusses liegt, gibt es keine Indris.) In den Jahrhunderten vor dem störenden Eindringen der Menschen war er verbreiteter. Er frißt Blätter und Früchte verschiedener Baumarten, aber trotz seiner Vielseitigkeit auf dem Gebiet der Ernährung erreicht er in keinem seiner Lebensräume die hohe Populationsdichte, die manche vielseitigen Pflanzenfresser erreichen. Er pflanzt sich langsam fort, mit einer Geburt alle drei Jahre und dem Eintritt der sexuellen Reife im Alter von ungefähr sechs Jahren. Nicht viele Säugetiere, überhaupt nicht viele Tiere, haben ein so geringes Fortpflanzungspotential. Und wenn man der These vom territorialen Abstandhalten folgt, dann könnte der Gesang selbst ein Mittel sein, um sicherzustellen, daß die Indri-Gruppen klein an Zahl und weit gestreut bleiben. Kraft ihrer eigenen Ökologie sorgt die Spezies dafür, daß sie eine Rarität und den Gefahren ausgesetzt bleibt, die mit der Seltenheit verknüpft sind.

Die Geschlechtspartner scheinen monogam zu sein, auch wenn der Nachweis langdauernder sexueller Treue fehlt. Ein Indri-Säugling verbringt den größten Teil seines ersten Lebensjahres angeklammert an die Mutter, als wäre er mit Klettverschluß an ihr befestigt. Die Weibchen sind das dominante Geschlecht. Beim Futter und bei der Körperpflege haben sie den Vortritt vor den Männchen; bei der Paarung herumschubsen lassen sie sich nicht. Neben dem Gesang existiert auch noch eine andere Art von Lautgebung: ein kurzes, scharfes Bellen (*coup de klaxon*, wie es ein französischer Biologe treffend ausdrückt), das dazu dient, vor Raubtieren und lästigen menschlichen Beobachtern zu warnen. Offenbar verfügt der Indri über ein außerordentlich feines Gehör, zumindest was die Wahrnehmung des Gesanges von Artgenossen betrifft. Jedes Tier besitzt »einen großen häutigen Kehlkopfsack«, den Pollock höchstwahrscheinlich zu Recht mit der Erzeugung des Gesanges in Verbindung bringt. Ansonsten ist über die Anatomie und Physiologie des Indri kaum etwas bekannt; wenige Wissenschaftler haben ein totes Exemplar, geschweige denn ein lebendes, in die Finger bekommen. Außer Frage steht allerdings, daß die geringe Fortpflanzungsgeschwindigkeit und die niedrige Populationsdichte die Art extrem anfällig fürs Austerben machen. Wahrscheinlich trägt dazu auch die Körpergröße bei, da größere Tiere im Zweifelsfall mehr Nahrung brauchen. Bei dem runden Dutzend von Lemurenarten, die ausgestorben sind, seit Madagaskar von Menschen besiedelt wurde, handelte es sich durchweg um großwüchsige Tiere, die im allgemeinen viel größer waren als die überlebenden Lemurenarten. Wenn dieser Trend anhält, ist der Indri als nächster dran.

Jon Pollock führte seine Feldforschungen in Analamazaotra und an zwei anderen Orten durch. Ein gutes Jahr lang folgte er bestimmten Familiengruppen, sammelte Daten über ihre Populationsstruktur und ihr Verhalten, führte Buch darüber, welche Nahrung sie bevorzugten, trug ihre Territorien in eine Karte ein, zeichnete ihre merkwürdige Musik auf. Das war vor zwei Jahrzehnten. Schließlich veröffentlichte er eine Reihe von Beiträgen, die einen Großteil unserer derzeitigen Kenntnisse über die Spezies darstellen, da niemand sonst sie studiert hat. Mir fällt nur noch eine andere Person aus neuerer Zeit ein, die mit der Lebensweise des Indri vertraut war; aber die ist jung verstorben, ohne ihr Wissen in gedruckter Form hinterlassen zu haben.

»Wälder, die vom *Indri* bewohnt sind, klingen alltäglich wider vom lauten, wechselvollen Ruf, den zwei bis vier Mitglieder einer Gruppe entweder von sich aus oder in Antwort auf die Rufe anderer Gruppen ausstoßen«, schrieb Pollock. »Der Gesang einer *Indri*-Gruppe, die aus einer unzusammenhängenden Abfolge dieser lauten Rufe besteht, dauert zwischen 40 Sekunden und 4 Minuten, ertönt gewöhnlich morgens und an den meisten Tagen mindestens einmal täglich und läßt sich unter optimalen Bedingungen durch das menschliche Ohr bis zu 2 km von seiner Quelle entfernt registrieren.« Pollock untersuchte die akustische Struktur mehrerer aufgezeichneter Gesänge, wobei er einen Kay-Sonographen und einen Echtzeit-Tonspektrumanalysator einsetzte – was auch immer dies beides sein mag. Sein Bericht über die akustische Untersuchung, umständlich betitelt mit »The Song of the Indris (*Indri indri*; Primates: Lemuroidea): Natural History, Form, and Function«, erschien in *International Journal of Primatology*. »Der Gesang besteht aus einer Abfolge von Rufen, die jeweils eine bis vier Sek. dauern, deren Hauptenergie zwischen 500 und 6000 Hz liegt und die durch kurze Pausen von bis zu

3 Sek. getrennt sind«, schrieb er. »Die reinen Töne des Rufes treten mit bis zu vier Obertönen auf und können im Rahmen des einzelnen Rufes durch bis zu 2000 Hz moduliert sein.« Das erfaßt etwas von der Physik der Sache, aber nichts von ihrer Ausdruckskraft.

145 Am ersten Abend meines ersten Besuches in Perinet vor etlichen Jahren hörte ich von einem madagassischen Jugendlichen namens Joseph, den der Hotelbesitzer als den besten unter den einheimischen Führern empfahl. Joseph kenne das Analamazaotra-Reservat besser als jeder andere, wurde mir erzählt. Ja, ja, Joseph wisse über die Lebensweise des Indri Bescheid. Aufs genaueste. Joseph sei im Wald aufgewachsen, er liebe all die Tiere, sogar die Pflanzen, er habe sich zum *Experten* entwickelt. Der Hotelbesitzer selbst war ein liebenswürdiger Madagasse im frühen mittleren Alter, dessen bescheiden-würdevolles Auftreten Vertrauen erweckte; also folgte ich mit Vergnügen der Empfehlung. Später am Abend stellte er mich seinem Schützling, seinem Starführer, diesem Joseph, vor.

Ein wortkarger, ernsthafter junger Mann. Er sah aus wie um die achtzehn. Sprach ein bißchen Englisch. Schien in sich zu ruhen und über ein gediegenes Selbstvertrauen zu verfügen. Er war nicht schüchtern, war nicht aufdringlich, war einfach nur konzentriert. Ein Fachmann, der seine Arbeit liebte. Wie sich herausstellte, war Joseph nur sein französischer Name, leicht zu merken für die Touristen. Nicht anders als der Indri firmierte auch er unter mehreren Bezeichnungen; der Name, der ihm vertraut war, sein madagassischer Name, lautete Bedo.

Ich fragte Bedo, ob er bereit sei, mich auf einer langen, ruhigen Wanderung durch den Wald zu führen. Ja, natürlich. Wann? fragte ich. Jederzeit. Ich hatte bereits einen Nachmittag im Reservat mit einem anderen Führer verbracht, einem frühreifen, abgebrühten Burschen, der meinte, ich würde ihm ein dickes Trinkgeld geben, wenn er die Boaschlangen und die Chamäleons dazu brachte, sich fotogen vor mir aufzubauen. Bedo wirkte vielversprechend anders. Unter anderem war er auch gern bereit, mich bei Nacht durch Analamazaotra zu führen, wenn die nachtaktiven Lemuren unterwegs waren.

Der Indri selbst ist tagaktiv. Er ruht in der Nacht, ernährt sich am Tag und singt zumeist (wenn auch nicht nur, wie ich feststellen konnte) am Morgen. Soviel wußte ich; zwar war ich wegen des *Indri indri* nach Perinet gekommen, aber ich wollte meinen zeitlich knapp bemessenen Aufenthalt nutzen und deshalb den schönen Abend nicht vergeuden. Nach dem Indri würde ich mich am nächsten Tag umsehen. Heute hatte ich erst einmal eine Chance, so scheue kleine Gespenster wie den Großen Katzenmaki zu Gesicht zu bekommen.

Eine Stunde nach Einbruch der Dunkelheit zogen wir los. Bedo trug einen leistungsstarken Batteriestrahler und ich meine poplige kleine Taschenlampe. Im Wald raschelte und heulte unsichtbares Leben. Beruhigend war für mich zu wissen, daß es sich um einen gutartigen Wald handelte: keine Jaguare, keine Tiger, keine Nashörner, keine Giftschlangen, soweit ich wußte, und, jedenfalls an diesem Abend, auch keine Blutegel und Stechmücken. Wir gingen etwa vier Stunden lang, durchwanderten kreuz und quer auf steilen Pfaden das Reservat. Der Himmel war bedeckt, fast keine Spur vom Mond zu sehen; man mußte aufpassen, daß die Füße nicht den Halt verloren. Bedo schlug ein flottes Tempo an. Er kannte diese Dschungelpfade, wie ein Junge bei uns den direktesten Weg zum Fußballplatz kennt. Nach einer Stunde steckte ich meine Taschenlampe ein, hielt mich lieber dicht hinter ihm und benutzte den Lichtkegel seines Strahlers, um in den Wald zu spähen. Zu schade, daß ich nicht auch seine Augen benutzen konnte. Da drüben, sagte er. Wie, was, wo? *Dort, da drüben* – er deutete mit dem Strahler. Dreißig Meter entfernt in einer hochgelegenen Astgabel glommen ein Paar orangefarbene Pünktchen. Seine Scharfsicht war beeindruckend, aber um ein so tüchtiger Führer zu sein, brauchte er mehr als nur ein scharfes Auge; es gehörten dazu Erfahrung, Eingebung, höchste Konzentration. Jawohl, er zeigte mir den Großen Katzenmaki und den Braunen Mausmaki, kleine Tiere, die oben im Geäst hockten, wo ich sie nicht einmal am hellichten Tage bemerkt hätte. Er spürte vier verschiedene Chamäleonarten auf, die einen winzig, die anderen riesig, allesamt bewegungsträge, schwenkäugig und getarnt –

aber nicht getarnt genug, um Bedos Augen zu entgehen. Der Einklang, in dem er mit dem Ökosystem stand, war enorm. Mich beachtete er nicht weiter, solange ich Schritt mit ihm hielt und die Tiere würdigte, die er aufspürte und mir wies. Er war kein Zyniker, der die vorhersehbaren Gelüste des Touristen ausschlachtete, um Trinkgelder zu ergattern. Er war ein Naturkundler, beherrscht von einer unerschöpflichen Begeisterung für seinen Gegenstand und bereit, den harmlosen Trottel zu tolerieren, der unbedingt hinter ihm herlatschen mußte. Irgendwann, während wir auf einer Hügelkuppe pausierten, damit meine Lunge zu uns aufschließen konnte, drang aus der Ferne ein hohes, klagendes Jaulen an unser Ohr. Noch eines. Gleitende Töne, Wohlklänge, elegante lautliche Florettstöße.
Indri.
Bedo sagte nichts. Er lauschte. Das hier brauchte er nicht zu erklären, nicht einmal einem Ignoranten wie mir. Sein Gesicht erstrahlte eigentümlich. Ich glaube, es erstrahlte vor Liebe.
Schließlich brachte uns ein Pfad, der in Schleifen über mehrere Kämme führte und mich jede Orientierung verlieren ließ, hinunter. Wir verließen das Reservat an einer entfernt gelegenen Stelle und trotteten auf einem Dorfpfad zum Hotel zurück. Es war kurz vor Mitternacht. Ich schwitzte, fühlte mich erschöpft und hatte das Abendessen verpaßt. Während ein grantiger Kellner in die Küche ging, um für mich etwas Eßbares zu organisieren, saß Bedo auf einem Barhocker und blätterte ziellos in einem Ringbuch. Bist du hungrig, Bedo? Er zuckte mit den Achseln.
Über seine Schulter sah ich, daß die Mappe Vervielfältigungen von Seiten mit Schreibmaschinentext und groben Abbildungen enthielt. Es war der Rohentwurf eines taxonomischen Leitfadens zu den Chamäleons Madagaskars. Einem Herpetologen war während seines Besuches Bedos Interesse aufgefallen, und er hatte eine Kopie seines Schatzes in Bedos Händen zurückgelassen. Hier, sagte Bedo, und zeigte mir *Chamaeleo brevicornis*. Man sah die Bleistiftskizze eines grandios häßlichen Reptils mit trichterförmigen Augenlidern und Rhinozerosnase. Und hier, *Chamaeleo paronsi*, das große. Und hier, *Chamaeleo nasutus*. Bedo blätterte weiter in der Mappe. Hunger und Erschöpfung schienen ihm

nichts anhaben zu können. Die Seiten hatten vom vielen liebevollen Blättern Eselsohren.

Später, in meinem Notizbuch, fand dieser »erstaunliche Führer« nur eine kurze Erwähnung. Hätte ich mehr von seiner Vergangenheit gewußt und seine Zukunft vorausgesehen, ich hätte ein sorgfältiges Porträt von ihm entworfen. Aber ich erwartete nicht, ihm als Individuum oder Person wiederzubegegnen. Ich hatte nur einfach das entschiedene Gefühl, daß jemand aus der großen Welt diesen jungen Mann entdecken und fördern mußte, falls es so etwas wie Gerechtigkeit auf Erden gab. Ich wußte nicht, daß dies bereits geschehen war. Ich wußte nicht, daß der Bedo von Perinet ein und derselbe halbwüchsige Naturforscher war, der Pat Wright dabei geholfen hatte, den Goldenen Halbmaki von Ranomafana aufzuspüren und zu fotografieren.

146 Die Sonderschutzgebiete Madagaskars, zu denen auch Analamazaotra gehört, sind zahlreicher und im allgemeinen kleiner als die beiden anderen Gruppen von Reservaten. Derzeit gibt es etwa zwei Dutzend Sonderschutzgebiete, von denen die meisten in den fünfziger und sechziger Jahren eingerichtet worden sind, als noch kein Mensch in Madagaskar oder anderswo von kritischer Minimalgröße sprach. Das Sonderschutzgebiet von Nosy Mangabe umfaßt nur 520 Hektar und ist damit nicht viel größer als Tom Lovejoys Waldparzellen. Das Reservat Mangerivola ist mit 800 Hektar nur wenig größer, und das Sonderschutzgebiet Cap Sainte Marie beläuft sich auf eine Gesamtfläche von 1750 Hektar. Das sind keine ungeheuer großen Stücke Landschaft. Nehmen wir zum Vergleich den Nationalpark Bryce Canyon in den USA, der laut William Newmarks Befund offenbar zu klein ist, um einer Fuchspopulation Lebensraum zu bieten: Er bedeckt eine Fläche von 14400 Hektar. Das Sonderschutzgebiet Analamazaotra gehört mit 810 Hektar zu den kleinsten. Es ließe sich an einem Vormittag umrunden.

Da das Gebiet sauber abgegrenzt ist, könnte man das in Straßenschuhen tun und brauchte keine Machete. Einen beträchtlichen Teil des Weges könnte man sogar auf Rollschuhen zurücklegen – nicht gelogen!

Auf der einen Seite des Schutzgebiets Analamazaotra, auf der man vom Hotel zum Eingangstor gelangt, verläuft eine geteerte Straße. Die Straße ist nicht breit und auch nicht belebt, aber sie stellt eine beachtliche Barriere dar. Die Kluft im Laubdach des Waldes ist breit genug, um etwa einen Indri vom Sprung hinüber abzuhalten. Auf einer anderen Seite verläuft eine breitere Fahrbahn, eine Überlandstraße, die erst vor kurzem von den Chinesen im Rahmen eines Entwicklungshilfeprojekts angelegt wurde. Völlig ausgeschlossen, daß ein Indri die überquert. An einem dritten Abschnitt der Gebietsgrenze erstrecken sich das Dorf Perinet und die Bahnlinie – ebenfalls eine unpassierbare Zone für einen überdimensionierten Lemuren, der sich von Baum zu Baum fortbewegt und menschlichen Krawall fürchtet. Die restliche Grenze von Analamazaotra markiert ein bloßer Pfad. Aber auf der anderen Seite des Pfades befindet sich ungeschützter Wald, den Holzfällerei und Rodungen für die Anlage von Trockenreisfeldern verunstaltet haben. Es gibt dort auch eine Eukalyptusplantage, die keinem Lemuren Lebensraum bietet, schon gar nicht dem Indri.

Worauf ich hinausmöchte, ist folgendes: Das Reservat Analamazaotra ist keine Stichprobe innerhalb einer sich weit erstreckenden Wildnis. Es kommt einem Isolat viel näher. Wenn es nicht bereits, jedenfalls was die Lemuren betrifft, zu einer Insel geworden ist, wird es das wahrscheinlich bald sein.

Unter den jetzigen Bedingungen könnte ein wagemutiger, abenteuerlustiger Indri das Gebiet vielleicht immer noch verlassen und den demolierten Wald oder die ungastliche Eukalyptusplantage durchqueren. Wenn der Eukalyptus erst geerntet, der demolierte Wald abgeholzt und dem Reisanbau gewichen ist, wird die Möglichkeit dazu verschwunden sein. Vögel und Fledermäuse werden immer noch kommen und gehen. Für die Indri-Population hingegen wird das Reservat eine eigene, fest umschriebene Welt sein. Ob die Population langfristig lebensfähig bleibt, hängt dann von einer Reihe von Faktoren ab, von denen die meisten komplizierter sind, als es das bloße Flächenmaß der 810 Hektar ist.

Die Liste der Faktoren beginnt mit der Größe der Indri-Population in Analamazaotra.

Pat Wright, die dort eine Saison lang forschte, ehe sie ihren Schwerpunkt nach Ranomafana verlegte, vermutet, die Population könne bis zu zweihundert Exemplare umfassen. Wahrscheinlich ist das zu optimistisch. Sie räumt ein, daß sie sich nicht sicher ist, und merkt an, daß in Analamazaotra noch keine sorgfältige Zählung durchgeführt wurde. Und es sei auch keine ordentliche Schätzung der Gesamtzahl von Indris möglich, die es auf der Insel gebe, fügt sie hinzu. Auch wenn alle darin übereinstimmten, daß die Population im Zuge der Fragmentierung und Zerstörung ihres Lebensraumes einen Rückgang erlitten habe, könne doch niemand wissen, wie viele Indris übriggeblieben seien. »Es können mehr sein, als wir glauben, oder auch weniger«, sagt Wright. »Unser vermeintliches Wissen ist nur eine Einbildung.« Jon Pollock, der sich bei seinen Forschungen auf einige wenige Familiengruppen konzentrierte, unternahm offenbar nie den Versuch, die ganze Population in Analamazaotra zu zählen. Aber was er über die durchschnittliche Gruppengröße und die Populationsdichte veröffentlicht hat, ermöglicht eine fundierte Schätzung. Angenommen, Pollocks Zahlen stimmen, dann beherbergte Analamazaotra zum Zeitpunkt seiner Forschungen ungefähr achtzig Indris.

Heute, zwei Jahrzehnte später, mag die Zahl niedriger liegen. Im Zweifelsfall ist die Population eher geschrumpft als gewachsen. Gehen wir von der optimistischen Annahme aus, daß sie so ziemlich konstant geblieben ist. Wenn sich das so verhält – wenn die Population während der letzten zwanzig Jahre bei achtzig Exemplaren geblieben ist und sich auf diesem Niveau auch in der nächsten Zukunft halten wird –, dann droht den Indris in Analamazaotra Gefahr. Praktisch alle neueren Forschungen zur Frage der Lebensfähigkeit von Populationen kommen zu dem Ergebnis, daß achtzig Exemplare einfach nicht genug sind.

147 Ende der siebziger Jahre begannen einige Ökologen, einen bedeutungsschweren neuen Begriff zu verwenden: den der *lebensfähigen Minimalpopulation*. Er ließ sich auf einen Zeitschriftenbeitrag zurückverfolgen, den zwei Forscher in Australien 1971 veröffentlicht hatten; darin ging es um die ökologischen Ansprüche der Macropodidae oder Springbeutler, jener Beuteltierfamilie, zu der Wallabys und Känguruhs zählen. Die Forscher, A. R. Main und M. Yadav, hatten die Verteilung von Springbeutlern auf kleinen Landbrückeninseln vor der Küste Westaustraliens untersucht. Bei jeder der untersuchten Inseln hatten sie Buch über das Vorhandensein oder Nichtvorhandensein verschiedener Springbeutlerarten, die Größe der Insel und die Vielfalt ihrer Vegetation geführt. Main und Yadav betrieben ihre Forschungen eher parallel zu der in Mode gekommenen neuen inselbiogeographischen Schule als in Abhängigkeit von ihr. Sie sprachen nicht von Spezies-Flächen-Beziehung – jedenfalls verwendeten sie nicht den Begriff –, auch wenn die ganze Untersuchung um diese Beziehung kreiste. Die Gleichgewichtstheorie erwähnten sie nicht. Sie schöpften fast nur aus australischen Quellen und schrieben in einem fast ausschließlich australischen Kontext. Die Tiere, die sie untersuchten, bezeichneten sie mit inoffiziellen australischen Namen, die teilweise so phantastisch klingen, als hätte sie Tolkien erfunden: Quokka, Tammar, Euro, Boodie. Main und Yadav interessierten sich für den Schutz der Springbeutler, nicht für Theorie.

Sie befaßten sich mit einer praktischen Frage: Wieviel Gebiet war nötig, um die »ökologischen Ansprüche« jeder dieser Arten »angemessen zu befriedigen«? Zu den ökologischen Ansprüchen gehörte genug Lebensraum, um nicht nur einem Exemplar, sondern einer sich selbst tragenden Population das Überleben zu ermöglichen. Wieviel Landschaft war nötig, um eine Population von Quokkas oder Kurzschwanzkänguruhs zu erhalten? Wieviel Landschaft war für eine Population von Euros oder Bergkänguruhs erforderlich? Ließ sich der flächenmäßige Mindestanspruch der einzelnen Arten aus ihrem Vorhandensein oder Nichtvorhandensein auf den verschieden großen Inseln vor der Küste ableiten? Auf einigen der kleineren Inseln gab es nur eine einzige Springbeutlerart, das Tammarwallaby oder das Felskänguruh.

Größere Inseln beherbergten mehr und großwüchsigere Arten. Der größte Springbeutler, das Rote Riesenkänguruh, kam auf keiner der Inseln vor. Main und Yadav sammelten jene Art von Daten, die ihnen ermöglicht hätten, für ihre Reihe von Inseln eine Spezies-Flächen-Kurve zu zeichnen und die Abweichungen bei der Kurve aus der Vielgestaltigkeit der jeweiligen Lebensräume zu erklären. Geradeso, wie die Beuteltiere sich isoliert von den übrigen Säugetieren entwickelt hatten, schienen sie indes ihre Forschungen isoliert von der MacArthur-Wilsonschen Theorie und deren Einfluß zu betreiben.

Sie taten einen weiteren analytischen Schritt, der für die damalige Zeit ungewöhnlich war. Sie errechneten, in welcher Dichte die einzelnen Arten ihren Lebensraum bewohnten. Zum Beispiel beim Kurzschwanzkänguruh ein Exemplar pro Hektar, beim großwüchsigeren Bergkänguruh ein Exemplar pro zehn Hektar. Die Populationsdichte der jeweiligen Art multiplizierten sie sodann mit der Fläche der kleinsten Insel, auf der die Art vorkam, und erhielten so eine interessante Reihe von Zahlen. »Rechnet man diese Zahlen auf die Situation kleiner Inseln hoch«, schrieben sie, »dann ist es möglich, ungefähr zu überschlagen, wie groß lebensfähige Minimalpopulationen sein müssen.«

Hier wurde offenbar zum ersten Mal der Ausdruck »lebensfähige Minimalpopulation« gebraucht. Tatsächlich ist es mehr als nur ein Ausdruck; es ist eine wichtige Idee. Auch wenn einige Biologen schon vorher unbestimmt von »Minimalpopulationen« und »lebensfähigen Populationen« gesprochen hatten, war das, was Main und Yadav vortrugen, etwas Neues. Unmittelbare Resonanz fanden sie damit allerdings kaum.

Main und Yadav berührten auch einen Punkt (ohne ihn hervorzuheben), der später als wichtig erkannt werden sollte – daß nämlich die Größe der lebensfähigen Minimalpopulation von einer Spezies zur anderen unter Umständen variierte. Ihre Ergebnisse für das Tammarwallaby, das Bergkänguruh und das Rote Riesenkänguruh lagen allerdings dicht beieinander. Im letzten Satz ihres Beitrags erklärten sie: »Dem Anschein nach liegt die lebensfähige Minimalpopulation (definiert als die Populationsgröße, die Aussicht auf unbegrenzten Bestand hat) zwischen zwei- und dreihundert Tieren.«

148 Sieben Jahre danach legte ein Doktorand am Institut für Wald- und Umweltforschung an der Duke University seine Dissertation vor. Darin wurde am Beispiel des Grizzlybären analysiert, ob und inwieweit sich die Größe lebensfähiger Minimalpopulationen bestimmen läßt. Der Doktorand hieß Mark L. Shaffer.

Shaffer hatte damals noch nie einen Grizzlybären in freier Wildbahn zu Gesicht bekommen. Er war im Westen von Pennsylvania aufgewachsen, hatte dort das College absolviert und war dann an die University of Pennsylvania gegangen, um an einem Promotionsprogramm zum Thema Bodennutzungsplanung teilzunehmen. Er stellte aber fest, daß er sich mehr dafür interessierte, wie wildlebende Tiere Landschaften nutzten, als wie die zivilisierte Menschheit das tat. Er wechselte an die Duke University über und fing mit dem Ziel eines anderen Abschlusses neu an. Er belegte einige Kurse in Computerdarstellung. Wie viele andere Biologen seiner Generation ließ auch er sich von der Inselbiogeographie faszinieren. Als Diamond, Terborgh, Wilson und andere anfingen, die Gleichgewichtstheorie auf Naturschutzprobleme anzuwenden, verfolgte Shaffer ihre Arbeit in ihren Veröffentlichungen. Er las die SLOSS-Argumente. Er machte sich Sorgen wegen der weltweiten Zerstörung von Lebensraum, der Fragmentierung der verbleibenden Flächen und des Artenverlustes. Seine Sorgen faßte er in Worte, die schwach an seine frühere Beschäftigung mit Problemen der Bodennutzungsplanung gemahnten.

Er erinnert sich, daß er dachte: »Wir haben eine begrenzte Menge Land zur Verfügung. Wir konkurrieren darum mit der Natur. Die Frage lautet also stets, wieviel Land man von der Nutzung ausnimmt. Das war die gleiche Frage, die Tom Lovejoy stellte, aber Shaffer schlug einen anderen Weg zu ihrer Beantwortung ein.

Er wußte, daß sich in der Frage *wieviel?* die Frage *wie viele?* verbarg. Das heißt, er wußte, daß die kritische Minimalgröße eines Ökosystems ein weniger grundlegender Maßstab war als die kritische Minimalpopulation für die dazugehörigen Arten. Wenn eine Spezies in einem isolierten Stück Lebensraum zu selten wird, ist sie nicht mehr lebensfähig. Sie stirbt aus. Aber *wie* selten ist *zu* selten?

Diese Frage führt zu einer ganzen Latte weiterer Fragen. Welchen numerischen Schwellenwert hat die Lebensfähigkeit? Gibt es eine einzige magische Zahl für sämtliche Arten, oder differiert der Schwellenwert von einer Art zur anderen? Differiert er für die gleiche Art, wenn diese sich in unterschiedlichen Kontexten befindet? Falls ja, worin sind dann die Differenzen begründet? Ist die Bestimmung der Lebensfähigkeitsschwelle eine rein wissenschaftliche Aufgabe, oder spielen auch soziokulturelle Wertvorstellungen hinein? Läßt sich das soziokulturelle Element quantifizieren? Shaffer hatte sich als Doktorthema einen saftigen Brocken ausgesucht.

Für den Grizzlybären als Fallbeispiel entschied er sich aus zwei Gründen: weil er ein großwüchsiges Tier am oberen Ende seiner Nahrungskette war und weil ihn Feldbiologen bereits genau studiert hatten. Zum ersten Grund führt er aus: »Wenn man sein Augenmerk auf Objekte am oberen Ende der Nahrungskette richtet und genug Land für sie zur Verfügung stellt, dann reicht das Land wahrscheinlich auch für die ganze Nahrungskette aus.« Der zweite Grund fiel ins Gewicht, weil seine Analyse von jener Art Daten abhing, die man nur bei einer außergewöhnlich gut untersuchten Spezies bekommt. Shaffer brauchte Informationen über Lebensdauer, Todesursachen, Alter bei der ersten Fortpflanzung, durchschnittliche Größe der Würfe, Zahlenverhältnisse zwischen den Geschlechtern innerhalb der verschiedenen Altersgruppen der Population, Sozialstruktur und Aufzuchtsystem. Diese Art Informationen gab es für Wölfe und Pumas nicht. Dank insbesondere zweier Biologen, eines Brüderpaares namens Frank und John Craighead, gab es sie dagegen für Grizzlys. Die Craigheads hatten zwischen 1959 und 1970 die Grizzlys des Nationalparks Yellowstone studiert und viele ihrer Daten veröffentlicht.

Die Yellowstone-Grizzlys hatten noch einen weiteren Vorzug. Das gesamte Yellowstone-Ökosystem stellt eine ausgedehnte Fläche mit Wäldern, Grasland, Berghängen und Flußsystemen dar, das nicht nur die Nationalparks Yellowstone und Grand Teton umfaßt, sondern auch die angrenzenden Areale von sieben Staatsforsten, mehrere Wildtierparks, einen Teil des Indianerreservats Wind River und etliche Liegenschaften des staatlichen Grundstücksverwaltungsamtes, neben kleineren Stücken privaten und staatlichen Grundbesitzes, das meiste davon noch hinlänglich wild, um Grizzlybären zuzusagen. Ungeachtet der verwirrenden Vielzahl von Eigentümern bilden diese verschiedenen Landstücke ein einziges ökologisches Ganzes. Weil das Ökosystem von erschlossenem Gelände umgeben ist (von Bauernhöfen, Viehfarmen, Stacheldraht, Städten, Wohnsiedlungen, Autostraßen, Eisenbahnschienen, Bewässerungskanälen, Stromleitungen, Flughäfen, Golfplätzen, Leitplanken, Campingplätzen, Einkaufszentren, Sägewerken, Freilichtkinos, Tankstellen, Waffengeschäften, Pizzatreffs, Parkplätzen, Lattenzäunen, bellenden Hunden, Verkehrsampeln, Haltesignalen und Rasenschmuck aus Beton) und weil dieses Gelände ihnen *keineswegs* zusagt, sind die Grizzlys des Gebiets um den Yellowstonepark effektiv isoliert. Sie bilden eine eigene Population, die ein abgeschlossenes ökologisches Flächenfragment bewohnt. So wurden also die Yellowstone-Grizzlys zu Shaffers empirischem Paradefall.

Bevor er die spezifischen Verhältnisse der Population in Augenschein nehmen konnte, mußte er erst einmal den im Titel seiner Arbeit verwendeten Begriff der lebensfähigen Minimalpopulation definieren. Der Titel lautete: Determining Minimum Viable Population Sizes: A Case Study of the Grizzly Bear (*Ursus arctos* L.) [Zur Bestimmung der Größe lebensfähiger Minimalpopulationen: Eine Fallstudie am Beispiel des Grizzlybärs (Ursus arctos L.)]. Was war genau mit »lebensfähiger Minimalpopulation« gemeint? Main und Yadav definierten sie als »die Populationsgröße, die Aussicht auf unbegrenzten Bestand hat«. Aber das blieb vage. Wie groß war dabei die »Aussicht auf unbegrenztes Bestehen«, und wie »unbegrenzt« war der »Bestand«? Main und Yadav hatten es nicht als ihre Aufgabe angesehen, diese Parameter näher zu bestimmen, und darauf war seitdem auch kein anderer verfallen. Shaffer nahm die Spezifizierung vor. Er legte eine fünfundneunzigprozentige Aussicht und einen Zeitraum von hundert Jahren fest, wobei er einräumte, daß er diese Festlegungen nach Gutdünken vornahm. Wenn eine Population von einer bestimmten Größe eine fünfundneunzigprozentige Aussicht hatte, ein Jahrhundert lang zu überleben, dann war sie nach dem von ihm vorgeschlagenen Kriterium als lebensfähig zu bezeichnen.

Dadurch, daß er anstelle unbestimmt geäußerter Erwartungen exakte Zahlenwerte einführte, war es ihm möglich, einen klaren Bewertungsrahmen zu schaffen. Eine andere wichtige Tat, die Shaffer vollbrachte, ehe er sich daranmachte, für die Yellowstone-Grizzlys eine Prognose abzugeben, bestand in der Klärung der Frage, wie es normalerweise dazu kommt, daß kleine Populationen aussterben.

Die Ursachen sind vielfältiger Natur, lassen sich aber in die bereits erwähnten beiden Gruppen unterteilen, nämlich die kausal bestimmten (auf den Menschen zurückzuführenden) und die stochastischen (zufallsbedingten) Faktoren – oder, um es in der Sprache zu sagen, die Shaffer bevorzugt, in »systematische Beeinträchtigungen« und »stochastische Störungen«. Systematische Beeinträchtigungen umfassen Faktoren, die sich vorhersagen und kontrollieren lassen, wie zum Beispiel der Jagdsport, Abschußprämien, der Einsatz von Pestiziden, die Zerstörung von Lebensraum. Stochastische Störungen entziehen sich der menschlichen Vorhersage und Kontrolle, entweder weil sie ihrer Natur nach zufällig sind oder weil sie nichtmenschliche Ursachen haben, die so kompliziert und undurchsichtig sind, daß sie den *Eindruck* der Zufälligkeit erwecken. Stochastische Störungen gefährden das Schicksal der betroffenen Population, und je kleiner die Population, um so größer die Gefährdung. Die Untersuchung der Gefährdungen und ihrer Folgen ist deshalb von entscheidender Bedeutung für die Erhaltung seltener Arten.

Systematische Beeinträchtigungen, so wichtig sie sein mochten, lagen, wie Shaffer erklärte, außerhalb des Horizonts, in dem sein Projekt sich bewegte. Er habe keine Kampfschrift gegen die Bärenjagd verfaßt. Interessiert hätten ihn ausschließlich die stochastischen Beeinträchtigungen. Wie wirkten sie sich auf kleine Populationen aus? Ab welcher Populationsgröße waren die Auswirkungen tödlich?

»Allgemein gesprochen, gibt es vier Gefährdungsquellen für eine Population«, schrieb Shaffer. Er zählte sie auf: Demographische Stochastizität, milieubedingte Stochastizität, Naturkatastrophen, genetische Stochastizität. Hinter dieser Zungenbrecherterminologie steckten einige durchaus faßliche Ideen.

Demographische Stochastizität meint zufällige Schwankungen

in der Geburtenrate, der Sterberate und der Verteilung der Geschlechter. Nehmen wir an, wir haben es mit einer extrem seltenen Art zu tun – erfinden wir ein Tier und nennen es Weißfußfrettchen. Nur drei Exemplare haben überlebt, ein Weibchen und zwei Männchen. Das Weibchen pflanzt sich mit dem einen Männchen fort, wirft fünf Junge und stirbt anschließend. Ein unglücklicher Zufall will es, daß der ganze Wurf aus männlichen Tieren besteht. Ein Fall von demographischer Stochastizität. Jetzt gibt es sieben Weißfußfrettchen, aber keine Weibchen darunter; die Population ist unausweichlich zum Aussterben verurteilt.

Milieubedingte Stochastizität meint Schwankungen im Klima, in der Versorgung mit Nahrung und in den Populationsniveaus der Räuber, Konkurrenten, Parasiten und Krankheitserreger, mit denen die bedrohte Art sich arrangieren muß. Nehmen wir an, es gibt achtzehn Weißfußfrettchen mit ausgeglichener Geschlechterquote; allerdings wird die Kolonie von Präriehunden, die ihnen Futter und Unterschlupf liefert, gerade von einem Virus hingerafft. Die Frettchen werden von dem Virus nicht befallen. Dennoch fangen sie an zu verhungern, da nicht genug Präriehunde da sind. Sie sterben bis auf eine Handvoll Exemplare. Eine dreijährige Dürre beschert ihnen ein elendes Leben; ein langer, staubiger Sommer nach dem anderen verstärken ihre Streßsituation; dann schließt sich ein grausam harter Winter an. Milieubedingte Stochastizität. Hungrig und ohne ausreichenden Unterschlupf sterben die Frettchen aus.

Keine dieser beiden Gefährdungsformen könnte eine große Tierpopulation zur Strecke bringen. Große Zahlen bieten Sicherheit. Bei einer kleinen Population dagegen genügt schon ein sanfter Schubser.

Naturkatastrophen (Überschwemmungen und Feuersbrünste, Taifune und Wirbelstürme, Erdbeben und Vulkanausbrüche) können Populationen einen Schubser verpassen, der alles andere als sanft ist. Solche Katastrophen sind nicht vollständig zufallsbedingt, insofern sie ihre physikalischen Ursachen haben; aber die Ursachen haben solche Komplexität, daß sie praktisch nicht zu ergründen und zeitliche Vorhersagen ausgeschlossen sind; deshalb lasten diese Vorgänge als eine weitere Art von unberechenbarer Gefährdung auf der Population. Die paar Frettchen überstehen vielleicht den Hunger, die Dürrezeiten und den harten Winter und bauen sich allmählich wieder zu einer Population von drei oder vier Dutzend auf – nur um in Nullkommanichts von einer Flutkatastrophe ausgelöscht zu werden, die ihre Höhlen unter Wasser setzt.

Dann gibt es da noch die genetische Stochastizität. Sie bezieht sich auf die Unberechenbarkeit, mit der bestimmte Allele innerhalb eines Genpools häufiger oder seltener werden, unabhängig vom Einfluß der natürlichen Auslese. Diese Extravaganz der Allelentwicklung kann die betreffende Population in zweierlei Hinsicht teuer zu stehen kommen. Erstens können aufgrund des bereits geschilderten Zufallsprozesses namens genetische Drift nützliche Allele so selten werden, daß sie zufallsbedingt verschwinden. Zweitens können schädliche Allele, die rezessiv, selten und (wegen ihrer Seltenheit) normalerweise nur im heterozygoten Zustand vorhanden sind, in einer kleinen Population genug Häufigkeit gewinnen, um homozygot zu werden. Inzucht erhöht die Chance der Homozygotie, indem sie familieneigene Allele mit sich selbst paart. Und wenn rezessive Allele in homozygotem Zustand auftreten, erlangen sie als Merkmal Ausdruck. Handelt es sich um schädliche rezessive Allele, dann kommt ihre Schädlichkeit zum Ausdruck.

Die Gesamtsumme schädlicher rezessiver Allele innerhalb einer bestimmten Population wird als genetische Belastung bezeichnet. In einer großen Population bleibt diese Belastung fast ohne Folgen; ein paar rezessive Allele, die von vielen dominanten Allelen überdeckt werden, bleiben wirkungslos. In einer kleinen Population kann die Belastung beschwerlicher sein. Da kleine Populationen häufig in Richtung Inzucht gedrängt werden, haben sie auch oft unter der Auswirkung dieser schädlichen rezessiven Allele zu leiden. Das Ergebnis nennt man Inzuchtdegeneration. Unterliegt eine bestimmte Population einer nennenswerten genetischen Belastung und erleidet diese Population einen plötzlichen zahlenmäßigen Rückgang, dann gewinnt die Inzucht an Wahrscheinlichkeit, und die Inzuchtdegeneration kann zum Problem werden.

Eine weitere Form genetischer Stochastizität, von der kleine Populationen betroffen sind, ist der Gründereffekt. Erinnert sich der Leser noch an den Gründereffekt? Erinnert er sich noch an die flamingorosafarbenen Socken? Wenn eine kleine Anzahl Individuen von einer größeren Population getrennt wird (entweder weil sie eine neue Kolonie gründen oder weil die größere Population zugrunde geht und sie die einzigen Überlebenden sind), dann umfaßt die kleine Population nur eine magere Stichprobe aus der genetischen Vielfalt der größeren Population. In einem gewissen Maße ist diese genetische Stichprobe zufallsbestimmt. Seltene Allele – mögen sie nun schädlich, neutral oder nützlich sein – sind verlorengegangen. Selbst der Verlust neutraler Allele, ganz zu schweigen von den nützlichen, kann schließlich negative Auswirkungen haben. Wie das? Denken wir wieder an die Sockenschublade. Wenn wir schlaftrunken und in aller Eile frühmorgens im Dunkeln Sachen für eine Reise zusammenpacken und aufs Geratewohl Socken herausgreifen, dann ist die Wahrscheinlichkeit groß, daß wir das flamingorosafarbene Paar nicht erwischen. Aber was, wenn das Flugzeug einen unplanmäßigen Aufenthalt in Las Vegas einlegt und dort gerade Halloween gefeiert wird? Dann hätte man die Socken natürlich gerne dabei. Der Gründereffekt beraubt kleine Populationen seltener und scheinbar unnützer Allele, die sich später, unter veränderten Umständen, als nützlich herausstellen könnten.

Die genetische Drift verschärft das Problem des Gründereffekts noch und bringt die kleinen Populationen um die genetische Variationsbreite, die sie für ihre Weiterentwicklung braucht. Ohne diese Variationsbreite erstarrt die Population zur Uniformität. Sie verliert an Anpassungsfähigkeit. Solange die Milieubedingungen stabil bleiben, muß Uniformität nicht als ein Nachteil sichtbar werden; aber wenn in den Lebensumständen eine Veränderung eintritt, fehlt der Population die Fähigkeit, sich evolutionär anzupassen. Handelt es sich um eine nachdrückliche Veränderung, stirbt die Population unter Umständen aus.

Milieubedingte Stochastizität kann genau für solch eine Veränderung sorgen. Das kann auch eine Naturkatastrophe. Tatsächlich können sich sämtliche vier zufallsbedingten Störungen, die Shaffer aufzählt, in einem häßlichen Rückkopplungskreis gegenseitig verstärken und eine kleine Population in eine Todesspirale hineintreiben.

Nehmen wir noch einmal unsere Population weißfüßiger Frettchen. Gehen wir von einer etwas vertrauenerweckenderen Häufigkeit ihres Vorkommens aus – sagen wir, von achtzig Exemplaren. Sie leben als ortsgebundene Raubtiere in zwei getrennten Präriehundkolonien, von denen sich die eine auf einem sanft abfallenden Plateau und die andere neben einem Fluß befindet. Es kommt zu einer Flutkatastrophe, einem ebenso unvermeidlichen wie unvorhersehbaren Jahrhundertereignis. Die Flut setzt die Kolonie am Fluß unter Wasser, und alle Tiere ertrinken. Noch gibt es vierzig weitere Frettchen auf dem Plateau, aber zwei Dürrephasen und anschließend ein harter Winter lassen diese Zahl auf zwanzig sinken. Plötzlich wirkt die Situation besorgniserregend. Und sie ist es auch. Mangels Alternative paaren sich mehrere der Weibchen mit ihren Söhnen. Mehrere der Männchen paaren sich mit ihren Schwestern. Infolge der Inzucht kommen einige von den Nachkommen steril zur Welt, und als diese Tiere die Geschlechtsreife erreichen, sinkt die Geburtenrate. Andere Nachkommen aus den inzüchtigen Verbindungen kommen ohne Widerstandskraft gegen eine bestimmte bakterielle Erkrankung zur Welt; diese Krankheit sucht die Kolonie heim und bringt die betreffenden Tiere um. Wieder andere Exemplare werden infolge der Inzuchtdegeneration mit generell geschwächter Lebenskraft geboren. Diese Exemplare haben kein erkennbares Gebrechen, jedenfalls nichts, worauf man den Finger legen könnte, aber ihnen fehlt die Robustheit eines heterozygoten Individuums. Ein weiterer harter Winter genügt, sie umzubringen. Mittlerweile sind es nur noch sieben Frettchen, und der unglückliche Zufall will es, daß sich unter den sieben nur zwei Weibchen befinden. Das eine Weibchen ist zu alt, um noch Junge zu kriegen. Das andere Weibchen wirft fünf gesunde Jungtiere, dann wird es von einem Kojoten gefressen. Die fünf Jungtiere sind alle männlich. Schlußbilanz? Wir haben elf weißfüßige Frettchen, bestehend aus zehn Männchen und einem älteren Weibchen. Unsere Spezies gehört der Vergangenheit an. Machen wir noch ein Foto und geben wir ihr den Abschiedskuß!

149 Was hat unserer Frettchenpopulation den Garaus gemacht? Nun, nehmen wir an, daß behördliche Vergiftungsaktionen und die Verwandlung von Lebensraum in Weizenfelder eine Rolle gespielt haben. Aber diese systematischen Beeinträchtigungen haben der Population nicht den entscheidenden Schlag versetzt. Das Gift und der Verlust an Lebensraum haben nur dafür gesorgt, daß eine vormals zahlreich vorhandene Spezies zuletzt auf eine hart bedrängte Gruppe von achtzig Exemplaren reduziert wurde. Danach reichten die vier Arten von Gefährdungen aus, die Frettchen in den Untergang zu treiben.

Nicht anders als William Newmarks Dissertation war auch die von Mark Shaffer, wie sich zeigte, mehr als bloß ein routinemäßiges akademisches Gesellenstück. Shaffer bot die erste systematische Erörterung der genannten vier Gefährdungsformen; außerdem unternahm er den bedeutungsvollen Schritt, eine aussagekräftige (wenn auch unbekümmert vorläufige) Definition des Begriffs einer lebensfähigen Minimalpopulation zu liefern:

»Eine lebensfähige Minimalpopulation einer bestimmten Spezies in einem bestimmten Lebensraum ist die kleinste Population, die eine mindestens 95prozentige Chance hat, allen vorhersehbaren Auswirkungen demographischer, milieubedingter und genetischer Stochastizität zum Trotz und ungeachtet aller Naturkatastrophen hundert Jahre lang existent zu bleiben.«

In einer späteren Veröffentlichung trug Shaffer eine revidierte Definition mit höheren Zahlen vor, die seinem Gefühl entsprang, daß eine fünfprozentige Aussterbechance zuviel und ein Jahrhundert Erhaltung zuwenig war. Er fügte auch die wichtige Einsicht hinzu, daß bei der Abfassung jeder solchen Definition und bei jedem dafür geltend gemachten numerischen Maß gesellschaftliche Wertvorstellungen ebensosehr eine Rolle spielten wie biologische Prognosefähigkeiten. Er erkannte, daß kulturelle und politische Fragen in den Prozeß nicht weniger einflossen als wissenschaftliche Überlegungen. Wie sehr sind wir engagiert? Wie dringend ist unser Bedürfnis, Weißfußfrettchen vor dem Aussterben zu bewahren? Welchen Grad von Sicherheit fordern wir?

Überall auf der Erde findet man Spezies in Lebensraumfragmenten auf kleine Populationen zusammengeschrumpft und damit den vier Formen von Gefährdung ausgesetzt. Unsere hypothetischen Frettchen trifft man überall. Sie sind dieses Tier oder jene Pflanze. Sie sind die Grizzlys im Yellowstonepark, die Schneeleoparden von Annapurna, die Berggorillas in Zentralafrika. Oder stellen wir sie uns auf einer tropischen Insel vor. Stellen wir sie uns vor mit Schakalsgesicht, mit gelbbraunen Augen, mit dem schwarzweißen Fell eines Riesenpandas. Stellen wir uns vor, wir kennen sie unter dem Namen *babakoto*. Sie singen. Stellen wir uns vor, die letzten achtzig leben in einem kleinen Waldreservat namens Analamazaotra.

150 Pat Wright kam 1984 nach Analamazaotra. Es war ihr erster Besuch in Madagaskar, eine Erkundungsfahrt, um sich verschiedene Örtlichkeiten anzuschauen und herauszufinden, wieweit sich dort über Lemuren forschen ließ. Sie und ein anderer Primatenökologe beschlossen, zu dem berühmten Dorf Perinet hinunterzufahren, um einen flüchtigen Blick auf den berühmten großen Lemuren, den Indri, zu erhaschen. »Als Tropenökologen meinten wir natürlich, keinen Führer zu brauchen«, erinnert sie sich. »Während wir nach den Tieren suchten, tauchte plötzlich dieser kleine Junge auf dem Pfad auf. Und er sagte: ›Sie sind da drüben.‹« Der Name des Jungen war Bedo. »Er hatte strahlende Augen, war fröhlich und sprach ein bißchen Französisch. Wir mochten ihn beide sehr«, sagt Wright. »Von Anfang an machte er auf uns den Eindruck einer außerordentlich charismatischen Persönlichkeit.« Und er führte sie, wie versprochen, zu einer Gruppe Indris. Später, als Wright und ihr Kollege zu einer längeren Wanderung aufbrachen, nahmen sie den Jungen mit. »Wir konnten sofort sehen, daß er den Wald wie seine Westentasche kannte. Unterwegs konnte er uns auf verschiedene Waldtiere, Vögel und anderes aufmerksam machen. Er hatte äußerst scharfe Augen.« Diese Erinnerungsstücke sprudeln aus Wright heraus.

»Das also«, fügt sie mit trauriger, liebevoller Stimme hinzu, »war das erste Mal, daß ich ihm begegnet bin.«

Ein Jahr danach kehrte sie mit David Meyers, einem ihrer Studenten von der Duke University, nach Analamazaotra zurück; gemeinsam begannen sie, *Hapalemur griseus*, den nahen Verwandten ihres noch unentdeckten Goldenen Halbmaki, in freier Wildbahn zu beobachten. Der kleine Bedo wurde zu ihrem festen Führer. Er arbeitete täglich mit ihnen im Reservat, nahm an ihren Mahlzeiten teil, verbrachte praktisch seine ganze wache Zeit mit ihnen. Sie lebten wie eine Familie. Bedo sei damals ungefähr vierzehn gewesen, erinnert sich Wright. »Er begeisterte sich echt für alles an der Natur. Es gab nichts, was ihn nicht interessierte. Er liebte die Schlangen, er liebte die kleinsten Insekten und die Chamäleons. Und auf die Lemuren verstand er sich wirklich hervorragend.«

Er war in einem Haus gleich gegenüber dem Reservat aufgewachsen, als eines von vielen Kindern eines Betreibers von Fischzuchtanlagen, der für *Eaux et Forêts* im Reservat arbeitete; Analamazaotra hatte so dem Jungen als Spielplatz gedient. Sein Expertentum im Wald speiste sich aus Zuneigung, Erfahrung, Einfühlung und einer weiteren Eigenschaft. »Er hatte unglaublich scharfe Augen«, wiederholt Wright. »Ich habe nie jemanden mit besseren getroffen.«

Er war ein schlichter, aber findiger Mensch. Wright erzählt von Bedos Bemühungen, für einen Primatologen Kotproben der Lemurenart zu beschaffen, die dieser studierte. Bedo machte sich heimlich mit dem Kochtopf seiner Mutter davon, stand unter den Tieren, bis er sie beim Kacken erwischte, und kehrte stolz mit dem Topf voll Lemurenscheiße zurück. Für einen Jugendlichen habe er über bemerkenswerte Charakterstärke und Integrität verfügt, meint Wright. Sie seien sowohl in seiner Haltung gegenüber der Natur als auch in der pietätvollen Anhänglichkeit deutlich geworden, die er den traditionellen Verhaltensnormen seines Volkes bewies. Wright und David Meyers verständigten sich mit ihm hauptsächlich auf französisch, fingen aber an, ihm Englisch beizubringen. Er war ein heller Kopf. Als ihre Untersuchungen in Sachen Halbmakis sie veranlaßten, Perinet zu verlassen und nach Ranomafana hinunterzufahren, wollte Wright, daß Bedo sich ihr dort anschloß und ihr bei der Feldforschung half. Zuerst aber mußte er sein Schuljahr abschließen. Sie gab ihm Geld für den Bus und erklärte ihm, wie er nach Ranomafana fahren sollte – für einen jungen Dorfburschen, der noch nie aus seinem Dorf herausgekommen war, ein einschüchterndes Unternehmen. Sie war sich nicht sicher, wie die Sache ausgehen würde. Würde er lieber zu Hause bleiben, würde er in Ranomafana erscheinen, würde er sich auf den Weg machen und dann nicht hinfinden? Sie erinnert sich genau an das Datum, an dem diese Frage ihre Beantwortung fand, denn es war an einem Nationalfeiertag Ende Juni. Sie hatte viele Stunden zuvor das Lager verlassen, stapfte bergauf und bergab, schlug sich abseits der Pfade durch die Büsche, weil sie einer Gruppe Lemuren folgte. Plötzlich stand Bedo vor ihr. »Er hatte nicht nur Ranomafana gefunden, sondern er hatte auch uns aufgespürt, mitten im Wald«, sagt sie. Er trug einen Schlafsack und ein kleines Bündel über der Schulter. Er stand bereit, die Arbeit aufzunehmen.

Schließlich kehrte er nach Perinet zurück, ging von der Schule ab und fing an, als der beste und gefragteste Führer im Reservat Analamazaotra gut zu verdienen (jedenfalls gemessen an den Verhältnissen in einem madagassischen Dorf). Pat Wright suchte immer noch gelegentlich das Dorf auf und behielt engen Kontakt zu ihm, während er erwachsen wurde.

Einmal nahm sie ihn in die Hauptstadt mit. Er hatte Antananarivo noch nie gesehen. Sie fuhren im Fahrstuhl auf das Dach des Hilton-Hotels und bestaunten die Aussicht. »Wir waren zwölf Stockwerke hoch«, sagt Wright. »Höher, als je ein Indri gewesen ist. Es war einfach umwerfend, ihn zu sehen. Er konnte es schlicht nicht glauben.« Dann ging er zurück zum Fahrstuhl und fuhr damit rauf und runter, bis seine Faszination sich gelegt hatte. Wright zeigte ihm auch, wie es in einem großen Lebensmittelgeschäft zuging, und sie schlenderten über den Markt Zoma, wo großes Gedränge herrschte. Zuerst schien Bedo von dem ganzen städtischen Spektakel hingerissen. Aber dann, sagt Wright, sei der Zauber für ihn verblaßt. »Ich erinnere mich, daß wir die Straße entlanggingen und ich zu ihm sagte: ›Na, Bedo, wie gefällt dir die große Stadt?‹ Er sah mich an und antwortete: ›Es gibt keine Tiere hier. Ich mag es nicht sehr. Nirgends gibt es Tiere.‹ Er sagte: ›Man kann sie nicht hören, man kann sie nicht sehen. Sie sind nicht da.‹ Und er sagte das mit soviel Traurigkeit.«

Etwa um die gleiche Zeit lernte Bedo Frans Lanting, einen Naturfotografen von Weltklasse, kennen, der im Auftrag der amerikanischen Zeitschrift *National Geographic* nach Madagaskar gekommen war. Lanting erkannte Bedos Qualitäten und nahm ihn als Assistenten in Dienst, zuerst für seine Arbeit in Analamazaotra und später für einige der Fahrten, die Lanting in andere Teile Madagaskars unternahm. Ein Jahr lang reisten sie in Abständen gemeinsam durch das Land, um wildlebende Tiere aufzuspüren und zu fotografieren. »Ich fuhr von Ost nach West und von Nord nach Süd kreuz und quer über die Insel«, erzählt Lanting, »und ich habe sonst keinen wie ihn getroffen. Er war außergewöhnlich. Er bewegte sich durch den Wald wie ein Lemur.« Während sich Lanting und ein weiterer Gehilfe mit der Ausrüstung abmühten, spürte Bedo Lemuren auf oder ging als Fährtensucher voraus, um nach anderen Tieren zu fahnden. Er kletterte auf Bäume. Er erspähte Chamäleons. Er entdeckte seltene Vögel in ihren Nestern. Wegen seiner Beweglichkeit, seinem Gespür für den Wald und seiner wahlverwandtschaftlichen Nähe zu den Tieren fing Lanting an, ihn mit dem Spitznamen *Babakoto* zu belegen. Kleiner Vater. Ahn. Indri.

Ein Aspekt der Arbeit machte Bedo besonders zu schaffen. Obwohl Lanting ein Mann mit Gewissen und mit eigener Begeisterung für die unberührte Natur ist, fand doch auch er ein gewisses Maß an Eingriffen in die Natur zur Ausübung seines Berufes unabdingbar. Bei einigen der scheueren Arten fing er gelegentlich Exemplare ein, um sie zu fotografieren. Später wurden die gefangenen Tiere wieder freigelassen; dennoch gefiel Bedo die Sache nicht. Wenn er ein Tier im Käfig sah, litt er mit und fühlte sich geistig eingekerkert. »Das machte ihn zu einem der wildlebenden Geschöpfe des Waldes«, sagt Lanting. Meistens fotografierten sie die Tiere in ihrer natürlichen Umgebung, unter Bedingungen, die mehr Geduld, aber weniger Kompromisse erforderten – kurz, in freier Wildbahn. »Da war er am glücklichsten.«

Auch Lanting erkannte, daß Bedo ein heller Kopf war und daß in einem so bedrängten und an Kostbarkeiten reichen Land wie Madagaskar seine außerordentliche Liebe zur Natur einen großen Aktivposten darstellte. So ein begabter junger Mann verdiente ohne Frage, auf größere Aufgaben vorbereitet zu werden, statt nur für schnell verdientes Geld Touristen durch ein Reservat zu führen. Ein Wissenschaftler würde Bedo nie werden, für ein jahrelanges Studium brachte er nicht die Eignung mit; aber nach Lantings Ansicht steckte ein großartiger Erzieher in ihm. Vielleicht konnte Bedo seine Begeisterung und sein Wissen empfänglichen madagassischen Kindern mitteilen, statt nur betuchten westlichen Besuchern. Lanting versuchte also, Hilfestellung zu leisten, und engagierte sich dafür, daß der Junge eine Ausbildung erhielt. »Und an diesem Punkt begannen die Enttäuschungen«, sagt er. Bedo war schließlich ein Halbwüchsiger. In seinem Fall wurde die bei Halbwüchsigen übliche Neigung zu wirrköpfiger, halsstarriger Aufsässigkeit noch durch das Leben verschärft, das er im Hôtel-Buffet de la Gare führte. Anderswo war er einfach nur ein armer Dorfjunge unter vielen; im Hotel hingegen war er ein gefeierter Führer, den die Fremden hofierten und gut bezahlten. Dagegen wirkte seine Schuljungenexistenz öde und sinnlos. Er fing an, die Schule zu schwänzen. Er blieb sitzen. Ebenso wie Pat Wright war Lanting willens, sich an der Finanzierung von Bedos schulischer Ausbildung zu beteiligen, aber das Ganze war vergebene Liebesmüh, wenn Bedo die Schule nicht besuchte. Lanting sprach beim Direktor der Schule vor, weil er hoffte, mit seiner Hilfe stützende und verpflichtende Rahmenbedingungen schaffen zu können, durch die sich Bedo zum Durchhalten ermuntern ließ. Konnte man nicht, wollte Lanting wissen, mit einem Stützkorsett aus Zielvorgaben und Anreizen arbeiten? Konnte der Direktor ihm nicht irgendeine Art von unaufwendigem, regelmäßigem Bericht über Bedos schulische Leistungen schicken? Aber Zielvorgaben, Anreize – das waren fremdländische Vorstellungen, für die sich nur vage Entsprechungen finden ließen. Jemandem die Verantwortung für Bedo zu übertragen erwies sich als unmöglich. »Unter diesem Gesichtspunkt betrachtet«, meint Lanting, »ist Madagaskar wie Treibsand.«

Nicht lange, nachdem Bedo von der Schule abgegangen war, traf ich zu meinem ersten Besuch in Perinet ein und wurde der nächste Fremde, der ihn hofierte, gut bezahlte und ihm seine Arbeit als Führer vielversprechender erscheinen ließ als eine Fortsetzung seiner Ausbildung. In der Nacht, in der er mich durch

Analamazaotra führte, wußte ich noch nichts von seinen Beziehungen zu Wright und Lanting. Ich hatte keine Ahnung davon, daß er bereits im Ruf des berühmtesten jungen Naturkundlers Madagaskars stand und nicht nur von Touristen bewundert wurde, sondern auch von einer Reihe angesehener ausländischer Biologen, die entweder in Analamazaotra Feldforschung getrieben oder wenigstens dort Station gemacht hatten, um den Indri zu sehen und zu hören. Über die Spannungen in seinem zwischen Schule und Wald gespaltenen Leben wußte ich nichts. Ich wußte nichts von seinen Reisen nach Ranomafana und anderswohin. Und daß seine ruhige Liebenswürdigkeit, die Selbstverständlichkeit, mit der er sich unter englisch- und französischsprechenden Gästen im Hotel bewegte, seine Fachkenntnisse, seine Verdienstmöglichkeiten, die relative Berühmtheit, zu der er es brachte – daß dies alles ihm vielleicht im eigenen Dorf Feinde schuf, davon bekam ich ganz und gar nichts mit. Ich erfuhr von diesen Dingen erst später, als ich wieder in den USA war und Pat Wright mir telefonisch mitteilte, daß Bedo ermordet worden war.

Die näheren Umstände lägen noch im dunkeln, berichtet Wright, aber an der Tatsache selbst gebe es keinen Zweifel. Sein Leichnam sei gefunden worden. Mit belegter, kummervoller Stimme rief sie sich und mir ins Gedächtnis: »Er hatte die schärfsten Augen.«

151 Mark Shaffers Dissertation, in der die vier Arten von Gefährdung erörtert werden, denen kleine Populationen ausgesetzt sind, wurde 1978 eingereicht, aber nicht veröffentlicht. Sein erster Zeitschriftenartikel zum Thema erschien erst 1981. Währenddessen beschäftigten sich zwei andere Wissenschaftler, Ian Franklin und Michael Soulé, die unabhängig voneinander arbeiteten, mit der gleichen Frage: *Wie* selten ist *zu* selten?

Obwohl weder Franklin noch Soulé genau den gleichen Ausdruck wie Shaffer verwendeten, das heißt, von lebensfähiger Minimalpopulation sprachen, analysierten beide einige der Faktoren, die solch eine Schwelle bestimmen. Sie waren sogar kühn genug, versuchsweise Zahlenwerte vorzuschlagen. Während Shaffer sich hauptsächlich mit dem demographischen Aspekt der Gefährdung befaßt hatte (weil sich der in den von ihm benutzten Daten über den Grizzlybär aufdrängte), richteten sowohl Franklin als auch Soulé ihr Augenmerk auf den genetischen Aspekt. Im Jahre 1980 veröffentlichten sie ihre Analysen in einem Band mit dem Titel *Conservation Biology: An Evolutionary-Ecological Perspective* [Artenschutzbiologie: Eine evolutionstheoretisch-ökologische Perspektive]. Soulé selbst gehörte zu den Herausgebern des Buches, und er hatte Franklin eingeladen, einen Beitrag zu liefern. Was sie unabhängig voneinander herausgefunden hatten, wies einen bemerkenswerten Grad von Übereinstimmung auf; das verlieh dem Befund erhöhte Glaubwürdigkeit.

Franklin war quantitativer Genetiker. Er beschäftigte sich damit, wie bei kleinen Populationen durch den Gründereffekt und die genetische Drift genetische Varianten verlorengehen und wie Folgen dieses Verlustes, wozu Inzuchtdegeneration und Verlust der Anpassungsfähigkeit zählen, gleichermaßen die kurzfristigen und die langfristigen Überlebenschancen der Population beeinträchtigen. Kurzfristig gesehen sei das Hauptproblem die Inzucht. »Abhängig von der jeweiligen Spezies gibt es eine Mindestgröße, von der ab die Population imstande ist, mit den Auswirkungen der Inzucht fertig zu werden«, schrieb er. Unterhalb dieser Mindestgröße der Population werde die Inzuchtdegeneration zum Problem. Schädliche rezessive Allele bewiesen dann die Tendenz, bei der Nachkommenschaft als homozygote Allele aufzutauchen, und die Population erleide genetische Deformationen. Kühn präsentierte Franklin eine verallgemeinerte Schätzzahl für diese Mindestpopulation in Sachen Inzucht. Auf Basis der verbreiteten Erfahrungen von Tierzüchtern und einiger anderer Befunde schlug er die Zahl fünfzig vor. Falls die Zahl der Exemplare knapp über diesem Minimum liege und die Population deshalb den Gefahren der Inzucht entgehe und es kurzfristig schaffe, zu überleben, werde langfristig der Verlust der genetischen Varianten zum Problem.

Die langfristigen Aussichten hingen ab von einem Gleichgewicht zwischen zwei einander entgegengesetzten Faktoren: der Mutation und der genetischen Drift. Was der eine Faktor gibt, nimmt der andere weg. In jeder Population sorgt die genetische Drift tendenziell dafür, daß die seltensten Allele nicht von einer Generation zur nächsten weitergegeben werden. Währenddessen fügt der Mutationsprozeß dem Genpool eine Dosis neuer Varianten hinzu.

Einige Mutationen sind potentiell schädlich, andere sind neutral und wieder andere nützlich – wobei sich auch Mutationen, die unter den herrschenden Bedingungen neutral sind, unter veränderten Umständen als nützlich erweisen können. Das Mutationsphänomen darf man sich mithin nicht als in jedem Falle schädlich vorstellen. Es liefert neue Möglichkeiten für den Anpassungs- und den Evolutionsprozeß.

In einer großen Population wird die Quote der Mutationen die Verlustrate mehr als wettmachen, so daß die genetische Drift nicht zum Problem wird. Aber in einer kleineren Population werden weniger Mutationen vorkommen. In einer sehr kleinen Population, erläuterte Franklin, überstiegen die Verluste durch Drift die Gewinne durch Mutation, und die Fülle des genetischen Potentials verflüchtige sich. Wie klein müsse die Zahl sein, um *zu* klein für die Aufrechterhaltung einer positiven Balance zu sein? Abermals gab Franklin beherzt eine Schätzung ab. Auf der Basis von Laboratoriumsuntersuchungen über Drosophila ortete er den Gleichgewichtspunkt bei fünfhundert. Unterhalb dieses Schwellenwerts verringerten sich mit jeder weiteren Generation die Anpassungsfähigkeit und die Überlebensaussichten der Population.

Diese Schätzungen erlangten Berühmtheit als die »50/500-Regel«: Um kurzfristig Inzucht zu verhindern, brauchte es fünfzig Exemplare, um langfristig die Anpassungsfähigkeit zu erhalten, fünfhundert. Präzise, wie sie waren, konnten die Zahlen gar nicht verfehlen, Kritik zu provozieren. Einigen Biologen galten sie als beklagenswert simplifizierend und irreführend. Die 50/500-Regel stieß auch bei Naturschutzplanern und Naturparkverwaltern auf Interesse, unter anderem bei jenen Beamten in Costa Rica, die sich (wie Dan Simberloff mir erzählte) durch sie gedrängt sahen, ihre Harpyien und Jaguare aufzugeben, weil deren Populationen weniger als fünfzig Exemplare umfaßten. Warum ging von den Zahlen soviel Überzeugungskraft aus? Weil sie plausibel waren, weil ihnen empirische Befunde (wenn auch nur in bescheidenem Maße) und gesunde theoretische Überlegungen zugrunde lagen und weil die Leute nach klaren Antworten gierten. Damit soll nicht gesagt sein, daß die 50/500-Regel eine gefährliche Phantasmagorie war. Selbst wenn Franklins Zahlen nicht zutrafen, trugen sie doch zweifellos dazu bei, die Diskussion auf die entscheidenden Fragen zu lenken.

Ein weiterer wertvoller Dienst, den Franklin mit seinem Kapitel leistete, bestand in einer Klärung des wichtigen Unterschieds zwischen *erhobener* und *effektiver* Population. Als erhobene Population gilt die reine Zahl lebender Individuen. Als effektive Population gilt eine mathematisch ermittelte Zahl, in der die Muster der Beteiligung an der Fortpflanzung, der Genfluß und der Verlust genetischer Varianten ihren Niederschlag finden. Bei Tieren und Pflanzen mit sexueller Vermehrung ist die effektive Population fast unvermeidlich kleiner als die erhobene Population. Aber um wieviel kleiner? Das hänge, erläuterte Franklin, davon ab, wie viele Weibchen in der Population an der Fortpflanzung aktiv beteiligt seien, wie viele Männchen die Chance erhielten, sich mit diesen Weibchen zu paaren, wie sehr sich diese Weibchen in der Fruchtbarkeit unterschieden, wie unausgewogen das Zahlenverhältnis zwischen effektiven Weibchen und effektiven Männchen sei und wie stark die Größe der Population von einer Generation zur anderen schwanke. In einer Elchherde, wo ein paar große Bullen Harems um sich sammelten und die jüngeren Männchen eine nur geringe oder gar keine Chance hätten, sich zu paaren, finde diese Chancenungleichheit in der effektiven Population ihren Niederschlag. Die verschiedenen relevanten Faktoren für die Populationsgröße faßte Franklin in ein paar einfache Gleichungen. Seine Algebra führte ihn zu dem allgemeinen Ergebnis, daß, abhängig von den Fortpflanzungsgewohnheiten und der demographischen Geschichte einer Spezies, die effektive Population unter Umständen drastisch kleiner ist, als eine einfache Zählung der vorhandenen Exemplare vermuten läßt.

Warum ist das wichtig? Weil sich der Schwellenwert bei Minimalpopulationen auf die effektive und nicht auf die erhobene Population bezieht. Mit anderen Worten, die vorausschauende

Weisheit der Populationsgenetiker sagt uns, daß achtzig Indris nicht wirklich achtzig Indris sind.

152 Michael Soulé unterschied in seinem Beitrag zu *Conservation Biology* beim genetischen Problem drei Bereiche: erstens auf kurze Sicht die Inzuchtdegeneration; zweitens auf lange Sicht der Verlust der Anpassungsfähigkeit; drittens die Gefahr, daß auf dem größten Teil des Planeten nennenswerte evolutionäre Veränderungen bei den Wirbeltierarten zu »einem jähen Stillstand« kamen. Er diskutierte den ersten und den dritten Problembereich; was die Thematisierung des zweiten betraf, so verwies er auf Franklins Kapitel im Buch.

Wie Franklin hatte Soulé die Literatur zur Tierzucht ebenso gelesen wie die Berichte der experimentellen Genetik. Er schilderte ein Experiment, bei dem in einer unter dem Namen Poland China bekannten Schweinerasse Geschwister gepaart worden waren, was nach nur zwei Generationen zu verschiedenen Symptomen von Inzuchtdegeneration geführt hatte. Die durchschnittliche Anzahl von Poland-China-Ferkeln pro Wurf fiel schroff ab, desgleichen die Überlebensrate bei den geworfenen Tieren; und die Verteilung der Geschlechter verschob sich zugunsten der männlichen Tiere, mit dem Ergebnis, daß es zu einem Mangel an jungen Säuen kam. Soulé hatte auch Versuche mit Meerschweinchen, Geflügel, Mäusen und Japanwachteln studiert. Er zitierte obskure agronomische Artikel wie »Inbreeding as a Tool for Poultry Improvement« [Inzucht als Mittel der Geflügelveredelung] und »Influence of Inbreeding on Egg Production in the Domestic Fowl« [Der Einfluß der Inzucht auf die Eierproduktion beim Hausgeflügel]. In der Tierzuchtpraxis, berichtete er, habe man durch Herumprobieren herausgefunden, wieviel Inzucht einer Haustierrasse zumutbar sei, ohne daß die armen Geschöpfe zu Monstren würden. »Ihre Faustregel lautet, daß die Inzuchtrate pro Generation zwei oder drei Prozent nicht übersteigen sollte«, schrieb Soulé.

Bei wildlebenden Tieren sei die Situation etwas anders. Da sie eine jahrhundertelange Geschichte züchterischer Eingriffe durch die Menschen hinter sich hätten, seien Haustierrassen im allgemeinen weniger anfällig für Inzuchtdegeneration als die meisten Wildtierarten; bei den Haustierarten seien viele der schädlichen Allele bereits weggezüchtet. Im Blick auf die Erhaltung wilder Populationen schlug Soulé deshalb einen etwas niedrigeren Wert als Sicherheitsmarge vor: ein Prozent Inzucht pro Generation. Bei einem so bescheidenen Prozentsatz sei eine kleine wildlebende Population wahrscheinlich auf kurze Sicht – fünf oder zehn Generationen lang – vor der Inzuchtdegeneration geschützt. Was bedeutete das für die Populationsgröße? Damit die Inzuchtquote ein Prozent betragen konnte, mußte nach Soulés Rechnung die effektive Populationsgröße bei mindestens fünfzig liegen. So war er auf seinem eigenen Weg zu demselben numerischen Ergebnis gelangt wie Franklin. Eine effektive Mindestpopulation von fünfzig – das galt als unverzichtbares Grunderfordernis, wenn man der kurzfristigen Inzuchtdegeneration entrinnen wollte.

Soulé bezeichnete das als die »Grundregel«. Das Wort »Regel« hat mehr Dringlichkeit und klingt zwingender als »Empfehlung« oder selbst »Warnung«; wahrscheinlich war es Soulés Bezeichnung, die andere Biologen später dazu veranlaßte, in bezug auf seine und Franklins Beiträge von der »50/500-Regel« zu sprechen. Kein Zweifel, daß es sich bei den beiden Zahlen um frühe und unabgesicherte Versuche zweier wagemutiger Forscher handelte, eine Vorstellung versuchsweise zu quantifizieren, die noch ihrer endgültigen Bestimmung harrte.

Soulés dritter Problembereich war größer und beunruhigender.

»Das gegenwärtige Jahrhundert wird das Ende jeder nennenswerten Evolution bei den großen Pflanzen und landbewohnenden Wirbeltieren der Tropen erleben«, schrieb er. Das Ende der Evolution? Stimmt – nur daß er, genauer gesagt, das Ende der Artbildung meinte. Existierende Baumarten und Wirbeltierspezies mochten sich innerartlich weiter ausdifferenzieren, aber sie würden sich nicht mehr in neue und verschiedene Stammlinien aufspalten. Das ist eine verdammt schwerwiegende Behauptung, da solche Aufspaltungen eine der Hauptquellen für biologische Vielfalt darstellen. Seine These stützte Soulé auf die Tatsache der weltweiten Ausbeutung naturbelassener Landschaft sowie auf seine Kenntnis der biogeographischen und genetischen Bedingungen der Artbildung. Weil überall in den Tropen Lebensraum zerstört und fragmentiert werde und weil die Naturschutzgebiete, die sich die widerstrebende Menschheit entreißen lasse, zu klein seien, stand seiner Ansicht nach für die nahe Zukunft zu erwarten, daß die Artbildung bei Wirbeltier- und Baumarten praktisch zum Erliegen kam. Jede Spezies werde bestenfalls gerade genug Lebensraum haben, um sich als lebensfähige Population zu erhalten, nicht aber, um sich in mehrere divergente Populationen aufspalten zu können. Kein Reservat biete genug Fläche, entsprechende topographische Beschaffenheit und ausreichende geographisch isolierte Gebietsteile, um unter den großwüchsigen Geschöpfen eine allopatrische Artbildung zu ermöglichen. Wenn Arten durch Aussterben verlorengingen, würden die Verluste nicht durch neue Arten wettgemacht; so werde die Erde allmählich ärmer an großwüchsigen Tieren und Pflanzen. Die wirbellosen Tiere und einfacheren Pflanzen – Geschöpfe, die im allgemeinen viel kleiner und zahlreicher seien – würden möglicherweise nicht so stark betroffen sein. Aber wenn Soulé recht hat, wird für die Gesamtvielfalt bei großen Wirbeltieren und Bäumen die Entwicklung gravierende Folgen haben. Seltene Affenarten werden verschwinden, ohne daß neue entstehen. Katzentierarten werden aussterben und keine neuen in Erscheinung treten. Arten von Zweiflügelfruchtbäumen, den großen Hartholzbäumen der asiatischen Regenwälder, werden ersatzlos verlorengehen. Die Welt wird ein unbewohnterer, einsamerer Ort sein. Immerhin können wir Menschen wahrscheinlich einer gemeinsamen Zukunft mit einer beträchtlichen Zahl von Käfern, Bandwürmern, Pilzen, Vertretern der Korbblütlergattung Madia, Mollusken und Milben entgegensehen. Mit Löwenzahn und Silberfischchen dürfen wir gleichfalls zuversichtlich rechnen.

Die ganze Vorstellung leuchtet ebensosehr ein, wie sie tieftraurig und folgenschwer ist. Aber so bedeutungsschwer das Kapitel, das Soulé zu *Conservation Biology* beitrug, auch sein mochte, was er tat, damit das Buch überhaupt zustande kam, war noch gewichtiger. Und hinter dem Buch stand etwas sogar noch Umfassenderes: ein neuer Zweig der Biologiewissenschaft.

153

Ende der siebziger Jahre lehrte Michael Soulé Biologie an der University of California in San Diego. Seine ursprüngliche Forschungsspezialität war die genetische Grundlage morphologischer Abweichungen bei Reptilien; aber nach und nach beschäftigten ihn immer stärker die umfassenderen Probleme der Zerstörung und Fragmentierung von Lebensraum, der genetischen Entartung kleiner Populationen und des Artensterbens. Er sah, daß viele Ökologen und Populationsbiologen begannen, sich diesen Problemen zuzuwenden, daß aber ihre Bemühungen meist eng begrenzt und disparat blieben. Für Wissenschaftler, die sich mit dem Artensterben und seiner möglichen Verhinderung beschäftigten, gab es kein gemeinsames Forum. Soulé spürte, daß etwas geschehen mußte. Im Jahre 1978 organisierten er und ein Doktorand namens Bruce Wilcox ein Treffen in San Diego. Sie nannten es ebenso hoffnungsfroh wie vollmundig Erste Internationale Tagung zur Artenschutzbiologie.

Etwa zwanzig Biologen lieferten Beiträge, unter ihnen Jared Diamond, John Terborgh und der Senior der naturschutzorientierten Biologen, Paul Ehrlich. Soulé und Wilcox gaben zwei Jahre später die Beiträge in dem erwähnten umfangreichen Band *Conservation Biology: An Evolutionary-Ecological Perspective* heraus. Das Deckblatt des Buches zeigte das braungetönte Negativfoto einer afrikanischen Antilope – ein beredter Wink mit der Gefahr der Negation durch Aussterben. Der Braunton erwies sich als nützliches Kennzeichen, da der Begriff »Artenschutzbiologie« auf anderen Veröffentlichungen wiederkehrte und der Untertitel, so deskriptiv er auch war, nicht leicht von der Zunge ging. Bei Kennern der Szene wurde der Band unter dem Namen Braunbuch bekannt. Am Ende gab es dann einen ganzen Regenbogen solcher Bücher.

Das Buch war nicht das erste, das sich mit dem Thema beschäftigte. Raymond Dasmann hatte bereits im Jahre 1968 *Environmental Conservation* [Umweltbezogener Artenschutz] veröffentlicht, und 1970 war David Ehrenfelds *Biological Conservation* [Biologischer Artenschutz] erschienen. Aber das Braunbuch war etwas anderes: ein gemeinsames Unternehmen einer breitgefächerten Gruppe von Wissenschaftlern, die in der Mehrzahl ihr wissenschaftliches Leben unter dem Einfluß von *The Theory of Island Biogeography* verbracht hatten und die allesamt darin übereinstimmten, daß die biologische Welt zu Bruch ging und etwas geschehen mußte. Wenn der Trend anhielt, würde man in naher Zukunft erleben können, wie Ökologen und Feldbiologen mehr und mehr durch Museumsdirektoren, Paläontologen und Historiker ersetzt wurden – durch Leute, die der Öffentlichkeit ins Gedächtnis riefen, daß vormals Elefanten, Bären und Lemuren unseren Planeten geziert hatten.

Im einleitenden Kapitel des Buches definierten Soulé und Wilcox ihr Unternehmen. »Die Artenschutzbiologie ist eine sendungsbewußte Disziplin, die reine und angewandte Wissenschaft in sich vereint«, schrieben sie. Auf der Seite der reinen Wissenschaft umfasse sie Ökologie, Evolutionsbiologie, Inselbiogeographie, Genetik, Molekularbiologie, Statistik und eine Handvoll weiterer Hintergrunddisziplinen wie Biochemie, Endokrinologie und Zytologie. Auf der Seite der angewandten Wissenschaft schließe sie Ökonomie, Bewirtschaftung von Naturreserven, Erziehung und Konfliktlösungstechniken ein sowie alles, was die Inselbiogeographie hinsichtlich der Anlage von Naturschutzgebieten lehren könne. Bis in die jüngste Zeit habe, so Soulé und Wilcox, akademischer Hochmut viele Biologen davon abgehalten, an das Thema zu rühren, weil diese Akademiker in der »angewandten« Biologie die traditionelle Domäne von Intellektuellen minderen Ranges mit einer Schulung für die Verwaltung von Naturparks oder einer forstwirtschaftlichen Ausbildung gesehen hätten. »Aber akademischer Hochmut ist keine haltbare Strategie mehr, falls sie das jemals war.« Die Haltung vornehmer Indifferenz sei ein törichter Luxus, den man sich nicht mehr leisten könne. »Nichts führt an dem Schluß vorbei, daß zu unseren Lebzeiten dieser Planet ein Aussetzen, wenn nicht das Ende vieler ökologischer und evolutionsgeschichtlicher Vorgänge erleben wird, die seit Beginn der paläontologischen Zeiten ohne Unterbrechung andauerten.« Zweck des Buches, der Zweck der Artenschutzbiologie, sei es, zu verhindern, daß dies zeitweilige Aussetzen Endgültigkeit erlange.

Mindestens zum Teil stammten der zornige Ton und die Unverblümtheit dieser Erklärung von Michael Soulé selbst, einem interessanten Mann, der die historische Entwicklung dieser wissenschaftlichen Disziplinen so genau verfolgt hat wie kein anderer.

Soulé wuchs in den vierziger und beginnenden fünfziger Jahren in San Diego auf, als die Stadt noch von kleinen Canyons voller Chaparralvegetation umgeben war und ein Junge entlang der Gezeitenlinie unterhalb der Sunset Cliffs noch Abalonen und Hummer einsammeln konnte. Er spielte in den Canyons, er sammelte Schmetterlinge, er betrachtete durch ein Mikroskop Wasser aus Tümpeln. Er hatte eine nachsichtige Mutter, die zuließ, daß er in seinem Schlafzimmer Schlangen hielt. Vierzig Jahre danach ist er Professor in Santa Cruz, wo ich ihn in seinem Büro besuche.

In seinen Teenagerjahren, erzählt er mir, gehörte er einem Klub junger Naturkundler an, der in Kontakt mit dem Naturhistorischen Museum von San Diego stand. »Es war so eine Art inoffizielle Vereinigung von jungen Naturfreaks, die damals wohl als erzreaktionär galten«, sagt er. »Aber wir begeisterten uns alle fanatisch für die Natur und unternahmen Feldforschungsausflüge in die Berge und die Wüste und zogen los, um an der Küste wirbellose Tiere zu sammeln.« Einer der Ausflüge führte sie hinunter auf die Halbinsel Baja und sogar auf einige der Inseln im Golf von Kalifornien. Das war ein Vorgriff auf spätere Forschungsexpeditionen auf eine ganze Reihe dieser Inseln, als er als Doktorand bei Paul Ehrlich in Stanford studierte. Man schrieb die frühen sechziger Jahre, und Soulé war mittlerweile der Faszination einer aufregenden neuen Theorie erlegen, die zwei junge Rebellen namens MacArthur und Wilson veröffentlicht hatten.

Während der Jahre, in denen er an seiner Doktorarbeit saß, verbrachte er einige Zeit auf Angel de la Guarda und sammelte Eidechsen im Cañon de las Palmas, an der gleichen Stätte, an der später Ted Case Chuckwallas jagen sollte. Zu den frühesten Veröffentlichungen Soulés gehörte ein Artikel über die Biogeographie von Reptilien auf den Inseln im Golf von Kalifornien; dieser Artikel stand stark unter dem Einfluß von MacArthur und Wilson. Soulé und der Mitverfasser des Artikels kartographierten die Verteilungsmuster und diskutierten die Spezies-Flächen-

Beziehung und den Entfernungseffekt. Danach arbeitete Soulé auch auf Inseln in der Adria und in der Karibik. Später dann veröffentlichte er einen Artikel, in dem der Ökosystemzerfall in isolierten Lebensraumfragmenten der Chaparralvegetation im Umkreis von San Diego beschrieben wurde. Die Gleichgewichtstheorie war für ihn ein umwerfend nützliches Instrument, vergleichbar dem Mikroskop, durch das er einst das Tümpelwasser betrachtet hatte.

Ich frage ihn, wann er auf diese Theorie aufmerksam wurde.

»Am Tage ihrer Veröffentlichung«, sagt er.

Nachdem er seine Doktorarbeit abgeschlossen hatte, lehrte er mehrere Jahre an einer Universität in Malawi in Südostafrika und kehrte dann heim, um an der University of California in San Diego eine Stelle zu übernehmen. Seine Forschungen über Reptilien setzte er fort. Unterdes beobachtete er mit zunehmender Besorgnis den Konflikt zwischen menschlichem Bevölkerungswachstum und naturbelassener Landschaft. Sein Doktorvater, Paul Ehrlich, hatte ihn (wie auch viele andere Amerikaner, die Ehrlich nicht persönlich, sondern nur als Autor des Buches *The Population Bomb* [*Die Bevölkerungsbombe*] kannten), sensibilisiert; in Malawi hatte er Folgen des Wachstums studieren können, sowohl im Hinblick auf die Not der Menschen als auch hinsichtlich dessen, was die Natur erdulden mußte. Im Vergleich mit den großen Wildtierherden oben in Kenia und in Tansania war die verbliebene freilebende Tierwelt in Malawi nicht entfernt so zahlreich; im großen und ganzen beschränkte sie sich auf ein paar kleine Nationalparks. Die Landschaftsveränderungen in Südkalifornien lieferten Soulé weitere Daten, die ihm in Erinnerung riefen, daß für Verluste an Lebensraum nicht nur hungernde Afrikaner mit Machete und Pflug verantwortlich sind.

»Es war klar erkennbar, daß San Diego zerstört wurde«, sagt er. Die Chaparral-Canyons fielen der wuchernden Stadt zum Opfer. »Wie es im Song heißt, pflasterten sie das Paradies und machten einen Parkplatz daraus. Und wenn man erlebt, wie der Ort, an dem man zur Welt kam und aufwuchs, kaputtgemacht wird, tut das sehr weh. Das schafft wahrscheinlich ein tieferes Gefühl der Angst und Besorgnis – in *mir* tat es das jedenfalls – als irgend etwas sonst. Trotzdem, lange genug an einem Ort zu sein, um ihn aus einem unberührten in einen alles andere als unberührten oder aus einem erträglichen in einen unerträglichen Zustand überwechseln zu sehen, ehe man wirklich etwas unternimmt ...« Er gerät ins Stocken. Michael Soulé hatte zweifellos etwas unternommen, aber offenbar nicht so bald, wie er wünschte, es getan zu haben.

»Hab' vergessen, was Sie mich gefragt haben«, sagt er.

»Wann Sie anfingen, sich Sorgen wegen des Artensterbens zu machen.«

Ach, stimmt. Also, das sei nach und nach geschehen. Ein langsames Erwachen. Es habe mit der eher einfachen Besorgnis angefangen, daß die Natur das menschliche Bevölkerungswachstum nicht verkraften könne. Er habe auch mitbekommen, was Diamond und andere Anfang der siebziger Jahre über die Bedeutung der Gleichgewichtstheorie für kleine Naturreservate sagten: Artenverlust, Entspannung zum Gleichgewicht, geringere Artenvielfalt in Isolaten als in Stichprobengebieten. Dann sei er 1974 zu einem Forschungsjahr nach Australien gegangen. Während seines Aufenthalts dort sei er von einem bekannten Weizengenetiker namens Otto Frankel aufgefordert worden, nach Canberra zu kommen und ein Seminar abzuhalten. Wie Frankel erklärte, interessierte er sich für Soulés Forschungen über Inseln, weil er meinte, sie könnten von Belang für Fragen des genetischen Naturschutzes sein, mit denen er selbst sich beschäftigte. »Von genetischem Naturschutz hatte ich noch nie etwas gehört«, erinnert sich Soulé. Und von Weizen habe er keinen blassen Schimmer gehabt. Dennoch erklärte er sich bereit, das Seminar zu halten. Aus dem Kontakt zu Frankel entstand eine Zusammenarbeit, die sich über etliche Jahre erstreckte und in einem gemeinsam verfaßten Buch mit dem Titel *Conservation and Evolution* [Artenschutz und Evolution] gipfelte. Das Buch stellt einen weiteren Meilenstein in der Entwicklung des Faches dar.

Conservation and Evolution erschien im Jahre 1981 mit einem grünen Einband. Der Titel ist wenig griffig; also wurde es unter dem Namen Grünbuch bekannt.

154 Soulés Büro ist winzig; zudem teilen wir es mit einem Fahrrad. Eine Eigenart kalifornischer Ökologen, nehme ich an – Ted Case parkt ebenfalls ein Zehn-Gang-Rad in seinem Büro. An der Wand hinter Soulé hängt ein Druck mit Zebras. An einer anderen Wand sieht man ein Foto vom vulkanischen Feuer des Kilauea-Kraters auf Hawaii. Es gibt einen Aktenschrank, eine Öltafel, um Einfälle zu skizzieren, einen blühenden Weihnachtskaktus auf dem Schreibtisch, einen Macintosh-Computer und einen Abguß vom Schädel einer Säbelzahnkatze. Mir fällt ein, daß ich den Schädelabguß schon in Ed Wilsons Büro gesehen habe, und ich frage mich flüchtig, ob es sich vielleicht um ein geheimes Zeichen der Mitgliedschaft im Orden der Inselbiogeographen handelt. Soulé ist ein hagerer Mann in mittleren Jahren; er trägt Turnschuhe und einen sich gräulich färbenden Spitzbart. Während wir uns unterhalten, ißt er zu Mittag: Linsensuppe aus der Fünf-Minuten-Terrine. Sein Lebensstil wirkt auf eine Weise kompakt und von Ernst geprägt, die ich bewundernswert finde; alle meine wissenschaftlichen Fragen und die meisten Erkundigungen nach seiner Biographie beantwortet er höchst entgegenkommend. Nur ein Anflug von neugieriger Boshaftigkeit bringt mich dazu, ihn nach seinen Jahren am Institut für Transkulturelle Studien, einem Zen-Zentrum in Los Angeles, zu fragen.

Daran sei nichts Geheimnisvolles, meint er. Er habe von der universitären Szene genug gehabt. Sei ausgebrannt gewesen. Seine persönliche Umgebung habe nachgerade lähmend auf ihn gewirkt. Das war 1978, im selben Jahr, in dem der erste Kongreß zur Artenschutzbiologie stattfand. Er habe die Nase voll gehabt von akademischen Werten und akademischen Balgereien. Also habe er seine Stelle in San Diego aufgegeben, sei in das Zentrum gezogen und habe es eine Zeitlang geleitet. Er habe in der Sanitätsstation mitgearbeitet und ein Programm zur Einführung in den Buddhismus auf den Weg gebracht. Aber auch mit der Biologie habe er während dieser Zeit weitergemacht. Nein, ich dürfe nicht meinen, daß er damals an der Aufgabe verzweifelt sei, die Natur zu erforschen beziehungsweise Anstrengungen für ihre Erhaltung zu unternehmen. Er habe einfach nur das Leben als Professor satt gehabt. Im Zen-Zentrum schloß er seine Arbeit an zwei gemeinschaftlichen Veröffentlichungen – dem Braunbuch vom Kongreß und dem in Zusammenarbeit mit Frankel verfaßten Grünbuch – ab und schrieb mehrere Artikel. Er war auch international als Berater in Fragen der Naturschutzgenetik tätig. Außerdem entstand damals der Essay »What Do We Really Know About Extinction?« [Was wissen wir wirklich über das Artensterben?] mit seiner Liste von achtzehn relevanten Faktoren; er erschien in einem Band mit dem Titel *Genetics and Conservation* (der später von farbbegeisterten Insidern den Namen Graubuch erhielt). Die Zenperiode sei eine einigermaßen produktive Zeit gewesen, sogar aus wissenschaftlicher Sicht, erklärt Soulé.

Ja, unverkennbar. Ich hatte mir fünf Jahre abgehobener Meditation in safranfarbenem Gewand vorgestellt. Während ich die Unterhaltung wieder auf andere Themen bringe, kommt mir der Gedanke, daß angesichts der Bedeutung und des schieren Umfangs der Souléschen Publikationen, die am Institut für Transkulturelle Studien entstanden sind, vielleicht auch anderen Biologen zu empfehlen wäre, die Arbeitsatmosphäre des Instituts zu nutzen.

Dank jener frühen Veröffentlichungen profilierte sich Soulé als einer der führenden Theoretiker in Sachen Lebensfähigkeit von Populationen. Dann, im Jahre 1982, überschnitt sich die theoretische mit der praktischen Sphäre, als Soulé einen Anruf von einem Mann namens Hal Salwasser erhielt, der im Forstamt der USA die Position eines für die landesweite Tierwelt zuständigen Ökologen innehatte.

Salwasser hatte ein Problem und hoffte, daß ihm Soulé bei dessen Lösung helfen konnte. Im Jahre 1976 hatte der amerikanische Kongreß ein Nationales Forstbewirtschaftungsgesetz verabschiedet, das die Vorschriften neu faßte, auf deren Basis die Nationalforste der USA bewirtschaftet werden sollten. Davor hatte ein Gesetz aus dem Jahre 1897 verfügt, die Forstverwaltung solle »den Wald schützen und meliorieren« – eine schöne, aber zu vage Vorstellung, die für eine jahrzehntelange exzessive und ökologisch zerstörerische Holzfällerei breitesten Raum gelassen hatte. Die Aufforderung, den Wald zu »meliorieren«, konnte man in schamlos kleinkariertem Sinne verstehen, was auch oft genug geschehen war. Holzwege durch eine Wildnis mit altem Baumbestand zu schlagen oder einen Mischwald abzuholzen, um dann Setzlinge einer einzigen schnellwüchsigen Baumart zu pflanzen, ließ sich beides als Melioration verstehen; wenn durch diesen Vorgang die biologische Vielfalt litt, dann war das Pech, tangierte aber nicht den gesetzliche Auftrag der Forstverwaltung. 1976 aber wurde dieser Auftrag geändert.

Das neue Gesetz stellte klar, daß sich der Schutz und die Melioration eines Waldes nicht darin erschöpften, den Bestand an Festmetern Holz zu vergrößern, und daß die Forstverwaltung ebensosehr verpflichtet war, innerhalb des Waldes »für die Vielfalt der Pflanzen- und Tiergemeinschaften Sorge zu tragen«. Außerdem fand Salwasser in den Ausführungsbestimmungen, die mit dem neuen Gesetz einhergingen, folgende Verfügung: »Der Lebensraum für Fische und Wildtiere ist so zu bewirtschaften, daß lebensfähige Populationen von vorhandenen heimischen und erwünschten nichtheimischen Wirbeltierarten im Plangebiet existieren können.« Lebensfähige Populationen der heimischen Wirbeltiere? Prima, Salwasser war von ganzem Herzen dabei! Aber was genau war damit gemeint? Unter welchen Bedingungen ist Lebensfähigkeit gegeben? Er rief Soulé an, weil er hoffte, dieser und seine akademischen Kollegen könnten mit überlegen, wie sich eine operationelle Bestimmung des Begriffs finden ließ.

»Das war, glaube ich, ein Schlüsselereignis«, sagt Soulé.

Er und Salwasser veranstalteten einen Workshop, der unter der Schirmherrschaft der Forstverwaltung stand; eine kleine Auswahl von Theoretikern zum Thema lebensfähige Populationen traf sich hier mit einigen Vertretern der Behörde. Der Workshop fand in Nevada City, Kalifornien, in den Vorbergen der Sierra statt. Unter den Teilnehmern befand sich Mike Gilpin, der alternde Triathlet mit dem Händchen für Computerprogrammieren, der sich lebhaft an das Ereignis erinnert.

155 »Und man lädt mich also zu diesem Treffen ein«, erzählt mir Gilpin während einer unserer vielen Unterhaltungen. »Ein ganz kleines Treffen, wie er erläutert, finanziert von der Forstbehörde und einberufen von seinem Kollegen Hal Salwasser, einem Ökologen, der den Auftrag hatte, eine neue Reihe von Planvorschriften auszuarbeiten. Abgesehen von Salwasser, Soulé und Gilpin selbst umfaßte die Gruppe nur drei weitere Biologen der Forstbehörde, zwei andere Akademiker und Mark Shaffer, der damals im U.S. Fish and Wildlife Service angestellt war.

»Also, ich wußte nicht viel über den Hintergrund«, sagt Gilpin, »jedenfalls entdeckte Salwasser, als er schließlich dazu kam, sein eigenes Nationales Forstbewirtschaftungsgesetz von 1976 genau zu lesen, die Zeile darin, die besagt: ›Jeder Forstamtsleiter hat dafür zu sorgen, daß in jedem Staatsforst von jeder Wirbeltierspezies eine lebensfähige Population erhalten bleibt.‹« Da er den Satz aus dem Gedächtnis zitiert, ist die Wiedergabe nicht sehr genau, aber an die entscheidenden zwei Wörter erinnert er sich sehr wohl. »Gut also. Es galt zu entscheiden, was eine ›lebensfähige Population‹ war.«

Als ungefähren Wert für die Minimalpopulation, die erforderlich ist, um eine kurzfristige Inzuchtdegeneration zu vermeiden, hatte Soulé, ruft mir Gilpin ins Gedächtnis, die Zahl fünfzig vorgeschlagen. Für die langfristige Erhaltung der Überlebens- und Anpassungsfähigkeit hatte Ian Franklin die Zahl fünfhundert herausgebracht. Aber wie kurz war kurzfristig? Wie lang war langfristig? Wie sollte ein Haufen staatlicher Landverwalter diesen heiklen Ausdruck »lebensfähige Population«, der sich irgendwie in ihre Planvorschriften hineingestohlen hatte, auslegen? Hielten sie sich an die gängigen Lehrbücher für Ökologie, half ihnen das Gilpin zufolge kaum weiter. Der ganze Gedankenkomplex war zu neu. Die Ideen wurden gerade erst geschaffen.

»Jedenfalls fahren wir zu dem Treffen«, erinnert sich Gilpin, »und wie das so üblich ist, hat man vorher Material zugeschickt bekommen und es nicht gelesen. Man denkt immer, man kommt am Abend vorher im Motel dazu, es sich noch anzuschauen.« Auch Gilpin hatte das gedacht, aber etwas kam dazwischen, oder er war zu bequem, kurz, er hatte falsch gedacht. »Ich kam also zu diesem Treffen und wußte gar nicht recht, wovon sie redeten. Das Nationale Forstbewirtschaftungsgesetz hatte ich nie gelesen, und mit praktisch tätigen Biologen hatte ich seit langem keinen Kontakt mehr gehabt.« Die Vertreter von der Forstverwaltung erwiesen sich als aufgeweckte Leute, die nur zu erpicht darauf waren, ihre Behörde das Richtige tun zu lassen, vorausgesetzt, ein paar anerkannte wissenschaftliche Fachleute halfen ihnen dabei, herauszufinden, was das Richtige war. »Wir bekamen die Frage vorgelegt und saßen zwei Tage da und schlugen uns mit dem Problem herum, was lebensfähige Population bedeutet.« Gilpin erinnert sich, wie sehr ihn – den selbstbewußten Burschen mit dem beweglichen Verstand und der umfassenden Ausbildung – die Frustration packte, als er merkte, daß er das Problem nicht zu lösen vermochte.

»Es war einigermaßen demütigend«, sagt er. »Mir ging auch schlagartig auf, wie *real* diese Frage war.«

Er und seine Theoretikerkollegen sollten eine Feststellung treffen, die aussah wie eine elementare, einfache Prognose. »Da ist die Spezies. Man hat einige Informationen über sie, aber nicht *genug*. Nun also«, sagt Gilpin und spielt die Rolle des Forstbeamten, »will ich von euch wissen, ob die Spezies in fünfzig oder hundert Jahren noch da sein wird oder nicht.« Es handelte sich um eine binäre Frage: ja oder nein. Falls dieser Wissenschaftszweig in den Jahren seit MacArthur und Wilson irgendwelche Prognosefähigkeiten gewonnen hatte, dann war jetzt der Augenblick gekommen, sie unter Beweis zu stellen. »Man mußte sich nicht auf Zahlen festlegen, man brauchte nicht zu sagen, wie die Gene sich entwickeln würden. Man sollte nur die denkbar einfachste Voraussage treffen. Ja oder nein. Fünfzig Jahre.« Würde die Spezies ein weiteres halbes Jahrhundert überleben, oder würde sie das nicht? Als er erkannte, daß keiner von ihnen – nicht er selbst, nicht Soulé, nicht die anderen – eine eindeutige Antwort darauf hatte, wurde Gilpin klar, daß sie in ihren Forschungen nicht so weit gediehen und diese nicht so nutzbringend waren, wie er gern glauben wollte. Jedenfalls *noch* nicht! Zwischen der Lebensfähigkeit einer Population als abstraktem Phänomen und den unberechenbaren empirischen Vorgängen im Einzelfall stand noch zuviel Ungewißheit.

Nachdem er in Nevada City mit der Realität in Berührung gekommen war, fing Mike Gilpin an, intensiver über das Problem nachzudenken.

156

Theorieorientierte Geistesgrößen wie Gilpin und Soulé waren es nicht gewohnt, nach Richtlinien gefragt zu werden, die dann eine große staatliche Behörde unter Umständen in die Praxis umsetzte. Das war erhebend, aber auch verwirrend. Wahrscheinlich war es ein bißchen unheimlich.

Die früheren, als Faustregel angegebenen Zahlen, fünfzig und fünfhundert, waren augenscheinlich zu allgemein und zu absolut. Eine Population von Grizzlybären im Ökosystem des Yellowstone-Komplexes war nicht den genau gleichen Bedrohungen ausgesetzt beziehungsweise reagierte nicht in genau der gleichen Weise darauf wie eine Fleckenkauzpopulation im westlichen Oregon oder eine Population von Schlangenhalsvögeln in Tennessee. Der Schwellenwert für die Lebensfähigkeit und die Faktoren, die über ihn entschieden, schwankte von einem Fall zum anderen. »Die Moral aus dieser Geschichte«, schrieb Soulé später, »lautet, daß sich das Problem immer komplizierter darstellt, je näher wir an die Realität herankommen.«

Soulé selbst war mittlerweile aus dem Zen-Zentrum wieder aufgetaucht und in die akademische Welt zurückgekehrt.

Er nahm eine Stelle an der University of Michigan an. Zu seinen ersten Verrichtungen gehörte die Veranstaltung eines weiteren kleinen Workshops zum Thema Lebensfähigkeit von Populationen. Dieser fand im Oktober 1984 in Ann Arbor statt, mit finanzieller Förderung durch die Forstverwaltung und den U.S. Fish and Wildlife Service sowie mit Unterstützung mehrerer privater Organisationen wie etwa der New Yorker Zoologischen Gesellschaft. Mike Gilpin, Hal Salwasser und Mark Shaffer nahmen erneut teil, hinzu kamen über ein Dutzend ausgewählte Populationsbiologen, Evolutionsgenetiker und Statistiker. Das war das Treffen, wie sich Gilpin erinnert, das »endlich alle Einzelteile auf den Tisch brachte«. Vom Tisch wanderten die Teile in ein Buch. Soulé fungierte wieder als Herausgeber, und die Ideen, die man in Ann Arbor ins Auge gefaßt hatte, wurden schließlich in *Viable Populations for Conservation* [Lebensfähige Populationen für den Artenschutz] der Öffentlichkeit vorgelegt. Dieses Buch hat einen hellblauen Einband.

Das Blaubuch ist ein schmaler, aber inhaltsreicher Band. Mathematik und Computerdarstellungen spielen darin eine wichtige Rolle. In ihren einzelnen Beiträgen, den Kapiteln des Buches, beschäftigten sich Gilpin und die anderen mit zahlreichen Aspekten der Demographie, der Genetik, der effektiven Größe von Populationen und der Wahrscheinlichkeitstheorie. Sie erörterten auch einige konkrete Dinge: Unter anderem sprachen sie über die genetische Verarmung des kalifornischen Kondors, die Notwendigkeit einer institutionellen Zusammenarbeit zur Erhaltung der amerikanischen Grizzlybären, die Kosten-Nutzen-Relation beim Versuch, dem Aussterben des Sumatra-Nashorns vorzubeugen. Für den umfassenden Überblick sorgte Soulé.

In einer Einleitung und einem Nachwort brachte er die fachlichen Einzelheiten unter einen Hut und entwarf eine Perspektive. Hier ein Beispiel:

»Die Frage, die wir in diesem Buch angehen, lautet: *Wie* viel ist genug? Konkreter gesagt, lautet sie: Was sind die Minimalbedingungen dafür, daß eine Art oder Population an einem bestimmten Ort langfristig existent und anpassungsfähig bleibt? Dies ist eines der schwierigsten und herausforderndsten Probleme, mit denen die Artenschutzbiologie unseren Verstand konfrontiert. In der Populationsbiologie dürfte es das Schlüsselproblem darstellen, weil es eine Prognose erfordert, die eine Synthese aller biotischen und abiotischen Faktoren im Raumzeitkontinuum voraussetzt.«

Ein weiteres Beispiel, noch schärfer im Ton:

»Es gibt keine hoffnungslosen Fälle, nur Menschen ohne Hoffnung und Fälle, die Geld kosten.«

Soulé war der Nestor, der diesen Ton anschlagen durfte. Er war es, der die Geschichte dieses wissenschaftlichen Unterfangens, das er und andere nun als Artenschutzbiologie bezeichneten, durch die Zeiten zurückzuverfolgen vermochte – nicht nur bis zu David Ehrenfeld und Raymond Dasmann und Paul Ehrlich, nicht nur bis zu MacArthur und Wilson, nicht nur bis zu Frank Preston, sondern auch darüber hinaus zu einer umfassenderen und weiterreichenden intellektuellen und ethischen Tradition, der Rachel Carson und Aldo Leopold und Charles Elton und Gifford Pinchot und Theodore Roosevelt und Thoreau und Darwin und der heilige Franziskus und Lao Tze und eine weniger bekannte Figur namens Aschoka zugehörten.

»Wer war Aschoka?« frage ich ihn, nachdem er mit seiner Suppe fertig ist.

Der erste buddhistische König in Indien, erzählt er mir. »Es gab eine Zeit, wo der Buddhismus die herrschende Religion war – ein kurzer Zeitraum –, ehe die Mongolen in Indien einfielen. Und Aschoka war ein buddhistischer König, der eine Reihe von Verfügungen erließ, die als die Säulenedikte bekannt sind. Sie wurden so genannt, weil sie auf Säulen geschrieben und diese draußen im Lande aufgestellt wurden. Wie einige der Propheten und Könige in Israel erkannte er die Gefahr, daß die Menschen mit den Naturschätzen Mißbrauch trieben und sie über Gebühr ausbeuteten. Deshalb erließ er Vorschriften für die Forst- und Landwirtschaft, Vorschriften zum Schutz der natürlichen Ressourcen. Das waren die ersten Gesetze zum Naturschutz, die jemals erlassen wurden.«

»Wann geschah das?«

»Das war vor Christus.« Könnte sein um 100 v. Chr., meint Soulé. Aber das sei nur eine Vermutung, fügt er hinzu; ich solle ihn nicht darauf festnageln. Er habe ein schlechtes Gedächtnis, behauptet er. Die Daten des-und-des Kongresses, des-und-des Workshops und des-und-des wichtigen Zeitschriftenartikels im Kopf zu behalten sei schon schwer genug, ganz zu schweigen von alter Geschichte wie seiner Kindheit in San Diego oder der Herrschaft von Aschoka.

Die Abschweifungen in unserer Unterhaltung haben schon einen Großteil der Zeitspanne, die er mir für das Gespräch eingeräumt hat, verschlungen; deshalb lasse ich Aschoka fallen. Daten lassen sich immer nachschlagen und korrigieren. Da ist ein anderes Thema, das mich mehr interessiert. In der Entwicklung der Artenschutzbiologie und der Theorie der Lebensfähigkeit von Populationen seit ihren Anfängen in der Inselbiogeographie und anderswo spielt Michael Soulé sosehr die Rolle einer Galionsfigur – *der* Galionsfigur, kann man sagen –, daß ich ihm wenigstens *eine* weitere Frage stellen möchte: die Frage nach SLOSS. Natürlich hoffe ich darauf, daß er mir ein bißchen Klatsch liefert.

»Bilde ich mir das nur ein«, sage ich, »oder war die Diskussion ein klein wenig hitziger als bei normalen wissenschaftlichen Auseinandersetzungen üblich?«

Soulé antwortet. Seine Antwort ist besonnen, staatsmännisch, wird allen Beteiligten gerecht, lohnt nicht die Wiedergabe.

Also trete ich den Rückzug an und nähere mich dem Thema noch einmal auf anderem Wege. Dieser Weg ist leider weniger klatschträchtig und dafür schicklicher – aber mehr steht nicht in meiner Macht. Ich frage Soulé nach einem merkwürdigen Zeitschriftenbeitrag, den er im Jahre 1986 zusammen mit Dan Simberloff veröffentlichte. Ich habe das Ding drei- oder viermal gelesen, und auch wenn sein wissenschaftlicher Gehalt klar verständlich ist, fasziniert mich nach wie vor seine versteckte politische Dimension. Das Zusammenwirken dieser beiden Autoren mutet seltsam an. Die SLOSS-Debatte war 1986 längst zu einem unversöhnlichen Streit ausgeartet, den zwei Fraktionen in den Zeitschriften austrugen; die Auseinandersetzungen um die Nullhypothese hatten die Unversöhnlichkeit noch verschlimmert. Soulé war eng mit Mike Gilpin liiert, und seine eigenen Arbeiten ließen ihn im Zweifelsfall als Parteigänger der Diamond-Fraktion erscheinen. Simberloff war für diese Fraktion der Erzfeind. Wenn man SLOSS als den Grabenkrieg des Ersten Weltkriegs betrachtete, dann kam dieser Artikel einer innigen Umarmung zwischen Lloyd George und Kaiser Wilhelm gleich. Was war passiert?

»Ich kannte Simberloff nicht, bis ich ihn in Moskau traf«, sagt Soulé. Sie waren beide als Gäste eines angesehenen sowjetischen Biologen dort, und es zeigte sich, daß sie im selben Hotel untergebracht waren. Irgendwann aßen sie gemeinsam zu Abend, und später unternahmen sie zusammen eine Besichtigungstour, in deren Verlauf Soulé zu seiner Überraschung feststellte, daß er

Simberloff *mochte*. In einem fremden Land war der Kerl eine angenehme Gesellschaft. »Er gehört zu den kultiviertesten und niveauvollsten Leuten, die ich je kennengelernt habe. Außerordentlich gebildet und bewandert in Musik und Kunst. Es war herrlich für mich, mit ihm herumziehen zu können. Und damals hatte ich ein Manuskript dabei ...« Soulés berühmt-berüchtigt schlechtes Gedächtnis läßt ihn wieder einmal im Stich, als er sich zu erinnern versucht, wie sie damals auf das Manuskript zu sprechen gekommen waren. Vielleicht habe er in einem Seminar darüber gesprochen, er sei sich nicht sicher. Jedenfalls beschäftigte er sich mit dem Thema, und das Manuskript befand sich unter seinen Papieren.

»Es ging um die Lösung dieses Streits zwischen Diamond und Simberloff. Das waren die entscheidenden Antagonisten«, eröffnet er mir unnötigerweise. Dann verbessert er sich und wählt das mildere Wort »Protagonisten«.

Ehe er mit Simberloff bekannt wurde, habe er gemeint, mehr auf der Seite Diamonds zu stehen, sagt er. In seinem Manuskript behandelte er all die Probleme bei der Planung von Naturschutzreservaten, mit denen sich Tom Lovejoy und andere herumschlugen, die Beweggrund für die SLOSS-Debatte waren und die zum Grabenkrieg zwischen den beiden Fraktionen geführt hatten. Soulé bemühte sich nun, mit Hilfe der jüngsten Einsichten in die Theorie der Lebensfähigkeit von Populationen über die alte, polarisierte Betrachtung der Probleme hinauszugelangen. Gleichzeitig hoffte er, Frieden stiften zu können. Es gab nach seiner Ansicht so viele mächtige Widerstände, gegen die sich die Artenschutzbiologie durchsetzen mußte, daß sie es sich eigentlich nicht leisten konnten, einander zu bekämpfen. »Ich nahm meinen ganzen Mut zusammen und sagte: ›Dan, ich möchte, daß du das hier liest und mir sagst, was du davon hältst.‹«

Simberloff las das Manuskript und hielt es für gut genug, um eine konstruktive Kritik beizusteuern. Er schlug einige Veränderungen und Zusätze vor. Schließlich folgte er Soulés Aufforderung und unterzeichnete als Mitverfasser. Der Artikel erschien in einer guten britischen Zeitschrift unter dem Titel »What Do Genetics and Ecology Tell Us About the Design of Nature Reserves?« [Was lehren uns Genetik und Ökologie hinsichtlich der

Planung von Naturreservaten?] Das Wörtchen »uns« gewann angesichts der beiden Verfasser eine besondere Bedeutung: Auf welche Punkte können wir *alle*, die Diamondianer und die Simberloffianer, uns einigen? Das waren allerdings nicht unbedingt viele. Im ersten Satz der Kurzfassung des Artikels erklärten Soulé und Simberloff: »Die Debatte um SLOSS (ein kleines oder mehrere große Reservate) spielt in der Diskussion um die optimale Größe von Naturreservaten keine Rolle mehr.« Keine Rolle mehr? War das Wunschdenken? frage ich Soulé.

»Ja«, sagt er.

Ja, aber nicht ganz. Es gab einige unter den fortschrittlicheren Theoretikern, die sich mit der Lebensfähigkeit von Populationen und nicht bloß mit der Frage der Reservatsgröße beschäftigten und die das Konzept der Schlüsselspezies erforschten, womit jene Pflanzen- und Tierarten gemeint waren, die unter Umständen sehr wichtig für den langfristigen Zusammenhalt einer ganzen ökologischen Gemeinschaft waren. Soulé und Simberloff hoben hervor, welch entscheidende Bedeutung der Schlüsselspezies und der Lebensfähigkeit von Populationen für die Planung von Naturschutzgebieten zukomme. Und sie vertraten die Ansicht, daß SLOSS verdiente, ad acta gelegt zu werden, falls das nicht schon geschehen war.

Ich wollte wissen, welche Wirkung der Artikel gehabt hatte. War durch ihn irgendwer bewogen worden, die Gräben zu verlassen?

»Schwer zu sagen. Also, ich meine, ja. Aber ich habe keinen direkten Beweis dafür.«

Soulé, der Vermittler, hält sich nicht leicht etwas zugute und tut sich schwer mit dem Sprung vom Faktum zur Hypothese. Er ist ein guter Populationsbiologe mit gesunden Zen-Kenntnissen und einem starken Gespür für die wahrscheinlichkeitstheoretische Komponente in empirischen Vorgängen. Er weiß, daß stets vieles ungewiß ist.

Nach zwei Stunden bedanke ich mich und schicke mich an, das Feld zu räumen. Während Soulé losgeht, um einen Nachdruck eines seiner unbekannteren Artikel für mich zu suchen (und mir damit freundlicherweise einiges Herumlaufen in Bibliotheken zu ersparen), entdecke ich in seiner Büroausstattung ein hübsches kleines Detail. Es ist die Fotokopie eines Zeitungsausschnitts, die unauffällig an der Schmalseite eines Bücherregals hängt. Die Schlagzeile lautet CHRISTI ANTLITZ ERSCHEINT AUF TORTILLA, WÄHREND SIE AUSBACKT.

Als Soulé zurückkommt, spreche ich ihn darauf an. Dan Simberloffs Bürotür sei mit ähnlichen Geschichten bepflastert, sage ich. Ob Simberloff ihm diesen Ausschnitt geschickt habe? Soulé kann sich nicht erinnern. Möglich, daß es Dan war, stimmt. Unten hat jemand mit der Hand »Kartenverkauf eröffnet!« hingeschrieben.

»Er hat einen ganz schön irren Humor«, sagt Soulé.

Ich versuche, mir diese Seite des vielschichtigen Typen vorzustellen, den Soulé in Moskau kennengelernt hat. Simberloff als unverbesserlicher Miesmacher. Simberloff als manischer Scherzkeks, der aus Spaß an der Freud komische Sachen aufspießt und mit der Post verschickt. Na ja, warum nicht, kann sein. Trotzdem habe ich das Gefühl, daß hinter der Tortillageschichte mehr steckt als bloßer Ulk. Ich erwähne meine eigene Überlegung, daß Simberloff hier mit anderen Mitteln gegen die Nullhypothese zu Felde zieht.

»Ja. Er ist ein geborener Skeptiker.« Soulé schenkt mir ein kleines, trockenes Lächeln. Nicht, daß er nicht auch auf diesen Zusammenhang verfallen wäre. »Ich bin nur gelernter Skeptiker. Aber ich tue mein Bestes.«

157

Mark Shaffers Beitrag zum Blaubuch trug den Titel »Minimum Viable Populations: Coping with Uncertainty« [Lebensfähige Minimalpopulationen: Mit der Gefährdung zurechtkommen]. Darin führte Shaffer den Gedankengang fort, den er neun Jahre zuvor in seiner Dissertation verfolgt hatte. Auch wenn systematische Beeinträchtigungen, die gezieltem menschlichem Handeln entsprängen, eine Spezies an den Rand der Lebensfähigkeit treiben könnten, schrieb er, beziehe der Schlußakt – das Aussterben – doch im allgemeinen ein Zufallsmoment ein. Gefährdung gehöre zum Leben, ohne Frage, aber für kleine Populationen sei Gefährdung ein tödlicher Feind.

Aus dieser Wahrheit ergäben sich zwei Folgerungen, fügte er hinzu. »Erstens, je kleiner die Population ist, um so größer ist die Wahrscheinlichkeit, daß sie in einem gegebenen Zeitraum ausstirbt. Zweitens, je länger der Zeitraum ist, um so größer ist die Wahrscheinlichkeit, daß eine Population von gegebener Größe ausstirbt. Das Konzept der lebensfähigen Minimalpopulation sei nur eine formalisierte Fassung dieser beiden Folgerungen, der Versuch einer Quantifizierung des Aussterberisikos für Tier- oder Pflanzenpopulationen, die zahlenmäßig gravierend eingebüßt hätten. Dieses formalisierte Konzept verleihe uns das Privileg zu entscheiden, wieviel Risiko wir, die menschliche Gesellschaft, zuzulassen bereit seien. Wie wichtig seien uns Nashörner auf Sumatra? Wie wichtig seien uns Elefanten in Afrika? Wie wichtig seien uns Grizzlybären im Yellowstonepark? »Schiebt die fünfundneunzigprozentige Wahrscheinlichkeit einer für hundert Jahre gesicherten Existenz die Gefahr des Aussterbens hinlänglich weit weg«, fragte Shaffer, »oder läßt sie diese Gefahr allzu nahe erscheinen?« Eine Antwort darauf hatte er nicht zu bieten. Er wußte, daß dies eine politische, keine wissenschaftliche Frage war.

Aber *eine* herbe Voraussage traf er. Seine eigenen groben Schätzungen der für die Lebensfähigkeit von Populationen erforderlichen Größe führten ihn zu dem Schluß, daß »für mindestens einen Teil der Säugetierarten, inbesondere die großwüchsigen und seltenen, die Ausdehnung und Anzahl der gegenwärtigen Naturreservate wahrscheinlich nicht ausreichen, um ein hohes Niveau langfristiger Überlebenschancen zu gewährleisten.«

Mit seinem Pessimismus stand er nicht allein. Soulé und andere bliesen ins gleiche Horn.

158 Zwei Monate nach der Ermordung Bedos kehre ich nach Perinet zurück, um die genauen Einzelheiten herauszufinden. Aber es scheint keine genauen Einzelheiten zu geben, nur die nackte Tatsache, daß Bedo tot ist. Statt sonstiger Fakten gibt es Zeugen. Es gibt Stimmen. Die Stimmen sprechen auf französisch und auf madagassisch und auf englisch zu mir.

Manche Stimmen sind zornig, andere vom Kummer zermürbt, wieder andere zurückhaltend. Ich entdecke keine Wahrheit; ich sammle Lesarten. Man fühlt sich an *Citizen Kane* und *Absalom, Absalom!* erinnert.

Ich besuche Bedos Vater in dem Haus unmittelbar am Reservat Analamazaotra. Er heißt Jaosolo. Weil ich in Begleitung von Pat Wright und David Meyers komme, heißt er mich willkommen und fängt an, über seinen Sohn zu sprechen. Ja, Bedo habe die Lemuren geliebt. Auch die Reptilien, jawohl, all die Tiere. Manchmal seien Leute in den Wald gegangen und hätten nach einer seltenen Tierart gesucht und sie nicht gefunden. Wenn sie mit Bedo gegangen seien, ja, dann hätten sie, was sie suchten, immer gefunden. Die bedeutenden Professoren aus Europa seien gekommen, hätten hinauf in die Bäume nach einer Kreatur geschaut und hätten gefragt: Was ist das? Sie hätten es nicht gewußt. Bedo habe hinaufgeschaut, und er habe es gewußt. Er habe ihnen die Tierart genannt. Immer seien Leute gekommen und hätten nach Bedo gefragt. Wo sei der kleine Bedo? Kürzlich sei eine japanische Gruppe ins Hotel gekommen, gerade erst vergangenen Monat. Sie hätten im voraus vereinbart, daß Bedo sie führen solle. Wo ist Bedo, hätten sie gefragt. Er sei nicht dagewesen. Es sei nicht seine Schuld, aber er sei nicht dagewesen. Ich konnte ihnen nicht sagen, warum, sagt Jaosolo mit müder und unsicherer Stimme. »*Tous les visiteurs, professeurs ou autres, demandaient toujours lui.*« Bedo, er sei der Beste gewesen.

Jaosolo hat sich den Verlust arg zu Herzen genommen. Barfüßig, ein kleiner würdevoller Mann mit dem Barett und der Uniform von *Eaux et Forêts*, geht er zu einem Holzschrank und wühlt darin auf der Suche nach Erinnerungsstücken. Im Haus brennt keine Lampe, und die Läden vor den Fenstern lassen fast kein Sonnenlicht herein. Er setzt seine fragile goldene Brille auf und zeigt mir ein mit rotem Siegel versehenes Dokument, seine offizielle Anzeige wegen des Todes. Er zeigt mir ein Exemplar von *National Geographic*, voll mit den Forschungen von Frans Lanting, bei denen Bedo mitgeholfen hat. Er zeigt mir Schnappschüsse. »*Ceci, c'est la dernière photo.*« Auf diesem letzten Bild sieht man einen strammen Bedo mitten im Wald stehen; er trägt ein mit Lemuren bedrucktes T-Shirt.

Ich spreche mit dem einzigen Augenzeugen, einem jungen Freund von Bedo namens Solo. Ich spreche mit dem freundlichen Hotelier, Joseph Andriajaka, der Bedo aufwachsen sah und seine Entwicklung zum Fremdenführer förderte, der seine Dienste so vielen Besuchern von Perinet, unter anderem auch mir, empfahl. Ich sitze in der Nähe der Eisenbahnbrücke über den kleinen Fluß, der durch das Dorf fließt, und befrage Bedos Bruder und Schwester. Hier ist der Schauplatz des Mordes. Die Einzelheiten sind unklar, aber niemand bestreitet die Tatsache, daß, was auch immer geschah, sich genau hier ereignete. Der Leichnam wurde schließlich aus dem Fluß geborgen. Bedos Bruder hat wenig zu sagen, während seine Schwester mir in heftigem lebhaftem Ton die Geschichte erzählt. Ich starre in das schlammige Wasser. Ich stelle herzlose Fragen. Wo genau? Nach wie vielen Tagen? Was machte es so schwer, den Leichnam zu finden? Warum ging er in Richtung Fluß, als man ihn angriff?

Später spreche ich mit Alison Jolly, einer anderen angesehenen Lemurenbiologin, die am Tag des Mordes in Perinet war. Ich spreche mit Jean-Marie de la Beaujardière, einem Honorarkonsul in Madagaskar, der am Tag danach eintraf. Pat Wright und Frans Lanting und David Meyers teilen mir mit, was sie wissen – oder, genauer gesagt, was sie gehört haben. Ich lausche zehn- oder elfmal Berichten vom Mord, die mir in drei Sprachen, mit und ohne die Hilfe eines Dolmetschers, gegeben werden. Jedesmal ist die Geschichte anders. In Madagaskar, warnt mich Alison Jolly, »wechseln die Dinge sofort in den Bereich der Fabel über. Gewöhnlich binnen eines Tages.«

Folgende Versionen bekomme ich erzählt:

Bedo wurde mit einer Axt erschlagen. Er wurde nicht mit der Axt erschlagen. Er wurde von einem Stein erschlagen, der ihn, mit Wucht geworfen, an der Schläfe traf. Er ertrank. Sein Leichnam wurde in den Fluß geworfen. Er sprang in den Fluß, während er zu entkommen suchte. Nein, sein Leichnam konnte nicht so lange im Fluß gelegen haben, bis er Tage später dort gefunden wurde, weil die Suchenden ihn nicht hätten übersehen können. Jemand muß seinen Leichnam versteckt und dann später in den Fluß geworfen haben. Der Himmel weiß, wer, der Himmel weiß, warum. Nein, sein Leichnam lag die ganze Zeit über dort im Fluß und hatte sich unter der Wasseroberfläche in Zweigwerk verfangen. Nein, sein Leichnam wies keine Spuren auf, die darauf hindeuteten, daß er tagelang im Wasser gelegen hatte. Sein Bauch war flach. Er ist nicht ertrunken. Seine Wunden beweisen, daß er mit einer Axt ins Gesicht geschlagen wurde. Nein, die Axt gehörte zu einem früheren Stadium der Auseinandersetzung, und sie wurde nicht gegen Bedo gebraucht. Er wurde von einem Felsbrocken getroffen. Nein, von vier Felsbrocken. Nein, ein einziger Felsbrocken, ein unseliger Unfall, der dazu führte, daß er ertrank. Nein, er wurde ermordet.

Der Vorfall ereignete sich am Sonntagnachmittag. Nein, es war Sonntagnacht. In der Dunkelheit. Am hellichten Tag. Ein einzelner Mann ist der Täter. Zwei Männer, sie heißen folgendermaßen. Sie sind keine Einheimischen von Perinet, sie kommen aus der Stadt Fianarantsoa, wo sie an anderen schlimmen Untaten beteiligt waren oder auch nicht, für die sie nur leicht bestraft wurden oder im Gegenteil schwer. Für den Mord an Bedo wurden sie zu fünf Jahren verurteilt. Nein, der Prozeß steht noch bevor. Die zwei Männer sitzen in Ambatondrazaka im Gefängnis. Sie versuchen, sich gegenseitig die Schuld zuzuschieben. Der Staatsanwalt wird ein zu mildes Strafmaß fordern. Sie könnten zu lebenslänglich verurteilt werden.

Der Streit fing bei einer Party an. Laute Musik und Alkohol. Der Alkohol war ein madagassisches Schwarzbrenner-Erzeugnis, das unter dem Namen *tokagasy* bekannt ist. Normalerweise ist es so klar wie Wodka; dieses Kontingent war milchig, deshalb weigerte sich Bedo, es zu trinken. Es war vielleicht vergiftet. Nein, er wollte sich nur einfach nicht betrinken. Er wollte nicht, weil er hochmütig war. Er wurde in einen Faustkampf mit einem der Gastgeber verwickelt, der außer sich war, weil er sich von Bedo vor den Kopf gestoßen fühlte. Bedo siegte. Nein, Bedo war am Boden, und sein Freund Solo schwang eine Axt, um ihn zu retten. Bedo und Solo verließen dann die Party. In der Nähe der Eisenbahnbrücke wurden sie überfallen. Bedo wurde getroffen – von der Axt, nein, von den Steinen. Er fiel ins Wasser oder wurde hineingestoßen oder rettete sich hinein. Wie es sich gehört, tauchte er noch dreimal auf und verschwand dann.

Warum wurde er ermordet? Weil er das Hätschelkind der ausländischen Touristen geworden war und soviel schnelles, leichtverdientes Geld gescheffelt hatte; damit hatte er Neid erregt. Die madagassische Kultur duldet keine Aufsteiger. Bedo gab sein Geld für eine punkige Frisur, ein Radio, schicke Kleider aus. Er war jetzt aggressiv und aufgeblasen. Manche haßten ihn deswegen. Nein, er war bescheiden und lieb. Er verfügte über große Integrität. Vielleicht wurde er umgebracht, weil sein Vater und andere Beamte von *Eaux et Forêts* zu unterbinden versucht hatten, daß im Reservat Analamazaotra illegal Hartholz geschlagen wurde. Illegal der Lebensraum des Indri zerstört wurde.

Alison Jolly erklärt: »Er wurde aus Eifersucht ermordet, und in gewisser Weise sind wir verantwortlich dafür.« Sie meint die ausländischen Touristen und Wissenschaftler, die ihn für seine Fähigkeiten gut entlohnten und damit sein Leben aus dem Lot brachten. Diese Ansicht hat eine gewisse Plausibilität.

Einer ebenso plausiblen, gegenteiligen Ansicht zufolge war sein Tod ein Zufallsereignis.

Zum Zeitpunkt meiner nachträglichen Erkundigungen liegt Bedo bereits in Perinet unter der Erde. Aber hier liegt er nur vorläufig begraben. Später, so erfahre ich, wird sein Leichnam in das Ahnengrab der Familie im Norden überführt. Wenn sich seine Familie an den Brauch des *famadihana*, des Wendens der Gebeine, hält, dann wird dieses Grab in ein paar Jahren wieder geöffnet, um Bedos sterbliche Überreste (zusammen mit denen von anderen) in fröhlicher Atmosphäre neu einzuwickeln. Unterdes haben einige Wissenschaftler und Naturschutzbeamte, die Bedo kannten, mit Überlegungen begonnen, wie man auf andere Art sein Gedächtnis ehren kann: Sie reden davon, zu Ehren Bedos einen Stipendienfonds für vielversprechende, junge madagassische Naturforscher einzurichten.

Frans Lanting schwebt noch eine andere Form des Gedenkens vor. »Wir haben ihn *Babakoto* genannt«, sagt er, »und solange diese Tiere im Wald schreien, wird er nicht vergessen sein.« Ungewiß bleibt dabei nur, wie lange das der Fall sein wird.

IX
Die zerstückelte Welt

159 Die Inselbiogeographie ist keine Angelegenheit mehr, die sich draußen im Meer abspielt. Sie hat die Festlandsgebiete erreicht. Sie ist überall. Das Problem, daß Lebensräume fragmentiert sind und die Pflanzen- und Tierpopulationen in den verschiedenen Fragmenten unter Bedingungen feststecken, die ihre Existenz langfristig unhaltbar machen, tritt mittlerweile überall auf der Landoberfläche des Planeten in Erscheinung. Die vertrauten Fragen kehren ständig wieder. Wie groß? Wie viele? Wie lange können sie überleben?

Wie viele Berggorillas bewohnen die bewaldeten Hänge der Virunga-Vulkane entlang der gemeinsamen Grenze von Zaire, Uganda und Ruanda? Wie viele Tiger leben im Reservat Sariska in Nordwestindien? Wie viele Exemplare des Javanischen Nashorns genießen den Schutz des Nationalparks Ujung Kulon? Soundso viele Dutzend Gorillas, soundso viele Dutzend Tiger, soundso viele Dutzend Nashörner. Die Zahlen schwanken unwesentlich von einem Jahr zum anderen, während die wiederkehrenden Fragen sich ebenfalls in Einzelheiten verändern, dabei aber im Grunde die gleichen bleiben. Wie viele gibt es noch? Wie groß ist ihr isolierter Lebensraum? Drohen ihnen die Gefahren, denen kleine Populationen ausgesetzt sind? Wie groß ist die Chance, daß diese Spezies, diese Subspezies, diese Population für weitere zwanzig Jahre oder weitere hundert überlebt?

Wie viele europäische Braunbären gibt es im italienischen Nationalpark Abruzzo. Nicht genug. Wie viele Florida-Panther im Big Cypress Swamp? Nicht genug. Wie viele Indische Löwen in den Wäldern des Gir-Reservats? Nicht genug. Wie viele Indris in Analamazaotra? Nicht genug. Und so weiter. Die Welt ist zerstückelt.

Das Problem ist allgegenwärtiger als Kohlenmonoxid. Es existiert überall, wo *Homo sapiens* Land besiedelt und zerteilt hat. Die Entwicklung reicht zwar weit zurück, aber in jüngster Zeit hat sie eine Zuspitzung erfahren. Kritische Schwellen werden erreicht und überschritten.

Dennoch gibt es, wenn wir uns auf Michael Soulés Urteil verlassen können, keine hoffnungslosen Fälle, sondern nur Menschen ohne Hoffnung und Fälle, die Geld kosten. Der Fall des Mauritiusfalken, *Falco punctatus*, scheint diese Einschätzung zu bestätigen.

160 Mitte der siebziger Jahre schien es, als sei der Mauritiusfalke zum Tode verurteilt. Der Hauptgrund für seinen Rückgang waren Verluste an Lebensraum, auch wenn einige andere Faktoren wie Vergiftung mit Pestiziden, Eierraub durch Affen und als »Schädlingsbekämpfung« praktizierter Abschuß (manche Mauritier, die in der Spezies einen Hühnerdieb vermuteten, beschimpften sie als *mangeur des poules*) ebenfalls eine Rolle spielten. Der Rückgang war allmählich vor sich gegangen, im Laufe von Jahrhunderten; in den fünfziger und sechziger Jahren unseres Jahrhunderts spitzte sich aber der bedrohte Zustand des Falken zu. Die Population nahm so sehr ab – die Zahl fiel unter fünfzig, unter Soulés und Franklins Schwellenwert für die Verhinderung kurzfristiger genetischer Degeneration –, daß eine Erholung der Spezies ausgeschlossen schien. Sie bewegte sich im Sturzflug aufs Aussterben zu. Ein Ornithologe konnte im Jahre 1971 gerade einmal von vier lebenden Exemplaren berichten.

Im Jahre 1973 leitete das International Council for Bird Preservation, eine Gruppe von Naturschützern mit Hauptsitz in Großbritannien, einen kleinen Versuch zur Rettung der Spezies in die Wege, und es wurde die erste systematische Zählung durchgeführt. Der Biologe vom ICBP zählte acht Falken, zu denen eventuell noch ein neunter kam. Ein Paar verschwand kurz danach; wahrscheinlich war es abgeschossen worden. Nach diesem Verlust gab es nur noch zwei brütende Paare, dazu zwei oder drei nichtbrütende Einzeltiere. Der Mann vom ICBP fing ein Paar ein, um mit ihm ein Zuchtprogramm in Gefangenschaft zu starten; aber prompt starb das Weibchen. Er fing ein anderes Weibchen, um das gestorbene zu ersetzen. Zu Beginn der Brutzeit im Jahre 1974 lebten also zwei Vögel in Gefangenschaft, und von vier anderen wußte man, daß sie noch in freier Wildbahn lebten. Möglicherweise hatten anderswo auf der Insel noch ein paar weitere Einzelexemplare überlebt, aber das war nicht sicher. Wenn die weltweite Population von *F. punctatus* sechs Exemplare überstieg, so gab es dafür jedenfalls keine Beweise.

Eines der wildlebenden Paare schaffte es, drei Junge auszubrüten und aufzuziehen. Einige Monate später indes suchte der Wirbelsturm Gervaise die Insel heim und brachte Tod und Verderben über den Lebensraum der Falken. Äste brachen, Bäume stürzten um, die Tiere suchten am Boden Schutz. Das wildlebende Falkenpaar tauchte schließlich wieder auf, aber es war aus einem alten Gebiet vertrieben und hinkte Wochen hinter seinem normalen Brutschema her. Das Zuchtprogramm mit den Tieren in Gefangenschaft machte währenddessen nicht den geringsten Fortschritt.

Diese heikle Situation setzte sich etliche Jahre fort; die wildlebende Population verzeichnete von einer Brutzeit zur anderen leichte Zunahmen oder Abnahmen und blieb stets der Gefahr ausgesetzt, daß ihr eine Pechsträhne – eine stochastische Störung, um es mit Mark Shaffer zu sagen – endgültig den Garaus machte. Das ICBP-Projekt brachte keine greifbaren Ergebnisse, sieht man von den regelmäßigen Zählungen ab, die Zeugnis von einer Spezies am Rande des Vergessens ablegten. 1978 zog wieder nur ein Brutpaar Junge in freier Wildbahn auf. Carl Jones, der sarkastische Waliser mit der Schäferhundfrisur, kam 1979 nach Mauritius. Das ICBP hatte ihn mit dem Auftrag hingeschickt, das Projekt bis zu seinem bevorstehenden Abschluß zu übernehmen. Die Situation des Falken schien hoffnungslos.

Und hoffnungslose Fälle sind Geldverschwendung. Und Geld ist natürlich ein beschränkender Faktor bei der Planung und Realisierung von Naturschutzbemühungen. Es ist einfach nicht genug Geld da, um für jede bedrohte Vogel-, Reptilien-, Säugetier-, Insekten- und Pflanzenart ein eigenes Rettungsprogramm vorzulegen. Etwa um die gleiche Zeit, als Jones seinen Auftrag bekam, veröffentlichte ein angesehener internationaler Naturschützer namens Norman Myers ein ernüchterndes Buch zum Artensterben, *The Sinking Ark* [Die sinkende Arche], worin er sich für eine »Auslese«-Strategie im Blick auf bedrohte Arten einsetzte. Myers rief seinen Lesern ins Gedächtnis, daß zur »Auslese«, wie sie von Lazarettärzten praktiziert wird, die Einteilung der Verwundeten in drei Kategorien gehört; anschließend ließen die Ärzte dann weitgehend die dritte Kategorie (Schwerverwundete, für die wahrscheinlich jede Hilfe zu spät kommt) und die zweite (Leichtverwundete, die wahrscheinlich ohne Hilfe überleben werden) unbeachtet und kümmerten sich um die erste Kategorie (Verwundete, für deren Überleben entscheidend ist, ob sie medizinische Hilfe bekommen oder nicht). Die Naturschützer, erklärte Myers, müßten ähnlich schwere Entscheidungen treffen; sie müßten ihre Mittel auf jene Fälle konzentrieren, bei denen Aussicht auf eine Besserung bestehe. »Das würde bedeuten, daß bestimmte Arten schlicht verschwinden, weil wir ihnen die letzte Stütze entziehen«, schrieb er. Dann wartete er mit einem aufs Geratewohl herausgegriffenen Beispiel auf: »Wir können den Mauritiusfalken seinem nur allzu unvermeidlichen Schicksal überlassen und die Mittel für eine verstärkte Unterstützung der Hunderte von Vogelarten verwenden, die größere Aussicht haben zu überleben.« Das ICBP, das bereits Geld für den Falken ausgegeben, aber keinerlei Erfolg damit erzielt hatte, war geneigt, dem zuzustimmen.

Der schlaksige, brüske Carl Jones hat Myers und dem ICBP ihre Haltung nie völlig verziehen. Mit bitterer Genugtuung reitet er auf dem »allzu unvermeidlich« herum.

Jones hat sich das Recht auf deutliche Worte zu diesem Thema redlich verdient. Was er zu sagen hat, betrifft nicht nur die Maßnahmen, die für *F. punctatus* ergriffen oder nicht ergriffen werden sollten, sondern auch die Gründe für den Rückgang der Spezies. »Der Grund, warum der Falke verschwand, ist ganz einfach«, sagt er, um dann – typisch Jones! – etwas Kompliziertes auszuführen: die Fragmentierung von Lebensraum und ihre biologischen Folgen.

Der Waldverlust auf Mauritius vollzog sich in einer relativ kurzen Zeitspanne. Die frühen holländischen Schiffsbesatzungen und Siedler, die der auf Mauritius heimischen Tierwelt so großen Schaden zufügten, hatten auf den Zustand der Wälder wenig Einfluß, da sie auf Segelschiffen reisten und ihr Bedarf an Bauholz sich in bescheidenen Grenzen hielt. Die Franzosen waren da etwas anderes. Während des ausgehenden achtzehnten und beginnenden neunzehnten Jahrhunderts rodeten sie einen Großteil der Wälder im Flachland, um dort Ackerbau zu treiben. Sie bepflanzten ausgedehnte Flächen mit Zuckerrohr. Sie schlugen Holz, um ihre dampfgetriebenen Zuckerfabriken damit zu heizen. Die schwersten Arbeiten wurden nicht von den Franzosen selbst, sondern von afrikanischen Sklaven verrichtet. Die Sklaverei auf Mauritius wurde 1835 endgültig abgeschafft, und bald danach fingen die Siedler an, als Ersatz für die Sklaven indische Arbeiter ins Land zu holen, mit dem Resultat einer gewaltigen Vermehrung der Inselbevölkerung. Mehr Menschen fällten mehr Bäume, weil sie Brennholz und Behausungen brauchten. Straßen wurden gebaut, und dann auch Eisenbahnlinien, auf denen mit Holz beheizte Dampflokomotiven verkehrten. Die Insel wurde böse zugerichtet; an die Stelle ihrer trockenen Flachlandwälder und ihrer Palmensteppe traten Zuckerrohr und andere Feldfrüchte, Straßennetze und kompakte menschliche Siedlungen. »Sie holzten den Wald ab«, sagt Jones, »und sie holzten alle Korridore zwischen den Hauptbrutgebieten ab, die sich auf den Höhenzügen befinden.« Er erwähnt die Moka- und die Bambous-Berge wie auch die Schwarzflußschluchten, wo seine eigenen Bemühungen um den Falken konzentriert waren. Für diesen besonderen Vogel habe das Abholzen der Waldkorridore zwischen den Brutgebieten bittere Folgen gehabt. Warum? Weil *F. punctatus* nicht gern weite Landflächen überfliege und noch weniger gern, wenn die weiten Landflächen frei von Wald seien. Er gehöre zwar zur Falkenfamilie, ähnele aber in seiner physischen Anlage eher einem Habicht. Seine Flügel seien kurz und stummelig, geeignet für den schnellen, regellosen Flug zwischen Bäumen (wo er Geckos und andere kleine Beutetiere von den Ästen picke), nicht aber für Geschwindflüge im Freien, wie bei den meisten Falken. Und er sei philopatrisch, um es im Fachjargon der Ökologen zu sagen – das heißt, heimatverbunden, wenig geneigt zu abenteuerlustigen Erkundungen neuer Territorien. Wenn man ein in Gefangenschaft aufgezogenes Exemplar in die freie Wildbahn entlasse, sagt Jones, entferne es sich selten weiter als ein paar Kilometer von der Stelle, wo man es ausgesetzt habe. Tierarten, die auf kleinen Inseln heimisch seien, tendierten durchweg nicht zur Abenteuerlust – die Gene fürs Abenteuerliche seien längst im Meer versunken –, aber bei einem Falken erwarte man nicht ein so ausgeprägtes Bild. Der Falke sei als Räuber zwar ein Akrobat in der Luft, scheue aber trotzdem vor Ausbreitungsflügen zwischen den isolierten Lebensraumfragmenten zurück.

Ein weiteres Problem waren die Pestizide. Zwischen 1948 und 1973 bekam das Land DDT und eine andere chemische Verbindung namens BHC in reichlichen Dosen verpaßt, weil man die Malaria ausrotten wollte. DDT wurde auch in der Landwirtschaft eingesetzt, zumindest bis 1970. Raubvögel sind durch DDT besonders gefährdet, da sie das Ende der Nahrungskette bilden und sich deshalb das Gift bei ihnen sammelt und die Fruchtbarkeit ihrer Gelege beeinträchtigt. Um die Zeit der Maßnahmen gegen die Malaria starben die Falkenpopulationen der Bambous- und der Moka-Berge beide aus. Sie waren zu klein, um die jüngsten Verluste zu verkraften, und zu isoliert, um durch Zuwanderer gerettet zu werden. Die Schwarzflußschluchten, die praktisch frei von menschlicher Besiedlung beziehungsweise von Landwirtschaft waren, blieben von den Sprühaktionen verschont. Dort überlebten die letzten paar Falken.

Doch sogar dort ging den Falken allmählich Lebensraum verloren. Fremdbürtige Pflanzen waren auf die Insel gebracht worden, und einige dieser Pflanzen (insbesondere Erdbeer-Guajavabäume und eine bestimmte Ligusterart) richteten ebensoviel Schaden an wie die eingeführten Säugetiere. Der Erdbeer-Guajavabaum ist eine aggressive Spezies, die mit den auf Mauritius heimischen Pflanzen sehr wohl konkurrieren kann. Sie war in die Hochlandwälder eingedrungen und wuchs in manchen Gegenden so dicht, daß sich die heimische Vegetation nicht mehr regenerieren konnte. Der Liguster setzte sich auf den steilen Hängen durch. Verschlimmert wurde die Situation noch dadurch, daß Schweine und Affen die Guajavafrüchte fraßen und die Samen überallhin ausbreiteten, während das Rotwild (zu Jagdzwecken ebenfalls auf die Insel eingeführt) die Schößlinge der heimischen Pflanzen abästen. So waren sich die beiden Gruppen fremdländischer Arten, die pflanzlichen und die tierischen, bei der Eroberung der Insel gegenseitig behilflich. Guajava und Liguster drangen in die hochgelegenen Gebiete und auf die Steilhänge der Schluchten vor. Ihre Anwesenheit veränderte den Wald nicht nur hinsichtlich der Arten, aus denen er sich zusammensetzte, sondern mehr noch in seiner physischen Beschaffenheit. Sie bildeten ein verschlungenes Gestrüpp, das ebendie Lücken im Unterholz schloß, durch die sich die Falken traditionell ihren Weg gesucht hatten. Mit zunehmender Verschlechterung der Lebensraumbedingungen wuchsen möglicherweise die Schwierigkeiten bei der Futtersuche und führten dazu, daß einige erwachsene Falken verhungerten und andere keine Jungvögel großziehen konnten. Ein brütendes Falkenpaar mußte Futter für sich selbst finden und wochenlang einen Futterüberschuß für die hungrige Brut beischaffen. Kein Überschuß, keine Brut.

Der Bruterfolg wurde auch durch inselfremde Räuber beeinträchtigt. In der Rivière-Noire-Gegend nisteten die Falken durchweg in kleinen, natürlich entstandenen Hohlräumen, mit denen die hohen Basaltfelsen gesprenkelt waren. Ein Gelege bestand aus drei Eiern, gelegentlich auch vier, die in einer Kuhle auf dem Boden der Höhlung deponiert wurden. Das Weibchen bebrütete die Eier – und verteidigte sie, soweit das in seinen Kräften stand –, während das Männchen auf Futtersuche ging. Nicht all diese Felsenlöcher waren absolut sicher. Die Basaltfelsen am Fluß ragen Hunderte von Metern über den Wald empor, aber der Fels ist uneben, und manche der Hohlräume lassen sich von einem Tier, das klettern kann, über schmale Simse erreichen. Vor dem Eindringen der Menschen und ihres Gefolges von Schädlingen, als es auf der Insel noch keine flinken Säugetiere gab, dürfte der Unterschied zwischen den Höhlen nicht ins Gewicht gefallen sein. Unter den neuen Umständen hat ein brütendes Falkenpaar mit einer Höhlung, die einem felsenkletternden Raubtier erreichbar ist, unter Umständen eine katastrophal schlechte Wahl getroffen. Affen und Ratten sind beide imstande, ein Gelege zu fressen, und der Mungo *Herpestes auropunctatus* (ebenfalls eine fremdbürtige Spezies, die vom asiatischen Festland eingeschleppt worden war) frißt gegebenenfalls nicht nur Eier, sondern auch Jungvögel und am Ende sogar einen unachtsamen Altvogel.

Ein weiteres Problem stellte für den Vogel die genetische Verarmung dar. Auch wenn es keine Daten gibt, die uns erlauben, das Ausmaß der Inzucht während der siebziger Jahre und davor zu beurteilen, können wir doch einiges vermuten. Bei so niedrigen Zahlen, die mehr noch für eine Reihe von Generationen Bestand hatten, muß die Falkenpopulation durch die genetische Drift viel von ihrer genetischen Variationsbreite eingebüßt haben. Mit der Variationsbreite verlor sie auch an Anpassungsfähigkeit. Potentiell nützliche Allele verschwanden aus der Erbmasse. Unter anderem dürften die flamingorosafarbenen Socken aus dem Erbgutkoffer verschwunden sein. Und bei so beschränkten Paarungsmöglichkeiten war die Inzucht unvermeidlich. Ob der Grad an Inzucht zur Inzuchtdegeneration führte, ist eine andere Frage und eine schwierige dazu – ich werde auf sie zurückkommen. Vorerst genügt es festzuhalten, daß der Falke mit Sicherheit die Bürde seiner genetischen Belastung zu spüren bekam, mochte diese Belastung nun größer oder geringer sein.

Angesichts der Fülle von Widrigkeiten, mit denen er sich konfrontiert sah – schwindender Lebensraum, fragmentierter Lebensraum, verschlechterter Lebensraum, DDT, Wirbelstürme, vom Verfolgungswahn geschüttelte Geflügelhalter, inselfremde Raubtiere und genetische Verarmung –, hatte demnach *F. punctatus* wahrhaftig nichts zu lachen. Im Jahre 1979 war der Mauritiusfalke bereits, um es mit den unverblümten Worten von Carl Jones zu sagen, »ein Knochenhaufen«.

161 Das änderte sich. Der neue Mann, dieser Jones, war einfallsreich und unheimlich stur. Sowenig er für Diplomatie übrig hatte und sowenig er zu blindem Gehorsam neigte, so gut verstand er sich auf Vögel. Seine Vorgehensweise war aggressiver, eingreifender, weniger behutsam, und er scheut sich nicht, das auch auszusprechen.

Zum Beispiel:»Ich war der erste Mensch *in diesem Jahrhundert*, der sich ein Nest des Mauritiusfalken aus der Nähe ansah.« Er kletterte in eine Felsenhöhle hinauf und kam mit einer Handvoll Eiern wieder heraus. Wenn er die Eier im Brutkasten ausbrütete, konnte er vielleicht die Aufzucht- und Überlebenschancen verbessern, hoffte Jones. Jedenfalls waren die Eier dann vor Affen, Mungos und Ratten geschützt. Und vielleicht legte ein in freier Wildbahn lebendes Weibchen, wenn ihm sein Gelege geraubt wurde, gleich ein neues zum Ersatz. Dieser Eierdiebstahl war ein riskantes Unterfangen. Jones war sich im klaren darüber, daß er möglicherweise mehr Schaden anrichtete, als Nutzen stiftete. Ging man von Erfahrungen mit anderen Falkenarten aus, konnte man andererseits begründete Hoffnungen auf Erfolg hegen. Und da die Spezies unter den gegebenen Bedingungen ohnehin zum Untergang verurteilt schien, konnte er es ebensogut versuchen.

»Haben Sie eine Ausbildung als Vogelkundler?« frage ich ihn. Ich möchte wissen, ob er auf direktem Weg zur Ornithologie gelangt ist, oder ob er ein allgemeines Studium in Ökologie absolviert hat.

Ausgebildet? Er denkt nach. Nicht, daß er wüßte. »Ich war mein Leben lang ein Vogelmensch.«

Er sei im Westen von Wales auf dem Land aufgewachsen, erzählt mir Jones, wo seine große Knabenleidenschaft die Wildtiere gewesen seien. »Der Hinterhof meiner Eltern war voll mit allen möglichen Arten von Wildtieren. Ich hatte Dachse und Füchse und Iltisse, Frettchen und Kaninchen, Falken und Habichte und Eulen. Ich war ein sehr schlechter Schüler und schwänzte ständig die Schule. Mein Vater wußte nichts davon, aber ich schwänzte die Schule, weil ich nach meinen Tieren sehen wollte.« Er habe ein bißchen Falknerei getrieben und sei sehr erfolgreich bei der Zucht von einigen Arten gewesen. »Sie müssen sich klarmachen, daß es damals noch *keine* Zucht von Raubvögeln in Gefangenschaft gab. Und ich züchtete Turmfalken und europäische Bussarde. Tatsächlich war ich einer der ersten, denen die Zucht europäischer Bussarde gelang. Und ich züchtete Eulen. Als Schuljunge. Meine Lehrer sagten mir ständig: ›Jones, um Gottes willen, hör auf, mit all den Tieren herumzumachen, und arbeite mal was *Richtiges*. Steck die Nase in deine Bücher. Vielleicht *bringst* du es dann im Leben zu was.‹ Und ich sagte zu ihnen, ich sagte: ›Tut mir leid, aber ich will nichts weiter, als durch die Welt ziehen und auf tropische Inseln fahren und Vögel studieren.‹ Mein Direktor redete mir gut zu, er sagte: ›Jones, mach dich nicht lächerlich. Wer so was machen will, muß entweder intelligent oder reich sein. Und du bist weder das eine noch das andere.‹«

Jones gibt das alles genußvoll wieder, wobei er den hochnäsigen Oxford-Akzent des Direktors nachmacht.

Ein sekundäres, aber durchgängiges Motiv im Leben von Carl Jones war sein Bedürfnis, den Schuften zu zeigen, daß sie auf dem Holzweg waren. Autorität verkörpernde Stimmen – der Direktor, Norman Myers, das ICBP – hatten ihm wiederholt erklärt, er könne nicht, sei nicht, dürfe nicht. Seine Reaktion darauf bestand in dem Nachweis, daß er sehr wohl konnte, sehr wohl war und, verdammt noch mal, tat, was er wollte. Wäre er als junger Mann weniger dickköpfig gewesen, er hätte sich vielleicht in sein so gut wie unvermeidliches Schicksal gefügt und sich mit einem beschränkten Leben in Wales abgefunden, hätte an der Schule unterrichtet, Kleinartikel verkauft, oder als Bergbauingenieur gearbeitet und in der Freizeit Wellensittiche gezüchtet. Aber er hält nicht viel von Schicksal. Dagegen hält er offenbar eine Menge von ruhmvollen Hasardspielen. Hasardspiele tragen ihren Lohn in sich und brauchen nicht gewonnen zu werden; aber, weiß Gott, manchmal sind sie sogar von Erfolg gekrönt. Jones hat einen Lieblingsausdruck, der manchmal, in Augenblicken ekstatischer Zufriedenheit mit seinem Leben auf dieser abgelegenen, schwergeprüften, biologisch auffälligen Insel, aus ihm herausbricht und an alle und niemanden adressiert ist: »Hol euch der Geier!«

Seine Begeisterung für den Mauritiusfalken reicht weit zurück, in seine Studentenzeit in England. Eines Tages hörte er einen Vortrag, den ein Amerikaner namens Tom Cade hielt, ein Greifvogelexperte, der den Peregrine Fund [Wanderfalkenstiftung] begründet hatte. Cade sprach über bestimmte wissenschaftliche Methoden, die in der Arbeit mit bedrohten Arten Verwendung fanden und damals noch neu waren. Einige dieser Methoden, die sich speziell auf Vögel bezogen, hatte der Peregrine Fund bei den Bemühungen um den Wanderfalken angewandt: Brüten in Gefangenschaft, Ausbrüten im Brutkasten, Aufzucht in Gefangenschaft, die Brutpflege von Jungvögeln der einen Art durch erwachsene Vögel einer anderen, nicht so bedrohten Art und die »Auswilderungs«-Technik der traditionellen Falknerei, durch die ein flügge gewordener Vogel allmählich der Ernährung durch Menschen entwöhnt und zum Jagen in freier Wildbahn erzogen wird. Die Vorstellung, daß diese Methoden für die Rettung bedrohter Vogelarten eingesetzt wurden, fand Jones ebenso aufregend wie einleuchtend. Es bedeutete, daß vieles von dem, was er als Junge gemacht hatte, von potentiell weiterreichendem Wert war. Im Laufe seines Vortrags erwähnte Cade auch ein Geschöpf namens *Falco punctatus*, den Mauritiusfalken. Laut Cade der seltenste Vogel der Welt, kurz vor dem Aussterben. Aber vielleicht ließ ja sogar *er* sich noch retten.

»Mich packte bei dem Gedanken eine solche Aufregung«, erinnert sich Jones. »Ich sagte mir, du mußt nach Amerika und schauen, was die Leute da machen, mußt sehen, wie sie es geschafft haben, all diese Vögel aufzuziehen, mußt herausfinden, was da eigentlich los ist.« Im Jahre 1976 fuhr er dann hin. Er besuchte nicht nur die Leute vom Peregrine Fund, er lernte auch den amerikanischen Biologen kennen, der das ICBP-Projekt für Mauritius in Gang gebracht hatte. »Ich schwor mir, daß ich irgendwann nach Mauritius fahren würde, um den Falken zu sehen«, sagt Jones. »Ich ließ mir nicht im Traum einfallen, daß ich einmal mit ihm *arbeiten* würde.« Ein Jahr später hörte er, daß sich das Projekt in Schwierigkeiten befand – besser gesagt, daß es bald am Ende sein würde –, daß erst einmal aber das ICBP einen neuen Projektleiter suchte. Der Posten war ein Abstellgleis mit magerem Gehalt und besten Aussichten auf jede Menge Frustration und Trübsal. Jones bewarb sich darum und bekam ihn. »Ich wurde also dorthin geschickt, für ein oder vielleicht zwei Jahre, wie es hieß. Und mein ursprünglicher Auftrag ging dahin, das Projekt zu beenden.« Aufmüpfig, wie er von Natur war, fand er statt dessen einen Weg, es zum Erfolg zu führen.

Er fand heraus, daß sich die Spezies in Gefangenschaft durchaus erfolgreich fortpflanzen ließ, wenn der Züchter über Erfahrung verfügte und Vogelhaus und Futter nicht mit DDT verseucht waren. Er machte eine wichtige verhaltensspezifische Entdeckung: daß wildlebende Falken in den Schwarzflußschluchten darauf eingestellt werden konnten, Zufütterung zu akzeptieren. Er fing an, ihre Nahrung durch rohes Fleisch zu ergänzen. Das Extrafutter würde vielleicht einigen Paaren gestatten, ihre Fortpflanzungsquote zu erhöhen, hoffte er. Das vergrößerte Fortpflanzungspotential schlug sich möglicherweise in einem zweiten Gelege nieder, wenn er das erste Gelege wegnahm, um es im Brutkasten auszubrüten und die Brut in Gefangenschaft aufzuziehen. Und siehe da, ebendas geschah. Er fand auch heraus, daß er durch das »Abziehen« von Eiern aus einem Nest – indem er also ein Ei nach dem anderen, sobald es gelegt war, wegnahm – ein Weibchen dazu bringen konnte, ein Gelege von bis zu acht Eiern statt der üblichen drei oder vier zu produzieren. Er experimentierte sowohl mit künstlichen (elektrischen) Brutapparaten als auch mit dem ersatzweisen Ausbrüten der Eier durch einen in Gefangenschaft lebenden europäischen Turmfalken. All diese Techniken waren von den Leuten des Peregrine Fund und anderen bereits entwickelt worden; Jones und die Mitarbeiter, die er schließlich in Mauritius hatte, paßten sie an *F. punctatus* an. In den ersten Jahren lagen die Erfolgsquoten bei der Brut und Aufzucht seiner gefangenen Falken niedrig, aber sie besserten sich. Er stellte fest, daß sich durch künstliche Besamung der Bruterfolg steigern ließ. Er fand heraus, daß Jungvögel ziemlich gut gediehen, wenn man sie mit kleingehacktem Wachtelfleisch fütterte. In der Anfangszeit hatte er nur einige wenige, in Gefangenschaft aufgezogene Vögel, mit denen er arbeiten konnte. Eine Reihe von ihnen hielt er als Zuchttiere in den Vogelhäusern. Er fand Hinweise auf Inzuchtdegeneration (genauer gesagt, eine Neigung zu tödlichen Eierstockerkrankungen) bei der Nachkommenschaft seiner Zuchttiere, aber das Problem betraf nur einige wenige Exemplare, und er mogelte sich daran vorbei. Er wählte seine neuen Zuchttiere aus den gesunden Vögeln aus, während er die Vögel mit den Erkrankungen von der Fortpflanzung ausschloß.

Andere Vögel, die er in Gefangenschaft aufgezogen hatte, entließ er mittels Auswilderung in die Freiheit. Jones gelangte zu dem Schluß, daß bei wildlebenden Paaren in Gebieten, die als Lebensraum auf der Kippe standen, die zusätzliche Fütterung darüber entscheiden konnte, ob das Paar Nachwuchs zeugte oder nicht. Er wechselte zu weißen Mäusen als Zusatzfutter über und fand heraus, daß die wildlebenden Falken die toten Mäuse annahmen, trotzdem aber noch selbst auf Jagd gingen. Er entdeckte, daß ein an die Fütterung gewöhnter Falke sich sogar herbeirufen ließ. Diese Entdeckung führte zu einem erstaunlichen kleinen Kunststück, das zu einer regelmäßigen Fütterpraktik wurde. Jones erschien unter dem Nistplatz und zeigte dem Falken an, daß er eine Maus mithatte. Dann warf er die Maus senkrecht in die Luft, allez-hop, und der Falke schoß von seinem Nistplatz herab und fing die Mahlzeit drei Meter über Jones' Kopf auf.

Er fand auch heraus, daß man einem ungeübten wildlebenden Weibchen die Eier eines europäischen Turmfalken unterschieben konnte, damit es Erfahrung im Ausbrüten sammeln konnte, während seine eigenen Eier im Vogelhaus umhegt wurden. Wie er feststellte, ließen sich alle möglichen Vertauschungstricks praktizieren, von denen jeder für die Population des Mauritiusfalken irgendeinen geringfügigen Vorteil brachte.

Jones schuftete nicht alleine. Mit der Zeit und in dem Maße, wie das Projekt anfing, einen erfolgversprechenden Eindruck zu machen, gesellten sich ihm etliche Kollegen und Hilfskräfte bei. Richard Lewis, ein alter Kumpel aus Großbritannien, brachte seine Fachkenntnisse in das Falkenprojekt ein, nachdem er sich bei einem langen Feldforschungsaufenthalt auf den Philippinen mit dem dortigen Affenadler beschäftigt hatte. Willard Heck, ein versierter Brut-und-Aufzucht-Spezialist, der beim Peregrine Fund angestellt war, besuchte Mauritius alljährlich zur Brutzeit und betreute die Eier, die im Vogelhaus ausgebrütet wurden. Wendy Strahms Forschungen zur Pflanzenökologie beleuchteten die Situation im Lebensraum. Aufbaustudenten aus den USA und Großbritannien übernahmen unter anderem die Aufgabe, Falken per Funk zu beobachten. Jones unterstellte das Projekt einer neuen Schirmherrschaft, dem Mauritius Wildlife Fund, und mobilisierte zusätzliche finanzielle Unterstützung von außerhalb. Der Peregrine Fund spielte dabei eine entscheidende Rolle und half sowohl mit Geld als auch mit den Diensten von Willard Heck. Der andere Hauptsponsor war der Jersey Wildlife Preservation Trust. Mit Hauptsitz auf der britischen Insel Jersey war der JWPT bestens vertraut sowohl mit der Aufgabe der Rettung seltener Arten als auch mit den besonderen Problemen des Inseldaseins. Sein Begründer und guter Geist war der Schriftsteller Gerald Durrell, der dem Vernehmen nach selber hinlänglich Draufgänger war, um die Wesensart eines Carl Jones würdigen zu können. Aus Durrells Sicht lohnte es sich entschieden, einen bärbeißigen, selbstherrlichen Waliser mit ausgeprägtem Sinn für Ironie zu unterstützen, solange dieser Resultate vorzuweisen hatte. Nicht jeder teilte diese Sicht.

»Eine Organisation, die ungenannt bleiben möge«, berichtet Jones, »erklärte uns, sie würden nur dann mit uns zusammenarbeiten, wenn sie vollständige Kontrolle über den von ihnen finanzierten Mitarbeiter hätten. *Sie* würden ihm sagen, was er zu tun habe. *Sie* würden seinen Auftrag bestimmen. Wir sagten natürlich ›Scheiß drauf, Junge, nicht mit uns‹.«

Welche ungenannte Organisation war das? frage ich.

»Der ICBP.«

162 Während der Landrover vom Dorf Rivière-Noire am Fluß entlang nach Norden fährt und dann nach Osten in Richtung der Berge über eine holprige Straße ruckelt, wiegt Richard Lewis die Thermoskanne auf seinem Schoß. Es ist eine Kanne mit breiter Öffnung und Plastikgriff; in ihrem Innern befinden sich zwei kleine Eier, die Willard Heck mit behutsamen, kundigen Händen in eine Schicht aus Baumwollkugeln gebettet hat. Diese Eier, die ein im Vogelhaus stationierter europäischer Turmfalke gelegt hat, ähneln in ihrer physischen Beschaffenheit den Eiern eines Mauritiusfalken, sind aber weniger unersetzlich. Wenn sie die Straße und die Kletterpartie überstehen, werden

Lewis und Jones sie einem wilden Mauritiusfalkenpaar anvertrauen, das sich in einer Felsenhöhlung bei Trois Mamelles eingenistet hat.

Der Ort hat Ansichtskartenformat, und das Licht an diesem Nachmittag würde einem Fotografen Freude machen. Die unter dem Namen Trois Mamelles bekannten Berggipfel sind drei spitze Vulkankegel, die an den unteren Hängen üppig mit Wald bewachsen sind, während sie oben aus nacktem Basalt bestehen; den Franzosen, der ihnen den Namen gab, ließ ihr Umriß offenbar an Euter (nicht unbedingt Kuheuter) denken. In den Anfängen dieses Jahrhunderts kurvten Falken an den bewaldeten Hängen umher und nisteten oben in den Felsen, aber als die Zeiten schlechter wurden, starben sie aus und waren jahrzehntelang verschwunden – bis vor kurzem, als Jones und seine Truppe ein in Gefangenschaft aufgezogenes Männchen in die Freiheit entließen und es dem Männchen gelang, ein einzelnes Weibchen an sich zu binden. Das Weibchen, wahrscheinlich ein Nachkömmling anderer freigelassener Vögel, dürfte in Sachen Brut und Aufzucht unerfahren sein, deshalb sollen ihm die Pflegeeier Gelegenheit geben, Erfahrung zu sammeln. Sein ursprüngliches Gelege, das aus zwei Eiern bestand, wurde bereits weggenommen und der Fürsorge von Heck übergeben, der zwar die Falkeneier nicht selber *legen* kann, im Ausbrüten aber meisterlich ist. Wenn das Weibchen von den Trois Mamelles seine Brutkompetenz an europäischen Eiern unter Beweis gestellt hat, darf es auch eigene Eier ausbrüten.

Jones, Lewis und ich wandern einen steilen Pfad zum Fuß eines der Felsen hinauf, der sich als eine hohe Wand aus bröckelndem, purpurfarbenem Gestein darbietet. Kleine waagrechte Simse auf der Felsoberfläche, die den Zehen und Fingern genug Halt bieten, ermöglichen uns, hinaufzuklettern, horizontale Ebenenwechsel zu vollziehen, wieder weiterzuklettern. Es dauert nicht lange, und wir sind bereits ganz schön hoch oben und exponiert. Der grüne Waldgürtel flutet unter uns steil hinunter, flacht sich ab, löst sich in Buschvegetation auf, macht einem ausgedehnten Panorama aus Zuckerrohrpflanzungen Platz. Kilometer entfernt im Osten liegt eine Stadt. Die Aussicht ist grandios, aber wir schenken ihr kaum Beachtung. Sieben Meter unter der Nisthöhle machen wir halt, weil wir hier mit unserer Kletterei am Ende sind.

Die Felswand erhebt sich nahezu senkrecht. Der weitere Aufstieg ist nicht leicht zu bewältigen; bei oberflächlichem Hinschauen gewinnt man den Eindruck, als gebe es überhaupt keine Möglichkeit. Genau diese Unzugänglichkeit ist der Vorzug des Nistplatzes. Wir klammern uns an den Felsen und glotzen nach oben. Ich denke: *Wo?* Diese beiden Typen sind schließlich keine forschen jungen Bergsteiger mit Seil und Pickel, sie sind zwei praktisch denkende Ornithologen mit Eiern im Gepäck. Lewis wird den Weg allein fortsetzen, da das letzte Stück schwierig ist und die nistenden Falken schon durch einen einzelnen Eindringling aufgestört werden, ganz zu schweigen von mehreren. Mir ist das nur recht; für meine journalistischen Zwecke bin ich nahe genug. Lewis bewältigt den Anstieg, indem er sich an einer Ranke hochhangelt, die entlang dem Felsen wächst.

Die zwei Falken, die unser Eintreffen aus dem Nest verscheucht hat, kehren inzwischen zurück. Sie beziehen mitten in der Luft, nicht weit von Lewis' Nacken entfernt, Stellung. Es sind hübsche kleine habichtähnliche Vögel, mit gespreiztem Schwanz, ausgebreiteten Schwingen und gesprenkelter vanillefarbener Brust, die vor dem Nachmittagshimmel, gegen den sich die Vögel als Silhouette abheben, abgedunkelt erscheint. Sie lassen sich von warmen Luftströmungen tragen, schweben ruhig wie ein Paar chinesische Drachen, die in einer stetigen Brise am Seil hängen – und der Pflock, an dem das Seil befestigt ist, heißt Richard Lewis. Sie beobachten jede seiner Bewegungen, während er sich entlang der Ranke zum Nest hinaufquält. Falls Falken finster blicken können, dann tun sie das hier. Gelegentlich verteidigt ein Falkenweibchen mit allen Kräften sein Gelege, wenn es sieht, daß die Eier stibitzt werden sollen, erzählt mir Jones. Das Weibchen legt einen eleganten Sturzflug hin und schlägt ihre Klauen in die Kopfhaut des Dummerjans. Jones weiß das, weil bei früheren Gelegenheiten er der Dummerjan war, auch wenn diesmal Lewis die Rolle spielen muß. Jones selbst ist richtig hochgestimmt.

»*Sehen* Sie sich nur diese Luftfahrtschau an. Beide im Formationsflug. Was für eine Flugfertigkeit.« Er reckt das Gesicht zum Himmel, der voller weicher tropischer Wolken hängt. »Hol euch der Geier!« brüllt er der ganzen abwesenden Bande von Sachwaltern konventioneller Verfahrensweisen und rationaler »Auslese«-Prozeduren zu, während Lewis sich keuchend und strampelnd in die Höhle hineinhievt.

Die Thermosflasche mit den Eiern zieht Lewis vorsichtig an einem Stück Leine zu sich herauf. Er legt die Pflegeeier in die Nestkuhle und nimmt die zwei Kunsteier weg, die dort beim vorangegangenen Besuch als Substitute zurückgelassen wurden. Die Kunsteier sind aus Glas; nicht einmal Willard Heck könnte sie ausbrüten. Sie dienten dem Zweck, das Brutinteresse des Weibchens, nachdem ihm sein eigenes Gelege weggenommen worden war, wachzuhalten. Mauritiuseier, Kunsteier, europäische Eier und dann wieder Mauritiuseier: eine ornithologische Version des Hütchenspiels, die Jones und seine Spießgesellen erfunden haben, um ein paar Mauritiusfalken zur Erzeugung außergewöhnlicher Mengen von Nachwuchs anzustacheln.

Die Falken mögen es nicht, wenn tolpatschige Zweibeiner bei ihnen eindringen, aber greifbare Beweise dafür, daß am Nest herummanipuliert worden ist, scheinen sie nicht auf Dauer abzuschrecken; normalerweise nehmen sie ihre fürsorgliche Haltung wieder ein, wenn Eier welcher Art auch immer an der Stelle geblieben sind. Heißt das, sie sind dumm? Um das zu entscheiden, müßten wir uns auf eine ornithologisch haltbare Definition von Dummheit einigen, was kein leichtes Unterfangen wäre. Aber außer Frage steht, daß *F. punctatus* wie so viele andere auf Inseln heimische Arten ökologisch naiv ist. Diese Vögel legen nicht viel instinktive Angst vor Säugetieren, menschlichen oder auch anderen, an den Tag. Sie dulden ein Maß an störenden Tricksereien, das für die meisten Falken auf dem Festland unerträglich wäre. Diese Sorglosigkeit macht den Eiertausch ein bißchen leichter. Der andere Grund für den Erfolg von Jones' Methoden liegt, wie ich vermute, darin, daß er und seine Kollegen so verdammt geschickt sind.

Als wir wieder im Landrover sitzen, fahren wir die Strecke, die wir gekommen sind, zurück und biegen dann erneut von der Straße ab, um auf einem anderen schlechten Weg in Richtung einer anderen Gruppe von Bergen zu rumpeln. Lewis möchte ein neues Falkenpaar kontrollieren, das sich an einem Ort namens

Yemen in einer fremden Höhle eingenistet hat. Vor einer Woche legte das Weibchen ein Ei und hörte dann auf; Lewis fragt sich, was los ist.

Wir fahren durch Zuckerrohrfelder, durch eine Zone gestrüppreicher Steppe, dann hinaus ins Freie über eine Lichtung, die bis auf die Grasnarbe abgeäst und zerwühlt ist und davon zeugt, daß sie reichlich von Rotwild und Schweinen frequentiert wird. Der Wald ist hier abgeholzt worden, um größeren Flächen Grasland Raum zu bieten und so die schädliche Rotwildpopulation aufzublähen, mit deren Jagd sich ein paar reiche mauritische Jäger die Zeit vertreiben. An den Rändern der Rodungen sehen wir etliche Hochstände, die das Jagdvergnügen vornehm und bequem, wenn auch nicht eben sportlich machen. »Es ist kriminell, was an Orten wie diesem passiert«, sagt Lewis. »Sie zerhackstücken *noch immer* das mauritische Erbe.« Mir fällt ein, daß auf dem offiziellen Landeswappen von Mauritius zwei Tiere zu sehen sind, die einen Helmbusch flankieren: ein Dodo und ein Rehbock. Das eine Tier ist eine Erinnerung, das andere ist ein eingeschleppter ökologischer Schädling, der wundersamerweise ins Phantasiegeschöpf von *la chasse* verwandelt erscheint. Vorne, hügelaufwärts, huscht flink und verstohlen eine Horde grauer Makaken über die Straße, die mich einmal mehr daran erinnert, daß die Insel Mauritius von ökologischen Eindringlingen strotzt.

Wir fahren durch ein Tor. Die ungeteerte Straße führt in eine enge Schlucht, die von den Zuckerrohrfarmern und dem Rotwild verschont geblieben ist – jedenfalls bis jetzt. Die steilen, bewaldeten Hänge machen auch hier weiter droben Basaltfelsen Platz. »Das hier gehört zu den besten Waldgebieten, die in Mauritius übriggeblieben sind«, sagt Jones. »Da oben, in der Nähe des Plateaus, wo so ein helleres Grün herunterkommt, sehen Sie? Das ist neues Zeug.« Damit meint er eingeschleppte fremdländische Pflanzen, besonders Guajavabäume und Liguster. Er weist mit der Hand von einer Stelle zur anderen, wie ein zürnender Gott, der Segen und Verdammnis austeilt. »Aber hier drüben und da unten, das ist von hier. Das ist echt. Hübsch, oder?«

Ein Fußweg führt durch einen Waldtunnel nach oben. Nach einem knappen Kilometer überqueren wir einen hohen feinmaschigen Drahtzaun, der das Rotwild in seine Schranken weisen soll. Dann gelangen wir zu dem im Baumschatten liegenden Fuß einer Felswand. Die steigt kompromißlos senkrecht auf und neigt sich sogar ein bißchen nach vorn; wie hoch sie genau über die Baumwipfel emporsteigt, kann ich nicht sehen. Jemand hat in der Nähe eine lange Holzleiter deponiert, aber Lewis und Jones schenken ihr keine Beachtung, vermutlich, weil sie ohnehin nur die ersten fünf bis sieben Meter überbrücken würde. Statt dessen fangen sie an, eine die Klippe umschlingende Ranke emporzuklettern, ähnlich der anderen, die Lewis bei Trois Mamelles benutzt hat. Lewis vorneweg und Jones hinterdrein, hangeln sie sich hoch, stützen die Füße an dem unebenen Felsen ab und tauchen ins Blätterdach ein. Niemand hat mich auf diese Wehrübung vorbereitet. Sie kommt mir so gewagt und unwirklich vor, als klettere man an einer Bohnenranke in die Wolken. Dennoch folge ich den beiden.

Als ich zehn Meter über dem Boden bin, schnickt mir ein Baumzweig die Brille von der Nase; sie fällt auf die Erde hinunter. Ich könnte hinabsteigen und sie wiederholen – das wäre sicher vernünftig. Aber dann würde ich zu weit hinter die launigen Irren zurückfallen und vielleicht in Versuchung geraten, unten zu bleiben. Es ist mein Glück oder vielleicht auch mein Pech, daß ich in meiner Schultertasche eine Ersatzbrille habe.

»Trauen Sie dieser Ranke?« rufe ich zu Jones hinauf. Er ist zwar schlaksig, aber groß, und wiegt bestimmt seine hundertachtzig Pfund; aus meiner Perspektive kann ich würdigen, was für große Füße er hat.

»Nicht sonderlich.«

Wir arbeiten uns an der Felswand langsam nach oben. Es ist kein Himmelfahrtskommando, aber gefährlicher als ein normaler ornithologischer Kontrollgang ist es schon. Wir kommen aus dem bewaldeten Tal ins Freie hinaus. Während wir die Baumwipfel hinter uns lassen, mache ich mir mahnend klar: Wenn du von hier runterfällst, brauchst du nicht mehr nach Hause zu fahren. Ich klammere mich an die Ranke. Dann schließen Jones und ich zu Lewis auf, der auf einem schmalen Felsvorsprung steht, wie auf einem Fenstersims zehn Stockwerke über Lexington Avenue. Lewis empfängt uns mit schlechten Nachrichten. Die Nisthöhle ist leer. Das Kunstei, das er hier bei einem früheren

Besuch zurückgelassen hat, ist kalt. Vom Falkenweibchen keine Spur.

»Vielleicht ist sie nur da drüben zwischen den Bäumen«, sagt Lewis. »Und wartet. Soweit macht mir die Sache keinen Kummer.« Was ihm Kummer macht, ist die Tatsache, daß sie offenbar das Nest geräumt hat, daß sie das Glasei hat kalt werden lassen und selbst keine weiteren Eier mehr gelegt hat.

»Eine Möglichkeit wäre, daß ich sie gestört habe, als ich die Auswechslung vornahm«, meint Lewis.

Jones glaubt das nicht. Er setzt volles Vertrauen in die Arbeit von Lewis, und alle Erfahrungen mit der Spezies sprechen dafür, daß ein behutsamer Eieraustausch das Weibchen nicht vertrieben hätte. Aber er ist verblüfft. Beim Mauritiusfalken kommt es auf jedes einzelne Gelege an; dafür, daß dieser Brutversuch nicht geklappt hat, muß es einen Grund geben. Was ist passiert? Jones und Lewis denken ein paar Minuten lang angestrengt nach, während wir wie drei bankrotte Börsenmakler mit Selbstmordabsichten auf dem Sims stehen. Ich schaue hinaus auf das Panorama – die bewaldete Schlucht unter uns, die Rotwildranch dahinter und noch weiter hinten die Zuckerrohrfelder, die sich acht Kilometer nach Westen bis zum halbmondförmigen Strand erstrecken, hinter dem dann die große türkisfarbene Fläche des Indischen Ozeans beginnt. Die Sonne ist tief am westlichen Horizont in einer regenträchtigen Wolkenbank versunken. Das Licht ist sepiafarben, die Zuckerrohrfelder leuchten hellgrün. Ein großartiger Anblick, die Landschaft aus der Falkenschau. Aber wo sind die Falken?

Lewis macht sich davon, um nach Hinweisen zu suchen. Jones und ich folgen ihm entlang einer mit Drahtseil gesicherten Traverse. Irgendwo da unten futtern verwilderte Schweine wahrscheinlich gerade meine zersplitterte Brille. Bei jedem Schritt achte ich sorgfältig darauf, wohin ich den Fuß setze. Dann erweitert sich der Vorsprung zu einem kleinen Erker, und mein Auge fällt auf eine komische Vorrichtung aus Holz und Draht, eine Kastenfalle mit Falltür, die offenbar bei einem früheren Versuch hier hochgehievt und aufgestellt worden ist. Die Falle ist leer.

Von weiter vorne dringt Lewis' unheilkündende Stimme zu uns.

»Ach. Wer sagt's denn! Schau, was wir da haben.« Jones und ich treffen ihn an, wie er über eine weitere Falle gebeugt steht, in der sich ein Mungo befindet.

Es ist ein schlankes braunes Tier, das einem übergroßen Wiesel ähnelt. Als Jones sich hinunterbeugt, um sich die Sache genauer zu betrachten, wirft sich der Mungo gegen den Draht, faucht und fletscht die scharfzähnige Schnauze. Ein Wiesel mit Überdruck und zuviel Koffein im Blut.

»Wir wissen, daß Mungos Falken nachstellen«, erzählt mir Lewis. »Aber das ist das erste Mal, daß wir einen mitten auf dem verdammten Felsen erwischen. Es ist zum Verzweifeln. Wenn man so seine schlimmsten Befürchtungen Wirklichkeit werden sieht.«

Herpestes auropunctatus, die Mungoart, um die es hier geht, stellt ein etwas jüngeres Problem dar als die Ratten, die Schweine und die Affen. Sie trat erstmals Mitte des 19. Jahrhunderts in Mauritius in Erscheinung und lebte jahrzehntelang als ein halbes Haustier, das als Rattenjäger geschätzt war. Diese Bauernhof-Mungos galten als weitgehend harmlos und nützlich, auch wenn sie sich gelegentlich am Hausgeflügel vergriffen. Als ein Pestausbruch den allgemeinen Haß auf die Ratten schürte, beschloß die Kolonialregierung im Jahre 1900, Mungos in die Freiheit zu entlassen. Das sei eine sehr schlechte Idee, meinten damals viele. Trotzdem wurde der Plan in die Tat umgesetzt; die Pest stellte ein größeres Schreckgespenst dar als die unausgegorene Vorstellung von einem gestörten Gleichgewicht in der Tierwelt. Auf Jamaika und Hawaii hatte man bereits Erfahrungen mit den Mungos als schlimmer Landplage und den durch sie verursachten beträchtlichen Einbußen an heimischer Fauna gemacht; aber Mauritius brauchte seine eigene Lektion. 1905 existierte bereits eine lebenstrotzende Population wildlebender Mungos mit einem unersättlichen Hunger nach Geflügel und eingeführten Jagdvögeln. Also setzte die Regierung Abschußprämien auf Mungos aus und versuchte auf diese Weise vergeblich, ungeschehen zu machen, was sie angerichtet hatte. Die Mungos stellten nicht nur Hühnern und Rebhühnern nach, sie waren wahrscheinlich auch an der Ausrottung von zumindest einer inselspezifischen Seevogelpopulation beteiligt; und wie viele Falken sie aufgefressen haben, läßt sich heute, neun Jahrzehnte nach ihrer Auswilderung, nicht mehr sagen. Jones tötet und seziert sie, wann immer er kann; er sammelt Informationen darüber, was sie alles plündern. »Ich habe in zweihundert Mungomägen hineingeschaut«, sagt er. »Irgendwann erzähle ich Ihnen was von dem Tier. Nach den verwilderten Katzen sind sie die erfolgreichsten kleinen Fleischfresser der ganzen Welt.« Die Mungos bilden eine vielfältige, weitverbreitete Gruppe, die etwa vierzig Arten umfaßt; *Herpestes auropunctatus* ist die gleiche Art, die auf dem indischen Subkontinent berühmt ist für die Schlachten, die sie mit Kobras ausficht. Diese Mungos sind erbarmungslose Jäger, pflanzen sich fleißig fort und sind beweglich genug, um Felsen wie diesen hier zu erklettern. Schlau, wie Mungos sind, hat dieser hier wahrscheinlich auch einen weniger riskanten Weg als unseren gefunden.

Lewis nimmt an, daß der in die Falle gegangene Mungo entweder einen der beiden Falken gefressen oder sie beide aus dem Nest vertrieben hat, bevor das Weibchen weitere Eier legen konnte. So ein Mist! Die Frage ist nun, was mit dem kleinen Dreckskerl geschehen soll. Wir hocken eine halbe Stunde auf unserem Sims, während Lewis und Jones überlegen, was sie tun können. Keiner von ihnen ist scharf darauf, sich die Falle auf den Rücken zu binden und die Ranke hinunterzuklettern, während der Mungo durch den Maschendraht kratzt und beißt. Sie könnten natürlich den gefangenen Mungo einfach hinunterwerfen, aber dann würde auch die Falle kaputtgehen. Jones hat eine bessere Idee.

Während er den Mungo ablenkt und ans eine Ende der Falle lockt, öffnet er hinter ihm einen Spalt weit die Klappe. Als der Mungo eine unvorsichtige Bewegung macht, schnappt Jones seinen Schwanz. Er zerrt ihn am Schwanz zurück und preßt ihn gegen die Klappe. Die Falle ist noch zu, der Mungo rast, aber Jones hat ihn unter Kontrolle. Mit Lewis' Hilfe schiebt er die Falle und sich selbst in Richtung Abgrund. Auf ein Zeichen stößt Lewis die Klappe auf, und Jones reißt den Mungo heraus, schwingt ihn über den Kopf und läßt ihn auf die Felskante heruntersausen. Wumm!

Trotz zerschmettertem Schädel zappelt der Mungo wie verrückt. Also schlägt ihn Jones noch einmal mit dem Kopf auf.

Dann hält er den schlaffen Körper hoch, als posiere er mit einer

Forelle vor der Kamera. Aus dem Maul sickert Blut. Jones wirkt erleichtert – er hätte gebissen werden, er hätte einen tödlichen Sturz tun können, oder, schlimmer noch, es hätte ihm zuerst das eine und anschließend das andere passieren können. Er ist auch leicht verblüfft über seine Henkerqualitäten. Allerdings ist das hier keine Strafjustiz. Es ist Artenschutzbiologie.

»Mann!« sagt er. »Kriegen Sie nicht alle Tage zu sehen, was?«

163 Für Jones ist es eine hektische Woche. Er muß nicht nur seine vogelspezifischen Aufgaben erledigen, mit Mungos fertig werden und sich um lästige Buchautoren kümmern, er muß außerdem schnell einen Koffer packen, um nach Europa zu fliegen. In den Niederlanden erhält er für seine Bemühungen um den Mauritiusfalken einen internationalen Naturschutzpreis – genauer gesagt ist es ein vornehmer Orden, man schlägt ihn zum Ritter vom Goldenen Bogen. Er macht sich gerade laut Gedanken darüber, ob er die passende Kleidung dafür hat. Was zieht einer an, wenn man ihn zum Ritter schlägt? Verflucht noch mal, er weiß es nicht. Die Einladung klingt sehr förmlich. Ein dunkler Anzug müßte es tun, denkt er, und jawohl, er hat tatsächlich auch einen von der Sorte. Schwarze Schuhe, das ist eine andere Frage. Als der Herzog und die Herzogin von York Mauritius besuchten, erzählt mir Jones, nahm er sie mit zu einem der Falkennester und führte ihnen die Allez-hop-Fütterung vor, die ihnen großen Spaß machte. Sie bedankten sich bei ihm dafür mit einer Einladung zu einem stinkvornehmen aristokratischen Diner. Er trug seinen dunklen Anzug und ein paar Bergsteigerschuhe. Vielleicht findet er es diesmal angebracht, sich ein Paar schwarze Halbschuhe zu leisten oder sich wenigstens welche auszuleihen; aber ich vermute, es wird keine große Rolle spielen. Wie Gerald Durrell hat vermutlich auch die Königin der Niederlande eine Zuneigung zu ihm nicht wegen der Eleganz seiner Kleidung, sondern wegen seiner Leistungen gefaßt. Er ist der verrückte Waliser, der sich einen scheinbar hoffnungslosen Fall vornahm und ihn binnen weniger Jahre in ein Wahrzeichen für das, was alles möglich ist, verwandelte. Er ist der Kerl, der (mit

Hilfe von Richard Lewis, Willard Heck und anderen) den seltensten Falken der Welt vor seinem fast-aber-nicht-ganz-unentrinnbaren Schicksal bewahrte.

Es war ein mühsamer Prozeß, und die Erfolge stellten sich anfangs nur zögernd ein. Zum ersten Mal stibitzte er 1981 Eier aus einem Nest wildlebender Falken. Damals waren nur zwei in freier Wildbahn lebende Falkenpaare bekannt. Dem einen Paar nahm er ein Gelege von drei Eiern weg. Zwei dieser Eier waren fruchtbar, und es gelang ihm, ein Küken aufzuziehen, während das wildlebende Paar ein neues Gelege produzierte. Dem zweiten Paar nahm er ebenfalls drei Eier weg; sie ließen sich alle ausbrüten, und von den drei Küken zog er zwei erfolgreich auf. Der Nettogewinn aus der ersten Brutsaison, in der Jones sich einschaltete, belief sich also auf drei in Gefangenschaft lebende Falken. Das klingt vielleicht wenig erhebend, aber bezogen auf die Gesamtpopulation war es ein wichtiger Zuwachs. Unglücklicherweise waren alle drei der in Gefangenschaft lebenden Vögel männlich – genau die Sorte von demographischem Pech, die Mark Shaffer warnend an die Wand malte.

In dem Maße, wie Jones lernte, mit der Spezies umzugehen, wurde er auch erfolgreicher. Im folgenden Jahr entnahm er erneut zwei Gelege, von denen sich das eine als unbefruchtet erwies. Aus dem befruchteten zog er drei Jungvögel auf: zwei Männchen und ein kostbares Weibchen. Im Laufe des Jahres 1983 brachte er durch Zusatzfütterung ein wildes Falkenpaar dazu, erfolgreich in einem auf der Kippe stehenden Lebensraum zu brüten. Das war angesichts des Mangels an Lebensräumen, die *nicht* schon auf der Kippe standen, ein erhebender Triumph. Die Talsohle war durchschritten; die Populationszahl wies von nun an stetig nach oben. Im Jahre 1985 zogen sechs wildlebende Falkenpaare insgesamt elf Jungvögel auf, und auch die Zahl der in Gefangenschaft ausgebrüteten Vögel nahm zu. Drei Jahre später gab es rund vierzig Falken in freier Wildbahn – darunter auch einige Paare, die in die Bambous-Berge wiedereingeführt worden waren –, außerdem einundzwanzig Exemplare in den Vogelhäusern und weitere fünfzehn auf dem Gelände des Peregrine Fund vor den Toren von Boise in Idaho. Die Vögel in Idaho wurden als Reservepopulation gezüchtet, für den Fall, daß die Vogelhäuser der Schwarzflußschluchten von einer Katastrophe ereilt wurden. Einige dieser Vögel in Idaho wurden dann irgendwann nach Mauritius zurückgebracht und dort ausgewildert. Dank dieser verschiedenen Maßnahmen war bis zum Jahre 1988 die Gesamtzahl der Altvögel wieder auf fast achtzig gestiegen. Im November des gleichen Jahres brütete Willard Heck in dem vollgestopften Laboratorium, das Jones zugleich als Büro diente, in einem Brutapparat über ein Dutzend Eier aus. Das erste Junge, ein niedliches rosa Küken, ein unsicher tastendes, bebendes kleines Ding mit verklebtem weißem Flaum und einem Paar riesiger, schwarzblauer Augen, die es noch geschlossen hatte, schlüpfte an einem Mittwoch. Ich stand über Hecks Schulter gebeugt, während er ihm mit einer Pinzette Wachtelhack fütterte.

Bereits wenige Jahre später befanden sich über zweihundert Falken aus den Vögelhäusern in der Gegend von Rivière Noire in freier Wildbahn, und eine Handvoll Gebiete in Mauritius (darunter auch die Bambous-Berge und die Trois Mamelles), aus denen die Spezies zuvor verschwunden war, beherbergte wieder kleine Populationen. Die wildlebende Population in den Schwarzflußschluchten war so groß wie seit Jahrzehnten nicht mehr.

Auch heute befindet sich der Mauritiusfalke nicht etwa außer Gefahr. Angesichts des Mangels an Lebensraum, der Kleinheit der Insel und des menschlichen Bevölkerungswachstums kann es sein, daß die Bedrohung für ihn nicht mehr aufhört. So gesehen, stellt die Geschichte des Falken nur einen vorläufigen Erfolg dar. Aber in einer Welt der vertanen Chancen und vereitelten Hoffnungen kommt sogar einem vorläufigen Erfolg – und zumal einem so unwahrscheinlichen – große wissenschaftliche und symbolische Bedeutung zu. »Wenn man den Mauritiusfalken retten kann«, sagt mir Jones, unmittelbar bevor er mit seinem schwarzen Anzug und, wie ich annehme, seinen Bergsteigerstiefeln in die Niederlande jettet, »dann läßt sich praktisch alles retten.«

164 Kann sein, daß Jones recht hat. Wenn es möglich ist, eine Spezies, die auf ein halbes Dutzend Exemplare heruntergebracht ist, vor dem Aussterben zu retten, dann bedeutete das vielleicht tatsächlich, daß solche Rettungsaktionen überall möglich sein müßten. Allerdings besitzt der Fall von F. *punctatus* ein ironisches Moment, das sich mit dem triumphal beispielhaften Charakter, den man ihm zusprechen möchte, nicht so ganz verträgt. Jones weiß das so gut wie jeder andere, auch wenn er sich in Augenblicken des Überschwangs schon einmal gestattet, darüber hinwegzusehen. Er weiß, daß ein kleiner, aber entscheidender Umstand den Mauritiusfalken von den Tigern in Sariska, den Löwen in Gir, den Indris in Analamazaotra wie auch von allen anderen Geschöpfen, die sich mit den neuen Problemen eines zur Insel gewordenen Lebensraumes und einer geschrumpften Population herumschlagen müssen, unterscheidet. Anders als die Tiger, die Löwen oder die Indris war der Falke seine ganze artspezifische Geschichte hindurch auf die Insel beschränkt. Seine Population war *niemals* groß.

Mauritius selbst ist einfach zu klein, um Tausenden von Falken einen Lebensraum zu bieten. Schon bevor die frühen Siedler damit anfingen, Wald abzuholzen und Zuckerrohr zu pflanzen, schränkte die geringe Fläche der Insel die Häufigkeit des Vogels ein. Einer Schätzung zufolge betrug die maximale Population von F. *punctatus* wahrscheinlich rund dreihundert brütende Paare, zu denen vielleicht hundert einzellebende Exemplare kamen. Jones' eigene Annahmen hinsichtlich der territorialen Ansprüche des Falken sprechen für ein etwas höheres Maximum, aber *viel* höher kann es auch dann nicht gewesen sein. Jedes Falkenpaar braucht etwa einen Quadratkilometer Territorium; angesichts der verfügbaren Landfläche ist der Rest eine Sache der Arithmetik.

Dreihundert Paare und hundert Einzeltiere – zusammen siebenhundert – klingt so, als habe der Falke in früheren Zeiten über eine beruhigende Populationsgröße verfügt. Aber dem war nicht so. Warum nicht? Erstens, weil die Einzeltiere für die effektive Populationsgröße keine Rolle spielten, da sie ihre Gene nicht an Nachwuchs weitergaben. Zweitens, weil ein Maximum von dreihundert Paaren bedeutet, daß in Durchschnittsjahren die Zahl niedriger lag und in schlechten Jahren wahrscheinlich sehr viel stärker abnahm. Wir haben diese Art von Szenario mittlerweile oft genug durchgespielt, um zu wissen, wie es gehen kann. Selbst wenn sich die Falkenpopulation in der Folge wieder erholte und soweit vermehrte, daß sie wieder dreihundert Paare betrug, hatten die kurzfristigen Schwankungen langfristige Konsequenzen. Wie sich durch komplizierte mathematische Überlegungen nachweisen läßt, mußten zeitweilige Rückgänge in der Populationsgröße zu einer dauerhaften Verringerung der effektiven Population führen. Genau das wies Ian Franklin mit Hilfe einer Gleichung in seinem Beitrag zum Braunbuch nach.

Wenn die effektive Population des Falken chronisch klein war, mußte die Art an chronischer Inzucht leiden. Durch Jahrtausende ihrer Geschichte mußten sich eng verwandte Exemplare ziemlich häufig miteinander gepaart haben. Und nun die Ironie bei der Sache: Chronische Inzucht hat einen biologischen Vorteil, jedenfalls im Vergleich mit einer unvermittelten Episode *akuter* Inzucht. Durch chronische Inzucht wird verhindert, daß sich eine schwere genetische Belastung aufbaut. Die Inzucht ermöglicht, potentiell tödliche Mutationen nach und nach aus der Population auszukämmen.

Wenn die Inzucht chronischen Charakter hat, dann laufen in einer Generation einige wenige Nachkommen Gefahr, sich hinsichtlich schädlicher rezessiver Allele als homozygot zu erweisen. Diese bedauernswerten Nachkommen, die zur Unfruchtbarkeit oder zu einem frühen Tod verurteilt sind, verschwinden, ohne ihrerseits Nachwuchs zu hinterlassen. Dadurch werden die Auswirkungen negativer Mutationen über die Zeit verteilt, statt in der kritischen Phase einer gesunkenen Population konzentriert aufzutreten.

In einer Population, deren genetische Belastung gering ist, führt Inzucht nicht zwangsläufig zu Inzuchtdegeneration. Und die Belastung beim Falken war höchstwahrscheinlich gering. *F. punctatus* konnte es sich nicht leisten, eine große Last an schädlichen rezessiven Allelen mit sich herumzuschleppen, da es nie eine große Population heterozygoter Exemplare gab, bei denen sich diese rezessiven Allele unterbringen ließen, ohne Schaden anzurichten. Die schädlichen rezessiven Allele, die durch Mutation entstanden, und die homozygoten Exemplare, bei denen sie zum Vorschein kamen, wurden im Laufe der Jahrhunderte fortlaufend eliminiert.

Der Falke war also dank der langen Geschichte, die er als Rarität hinter sich gebracht hatte, darauf vorbereitet, eine Phase akuter Inzucht durchzustehen, ohne von akuter Inzuchtdegeneration heimgesucht zu werden. Andere Spezies aus der größeren Welt genießen diesen Vorteil nicht.

165 Während Jones mit Hilfe von Fertigkeiten, die er der Falknerei entlehnte und aus seiner eigenen nichtsnutzigen Jugend mitbrachte, den Falken in die Gegenwart zurückeskortierte, entwickelte sich die Artenschutzbiologie weiter. Das Braunbuch, das Grünbuch und das Graubuch waren erschienen. Der von Soulé und Salwasser veranstaltete Workshop zur Lebensfähigkeit von Populationen hatte stattgefunden, und das Blaubuch, das daraus resultierte, kam gerade heraus. Mit der theoretischen Arbeit ging es ebenso voran wie mit dem kollektiven Selbstverständnis und dem Austausch zwischen Theorie und Praxis. »Die Leute fingen einfach an, etwas von dem Zeug zu lesen«, sagt Mike Gilpin, »und es in ihrer praktischen Tätigkeit zu verwenden.«

Das Konzept der lebensfähigen Minimalpopulation war sogar schon unter dem Kürzel MVP (für Minimum Viable Population) bekannt. Manchem galten die Buchstaben als sublimer Hinweis darauf, daß es sich bei dem Konzept um einen »most valuable player«, einen äußerst wertvollen Mitspieler, im neuen Wissenschaftsspiel handelte. Gilpin selbst war mit dem MVP-Konzept noch nicht zufrieden. Michael Soulé teilte diese Ansicht. Den Begriff der Lebensfähigkeit auf eine einzige MVP-Zahl zurückzuführen war zu glatt, zu einfach. Damit trug man dem Wechselspiel von Variablen keine Rechnung, das Auswirkungen auf eine kleine Population haben konnte. Die 50/500-Regel von Soulé und Franklin war mit allzuviel Buchstabengläubigkeit aufgenommen worden. Manche Wissenschaftler und Naturschutzmanager neigten dazu, in den Zahlen absolute Größen zu sehen, statt Richtwerte, die Warnfunktion hatten. Gilpin erinnert sich, daß Soulé Verwaltungsempfehlungen vom entgegengesetzten Ende der Welt zugeschickt bekam, bei denen es um eine bedrohten Papageienart ging, die auf fünfundzwanzig Exemplare zusammengeschrumpft war. Der niederschmetternden Stoßrichtung dieser Empfehlungen zufolge hatte der Papagei, um es mit Gilpins Worten zu sagen, »die beiden Zauberzahlen von Soulé unterschritten, also geben wir ihn auf und verwenden das Geld anderswo«. Fünfundzwanzig Papageien waren weniger als fünfzig, deshalb der Gefahr einer auf kurze Sicht wirksamen Inzuchtdegeneration ausgesetzt und mithin (dieser irrigen Logik zufolge) rettungslos verloren.

Weil ihm Norman Myers' fatalistischer Ratschlag in *The Sinking Ark* einfällt und Carl Jones und seine Mitarbeiter Myers Lügen gestraft haben, fügt Gilpin hinzu: »Der Mauritiusfalke wäre vermutlich ein noch interessanteres Beispiel in diesem Zusammenhang.«

Gilpin und Soulé diskutierten das Ganze. Zugegeben, eine allgemeine, über den Daumen gepeilte Minimalzahl machte auf Verwalter von Naturreservaten einen ebenso verführerisch handlichen wie auf die Öffentlichkeit einen verlockend faßlichen Eindruck. Aber die frühen MVP-Forschungen hatten die Verallgemeinerung zu weit getrieben. Gilpin und Soulé machten sich klar, daß die Risikofaktoren, denen eine gegebene Spezies ausgesetzt war, auf komplexe, kontextspezifische Weise zusammenwirkten und daß es dabei zu Rückkoppelungen und synergetischen Verstärkungen kam. Fünfzig Mauritiusfalken sahen sich einer anderen Reihe von Fährnissen ausgesetzt als fünfzig Schneekraniche. Reptilien waren etwas anderes als Insekten, fleischfressende Säugetiere etwas anderes als Pflanzenfresser. Arten auf großen Inseln unterschieden sich von Arten auf kleinen Inseln.

»Wir entschieden also, daß wir ein Analyseverfahren brauchten, das all diesen Dingen Rechnung trug«, erzählt Gilpin. Sie skizzierten solch ein Verfahren und nannten es *Populationslebensfähigkeitsanalyse* oder PVA (für population viability analysis). Nach Gilpins und Soulés Vorstellung verhielt sich das PVA-Verfahren zum MVP-Konzept etwa so wie eine medizinische Generaluntersuchung zu einer isolierten Messung des Cholesterinspiegels.

Soulé hatte mittlerweile ein weiteres großes Treffen vorbereitet. Der Zweite Internationale Kongreß zur Artenschutzbiologie wurde im Mai 1985 in Ann Arbor abgehalten. Der Begriff »Artenschutzbiologie« war mittlerweile in breiteren Kreisen bekannt und hatte an intellektuellem Ansehen gewonnen, auch wenn er sich in der herrschenden Fachsprache noch nicht durchgesetzt hatte. Viele Genetiker, Ökologen, Populationsbiologen, Biogeographen, Veterinärmediziner in Zoologischen Gärten, Naturschutzplaner, Landschaftspfleger und sonstige Fachleute fingen an, sich als Angehörige einer einzigen Disziplin – um nicht zu sagen, Bewegung – zu sehen; und diese Bewegung gewann an Schwung. Dan Simberloff und Jared Diamond nahmen beide an dem Kongreß von 1985 teil. Tom Lovejoy, Hal Salwasser, Paul Ehrlich und John Terborgh kamen. Norman Myers hielt ein Referat. Auch Mike Gilpin redete und beschrieb die Populationslebensfähigkeitsanalyse, die er und Soulé sich ausgedacht hatten. Wie üblich sprach Gilpin schnell, ungezwungen, ohne Manuskript.

Im wesentlichen, so Gilpins Ausführungen, sollte PVA untersuchen, was für schädliche Auswirkungen eine Reihe von Prozessen, die in Wechselwirkung miteinander standen, letztendlich auf eine kleine Population haben konnten. Jeder dieser Prozesse ließ sich als eine Rückkoppelungsschleife betrachten, die anderen Prozessen Antriebsenergie zuführte. Demographische Notlagen hatten Auswirkungen auf die genetische Situation. Genetische Notlagen hatten Auswirkungen auf die Anpassungsfähigkeit. Der Verlust der Anpassungsfähigkeit mochte sich auf die räumliche Verteilung der Population auswirken und sie unter Umständen in noch kleinere Fragmente zersplittern. Die Fragmentierung hatte Auswirkungen auf die demographischen Verhältnisse und die genetische Situation. Jeder Zirkel beschwor neue Zirkel herauf. Diese Wechselwirkungsschleifen ließen sich als Strudel vorstellen. Hatte eine kleine Population in einer einzelnen Hinsicht – demographisch, genetisch, räumlich, evolutionsgeschichtlich – die Schwelle zur Gefährdung überschritten, so wurde sie unter Umständen durch Wechselwirkungseffekte weiter in den Strudel hinabgerissen und trieb in sausender Fahrt dem Aussterben entgegen. Durch eine Populationslebensfähigkeitsanalyse konnte man versuchen, zu bestimmen, wo für eine gegebene Population in ihrem spezifischen ökologischen Kontext diese Schwelle lag, und im voraus zu ermitteln, welche Konsequenzen es hatte, wenn die Schwelle unterschritten wurde.

Abgesehen von seiner größeren Kompliziertheit unterschied sich der PVA-Prozeß, wie Gilpin und Soulé ihn konzipierten, von dem alten MVP-Konzept noch in einem anderen Punkt: Er bezog sich auf aktuelle Situationen, nicht auf eine idealisierte Standardsituation. Er zielte auf eine Schätzung der Lebensfähigkeit wirklicher, in der empirischen Welt lebender Tier- oder Pflanzenpopulationen. Er faßte die faktischen Umstände ins Auge und ermittelte, ob Anlaß zur Hoffnung oder Entmutigung bestand, beziehungsweise sprach Warnungen aus, statt sich an theoretische Prinzipien zu halten und Zielsetzungen zu formulieren. Die MVP-Methode hatte wissen wollen: Wie viele Exemplare sind nötig, um eine soundso große Wahrscheinlichkeit zu schaffen, daß eine Population von irgendeiner Spezies soundso lange überlebt? Der PVP-Prozeß stellte sich den unterschiedlichen Realitäten der einzelnen Spezies und ihrer Lebensbedingungen. Seine Fragestellung lautete anders: Wenn wir davon ausgehen, daß von *dieser* bestimmten Spezies unter *diesen* besonderen Bedingungen des Lebensraumes, des Verhaltens, des ökologischen Zusammenhangs, der genetischen Vielfalt und der räumlichen Verteilung nur *diese* Zahl von Exemplaren existieren, wie groß sind dann die Chancen, daß die Population in Zukunft lebensfähig bleibt? Salopper gesagt: Können *diese* Biester überleben, oder sind sie geliefert?

Als Gilpin auf dem Zweiten Internationalen Kongreß sein Referat hielt, führte er mit Hilfe eines Overheadprojektors einige Diagramme vor. Jedes von ihnen stellte ein Gewirr aus Kreisen, Pfeilen, Kästchen und gestrichelten Linien dar, die den strudelförmigen Weg zum Aussterben zeigten. Der Pfeil *hier* durchbohrte den Kreis *dort*, aus dem ein anderer Pfeil herausschoß, der ein Kästchen durchbohrte, aus dem wieder ein anderer Pfeil kam, der sich nach zwei scharfen Kurven in einen anderen Kreis bohrte – all das, um in abstrakter Form die Wahrheit deutlich zu machen, daß eins das andere nach sich zieht und ein Unglück selten allein kommt.

Die Diagramme hatten ihre eigene Geschichte. Soulé hatte nach eigenem Bekunden »tonnenweise Papier« verbraucht, um das Strudel-Konzept zu entwerfen. Er erinnert sich an eine Autofahrt nach Colorado, wo er den Sommer mit Feldforschungen verbringen wollte, »und während ich fuhr, machte ich diese Diagramme. Diese Kreise und Pfeile. Manchmal kann ich am besten denken, wenn ich über lange Strecken fahre und von all diesen Datenmassen wegkomme.« Er und Gilpin hatten dann noch mehr Papier verbraucht, um dem PVA-Konzept und den Diagrammen rechtzeitig für Gilpins Auftritt vor der Biologenversammlung in Ann Arbor den letzten Schliff zu geben. Die Schlußfassungen erarbeitete Gilpin auf seinem Macintosh. Das fiel ihm leichter, als die Diagramme mit einem Lineal und einer Kaffeeuntertasse zu Papier zu bringen. Außerdem bekamen sie dadurch einen beruhigenden Anschein von Genauigkeit.

Es gibt vier Strudel, von denen jeder in einem Diagramm dargestellt war: den demographischen Strudel, den Inzuchtstrudel, den Fragmentierungsstrudel und den Anpassungsstrudel. Geriet eine Spezies in den Einflußbereich eines der Strudel, so vergrößerte das, wie Gilpin erläuterte, die Gefahr, daß sie in die anderen Strudel hineingezogen wurde. Aber die einzelnen Spezies unterschieden sich in ihrer jeweiligen Anfälligkeit gegenüber den einzelnen Strudeln. Eine verbreitete und mobile Insektenart zum Beispiel war weniger anfällig für den Fragmentierungsstrudel als andere Arten, weil sie sich rasch vermehren und leicht ausbreiten und so die Lücken zwischen fragmentierten Populationen ausfüllen konnte. Ein großwüchsiges und langlebiges Säugetier war weniger anfällig für den demographischen Strudel, weil seine Populationsgröße im Zweifelsfall von einem Jahr zum anderen stabil blieb. Und ein chronisch inzüchtiger Vogel (wie der Mauritiusfalke) war weniger anfällig für den Inzuchtstrudel, weil er seine genetische Belastung bereits reduziert hatte. Die Populationslebensfähigkeitsanalyse, so, wie Gilpin und Soulé sie sahen, hatte die Aufgabe, zu beurteilen, wie anfällig eine gegebene Population für jeden einzelnen der Strudel und für alle vier in Kombination war, wenn man die Eigenart und die besonderen Umstände der Population in Rechnung stellte. Eine Zauberzahl, die den Schwellenwert der Lebensfähigkeit einer bestimmten Art repräsentierte, gab es nicht. Es konnte sie auch nicht geben – die biologische Wirklichkeit war zu vielfältig. Statt dessen gab es ein systematisches Verfahren, das spezifische Diagnosen erbrachte.

Der Vortrag stieß auf Beifall. Gilpin erinnert sich, »wie Hal Salwasser ankam und sagte ›Ja, ja, ja, das ist genau das, was wir meiner Meinung nach brauchen.‹« Und Salwasser war nicht der einzige Naturschutzbeauftragte, der darauf positiv reagierte.

Gilpin und Soulé schrieben also einen Text, der in dem Band erschien, in dem der Kongreß von 1985 seinen Niederschlag fand. Soulé übernahm erneut die Gesamtredaktion, und so wurde das Regenbogenspektrum durch ein Gelbbuch (weniger farbig betrachtet, ein Buch mit dem Titel *Conservation Biology: The Science of Scarcity and Diversity* [Artenschutzbiologie: Seltenheit und Vielfalt als Gegenstand der Wissenschaft]) erweitert.

Der Beitrag von Gilpin und Soulé, Kapitel zwei des Gelbbuches, enthielt die Strudeldiagramme. Die Kreise, Kästchen und gestrichelten Linien strahlten in säuberlichem Schwarzweiß. Die Pfeile wiesen in alle Himmelsrichtungen.

166 Unter anderem wiesen sie in Richtung des Atlantischen Urwalds in Südostbrasilien, wo die größte aller Affenarten der Neuen Welt, *Brachyteles arachnoides*, gemeinhin unter dem Namen Muriki bekannt, innerhalb isolierter Lebensraumfragmente noch in vielleicht zwei Dutzend winzigen Populationen überlebt.

Der Atlantikwald in Brasilien ist nicht so weltweit berühmt wie der Amazonaswald oder die Regenwälder Madagaskars und Neuguineas; aber als Sammelbecken biologischer Vielfalt steht er etwa auf gleichem Niveau. Oder jedenfalls war das bis vor kurzem noch der Fall. Er ist ganz anders als der Urwald am Amazonas, von dem ihn die Hochebenen Zentralbrasiliens trennen; nicht zuletzt unterscheidet ihn vom Amazonaswald, daß er zum größten Teil bereits verschwunden ist.

Vor fünf Jahrhunderten bedeckte er ein Gebiet aus Bergen und Flußtälern, das sich entlang der brasilianischen Küste erstreckte und weit über eine Million Quadratkilometer umfaßte. Er bildete einen langen, diagonalen Streifen Waldland, der von den Quellgebieten des Rio Uruguay im Süden durch die Region, in der heute São Paulo und Rio de Janeiro liegen, bis zu einem Hunderte von Kilometern weiter nördlich gelegenen Punkt in der Nähe der östlichsten Ausbuchtung des Kontinents reichte. Topographisch stellte diese bewaldete Zone eine zerklüftete Höhenlandschaft dar, jedenfalls im Vergleich mit dem flachen Amazonasbecken. Auch in ihrer Bodenbeschaffenheit, ihren Temperaturzyklen und Niederschlägen sowie in ihrer Vegetationsgeschichte und deren Veränderungen unterschied sie sich. Sie beherbergte eine große biologische Vielfalt – nach einer Schätzung bis zu sieben Prozent sämtlicher Pflanzen- und Tierarten der Welt. Viele ihrer Vögel, ihrer Reptilien und ihrer Pflanzen waren endemische Arten, die nirgendwo sonst in Südamerika, nirgendwo sonst in der Welt vorkamen. Auch heute noch birgt der Atlantikwald Brasiliens ein eindrucksvolles Sortiment endemischer Arten, darunter etwa fünfzig Säugetierarten, von denen ein bemerkenswert großer Teil aus Primaten besteht. Den Braunen Brüllaffen trifft man nur hier an. So auch das Goldkopflöwenäffchen, ein bizarres kleines Geschöpf mit leuchtend orangenem Fell und der Mähne eines afrikanischen Löwen. So auch den Maskenspringaffen, das Rotsteißlöwenäffchen, das Goldgelbe Löwenäffchen und vier Marmosettenarten. So auch den Muriki. Viele dieser Primaten sind mittlerweile bedroht. Ihr Ökosystem ist in Stücke zerhackt.

Als im frühen 16. Jahrhundert die Portugiesen an dieser Küste landeten, fanden sie einen jungfräulichen tropischen Wald vor. Zugleich fanden sie heraus, daß sich die Küstenregion Brasiliens bestens für den Anbau von Zuckerrohr eignete (die gleiche Entdeckung, die später die Franzosen auf Mauritius machten). Siedlungen entstanden und dehnten sich aus. Weite Landstriche wurden zum Anbaugebiet für Zuckerrohr. Gegen Ende des Jahrhunderts lockten Gold- und Diamantenadern im Landesinneren abenteuerlustigere Siedler weg von der Küste. Bergwerksstädte schossen aus dem Boden; ein paar wuchsen sich zu Großstädten aus. Dann, als um die Mitte des 18. Jahrhunderts der Goldboom verebbte, verwandelten sich diese großen und kleinen Städte in Landwirtschaftszentren. Im Laufe des 19. Jahrhunderts wurde Kaffee zu einer wichtigen Exportfrucht. Auf neu erschlossenen Weideflächen grasten Rinder. Man fand Eisenerz, die einheimische Bevölkerung wurde verjagt oder umgebracht, und in den sechziger Jahren des 19. Jahrhunderts kam es zum Bau einer Eisenbahn, die der Produktion und dem Export von Kaffee und Zuckerrohr weiteren Auftrieb gab. Mit anderen Worten, es war das gleiche traurige Szenarium, das man im Zeitalter der Entdeckungen, der Kolonisierung und der imperialen Expansion überall antrifft. Im Jahre 1910 wurde am Ufer eines Flusses im Bundesstaat Minas Gerais, rund dreihundert Kilometer nördlich von Rio de Janeiro, ein Stahlwerk errichtet. Für die Stahlerzeugung waren große Mengen Holzkohle nötig, für deren Gewinnung man weiteren Wald abholzte und verkokte. Mit der zunehmenden Bevölkerung wuchs auch der Bedarf an Bau- und Brennholz. Überlandstraßen, Staudämme für die Elektrizitätserzeugung und Dutzende weiterer Stahlwerke wurden gebaut. Die Südostküste entwickelte sich zur dichtestbesiedelten und am stärksten industrialisierten Region Brasiliens, so daß die Hälfte der Gesamtbevölkerung des Landes auf einem Zehntel seiner Gesamtfläche zusammengepfercht lebte. Die wuchernden Großstädte, die landwirtschaftliche Expansion und der Bedarf an Brenn- und Bauholz – das alles zehrte am Atlantikwald, bis im Jahre 1980 nur noch weniger als fünf Prozent des ursprünglichen Ökosystems vorhanden waren. Das meiste davon bestand aus kleinen Streifen und Placken, die sich auf Bergkuppen befanden und vorerst durch die Unzugänglichkeit der Standorte geschützt waren. Umgeben waren diese Streifen und Placken von Kaffeeplantagen und Weideland, Straßen und Städten, kurz, sie unterlagen der üblichen erbarmungslosen Einkesselung durch die Menschen.

Dem großen Affen, *Brachyteles arachnoides*, machten während der ganzen Zeit nicht nur der Verlust an Lebensraum massiv zu schaffen, sondern auch die jägerischen Nachstellungen, denen er ausgesetzt war, weil jedes Tier einen so verführerisch großen Batzen Fleisch darstellte. Ein ausgewachsener Muriki kann an die dreißig Pfund wiegen. Wenn er mit seinen schlaksigen Armen an einem Ast baumelt, sich mit seinem Greifschwanz zusätzlich festhält und einen Bauch wie eine Melone herausstreckt, sieht er fast so groß und despektierlich aus wie ein Mensch. Er frißt eine breite Palette von Früchten, Blättern und

Blüten; seine Körpergröße erlaubt ihm, sich von umfangreichen Quanten der weniger nahrhaften Blättermaterie zu ernähren, wenn weder Blüten noch Früchte verfügbar sind. Sein Fell ist von einem hellen, goldfarbenen Grau und bildet damit einen schönen Kontrast zur nackten Haut seines Gesichts, die so schwarz ist wie Teeröl. Das Wort *Muriki* stammt aus der Sprache der Tupi-Indianer, aber unter den portugiesischsprachigen Brasilianern ist die Spezies am besten unter dem Namen *o mono carvoeiro* bekannt – was, grob übersetzt, Holzkohleaffe bedeutet. Der Name spielt zwar auf das rußfarbene Gesicht an, könnte aber auch ausdrücken, daß *B. arachnoides* durch die Feuer der Zivilisation geradeso metaphorisch eingeäschert wurde, wie das seinem Lebensraum buchstäblich widerfuhr.

In den guten alten Zeiten, vor dem Eintreffen der Portugiesen, mag es dort vierhunderttausend Murikis gegeben haben. Das ist eine grobe, aber fundierte Schätzung, die von den territorialen Ansprüchen der Spezies und dem damals verfügbaren Lebensraum ausgeht. In den letzten Jahrhunderten, als der Wald schrumpfte und zerstückelt wurde, schoß die Population der Murikis in die Tiefe wie eine Tauchente. Ende der sechziger Jahre unseres Jahrhunderts führte ein brasilianischer Naturschützer im gesamten einstigen Verbreitungsgebiet der Spezies eine Erhebung durch und fand nur noch dreitausend Exemplare.

Eine weitere Schätzung, die 1972 von einem der führenden Primatologen des Landes veröffentlicht wurde, gab als Gesamtzahl nur noch zweitausend an. Die Seltenheit gewann durch die Fragmentierung an Bedrohlichkeit. Die zweitausend Murikis bildeten keine geschlossene Population. Vielmehr waren sie in kleinere Gruppen zersprengt – drei Dutzend hier, vier Dutzend dort, fünf Dutzend anderswo. Jede der Gruppen umfaßte nur einen Bruchteil der Gesamtpopulation, und weil die Murikis wie die Indris ungern einen Fuß auf die Erde setzen und mit an Sicherheit grenzender Wahrscheinlichkeit kein offenes Gelände durchqueren, war jede Gruppe von den übrigen abgeschnitten. Wenige dieser Populationen, wenn überhaupt welche, waren groß genug, um als lebensfähig gelten zu können. Jede sah sich den vier Arten von Gefährdung ausgesetzt, die Mark Shaffer beschreibt. Jede war von den Untergangsstrudeln bedroht, die in den Diagrammen von Gilpin und Soulé ihre Darstellung finden.

Neben anderen Nöten bildete die Inzuchtdegeneration im Zweifelsfall eine ernsthafte Gefahr, weil im Unterschied zum Mauritiusfalken der Muriki rasch aus dem Zustand großer Häufigkeit in den der Seltenheit hinübergewechselt war und sich also nicht durch chronische Inzucht dafür hatte rüsten können. Er stellte jetzt ein Inselgeschöpf dar, das genetisch nicht auf die Inselexistenz vorbereitet war.

Die Gesamtzahl der Murikis nahm weiter ab. 1987 war *B. arachnoides* bereits einer der seltensten und am stärksten bedrohten Primaten der Welt. Ein damals veröffentlichter Bericht, der auf der Zusammenarbeit eines Teams brasilianischer und amerikanischer Wissenschaftler fußte, konnte nur noch die Existenz von 386 Murikis vermelden. Wie die Forscher erläuterten, handelte es sich dabei um eine vorsichtige Schätzung; sie hegten die Hoffnung, daß mindestens noch ein paar mehr Tiere draußen existierten und sich entweder in den inspizierten Gebieten versteckt hielten oder in anderen Waldfragmenten unentdeckt lebten. Aber niemand konnte sicher sein, daß es sich so verhielt. Soweit bekannt, waren diese 386 Murikis die einzigen überlebenden Vertreter ihrer Spezies. Sie lebten in elf verschiedenen Waldfragmenten, die in der Gegend weit verstreut lagen. In dem veröffentlichten Bericht befand sich eine Landkarte von Südostbrasilien, die im Umriß das ehemalige Verbreitungsgebiet der Murikis im Atlantikwald zeigte. Die elf Placken Lebensraum wirkten wie ein einsamer kleiner Archipel, der als gespenstische Erinnerung an Atlantis emporstieg. Ein anderer Bericht hat kürzlich die geschätzte Population um vierzehn weitere kleine Gruppen mit einer Gesamtzahl von dreihundert Exemplaren ergänzt.

Bei einigen der Lebensraumfragmente handelt es sich um staatliche Wildparks oder Reservate. Andere sind Waldstücke in Privatbesitz. Eines der privaten Waldstücke liegt auf dem Territorium einer Kaffeeplantage namens Fazenda Montes Claros, die östlich der Stadt Caratinga im Bundesstaat Minas Gerais liegt. Der Wald von Montes Claros umfaßt eine Fläche von 889 Hektar, fast haargenau soviel wie das Reservat Analamazaotra in Madagaskar. Er beherbergt etwa achtzig Murikis, eine der größten Ansammlungen, die es überhaupt noch gibt. Begrenzt wird er von Kaffeegehölzen und Weideland. Allen kommerziellen Verführungen und allem Druck, der von verschiedensten Seiten ausgeübt wurde, zum Trotz, ist er dank der segensreichen Marotte eines Kaffeepflanzers namens Senhor Feliciano Miguel Abdalla die letzten fünfzig Jahre über erhalten geblieben.

Die Murikipopulation in Montes Claros ist genauer erforscht worden als jede andere. Aber selbst in Montes Claros ist die Zeitspanne seit Beginn der Forschungen nur kurz und umfaßt gerade einmal zwei Jahrzehnte. Erst im Jahre 1976 hatten brasilianische Wissenschaftler diese Population entdeckt, auch wenn Senhor Feliciano vermutlich schon seit Jahren für sie schwärmte. Im Jahre 1977 verbrachte ein japanischer Primatologe zwei Wochen dort in der Gegend und sammelte Daten. Ebenfalls um diese Zeit begann der amerikanische Zweig des World Wildlife Fund (in Gestalt von Russ Mittermeier, dem einflußreichen Naturschützer auf dem Gebiet der Primaten, der Pat Wrights frühe Forschungen in Madagaskar unterstützt hatte) in Zusammenarbeit mit brasilianischen Naturschützern, langfristige Forschungen über die Primaten des Atlantikwaldes zu fördern. Zu den ersten Sorgenkindern zählte die Murikipopulation in Montes Claros. Im Jahre 1982 fand sich dort eine junge Amerikanerin namens Karen Strier ein.

Strier war eine Aufbaustudentin im Fach Biologische Anthropologie an der Harvard University und sah sich nach einem möglichen Dissertationsthema um. Sie blieb eine Reihe von Monaten und verguckte sich hoffnungslos in die Murikis. Im folgenden Jahr kehrte sie zu einem längeren Feldforschungsaufenthalt zurück. Sie lernte Portugiesisch, lernte, sich in Montes Claros zurechtzufinden, lernte, sich über die Gefahr hinwegzusetzen, die von den Giftschlangen ausging, und lernte, wie man sich schnell durch den Urwald bewegt, ohne die Tiere zu erschrecken oder ihre Spur zu verlieren. Sie verbrachte Tausende von Stunden mit Beobachtungen im Feld, kehrte heim in die USA und begann mit ihrer Dissertation über *B. arachnoides*; dann aber, noch ehe sie mit ihrer Arbeit fertig war, zog es sie unwiderstehlich zurück nach Montes Claros: Es gab noch soviel zu lernen. Die jungen Weibchen, mit denen Strier vertraut geworden war, hatten jetzt sel-

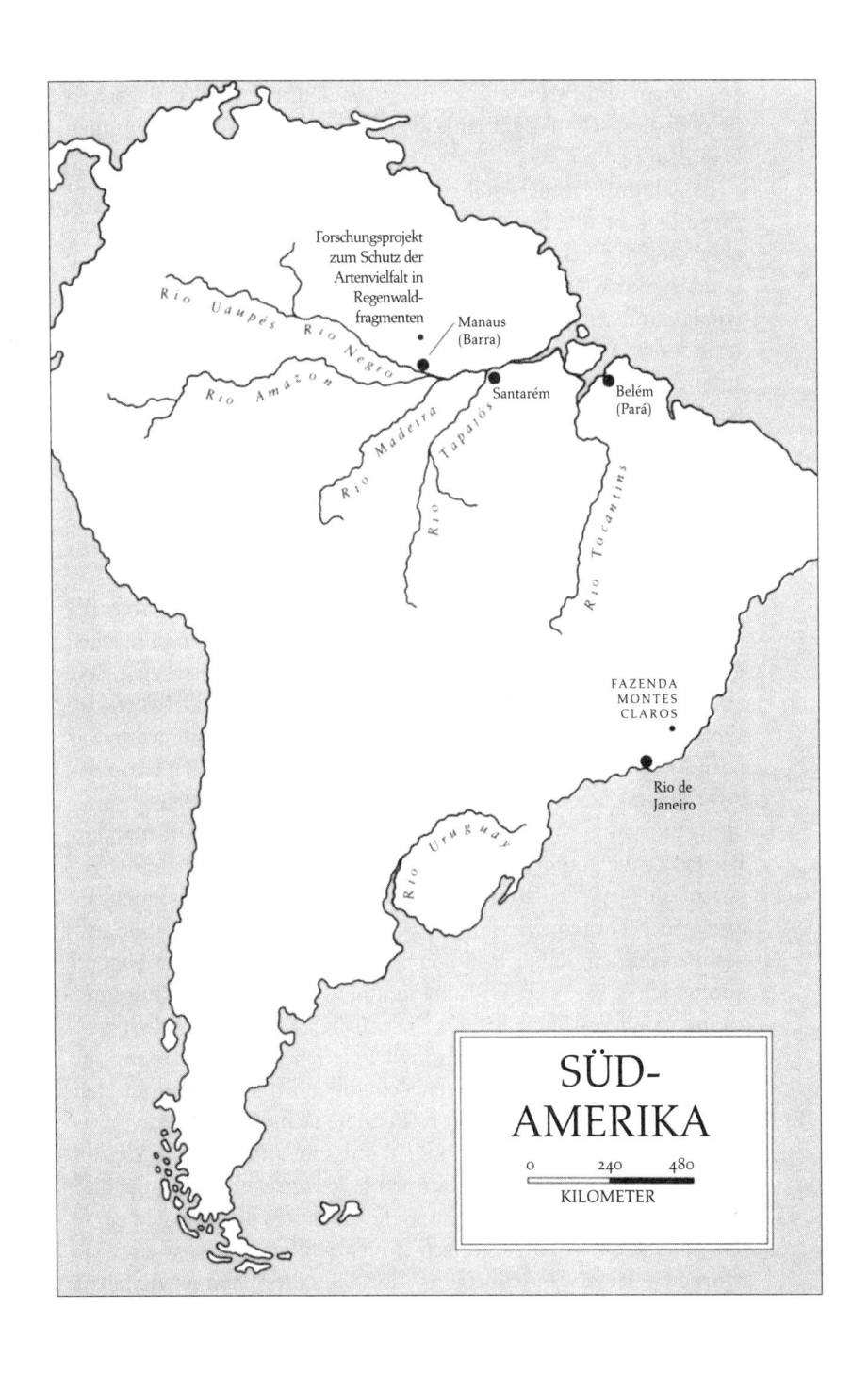

Forschungsprojekt
zum Schutz der
Artenvielfalt in
Regenwald-
fragmenten

Rio Uaupés
Rio Negro
Manaus (Barra)
Rio Amazon
Rio Madeira
Rio Tapajós
Santarém
Belém (Pará)
Rio Tocantins

FAZENDA
MONTES
CLAROS

Rio de Janeiro

Rio Uruguay

SÜD-AMERIKA

0   240   480
KILOMETER

ber Junge, und Strier mußte herausfinden, wie die Mutterschaft ihre ökologischen Bedürfnisse und ihre sozialen Beziehungen beeinflußte.

Es gab immer noch mehr zu lernen. Schließlich machte Strier ihren Doktor und begann als Lehrerin in Wisconsin zu arbeiten, aber die Murikis waren zum Zentrum ihres wissenschaftlichen Lebens geworden. Sie ging erneut nach Montes Claros und dann wieder und wieder, bis zum heutigen Tag. Sie gewann das Vertrauen der Affen und das von Senhor Feliciano. Sie brachte brasilianischen Studenten die Methoden biologischer Feldforschung bei. Sie half beim Aufbau einer Forschungsstation in Montes Claros. Die Forschungen über *B. arachnoides*, die sie dort betreibt, stellen die einzige und immer noch im Gang befindliche Langzeitstudie dar, die sich mit der Spezies beschäftigt. Wenn Karen Strier nicht die weltweit höchste Autorität in Sachen Muriki ist, dann frage ich mich, wer sonst.

Sie lebt zurückgezogen und arbeitet hart. Sie haßt Unterbrechungen, die ihre Produktivität beeinträchtigen. Ihr jährlicher Feldforschungsaufenthalt in Brasilien ist kurz; sie hat keine Zeit zu verschwenden. Soviel läßt sie mich in aller Freundlichkeit wissen, als ich sie anrufe. Aber gut, in Ordnung, sagt sie, wenn ich nach Montes Claros komme, wird sie mich ertragen. Ich darf vorbeischauen und einen Blick auf ihr Projekt werfen, vorausgesetzt, die verantwortlichen brasilianischen Behörden sind mit meinem Besuch einverstanden.

Ich solle an Den-und-Den schreiben, um mir die Genehmigung zu besorgen. Ich solle im Oktober kommen. Ich solle mir nicht einbilden, daß ich länger als zwei oder drei Tage bleiben könne. Ich müsse den Frühbus nehmen, der Caratinga auf einer kleinen unbefestigten Straße in östlicher Richtung verläßt und nach Ipanema fährt; den Fahrer müsse ich bitten, mich am Tor von Montes Claros abzusetzen. Ich solle aufpassen, daß ich den richtigen Bus erwische, denn es handele sich nicht um das gräßlich berühmte Ipanema, sondern um ein anderes, ein kleines Landstädtchen, abseits der Trampelpfade zwischen Caratinga und anderen Zentren der Region; man könne leicht auf Abwege geraten. Falls ich kein Portugiesisch spreche, solle ich besser ein paar Brocken lernen. Und übrigens, der Busfahrer kenne vielleicht

Montes Claros unter einem anderen Namen – er nenne den Ort vielleicht Feliciano. Einfach nur eine Feldwegkreuzung. Dann müsse ich zu Fuß weiter. Bis zur Forschungsstation sei es nicht einmal drei Kilometer. Dort solle ich warten, bis sie von ihrem Tagespensum zurückkehre, sagt Strier. Ich solle nicht, wohlgemerkt *nicht*, in den Wald marschieren und mich dort verlaufen. Offenbar hat sie so ihre Erfahrungen mit Journalisten. Sie gibt mir noch eine weitere Instruktion mit auf den Weg, und die klingt fast freundschaftlich. Ich solle mich bei der Durchreise durch die Großstadt Rio in acht nehmen.

167

Genauer gesagt lautet ihre Anweisung: »Nehmen Sie sich an der Rodoviaria in acht.«

Die Rodoviaria ist der zentrale Busbahnhof von Rio de Janeiro, ein häßliches Betonlabyrinth aus Bahnsteigen, Tunnels, Aufzügen und Ladebuchten, das von Menschen wimmelt, von denen die meisten, wenn auch nicht alle, harmlose Leutchen sind, die ihren eigenen Geschäften nachgehen. Dort sei die Abfahrtsstelle für den Nachtbus nach Caratinga, hat mir Strier erklärt. Der Ort sei allerdings auch ideal für langfingrige *ladrãos*, die darauf aus seien, unvorsichtige Brasilianer und dumme, hirnlose Gringos auszunehmen. Ein *ladrão* ist ein Dieb. Ein *carteirista* ist ein Taschendieb. *Entorpecido* bedeutet dumm, und auch wenn ich bei der Ankunft auf dem Flughafen von Rio dem lieben Leser noch nicht sagen kann, was hirnlos auf portugiesisch heißt, habe ich mich doch instruktionsgemäß bemüht, ein paar Brocken der Sprache zu lernen.

Ich bin nicht zum ersten Mal in Brasilien, aber es ist mein erster Besuch in der Metropole. Im Vergleich mit ihr ist Manaus, droben im zentralen Amazonasgebiet, nichts weiter als ein verschlafenes Provinznest. Rio ist Rio, ein großstädtischer Schmelztiegel, erfüllt von verfallender kolonialer Größe, vom manischen Geist des Karnevals, von neuem Reichtum, von alter Armut, von neuer Armut in ihren trostlosesten spätmodernen Formen und von der Szene eines genußsüchtigen, internationalen Strandtourismus. Der Ort hält sein ganz eigenes Sortiment an Sehenswürdigkeiten und Gefahren bereit, und wie die Sprache selbst übersteigen auch diese Sehenswürdigkeiten und Gefahren weitgehend mein Fassungsvermögen. Aber der Fahrplan meiner Reise nach Rio gestattet mir, mich ein paar Tage in der Stadt umzugucken. In den ersten Stunden nach meiner Ankunft ergreife ich einige Maßnahmen, die schlau, und einige, die das ganz und gar nicht sind. Zum Beispiel verteile ich mein Geld, meine wichtigen Papiere und meine Kreditkarten auf drei verschiedene Brieftaschen, von denen sich die eine als Brustbeutel unter dem Hemd tragen läßt. Das ist schlau. Dann verlasse ich das Hotel, trage den Brustbeutel unter dem Hemd und nehme die beiden anderen Brieftaschen mit. Das ist dumm, dümmer, am dümmsten. Ich nehme ein Taxi zur Rodoviaria.

Ich solle meine Buskarte im voraus kaufen, hat mich Karen Strier gemahnt. Ich habe mir gedacht, ich tue es gleich, und dann kann ich mich verziehen und habe meine Ruhe. Der Tag meines Eintreffens in der Stadt ist ein Samstag, und die Rodoviaria präsentiert sich als menschlicher Ameisenhaufen. Aus Furcht vor *carteiristas* knöpfe ich die Gesäßtasche zu. Ich vermeide die dichtesten Menschenhaufen und pirsche mich ängstlich an ihren Rändern vorbei. Mein Puls erhöht jäh die Drehzahl. *Quero um bilhete para Caratinga*, sage ich mir immer wieder vor. Eine Fahrkarte nach Caratinga. Dutzende von Gesellschaften lassen ihre Busse von der Rodoviaria abfahren; das Ganze gleicht einer Handelsbörse für Termingeschäfte mit Massentransporten. Schließlich aber finde ich die richtige Buslinie. *Quero um bilhete para Caratinga*, sage ich. *Amanha, por favor.* Für morgen. Gelernt ist gelernt. Der Fahrkartenverkäufer sieht mich ausdruckslos durch die Scheibe an und rasselt eine Frage herunter. Hä? sage ich. Ehe ich mich aber in unentwirrbare Details verstricke (vielleicht hat er mich gefragt, ob ich einen Fensterplatz will, oder er hat sich erkundigt, ob ich nicht lieber einen Viehtransporter nach Buenos Aires möchte), schiebe ich ihm ein paar Cruzados hinüber. Er gibt mir eine Fahrkarte. Caratinga. *Obrigado*, sage ich. Tausend Dank. Ich blicke mich um. Das wäre geschafft. Ich knöpfe meine Tasche wieder zu. Alles völlig albern und paranoid, wie ich jetzt sehen kann, denn die *ladrãos* des Busbahnhofs haben Besseres zu tun, als sich für mich zu interessieren. Erleichtert nehme ich ein Taxi zurück zum majestätischen alten Teil der Innenstadt von Rio; in der Nähe meines Hotels steige ich aus, um in der strahlenden Samstagssonne meinen Erfolg mit einem Bummel zu feiern. Dieser Teil der Stadt ist voller eleganter granitener Gebäude aus der Blütezeit des 19. Jahrhunderts, voller Kulturpaläste und Finanzkathedralen, zwischen die schicke Geschäfte, Filmbühnen und andere Merkzeichen großstädtischen Glamours eingestreut sind. Sogar die Bürgersteige machen etwas her: Es sind Mosaiken aus schwarzen und weißen Pflastersteinen, die Blumenmuster bilden. Die Straßencafés machen ein gutes Geschäft. An einem Reiterstandbild vorbei schlendere ich über die Rasenflächen eines Parks. Drei Kerle tauchen aus dem Nichts auf und schlagen mich nieder.

Da ich noch nie überfallen worden bin, mache ich keine gute Figur und vergesse im Eifer des Gefechts, daß es ebenso schlechter Stil ist, nach Hilfe zu rufen, wie hochgradig unklug, sich zu wehren. Die drei Straßenräuber sind dürre junge Ganoven. Einer von ihnen reißt mir die Armbanduhr vom Handgelenk, einer greift nach der Brieftasche in meiner Hose, und mit dem dritten fechte ich einen heftigen Zweikampf um den Tragriemen meiner Schultertasche aus. Dabei schlage ich um mich und brülle laut – in wenig rühmlicher Position, wie eine mit der Grillgabel an den Boden genagelte Ratte. Da wir nur vierzig Meter von einer belebten Straßenecke entfernt sind, versetzt sie mein Gebrüll in Panik, macht sie wütend und fahrig. Je aufgeregter sie werden, um so lauter schreie ich; dabei verliere ich ganz die auf der Hand liegende Tatsache aus den Augen, daß man einen Messerstich oder eine Kugel riskiert, wenn man einem Straßenräuber ins Handwerk pfuscht. Aber ich habe Glück: Diese Heinis sind offenbar unbewaffnet. Der Schulterriemen reißt, und ich verabschiede mich von meiner Tasche. Sie geben sich damit zufrieden und sausen los.

Als ich mich vom Boden aufrappele, stelle ich fest, daß ich unverletzt bin. Kein Blut, keine Blessuren, nicht einmal ein Kratzer. Ich finde meine Brille im Schmutz, einschließlich herausgefallenem Glas, und schustere beides wieder zusammen. Der Brustbeutel mit meinem Paß ist nach wie vor in meinem Besitz; er baumelt an seiner zerrissenen Schnur in meinem Hemd. Der

Knopf an meiner Gesäßtasche ist abgerissen, aber die Brieftasche ist noch da. Die Ganoven haben nur die Uhr, die Schultertasche, die dritte Brieftasche (mit meinen Flugzeugtickets, ein bißchen Bargeld und einer American-Express-Reservekarte), ein portugiesisch-englisches Wörterbuch und das Notizbuch erbeutet, in dem ich mir Karen Striers Anleitung für die Busfahrt nach Montes Claros aufgeschrieben habe. Die Flugkarten lassen sich ersetzen, und die Kreditkarte läßt sich sperren. Die Anleitung ist kostbarer, aber glücklicherweise habe ich eine Kopie davon in meinem Gedächtnis gespeichert.

Mehrere Taxifahrer haben das kleine Drama beobachtet und hupend und brüllend am Straßenrand angehalten. Ihre Einmischung muß, wie mir nun aufgeht, dazu beigetragen haben, die drei Typen zu verscheuchen. Mit wundersamer Plötzlichkeit tauchen Polizisten auf. Straßenraub ist offenbar ein Verbrechen, das von der Polizei in Rio ernstgenommen wird, und der Überfall auf Ausländer wird – mit Rücksicht auf die hohen Außenhandelsdefizite und die Gewinnträchtigkeit des Tourismus, nehme ich an – vielleicht sogar noch ernster genommen. Innerhalb weniger Minuten bin ich zum Anlaß für eine staatliche Machtdemonstration ersten Ranges geworden. Überall heulende Sirenen, quietschende Reifen, nicht gekennzeichnete Fahrzeuge, dazwischen plötzlich ein Dutzend Polizeibeamte, von denen die Hälfte zu Fuß ausschwärmen, um meine Räuber durch die Gegend zu jagen. Welche Richtung, welche Richtung? Zurück in Richtung Reiterstandbild? Nein, nein, durch das Gesträuch hier, diese Zufahrt hinunter, über den Zaun dort. Wo ist das Opfer? *Der da* ist das Opfer? Frag ihn, wie viele, frag ihn, wie sie aussahen, wohin sie gelaufen sind. Er kann es nicht sagen? Was, er hat nicht mal den Wortschatz eines Dreijährigen oder war zu tumb, um etwas mitzubekommen? Beides? O Gott, nicht noch ein Amerikaner!

Die meisten dieser Polizisten sind flotte junge Männer in Zivil, mit bunten Sporthemden und pastellfarbenen Hosen; offenbar ist ihr Selbstbild geprägt durch den wiederholten Konsum von *Miami Vice*. Auf mich machen sie in diesem Augenblick den Eindruck toller Kerle, rechtschaffener Dandys, und ich bin ihnen dankbar, daß sie sich um mich kümmern, abgesehen davon, daß sie mit ihren Kanonen wie mit Fliegenwedeln herumfuchteln und mir

Fragen ins Ohr brüllen, die ich nicht verstehen kann. *Não falo bem portugues,* erkläre ich ihnen – ich spreche diese Sprache nicht sehr gut –, eine himmelschreiende Untertreibung und noch so eine Formulierung, die ich mir eingebimst habe. Vielleicht habe ich mir diesen Satz *zu* sorgfältig eingeprägt, denn mit dem – wie ich mir schmeichle – nahezu tadellosen Akzent, mit dem ich ihn zum besten gebe, kompliziert er die Sache nur noch. *Não falo bem portugues,* wiederhole ich, und schon werden sie munter. Sie reden auf mich ein, machen mir Mut. Aber ja doch, kein Problem, Sie müssen sich nicht entschuldigen, weil es mit der Grammatik hapert, versichern die jungen Polizisten (oder jedenfalls vermute ich, daß sie das tun) und stürzen sich dann Hals über Kopf in meine Befragung. Viele wichtige Fragen. Schnell, schnell. Ein durchorganisierter Versuch, die Fakten klarzustellen. Quak, quak, quak, laber, laber, laber, schwabbel, babbel, dabbel ist alles, was ich vernehme, und tief in meinem Herzen wünschte ich mir, alle die Leutchen auf all den Inseln und all den fragmentierten Kontinenten der Welt sprächen eine einzige Sprache. Eine einzige Sprache, egal welche, am liebsten allerdings Englisch!

Dann finde ich mich plötzlich mit einer Handvoll Polizisten in einem überladenen Volkswagen wieder; die Pistolen halten sie immer noch in der Hand, Halfter scheinen sie nicht zu besitzen. Wir donnern durch die verstopften Straßen und die kurvigen Viadukte der Innenstadt von Rio und flitzen zur Begleitmusik von Knallgeräuschen, die ich im ersten Augenblick für Schüsse halte, zwischen den Fahrbahnen hin und her. Offenbar haben wir meinen läppischen Überfall ad acta gelegt und sind mit einer ernsthaften Verfolgungsjagd oder etwas Ähnlichem befaßt; falls der Verkehr uns nicht schon umbringt, werden das ohne Frage die Drogenbosse oder die Terroristen tun, wenn wir sie gestellt haben. Das war's, sagt die düstere Stimme in meinem Innern. Jetzt werde ich *Brachyteles arachnoides* nie zu sehen bekommen. Ich hätte zu Hause bleiben und einfach nur Striers Dissertation lesen sollen.

Die Stimme irrt indes, und das Glück bleibt mir hold. Der Volkswagen kommt mit quietschenden Reifen vor dem Dritten Polizeikommissariat zum Stehen. Die Schüsse waren also nur Fehlzündungen. Ich bin wohl immer noch ein bißchen nervös.

Wir marschieren eine Betontreppe hinauf in den vierten Stock, wo in einem großen kahlen Raum ein Polizist, der nach Amtsstube aussieht, hinter einem Schreibtisch an einer altertümlichen Schreibmaschine sitzt und darauf wartet, die Erklärung des Opfers zu Protokoll zu nehmen. Verblüffenderweise ist auch einer der drei Übeltäter da, der es irgendwie geschafft hat, sich festnehmen zu lassen, ein beispielloser Regelverstoß im Straßenräuberspiel. Er trägt eine blutige Nase – vielleicht weil er sich der Verhaftung widersetzt hat oder weil die Polizisten es aus prinzipiellen Erwägungen für opportun hielten, ihn sich zur Brust zu nehmen – und kein Hemd. Er hat schmale Schultern. Das Raubtier hat man aus ihm herausgeprügelt, und jetzt ist er ein ängstliches, reuiges Häufchen Elend. Er schenkt mir ein affektiertes Lächeln, als hoffe er, der weichherzige Gringo werde sich angesichts der Brutalität der Polizei auf seine Seite schlagen. Vergiß es, Junge! Ich weiche seinem Blick aus. Dann wird er mit Handschellen an ein Tischbein gefesselt.

Nach all den Aufregungen der vergangenen Minuten verlangsamt sich jetzt die Zeit zum bürokratisch schleppenden Gang; die nächsten sechs Stunden stecke ich hier oben im vierten Stock fest und versuche, mich mit dem Amtsstubenmenschen hinter der Schreibmaschine zu verständigen, danach mit einem gewissen Inspektor Mota, einem liebenswürdigen kleinen Mann, der das Gesicht eines Gemeindepfarrers hat, und schließlich mit einer befehlshaberischen Persönlichkeit in Hosen mit rasiermesserscharfen Bügelfalten, den ich für Motas Vorgesetzten halte; die ganze Zeit über warten wir auf einen Dolmetscher, der nicht erscheint, aber sich schließlich per Telefon einbringt. Er heißt Rolf und erklärt mir, meine gestohlene Tasche könne ich vergessen, sie hätten nichts wiedergefunden und würden auch nichts wiederfinden; nur den einen Räuber hätten sie gefaßt – und den mit leeren Händen. Rolfs gute Nachricht lautet, daß ich wahrscheinlich den Unannehmlichkeiten, in einen Prozeß verwickelt zu werden, entgehen kann, wenn ich brav mit Inspektor Mota zusammenarbeite. Rolf ist selbst irgendein Akademiker, ein Freund von Mota, und hat sich diesem zuliebe eingeschaltet; nein, er selbst legt auch keinen Wert darauf, den Samstagabend auf der Polizeistation zu verbringen. Danke, Rolf, bis ein andermal. Aber ich kann ihm keinen Vorwurf machen. Das Dritte Polizeikommissariat ist ein trister Ort, mit vielen leeren grauen Räumen, fast ohne Stühle und Schreibtische, mit Menschen, die kommen und gehen, mit kahlen Wänden, kaputten Fahrstühlen, mit Abfall und Schmutz in den Treppenhäusern. Das Ganze erinnert an eine Filmkulisse für *Blade Runner*. Nur der *chefe* mit seinen Bügelfalten und dem strengen Blick über die Gläser der Lesebrille macht einen pingeligen, amtsbewußten Eindruck. Er überwacht die Befragung und will, ohne allerdings großen Wert auf eine Antwort zu legen, erfahren, wie der Verdächtige zu seiner blutigen Nase gekommen ist. Er möchte wissen, seit wann ich in Rio bin. Und was ich genau verloren habe. Und wo ich abgestiegen bin. Und ob ich hoffentlich bestätigen könne, daß dieses heruntergekommene, mit nacktem Oberkörper an den Tisch gekettete Individuum tatsächlich einer der *ladrãos* sei, die mich angefallen hätten. Etliche andere Fragen, die dem *chefe* im Kopf herumgehen, harren ebenfalls irgendeiner Antwort. *Não falo bem portugues* – wieder einmal sage ich mein Sprüchlein auf. Ja, das habe er nachgerade mitbekommen, sagt er mit zusammengekniffenen Augen. Inspektor Mota stellt die Einzelheiten zu einem Bericht vom Vorfall zusammen, den er dem Amtsstubenmenschen diktiert, bis die Sache schließlich fertig getippt ist. Also gut, unterschreiben Sie das, fordert sie mich auf. Drei Seiten, einzeilig beschrieben, reichlich Kohlepapier; wer weiß, was darinsteht. Auf die freie Stelle schreibe ich: »Ich kann Portugiesisch weder lesen noch sprechen noch verstehen«; damit rufe ich eine kleine Woge der Empörung hervor – nein, nein, nein, *assinatura*, nur eine Unterschrift, keine großen Erklärungen, du Depp –, und dann setze ich halt doch meinen Namen darunter. Aber mittlerweile ist es fast schon Mitternacht. Sie schaffen den Übeltäter weg. Er sieht fünf Jahren entgegen, erklären sie mir. *Cinco anos. Cinco*, ist das wahr? Das sind viele *anos*, sage ich. Wahrscheinlich müßte ich mit dem armen Ganoven Mitleid haben, aufgrund der mildernden Umstände seiner sozioökonomischen Verhältnisse, aber in meiner momentanen Schwäche ist mir aller Liberalismus entfallen, und *cinco anos* klingen gut. Heiter lächelnd stellt Mota mit den Fingern pantomimisch Gefängnisgitter dar. Er sagt mir freundlich Lebewohl. Gepriesen sei der Herr, ich kann gehen.

Meine Durchschrift des Ereignisprotokolls könne ich mir hier im Revier am Dienstag abholen. *Aqui, terça-feira,* so lauten seine Worte. Hä? *Terça* was? Ach so, Dienstag, ich verstehe. Was um alles in der Welt sollte mich dazu bringen, wieder hierherzukommen, um eine Durchschrift abzuholen? Ob ich wohl dazu verpflichtet bin? Ob man, wenn ich zurückfliege, mein Ereignisprotokoll am Flughafen wird sehen wollen? Einer der Polizisten bietet mir an, mich zum Hotel zu fahren, aber in Erinnerung an den Volkswagen verkrümele ich mich, während er abgelenkt ist, und nehme eine Taxi.

Am nächsten Tag spiele ich wieder den Gaffer in Rio, fühle mich geborgen, wo viele Menschen sind, und meide Reiterstandbilder. Ich kaufe mir ein neues portugiesisch-englisches Wörterbuch. Mit einem Tag Verspätung und ohne die mindesten Probleme an der Rodoviaria besteige ich den Nachtbus nach Caratinga.

168

»Das ist ganz ungewöhnlich«, verkündet mir Karen Strier. »Daß Sie zwei Kopulationen zu sehen bekommen. Gleich in der ersten Stunde, in der Sie die Affen beobachten.« Ich sage nichts, obgleich ich geneigt bin zu glauben, daß meine Nachbarin nicht weniger gern zuschaut, wie Affen sich paaren.

Tatsache ist, daß ich an den düsteren Einzelheiten des Zustands der Murikipopulation interessierter bin als an den flüchtigen Ekstasen ihres Sexuallebens. Aber ich bin nach Montes Claros gekommen, um den Muriki in seinem Milieu zu sehen, und nicht einfach nur, um dürre Fakten zu sammeln; so betrachtet, scheint der Tag nicht übel anzufangen. Wir sind bereits vor Tagesanbruch in den Wald gewandert, nachdem wir in dem kerzenerleuchteten Schuppen, der Strier als Schlafbaracke und als Laboratorium dient, ein Frühstück, bestehend aus Brot und Kaffee, zu uns genommen haben. Unterwegs hörten wir die Brüllaffen in der Ferne brüllen; in der Morgendämmerung begannen die Zikaden zu zirpen, die Luft war warm, aber nicht drückend, und die Murikis ließen sich rasch von uns auffinden. Der Wald ist trocken, mit einem spärlichen Blätterdach, das Sonnenstrahlen durchläßt. Das Gelände ist hügelig, bietet aber den Füßen einen guten Halt. Das Murikiweibchen im Baum über uns hat sich hingebungsvoll gepaart. Wenn das Fortpflanzungsverhalten für die Lebensfähigkeit der Murikis von Montes Claros und der anderen kleinen Populationen wesentliche Bedeutung hat – und das ist der Fall! –, dann mache ich meinen Besuch genau zur rechten Zeit, und die Peepshow ist höchst passend.

Das Murikiweibchen heißt Cher. So hat jedenfalls Strier beschlossen, sie zu nennen. Wie das Weibchen sich selbst nennen würde, bleibt leider ein Geheimnis.

Manche Primatologen arbeiten lieber mit neutralen Zahlen, aber Strier zieht Personennamen für die Tiere, die sie beobachtet, vor (wie auch Eleonore Setz bei ihren Goldkopfsakis droben im Amazonasgebiet); die Namen anderer Murikis in diesem Wald stammen von ihrer Mutter (Arlene), ihrer Schwester (Robin), ihrer Großmutter (Bess) und dem Betreuer ihrer Dissertation in Harvard (Dr. Irven DeVore – dankenswerterweise wird der Affe aber kurz Irv gerufen). Es gibt auch eine Brigitte, alias Bardot, und eine Beatrice, vermutlich nach Dante. Feldforschung in einem tropischen Wald kann eine ziemlich einsame Angelegenheit sein. Wie ihre Namensvetterin ist Cher eine kraftstrotzende, sinnenfreudige Dame mit sonnengebräuntem Gesicht, die in ihrer Jugend ihre Zeit vorzugsweise in Gesellschaft eines Männchens verbrachte, das Strier Sonny, nach »I Got You, Babe«, getauft hatte.

Cher ist in Begleitung ihrer Tochter Catarina, einer übermütigen Jugendlichen, die knapp drei Jahre zählt. Catarina hat in ihrem kurzen Leben noch nie ihre Mutter in Paarungslaune gesehen, und sie findet das Kopulationsgeschäft faszinierend. Um sich die Sache möglichst aus der Nähe betrachten zu können, klettert sie von allen Seiten auf Cher herum. Die hat nichts dagegen. Sie steckt bis über beide Ohren im Hormonbad; ihr ist es egal, wer Bescheid weiß oder zuguckt. Eine Handvoll Männchen warten darauf, daß sie an der Reihe sind, es mit ihr zu treiben. Sie tauschen sanfte Glucks- und Grunzlaute aus. Ab und an legt einer den Arm um die Schulter des anderen, oder sie schenken sich eine brüderliche Umarmung. Geselligkeit ist Trumpf. Es gibt keinen Kampf zwischen den Freiern, weder einen wirklichen noch einen symbolischen: keine Köpfe donnern zusammen, keine Fangzähne werden entblößt, keine Brustkörbe geschwellt und mit Fäusten bearbeitet. Besonders eindrücklich ist mir an diesem Morgen, daß, allen Anforderungen des Überlebens und der Fortpflanzung zum Trotz, die Murikigesellschaft weit friedfertiger wirkt als, sagen wir, die Gemeinde Rio.

Strier hat in dem Jahrzehnt, das sie forschend in Montes Claros verbracht hat, etliche wichtige Entdeckungen gemacht, und dazu gehört, daß die sozialen Beziehungen in einer Murikigruppe, einschließlich der potentiell zwietracktsäenden Konkurrenz der Männchen bei der Paarung, bemerkenswert gesittet sind. Weiblicher Pragmatismus gibt den Ton an. Freundschaftliche Bindungen zwischen den Männchen sorgen für den Zusammenhalt der Gruppe. Der Aufrechterhaltung dieser Bindungen dienen gutmütige Umarmungen, kumpelhafte Vertraulichkeiten auf körperlicher Ebene und der Härtetest kollektiver Notsituationen, in denen die Männchen die Gruppe gemeinsam gegen Feinde verteidigen müssen. Ein Muriki ist ein großes behendes Tier, das ein eindrucksvoll kämpferisches Verhalten an den Tag legen kann. Aber paarungslustige junge Murikimännchen kämpfen nicht miteinander um den sexuellen Zugang zu Weibchen, wie das Elchbullen oder Männer oder so viele andere testosterongebeutelte männliche Säugetiere tun. Die Murikis scheinen eine subtilere und friedlichere Methode ersonnen zu haben.

Wie sieht die Methode aus? Wenn die vorherrschende Hypothese (der Strier selbst zuneigt) stimmt, dann dreht sie sich um eine Strategie, die von den Biologen als Spermienwettstreit bezeichnet wird. Die Murikimännchen sind mit sehr großen und äußerst produktiven Hoden ausgestattet. Wenn ein Männchen ejakuliert, dann in rauhen Mengen, als würde man bei einem Rasiercremespender den Knopf gedrückt halten. Die großen Hoden und die überschüssigen Mengen von Samenflüssigkeit sind Hinweise auf ein gewaltloses Entscheidungskriterium im Kampf der Männchen um die Krone der Manneskraft. Das Kriterium lautet: Wer hat die besten Spermien? Diese Frage läßt sich in weitere auflösen: Wessen Sperma fließt reichlicher? Wessen Spermien schwimmen schneller? Wessen Spermien beweisen gründlichere Fruchtbarkeit? Wessen überschüssiges Ejakulat verstopft das Weibchen am wirksamsten und verdickt sich zu einem hübschen breiigen Pfropfen, der die Penetration anderer Männchen verhindert? Die Strategie der Murikis, um eine möglichst große vererbbare Tüchtigkeit zu erreichen, scheint auf diesem Kriterium aufzubauen.

Jedes Weibchen paart sich mit vielen verschiedenen Männchen seiner Wahl und nimmt sich eins nach dem anderen vor, als hake es Namen auf seiner Tanzkarte ab. Die Männchen akzeptieren seine Wahl ganz fügsam und nehmen keinen Anstoß, wenn sie ausgeschlossen bleiben oder andere den Vorzug erhalten. Und dann wird offenbar der Wettstreit um die Vaterschaft durch die vergleichsweise Wirksamkeit der Ejakulatpfropfen der Männchen und durch die Schnelligkeit und Lebenskraft ihrer Spermien entschieden, die auf der gynäkologischen Rennbahn des Weibchens der unbefruchteten Eizelle entgegenjagen. Diese Hypothese basiert auf der Voraussetzung, daß ein Männchen mit überlegenem Sperma auch bei anderen genetischen Eigenschaften Überlegenheit beweist. Die Voraussetzung scheint im Falle der Murikis zu stimmen, da ja *B. arachnoides* lange Zeit als Spezies bestens gedieh (bis Menschen weitgehend ihren Lebensraum zerstörten und damit ein Problem schufen, das große Hoden nicht lösen können). Die ganze Strategie leuchtet evolutionsgeschichtlich ein, besonders bei einem baumbewohnenden Primaten, der so groß wie dieser ist – der für die Baumwipfel fast zu schwer und in Gefahr ist, sich beim Herunterfallen ernsthaft zu verletzen. Der Spermienwettstreit ist sicherer als Paarungskämpfe und, jedenfalls unter diesen Bedingungen, auch wirksamer. Alle sind zufrieden, keiner tut sich weh.

»Bei einer bedrohten Art ist es so außerordentlich wichtig, sich in der Fortpflanzung auszukennen«, sagt Strier. »Falls wir einmal gezwungen sind, die Spezies in Gefangenschaft zu züchten.«

Die Zucht in Gefangenschaft ist eine Option, die man sich offenhalten muß. Die meisten der etwas mehr als zwanzig Populationen sind so klein, daß sie unmöglich als lebensfähig gelten können. Eine vor relativ kurzer Zeit durchgeführte Erhebung hat deutlich werden lassen, wie gering die Größe dieser Populationen ist: an einem der Standorte, einem Wald in Privatbesitz, der viel kleiner ist als der Wald von Montes Claros, gab es gerade einmal ein Dutzend Murikis; ein anderer Privatforst beherbergte acht Tiere; das Cunha-Staatsreservat im Staat São Paulo bot nicht mehr als etwa sechzehn Murikis einen Lebensraum. Kurzfristig mögen diese Populationen erhalten bleiben, aber auf lange Sicht sind sie wahrscheinlich zum Untergang verurteilt.

Eine weitere Entdeckung Striers ist hinsichtlich der Frage, was für die Murikis getan werden sollte, von noch größerer Bedeutung. Sie hat herausgefunden, daß es Weibchen, nicht Männchen, sind, die normalerweise von einer Murikigruppe zur anderen wechseln, wenn sie sich der Geschlechtsreife nähern. Die Wanderung dieser Jungtiere ist lebenswichtig, weil dadurch die auf Familienbasis bestehende Gruppe die Inzucht vermeiden und sich bei anderen Gruppen genetisch bereichern kann. Der Jungtieraustausch ist der Rührlöffel im Genpool. Bei anderen Primaten wie etwa den Pavianen und den Makaken sind es die Männchen, die von einer Gruppe zur anderen wechseln, während die Weibchen mit ihren Müttern und Schwestern verbunden bleiben. Dank des historischen Zufalls, daß die frühen primatologischen Untersuchungen stark auf Paviane und Makaken konzentriert waren, setzte sich der Eindruck fest, daß bei den Primaten die Wanderung der Männchen Norm sei. Aber diese Norm hat wenig bindende Kraft und gestattet viele Ausnahmen, zu denen auch die Murikis zählen. Die Weibchen wandern; die Männchen bleiben da. Das hat Striers langfristige Untersuchung enthüllt.

»Meinem Gefühl nach ist das mein wichtigster Beitrag zu diesem Artenschutzproblem«, erklärt sie mir. »Zumindest weiß ich jetzt, falls ein Ortswechsel nötig würde, welches der beiden *Geschlechter* wir umziehen lassen müßten.«

Auch in diesem Fall geht es wieder um die Frage, was sich tun läßt, um der prekären Situation der Murikis gerecht zu werden. Strier wäre nur zu froh, wenn die Welt in Ordnung wäre und sie sich um diese Frage nicht zu kümmern brauchte und sich ganz ihren ökologischen und ethologischen Forschungen widmen könnte; aber sie weiß, daß die Welt nicht in Ordnung ist und die Frage sich stellt. Ich vermute, sie spricht vom »wichtigsten Beitrag«, den sie »zu diesem Artenschutzproblem« geleistet habe, weil sie dem Vorwurf zuvorkommen möchte, ihre Forschungen seien praktisch nutzlos. Das ist ein Vorwurf, der jedem Biologen gemacht werden kann, der sich mit einer bedrohten Art beschäftigt, dabei aber, wie im Falle Striers, mehr durch Wissenschaftlichkeit als durch leidenschaftliches Engagement für Naturschutzbelange glänzt. Der Grund, warum sie einen Ortswechsel der Tiere in Betracht zieht, liegt so sehr auf der Hand, daß sie ihn gar nicht zu erwähnen braucht: Bei etwas mehr als zwanzig winzigen Populationen, die alle getrennt voneinander in isolierten Lebensraumfragmenten stecken, können die Tiere von sich aus *keinen* Ortswechsel vollziehen. Es gibt keine Wanderung zwischen den Inseln und folglich keine genetische Anreicherung einer Population durch Exemplare einer anderen – keinen Löffel, um im umfassenderen Genpool herumzurühren. Die Gesamtzahl der noch existierenden Murikis (ungefähr siebenhundert) erscheint selbst unter günstigsten Bedingungen gefährlich niedrig. Die derzeitigen Umstände des fragmentierten Lebensraumes verschärfen die Situation noch. Nicht zuletzt der Fragmentierungsstrudel saugt an den Füßen der Murikis.

Strier hat das bei unserer Unterhaltung durchaus vor Augen. Aber sie bewahrt sich im Blick auf das Schicksal der Spezies einen verbissenen Optimismus, der sich, wie mir scheint, hauptsächlich aus ihrer persönlichen Bindung und den Jahren wissenschaftlichen Engagements speist. Uns anderen, die nicht über solche Kraftquellen verfügen, stellen sich die Aussichten der Murikis eher als trostlos dar. Eine Populationslebensfähigkeitsanalyse nach dem von Gilpin und Soulé entwickelten Schema ist bislang noch nicht durchgeführt worden. Wir können nur Vermutungen anstellen. Vieles spricht für die Vermutung, daß *B. arachnoides* die nächsten hundert Jahre nicht überleben wird – jedenfalls nicht in freier Wildbahn. Voraussetzung für ein Überleben wären drastische Maßnahmen zur Herstellung einer Verbindung zwischen den Populationen.

Soweit Exemplare heute zwischen Gruppen wechseln, geschieht das nur zwischen Familiengruppen innerhalb der einzelnen Lebensrauminseln. Der Wald von Montes Claros ist groß genug, um zwei Familiengruppen einen Lebensraum zu bieten, die jeweils ein paar Dutzend Tiere umfassen. Die eine Gruppe durchstreift hauptsächlich die Nordhälfte des Waldes, die anderen hauptsächlich die Südhälfte. In ihren Feldforschungen konzentriert sich Strier auf die Südgruppe und kümmert sich nicht weiter um die Nordgruppe. Aber die Territorien sind nicht streng gegeneinander abgegrenzt, die Kreise der Futtersuche überschneiden sich manchmal, und die zwei Gruppen konfrontieren sich gelegentlich und tragen einen lärmenden Streit um einen Baum mit Früchten aus. Die Gruppen unterhalten distanzierte und in der Hauptsache feindselige Beziehungen, die durch eine unbestimmte wechselseitige Abhängigkeit kompliziert werden: Sie tauschen durch den Wechsel von heranwachsenden Weibchen Gene aus. Wenn sich ein junges Weibchen der Geschlechtsreife nähert, wechselt es seine Gruppenzugehörigkeit, weil seine engsten Blutsverwandten nichts mehr von ihm wissen wollen und es sonst nirgendwo hin kann. (Besser gesagt, es wechselt die Gruppenzugehörigkeit, sofern es Glück hat und eine andere Gruppe findet; hat es kein Glück, wandert es außerhalb des Waldes einem einsamen Tod und Vergessen entgegen.) Das Weibchen zum Beispiel, dem Strier den Namen Cher gegeben hat und das sich heute so eifrig mit Männchen der Südgruppe paart, ist zugewandert. Es kam von der Nordgruppe. Cher war das erste junge Murikiweibchen, bei dem Strier vor einem halben Dutzend Jahre beobachten konnte, wie es überwechselte und akzeptiert wurde.

»Ich kenne sie seit ihrer Teenagerzeit. Jetzt hat sie schon zwei Kinder. Und wie es scheint, arbeitet sie am dritten.« So scheint es in der Tat. Wenn Cher bei Sonnenuntergang nicht geschwängert ist, dann liegt es bestimmt nicht an ihr. »Ihre Jungen haben beide überlebt«, sagt Strier. Das zweite Junge ist Catarina. »Aber sie ist keine sehr achtsame Mutter. Sie ißt gern. Sie schleppt ihre Kinder nicht gern mit sich herum. Sie läßt sie weinen. Aber sie haben es überlebt.« Cher hat sich trotz ihrer Unzuverlässigkeit als Mutter erfolgreich vermehrt. Was ihr an Aufzuchtverhalten abgeht, das macht sie offenbar durch gute Gene wett.

In Chers Erfolg spiegelt sich ein Trend wider, den Strier entdeckt hat und der das Gesamtbild noch weiter kompliziert: Im Gegensatz zum allgemeinen Niedergang der Spezies erlebt die Population an diesem bestimmten Ort einen Aufschwung. Während *B. arachnoides* aufs Ganze gesehen massiv bedroht bleibt und manche Populationen böse geschrumpft sind, wächst die Population hier in Montes Claros. Umfaßte sie Anfang der achtziger Jahre, als Strier sie zu beobachten begann, etwas mehr als vierzig Exemplare, so war die Anzahl bis zum Jahre 1987 auf zweiundfünfzig gestiegen und beläuft sich mittlerweile auf ungefähr achtzig. Das ist eine fast hundertprozentige Zunahme im Laufe von nicht einmal zwei Murikigenerationen. Hohe Fruchtbarkeit ging mit geringer Säuglingssterblichkeit Hand in Hand. Beide Parameter sprechen dafür, daß die Population in Montes Claros trotz ihrer geringen Größe nicht an Inzuchtdegeneration leidet – jedenfalls noch nicht erkennbar.

Bei Striers derzeitigen Forschungen geht es um Zyklen der Fortpflanzungsaktivität. Strier möchte herausbekommen, in welchem Zusammenhang die manifesten Verhaltenszyklen mit den physiologischen Faktoren stehen. Zugang zur Physiologie der Murikis verschafft sie sich vorzugsweise von hinten – das heißt, über ihre Fäkalien. Heute hat sie sich vorgenommen, Kotproben von fünf verschiedenen Weibchen zu sammeln, einem Weibchen namens Louise, einem namens Didi, den beiden nach Familienangehörigen von Strier benannten Weibchen Robin und Arlene sowie Cher. Das Sammeln von Kotproben ist kein Spaziergang. Und für eine Untersuchung der Verhaltenszyklen müssen täglich Proben gesammelt werden. Strier verfolgt abwechselnd die einzelnen Weibchen, ist zu Fuß hinter ihnen her, während sie sich durch die Baumwipfel schwingen, und lauert ständig auf Darmentleerungen, schlägt sich unermüdlich durch die Büsche, Hügel hinauf, Wasserläufe hinab, bleibt den Tieren auf den Fersen, verhält sich still, macht sich Notizen und wartet darauf, daß man ihr auf den Kopf scheißt. Wegen des hohen Anteils von Zimtbaumblättern in der Nahrung der Murikis riecht ihr Kot leicht nach Zimt; mit würziger Apfelkonfitüre läßt er sich allerdings nicht verwechseln. Manchmal kommt er als feiner brauner Regen herunter, manchmal in Klumpen. Jeder Klumpen von einem ihrer Versuchsweibchen ist für Strier eine Kostbarkeit, ein biochemischer Leckerbissen, den sie frohgemut in ein Glasröhrchen sammelt. Sie friert die Proben ein, um sie schließlich eigenhändig mit zurück in ein Laboratorium in Wisconsin zu nehmen, wo sie ein Kollege hormonell auswerten wird. Auf diese Weise kann dann

Strier die Verbindung zwischen hormonellen Auslösern und läufigem Verhalten à la Cher erforschen.

Leichter wäre es vielleicht, die Tiere mit einem Betäubungsgewehr schachmatt zu setzen und Blutproben zu nehmen. Aber Strier hat niemals einen Muriki auf diese Weise betäubt. Sie vermeidet bei ihren Forschungen Eingriffe, weil sie meint, daß ihre Anwesenheit und die ihrer Studenten (die den Murikis folgen und das Datensammeln fortsetzen, während sie in den USA ist) bereits genug Einmischung darstellt. Nach so vielen Jahren emsigen Beobachtens hat sie noch keinen einzigen Muriki in Montes Claros auch nur angefaßt.

Sie ist nicht hergekommen, um sich bei den Murikis lieb Kind zu machen. Sie ist nicht gekommen, um Bananen zu verteilen und die bösen Waldfrevler zu verfluchen und sich damit zu brüsten, daß die Murikis sie als Freundin akzeptieren. Sie ist gekommen, um Wissenschaft zu treiben. Sie erforscht diese Geschöpfe – und liebt sie – aus der Distanz. Und nachdem sie sich solch außerordentliche Mühe gegeben hat, ihre Forschungsobjekte nicht zu stören, steht sie auch allen anderen Formen der Belästigung, mögen diese auch noch so gut gemeint sein, reserviert gegenüber. In der Frage, ob die Population in Montes Claros drastischen Schutzmaßnahmen unterworfen werden sollte – ob freilebende Exemplare zwecks Züchtung in Gefangenschaft überführt, ob Paarungen künstlich arrangiert, ob in Gefangenschaft aufgezogene Tiere wieder ausgewildert werden sollten –, vertritt sie einen klaren Standpunkt: Sie ist dagegen.

Falls Murikis für eine Zucht in Gefangenschaft gebraucht werden, hofft Strier, daß man sie anderswo einfängt. Falls Exemplare zwischen Populationen verschoben werden müssen, hofft sie, daß man diese andernorts fangen wird. Sie will keinesfalls daß Exemplare von Montes Claros weggeschafft oder welche hergebracht werden. Sie verweist auf das Wachstum, das die Population in letzter Zeit erlebt hat, auf die hohe Geburtenrate und die geringe Säuglingssterblichkeit. Auch die meisten der erwachsenen Tiere in Montes Claros wirkten gesund. Verglichen mit anderen Murikis litten sie wenig unter Parasiten. Strier verweist auf das augenscheinliche Fehlen von Inzuchtdegeneration. Die Population von Montes Claros scheine nicht kaputt zu sein, meint sie; warum also versuchen, sie zu reparieren?

»Ich will nicht, daß mit dieser Population herumexperimentiert wird«, erklärt sie in leidenschaftlichem Ton.

Cher beendet ihre Paarungsorgie und trollt durch die Baumwipfel davon. Beim Abgang hinterläßt sie einen grünen Klumpen Scheiße, der praktischerweise auf einen verfaulten Baumstamm gefallen ist. Strier liest ihn mit einer Zange auf. Sie zeigt mir das Objekt, das aussieht wie ein zweifelhaftes Stück Sushi zwischen Eßstäbchen, ehe sie es in ein Glasröhrchen fallen läßt. Dann fangen wir an, Robin nachzupirschen. Stunden vergehen, wir klettern durch das Unterholz, setzen uns hin, warten, beobachten, klettern erneut durch Unterholz, beobachten wieder, warten abermals, bis Robin schließlich etwas fallen läßt, nicht genau auf meinen Kopf, aber ziemlich dicht dabei; anschließend wenden wir unsere Aufmerksamkeit Arlene zu.

Eine Probe von jedem Weibchen mindestens jeden zweiten Tag – das ist es, was Strier für ihre Hormonanalyse braucht. An einem guten Tag verbringt sie zehn Stunden im Wald und erbeutet insgesamt drei oder vier Proben. Aber viele Tage sind nicht so gut, und in den vorangegangenen Wochen waren die Kotproben, wie Striers Notizbuch ausweist, frustrierend spärlich. Es regnete zu wenig Scheiße vom Himmel. So sieht der Alltag hinter der vermeintlichen Abenteuerlichkeit biologischer Feldforschung in den Tropen aus.

Heute ist ein guter Tag. Bis zum Mittag hat Strier eine Probe von Arlene ergattert. Wir wandern in einen anderen Teil des Waldes und spüren Louise auf. Äußerst entgegenkommend entleert auch sie sofort ihr Gedärm; nach all den früheren Enttäuschungen kann Strier ein Triumphgeheul nicht unterdrücken. »Sehen Sie? Das ist, weil ich sie so gut erzogen habe!«

Didi, das letzte der Versuchsweibchen, ist weniger entgegenkommend. Es läßt sich von uns aufspüren, und dann dürfen wir uns in Geduld üben. Es rekelt sich träge auf einem Ast, als hätte es sein Tagwerk abgeschlossen – wäre fertig mit seinen Wanderungen, fertig mit Essen, fertig mit Stuhlgang, fertig mit allem, was einen Primatologen interessieren könnte. Während sich die Sonne im Westen dem Horizont zuneigt, sitzen wir unter Didis

Baum und warten wieder einmal. Möglich, daß wir hier umsonst warten, bis es dunkel ist. Möglich, daß Didis Gedärm bereits ausreichend entleert ist.

Während der Ruhepause ringt sich Strier widerstrebend zu einem Geständnis durch. Ich müsse wissen, daß bestimmte andere fachkundige Primatologen ihr Urteil bezüglich Montes Claros nicht teilten. Genauer gesagt, teilten sie nicht ihre Ansicht, daß die hiesige Murikipopulation von Notmaßnahmen wie der Verpflanzung und der Zucht in Gefangenschaft ausgenommen bleiben solle.

Diese anderen Primatologen haben die Murikis ebenfalls studiert. Nicht in Montes Claros und auch nicht so durchgängig, wie Strier das getan hat, aber andernorts und ebenfalls beträchtliche Zeitspannen hindurch. Zu ihnen gehört eine Frau, die Strier nicht nur als Kollegin schätzt, sondern mit der sie auch befreundet ist. Es sind gute Wissenschaftler – gewissenhaft, klug, erfahren, vertraut mit Striers eigenen Überlegungen, aber eben nicht ihrer Ansicht, daß man die Population von Montes Claros am besten sich selbst überläßt.

Wie Strier mir anvertraut, hat sie vor meinem Eintreffen in Montes Claros ein wenig geschwankt, ob sie das ganze Problem nicht besser vor mir geheimhalten solle. Sie sei versucht gewesen, das zu tun, weil sie fürchte, die Kollegen würden mir Dinge erzählen, von denen sie sich wünsche, daß sie mir gar nicht erst zu Ohren gelangten. Was für Dinge? Nun, zum Beispiel, daß die Population von Montes Claros sofort in ein dem Wohle der Gesamtspezies dienliches offensives Bewirtschaftungsprojekt integriert werden solle. Der Gedanke sei ihr schrecklich, aber dürfe sie ihn deshalb verschweigen? Sie habe mit ihrem wissenschaftlichen Gewissen gerungen, sagt sie, und sich gegen das Verschweigen entschieden. Deshalb habe sie mir im Geiste einer offenen Diskussion die Namen der Experten genannt, die anderer Meinung seien als sie.

Der Tag neigt sich schon gen Abend, als Didi endlich aus ihrer Siesta erwacht. Sie entwirrt ihre langen Glieder und rüstet zum Aufbruch. Vielleicht ist sie wieder hungrig oder einfach bewegungslustig, oder sie hat ein Männchen gerochen, mit dem sie Lust hat, sich zu paaren. Strier bereitet sich auf eine neuerliche

Verfolgung vor. Weniger eifrig mache auch ich mich bereit. Strier sammelt ihre Zange, ihre Röhrchen, ihr Notizbuch, ihr Fernglas ein, massiert ihre eingeschlafenen Beine und ist aufbruchsbereit – Achtung, fertig, los! Didi umschließt mit der Hand eine Ranke, schwingt sich weg von ihrem Ruheplatz, entfaltet den anderen Arm, um eine weitere Ranke zu packen, und in dem Augenblick, in dem sie zwischen den Bäumen pendelt – wie eine riesige Spinne, die sich gegen den Abendhimmel abzeichnet –, läßt sie einen ordentlichen Batzen fallen.

»Oh«, sagt Strier, der die Dankbarkeit fast die Sprache verschlägt. »Oh, Didi.«

Und dann: »Sehen Sie doch nur. Hier kommt noch einer.« Strier beobachtet den zweiten Klumpen, wie er herunterfällt – verfolgt gebannt seine Bahn bis hinunter auf den Boden; ein Golfcaddie könnte nicht gewissenhafter sein. Sie merkt sich genau die Stelle. Damit hat sie nun fünf Kotproben von fünf Versuchsweibchen, ruft sie mir ins Gedächtnis; einer der seltenen Tage mit hundertprozentigem Erfolg. »Sie können sich nicht vorstellen, wie froh ich bin«, sagt sie, und ich habe keinen Grund, das anzuzweifeln.

Sie stürmt zu dem kostbaren Stück. Es ist mehr als genug für ein Glasröhrchen da. »Ich glaube, das ist die Belohnung«, sagt sie. Die Belohnung dafür, daß sie mir die kollegialen Meinungsverschiedenheiten nicht verheimlicht hat, meint sie; für abergläubisch hätte ich sie allerdings nie im Leben gehalten.

169 Nicht lange nach dem Zweiten Internationalen Kongreß zur Artenschutzbiologie hörte Michael Soulé von einem gewissen Jim Johnson, der in der regionalen Zentrale des U. S. Fish and Wildlife Service in Albuquerque saß. Johnson war Leiter des dortigen Amtes für bedrohte Arten; seine rechtlichen Zuständigkeiten und Sorgen reichten in östlicher Richtung nach Texas hinein. Er hatte einige der früheren Arbeiten Soulés zur Lebensfähigkeit von Populationen gelesen; wie Hal Salwasser von der Forstbehörde drängte auch ihm sich die Möglichkeit auf, diese Gedanken für die Pflege des Wildtierbestandes nutzbar zu machen. Jetzt rief er – wie damals Salwasser – bei Soulé an, um zu sehen, ob dieser ihm bei einem Problem helfen konnte.

Johnsons Problem war, daß eine seltene, kaum bekannte Reptilienunterart, *Nerodia harteri paucimaculata*, gemeinhin bekannt unter dem Namen Concho-Wassernatter, dem Fortschritt im Wege stand, besser gesagt, dem, was die Pioniertruppe der US-Armee und gewisse illustre texanische Bürger für Fortschritt zu halten beliebten. Genauer gesagt, war geplant, in der trockenen Prärie auf halbem Weg zwischen Austin und Odessa für siebzig Millionen Dollar ein Wasserreservoir zu bauen, und zwar am Zusammenfluß des Concho und des Colorado (bei dem es sich nicht um den Grand-Canyon-Fluß dieses Namens, sondern um eine viel kleinere texanische Ausgabe handelt). Das Kernstück des Projekts bildete ein Bauwerk namens Stacy Dam, ein Staudamm, der den Colorado unmittelbar unterhalb der Einmündung des Concho unweit der kleinen Stadt Paint Rock absperren sollte. Vom Bau des Stacy Dam erhoffte man sich mehrere segensreiche Auswirkungen: Ein Wasserreservoir wurde geschaffen, aus dem sich die umliegenden Gemeinden mit Trinkwasser versorgen konnten, Steuergelder aus Washington flossen in die regionalen Kassen, und die mit den Erdbewegungen und den Betonarbeiten befaßten Mannschaften des Pionierkorps hatten ein paar Jahre lang das wohltuende Gefühl, sich nützlich zu machen. Auf der negativen Seite schlug ein kleines Problem zu Buche, das in seiner Kleinheit fast schon lächerlich wirkte: Das Projekt würde irgendeiner Scheißschlange den Garaus machen.

Die Schlange war ein unscheinbares Geschöpf, weder groß noch auffällig oder giftig, ohne ökonomische Bedeutung und ohne sonderliches ökologisches Charisma. Auf dem Rücken war sie blaßbraun marmoriert, auf dem Bauch orangefarben. Die braune Marmorierung hatte gerade genug Ähnlichkeit mit der Zeichnung einer Prärieklapperschlange, um *Nerodia harteri paucimaculata* der Verfolgung durch hysterische Schlangenhasser auszusetzen; niemand hätte sagen können, wie viele Concho-Wassernattern dank dieser falschen Identifizierung schon durch Bandageneisen und Wasserschaufeln ums Leben gekommen waren. Aber diese auf direkte menschliche Einwirkungen zurückgehenden Verluste stellten noch nicht einmal die größte Bedrohung für das Überleben der Schlangenspezies dar. Die größte Bedrohung ging von dem Verlust an Lebensraum aus, von dem *N. h. paucimaculata* bereits herzlich wenig besaß und den ihr der Bau des Stacy Dam noch weiter beschneiden würde. Die Schlange war eine lokal begrenzte Unterart von Harters Wassernatter, *Nerodia harteri*, an der höchstens und nur bemerkenswert ist, daß sie sich als einzige Schlangenart in ihrem Verbreitungsgebiet auf Texas beschränkt. Wie der Name schon sagt, war die Concho-Unterart hauptsächlich am Concho zu Hause. Man fand sie auch am Colorado, aber ein früheres Staudammprojekt am Oberlauf des Flusses hatte bereits einen Großteil ihres dortigen Lebensraumes zerstört; andernorts am Colorado ließen sich überlebende Exemplare der Subspezies nur noch spärlich antreffen. Außer an diesen beiden Flüssen existierte die Schlange nirgendwo.

Ihre Gesamtpopulation belief sich auf höchstens einige Tausend. Wegen bestimmter lebensgeschichtlicher Besonderheiten war ihre effektive Population viel kleiner und betrug möglicherweise nur ein Zehntel dieser Summe. Nahrung und Unterschlupf fand sie in den flachen und an Stromschnellen reichen Abschnitten des Concho und des Colorado; mit den langsam strömenden Flußabschnitten zwischen den Stromschnellen wußte sie offenbar nicht viel anzufangen. Diese besondere Anforderung, die sie an den Lebensraum stellte, war wahrscheinlich der Hauptfaktor, der ihre Population beschränkte, da es nicht viele solcher Stromschnellen gab. Manche vertraten die Ansicht, daß nach Maßgabe des Gesetzes über bedrohte Arten *N. h. paucimaculata* als »bedroht« oder zumindest als »gefährdet« einzustufen war; das hätte dann strenge Schutzmaßnahmen nach sich gezogen, möglicherweise bis hin zum Verbot des Dammbaus. Aber gegen das Urteil der Wissenschaft stand der politische Lobbyismus (einer Darstellung zufolge stieß ein mächtiger texanischer Politiker mit guten Verbindungen nach Washington Drohlaute in Richtung des Fish and Wildlife Service aus), und bis Ende 1986 fand die Concho-Wassernatter keine Aufnahme in die Artenliste. Dann wurde sie, o Wunder, tatsächlich als »gefährdet« eingestuft. Ihre Notlage war Ausdruck ihres Mangels an Lebensraum. Der sollte nun aber noch knapper werden.

Das geplante Reservoir hinter dem vorgeschlagenen Staudamm würde im Umkreis des Zusammenflusses von Colorado und Concho Abschnitte der beiden Flüsse überfluten und einen gegabelten Stausee bilden. Dadurch, daß die dortigen Stromschnellen im Wasser verschwanden, würde im Zentrum des Verbreitungsgebietes der Schlange ein großes Loch aufreißen. Das Reservoir würde nicht alle Lebensräume der Schlange zerstören; weiter flußaufwärts am Concho, weiter flußaufwärts am Colorado und unterhalb des Dammes, weiter flußabwärts am Colorado, würden drei getrennte Streifen erhalten bleiben. Aber die Sorge war laut geworden – und sogar die Leute vom Pionierkorps hatte man dazu gebracht, dieser Sorge ihr Ohr zu leihen –, daß die Verkleinerung und Fragmentierung des Lebensraumes, die das Reservoir zur Folge hatte, die langfristigen Überlebenschancen der Schlange mindern könnten.

Wie stark mindern? fragten sich die Verantwortlichen. Eine geringfügige Minderung ließ sich vielleicht vertreten. Ein begrenzter Verlust an Lebensraum, ein begrenzter weiterer Rückgang der Population war möglicherweise hinnehmbar, vorausgesetzt, solche Veränderungen führten nicht mit *allzu* großer Wahrscheinlichkeit zum Aussterben. Vielleicht brauchte die Welt nicht sämtliche dreitausend – oder weiß der Kuckuck wie viele – Concho-Wassernattern. Vielleicht reichten auch schon fünfhundert dieser trüben Schlangen aus, um unter vorhersehbaren Bedingungen die Erhaltung der Unterart zu gewährleisten und so dem Gesetz über bedrohte Arten Genüge zu tun und die Schlangenfreaks und verrückten Naturschützer von Texas zu beschwichtigen. Schließlich verständigte sich das Korps mit dem U. S. Fish and Wildlife Service darauf, eine Expertenmeinung einzuholen. Jim Johnson war der Mann, auf dessen Schreibtisch das Problem landete.

Johnson seinerseits wandte sich an Soulé, der mit seinen Forschungen über die Gefährdung kleiner Populationen weithin bekannt geworden war. Ob Dr. Soulé vielleicht Zeit habe für eine Analyse der Lebensfähigkeit der Population von *N. h. paucimaculata*? Ob er ein wissenschaftlich fundiertes Urteil darüber abgeben könne, wie sich der Stacy Dam auf die Population auswirken werde?

Dr. Soulé hatte Zeit. Er bat Mike Gilpin um seine Mitarbeit. Beide wollten sie unbedingt die Kluft zwischen schwerverständlicher ökologischer Theorie und regierungsamtlich betriebenem Naturschutz überbrücken; hier bot sich ihnen eine ideale Gelegenheit, die Populationslebensfähigkeitsanalyse in der Praxis unter Beweis zu stellen. Sie verpflichteten sich vertraglich, die Aufgabe im Zeitraum von nur einem Monat zu erledigen.

In der ersten Woche flog Soulé nach Texas und traf sich mit Herpetologen und Hydrologen in einem Motel in Odessa. Er quetschte sie aus über den Zustand der Schlangenpopulation, über die Ökologie und das Verhalten der Schlange, über die Wasserverhältnisse der beiden Flüsse, darüber, wie sich diese Verhältnisse (besonders Überschwemmungen und Niedrigstände) auf das Überleben der Schlange an den verschiedenen Standorten auswirken konnten. Nach Kalifornien zurückgekehrt, setzte er sich mit Gilpin hin, um die Daten, die er gesammelt hatte, zu verdauen und gedanklich zu verarbeiten.

Sie stellten fest, daß die Schlange ein schnell zur Sexualreife gelangendes und fruchtbares, allerdings auch kurzlebiges Geschöpf war; einjährige Weibchen setzten eine Brut von etwa achtzehn Jungtieren in die Welt, und die meisten ausgewachsenen Tiere starben, noch bevor sie drei Jahre alt waren. Sie stellten fest, daß die Schlange von kleinen Fischen lebte, nach denen sie in den Stromschnellen tauchte. Sie stellten fest, daß offenbar die Stromschnellen der einzige Lebensraum waren, in dem junge Concho-Wassernattern bis zur Geschlechtsreife überleben konnten. Die ruhigen Flußabschnitte waren ihnen unzuträglich, zum Teil deshalb, weil dort eine größere Art von Wasserschlange lebte, die *N. h. paucimaculata* nachstellte. Da die Stromschnellen selten und durch lange Strecken ruhigen Wassers getrennt waren, existierte die Schlangenpopulation in räumlich sortierten Gruppen, die wie die Perlen eines Rosenkranzes aufeinanderfolgten. Die Ausbreitung von einer Gruppe zur anderen war ein gefährliches Unterfangen, das nur selten gelang. Soulé und Gilpin stellten auch fest, daß eine kürzliche genetische Untersuchung bei der ganzen Population fast keine Variation gefunden hatte. Die Exemplare waren einander zu ähnlich – hoher Grad von Homozygotie, geringe Vielfalt bei den Allelen –, um viel Anpassungsfähigkeit an den Tag legen zu können. Diese genetische Einförmigkeit deutete darauf hin, daß die gesamte Population von einer nur kleinen Zahl gemeinsamer Vorfahren abstammte.

Abgesehen von diesen Tatsachen war über die Spezies nicht viel bekannt. Die herpetologische Literatur lieferte kaum Aufschluß über *Nerodia harteri* und schon gar nicht über ihre Unterart am Concho. Mangels sonstiger Quellen studierten Soulé und Gilpin sorgfältig eine unveröffentlichte Examensarbeit über die Spezies, die fast zwanzig Jahre zuvor an der Technischen Universität von Texas entstanden war.

Und sie verfügten dank einiger Videobänder über ein anschauliches Bild vom Fluß selbst. Die Videobänder, die von einem niedrig fliegenden Flugzeug aus gemacht und ihnen von Jim Johnson zur Verfügung gestellt worden waren, zeigten den Flußlauf, wie er sich Kilometer um Kilometer hinzog, vergleichbar den endlosen Landschaftsfluchten, die uns nächtliche Pausenbilder im Fernsehen bescheren. Das »Rio-Concho-Pausenbild« war bestimmt nicht geeignet, Müde munter zu machen. Nach dem Eindruck, den das Video vermittelte, schien der Fluß hauptsächlich aus ruhigen Abschnitten zu bestehen, die sich in sanften Windungen durch die Landschaft schlängelten und die nur gelegentlich von Stromschnellen unterbrochen waren. Wie Gilpin sich erinnert, gewann er durch das Anschauen der Videos eine gute Vorstellung von der Verteilung des Lebensraumes. Allerdings fühlte er sich danach auch luftkrank.

170

»Wir hatten also einen Monat Zeit für das Projekt«, sagt Gilpin, der vor dem Bildschirm eines Macintoshs in seinem Büro in San Diego sitzt. Der Bildschirm zeigt ein hypnotisierendes Muster aus feststehenden Ovalen und beweglichen Punkten. Die Ovale zittern, die Punkte huschen zwischen ihnen hin und her, während Gilpin seine Concho-Geschichte erzählt.

Ihre erste Woche hatten sie damit zugebracht, Expertenmeinungen und empirische Daten zu sammeln. »Danach arbeiteten Soulé und ich drei Wochen lang sage und schreibe sechzehn Stunden täglich an dieser Sache und fabrizierten jede Menge Computermodelle. Und es war das Aufregendste, was ich je auf wissenschaftlichem Gebiet gemacht hatte.« Es war aufregend, weil diese unscheinbare Schlange in ihren beiden popligen Flüssen mitten in Texas die empirische Nagelprobe auf fünfundzwanzig Jahre Theoriebildung darstellte. Was Gilpin und Soulé in diesem Monat fieberhaften Arbeitens taten, war in gewissem Sinne der Gipfelpunkt dessen, was Robert MacArthur und Ed Wilson in den sechziger Jahren begonnen hatten.

Zu den wichtigsten Eingaben, die sie für ihre Computermodelle brauchten, zählten die »Fragmentierungsdaten«, wie Gilpin es nennt. Diese Daten verzeichneten zwei Faktoren: die Verteilung des Lebensraumes und die aktuelle Verteilung der Schlangenpopulation. Die Daten über die aktuelle Verteilung der Schlangen lieferten ihnen zwei getrennte Erhebungen, die von kompetenten Beobachtern in freier Wildbahn durchgeführt worden waren. Die Lebensraumdaten bestanden in einer zusammenfassenden quantifizierten Darstellung der Verteilung besiedelbarer Stromschnellen entlang den beiden Flüssen – einer Darstellung, die nicht nur nützlicher war als die Videobänder, sondern auch weniger auf den Magen schlug.

Wie die Lebensraumdaten zeigen, waren die Stromschnellen räumlich ungleich verteilt. Soulé und Gilpin unterteilten das gesamte Flußsystem in Abschnitte von fünf Kilometern Länge, die sie jeweils als einheitliches Areal behandelten. Manche Abschnitte umfaßten mehr Stromschnellen als andere. Auf die analytische Abstraktionsebene übertragen, die ihr Computermodell zur Darstellung brachte, bedeutete das: Manche Stücke Lebensraum waren größer als andere. Der Unterlauf des Concho unmittelbar oberhalb der Einmündung in den Colorado (diesen Teil würde das Reservoir unter Wassser setzen) war besonders reich an Stromschnellen. In Soulés und Gilpins Computerabbildung gesprochen, waren also die dort befindlichen Stücke Lebensraum groß. Der Oberlauf des Colorado war besonders arm an Stromschnellen, so daß auf die einzelnen Fünf-Kilometer-Abschnitte nur wenige entfielen. Diese Areale erschienen in der Darstellung als kleiner.

Der Lebensraumstruktur standen die Daten über die Verteilung der Schlangenpopulation gegenüber: welche Stücke Lebensraum besiedelt waren, welche nicht, und wie sich der Zustand im Laufe der Zeit verändert hatte.

Die ältere Reihe von Daten über die Verteilung der Schlangen stammte aus dem Jahr 1979, als ein Herpetologenteam die Flüsse im Boot befahren und eine Bestandsaufnahme gemacht hatte; in einigen Stromschnellen hatten sie Schlangen angetroffen, in anderen nicht. Eine ähnliche Erhebung wurde vier Jahre später durchgeführt. War in einer der Stromschnellen innerhalb eines Fünf-Kilomter-Abschnitts eine Schlange gefangen worden, so nahmen Soulé und Gilpin das als Zeichen dafür, daß sich in dem betreffenden Stück Lebensraum eine Kolonie von *N. h. paucimaculata* befand. Die kombinierten Ergebnisse der beiden Bestandsaufnahmen zeigten, daß nicht jedes Stück Lebensraum eine Schlangenkolonie beherbergte und daß nicht jede Kolonie Bestand hatte. Manche der Kolonien waren im Laufe der Zeit neu entstanden oder verschwunden.

Soulé und Gilpin bezeichneten diese Veränderungen als Umschlag. Das Wort übernahmen sie zwar von MacArthur und Wilson, aber sie gaben ihm eine leicht veränderte Bedeutung: Es bezog sich jetzt auf den Verteilungszustand einer Unterart, nicht auf den Artenbestand einer Insel. Aber daß sie bei ihrer Behandlung der Situation am Concho auf die Gleichgewichtstheorie zurückgriffen, war kein Zufall. Die hergestellte Verbindung erschöpfte sich nicht in verbaler Übereinstimmung.

Jede Stromschnelle bildete einen insularen Lebensraum, in dem es zur Zuwanderung und zum Aussterben kommen konnte. In irgendeinem Jahr mochte eine bestimmte Stromschnelle von zuwandernden Schlangen besiedelt werden, die mit einer Flut den Fluß hinuntergespült wurden oder bei Niedrigwasser auf der Suche nach besseren Lebensbedingungen den Fluß hinaufschwammen. In einem späteren Jahr mochte die Kolonie dieser bestimmten Stromschnelle aussterben, weil es an Wasser mangelte oder eine Seuche ausbrach oder die Fortpflanzung nicht klappte oder sich irgendein anderes Unglück ereignete. Dann mochte die Stromschnelle einige Zeit unbesiedelt bleiben, bis neue Siedler eintrafen. Unterdes hatte sich vielleicht auch der Besiedlungszustand anderer Stromschnellen verändert – von unbewohnt zu bewohnt oder umgekehrt. Im Gesamtmaßstab gesehen, konnte jeder der Fünf-Kilometer-Abschnitte besiedelt oder unbesiedelt sein; zuwanderungs- oder aussterbebedingt konnte sein Zustand sich verändern. Das war dann nach Soulés und Gilpins Definition der Umschlag. Weil die Concho-Wassernatter eine so kurze Lebensdauer hatte, weil sie sich so rasch fortzupflanzen vermochte und weil Zeiten des Wassermangels, der ganze Fragmente unbewohnbar werden ließ, ziemlich wahrscheinlich waren, ließ sich erwarten, daß die Umschlagsrate hoch ausfiel. Mit anderen Worten, Aussterben und Neubesiedlung kamen häufig vor.

Ein besiedeltes Areal konnte Auswanderer entweder stromabwärts oder stromaufwärts schicken und auf diese Weise für die Besiedlung leerstehenden Lebensraumes oder für die Verstärkung einer vom Aussterben bedrohten Kolonie sorgen. Die statistische Wahrscheinlichkeit des Aussterbens war dabei der Größe des Areals – sprich, der Menge an geeigneten Stromschnellen innerhalb des Fünf-Kilometer-Abschnitts – umgekehrt proportional. Das war der Flächeneffekt, wie er sich in Soulés und Gilpins Lesart darstellte. War ein Areal besonders weit von anderen besiedelten Arealen entfernt, so erhielt es nur selten Verstärkung durch Zuwanderer. Die Aussterbewahrscheinlichkeit war deshalb höher als bei weniger weit entfernten Arealen, während die Wahrscheinlichkeit einer aufs Aussterben folgenden Neubesiedlung niedriger lag. Das war der Entfernungseffekt, den Soulé und Gilpin auch wieder in abgewandelter Form von MacArthur und Wilson übernahmen. Abhängig davon, was andernorts im System geschah, konnte es vorkommen, daß ein besonders entlegenes Areal zehn oder zwanzig Jahre lang leer blieb oder auch überhaupt nicht wiederbesiedelt wurde. Was andernorts im System geschah, war demnach für die einzelnen Kolonien in den einzelnen Stücken Lebensraum von größter Bedeutung. Das Schicksal der Gesamtpopulation hing ab von den Einzelschicksalen ihrer halbwegs eigenständigen Bestandteile. Das Aussterben war entschieden ansteckend und breitete sich in einem gegebenen Stück Lebensraum um so wahrscheinlicher aus, je mehr es bereits in den benachbarten Arealen Raum gegriffen hatte. Auch das Überleben war ansteckend. Es gab kein Festland in diesem System. Es gab kein großes Gebiet, das als Lebensraum für einen ständigen Zuwandererstrom sorgte. Das war es, was den Fall der Concho-Wassernatter für Soulé und Gilpin so spannend machte. Sie bekamen hier nicht einfach nur ihre erste praktische Gelegenheit, eine Populationslebensfähigkeitsanalyse durchzuführen; sie bekamen die Chance, Zukunftsforschung zu treiben, nämlich eine Welt ohne Festlandsgebiete zu studieren.

Sie brachten ein weiteres Kunstwort in den Diskurs ein: *Metapopulation*.

Grob definiert, ist eine Metapopulation eine Population aus Populationen. Der Begriff entstammt einer unbekannten, aber wichtigen Untersuchung zum Vorgang des Aussterbens, die 1970 von einem mathematischen Ökologen namens Richard Levins veröffentlicht wurde. Diese Untersuchung basierte auf einem noch unbekannteren theoretischen Modell, das Levins ein Jahr vorher in einem Beitrag vorgestellt hatte, in dem es um die biologische Bekämpfung von Insektenplagen ging. Man kann sogar noch weiter zurückgehen und das allgemeine Konzept, das dem Begriff Metapopulation zugrunde liegt, in einem ökologischen Text aus den fünfziger Jahren entdecken. Gilpin selbst war um die Mitte der siebziger Jahre einigen Konsequenzen des Begriffs nachgegangen. Auch Ed Wilson hatte auf Levins Modell Bezug genommen, nicht in einer inselspezifischen Arbeit, sondern in seiner *Sociobiology*. Die Vorstellung der Metapopulation hängt eng mit der Gleichgewichtstheorie von MacArthur und Wilson zusammen, da sie dieselbe Art von dynamischem Gleichgewicht zwischen denselben kompensatorischen Prozessen, Zuwanderung und Aussterben, einschließt. Aber es gibt einen wesentlichen Unterschied. Die inselbiogeographische Gleichgewichtstheorie geht von der Existenz eines Festlands aus. Das Konzept der Metapopulation geht vom genauen Gegenteil aus: Es gibt kein umfassendes Ganzes, nur Fragmente.

In einer Situation, wie sie die Gleichgewichtstheorie voraussetzt, dient das Festland als nie versiegende Quelle von Zuwanderern, während die abhängigen Inseln einem Umschlagsprozeß unterworfen sind. Bei einer Metapopulation ist das Festland nicht vorhanden; nur die einzelnen Stücke Lebensraum liefern einander Zuwanderer und Verstärkungen, und jedes Areal ist dem

Umschlagsprozeß unterworfen. Eine Metapopulation beinhaltet also naturgemäß die Möglichkeit, daß *alle* Areale nacheinander ihre Populationen verlieren und das ganze System den Geist aufgibt.

Soulé und Gilpin sahen, daß im Herzen von Texas diese Möglichkeit bestand.

Sie erkannten, daß es sich beim System der Concho-Wassernatter um keine Population im strengen, biologischen Sinne des Wortes handelte, da eine Population eine Gruppe ist, deren Mitglieder sich geschlechtlich kreuzen. Im Normalfall bildet bei einer Population der Lebensraum ein zusammenhängendes Gebiet; die einzelnen Exemplare können sich ungehindert mischen, um sich zu paaren. Im Falle des Concho mit seinem hochgradig fragmentierten Lebensraum waren das Aussterben und die Neugründung von Kolonien wahrscheinlicher als Kreuzungen zwischen den einzelnen Kolonien. Es gab mehr Umschlag als Vermischung. Und es gab (wie ich nicht oft genug betonen kann) kein Festland. In diesem System einen Fall von Metapopulation zu sehen, wie Soulé und Gilpin das taten, hieß, es in seiner ganz eigenen Vertracktheit wahrzunehmen.

Sie führten nun eine Analyse durch, die dem allerneuesten Stand der Wissenschaft entsprach. Den Großteil der Programmierarbeit übernahm Gilpin, der Computerkundige. Binnen zweier Wochen hatten er und Soulé ein Computermodell entwickelt, das den Status quo wiedergab und Voraussagen über die künftige Dynamik des Systems traf. Ihr Modell trug der Fragmentierung des Lebensraumes Rechnung und auch den milieubedingten Wechselfällen (Wassermangel und Überschwemmungen, abgeleitet aus den empirischen Daten über das Fließverhalten der beiden Wasserläufe), mit denen die Schlange im Zweifelsfall konfrontiert wurde. Es zog Zuwanderungen, Aussterbefälle, eventuelle Verstärkungen, den Flächeneffekt, den Entfernungseffekt, die Umschlagsrate und die Unwägbarkeiten des Zufalls in Betracht. Das Modell diente dem Zweck, eine breite Palette möglicher Entwicklungen innerhalb eines massiv komprimierten Zeitraumes darzustellen. Auf Basis der empirischen Daten und der darin integrierten theoretischen Annahmen ließen Soulé und Gilpin nacheinander zahlreiche Modellsimulationen ablaufen, die das System durch einen dreihundert Jahre umfassenden Zeitraum führten. Danach zogen sie Bilanz. Den Modellergebnissen zufolge blieb die Concho-Wassernatter unter ihren derzeitigen Umständen aller Warscheinlichkeit nach langfristig lebensfähig. Der Kolonienbestand in den einzelnen Arealen wechselte, aber aufs Ganze gesehen blieb die Metapopulation erhalten.

Das hätten für Jim Johnson vom Fish and Wildlife Service erfreuliche Nachrichten sein können, wäre da nicht die Aussicht auf den Stacy Dam gewesen. Die Schlange werde höchstwahrscheinlich überleben, erklärten seine beiden Supertheoretiker Soulé und Gilpin – vorausgesetzt, sie werde in Ruhe gelassen. Das Pionierkorps allerdings hatte nicht vor, sie in Ruhe zu lassen.

171 Ich starre die leuchtenden ovalen Umrisse auf dem Bildschirm von Gilpins Computer an. Es sind rund hundert, und sie sind in Gabelform angeordnet, womit sie die beiden Flüsse Concho und Colorado bei ihrem Zusammenfluß nahe der texanischen Stadt Paint Rock repräsentieren. Obwohl jedes von ihnen für einen fünf Kilometer langen Flußabschnitt steht, sind die Ovale unterschiedlich groß, um die größere oder geringere Menge an Stromschnellen, die sich als Lebensraum eignen, auszudrücken. Die flitzenden Punkte wandern von einem Oval zum anderen, wie Feuerstöße in einem Videospiel. Das ist das Concho-Modell, das Gilpin auf den Bildschirm geholt hat, um mir zu zeigen, wie es funktioniert.

Einige der Ovale sind gefüllt und zeigen damit an, daß sie von *N. h. paucimaculata* besetzt sind. Andere sind leer, was bedeutet, daß sie unbewohnt sind. Die flitzenden Punkte zeigen an, wieviel Besiedlungschancen pro Jahr bestehen. Wenn ein Punkt bei einem leeren Oval einen Treffer landet, füllt sich das Oval augenblicklich und zeigt so eine erfolgreiche Besiedlung an. Was ich sehe, ist eine Metapopulation aus Populationen und wie sie sich, jedenfalls für den Augenblick, selbst erhält.

»Und nun haben wir den Bau des Staudamms im Modell abgebildet«, sagt Gilpin, »indem wir einfach alle Stücke Lebensraum, die durch das Reservoir überflutet werden, ausgeschaltet und im ganzen Reservoir eine Besiedlung ausgeschlossen haben.« Er drückt ein paar Tasten und beginnt einen neuen Modelldurchlauf, diesmal in einem Modus, der den Staudamm einschließt. »Also, wo wir vorher ein zusammenhängendes eindimensionales System hatten, da haben wir jetzt drei unzusammenhängende eindimensionale Systeme.« Im Nu ist eine Gruppe von Arealen an der Flußgabel erloschen. Diese Gruppe repräsentiert das Reservoir.

Zwischen den verbleibenden großen Ovalen innerhalb jedes der drei unzusammenhängenden Systeme flitzen weiter Leuchtpunkte hin und her. Entlang dem Concho ist der Punkteverkehr relativ rege. Entlang den beiden anderen Strecken, dem Oberlauf und dem Unterlauf des Colorado, sind die Punkte spärlich. Während ich zusehe, fangen die Ovale entlang dem Colorado an, sich rascher zu leeren, als sie sich wieder füllen. Aus dem Umschlag wird ein Abbau. Es dauert nicht lange, da ist der ganze obere Colorado erloschen. Alle Ovale sind leer. Dann erlischt auch der untere Colorado. Der Verkehr der Leuchtpunkte entlang der beiden Strecken ist zum Erliegen gekommen. Das zusammenhängende System ist in Stücke zerborsten, von denen sich zwei Drittel nicht erhalten konnten.

»Und Tatsache ist«, sagt Gilpin, »Tatsache ist – das haben unsere vielen Simulationen bestätigt –, daß zwei von den Flußstrecken verlorengingen.«

Gilpin und Soulé spähten in die denkbare Zukunft der Schlange und trafen fundierte Voraussagen darüber, wie sich die Kombination aus Zufall und Staudamm auf die Population auswirken würde. Ihr Modell sagte vorher, daß die dritte Strecke von Lebensraumarealen entlang dem Concho über eine Zeitspanne von dreihundert Jahrhunderten Bestand haben würde. Selbst wenn das Wasserreservoir einen größeren Teil des Lebensraumes überflutete und die beiden anderen Strecken außer Reichweite rückte und vollständig isolierte, würde der Concho immer noch über genug Stromschnellen verfügen, um einer dauerhaften (wenn auch gefährlich kleinen) Metapopulation der Schlangensubspezies eine Basis zu bieten.

»Kurzfristig gesehen, würde der Damm also nicht unmittelbar zum Aussterben führen«, sagt Gilpin; jedes Wort der Formulierung ist wohl abgewogen.

Mit »Aussterben« meint er in diesem Zusammenhang das vollständige Verschwinden von *N. h. paucimaculata*. Mit »nicht unmittelbar« will er sagen, daß die verbleibende Metapopulation durch das Staudammprojekt mittelbar anfälliger fürs Aussterben *würde*. In seinem Hinterkopf spuken die Strudel herum, von denen sein Vortrag in Ann Arbor handelte: die spiraligen Wechselwirkungen aus Beeinträchtigungen und Pech. Der Stacy Dam würde *N. h. paucimaculata* vielleicht nicht auf der Stelle umbringen, aber den Strudeln des Unterganges näher bringen würde er die Schlange auf jeden Fall. »Und dieses Ergebnis haben wir ihnen in unserem Bericht offen und ehrlich mitgeteilt«, sagt Gilpin.

Im November 1986 schicken sie den Bericht an Jim Johnson ab. Er bestand aus zwanzig Schreibmaschinenseiten; dazu kamen noch einmal ein Dutzend Seiten mit Tabellen und Zahlen, einschließlich eines Ausdrucks der Konstellation von Ovalen. Der Damm werde, hieß es im Bericht, »das rasche Verschwinden der Schlange am Fluß Colorado zur Folge haben« und entlang dem Concho »ihre Katastrophenanfälligkeit verstärken«. Was für eine Sorte Katastrophe war das, die der Schlange den Garaus machen konnte? Eine relativ geringfügige – eine giftige Flüssigkeit zum Beispiel, die auf einer Autobrücke aus einem Tankwagen in den Fluß gelangte. Schon ein großes Leck in einem Abwasserwagen reichte unter Umständen aus. Außerdem bestand erhöhte Gefahr, daß es zu Inzuchtdegenerationen kam. Möglich, daß sich diese Probleme durch bestimmte technische Vorkehrungen und Bewirtschaftungsmaßnahmen bewältigen ließen.

»Tatsächlich waren sie, noch bevor sie den Bericht überhaupt in Händen hatten, bereits so gut wie entschlossen, den Damm zu bauen«, sagt Gilpin. Ein Jahr danach wurde mit dem Bau begonnen.

Das Reservoir ist mittlerweile voll. Jim Johnson ist nicht mehr da, aber andere besorgte Leute beim U.S. Fish and Wildlife Service haben weiter ein Auge auf die Concho-Wassernatter. Die neuesten Daten sind uneindeutig. Wird die Schlange überleben, wird sie aussterben? Lassen sich ihre Schwierigkeiten beheben? So wichtig diese Fragen sind, die Bedeutung des Falls erschöpft sich nicht im Überleben oder Aussterben einer bestimmten Schlangenunterart. Seine eigentliche Bedeutung besteht, wie Gilpin und Soulé begriffen, darin, daß wir ins Zeitalter der Metapopulationen eingetreten sind.

Wenn es nicht die Concho-Wassernatter ist, dann ist es der Muriki. Wenn nicht der Muriki, dann der Floridapanther. Wenn nicht der Floridapanther, dann der östliche Bänder-Langnasenbeutler in Australien oder der Tiger in Asien oder der Gepard in Afrika oder der Indri in Madagaskar oder der Schwarzfußiltis in Wyoming oder die rostbraune kalifornische Version des Schmetterlings *Euphydryas chalcedona*. Oder es ist der Grizzlybär, der im Gesamtzusammenhang der USA mittlerweile auf ein halbes Dutzend Inseln Gebirgswald (darunter das Ökosystem der North Cascades und des Yellowstone-Komplexes) beschränkt ist, Inseln, von denen die meisten zu klein sind, um einer lebensfähigen Grizzlypopulation den nötigen Raum zu bieten. Das Muster ist weit verbreitet. Überall auf der Erde stellen sich die Verteilungskarten gefährdeter Arten als Fleckenmuster dar. Die Flecken blinken. In einigen Fällen geht das Licht an und aus, aber vielfach erlischt es einfach.

Seit seinen Bemühungen um die Concho-Wassernatter hat Gilpin sein berufliches Interesse auf die Untersuchung der Metapopulationen und ihrer Dynamik konzentriert. Warum? Weil er weiß, daß die Festlandsgebiete schwinden und immer weiter schwinden, bis sie ganz verschwunden sind. Weil er weiß, daß die Welt zerstückelt ist und daß die Wirklichkeit einem neuen Modell entspricht.

X
Botschaft aus Aru

172 Da ist eine Stimme, die sagt: *Na und?* Das ist nicht meine Stimme und wahrscheinlich auch nicht die des Lesers, aber es ist eine, die sich in den Foren der öffentlichen Meinung zu Gehör bringt, nörgelnd, selbstgefällig, hinter Halbwissen verschanzt, was stets gefährlich ist. *Na und, sterben halt ein paar Arten aus!* sagt sie. *Artensterben ist ein natürlicher Vorgang. Darwin selbst hat das gesagt, oder etwa nicht? Artensterben ist das Gegenstück zur Artentwicklung und schafft Raum für die Evolution neuer Arten. Artensterben hat es immer gegeben. Wozu sich also Sorgen wegen des Artensterbens machen, das heute von der Menschheit verursacht wird?* Und im Küchenherd hat schon immer Feuer gebrannt. Wozu sich also Gedanken machen, wenn die Küche in Flammen steht?

Biologen und Paläontologen sprechen von einem Normalniveau des Artensterbens, von dem die gesamte Geschichte des Lebens begleitet ist. Dieses Normalniveau besteht in der durchschnittlichen Rate, mit der Arten erfahrungsgemäß verschwinden. Normalerweise wird sie durch die Rate der Artbildung, das Tempo, in dem sich neue Arten entwickeln, aufgewogen. Zusammengenommen bilden die beiden Phänomene, Artensterben und Artentwicklung, noch eine weitere Form von Umschlagsprozeß – der in diesem Fall im globalen Maßstab abläuft. Die Aussterberaten der Vergangenheit lassen sich nicht exakt berechnen, weil wir wegen der Lücken bei den fossilen Zeugnissen nicht wissen können, was alles verlorengegangen ist. Aber ein besonnener Paläontologe namens David Jablonski hat eine fundierte Schätzung vorgenommen, derzufolge das Normalniveau »für die meisten Organismusformen vielleicht ein paar Arten pro Jahrmillion« beträgt. Wenn jede Million Jahre ein paar Säugetierarten, ein paar Vogelarten, ein paar Fischarten aussterben, dann ist das ein Tempo, mit dem die Evolution Schritt halten kann, indem sie dafür sorgt, daß durch Artbildung zur jeweiligen Gruppe ein paar neue Spezies hinzukommen. Verluste dieser Größenordnung werden durch Gewinne wettgemacht und haben deshalb keine Einbußen an biologischer Vielfalt zur Folge. Ein Artensterben auf diesem Niveau, dem Normalniveau, ist ein normaler und vertretbarer Vorgang.

Vor diesem Hintergrund rücken eine kleine Anzahl großer Ereignisse ins Rampenlicht. Es sind Umwälzungen, die alles andere als normal sind, Fälle von massenhaftem Artensterben, die der heutigen Wissenschaft als wichtige Zäsuren in der Geschichte des Lebens gelten. Einige von ihnen sind berühmt: das Artensterben in der Kreidezeit, das Artensterben im Perm. Bei solchen massenhaften Aussterbeprozessen, die sich in relativer zeitlicher Komprimierung abspielen, übersteigt die Rate des Artensterbens die der Artbildung bei weitem, und die biologische Vielfalt sackt ab. Ökologische Nischen veröden. Komplexe ökologische Beziehungsgeflechte geraten in Unordnung. Ganze Ökosysteme bleiben versehrt und zerfleddert zurück. Anschließend braucht es Millionen von Jahren, ehe die Artbildung die Lücken wieder aufgefüllt und die Gesamtvielfalt an Arten wieder auf frühere Niveaus zurückgebracht hat.

Niemand weiß genau, was eigentlich für die Fälle massenhaften Artensterbens in der Vergangenheit verantwortlich war. Die miteinander konkurrierenden Hypothesen reichen von allmählichen Klimaveränderungen (die sich in Veränderungen des Lebensraumes niederschlagen, mit denen viele Arten nicht zurechtkamen) bis zu einem bislang unentdeckten Todesstern, dessen Umlaufbahn sich mit der Sonnenbahn kreuzt und von dem ein kosmischer Gravitationssog ausgeht, der die Erde alle sechsundzwanzig Millionen Jahre durch einen Hagelsturm von Asteroiden wandern läßt. Die Debatte um diese konkurrierenden Hypothesen ist eine spannende Geschichte, die aber hier nicht weiter verfolgt werden soll. Für unsere Zwecke genügt es, zu wissen, daß sich solch massenhaftes Artensterben der obersten Kategorie in der fernen geologischen Vergangenheit nur fünfmal ereignete und daß die Ursache in jedem der Fälle eine unbestimmte Reihe natürlicher Faktoren war, zu der der Mensch (der noch gar nicht die Bildfläche betreten hatte) nicht gerechnet werden kann. Das Artensterben in der Kreidezeit, das 65 Millionen Jahre zurückliegt, machte den letzten Dinosauriern den Garaus; das Artensterben im Perm vor 250 Millionen Jahren raffte die Hälfte der existierenden Familien wirbelloser Meerestiere dahin. Weitere Fälle von massenhaftem Artensterben ereigneten sich gegen Ende des Ordoviziums (vor 440 Millionen Jahren), im späten Devon (vor 370 Millionen Jahren) und am Ende der Triaszeit (vor 215 Millionen Jahren, wobei es uns auf ein paar Millionen mehr oder weniger nicht ankommen soll). Darüber hinaus verschwanden in den letzten Jahrtausenden des Pleistozäns, das gerade einmal einige zehntausend Jahre zurückliegt, eine beachtliche Palette von großwüchsigen Säugetieren von der Bildfläche, und dafür kann ohne weiteres der Mensch mitverantwortlich sein; jene Fälle von Artensterben im Pleistozän ereigneten sich etwa zur gleichen Zeit, in der Menschen anfingen, in bewaffneten Meuten auf die Jagd zu gehen. Im Vergleich zu den fünf großen Ereignissen allerdings war die Krise im Pleistozän unbedeutend und beschränkte sich hauptsächlich auf Säugetiere.

Und es hat auch noch weitere, unbedeutendere Episoden gegeben, in denen die Aussterberate das Normalniveau nur in bescheidenem Maße überstieg. Jablonski zufolge läßt sich von einem massenhaften Artensterben im Gegensatz zu unbedeutenderen Aussterbeprozessen dann reden, wenn eine Aussterberate bei verschiedenen Pflanzen und Tiergruppen das Normalniveau um das Doppelte übersteigt.

Legt man diesen strengen Maßstab zugrunde, so erleben wir heute ein solches Artensterben.

Es begann vor einigen Tausend Jahren, als Menschen der neusteinzeitlichen Kulturen an den Rändern der Festlandsgebiete anfingen, sich in primitiven Booten aufs Meer hinauszuwagen. Sie besiedelten entlegene Inseln wie Madagaskar, Neuseeland, Neukaledonien und den Hawaiischen Archipel und brachten prompt einige der dort heimischen Vogelarten zur Strecke. Bei vielen dieser ausgestorbenen Vögel handelte es sich um flugunfähige und ökologisch naive Riesenformen. Der Leser dürfte sich mittlerweile vorstellen können, wie das ablief, wie rund um die Welt eine Insel nach der anderen an die Reihe kam. Die menschliche Eroberungswelle der Neusteinzeit hatte ihr Zerstörungswerk längst verrichtet, als das erste portugiesische Schiff auf Mauritius anlegte. Aber das Artensterben, das die Europäer auf den Inseln anrichteten, ähnelte dem der Neusteinzeit und stellte nur eine zweite Phase im Gesamtprozeß dar. Der Fall des Dodo war nur einer von hunderten.

Im Zeitraum, der von den neusteinzeitlichen Reisen bis in die Gegenwart reicht, sind zwanzig Prozent der Vogelarten auf der Welt ausgestorben. In den letzten Jahrhunderten hat sich die Aussterberate weiter beschleunigt und die Gefährdung ausgebreitet – hat von Vögeln auf alle möglichen anderen Tiere und Pflanzen aller Art und von den Inseln auf die Kontinente übergegriffen –, und zwar in dem Maß, wie im direkten Verhältnis zum Wachstum der menschlichen Bevölkerung, ihrer technischen Durchschlagskraft und ihrer Hybris die Auswirkungen der menschlichen Existenz auf die Erde zunehmen. Heutzutage geht es nicht mehr nur um Dodos, Elefantenvögel und Moas. Heutzutage gibt es Verluste an allen Fronten.

Wenn die gegenwärtigen Trends anhalten, werden wir binnen weniger Jahrzehnte *massive* Verluste an allen Fronten zu verzeichnen haben. Indem wir von unserem Planeten einen großen Teil seiner biologischen Vielfalt tilgen, verlieren wir zugleich einen großen Teil der Schönheit, Komplexität, Faszination, spirituellen Tiefe und ökologischen Gesundheit unserer Welt. Der Leser kennt diesen Grabgesang bereits; ich werde also die triste, wichtige Litanei, daß die Sterilisierung unserer eigenen Biosphäre einer Art Selbstmord gleichkommt, nicht erst lang und breit anstimmen. Statt dessen will ich, gestützt auf einige der Autoritäten, die wir kennengelernt haben, eine zahlenmäßige Vorstellung davon vermitteln, wie groß der Schaden ist, der da angerichtet wird. Paul Ehrlich, einer der Großväter der Artenschutzbiologie, der als Ökologe Ansehen genoß, bevor er sich als Guru in Sachen Bevölkerungsexplosion Ruhm erwarb, schätzt, daß die derzeitige

Aussterberate, allein bei Vögeln und Säugetieren, das Normalniveau ungefähr um das Hundertfache übersteigt. Auf Basis von Erhebungen über die Artenvielfalt bei wirbellosen Tieren in tropischen Wäldern gelangt Ed Wilson zu der Schätzung, daß der gegenwärtige Artenverlust in diesen Wäldern das Normalniveau mindestens tausendfach übertrifft. Dan Simberloff, der bestimmt nicht im Verdacht steht, zur Panikmache zu neigen, hat unter dem Titel »Are We on the Verge of a Mass Extinction in Tropical Rain Forests?« [Stehen wir am Rande eines Massensterbens in den Tropischen Regenwäldern?] eine kritische Überprüfung des vorgelegten Beweismaterials veröffentlicht. Ist die Situation wirklich so verzweifelt, wie die aufgeregt mit den Flügeln schlagenden Grünen uns glauben machen wollen? Nach dreizehn Seiten kühler Überlegungen und gewissenhaft durchgekauter Zahlen gelangt er zu dem Schluß, daß dies der Fall ist. Jawohl, die heutige Aussterbelawine hat in der Tat alle Aussicht, das halbe Dutzend derartiger Katastrophen in der Geschichte des Lebens auf der Erde vollzumachen, prophezeit Simberloff.

Und diesmal sind *wir Menschen* der Todesstern.

Aber da ist ein Unterschied. Die verheerenden Auswirkungen, die *wir* auf die Biosphäre haben, werden ein einmaliges Ereignis bleiben und nicht Teil eines wiederkehrenden Musters sein. Warum? Weil wir vermutlich als Spezies nicht lange genug leben werden, um erneut zuschlagen zu können. Die Ökosysteme der Erde dürften binnen zehn oder zwanzig Millionen Jahren zu ihrem einstigen Artenreichtum zurückfinden, vorausgesetzt, *Homo sapiens* stirbt vorher aus. Sind wir selbst erst verschwunden, werden die Spatzen, die Kakerlaken, die Ratten und der Löwenzahn, die uns überleben, irgendwann eine neue Fülle an biologischer Vielfalt hervortreiben. Ob diese Aussicht Anlaß zur Trübsal oder zur Freude ist, mag jeder Leser für sich entscheiden.

In fernen Äonen werden Paläontologen vom Planeten Tralfamadore die empirischen Befunde studieren und sich fragen, was auf der Erde sechsmal in ihrer Geschichte solch ungeheure Verluste bewirkt hat: am Ende des Ordoviziums, im späten Devon, am Ende des Perms, am Ende der Trias, am Ende der Kreidezeit und dann wieder etwa fünfundsechzig Millionen Jahre danach, im späten Quartär, ungefähr um die Zeit der Erfindung des Einbaums, der Steinaxt, des Eisenpflugs, des Dreimasters, des Autos, des Hamburgers, des Fernsehers, des Bulldozers, der Kettensäge und des Antibiotikums.

173 Noch vor hundert Jahren war diese Katastrophe unvorstellbar. Die Menschen machten sich nicht viel Gedanken über das Artensterben. Daß eine Art überhaupt aussterben *konnte*, war Ende des 19. Jahrhunderts noch ein ganz neuer Gedanke und Bestandteil jener intellektuellen Umwälzung, die Charles Darwin ausgelöst hatte. Das Aussterben erschien als ein Phänomen der Vergangenheit; es ließ sich aus der Fossilienkunde erschließen, war aber nichts, was man als etwas Gegenwärtiges groß wahrgenommen hätte. Als ein durch die Fossilien bezeugtes Phänomen bildete es einen entscheidenden empirischen Beleg (zusammen mit biogeographischen Mustern und den Beobachtungen aus der Haustierzucht) für die Theorie der Evolution durch natürliche Auslese. Die paar Denker im 19. Jahrhundert, die das Thema überhaupt aufgriffen, legten dabei eine wissenschaftliche Distanziertheit an den Tag, die dem entwicklungsgeschichtlichen Blick auf geologische Zeiträume entsprang. Auch Alfred Wallace tat das gelegentlich.

Sein lebendigstes Buch, *The Malay Archipelago*, erschien im Jahr 1869. Das war sieben Jahre nachdem Wallace nach England zurückgekehrt war, elf Jahre nachdem er Darwin aus der Fassung gebracht hatte, und zwölf Jahre nachdem er am Ende seiner denkwürdigen Sammelzeit auf den Aruinseln vom dortigen Handelsplatz Dobo abgefahren war. Das Kapitel über Aru fügte er in seinem Buch über den Malaiischen Archipel weit hinten ein, wo es einen hübschen literarischen Glanzpunkt abgab.

Wie bereits geschildert, hatte der Aufenthalt in Aru schlecht begonnen. Nach all den Beschwerlichkeiten der vom westlichen Monsun getriebenen Fahrt nach Dobo und den weiteren Mühen, die es bereitete, eine Transportmöglichkeit ins Waldesinnere zu finden, hatte er ein Wetter angetroffen, das sich wegen seiner Feuchtigkeit für eine vernünftige Sammeltätigkeit nicht eignete. Es war zum Verrücktwerden. Außerdem waren seine Lebensumstände strapaziös, und er wurde von Sandfliegen gequält. Eine Zeitlang fing er nur wenige Insekten oder Vögel. Aber als er gerade zu verzweifeln begann, brachte ihm einer seiner Boys einen Paradiesvogel, der ihn für alles zu entschädigen schien.

Im Buch berichtet er von dem »Entzücken« und der »Bewunderung«, die ihn bei der Entgegennahme dieses Exemplars erfüllten. Es war die scharlachfarbene Art mit den grünen, langen Spiralfedern, die in der Wissenschaft als *Cicinnurus regius* und bei den Bewohnern von Aru unter dem Namen goby-goby bekannt ist – die kleinere der beiden Paradiesvogelarten, für die Aru berühmt war. Wallace schilderte, wie sehr er sich privilegiert fühlte, wenn er daran dachte, »wie wenige Europäer jemals den vollkommenen kleinen Organismus, auf den ich jetzt schaute, erblickt hatten und wie unvollkommen er bis jetzt in Europa überhaupt bekannt war«. Bescheiden fügte er hinzu, die Empfindungen, die solch eine Rarität im Gemüt eines eifrigen Naturforschers wachriefen, »bedürften einer poetischen Ader, wenn sie vollkommen zum Ausdruck gelangen sollten«. Sowenig Wallace sich literarische Fähigkeiten oder gar eine »poetische Ader« zuschrieb, unternahm er trotzdem einen Beschreibungsversuch:

»Die entfernte Insel, auf welcher ich mich befand, in einem fast unbesuchten Meere weit ab von den Straßen der Kaufmannsflotten, die wilden, üppigen tropischen Wälder, die sich weit nach allen Seiten hin ausbreiteten, die rohen, unkultivierten Wilden, welche mich umstanden – alles das hatte seinen Einfluß auf die Empfindungen, mit denen ich auf diesen ›Inbegriff von Schönheit‹ schaute.«

Aru selbst war Bestandteil des Zaubers.

Er erinnerte sich, wie er mit dem Vogelkörper dastand und »an die lange vergangenen Zeiten (dachte), während welcher die aufeinanderfolgenden Generationen dieses kleinen Geschöpfes ihre Entwicklung durchliefen – Jahr auf Jahr zur Welt gebracht wurden, lebten und starben, und alles in diesen dunklen, düsteren Wäldern, ohne daß ein intelligentes Auge ihre Lieblichkeit erspähte – eine üppige Verschwendung von Schönheit. Solche Gedanken wecken eine melancholische Stimmung.« Man beachte die Formulierung »üppige Verschwendung von Schönheit«. An dieser Stelle seines Reiseberichts verlagert sich die Stoßrichtung der Wallaceschen Ausführungen unmerklich von der Deskription zur Reflexion. Um diese Verlagerung würdigen zu können, müssen wir ein bißchen über den historischen Kontext wissen.

Das Buch war aus der Rückschau verfaßt; Wallace schrieb es, nachdem er wieder in England war, und verarbeitete darin seine Feldaufzeichnungen. Das war Ende der sechziger Jahre des letzten Jahrhunderts. Charles Darwin, der Mitentdecker der natürlichen Auslese und mittlerweile sein geschätzter Kollege und Freund, war inzwischen berühmt wie kein anderer Biologe; *Die Entstehung der Arten* hatte bereits die vierte Auflage erlebt und auf der ganzen Welt Anhänger gewonnen. Aber die von Darwin und Wallace vertretene Theorie war immer noch umstritten. Anhänger der Schöpfungstheorie, zu denen nicht nur borniere anglikanische Bischöfe, sondern auch einige profane Denker zählten, leisteten nach wie vor erbitterten Widerstand. Eines ihrer Argumente drehte sich um Schönheit im Übermaß – das heißt, um auffällig bunte anatomische Besonderheiten, wie man sie etwa bei schillernd gefiederten Kolibris, Pfauen, erlesenen Orchideen, Paradiesvögeln und bei sonstigen, extravagant geschmückten Geschöpfen antraf. Das Problem mit dieser überbordenden Schönheit war, daß sie ganz und gar nicht aussah, als wäre sie anpassungsbedingt. Den Antidarwinisten zufolge ließ sie sich durch die natürliche Auslese nicht begründen. Nur göttliches Eingreifen konnte sie erklären. Der Herzog von Argyll, ein angesehener Hobbyist auf intellektuellem Gebiet, hatte diese Überlegung erst kürzlich in einem Buch mit dem Titel *The Reign of Law* [Die Herrschaft des Gesetzes] vorgetragen.

Nach Argyll gehörte zur Gesetzesherrschaft im Bereich der Natur ein allmächtiger, zu Übergriffen neigender Schöpfergott mit dem Naturell eines Variétékünstlers im Zauberfach. Jawohl, es war möglich, daß sich Arten evolutionär veränderten, räumte Argyll ein. Aber hinter diesen Veränderungen stand nicht die natürliche Auslese. Gott selbst war der Übeltäter. Gott verfügte und steuerte jene wundersamen Abwandlungen. Gott schuf übermäßige Schönheit, indem er in die Mechanismen der Vererbung und des evolutionsgeschichtlichen Wandels eingriff. Und warum tat Er das? Gute Frage! Argylls Antwort lautete: als Zeichen Seiner Macht und Größe. Gott schuf überbordende Schönheit, um die Menschen zu erbauen. Wieso sonst, wieso um alles in der Welt, hätte es einen Pfauenschwanz geben sollen?

Ein zwitterhafter Gedanke, weder Fisch noch Fleisch: Evolutionstheorie für Leute, die sich lieber an den speziellen Schöpfungsakt hielten. Wallace hatte ihn erst kürzlich in einer unerbittlichen Kritik des Argyllschen Buches zurückgewiesen: Jetzt, in seiner Schilderung des Malaiischen Archipels, geriet ihm die Erinnerung an die Vögel von Aru indirekt zu einer erneuten Auseinandersetzung mit der Argyllschen These:

»Auf der einen Seite erscheint es traurig, daß so außerordentlich schöne Geschöpfe ihr Leben ausleben und ihre Reize entfalten nur in diesen wilden, ungastlichen Gegenden, welche für Jahrhunderte zu hoffnungsloser Barbarei verurteilt sind; während es auf der anderen Seite, wenn zivilisierte Menschen jemals diese fernen Länder erreichen und moralisches, intellektuelles und physisches Licht in die Schlupfwinkel dieser Urwälder tragen, sicher ist, daß sie die in schönem Gleichgewichte stehenden Beziehungen der organischen Schöpfung zur unorganischen stören werden, so daß diese Lebensformen, deren wunderbaren Bau und deren Schönheit der Mensch allein imstande ist, zu schätzen und zu genießen, verschwinden und schließlich aussterben. Diese Betrachtung muß uns doch lehren, daß alle lebenden Wesen *nicht* für den Menschen geschaffen wurden.«

Von bleibendem Interesse ist in dieser Passage nicht, was Wallace von der Argyllschen Logik hält. Von bleibendem Interesse ist, wie er über das Artensterben denkt. Wallace war seiner Zeit um ein Jahrhundert voraus.

Das Aussterben von Arten war für ihn nicht einfach eine Form von biologischem Schicksal; es konnte ohne weiteres ein durch äußere Umstände herbeigeführtes Ereignis und Anlaß zum Bedauern sein. Es konnte ein Vergehen gegen die Ordnung und die Unversehrtheit der Welt sein, für das *Homo sapiens* verantwortlich gemacht werden mußte. Wenn Menschen diesen Ort und diese Vögel zerstörten, erklärte Wallace, so begingen sie eine Sünde.

In meinem Exemplar von *The Malay Archipelago*, das dank häufiger Benutzung voller Eselsohren ist und von Randnotizen strotzt, habe ich diese Passage sorfältig mit Bleistift umrandet.

174 Mein Exemplar von *The Malay Archipelago* ist ein alter Reprint, durch die Tropenreisen gewellt und verzogen, aber immer noch gut im Leim. Dieses Buch hat etliche Flugzeuge von innen gesehen. Würde es in der Rolle eines Stammfluggastes anerkannt, es hätte Anspruch auf Freiferien in Honolulu. Ich weiß gar nicht mehr, wie oft ich es in einen Plastikbeutel gesteckt, ein Gummiband herumgeschlungen und es dann in die letzte schmale Lücke meines Rucksacks geschoben habe. Ich habe es eine ganze Reihe von Jahren rund um die Erde mitgeschleppt und verschiedene Abschnitte an unterschiedlichsten Orten beim trüben Licht einer schwachen Hotellampe oder eines Kopfstrahlers immer wieder gelesen.

Immer wieder habe ich die mit Bleistift umrandete Passage auf Seite 340 aufgeschlagen: Aru und seine erlesenen, verletzlichen Vögel. Ich habe mich an diesen Worten abgearbeitet, wie man mit nervösen Fingern an Wundschorf herumfummelt:

> »… während es auf der anderen Seite, wenn zivilisierte Menschen jemals diese fernen Länder erreichen und moralisches, intellektuelles und physisches Licht in die Schlupfwinkel dieser Urwälder tragen, sicher ist, daß sie die in schönem Gleichgewichte stehenden Beziehungen der organischen Schöpfung zur unorganischen stören werden, so daß diese Lebensformen, deren wunderbaren Bau und deren Schönheit der Mensch allein imstande ist, zu schätzen und zu genießen, verschwinden und schließlich aussterben.«

Ich habe Merkzeichen am Rand angebracht, mir Notizen gemacht, die Seite mit Büroklammern markiert – alles in Anerkennung der Tatsache, daß diese Passage irgendwie einen Dreh- und Angelpunkt bildet.

Sie knüpft Yin an Yang. Sie bindet die gemessene Gangart der Evolution an den verheerenden Schweinsgalopp des durch Menschen verursachten Artensterbens. Sie verbindet die Welt von Wallace und seine Besorgnisse mit unserer Welt und unseren Sorgen.

Das spektakuläre Aru, das entlegene Aru. Das winzige, leichtverderbliche Aru. Während ich die geistigen und räumlichen Reisen von Wallace nachvollzog, wuchs in mir das Bedürfnis, zu erfahren, was aus dem Ort und seinen Vögeln geworden ist. Wallace verließ Dobo am 2. Juli 1857. Wenige Biologen haben seitdem dort vorbeigeschaut. Es gibt keinen öffentlichen Flughafen, nur einen spärlichen Schiffsverkehr. Von den heutigen Handelsrouten durch Hunderte von Kilometern gleißenden Molukkenmeeres getrennt, ist Aru wahrscheinlich nach wie vor einer der unzugänglichsten Flecken der Erde, der sogar in der biogeographischen Literatur kaum Erwähnung findet. Nicht viele westliche Reisende sind in das Gebiet gefahren, nicht viele Informationen sind aus ihm herausgedrungen. Wallace sah das Aussterben seiner Paradiesvogelarten voraus, aber wann es soweit sein würde, sagte er nicht. Nun beschäftigt mich eine Frage, die sich mit Computermodellen oder fundierten Theorien nicht lösen läßt. Ist es bereits passiert, oder ist immer noch Zeit?

175 Im Hafen von Ambon, auf der Insel, die Wallace als Amboyna kannte, im südlichen Teil der Molukken, besteige ich ein Schiff. Es ist die *Kembang Matahari*, die motorisierte Kopie eines buginesischen Schoners, gut dreißig Meter lang, mit schlanken Kurven, einem hohen Bug, einem kleinen Oberdeck, zu dem senkrechte Leitern hinaufführen, einem Paar Holzmasten und schwerem Segeltuch, das als Hilfsantrieb und als Dekoration dient. Der Kapitän ist ein freundlich lächelnder Indonesier namens Latif. Die von einer holländischen Gesellschaft gecharterte *Matahari* soll zu einer Kreuzfahrt nach Banda und Kai sowie zu einigen anderen der zwischen Ambon und

Neuguinea weit verstreuten Inseln in See stechen. Ihre östlichste Anlaufstelle wird Aru sein. Dann wird sie, falls alles nach Plan verläuft, zu einem kurzen Abstecher Kurs auf die nördlich gelegene Küste Neuguineas nehmen und schließlich auf einer elliptischen Bahn nach Ambon zurückkehren. Wir werden drei Wochen unterwegs sein. Ich habe meine Passage über eine Faxnummer in Amsterdam gebucht, für wie viele Tausend Gulden, verrate ich nicht. Das ist der langsame und teure Weg, Aru zu erreichen. Ich habe ihn aus einem einfachen Grund gewählt: Es gibt keinen schnellen und billigen Weg dorthin.

Die *Matahari* ist ein bequemes, schmuckes Schiff, gerade groß genug für zwei Dutzend Passagiere, zwanzig Mann Besatzung, fünf oder sechs Papageien und eine Kühltruhe voller Lychee-Konserven und Bintangbierbüchsen. Abgesehen von mir selbst sind die Passagiere quietschfidele holländische Touristen. Die Mannschaft besteht aus liebenswürdigen, seeerprobten Indonesiern. Es gibt auch zwei Reiseleiter – einen Exholländer namens Piet, eine Molukkin namens Saar –, die ihre täglichen Informationen auf holländisch übermitteln; ich verstehe nur Bahnhof. Am Ende des ersten Informationsabends habe ich festgestellt, daß die Sprache meine Ohren mit einem angenehmen Klang musikalischer Unerforschlichkeit füllt, die an Beethovens späte Streichquartette erinnert. Die Informationen, die sich auf Touristenattraktionen und Strandaufenthalte beziehen, sind für meine Bedürfnisse ohnehin nicht von Belang. Wichtig ist, daß ich weiß, wann das Abendessen serviert wird und, wenn es soweit ist, welche Inselgruppe Aru darstellt. Dennoch bin ich auch diesmal wieder mit einem Taschenwörterbuch bewaffnet – genauer gesagt mit einem Paar davon, einem für Indonesisch und einem für Holländisch; außerdem scheinen die mehrsprachigen Holländer geneigt, mir freundliche Nachsicht zu bekunden. Wenn alle Stricke reißen, kann ich immer noch mit den Papageien schwatzen.

Meine Kabine hinter dem Ruderhaus auf dem Oberdeck ist so groß wie die Transportverschalung eines Klaviers. Die übrigen Passagiere sind unter Deck in einem Wabenhaufen aus klimatisierten Doppelbettkabinen untergebracht. Mein Raum ist zwar kleiner, karger und stickig heiß, aber dafür habe ich ihn für mich allein. Ich bleibe durch ihn auch in engerem Kontakt mit der Mannschaft, der warmen Seeluft und dem großen molukkischen Himmelsgewölbe. Ich kann mir das Beethovensche Geplauder vom Leib halten, etliche umwerfende Sonnenuntergänge und filigrane Morgendämmerungen erleben, einschlägige Kapitel im Wallaceschen Buch lesen und warten. Solange ich nicht in der Schwärze irgendeiner sturmgepeitschten Nacht, während ich mich am Halteseil zum Bug hangele, vom Oberdeck herunterrutsche und über die Reling stürze, kann ich mich nicht beklagen.

Wir segeln südostwärts über die Bandasee und kommen in der Nacht gut voran. Das erste Morgengrauen schimmert perlmuttfarben links neben dem Schiffsbug und läßt im Schattenriß hohe Kumuluswolken wie Morcheln am Horizont aufsteigen. Um die Mittagsstunde umkreisen wir einen einsamen Felsen im Meer, der Suanggi heißt. Er ist ein schroffer vulkanischer Zahn, der aus der Tiefe des Wassers aufsteigt und in einer bewaldeten Kuppe endet; bewohnt wird er nur von Fregattvögeln und Tölpeln. Die Tölpel ziehen hoch in der Luft ihre Kreise, nisten auf den felsigen Klippen, tauchen nach Fischen. Die Fregattvögel sind damit beschäftigt, bei den Tölpeln Futter zu stibitzen. Einige von ihnen lassen sich durch uns ablenken, stoßen auf das Schiff herab und fliegen dicht darüber hinweg, weil sie hoffen, daß ihnen jemand etwas zuwirft oder Abfälle ins Wasser geschüttet werden. Sie wissen über Schiffe Bescheid. Sie sind Seevögel, die lange Strecken zurücklegen umd imstande sind, ohne viel Anstrengung Hunderte von Kilometern durch die Luft zu segeln; sie nisten gern auf entlegenen Inseln. Sie liefern ihren eigenen biogeographischen Beweis dafür, daß wir bereits in eine einsame Gegend des Meeres vorgestoßen sind. Fregattvögel in solcher Zahl habe ich seit meinem Besuch auf den Galápagosinseln nicht mehr gesehen.

Bei der Weiterfahrt lassen wir fliegende Fische vor unserem Bug aufstieben. Wir passieren eine kleine Insel namens Run, die als grüner Hügel am Horizont liegt und erwähnenswert ist, weil sie das Stück Land bildet, das einige gerissene holländische Händler vor dreihundert Jahren den Engländern abkauften, und zwar im Austausch gegen eine weniger fruchtbare Insel auf der gegenüberliegenden Seite der Welt: Manhattan. Zusammen mit anderen Inseln in der Gegend wurde Run wegen seiner Muskatnußplantagen geschätzt. Muskatnuß gehörte zu den strategischen Naturschätzen und war wie Chrom oder Titan sogar schon in kleinen Mengen kostbar – und ganz besonders kostbar, wenn man das Monopol darauf errang. Für die Holländisch-Ostindische Kompanie war der Erwerb der Insel Run und ihrer Muskatbäume etwa so, als würde jemand den Konkurrenten aufkaufen, mit dem er sich den Markt bis dahin teilte. Nelken und schwarzer Pfeffer waren ebenfalls handelswichtige Anbaukulturen, aber in dieser besonderen Ecke der Gewürzinseln (wie sie damals genannt wurden) genoß die Muskatnuß eine Vorrangstellung. Die südlichen Molukken sind immer noch voll von den Zeugnissen ihrer Herrschaft: holländische Festungen, holländische Häfen, holländische Kirchen, verfallene Trockenscheunen und Speicher für die Muskatnußernte, Plantagenhaine, die mittlerweile von der wildwachsenden Vegetation zurückerobert worden sind. Nicht weit hinter Run gehen wir vor Anker, um in der Nähe eines alten Stapelplatzes für Muskatnuß auf einer der Bandainseln die Zeit totzuschlagen; auf der einen Seite der Bucht ragt drohend ein Vulkan empor, auf der anderen erhebt sich eine restaurierte holländische Festung. Ich gehe auf den Markt, um Zibetbaumfrüchte zu kaufen, die berüchtigte hiesige Delikatesse mit dem vollen Senfgeschmack und dem unanständigen Geruch (riecht nach Kloake, meinen manche, obwohl es mich eigentlich nur an einen ungelüfteten Turnhallenspind im August erinnert), und einen Vorrat guter, vom Ort stammender Bananen für die kleine Zwischenmahlzeit. Sogar die Straßenlampen des Städtchens sprießen aus geschmacklosen Betonfundamenten, die Form und Farbe einer Muskatnuß aufweisen. Später mache ich im Schlepptau der Reisegruppe eine Exkursion zu einer holländischen Missionskirche, die aus der gleichen Zeit wie die Festung stammt; mit zweien meiner Schiffsgenossen wandere ich zwischen den verwitterten Grabsteinen frommer holländischer Imperialisten umher. Diese zwei umgänglichen Menschen – ein angesehener holländischer Romanschriftsteller namens Max und seine Gattin Annelies, eine beeindruckende Frau mit viel schwarzem Humor – haben sich mit mir angefreundet und bieten mir eine erfreuliche Entlastung von meiner Außenseiterposition auf der *Matahari*. Beide fühlen sie sich nicht recht behaglich bei dem Gedanken, daß an diesem Ort, den sie müßig durchwandern, ihre Landsleute mehrere Jahrhunderte zuvor Tausende von bandanesischen Eingeborenen hingemetzelt haben. Während wir am Rande der Reisegruppe auf dem Friedhof stehen, murmelt mir Annelies Boshaftes über Geschichte, nationale Schuld und Tourismus ins Ohr. Ich weiß ihre Haltung zu würdigen, auch wenn ich vorrangig mit meiner eigenen historischen Aufarbeitungsmission beschäftigt bin. Von Banda fahren wir nach Osten mit Kurs auf den Kai-Archipel, Wallace' letzte Anlaufstelle, bevor er Aru erreichte.

Wallace hatte dort um den Neujahrstag des Jahres 1857 einen angenehmen Zwischenaufenthalt. Er wanderte im Wald, sammelte Schmetterlinge und beobachtete ein paar interessante Vögel, darunter einige lärmende rote Loris und eine große grüne Taube, die Muskatnüsse fraß. Paradiesvögel sah er nicht, weil es keine zu sehen gab. Die Meeresstraße von hundertzwanzig Kilometern Breite zwischen Kai und Aru trennt Faunen voneinander. Kai gehört zu den ozeanischen Molukken, Aru zu Neuguinea, und deshalb tritt man erst auf Aru ins Reich des Paradiesvogels ein. Auf Kai drücke ich mich vor dem für diesen Tag vorgesehenen Unterhaltungsprogramm – einem Begrüßungstanz, der in einem der Dörfer stattfindet –, weil ich gegen quasitraditionelle Begrüßungstänze, die für Bleichgesichter mit Geldgürtel und Kamera aufgeführt werden, eine angeborene Abneigung habe. Seit wir von Ambon ausgelaufen sind, ist mittlerweile eine Woche vergangen. Ein paar indonesische Wendungen habe ich aufgefrischt, allerdings habe ich beschlossen, des Holländischen unkundig zu bleiben, da die geistige Einsamkeit, die mit meinem vollständigen Ausschluß von der Unterhaltung bei Tisch einhergeht, ein wenig den Mangel an physischer Einsamkeit wettmacht, den ein überfülltes Schiff mit sich bringt. Offenbar empfinden einige der Mitreisenden dies als kulturelle Beleidigung. Sie haben auch registriert, wie schoflig ich mich hinsichtlich Gruppenausflügen verhalte. Das soziale Klima weist Spuren von Vergiftung auf – aber was soll's, ich habe die Reise ja nicht um des sozialen Klimas willen gebucht. Glücklich, daß ich dem Betanztwerden entronnen bin, wandere ich durch das Dorf und hinauf auf einen bewaldeten Bergkamm, Eidechsen und Schmetterlinge beäugend. Ich kaufe noch mehr Zibetbaumfrüchte, die so absonderlich aromatisch sind, daß nicht einmal Max und Annelies Wert darauf legen, sie mit mir zu teilen – vielen Dank, lieber nicht. In dieser Nacht überqueren wir bei frischem Gegenwind und mittlerem Seegang die Arafurasee und nähern uns dem äußersten Zielpunkt unserer Reise, Aru.

Eine halbe Stunde vor Morgengrauen. Wer könnte in diesem Augenblick schlafen? Ich halte eifrig vom Oberdeck Ausschau, als wir in Sichtweite eines blitzenden Leuchtfeuers im Osten kommen, das den Hafen von Dobo markiert.

Die Stadt hat sich ein wenig verändert, seit Wallace sie im Jahre 1857 besuchte. Zum einen heißt sie nicht mehr Dobbo, wie damals, sondern schreibt sich jetzt mit nur einem b. Zum anderen ragen über den niedrigen Dächern zwei Sendemasten und eine Satellitenschüssel empor. Ein paar rostige Frachtschiffe treiben vor Anker; ein Frachter aus Halmahera liegt am einzigen Pier der Stadt vertäut. Aber die Veränderungen wirken geringfügig. Der Halmahera-Frachter ist nur der metallene Epigone einer großen buginesischen Prau von der Art, wie sie mit Wallace an Bord vor dem westlichen Monsun hierhersegelte. Die Satellitenschüssel und die Masten teilen sich den Himmel über Dobo mit Palmen, und die ganze Stadt scheint wenig mehr zu bedecken als den gleichen Streifen Korallensand, von dem schon in Wallace' Reisebericht die Rede ist. Außerhalb der Stadt beginnt der Wald. Den Hafen zieren auch heute noch segelführende Einbäume, die elegant zwischen den eisernen Schiffen hin und her kreuzen. Ich schaue zu, wie eine dieser winzigen Praus vorbeigleitet, schwerbeladen mit einer Fracht von Strohmatten; der Mann im Heck benutzt sein Paddel als Ruder, während vorne im Bug ein kleiner Junge mit einer Muschelschale das Boot ausschöpft. Die Pier ist dicht besetzt mit Arbeitern, gestapelten Kisten, Reissäcken und einem halben Dutzend langhaariger Ziegen. Die Männer hieven sich Lasten auf den Rücken und stapfen die Pier hinunter in Richtung der Lagerhäuser, die am Wasser stehen. Gabelstapler, die ihnen die Arbeit erleichtern könnten, gibt es nicht. Die Ziegen schaffen sich aus eigener Kraft an Land.

Hier in Dobo gehe ich von Bord des Schiffes. Wenn ich Glück habe, kann ich in ein paar Tagen die *Matahari* in einem kleinen Dorf an der Südküste wieder besteigen. Habe ich Pech beziehungsweise ist mir das Glück allzu hold, werde ich das Rendezvous verpassen und auf andere Weise zurück in die Welt krauchen müssen. Für den Fall, daß dies passiert, bitte ich die Reiseleiter Piet und Saar, meinen Laptop in dem-und-dem Hotel in Ambon abzugeben; für ihre Gefälligkeit sage ich ihnen aufrichtigen Dank. Einer der Passagiere, ein freundlicher Arzt namens Kees, leiht mir eine gute Karte von der Aru-Inselgruppe, die mir möglicherweise unentbehrlich sein wird, wenn ich mir einen Weg durch die mäandernden Kanäle suchen muß.

Das Kreuzschiff war außerordentlich angenehm, eine bequeme Alternative zu der Prau, auf der Wallace reiste, aber näher an den Schauplatz kann es mich nicht mehr bringen. Tatsache ist, daß ich froh bin, ausbüxen zu können. Ich verabschiede mich von Max, Annelies, Kees und seiner Frau Maryke sowie ein paar der anderen Holländer, die mich so großzügig und freundlich in ihre Gesellschaft aufgenommen haben. Ehe ich von Bord der *Matahari* gehe, tut mir Piet noch einen kleinen, wertvollen Gefallen. Er gibt mir das indonesische Wort für Paradiesvogel mit auf den Weg: *cenderawasih*.

Ich schreibe es hastig auf, weil ich meinem Gedächtnis mißtraue. *Cenderawasih*. Ich übe die Aussprache – vier Silben, weiches *c*, gerolltes *r*: »Tschendhrrawasih«. Ich klammere mich daran, als wäre es ein Mantra.

176

Eine Stunde lang durchstreife ich die Stadt. Eine Stunde reicht, um fast alles in Dobo zu besichtigen: den Markt, sämtliche zwanzig Stände, reich an Fisch und arm an Gemüse; eine einzige Ladenzeile mit vielen chinesischen Kaufleuten, die in der Mehrzahl mit Haushaltsartikeln und Kurzwaren handeln; die Auslagen der Perlenhändler; die getrockneten Seegurken, verschrumpelt, schwarz wie verbrannte Bratwürste, ausgelegt auf grober Leinwand und in drei Kategorien unterteilt, vergleichbar der Unterscheidung zwischen Bockwurst, Thüringer und Krakauer; die offenen Abwasserkanäle; die sauber gekehrten Höfe; die Holzhäuser auf Pfählen entlang dem offenen Meer, die steifbeinig im salzigen Morast stehen; den Friedhof auf einer kleinen Wiese, die dem Meeresspiegel so nahe ist, daß sie in eine Mangrovenlandschaft eingebettet liegt und daß die Leichen unter der Erde vor der Verwesung noch gepökelt werden; den zweirädrigen Karren, der die städtische Wasserleitung ersetzt und Korbflaschen mit Wasser aus dem Stadtbrunnen ausliefert; die grünen Papageien, die ein heimlichtuerischer Straßenhändler zum Kauf anbietet; die halbverhungerten, räudigen, geprügelten Hunde; die strahlenden Kinder in Schuluniformen, die beim Anblick des weißen Mannes den Mund vor Staunen nicht zukriegen; die getrockneten Haifischflossen und die Sagokuchen, die am Straßenrand feilgeboten werden; die Boutique, die Kasuareier als Souvenire verkauft. Das alles ist auf seine Art interessant, bringt mich aber nicht ins Landesinnere von Aru. Ich schlendere ziellos herum und hoffe auf eine glückliche Fügung.

Ich brauche einen Dolmetscher. Ich brauche meinen treuen Gefährten Nyoman, den balinesischen Schneider, aber der ist zu Hause in seinem Hemdengeschäft auf Bali. Schließlich fange ich in einer Mischung aus krausem Englisch und Kleinkinder-Indonesisch an, die Ladenbesitzer zu befragen, ob jemand weiß, wo ich ein kleines Schiff mieten kann.

Schiff? Kleines Schiff? *Perahu kecil?* Nein, bedaure, Schiff jetzt nicht. Ist nicht. *Tidak.* Oh, tut mir leid. Nein, nein, nein. Aber vielleicht morgen ist Schiff, oder nächste Woche, kann auch sein. Sie kommen wieder, ja? Vielleicht dann ist Schiff. Kleines Schiff, großes Schiff. Sehr gut. Kein Problem. Ja, Sie wollen Aschenbecher von Perlmutt?

Während ich von einer Ladentür zur anderen trotte, denke ich an Wallace, dem schlechtes Wetter und die Angst vor Piraten das Leben schwermachten, so daß er sich einen ganzen, bitteren Monat in Dobo abmühen mußte, um ein Schiff und eine Mannschaft aufzutreiben. Fast sieht es so aus, als könnte auch ich hier einige Tage festsitzen. Aber es sind noch nicht einmal zwei Stunden verstrichen, da führt mich der glückliche Zufall in ein Lagerhaus an der Pier, wo mich ein Mann mit schütterem Haar, der zur Hälfte papuanischer Abstammung ist, sprechen hört und daraufhin von seinem Buchführer-Podest herabsteigt, um sich mir als Mr. Gaite vorzustellen. Er buchstabiert den Namen für mich und fügt aufmunternd hinzu »wie *guide* [Fremdenführer]«. Die Aussicht, sein Englisch üben zu können – in Dobo eine Gelegenheit mit Seltenheitswert –, versetzt ihn in helles Entzücken.

Ein Schiff? Ah, ein Schiff ist vielleicht möglich, jawohl, sagt Mr. Gaite. Er kennt einen Mann. Wir werden sehen. Er wird mir helfen, mich nach einem Boot umzutun, jawohl. Wo ich herkomme, will er wissen, Holländisch? Nein, eigentlich bin ich nicht aus Holländisch, ich bin aus Amerika. Ah, Amerrika, Amerrika, Mr. Gaite hat davon gehört, jawohl, er ist entzückt, meine Bekanntschaft zu machen. Amerrika, das ist weit weg, nicht wahr? Das ist es, sage ich. Mr. Gaite hat sein Tagewerk fallen lassen wie eine ranzige Seegurke, um sich mit meinen Problemen zu befassen. Normalerweise würde soviel Fürsorglichkeit mir Unbehagen bereiten und meinen Verdacht wecken, aber sein Gesicht ist so offen und rund und freundlich, daß ich willens bin, die Sache ihren Lauf nehmen zu lassen.

Dann spreche ich das Zauberwort: *cenderawasih*.

Ich brauche ein Schiff, um zur Hauptgruppe der Aruinseln überzusetzen und in einen der Kanäle hineinzufahren, erkläre ich, so daß ich in den Wald gehen und cenderawasih sehen kann. Ist das möglich?

Cenderawasih! sagt Mr. Gaite. Er zieht die Augenbrauen bis zu den kahlen Stellen seines Schädels hoch. Er vertraut mir an, daß er selbst einen cenderawasih *besitzt*, und zwar hier in Dobo. Ob ich ihn wohl sehen möchte? Sehr gern würde ich ihn sehen, sage ich – und schon sind wir aus dem Lagerhaus heraus und eilen mit großen Schritten durch die Straßen von Dobo, zwei Männer unterwegs in dringenden, spätmorgendlichen Geschäften.

Sein Vorname lautet Joel, wie in der Bibel, erzählt mir Mr. Gaite. Er ist Christ, wie er mir bereitwillig verrät. Aru ist offenbar auch einer dieser Orte, wo die Missionare längst jeden in Kirchen und Moscheen gepackt haben; Mr. Gaites Feststellung klingt mehr nach einer kulturellen Zugehörigkeitserklärung als nach einem religiösen Glaubensbekenntnis. Ich nenne ihm meinen Namen – David, steht ebenfalls in der Bibel, merke ich an –, und wir schütteln uns bereits zum zweiten oder dritten Mal die Hand. Während ich mich zu erinnern versuche, was es mit dem biblischen Joel auf sich hat, will er unbedingt wissen, ob ich auch ein Christ bin. Ja, natürlich, flunkere ich und nutze schamlos jeden kontaktfördernden Vorteil aus, der sich aus meinem schönen alten christlichen Namen ziehen läßt.

Mr. Gaite führt mich durch eine Seitenstraße, dann einen schmalen Pfad zwischen Häusern hinunter, dann über einen Bohlensteg zu einer Hütte, die auf Pfählen über dem Salzmorast steht. Wir treten in einen düsteren Raum ein, den nur spärliche Sonnenstrahlen ein wenig erhellen. Der Raum ist bar jeder Ausstattung, abgesehen von einem grellen Farbdruck, der den Gekreuzigten zeigt, und einem Käfig hinten in der Ecke. Der Käfig ist ein primitiver Verschlag, aus Maschendraht und alten Brettern zusammengezimmert. Darüber ist eine Matte gebreitet. Als die Matte weg ist, wird ein cenderawasih sichtbar, der aufgeregt vom Käfigboden auf eine Sitzstange und wieder zurück hüpft. Er springt hoch und klammert sich an den Maschendraht, dann wieder auf die Stange, dann auf den Boden.

Ich knie mich hin, um ihn besser sehen zu können. Er ist ein herrliches Geschöpf, in Panik versetzt durch die Gefangenschaft – ein männliches Exemplar von *Paradisaea apoda*, der größeren Paradiesvogelart, im vollen Balzkleid. Der Kopf zeigt ein tiefes seidenartiges Gelb, am Hals sieht man einen Flecken schillernden Grüns, Brust, Rücken und Flügel sind rostrot, und von unterhalb der Flügel ragen lange gelbe Federn heraus, die sich wie eine zeremonielle Schleppe hinten fächerartig entfalten. Der Vogel sieht aus wie eine Krähe im Krönungsgewand. Nicht viele Vögel gibt es auf der Erde, die dekorativer sind. Der Herzog von Argyll hätte mangels Vertrauen in die Leistungsfähigkeit entwicklungsgeschichtlicher Ökonomie hier mit Sicherheit von übermäßiger Schönheit gesprochen. Der Käfigboden ist mit Vogelkot und Bananenstücken bedeckt. Die an der Schnittstelle ausgezackte untere Hälfte einer Limonadendose aus Aluminium dient als Wassertrog.

»So etwas Schönes«, murmele ich dümmlich.

»Schöner, wenn man es in freier Natur sieht, nicht?« sagt Mr. Gaite. Er wirkt plötzlich ambivalent: stolz auf dieses herrliche

Geschöpf, aber leicht verlegen, weil er Schleichhandel mit Vögeln treibt.

Stimmt, pflichte ich ihm bei. Stimmt, schöner in freier Wildbahn. Leben noch andere da, wo dieser hier herkommt?

177 »Ich bin froh, daß Sie meinen Tee trinken. Manche Leute trinken nicht«, sagt Mr. Gaite.
Wir sitzen in der guten Stube seines geschniegelten kleinen Hauses, nicht weit von dem Vogelschuppen entfernt, unter einem Bild von ihm und seiner verstorbenen Frau, während die Tochter uns die Gläser mit süßem Tee kredenzt. An den Gläsern nippend, unterhalten wir uns über cenderawasih (einschließlich Schwarzmarktpreise für ein männliches Exemplar im Balzkleid wie seines), über Ritterfalter (mit denen er ebenfalls gelegentlich gehandelt hat) und über den Zustand der Naturlandschaften auf Aru. Doch, doch, versichert Mr. Gaite mir, massenhaft guter Wald drüben auf der Hauptinselgruppe. Aber wer kann sagen, was bei einem gesetzten Herrn, der in einem Lagerhaus in Dobo arbeitet, »massenhaft« und »gut« bedeutet. Wieviel ist als Nutzholz gefällt worden? Wieviel ist für Siedlungen, Gärten, Bergbauindustrie und Rinder brandgerodet worden? Wie stark ist der Rest fragmentiert? Ich muß es mir selbst ansehen.

Mr. Gaite wirkt erleichtert, daß ich ihn nicht gefragt habe, was er mit dem gefangenen Vogel vorhat. Er ist auch dankbar dafür, daß ich mich nach seiner Frau erkundige, die erst vor drei Jahren im Januar gestorben ist. Und der Tee selbst erfüllt so eine Art Testfunktion. »Wenn nicht trinken meinen Tee, Sie sind nicht mein Freund«, vertraut er mir an. »Danke, daß Sie trinken.« Nachdem so die Streicheleinheiten ausgetauscht sind und ein kleines Band zwischen uns gestiftet ist, führt er mich erneut durch die Seitengassen von Dobo. Wir sind unterwegs, um uns bei einem Mann nach einem Schiff zu erkundigen.

Der Mann heißt Mr. Samuel. Sein Schiff ist klein, aber seetüchtig, zehn Meter lang, mit einer Zigarrenschachtel als Kabine, genau richtig für kleine Transporte oder für Perlenfischerei. Es liegt in einem Schlipp neben dem Samuelschen Haus vertäut, praktisch wie ein Auto in der Garage. Mr. Samuel ist ein dürrer, ernsthafter Molukke mit einer chinesischen Frau und abwartender Miene; er spricht kein Wort Englisch, aber dank Mr. Gaites taktvoller Vermittlung können wir uns über Ziel und Preis verständigen.

Einige Kilometer ins Landesinnere von Aru hinein liegt am Manumbai-Kanal ein Dorf namens Wakua, erfahre ich. Der Manumbai-Kanal ist einer jener flußähnlichen Salzwasserfjorde, die den Aru-Komplex in westöstlicher Richtung durchschneiden. Wir ziehen meine geborgte Landkarte zu Rate, auf der zwar der Manumbai-Kanal deutlich zu erkennen ist, nicht hingegen das Dorf Wakua. Mr. Samuel deutet mit dem Finger auf die Stelle: hier. Es ist ein winziges Dorf, nicht mehr als einige Dutzend Häuser, die auf dem Südufer liegen, von der Westküste einige Kilometer landeinwärts. Mr. Samuel kennt Wakua, weil er dort geboren ist. In der Nähe, nur eine kurze Fahrt mit dem Kanu und einen bequemen Fußweg ins Waldesinnere entfernt, steht ein großer Baum, den cenderawasih aufsuchen.

Banyak cenderawasih, ya. Viele.

Mir ist klar, daß dieser namhafte Baum einer von den Orten sein muß, wo sich die Männchen sammeln, um vor einem Publikum aus paarungswilligen Weibchen ihr Gefieder zu spreizen. Balz nennen es die Biologen, und der Ort selbst wird als Balzplatz bezeichnet. Ein Baum mit passender Form – mit schütterer Krone und horizontalen Ästen, auf denen die Männchen vor- und zurücktanzen können – konnte Generationen von *P. apoda* als Balzplatz dienen. Da die Bewohner von Aru diese Vögel seit Jahrhunderten jagen, war ohne weiteres verständlich, warum man im nächstgelegenen Dorf diesen Baum kannte. Wenn ich cenderawasih sehen wolle, sagt Mr. Samuel, werde er mich zu dem Dorf Wakua fahren. Ein anderer werde mich dann zu dem Baum bringen.

Jawohl, jetzt sei Paarungszeit, die Vögel dürften sich also täglich dort versammeln. Sie tanzten früh am Morgen und dann normalerweise wieder am Spätnachmittag. Jawohl, versichert er, der Wald dort sei gut. Keine Holzfällerei, keine Brandrodung, noch nicht. Jawohl, Mr. Samuel könne für Proviant und Kaffee sorgen. Jawohl, wir könnten im Schiff übernachten. Seine beiden

DIE ARUINSELN

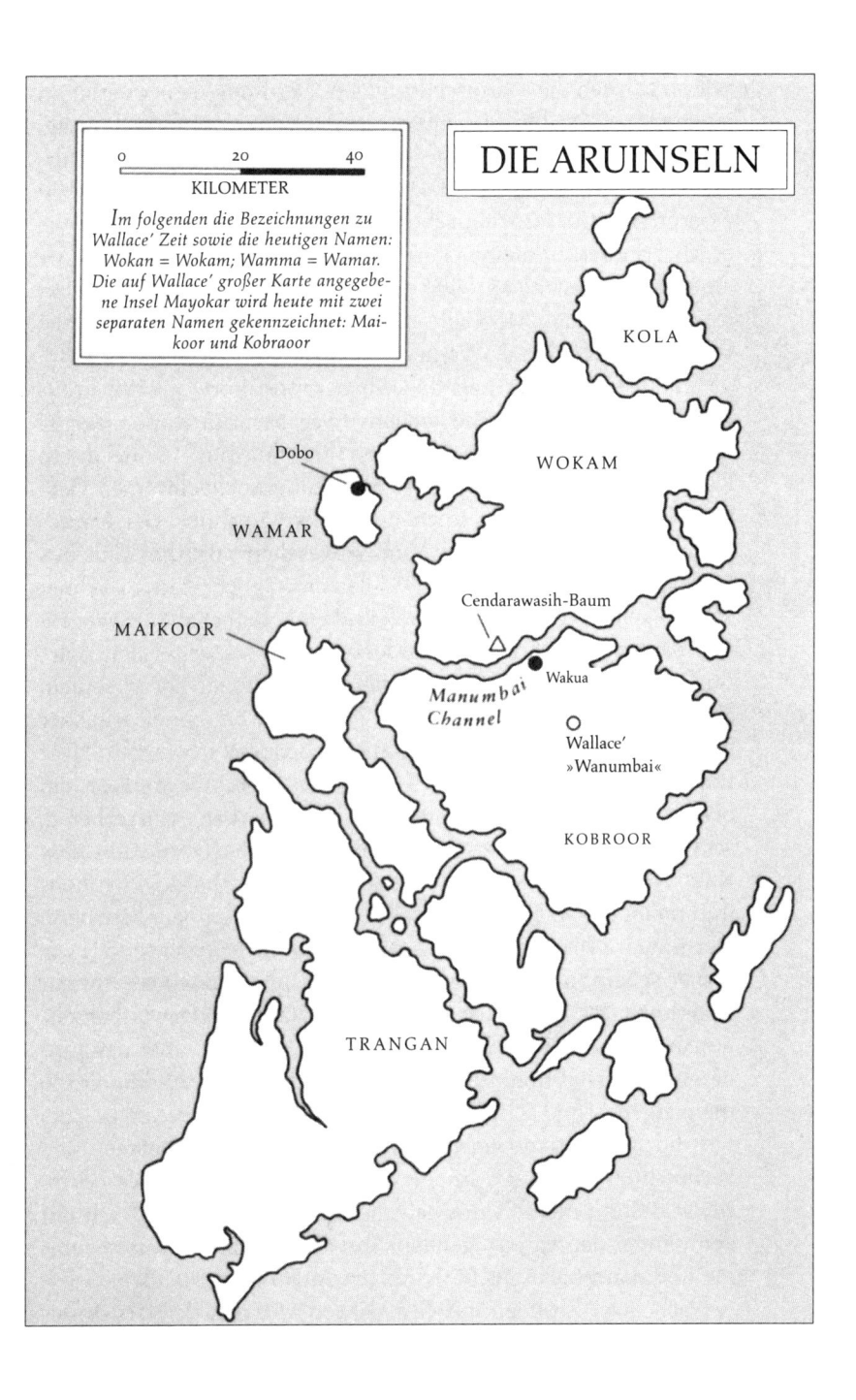

0 — 20 — 40
KILOMETER

Im folgenden die Bezeichnungen zu Wallace' Zeit sowie die heutigen Namen: Wokan = Wokam; Wamma = Wamar. Die auf Wallace' großer Karte angegebene Insel Mayokar wird heute mit zwei separaten Namen gekennzeichnet: Maikoor und Kobraoor

KOLA

Dobo

WOKAM

WAMAR

MAIKOOR

Cendarawasih-Baum

Wakua

Manumbai Channel

Wallace' »Wanumbai«

KOBROOR

TRANGAN

Söhne würden die Mannschaft bilden. Der Preis, den er verlangt, ist moderat. Ich bin fasziniert von der ganzen Unternehmung, weil ich weiß, daß Manumbai derselbe Kanal ist, den Wallace hinauffuhr bis zu einem Dorf, das damals Wanumbai hieß und in dem er sich für sechs entscheidende Wochen einquartierte. Wie es Mr. Samuel auf meiner Karte geortet hat, liegt das Dorf Wakua einen Katzensprung entfernt von der Stelle, wo auf Wallace' Karte Wanumbai lag. Mr. Gaite dient mir nur noch als Sprachrohr für eine einzige Frage: Wann können wir aufbrechen?

Am späten Nachmittag sind wir bereits unterwegs. Wir kreuzen südostwärts über eine kabbelige See, besprüht von gelegentlichen Gewitterschauern, während die sinkende Sonne durch Kumulushaufen bricht und die Silhouette eines einsamen Garnelenbootes vor den westlichen Horizont zeichnet. Der Garnelenfänger zieht seine Netze ein. Abgesehen von ihm und uns herrscht nicht viel Verkehr. Das nachmittägliche Licht zeichnet ein Fleckenmuster aus Mausgrau und Quecksilber auf die Wogen. Mr. Samuel sitzt auf dem Vorderdeck und schwenkt den Arm, um Kurskorrekturen zu signalisieren; das Steuer hat er seinem ältesten Sohn Johnny anvertraut. Johnny ist ein gutaussehender junger Mann Anfang Zwanzig mit fließendem schwarzem Haar und chinesisch-molukkischen Gesichtszügen. Obwohl er ein bißchen den Schlägertyp mimt – Aknenarben, Ringerhemd, schwarze Baseballmütze mit einem Blechschild vorne, auf dem KALT WIE EIS steht –, wirkt er schüchtern und höflich. Ich habe ihm meinen Namen genannt, aber er bleibt lieber bei »Meester«. Der jüngere Bruder ist schmächtiger und nicht ganz so kalt wie Eis; er scheint allerdings geistig beweglicher und wortmächtiger als Johnny. Ich habe auch nach seinem Namen gefragt, aber keine Antwort erhalten. Mit dem bißchen Englisch, über das Jüngerer Bruder verfügt, und den paar Brocken Indonesisch, die ich mein eigen nenne, wird der Großteil der Kommunikation bestritten, die zwischen mir und der Familie Samuel in den gemeinsam verbrachten Tagen stattfindet. Das ist nicht viel, aber es reicht. Meist besteht meine Unterhaltung mit ihnen darin, daß ich mit dem Finger deute, in fragendem Ton ein oder zwei Worte brumme und dann nicke, als hätte ich die Antwort verstanden.

Nach zwei Stunden auf See nähern wir uns der Aru-Inselgruppe, einem langgestreckten Streifen Land, der zu grünen, flachen Hügeln aufsteigt. Aus dieser Perspektive sieht es wie eine einzige große Insel aus. Vertrauensvoll den Armbewegungen seines Vaters folgend, steuert Johnny auf einen Punkt an der Küste zu. Unmittelbar vor Sonnenuntergang tut sich vor uns das westliche Ende des Manumbai-Kanals wie eine Flußmündung auf. Wir drehen bei und gleiten auf einer sanften Dünung hinein.

Die Ufer des Kanals sind dicht bewachsen. An einigen Stellen steigen sie kahl aus dem Wasser empor und bilden mäßig hohe Felswände aus hellgrauem Kalkstein, über die Farnkraut und anderes Gesträuch herabhängen. An anderen Stellen sind die Ufer flach und wenden dem Kanal eine Mangrovenfront zu. Der Kanal selbst ist nur knapp zweihundert Meter breit, und während wir auf ihm entlangtuckern und seine Windungen ausfahren, ist die optische Illusion unwiderstehlich: Mit den parallellaufenden Ufern und der immer gleichen Breite vermittelt die Salzwasserstraße den verwirrenden Eindruck eines Flusses.

Wir könnten ebensogut einen Zufluß des Sambesi hinauffahren. Oder den Orinoko. Oder den Mekong. Wir könnten uns an allen möglichen Orten befinden, am wahrscheinlichsten allerdings auf einem Wasserlauf, der durch Urwald führt und irgendein kontinentales Landesinnere entwässert. Und ganz bestimmt *nicht* inmitten eines kleinen Archipels in der Arafurasee. Der Unterschied zwischen Meer und Fluß, zwischen Salz- und Süßwasser, zwischen Insel und Festland – das alles verschwimmt.

178 Während einer kurzen Strecke entlang dem Kanal gibt es keinerlei Zeichen menschlicher Präsenz. Dann fahren wir an einer Fischreuse vorbei, die im seichten Wasser liegt. Unmittelbar dahinter kommt ein Dorf. Es ist nicht Wakua, sondern ein anderes kleines Dorf, namenlos auf meiner Karte, namenlos auch auf der von Wallace. Es umfaßt dreißig oder vierzig reetgedeckte Häuser, eine hölzerne Anlegestelle, ein paar Kokosnußpalmen und Bananenstauden, die rings um die Lichtung gepflanzt sind, und eine protestantische Kirche mit Blechdach, auf deren Turmspitze ein Wetterhahn steht. Holländische

Missionare geben Wetterhähnen vor dem Kreuz den Vorzug, hat man mir erzählt. Weniger blutrünstig und schaurig als das Kreuz, sollen sie mit ihrem lauten Kikeriki für den Weckruf Gottes stehen. Für mich symbolisieren sie vor allem *Paradisaea apoda*, den Großen Paradiesvogel, wie er sein Gefieder spreizt und lasziv zur Schau stellt.

Der Sonnenuntergang ist rasch vorüber. Ich habe ihn heute abend kaum mitbekommen, habe die leuchtende rosa- und aprikosenfarbene Tönung der hoch im Westen stehenden Wolken gar nicht beachtet, weil ich so angestrengt damit beschäftigt war, entlang unserem Kanal nach Osten zu spähen. Es herrscht keine vollständige, aber doch tiefe Dunkelheit. Das Wasser nimmt einen schwachen metallischen Schimmer an. Die Baumreihen beidseits des Kanals bilden einen klobigen Horizont aus Schwarz, schwärzer als der sternenübersäte Himmel. Falls es Fischreusen oder Anlegestellen entlang der Strecke gibt, kann ich sie nicht sehen. Falls Dörfer hier liegen, leuchtet jedenfalls keine Laterne. Falls der Kanal navigatorische Gefahrenstellen aufweist, bleiben sie mir verborgen. »*Man makan*, Meester?« Wollen essen? Ja, klingt verlockend, sage ich. Jüngerer Bruder serviert an Deck ein Essen aus Reis und Sardinen. Ich esse, er ißt, Mr. Samuel und Johnny stochern darin herum, bleiben aber darauf konzentriert, das Schiff bei seiner Fahrt durch den Kanal auf Kurs zu halten. Bei Einbruch der Nacht machen wir nicht, wie ich erwartet habe, halt. Wir verlangsamen nicht einmal die Fahrt. Das überrascht mich, da die paar anderen indonesischen Bootskapitäne, die ich kennengelernt habe – Kapitän Sultan in Komodoland, zum Beispiel –, nächtliche Passagen durch seichte Gewässer stets strikt ablehnten. Mr. Samuel kennt da keine Bedenken. Drei Stunden lang fahren wir im Finstern den Kanal entlang, geleitet nur vom Sternenlicht und seinem Gedächtnis. Die Luft ist kühl.

Als wir spätabends in Wakua anlegen, gerät das ganze Dorf in Aufruhr. Zwanzig Männer, die mit ihren breiten Nasen, ihrem Kraushaar und ihrem herzlichen Lächeln eher papuanisch als molukkisch aussehen, schwärmen auf das Boot. Mr. Samuel macht mich mit einem Mann namens Peter bekannt, einem hervorragenden Jäger. Peter wisse, wo man den Baum der cenderawasih finde, wird mir mitgeteilt. Mr. Samuel und Peter halten eine längere Konferenz ab, von der ich fast nichts verstehe, abgesehen vom Namen des Vogels. Peter scheint im Prinzip aufgeschlossen für das Vorhaben zu sein, das mich hergeführt hat. Dann wendet sich Mr. Samuel mir wieder zu, und es kommt zu einem verwirrenden Intermezzo, in dessen Verlauf zuerst er und dann er und Johnny und dann er und Johnny und Jüngerer Bruder all ihre Geduld und ihren ganzen Wortschatz zusammenkratzen, um mir ebenso diskret wie gewissenhaft irgend etwas zu verklickern, zweifellos im verständlichsten Indonesisch der Welt – dieweil ich mich begriffsstutzig herauszukriegen bemühe, was sie meinen könnten. Mit meinen ersten Vermutungen liege ich schief. »*Besok?*« Morgen ziehen wir los? Ja, ja, morgen – aber darum geht es nicht. »*Besok pagi?*« Morgen in der Früh? Ja, ja, morgen in der Früh, sicher doch – aber verstanden, was sie mir bedeuten wollen, habe ich nach wie vor nicht. »*Pagi-pagi?*« Ja doch, ja, morgen in aller Herrgottsfrüh – aber das ist immer noch nicht der Punkt. Ich probiere es mit »*Tidur sekarang?*« Dieser ins Blaue unternommene Versuch heißt soviel wie: Legen wir uns jetzt alle hin und schlafen ein bißchen? Nein. Mitnichten. Das irritierte Kopfschütteln bedeutet mir, daß von Nachtruhe nicht die Rede sein kann, ehe die andere Sache nicht erledigt ist. Mr. Samuel druckst herum. Die Männer von Wakua sind peinlich berührt davon, wie dumm ich mich anstelle. Schließlich kapiere ich. Ich suche nach einem Wort in meinem Sprachführer. Ich sage: »*Bayar* Peter?« Soll ich Peter *bezahlen*? Beklagenswert unverblümt, aber wenigstens ein Volltreffer – und meinen Mangel an Takt sehen sie mir nach. Ja, ja, ja, ja, rufen alle fröhlich. Besonders Johnnys kraterübersätes Gesicht hellt sich auf; man sieht ihm die Erleichterung an, daß er sich meiner nicht schämen muß. In Ordnung, ja, natürlich, liebend gern werde ich mich Peter für seine fachmännische Leitung und dafür, daß sein Dorf mir Gastfreundschaft beweist und mich sein Gebiet betreten läßt, erkenntlich zeigen. Abermals ist der verlangte Preis maßvoll. Der Handel wird besiegelt. Und *jetzt* können wir uns alle schlafen legen, nicht wahr?

Halt, da ist noch etwas. Mir fällt ein, daß noch ein weiteres Problem der Erledigung harrt. Unbeholfen radebreche ich: »Peter, *mengerti saya mau lihat cenderawasih, tidak memburu cen-*

derawasih, ya?« Peter hat doch hoffentlich verstanden, daß ich Paradiesvögel *sehen*, und nicht etwa *jagen* will? Ja, gewiß doch, werde ich beruhigt. »*Tidak membura*«, keine Jagd. Er versteht.

Johnny ist um drei Uhr morgens wieder auf den Beinen, um Jamswurzeln für das Frühstück zu kochen. Um vier kurbelt Mr. Samuel den Motor an. Wir legen von der Pier des Dorfes ab und fahren, nachdem wir im weiten Bogen gewendet haben, einige Kilometer auf dem Kanal zurück, mit Peter an Bord und seinem Einbaum im Schlepptau. An einer Stelle am Nordufer, die durch keine sichtbaren Zeichen markiert ist – jedenfalls kann ich in der Dunkelheit nichts dergleichen erkennen –, vertäuen wir das Schiff an einer Mangrove. Der Himmel ist jetzt wolkenlos und die Milchstraße eine strahlende Schmierspur. Ich sitze auf dem Deck, in einen wärmenden Sarong gehüllt, trinke gesüßten Kaffee und warte. Im Morgengrauen beobachte ich eine kleine Fledermaus, die dicht über dem Wasser auf Jagd geht. Zum Frühstück gibt es geräuchertes wildes Schwein, das die Konsistenz von Gummi hat, aber wohlschmeckend ist, und Johnnys faden Jams. Dann ist es soweit. Wie ich bemerke, hat Peter seinen Bogen und ein paar Pfeile mit Eisenspitzen dabei, aber vermutlich führt er die immer mit, wenn er in den Wald geht, für den Fall, daß ihm wilde Schweine über den Weg laufen. Er und Johnny und Jüngerer Bruder und ich, wir klettern alle in Peters Einbaum.

Wie die meisten Einbäume ist auch dieser leicht gebaut, liegt flach im Wasser und hat fast kein Freibord – wie eigens dazu geschaffen, in Menschen mit steifen Gelenken und weißer Haut Unbehagen und Destabilisierungsängste zu wecken. Da ich darauf immerhin gefaßt bin, habe ich mein Fernglas zweifach in Plastik eingewickelt. Falls ich über Bord gehe, werde ich wie ein Verrückter Wasser treten und dabei das Päckchen mit dem Notizbuch und dem Fernglas über den Kopf halten. Wenigstens gibt es in den Kanälen von Aru keine Piranhas. Peter paddelt mit uns einen kleinen, von Mangroven eingeschnürten Nebenarm entlang, einen Seitenkanal, der nicht größer als ein Bach ist; vorne im Bug hackt Jüngerer Bruder mit einer Machete Äste ab, um einen Weg für uns freizumachen. Johnny sitzt unmittelbar hinter mir und bemüht sich tapfer, für das Gegengewicht im Boot zu sorgen. Nach einem knappen Kilometer wird das Mangrovendickicht undurchdringlich und der kleine Kanal unbefahrbar. Wir legen am Ufer an und marschieren zu Fuß weiter.

Anfangs existiert keine Fährte. Wir klettern durch den Wald zu einem Hügelkamm hinauf. Das Gelände besteht aus Kalkstein, den nur ein dünnes Polster Waldstreu und praktisch keine Humusschicht bedeckt, so daß unsere Füße sogar an diesem steilen Hang Halt finden. Peter ist barfüßig. Mir bricht beim Klettern der Schweiß aus. Die Landschaft genieße ich. Jawohl, das hier ist guter, vollentwickelter tropischer Regenwald, wie von Mr. Gaite und Mr. Samuel versprochen. Ihn zieren Epiphyten in den Astgabelungen, obszön wuchernde Pilze auf dem Faulholz, hängende Lianen, ein dichtes Blätterdach und eine ziemliche Anzahl großer Bäume mit Stützwurzeln, die an die Flügel einer riesigen Schiffsschraube erinnern. Der Wald hat vorübergehend Bekanntschaft mit der Machete und vielleicht auch mit der Axt gemacht, aber so, wie er aussieht, ist ihm die Kettensäge fremd. Noch ehe wir den Balzbaum auf dem zweiten Hügelkamm erreicht haben, ist also meine Frage nach dem Zustand von Aru beantwortet. Die traurigen, unheilvollen Dinge, die anderswo passiert sind – biologischer Imperialismus, massive Zerstörungen von Lebensraum, Fragmentierung, Inzuchtdegeneration, Verlust der Anpassungsfähigkeit, Rückgang wildlebender Populationen auf Niveaus, auf denen sie ihre Überlebensfähigkeit einbüßen, Ökosystemzerfall, Ernährungskaskaden, Artensterben, Artensterben, Artensterben –, sind hier noch nicht passiert. Wahrscheinlich wird es nicht mehr lange dauern. Aber noch ist Zeit. Und wenn Zeit Hoffnung bedeutet, dann besteht auch noch Hoffnung.

Aus einiger Entfernung über uns hört man ein vielstimmiges Kreischen. Es klingt wie eine Fuhre hysterischer Gänse. »Meester«, macht Johnny mich aufmerksam. Mitten im Urwald trägt er unverdrossen seine KALT WIE EIS-Kappe. Aber auch er ist jetzt aufgeregt. »*Sudah, suara cenderawasih!*« Das sind sie schon, sagt er, das ist der Gesang des cenderawasih.

Glossar

Adaptive Radiation. Die entwicklungsgeschichtliche Aufspaltung einer einzigen Stammlinie in eine Reihe von getrennten Arten. Manchmal ist der Begriff weit definiert, so daß er gleichbedeutend mit *Artbildung in Archipelen* ist. Strikter bestimmt (so, wie ich ihn in diesem Buch verwende), unterscheidet er sich von der Artbildung in Archipelen dadurch, daß er Sympatrie und Konkurrenz als Faktoren einschließt. Bei der adaptiven Radiation entwickeln sich eine Reihe von eng verwandten Arten aus einer einzigen Stammlinie; dann wird ihre geographische Trennung (falls sie bestand) durchbrochen, und sie teilen sich in das gleiche Stück Lebensraum; unter sympatrischen Bedingungen sorgt die zwischenartliche Konkurrenz dafür, daß sie auch weiterhin voneinander divergieren.

Allel. Eine von mehreren möglichen Formen, in denen ein bestimmtes Gen auftritt.

Allopatrische Artbildung. Artbildung, zu der es unter Bedingungen geographischer Trennung kommt. Im Gegensatz dazu steht die *sympatrische Artbildung*.

Artbildung in Archipelen. Artbildung, zu der es kommt, wenn eine Reihe von Populationen geographisch voneinander getrennte inselförmige Lebensraumareale bewohnen, die eine Gruppe bilden. Das naheliegendste Milieu für solch einen Prozeß, wenn auch nicht das einzige, ist ein Archipel aus ozeanischen Inseln.

Die Artbildung in Archipelen führt zu einem Muster, bei dem jedes der Lebensraumareale eine einzige endemische Art aus der Verwandtengruppe beherbergt. Die Artbildung in Archipelen ist insofern einfacher als die adaptative Radiation, als sie nicht notwendig eine anschließende Ausbreitung von einem Areal zum anderen erfordert, die dann Sympatrie und zwischenartliche Konkurrenz nach sich zieht.

Artbildung. Der Prozeß, bei dem Arten dadurch entstehen, daß sich eine Art in zwei oder mehrere aufspaltet.

Aussterbestrudel. Begriff von Gilpin und Soulé (1986) zur Bezeichnung von »Rückkoppelungsschleifen biologischer und milieubedingter Wechselwirkungen«, die für eine kleine Population verderblich sein und sie noch tiefer in den Aussterbesog hineinziehen können.

Autökologie. Eine Richtung der ökologischen Forschung, die den Akzent darauf legt, einzelne Organismen oder Spezies und ihre Beziehungen zu ihrem jeweiligen Milieu zu verstehen. Im Gegensatz dazu *Synökologie*.

Balzplatz. Bei bestimmten Tierarten ein Versammlungsplatz, wo die Männchen vor einem kritischen weiblichen Publikum darin wetteifern, mit ihrer Männlichkeit zu protzen.

Biogeographie. Na, hören Sie mal, haben Sie denn mein Buch nicht gelesen?

Boreal. Der nördlichen Klimazone Amerikas, Europas und Asiens zugehörend.

Disharmonie. Eine entweder positive oder negative Diskrepanz im Artenvorkommen zwischen einer Lebensraumregion und einer anderen – insbesondere zwischen einer Insel und dem ihr nächstgelegenen Festland.

Effektive Populationsgröße. Eine mathematisch ermittelte

Zahl, die nicht einfach nur wiedergibt, wie viele Exemplare eine Population umfaßt, sondern die auch die Muster der Beteiligung an der Fortpflanzung, des Genflusses und des Verlustes an genetischen Variationen berücksichtigt. Im Gegensatz dazu *erhobene Populationsgröße*.

Endemische Art. In einer bestimmten Region heimisch. Genauer gesagt, hat sich eine endemische Art an einem bestimmten Ort entwickelt und ist auf ihn beschränkt geblieben. Ein verwandtes Konzept ist die *Reliktspezies*.

Entfernungseffekt. Nach MacArthur und Wilson (1967) drückt sich dieser in der Tatsache aus, daß abgelegene Inseln tendenziell weniger Arten beherbergen als Inseln, die näher bei einem Festland oder bei anderen Inseln liegen. Abgelegene Inseln erleben weniger Zuwanderungen, wobei die Entfernung einen maßgebenden Faktor darstellt. Ein verwandtes Konzept ist der *Flächeneffekt*.

Erhobene Populationsgröße. Die Gesamtzahl von Exemplaren einer Population, wie sie durch Zählung oder Schätzung ermittelt wird. Im Gegensatz dazu *effektive Populationsgröße*.

Ernährungskaskaden. Stürzende ökologische Dominosteine, wobei jeder Dominostein eine Spezies und jeder Sturz ein Aussterbefall ist.

Flächeneffekt. MacArthur und Wilson (1967) zufolge drückt sich dieser darin aus, daß kleine Inseln tendenziell weniger Arten beherbergen als große Inseln. Kleine Inseln erleben weniger Zuwanderungen und mehr Fälle von Artensterben, wobei die Ausdehnung der Insel einen maßgebenden Faktor bildet. Ein verwandtes Konzept ist der *Entfernungseffekt*.

Gefälle. In einer Spezies-Flächen-Kurve das größere oder geringere Ausmaß, in dem Flächengröße und Artenzahl miteinander korrelieren.

Genetische Belastung. Die Last potentiell schädlicher rezessiver Allele, die eine Population mit sich führt. Da diese Allele rezessiv sind, treten sie nicht in Erscheinung, solange sie nicht homozygot vorkommen.

Genetische Drift. Eine Form der Veränderung des Allelenspektrums innerhalb einer Population, die dem Zufall, nicht der entwicklungsgeschichtlichen Anpassung, entspringt. Sie kann bei kleinen Populationen besonders folgenreich sein.

Genetische Revolutionen. Theorie von Ernst Mayr (1954) über spektakulär sprunghafte evolutionäre Veränderungsprozesse, zu denen es in kleinen Populationen kommen kann, wenn diese geographisch isoliert werden. Nach Mayrs Ansicht spiegeln die Veränderungen nicht nur die Anpassung an ein neues physikalisches und biologisches Milieu wider, sondern auch an ein in neuer Form erscheinendes »genetisches Umfeld«. Mayr versteht unter »genetischem Umfeld« die Matrix wechselseitiger Wirkungen, durch die in einem gegebenen Genpool die Allele miteinander verknüpft sind. Seine Theorie der genetischen Revolutionen schließt das sogenannte *Gründerprinzip* ein, reicht aber weiter.

Gründerprinzip. Wenn eine isolierte Population durch eine sehr kleine Zahl wandernder Exemplare begründet wird, kann sie sich als sehr verschieden von der Ausgangspopulation herausstellen, aus der die Gründer stammen. Warum? Eine Ursache ist darin zu sehen, daß die Auswahl von Genen, die von den paar Gründern mitgebracht werden, unter Umständen weniger vielfältig ist als der Genpool der Ausgangspopulation oder daß sie in anderer Hinsicht nicht repräsentativ für ihn ist. Ernst Mayr (1942) erkannte die Bedeutung dieses Sachverhalts und nannte ihn Gründerprinzip.

Heterozygot. An einem bestimmten Punkt des Gens sind zwei verschiedene Allele vorhanden.

Homozygot. An einem bestimmten Punkt des Gens sind zwei gleiche Allele vorhanden.

Inzuchtdegeneration. Die manifesten Symptome einer zu starken Inzucht. In dem Maße, wie rezessive Allele bei den inzüchtigen Exemplaren homozygot auftreten, wirken sich diese Allele im Sinne einer Beeinträchtigung der evolutionären Leistungskraft aus.

Isolat. Ein isoliertes Stück Lebensraum. Im Gegensatz zu *Stichprobe*.

Kanonische Verteilung. Die Bezeichnung von Frank Preston (1962) für ein bestimmtes Muster der unterschiedlichen Häufigkeit, mit der Arten in einer biologischen Gemeinschaft vertreten sind – das Muster umfaßt einige sehr seltene, viele relativ zahlreiche und wenige äußerst zahlreiche Arten. Als logarithmische Normalverteilung in einem Koordinatensystem dargestellt, hat dieses Muster die Form einer Glockenkurve. Preston nannte es kanonisch, weil es den Anschein erweckte, als stünde hinter ihm irgendeine Naturgesetzlichkeit.

Kausal bedingte Faktoren. Im vorliegenden Zusammenhang jede menschliche Tätigkeit, die zu einer Dezimierung von Arten oder Populationen führen kann – wie etwa die Jagd, die Fallenstellerei, die Zerstörung von Lebensraum oder die Anwendung von Pestiziden. Obwohl sich kausal bedingte Faktoren vorhersehen und kontrollieren lassen, können sie dennoch kleine oder auch große Populationen an den Rand des Aussterbens bringen. Vergleiche *zufallsabhängige Faktoren*.

Kontinentalinsel. Eine Insel, die in den relativ flachen Gewässern eines Kontinentalschelfs liegt und die deshalb durch ein relativ geringfügiges Absinken des Meeresspiegels wieder Landverbindung mit dem Festland bekommen kann. Im Gegensatz dazu *ozeanische Insel*.

Landbrückeninsel. Eine Insel, die vormals eine Landverbindung zum nahe gelegenen Festland hatte, bis ein steigender Wasserspiegel die Verbindung versinken ließ.

Lebensfähige Minimalpopulation. Die kleinste Populationsgröße, bei der die Wahrscheinlichkeit eines langfristigen Überlebens der Population besteht. Das ist ein heikles Konzept, in dem sich gesellschaftliche Entscheidungen und Erwartungshaltungen mit biologischen Messungen und Voraussagen mischen. Wie wollen wir zum Beispiel »wahrscheinlich« und »langfristig« definiert wissen?

Logarithmus. Etwas Mathematisches. Vergessen wir's.

Lognormal. Auch das ist mathematisches Zeug. Ehrlich gesagt, ist es Abrakadabra für mich geblieben.

Lokales Aussterben. Das Aussterben einer Population an einem bestimmten Ort, während die Spezies, zu der die Population gehört, andernorts überlebt.

Mathina. Portugiesisch für »Spielzeugwäldchen«.

Meiose. Zellteilung, durch die Gameten, geschlechtlich differenzierte Fortpflanzungszellen – Spermienzellen und Eizellen –, entstehen. Die Meiose ist auch unter dem Namen Reduktionsteilung bekannt, weil sie das Erbmaterial, das an jede Zelle weitergegeben wird, halbiert. Sie steht im Gegensatz zur Mitose, der Zellteilung, durch die andere Körperzellen entstehen und bei der eine volle Verdoppelung des Erbmaterials für jede Zelle stattfindet. Dank der Art, wie ihnen die beiden Begriffe in der Oberstufenbiologie eingebimst wurden, haben Laien (wie vermutlich der Leser und mit Sicherheit ich) Schwierigkeiten, sich zu merken, welches von beiden was ist. Meine eigene Eselsbrücke basiert darauf, daß Meiose insofern eine reduzierte Form von Mitose ist, als ihr der Buchstabe »t« fehlt. Bleibt natürlich der potentiell Verwirrung stiftende Umstand, daß Mitose um den Buchstaben »e« »reduziert« ist, aber diese Klippe umschiffe ich dann kraft einer bravourösen Gedächtnisleistung.

Metapopulation. Eine Population aus Populationen. Das heißt, eine Anzahl von Populationen ein und derselben Art, die ein

System von Lebensraumarealen bewohnen, wobei jedes Areal der Gefahr eines lokalen Aussterbens ausgesetzt ist beziehungsweise (falls seine Population tatsächlich ausstirbt) die Chance hat, von anderen Arealen her neu besiedelt zu werden. Entscheidend ist, daß es in solch einem System von inselförmigen Arealen kein Festland gibt.

Natürliche Auslese. Die eigentümliche Theorie über den entwicklungsgeschichtlichen Wandel, die im Jahre 1858 Alfred Wallace vortrug. Ach, und außerdem Charles Darwin.

Normalniveau des Artensterbens. Die durchschnittliche Rate des Artensterbens über lange Zeiträume hinweg. Im allgemeinen liegt sie niedrig, verglichen mit der erhöhten Rate in Phasen eines massenhaften Artensterbens, wie sie sich zum Ende des Perm und zum Ende der Kreidezeit ereigneten oder wie sie derzeit zu beobachten ist.

Ökologische Naivität. Mein eigener Begriff für den angeborenen Mangel an Schutzanpassungen, den man häufig bei Geschöpfen beobachten kann, die auf Inseln heimisch sind. Er ergibt sich daraus, daß diese Geschöpfe sich an ein Milieu angepaßt haben, in dem Raubverhalten und Konkurrenz eine minimale Rolle spielen. Nicht zu verwechseln mit Zahmheit – wie sie Karl Angermanns Leguane beweisen; die Zahmheit ist hier ein Produkt ökologischer Naivität zusätzlich regelmäßiger Reisrationen.

Ökosystemzerfall. Tom Lovejoys Begriff für den Prozeß des Artenverlustes bei stark fragmentierten Ökosystemen.

Ozeanische Insel. Eine Insel, die aus den Tiefen des Ozeans aufsteigt, nicht auf einem Kontinentalsockel liegt und keine Aussicht hat, durch ein relativ geringfügiges Absinken des Meeresspiegels in Verbindung mit dem Festland zu treten. Im Gegensatz dazu *Kontinentalinsel*.

Panmixia. Wahlfreie Paarung und deshalb ungehinderte Mischung der Gene in einer Population.

Phyletische Evolution. Die entwicklungsgeschichtlichen Veränderungen, die sich zwischen den Arten über lange Zeiträume hinweg immer weiter fortsetzen – und die zu den größeren Unterschieden führen, die man zwischen umfassenderen taxonomischen Gruppen wie Gattungen, Familien und Ordnungen feststellen kann. Im Gegensatz zu *Artbildung*.

Population. Eine eigene Gruppe örtlich beschränkter Geschöpfe, die sich untereinander fortpflanzen.

Populationslebensfähigkeit. Ist die Population zahlreich genug, um sich über lange Zeit hinweg zu erhalten, trotz des Auf und Ab, dem die Population durch verschiedene Formen von Heimsuchungen ausgesetzt ist?

Populationslebensfähigkeitsanalyse. Eine zuerst von Gilpin und Soulé (1986) in Vorschlag gebrachte Methode, um zu analysieren, ob eine bestimmte Population unter einer bestimmten Reihe von Existenzbedingungen lebensfähig ist.

Reliktspezies. Hat in einer bestimmten Region überlebt, während sie ansonsten ausgestorben ist. Ein verwandtes Konzept ist *endemische Art*.

Reproduktive Isolation. Zwei Populationen sind reproduktiv voneinander isoliert, wenn sie sich aufgrund einer genetischen, verhaltenspraktischen oder ökologischen Unverträglichkeit nicht miteinander fortpflanzen. Ein verwandtes, aber zu unterscheidendes Konzept ist die *geographische Isolation*, die keiner Erläuterung bedarf.

Rodoviaria. Ein Busbahnhof in Rio de Janeiro, der, wie sich herausstellt, nicht der einzige Ort ist, wo man Opfer eines Raubüberfalls werden kann.

$S = cA^z$. Die Spezies-Flächen-Gleichung, die dem Inselbiogeographen fast so vertraut ist wie dem Physiker die Gleichung $E = mc^2$. Der Buchstabe S steht für die Anzahl der Arten, der Buchstabe A repräsentiert die Fläche, und z und c sind nach Auskunft einschlägiger Quellen »ausgleichende Konstanten«, die von einer Situation zur anderen variieren können. Werden reale Daten von einer bestimmten Inselgruppe in die Gleichung eingesetzt und das Ganze in einem Koordinatensystem als Kurvenbild dargestellt, wobei die Einteilung beider Achsen aus Logarithmen besteht, so bildet z das Gefälle der Kurve. Ist dem Leser damit gedient? Mir auch nicht. Sooft ich zum Beispiel den Ausdruck »ausgleichende Konstanten« lese, fällt mir dazu nur »Abrakadabra« ein. Für unsere Zwecke genügt es, einfach nur festzuhalten, daß die Zahl der auf der Insel heimischen Arten bei großen Inseln und großen Stichproben tendenziell größer ist als bei kleinen. Die mathematischen Details drehen sich um die Fragen »*Wieviel* größer?« und »Unter welchen Bedingungen?«.

Seltenheit. Eine Spezies kann in zweierlei Hinsicht selten sein. Sie kann weiträumig, aber mit geringer Gesamtdichte verteilt sein; oder ihr Lebensraum kann auf eine bestimmte Region oder ein paar isolierte Areale beschränkt sein. In letzterem Fall kann sie absolut selten sein, obwohl sie in einem bestimmten winzigen Gebiet relativ häufig vorkommt.

Spezieller Schöpfungsakt. Eine Theorie, die während der frühen viktorianischen Zeit beliebt war; ihr zufolge ist die biologische Vielfalt nicht das Ergebnis der Evolution, sondern vieler einzelner Schöpfungshandlungen, die ein zu häufigen Eingriffen neigender Gott vorgenommen hat (manche davon erst in der jüngeren Vergangenheit). Diese Theorie vermittelt von Gott das Bild eines Ingenieurs im Ruhestand, der im Keller noch eine Hobbywerkstatt hat, in der er auf der ständigen, rastlosen Suche nach kleinen Projekten herumwuselt.

Spezies-Flächen-Beziehung. Während Spezies-Flächen-Kurven auf den Einzelfall bezogen sind, besagt die Beziehung allgemein: Größere Areale beherbergen tendenziell mehr Arten.

Spezies-Flächen-Kurve. Eine Kurve in einem Koordinatensystem, die im Blick auf verschieden große Lebensraumareale darstellt, wie sich die Fläche des einzelnen Areals zu der Zahl von Arten, die es beherbergt, verhält. Die Areale können entweder Stichproben oder Isolate sein. Jede Gruppe von Arealen weist eine ihr eigene Kurve auf.

Stichprobe. Ein abgegrenztes Stück Lebensraum, das für ein größeres Gebiet ähnlichen, zusammenhängenden Lebensraumes repräsentativ ist, ohne ökologisch von ihm isoliert zu sein. Im Gegensatz dazu *Isolat*.

Subfossil. Ein Knochenüberbleibsel oder übriggebliebenes Knochenfragment, das sich von einem Fossil darin unterscheidet, daß es nicht versteinert ist.

Sympatrie. Der Zustand, bei dem zwei oder drei Arten die gleiche Region bewohnen.

Sympatrische Artbildung. Artbildung, die in ein und derselben Region stattfindet – bei der, mit anderen Worten, die neuentstehenden, eigenständigen Arten nicht räumlich getrennt sind. Im Gegensatz zu *allopatrischer Artbildung*.

Synökologie. Eine Richtung der ökologischen Forschung, die den Akzent darauf legt, ganze Gemeinschaften oder Ökosysteme als zusammenhängende Einheiten zu verstehen. Im Gegensatz dazu *Autökologie*.

Umschlag. Veränderungen in der Zusammenstellung heimischer Arten an einem bestimmten Ort, zu denen es kommt, weil einige Arten aussterben und andere neu zuwandern.

Varietät. Eine Gruppe von Geschöpfen innerhalb einer Spezies, die sich allesamt durch irgendeine Form von genetischer Variation von den anderen Mitgliedern der Spezies unterscheidet – allerdings nicht im Sinne einer unüberbrückbaren Kluft.

Verarmung. Eine Region wird von einer relativ geringen Anzahl Arten bewohnt. Inseln tendieren im Vergleich mit kontinentalen

Stichproben von ähnlicher Größe und physikalischer Beschaffenheit zur Verarmung.

Walckvögel. Dodos.

Zufallsabhängige Faktoren. Im vorliegenden Zusammenhang alle zufälligen oder dem Anschein nach zufälligen Faktoren, die zur Dezimierung von Arten oder Populationen führen können – wie etwa Dürre, Seuchen, Brände durch Blitzschlag, Vulkanausbrüche, natürliche Klimaveränderungen oder Abweichungen bei der geschlechtsspezifischen Verteilung der Nachkommenschaft. Ungeachtet ihrer Zufälligkeit können diese Faktoren kleine Populationen an den Rand des Aussterbens bringen. Vergleiche *kausal bedingte Faktoren.*

Zwischenartliche Konkurrenz. Konkurrenz zwischen den verschiedenen Arten.

ANMERKUNG DES AUTORS

Dieses Buch bietet eine Diagnose und liefert kein Rezept. Manche Leser werden, wie ich hoffe, mehr wollen. Ich sehe voraus, daß sie sich die Frage stellen, was sich tun läßt.

Die Frage ist einfach, nur gibt es leider auf sie keine einfache Antwort. Wenn es für diese komplizierte Reihe von Problemen – Fragmentierung der Landschaft, Verurteilung der Arten zum Inseldasein, kleine Populationen und die Gefährdungen, denen sie ausgesetzt sind, Aussterben, Ökosystemzerfall – eine Lösung gibt, dann jedenfalls keine Patentlösung. Gewisse Maßnahmen können zur Entschärfung der Probleme beitragen und mit einiger Aussicht auf Erfolg dabei helfen, die Zukunft abzuwenden, auf die wir derzeit zusteuern, nämlich eine Zukunft grauenerregender biologischer Vereinsamung. Aber dem Spektrum dieser Maßnahmen, ihrer wissenschaftlichen und politischen Komplexität, Gerechtigkeit widerfahren zu lassen würde ein ganzes weiteres Buch erfordern. An dieser Stelle muß ich mich damit bescheiden, auf eine Reihe nützlicher Veröffentlichungen hinzuweisen, die sich aus verschiedenen Blickwinkeln mit der Frage »Was kann man tun?« beschäftigen.

Zusammen mit Dave Foreman (einem freundlichen, klarsichtigen Menschen, der übrigens zu den Gründern von *Earth First* gehört) hat sich Michael Soulé neuerdings in dem sogenannten Wildlands Project engagiert. Diese wagemutige Initiative dient dem Versuch, die traditionelle Herangehensweise – nämlich Natur- und Artenschutz in Nordamerika durch Erhalt von einzelnen Fragmenten zu betreiben – zu überdenken und durch eine

Strategie zu ersetzen, bei der das Schwergewicht auf der Verknüpfung liegt. Statt der inselartigen Naturparks, Schutzgebiete, Privatreservate und naturbelassenen Flächen stellt sich das Wildlands Project regionale Systeme naturbelassener Landschaft vor, bei denen Kerngebiete durch Pufferzonen mit Mehrfachnutzung und durch landschaftliche Korridore miteinander verbunden sind. Umfassendere Landschaftsfragmente wie das Gesamtgebiet des Yellowstone-Ökosystems (es hat sein Zentrum in der Nordwestecke von Wyoming und reicht nach Montana und Idaho hinein) und das nördlich gelegene Continental-Divide-Ökosystem (fast dreihundert Kilometer von Yellowstone entfernt, liegt es in der Nordwestecke Montanas und umfaßt den Glacier-Nationalpark und die Bob Marshall Wilderness) würden miteinander und mit vergleichbaren Fragmenten in Idaho zu einem Gesamtnetz verbunden. Ebenso würden die verbliebenen naturbelassenen Landschaftsfragmente in den südlichen Appalachen zu einem Netz verknüpft. Ein weiteres Netz würde das Gebiet der Adirondack Mountains umfassen. Falls die landschaftlichen Korridore ihren Zweck erfüllten und den Tieren erlaubten, sich vom einen Kerngebiet ins andere auszubreiten, könnten uns diese Netzwerke dem Ziel, die Lebensfähigkeit von Populationen zu befördern, ein gutes Stück näherbringen. Wissenschaftlich gesehen, haben diese Entwürfe ein solides Fundament in den Arbeiten von MacArthur und Wilson, Jared Diamond, Mike Gilpin, William Newmark, Mark Shaffer, Soulé selbst und anderen. Die politischen Widerstände gegen ihre Realisierung sind gigantisch, aber vielleicht nicht unüberwindlich. Das Projekt in seinem derzeitigen Konkretisierungsstadium findet man vorgestellt in einer dicken Broschüre, die als Sondernummer der Zeitschrift *Wild Earth* erschienen ist; sie enthält Beiträge sowohl von Soulé als auch von Foreman. Die Broschüre und andere Informationen sind erhältlich bei Wildlands Project, P.O. Box 13768, Albuquerque, New Mexico 87192.

Ein anderer Ansatz, der sich vom Wildlands Project stark unterscheidet, ohne in Widerspruch zu ihm zu stehen, tritt seit neuestem unter dem Ausdruck *Artenschutz auf Gemeindebasis* in Erscheinung. Erstens geht dieser Ansatz von der Ansicht aus, daß für die Erhaltung von Arten und Ökosystemen nicht nur im

Rahmen von Naturparks, Schutzgebieten und anderen gesetzlich geschützten Regionen gesorgt werden darf, sondern daß sie auch in den von Menschen besiedelten ländlichen Gebieten betrieben werden muß, die sich außerhalb der gesetzlich festgelegten Schutzzonen befinden. Einer Erhebung zufolge gibt es weltweit mittlerweile ungefähr achttausend geschützte Gebiete, die rund vier Prozent der Landfläche des Planeten ausmachen. Sich nur auf diese vier Prozent zu konzentrieren bedeutet, die übrigen sechsundneunzig Prozent Fläche preiszugeben, von der ein großer Teil auch heute noch eine ansehnliche biologische Vielfalt beherbergt. Zweitens basiert dieser Ansatz auf der Überzeugung, daß die Bedürfnisse der Menschen in Rechnung gestellt werden müssen. Hunger, gesundheitliche Mängel, kulturelle Traditionen, Geburtenrate, Angst, Streben nach einem höheren Sicherheits- oder Komfortniveau und all die anderen Faktoren, die Menschen veranlassen, ihrer natürlichen Umgebung ernsthaften Schaden zuzufügen – all das sind Realitäten, mit denen sich die Naturschützer nicht weniger als die Entwicklungshelfer auseinandersetzen müssen. Wenn Naturschutzbemühungen in von Menschen besiedelten Gebieten Erfolg haben sollen, dann müssen die Ortsansässigen sich diese Bemühungen zu eigen machen und die Sache selber in die Hand nehmen, wie sie auch unmittelbar von den greifbaren Erfolgen profitieren müssen. Das ist im Kern das Konzept des Artenschutzes auf Gemeindebasis. Zu den prononciertesten und erfahrensten seiner Verfechter zählt Dr. David Western, ein kenianischer Ökologe, der seit Jahrzehnten eng mit der Massaibevölkerung in der Nachbarschaft des Amboseli-Nationalparks zusammenarbeitet. Eine gründliche Einleitung in das Thema bietet *Natural Connections: Perspectives in Community-Based Conservation*, das Beiträge enthält, die ursprünglich für einen kleinen internationalen Workshop über Artenschutz auf Gemeindebasis bestimmt waren, der in der Woche nach dem 18. Oktober 1993 in Airlie House im ländlichen Virginia stattfand. *Natural Connections* wurde von David Western und R. Michael Wright, unter Mitwirkung von Shirley C. Strum, herausgegeben und erschien bei Island Press. Darüber hinaus findet man einen präzisen Überblick über die Thematik in einer Broschüre mit dem Titel »The View from Airlie«, herausgegeben von und erhältlich bei der Liz Claiborne und Art Ortenberg Foundation (650 Fifth Avenue, New York, NY 10019), die das Treffen in Airlie organisierte und finanziell unterstützte.

Das sind Bücher, die ein Rezept anbieten, nicht nur eine Diagnose stellen. Sie können einen zu weiteren Büchern führen. *Conservation for the Twenty-first Century*, ebenfalls herausgegeben von David Western, diesmal in Zusammenarbeit mit Mary Pearl, und *Essentials of Conservation Biology* von Richard B. Primack sind maßgebende Bücher, die darstellen, was sich positiv tun läßt. Michael Soulés Gelbbuch, *Conservation Biology: The Science of Scarcity and Diversity*, enthält Kapitel über ökologische Wiederherstellungsmaßnahmen und über die Anlage von Reservaten. Und die Zeitschrift *Conservation Biology* geht diesen Fragen ständig nach. Wer sich sachkundig gemacht hat, dem wird es nicht schwerfallen, Richtungen zu finden, in denen er sich konstruktiv betätigen kann.

Wer wirklich etwas tun will, für den dürfte ein heilsamer erster Schritt darin bestehen, sich mit dem schockierenden Bewußtsein der Opfer vertraut zu machen, die zu bringen sind. Wie viele Kinder man bekommt, wie viele Kilometer man fährt, das sehnsüchtige Verlangen nach einem Haus im Grünen (Datschen für Möchtegern-Thoreaus sind in den reichen Ländern der gemäßigten Zonen eine ernstzunehmende Ursache für Verluste an Lebensraum und Fragmentierung) – das alles hat seine Auswirkungen auf die bedrohten Populationen anderer Spezies und auf die Bindekraft von Ökosystemen.

An der ganzen Situation zu verzweifeln ist ebenfalls eine vertretbare Alternative. Nur ist aus meiner Sicht das Unbefriedigende an der Verzweiflung, daß sie nicht allein fruchtlos, sondern darüber hinaus weit weniger spannend als die Hoffnung ist, mag diese auch noch so schwach sein.

DANKSAGUNG

Im Jahre 1982 besuchte eine Graphikerin namens Kris Ellingsen Fortgeschrittenenkurse in Evolutionsbiologie und kam fortan mit dem Namen Robert MacArthur auf den Lippen nach Hause. MacArthur, der damals gerade erst seit einem Jahrzehnt tot war, schwebte wie ein intellektueller Erzengel über dem Institut, in dem sie studierte. Ich war (und bin) so glücklich, mit Mrs. Ellingsen verheiratet zu sein, und unsere ersten Unterhaltungen beim Abendbrottisch über den Mann, den Edward O. Wilson als »den wichtigsten Ökologen seiner Zeit« bezeichnet hat, stellen den eigentlichen Beginn dieses Buches dar. Während ich damals einsam in meinem Arbeitszimmer saß und Zeitschriftenartikel über ausgefallene Tiere schrieb, brachte sie die theoretische Revolution, die sich in der Ökologie ereignete, aus der Universität mit nach Hause.

Die ganzen folgenden Jahre hindurch ist Kris meine zuverlässigste wissenschaftliche Beraterin und literarische Öffentlichkeit geblieben. Für all ihre vielfältigen Beiträge zu diesem Buch (einschließlich der Karten) statte ich ihr meinen Dank am besten privatim ab – im Ehealltag, aber ganz besonders an Hochzeitstagen.

Zwei weitere ausnehmend kluge und geduldige Frauen haben dieses Projekt ebenfalls auf seinem Weg begleitet und entscheidend wichtige Hilfen, Ratschläge und Orientierungen beigesteuert: Renée Wayne Golden und Maria Guarnaschelli. Sie als die Patinnen des Buches zu bezeichnen wäre nur die halbe Wahrheit; sie sind ebensosehr seine Hebammen.

Die John Simon Guggenheim Memorial Foundation hat mir von 1988 bis 1989 ein Jahr lang ein Stipendium gewährt und mir damit (unter anderem) meine erste Reise nach Madagaskar ermöglicht. Für ihre vertrauensvolle Großzügigkeit bin ich der Stiftung sehr dankbar. Danken muß ich auch Ann Gudenkauf, Thad Holt, Alan Lightman, Barry Lopez und David Roe, die mit dazu beitrugen, daß ich dieses erste Jahr an dem Buch arbeiten konnte.

Von Tom Lovejoy, Ed Wilson und Mike Gilpin habe ich schon früh wichtige Ermutigung erhalten. Besonderen Dank schulde ich auch Freunden aus Wissenschaft und Literatur, die gegen Ende der Arbeit das gesamte Manuskript lasen und mir wertvolle Stellungnahmen, Kritiken und Anregungen lieferten: Tim Cahill, Greg Cliburn, abermals Mike Gilpin sowie Bob Holmes. Zwei anderen Menschen, Mary und Will Quammen, bin ich unendlich dankbar für ihre Unterstützung und ihren Zuspruch: Das eine wie das andere war entscheidend wichtig für dieses Buch wie auch für die anderen, die ich geschrieben habe.

Zahlreiche vielbeschäftigte, aber großzügige Personen lasen Teile des Manuskripts und steuerten Berichtigungen im Hinblick auf wissenschaftliche, historische und kulturelle Sachverhalte bei. Von ganzem Herzen bedanken möchte ich mich, was diesen Punkt betrifft, bei Bob Beck, Rob Bierregaard, Ted Case, Jared Diamond, Owen Griffiths, Willard Heck, Carl Jones, Tom Lovejoy, Russ Mittermeier, William Newmark, Gordon Rodda, Ilse Schreiner, Eleonore Setz, Mark Shaffer, Daniel Simberloff, Ted Smith, Michael Soulé, P. J. Stephenson, Karen Strier, Ed Wilson und Pat Wright. Obwohl die kritischen Stellungnahmen und Anregungen dieser fachkundigen Leser ungeheuer wichtig waren, um mich wieder festen Boden unter den Füßen finden zu lassen, wo ich ins Schwimmen geraten war, gehen selbstverständlich etwaige noch vorhandene Irrtümer auf mein Konto und nicht auf ihres. Gloria Thiede schrieb viele Stunden lang Bänder mit Interviews voller abstruser Fachtermini und unverständlicher wissenschaftlicher Namen für mich ab und ersparte mir damit Wochen frustrierender Arbeit. Chuck West leistete mir einen nicht minder wertvollen Dienst: Um zwischen mir und dem computerisierten Informationsabrufsystem (IRS) ein gutes Einvernehmen herzustellen, bewältigte er ein Regel- und Zahlenwerk, das noch weit schwerer verständlich ist als die Inselbiogeographie. Jenny Dossin vom Scribner-Verlag besorgte nicht nur die herstellerische Arbeit, sondern ließ mich auch das Privileg ihres Rates und ihrer Zustimmung genießen. Katya Rice danke ich für ihr unermüdliches Engagement beim Lektorat des Buches. Susan Moldow, Roz Lippel, Tysie Whitman, Nan Graham, Sharon Dynak, John Fontana, Maria C. Hald und viele andere aus der Mannschaft von Scribner waren ebenso wie Mike Jacobs, Larry Norton, Marie Florio und ihre Kollegen in der Dachfirma, Simon & Schuster, wertvolle Mitarbeiter. Walton Fords Umschlagskunst hat den verlorengegangenen, wundersamen Vogel, der auch vor meinem inneren Auge tanzt, herrlich eingefangen. Für das Glossar haben mir insbesondere Art (1993), Brown und Gibson (1983), MacArthur und Wilson (1967), Mayr (1991), Shafer (1990), Steen (1971) und Wilson (1992) gute Dienste geleistet.

Ich stehe auch tief in der Schuld der Wissenschaftler und Feldforscher (von denen ich einige, wenn auch nicht alle, im Buch erwähnt habe), die mir Zutritt zu ihren Büros, ihren Camps, ihren Heimen, und in manchen Fällen auch Einblick in ihr Leben gewährten, die ihre Veröffentlichungen, ihr Essen, gelegentlich sogar ihre Daten mit mir teilten, die zuließen, daß ich ihrer Arbeit und ihren Gedanken nachforschte. Auch sie nenne ich in alphabetischer Reihenfolge: Bob Anderson, David Baum, Bob Beck, Peter Becker, Rob Bierregaard, Todd Bishop, Doug Bolger, Ted Case, Jodie Carter, Paul Conry, James Cook, Peggy Cymerys, Patrick Daniels, Jared Diamond, Hugues Ducenne, Tom Fritts, R. Gajeelee, Mike Gilpin, R. H. Green, Owen und Mary Ann Griffiths, Sue Haig, David Hau, Willard Heck, Jon Herron, Roger Hutchings, Jim Johnson, Alison Jolly, Carl Jones, Michael Jones, Valerie Kapos, Dick Knight, Linda Laack, Olivier Langrand, Richard Lewis, Tom Lovejoy, Dave Mattson, Mike McCoid, Andy Mack, Debra Wright Mack, David Maehr, Adina Merenlender, David Meyers, Don Nafus, William Newmark, Martin Nicoll, Deborah Oberdorff, Sheila O'Connor, Mark Pidgeon, Ray Radtkey, Chris Ray, Gordon Rodda, Jungle Jim Ryan, Hal Salwasser, Urs Schroff, Ilse Schreiner, Herbert Schubart, Chris Servheen, Eleonore Setz, Mark Shaffer, Dan Simberloff, Andrew Smith, M. Noor Soetawijaya, Michael Soulé, Patricia Spyer, P. J. Stephenson, Wendy Strahm, Karen Strier, Michael Tewes, Bas van Balen, Bas van Helvoort, Eduardo Veado, David Western, Gary Wiles, Ed Wilson, Summer Wilson, Michael Winslett, Marina Wong und, last, but not least, Pat Wright.

Und es gab die anderen guten Geister, die mir auf vielerlei Art Vertrauen und Großzügigkeit bewiesen und mir dadurch bei meinen Reisen und Forschungen weiterhalfen. Neben denen, deren Beiträge im Text geschildert werden, nenne ich: Philip und Sue Adlard, Caroline Alexander, Joseph Adrianjaka, Loretta Barrett, Dick Bergsma, Peter Brussard, Victor Bullen, Larry Burke, George Butler, Mark Bryant, Kerry Byrd, Matthew Childs, Liz Claiborne, Doug Crichton, Larry Dew, Andrew Dobson, Uta Henschell, Michael H. Jackson, Mark Jaffe, Amy Kemmerer, Frans Lanting, Lewis Lapham, James D. Lazell jr., Les Line, Rod Mast, Bob Mecoy, Pascale Moehrle, Jim Murtaugh, Nick Nichols, Grace O'Connor, Art Ortenberg, Mary Pearl, John Peck, Hallie und Charles Rabenarivo, Emil Rajeriarison, Loret Rasabo, Solomon Razafindratandra, Alison Richard, Bill Roberson, Yvonne Rush, George Schatz, Gary Soucie, Rudy Specht, Effendy Sumardja, Ian Thornton, Simon Tonge, Makarim Wibisono, Todd Wilkinson, Amanda Wright, Steve Zack und Charles Zerner. Und etwaigen sonstigen Personen, die mir behilflich waren und deren Namen zur Zeit meinem löchrigen Gedächtnis bedauerlicherweise entfallen sind, sage ich: Danke und tut mir leid!

Der junge Madagasse, der hier unter dem Namen Bedo erscheint und dessen offizieller Name Joseph Rabeson lautete, ist ein Sonderfall. Ich kann ihm nicht für all das danken, was er zu dieser Geschichte beigetragen hat, weil er mir nicht nur den Gesang des Indri geschenkt, sondern auch sein Leben hingegeben hat. Ich stehe tief in der Schuld seiner Familienangehörigen – seines Vaters Jaosolo Besoa, seines Bruders Maurice und seiner Schwester Eugenie –, weil sie mich an einer Reihe ihrer persönlichen Erinnerungen teilhaben ließen und mir einige Einblicke in ihren Zorn und ihren Kummer gewährten.

Ein Sonderfall ist auch mein treuer Freund, Dolmetscher und Reisegefährte auf meinen Reisen in Indonesien, I. Nyoman Wirata. *Terima kasih.*

QUELLENVERWEISE

(25) »*Während der paar Tage, die ich* ...« Wallace (1869), S. 155 in der Ausgabe von 1962.
(28) »*Als ich nach Lombok übersetzte* ...« Ebd.
(29) »*diese Inseln unterscheiden sich* ...« Wallace (1880), S. 4 in der Ausgabe von 1975.
(32) »*Ich war ganz allein* ...« Wallace (1905), Bd. I, S. 354.
(33) »*schon immer für die Verteilung von Tieren* ...« Ebd., S. 354–355.
(33) Journal of Researches into ... Im Titel steht zwar »1832 to 1836«, tatsächlich aber verließ die Beagle England am 27. Dezember 1831.
(34) »*nur gelb und sehr hübsch* ...« Zit. in George (1980), S. 82.
(35) »*eine Art Wasserschwein* ...« Ebd., S. 85.
(35) »*eines der langsamsten Tiere* ...« Ebd., S. 84.
(36) »*der sehr langen und schmalen Schnauze* ...« Ebd., S. 95.
(36) »*bedeckt mit daumenbreiten Schuppen* ...« Ebd., S. 98.
(36) »*Vögel, die sie tot herbeibringen* ...« Ebd., S. 92.
(38) »*Es mit irgendeinem europäischen Tier zu vergleichen*« Zit. in Younger (1988), S. 48.
(39) »*Um 1638, als ich in London durch die Straßen ging* ...« Zit. in Fuller (1988), S. 117.
(42) »*Wenn wir also dem anfänglichen Erscheinungsbild* ...« Zit. in Browne (1983), S. 18.
(42) »*eine Art lebensechtes Museum* ...« Ebd.
(43) »*passenden Boden ... passenden Klima*«, Ebd., S. 19.
(46) »*einen langweiligen, ziemlich bösartigen* ...« Moorehead (1987), S. 67.
(46) »*diversen minderwertigen* ...« J. C. Beaglehole, zit. in Moorehead (1987), S. 67.
(47) »*Inseln bringen eine größere oder geringere Zahl* ...« Forster (1778), S. 169. Ebenfalls (wenn auch nicht ganz korrekt) zit. in Browne (1983), S. 35. (Forsters Sohn Georg 1783 formuliert in seiner 1783 veröffentlichten deutschen Übersetzung: »Große, feste Länder bieten größere Schätze dar als Inseln ...«, Nachdruck von 1981, S. 147. [Anm. d. Übers.])

(48) »*simpel und banal*« Henry Walter Bates; 19. November 1856. Zit. in Marchant (1916), S. 72 in der Ausgabe von 1975.
(50) »*Jede Spezies ist im räumlichen und zeitlichen Zusammentreffen ...*« Wallace (1855), Aufl. v. 1891, S. 6.
Aus Gründen, die er nur selbst kennt oder die vielleicht nicht einmal ihm bewußt sind, nennt Wallace in seiner ersten Formulierung des Gesetzes (S. 6 der Ausgabe) erst die räumliche und dann die zeitliche Dimension, wohingegen er, wenn er zu Ende des Aufsatzes (S. 18) das Gesetz, ansonsten wortgetreu, wiederholt, vom »zeitlichen und räumlichen Zusammentreffen« spricht.
(53) *Von Fachleuten auf dem Gebiet der Tanrek-Taxonomie* ... Eisenberg und Gould (1970), S. 28–30.
(53) »*Kletterer und Astflitzer*« Ebd., S. 28.
(58) »*Wallace' Beitrag: Gesetze der Geograph. Verteil ...*« McKinney (1972), S. 118.
(59) »*Wallace, Karteibuch 1*« 28. November 1855; in Leonard G. Wilson (1970), S. 3.
(60) »*eine sehr alte Insel ...*« Wallace (1855); in Wallace (1891), S. 9.
(60) »*Auf der anderen Seite ist keine Insel bekannt ...*« Ebd.
(60) »*Der Ursprung der organischen Welt ...*« 29. April 1856; in Leonard G. Wilson (1970), S. 60.
(67) »*Auf vulkanischen Inseln findet ...*« 13. April 1856; ebd., S. 53.
(67) »*Darwin hat festgestellt ...*« Ebd.
(68) »*Ich war noch nie in einem Land ...*« Februar 1854; ebd., S. XXXIX.
(68) »*Mir kommt es so vor, als wären viele Arten ...*« 17. November 1855; ebd., S. XLI.
(68) »*Aber ich muß hier innehalten ...*« Ebd.
(69) »*Solche Phänomene, wie sie die Galapagos-Inseln ...*« Wallace (1855); in deutscher Übersetzung (1870), S. 11.
(70) »*Die Naturgeschichte dieser Inseln ...*« Darwin (1845), S. 363 in der Ausgabe von 1980.
(70) »*eine kleine in sich geschlossene Welt*« Ebd.
(70) »*jenem gewaltigen Faktum ...*« Ebd.
(70) »*Die Galapagos-Inseln sind eine vulkanische Gruppe ...*« Wallace (1855); in deutscher Übersetzung (1870), S. 11.
(70) »*Sie müssen zuerst ...*« Ebd.
(71) »*Aus Ihrem Brief und noch mehr ...*« 1. Mai 1857; in *The Correspondence of Charles Darwin*, Bd. 6, S. 387.
(72) »*Im Sommer sind es zwanzig Jahre ...*« Ebd.
(72) »*Ich habe keine Ahnung, wie lange ...*« Ebd.
(75) »*Ich lernte auch von ihm ...*« Wallace (1905), Bd. I, S. 237.
(75) »*Diese neue Beschäftigung ...*« Ebd.
(76) »*Die Hauptursachen, die dazu geführt haben ...*« Zit. in Browne (1983), S. 167.
(77) »*Ich habe wohl eine vorteilhaftere Meinung ...*« 28. Dezember 1847; zit. in Wallace (1905), Bd. I, S. 254.

(79) »*vor Erwartung gefiebert*« Brief an die Mechanics' Institution, Neath, 1849; zit. in Wallace (1905), Bd. I, S. 270.
(79) »*Bei meinem ersten Gang in den Urwald* ...« Ebd.
(80) »*Für die Fahrt mieteten wir* ...« 23. Oktober 1848; zit. in Brooks (1984), S. 21–22.
(81) »*zwei herrliche Lieferungen* ...« Ebd., S. 20.
(81) »*Ich bin jetzt flußaufwärts* ...« Ebd., S. 22.
(81) »*und dort trifft man Lepidoptera* ...« Ebd., S. 22–23.
(82) »*Bitte schreiben Sie mir, sooft Sie können* ...« Ebd., S. 23.
(82) »*Der Tapajoz bildet an dieser Stelle* ...« Ebd.
(82) »*Je mehr ich von diesem Land sehe* ...« Ebd.
(84) »*Diese Begegnung bereitete mir* ...« Wallace (1853), S. 166 in der Ausgabe von 1889.
(85) »*geneigt, es für eine bloße* ...« Ebd., S. 249.
(87) »*Am 1. April passierten wir* ...« Ebd., S. 251.
(87) »*ein kleines bißchen Angst* ...« Ebd., S. 218.
(87) »*einer meiner wertvollsten und schönsten* ...« Ebd., S. 256.
(87) »*die in einem kleinen Kanu* ...« Ebd.
(88) »*Tut mir leid, aber ich fürchte* ...« Ebd., S. 271.
(89) »*der Fockmast stand* ...« Ebd., S. 273–274.
(90) »*In der Nacht sah ich etliche Meteore* ...« Ebd., S. 275.
(90) »*Wir sahen auch einen Schwarm* ...« Ebd.
(90) »*Nun, da die Gefahr vorüber* ...« Ebd., S. 277.
(91) »*Und jetzt war alles verloren* ...« Ebd., S. 278.
(92) »*Fünfzig Mal seit ich aus Para* ...« Wallace (1905), Bd. I, S. 309.
(94) »*Daß Affen über irgendeinen Fluß* ...« Wallace (1853), S. 328 in der Ausgabe von 1889.
(94) »*Faultieraffen*« Wallace (1854), S. 451.
(94) »*Während meines Aufenthaltes* ...« Ebd., S. 454.
(105) »*Meine regelmäßige Teilnahme* ...« Wallace (1905), Bd. I, S. 326.
(106) »*Ich hatte beschlossen* ...« Ebd., S. 385.
(107) »*völlig einzigartig* ...« Wallace (1869), S. 213 in der Ausgabe von 1962.
(107) »*Ich zitterte vor Aufregung* ...« Ebd., S. 167.
(108) »*Ganze Familien und Gattungen* ...« 1. Dezember 1856; zit. in Brooks (1984), S. 140.
(109) »*der Handelsverkehr mit Aru* ...« Wallace (1869), S. 309 in der Ausgabe von 1962.
(109) »*Diese Inseln liegen weit abseits* ...« Ebd.
(110) »*Die Handelsfahrten zu diesen Inseln* ...« Ebd.
(110) *Cicinnurus regius, eine kleine scharlachfarbene* ... Wallace nennt ihn in dem Bericht, den er in *The Malay Archipelago* von seinem Besuch auf Aru gibt, *Paradisea regia*, erwähnt aber weiter hinten im Buch (in einem Kapitel, in dem er die Paradiesvögel beschreibt) seinen anderen Namen, der heute der übliche ist: *Cicinnurus regius*. Wallace (1869), S. 339 und 426 in der Ausgabe von 1962.

(110) »Wer sie gemacht hat ...« Ebd., S. 309–310.
(114) »gerade einmal breit genug ...« Ebd., S. 327.
(115) »so wohl, als hätte ich ...« Ebd., S. 328.
(116) »kaum glauben, daß ich ihn ...« Ebd.
(116) »es ist etwas ganz anderes ...« Ebd., S. 328–329.
(116) »Es stellte sich rasch heraus ...« Wallace (1857), S. 474.
(118) »Kein Mann wird sich in der nächsten Zeit ...« Wallace (1869), S. 334 in der Ausgabe von 1962.
(118) »ungeheuer viel Zureden ...« Ebd., S. 337.
(119) »das mich für Monate vertaner Zeit ...« Ebd., S. 338–339.
(119) »Der größte Teil seines Gefieders ...« Wallace (1869), in deutscher Teilübersetzung (1973), S. 392–393.
(119) »Diese zwei Zierate ...« Ebd.
(119) »kostbare Trophäe« Wallace (1869); S. 341 in der Ausgabe von 1962.
(120) »drangen in jeden Teil des Körpers ...« Ebd., S. 353.
(120) »das kleine Dorf Wanumbai ...« Ebd., S. 347.
(122) »Statt Ratten und Mäusen ...« Ebd., S. 356–357.
(122) »Nach der unaufhörlichen Belästigung ...« Ebd., S. 353.
(122) »Wenn ich mich ans Ufer schleppte ...« Ebd.
(122) »als Gefangener gehalten zu werden ...« Ebd.
(123) »Ich beabsichtigte fest ...« Ebd., S. 360.
(124) »Um die Pfade herrschte dumpfe ...« Ebd., S. 365.
(124) »Die Chinesen schlachteten ...« Ebd., S. 367.
(124) »Ich hatte eine merkwürdige ...« Ebd., S. 369.
(127) »Eine solche Übereinstimmung ...« Wallace (1857), S. 478.
(128) »sie Stücke wirklicher Flüsse sind« Ebd., S. 479.
(128) »Annahme, daß sie einst ...« Ebd.
(129) »Allgemein lautet die Erklärung ...« Ebd., S. 480.
(129) »Auf keiner gibt es eine ausgeprägte ...« Ebd., S. 481.
(130) »Wenn Känguruhs an die trockenen ...« Ebd.
(130) »Wir können uns deshalb schwerlich ...« Ebd.
(130) »In einer früheren Nummer ...« Ebd., S. 482.
(131) »neue Arten eingeführt worden ...« Ebd.
(131) »Aus Arten, die zur Zeit ...« Ebd.
(132) »außerordentlich froh, zu hören ...« 22. Dezember 1857; in The Correspondence of Charles Darwin, Bd. 6, S. 514.
(132) »Sie sagen, Sie seien ...« Ebd.
(133) »Ihren Artikel über die Verteilung ...« Ebd.
(134) »Die Zahl der Arten ...« 16. April 1856; zit. in Leonard G. Wilson (1970), S. XLIV.
(134) »Mr. Wallace' Einführung ...« Ebd., S. XLV.
(135) »Was Ihren Vorschlag eines Abrisses ...« 3. Mai 1856; The Correspondence of Charles Darwin, Bd. 6, S. 100.
(135) »intensiv mit Lyell ...« 9. Mai 1856; ebd., S. 106.
(136) »Damit habe ich angefangen ...« Darwin an William Darwin Fox, 8. Juni 1856; ebd., S. 135–136.

(137) »*stumm vor Bewunderung angestarrt*« Wallace (1869), S. 328 in der Ausgabe von 1962.
(139) »*höchst unlogisch*« Wallace (1858a); nachgedr. in Brooks (1984), S. 152.
(139) »*ist dieser Umstand eines der stärksten* ...« Ebd.
(140) »*Dies ist die übelste Geschichte* ...« Zit. in Brackman (1980), S. 348.
(141) »*Edelmut auf beiden Seiten*« Eiseley (1961), S. 292.
(141) »*Zeugnis der natürlichen Großmut* ...« Zit. in Beddall (1968), S. 301.
(141) »*Nie gab jemand ein schöneres Beispiel* ...« Zit. in Marchant (1916), S. 99 in der Ausgabe von 1975.
(142) »*eine kurze persönliche Erklärung* ...« Wallace (1891), S. 20 in der Ausgabe von 1969.
(142) »*war die Frage, wie der Artenwandel* ...« Ebd.
(142) »*bis Februar 1858 zu keiner* ...« Ebd.
(143) »*Diese Hemmnisse – Krieg, Seuchen* ...« Ebd.
(144) »*hat mir heute Inliegendes* ...« In *The Correspondence of Charles Darwin*, Bd. 7, S. 107. Außerdem findet sich der vollständige Brief abgedruckt in Brooks (1984), S. 262. Obwohl der Brief herkömmlicherweise auf den 18. Juni 1858 datiert wird, steht auf dem Briefkopf nur »Down [Darwins Zuhause] Bromley Kent/ 18th«; Brooks' These zufolge wurde er »wahrscheinlich« am 18. Mai 1858 geschrieben.
(144) »*Bitte schicken Sie mir* ...« In *The Correspondence of Charles Darwin*, Bd. 7, S. 107.
(144) »*Ihre Worte, daß ich auf der Hut* ...« Ebd.
(146) »*Es kümmerte mich sehr wenig* ...« Darwin (1969), S. 124.
(147) »*Ich hatte nicht das geringste* ...« 25. Januar 1859; in *The Correspondence of Charles Darwin*, Bd. 7, S. 240.
(147) »*Jetzt wäre ich ungeheuer froh* ...« 25. Juni 1858; ebd., S. 117. Den gesamten Brief findet man auch bei Brooks (1984), S. 263–264, abgedruckt. Brooks vermerkt, daß das Wörtchen »jetzt« doppelt unterstrichen war und daß Darwins Sohn Francis in seinem 1887 herausgegebenen »offiziellen« *Life and Letters of Charles Darwin* die beiden Wörter »ungeheuer« und »jetzt« aus dem dort abgedruckten Brief entfernt hatte. In der neueren (und zuverlässigeren?) Ausgabe der Cambridge University Press, *The Correspondence of Charles Darwin*, Bd. 7, hrsg. von Burkhardt und Smith, ist die Unterstreichung der beiden Wörter angegeben.
(147) »*Jemand hat die Akten gesäubert.*« Zit. in Brackman (1980), S. 348.
(149) »*stimmte Wallace der gemeinsamen* ...« Himmelfarb (1968), S. 243.
(157) »*Der Ruhm der Inseln gründete sich* ...« Moorehead (1971), S. 187.
(162) »*so groß, daß sie unter der Last* ...« Zit. in Stoddart und Peake (1979), S. 148.
(162) »*ekelhafte Speise*« Ebd.
(162) »*Die Landschildkröten machen ebenfalls* ...« Ebd.
(162) »*soupe de tortue* ...« Ebd., S. 150.
(164) »*Landschildkroten von so gewaltiger Größ* ...« Ebd.

(165) »*Jahre auf Aldabra leben* ...« Fryer (1910), S. 258.
(165) »*Kein Plan wird wirksam verhindern* ...« Zit. in Stoddart und Peake (1979), S. 156.
(168) »*Die ersten, die die Gedanken* ...« Mayr (1982); in deutscher Übersetzung (1984), S. 222.
(168) »*die Gesetze des Lebens und der Gesundheit*« Desmond und Moore (1991), S. 29.
(169) »*Die Individuen der Gattungen* ...« Mayr (1982); in deutscher Übersetzung (1984), S. 328.
(169) »*Dann erreichen sie vielleicht* ...« Ebd.
(171) »*Die Bildung einer wirklichen Varietät* ...« Ebd., S. 452.
(172) »*ohne eine lange Zeit dauernde Trennung* ...« Ebd.
(172) »*Hinsichtlich der ursprünglichen Erschaffung* ...« Zit. in Sulloway (1979), S. 32.
(173) »*Ich erinnere mich, daß ich* ...« Ebd., S. 31.
(173) »*Jämmerlichster Quatsch*« Ebd., S. 50.
(174) »*Arten sind Gruppen von aktuell* ...« Mayr (1940); zit. in Mayr (1942), S. 120 in der Ausgabe von 1964.
(178) »*Geographische Isolation allein* ...« Mayr (1942), S. 226 in der Ausgabe von 1964.
(179) »*Eine der Hauptthesen von Mayrs Werk* ...« Mayr (1982); in deutscher Übersetzung (1984), S. 454.
(179) »*Seit 1942 ist die Bedeutung* ...« Ebd.
(183) stellen die Fachleute Listen ... Vor allem denke ich hier an Mark Williamson, dessen Buch *Island Populations* die meisten der im Inselmenü aufgeführten Punkte diskutiert. *Island Populations* bietet einen ausgezeichneten Überblick über das Thema aus Biologensicht; in vieler Hinsicht bin ich seiner Leitung und seiner Terminologie gefolgt.
(189) »*Zu meiner Überraschung stellte ich fest* ...« Darwin (1859); deutsche Übersetzung (1963), S. 519.
(190) »*schwimmende Vegetationsinseln*« Zit. in Carlquist (1965), S. 17.
(190) »*Diese Vegetationsteppiche* ...« Ebd.
(190) »*ähnliche mit Bäumen bewachsene Flöße* ...« Wallace (1880), S. 74 in der Ausgabe von 1975.
(191) »*um den Stamm einer Zeder gewunden* ...« Ebd., S. 75.
(192) »*Es war merkwürdig und interessant* ...« Zit. in Simkin und Fiske (1983), S. 152.
(195) der einen Zählung zufolge ... Die beiden unterschiedlichen Zählungen finden sich in MacArthur und Wilson (1967), S. 45, und in Thornton (1984), S. 219; beide zitieren als Quelle den ursprünglichen Bericht von K. W. Dammermann.
(196) »*Kind des Krakatau*« Thornton (1984), S. 223.
(202) »*festen Boden unter den Füßen* ...« Zit. in Johnson (1980), S. 396.
(203) »*Ausgewachsene Elefanten schwimmen* ...« G. P. Sanderson, zit. in Johnson (1978), S. 218.
(203) »*Daß er den Sturm heil überstand* ...« Zit. in Johnson (1980), S. 398.

(204) »Warum findet sich von den 38 ...« Johnson (1978), S. 213.
(205) »Weil ein Elefant ...« Audley-Charles und Hooijer (1973), S. 197.
(213) »Wenn der Komodowaran ...« Auffenberg (1981), S. 20.
(213) oder jedenfalls werde »berichtet« ... Ebd.
(214) »in diesem Fall durch die Suggestion ...« G. Piazzini, zit. in Auffenberg (1981), S. 22.
(214) »Daß die Größe mit dem Raubverhalten ...« Auffenberg (1981), S. 288.
(215) »Die Evolution der Körpergröße bei Räubern ...« Ebd.
(216) »Die Entwicklung der Körpergröße bei den Komodowaranen ...« Ebd., S. 289.
(221) »Ein Schlüssel zur Evolution ...« Diamond (1987), S. 832.
(225) »Die Ranke hielt den Knaben ...« Auffenberg (1981), S. 320.
(232) »besonders stark Gefahr laufen ...« Foster (1964), S. 235.
(232) »Anpassungen auf Inseln werden ...« Ebd.
(234) »Wissenschaft zu treiben heißt ...« MacArthur (1972), S. 1 in der Ausgabe von 1984.
(235) Die Tabelle von Foster Foster (1964), S. 234.
(236) Die Gleichungen von Case Case (1978), S. 6–7.
(256) »Erstens lebten nicht alle ...« Fuller (1988), S. 15.
(259) »einen sehr alten Vogeltypus ...« Wallace (1876), Bd. II, S. 370–371.
(263) »Aus den im ersten Kapitel erwähnten Tatsachen ...« Darwin (1859); deutsche Übersetzung (1963), S. 191.
(265) »daß der flügellose Zustand ...« Ebd., S. 193.
(265) »Denn während vieler Generationen ...« Ebd., S. 193.
(268) »Darwins Erklärung war zu einfach ...« Darlington (1943), S. 39.
(270) »Die Beschränkung des Lebensraumes ...« Ebd., S. 42.
(271) »unheilbar zutraulich gegenüber Menschen« Darlington (1957), S. 499.
(271) »zahm, dumm und ungeheuer neugierig« Fryer (1910), S. 260.
(272) »außerordentliche Zahmheit« In der ersten Ausgabe des Journal vermerkte er »die Zahmheit der Vögel« (S. 475), fügte indes in der überarbeiteten Auflage von 1845 ein emphatisches »außerordentliche« hinzu; S. 383 in der Ausgabe von 1980.
(272) »Es gibt keine, die nicht ...« Darwin (1839), S. 475.
(272) »Ein Gewehr erübrigt sich hier ...« Ebd.
(272) »Ich habe oft versucht ...« Ebd., S. 476.
(272) »Turteltauben waren so zahm ...« Zit. in Darwin (1839), S. 476.
(273) »Es ist ein scheußlich aussehendes ...« Darwin (1839), S. 466.
(274) »zerkleinerten Seetang ... Ich erinnere mich nicht ...« Ebd., S. 467.
(274) »in dieser Hinsicht eine merkwürdige ...« Ebd., S. 468.
(274) »Er schwamm mit sehr anmutigen ...« Ebd.
(275) »Ich erwischte mehrmals diese selbe Echse ...« Ebd.
(275) »Vielleicht läßt sich dieser Fall ...« Ebd.
(285) »die verschiedenen Inseln in einem beträchtlichen Maße ...« Darwin (1845), S. 379 in der Ausgabe von 1980. In der Ausgabe von 1839 fin-

det man das noch nicht so deutlich ausgesprochen. Zwischen 1839 und 1845 wandelte sich das Verständnis, das Darwin von seinen Galápagos-Erfahrungen hatte, beträchtlich – wie im Zusammenhang mit den Finken noch näher zu erörtern sein wird –; dieser Wandel schlug sich, wenn auch auf subtile Weise, in der revidierten Fassung seines *Beagle*-Tagebuchs von 1845 nieder. Die meisten Zitate aus dem *Journal*, die ich im folgenden bringe, entstammen der Ausgabe von 1845. In der Neuauflage von 1860, der letzten, die Darwin persönlich bearbeitete, finden sich einige weitere (kleine) Veränderungen. Darwins verschiedene Veränderungen wie auch sein Vorwort zur Ausgabe von 1845 und seine Nachschrift zu der von 1860 sind in eine Ausgabe aufgenommen, die unter dem Titel *The Voyage of the »Beagle«* 1959 bei J. M. Dent and Sons erschien und die 1980 als Taschenbuch nachgedruckt wurde. Das ist die Fassung, die ich als die Ausgabe von 1980 bezeichne und die mir als Quelle für den Text von 1845 gedient hat.

(285) »*Der Vizegouverneur, Mr. Lawson, machte ...*« Darwin (1845), S. 379 in der Ausgabe von 1980.
(286) »*mehr Wohlgeschmack*« Ebd.
(286) »*Es dauerte eine ganze Zeit ...*« Ebd.
(286) »*Unglücklicherweise waren die meisten ...*« Ebd., S. 380.
(286) »*Meine Aufmerksamkeit wurde ...*« Ebd., S. 379–380.
(288) »*Adaptive Radiation ist die Diversifizierung ...*« Brown und Gibson (1983), S. 177, 179.
(289) *Die vierzehn Unterarten von Galápagosschildkröten ...* Ältere Quellen wie Hendrickson (1966) und Thornton (1971) geben die Zahl der Unterarten mit fünfzehn an; aber Michael H. Jackson hat sowohl in Jackson (1985) als auch bei einer späteren Unterhaltung mit mir in meinem Garten überzeugend dargetan, daß die angebliche Unterart auf der winzigen Insel Rábida eine Täuschung war (zustande gekommen durch ein einzelnes Exemplar, das vermutlich Menschen auf die Insel verschleppt hatten) und daß vierzehn wohl die korrekte Zahl ist.
(296) »*In einem englischen Garten fressen Finken ...*« Lack (1947); S. V in der Ausgabe von 1968.
(297) »*Vor etwas mehr als einem Jahrhundert ...*« Ebd.
(299) »*Diese Fakten Ursprung ...*« Zit. in Sulloway (1982), S. 23.
(299) »*eine ganz einzigartige Gruppe ...*« Darwin (1845), S. 364 in der Ausgabe von 1980.
(299) »*Angesichts dieser Staffelung ...*« Ebd., S. 365.
(300) »*betrifft den Anspruch ...*« Sulloway (1982), S. 38.
(301) »*daß die Beobachtungen, die Darwin ...*« Ebd.
(303) »*Habe mich seit etwa März ...*« Zit. in Sulloway (1982), S. 22–23.
(304) »*Wie sich herausstellt ...*« Sulloway (1982), S. 39.
(307) »*das schönste Beispiel für den Prozeß ...*« Pratt u.a. (1987), S. 295.
(308) »*Unter allen Organismusgruppen ...*« Williamson (1981), S. 168.
(316) »*Ich hatte die Hoffnung so gut wie aufgegeben ...*« Wright (1988b), S. 57–58.

(323) »*Tatsächlich hat der Ring ...*« Jolly, Albignac und Petter (1984), S. 184.
(326) »*???...*« Martin (1972), S. 308.
(326) »*die Situation in Madagaskar ...*« Ebd., S. 316.
(327) »*die Grundlage für die folgende ...*« Ebd., S. 317.
(327) »*Bei den Lemuren ...*« Ebd.
(329) »*Wir wissen nicht, wie Goldene Halbmakis ...*« Glander u.a. (1989), S. 122.
(335) »*Daß kleine Populationen das Zeug zu raschen ...*« Mayr (1942), S. 236 in der Ausgabe von 1964.
(335) »*ein großes Rätsel*« Mayr (1976), S. 188.
(335) »*genetische Revolutionen ... vielleicht die originellste Theorie*« Ebd.
(336) »*genetischen Umfeldes*« Mayr (1954), nachgedruckt unter dem Titel »Changes of Environment and Speciation« in Mayr (1976), S. 195.
(337) »*In der Tat kann das den Charakter ...*« Ebd., S. 201.
(337) »*Das physikalische und biotische Milieu ...*« Ebd., S. 199.
(338) »*Meiner Ansicht nach kommen ...*« Ebd., S. 208.
(341) »*Die Arten aller Klassen ...*« Darwin (1859); deutsche Übersetzung (1963), S. 553.
(346) »*Als wir einen am Bein hielten ...*« Zit. in Hachisuka (1953), S. 77.
(346) »*Der Ruf wurde nie deutlich beschrieben ...*« Fuller (1988), S. 120.
(351) »*Graue Papageien sind dort ...*« Zit. in Strickland und Melville (1848), S. 123.
(351) »*widerlicher Vogel*« Hachisuka (1953), S. 64.
(351) »*sogar langes Kochen sie kaum weich ...*« Zit. in Greenway (1967), S. 121.
(351) »*eher Staunen als Eßlust zu erregen ...*« Zit. in Fuller (1988), S. 122.
(352) »*drei oder vier von ihnen ...*« Zit. in Strickland und Melville (1848), S. 15.
(352) »*und alles, was übrigblieb ...*« Ebd.
(352) »*ausgerüstet mit Stöcken, Netzen ...*« Ebd.
(352) »*geschwollen sein*« Hachisuka (1953), S. 37.
(352) »*runder schwerer Brocken ... Arsch*« Ebd., S. 36.
(353) »*Faulpelz*« H. E. Strickland, in Strickland und Melville (1848), S. 16.
(353) »*dumm ... einfältig*« Ebd.
(353) »*doo-doo*« Hachisuka (1953), S. 37, 77.
(354) »*Sie sind äußerst gelassen oder majestätisch ...*« Ebd., S. 51.
(354) »*nur Turteltauben und andere Vögel ...*« Zit. in Strickland und Melville (1848), S. 123.
(354) »*von Schildkröten, Dodos, Tauben ...*« Ebd., S. 125.
(354) »*In der Farbe sind sie grau ...*« Ebd.
(355) »*In der kurzen Zeit, die ihr Kontakt ...*« Fuller (1988), S. 122.
(356) »*großen Verwüstungen*« Zit. in Hachisuka (1953), S. 65.
(357) »*das Vergnügen genossen ...*« Ebd.
(362) »*Neben anderen Vögeln ...*« Zit. in Cheke (1987), S. 38.
(367) »*den verbleibenden unbekannten Teil ...*« Zit. in Hughes (1988), S. 47.

(369) »Keine Eingeborenen ließen sich blicken ...« Hughes (1988), S. 47.
(369) »Fußspuren, nicht unähnlich ...« Zit. in Steven Smith (1981), S. 19.
(372) »Bin den ganzen Morg. ....« Zit. in Guiler (1985), S. 1.
(372) »ein Tier von wahrhaft einzigartiger ...« Zit. in Steven Smith (1981), S. 19.
(372) »zweifellos das einzige starke ...« Ebd., S. 20.
(374) »ein Tier wie ein Panther ...« Ebd.
(374) »Wo Schafe in großen Herden ...« Ebd.
(375) »5 Shilling für jede männliche Hyäne ...« Ebd., S. 21.
(375) »Wenn 20 Hyänen vernichtet worden sind ...« Ebd., S. 21–22.
(375) »Tigermannes« Guiler (1985), S. 95.
(376) »extrem selten ... In nur ganz wenigen Jahren ...« Zit. in Steven Smith (1981), S. 23.
(376) »Sobald die vergleichsweise kleine Insel ...« Ebd.
(377) »Der letzte rasante Absturz ...« Guiler (1985), S. 26.
(378) »All diese Faktoren kamen zusammen ...« Ebd., S. 28.
(379) »für einen Anschaffungspreis von höchstens 30 Pfund pro Tier ...« Zit. in Steven Smith (1981), S. 32.
(386) »eine besonders gelungene Untersuchung...« Diamond (1984b), S. 213.
(386) »Abhängig von der Fragmentierung ...« Ebd., S. 214.
(387) »Fleischfresser waren anfälliger ...« Ebd., S. 216.
(387) »Große Fleischfresser waren anfälliger ...« Ebd.
(387) »Auf Lebensräume spezialisierte Arten ...« Ebd.
(388) »die Gefahr des Aussterbens sank ...« Ebd.
(392) »Recent Alleged Sightings of the Thylacine ...« Rounsevell und Smith (1982).
(392) »Ich hatte in einer abgelegenen Waldgegend ...« Zit. in Mooney (1984), S. 177.
(403) »hatten wir das Gefühl, für all die Mühe ...« Guiler (1985), S. 158.
(404) »eine ganz unerwartete Fülle« Ebd., S. 168.
(405) »wahrscheinlich ausgestorben« Steven Smith (1981), S. 103.
(407) »in unvorstellbarer Zahl« Zit. in Schorger (1955), S. 5.
(408) »Die häufigsten Vögel sind wilde Tauben ...« Ebd., S. 9.
(408) »Im Herbste gibt's hier von Tauben ...« Ebd., S. 6.
(408) »Wolken von Tauben ...« Ebd., S. 12.
(409) »Fast jeder vorstellbare Grund ...« Schorger (1955), S. 211.
(411) »Tag und Nacht ging das gräßliche Geschäft ...« Etta S. Wilson (1934), S. 166.
(412) »In meiner Jugend war ich mit allen Vorgängen ...« Ebd., S. 160.
(412) »Nach einiger Zeit wird es keine Tauben ...« Ebd., S. 167.
(412) »Tauben wird es geben, solange ...« Ebd., S. 168.
(412) »Die Wandertaube braucht keinen Schutz.« Zit. in Schorger (1955), S. 225.
(413) »hielt die Verfolgung an ...« Schorger (1955), S. 217.
(413) »Das Rätselhafte am Untergang der Wandertaube ...« Halliday (1980), S. 157.

(414) »hingen soziale Faktoren, nämlich die Koloniegröße ...« Ebd.
(418) »Hier gibt es keine Stechmücken« Zit. in Culliney (1988), S. 271.
(418) »Dr. Judd wurde gerufen ...« Zit. in Warner (1968), S. 104.
(421) »der Häuptling, der die Insel ißt« Culliney (1988), S. 323.
(421) »Fliegenklatschen« Ebd., S. 256.
(421) »schlimme Beschwerden« Zit. in Culliney (1988), S. 258.
(422) »Man kann Stunden darin zubringen ...« Zit. in Warner (1968), S. 102.
(422) »Die ohia blüht so freigebig ...« Ebd.
(422) »Der Grund für das Aussterben des ou ...« Ebd., S. 103.
(423) »Oahu kann den traurigen Rekord ...« Ebd.
(424) »mit ihrem Geflügel Vogelkrankheiten einschleppten ...« Zit. in Culliney (1988), S. 259.
(424) »Jeder längere Aufenthalt in dem ...« Warner (1968), S. 115.
(426) »Daß eine Vogelfauna auf diese Weise völlig kollabiert ...« Zit. in Jaffe (1985).
(430) »Philippinische Rattenschlange« Jaffe (1985).
(455) »Da die Arten hinsichtlich des Umfanges ...« Diamond (1984a), S. 845.
(455) »Alle fünf Arten der auf Hawaii ...« Ebd.
(459) »Barro Colorado hat sich zwar ...« Terborgh (1974), S. 718.
(460) »übermäßiger Dichte« Terborgh und Winter (1980), S. 131.
(462) »Im Jahre 1973 indes ... waren nur noch 13 ...« Temple (1977), S. 885.
(462) »seit Hunderten von Jahren keine Calvaria-Samen ...« Ebd.
(463) »Das zeitliche Zusammentreffen ...« Ebd.
(463) »In Reaktion auf den intensiven Verzehr ...« Ebd.
(464) »Die Keimung und Ausbreitung ...« Vaughan und Wiehe (1941), S. 137.
(465) »Gut möglich, daß dies die ersten Calvaria-Samen ...« Temple (1977), S. 886.
(466) Temples griffige Geschichte wird auch von Anthony S. Cheke ... Cheke (1987), in A.W. Diamond (1987), S. 17–19. Die Baumart *Calvaria major* firmiert heute in Fachkreisen eher unter dem wissenschaftlichen Namen *Sideroxylon grandiflorum*, den auch Cheke verwendete. Ihr umgangssprachlicher Name in Mauritius lautet *tambalacoque*; ihn benutzt Owadally (1979).
(470) »Die Eingeborenen, denen zu ihrer Verteidigung ...« Turnbull (1948), S. 1.
(470) »Die tasmanischen Aborigines sind ein ausgestorbenes Volk.« Plomley (1977), S. 1.
(473) »Verbindungen zu den Eingeborenen zu knüpfen ...« Zit. in Ryan (1981), S. 75.
(473) »zivilisierte Menschen« Ryan (1981), S. 73.
(473) »waren sie jetzt britische Untertanen ...« Ebd.
(475) »Die verstümmelten Aborigines ...« Turnbull (1948), S. 100.

(475) »furchtsame, sanfte Menschen gesehen ...« Ryan (1981), S. 85.
(476) »weitere Greueltaten verhindern ... ausgleichenderen Umgangsformen ...« Zit. in Ryan (1981), S. 141.
(476) »Sie klagen bereits darüber ...« Ebd., S. 93.
(478) »Schwarzenfang« Ryan (1981), S. 102.
(479) »Drei Wochen lang spielten sie Treibjagd ...« Ebd., S. 112.
(483) »Die Kinder haben miterlebt ...« Zit. in Ryan (1981), S. 141.
(483) »Wir sollten eilen, ihnen Linderung ...« Ebd., S. 142.
(484) »Ausrottungsgelüste« Ryan (1981), S. 151.
(485) »gewaltsame Verschleppung ...« Ebd., S. 153.
(486) »Sie waren argwöhnisch und mürrisch ...« Zit. in Ryan (1981), S. 165.
(486) »Kaum hatte Robinson gesprochen ...« Ryan (1981), S. 165–166.
(487) »führte Robinson fortan Schußwaffen ...« Ebd., S. 166.
(487) »Die gesamte Aboriginebevölkerung ...« Zit. in Ryan (1981), S. 170.
(488) »Beschützer« Ryan (1981), S. 192.
(489) »Ihre Taktik wies alle Merkmale ...« Ebd., S. 197.
(489) »Mit einem Alter von fünfzig Jahren ...« Ebd.
(489) »keine Blackfellows mehr geben ...« Zit. in Ryan (1981), S. 190.
(489) »in sehr kurzer Zeit wird die Rasse ...« Ebd.
(492) »ein hübscher junger Mann, viel Bart ...« Ebd., S. 210.
(493) »König der Tasmanier« Ebd., S. 214.
(493) »armselige, besoffene Stück Treibgut« Turnbull (1948), S. 234.
(493) »Ich bin der letzte Mann meiner Rasse ...« Zit. in Ryan (1881), S. 214.
(494) »Massen von Blut und Fett ...« Zit. in Turnbull (1948), S. 235.
(494) »aus einem Stück Haut einen Tabakbeutel ...« Ryan (1981), S. 217.
(495) »Laßt nicht zu, daß sie mich aufschneiden ... Begrabt mich ...« Zit. in Turnbull (1948), S. 236.
(496) »treue Methodistin ...« Julia Clark (1986), S. 38.
(497) »Schau! Kraftvoll rennt der Mann ...« Zit. in Clark (1986), S. 38.
(497) »Die verheiratete Frau jagt das Känguruh ...« Zit. in Turnbull (1948), S. 154.
(498) »Halbblütige« U.a. zit. in Ryan (1981), S. 230.
(498) »die Inselleute« Ebd., S. 251.
(499) »Für weiße Tasmanier ist es nach wie vor ...« Ryan (1981), S. 255.
(500) »Die tasmanischen Aborigines sind ein ausgestorbenes Volk.« Plomley (1977), S. 1.
(500) »Viele Ursachen trugen zum Aussterben ...« Ebd., S. 60.
(502) »die Tasmanier wahrscheinlich nie ...« Ebd.
(504) »Von Inselfällen abgesehen ...« Soulé (1983), S. 124.
(506) »Scharen von Vögeln, Säugetieren und Blütenpflanzen ...« Ebd., S. 111.
(506) »Jetzt scheint die Seuche ...« Ebd.
(510) »Inseln bringen eine größere oder geringere Zahl ...« Forster (1778), S. 169.

(512) »*Die Beschränkung des Lebensraumes* ...« Darlington (1943), S. 42.
(512) »*Bei einem Zehntel der Fläche wird die Anzahl* ...« Ebd.
(513) »*Bei einem Zehntel der Fläche wird die Reptilien* ...« Darlington (1957), S. 483 in der Ausgabe von 1982.
(516) »*Wenn das Gesagte stimmt* ...« Preston (1962), Teil II, S. 427.
(516) »*ein Gigant auf industriellem Gebiet* ...« Mann und Plummer (1995), S. 53.
(517) »*Preston Laboratories* ...« U.a. Preston (1962), Teil I, S. 185.
(517) »*American Glass Research, Inc.* ....« Ebd., S. 211.
(517) »*Arrheniussche Gleichung*« Ebd., S. 200.
(517) »*Diese Gleichung stellt Arrhenius* ...« Ebd.
(520) »*Die Erklärung ... ist darin zu suchen* ...« Preston (1962), Teil II, S. 411.
(520) »*Auf dem Festland dagegen* ...« Ebd.
(521) »*Das ist ein Sachverhalt* ...« Ebd.
(541) »*Ich konnte nur mein linkes Auge gebrauchen* ...« Wilson (1985), S. 466. Wilson hat drei autobiographische Arbeiten veröffentlicht, die sich nach Form und Zielsetzung stark unterscheiden und die entweder beiläufig oder auch zentral die hier behandelten Themen ansprechen: *Biophilia* (1984), »In the Queendom of the Ants« (1985) und *Naturalist* (1994). Ich habe mich entschieden, meine Zitate den ersten beiden Schriften zu entnehmen; die dritte Arbeit, *Naturalist*, ist ein wunderbares Buch, das einige Jahre nach meinem Besuch in Wilsons Arbeitsräumen erschien. Obwohl in *Naturalist* zum Teil die gleichen Episoden geschildert werden wie jene, die bei meinem Besuch zur Sprache kamen – darunter auch die letzte Unterhaltung mit Robert MacArthur –, gebe ich im vorliegenden Zusammenhang der ungezwungenen Lebendigkeit der persönlichen Mitteilungen Wilsons den Vorzug.
(542) »*Ich bin der letzte, der einen Habicht* ...« Ebd.
(542) »*In gewissem Sinne haben mir die Ameisen* ...« Ebd., S. 465.
(542) »*Verschaff dir ein globales Bild* ...« Ebd., S. 470.
(543) »*Es schien einfach nicht genug* ...« Ebd., S. 474.
(544) »*ein Großteil des Gesamtspektrums* ...« Ebd., S. 475.
(544) »*Im Jahre 1962 beschlossen Robert H. MacArthur und ich* ...« Wilson (1984), S. 67-68.
(545) »*Er war mittelgroß und dünn* ...« Ebd., S. 68.
(545) »*Er hatte eine ruhige, unterkühlte Art* ...« Ebd.
(567) *Dan schien den Scherz nicht* ...« Rückblickend allerdings spielt Dan Simberloff bestens mit. Privat hat er mir einiges über die Sperrholzsohlen anvertraut: »Sie haben mich fast umgebracht! Mit ihnen an den Füßen sprang ich in der Miami-Oolite-Schlickzone im nördlichen Teil der Florida Bay über Bord und versank prompt bis zur Hüfte im Morast. Wegen der Schuhe kam ich nicht von der Stelle, und Ed und Bill Bossert mußten mich ins Boot zurückzerren. Ein Schuh blieb in der Florida Bay für immer verbuddelt.«

(567) *Simberloffs Schuhgröße ist uns nicht überliefert* ... Mittlerweile doch. Laut Simberloff beträgt sie 45.
(569) »*Er fragt etwa, warum es* ...« MacArthur (1972), S. 239 in der Ausgabe von 1984.
(570) »*nach wiederkehrenden Mustern zu suchen* ...« Ebd., S. 1.
(570) »*mir zeigte, wie interessant* ...« Ebd., S. XII.
(572) »*Eines Tages werde ich es heraussuchen* ...« Er hat es getan. Eine von Herzen kommende Schilderung des Telefonats mit MacArthur ist in Wilsons *Naturalist* erschienen, der autobiographischen Arbeit, die er nach meinem Eindringen in die Sphäre seiner persönlichen Erinnerungen geschrieben hat.
(575) »*die genauere Untersuchung lohnen*« Zit. in MacArthur und Wilson (1967), S. 3.
(575) »*Insularität ist darüber hinaus* ...«
(575) »*Nehmen wir zum Beispiel den Inselcharakter* ...« Ebd., S. 3–4.
(579) »*Offenbar ist die derzeitige Rate* ...« Brown (1971), S. 477.
(581) »*Die gleichen Prinzipien sind anwendbar* ...« MacArthur und Wilson (1967), S. 4.
(583) »*in einem solchen Tempo zerstört* ...« Diamond (1972b), S. 3203.
(584) »*Die Regierungen einiger tropischer Länder* ...« Ebd.
(584) »*Wenn das Gesagte stimmt* ...« Preston (1962), Teil II, S. 427.
(585) »*revolutioniert*« Simberloff (1974a). S. 163.
(585) »*Binnen eines Jahrzehnts ... verwandelte* ...« Ebd., S. 178.
(586) »*wissenschaftliche Revolution*« Diamond 1975, S. 131.
(589) »*In Fällen, in denen die Einrichtung* ...« May (1975), S. 177.
(589) »*sich die von ihnen entwickelten Methoden* ...« Terborgh (1975), S. 369.
(605) »*In summa läßt sich sagen* ...« Simberloff und Abele (1976a), S. 286.
(606) »*Ihre Argumentation auf Basis ihrer Annahmen* ...« Diamond (1976), S. 1027–1028.
(607) »*Ein System von Rückzugsgebieten* ...« Ebd., S. 1028.
(608) »*den Bemühungen um den Schutz* ...« Terborgh (1976), S. 1029.
(608) »*Wir bedauern, daß man uns als die schwarzen Schafe* ...« Simberloff und Abele (1976b), S. 1032.
(640) »*Wegen der Ähnlichkeit zwischen Inseln* ...« Zimmerman und Bierregaard (1986), S. 134.
(640) »*Daraus ergab sich ... der unausweichliche Schluß* ...« Ebd.
(642) *Der Wolf, Canis lupus, war damals noch vorhanden und nun verschwunden.* Anfang 1995 kehrte der Wolf zurück, dank eines sorgfältig geplanten Programms zu seiner Wiedereinführung, das unter der Leitung des U.S. Fish and Wildlife Service stand. Ob sich im Yellowstonepark eine Wolfspopulation wird halten können, hängt in den kommenden Monaten und Jahren ebensosehr von der Politik und der konsequenten Anwendung der Gesetze wie vom Faktor des Inseldaseins ab.
(644) *Der Rotfuchs war im Nationalpark Bryce Canyon* ... William New-

marks ursprünglicher Beitrag - der in *Nature* veröffentlichte Artikel, in dem er seine Dissertation zusammenfaßte – hat in den Jahren seit seinem Erscheinen sowohl Kritiker als auch Verteidiger gefunden. Kürzlich hat er unter dem Titel »Extinction of Mammal Populations in Western North American National Parks« [Das Aussterben von Säugetierpopulationen in Nationalparks des westlichen Nordamerika] einen neuen Beitrag zum gleichen Thema veröffentlicht; dieser erschien 1995 in der Zeitschrift *Conservation Biology*. Der neue Artikel revidiert in Einzelheiten die frühere Arbeit, nimmt aber nichts von dem zentralen Befund zurück, daß Dutzende von Säugetierpopulationen in den Nationalparks des westlichen Nordamerika ausgestorben sind und daß die Aussterberate umgekehrt proportional zur Parkfläche ist. Wenn ich von den ausgestorbenen Arten, die Newmark in seinem früheren Beitrag anführt, einige erwähne, dann nur solche, von denen Newmark auch in seinem neuen Artikel berichtet, daß sie ausgestorben sind.

(645) »*einfach deshalb, weil diese Naturschutzgebiete ...*« Gleick (1987).
(646) »*Aus der Hypothese, daß Naturreservate ...*« Newmark (1986), S. 20.
(648) »*einen Kollaps in der Säugetierfauna*« Ebd., S. 28.
(648) »*Wenn das Gesagte stimmt, ist es ...*« Preston (1962), Teil II, S. 427. Ich würde diese Feststellung nicht ständig im Munde führen, hätte sie sich nicht als so prophetisch und von zukunftsträchtiger Bedeutung erwiesen.
(662) »*Großvater*« Shoumatoff (1988), S. 75.
(662) »*kleiner Vater*« Petter und Peyriéras (1974), S. 41.
(662) »*der Ahn*« Harcourt (1990), S. 197.
(662) »*durch Feuer zu roden ...*« Zit. in Oxby (1985), S. 49.
(666) »*einen großen häutigen Kehlkopfsack*« Pollock (1986a), S. 226.
(667) »*Wälder, die vom Indri bewohnt sind ...*« Ebd.
(667) »*Der Gesang einer Indri-Gruppe ...*« Ebd., S. 230, 232.
(674) »*ökologischen Ansprüche ... angemessen zu befriedigen*« Main und Yadav (1971), S. 123.
(675) »*Rechnet man diese Zahlen auf die Situation ...*« Ebd., S. 130.
(675) »*Minimalpopulationen*« Allee u.a. (1949), S. 403.
(675) »*lebensfähigen Populationen*« Moore (1962), S. 369.
(675) »*Dem Anschein nach liegt die lebensfähige ...*« Main und Yadav (1971), S. 132.
(679) »*systematische Beeinträchtigungen*« und »*stochastische Störungen*« Shaffer (1978), S. 8.
(679) »*Allgemein gesprochen, gibt es vier Gefährdungsquellen ...*« Ebd.
(684) »*Eine lebensfähige Minimalpopulation einer bestimmten ...*« Ebd., S. 12.
(691) »*Abhängig von der jeweiligen Spezies ...*« Franklin (1980), S. 140.
(694) »*einem jähen Stillstand*« Soulé (1980). S. 166.
(694) »*Ihre Faustregel lautet ...*« Ebd., S. 160.
(695) »*Grundregel*« Ebd., S. 161.

(695) »*Das gegenwärtige Jahrhundert wird* ...« Ebd., S. 168.
(698) »*Die Artenschutzbiologie ist eine sendungsbewußte* ...« Soulé und Wilcox (1980), S. 1.
(698) »*Aber akademischer Hochmut* ...« Ebd., S. 2.
(698) »*Nichts führt an dem Schluß vorbei* ...« Ebd., S. 8.
(703) »*den Wald schützen und meliorieren*« Zit. in Salwasser, Mealey und Johnson (1984), S. 422.
(704) »*für die Vielfalt der Pflanzen- und Tiergemeinschaften* ...« Ebd.
(704) »*Der Lebensraum für Fische und Wildtiere* ...« Ebd.
(707) »*Die Moral aus dieser Geschichte* ...« Soulé (1987), S. 4.
(708) »*Die Frage, die wir in diesem Buch angehen* ...« Ebd., S. 1–2.
(708) »*Es gibt keine hoffnungslosen Fälle* ...« Ebd., S. 181.
(712) »*Die Debatte um SLOSS* ...« Soulé und Simberloff (1986), S. 19.
(712) Soulé und Simberloff hoben hervor, welch große Bedeutung der Schlüsselspezies ... Im Zuge der theoretischen Weiterentwicklung auf diesem Gebiet ist in jüngster Zeit auch die Vorstellung einer Schlüsselspezies kritisiert worden – unter anderem von Soulé selbst. Siehe Mills, Soulé und Doak (1993).
(714) »*Erstens, je kleiner die Population ist* ...« Shaffer (1987), S. 70.
(714) »*Schiebt die fünfundneunzigprozentige Wahrscheinlichkeit* ...« Ebd., S. 84.
(714) »*für mindestens einen Teil der Säugetierarten* ...« Ebd.
(724) »*Das würde bedeuten, daß bestimmte Arten* ...« Myers (1980), S. 43.
(724) »*Wir können den Mauritiusfalken* ...« Ebd.
(792) »*das rasche Verschwinden der Schlange* ...« Soulé und Gilpin (1986), S. 1.
(798) »*für die meisten Organismusformen vielleicht* ...« Jablonski (1986), S. 44.
(803) »*Entzücken ... Bewunderung*« Wallace (1969), in deutscher Teilübersetzung (1973), S. 393.
(803) »*wie wenige Europäer jemals den vollkommenen* ...« Ebd.
(803) »*bedürften einer poetischen Ader* ...« Ebd.
(803) »*Die entfernte Insel, auf welcher* ...« Ebd.
(803) »*an die lange vergangenen Zeiten* ...« Ebd., S. 393–394.
(805) »*Auf der einen Seite erscheint es traurig* ...« Ebd., S. 394.

BIBLIOGRAPHIE

Die hier zitierten Ausgaben waren die mir zugänglichen, und etwaige Zitate habe ich ihnen entnommen. Es waren nicht in jedem Fall die ersten oder die als wissenschaftlicher Standard anerkannten Ausgaben. Ich bin allerdings mehrfach von dieser Regel abgewichen. Die Werke von Alfred Russel Wallace und Charles Darwin vor allem führe ich mit der Jahreszahl ihrer ersten Veröffentlichung an; neuere und zugänglichere Ausgaben werden in Klammer angegeben. In einigen wenigen anderen Fällen – wie bei Mayr (1942), Lack (1947), Darlington (1957) und MacArthur (1972) – mache ich ebenfalls Angaben sowohl über die Originalausgabe als auch über Neudrucke. Ihren Grund hat diese Inkonsistenz darin, daß (1) die historische Datierung bestimmter Publikationen, insbesondere im Falle von Wallace und Darwin, wichtig für die Geschichte ist, die ich erzähle, und daß (2) wenn ich für alle erwähnten Bücher Angaben über ihre Publikationsgeschichte mitlieferte, diese Bibliographie beträchtlich länger und langweiliger würde, als sie ohnehin schon ist.

Abbott, Ian. 1983. »The Meaning of Z in Species Area Regressions and the Study of Species Turnover in Island Biogeography.« *Oikos*, Bd. 41.
Ackerly, David D., Judy M. Rankin-De-Merona und William A. Rodrigues. 1990. »Tree Densities and Sex Ratios in Breeding Populations of Dioecious Central Amazonian Myristicaceae.« *Journal of Tropical Ecology*, Bd. 6.
Adams, Douglas, und Mark Carwardine. 1990. *Last Chance to See.* New York: Ballantine Books.
Adler, Gregory H., Mark L. Wilson und Michael J. Derosa. 1986. »Influence of Island Area and Isolation on Population Characteristics of *Peromyscus leucopus*.« *Journal of Mammalogy*, Bd. 67, Nr. 2.
Alexander, R. McN. 1983a. »Allometry of the Leg Bones of Moas (Dinornithes).« *Journal of Zoology*, Bd. 200.

–. 1983b. »On the Massive Legs of a Moa (*Pachyornis elephantopus*, Dinornithes).« *Journal of Zoology*, Bd. 201.
Allan, H. H. 1936. »Indigene Versus Alien in the New Zealand Plant World.« *Ecology*, Bd. 17, Nr. 2.
Allee, W. C., Alfred E. Emerson, Orlando Park, Thomas Park und Karl P. Schmidt. 1949. *Principles of Animal Ecology*. Philadelphia: W. B. Saunders.
Amadon, Dean. 1947a. »Ecology and the Evolution of Some Hawaiian Birds.« *Evolution*, Bd. 1.
–. 1947b. »An Estimated Weight of the Largest Known Bird.« *Condor*, Bd. 49.
Anderson, Tim J. C., Andrew J. Berry, J. Nevil Amos und James M. Cook. 1988. »Spool-and-Line Tracking of the New Guinea Spiny Bandicoot, *Echymipera kalubu* (Marsupialia, Peramelidae).« *Journal of Mammalogy*, Bd. 69, Nr. I.
Andrewartha, H. G., und L. C. Birch. 1954. *The Distribution and Abundance of Animals*. Chicago: University of Chicago Press.
Andriamampianina, Joseph. 1984. »Nature Reserves and Nature Conservation in Madagascar.« In Jolly et al. (1984).
Angerbjörn, Anders. 1985. »The Evolution of Body Size in Mammals on Islands: Some Comments.« *American Naturalist*, Bd. 125, Nr. 2.
Archbold, Richard. 1930. »Bevato: A Camp in Madagascar. Experiences of a Collector in an Island Forest.« *Natural History*, Bd. 30, November–Dezember 1930.
Archer, M. (Hrsg.). 1982. *Carnivorous Marsupials*. Sydney: Royal Zoological Society of New South Wales.
Armbruster, Peter, und Russell Lande. 1993. »A Population Viability Analysis for African Elephant (*Laxodonta africana*): How Big Should Reserves Be?« *Conservation Biology*, Bd. 7, Nr. 3.
Arnold, E. N. 1979. »Indian Ocean Giant Tortoises: Their Systematics and Island Adaptations.« *Philosophical Transactions of the Royal Society of London*, Serie B, Bd. 286.
Arredondo, Oscar. 1976. »The Great Predatory Birds of the Pleistocene of Cuba.« Übersetzt und ergänzt durch Storrs L. Olson. *Smithsonian Contributions to Paleobiology*, Nr. 27.
Arrhenius, Olof. 1921. »Species and Area.« *Journal of Ecology*, Bd. 9, Nr. 1.
Art, Henry W. (Gesamthrsg.). 1993. *The Dictionary of Ecology and Environmental Science*. New York: Henry Holt.
Ashby, Gene. 1987. *Pohnpei, an Island Argosy*. Kolonia, Pohnpei: Rainy Day Press.
Audley-Charles, M. G., und D. A. Hooijer. 1973. »Relation of Pleistocene Migrations of Pygmy Stegodonts to Island Arc Tectonics in Eastern Indonesia.« *Nature*, Bd. 241, 19. Januar 1973.
Auffenberg, Walter. 1980. »The Herpetofauna of Komodo, with Notes on Adjacent Areas.« *Bulletin of the Florida State Museum, Biological Sciences*, Bd. 25, Nr. 2.

–. 1981. *The Behavioral Ecology of the Komodo Monitor.* Gainesville: University Presses of Florida.
Avise, John C. 1990. »Flocks of African Fishes.« *Nature*, Bd. 347, 11. Oktober 1990.
Ayala, Francisco J. 1982. *Population and Evolutionary Genetics: A Primer.* Menlo Park, Calif.: Benjamin/Cummings.
Ayres, José Márcio. 1990. »Brazilian Nutcracker Suite.« *Wildlife Conservation*, November/Dezember 1990.
Baskin, Yvonne. 1992. »Africa's Troubled Waters.« *BioScience*, Bd. 42, Nr. 7.
Battistini, R. 1972. »Madagascar Relief and Main Types of Landscape.« In Battistini und Richard-Vindard (1972).
Battistini, R., und G. Richard-Vindard (Hrsg.). 1972. *Biogeography and Ecology in Madagascar.* Den Haag: Dr. W. Junk.
Battistini, R., und P. Verin. 1967. »Ecologic Changes in Protohistoric Madagascar.« In Martin und Wright (1967).
–. 1972. »Man and the Environment in Madagascar.« In Battistini und Richard-Vindard (1972).
Bauer, Aaron M., und Jens V. Vindum. 1990. »A Checklist and Key to the Herpetofauna of New Caledonia, with Remarks on Biogeography.« *Proceedings of the California Academy of Sciences*, Bd. 47, Nr. 2.
Beardmore, John A. 1983. »Extinction, Survival, and Genetic Variation.« In Schonewald-Cox et al. (1983).
Becker, Peter. 1975. »Island Colonization by Carnivorous and Herbivorous Coleoptera.« *Journal of Animal Ecology*, Bd. 44, Nr. 3.
Beddall, Barbara G. 1968. »Wallace, Darwin, and the Theory of Natural Selection: A Study in the Development of Ideas and Attitudes.« *Journal of the History of Biology*, Bd. I, Nr. 2.
–. 1972. »Wallace, Darwin, and Edward Blyth: Further Notes on the Development of Evolution Theory.« *Journal of the History of Biology*, Bd. 5, Nr. 1.
Beehler, Bruce. 1982. »Ecological Structuring of Forest Bird Communities in New Guinea.« In Gressitt (1982).
–. 1983. »Frugivory and Polygamy in Birds of Paradise.« *Auk*, Bd. 100.
–. 1985. »Conservation of New Guinea Rainforest Birds.« In Diamond und Lovejoy (1985).
–. 1987. »Birds of Paradise and Mating System Theory – Predictions and Observations.« *Emu*, Bd. 87.
–. 1988. »Lek Behavior of the Raggiana Bird of Paradise.« *National Geographic Research*, Bd. 4.
–. 1989. »The Birds of Paradise.« *Scientific American*, Dezember 1989.
Beehler, Bruce M., Thane K. Pratt und Dale A. Zimmermann. 1986. *Birds of New Guinea.* Princeton, N. J.: Princeton University Press.
Bellwood, Peter. 1985. *Pre-History of the Indo-Malaysian Archipelago.* Sydney: Academic Press.
Bengston, Sven-Axel, und Dorete Bloch. 1983. »Island Land Bird Popula-

tion Densities in Relation to Island Size and Habitat Quality on the Faroe Islands.« *Oikos*, Bd. 41.

Beresford, Quentin, und Garry Bailey. 1981. *Search for the Tasmanian Tiger*. Hobart, Tasmanien, Aus.: Blubber Head Press.

Bergman, Charles. 1990. *Wild Echoes: Encounters with the Most Endangered Animals in North America*. New York: McGraw-Hill.

Berlin, Isaiah. 1957. *The Hedgehog and the Fox*. New York: Mentor/New American Library.

Berry, A. J., T. J. C. Anderson, J. N. Amos und J. M. Cook. 1987. »Spool-and-Line Tracking of Giant Rats in New Guinea.« *Journal of Zoology*, London, Bd. 213.

Berry, R. J. 1983. »Diversity and Differentiation: The Importance of Island Biology for General Theory.« *Oikos*, Bd. 41.

Bibby, Cyril. 1972. *Scientist Extraordinary: The Life and Scientific Work of Thomas Henry Huxley 1825–1895*. New York: St. Martin's Press.

Bierregaard, Richard O., Jr., und Thomas E. Lovejoy. 1989. »Effects of Forest Fragmentation on Amazonian Understory Bird Communities.« *ACTA Amazonica*, Bd. 19.

Blanc, Charles P. 1972. »Les Reptiles de Madagascar et des Iles Voisines.« In Battistini und Richard-Vindard (1972).

Blanchard, Bonnie M., und Richard R. Knight. 1991. »Effects of Forest Fragmentation on Amazonian Understory Bird Communities.« *ACTA Amazonica*, Bd. 19.

–. 1991. »Movements of Yellowstone Grizzly Bears.« *Biological Conservation*, Bd. 58.

Boecklen, William J., und Nicholas J. Gotelli. 1984. »Island Biogeographic Theory and Conservation Practice: Species-Area or Specious-Area Relationships?« *Biological Conservation*, Bd. 29.

Boecklin, William J., und Daniel Simberloff. 1986. »Area-Based Extinction Models in Conservation.« In Elliott (1986).

Boersma, P. Dee. 1983. »An Ecological Study of the Galapagos Marine Iguana.« In Bowman et al. (1983).

Bourn, David. 1977. »Reproductive Study of Giant Tortoises on Aldabra.« *Journal of Zoology*, London, Bd. 182.

Bowler, Peter J. 1989. *Evolution: The History of an Idea*. Berkeley: University of California Press.

–. 1990. *Charles Darwin: The Man and His Influence*. Oxford: Basil Blackwell.

Bowman, Robert I. (Hrsg.). 1966. *The Galápagos: Proceedings of the Symposia of the Galápagos International Scientific Project*. Berkeley: University of California Press.

Bowman, Robert I., Margaret Berson und Alan E. Leviton (Hrsg.). 1983. *Patterns of Evolution in Galápagos Organisms*. San Francisco: American Association for the Advancement of Science.

Boyce, M. S. (Hrsg.). 1988. *Evolution of Life Histories: Theory and Patterns from Mammals*. New Haven, Conn.: Yale University Press.

Brackman, Arnold C. 1980. *A Delicate Arrangement: The Strange Case of Charles Darwin and Alfred Russel Wallace.* New York: Times Books.
Brent, Peter. 1981. *Charles Darwin: A Man of Enlarged Curiosity.* New York: W. W. Norton.
Brock, Robert. 1987. »Paradise Gone Awry.« *Washington,* Winter 1987.
Brodkorb, Pierce. 1963. »A Giant Flightless Bird from the Pleistocene of Florida.« *Auk,* Bd. 80, Nr. 2.
Brooks, John Langdon. 1984. *Just Before the Origin: Alfred Russel Wallace's Theory of Evolution.* New York: Columbia University Press.
Brown, James H. 1971. »Mammals on Mountaintops: Nonequilibrium Insular Biogeography.« *American Naturalist,* Bd. 105, Nr. 945.
–. 1978. »The Theory of Insular Biogeography and the Distribution of Boreal Birds and Mammals.« *Great Basin Naturalist Memoirs,* Bd. 2.
–. 1981. »Two Decades of Homage to Santa Rosalia: Toward a General Theory of Diversity.« *American Zoologist,* Bd. 21.
–. 1986. »Two Decades of Interaction Between the MacArthur-Wilson Model and the Complexities of Mammalian Distributions.« *Biological Journal of the Linnean Society,* Bd. 28.
Brown, James H., und Arthur C. Gibson. 1983. *Biogeography.* St. Louis: C. V. Mosby.
Brown, James H., und Astrid Kodric-Brown. 1977. »Turnover Rates in Insular Biogeography: Effect of Immigration on Extinction.« *Ecology,* Bd. 58.
Brown, W. L., Jr., und E. O. Wilson. 1956. »Character Displacement.« *Systematic Zoology,* Bd. 5.
Browne, Janet. 1983. *The Secular Ark: Studies in the History of Biogeography.* New Haven, Conn.: Yale University Press.
Brownlee, Shannon. 1987. »These Are Real Swinging Primates.« *Discover,* Bd. 8, April 1987.
Brussard, Peter F. 1985. »The Current Status of Conservation Biology.« *Bulletin of the Ecological Society of America,* Bd. 66.
–. 1987. »Meeting Report.« *Conservation Biology,* Bd. 1, Nr. 3.
–. 1988. »Conservation Biology.« *Evolution,* Bd. 42, Nr. 4.
Bryden, W. 1974. »Aborigines.« In Williams (1974).
Buckley, R. 1982. »The Habitat-Unit Model of Island Biogeography.« *Journal of Biogeography,* Bd. 9.
Bunge, Frederica M. (Hrsg.). 1983. *Indian Ocean: Five Island Countries.* Area Handbook Series. Washington, D.C.: U.S. Government Printing Office.
Burbidge, Andrew. 1989. *Australian and Zew Zealand Islands: Nature Conservation Values and Management.* Western Australia: Department of Conservation and Land Management.
Burden, Douglas. 1927. »The Quest for the Dragon of Komodo.« *Natural History,* Bd. 27, Nr. 1, Januar–Februar 1927.
Burghardt, Gordon M., und A. Stanley Rand (Hrsg.). 1982. *Iguanas of the World: Their Behavior, Ecology, and Conservation.* Park Ridge, N. J.: Noyes.
Burke, Russell L. 1990. »Conservation of the World's Rarest Tortoise.« *Conservation Biology,* Bd. 4, Nr. 2.

Burney, David A., und Ross D. E. MacPhee. 1988. »Mysterious Island: What Killed Madagascar's Large Native Animals?« *Natural History*, Bd. 97, Juli 1988.

Burton, John A., unter Mitwirkung von Vivien G. Burton. 1987. Illustriert von Bruce Pearson. *The Collins Guide to the Rare Mammals of the World*. Lexington, Mass.: Stephen Greene Press.

Buettner-Janusch, John, Ian Tattersal und Robert W. Sussman. 1975. »History of Study of the Malagasy Lemurs, with Notes on Major Museum Collections.« In Tattersall and Sussman (1975).

Calder, J. E. 1875. *Some Account of the Wars, Extirpation, Habits and Etc. of the Native Tribes of Tasmania*. Hobart Town, Tasmanien, Aus.: Henn.

Campbell, Douglas Houghton. 1909. »The New Flora of Krakatau.« *American Naturalist*, Bd. 43, Nr. 512.

Carlquist, Sherwin. 1965. *Island Life: A Natural History of the Islands of the World*. Garden City, N.Y.: Natural History Press.

–. 1966. »The Biota of Long-Distance Dispersal, Teil 1: Principles of Dispersal and Evolution.« *Quarterly Review of Biology*, Bd. 41, Nr. 3.

–. 1974. *Island Biology*. New York: Columbia University Press.

–. 1982. »The First Arrivals.« *Natural History*, Bd. 91, Dezember 1982.

Carpenter, Stephen R., James F. Kitchell und James R. Hodgson. 1985. »Cascading Trophic Interactions and Lake Productivity.« *BioScience*, Bd. 35, Nr. 10.

Carson, Hampton L. 1982. »Hawaii: Showcase of Evolution.« *Natural History*, Bd. 91, Dezember 1982.

Carson, Hampton L., und Alan R. Templeton. 1984. »Genetic Revolutions in Relation to Speciation Phenomena: The Founding of New Populations.« *Annual Review of Ecology and Systematics*, Bd. 15.

Case, Ted J. 1975. »Species Numbers, Density Compensation, and Colonizing Ability of Lizards on Islands in the Gulf of California.« *Ecology*, Bd. 56.

–. 1976. »Body Size Differences Between Populations of the Chuckwalla, *Saurohmalus obesus*.« *Ecology*, Bd. 57.

–. 1978. »A General Explanation for Insular Body Size Trends in Terrestrial Vertebrates.« *Ecology*, Bd. 59, Nr. 1.

–. 1982. »Ecology and Evolution of the Insular Gigantic Chuckwallas, *Sauromalus bispidus* and *Sauromalus varius*.« In Burghardt und Rand (1982).

–. 1983. »Niche Overlap and the Assembly of Island Lizard Communities.« *Oikos*, Bd. 41.

–. 1990. »Invasion Resistance Arises in Strongly Interacting Species-Rich Model Competition Communities.« *Proceedings of the National Academy of Sciences*, Bd. 87.

Case, Ted J., Douglas T. Bolger und Adam D. Richman. 1992. »Reptilian Extinctions. The Last Ten Thousand Years.« In *Conservation Biology*, hrsg. v. P. L. Fiedler und S. K. Jain. New York: Chapman and Hall.

Case, Ted J., und Martin L. Cody (Hrsg.). 1983. *Island Biogeography in the Sea of Cortez*. Berkeley: University of California Press.

–. 1987. »Testing Theories of Island Biogeography.« *American Scientist*, Bd. 75.

Case, Ted J., Michael E. Gilpin und Jared M. Diamond. 1979. »Overexploitation, Interference Competition, and Excess Density Compensation in Insular Faunas.« *American Naturalist*, Bd. 113, Nr. 6.

Caufield, Catherine. 1984. *In the Rainforest*. Chicago: University of Chicago Press.

Chambers, Robert. 1844. *Vestiges of the Natural History of Creation*. London: John Churchill. (Faksimile-Ausgabe: Humanities Press, New York, 1969.)

Chauvet, B. 1972. »The Forests of Madagascar.« In Battistini und Richard-Vindard (1972).

Cheke, A. S. 1987. »An Ecological History of the Mascarene Islands, with Particular Reference to Extinctions and Introductions of Land Vertebrates.« In A. W. Diamond (1987).

Cheke, Anthony S., Tony Gardner, Carl G. Jones, A. Wahab Owadally und France Staub. 1984. »Did the Dodo Do It?« Response to Temple. *Animal Kingdom*, Februar/März 1984.

Christian, Keith A. 1982. »Reproductive Behavior of Galápagos Land Iguanas, *Conolophus pallidus*, on Isla Santa Fe, Galápagos.« In Burghardt und Rand (1982).

Clark, Julia. 1986. *The Aboriginal People of Tasmania*. Hobart, Tasmanien, Aus.: Tasmanian Museum and Art Gallery.

Clark, Ronald W. 1984. *The Survival of Charles Darwin*. New York: Random House. – Dt. Übers.: 1985. *Biographie eines Mannes und einer Idee*. Frankfurt a. M.: S. Fischer.

Clark, Tim W. 1989. *Conservation Biology of the Black-Footed Ferret (Mustela nigripes)*. Special Scientific Report Nr. 3. Philadelphia: Wildlife Preservation Trust International.

Clark, Tim W., Gary N. Backhouse and Robert C. Lacy. 1990. »The Population Viability Assessment Workshop: A Tool for Threatened Species Managment.« *Endangered Species Update*, Bd. 8, Nr. 2.

Clark, Tim W., und John H. Seebeck (Hrsg.). 1990. *Management and Conservation of Small Populations*. Chicago: Chicago Zoological Society.

Cliff, Andrew, und Peter Haggett. 1984. »Island Epidemics.« *Scientific American*, Bd. 250, Nr. 5.

Clutton-Brock, T. H. (Hrsg.). 1977. *Primate Ecology: Studies of Feeding and Ranging Behaviour in Lemurs, Monkeys, and Apes*. London: Academic Press.

Cody, Martin L. 1977. »Convergent Evolution, Habitat Area, Species Diversity, and Distribution.« *National Geographic Society Research Reports*, Bd. 18.

Cody, Martin L., und Jared M. Diamond (Hrsg.). 1975. *Ecology and Evolution of Communities*. Cambridge, Mass.: Belknap Press of Harvard University Press.

Coe, Malcolm, und Ian R. Swingland. 1984. »Giant Tortoises of the Seychelles.« In Stoddart (1984).
Coimbra-Filho, Adelmar F., und Russell A. Mittermeier (Hrsg.). 1981. *Ecology and Behavior of Neotropical Primates*, Bd. 1. Rio de Janeiro: Academia Brasileira de Ciencias.
Cole, Blaine J. 1981. »Colonizing Abilities, Island Size, and the Number of Species on Archipelagoes.« *American Naturalist*, Bd. 117, Nr. 5.
Coleman, Bernard D., Michael A. Mares, Michael R. Willig und Ying-Hen Hsieh. 1982. »Randomness, Area, and Species Richness.« *Ecology*, Bd. 63, Nr. 4.
Colinvaux, Paul A. 1989. »The Past and Future Amazon.« *Scientific American*, Bd. 260, Nr. 5.
Colinvaux, Paul A., und Eileen K. Schofield. 1976. »Historical Ecology in the Galápagos Islands, Part 1: A Holocene Pollen Record from El Junco Lake, Isla San Cristobal.« *Journal of Ecology*, Bd. 64.
Conniff, Richard. 1986. »Inventorying Life in a ›Biotic Frontier‹ Before It Disappears.« *Smithsonian*, September 1986.
Connor, Edward F., und Earl D. McCoy. 1979. »The Statistics and Biology of the Species-Area Relationship.« *American Naturalist*, Bd. 113, Nr. 6.
Connor, Edward F., und Daniel Simberloff. 1979. »The Assembly of Species Communities: Chance or Competition.« *Ecology*, Bd. 60, Nr. 6.
–. 1983. »Interspecific Competition and Species Co-Occurrence Patterns on Islands: Null Models and the Evaluation of Evidence.« *Oikos*, Bd. 41.
Conrad, Peter. 1989. *Behind the Mountain: Return to Tasmania*. New York: Poseidon Press.
Conry, Paul J. 1988. »High Nest Predation by Brown Tree Snakes on Guam.« *Condor*, Bd. 90.
Cox, C. Barry, und Peter D. Moore. 1988. *Biogeography: An Ecological and Evolutionary Approach*. Oxford: Blackwell Scientific Publications. – Dt. Übers.: 1987. *Einführung in die Biogeographie*. Stuttgart: G. Fischer.
Cracraft, Joel. 1974. »Phylogency and Evolution of the Ratite Birds.« *Ibis*, Bd. 116, Nr. 4.
Cranbrook, the Earl of. 1981. »The Vertebrate Faunas.« In Whitmore (1981).
–. 1987. *Riches of the Wild: Land Mammals of South-East Asia*. Singapore: Oxford University Press.
Cree, Alison, und Charles Daugherty. 1990. »Tuatara Sheds Its Fossil Image.« *New Scientist*, Bd. 128, 20. Oktober 1990.
Crome, F. H. J. 1976. »Some Observations on the Biology of the Cassowary in Northern Queensland.« *Emu*, Bd. 76.
Crome, F. H. J., und L. A. Moore. 1988. »The Cassowary's Casque.« *Emu*, Bd. 88.
Crosby, Alfred W. 1986. *Ecological Imperialism: The Biological Expansion of Europe, 900–1900*. Cambridge: Cambridge University Press.
Crowell, Kenneth L. 1983. »Islands – Insight or Artifact?: Population Dynamics and Habitat Utilization in Insular Rodents.« *Oikos*, Bd. 41.

Culliney, John L. 1988. *Islands in a Far Sea: Nature and Man in Hawaii.* San Francisco: Sierra Club Books.

Culver, David C. 1970. »Analysis of Simple Cave Communities, Part 1: Caves as Islands.« *Evolution,* Bd. 24.

Curtis, John T. 1956. »The Modification of Mid-latitude Grasslands and Forests by Man.« In *Man's Role in Changing the Face of the Earth,* hrsg. v. William L. Thomas. Chicago: University of Chicago Press.

Cushing, John Marla Daily, Elmer Noble, V. Louise Roth und Adrian Wenner. 1984. »Fossil Mammoths from Santa Cruz Island, California.« *Quaternary Research,* Bd. 21.

Dammerman, K. W. 1922. »The Fauna of Krakatau, Verlaten Island and Sebesy.« *Treubia,* Bd. 111, Nr. 1.

Darlington, Philip J., Jr. 1943. »Carabidae of Mountains and Islands: Data on the Evolution of Isolated Faunas, and on Atrophy of Wings.« *Ecological Monographs,* Bd. 13, Nr. 1.

–. 1957. *Zoogeography: The Geographical Distribution of Animals.* New York: John Wiley and Sons. (Reprint-Ausgabe: Robert E. Krieger, Malabar, Fla., 1982.)

–. 1965. *Biogeography of the Southern End of the World.* Cambridge, Mass.: Harvard University Press.

–. 1971. »Carabidae on Tropical Islands, Especially the West Indies.« In Stern (1971).

Darwin, Charles. 1839. *Journal of Researches into the Geology and Natural History of the Various Countries Visited by H. M. S. Beagle, Under the Command of Captain Fitzroy, R. N. from 1832 to 1836.* London: Henry Colburn. (Faksimile-Ausgabe: Hafner, New York, 1952. Die überarbeitete Ausgabe von 1845, die für eine Ausgabe im Jahre 1860 erneut überarbeitet wurde, ist ebenfalls im Reprint erschienen: *The Voyage of the »Beagle«.* London: J. M. Dent and Sons, 1980.) – Dt. Übers.: 1909. *Reise eines Naturforschers um die Welt. Tagebuch auf der Reise mit der »Beagle«.* Leipzig

–. 1858. »Extract from an Unpublished Work on Species, by C. Darwin, Esq., Consisting of a Portion of a Chapter Entitled, ›On the Variation of Organic Beings in a State of Nature; on the Natural Means of Selection; on the Comparison of Domestic Races and True Species‹.« *Journal of the Proceedings of the Linnean Society (Zoology),* Bd. 3, 20. August 1858. (Zusammen mit Wallace' Beitrag am 1. Juli 1858 vor der Gesellschaft vorgetragen.)

–. 1859. *On the Origin of Species by Means of Natural Selection, or the Preservation of Favoured Races in the Struggle for Life.* London: J. Murray. (Reprint-Ausgabe Avenel Books: New York, 1979.) – Dt. Übers.: 1963. *Die Entstehung der Arten durch natürliche Zuchtwahl.* Stuttgart: Reclam.

–. 1969. *The Autobiography of Charles Darwin.* (Herausgegeben, nach einem posthumen Manuskript, von Nora Barlow.) New York: W. W. Norton.

—. 1990, 1991. *The Correspondence of Charles Darwin*, Bd. 6, 1856–1857; Bd. 7, 1858–1859. Hrsg. v. Frederick Burkhardt und Sydney Smith. Cambridge: Cambridge University Press.

Darwin, Francis (Hrsg.). 1892. *Charles Darwin: His Life Told in an Autobiographical Chapter, and in a Selected Series of His Published Letters*. London: John Murray. – Dt. Übers.: 1899. *Leben und Briefe von Charles Darwin mit einem seine Autobiographie enthaltenden Kapitel*. 3. Bd. Ges. W., Bd. XIV. Stuttgart: Schweizerbart 1899.

—. 1909. *The Foundations of the Origin of Species*. New York: NYU Press, 1987. – Dt. Übers.: 1911. *Die Fundamente zur Entstehung der Arten*. Leipzig und Berlin: Teubner.

Davies, David. 1973. *The Last of the Tasmanians*. Sydney: Shakespeare Head Press.

Dawson, William R., George A. Bartholomew und Albert F. Bennett. 1977. »A Reappraisal of the Aquatic Specializations of the Galápagos Marine Iguana (*Amblyrhynchus cristatus*).« *Evolution*, Bd. 31.

Day, David. 1989. *The Encyclopedia of Vanished Species*. Hong Kong: McLaren.

De Beer, Sir Gavin. 1965. *Charles Darwin: A Scientific Biography*. New York: Anchor Books.

De Vos, Antoon, Richard H. Manville und Richard G. Van Gelder. 1956. »Introduced Mammals and Their Influence on Native Biota.« *Zoologica*, Bd. 41, Nr. 19.

De Vries, Tj. 1984. »The Giant Tortoises: A Natural History Disturbed by Man.« In Perry (1984).

Desmond, Adrian, und James Moore: 1991. *Darwin*. New York: Warner Books.

Dewar, Robert E. 1984. »Extinctions in Madagascar: The Loss of the Subfossil Fauna.« In Martin und Klein (1984).

Dewsbury, D. A. (Hrsg.). 1985. *Leaders in the Study of Animal Behavior: Autobiographical Perspectives*. Lewisburg, Pa.: Bucknell University Press.

Diamond, A. W. 1981a. »The Continuum of Insularity: The Relevance of Equilibrium Theory of the Conservation of Ecological Islands.« *African Journal of Ecology*, Bd. 19.

—. 1981b. »Reserves as Oceanic Islands: Lessons for Conserving Some East African Montane Forests.« *African Journal of Ecology*, Bd. 19.

Diamond, A. W. (Hrsg.), unter Mitarbeit von A. S. Cheke und Sir H. F. I. Elliott. 1987. *Studies of Mascarene Island Birds*. Cambridge: Cambridge University Press.

Diamond, A. W., und T. E. Lovejoy (Hrsg.). 1985. *Conservation of Tropical Forest Birds*. Technical Publication Nr. 4. Cambridge: International Council for Bird Preservation.

Diamond, Jared M. 1966. »Zoological Classification System of a Primitive People.« *Science*, Bd. 151, 4. März 1966.

—. 1969. »Avifaunal Equilibria and Species Turnover Rates on the Channel Islands of California.« *Proceedings of the National Academy of Sciences*, Bd. 64.

–. 1970. »Ecological Consequences of Island Colonization by Southwest Pacific Birds, Part I: Types of Niche Shifts.« *Proceedings of the National Academy of Sciences*, Bd. 67, Nr. 2.
–. 1971. »Comparison of Faunal Equilibrium Turnover Rates on a Tropical Island and a Temperate Island.« *Proceedings of the National Academy of Sciences*, Bd. 68, Nr. 11.
–. 1972a. *Avifauna of the Eastern Highlands of New Guinea.* Cambridge, Mass.: Nuttall Ornithological Club.
–. 1972b. »Biogeographic Kinetics: Estimation of Relaxation Times for Avifaunas of Southwest Pacific Islands.« *Proceedings of the National Academy of Sciences*, Bd. 69, Nr. 11.
–. 1973. »Distributional Ecology of New Guinea Birds.« *Science*, Bd. 179, 23. Februar 1973.
–. 1974a. »Colonization of Exploded Volcanic Islands by Birds: The Supertramp Strategy.« *Science*, Bd. 184, 17. Mai 1974.
–. 1974b. »Relaxation and Differential Extinction on Land-Bridge Islands: Applications to Natural Preserves.« *Proceedings of the 16th International Ornithological Congress.*
–. 1975a. »The Island Dilemma: Lessons of Modern Biogeographic Studies for the Design of Natural Reserves.« *Biological Conservation*, Bd. 7.
–. 1975b. »Assembly of Species Communities.« In Cody und Diamond (1975).
–. 1976. »Island Biogeography and Conservation: Strategy and Limitations.« Der erste Beitrag in einer Gruppe von Antworten auf Simberloff und Abele (1976). *Science*, Bd. 193, 10. September 1976.
–. 1977. »Continental and Insular Speciation in Pacific Land Birds.« *Systematic Zoology*, Bd. 26, Nr. 3.
–. 1978. »Niche Shifts and the Rediscovery of Interspecific Competition.« *American Scientist*, Bd. 66.
–. 1981. »Birds of Paradise and the Theory of Sexual Selection.« *Nature*, Bd. 293, 24. September 1981.
–. 1984a. »Historic Extinctions: A Rosetta Stone for Understanding Prehistoric Extinctions.« In Martin und Klein (1984).
–. 1984b. »›Normal‹ Extinctions of Isolated Populations.« In Nitecki (1984).
–. 1984c. »Possible Effects of Unrestricted Pesticide Use on Tropical Birds.« *Nature*, Bd. 310, August 1984.
–. 1986. »Biology of Birds of Paradise and Bowerbirds.« *Annual Review of Ecology and Systematics*, Bd. 17.
–. 1987. »Did Komodo Dragons Evolve to Eat Pygmy Elephants?« *Nature*, Bd. 326, 30. April 1987.
–. 1988. »Founding Fathers and Mothers.« *Natural History*, Juni 1988.
–. 1989. »This-Fellow Frog, Name Belong-Him Dakwo.« *Natural History*, April 1989.
–. 1991. »World of the Living Dead.« *Natural History*, September 1991.
Diamond, Jared M., K. David Bishop und S. van Balen. 1987. »Bird Survival in an Isolated Javan Woodland: Island or Mirror?« *Conservation Biology*, Bd. 1, Nr. 2.

Diamond, Jared M., und Michael E. Gilpin. 1982. »Examination of the ›Null‹ Model of Connor and Simberloff for Species Co-Occurrences on Islands.« *Oecologia*, Bd. 52.

—. 1983. »Biogeographic Umbilici and the Origin of the Philippine Avifauna.« *Oikos*, Bd. 41.

Diamond, Jared M., Michael E. Gilpin und Ernst Mayr. 1976. »Species-Distance Relation for Birds of the Solomon Archipelago, and the Paradox of the Great Speciators.« *Proceedings of the National Academy of Sciences*, Bd. 73, Nr. 6.

Diamond, Jared M., und Robert E. May. 1976. »Island Biogeography and the Design of Natural Reserves.« In May (1976).

Diamond, Jared M., und C. Richard Veitch. 1981. »Extinctions and Introductions in the New Zealand Avifauna: Cause and Effect?« *Science*, Bd. 211, 30. Januar 1981.

Dickerson, Roy E. 1928. *Distribution of Life in the Philippines*. Manila: Bureau of Printing.

Dobzhansky, Theodosius, und Olga Pavlovsky. 1957. »An Experimental Study of Interactions Between Genetic Drift and Natural Selection.« *Evolution*, Bd. 11.

Dorst, Jean. 1972. »The Evolution and Affinities of the Birds of Madagascar.« In Battistini und Richard-Vindard (1972).

Duffey, E., und A. S. Watt (Hrsg.). 1971. *The Scientific Management of Animal and Plant Communities for Conservation*. Oxford: Blackwell Scientific Publications.

Durrell, Gerald. 1977. *Golden Bats and Pink Pigeons*. New York: Touchstone/Simon & Schuster.

Dworski, Susan. 1987. »Mystery and Magic in Madagascar.« *Islands*, 10. September 1987.

East, R. 1981. »Species-Area Curves and Populations of Large Mammals in African Savanna Reserves.« *Biological Conservation*, Bd. 21.

Edgar, R. 1983. »Spotted-tailed Quoll.« In Strahan (1983).

Ehrenfeld, David W. 1970. *Biological Conservation*. New York: Holt, Rinehart and Winston.

—. 1986. »Life in the Next Millennium: Who Will Be Left in the Earth's Community?« In Kaufman und Mallory (1986).

—. 1987. »History of the Society for Conservation Biology: How and Why We Got Here.« *Conservation Biology*, Bd. 1, Nr. 1.

Ehrlich, Paul R. 1986. »Extinction: What Is Happening Now and What Needs to Be Done.« In Elliott (1986).

Ehrlich, Paul, und Anne Ehrlich. 1981. *Extinction: The Causes and Consequences of the Disappearance of Species*. New York: Random House.

Ehrlich, Paul R., Dennis D. Murphy und Bruce A. Wilcox. 1988. »Islands in the Desert.« *Natural History*, Oktober 1988.

Ehrlich, Paul R., und Edward O. Wilson. 1991. »Biodiversity Studies: Science and Policy.« *Science*, Bd. 253, 16. August 1991.

Eiseley, Loren C. 1959. »Alfred Russel Wallace.« *Scientific American*, Bd. 200, Nr. 2.
–. 1961. *Darwin's Century: Evolution and the Men Who Discovered It*. Garden City, N.Y.: Anchor Books.
Eisenberg, John F. 1981. *The Mammalian Radiations: An Analysis of Trends in Evolution, Adaptation, and Behavior*. Chicago: University of Chicago Press.
Eisenberg, John F., und Edwin Gould. 1970. *The Tenrecs: A Study in Mammalian Behavoir and Evolution*. Smithsonian Contributions to Zoology, Nr. 27. Washington, D.C.: Smithsonian Institution Press.
–. 1984. »The Insectivores.« In Jolly et al. (1984).
Eldredge, Niles. 1985. *Time Frames: The Rethinking of Darwinian Evolution and the Theory of Punctuated Equilibria*. New York: Touchstone/Simon & Schuster.
Elliott, David K. (Hrsg.). 1986. *Dynamics of Extinction*. New York: John Wiley and Sons.
Elton, Charles S. 1972. *The Ecology of Invasions by Animals and Plants*. London: Chapman and Hall.
Emmons, Louise H. 1984. »Geographic Variation in Densities and Diversities of Non-flying Mammals in Amazonia.« *Biotropica*, Bd. 16, Nr. 3.
Endler, John A. 1982. »Pleistocene Forest Refuges: Fact or Fancy?« In Prance (1982).
Engbring, John, und Thomas H. Fritts. 1988. »Demise of an Insular Avifauna: The Brown Tree Snake on Guam.« *Transactions of the Western Section of the Wildlife Society*, Bd. 24.
Erwin, Terry L. 1991. »An Evolutionary Basis for Conservation Strategies.« *Science*, Bd. 253, 16. August 1991.
Faeth, Stanley H., und Thomas C. Kane. 1978. »Urban Biogeography.« *Oecologia*, Bd. 32.
Fahrig, Lenore, und Gray Merriam. 1994. »Conservation of Fragmented Populations.« *Conservation Biology*, Bd. 8, Nr. 1.
Ferry, Camille, Jacques Blondel und Bernard Frochot. 1974. »Plant Successional Stage and Avifaunal Structure on an Island.« *Proceedings of the 16th International Ornithological Congress*.
Fichman, Martin. 1977. »Wallace: Zoogeography and the Problem of Land Bridges.« *Journal of the History of Biology*, Bd. 10, Nr. 1.
–. 1981. *Alfred Russel Wallace*. Boston: Twayne.
Fleet, Harriet. 1986. *The Concise Natural History of New Zealand*. Auckland, Neuseeland: Heinemann.
Flessa, Karl W. 1975. »Area, Continental Drift, and Mammalian Diversity.« *Paleobiology*, Bd. 1
Fonseca, Gustavo A. B. da. 1985. »The Vanishing Brazilian Atlantic Forest.« *Biological Conservation*. Bd. 34.
Fooden, Jack. 1972. »Breakup of Pangaea and Isolation of Relict Mammals in Australia, South America, and Madagascar.« *Science*, Bd. 175, 25. Februar 1972.

Forster, John Reinold [Johann Reinhold]. 1778. *Observations Made During a Voyage Round the World, on Physical Geography, Natural History, and Ethic Philosophy.* London: G. Robinson. – Dt. Übers.: 1783. *Bemerkungen über Gegenstände der physischen Erdbeschreibung, Naturgeschichte und sittlichen Philosophie auf seiner Reise um die Welt gesammelt, ins Deutsche übersetzt von Georg Forster und 1783 erschienen.* Unveränderter Nachdruck: 1981. *Beobachtungen während der Cookschen Weltumsegelung 1772–1775.* Stuttgart: Brockhaus Antiquarium.

Fossey, Dian. 1983. *Gorillas in the Mist.* Boston: Houghton Mifflin.

Foster, J. Bristol. 1964. »Evolution of Mammals on Islands.« *Nature,* Bd. 202, 18. April 1964.

Frankel, O. H., und Michael E. Soulé. 1989. *Conservation and Evolution.* (The Green Book, erste Veröffentlichung 1981.) Cambridge: Cambridge University Press.

Franklin, Ian Robert. 1980. »Evolutionary Change in Small Populations.« In Soulé und Wilcox (1980).

Fretwell, Stephen D. 1975. »The Impact of Robert MacArthur on Ecology.« *Annual Review of Ecology and Systematics,* Bd. 6.

Fritts, Thomas H. 1983. »Morphometrics of Galapagos Tortoises: Evolutionary Implications.« In Bowman et al. (1983).

–. 1988. »The Brown Tree Snake, *Boiga irregularis,* A Threat to Pacific Islands.« Biological Report 88 (31). Washington, D.C.: Fish and Wildlife Service, U.S. Department of the Interior.

Fritts, Thomas H., und Michael J. McCoid. 1991. »Predation by the Brown Tree Snake *Boigra irregularis* on Poultry and Other Domesticated Animals in Guam.« *Snake,* Bd. 23.

Fritts, Thomas H., Michael J. McCoid und Robert L. Haddock. 1990. »Risks to Infants to Guam from Bites of the Brown Tree Snake (*Bioga irregularis*).« *American Journal of Tropical Medical Hygiene,* Bd. 42.

–. 1994. »Symptoms and Circumstances Associated with Bites by the Brown Tree Snake (Colubridae: *Boiga irregularis*) on Guam.« *Journal of Herpetology,* Bd. 28, Nr. 1.

Fritts, Thomas H., Norman J. Scott, Jr., und Julie A. Savidge. 1987. »Activity of the Arboreal Brown Tree Snake (*Boiga irregularis*) on Guam as Determined by Electrical Outages.« *Snake,* Bd. 19.

Fryer, Geoffrey, und T. D. Iles. 1972. *The Cichlid Fishes of the Great Lakes of Africa: Their Biology and Evolution.* Neptune, N.J.: T. F. H. Publications.

Fryer, J. C. F. 1910. »The South-West Indian Ocean.« *Geographical Journal,* Bd. 37, Nr. 3.

Fuller, Errol. 1988. *Extinct Birds.* New York: Facts on File.

Futuyma, Douglas, J. 1987. »On the Role of Species in Anagenesis.« *American Naturalist,* Bd. 130, Nr. 3.

Ganzhorn, Jörg U. 1988. »Food Partitioning Among Malagasy Primates.« *Oecologia,* Bd. 75.

–. 1989. »Primate Species Separation in Relation to Secondary Plant Chemicals.« *Human Evolution,* Bd. 4, Nr. 2.

Ganzhorn, Jörg U., und Joseph Rabeson. 1986. »Sightings of Aye-ayes in the Eastern Rainforest of Madagascar.« *Primate Conservation*, Nr. 7.
Gaymer, R. 1968. »The Indian Ocean Giant Tortoise *Testudo gigantea* on Aldabra.« *Journal of Zoology*, London, Bd. 154.
Gehlbach, Frederick R. 1981. *Mountain Islands and Desert Seas: A Natural History of the U.S.-Mexican Borderlands*. College Station: Texas A&M University Press.
Gentry, Alwyn H. (Hrsg.). 1990. *Four Neotropical Rainforests*. New Haven, Conn.: Yale University Press.
George, Wilma. 1964. *Biologist Philosopher: A Study of the Life and Writings of Alfred Russel Wallace*. London: Abelard-Schuman.
–. 1980. »Sources and Background to Discoveries of New Animals in the Sixteenth and Seventeenth Centuries.« *History of Science*, Bd. 18, Teil 2, Nr. 40.
–. 1987. »Complex Origins.« In Whitmore (1987).
Ghiselin, Jon. 1981. »Applied Ecology.« In Kormondy und McCormick (1981).
Ghiselin, Michael T. 1984. *The Triumph of the Darwinian Method*. Chicago: University of Chicago Press.
Gibbs, James P., und John Faaborg. 1990. »Estimating the Viability of Ovenbird and Kentucky Warbler Populations in Forest Fragments.« *Conservation Biology*, Bd. 4, Nr. 2.
Gilbert, Bil. 1981. »Nasty Little Devil.« *Sports Illustrated*, 5. Oktober 1981.
Gilbert, F. S. 1980. »The Equilibrium Theory of Island Biogeography: Fact or Fiction?« *Journal of Biogeography*, Bd. 7.
Gill, Don, und Penelope Bonnett. 1973. *Nature in the Urban Landscape: A Study of City Ecosystems*. Baltimore: York Press.
Gilpin, Michael E. 1980. »The Role of Stepping-Stone Islands.« *Theoretical Population Biology*, Bd. 17.
–. 1981. »Peninsular Diversity Patterns.« *American Naturalist*, Bd. 118.
–. 1989. »Population Viability Analysis.« *Endangered Species Update*, Bd. 6, Nr. 10.
–. 1991. »The Genetic Effective Size of a Metapopulation.« In Gilpin und Hanski (1991).
Gilpin, Michael E., und Ted J. Case. 1976. »Multiple Domains of Attraction in Competition Communities.« *Nature*, Bd. 261, 6. Mai 1976.
Gilpin, Michael E., und Jared M. Diamond. 1976. »Calculation of Immigration and Extinction Curves from the Species-Area-Distance Relation.« *Proceedings of the National Academy of Sciences*, Bd. 73, Nr. 11.
–. 1980. »Subdivision of Nature Reserves and the Maintenance of Species Diversity.« *Nature*, Bd. 285, Juni 1980.
–. 1982. »Factors Contributing to Non-Randomness in Species Co-Occurrences on Islands.« *Oecologia*, Bd. 52.
Gilpin, Michael, und Ilkka Hanski (Hrsg.). 1991. *Metapopulation Dynamics: Empirical and Theoretical Investigations*. Nachgedruckt aus *Biological Journal of the Linnean Society*, Bd. 42, Nr. 1 and 2. London: Academic Press.

Gilpin, Michael E., und Michael E. Soulé. 1986. »Minimum Viable Populations: Processes of Species Extinction.« In Soulé (1986a).
Ginzburg, Lev R., Scott Ferson und H. Resit Akçakaya. 1990. »Reconstructibility of Density Dependence and the Conservative Assessment of Extinction Risks.« *Conservation Biology*, Bd. 4, Nr. 1.
Glander, Kenneth E., Patricia C.Wright, David S. Seigler, Voara Randrianasolo und Bodovololona Randrianasolo. 1989. »Consumption of Cyanogenic Bamboo by a Newly Discovered Species of Bamboo Lemur.« *American Journal of Primatology*, Bd. 19.
Glasby, G. P. 1986. »Modification of the Environment in New Zealand.« *Ambio*, Bd. 15, Nr. 5.
Gleason, Henry Allan. 1922. »On the Relation Between Species and Area.« *Ecology*, Bd. 3.
Gleick, James. 1987. »Species Vanishing from Many Parks.« *New York Times*, 3. Februar 1987.
Godfrey, Laurie, und Martine Vuillaume-Randriamanantena. 1986. »*Hapalemur simus*: Endangered Lemur Once Widespread.« *Primate Conservation*, Nr. 7.
Godsell, J. 1983. »Eastern Quoll.« In Strahan (1983).
Golley, Frank B., und Ernesto Medina (Hrsg.). 1975. *Tropical Ecological Systems: Trends in Terrestrial and Aquatic Research*. New York: Springer-Verlag.
Goodman, Daniel. 1975. »The Theory of Diversity-Stability Relationships in Ecology.« *Quarterly Review of Biology*, Bd. 50, Nr. 3.
–. 1987. »The Demography of Chance Extinction.« In Soulé (1987).
Gordon, Kenneth R. »Insular Evolutionary Body Size Trends in *Ursus*.« *Journal of Mammalogy*, Bd. 67, Nr. 2.
Gorman, M. L. 1979. *Island Ecology*. London: Chapman and Hall.
Gottfried, Bradley M. 1979. »Small Mammal Populations in Woodlot Islands.« *American Midland Naturalist*, Bd. 102, Nr. 1.
Gould, Edwin, und John F. Eisenberg. 1966. »Notes on the Biology of the Tenrecidae.« *Journal of Mammalogy*, Bd. 47, Nr. 4.
Gould, Margaret S., und Ian R. Swingland. 1980. »The Tortoise and the Goat: Interactions on Aldabra Island.« *Biological Conservation*, Bd. 17.
Gould, Stephen Jay. 1979. »An Allometric Interpretation of Species-Area Curves: The Meaning of the Coefficient.« *American Naturalist*, Bd. 114, Nr. 3.
–. 1980. *The Panda's Thumb: More Reflections in Natural History*. New York: W. W. Norton. – Dt. Übers.: 1987. *Der Daumen des Panda. Betrachtungen zur Naturgeschichte*. Basel/Stuttgart.
–. 1985. »Darwin at Sea – and the Virtues of Port.« In *The Flamingo's Smile*. New York: W. W. Norton.
–. 1991. »Unenchanted Evening.« *Natural History*, September 1991.
Gradwohl, Judith, und Russell Greenberg. 1988. *Saving the Tropical Forests*. London: Earthscan.
Grant, Peter R. 1974. »Population Variation on Islands.« *Proceedings of the 16th International Ornithological Congress*.

—. 1986. *Ecology and Evolution of Darwin's Finches*. Princeton, N.J.: Princeton University Press.
Graves, Gary R., und Nicolas J. Gotelli. 1983. »Neotropical Land-Bridge Avifaunas: New Approaches to Null Hypotheses in Biogeography.« *Oikos*, Bd. 41.
Green, Glen M., und Robert W. Sussman. 1990. »Deforestation History of the Eastern Rain Forests of Madagascar from Satellite Images.« *Science*, Bd. 248, 13. April 1990.
Green, R. H. 1974. »Mammals.« In Williams (1974).
Greenway, James C., Jr. 1967. *Extinct and Vanishing Birds of the World*. New York: Dover.
Gressitt, J. L. (Hrsg.). 1982. *Biogeography and Ecology of New Guinea*. Den Haag: Dr. W. Junk.
Griveaud, P., und R. Albignac. 1972. »The Problems of Nature Conservation in Madagascar.« In Battistini und Richard-Vindard (1972).
Grue, Christian E. 1985. »Pesticides and the Decline of Guam's Native Birds.« *Nature*, Bd. 316, 25. Juli 1985.
Grumbine, Edward. 1990a. »Protecting Biological Diversity Through the Greater Ecosystem Concept.« *Natural Areas Journal*, Bd. 10, Nr. 3.
—. 1990b. »Viable Populations, Reserve Size, and Federal Lands Management: A Critique.« *Conservation Biology*, Bd. 4, Nr. 2.
Grzimek, Bernhard et al. (Hrsg.). 1967. *Grzimeks Tierleben*. Bd. 10. Zürich: Kindler.
Guiler, Eric R. 1970. »Observations on the Tasmanian Devil, *Sarcophilus harrisi* (Marsupialia: Dasyuridae).« *Australian Journal of Zoology*, Bd. 18.
—. 1985. *Thylacine: The Tragedy of the Tasmanian Tiger*. Melbourne: Oxford University Press.
Gulick, Addison. 1932. »Biological Peculiarities of Oceanic Islands.« *Quarterly Review of Biology*, Bd. 7, Nr. 4.
Hachisuka, Masauji. 1953. *The Dodo and Kindred Birds: Or, The Extinct Birds of the Mascarene Islands*. London: H. F. & G. Witherby.
Haffer, Jürgen. 1969. »Speciation in Amazonian Forest Birds.« *Science*, Bd. 165, 11.. Juli 1969.
—. 1982. »General Aspects of the Refuge Theory.« In Prance (1982).
Haig, Susan M., Jonathan D. Ballou und Scott R. Derrickson. 1990. »Management Options for Preserving Genetic Diversity: Reintroduction of Guam Rails to the Wild.« *Conservation Biology*, Bd. 4, Nr. 3.
Hairston, Nelson G., Frederick E. Smith und Lawrence B. Slobodkin. 1960. »Community Structure, Population Control, and Competition.« *American Naturalist*, Bd. 94, Nr. 879.
Halliday, T. R. 1980. »The Extinction of the Passenger Pigeon *Ectopistes migratorius* and Its Relevance to Contemporary Conservation.« *Biological Conservation*, Bd. 17.
Hamilton, Terrell H. 1968. »Biogeography and Ecology in a New Setting.« Eine Rezension über MacArthur and Wilson (1967). *Science*, Bd. 159, 5. Januar 1968.

Hamilton, Terrell H., und Ira Rubinoff. 1963. »Isolation, Endemism, and Multiplication of Species in the Darwin Finches.« *Evolution*, Bd. 17.

Hamilton, Terrell H., Ira Rubinoff, Robert H. Barth, Jr., und Guy L. Bush. 1963. »Species Abundance: Natural Regulation of Insular Variation.« *Science*, Bd. 142, 20. Dezember 1963.

Hanna, Willard A. 1976. *Bali Profile: People, Events, Circumstances (1001–1976)*. New York: American Universities Field Staff.

Hanski, Ilkka, und Michael Gilpin. 1991. »Metapopulation Dynamics: Brief History and Conceptual Domain.« In Gilpin and Hanski (1991).

Harcourt, A. H., und D. Fossey. 1981. »The Virunga Gorillas: Decline of an ›Island‹ Population.« *African Journal of Ecology*, Bd. 19.

Harcourt, Caroline, unter Mitwirkung von Jane Thornback. 1990. *Lemurs of Madagascar and the Comoros: The IUCN Red Data Book*. Gland, Schweiz: International Union for the Conservation of Nature and Natural Ressource.

Harris, Larry D. 1984. *The Fragmented Forest: Island Biogeography Theory and the Preservation of Biotic Diversity*. Chicago: University of Chicago Press.

Harris, Tom. 1990. »Losing Paradise.« *Amicus Journal*, Summer 1990.

Harvey, Paul H., und A. H. Harcourt. 1984. »Sperm Competition, Testes Size, and Breeding Systems in Primates.« In *Sperm Competition and the Evolution of Animal Mating Systems*, hrsg. v. Robert H. Smith. Orlando, Fla.: Academic Press.

Heaney, Lawrence R. 1984. »Mammalian Species Richness on Islands on the Sunda Shelf, Southeast Asia.« *Oecologia*, Bd. 61.

Heaney, Lawrence R., Paul D. Heideman, Eric A. Rickart, Ruth B. Utzurrum und J. S. H. Klompen. 1989. »Elevational Zonation of Mammals in the Central Philippines.« *Journal of Tropical Ecology*, Bd. 5.

Heaney, L. R., und B. D. Patterson (Hrsg.). 1986. *Island Biogeography of Mammals*. Nachgedruckt aus *Biological Journal of the Linnean Society*, Bd. 28, Nr. 1 and 2. London: Academic Press.

Hecht, Max K. 1975. »The Morphology and Relationships of the Largest Known Terrestrial Lizard, *Megalania prisca* Owen, from the Pleistocene of Australia.« *Proceedings of the Royal Society of Victoria*.

Heideman, P. D., und L. R. Heaney. 1989. »Population Biology and Estimates of Abundance of Fruit Bats (Pteropodidae) in Philippine Submontane Rainforest.« *Journal of Zoology*, Bd. 218.

Heidemann, Paul D., Lawrence R. Heaney, Rebecca L. Thomas und Keith R. Erickson. 1987. »Patterns of Faunal Diversity and Species Abundance of Non-Volant Small Mammals on Negros Island, Philippines.« *Journal of Mammalogy*, Bd. 68, Nr. 4.

Hendrickson, John D. 1966. »The Galápagos Tortoises, *Geochelone* Fitzinger 1835 (*Testudo* Linnaeus 1758 in Part).« In Bowman (1966).

Herter, K. 1974. »Die Insektenfresser.« In Grzimek (1967).

Hickman, John. 1985. *The Enchanted Islands: The Galapagos Discovered*. Oswestry, Shropshire: Anthony Nelson.

Higgs, A. J. 1981. »Island Biogeography Theory and Nature Reserve Design.« *Journal of Biogeography,* Bd. 8.

Higgs, A. J., und M. B. Usher. 1980. »Should Nature Reserves Be Large or Small?« *Nature,* Bd. 285, 19. Juni 1980.

Hill, Arthur W. 1941. »The Genus *Calvaria,* with an Account of the Stony Endocarp and Germination of the Seed and Description of a New Species.« *Annals of Botany,* Bd. 5, Nr. 20.

Hill, M. G., und D. McC. Newbery. 1982. »An Analysis of the Origins and Affinities of the Coccid Fauna (Coccoidea; Homoptera) of Western Indian Ocean Islands, with Special Reference to Aldabra Atoll.« *Journal of Biogeography,* Bd. 9.

Himmelfarb, Gertrude. 1968. *Darwin and the Darwinian Revolution.* New York: W. W. Norton.

Hoage, R. J. (Hrsg.). 1985. *Animal Extinctions: What Everyone Should Know.* Washington, D.C.: Smithsonian Institution Press.

Hobson, Edmund S. 1965. »Observations on Diving in the Galápagos Marine Iguana, *Amblyrhynchus cristatus* (Bell).« *Copeia,* Nr. 2.

Hodge, M. J. S. 1972. »The Universal Gestation of Nature: Chambers' *Vestiges* and *Explanations.*« *Journal of the History of Biology,* Bd. 5, Nr. 1.

Hoeck, H. N. 1984. »Introduced Fauna.« In Perry (1984).

Hoffman, Eric. 1989. »Madagascar in Crisis.« *Animals,* Bd. 122, Nr. 3, Mai/Juni 1989.

Holmes, Derek, und Stephen Nash. 1989. *The Birds of Java and Bali.* Singapore: Oxford University Press.

Honegger, René E. 1980–81. »List of Amphibians and Reptiles Either Known or Thought to Have Become Extinct Since 1600.« *Biological Conservation,* Bd. 19.

Hoogerwerf, A. 1953. »Notes on the Vertebrate Fauna of the Krakatau Islands, with Special Reference to the Birds.« *Treubia,* Bd. 22.

Hooijer, Dirk Albert. 1951. »Pygmy Elephant and Giant Tortoise.« *Scientific Monthly,* Bd. 72.

–. 1967. »Indo-Australian Insular Elephants.« *Genetica,* Bd. 38.

–. 1970. »Pleistocene South-East Asiatic Pygmy Stegodonts.« *Nature,* Bd. 225, 31. Januar 1970.

–. 1975. »Quaternary Mammals West and East of Wallace's Line.« *Netherlands Journal of Zoology,* Bd. 25, Nr. 1.

Hooker, Sir J. D. 1896. »Lecture on Insular Floras.« London: L. Reeve. (Der Vortrag wurde am 27. August 1866 vor der British Association for the Advancement of Science in Nottingham gehalten.)

Hooper, M. D. 1971. »The Size and Surroundings of Nature Reserves.« In *The Scientific Management of Animal and Plant Communities for Conservation,* hrsg. v. E. Duffey und A. S. Watt. Oxford: Blackwell Scientific Publications.

Hope, J. H. 1974. »The Biogeography of the Mammals of the Islands of Bass Strait.« In Williams (1974).

Hughes, Robert. 1988. *The Fatal Shore.* New York: Vintage Books. – Dt.

Übers.: 1992. *Australien: Die Besiedlung des 5. Kontinents.* München: Knaur.

Hull, David L. 1988. *Science as a Process: An Evolutionary Account of the Social and Conceptual Development of Science.* Chicago: University of Chicago Press.

Humphreys, W. F., und D. J. Kitchener. 1982. »The Effect of Habitat Utilization on Species-Area Curves: Implications for Optimal Reserve Area.« *Journal of Biogeography*, Bd. 9.

Hutchinson, G. Evelyn. 1954. »Marginalia.« *American Scientist*, Bd. 42, Nr. 2.

Huxley, Julian, (Hrsg.). 1936. *T. H. Huxley's Diary of the Voyage of H.M.S. Rattlesnake.* Garden City, N.Y: Doubleday, Doran. (Reprint-Ausgabe: Kraus, New York, 1972.)

Iker, Sam. 1982. »Islands of Life.« *Mosaic*, September/Oktober 1982.

Jablonski, David, 1986a. »Mass Extinctions: New Answers, New Questions.« In Kaufmann und Mallory (1986).

–. 1986b. »Causes and Consequences of Mass Extinctions: A Comparative Approach.« In Elliott (1986).

–. 1991. »Extinctions: A Paleontological Perspective.« *Science*, Bd. 253, 16. August 1991.

Jackson, M. H. 1985. *Galápagos: A Natural History Guide.* Calgary, Alberta, Can.: University of Calgary Press.

Jackson, Peter S. Wyse, Quentin C. B. Cronk und John A. N. Parnell. 1988. »Notes on the Regeneration of Two Rare Mauritian Endemic Trees.« *Tropical Ecology*, Bd. 29.

Jaffe, Mark. 1985. »Cracking an Ecological Murder Mystery.« *Philadelphia Inquirer*, 4. Juni 1985.

–. 1994. *And No Birds Sing: The Story of an Ecological Disaster in a Tropical Paradise.* New York: Simon & Schuster.

Janzen, Daniel H. 1968. »Host Plants as Islands in Evolutionary and Contemporary Time.« *American Naturalist*, Bd. 102, November/Dezember 1968.

–. 1974. »The Deflowering of Central America.« *Natural History*, April 1974.

–. 1975. »Host Plants as Islands, Part 2: Competition in Evolutionary and Contemporary Time.« *American Naturalist*, Bd. 107, Nr. 958.

–. 1983. »No Park Is an Island: Increase in Interference from Outside as Park Size Decreases.« *Oikos*, Bd. 41.

Jenkins, Alan C. 1978. *The Naturalists: Pioneers of Natural History.* New York: Mayflower Books.

Jenkins, J. Mark. 1979. »Natural History of the Guam Rail.« *Condor*, Bd. 81.

–. 1983. *The Native Forest Birds of Guam.* Ornithological Monographs Nr. 31. Washington, D.C.: American Ornithologists' Union.

Jenkins, Robert E. 1989. »Long-Term Conservation and Preserve Complexes.« *Nature Conservancy*, Bd. 39, Nr. 1, Januar/Februar 1989.

Johns, Andrew. 1986. »Notes on the Ecology and Current Status of the Buffy Saki (*Pithecia albicans*).« *Primate Conservation*, Nr. 7.
Johnson Donald Lee. 1978. »The Origin of Island Mammoths and the Quaternary Land Bridge History of the Northern Channel Islands, California.« *Quaternary Research*, Bd. 10.
–. 1980. »Problems in the Land Vertebrate Zoogeography of Certain Islands and the Swimming Powers of Elephants.« *Journal of Biogeography*, Bd. 7.
Johnson, Michael P., und Peter H. Raven. 1973. »Species Number and Endemism: The Galápagos Archipelago Revisited.« *Science*, Bd. 179, 2. März 1973.
Jolly, Alison. 1966. *Lemur Behavoir: A Madagascar Field Study*. Chicago: University of Chicago Press.
–. 1980. *A World Like Our Own: Man and Nature in Madagascar*. New Haven, Conn.: Yale University Press.
Jolly, Alison, Roland Albignac und Jean-Jacques Petter. 1984. »The Lemurs.« In Jolly et al. (1984).
Jolly, Alison, Philippe Oberlé und Roland Albignac (Hrsg.). 1984. *Key Environments: Madagascar*. Oxford: Pergamon Press.
Jones, Carl G., Willard Heck, Richard E. Lewis, Yousoof Mungroo, Glenn Slade und Tom Cade. 1995. »The Restoration of the Mauritius Kestrel *Falco punctatus* Population.« *Ibis*, Bd. 137.
Jones, H. Lee, und Jared M. Diamond. 1976. »Short-Time-Base Studies of Turnover in Breeding Bird Populations on the California Channel Islands.« *Condor*, Bd. 78.
Jordan, David S. 1905. »The Origin of Species Through Isolation.« *Science*, Bd. 22, 3. November 1905.
Juvik, J. O., A. J. Andrianarivo und C. P. Blanc. 1980–81. »The Ecology and Status of *Geochelone yniphora*: A Critically Endangered Tortoise in Northwestern Madagascar.« *Biological Conservation*, Bd. 19.
Kaneshiro, Kenneth Y., und Alan T. Otha. 1982. »The Flies Fan Out.« *Natural History*, Bd. 91, Dezember 1982.
Kapos, Valerie. 1989. »Effects of Isolation on the Water Status of Forest Patches in the Brazilian Amazon.« *Journal of Tropical Ecology*, Bd. 5.
Karr, James R. 1982a. »Avian Extinction on Barro Colorado Island, Panama: A Reassessment.« *American Naturalist*, Bd. 119, Nr. 2.
–. 1982b. »Population Variability and Extinction in the Avifauna of a Tropical Land Bridge Island.« *Ecology*, Bd. 63, Nr. 6.
Kaufmann, Les, und Kenneth Mallory (Hrsg.). 1986. *The Last Extinction*. Cambridge, Mass.: MIT Press.
Keast, Allen. 1968a. »Evolution of Mammals on Southern Continents, Part 1, Introduction: The Southern Continents as Backgrounds for Mammalian Evolution.« *Quarterly Review of Biology*, Bd. 43, Nr. 3.
–. 1968b. »Evolution of Mammals on Southern Continents, Part 4, Australian Mammals: Zoogeography and Evolution.« *Quarterly Review of Biology*, Bd. 43, Nr. 4.

–. 1971. »Adaptive Evolution and Shifts in Niche Occupation in Island Birds.« In Stern (1971).
–. 1974. »Ecological Opportunities and Adaptive Evolution on Islands, with Special Reference to Evolution in the Isolated Forest Outliers of Southern Australia.« *Proceedings of the 16th International Ornithological Congress.*
Keiter, Robert B., und Mark S. Boyce (Hrsg.). 1991. *The Greater Yellowstone Ecosystem: Redefining America's Wilderness Heritage.* New Haven, Conn.: Yale University Press.
Kensley, Brian (Hrsg.). 1988. *Results of Recent Research on Aldabra Atoll, Indian Ocean.* Collected papers as *Bulletin of the Biological Society of Washington,* Nr. 8.
Key, Robert E. (Hrsg.). 1968. *A Science Teacher's Handbook to Guam.* Agana, Guam: Guam Science Teachers Association.
Kilburn, Paul D. 1966. »Analysis of the Species-Area Relation.« *Ecology,* Bd. 47.
King, Laura B., Faith Campbell, David Edelson und Susan Miller. 1989. »Extinction in Paradise: Protecting Our Hawaiian Species.« Washington, D.C.: Natural Resources Defense Council.
Kingdon, Jonathan. 1989. *Island Africa: The Evolution of Africa's Rare Animals and Plants.* Princeton, N.J.: Princeton University Press.
Kingsland, Sharon E. 1988. *Modeling Nature: Episodes in the History of Population Ecology.* Chicago: University of Chicago Press.
Kirch, Patrick V. 1982. »Transported Landscapes.« *Natural History,* Bd. 91, Dezember 1982.
–. 1985. *Feathered Gods and Fishhooks: An Introduction to Hawaiian Archeology and Prehistory.* Honolulu: University of Hawaii Press.
Kirkpatrick, J. B. 1983. »An Iterative Method for Establishing Priorities for the Selection of Nature Reserves: An Example from Tasmania.« *Biological Conservation,* Bd. 25.
Kirkpatrick, J. B., und Sue Backhouse. 1985. *Native Trees of Tasmania.* Hobart, Tasmanien, Aus.: Sue Backhouse.
Kitchener, Andrew. 1993. »Justice at Last for the Dodo.« *New Scientist,* Bd. 139. 28. August 1993.
Kitchener, D. J. 1982. »Predictors of Vertebrate Species Richness in Nature Reserve in the Western Australian Wheatbelt.« *Australian Wildlife Research,* Bd. 9.
Kitchener, D. J., A Chapman und B. G. Muir. 1980. »The Conservation Value for Mammals of Reserves in the Western Australian Wheatbelt.« *Biological Conservation,* Bd. 18.
Knight, Bill, und Chris Schofield. 1985. »Sulawesi: An Island Expedition.« *New Scientist,* Bd. 105, 10. Januar 1985.
Knight, Richard R., und L. L. Eberhardt. 1985. »Population Dynamics of Yellowstone Grizzly Bears.« *Ecology,* Bd. 66, Nr. 2.
Kolar, K. 1974. »Spitzhörnchen und Halbaffen.« In Grzimek (1967).
Kolata, Gina Bari. 1974. »Theoretical Ecology: Beginnings of a Predictive Science.« *Science,* Bd. 183, 1. Februar 1974.

Kormondy, Edward J., und J. Frank McCormick (Hrsg.). 1981. *Handbook of Contemporary Developments in World Ecology.* Westport, Conn.: Greenwood Press.
Kottack, Conrad Phillip. 1980. *The Past in the Present: History, Ecology, and Cultural Variation in Highland Madagascar.* Ann Arbor: University of Michigan Press.
Kottack, Conrad Phillip, Jean-Aimé Rakotoarisoa, Aidan Southall und Pierre Vérin (Hrsg.). 1986. *Madagascar: Society and History.* Durham, N.C.: Carolina Academic Press.
Kottler, Malcolm Jay. 1974. »Alfred Russel Wallace, the Origin of Man, and Spiritualism.« *Isis,* Bd. 65, Nr. 227.
Krantz, Grover S. 1970. »Human Activities and Megafaunal Extinctions.« *American Scientist,* Bd. 58.
Kricher, John C. 1989. *A Neotropical Companion: An Introduction to the Animals, Plants, and Ecosystems of the New World Tropics.* Princeton, N.J.: Princeton University Press.
Kuris, Armand M., Andrew R. Blaustein und José Javier Alió. 1980. »Hosts as Islands.« *American Naturalist,* Bd. 116, Nr. 4.
Lacava, Jerry, und Jeff Hughes. 1984. »Determining Minimum Viable Population Levels.« *Wildlife Society Bulletin,* Bd. 12, Nr. 4.
Lack, David. 1947. *Darwin's Finches: An Essay on the General Biological Theory of Evolution.* Cambridge: Cambridge University Press. (Reprint-Ausgabe: Peter Smith, Gloucester, Mass., 1968.)
–. 1969. »Subspecies and Sympatry in Darwin's Finches.« *Evolution,* Bd. 23.
–. 1971a. *Ecological Isolation in Birds.* Cambridge, Mass.: Harvard University Press.
–. 1971b. »Island Birds.« In Stern (1971).
–. 1973. »The Numbers of Species of Hummingbirds in the West Indies.« *Evolution,* Bd. 27.
–. 1976. *Island Biology, Illustrated by the Land Birds of Jamaica.* Berkeley: University of California Press.
Lake, P. S. 1974. »Conservation.« In Williams (1974).
Lamberson, Roland H., Robert McKelvey, Barry R. Noon und Curtis Voss. 1992. »A Dynamic Analysis of Northern Spotted Owl Viability in a Fragmented Forest Landscape.« *Conservation Biology,* Bd. 6, Nr. 4.
Lamont, Byron B., und Peter G. L. Klinkhamer. 1993. »Population Size and Viability.« *Nature,* Bd. 362, 18. März 1993.
Lande, Russell. 1987. »Extinction Thresholds in Demographic Models of Territorial Populations.« *American Naturalist,* Bd. 130, Nr. 4.
–. 1988. »Genetics and Demography in Biological Conservation.« *Science,* Bd. 241, 16. September 1988.
Langrand, Olivier. 1990. *Guide to the Birds of Madagascar.* Übers. v. Willem Daniels. New Haven, Conn.: Yale University Press.
Lanting, Frans. 1990. *A World Out of Time: Madagascar.* New York: Aperture.
Lawlor, Timothy E. 1982. »The Evolution of Body Size in Mammals: Evi-

dence from Insular Populations in Mexico.« *American Naturalist*, Bd. 119, Nr. 1.
–. 1983. »The Peninsular Effect on Mammalian Species Diversity in Baja California.« *American Naturalist*, Bd. 121, Nr. 3.
Lazell, James D., Jr. 1984. »A Population of Devils *Sarcophilus harrisii* in North-Western Tasmania.« *Records of the Queen Victoria Museum*, Nr. 84.
–. 1987. »Beyond the Wallace Line.« *Explorers Journal*, Bd. 65, Nr. 2.
–. 1989. *Wildlife of the Florida Keys: A Natural History.* Washington, D.C.: Island Press.
–. 1989. »Pushy Wildlife.« *National Parks*, Bd. 63, Nr. 9–10.
Le Bourdiec, Paul. 1972. »Accelerated Erosion and Soil Degradation.« In Battistini und Richard-Vindard (1972).
LeCroy, Mary. 1981. »The Genus *Paradisaea* – Display and Evolution.« *American Museum Novitates*, Nr. 2714.
LeCroy, Mary, Alfred Kulupi und W. S. Peckover. 1980. »Goldie's Bird of Paradise: Display, Natural History and Traditional Relationships of People to the Bird.« *Wilson Bulletin*, Bd. 92, Nr. 3.
Leigh, Egbert Giles, Jr. 1981. »The Average Lifetime of a Population in a Varying Environment.« *Journal of Theoretical Biology*, Bd. 90.
Leigh, Egbert G., Jr., Stanley A. Rand und Donald M. Windsor (Hrsg.). 1982. *The Ecology of a Tropical Forest: Seasonal Rhythms and Long-term Changes.* Washington, D.C.: Smithsonian Institution Press.
Levins, Richard. 1970. »Extinction.« *Some Mathematical Questions in Biology*, Bd. 2.
Lewin, Roger. 1984. »Parks: How Big Is Big Enough?« *Science*, Bd. 225, 10. August 1984.
Lincoln, G. A. 1975. »Bird Counts Either Side of Wallace's Line.« *Journal of Zoology*, London, Bd. 177.
Livezey, Bradley C. 1993. »An Ecomorphological Review of the Dodo (*Raphus cucullatus*) and Solitaire (*Pezophaps solitaria*), Flightless Columbiformes of the Mascarene Islands.« *Journal of Zoology*, London, Bd. 230.
Lomolino, Mark V. 1984. »Mammalian Island Biogeography: Effects of Area, Isolation, and Vagility.« *Oecologia*, Bd. 61.
–. 1985. »Body Size of Mammals on Islands: The Island Rule Reexamined.« *American Naturalist*, Bd. 125.
Lovejoy, Thomas E. 1979a. »The Epoch of Biotic Impoverishment.« *Great Basin Naturalist Memoirs*, Nr. 3.
–. 1979b. »Refugia, Refuges and Minimum Critical Size: Problems in the Conservation of the Neotropical Herpetofauna.« In *The South American Herpetofauna: Its Origin, Evolution, and Dispersal*, hrsg. v. William E. Duellman. Museum of Natural History Monograph 7. Lawrence: University of Kansas.
–. 1980. »Discontinuous Wilderness: Minimum Areas for Conservation.« *Parks*, Bd. 5, Nr. 2.

–. 1982a. »Designing Refugia for Tomorrow.« In Prance (1982).
–. 1982b. »Hope for a Beleaguered Paradise.« *Garden*, Februar 1982.
–. 1986. »Damage to Tropical Forests, or Why Were There So Many Kinds of Animals?« *Science*, Bd. 234, 10. Oktober 1986.
Lovejoy, T. E., R. O. Bierregaard, Jr., A. B. Rylands, J. R. Malcolm, C. E. Quintela, L. H. Harper, K. S. Brown, Jr., A. H. Powell, G. V. N. Powell, H. O. R. Schubart und M. B. Hays. 1986. »Edge and Other Effects of Isolation on Amazon Forest Fragments.« In Soulé (1986).
Lovejoy, Thomas E., und David C. Oren. 1981. »The Minimum Critical Size of Ecosystems.« In *Forest Island Dynamics in Man-Dominated Landscapes*, hrsg. v. Robert L. Burgess und David M. Sharpe. Bd. 41 of *Ecological Studies*. New York: Springer-Verlag.
Lovejoy, Thomas E., Judy M. Rankin, R. O. Bierregaard, Jr., Keith S. Brown, Jr., Louise H. Emmons und Martha E. Van der Voort. 1984. »Ecosystem Decay of Amazon Forest Remnants.« In Nitecki (1984).
Lovejoy, Thomas E., und Eneas Salati. 1983. »Precipitating Change in Amazonia.« In *The Dilemma of Amazonian Development*, hrsg. v. Emilio F. Moran. Boulder, Colo.: Westview Press.
Lovejoy, Thomas E., und Herbert O. R. Schubart. 1979. »The Ecology of Amazonian Development.« In *Land, People, and Planning in Contemporary Amazonia*, hrsg. v. Françoise Barbira-Scazzocchio. Proceedings of the Conference on the Development of Amazonia in Seven Countries, Centre of Latin American Studies, University of Cambridge.
Lucas, Frederic A. 1922. »Historic Tortoises and Other Aged Animals.« *Natural History*, Bd. 22, Mai–Juni 1922.
Lutz, Dick, und J. Marie Lutz. 1991. *Komodo: The Living Dragon*. Salem, Ore.: Dimi Press.
MacArthur, Robert. 1955. »Fluctuations of Animal Populations, and a Measure of Community Stability.« *Ecology*, Bd. 36.
–. 1957. »On the Relative Abundance of Bird Species.« *Proceedings of the National Academy of Sciences*, Bd. 43.
–. 1962. »Growth and Regulation of Animal Populations.« A review of Slobodkin (1961). *Ecology*, Bd. 43.
–. 1969. »The Ecologist's Telescope.« *Ecology*, Bd. 50, Nr. 3.
–. 1972a. *Geographical Ecology: Patterns in the Distribution of Species*. New York: Harper and Row. (Reprint-Ausgabe: Princeton University Press, Princeton, N.J.: 1984.)
–. 1972b. »Coexistence of Species.« In *Challenging Biological Problems: Directions Toward Their Solution*, hrsg. v. John A. Behnke. New York: Oxford University Press.
MacArthur, Robert H., und Joseph H. Connell. 1966. *The Biology of Populations*. New York: John Wiley and Sons. – Dt. Übers.: 1970. *Biologie der Population*. München: BLV.
MacArthur, Robert H., Jared M. Diamond und James R. Karr. 1972. »Density Compensation in Island Faunas.« *Ecology*, Bd. 53, Nr. 2.
MacArthur, Robert, und Richard Levins. 1967. »The Limiting Similarity,

Convergence, and Divergence of Coexisting Species.« *American Naturalist*, Bd. 101, Nr. 921.
MacArthur, Robert, John MacArthur, Duncan MacArthur und Alan MacArthur. 1973. »The Effect of Island Area on Population Densities.« *Ecology*, Bd. 54.
MacArthur, Robert H., und Edward O. Wilson. 1963. »An Equilibrium Theory of Insular Zoogeography.« *Evolution*, Bd. 17, Nr. 4.
–. 1967. *The Theory of Island Biogeography*. Princeton, N.J.: Princeton University Press. – Dt. Übers.: 1971. *Biogeographie der Inseln*. München: Goldmann.
McCoid, Michael James. 1991. »Brown Tree Snake (*Boiga irregularis*) on Guam: A Worst Case Scenario of an Introduced Predator.« *Micronesica* Anhang 3.
McCoy, Michael. 1980. *Reptiles of the Solomon Islands*. Handbuch Nr. 7. Wau, Papua-Neuguinea: Wau Ecology Institute.
McDougal, Charles. 1977. *The Face of the Tiger*. London: Rivington Books and André Deutsch.
MacFarland, Craig G., José Villa und Basilio Toro. 1974. »The Galápagos Giant Tortoises (*Geochelone elephantopus*): Part 1, Status of the Surviving Populations.« *Biological Conservation*, Bd. 6, Nr. 2.
Machlis, Gary E., und David L. Tichnell. 1985. *The State of the World's Parks: An International Assessment for Resource Management, Policy, and Research*. Boulder, Colo.: Westview Press.
McIntosh, Robert P. 1980. »The Background and Some Current Problems of Theoretical Ecology.« *Synthese*, Bd. 43.
–. 1986. *The Background of Ecology: Concept and Theory*. Cambridge: Cambridge University Press.
McKibben, Bill. 1989. *The End of Nature*. New York: Random House. – Dt. Übers.: 1990. *Das Ende der Natur*. München: List.
McKinney, H. Lewis. 1972. *Wallace and Natural Selection*. New Haven, Conn.: Yale University Press.
MacKinnon, John. 1990. *Field Guide to the Birds of Java and Bali*. Yogyakarta, Indonesien: Gadjah Mada University Press.
MacKinnon, Kathy. 1992. *Nature's Treasurehouse: The Wildlife of Indonesia*. Djakarta: Penerbit PT Gramedia Pustaka Utama.
McLellan, Charles H., Andrew P. Dobson, David S. Wilcove und James F. Lynch. 1985. »Effects of Forest Fragmentation on New- and Old-World Bird Communities: Empirical Observations and Theoretical Implications.« In *Wildlife 2000: Modeling Habitat Relationships of Terrestrial Vertebrates*, hrsg. v. Jared Verner, Michael L. Morrison und C. John Ralph. Madison: University of Wisconsin Press.
Maddox, John. 1993. »Bringing the Extinct Dodo Back to Life.« *Nature*, Bd. 365, 22. September 1993.
Maehr, David S. 1984. »Distribution of Black Bears in Eastern North America.« *Proceedings of the 7th Eastern Workshop on Black Bear Research and Management*, Bd. 7.

–. 1990. »Tracking Florida's Panthers.« *Defenders*, September/Oktober 1990.
Maehr, David S., Robert C. Belden, E. Darrell Land und Laurie Wilkins. 1990. »Food Habits of Panthers in Southwest Florida.« *Journal of Wildlife Management*, Bd. 54, Nr. 3.
Maehr, David S., E. Darrell Land und Jayde C. Roof. 1991. »Florida Panthers.« *National Geographic Research and Exploration*, Bd. 7, Nr. 4.
Maehr, David S., E. Darrell Land, Jayde C. Roof und J. Walter McCown. 1989. »Early Maternal Behavior in the Florida Panther (*Felis concolor coryi*).« *American Midland Naturalist*, Bd. 122, Nr. 1.
Maehr, David S., James N. Layne, E. Darrell Land, J. Walter McCown und Jayde Roof. 1988. »Long Distance Movements of a Florida Black Bear.« *Florida Field Naturalist*, Bd. 16, Nr. 1.
Maehr, David S., Jayde C. Roof, E. Darrell Land und J. Walter McCown. 1989. »First Reproduction of a Panther (*Felis concolor coryi*) in Southwestern Florida, U.S.A.« *Mammalia*, Bd. 53, Nr. 1.
Maehr, David S., Jayde C. Roof, E. Darrell Land, J. Walter McCown, Robert C. Belden und William B. Frankenberger. 1989. »Fates of Wild Hogs Released into Occupied Florida Panther Home Ranges.« *Florida Field Naturalist*, Bd. 17, Nr. 2.
Mahe, J. 1972. »The Malagasy Subfossils.« In Battistini und Richard-Vindard (1972).
Main, A. R., und M. Yadav. 1971. »Conservation of Macropods in Reserves in Western Australia.« *Biological Conservation*, Bd. 3, Nr. 2.
Malcolm, Jay R. 1988. »Small Mammal Abundances in Isolated and Non-Isolated Primary Forest Reserves Near Manaus, Brazil.« *ACTA Amazonica*, Bd. 18, Nr. 3–4.
Mann, Charles C., und Mark L. Plummer 1995. *Noah's Choice: The Future of Endangered Species.* New York: Alfred A. Knopf.
Marchant, James. 1916. *Alfred Russel Wallace: Letters and Reminiscences.* New York: Harper & Brothers. (Faksimile-Ausgabe: Arno Press, New York, 1975.)
Margalef, Ramón. 1968. *Perspectives in Ecological Theory.* Chicago: University of Chicago Press.
Marnham, Patrick. 1980. »Rescuing the Ark.« *Harper's*, Oktober 1980.
Martin, P. S., und H. E. Wright, Jr. (Hrsg.). 1967. *Pleistocene Extinctions: The Search for a Cause.* New Haven, Conn.: Yale University Press.
Martin, Paul S., und Richard G. Klein (Hrsg.). 1984. *Quaternary Extinctions: A Prehistoric Revolution.* Tucson: University of Arizona Press.
Martin, R. D. 1972. »Adaptive Radiation and Behaviour of the Malagasy Lemurs.« *Philosophical Transactions of the Royal Society of London*, Serie B, Bd. 264.
Martin, R. D., G. A. Doyle und A. C. Walker (Hrsg.). 1974. *Prosimian Biology.* Pittsburgh: University of Pittsburgh Press.
Martuscelli, Paulo, Liege Mariel Petroni und Fábio Olmos. 1994. »Fourteen New Localities for the Muriqui *Brachyteles arachnoides*.« *Neotropical Primates*, Bd. 2, Nr. 2.

Mason, Victor. 1989. *Birds of Bali*. Illustrationen von Frank Jarvis. Berkeley, Calif.: Periplus Editions.
Mattson, David J. 1990. »Human Impacts on Bear Habitat Use.« *International Conference on Bear Research and Management*, Bd. 8.
Mattson, David J., Bonnie M. Blanchard und Richard R. Knight. 1991. »Food Habits of Yellowstone Grizzly Bears, 1977–1987.« *Canadian Journal of Zoology*, Bd. 69.
–. 1992. »Yellowstone Grizzly Bear Mortality, Human Habituation, and Whitebark Pine Seed Crops.« *Journal of Wildlife Management*, Bd. 56, Nr. 3.
Mattson, David J., Colin M. Gillian, Scott A. Benson und Richard R. Knight. 1991. »Bear Feeding Activity at Alpine Insect Aggregation Sites in the Yellowstone Ecosystem.« *Canadian Journal of Zoology*, Bd. 69.
Mattson, David J., und Richard R. Knight. 1991. »Application of Cumulative Effects Analysis to the Yellowstone Grizzly Bear Population.« Interagency Grizzly Bear Study Team Report, 1991C.
Mattson, David J., und Matthew M. Reid. 1991. »Conservation of the Yellowstone Grizzly Bear.« *Conservation Biology*, Bd. 5, Nr. 3.
May, Robert M. 1975. »Island Biogeography and the Design of Wildlife Preserves.« *Nature*, Bd. 254, 20. März 1975.
– (Hrsg.). 1976. *Theoretical Ecology*. Sunderland, Mass.: Sinauer Associates.
–. 1981. »The Role of Theory in Ecology.« *American Zoology*, Bd. 21.
–. 1988. »How Many Species Are There on Earth?« *Science*, Bd. 241, 16. September 1988.
Mayr, Ernst. 1932. »A Tenderfoot Explorer in New Guinea.« *Natural History*, Januar/Februar 1932.
–. 1940. »Speciation Phenomena in Birds.« *American Naturalist*, Bd. 74.
–. 1942. *Systematics and the Origin of Species*. New York: Columbia University Press. (Reprint-Ausgabe: Dover Publications, New York, 1964.)
–. 1944. »Wallace's Line in the Light of Recent Zoogeographic Studies.« *Quarterly Review of Biology*, Bd. 19, Nr. 1.
–. 1947. »Ecological Factors in Speciation.« *Evolution*, Bd. 1.
–. 1954. »Change of Genetic Environment and Evolution.« In *Evolution as a Process*, hrsg. v. J. Huxley, A. C. Hardy und E. B. Ford. London: Allen & Unwin. Reprinted in Mayr (1976).
–. 1959. »Isolation as an Evolutionary Factor.« *Proceedings of the American Philosophical Society*, Bd. 103, Nr. 2.
–. 1963. *Animal Species and Evolution*. Cambridge, Mass.: Belknap Press of Harvard University Press. – Dt. Übers.: 1967. *Artbegriff und Evolution*. Hamburg/Berlin: Parey.
–. 1965a. »The Nature of Colonizations of Birds.« In *The Genetics of Colonizing Species*, hrsg. v. H. G. Baker and G. Ledyard Stebbins. New York: Academic Press.
–. 1965b. »Avifauna: Turnover on Islands.« *Science*, Bd. 150, 17. Dezember 1965.
–. 1976. *Evolution and the Diversity of Life: Selected Essays*. Cambridge,

Mass.: Belknap Press of Harvard University Press. – Dt. Übers.: 1997. *Evolution und die Vielfalt des Lebens.* Berlin/Heidelberg: Springer-Verlag.

–. 1982. *The Growth of Biological Thought: Diversity, Evolution, and Inheritance.* Cambridge, Mass.: Belknap Press of Harvard University Press. – Dt. Übers.: 1984. *Die Entwicklung der biologischen Gedankenwelt.* Berlin/Heidelberg: Springer-Verlag.

–. 1991. *One Long Argument: Charles Darwin and the Genesis of Modern Evolutionary Thought.* Cambridge, Mass.: Harvard University Press.

Mech, David L. 1966. *The Wolves of Isle Royale.* Fauna Series 7. Washington, D.C.: U.S. Department of the Interior.

Meier, Bernhard, Roland Albignac, André Peyriéras, Yves Rumpler und Patricia Wright. 1987. »A New Species of *Hapalemur* (Primates) from South East Madagascar.« *Folia Primatologica,* Bd. 48.

Meier, Bernhard, und Yves Rumpler. 1987. »Preliminary Survey of *Hapalemur simus* and of a New Species of *Hapalemur* in Eastern Betsileo, Madagascar.« *Primate Conservation,* Nr. 8.

Menges, Eric S. 1990. »Population Viability Analysis for an Endangered Plant.« *Conservation Biology,* Bd. 4, Nr. 1.

Merton, L. F. H., D. M. Bourn und R. J. Hnatiuk. 1976. »Giant Tortoise and Vegetation Interactions on Aldabra Atoll: Part I, Inland.« *Biological Conservation,* Bd. 9.

Miller, Alden H. 1966. »Animal Evolution on Islands.« In Bowman (1966).

Miller, Christine. 1990. »Zen and the Art of Planet Maintenance.« *Science Notes,* Bd. 16, Nr. 2.

Miller, Ronald I., Susan P. Bratton und Peter S. White. 1987. »A Regional Strategy for Reserve Design and Placement Based on an Analysis of Rare and Endangered Species' Distribution Patterns.« *Biological Conservation,* Bd. 39.

Miller, Ronald I., und Larry D. Harris. 1977. »Isolation and Extirpations in Wildlife Reserves.« *Biological Conservation,* Bd. 12.

–. 1979. »Predicting Species Changes in Isolated Wildlife Preserves.« In *Proceedings of the First Conference on Scientific Research in the National Parks,* hrsg. v. Robert M. Linn. U.S. Department of the Interior, National Park Service Transactions and Proceedings Series, Bd. 1, Nr. 5.

Mills, L. Scott, Michael E. Soulé und Daniel F. Doak. 1993. »The Keystone-Species Concept in Ecology and Conservation.« *BioScience,* Bd. 43, Nr. 4.

Mitchell, Rodger. 1974. »Scaling in Ecology.« *Science,* Bd. 184, 14. Juni 1974.

Mittermeier, Russell A. 1987. »Monkey in Peril.« *National Geographic,* Bd. 171, März 1987.

–. 1988. »Strange and Wonderful Madagascar.« *International Wildlife,* Bd. 18, Nr. 4, Juli/August 1988.

Mittermeier, Russell A., Anthony B. Rylands, Adelmar Coimbra-Filho und Gustavo A. B. Fonseca (Hrsg.). 1988. *Ecology and Behavior of Neotropical Primates,* Bd. 2. Washington, D.C.: World Wildlife Fund.

Mooney, Nick. 1984. »Tasmanian Tiger Sighting Casts Marsupial in New Light.« *Australian Natural History,* Bd. 21, Nr. 5, Winter 1984.

Moore, N. W. 1962. »The Heaths of Dorset and Their Conservation.« *Journal of Ecology*, Bd. 50.
Moore, Philip H., und Patrick D. McMakin. 1979. *Plants of Guam*. Mangilao, Guam: Cooperative Extension Service, University of Guam.
Moorehead, Alan. 1971. *Darwin and the Beagle*. Harmondsworth, Middlesex, Eng.: Penguin Books.
–. 1987. *The Fatal Impact: The Invasion of the South Pacific 1767–1840*. Sydney: Mead & Beckett.
Moors, P. J. 1985. *Conservation of Island Birds*. Technical Publication Nr. 3. Cambridge: International Council for Bird Preservation.
Morowitz, Harold J. 1991. »Balancing Species Preservation and Economic Considerations.« *Science*, Bd. 253, 16. August 1991.
Mueller-Dombois, Dieter. 1975. »Some Aspects of Island Ecological Analysis.« In Golley und Medina (1975).
Murphy, Dennis D., Kathy E. Freas und Stuart B. Weiss. 1990. »An Environment-Metapopulation Approach to Population Viability Analysis for a Threatened Invertebrate.« *Conservation Biology*, Bd. 4, Nr. 1.
Murphy, Dervla. 1989. *Muddling Through in Madagascar*. Woodstock, N.Y.: Overlook Press.
Myers, Norman. 1980. *The Sinking Ark: A New Look at the Problem of Disappearing Species*. Oxford: Pergamon Press.
Nafus, Donald, und Ilse Schreiner. 1989. »Biological Control Activities in the Mariana Islands from 1911 to 1988.« *Micronesica*, Bd. 22.
Nelson, Gareth, und Norman I. Platnick. 1980. »A Vicariance Approach to Historical Biogeography.« *Bio-Science*, Bd. 30, Nr. 5.
New, T. R., M. B. Bush, I. W. B. Thornton und H. K. Sudarman. 1988. »The Butterfly Fauna of the Krakatau Islands After a Century of Colonization.« *Philosophical Transactions of the Royal Society of London*, Bd. 322.
New, T. R., und I. W. B. Thornton. 1988. »A Pre-Vegetation Population of Crickets Subsisting on Allochthonous Aeolian Debris on Anak Krakatau.« *Philosophical Transactions of the Royal Society of London*, Bd. 322.
Newmark, William D. 1985. »Legal and Biotic Boundaries of Western North American National Parks: A Problem of Congruence.« *Biological Conservation*, Bd. 33.
–. 1986. »Mammalian Richness, Colonization, and Extinction in Western North American National Parks.« Doktorarbeit, University of Michigan.
–. 1987. »A Land-Bridge Island Perspective on Mammalian Extinctions in Western North American Parks.« *Nature*, Bd. 325, 29. Januar 1987.
–. 1995. »Extinction of Mammal Populations in Western North American National Parks.« *Conservation Biology*, Bd. 9, Nr. 3.
Nilsson, Sven G., und Ingvar N. Nilsson. 1983. »Are Estimated Species Turnover Rates on Islands Largely Sampling Errors?« *American Naturalist*, Bd. 121.
Nitecki, Matthew H. (Hrsg.). 1984. *Extinctions*. Chicago: University of Chicago Press.
Norse, Elliott A., Kenneth L. Rosenbaum, David S. Wilcove, Bruce A. Wil-

cox, William H. Romme, David W. Johnston und Martha L. Stout. 1986. *Conserving Biological Diversity in Our National Forests.* Washington, D.C.: Wilderness Society.

Norton Bryan G. (Hrsg.). 1986. *The Preservation of Species: The Value of Biological Diversity.* Princeton, N.J.: Princeton University Press.

Noss, Reed F. 1991. »Ecosystem Restoration: An Example for Florida.« *Wild Earth,* Frühjahr 1991.

O'Brien, Stephen J., Melody E. Roelke, Naoya Yuhki, Karen W. Richards, Warren E. Johnson, William L. Franklin, Allen E. Anderson, Oron L. Bass, Jr., Robert C. Belden und Janice S. Martenson. 1990. »Genetic Introgression Within the Florida Panther *Felis concolor coryi.*« *National Geographic Research,* Bd. 6, Nr. 4.

O'Connor, Sheila Margaret. 1987. »The Effect of Human Impact on Vegetation and the Consequences to Primates in Two Riverine Forests, Southern Madagascar.« Doktorarbeit, Cambridge University.

O'Hanlon, Redmond. 1987. *Into the Heart of Borneo.* New York: Vintage Books.

Ola, Per, und Emily d'Aulaire. 1986. »Lessons from a Ravaged Jungle.« *International Wildlife,* September/Oktober 1986.

Olson, Sherry H. 1984. »The Robe of the Ancestors.« *Journal of Forest History,* Bd. 28, Nr. 4.

Olson, Storrs L. 1975. »Paleornithology of St. Helena Island, South Atlantic Ocean.« *Smithsonian Contributions to Paleobiology,* Nr. 23. Washington, D.C.: Smithsonian Institution Press.

Olson, Storrs L., und Helen F. James 1982. »Fossil Birds from the Hawaiian Islands: Evidence for Wholesale Extinction by Man Before Western Contact.« *Science,* Bd. 217, 13. August 1982.

Oren, David C. 1982. »Testing the Refuge Model for South America.« In Prance (1982).

Otte, Daniel, und John A. Endler (Hrsg.). 1989. *Speciation and Its Consequences.* Sunderland, Mass.: Sinauer Associates.

Owadally, A. W. 1979. »The Dodo and the Tambalacoque Tree.« *Science,* Bd. 203, 30. März 1979.

–. 1981. »Mauritius.« In Kormondy und McCormick (1981).

Oxby, Clare. 1985. »Forest Farmers: The Transformation of Land Use and Society in Eastern Madagascar.« *Unasylva,* Bd. 37, Nr. 149.

Page, Jake. 1988. »Clear-cutting the Tropical Rain Forest in a Bold Attempt to Salvage It.« *Smithsonian,* April 1988.

Pain, Stephanie. 1990. »Last Days of the Old Night Bird.« *New Scientist,* Bd. 126, Nr. 1721, 16. Juni 1990.

Parsons, P. A. 1982. »Adaptive Strategies of Colonizing Animal Species.« *Biological Reviews,* Bd. 57.

Perry, R. (Hrsg.). 1984. *Key Environments: Galapagos.* Oxford: Pergamon Press.

Peters, Robert L., und Thomas E. Lovejoy (Hrsg.). 1992. *Global Warning and Biological Diversity.* New Haven, Conn.: Yale University Press.

Peterson, Dale. 1989. *The Deluge and the Ark: A Journey into Primate Worlds.* Boston: Houghton Mifflin.
Peterson, Rolf Olin. 1977. *Wolf Ecology and Prey Relationships on Isle Royale.* Scientific Monograph Series, Nr. 11. Washington, D.C.: National Park Service.
Petter, J. J. 1972. »Order of Primates: Sub-Order of Lemurs.« In Battistini und Richard-Vindard (1972).
Petter, J. J. und A. Peyriéras. 1974. »A Study of Population Density and Home Ranges of *Indri indri* in Madagascar.« In Martin et al. (1974).
–. 1975. »Preliminary Notes on the Behavior and Ecology of *Hapalemur griseus.*« In Tattersall und Sussman (1975).
Picton, Harold D. 1979. »The Application of Insular Biogeographic Theory to the Conservation of Large Mammals in the Northern Rocky Mountains.« *Biological Conservation,* Bd. 15.
Pickett, S. T. A., und John N. Thompson. 1978. »Patch Dynamics and the Design of Nature Reserves.« *Biological Conservation,* Bd. 13.
Pielou, E. C. 1979. *Biogeography.* New York: John Wiley and Sons.
Pimm, Stuart L. 1987. »The Snake That Ate Guam.« *Trends in Ecology and Evolution,* Bd. 2, Nr. 10.
Pimm, Stuart L., H. Lee Jones und Jared Diamond. 1988. »On the Risk of Extinction.« *American Naturalist,* Bd. 132, Nr. 6.
Plomley, N. J. B. (Hrsg.). 1966. *Friendly Mission: The Tasmanian Journals and Papers of George Augustus Robinson 1829–1834.* Hobart: Tasmanian Historical Research Association.
–. 1977. *The Tasmanian Aborigines.* Launceston, Tasmanien: Veröffentlicht vom Verfasser.
Pollock, Jonathan I. 1975. »Field Observations on *Indri indri*: A Preliminary Report.« In Tattersall und Sussman (1975).
–. 1977. »The Ecology and Sociology of Feeding in *Indri indri.*« In Clutton-Brock (1977).
–. 1979. »Female Dominance in *Indri indri.*« *Folia Primatologica,* Bd. 31.
–. 1986a. »The Song of the Indris (*Indri indri*; Primates: Lemuroidea): Natural History, Form, and Function.« *International Journal of Primatology,* Bd. 7, Nr. 3.
–. 1986b. »Primates and Conservation Priorities in Madagascar.« *Oryx,* Bd. 20, Nr. 4.
–. 1986c. »A Note on the Ecology and Behavior of *Hapalemur griseus.*« *Primate Conservation,* Nr. 7.
–. 1986d. »Towards a Conservation Policy for Madagascar's Eastern Rain Forests.« *Primate Conservation,* Nr. 7.
Powell, A. Harriett. 1987. »Population Dynamics of Male Euglossine Bees in Amazonian Forest Fragments.« *Biotropica,* Bd. 19, Nr. 2.
Power, Dennis M. 1972. »Numbers of Bird Species on the California Islands.« *Evolution,* Bd. 26.
Prance, Ghillean T. (Hrsg.). 1982. *Biological Diversification in the Tropics.* New York: Columbia University Press.

Prance, Ghillean T., und Thomas E. Lovejoy (Hrsg.). 1985. *Key Environments: Amazonia.* Oxford: Pergamon Press.
Pratt, H. Douglas, Phillip L. Bruner und Delwyn G. Berrett. 1987. *A Field Guide to the Birds of Hawaii and the Tropical Pacific.* Princeton, N.J.: Princeton University Press.
Pratt, Thane K. 1983. »Diet of the Dwarf Cassowary *Casuarius bennetti picticollis* at Wau, Papua New Guinea.« *Emu,* Bd. 82.
–. 1984. »Examples of Tropical Frugivores Defending Fruit-Bearing Plants.« *Condor,* Bd. 86.
Preston, Frank W. 1948. »The Commonness, and Rarity, of Species.« *Ecology,* Bd. 29, Nr. 3.
–. 1960. »Time and Space and the Variation of Species.« *Ecology,* Bd. 41, Nr. 4.
–. 1962a. »The Canonical Distribution of Commonness and Rarity: Part I.« *Ecology,* Bd. 43, Nr. 2.
–. 1962b. »The Canonical Distribution of Commonness and Rarity: Part II.« *Ecology,* Bd. 43, Nr. 3.
–. 1968. »On Modeling Islands.« *Ecology,* Bd. 49, Nr. 3.
Preston-Mafham, Ken. 1991. *Madagascar: A Natural History.* Oxford: Facts on File.
Primack, Richard B. 1993. *Essentials of Conservation Biology.* Sunderland, Mass.: Sinauer Associates. – Dt. Übers.: 1995. *Naturschutzbiologie.* Heidelberg/Berlin: Spektrum Akademischer Verlag.
Proctor-Gray, Elizabeth. 1990. »Kangaroos up a Tree.« *Natural History,* Januar 1990.
Provine, William B. 1986. *Sewall Wright and Evolutionary Biology.* Chicago: University of Chicago Press.
–. 1987. *The Origins of Theoretical Population Genetics.* Chicago: University of Chicago Press.
Pruett-Jones, M. A., und S. G. Pruett-Jones. 1985. »Food Caching in the Tropical Frugivore, MacGregor's Bowerbird (*Amblyornis macgregoriae*).« *Auk,* Bd. 102.
Pruett-Jones, Stephen G., und Melinda A. Pruett-Jones. 1986. »Altitudinal Distribution and Seasonal Activity Patterns of Birds of Paradise.« *National Geographic Research,* Bd. 2, Nr. 1.
–. 1988. »A Promiscuous Mating System in the Blue Bird of Paradise *Paradisaea rudolph.*« *Ibis,* Bd. 130.
Quintela, Carlos E. 1990. »An SOS for Brazil's Beleaguered Atlantic Forest.« *Nature Conservancy,* März/April 1990.
Radtkey, R. R., S. C. Donnellan, R. N. Fisher, C. Moritz, K. A. Hanley und T. J. Case. 1995. »When Species Collide: The Origin and Spread of an Asexual Species of Gecko.« *Proceedings of the Royal Society of London,* Serie B, Bd. 259.
Ralph, C. John. 1982. »Birds of the Forest.« *Natural History,* Bd. 91, Dezember 1982.
Raup, David M. 1991. *Extinction: Bad Genes or Bad Luck?* New York: W. W. Norton.

Raup, D. M., und J. J. Sepkoski. 1984. »Periodicity of Extinctions in the Geologic Past.« *Proceedings of the National Academy of Sciences*, Bd. 81.

Raven, H. C. 1935. »Analysis of the Mammalian Fauna of the Indo-Australian Region.« *Bulletin of the American Museum of Natural History*, Bd. 68.

Raxworthy, C. J. 1988. »Reptiles, Rainforest and Conservation in Madagascar.« *Biological Conservation*, Bd. 43.

Ray, Chris, Michael Gilpin und Andrew T. Smith. 1991. »The Effect of Conspecific Attraction on Metapopulation Dynamics.« In Gilpin und Hanski (1991).

Reed, J. Michael, Philip D. Doerr und Jeffrey R. Walters. 1986. »Determining Minimum Population Sizes for Birds and Mammals.« *Wildlife Society Bulletin*, Bd. 14.

Reed, Timothy M. 1983. »The Role of Species-Area Relationships in Reserve Choice: A British Example.« *Biological Conservation*, Bd. 25.

Regan, Timothy W., und David S. Maehr. 1990. »Melanistic Bobcats in Florida.« *Florida Field Naturalist*, Bd. 18, Nr. 4.

Rey, Jorge R., und Donald R. Strong, Jr. 1983. »Immigration and Extinction of Salt Marsh Arthropods on Islands: An Experimental Study.« *Oikos*, Bd. 41.

Reyment, Richard A. 1983. »Palaeontological Aspects of Island Biogeography: Colonization and Evolution of Mammals on Mediterranean Islands.« *Oikos*, Bd. 41.

Richard, Alison F., und Robert W. Sussmann. 1975. »Future of the Malagasy Lemurs: Conservation or Extinction?« In Tattersall und Sussmann (1975).

Richman, Adam D., Ted J. Case und Terry D. Schwaner. 1988. »Natural and Unnatural Extinction Rates of Reptiles on Islands.« *American Naturalist*, Bd. 131, Nr. 5.

Richter-Dyn, Nira, und Nareda S. Goel. 1972. »On the Extinction of a Colonizing Species.« *Theoretical Population Biology*, Bd. 3.

Rick, C. M., und R. I. Bowman. 1961. »Galápagos Tomatoes and Tortoises.« *Evolution*, Bd. 15.

Rickard, John. 1988. *Australia: A Cultural History.* London: Longman.

Ricklefs, Robert E. 1973. *Ecology.* Portland, Ore.: Chiron Press.

Ricklefs, Robert E., und George W. Cox. 1972. »Taxon Cycles in the West Indian Avifauna.« *American Naturalist*, Bd. 106, Nr. 948.

Ridpath, M. G., und R. E. Moreau. 1966. »The Birds of Tasmania: Ecology and Evolution.« *Ibis*, Bd. 108.

Ripley, S. Dillon. 1977. *Rails of the World: A Monograph of the Family Rallidae.* Boston: David R. Godine.

Ripley, S. Dillon, und Bruce M. Beehler. 1989. »Ornitho-Geographic Affinities of the Andaman and Nicobar Islands.« *Journal of Biogeography*, Bd. 16.

Robson, Lloyd. 1989. *A Short History of Tasmania.* Melbourne: Oxford University Press.

Rodda, G. H., und T. H. Fritts. 1992. »The Impact of the Introduction of *Boiga irregularis* on Guam's Lizards.« *Journal of Herpetology*, Bd. 26.

Rodda, Gordon H., Thomas H. Fritts und James D. Reichel. 1991. »The Distributional Patterns of Reptiles and Amphibians in the Mariana Islands.« *Micronesica*, Bd. 24.

Roof, Jayde C., und David S. Maehr. 1988. »Sign Surveys for Florida Panthers on Peripheral Areas of Their Known Range.« *Florida Field Naturalist*, Bd. 16, Nr. 4.

Rose, R. W. 1986. »The Habitat, Distribution and Conservation Status of the Tasmanian Bettong, *Bettongia gaimardi* (Desmarest).« *Australian Wildlife Research*, Bd. 13.

Roth, V. Louise. 1984. »How Elephants Grow: Heterochrony and the Calibration of Developmental Stages in Some Living and Fossil Species.« *Journal of Vertebrate Paleontology*, Bd. 4, Nr. 1.

–. 1990. »Insular Dwarf Elephants: A Case Study in Body Mass Estimation and Ecological Inference.« In *Body Size in Mammalian Paleobiology: Estimation and Biological Implications*, hrsg. v. John Damuth und Bruce J. MacFadden. Cambridge: Cambridge University Press.

–. 1993. »Dwarfism and Variability in the Santa Rosa Island Mammoth (*Mammuthus exilis*): An Interspecific Comparison of Limb-bone Sizes and Shapes in Elephants.« In *Third California Islands Symposium*, hrsg. v. F. G. Hochberg. Santa Barbara, Calif.: Santa Barbara Museum of Natural History.

Roth, V. Louise, und Maryrose S. Klein. 1986. »Maternal Effects on Body Size of Large Insular *Peromyscus maniculatus*: Evidence from Embryo Transfer Experiments.« *Journal of Mammalogy*, Bd. 67, Nr. 1.

Rounsevell, D. E., und S. J. Smith. 1982. »Recent Alleged Sightings of the Thylacine (Marsupialia, Thylacinidae) in Tasmania.« In Archer (1982).

Ruud, Jorgen. 1960. *Taboo: A Study of Malagasy Customs and Beliefs*. Oslo: Oslo University Press.

Ryan, James M., G. Ken Creighton und Louise H. Emmons. 1993. »Activity Patterns of Two Species of *Nesomys* (Muridae: Nesomyinae) in a Madagascar Rain Forest.« *Journal of Tropical Ecology*, Bd. 9.

Ryan, Lyndall. 1981. *The Aboriginal Tasmanians*. St. Lucia, Queensland, Aus.: University of Queensland Press.

Rylands, Anthony, und Russell Mittermeier. 1983. »Parks, Reserves, and Primate Conservation in Brazilian Amazonia.« *Oryx*, Bd. 17, Nr. 2.

Sabath, Michael D., Laura E. Sabath und Allen M. Moore. 1974. »Web, Reproduction and Commensals of the Semisocial Spider *Cyrtophora moluccensis* (Araneae: Araneidae) on Guam, Mariana Islands.« *Micronesica*, Bd. 10, Nr. 1.

Salomonsen, Finn. 1974. »The Main Problems Concerning Avian Evolution of Islands.« *Proceedings of the 16th International Ornithological Congress*.

Salwasser, Hal, Stephen P. Mealey und Kathy Johnson. 1984. »Wildlife Population Viability: A Question of Risk.« In *Transactions of the Forty-ninth*

North American Wildlife and Natural Resources Conference, hrsg. v. Kenneth Sabol. Washington, D.C.: Wildlife Management Institute.
Sattaur, Omar. 1989. »The Shrinking Gene Pool.« *New Scientist*, Bd. 123, 29. Juli 1989.
Sauer, Jonathan D. 1969. »Oceanic Islands and Biogeographical Theory: A Review.« *Geographical Review*, Bd. 59.
Savidge, Julie A. 1984. »Guam: Paradise Lost for Wildlife.« *Biological Conservation*, Bd. 30.
–. 1985. »Pesticides and the Decline of Guam's Native Birds.« *Nature*, Bd. 316, 25. Juli 1985.
–. 1987. »Extinction of an Island Forest Avifauna by an Introduced Snake.« *Ecology*, Bd. 68.
Savidge, J. A., L. Sileo und L. M. Siegfried. 1992. »Was Disease Involved in the Decimation of Guam's Avifauna?« *Journal of Wildlife Diseases*, Bd. 28, Nr. 2.
Schoener, Amy. 1974. »Experimental Zoogeography: Colonization of Marine Mini-Islands.« *American Naturalist*, Bd. 108, Nr. 964.
Schoener, Thomas W. 1974. »The Species-Area Relation Within Archipelagos: Models and Evidence from Island Land Birds.« *Proceedings of the 16th International Ornithological Congress*.
–. 1983. »Rate of Species Turnover Decreases from Lower to Higher Organisms: A Review of the Data.« *Oikos*, Bd. 41.
Schoener, Thomas W., und David A. Spiller. 1987. »Effect of Lizards on Spider Populations: Manipulative Reconstruction of a Natural Experiment.« *Science*, Bd. 236, 22. Mai 1987.
Schonewald-Cox, Christine M., Steven M. Chambers, Bruce MacBryde und W. Lawrence Thomas (Hrsg.). 1983. *Genetics and Conservation*. (The Gray Book.) Menlo Park, Calif.: Benjamin/Cummings.
Schopf, Thomas J. 1974. »Permo-Triassic Extinctions: Relation to Sea-Floor Spreading.« *Journal of Geology*, Bd. 82, Nr. 2.
Schorger, A. W. 1955. *The Passenger Pigeon: Its Natural History and Extinction*. Madison: University of Wisconsin Press.
Schreiner, Ilse, und Donald Nafus. 1986. »Accidental Introductions of Insect Pests to Guam, 1945–1985.« *Proceedings, Hawaiian Entomological Society*, Bd. 27.
Schwarzkopf, Lin, und Anthony B. Rylands. 1989. »Primate Species Richness in Relation to Habitat Structure in Amazonian Rainforest Fragments.« *Biological Conservation*, Bd. 48.
Sclater, Philip Lutley. 1858a. »On the General Geographical Distribution of the Members of the Class Aves.« *Journal of the Proceedings of the Linnean Society (Zoology)*, Bd. 2.
–. 1858b. »On the Zoology of New Guinea.« *Journal of the Proceedings of the Linnean Society (Zoology)*, Bd. 2.
Segerstrale, Ullica. 1986. »Colleagues in Conflict: An ›In Vivo‹ Analysis of the Sociobiology Controversy.« *Biology and Philosophy*, Bd. 1.
Servheen, Christopher. 1993. »Grizzly Bear Recovery Plan.« Missoula, Mont.: U.S. Fish and Wildlife Service.

Shafer, Craig L. 1990. *Nature Reserves: Island Theory and Conservation Practice*. Washington, D.C.: Smithsonian Institution Press.
Shaffer, Mark L. 1978. »Determining Minimum Viable Population Sizes: A Case Study of the Grizzly Bear (*Ursus arctos* L.)« Doktorarbeit, Duke University.
–. 1981. »Minimum Population Sizes for Species Conservation.« *BioScience*, Bd. 31, Nr. 2.
–. 1987. »Minimum Viable Populations: Coping with Uncertainty.« In Soulé (1987).
–. 1990. »Population Viability Analysis.« *Conservation Biology*, Bd. 4, Nr. 1.
Shaffer, Mark L., und Fred B. Samson. 1985. »Population Size and Extinction: A Note on Determining Critical Population Sizes.« *American Naturalist*, Bd. 125, Nr. 1.
Shelford, Robert W. 1985. *A Naturalist in Borneo*. Singapore: Oxford University Press.
Shelton, Napier. 1975. *The Life of Isle Royale*. Washington, D.C.: National Park Service, U.S. Department of the Interior.
Shoumatoff, Alex. 1988. »Look at That.« *New Yorker*, 7. März 1988.
Simberloff, Daniel S. 1969a. »Taxonomic Diversity of Island Biotas.« *Evolution*, Bd. 24.
–. 1969b. »Experimental Zoogeography of Islands: A Model for Insular Colonization.« *Ecology*, Bd. 50, Nr. 2.
–. 1974a. »Equilibrium Theory of Island Biogeography and Ecology.« *Annual Review of Ecology and Systematics*, Bd. 5.
–. 1974b. »Permo-Triassic Extinctions: Effects of Area on Biotic Equilibrium.« *Journal of Geology*, Bd. 82.
–. 1976a. »Experimental Zoogeography of Island: Effects of Island Size.« *Ecology*, Bd. 57, Nr. 4.
–. 1976b. »Species Turnover and Equilibrium Island Biogeography.« *Science*, Bd. 194, 5. November 1976.
–. 1978a. »Using Island Biogeographic Distributions to Determine if Colonization Is Stochastic.« *American Naturalist*, Bd. 112, Nr. 986.
–. 1978b. »Ecological Aspects of Extinction.« *Atala*, Bd. 6, Nr. 1–2.
–. 1980. »A Succession of Paradigms in Ecology: Essentialism to Materialism and Probabilism.« *Synthese*, Bd. 43.
–. 1982a. »Big Advantages of Small Refuges.« *Natural History*, Bd. 91, April 1982.
–. 1982b. Review of Williamson (1981). *Journal of Biogeography*, Bd. 9.
–. 1983a. »Competition Theory, Hypothesis-Testing, and Other Community Ecological Buzzwords.« *American Naturalist*, Bd. 122, Nr. 5.
–. 1983b. »When Is an Island Community in Equilibrium?« *Science*, Bd. 220, 17. Juni 1983.
–. 1983c. »Biogeography: The Unification and Maturation of a Science.« In *Perspectives in Ornithology*, hrsg. v. Alan H. Brush und George A. Clark, Jr. Cambridge: Cambridge University Press.
–. 1986. »Are We on the Verge of a Mass Extinction in Tropical Rainforests?« In Elliott (1986).

—. 1988. »The Contribution of Population and Community Biology to Conservation Science.« *Annual Review of Ecology and Systematics*, Bd. 19.
Simberloff, Daniel S., und Lawrence G. Abele. 1976a. »Island Biogeography Theory and Conservation Practice.« *Science*, Bd. 191, 23. Januar 1976.
—. 1976b. Titellose Erwiderung auf Diamond (1976a), Terborgh (1976) und Whitecomb et al. (1976). *Science*, Bd. 193, 10. September 1976.
—. 1982. »Refuge Design and Island Biogeographic Theory: Effects of Fragmentation.« *American Naturalist*, Bd. 120, Nr. 1.
Simberloff, Daniel S., und Nicholas Gotelli. 1984. »Effects of Insularisation on Plant Species Richness in the Prairie-Forest Ecotone.« *Biological Conservation*, Bd. 29.
Simberloff, Daniel S., und Edward O. Wilson. 1969. »Experimental Zoogeography of Islands: The Colonization of Empty Islands.« *Ecology*, Bd. 50, Nr. 2.
—. 1970. »Experimental Zoogeography of Islands: A Two-Year Record of Colonization.« *Ecology*, Bd. 51.
Simkin, Tom, und Richard S. Fiske. 1983. *Krakatau 1883: The Volcanic Eruption and Its Effects*. Washington, D.C.: Smithsonian Institution Press.
Simmons, Alan H. 1988. »Extinct Pygmy Hippopotamus and Early Man in Cyprus.« *Nature*, Bd. 333, 9. Juni 1988.
Simpson, Beryl B., und Jürgen Haffer. 1978. »Speciation Patterns in the Amazonian Forest Biota.« *Annual Review of Ecology and Systematics*, Bd. 9.
Simpson, George Gaylord. 1943. »Turtles and the Origin of the Fauna of Latin America.« *American Journal of Science*, Bd. 241, Nr. 7.
—. 1961. »Historical Zoogeography of Australian Mammals.« *Evolution*, Bd. 15.
—. 1977. »Too Many Lines: The Limits of the Oriental and Australian Zoogeographic Regions.« *Proceedings of the American Philosophical Society*, Bd. 121, Nr. 2.
Slobodkin, Lawrence B. 1961. *Growth and Regulation of Animal Populations*. New York: Holt, Rinehart and Winston.
—. 1966. »Organisms in Communities.« Rezension zu MacArthur and Connell (1966). *Science*, Bd. 154, 25. November 1966.
Smith, Andrew T. 1974a. »The Distribution and Dispersal of Pikas: Consequences of Insular Population Structure.« *Ecology*, Bd. 55, Nr. 5.
—. 1974b. »The Distribution and Dispersal of Pikas: Influences of Behavior and Climate.« *Ecology*, Bd. 55, Nr. 6.
—. 1978. »Comparative Demography of Pikas (*Ochotona*): Effect of Spatial and Temporal Age-Specific Mortality.« *Ecology*, Bd. 59, Nr. 1.
—. 1980. »Temporal Changes in Insular Populations of the Pika (*Ochotoma princeps*).« *Ecology*, Bd. 61, Nr. 1.
—. 1988. »Patterns of Pika (Genus *Ochotona*) Life History Variation.« In *Evolution of Life Histories: Theory and Patterns from Mammals*, hrsg. v. M. S. Boyce. New Haven, Conn.: Yale University Press.
Smith, Andrew T., und Barbara L. Ivins. 1983. »Colonization in a Pika Popu-

lation: Dispersal vs. Philopatry.« *Behavioral Ecology and Sociobiology*, Bd. 13.
Smith, Andrew T., und Mary M. Peacock. 1990. »Conspecific Attraction and the Determination of Metapopulation Colonization Rates.« *Conservation Biology*, Bd. 4, Nr. 3.
Smith, Charles H. 1991. *Alfred Russel Wallace: An Anthology of His Shorter Writings*. Oxford: Oxford University Press.
Smith, Robert H. 1979. »On Selection for Inbreeding in Polygynous Animals.« *Heredity*, Bd. 43, Nr. 2.
Smith, Steven. 1981. *The Tasmanian Tiger – 1980*. Technical Report 81/1. Hobart, Tasmanien, Aus.: National Parks and Wildlife Service.
Sondaar, Paul Y. 1976. »Insularity and Its Effects on Mammal Evolution.« In *Major Patterns in Vertebrate Evolution*, hrsg. v. Max K. Hecht, Peter C. Goody und Bessie M. Hecht. New York: Plenum Press.
–. 1986. »The Island Sweepstakes.« *Natural History*, Bd. 95, September 1986.
Soulé, Michael E. 1966. »Trends in the Insular Radiation of a Lizard.« *American Naturalist*, Bd. 100, Nr. 910.
–. 1972. »Phenetics of Natural Populations, Part 3: Variation in Insular Populations of a Lizard.« *American Naturalist*, Bd. 106, Nr. 950.
–. 1980. »Thresholds for Survival: Maintaining Fitness and Evolutionary Potential.« In Soulé and Wilcox (1980)
–. 1983. »What Do We Really Know About Extinction?« In Schonewald-Cox et al. (1983).
–. 1985. »What Is Conservation Biology?« *BioScience*, Bd. 35.
– (Hrsg.). 1986. *Conservation Biology: The Science of Scarcity and Diversity*. (The Yellow Book.) Sunderland, Mass.: Sinauer Associates.
– (Hrsg.). 1987. *Viable Populations for Conservation*. (The Blue Book.) Cambridge: Cambridge University Press.
–. 1989. »Risk Analysis for the Concho Water Snake.« *Endangered Species Update*, Bd. 6, Nr. 10.
–. 1991. »Conservation: Tactics for a Constant Crisis.« *Science*, Bd. 253, 16. August 1991.
Soulé, Michael E., Allison C. Alberts und Douglas T. Bolger. 1992. »The Effects of Habitat Fragmentation on Chaparral Plants and Vertebrates.« *Oikos*, Bd. 63.
Soulé, Michael E., Douglas T. Bolger, Allison C. Alberts, John Wright, Marina Sorice und Scott Hill. 1988. »Reconstructed Dynamics of Rapid Extinctions of Chaparral-Requiring Birds in Urban Habitat Islands.« *Conservation Biology*, Bd. 2, Nr. 1.
Soulé, Michael E., und Michael E. Gilpin. 1986. »Viability Analysis for the Concho Water Snake, *Nerodia harteri paucimaculata*.« Unveröffentl. Bericht, vorgelegt Jim Johnson, U.S. Fish and Wildlife Service, Albuquerque, N. Mex. 1. November 1986.
–. 1989. »A Metapopulation Approach to Population Vulnerability: The Concho Water Snake.« Unveröffentlichtes Papier.
Soulé, Michael E., und Daniel Simberloff. 1986. »What Do Genetics and

Ecology Tell Us About the Design of Nature Reserves?« *Biological Conservation*, Bd. 35.

Soulé, Michael, und Allan J. Sloan. 1966. »Biogeography and Distribution of the Reptiles and Amphibians on Islands in the Gulf of California, Mexico.« *Transactions of the San Diego Society of Natural History*, Bd. 14, Nr. 11.

Soulé, Michael E., und Bruce A. Wilcox. 1980. *Conservation Biology: An Evolutionary-Ecological Perspective.* (The Brown Book.) Sunderland, Mass.: Sinauer Associates.

Soulé, Michael, Bruce A. Wilcox und Claire Holtby. 1979. »Benign Neglect: A Model of Faunal Collapse in the Game Reserves of East Africa.« *Biological Conservation*, Bd. 15.

Southwood, T. R. E., und C. E. J. Kennedy. 1983. »Trees as Islands.« *Oikos*, Bd. 41.

Spyer, Patricia. 1993. »The Memory of Trade: Circulation, Autochthony, and the Past in the Aru Islands (Eastern Indonesia).« Doktorarbeit, University of Chicago.

Stanley, Steven M. 1987. *Extinction.* New York: Scientific American Books.
– Dt. Übers.: 1988. *Krisen der Evolution. Artensterben in der Erdgeschichte.* Heidelberg: Spektrum der Wissenschaft.

Steadman, David W. 1995. »Prehistoric Extinctions of Pacific Island Birds: Biodiversity Meets Zooarchaelogy.« *Science*, Bd. 267, 24. Februar 1995.

Steen, Edwin B. 1971. *Dictionary of Biology.* New York: Harper and Row.

Stern, William L. (Hrsg.). 1971. *Adaptive Aspects of Insular Evolution.* Pullmann: Washington State University Press.

Stock, Chester, und E. L. Furlong. 1928. »The Pleistocene Elephants of Santa Rosa Island, California.« *Science*, Bd. 68, 10. August 1928.

Stoddart, D. R. 1969. »Island Life.« Rezension zu MacArthur und Wilson (1967). *Nature*, Bd. 221,22. Februar 1969.

– (Hrsg.). 1984. *Biogeography and Ecology of the Seychelles Islands.* Den Haag: Dr. W. Junk.

Stoddart, D. R., D. Cowx, C. Peet und J. R. Wilson. 1982. »Tortoises and Tourists in the Western Indian Ocean: The Curieuse Experiment.« *Biological Conservation*, Bd. 24.

Stoddart, D. R., und J. F. Peake. 1979. »Historical Records of Indian Ocean Giant Tortoise Populations.« *Philosophical Transactions of the Royal Society of London*, Serie B, Bd. 286.

Stoddart, D. R., und Serge Savy. 1983. »Aldabra: Island of Giant Tortoises.« *Ambio*, Bd. 12.

Stolzenburg, William. 1991. »The Fragment Connection.« *Nature Conservancy*, Juli/August 1991.

Stone, Charles P., und Danielle B. Stone (Hrsg.). 1989. *Conservation Biology in Hawaii.* Honolulu: University of Hawaii Cooperative National Park Resources Studies Unit.

Stonehouse, Bernard, und Desmond Gilmore (Hrsg.). 1977. *The Biology of Marsupials.* Baltimore: University Park Press.

Strahan, Ronald. 1983a. »Dasyurids.« In Strahan (1983b).
- (Hrsg.). 1983b. *The Australian Museum Complete Book of Australian Mammals.* London: Angus & Robertson.
Strickland, H. E., und A. G. Melville. 1848. *The Dodo and Its Kindred; Or the History, Affinities, and Osteology of the Dodo, Solitaire, and Other Extinct Birds of the Islands Mauritius, Rodriguez, and Bourbon.* London: Reeve, Benham und Reeve.
Strier, Karen. 1986. »The Behavior and Ecology of the Woolly Spider Monkey, or Muriqui (*Brachyteles arachnoides* E. Geoffroy 1806).« Doktorarbeit, Harvard University.
–. 1987a. »The Muriquis of Brazil.« *AnthroQuest*, Bd. 38.
–. 1987b. »Ranging Behavior of Woolly Spider Monkeys, or Muriquis, *Brachyteles arachnoides*.« *International Journal of Primatology*, Bd. 8, Nr. 6.
–. 1989. »Effects of Patch Size on Feeding Associations in Muriquis (*Brachyteles arachnoides*).« *Folia Primatologica*, Bd. 52.
–. 1992. *Faces in the Forest: The Endangered Muriqui Monkeys of Brazil.* New York: Oxford University Press.
–. 1993. »Menu for a Monkey.« *Natural History*, Bd. 102, Nr. 3, März 1993.
Strong, Donald R., Jr., Daniel Simberloff, Lawrence G. Abele und Anne B. Thistle (Hrsg.). 1984. *Ecological Communities: Conceptual Issues and the Evidence.* Princeton, N.J.: Princeton University Press.
Stuenes, Solweig. 1989. »Taxonomy, Habits, and Relationships of the Subfossil Madagascan Hippopotami *Hippopotamus lemerlei* and *H. madagascariensis*.« *Journal of Vertebrate Paleontology*, Bd. 9, Nr. 3.
Suchy, Willie J., Lyman L. McDonald, M. Dale Stickland und Stanley H. Anderson. 1985. »New Estimates of Minimum Viable Population Size for Grizzly Bears of the Yellowstone Ecosystem.« *Wildlife Society Bulletin*, Bd. 13.
Sullivan, Arthur L., und Mark L. Shaffer. 1975. »Biogeography of the Megazoo.« *Science*, Bd. 189, 4. Juli 1975.
Sulloway, Frank J. 1979. »Geographic Isolation in Darwin's Thinking: The Vicissitudes of a Crucial Idea.« *Studies in the History of Biology*, Bd. 3.
–. 1982. »Darwin and His Finches: The Evolution of a Legend.« *Journal of the History of Biology*, Bd. 15, Nr. 1.
Sussmann, Robert W., und Alison F. Richard. 1986. »Lemur Conservation in Madagascar: The Status of Lemurs in the South.« *Primate Conservation*, Nr. 7.
Swingland, Ian R. 1977. »Reproductive Effort and Life History Strategy of the Aldabran Giant Tortoise.« *Nature*, Bd. 269, 29. September 1977.
–. 1988. »The Ecology and Conservation of Aldabran Giant Tortoises.« In Kensley (1988).
Swingland, Ian R., und Malcolm Coe. 1978. »The Natural Regulation of Giant Tortoise Populations on Aldabra Atoll: Reproduction.« *Journal of Zoology*, London, Bd. 186.
Swingland, Ian R., und C. M. Lessells. 1979. »The Natural Regulation of

Giant Tortoise Populations on Aldabra Atoll: Movement Polymorphism, Reproductive Success and Mortality.« *Journal of Animal Ecology*, Bd. 48.
Tattersall, Ian. 1982. *The Primates of Madagascar*. New York: Columbia University Press.
Tattersall, Ian und Robert W. Sussman. 1975. *Lemur Biology*. New York: Plenum Press.
Temple, Stanley A. 1977. »Plant-Animal Mutualism: Coevolution with Dodo Leads to Near Extinction of Plant.« *Science*, Bd. 197. 26. August 1977.
–. 1979. Response to Owadally (1979). *Science*, Bd. 203, 30. März 1979.
–. 1981. »Applied Island Biogeography and the Conservation of Endangered Island Birds in the Indian Ocean.« *Biological Conservation*, Bd. 20.
–. 1983. »The Dodo Haunts a Forest.« *Animal Kingdom*, Februar/März 1983.
–. 1986. »Recovery of the Endangered Mauritius Kestrel from an Extreme Population Bottleneck.« *Auk*, Bd. 103.
Templeton, Alan R. 1980. »The Theory of Speciation Via the Founder Principle.« *Genetics*, Bd. 94.
Tennant, Alan. 1985. *A Field Guide to Texas Snakes*. Austin: Texas Monthly Press.
Terborgh, John. 1971. »Distribution on Environmental Gradients: Theory and a Preliminary Interpretation of Distributional Patterns in the Avifauna of the Cordillera Vilcabamba, Peru.« *Ecology*, Bd. 52.
–. 1974. »Preservation of Natural Diversity: The Problem of Extinction Prone Species.« *BioScience*, Bd. 24.
–. 1975. »Faunal Equilibria and the Design of Wildlife Preserves.« In Golley und Medina (1975).
–. 1976. Response to Simberloff and Abele (1976). *Science*, Bd. 193, 10. September 1976.
–. 1988. »The Big Things That Run the World: A Sequel to E. O. Wilson.« *Conservation Biology*, Bd. 2, Nr. 4.
Terborgh, John, und Blair Winter. 1983. »A Method for Siting Parks and Reserves with Special Reference to Colombia and Ecuador.« *Biological Conservation*, Bd. 27.
Tewes, Michael E. 1983. »Brush Country Cats.« *Texas Parks and Wildlife*, Februar 1983.
–. 1986. »Ecological and Behavioral Correlates of Ocelot Spatial Patterns.« Doktorarbeit, University of Idaho.
Tewes, Michael E., und Daniel D. Everett. 1986. »Status and Distribution of the Endangered Ocelot and Jaguarundi in Texas.« In *Cats of the World: Biology, Conservation, and Management*, hrsg. v. S. Douglas Miller und Daniel D. Everett. Washington, D.C.: National Wildlife Federation.
Thomas, C. D. 1990. »What Do Real Population Dynamics Tell Us About Minimum Viable Population Sizes?« *Conservation Biology*, Bd. 4, Nr. 3.
Thomas, D. G. 1974. »Some Problems Associated with the Avifauna.« In Williams (1974).

Thompson, Steven D., und Martin E. Nicoll. 1986. »Basal Metabolic Rate and Energetics of Reproduction in Therian Mammals.« *Nature*, Bd. 321, 12. Juni 1986.
Thornton, Ian. 1971. *Darwin's Islands: A Natural History of the Galápagos.* Garden City, N.Y.: Natural History Press.
–. 1984. »Krakatau: The Development and Repair of a Tropical Ecosystem.« *Ambio*, Bd. 13, Nr. 4.
–. 1986a. »Krakatau.« *Australian Geographic*, Bd. 1, Nr. 2, April/Juni 1986.
– (Hrsg.). 1986b. »1985 Zoological Expedition to the Krakataus: Preliminary Report.« Miscellaneous Series Nr. 2. Bundoora, Victoria, Aus.: La Trobe University, Department of Zoology.
– (Hrsg.). 1987. »1986 Zoological Expedition to the Krakataus: Preliminary Report.« Miscellaneous Series Nr. 3. Bundoora, Victoria, Aus.: La Trobe University, Department of Zoology.
Thornton, I. W. B., und S. R. Graves. 1988. »Colonization of the Krakataus by Bacteria and the Development of Antibiotic Resistance.« *Philosophical Transactions of the Royal Society of London*, Serie B, Bd. 322.
Thornton, I. W. B., und T. R. New. 1988. »Krakatau Invertebrates: The 1980s Fauna in the Context of a Century of Recolonization.« *Philosophical Transactions of the Royal Society of London*, Serie B, Bd. 322.
Thornton, I. W. B., T. R. New, D. A. McLaren, H. K. Sudarman und P. I. Vaughan. 1988. »Air-Borne Arthropod Fall-Out on Anak Krakatau and a Possible Pre-Vegetation Pioneer Community.« *Philosophical Transactions of the Royal Society of London*, Serie B, Bd. 322.
Thornton, I. W. B., und N. J. Rosengren. 1988. »Zoological Expeditions to the Krakatau Islands, 1984 and 1985: General Introduction.« *Philosophical Transactions of the Royal Society of London*, Serie B, Bd. 322.
Thornton, I. W. B., R. A. Zann, P. A. Rawlinson, C. R. Tidemann, A. S. Adikerana und A. H. T. Widjoya. 1988. »Colonization of the Krakatau Islands by Vertebrates: Equilibrium, Succession, and Possible Delayed Extinction.« *Proceedings of the National Academy of Sciences*, Bd. 85.
Tichnell, David L., Gary E. Machlis und James R. Fazio. 1983. »Threats to National Parks: A Preliminary Survey.« *Parks*, Bd. 8, Nr. 1.
Tilson, Ronald L., und Ulysses S. Seal (Hrsg.). 1987. *Tigers of the World: The Biology, Biopolitics, Management, and Conservation of an Endangered Species.* Park Ridge, N.J.: Noyes.
Toft, Catherina A., und Thomas W. Schoener. 1983. »Abundance and Diversity of Orb Spiders on 106 Bahamian Islands: Biogeography at an Intermediate Trophic Level.« *Oikos*, Bd. 41.
Tonge, Simon. 1989. »Round Island – Saved?« In *Eilanden en Natuurbescherming (Islands and the Protection of Nature).* Proceedings of a symposium under the auspices of the Netherlands Commission for International Nature Protection. *Mededelingen*, Nr. 25.
Towns, David, und Ian Atkinson. 1991. »New Zealand's Restoration Ecology.« *New Scientist*, Bd. 130, 20. April 1991.

Trauers, Robert. 1968. *The Tasmanians: The Story of a Doomed Race.* Melbourne: Cassell Australia.
Trimble, Stephen. 1989. *The Sagebrush Ocean: A Natural History of the Great Basin.* Reno: University of Nevada Press.
Tyron, Rolla. 1971. »Development and Evolution of Fern Floras of Oceanic Islands.« In Stern (1971).
Tudge, Colin. 1991. »Time to Save Rhinoceroses.« *New Scientist,* Bd. 131, 28. September 1991.
–. 1992. »Birds of Prey Fly Again.« *New Scientist,* Bd. 135, 22. August 1992.
Turnbull, Clive. 1948. *Black War: The Extermination of the Tasmanian Aborigines.* Melbourne: F. W. Cheshire.
Turner, Tom. 1990. »Saving a Honeycreeper.« *Defenders,* Juli/August 1990.
Turrill, W. B. 1953. *Pioneer Plant Geography: The Phytogeographical Researches of Sir Joseph Dalton Hooker.* Den Haag: Martinus Nijhoff.
–. 1963. *Joseph Dalton Hooker: Botanist, Explorer, and Administrator.* London: Scientific Book Club.
Udall, James R. 1991. »The Pika Hunter.« *Audubon,* März 1991.
Valle, Celio, 1982. »Campaign to Save the Highly Endangered Muriqui Now Underway in Brazil.« *IUCN/SSC Primate Specialist Group Newsletter,* Nr. 2.
Van Balen, S., E. T. Margawati und Sudaryanti. 1986. »Birds of the Botanical Gardens of Indonesia at Bogor.« *Berita Biologi,* Bd. 3, Nr. 4.
Van Heekeren, H. R. 1949. »Early Man and Fossil Vertebrates on the Island of Celebes.« *Nature,* Bd. 163, 26. März 1949.
Van Helvoort, B. E. »An Attempt to a Population-Genetic Analysis of the American Captive Bali Starling Population (*Leucopsar rothschildi* Stresemann 1912).« Entwurf zur Stellungnahme. Cambridge: International Council for Bird Preservation.
Vankat, John L., und Jack Major. 1978. »Vegetation Changes in Sequoia National Park, California.« *Journal of Biogeography,* Bd. 5.
Vaughan, R. E. 1984. »Did the Dodo Do It?« Response to Temple. *Animal Kingdom,* Februar/März 1984.
Vaughan, R. E., und P. O. Wiehe. 1937. »Studies on the Vegetation of Mauritius, Part 1: A Preliminary Survey of the Plant Communities.« *Journal of Ecology,* Bd. 25.
–. 1941. »Studies on the Vegetation of Mauritius, Part 3: The Structure and Development of the Upland Climax Forest.« *Journal of Ecology,* Bd. 29.
Veevers-Carter, W. 1979. *Land Mammals of Indonesia.* Djakarta: PT Intermasa.
Vuilleumier, Beryl Simpson. 1971. »Pleistocene Changes in the Fauna and Flora of South America.« *Science,* Bd. 173, 27. August 1971.
Vuilleumier, François. 1970. »Insular Biogeography in Continental Regions, Part 1: The Northern Andes of South America.« *American Naturalist,* Bd. 104, Nr. 938.
Walker, Alan. 1967. »Patterns of Extinction Among the Subfossil Madagascan Lemuroids.« In Martin und Wright (1967).

Wallace, Alfred Russel. 1853. *A Narrative of Travels on the Amazon and Rio Negro, with an Account of the Native Tribes, and Observations on the Climate, Geology, and Natural History of the Amazon Valley.* London: Reeve. (Überarbeitete Ausgabe: Ward, Lock and Co., London, 1889.)

–. 1854. »On the Monkeys of the Amazon.« (Das Papier wurde anläßlich eines Treffens der Zoological Society of London am 14. Dezember 1852 vorgetragen.) *Annals and Magazine of Natural History,* Bd. 14, Dezember 1854.

–. 1855. »On the Law Which Has Regulated the Introduction of New Species.« *Annals and Magazine of Natural History,* Bd. 16, September 1855. Nachgedruckt in Wallace (1891). – Dt. Übers.: 1870. »Über das Gesetz, welches die Einführung neuer Arten reguliert hat.« In A. R. Wallace, *Beiträge zur Theorie der natürlichen Zuchtwahl.* Erlangen: Besold.

–. 1857. »On the Natural History of the Aru Islands.« *Annals and Magazine of Natural History,* Anhang zu Bd. 20, Dezember 1857.

–. 1858a. »Note on the Theory of Permanent and Geographical Varieties.« *Zoologist,* Bd. 16, Januar 1858.

–. 1858b. »On the Tendency of Varieties to Depart Indefinitely from the Original Type.« *Journal of the Proceedings of the Linnean Society (Zoology),* Bd. 3, 20. August 1858. (Zusammen mit Darwins Beitrag am 1. Juli 1858 vor der Gesellschaft verlesen.)

–. 1869. *The Malay Archipelago, the Land of the Orang-Utan and the Bird of Paradise: A Narrative of Travel with Studies of Man and Nature.* London: Macmillan. (Reprint-Ausgabe: Dover, New York, 1962. Die Dover-Ausgabe ist ein Reprint der letzten von Wallace selbst durchgesehenen Ausgabe, 1891.) – Dt. Teilübers.: 1983. *Der Malaiische Archipel.* Frankfurt a. M.: Societäts-Verlag.

–. 1876. *The Geographical Distribution of Animals.* Bde. I und II. New York: Harper & Brothers. – Dt. Übers.: 1876. *Die geographische Verbreitung der Tiere.* 2. Bde., hrsg. v. A. B. Meyer. Dresden.

–. 1880. *Island Life, or the Phenomena and Causes of Insular Faunas and Floras, Including a Revision and Attempted Solution of the Problem of Geological Climates.* London: Macmillan. (Reprint-Ausgabe: AMS Press, New York, 1975. Der AMS-Reprint ist ein Faksimile der überarbeiteten dritten Ausgabe von 1911.)

–. 1889. *Darwinism: An Exposition of the Theory of Natural Selection, with Some of Its Applications.* London: Macmillan. (Überarbeitete Ausgabe: Macmillan, London, 1905.)

–. 1891. *Natural Selection and Tropical Nature: Essays on Descriptive and Theoretical Biology.* London: Macmillan. (Faksimile-Ausgabe: Gregg International Publishers, Westmead, Eng., 1969. *Natural Selection* erschien erstmals 1870. *Tropical Nature* erschien erstmals 1878.)

–. 1899. *The Wonderful Century.* New York: Dodd, Mead.

–. 1905. *My Life: A Record of Events and Opinions.* Bde. I und II. London: Chapman and Hall. (Reprint-Ausgabe: Gregg International Publishers, Westmead, Eng., 1969.)

Walters, Edgar T., Thomas J. Carew und Eric R. Kandel. 1981. »Extinctions and Introductions in the New Zealand Avifauna: Cause and Effect?« *Science*, Bd. 211, 30. January 1981.

Warner, Richard E. 1968. »The Role of Introduced Diseases in the Extinction of the Endemic Hawaiian Avifauna.« *Condor*, Bd. 70.

Watson, Lyall. 1987. *The Dreams of Dragons: Riddles of Natural History*. New York: William Morrow.

Watts, Dave. 1987. *Tasmanian Mammals: A Field Guide*. Hobart: Tasmanian Conservation Trust.

Waters, Tom. 1988. »Return to Krakatau.« *Discover*, Oktober 1988.

Webb, S. David. 1969. »Extinction-Origination Equilibria in Late Cenozoic Land Mammals of North America.« *Evolution*, Bd. 23.

Weiner, Jonathan. 1990. *The Next One Hundred Years: Shaping the Fate of Our Living Earth*. New York: Bantam Books. - Dt. Übers.: 1992. *Die nächsten 100 Jahre: Wie der Treibhauseffekt unser Leben verändern wird*. München: Bertelsmann.

—. 1994. *The Beak of the Finch: A Story of Evolution in Our Time*. New York: Alfred A. Knopf.

Western, David. 1992. »The Biodiversity Crisis: A Challenge for Biology.« *Oikos*, Bd. 63.

Western, David, und Mary C. Pearl (Hrsg.). 1989. *Conservation for the Twenty-first Century*. New York: Oxford University Press.

Western, David, und Ssemakula, James. 1981. »The Future of the Savannah Ecosystems: Ecological Islands or Faunal Enclaves?« *African Journal of Ecology*, Bd. 19.

Western, David, und R. Michael Wright (Hrsg.). Shirley C. Strum, Mithrsg. 1994. *Natural Connections: Perspectives in Community-Based Conservation*. Washington, D.C.: Island Press.

Whitcomb, Robert F. 1977. »Island Biogeography and ›Habitat Islands‹ of Eastern Forest.« *American Birds*, Bd. 31, Nr. 1.

Whitcomb, Robert F., James F. Lynch, Paul A. Opler und Chandler S. Robbins. 1976. Response to Simberloff and Abele (1976a). *Science*, Bd. 193, 10. September 1976.

Whitehead, Donald R., und Claris E. Jones. 1969. »Small Islands and the Equilibrium Theory of Insular Biogeography.« *Evolution*, Bd. 23.

Whitfield Philip (Hrsg.). 1988. *The Macmillan Illustrated Encyclopedia of Birds: A Visual Who's Who in the World of Birds*. New York: Macmillan.

Whitlock, Ralph. 1981. *Birds at Risk: A Comprehensive World-Survey of Threatened Species*. Bradford-on-Avon, Wiltshire, Eng.: Moonraker Press.

Whitmore, T. C. (Hrsg.). 1981. *Wallace's Line and Plate Tectonics*. Oxford: Clarendon Press.

— (Hrsg.). 1987. *Biogeographical Evolution of the Malay Archipelago*. Oxford: Clarendon Press.

Whitten, Anthony J., Sengli J. Damanik, Jazanul Anwar und Nazaruddin

Hisyam. 1987. *The Ecology of Sumatra*. Yogyakarta, Indonesien: Gadjah Mada University Press.

Whitten, Anthony J., Muslimin Mustafa und Gregory S. Henderson. 1987. *The Ecology of Sulawesi*. Yogyakarta, Indonesien: Gadjah Mada University Press.

Whitten, Tony, und Jane Whitten; Fotos von Gerald Cubitt. 1992. *Wild Indonesia: The Wildlife and Scenery of the Indonesian Archipelago*. Cambridge, Mass.: MIT Press.

Wilcox, Bruce A. 1978. »Supersaturated Island Faunas: A Species-Age Relationship for Lizards on Post-Pleistocene Land-Bridge Islands.« *Science*, Bd. 199, 3. März 1978.

–. 1986. »Extinction Models and Conservation.« *Trends in Ecology and Evolution*, Bd. 1, Nr. 2.

–. 1987. Redaktion. *Conservation Biology*, Bd. 1, Nr. 3.

Wilcox, Bruce A., und Dennis D. Murphy. 1985. »Conservation Strategy: The Effects of Fragmentation on Extinction.« *American Naturalist*, Bd. 125.

Wilcox, Bruce A., Dennis D. Murphy, Paul R. Ehrlich und George T. Austin. 1986. »Insular Biogeography of the Montane Butterfly Faunas in the Great Basin: Comparison with Birds and Mammals.« *Oecologia*, Bd. 69.

Williams, C. B. 1943. »Area and Number of Species.« *Nature*, Bd. 152, 4. September 1943.

Williams, W. D. (Hrsg.). 1974. *Biogeography and Ecology in Tasmania*. Den Haag: Dr. W. Junk.

Williams-Ellis, Amabel. 1966. *Darwin's Moon: A Biography of Alfred Russel Wallace*. London: Blackie.

Williamson, Mark. 1969. Rezension zu MacArthur und Wilson (1967). *Journal of Animal Ecology*, Bd. 38, Nr. 2.

–. 1981. *Island Populations*. Oxford: Oxford University Press.

–. 1983. »The Land-Bird Community of Stokholm: Ordination and Turnover.« *Oikos*, Bd. 41.

Willis, Edwin O. 1974. »Populations and Local Extinctions of Birds on Barro Colorado Island, Panama.« *Ecological Monographs*, Bd. 44.

–. 1980. »Species Reduction in Remanescent Woodlots in Southern Brazil.« *Proceedings of the 17th International Ornithological Congress*, Bd. 11.

–. 1984. »Conservation, Subdivision of Reserves, and the Anti-Dismemberment Hypothesis.« *Oikos*, Bd. 42.

Willis, Edwin O., und Eugene Eisenmann. 1979. »A Revised List of Birds of Barro Colorado Island, Panama.« *Smithsonian Contributions to Zoology*, Nr. 291. Washington, D.C.: Smithsonian Institution Press.

Wilson, Bob. 1989. »Promoting a Preserve for Primates.« *Duke Magazine*, Bd. 75, Nr. 3.

Wilson, Edward O. 1958. »Patchy Distributions of Ant Species in New Guinea Rain Forests.« *Psyche*, Bd. 65.

–. 1959. »Adaptive Shift and Dispersal in a Tropical Ant Fauna.« *Evolution*, Bd. 13.

–. 1961. »The Nature of the Taxon Cycle in the Melanesian Ant Fauna.« *American Naturalist*, Bd. 95, Nr. 882.
–. 1969. »The Species Equilibrium.« In *Diversity and Stability in Ecological Systems*, Brookhaven Symposia in Biology, Nr. 22.
–. 1984. *Biophilia*. Cambridge, Mass.: Harvard University Press.
–. 1985. »In The Queendom of the Ants: A Brief Autobiography.« In *Leaders in the Study of Animal Behavoir: Autobiographical Perspectives*, hrsg. v. D. A. Dewsbury. Lewisburg, Pa.: Bucknell University Press.
– (Hrsg.). 1988. *Biodiversity*. Washington, D.C.: National Academy Press. – Dt. Übers.: 1992. *Ende der biologischen Vielfalt?: Der Verlust an Arten, Genen und Lebensräumen und die Chancen für eine Umkehr*. Heidelberg/Berlin: Spektrum Akademischer Verlag.
–. 1992. *The Diversity of Life*. Cambridge, Mass.: Belknap Press of Harvard University Press.
–. 1994. *Naturalist*. Washington, D.C.: Island Press.
Wilson, Edward O., und Daniel S. Simberloff. 1969. »Experimental Zoogeography of Islands: Defaunation and Monitoring Techniques.« *Ecology*, Bd. 50, Nr. 2.
Wilson, Etta S. 1934. »Personal Recollections of the Passenger Pigeon.« *Auk*, Bd. 51.
Wilson, Leonard G. (Hrsg.). 1970. *Sir Charles Lyell's Scientific Journals on the Species Question*. New Haven, Conn.: Yale University Press.
Witteman, Gregory J., und Robert E. Beck, Jr. 1991. »Decline and Conservation of the Guam Rail.« In *Wildlife Conservation: Present Trends and Perspectives for the 21st Century*, hrsg. v. Naoki Maruyama, Boguslaw Bobek, Yuiti Ono, Wayne Regelin, Ludek Bartos und Philip R. Ratcliffe. Tokyo: Japan Wildlife Research Center.
Witteman, Gregory J., Robert E. Beck, Jr., Stuart L. Pimm und Scott R. Derrickson. 1991. »The Decline and Restoration of the Guam Rail, *Rallus owstoni*.« *Endangered Species Update*, Bd. 8, Nr. 1.
Wolf, Edward C. 1987. »On the Brink of Extinction: Conserving the Diversity of Life.« Worldwatch Paper 78. Washington, D.C.: Worldwatch Institute.
Wong, Marina, und Jorge Ventocilla. 1986. *A Day on Barro Colorado Island*. Panama City: Smithsonian Tropical Research Institute.
Wool, David. 1987. »Differentiation of Island Populations: A Laboratory Model.« *American Naturalist*, Bd. 129, Nr. 2.
World Conservation Monitoring Centre, Compiler. 1990. *1990 IUCN Red List of Threatened Animals*. Gland, Schweiz: International Union for Conservation of Nature and Natural Resources.
Worster, Donald. 1977. *Nature's Economy: A History of Ecological Ideas*. Cambridge: Cambridge University Press.
–. 1984. »History as Natural History: An Essay on Theory and Method.« *Pacific Historical Review*, Bd. 53, Nr. 1.
Wrangham, Richard W. 1980. »An Ecological Model of Female-Bonded Primate Groups.« *Behaviour*, Bd. 75.

Wright, Patricia. 1988a. »Lemurs' Last Stand.« *Animal Kingdom*, Januar/Februar 1988.
–. 1988b. »Lemurs Lost and Found.« *Natural History*, Bd. 97, Nr. 7, Juli 1988.
–. 1990. »Patterns of Paternal Care in Primates.« *International Journal of Primatology*, Bd. 11, Nr. 2.
–. 1992. »Primate Ecology, Rainforest Conservation, and Economic Development: Building a National Park in Madagascar.« *Evolutionary Anthropology*, Bd. 1, Nr. 1.
Wright, Patricia C., Patrick S. Daniels, David M. Meyers, Deborah J. Overdorff, und Joseph Rabeson. 1987. »A Census and Study of *Hapalemur* and *Propithecus* in Southeastern Madagascar.« *Primate Conservation*, Nr. 8.
Wright, Robert. 1988. *Three Scientists and Their Gods: Looking for Meaning in an Age of Information*. New York: Harper & Row.
Wright, Sewall. 1938. »Size of Population and Breeding Structure in Relation to Evolution.« *Science*, Bd. 87, 13. Mai 1938.
Wright, S. Joseph. 1980. »Density Compensation in Island Avifaunas.« *Oecologia*, Bd. 45.
Wright, S. Joseph, und Stephen P. Hubbell. 1983. »Stochastic Extinction and Reserve Size: A Focal Species Approach.« *Oikos*, Bd. 41.
Wright, S. Joseph, Robert Kimsey und Claudia J. Campbell. 1984. »Mortality Rates of Insular *Anolis* Lizards: A Systematic Effect of Island Area?« *American Naturalist*, Bd. 123, Nr. 1.
Younger, R. M. 1988. *Kangaroo: Images Through the Ages*. Hawthorn, Victoria: Century Hutchinson Australia.
Ziegler, Alan C. 1977. »Evolution of New Guinea's Marsupial Fauna in Response to a Forested Environment.« In Stonehouse und Gilmore (1977).
–. 1982. »An Ecological Check-list of New Guinea Recent Mammals.« In Gressitt (1982).
Zimmerman, B. L., und R. O. Bierregaard. 1986. »Relevance of the Equilibrium Theory of Island Biogeography and Species-Area Relations to Conservation with a Case from Amazonia.« *Journal of Biogeography*, Bd. 13.
Zimmerman, Elwood C. 1971. »Adaptive Radiation in Hawaii with Special Reference to Insects.« In Stern (1971).
Ziswiler, Vincenz, 1965. *Bedrohte und ausgerottete Tiere. Eine Biologie des Aussterbens und des Überlebens*. Berlin/Heidelberg: Springer-Verlag.

Register

Abbildung, durch den Computer 785–793
Abdallah, Feliciano Miguel 758, 760
Abele, Lawrence:
 und maritime Ökosysteme 604f. und SLOSS 602–606, 608
Abgelegenheit: *siehe auch* Isolation und Anfälligkeit für Störungen 415
 und Disharmonie 340
 und Entfernungseffekt 558
 ozeanischer Inseln 66
 und Verarmung 556
The Aboriginal Tasmanians (Ryan) 471
Aborigines 370, 469–502
 und Black Line (Militäroperation) 479f., 484
 auf Bruny Island 478, 480–482, 484
 und Cape Barren Island 498
 Eigentümlichkeiten der 471f., 474
 und Eigentumsanspruch auf Land 471, 473f., 498
 und Europäer 472–491, 496, 501

 Felszeichnungen der 381, 471
 auf Flinders (Insel) 485, 487f.
 als genetisch eigenständige Population 502
 und Genozid 469f., 476, 483, 499
 auf Gun Carriage Island 484
 und Inseldasein 471, 477f., 481, 484, 502
 Jack und Black Dick 475f.
 und Kängurus 473f., 478, 481, 483
 Kopfgelder für 478
 Lanney 488–495, 498
 und Legende von den ausgestorbenen Tasmaniern 500–502
 Musik der 496–498
 und Mythos vom »letzten Lebenden« 470, 496
 im Oyster Cove Straflager 490–493, 495
 Population der 471
 Ryans Forschungen 471, 473, 475, 479, 485–487, 489, 492–494, 499
 Suke 496
 Tasmanisches Aborigines-Zentrum 499f.

und Thylacine 372f.
Truganini 469f., 472, 474,
480–483, 486–490, 494–496,
498, 500
Überlebende 496
Wooraddy 480–484, 488f.,
491
Abschußprämien und Populationsdichte 375f.
abstrahierte Inseln 575–580
abstrahierte Natur 635
Adaptive Radiation 56, 288–322, 324, 827
versus archipelspezifische Artbildung 294, 298
Cichlidae (Fischart) 308
und Darwin 304f.
Definition 288
und Evolution 55f., 301
Finken 297
Kleidervögel 304
und Konkurrenz 289, 296, 305, 327
Lemuren 310–322, 324, 329
Moas 256f.
und ökologische Nischen 289, 305
Schildkröten 289–294
und Sympatrie 288f., 305
Tanreks (Borstenigel) 55f., 288
Taufliegen 307f.
im Vogelbereich 257
Adler (Harpyen) 403, 631, 692
Aepyornis maximus siehe
Elefantenvögel
Affen:
Arten von 94, 96
Ausbreitungsgrenzen bei 95
für die biomedizinische Forschung 359
Brüllaffen 460f., 617, 754
Dodos bedroht durch 355–358
und europäische Entdecker 34, 39

Handel mit 359f.
Langschwanzmakaken 356–362
Marmosetten 34, 94, 754
Murikis 753–760, 768–779
Sakis 96–103, 139, 595, 598, 618
Tamarine 618, 754
Turmfalken bedroht durch 728
und Wallace-Linie 28, 127
Afrika:
adaptive Radiation 308–311
und Kontinentalverschiebung 259
Malawisee 309f.
Ratiten (straußenähnliche Vögel) 257, 259f.
Rift Valley 308
Savanne 340
Strauße 257, 260
Tanganyikasee 308–310
Viktoriasee 308–310
Warane 209
Zerstörung des Regenwaldes 583
Ägäische Inseln, Rotwildfossilien 206
Agaonidae (Feigenwespe) 197
Agraulis Dido 81
Agutis:
auf Barro Colorado 460
in Puerto Rico 503
Ägypten, Krokodilartige 210
Akialoa 425
Albatrosse 193
Albemarle (Insel) Spottdrosseln 287
Albinismus 335
Albuquerque, Alfonso 350
Aldabra (Insel):
als besonderes Schutzgebiet 166
und Disharmonie 341
Ibisse 271

Schildkröten 19, 157, 164, 181, 254f., 335
Aldabra-Forschungsstation 166
Aldabrachelys (Schildkröten) 163
Alectroenas nitidissima (Pigeon Hollandais) 193
Algerien, Verbreitungsgrenzen in 171
Alken 256, 503
Allele 291–293
  Anpassungswert 783f.
  Definition 827
  und genetische Drift 681, 691f., 728
  und genetische Stochastizität 681
  und genetisches Umfeld 336
  bei homozygoten Individuen 292, 681, 691, 747
  bei Inzucht 694, 747
  und Meiose 292
  und Mutation 691f.
  bei Populationen versus Individuen 336
  rezessive 681, 691, 747
  und zufallsbestimmte Auswahl 292
Alligatoren, Orientierungssinn 439
Allopatrische Artbildung 168–170, 172, 175f., 178
  Definition 827
allopatrische Divergenz 289–294
Alouatta seniculus (Roter Brüllaffe) 619
Amaui 425
Amazonas 593–656
  fazendas (Rinderfarmen) am 96–103, 596–598, 612
  Frösche 636, 639
  »Kritische Minimalgröße«-Projekt *siehe* Projekt »Kritische Minimalgröße von Ökosystemen«
  Lovejoy am 97, 593–602, 614–616, 636
  Manaus Freizonenverwaltung 97, 612, 650
  Regenwaldzerstörung 583, 595–598
  Reservat Nr. 1202 595f.
  und Verbreitungsgrenzen von Arten 93f.
  vögelberingende Praktikanten am 652–658
  Wallace am 74, 79–92
  Wallaces Heimreise vom 87–92
  Weideviehzucht am 96f., 650
Amblyrhyncus cristatus (Meerechse) 180, 208, 273–284
Ameisen:
  auf Angel de la Guarda 247f., 250f.
  Begleiter von 619
  auf den Fidschiinseln 545
  in Melanesien 20, 546
  und Spezies-Flächen-Beziehung 543–545, 555
  Wanderameisen 619f.
  und Wilson 541–543, 545, 549
Ameisenfresser:
  großer Ameisenbär 35
  Langschnabeligel 180, 403
Ameisenigel 180, 403
Ameisenvögel:
  Rotkehl-Ameisenvogel 619f.
  Weißbart-Ameisenvogel 619f.
Amerikanische Ökologische Gesellschaft 568
Amerikanisches Pionierkorps 780–782, 790
Anak Krakatau (Insel) 196–199, 380
Analamazaotra Wildreservat,

Madagaskar 660–673
und Bedo 315, 668–671
Einrichtung des 662f.
Indri (Lemur) 324–326, 664–670, 672f.
Inselcharakter des 673
Lemuren 314
Anas aucklandica (flugunfähige Ente) 181
Andenkette, Páramoinseln 576, 585, 587
Andriajaka, Joseph 716
Angel de la Guarda:
Ameisen 247f., 250f.
und Ausdehnung des Meeresbodens 240
Case über 237–248, 250–254, 522, 699
Eidechsen 699
Klapperschlangen 237
Riesenchuckwallas 180, 240, 245–247, 250–254, 335
Angermeyer, Karl 279–284
Anjouan (Insel), Tauben 193
Annals and Magazine of Natural History 80f., 113, 125, 130
Anomalopteyx (Moas) 256
Anpassungsfähigkeit, Verlust der 691, 694, 728
Anpassungsstrudel 752
Antarktis:
und Kontinentalverschiebung 259
Polarwolf 503
Ratiten (straußenähnliche Vögel) 261
Antillen 513, 546, 555
Antilopen, endemische 340
Antipoden 37
Antipodenschnäpper 126
Apteryx haasti (Großer Fleckenkiwi) 180
Arachniden *siehe* Spinnen

Araneidae (Radnetzspinnen) 428, 448f., 454
Ararat, Berg 41f.
Aras 34
rote und blaue 39
arboreale Laufkäfer 268
Arche Noah 35, 40–43
archipelspezifische Artbildung 283–288
versus adaptive Radiation 289, 294
und Artenvielfalt 283–288
und Darwin 283–288
Definition 827f.
und genetische Revolution 337f.
und Isolation 294
bei Lemuren 322–324
»Are we on the Verge of a Mass Extinction in Tropical Rain Forests?« [Stehen wir am Rande eines Massensterbens in den Tropischen Regenwäldern?] (Simberloff) 801
Argyll, Herzog von 804f.
Arrhenius, Olof:
und Artenvielfalt 510
und Ökologie als Wissenschaft 541
Pflanzenarten 520
und Probeexemplare 520
und Spezies-Flächen-Beziehung 509f.
Arrheniussche Gleichung 517f., 556
Artbildung 31, 546
adaptive Radiation 289, 294
allopatrische 172, 175, 178
Definition 827f.
Ende der 695f.
Geschwindigkeit der 798
und globaler Umschlagsprozeß 797
und Isolation 283–288, 294

und Konkurrenz 327
in Madagaskar 65, 327
in räumlicher Dimension 175
versus Stammentwicklung
175–178
sympatrische 170, 172, 175,
177, 327
Arten:
Ähnlichkeiten zwischen 570
Aufspaltung von 175
Auslesestrategie gegenüber
724
Aussterben von *siehe* Artensterben
bedrohte, Bemühungen um
731–734, 744f.
bedrohte, Gesetzgebung 781
Beziehungen zwischen 651
binäre Frage 706
Definition 138f., 174
Eigenschaften 183–185
endemische 66, 70, 260
eng verwandte 106, 129–132
fremdländische Spezies 377,
505, 727f.
und Gebiet *siehe*
Spezies-Flächen-Beziehung
geschützte 609, 781
Gleichgewicht der 195f., 556f.
auf Inseln 59, 180–185, 269,
283–288, 546
konventionelle Vorstellung
von 137
lebensfähige Minimalpopulationen von 673–685, 748–752
Migration von 173
modifizierte Prototypen von
71
und Mutationen 177, 691f.,
748
obligatorische Wechselwirkung
463–466
Pflanzenspezies 509
philopatrische 726

primitive 45f.
Reliktspezies 260, 578
Rückgang in der Population
von 253f.
Schlüsselspezies 712
seltene *siehe* seltene Arten
sich gegenseitig ausschließende 627
und SLOSS 608
Stammentwicklung der
174–178, 207, 294f.
typologische Sicht auf 85f.
Umschlag bei 557f., 560, 568
als ungleich 607–609
Ursprung der *siehe* Entstehung der Arten
Variationen innerhalb der 84,
92, 100, 131, 137f., 140
versus Varietäten; Definition
72, 175
Verarmung 339–342, 556, 728
verbreitete versus seltene *siehe
auch* Seltenheit 519, 546
Verbreitung von Arten 188,
380
Verbreitungsgrenzen 94f.
Vererbbarkeit von Veränderungen bei 174, 307
Verteilung 76, 132, 154, 189,
258f., 570f.
Verwundbarkeit 752
Vielfalt von *siehe* Artenvielfalt
Wanderfreudigkeit 445
Wandlung von 169, 335
Zahlen versus Tatsachen 546
Zuflucht findende 158–160,
386f.
Artenbildung und Isolation
176
Artenschutz:
und Autökologie 633f., 636,
639–641
Erhaltung der Vielfalt 505,
650

Geldfaktor 723f.
genetischer 701
Inseln des 584, 586–588
internationaler 632
Planungen für 589, 606, 609, 633, 636, 639
und SLOSS 589, 602, 606, 621, 632
und Synökologie 634
Ziel des 649f.
Artenschutzbiologie 696–704, 748–753
Blaubuch 708, 713, 748
Braunbuch 697, 747f.
und Darwin 709
Definition 698
Fachleute in 750
Gelbbuch 753
Graubuch 703
Grünbuch 701, 748
historische Persönlichkeiten der 709
und Inselbiogeographie 710
Kongresse 707, 750–753
Strudelkonzept 750f., 756f.
Theory und Praxis 748, 751
Artensterben 13, 797–806
im Devon 799, 801
in der Kreidezeit 799, 801
im Ordovizium 799, 801
im Perm 799
im Pleistozän 799
im Quartär 801
im Trias 799, 801
Artensterben:
als ansteckend 788f.
und Artenschutz 380, 607, 782
Aussterben der Vielfalt 801
Aussterben der Wandertaube 408–414
Aussterben des Dodo 181, 348, 358, 363–365, 367
und Aussterbestrudel 750f., 756f., 828
Computerabbildung des 785–793
und Darwin 802
differentielles 386–388
und Evolution 153f., 349f., 799, 802–806
fossile Funde zum 799, 802
Gefahr des 253f., 377, 450, 607, 713f., 801
und Gefährdung 713f.
genetische Aspekte des 505
gewöhnliche Durchschnittsrate des 797f.
und Gleichgewicht 556f., 580, 646
und Gleichgewichtstheorie 546f., 586
und globaler Umschlagsprozeß 797
Hintergrund des 797–806
und *Homo sapiens siehe auch* Aborigines 348f., 367, 410–412, 415–418, 799–801, 805f.
in der Inselbiogeographie 68, 107, 153f., 269f.
und Inseldasein 64, 461, 502, 505, 580
und Inseln 340–342, 348–355, 384, 386
und Landbrückeninseln 584
und lebensfähige Minimalpopulationen 713f.
lokales 386, 832
lokales versus absolutes 386, 546f., 645
massenhaftes 798–806
und Metapolulation 788
Muster des 349f., 386, 418, 646
na und? 797
und Naturreservate 646
Normalniveau des 798–806, 833

ökologische Aspekte des 505
Rückkoppelung 750f., 756f.
Seltenheit und 363f., 388–391, 502, 506, 584, 679
Tod des letzten Exemplares 363–345, 408f.
und tropische Ernährungskaskaden 454–463, 465
Umfang des Schadens durch 800–802
Ursachen des 363–365, 377, 389, 409, 412–414, 429–433, 460, 501f., 505, 679, 728
und Wallace 802–806
weniger gravierende Episode des 799
Widerstandskraft gegen das Aussterben 607
versus Wiedererstarken der Population 378
zufallsbedingtes 386
Artentwicklung und Stabilität des Lebensraums (Darlington) 269f.
Artenvielfalt:
Festland 339f.
und Lebensraum 341f.
Schmetterlinge 115
Arthur River-Gebiet, Tasmanien 393–405
Arthur, George 476–479, 481f., 484
Aruinseln 36f.
Arten beobachtet auf *siehe auch* Paradiesvögel 126–128, 137–140, 180, 803
Dobbo (Dobo) 114–118, 123, 125, 812–817
Landkarten 117, 819
Manumbai-Kanal 818, 820f.
und Neuguinea 126f.
»On the Natural History of the Aru Islands« [Zur Naturgeschichte der Aruinseln] (Wallace) 113f., 125
Regenwald 824f.
Reise nach 806–825
Synekdoche 114
Wakua 818, 820, 822
Wallace auf 108–111, 113–125, 137, 802
Ashoka, König von Indien 709
Asien: *siehe auch einzelne Orte*
Tiger 18
Warane 209
Astrapia mayeri (Paradieselster) 181
Atlantischer Urwald, Brasilien 753–758, 761
Atlasgebirge 171
Auckland-Inseln:
Aucklandsäger 503
flugunfähige Ente 181
Audubon, John James 408
Auffenberg, Walter:
und fossile Elefanten 220f.
und Gilimotang 529
und Komodos (Komododrache) 212–216, 220f., 224f., 523f., 526, 528f.
Aufzucht in Gefangenschaft 731f.
Ausbreitung:
Ausbreitungskapazität 188, 206
und Darwin 67, 132, 189
von Jungtieren 722f., 774
Langstreckenflüge 192–194, 254, 265
und Lyell 67–69
Mühsamkeit der 30
durch Schwimmen 201–207
Transport auf Treibgut 190
Ausbreitungsfähigkeit:
und Artensterben 506
begrenzte 506
und Disharmonie 340
und Evolution 184

von Fledermäusen 200f.
von Kokospalmen 189
von Pflanzenarten und Darwin 189
von Pflanzensamen 186–189, 194, 467
von Ratten und Mäusen 200f.
von Säugetieren 199, 201–207
von Spinnen 186
von Sporen 187, 194
Unterschiede in der 604f.
Verlust der 194, 254–266
von Vögeln 194f.
und Wiederbesiedlung 206
Ausbreitungslotto 190, 206
Ausbrüten:
im Brutkasten 729, 733
durch Pflegeeltern 733
Auslesestrategie 724
Aussterbestrudel 828
Australien:
Beuteltiere 19, 28, 383
Dingos 382
Emus 230, 258
Erforschung von 37, 368
Fledermäuse 200
Glattechsen 208
Gleiter 181
Kasuare 126, 230, 258
lebensfähige Minimalpopulationen in 674
Mäuse 200f.
und Neuguinea 130f., 259
Paradiesvögel 37
Ratiten (straußenähnliche Vögel) 258–261
Ratten 200
Riesengrabschabe 181, 230, 255
Schnabeltier 180
und SLOSS 631f.
und Tasmanien 180f., 380, 383
überlappende Arten 127
Ubirr 381, 471

Wallabys 37
Warane 209
Auswilderungstechnik 731, 733
Autökologie 633f., 636, 639
Avahi laniger (Wollmaki) 324–326
Ayolas, Juan de 35
Azoren 59

Babirusas *Babyrousa babyrussa* (Wildschweinart) 107, 127
Baja California, und Artensterben 349
Bali 23, 127
nicht endemische Arten 65
als geologisch junge Insel 62
und Java 205
als kleine Insel 65
als kontinentale Insel 65
Padangbai 23
und Sunda-Halbinsel 62, 64
Tiger 11, 17f., 28, 62f.
verlorengegangene Arten 63
Vögel von 25, 28, 180
und Wallace-Linie 28, 62, 193
Balistar *Leucopsar rothschildi* 65, 180
Balzac, Honoré de 599
Balzplatz, Definition 828
Balzverhalten 818
Bambous-Gebirge, Mauritius 725f., 744f.
Bambus 312, 315
Zyanid in 328f.
Bambusfressende Lemuren:
und adaptive Radiation 310–327, 329
und Bedo 320, 671, 686
Farbvariationen der 316f.
Geschlechterrollen der 314
als Inselspezies 180
von Kianjavato 317
und Meier 319

ökologische Nischen der
327–333
und Primatenevolution 322
von Ranomafana 317–319,
327–333, 664
und Wright 311–320, 327–333
Bananen-Dickkopffalter 449, 451
Bandainseln 36, 810
Banff-Jasper National Park,
Kanada 644
Bangladesch, Elefanten 203
Banks, Joseph 38, 46
Bären 28
Grizzly-Bär 676–683, 708,
714, 793
Barra (Manaus), Brasilien 82, 84,
86, 88, 93f., 96
Barro Colorado (Insel):
Artensterben 11, 459–461,
584, 587, 589
als biologisches Reservat 458
als Landbrückeninsel 458, 584
Panama 589
Panamakanal 458–461
Säugetiere mittlerer Größe
460
Bartvogel, rosafarbener 28
Bassmanische Halbinsel
383–388, 584
Aborigines *siehe* Aborigines
britische Strafkolonien 472
Landkarten 385, 477
Bastardisierung, und Artensterben 506
Batana (Insel) 192
Bates, Henry Walter:
Amazonasreise 79–81
und Wallace 75, 77f.
Bäume:
und Dodos 462–466
Eukalyptusbäume 660
Mangroven 564
auf natürlichem Treibgut 190f.
tamariskenartige 188, 196–198

umstürzende 620
Baumkänguruh 28, 131, 180
Beaujardière, Jean-Marie de la
716
Beck, Bob 433f.
Beddall, Barbara G. 146f.
Bedo (Joseph Rabeson):
und Analamazaotra 315,
668–671
und Ausbildung 689
Familie des 715f.
als Führer 315f., 320, 668–671
und Lanting 688–690, 715
und Lemuren 320, 671, 686
Tod des 690, 714–718
und Wright 671, 685–690,
715f.
bedrohte Arten, Bemühungen
um:
Murikis 771f., 776
Turmfalken 731–734, 744f.
Befruchtung:
durch Kleidervögel 455
durch Wespen 197
*The Behavioral Ecology of the
Komodo Monitor* (Auffenberg)
212f., 215, 221, 523, 529,
Benson, Buck und Peter 394f.
Berggipfel:
als Inseln 267f., 576–580, 584,
587, 610
Migration in höhergelegene
Regionen 424
Relikte auf 578
Zuwanderung bei 579f.
Berlin, Isaiah 599
Besiedlung:
und Ausbreitungsfähigkeit *siehe* Ausbreitungsfähigkeit
und Etablierung 189, 380
und Gleichgewicht 547, 556,
567
von Inseln 185–196, 380, 546,
560f.

Besoa, Jaosolo 715, 718
Beutelmarder:
  Riesenbeutelmarder 378
  staupeähnliche Krankheit der 378
  Tüpfelbeutelmarder 378, 403
Beutelratten:
  Ringbeutler 400
  in Tasmanien 404
Beuteltiere 384
  in Aru 126f.
  in Australien 19, 28, 383
  Beutelmarder 180, 377f., 387
  Beutelwolf 180, 369, 372–380, 387, 392–405
  Graues Riesenkänguruh 384
  Kurznasenbeutler 384
  Kusu 384
  Macropodidae 674
  in Neuguinea 28
  Neuseeland und 341
  östlicher Bänder-Langnasenbeutler 384
  Ringbeutler 384
  und Spezies-Flächen-Beziehung 384
  Südliches Kaninchenkänguruh 384
  in Tasmanien 383
  Tasmanisches Bürstenrattenkänguruh 384
  Wombat 384
  siehe auch Känguruhs; Wallabys
BHC, Pestizid 726
Bienen (Bombus) 335
Bienenfresser 126
Bierregaard, Rob:
  und »Kritische Minimalgröße von Ökosystemen«-Projekt 610f., 614, 617f., 639–641
  und World Wildlife Fund 611
Bimsstein als natürliches Treibgut 191f.

Bindenwaran *Varanus salvator* 530
Bintang-Bier 30
Biogeographie 17f., 539
  angewandte 585, 589, 597f., 601–606, 640
  und Entstehung der Arten 33, 153f.
  als experimentelle Wissenschaft 563, 565–568
  und Gleichgewichtstheorie 555–559, 561, 563, 586
  Grundlagen der 93, 95, 130, 562
  und historischer Zufall 569, 580
  und Inseldasein 575
  der Inseln *siehe auch* Inselbiogeographie 21
  Muster der 569f.
  prozeßorientierte 569
  und SLOSS 602–606
  theoretische Forschung 543–545
  und Wilson 543–545, 552–554, 562–571, 589f.
  und *Zoogeography* 512
Biological Conservation [Biologischer Artenschutz] (Ehrenfeld) 697
Biologie:
  Artenschutz *siehe* Artenschutzbiologie
  Evolutionsbiologie 185, 334, 539
  Inselbiologie 180–1843, 334
  Molekularbiologie 167, 248
  Populationsbiologie 248, 539, 544, 553, 708
Biologische Gemeinschaften:
  und angewandte Biogeographie 589f.
  und historischer Zufall 569

Suche nach Mustern in 569
Wandel der 127, 568
Bismarck-Archipel, Vögel des 626f., 634
Bisons 35
Black Line und Aborigines 479f., 484
Black War (Turnbull) 474
Black, Dick und Jack, Tod durch den Strick 475f.
Blattfloh 449
Blaubuch, Artenschutzbiologie 708, 713, 748
Blaufußtölpel 271
Blyth, Edward 48f., 132
Boa constrictor auf schwimmender Vegetationsinsel 191
Boiga irregularis (Braune Nachtbaumnatter) 430–448
Bombus (Bienen) 335
Boodies 674
Boreal, Definition 828
Borneo 64
   und Neuguinea 129
   und schwimmende Vegetationsinseln 190
   und Sunda-Schelf 62
   Vögel in 126
   und Wallace-Linie 28, 126
Botanischer Garten Pamplemousses, Mauritius 155–157, 167
Bowler, Peter J. 298
Brachymeles burksi (beinlose Glattechse) 181
Brachyteles arachnoides (Muriki; Affenart) 753–760, 768–779
Brackman, Arnold 146
Brasilien 34
   Atlantischer Urwald 753–758, 761
   Cunha Staatsreservat 772
   fazendas in siehe *fazendas*
   INPA 613
   menschliche Einwirkungen in 754–756
   Rio de Janeiro 761–768
   Waldfragmente-Projekt 597f., 612
   Wallace in 78–92
   siehe auch Amazonas
Braunbuch der der Artenschutzbiologie 697, 747f.
Brillenvögel:
   Semper-Brillenvogel 427f.
   Zosterops 192, 427f., 432f.
Brooke, Sir James 106
Brooks, John Langdon 140, 145–147
Brown, James H. 577–580, 587, 590, 610
Browne, Janet 40, 44
Brüllaffen 460f., 617, 754
   Braune 754
   Rote 619
Bruny Island, Aborigines 478, 480–482, 485
Brut durch Pflegeeltern 733
Brutphase, verlängerte 270f., 273
Bryce Canyon National Park:
   Grauwolf 648
   Größe des 648, 671
   Rotfuchs 11, 644, 671
Buffon, Georges 22
Bugi-Volk in Celebes 108f.
Burchell-Zebra *Equus burchelli* 175, 178
Bürstenrattenkänguruhs:
   King Island 386
   Tasmanien 384
Buschläufer, entlaufene Sträflinge 374, 472f., 475
Buschmeister *Lachesi mutus* 654
Buschschwanzratten 577–579
Bussarde, europäische 730

Cade, Tom 731
Cadiz; Gemeinde in Wisconsin:

Curtis' Karten der 581f.
Cagar Alam Wae Wuul Reservat, Flores 217, 532–536
Calvaria major (Baumspezies) 458, 461–467
Camarhynchus (Baumfink) 296
Canis dingo 37, 382f.
Canis lupus (Grauwolf) 642, 648
Cañon de las Palmas 242, 245
Cap Sainte Marie-Reservat, Madagaskar 671
Cape Barren Island 383
  Aborigines 498
  und lokales Aussterben 386
  und Spezies-Flächen-Beziehung 384
Caprimulgus affinis (Savannenziegenmelker) 198
Capybaras 35
Carabidae (Laufkäfer) 266f.
Carlia fusca (Glattechse) 447
Carson, Rachel 709
Case, Ted J. 235–252, 436, 505, 522
  auf Angel de la Guarda 237–248, 250–254, 699
  und Gilpin 625
  und Größenveränderung 236–238, 284
  Hintergrund und Laufbahn von 248f.
  und mathematische Modelle 236
  und Riesenchuckwallas 237, 240, 245–254
Casuarina equisetifolia (tamariskenähnlicher Baum) 188, 196–198
Casuarius bennetti (Zwergkasuar) 131, 180, 230
Casuarius casuarius (Australischer Kasuar) 126, 230
Caves as Islands [Höhlen als Inseln] (Culver) 576, 585

Cecropia Baumart 653
Celebes (Insel) 28, 107f.
  Bugi-Volk 108f.
  als Sulawesi 190
  Vögel in 126
Celestus occiduus (Schleiche) 208
Cephalopterus ornatus (Schirmvogel) 84f.
Cephalostachyum perrieri (Bambus) 316, 328, 330
Cephalostachyum viguieri (Bambusart) 312, 328, 330f.
Cerapachyinae (Ameisen) 543
Cervus timorensis (Rusahirsch) 215f.
Ceylon (Sri Lanka):
  und Indien 127, 340
  schwimmende Elefanten 202f.
Chalinolobus tuberculatus (Fledermaus) 200
Chamäleons:
  kleinste 18
  in Madagaskar 18, 669f.
Chambers, Robert und Evolution 76f., 168f.
Channel Islands:
  Elephantiden 203f., 207, 230
  und Kalifornien 203f.
  Nachtechsen 208
  Vögel 622
Charles Darwin Forschungsstation, Galápagos 276
Charles Island, Spottdrosseln 287
Cheke, Anthony S. 466
Chinesischer Rosenkäfer 449
Chiropotes satanus (Satansaffe, Bartsaki) 618
Christmas Island:
  Dickschwanzspitzmaus 502
Christo, verpackte Inseln 565
Chromosomen, große 307f.
Chuckwallas, riesenwüchsige

(*Sauromalus hispidus*) 180, 240, 246–248, 250, 253f., 335
Auswirkungen der Dürre auf 245–247, 252f.
Biographie 253
und Case 240, 246–254
Ökologie der 248
Cichlidae (Fische) 308–311
Cicinnurus regius (Königsparadiesvogel) 110, 119, 123, 126, 803
Ciridops anna (Kleidervogel) 424f.
Clarion Island, Eidechsen 271
Clark, Ronald W. 298
Clarke Island 383f.
Cochrane, Fanny 496ff.
Cocos nucifera (Kokospalme) 188f.
Coleoptera (Käfer) 261–270
Columbus, Christopher 34, 44
Computerabbildung 785–793
Connor, Edward F. 627f.
Conolophus (landbewohnende Leguane) 208
Conservation Biology: An Evolutionary-Ecological Perspective (Braunbuch) 697, 747f.
Conservation Biology: The Science of Scarcity and Diversity [Artenschutzbiologie: Seltenheit und Vielfalt als Gegenstand der Wissenschaft] (Gelbbuch) 753
Conservation und Evolution [Artenschutz und Evolution] (Soulé und Frankel) 701, 748
de Conti, Nicolo 34, 44
Cook, Kapitän James:
und Nutztiere 419
Reisen von 38, 44–47, 415f., 510
und Störung des Ökosystems 418–420

Corvus kubarye (Guamkrähe) 271, 427, 434
Costa Rica, und SLOSS 631, 692
Covington, Syms 302
Craighead, Frank und John 677
Crater Lake-Nationalpark 644
Crateromys (Borkenratten-Gattung) 200
Crotalus catalinensis (klapperlose Klapperschlange) 19, 181, 271
Crotalus mitchelli (Klapperschlange) 237f., 251
Crotalus ruber (Klapperschlange) 251, 237f.
Cryptogale australis (Tanrek) 57
Culex Stechmücke 418–425
Culex pipiens fatigans 418f., 423
Culver, David C. 576, 585
Cunha-Staatsreservat, Brasilien 772
Curtis, John T.:
Landkarten von 581f.
Man's Role in Changing the Face of the Earth [Die Rolle des Menschen bei der Umgestaltung des Antlitzes der Erde] 581
Cylindraspis (Schildkröten) 161
Cynips (Gallwespen) 335
Cyrtophora moluccensis (Spinnen) 454

Dacus dorsalis (orientalische Taufliege) 449
Dante Alighieri 599
Darlington, Philip: 562
und Folgen des Nichtgebrauchs von Fähigkeiten 266–270
und Spezies-Flächen-Beziehung 269f., 512–514, 544, 546, 555, 587

»Darwin and His Finches: The Evolution of a Legend« [Darwin und seine Finken: Die Entwicklung einer Legende] (Sulloway) 298
Darwin and the Darwinian Revolution [Darwin und die Darwinsche Revolution] (Himmelfalb) 149
Darwin's Finches [Darwins Finken] (Lack) 295, 297, 327
Darwin, Charles 19f., 38
und adaptive Radiation 304f.
und Aldabra (Insel) 165
und archipelspezifische Artbildung 283–288
und Artenschutzbiologie 709
und Artensterben 802
und Ausbreitung von Arten 67, 132, 189
Autobiographie 146
Bücher über 149, 157, 179, 295, 297–299, 327
und Entstehung der Arten *siehe* Entstehung der Arten
und Evolution 22, 33, 71, 135, 264f., 300
Evolutionsbiologie und 539
und Finken 286f., 297–305
und Flugunfähigkeit 262–270
auf den Galápagosinseln 69
und geographische Isolation 172f., 176f.
Hintergrund und Laufbahn von 73
und Inseldasein 114, 172f.
und Lyell 132–136, 144–147
in Mauritius 163
Musterexemplare von den Galápagos 93, 286, 298–305
und natürliche Auslese 134f., 140–142, 264f.
Notizbücher 134f.
und Prinzip der Divergenz 145f.
und Publikationsentscheidung 134–136, 147, 149
Theorie des Gebrauchs und Nichtgebrauchs von Fähigkeiten 263–265, 268f.
und Verarmung an Arten 341f.
und Verlust der Wachsamkeit 272–275
und Verteilungsmuster 132, 570, 575
Voyage 33, 69f., 274, 285–287, 299–301
und Wagner 171–173, 175–177
und Wallace 22f., 48, 50, 58–61, 73, 132, 146–149
Darwin, Erasmus 22, 168f.
Dasmann, Raymond 697, 709
Dasyurus maculatus (Riesenbeutelmarder) 378, 387, 403
Dasyurus viverrinus (Tüpfelbeutelmarder) 180, 378
Daten:
und Computerabbildung 785–793
Datenerhebung 252
Muster innerhalb 631
Quantifizierung von 233–238
Sammeln von 252, 655f.
DDT, Pestizid 429, 726, 728, 732
Deinacrida megacephala (großköpfige flugunfähige Grille) 180
Delos, Elephantiden 202
Demographie 708
von Pflanzen- und Tierarten 539
demographische Stochastizität 679f.
demographischer Strudel 752
Dendrolagus goodfellowi

(Baumkänguruh) 180
Dendrolagus ursinus
(Baumkänguruhart) 180
Descelliers, Pierre 39
Diademsifaka 316, 324
Diamond, Jared:
  und Artenschutzbiologie 697, 750
  und differentielles Artensterben 386–388
  und Entspannung zum Gleichgewicht 584, 609
  und Gleichgewichtstheorie 584, 609, 701
  und »Inseldilemma« 586–588, 602, 646
  über Komodos (Komododrachen) 220f.
  und Nullhypothese-Debatte 626–629, 710f.
  und Planung von Naturreservaten 586–590, 598, 602f., 606, 643, 646
  »Rosetta Stone«-Artikel von 349, 414f., 454
  und SLOSS-Debatte 589, 622–629
  über tropische Ernährungskaskaden 454–461, 465
  und Zerstörung des Regenwalds 582–585
Dickschwanzspitzmaus der Weihnachtsinseln 502
Didiosaurus mauritianus (Glattechse) 366
differentielles Artensterben 386
Dimorphinoctua cunhaensis (flugunfähiger Nachtfalter) 181, 255
Dingos (*canis dingo*) 37
Dinornis (Moas) 256
Dinornis maximus (Moa) 256
Dinosaurier, hadrosaurischer (*Maiasaura peeblesorum*) 348

Disharmonie 339–341, 828
Divergenz:
  allopatrische 289–294
  und Darwin 145f.
  und genetische Revolutionen 338
  und Isolation 64; 335
  und Konkurrenz 296
  Tempo der 335
  und Wallace 145f.
Dobo (Dobbo), Aruinseln 114–118, 123, 125, 812–817
Dobzhansky, Theodosius 539
Docimodus johnstoni (Benager fremder Fischflossen) 310
Dodos (*Raphus cucullatus*) 155, 345–355
  Abschlachten der 161f., 351f., 355
  Ähnlichkeit mit der Taube 194
  Anatomie der 346f.
  Augenzeugenberichte von 39, 362f.
  Aussterben der 181, 348, 358, 363–365, 367
  und Bäume 461–467
  Benennung der 351f.
  Einzigartigkeit der 19, 39
  Flugunfähigkeit 38, 345f.
  inselspezifische Evolution der 194
  Jagd auf 355–358
  Körpergröße der 230, 335
  Lautgebung 346f., 362
  ökologische Naivität der 352–354
  Skelett 358
  Tod des letzten Exemplars 363–365
Dostojewski, Fjodor Michajlowitsch 599
Drepanidinae (Kleidervögel) 306
Drepanis funera (Schwarzer mamo) 424

Drepanis pacifica (Hawaiischer Name: *mamo*) 421, 424
Drosophila (Taufliegen) 307
Drosophila melanogaster 307
Drusilla catops (Tagpfauenauge mit blaßfarbenen Flügeln) 115
Durrell, Gerald 734, 743
Dyak-Volk in Sarawak 106

Echsenhautfrucht 29
Ecologie 235
Ecology and Evolution of Darwin's Finches [Ökologie und Evolution von Darwins Finken] (Grant) 295
Ecology und Evolution of Communities [Ökologie und Evolution von Gemeinschaften] 590
Ectopistes migratorius (Wandertaube) 406–414
Edwards, W. H. 78
effektive Population 708, 828f.
  des Mauritiusfalken 745f.
  versus erhobener Population 692, 695
Ehrenfeld, David 397, 709
Ehrlich, Paul:
  und Artenschutzbiologie 697, 709, 750
  und Aussterberate 800
  und *Die Bevölkerungsbombe* 700
  Einfluß auf die Forschung 626, 700
  und Gilpin 626
  und Soulé 699f.
Eidechsen:
  Golf von Kalifornien 235, 504f., 699
  inselbewohnende 504f.
  Körpergröße 208
  Lavaeidechsen 284
  Nachtechsen 208
  Schleichen 208
  Tarnfärbung der 271
  Warane 187f., 196, 210, 221f., 230, 526f., 530
  siehe auch Leguane, Komododrachen
Eigenschaften, erworbene 265
Einsiedler 39, 194
Eiseley, Loren 141, 148
Eiszeiten 205
Elefanten:
  fossile 201–207, 221f., 230, 335
  schwimmende 201–207
  Zwergelefanten 207, 216, 220, 230
Elefantenvögel (*Aepyornis maximus*) 17, 260
  Beinknochen der 260
  Endemismus 181, 260
  flugunfähige 37, 230, 256
  Gigantismus 183
  Reliktspezies 261
elektrische Brutapparate 729, 732
Elephantiden 201–207, 221f., 230
  der Channel-Islands 203f., 207, 230
  in Flores 202, 204, 207, 221
  auf Komodo 221
  in Kreta 202, 207
  und Landbrücken 201–207
  auf Malta 202, 207
  und Stammentwicklung 207
  in Timor 202, 204, 207, 335
  in Zypern 202, 207
Elephas falconeri (Elephantid) 207
Elton, Charles 709
Emmoia atrocostata (Glattechse) 446
Emmoia caeruleocauda (Glattechse) 446
Emmoia slevini (Glattechse) 446

Emus:
  australische 230, 258
  tasmanische 503
Endemismus:
  Definition 260, 829
  und Galápagos 70f., 172f.
  bei inselbewohnenden Spezies 180f.
  und Madagaskar 65f.
  bei Ratiten (straußenähnliche Vögel) 260
  Ursachen des 65f.
Energieressourcen, Ökonomie der 269
Entada (Lianenpflanze) 189
Enten:
  flugunfähige 181, 230
  Körpergröße von 230
Entenschnäbeliges Schnabeltier (*Ornithorhyncus anatinus*) 180, 387
Entfernungseffekt 558, 579, 651, 787, 829
Entspannung zum Gleichgewicht 12, 584, 609, 700f.
Entstehung der Arten:
  und Biogeographie 33, 153f.
  Darwin und 33, 58–61, 69f., 135, 154
  und Evolution 48, 57, 60, 73f.
  Lyell und 58–61, 68f., 129, 135
  und Verteilungsmuster 154
  Wallace und 33, 48, 58–61, 70, 73f., 78, 128, 130, 154, 304
Environment Conservation [Umweltbezogener Artenschutz] (Dasmann) 697
episodisch wiederkehrende Vereisungsperioden 205
»An Equilibrium Theory of Insular Zoogeography« [Eine Gleichgewichtstheorie in der Zoogeographie von Inseln] (McArthur/Wilson) 547, 573

Equus burchelli (Burchell-Zebra) 175, 178
Equus grevyi (Grevy-Zebra) 175, 178
Erdbeer-Guajavabaum 726, 738
Erdferkel 36, 55
Erhaltung biologischer Vielfalt 505, 650
erhobene Populationsgröße 692f., 695, 829
Ernährungskaskaden 454, 462f., 465, 829
Erycinidae 81
Española (Insel):
  Leguane 284
  Schildkröten 285, 289f.
  Spottdrosseln 293
Esteio, *Fazenda* 595, 612, 618
Etablierung bei der Besiedlung 189, 380
Eukalyptusbäume 341, 660
Eulen:
  flugunfähige 256, 262
  Lachkauz 502
Eulenpapagei (*Strigops habroptilus*) 180
Euploea eleutho Schmetterling 450
Europa und Landbrücke 205
Europäer:
  und Aborigines 472–502
  und Eigentumsanspruch aufs Land 471, 473f., 499
  Entdecker *siehe* Zeitalter der Entdeckungen
  Ökosysteme, in Unordnung gebracht durch *siehe* Homo sapiens
Europäische Bussarde 730
Euros 674
Euryapateryx (Moa) 256
Evolution:
  und adaptive Radiation 55, 301

von »allmählicher Einführung« zur 131
der Arten versus spezielle Schöpfungsakte 50, 57–61, 128–132, 299, 304
und Artensterben 153f., 349f., 799, 802–806
und artspezifische Merkmale 183
und Ausbreitungsfähigkeit 184
und Darwin 22, 33f., 71, 135, 263, 300
Definition der 175
und Effizienz 214f.
Ende der, bei Wirbeltieren 694
und Endemismus 260
und Entstehung der Arten 48, 57, 60, 73f.
Gebrauch und Nichtgebrauch von Fähigkeiten 263–265, 269f.
und geographische Isolation 167–180, 301
in der Inselbiogeographie 68, 107, 153f., 269
und Inselexistenz 63, 170, 194, 208, 231, 261
und Inseln 19f., 71, 156, 180f., 548
und Körpergröße 207, 214–216, 229–232, 254
und Migration 173
und natürliche Auslese 22, 33, 135, 169, 264, 338, 802
und Ökologie 552
organische 169
der Primaten 322
und primitive Arten 54f.
und Riesenschildkröten 153f.
und Stammentwicklung 174
und Tempo der Divergenz 335

und Verteilungsmuster 132, 570, 575
und Wallace 85
und Zerstörung des Lebensraums 583f.
Evolutionsbiologie:
als deskriptive Wissenschaft 185
und Genetik 539
und Inselmenü 334, 338
und Krakatau (Insel) 185
und Wallace 48
Evolutionstheorie, und Hutchinson 552
Experimentalwissenschaft auf Mangrove Island 564–568
Extinct Birds (E. Fuller) 346, 353, 355

Fächerschwanz:
Fuchsfächerschwanz 427f., 433
Falco punctatus (Mauritiusfalke) 722–745
und Affen 727f.
Bemühungen um die bedrohte Art 731–734, 744f.
effektive Population des 745f.
und eingeschleppte Raubtiere 727f.
Entnahme von Eiern des 732, 735–740, 744f.
und fremdländische Pflanzenarten 727
Funküberwachung 734
Homozygotie des 747
und ICBP 722–724, 730
Inzuchtdegeneration des 728, 732, 747f.
und Jones 359–361, 367, 723f., 729–748
und Lebensraumfragmentierung 723, 726
und Mungos 741–743
ökologische Naivität des 737

und Pestizide 726
als philopatrische Spezies 726
schwache genetische Belastung des 747
vorgeschlagene Preisgabe des 723
wachsende Population des 744f.
Zusatzfütterung 732, 744
Falklandinseln:
Artensterben 503
Füchse 271
Falter:
Bananendickkopffalter 449, 451
flugunfähige 181, 255
Guano-Falter 450–452
Nachtfalter der Galápagosinseln 230
Färbung:
Schutzfärbung 270f., 273
Variationen 306f., 316f., 335
Farne:
auf Anak Krakatau (Insel) 197–199
auf Rakata 184f., 187f., 194
Faultieraffen (Sakis) (*Pithecia*) 94–103, 139
Faultiere 35, 460
Faulvögel 126
Fauna, Zusammenbruch der 12f.
fazendas (Rinderfarmen) 96–103, 596–598, 614–616
erste Überprüfung der 619
Esteio 595, 612, 618
Isolation der 596f., 616
und Landrechte 612
Montes Claros 757f., 768–779
und Ökosystemzerfall 597, 621, 651
Vegetationsveränderungen in 620
Feigenkaktus, Galápagos 284
Feldforschungsmethoden,
eingreifende versus nicht-eingreifende 776f.
Felsenbilder, Thylacine auf 381f., 471
Fernandina (Insel), Leguane 284
Festlandsgebiete:
geographische Isolation 171
in der Gleichgewichtstheorie 788
und Inselbiogeographie 721
versus Inseln 341
und lokal seltene Arten 520
als Quelle von Zuwanderungen 788
Spezies-Flächen-Beziehung 520
südamerikanisches 171, 173
Verschwinden der 793
Vielfalt der 341
Fidschiinseln, Ameisenarten 545
Filander 403f.
Fingertier 326
Finken:
und adaptive Radiation 297–305
Artenvielfalt 294f.
und Darwin 286f., 297–305
Galápagos (»Darwins Finken«) 157, 172, 271, 284, 286–288, 294, 335
ökologische Nischen der 296
und Spezies-Flächen-Beziehung 297
Stammentwicklungsmuster der 294f.
Sympatrie 296
Unterarten der 294f.
Verteilungsmuster der 294–297
Fische:
Cichlidae 308–311
ökologische Nischen der 309–311
Fish and Wildlife Service:

und Concho-Wassernatter 780–790
und Lebensfähigkeit von Populationen 707
Fisher, R. A. 539
FitzRoy, Robert (Kapitän) 302
Flächeneffekt 558, 578, 651, 787, 829
Fleay, David 402
Flechten, Verbreitung von 194
Fleckenskunk 644
Flederhunde, fruchtfressende 528
Fledermäuse:
  auf Anak Krakatau (Insel) 199f.
  Ausbreitungsfähigkeit der 55, 127, 200f.
  fruchtfressende 467f.
Flinders Island 383
  Einquartierung der Aborigines auf 485, 487–490, 492
  und Entspannung zum Gleichgewicht 584
  überlebende Arten auf 386
Floreana (Insel), Finken 296
Flores (Insel):
  Elephantiden 204–207, 221
  Flederhunde 528
  und Komodo 521
  Komodowaran (Komododrache) 180, 209f., 217, 221, 522
  und Landbrücke 204–206
  Riesenratten 201
  Wae Wuul-Naturreservat 217, 532–536
Florida:
  Alligatoren 439
  Mangroveninseln 563–568, 587
  Vordringen der Menschen 637f.
Flug über lange Strecken:
  und Verbreitung von Arten 192f.
Flugunfähigkeit 254–266
  und Darlington 266–270
  und Darwin 262–270
  des Dodo 346
  bei Insekten 171, 181, 241–270
  und Inselbiologie 182f.
  und Inseldasein 230, 255
  und Körpergröße 254, 257
  und Lyell 263
  Muster der 268f.
  und natürliche Auslese 265, 269
  als Verlust der Ausbreitungsfähigkeit 254–257
  bei Vögeln 181f., 230, 254–262, 346, 427f., 433
Flußotter 644f.
Flußpferde:
  fossile 206
  und Nahrungsquellen 232
  Pygmäenflußpferd 18, 55, 181, 207, 230, 335
  schwimmende 201, 207
Formosa-Termite 449
Forstamt der USA 703–706
Forster, Johann Reinhold:
  und Biogeographie 512
  auf Cooks zweiter Weltumseglung 46
  über Pflanzen Nordamerikas 45
  und Spezies-Flächen-Beziehung 47, 510
Fortpflanzung:
  geschlechtliche 189
  Parthenogenesis 189f.
  Teilhabe an der 693
Fortpflanzungsschwellenwert 378
fossile Elefanten 201–207, 221f., 230

fossile Flußpferde 206
fossiles Rotwild 206f.
fossile Zeugnisse des Artensterbens 799, 802
Foster, J. Bristol, und Veränderung der Körpergröße 230–233, 235f.
Fostersche Regel 231f., 233, 235
Fragmentierung *siehe* Lebensraum
Fragmentierungsstrudel 752, 773
Frankel, Otto 701
Franklin, Ian:
  und erhobene Population versus effektive Population 692
  und 50/500-Regel 692, 695, 705, 747
  und Seltenheit 690f., 705
hl. Franziskus 709
Fregattvögel 193f., 809
freundschaftliche Bindungen zwischen Männchen 770
Fritts, Tom:
  und *Boiga irregularis* 434–436, 442
  ökologische Feldforschung 448
  und Spinnen 444
Frösche:
  am Amazonas 636, 639
  und Ausbreitung 67
  und Inseln 341
Früchte:
  Echsenhautfrucht 29
  hartkernige 466
Füchse:
  auf den Falklandinseln 271
  Rotfüchse 11, 644f., 671
Fuller, Errol 346f., 353, 355
Fuller, Harry 302
50/500-Regel 692, 695, 705, 707, 748

Gaite, Joel 815–820
Galápagosinseln 59, 185
  und das amerikanische Festland 304
  archipelspezifische Artbildung 283
  Charles Darwin Forschungsstation 276
  »Darwins Finken« 157, 172, 271, 284, 286–288, 294, 335
  Darwins Musterexemplare von den 69–72, 93, 286, 298–305
  und Disharmonie 339
  endemische Arten 70f., 172
  flugunfähige Grashüpfer 181
  flugunfähige Kormorane 181, 183, 255, 262
  Geckos 284
  Habichte 271–273
  Leguane 19, 157, 180, 208, 273–284, 335
  Nachtfalter 230
  Ratten 200
  Reiher 303
  als repräsentative Inseln 157, 179
  Riesenschildkröten 157, 172, 181, 284–286, 289–294
  Spottdrosseln 172, 272, 287f., 293, 303
  Verlust der Wachsamkeit auf den Galápagosinseln 271–273
  und Vielfalt 297
  als vulkanische Inseln 66
Gallwespen 335
Gardner, Denise 499f.
Gebirge als ökologisch isolierte Inseln 267f., 584, 587, 610
Geckos:
  Fächerfußgecko 445
  Galápagosinseln 284
  als Köder für Schlangen 445
  Lepidodactylus lugubris 189f., 445
  riesenwüchsige 208, 230
Gefährdung:

im Computermodell 790
Formen der 379–685, 691–693
und lebensfähige Minimalpopulation 713f.
und Murikis 757
und Seltenheit 679, 690–693
Gefangenschaft, Aufzucht in 731f.
bei Murikis 771, 776
bei Turmfalken 729, 732
Geflügelpocken 419, 421, 424
Gehyra mutilata (Gecko) 446
Gehyra oceanica 445
Geisterfalter *Hestia durvillei* 115
Gelbbäuchiges Murmeltier 577, 580
Gelbbuch der Artenschutzbiologie 753
Gemeinschaftsmerkmale
und Disharmonie 339–341
Häufigkeit und Seltenheit 517, 519
und Synökologie 634
und Verarmung 339–342
»A General Explanation for Insular Body Size Trends in Terrestrial Vertebrates« [Eine allgemeine Erklärung für Trends in der Körpergröße bei landbewohnenden Wirbeltieren auf Inseln] (Case) 235–238, 248
Genetik 177, 539, 708
genetische Belastung 681, 747, 830
genetische Drift:
und Allele 681, 691f., 728
Definition 830
genetische Stochastizität 681
genetische Unterschiede und 291
und genetische Variation 691
und Gründereffekt 682, 691

und Mutationen 691f.
genetische Einheitlichkeit 784
genetische Mutationen 176f., 691f., 747
genetische Revolutionen:
Definition 830
Mayr und 334–338, 505
in ozeanischen Archipelen 337f.
genetische Stochastizität 679, 681
genetische Unterschiede, Ursachen 291
genetische Variationen, Verlust der 691f., 728
genetische Verarmung 728
genetischer Artenschutz 701
genetisches Umfeld 336f.
Genfluß 693
Genmischung 176, 178
Genovesa (Insel) 284
Genozid 469f., 476, 483, 499
Genpool:
Allele im 291, 747
und Ausbreitung von Jungtieren 772–774
Gebrauch und Nichtgebrauch von Fähigkeiten 265
und genetische Drift 291
und genetisches Umfeld 336
und Gründerprinzip 290
und inselspezifische Anpassungen 232
Mutationen im 691f.
Genyochromis mento (Schalenfresser) 310
Geochelone (Riesenschildkröten) 155–157, 210
Geochelone elephantopus 181
Geochelone gigantea 163–166, 181
Geochelone inepta 160
Geochelone triserrata 160, 163
Geogale aurita (Zwergtanrek) 52

The Geographical Distribution of Animals [Die geographische Verbreitung der Tiere] (Wallace) 259
Geographical Ecology (Mac Arthur) 234, 570
geographische Isolation:
  und allopatrische Artbildung 168f., 171f., 178
  Darwin und 172f., 177
  und Evolution 167–180, 301
  und Körpergröße 207
  Mayr und 168, 174
  und Migration 173
  und reproduktive Isolation 174–176
  Wagner und 170f.
Geophile (Carabidae) 268–270
Geospiza (Grundfink) 295–297
Geospizinae (Finken) 305
Gerygone sulphurea (Sunda-Gerygone) 197
Gesamtpopulation: Inselbevölkerung 471
Geschichte des Lebens, massenhaftes Artensterben in der 798–806
geschlechtliche Fortpflanzung 189
Gesellschaftsinseln, Artensterben 503
Gesetz zum Schutz bedrohter Arten 781f.
Gespenstheuschrecke 230
Gewürzinseln *siehe* Molukken
Gilimotang (Insel) 522
  und Komodos 210, 217, 522, 529f.
  und Spezies-Flächen-Beziehung 531f.
  und Warane 530
Gilpin, Michael 625–629
  und Artenschutzbiologie 749
  Hintergrund und Laufbahn von 625–629
  und lebensfähige Population 704f., 707, 748–753, 757, 783–793
  und Nullhypothesen-Debatte 626–629, 710
Gimpel:
  Konagimpel 425
  Sâo Thomé-Kernbeißer 503
Gir, Löwen 746
Glacier-Nationalpark 644
Glattechsen:
  beinlose 181
  Kapverdische Inseln 208, 503
  Körpergröße von 208, 230
  Mauritius 366
  Neukaledonien 208
  Riesenglattechse 503
  Round Island 208
  und Schlangen 446, 448
Gleason, Henry Allan 513
  und Spezies-Flächen-Beziehung 509–511, 513, 520
  Untersuchung von Musterproben durch 520
  und Wissenschaft der Ökosysteme 540f.
Gleichgewicht:
  und Besiedlung 567
  Entspannung zum Gleichgewicht 12, 584, 609, 700f.
  internes 520
  und Isolation 557
  und Krakatau (Insel) 560–562
  natürliche Balance 555, 557
  und Spezies-Flächen-Kurven 545
  Theorie des *siehe* Gleichgewichtstheorie
  und Umschlag 557f.
  als Verhältnis von Zuwanderung und Aussterben 546f., 556, 580, 646

Gleichgewichtstheorie 195f., 520
und Artensterben 580, 586
der Biogeographie 555–559, 561, 563
Diamond und 701
versus empirische Wirklichkeit 633
erste experimentelle Überprüfung der 564–568
Festlandsgebiete in der 788
als Instrument 700
und »Kritische Minimalgröße«-Projekt 601
und lebensfähige Minimalpopulationen 674
mathematische Modelle der 547, 634f.
und Metapopulation 788
und Naturreservate 701
und Planung von Reservaten 587, 589, 624f., 636, 639f.,
und SLOSS 621, 624f., 639–641
und Spezies-Flächen-Beziehung 555f., 608
und Umschlagprozeß 786
und dem Wesen nach Inseln 575f.
und Wiederbesiedlung 547, 557, 567
und Wilson 544f., 555–568, 603
Gleiter:
gelbbäuchige 181
größere Gleiter 181
Gliederfüßler:
auf Mangroveninseln 564–568, 635
Verbreitung von 195
globaler Umschlagprozeß 797
Gmelin, Johann Georg 44f.
Goldkopflöwenäffchen 754
Goldspecht, Guadeloupe 503
Golf von Kalifornien:

Angel de la Guarda *siehe* Angel de la Guarda
Canon de las palmas 242
Eidechsen 235, 504f., 699
Landkarte 243
Punta Diablo 242
Santa Catalina 19, 181, 271
Golf von Thailand 62
Gondwanaland 61f., 258–262
Gott
als Schöpfer 35, 43f., 59f., 128
und Übermaß an Schönheit 816
Gottesanbeterin 452f.
Gould, John 298f., 301, 303–305
Gould, Stephen Jay 298, 465
Grand Teton National Park:
Grizzlys 677
Tierbeobachtungsprotokolle 644
verloren gegangene Arten 648
und Yellowstone 648
Grant, Peter R. 295
Grashüpfer, flugunfähige (*Halmenus robustus*) 181
Grasmücke 540
Graubuch der Artenschutzbiologie 703, 748
Graues Riesenkänguruh 384, 386
Great Basin-Wüste 557–580, 584, 587, 610
Grevy-Zebra *Equus grevyi* 175, 178
Griffiths, Mary Ann 360
Griffiths, Owen 359–362
Grillen, flugunfähige 180, 255
Grizzlybären:
Erhaltung der 707f.
und lebensfähige Minimalpopulationen 676–683, 793
von Yellowstone 677
Grönland 64–67
Gronovius, J. F. 45

936

Größenveränderungen 229–238
  Artikel von Case über
  235–238
  und Ausbreitungsfähigkeit
  254f.
  Casesche These 237f.
  Fostersche Regel 231–233,
  235f.
  und geographische Isolation
  208
  Muster bei 238
  Ursachen für 231, 237, 335,
  338
Großer Paradiesvogel 110, 121,
  123, 126, 816, 818
Grünbuch der Artenschutzbiologie 701, 748
Gründerprinzip:
  und Artensterben 506
  und genetische Drift 682, 691
  und genetische Stochastizität
  681f.
  und genetisches Umfeld 336
  Verwendung des Begriffes
  291, 830
Grünrückenkleidervogel 425
Guadeloupe (Insel), Goldspechte
  503
Guajavabaum, Erdbeer- 726, 738
Guam (Insel) 425–454
  Artensterben 425, 427–429
  einheimische versus fremdländische Arten auf 449
  flugunfähige Rallen 181, 262,
  427f., 433
  Guamkrähen 271
  und Marianeninseln 426
  als ozeanische Insel 67, 441
  Schlangen 430–433
  Schmetterlinge 449f.
  Spinnen 428f., 448–454
  Vögel 427–433
Guiler, Eric über Thylacine
  377f., 403f.

Gun Carriage Island,
  Einquartierung der Aborigines
  auf 484
Gürteltiere 35, 460
Guttierrez, Sancho 39
Guyanawachtel 460
Gymnopithys rufigula
  (Rotkehl-Ameisenvogel) 619f.

Habichte, Galápagosinseln
  271–273
hadrosaurische Dinosaurier 348
Halcyon chloris (Gründkopfliest)
  197
Halcyon cinnamomina (Zimtkopfliest) 427f., 434, 447
Haldane, J. B. S. 539
Halliday, T. R. 413f.
Halmenus robustus (flugunfähiger Grashüpfer) 181
Hamid (Führer) 155f.
Hapalemur aureus (Goldener
  Bambusmaki) 180f., 320,
  326–333
Hapalemur griseus (Grauer
  Halbmaki) 313f., 316f., 320,
  686
Hapalemur simus (Großer Halbmaki) 311–320, 326–328
Haplochromis compressiceps
  (Ausbeißer von Augäpfeln)
  310
Haplochromis euchilus
  (Insektenfresser) 310
Haplochromis pardalis
  (Fischfresser) 310
Haplochromis similis
  (Blatthechsler) 310
Haplorhini (Primaten) 320f.
Harpyien (Adler) 459, 631, 692
Hasen, Präriehasen 644
Hau, David 222–229
Hawaii-Inseln 20, 185
  adaptive Radiation 308

archipelspezifische Artbildung 284, 306f.
Artbildung der 306f.
Artensterben 349, 414f., 418–425, 502f., 799
Disharmonie auf den 340
Erforschung der 415–418
genetische Revolutionen 335
Kleidervögel 306f., 422, 455
mamo 421, 424
durch Menschen verursachte Störungen auf den 419–423
Migration in höhergelegene Regionen 424
Mungos 741
Vögel der 414f., 418–425, 502f.
vulkanisch 66
Heck, Willard, und Falken 733f., 737, 744f.
Hektar, Definition 102
Heliconia melpomene (Schmetterling) 81
Hemicentetes nigriceps (Schwarzkopftanrek) 54, 57f., 181
Hemidactylus frenatus (Fächerfußgecko) 445
Hemitilapia oxyrhynchus (Pflanzenputzer) 310
Henshaw, W. H. 422f., 426
Herbert, Sir Thomas 353
Hermeline 577, 580, 644
Herodot 17, 599
Herpestes auropunctatus (Mungo) 728, 741–743
Hestia durvillei (Geisterfalter) 115
Heterozygotie 292f.
Definition 830
schädliche Allele in der 747
Verlust der 506
Hibiscadelphus 455
Himmelfarb, Gertrude 149

Hippopotamus lemerlei (Pygmäenflußpferd) 181
Hirsche, schwimmfähige 201
Hirschmaus 232
Hispaniola:
Hutias 34
und Spezies-Flächen-Beziehung 512
»Historic Extinctions: A Rosetta Stone for Understanding Prehistoric Extinctions« [Artensterben in der historischen Vergangenheit: Ein Rosetta-Stein für das Verständnis des Artensterbens in vorhistorischer Zeit] (Diamond) 349, 414f., 454
Hochland, Migration in Bergregionen 424
Holländisch-Ostindische Kompanie 368f., 810
Homo sapiens:
und Artensterben 348f., 367, 410–412, 415, 799–801, 805f.
Fehlen des 161, 167
und Haustiere 126f., 355, 370, 419, 423f., 473f.
und kausal bestimmte Faktoren 388
Krieg mit anderen Arten 535
Zerstörung des Ökosystems 161–166, 419–423, 467, 622, 637f., 643, 722, 754f.
Zerstückelung des Lebensraums 581f.
siehe auch Aborigines; Zeitalter der Entdeckungen
Homozygotie
Allele in der 681
bei Concho-Wassernattern 783
Definition 292, 691, 830
Inzucht und 681
bei Mauritiusfalken 747

Hooker, Joseph 20, 22f., 38
und Aldabra 165
und natürliche Auslese 135f., 144, 147f.
Hooper, Cecil 202
Hope, J. H. 384, 386f.
»Host Plants as Islands in Evolutionary and Contemporary Time« [Wirtschaftspflanzen als Inseln im Laufe der Evolution und in der Gegenwart] (Janzen) 576, 585
Hühner und Krankheiten 424
Hühnerhabichte 337
Humboldt, Alexander von 74, 82
Hummeln (Bombus) 335
Hundertfüßer 194
Hutchinson, G. Evelyn:
und Evolutionstheorie 552
und Limnologie 540
und Lovejoy 600, 611
und Ökologie der Gemeinschaften 590
und theoretische Ökologie 539f., 541, 544
Hutias 34, 201
Huxley, Julian 141
Huxley, T. H. 38
Hydrophile (Carabidae) 268
Hyomys goliath (weißohrige Riesenratte) 180
Hypogeomys antimena (Votsotsa) 180
hypothetische Naturmodelle 635

Ibisse 271
ICBP (International Council for Bird Preservation) 722–724, 730f., 734
Idaho, Falken in 744f.
ieie-Rebe 423
»Der Igel und der Fuchs« (Berlin) 599
Indien 61
und Ceylon 127, 340
Elefanten 203
Indischer Ozean, Karte 159
Indonesien 20
Elephantiden 202
Komodo (Insel) 180
Komodowaran (Komododrache) 217
Rusahirsch 215f.
Vögel 546, 555
siehe auch einzelne Inseln
Indri indri (Lemur) 324–326, 664–673, 685
Gesang des 665–667, 669f.
Seltenheit des 666, 673, 746
tagaktiv 669
INPA (Nationalinstitut für Amazonasforschung) 613
Insekten:
Ausbreitung 194
flugunfähige 171, 181, 255, 261–270
Körpergröße von 230
siehe auch spezifische Insekten
inselbewohnende Gemeinschaften 184f.
Inselbiogeographie 18
und Arrheniussche Gleichung 517f.
und Artenschutzbiologie 710
und Beschwerlichkeit der Ausbreitung 30
als deskriptive Wissenschaft 185
Evolution und Artensterben in der 68, 108, 153, 269f.
und Festlandsgebiete 721
Folgerungen aus der 598f., 608, 640
Gleichgewichtstheorie der 555–559, 561, 563, 586
und Häufigkeit der Erwähnung in der Literatur 111–114
und historische Umstände 580

und Lebensfähigkeit von
Populationen 659–673
Literatur über 574
und Naturreservate 641–650
und Ökologie 549, 632
und Quantifizierung 233
und Wilson 549, 555–568
und Zerstörung des Lebensraums 583f.
siehe auch Theory of Island Biogeography
Inselbiologie, kennzeichnende Eigenschaften der 182–185
Inselmenü 184, 333
   adaptive Radiation 288–322, 326
   archipelspezifische Artbildung 283–288
   Ausbreitungsfähigkeit 184
   Disharmonie 339–341
   endemische Arten 260
   Reliktualismus 260
   Veränderungen in der Körpergröße 229–238
   Verarmung 339–341
   Verlust der Ausbreitungsfähigkeit 194, 254–270
   Verlust von Schutzanpassungen 270–275, 276–283
Inselmuster 59
Inseln:
   Arten auf 59, 160, 180–185, 269, 283–288, 546
   und Artensterben 340–342, 348–355, 384, 386, 505
   Berggipfel als 267f., 576–580, 584, 587, 610
   Besiedlung 161, 185, 546, 560
   Biogeographie 17f.
   als biologisch anormal 127
   dynamische Stabilität auf 546
   Einzigartigkeit der 182
   und Evolution 19f., 71, 156, 180f., 548
   und Fehlen von Menschen 161, 167
   versus Festlandgebiete 341
   feuchte und trockene Wälder als 323
   geologisch alte versus geologisch junge 59, 62, 64, 181, 557
   internes Gleichgewicht 520
   Isolation von 138, 166f., 342
   kleine versus große 64f., 116, 181, 340f., 384, 415, 558, 579
   kontinentale versus ozeanische 64–67, 380
   Koralleninseln 66, 605
   kritische Minimalgröße von 597
   Landbrückeninseln 66, 182, 458, 578, 584, 643
   Landflächen mit Inselcharakter 575–580, 586
   menschliche Auswirkungen auf 161–166
   und Naturreservate 640, 642f.
   Ökosystem der 20, 103, 380
   und Ökosystemzerfall 103, 580, 612f.
   Paradoxie der 182
   und Ratiten 261
   Regenwaldinseln *siehe fazendas*
   schwimmende 190, 195
   und SLOSS 602–608
   und Spezies-Flächen-Beziehung 510, 520
   ohne Spur von Leben 185–194
   tropische versus Inseln in gemäßigten Zonen 182
   Überleben auf 58–160
   Urinsel (Garten Eden) 42f.
   Veränderungen der Körpergröße auf 229–238, 255
   vulkanische 66
   Zuwanderungsrate 195

Insularität:
  und Artensterben 64, 306, 461, 502–505, 580
  und Biogeographie 575
  und Darwin 114, 172f.
  und Evolution 63, 170, 194, 208, 231, 261
  Flugunfähigkeit 230, 255
  als geographische Isolation 167–180
  unter Naturbedingungen 586
  von Naturreservaten 642f., 672
  ökologische 641–650
  und Wallace 105
  siehe auch Isolation
International Council for Bird Preservation (ICBP) 722–724, 730f., 734
Internationale Gesellschaft für Kryptozoologie 405
Internationale Union für Naturschutz 632
internes Gleichgewicht 520
Inzucht:
  akute 747
  Allele in der 694, 747
  und Artensterben 506
  chronische 747
  50/500-Regel 692, 695
  bei Haustierrassen 694f.
  und Homozygotie 681
  und Isolation 101f.
  bei kleinen Populationen 681, 683, 691, 728, 747
Inzuchtdegeneration 681, 690, 694
  Definition 831
  bei Mauritiusfalken 728, 732, 747f.
  bei Murikis 757
Inzuchtstrudel 752
Ipomoea pes-caprae (Trichterwinde) 188

Isabela (Insel):
  Leguane 284
  Schildkröten 285, 289
Isalo-National Park, Madagaskar 664
Ishigaki Insel 206
»Island Biogeographie und the Design of Wildlife Preserves« [Inselbiogeographie und die Anlage von Naturschutzreservaten] (May) 589, 602
»The Island Dilemma: Lessons of Modern Biogeographic Studies for the Design of Natural Reserves« [Das Inseldilemma: Was lehren uns neuere biogeographische Untersuchungen im Blick auf die Einrichtung von Naturreservaten?] (Diamond) 586–588, 602, 646
Island Life (Wallace) 21, 190
Isolate:
  Definition 831
  versus Stichproben 519, 532, 584, 701
Isolation:
  und archipelspezifische Artbildung 294
  und Artbildung 172, 176
  und Artensterben *siehe auch* Artensterben 505
  auf *fazendas* (Rinderfarmen) 596f., 614–616
  geographische 167–180, 301
  und Gleichgewicht 557
  von Inseln 138, 167, 342
  und Inzucht 101f.
  von Naturreservaten 587, 646
  ökologische 505
  reproduktive 174
  und tropische Ernährungskaskaden 465

und Vielfalt 64, 557
  siehe auch Insularität;
  Abgelegenheit
Israel, Naturreservate 632
Italien:
  und Sardinien 127
  und Sizilien 205
Iversen, Volquard 362f.
Iwo Jima, Weißbrauenralle 503

Jablonski, David 797, 799
Jaccard, und Spezies-Flächen-Beziehung 509
Jack und Black Dick, Tod durch den Galgen 475f.
Jaffe, Mark 425
Jagd auf andere Arten und Populationsdichte 460f.
Jaguare 11, 459, 618, 631, 692
  schwarze 84f.
Jamaica:
  Mungos 741
  Schleichen 208
  und Spezies-Flächen-Beziehung 512
James Island, Spottdrosseln 287
Janzen, Daniel H. 576f., 585
Japan, Artensterben 503
Japanische Inseln, Rotwildfossilien 206
Java 65f.
  und Bali 203
  und Sumatra 205
  und Sundaschelf 62
  und Tiger 18
  Vögel von 25, 28, 126
  und Wallace-Linie 29, 62f.
Javasee 62
jejenes (Stechfliegen) 248
Jersey Wildlife Preservation Trust (JWPT) 734
Johannes, Parkwächter 521, 524–535
Johnson, Donald Lee 201–206

Johnson, Jim 779–790
Jolly, Alison 716, 718
Jones, Carl 358–362, 367
  über Aussterben des Dodo 367
  über *Calvaria major* 465, 467–469
  Hintergrund und Laufbahn von 729–734
  Naturschutzauszeichnung für 743
  und Turmfalken 359–361, 367, 723f., 729–748
  Vogelschutzprojekt 358–362, 365–367, 723, 728, 732
Jordan, Karl 177–179
Jorge de Padua, Maria Tereza 613
Joseph *siehe* Bedo
Joyce, James 599
Just Before the Origin (Brooks) 140, 146
JWPT (Jersey Wildlife Preservation Trust) 734

Käfer:
  arboreale 268
  flugunfähige 171, 335
  Glanzkäfer 449
  Hydrophile 268
  Laufkäfer 266f., 268–270
  Marienkäfer 449
  Rosenkäfer 449
  und Spezies-Flächen-Beziehung 512, 555
Kai-Inseln 811
  Gelbkappen-Spechtpapageien 180
  grüne Papageien 811
  rote Loris 811
Kaimane 34
Kakadus:
  Großer Gelbhaubenkakadu 126
  Rabenkakadu 116, 126

und Wallace-Linie 28, 127
Weißhaubenkakadu 28, 34, 36
kakawahie 425
Kalifornien:
  Baja, und Artensterben 349
  und Channel-Islands 203f.
  Golf von *siehe* Golf von Kalifornien
  Kondore 708
  Lassen Volcanic-Nationalpark 648
  Santa Barbara Channel 203
  Santa Catalina (Insel) 19, 181, 271
  und Verlust an Lebensraum 700f.
Kambodscha, Elefanten 203
Kamehameha der Große (Häuptling) 421
Kanada, Nationalparks 644
Kanarische Inseln:
  und von Buch 169
  und Lyell 59, 68f.
Känguruhs 19, 38, 126, 130
  und Aborigines 473, 481, 483
  und lebensfähige Minimalpopulation 674
  Rotes Riesenkänguruh 675
  Überbeanspruchung der Bestände 473
Kaninchen 230
Kaninchenkänguruh, Südliches 384
kanonische Verteilung:
  Definition 831
  und internes Gleichgewicht 520
  und Preston 541, 546
  und Spezies-Flächen-Beziehung 515, 520
Kapverdische Inseln, Glattechsen 208, 503
Karibik, Hutias 201
Karolinenstar 434

Karpathos (Insel), Zwergrotwild 207
Kasos (Insel), Zwergrotwild 207
Kasuare 37, 116, 127
  australische 126, 230, 258
  in Neuguinea 180, 230, 258
  zwergwüchsige 131, 180, 230
Katastrophen: 506
  und Artensterben 506, 679–682
  und SLOSS 623
Katzen:
  Beuteltiere 180, 378, 387
  endemische 340
  Langschwanzkatze 618
kausal bestimmte Faktoren:
  der Populationsgröße 388, 679
  versus zufallsabhängiger 831
Kenia, Elefanten 203
Kerguelen (Inselgruppe) 20
Kernbeißer:
  Kona 425
  São Thomè 503
Kerr, Alex 452
Kianjavato, Madagaskar 317
King Island:
  in der Bass Strait 383f.
  dortige Arten 384, 386
  lokales Artensterben 386, 584
kioea 425
Kircher, Athanasius 40
Kiwis:
  Flugunfähigkeit 258
  Großer Fleckenkiwi 180
  verlängerte Brutphase bei 271
Klammeraffen 94
Klapperschlangen:
  große und Case 237
  ohne Klappern 19, 181, 271
  Körpergröße 251
Kleidervögel:
  und adaptive Radiation 304, 307
  hawaiische 306f., 422, 455

Laysan-Kleidervogel 425
mikronesische 428
Klimabedingungen 389
Koagimpel 425
Kokosnuß-Schildlaus 449
Kolibris 35, 655
Komodo-Nationalpark 209, 217
Komodo:
  Elephantiden 221
  und Flores 521f.
  kleinere Nachbarinseln 521
  Landkarte 523
  Loh Liang-Tal 209, 212
  Loh Sabita-Tal 222–229
Komododrache (*Varanus komodoensis*) 18f., 180, 209–216
  Angriffe auf Menschen 224–226, 533–535
  bakterielle Krankheitserreger im Maul des 225
  und Diamond 221
  als Fleischfresser 210, 215f., 221f., 229
  von Flores 180, 210, 217, 221, 522
  Gesamtpopulation 217
  Jagd aus dem Hinterhalt 212, 214f., 227–229
  Körpergröße des 210, 212
  Schutz der 217
  und Spezies-Flächen-Beziehung 521–536
  als touristische Sensation 210, 216–220
  Verbreitung des 522f.
Komoren (Inselgruppe) 321
Kondore, Kalifornien 708
Königsparadiesvogel 110, 119, 123, 126, 803
Konkurrenz:
  und adaptive Radiation 289, 296, 305, 327
  und Artbildung 327
  und Artensterben 505
  Definition 289
  mit fremdländischen Arten 377, 505
  und räuberische Nachstellungen 231, 237, 255, 505
  Spermienwettstreit 770f.
  und Sympatrie 296
  zwischenartliche siehe zwischenartliche Konkurrenz
Kontinentale Inseln 831
  versus ozeanische Inseln 64–67, 380
Kontinentalverschiebung 258f., 321, 340
Korallen
  Koralleninseln 604
  und ozeanische Inseln 66
Korbblütler (Pflanzenfamilie) 187
Kormorane, flugunfähige 181, 255, 262
körperliche Tüchtigkeit und Flugfähigkeit 265
Korsika, Rotwildfossilien 206
Kotproben sammeln 775–779
Kragentauben 193
Krähen:
  Guam 271
  Marianen-Inselgruppe 427, 434
  Tasmanien 403
Krakatau (Insel) 20, 587
  und Anak Krakatau (Insel) 195, 380
  und Gleichgewicht 560–562
  und Rakata 186
  Wiederbesiedlung von 185–195, 546
Krauskopf-Arassari 35
Kreta:
  Elephantiden 202, 207
  Flußpferdfossilien 206
  Rotwildfossilien 206
»Kritische Minimalgröße von

Ökosystemen«-Projekt 610,
614–616, 650–652
und erste Ergebnisse des
617–621
und Gleichgewichtstheorie
601
und Ökosystemzerfall 598
und Qualität versus Quantität
639–641
Krokodilartige:
Mauritius 359
Nil 210
Kryptozoologie 405
Kuba:
Artensterben 503
flugunfähige Eulen 256,
262
Solenodon cubanus 180
und Spezies-Flächen-Beziehung 512f.
Kuckucke, Tajazuira 460
Kunst, Felsenzeichnungen 381f.,
471
künstliche Besamung 732
künstliches arrangierte Paarungen 776
Kurznasenbeutler 384
Kuskuse 28
Kusu 384

Labidura herculeana (Riesenohrwurm) 19, 181
Lachesis mutus (Buschmeister)
654
Lack, David, und Darwins Finken
113, 295–297, 301, 327
Lamarck, Jean Baptiste Pierre
Antoine de Monet 22, 169,
264
»Lamarckscher Irrglaube« 264
landbewohnende Leguane 208
Landbrücken 66, 127, 182
und Artensterben 584
und episodische Vereisung 205
und menschliche Einwirkungen 643
und Panamakanal 458–461
und Ratiten 258
und Reliktespezies 578
und schwimmende Säugetiere
202, 204
und übernommene Ökosysteme 380
Landbrückeninseln, Definition
831
Landkarten:
Aruinseln 117, 819
Bassmanische Halbinsel 385,
477
Curtis' datierte Karten 581f.
Golf von Kalifornien 243
Illustrationen 39
Indischer Ozean 159
Komodo 211, 523
Madagaskar 325, 661
Malaiischer Archipel 26f.
Nationalparks,
nordamerikanische 647
Östlicher Pazifik und
Galápagosinseln 277, 371,
416f.
Pazifikregion mit Hawaii und
Galápagos 416
Südamerika 99, 615, 759
Westlicher Pazifik 371
Landkrabben 194
Landschaftskorridore 589
Landschnecken 60, 68
Landvögel 193, 195
Langschnabeligel
(*Zaglossus bruijni*) 180
Langschwanzkatzen 618
Lankester, Sir E. Ray 141
Lanney, William 488–485, 498
Kindheit 488
Tod und Zerstückelung des
493f.
Überleben des 489, 491f.

Lanting, Frans; und Bedo 688–690, 715f., 718
Lao Tze 709
Lassen Volcanic-Nationalpark 648
Latif, Kapitän 807
Läuse, Ausbreitung von 194
Lawson, Vizegouverneur auf den Galápagosinseln 285f., 298
Laysan-Kleidervogel 425
lebensfähige Minimalpopulation 674–685, 748–752
  und Artensterben 713f.
  Definition 678, 684, 832
  und Gefährdung 713f.
  und gesellschaftliche Wertvorstellungen 684
  und Gleichgewichtstheorie 675
  bei Grizzlys 676–683, 793
  und Lebensfähigkeitsanalyse 749–751
  und Risikofaktoren 749
  und Seltenheit 690–693
  und Spezies-Flächen-Beziehung 674
  bei Springbeutlern 674
  und Vorhersagbarkeit 684
  Unzulänglichkeit der 748
  siehe auch Lebensfähigkeit von Populationen
Lebensfähigkeit von Populationen 834
  und Blaubuch 708, 713f., 748
  und Concho-Wassernatter 780–793
  und Inselbiogeographie 655–673
  und MVP 674–685, 748
  und Nationales Forstbewirtschaftungsgesetz (USA) 704–706
  numerischer Schwellenwert 678
  und (PVA) 749–752, 785–793
  und Soulé 707–713
  siehe auch lebensfähige Minimalpopulation
Lebensraum:
  Anforderungen 603, 639–641, 781
  Brutstätten 640
  Fragmentierung des 386
  und genetisches Umfeld 336
  Inseln von 576, 581f., 586
  Korridore zwischen 589
  auf Lebensräume spezialisierte Arten versus nichtspezialisierte Arten 387
  Umfang des, und Vielfalt 268, 415
  Verlust des 377, 506
  Verschlechterung des 728
  Vielgestaltigkeit des 268, 415, 603–608, 622, 636, 645, 649, 651
  Zerstörung des 505, 583f., 695f., 700, 724f., 728, 753, 755
  Zerstückelung des 581f., 585, 597f., 612f., 651, 695f., 721, 723, 726, 728, 753
  Zonen, Madagaskar 324, 326
Lederköpfe 28
Leguane 157, 335
  und europäische Entdecker 34
  Körpergröße 230
  landbewohnende 208
  meerbewohnende 19, 180, 208, 273–275, 276–283
  ökologische Naivität der 273
Lehmwespen 449
Leiolopisma telfairii (Glattechse) 208
Leishmaniase 651, 654
Lemuren 55, 62, 310–333
  und adaptive Radiation 310–320, 327, 329
  und archipelspezifische

Artbildung 322–324
Artenvielfalt 322, 324
ausgestorbene 665f.
Brauner Mausmaki 669
Farbvariationen bei 316f.
Fressen von Bambus *siehe*
bambusfressende Lemuren
Freßgewohnheiten der 328f.
geographische Muster bei 322
Großer Katzenmaki 669
Indri 324–326, 664–673, 685,
746
als Inselspezies 180
nachtaktive 669
ökologische Nischen der
329–331
riesenwüchsige 322f.
subfossile Funde 322
Sympatrie bei 319
und Wright 314–320, 327–331
Leopold, Aldo 709
Lepidodactylus lugubris (Gecko)
189f., 445
L'Estrange, Sir Hamon 39
Lethrinops brevis (sandbuddeln-
der Insektenfresser) 310
Leucopsar rothschildi (Balistar)
65, 180
Levins, Richard 788
Lewis, Richard, und Turmfalken
733–740, 744
Lieste:
auf Aru heimische Art mit
racketförmigem Schwanz
121
Grünkopfliest 197
auf Riukiu heimische Unterart
des Zimtkopfliest 503
Spatelliest 28, 334, 337
Zimtkopfliest 427f., 434, 447
Limnogale mergulus (wasser-
bewohnender Tanrek) 53f.
Limnologie 540
Linnaeus, Carolus (Carl von

Linné) 36, 41–45
Linné-Gesellschaft 145,
147–149, 153
Little Green Island 386
Logarithmus 515, 832
Lognormale Verteilung 832
Loh Liang-Tal, auf Komodo 209,
212
Loh Sabita-Tal, auf Komodo
222–229
Lombok (Insel) 18, 23–25, 127
Wallace auf 107
und Wallace-Linie 28f., 193
Lophopsittacus mauritianus
(bodenbewohnender Papagei)
366, 467–469
Lord Howe Island, Artensterben
349f.
Loris, rote 811
Lovejoy, Thomas E. 12f., 676,
711
am Amazonas 96, 593–602,
614–616, 636
und Artenschutzbiologie 750
Beschreibung von 599f.
Hintergrund und Laufbahn
von 600
und »Kritische Minimal-
größe«-Projekt 597, 610,
614–616, 650–652
und SLOSS-Debatte 608,
622
Löwen 746
Löwenzahn 187
Luchse 644
Luzon, Elephantiden 202
Lyell, Sir Charles 48–50
und Darwin 132–136, 144–147
und Entstehung der Arten
58–61, 68f., 129, 135
und flugunfähige Käfer 263
und Frösche 67
und geologisch alte Inseln 59f.
und Wallace 58

Macaca fascicularis (Langschwanzmakak) 356–362
MacArthur, Robert:
   Hintergrund von 540f.
   und Ökosysteme 540
   und Quantifizierung 233, 541, 543–545, 549, 553–562, 569, 572
   Tod 571, 590
   Vermächtnis 233, 611, 634, 709
   und Verteilungsmuster 234, 570f.
   und Wilson 541, 543–545, 549, 552–562, 568, 571, 574
   siehe auch Theory of Island biogeography
Macassar, Wallace in 125, 136, 140
Macquarie (Insel), dort heimische Unterart des Ziegensittichs 503
Macropanesthia rhinoceros (Riesengrabschabe) 181
Macropodidae (Beuteltiere) 674
Macroscinus (große Glattechse) 208
Madagaskar 17, 659–673
   Abgelegenheit 66
   Aepyornis maximus 17, 37, 181, 183, 230, 256f., 260f.
   Analamazaotra-Reservat 314f., 324, 660–673
   Artbildung 65, 327
   ausgestorbene Arten 665, 799
   endemische Arten in 64, 339
   Flußpferdfossilien 206
   fremdländische Arten in 18
   als geologisch alte Insel 61f., 64–67
   als große Insel 65
   Indri (Lemur) 324–326, 664–673, 746
   Kianjavato 317
   als kontinentale Insel 67
   und Kontinentalverschiebung 259, 321, 340
   Landkarten 325, 661
   Lebensraumzonen in 324, 326
   Lemuren 180, 310–320
   Naturreservate 663, 671–673
   Pygmäenflußpferd 181, 335
   Radiation im Vogelbereich 257
   Ratiten 259–261
   Regenwaldzerstörung 311, 583
   Riesenratten 180, 201
   Riesenschildkröten 163f.
   Tanreks (Borstenigel) 50–58, 181
Madeiras:
   flugunfähige Käfer 261–270, 335
   und Lyell 59, 68f., 134
Magaretamys (Rattenart) 200
Magarodide 449
Magellan, Ferdinand 34
Maiasaura peeblesorum (Dinosaurier) 348
Main, A. R. 674f., 678
Malaiische Halbinsel:
   und Regenwaldzerstörung 583
   und Wallace-Linie 29, 62
Malaiischer Archipel:
   Aru und der 127
   europäische Entdecker im 34, 36
   Landkarten 26f., 211
   Wallace im 20, 74, 104–111, 123, 149, 802–806
Malakka, Straße von 62
Malaria, vogelspezifische 418, 424
Malawi 700
Malawisee 309f., 309f.
The Malay Archipelago [Der Malayische Archipel] (Wallace) 25, 29, 125, 802–806, 811f.

Malta:
  Elephantiden 202, 207
  Flußpferdfossilien 206
  Rotwildfossilien 206
Malthus, Thomas 74f., 142, 148
»Mammals on Mountaintops: Nonequilibrium Insular Biogeography« [Säugetiere auf Berggipfeln: Inselbiogeographie ohne Gleichgewicht] (Brown) 577–580
Mammuthus columbi (Elephantid) 203
Mammuthus exilis 203f., 207, 230
Mammuts:
  schwimmende 201, 203f.
  und Veränderung der Körpergröße 207, 230
mamo:
  Drepanis funerea 424
  Drepanis pacifica 421, 424
Manatis 34
Manaus (Barra) Brasilien 82, 86, 88, 94, 96
  Freizonenverwaltung (SUFRAMA) 97, 612
Mangerivola Reservat, Madagaskar 671
Mangrovenexperiment 563–568
Mangroveninseln: 563–568, 587
  Rhizophora mangle 564
  Simberloff und 564–568, 587, 603f., 610, 635, 637
  Wilson und 563–568, 587, 603
Manumbai-Kanal, Aru 818, 820f.
Maori-Volk in Neuseeland 256
Marchena (Insel), Finken 295
Marianeninseln:
  und Guam; *siehe auch* Guam 426
  Krähen 427, 434
Marianenmyiagra, Guam 427f.

Marienkäfer, Philippinen 449
maritime Ökosysteme 604
Marmosetten 34, 94, 754
Marrawah, Tasmanien 394f., 405
Martin, R. D. 324, 326
Mascarenhas, Pedro 350
Maskareneninseln:
  archipelspezifische Artbildung 284
  Artensterben 349, 415
  Dodos 193
  Entdeckung der 350
  Riesenschildkröten 160f.
  siehe auch einzelne Inseln
Maskenspringaffen 754
massenhaftes Artensterben 798–806
mathematische Modelle 234–236, 544
  in der Artenschutzbiologie 708
  der Gleichgewichtstheorie 547, 634f.
  als hypothetische Abstraktionen der Natur 635
  und Ökologiewissenschaft 572, 634
matinha 832
Matthew, William Diller 562
Mauritius:
  Abgelegenheit von 348
  Abholzung 725
  Affen 355–362
  Artensterben 349, 363f., 366
  Bambous-Gebirge 25f., 744f.
  Bäume 458, 462, 466f., 725
  Besiedlung von 725
  Calvaria-Bäume 458, 461–469
  Darwin in 163
  und Disharmonie 341
  Dodos 19, 155, 181, 193, 345–355, 362f., 462–469
  Entdeckung von 161, 350–355
  Fledermäuse 467

Geckos 208
Glattechsen 366
Krokodile 359
Moka-Höhenzug 725f.
Mungos 741–743
Pampelmusenpark 155–157, 167
Papageien 467–469
als Paradies 366
Pestizide 726, 728–732
Riesenschildkröten 155–158, 161–166
Rivière des Anguilles 358–362
Schwarzflußschluchten 358–360, 365, 725–727, 732, 734, 744f.
Schweine 355f.
Tauben 193
Turmfalken 359–361, 367, 722–745
Verlust an Lebensraum 724f.
als vulkanische Insel 66
Mauritiussittich 467f.
Mauritus Wildlife Fund 734
Mäuse:
 amerikanische Wasserspitzmaus 577–579
 Ausbreitungsfähigkeit der 200f.
 Hirschmaus 232
 langschwänzige 387
 Rinca-Maus 201
 Springmaus 201
May, Robert M. 589f., 602
Maykor (Insel) 120
Mayr, Ernst 546
 Definition der Evolution durch 176
 Definition von Spezies durch 174
 und genetische Revolutionen 334–338, 505
 und geographische Isolation 168, 176
 und Gründerprinzip 290
 als Inselbiogeograph 113, 179f.
 Systematics von 168, 177–179, 334–337
 und Taxonomie 539
McKinney, H. Lewis 146
Meerechse (*Amblyrhyncus cristatus*): 180, 208, 273–284
 Paarungsverhalten 278
Megaladapis edwardsi (subfossile Lemurenart) 322f.
Megalania prisca (Waran) 221f.
Meier, Bernhard 318
Meiose 292, 832
Melanesien, Ameisen 20, 546
Melanismus 335
melanistische Aberrationen 84
Mendel, Gregor 177, 539
Merkmale:
 Artmerkmale 183
 Gemeinschaftsmerkmale 182f.
Metapopulationen 788–793, 832f.
Methylbromid 565f.
Meyers, David, und Lemuren 686, 715f.
Microgale (Tanrek) 53
Micropsitta keiensis (Gelbkappen-Spechtpapagei) 180
Migration:
 und Ausbreitung von Arten 254
 und Evolution 173
 und geographische Isolation 173
 in höhergelegene Regionen 424
 Schranken für die 326
 transozeanische Wanderungen 193f.
Milben, Ausbreitung von 194
Milieu:
 genetisches Umfeld 336f.

und langfristige Tendenzen 506
und Lebensraum 336
Variationen im 506
milieubedingte Stochastizität 679f., 682
Mimus (Spottdrosseln) 287
Mindanao, Elephantiden 202
Minierfliegen, Gemüseschädlinge 449
Mittel, Ökonomie der 269
Mittelamerika:
Zerstörung des Regenwaldes 582–585
siehe auch einzelne Länder
Mittermeier, Russ:
und Lemuren 314, 317
und Muriki 758
und World Wildlife Fund 314, 317, 758
Miyako (Insel) 206
Moas:
adaptive Radiation 257
in Neuseeland 230, 256f.
Mobilität 270
Moçambique-Kanal 55
moderne Synthese 167
Moka-Höhenzug, Mauritius 725f.
Molekularbiologie 167, 248
Molukken:
Holländisch-Ostindische Kompanie 810
schwimmende Vegetationsinseln 190
Wallace in den 140
siehe auch einzelne Inseln
Mönchsaffe *Pithecia monachus* 95
Monserrat (Insel), und Spezies-Flächen-Beziehung 513f.
Monsunzeit 108
Montagne d'Ambre-Nationalpark, Madagaskar 664

Montes Claros, Fazenda:
und Senhor Feliciano Abdalla 757f., 760
Murikis 768–779
Moorehead, Alan 157, 179
Moose, Ausbreitung von 194, 198
Moosnest-Salangane (auf Guam heimische Teichhuhn-Unterart) 434, 450
Morpho Schmetterlinge 78, 620
Mount Rainier-Nationalpark 644
Möwen auf den Galápagos 303
Mungos (*Herpestes auropunctatus*) 728, 741–743
Munro, George 423f.
Murikis *Brachyteles arachnoides* 753–760, 768–779
Muskatnuß 810
Mutationen, genetische 176f., 691f., 747
Myers, Norman:
und Artenschutzbiologie 750
The Sinking Ark [Die sinkende Arche] 724, 730, 749
und Turmfalken 730
Mygale-Spinnen 79
Myiagra freycineti (Marianenmyiagra) 427f.
Myrmekologie 541–543, 545, 549
Mystacina tuberculata (Fledermaus) 200

Nachtbaumnatter, Braune *Boiga irregularis* 430–448
Nactus pelagicus (Gecko) 446
Nafus, Don 448–453
Nager:
Artbildung bei 284
auf den Philippinen 200, 284
in Tasmanien 387
Verbreitung von 55

Nandus 35, 172, 178
Nannopterum harrisi
(flugunfähiger Kormoran)
181, 183
A Narrative of Travels on the Amazonas and Rio Negro
[Ein Bericht über Reisen auf dem Amazonas und dem Rio Negro] (Wallace) 91, 105
Nasenbeutler:
  Bänder-Langnasenbeutler 384
  Kurznasenbeutler 384
Nashörner auf Sumatra 708, 714
Nashornvögel 126
National Exterminators (Kammerjägerfirma) 565
Nationales Forstbewirtschaftungsgesetz (USA) 703–706
Nationalinstitut für Amazonasforschung (INPA) 613
Nationalparks:
  Landkarte 646
  siehe auch Naturreservate
Natur:
  Abstraktionen der 635
  Balancezustand 554, 557
  natürliche Auslese 22, 33, 169, 802, 833
  und Darwin 134f., 141f., 263
  und Divergenz 145, 338f.
  und Flugunfähigkeit 265, 269
  und Hooker 135f., 145, 147f.
  und körperliche Tüchtigkeit 265
  und Ökonomie der Mittel 269
  und Wallace 141–148
Naturreservate:
  Abgrenzung von 603, 696
  Alter der 646, 648
  Amazonas #1202 595f., 618
  Anlage von 568, 586–590, 598, 602–608, 622, 633, 643, 711
  Archive der 641f.
  und Artensterben 646

Definition 587f.
und 50/500-Regel 749
und Gleichgewichtstheorie 587f., 624f., 701
und Inselbiogeographie 641–650
Inselcharakter 587f., 642f.
und Inseln 640
als Isolate 643, 672
in Israel 632
und lebensfähige Minimalpopulation 714
in Madagaskar 663, 671–673
Ökosystemzerfall in 646
Raubtierkontrolle in 642, 648
und SLOSS-Debatte 533, 588f., 602–608, 621–629, 649, 711
Staatsforste der USA 642, 703f.
vollständig intakte Ökosysteme in 650
Naturschutz:
  und Fish and Wildlife Service 779–790
  und Forstamt 703f.
Naturschutzgebiete *siehe* Naturreservate
Nerodia harteri (Harters Wassernatter) 781, 783
Nerodia harteri paucimaculata (Concho-Wassernatter) 790–790
Nerze 644
Nesoenas mayeri (Mauritiustaube) 193f.
Nesomimus (Spottdrosseln) 287, 293f.
Nesomimus macdonaldi (Spottdrossel) 293
Nesomimus melanotis (Spottdrossel) 287, 294
Nesomimus parvulus

(Spottdrossel) 287, 294
Nesomimus trifasciatus
(Spottdrossel) 287, 293f.
Nestor notabilis (Papagei) 181
Neuguinea 20, 64, 179f.
  Ameisenfresser 180
  und Aru 126f.
  und Australien 130f., 259
  Baumkänguruhs 180
  Beuteltiere 28
  und Borneo 129
  Gelbkappen-Spechtpapagei 180
  Gespenstheuschrecke 230
  Kasuare 180, 230, 258
  Lieste 334, 337
  und New Britain 192f.
  Paradiesvögel 19, 37, 181
  Ratiten (straußenähnliche Vögel) 259–261
  Regenwaldzerstörung 583–585, 587
  Riesenratten 180, 200
  Schlangen 440f., 443
  Tauben 193
  Vögel 340, 546
Neukaledonien:
  Artensterben 799
  Fledermäuse 200
  Glattechsen 208
Neuseeland 20, 59
  Artensterben 415, 502, 799
  Disharmonie 341
  Eulenpapagei 180
  fleischfressende Papageien 181
  flugunfähige Grillen 180, 255
  flugunfähige Vögel 255
  Isoliertheit von 200
  Kiwis 180, 258, 271
  und Kontinentalverschiebung 259
  Maori-Volk 256
  Moas 230, 256f., 261
  Ratiten 257–261

Tuatera 19
Neuseelandschlüpfer 502
  der Nordinsel 503f.
Neusteinzeit, Artensterben 800
Nevada, Berggipfel als Inseln 577
New Britain, und Neuguinea 192f.
New Yorker Zoologische Gesellschaft 707
Newmark, William:
  und lebensfähige Minimalpopulation 671
  und Lebensraumvielgestaltigkeit 649
  und lokales Artensterben 644, 648
  und Ökosystemzerfall 646
  und Tierbeobachtungsprotokolle in Nationalparks 641–650
Newton, Isaac 141
Nichtgebrauch von Fähigkeiten, Auswirkungen 266–270
Nietzsche, Friedrich Wilhelm 599
Nilkrokodile 210
Nistverhalten, argloses 271, 273
Noddiseeschwalben 194
Nordamerika, Inselcharakter 576
Normalniveau des Artensterbens 798–806
Nosy Mangabe-Reservat 671
»Note on the Theory of Permanent and Geographical Varieties« (Wallace) 138f.
Notechis scutatus (Tigerotter) 399
nukupuu Oahu 425
Nullhypothesendebatte, und SLOSS 626, 631, 710–712
Numfor Island, Lieste 337
Nusa Pinda 522

obligatorische Wechselwirkung 463–466
Observations Made During a Voyage Round the World, on Physical Geography, Natural History, and Ethic Philosophy [Beobachtungen über Physische Geographie, Naturgeschichte und Moralphilosophie, angestellt während einer Reise um die Welt] (Forster) 46f.
Ochotona princeps (Pfeifhase) 577–580
Ohio Key (Insel) 637f.
Okinawa, Rotwildfossilien 206
Ökologie der Gemeinschaften 590, 635
Ökologie:
 als Beruf 600, 611
 deskriptive 634
 und Evolution 552
 Gemeinschaft 590, 635
 und Inselbiogeographie 549, 632
 als prognostische Wissenschaft 572, 635
 theoretische 413f., 539, 541, 544, 633f.
ökologische Isolation; *siehe auch* Isolation 505
ökologische Naivität 273
 Definition 833
 bei Dodos 352–354
 bei Mauritiusfalken 737
 bei Meerechsen 276
ökologische Nischen:
 und adaptive Radiation 289, 305
 bei afrikanischen Fischen 309–311
 Definition 289
 bei Finken 296
 bei Grasmücken 540

 bei Larven des Guano-Falters 450f.
 bei Lemuren 329–331
 und Sympatrie 296
ökologisches Inseldasein; *siehe auch* Insularität, Verinselung 641–648, 650
Ökosysteme:
 Artenvielfalt 195f.
 Energieübertragung innerhalb 454
 Erhaltung von 650
 fragmentierte 754f.
 und Gemeinschaftsmerkmale 183
 Gleichgewicht in 195f., 558
 auf Inseln 20, 103, 380
 im Meer 604
 in Nationalparks 650
 Seen als 540
 als Teppich 11f.
 und Theorie 541
 übernommene 380
 Zerfall von *siehe auch* Ökosystemzerfall 11f.
Ökosystemzerfall 12f.
 Definition 833
 als Entspannung zum Gleichgewicht 584
 und *fazendas* am Amazonas 597, 621, 651
 in fragmentierten Lebensräumen 611f.
 Homo sapiens und 161, 419–423, 467, 622, 637f., 643, 722, 754f.
 und Inseln 103, 580
 und »Kritische Minimalgröße«-Projekt 597f.
 Lovejoys Untersuchungen des 97
 in Nationalparks 646
 Schwelle zum 597
olomau 425

Olympic-Nationalpark 644
»On the Law Which Has Regulated the Introduction of New Species« [Über die Gesetzmäßigkeit, die für die Einführung neuer Arten maßgebend war] (Wallace) 48
»On the Natural History of the Aru Islands« [Zur Naturgeschichte der Aruinseln] (Wallace) 113f., 125
»On the Relation Between Species und Area« [Über den Zusammenhang zwischen Art und Gebiet] (Gleason) 509
»On the Tendency of Varieties to Depart Indefinitely from the Original Type« [Über die Tendenz der Varitäten, unbegrenzt von dem Originaltypus abzuweichen] (Wallace) 143
Oo Oahu 425
Oppenheimer, Robert 13
Oppossums 35f.
Opuntia (Feigenkaktus) 284
Orang-Utans 28
Orientierung bei Alligatoren 439
»The Origin of Species« [Die Entstehung der Arten] (Darwin) 21, 149, 189, 262–266, 297, 305, 341, 804
Ornimegalonyx oteroi (flugunfähige Eule) 256, 262
Ornithaptera solitaria (Einsiedler) 194
Ornithoptera (Ritterfalter) 107f., 139
Ornithoptera poseidon 116, 137f.
Ornithoptera priamus 137f.
Ornithorhynchus anatinus (entenschnäbeliges Schnabeltier) 180, 387

Oryzomys (Reisratten) 200
Oryzorictinae 57
ou (Kleidervogel) 422f.
Oviedo, Gonzales Fernando de 35
Oyster Cove Straflager 490–493, 495
ozeanische Inseln versus kontinentale Inseln 64–67, 380, 833

Paarhufer 231
Paarungen, künstlich arrangierte 776
Pachycephala cinerea (Schnäpperdickkopf) 197
Pachyornis (Moas) 256
Padangbai 23–25, 30
Padar (Insel) 522, 524f., 531f.
Pakas 460, 618
Palaeopropithecus ingens (subfossiler Lemur) 322f.
Palau-Erdtaube 193
Palm Trees of the Amazonas and Their Uses [Palmenbäume des Amazonas und ihre Nutzung] (Wallace) 105
Palmen, Kokosnußpalme 188
Panama:
  Barro Colorado Island 11, 458–461, 584, 587, 589
  als Landbrücke 258
  Landbrückeninsel in 458–461
Panamakanal 458–461
Panmixia (Genmischung) 176, 178, 833
Panthera onca (Jaguare) 84f.
Panthera tigris (Tiger) 11, 18, 28, 62f.
Papagaran (Insel) 522, 527f., 531
Papageien:
  flugunfähige 180, 255, 366
  Gelbkappen-Spechtpapagei 180

grüne und graue 39
Kea 181
als Raubvögel 181
Papageientaucher 256
Papilio ulysses
  (Schwalbenschwanz) 121f.
Papilio xuthus (Schwalbenschwanz) 449f.
Papilionidae (Ritterfalter) 107
Papua-Volk 109
Paradiesvögel: 36, 109, 116, 803, 807
  bändergeschweifte 19
  cenderawasih 815
  Gesang der of 825
  Großer Paradiesvogel 37, 110, 121, 123, 126, 816, 818
  Königsparadiesvogel 110, 119, 123, 126, 803
  Schmalschwanz-Paradieselster 181
  Schwarzmarkt für 817
  und Wallace-Linie 28, 127
Paradisaea apoda (Großer Paradiesvogel) 37, 110, 121, 123, 126, 816, 818
Páramoinseln 576, 585, 587
Parthenogenesis 189f.
Patagonien 172
Pazifikraum, Landkarten 277, 371, 416f.
Peggy, »Vogelsklavin« 652–658
Pekane 644
Pekaris:
  auf Barro Colorado 460f.
  und europäische Entdecker 35
  Weißbartpekari 618
Pelikane 193f.
Peregrine Fund [Wanderfalkenstiftung] 731–734, 744
Perinet, Madagaskar 660, 668–670, 672, 685, 714, 716
Perlmutt 108–110, 124
Perochirus ateles (Gecko) 446

Pestizide:
  auf Guam 429
  in Mauritius 726, 728, 732
Petaurus australis (gelbbäuchiger Gleiter) 181
Peter (Führer) 822–825
Pezophaps solitaria (Einsiedler) 194
Pfauenschwanz 804
Pfeifhasen (*Ochotona princeps*) 577–579, 580
Pflanzen:
  fremdländische Arten 727, 738
  und Gleichgewicht 548
  auf natürlichen Flößen 191f.
  auf Rakata 187–189
  schwimmende Vegetationsinseln 190
  und Spezies-Flächen-Beziehung 509, 520
  in Untersuchung über Nationalparks 649
  Wirtspflanzen 576, 585
Phaetornis superciliosus (Kolibri) 655
Phelsuma guentheri (Riesengecko) 208
Philippinen:
  Elephantiden 202
  Glattechsen 181
  Marienkäfer 449
  Nagetiere 200, 284
  Regenwaldzerstörung 583
  schwimmende Vegetationsinseln 190
  Turteltauben 434
  Vögel 546
philopatrische Arten 726
Philosophie Zoologique (Lamarck) 169
Phyllodactylus (Gecko) 284
Piet, Reiseleiter 808, 813
Pigafetta, Antonio 34, 44

Pigeon hollandais (*Alectroenas nitidissima*) 193
Pimelia (flugunfähige Käfer) 171
Pinchot, Gifford 709
Pinguine 35
Pinta (Insel), Schildkröten 289
Pinzón (Insel), Schildkröten 289
Pinzón, Vicente 36
Pires, Tomé 36
Pithecia (Sakis; Faultieraffen) 94–103, 139
Pithecia irrorata 94f.
Pithecia monachus (Mönchsaffe) 95
Pithecia pithecia (Weißkopfsaki) 95f., 98, 595, 598
Pithecia pithecia chrysocephala (goldköpfiger Saki) 98–103
Pithys albifrons (Weißbart-Ameisenvogel) 619f.
Plasmodium, und Vogelmalaria 419, 424
Platyrinchus saturatus (Zimtkopf-Breitschnabel) 655f.
Plomley, N. J. B. 500–502, 505
Poinciana-Spanner 449
Poland China-Schweine 694
Pollock, Jon I. 665–668
Ponerinae (Ameisenfamilie) 543
Pongo (Insel) 522
Population 834
  Aussterben der siehe Artensterben
  Definition 788
  Dichte von, und Raubtiere 375f., 460
  effektive 692, 708
  und Ehrlich 700
  erhobene versus effektive 692f., 695
  Etablierung einer 189
  Fragmentierung 756
  50/500-Regel 692, 705
  und Gefährdung 679–685, 690–693
  geschlechtliche Kreuzung in der 788
  und Gründereffekt 681f.
  Insularisierung von 502
  kausal bestimmte Faktoren der 388–391, 679
  kleine, und Aussterben 460f., 520f., 648, 682
  Malthus über 74f., 142
  menschliche Bevölkerung, wachsende 535
  Metapolulation 788–793
  und Mutationen 691f.
  Rückgang der 253f.
  Schwankungen der 388–391, 747
  Schwellenwerte der Populationsstabilität 407, 746
  sich selbst tragende 674
  stochastische Faktoren bei 388–391, 679, 723
  systematische Beeinträchtigungen 679, 713f.
  Zusammenhang der 773f.
Populationsbiologie 248, 539, 544, 553, 708
Populationsdichte
  und Abschußprämien 375f.
  und Jagd auf andere Arten 460f.
  und Rückgang der Fruchtbarkeit 231
  und Zwergwuchs 237
Populationseigene Lebensfähigkeit siehe Lebensfähigkeit von Populationen
Populationslebensfähigkeitsanalyse 834
  Testfall für 785
Porto Santo (Insel) 262
Präriehasen 644
Prescott, William H. 74

Preston, Frank 514–521
  und Artenschutzbiologie 709
  und Gleichgewicht 585
  Glockenkurve von 515f., 520f., 558
  Hintergrund und Laufbahn von 516f.
  und kanonische Verteilung 541, 546
  und Muster der Vielfalt 601
  Spezies-Flächen-Beziehung 556
  und Stichproben versus Isolate 519, 532, 584, 646
Projekt zur Biologischen Dynamik von Waldfragmenten 597f., 612
Propithecus diadema (Diademsifaka) 316, 324
Propithecus verreauxi 324, 326
Pseudotropheus tropheops (Felsputzer) 310
Psittirostra (Kleidervogel) 422
Pteropus (Fledermaus) 467
Puercos (Insel), Vögel 570
Puerto Rico:
  Agutis 503
  Spezies-Flächen-Beziehung 512–514
Pumas 11, 459, 618
Punta Diablo, Golf von Kalifornien 242
Puschkin, Alexander Sergejewitsch 599
PVA (Populationslebensfähigkeitsanalyse) 749–752, 782
  Testfall für 785–793

Quadrate als repräsentative Stichprobe 510, 520
Queen Charlotte Islands 232
Quokkas 674

Rabeson, Joseph *siehe* Bedo
Radiation, adaptive *siehe* adaptive Radiation
radioaktiver Zerfall 13
Radnetzspinnen (Araneidae) 428f., 454
Radtkey, Ray:
  auf Angel de la Guarda 239, 242, 244f., 251
  und Chuckwallas 245–247, 252
Rakata:
  Entstehung von 186
  und Gleichgewicht 560–562
  als kleine Insel 195
  Vögel auf 560f.
  Wiederbesiedlung von 187, 194–196, 560f.
Rallen:
  Guamralle (flugunfähig) 181, 262, 427f., 433
  hawaiische Ralle 425
  samoanisches Pfuhlhuhn 503
  Wake-Ralle 503
  Weißbrauenralle 503
Rallus owstoni (flugunfähige Ralle) 81, 427
Ranavalona II, Königin (Madagaskar) 662f.
Randzone 655
Ranomafana-Nationalpark, Madagaskar 663, 673
  Lemuren 317–319, 327–333, 664–666
Raphus cucullatus siehe Dodos
Ratiten 257–262
  und Endemismus versus Reliktualismus 260
  kennzeichnende Eigenschaften der 257, 260f.
  und Kontinentalverschiebung 258f.
Ratten:
  Ausbreitungsfähigkeit 200f.

Borkenratte der Gattung *Crateromys* 200
»bulldog rat« (Weihnachtsinsel) 502
»Captain Maclear's rat« (Weihnachtsinsel) 502
Haus- und Schiffsratte 200
Hutias 201
Hypogeomys antimena (Votsotsa) 180
kurzschwänzige 387
Rattus exulans (Kleine Pazifikratte) 201, 420
Riesenratten 180, 201
Spezies der Gattung *Magaretamys* (Sulawesi) 200
Turmfalken bedroht durch 727f.
Wasserratte 200
Rattus exulans (Kleine Pazifikratte) 201, 420
Rattus rattus (Haus- und Schiffsratte) 200
Raubverhalten:
  und Artensterben 506
  bei brauner Nachtbaumnatter 430–448
  bei fremdländischen Arten 505, 727f.
  bei Kea 181
  und Konkurrenz 231, 237, 255, 505
  und Populationsdichte 375f., 460
  Raubtierkontrolle 642f., 648
Rebe, *ieie*-Rebe 423
Reeves, Charles 192
Regenwald:
  Abholzung 96f., 101, 583–585, 587, 595–598, 612, 616
  in Afrika 583
  Arten, verlorengegangen im 801
  in Aru 824f.

Brandrodung 583
fazendas (Rinderfarmen) 96–103, 612, 614–616
Fläche in Hektar 102
als Inseln 584
Inseln im 612
in Madagaskar 311f., 314, 583, 660
in der Manaus Freizone 612
siehe auch Amazonas
Regenwürmer 194
The Reign of Law [Die Herrschaft des Gesetzes] (Argyll) 804
Reiher, auf den Galápagosinseln 303
Reliktualismus:
  auf Berggipfeln mit Inselcharakter 578
  Definition 834
  bei Ratiten 260
  bei Thylacinen 381
reproduktive Isolation 174, 176, 834
Reptilien 546
  Körpergröße 208, 230, 254
  phlegmatische Durchhaltekraft 254
  auf Treibgut reisende 195
Reservate *siehe* Naturreservate
Réunion (Insel):
  Artensterben 349, 503
  Einsiedler 39, 194
  Riesenschildkröten 158, 161f.
  als vulkanische Insel 66
Revett, William 164
Rhipidura rufifrons (Fuchsfächerschwanz) 427f.
Rhizophora mangle (Rote Mangrove) 564
Rhodos, Elephantiden 202
Riesenalke 256, 503
Riesenhülse *Entada* 189
Riesenohrwurm (*Labidura*

herculeana) 18, 181, 230, 335
Riesenwuchs 18f.
  und Inselbiologie 182f., 208
  bei inselbewohnenden Arten 208, 229f.
  und Komodowaran (Komododrache) 210, 221
  bei Ratiten (straußenähnliche Vögel) 258
  und räuberische Lebensweise 231
  Ursachen des 231, 236
  und Verlust der Ausbreitungsfähigkeit 254–257
Rift Valley, Africa 308
Rinca (Insel): 522
  Komododrachen 210, 217, 522
  Mäuse 201
Rio de Janeiro, Brasilien 761–768
Rio Negro:
  und Manaus 96
  und Sakis 100
  und Verbreitungsgrenzen von Arten 94f.
  und Wallace 82–84, 86
Ritterfalter 107f., 115, 137–139
Riukui-Inseln, Lieste 503
Rivière des Anguilles 358–362
Robertson, William 74
Robinson, George Augustus, und Aborigines 478, 480–489, 491, 494–496, 501
Rodda, Gordon, und *Boiga irregularis* 436–448
Rodrigues (Insel):
  Artensterben 349
  Einsiedler 194
  Riesenschildkröten 156–158, 160f., 163
Roosevelt, Theodore 709
Rosenkäfer, chinesischer 449
»Rosettastein«-Artikel (Diamond) 349, 414f., 454

Rota (Insel) 427
Rotwild 215f., 618
  Fossilien 206
  für die Jagd 738
  und Nahrungsquellen 232
  Rusahirsche 215f.
  schwimmendes 207
  zwergwüchsiges 207, 230
Round Island, Glattechsen 208
Rowe, Charles 202
Royal Society of London 166
Rückkoppelung: Artensterben 750f., 756f.
Run (Insel) 809f.
Rusahirsch (*Cervus timorensis*) 215f.
Rüsselkäfer 284
Ryan, Lyndall, und Aborigines 471, 473, 475, 479, 485–487, 489, 492–494, 499

Saar, Reiseleiterin 808, 813
Saba (Insel), und Spezies-Flächen-Beziehung 513
Sackspinner 449
Saguinus midas (Rothandtamarin) 618
Sakis (*Pithecia*) 94–103, 139, 595, 598
  Bartsaki 618
  goldfarbengesichtiger Weißkopfsaki 98–103
  Weißkopfsaki 98
Salangane, Moosnest-Salangane 450
Salawati (Insel) 192
Salomoninseln:
  archipelspezifische Artbildung 335
  Braune Nachtbaumnatter auf den 430
  Brillenvögel 192
  Mayrs Feldforschung auf den 179

Salwasser, Hal:
  und Artenschutzbiologie 750, 753
  und Lebensfähigkeit von Populationen 707, 748, 779
  und Nationales Forstbewirtschaftungsgesetz (USA) 703–706
Samen, Ausbreitungsfähigkeit von 187–189, 194, 467
Samoa:
  Pfuhlhuhn 503
  Tauben 193
Samuel (Familie) 817f., 820–825
San Cristóbal (Insel), Schildkröten 289
Sanctos, Joanno dos 36
Sankt Helena (Insel):
  und Lyell 59
  Riesenohrwurm 19, 181, 230, 335
Santa Barbara Channel 203
Santa Catalina, Klapperschlangen ohne Klappern 19, 181, 271
Santa Cruz (Insel):
  Charles Darwin-Forschungsstation 276
  Finken 295
  Leguane 283f.
  Schildkröten 285, 289f.
Santiago (Insel), Schildkröten 289
Sâo Thomé (Insel):
  Kernbeißer 503
  Tauben 193
Sapotaceae (Bäume) 462
Sarawak:
  Dyak-Volk 106
  Wallace in 32f., 45, 48, 106
  Wallaces in Sarawak geschriebener Artikel 48, 57, 130–132
Sarcophilus harrisii siehe Beutelteufel
Sardinien:
  Elephantiden 202
  und Italien 127
  Rotwildfossilien 206
Sariska, Tiger 746
Säugetiere:
  Ausbreitungsfähigkeit der 199, 201–207
  ausgestorbene 503
  inselbewohnende versus festlandbewohnende 231, 341
  Körpergröße der 207, 230, 460
  Schwimmvermögen der 201–207
  und Untersuchung über Nationalparks 644–650
Säulenedikt 709
Sauromalus hispidus siehe Chuckwallas
Savannaziegenmelker (*caprimulgus affinis*) 198
Savidge, Julie 431–433
Sawusee 205
Schaben, riesenwüchsige 181, 230, 255
Schildkröten, Riesenschildkröten:
  Abschlachten von 351
  adaptive Vorteile der 210, 289
  auf Aldabra 19, 157–160, 163f., 181, 210, 254f., 335
  anpassungsbedingte Unterschiede 164, 289–294
  im Botanischen Garten Pamplemousses 155–157, 167
  Erholung der Population 166f.
  als in freier Wildbahn ausgestorben 181
  auf den Galápagos 157, 172, 181, 284–286, 289–294
  und geographische Isolation 167
  als inselbewohnende Arten 157
  Panzerform 285f., 289f.
  und Veränderungen in der

Körpergröße 208, 230
Schirmvögel *Cephalopterus ornatus* 84f.
Schlangen:
  Braune Nachtbaumnatter 430–448
  Buschmeister 654
  Concho-Wassernatter 780–790
  Fallen für 443, 448
  und Geckos 445
  und Glattechsen 446, 448
  Harters Wassernatter 781, 783
  und Inseln 341
  und Mungos 742
  und Spinnen 444f.
  Tigerotter 399
  Zwergwuchs 230
Schlüpfer:
  Neuseelandschlüpfer der Nordinsel 503f.
  Stephenschlüpfer 504
Schlüsselspezies 712
Schmetterlinge 82, 115, 620
  Artenvielfalt 115
  Euploea eleutho 450
  auf Guam 449
  Geisterfalter 115
  Morpho 620
  Ritterfalter 107f., 115, 137–139
  Schwalbenschwanz 121, 122, 449f.
  Tagpfauenauge 115
Schnabeltier, entenschnäbeliges (*Ornithorhyncus anatinus*) 180, 387
Schnäpper 272
  Guam 427f.
Schnäpperdickkopf *Pachycephala cinerea* 197
Schnecken:
  Eier von 194
  Landschnecken 60, 68
Schoinobates volans (größerer Gleiter) 181
Schönheit im Übermaß 804, 816
Schöpfung *siehe* spezielle Schöpfungsakte
Schöpfungsgeschichte 35, 42
Schorger, A. W. 409f., 413
Schreiner, Ilse 448–452
Schriftglaube 31, 35, 40
  versus biologische Realität 42f.
Schubart, Herbert 613f.
Schuppentiere 36, 39
Schutzanpassungen 270–275
  Ausbreitungsfähigkeit *siehe* Ausbreitungsfähigkeit
  Mobilität 270
  Tarnfärbung 270, 273
  verlängerte Brutphase 270, 273
  Wachsamkeit 279–283
  Warnmechanismen 270, 273
Schutzfärbung 270f., 273
  Verlust der 273
Schwalbenschwänze *Papilio* 121f., 449f.
Schwarzbrustwachtel, Neuseeland 502
Schwarzflußschluchten, Mauritius 358–360, 365, 725–727, 732, 734, 745
Schwarzkehl-Ameisendrossel 460
Schweine:
  in Aru 126f.
  Größenveränderung bei 231
  Inzucht bei 694
  in Mauritius 355–358
  Poland China-Schweine 694
Schwimmen, Ausbreitung durch 201–207
schwimmende Vegetationsinseln 190
Science Citation Index 573

Scleronema micranthum (Baum) 620
Sebayur 522
The Secular Ark (Browne) 40
Seeadler 403
Seegurke, getrocknete 109, 124
Seehundfelle 472
Seeschwalben 194
Seevögel:
  und Ausbreitungsformen 193f.
  flugunfähige 181, 183, 255, 261, 504
  der Galápagos 303
  inselbewohnende Arten 181f.
Seltene Arten: 835
  und Artensterben 363f., 388–391, 502, 506, 584, 679
  Begriffserklärung 363f.
  und Gefährdung 679, 690–693
  und lebensfähige Minimalpopulation 690–693
  von Natur aus 748
  Schwellenwert für die Stabilität der Population 407, 746
  und Spezies-Flächen-Beziehung 514–519
  versus verbreitete Arten 517, 519
Setz, Eleonore:
  und »Kritische Minimalgröße«-Projekt 598
  und Sakis 98–103, 595, 598, 769
Seychellen (Inselgruppe): 157f., 160, 164–167
  Schildkröten 163–167
Shaffer, Mark L.:
  und Forstamt 705, 707
  und Gefährdung 679–685, 690–693, 713f., 744
  und Grizzlys 676–683
  und lebensfähige Minimalpopulation 676–683, 690, 705, 713f.
  und stochastische Störungen 723
Shelton, Larry 425f., 428
Siaba (Insel) 522, 525–527, 531
Simberloff, Dan 628
  und Artenschutzbiologie 750
  Büro von 626f., 629, 712f.
  und Debatte um Nullhypothese 631–635
  und dynamisches Gleichgewicht 585
  und Forschungen auf den Mangroveninseln 564–568, 587, 603f., 610, 635, 637
  über massenhaftes Artensterben 801
  und SLOSS-Debatte 502–608, 622–629, 633
  und Soulé 710–713
  über Theorie 631–636
Simpson, George Gaylord 539
The Sinking Ark (Myers) 724, 730, 749
Sittiche:
  Mauritiussittich 467f.
  Ziegensittich der Insel Macquarie 503
Sizilien:
  Elephantiden 202, 207
  Flußpferdfossilien 206
  und Italien 205
  Rotwildfossilien 206
Skunks:
  Fleckenskunk 644
  Streifenskunk 644
Slobodkin, Larry 552–554
SLOSS 588, 602–609, 621–629, 633, 659, 692, 712
  und Artenschutz 589, 602, 606, 609, 621, 633
  und Diamond 588, 622–629

und Gleichgewichtstheorie
621, 624f., 639–641
und Häufigkeit der Erwähnung in der Literatur 621f.
und Naturreservate 588,
602–608, 621, 633, 649, 711
und Nullhypothese-Debatte
626–629, 631, 710–712
und Simberloff 602–608,
622–629, 631
Spezies-Flächen-Beziehung
608, 621
und Terborgh 606–608
und Vielgestaltigkeit des Lebensraumes 603
Smithsonian Institution, und Expedition nach Aldabra 167
Sober Island 202f.
Solander, Daniel Carl 44
Solenodon cubanus Kubanischer Schlitzrüssler 180
The Song of the Indris (Pollock) 667
Sorex palustris (Amerikanische Wasserspitzmaus) 577–579
Soulé, Michael 694–713
  und Artenschutzbiologie
  696–704, 708f., 749f.
  Büro von 702
  und Concho-Wassernatter
  780, 782–789
  und 50/500-Regel 695, 705, 707, 748
  Hintergrund und Laufbahn von 699–703
  und Lebensfähigkeit von Populationen 703f., 707–713, 748–753, 756f., 779–789
  und natürliche Evolution 504f.
  und Seltenheit 690f.
  und Simberloff 710–713
Soziobiologie 548, 788
Spechte 126, 130

javanischer Dreizehenspecht 28
»Species and Area« (Arrhenius) 509
Spermienwettstreit 770f.
spezielle Schöpfungsakte 43f.
  der Arten versus Varietäten 139
  versus Artentwicklung 50, 57–61, 128–132, 299, 304
  Definition 835
  Schriftglaube und 31, 40–43
  und Schöpfungsgeschichte 43
  und Übermaß an Schönheit 804
  und Verteilungsmuster 171
Spezies-Flächen-Beziehung 835
  und Ameisen 543, 545, 555
  und Anlage von Naturreservaten 587f., 605f., 608
  und Arrheniussche Gleichung 517f., 556
  und Artenvielfalt 415, 509
  und Beuteltiere 384
  und Darlington 512–514, 544, 546, 555, 587
  und Festlandsgebiete 520
  und Finken 297
  und Forster 47, 510
  und Gleichgewicht 508
  und Gleichgewichtstheorie 543–545, 555
  und Käfer 512–514, 555
  und kanonische Verteilung 515f., 520
  und Komodos 521–536
  und »Kritische Minimalgröße«-Projekt 597f.
  und lebensfähige Minimalpopulationen 673
  und Pflanzen 509, 520
  und Prestons Glockenkurve 515f.
  auf Quadraten 509–511

und Seltenheit 514–519
und SLOSS 608, 621
und Spezies-Flächen-Kurve 556
und Stichproben versus Isolate 519
Ursachen der 514
und Verarmung 341f.
Spezies-Flächen-Gleichung 834
Spezies-Flächen-Kurve:
und Berggipfelinseln 578f.
Definition 518f., 835
und Inselbiogeographie 556
und Páramoinseln 576
und Wilson 554
Spinnen:
Ausbreitungsfähigkeit von 186
auf Guam 428f., 448–454
Mygale 79
Radnetzspinnen 428f., 454
und Schlangen 444f.
Spitzmäuse:
Amerikanische Wasserspitzmaus 577–579
Dickschwanzspitzmaus der Weihnachtsinseln 502
Sporen, Ausbreitungsfähigkeit von 187–189, 194
Spottdrosseln, auf den Galápagosinseln 172, 272f., 287f., 293, 303f.
Sri Lanka (Ceylon):
und Indien 127, 340
schwimmende Elefanten 202f.
Staatsforste siehe Naturreservate
Stachelschweine 599
Stacy Dam-Projekt 780–782, 790
Stammentwicklung 174f.
Definition 174f., 834
Stare:
Balistar 65, 180
Karolinenstar 434
Schlichtstar 503

Stechmücken: *Culex* 418–425
auf Guam 449
und Hühner 424
nachtaktive 418
und Vogelmalaria 418
Stegodon (Elephantid) 204
Stegodon sompoensis 221
Stegodone, schwimmende 205
Steinwälzer, auf den Galápagosinseln 303
Stephens Island, Stephenschlüpfer 503f.
Stephenson, P. J. 51–58
Stevens, Samuel, und Wallace 78–82, 86, 92, 108, 110, 125
Stichproben:
Definition 831
versus Isolate 519, 532, 584, 701
Stirnvögel 271
Stochastizität:
demographische 679f.
genetische 679, 681
milieubedingte 679f., 682
Strahm, Wendy und Pflanzenökologie 465–469, 733
Strauße 257, 260
Strepsirhini 320
Strier, Karen, und Murikis 758, 768–779
Strigops habroptilus (flugunfähiger Eulenpapagei) 180
Struthio camelus (Strauß) 260
Stubbs, George 38
Sturmvögel 193f.
Suanggi 809
Subfossilien:
Definition 836
flugunfähige Vögel 256f.
Lemuren 322
Südamerika:
Festlandsgebiete von 171
und Kontinentalverschiebung 259

Landkarten 99, 615, 759
Panama als Landbrücke 258
Ratiten 257f., 261
siehe auch Amazonas
Südseemyrte 396
SUFRAMA (Manaus Freizonenverwaltung) 97, 613
Suke, Tasmanische Aborginefrau 496
Sulawesi: *siehe auch* Celebes 190
   Elephantiden 202
   Ratten 200
Sulloway, Frank J. 289–305
Sultan, Frachtbootkapitän 209, 521–524, 527–529, 531, 533
Sumatra:
   und balinesische Arten 65
   und Java 205
   Sundaschelf 62
   Tiger 18
   und Wallace-Linie 29, 62
Summer, »Vogelsklavin« 652–658
Sumpfbeutelmaus 387
Sunda-Gerygone (*Gerygone sulphurea*) 197
Sunda-Halbinsel 62, 64
Sundaschelf 62
Surtsey, Vulkaninsel 66, 185
Süßwasserseen:
   in Afrika 308–311
   Inselcharakter 575
   als Ökosysteme 540
   physiographische Vielgestaltigkeit 309
Swainson, William 75f.
Sympatrie:
   und adaptive Radiation 288f., 296
   Definition 836
   bei Finken 296
   und Konkurrenz 296
   bei Lemuren 319

Sympatrische Artbildung 170, 172, 175, 177, 327, 836
Synekdoche 114
Synökologie 634, 836
Systematics und the Origin of Species (Mayr) 168, 177–179, 334–337

Tagpfauenauge mit blaßfarbenen Flügeln *Drusilla catops* 115
Taiga, Inselcharakter 575
Tamarine:
   Goldgelbes Löwenäffchen 754
   Goldkopflöwenäffchen 754
   Rothandtamarine 618
   Rotsteißlöwenäffchen 754
Tammars 674
Tanganyikasee 308
Tanreks 50–58
   und adaptive Radiation 55f., 288
   Schwarzkopftanreks 54, 57, 181
   Unterfamilien der 57
   wasserbewohnende 53f.
   Zwergtanreks 52
Tanysiptera (Lieste) 121, 334
Tanysiptera carolinae 337
Tanysiptera galatea 337
Tarantel 654
Tasman, Abel 367–369
Tasmanien 127
   Aborigines *siehe* Aborigines
   Artensterben 502
   Arthur River-Gebiet 390–405
   und Australien 180–182, 380, 383
   und Bassmanien 386
   Besiedlung von 370
   Besitzansprüche aufs Land 471, 473, 498
   Beutelmarder 180
   Beutelratte 404

Beuteltiere 383
Beutelwolf 180, 369, 372–380
Black Line (Militäroperation) 479f., 484
britische Strafkolonie 472
Bürstenrattenkänguruh 384
Buschläufer 472f., 475
  und Disharmonie 341
  Entdeckung von 369
  Hooker in 20
  Känguruhs 384, 386, 473f., 478
  Kopfgeldjagd in 374–377
  als kontinentale Insel 380
  Krähen 403
  Maskenspringaffen 754
  Ratten 200, 387
  Schafe 370, 374–376, 473f.
  Schlangen 399
  Schnabeltier 387
  Viehzucht 473f.
  Wildhunde, streunende 374, 377
tasmanische Beutelteufel *Sacrophilus harrisii* 19
  und Aborigines 373
  Aussehen der 401
  Fußspuren der 400
  als Inselspezies 180
  lokales Aussterben 387
  und Thylacine 373, 403f.
  Verbreitetheit der 393
Tasmanisches Aborigines-Zentrum 499f.
Tauben:
  ausgestorbene 428
  biologische Vielfalt 194
  Einsiedler 194
  Grüne 811
  Hollandais 193
  Mauritiustaube 193f.
  Palau-Erdtaube 193
  transozeanische Wanderungen 193f.
  und Verlust der Wachsamkeit 272, 354f.
  Wandertauben 406–414
  Zahntaube 193
  siehe auch Dodos
Taufliege (*Drosophila*) 307
  und adaptive Radiation 307
  orientalische 449
Taxonomie 539
Temple, Stanley 461–463, 465f.
Tenrecinae 57
Terborgh, John 590
  und Artenschutzbiologie 697, 750
  und Gleichgewichtstheorie 589
  und Säugetiere mittlerer Größe 460f.
  und SLOSS 606–608
Termiten, formosanische 449
Ternate 140, 142f., 145
Texas:
  Concho-Wassernatter 780–790
  Stacy Dam-Projekt 780–782, 790–792
Thailand, Golf von 62
Theorie von der Artbildung durch Trennung (Wagner) 171, 173
Theorie:
  Simberloff über 631–635
  Testfall für 785
  versus Realität 633, 708, 751
The Theory of Island Biogeographie (MacArthur und Wilson) 20, 113, 541, 548
  Einfluß auf die Forschung 233, 574–576, 579–586, 589, 601, 625, 631, 643, 699, 709
  Häufigkeit der Erwähnung in der Literatur 572–574
  und Prestons Glockenkurve 516

über Veränderung der Körpergröße 233
über Zuwanderungsraten 195
Thoreau, Henry David 709
Thunberg, Carl Peter 44
Thylacine (Guiler) 378
Thylacinus cynocephalus (Beutelwolf) 180, 372–380, 387, 392–405
auf Felsenbildern 381f.
Fußspuren des 369
gesichtete Exemplare des 372, 392f.
und für hinlängliche Vermehrung erforderlicher Schwellenwert 378
Jagd auf den 374–376, 478
Lautgebung des 401
als Reliktspezies 381
Schutz des 380
Suche nach 396–405
Tiger Creek, Tasmanien 398f., 405
Tiger:
auf Bali 11, 18, 28, 62f.
von Sariska 746
Timor:
Elephantiden 202, 204–207, 335
und Landbrücke 204
Todesstern 798, 801
Tölpel 271, 809
Tolstoi, Leo 599
A Treatise on the Geography and Classification of Animals [Abhandlung über die Geographie und Aufteilung von Tieren] (Swainson) 75f.
Treibgut:
mineralisches 191f.
Transport auf 190, 195
Treub, Professor 187, 560
Trevor, Frank 611, 616

Trichterwinde *Ipomoea pes-caprae* 188
Tristan da Cunha:
und Disharmonie 340
flugunfähige Falter 181, 255
Rüsselkäfer 284
Tristanteichhuhn 503
Trogons 28, 126f.
Tropikvögel 194
Truganini 480–484, 486–490, 494–496, 498, 500
Geburt von 472
und Mythos von der »letzten Lebenden« 469f., 496
Tod von 469f., 495f.
Vergewaltigung der 474f.
Truthähne, und europäische Entdecker 35
Tuateras 19
Tuberkelhokko 460
Tukane 35
Tundra, Inselcharakter 575
Turmfalken:
in Idaho 744f.
siehe auch Falco punctatus
Turnbull, Clive 474, 493
Turner, Kapitän John 8f.
Turteltauben, Philippinen 434
Tyrannidae (Breitschnäbel) 655

Überleben des Tüchtigsten *siehe* natürliche Auslese
Übermaß an Schönheit 804, 816
Ubirr, Felsenbilder von 381f., 471
Umschlag
von Arten 557f., 560, 568
Definition 836
und Gleichgewicht 557f.
und Gleichgewichtstheorie 786
globaler 797
und Metapopulation 788f.
von Unterarten 786

Umweltschutzprogramm der Vereinten Nationen 632
Uninta-Streifenhörnchen 577, 579f.
Ursus arctos (Grizzlybär) 676–683, 793
Uta clarionensis (Eidechse) 271

Vagrans egistina (Schmetterling) 450ff.
van Balen, Bas:
  auf Anak Krakatau (Insel) 196–199
  in Padangbai 2529
Vancouver, Kapitän George 419
van Diemen, Anton 368
Van Diemen's Land Company 375–377, 483
van Hensbroek und Komododrache 213f.
van Linschoten, Jan Huygen 36f.
van Neck, Jacob Cornelius 351f.
Varanus komodoensis, siehe Komododrache
Varanus salvator (Bindenwaran) 187f., 210, 526f., 530
Varietäten:
  versus Arten 138
  Definition 836
Vaughan, R. E. 464, 466
Venezuela 36, 82
Verarmung 339–341
  und Abgelegenheit 556
  Definition 836f.
  genetische 728
  und Spezies-Flächen-Beziehung 341f.
Vereinigte Staaten
  Great Basin-Wüste 577–580, 584, 587, 610
  Grizzlys 676–683, 707f., 793
  Nationalparks *siehe* Naturreservate
  Staatsforste der 642–650f., 703f.
Vereinigte Staaten *siehe auch* Kalifornien
Vereisungsperioden, episodisch wiederkehrende 205
Vererbbarkeit von Veränderungen 174, 307
Vererbung, Taufliegen 307
Verfügbare Nahrung und Körpergröße 232, 236
Verinselung
  und Aborigines 471, 477f., 481, 484, 502
  und ökologische Veränderungen 643f., 648
  von Populationen 471
  verlängerte Brutphase 270f., 273
Verlust der Anpassungsfähigkeit 691, 694, 728
Verteilung:
  von Arten 76, 132, 154, 189, 258f., 570f.
  kanonische 515f., 520
  lognormale 515
Verteilungsmuster:
  Bedeutung 92
  und Darwin 132, 570, 575
  und Entstehung der Arten 154
  der Galápagosfinken 294–297
  und historische Umstände 580
  und MacArthur 234, 570f.
  und spezielle Schöpfungsakte 171
  Unregelmäßigkeiten 41, 67, 92, 171
  und Wagner 170–177
  und Wallace 570
  siehe auch Wallace-Linie
Vestiges of the Natural History of Creation (Chambers) 76f., 168
Viable Populations for Conservation [Lebensfähige

Populationen für den Artenschutz] (Soulé) 708, 748
Victoriasee 308–311
Vielfalt: 551
  und archipelspezifische Artbildung 283–288
  Aussterben der 801
  und Disharmonie 339–341
  Erhaltung der 505, 650
  in Festlandsgebieten 339–341
  auf den Galápagosinseln 297
  und Isolation 64, 556f.
  in kleinen Stichproben 291
  von Lebensräumen 268, 341f., 415, 603–608, 607, 622, 636, 645, 649–651
  in Quadraten 511
  Sammelbecken der 753f.
  und Spezies-Flächen-Beziehung 415, 509
  und Umfang des Lebensraumes 268, 415
  und Verarmung 556, 728
Vikunas 35
Vögel:
  Abwandlungen des Schnabels 293
  Ameisenbegleiter 460, 619f.
  Arbeit mit bedrohten Vogelarten 729–734, 744f.
  argloses Nistverhalten 271, 273
  Aufzucht von Vogelküken 731
  Ausbreitung von Arten 192–194, 254, 258f., 265
  ausgestorbene 346, 354, 414, 459f., 503, 800
  Auswilderungs-Technik 731, 733
  von Bali 25, 28, 180
  Balzverhalten 816
  von Barro Colorado 589
  Beringen der 652–658
  des Bismarck-Archipels 626f., 634
  Bodennester der 460
  der Channel Islands 622
  Elefantenvögel *siehe dort*
  Entnahme von Eiern aus Nestern 732, 735–740, 744f.
  in *fazendas* 619
  flugunfähige 180–182, 230, 254–262, 345
  in Gefangenschaft aufgezogene 731
  auf Guam 427–448
  auf Hawaii 414f., 418–425, 502
  in Indonesien 546, 555
  in Java 25, 28, 126
  Körpergröße von 230, 255, 262
  Landvögel 193, 195
  in Neuguinea 546
  ökologische Naivität der 352–354
  auf den Páramoinseln 576
  und Pestizide 726
  auf den Philippinen 546
  auf Rakata 560f.
  Ratiten 257–262
  Rettungsbemühungen 365, 722f., 731–734
  Schirmvögel 84f.
  Seevögel 181, 193–195, 255
  und Vogelmalaria 418, 424
  Waldvögel 427f.
Vogelfaunen *siehe* Vögel
Vogelflug:
  und Ausbreitung 192–195, 254, 258, 265
  und körperliche Tüchtigkeit 265
Vogelmalaria 418f., 424
von Buch, Leopold 169
von Reding, Baron Rudolf 224
Voyage of the Beagle (Darwin) 33, 69f., 274, 285–287, 299–301

Vuilleumier, François 576, 585, 587
vulkanische Inseln 66
Vulpes vuples (Rotfuchs) 11, 644, 671

Wachsamkeit, Verlust der 270
Wae Wuul-Reservat, Flores 217, 532–536
Wagner, Moritz 170–178
Wake-Rallen 503
Wakua, Aru 818, 820, 822
Walckvögel *siehe auch* Dodos 837
Waldsaumeffekt 651
Wallabys 37, 377, 400, 403f., 674
  Rotnackenwallaby 384
  Tamarwallaby 674f.
Wallace, Alfred Russel 20–23, 303f., 562, 654
  am Amazonas 74, 79–92
  und Artensterben 802–806
  auf den Aruinseln 108–111, 113–125, 137f., 802
  und Ausbreitung 190f.
  und Ausbreitungsschranken *siehe* Wallace-Linie
  Autobiographie von 75
  und Darwin 21–23, 34, 48, 50, 58–61, 73f., 132, 146–149
  und Divergenz 145f.
  und Entstehung der Arten *siehe* Entstehung der Arten
  und Evolution 85f.
  Evolutionsbiologie und 48–50, 539
  und Galápagos 71
  The Geographical Distribution of Animals 259
  Hintergrund und Laufbahn 73–78
  und Inselcharakter 105
  Island Life 21, 190
  als kommerzieller Sammler 80, 85, 93, 105, 110, 139
  und Lyell 59
  in Macassar 125, 136, 140
  im Malaiischen Archipel 20, 74, 104–111, 123, 149, 802–806
  Malay Archipelago von 25, 29, 125, 802–806, 811f.
  A Narrative of Travels on the Amazonas and Rio Negro [Ein Bericht über Reisen auf dem Amazonas und dem Rio Negro] 91, 105
  und natürliche Auslese 140–148
  »Note on the Theory of Permanent and Geopgraphical Varieties« [Anmerkung zur Theorie der permanenten und geographischen Varietäten] 138f.
  »On the Law Which Has Regulated the Introduction of New Species« [Über die Gesetzmäßigkeit, die für die Einführung neuer Arten maßgebend war] 48
  »On the Natural History of the Aru Islands« 114, 125
  »On the Tendency of Varieties to Depart Indefinitely from the Original Type« [Über die Tendenz der Varitäten, unbegrenzt von dem Originaltypus abzuweichen] 143
  Palm Trees of the Amazon and Their Uses [Palmenbäume des Amazonas und ihre Nutzung] 105
  als Publizist 138
  und Ratiten 259
  in Sarawak 32f., 48, 106
  und Stevens 78–81, 86, 92, 108, 110, 125
  Verlust der Musterexemplare

und der Aufzeichnungen 87–92, 104
und Verteilungsmuster 259, 570
»Wallace, Darwin, and the Theory of Natural Selection« (Beddall) 146
Wallace, Herbert 83f.
Wallace und Natural Selection (McKinney) 146
Wallace-Linie 28f., 62–64, 93, 127
Bergketten 171
breite Flüsse 94f., 326
und Inselcharakter 575
Waldzonen 326
Wassertiefe 29, 192f., 205
Wamma (Insel) 116, 118, 124
Die Wandertaube: Ihre Naturgeschichte und ihr Aussterben (Schorger) 409
Wandertaube 406–414
Abschlachten der 406, 410–412
Aussterben der 408–414
relative Seltenheit der 406
Tod des letzten Exemplares 408f., 413
Wanumbai, Dorf auf den Aruinseln 120–123
Warane 196, 210, 221f., 230, 526, 530
Megalania prisca 221f.
Riesenwuchs der 230
Varanus salvator 187f., 210, 526f.
siehe auch Komododrache
Warner, Richard E. 424, 429, 432
Warnmechanismus, Verlust des 271–273
Warrah (Polarwolf) 503
»Was wissen wir wirklich vom Artensterben?« (Soulé) 504
Wassernattern:
Concho-Wassernatter 780–790
Harters Wassernatter 781, 783
Waterton Lakes-Nationalpark 644
Watson, H. C. 509f.
Watson, Horace 496f.
Webb, S. David 576
Weber, gelbköpfige 28
Wechselwirkungsverhältnis:
und Artensterben 506
obligatorische Wechselwirkung 463–466
Weiße Zitrusfliege 449, 451
Weißfußbeutelmaus 387
Weißrüsselnasenbären 460
Wespen:
als Bestäuber 197
Gallwespen 335
Lehmwespe 449
Westindische Inseln 20, 335, 350f., 415, 503
Weston, Richard 45
Wheeler, William Morton 550
Whitneysche Südsee-Expedition 179
Wiehe, P. O. 464
Wilcox, Bruce 697f.
Williamson, Mark 308
Willis, Edwin O. 589
Wilson, Alexander 408
Wilson, Edward O. 541–574
und Artenverlust im Regenwald 801
und Biogeographie 543–545, 552, 562–571, 589f.
Büro von 549f.
und Gleichgewichtstheorie 543–545, 555–559
Hintergrund und Laufbahn von 541–543
und Inselbiogeographie 549, 555–568
und MacArthur 541, 543–545, 549–562, 568, 571, 574

und Mangroveninseln 563–568, 587, 603, 635, 637
und Myrmekologie 541, 545, 549
und Soziobiologie 548, 788
siehe auch Theorie of Island Biogeography
Wilson, Etta 410–412
Winter, Blair 460
Wirata, Nyoman 24, 29
und Komododrache 209–212, 216, 222–226, 521, 524–535
Wokam (Insel) 118f.
Wölfe:
 Beutelwolf 180, 369, 372–380, 387, 392–405
 Grauwolf 642, 648
 Japanischer Wolf 503
 Polarwolf 503
Wollaston, T. Vernon 263f.
Wombats (Plumpbeutler) 384, 400, 403, 578
Woorraddy (tasmanischer Aboriginemann) 480–484, 488f., 491
World Conservation Stategy (1980) 632
World Wildlife Fund 601, 611
 und Anlage von Naturreservaten 632
 Primatenstudie im Atlantischen Urwald, unterstützt durch 758
 Unterstützung der Thylacin-Studie 404
 Unterstützung für Wrights Arbeit 314, 758
Wright, Patricia C.:
 und bambusfressende Lemuren 311–320, 327–331
 und Bedo 671, 685–690, 715f.
 Forschungslager von 331–333
 Hintergrund und Laufbahn von 312–314
 und Indri 673
 und Lemuren 314–320, 327–331
 und World Wildlife Fund 314, 758
Wright, Sewall 539

Xantusia riversiana (Nachtechse) 208
Xenicus lyalli (Stephenschlüpfer) 504
Yadav, M. 674f., 678
Yellowstone Nationalpark 648
 und Grand Tetons 648
 Grizzlys 677
 Tierbeobachtungsprotokolle 641
Yosemite National Park 644

Zaglklossus bruijni (Langschnabeligel) 180
Zebras:
 Burchell-Zebra *Equus burchelli* 175, 178
 Grevy-Zebra *Equus grevyi* 175, 178
Zeitalter der Entdeckungen 34–41, 44, 161, 350, 367–369, 415f.
Zibetkatzen 55, 58
Ziegensittiche, Macquarie (Insel) 503
Zimmerman, Barbara 636, 639–641
Zimmerman, Elwood 190
Zimtkopf-Breitschnabel (*Platyrinchus saturatus*) 655f.
Zimtkopffliest (Halcyon cinnamomina) 427f., 434, 447
Zion Nationalpark 644, 648
Zirpen, und Tanreks 58
Zoogeography (Darlington) 512f.
Zoologist 139

Zoonomia (E. Darwin) 168f.
Zosterops (Brillenvögel) 192
Zosterops conspicillatus (Semper Brillenvogel) 427f.
Zucht in Gefangenschaft:
  bei Murikis 771, 776
  bei Turmfalken 729, 731f.
Zufall 651, 713
zufallsabhängige Faktoren:
  Definition 837
  bei der Größe von Populationen 388–391, 679, 723
  versus kausal bedingte Faktoren 831
zufallsbedingtes Aussterben 386f.
Zufallsbestimmtheit, und Nullhypothese 627
Zusammenbruch der Fauna 12f.
Zuwanderung:
  auf gebirgige Inseln 579f.
  und Gleichgewichtszustand 546f., 556f., 567, 580, 646
  und Metapolulation 788
Zuwanderungsrate 195
Zwergwuchs:
  bei inselbewohnenden Arten 182, 207, 229f.
  und Inselbiologie 207
  und Nahrungsquellen 232
  Ursachen 236f.
zwischenartliche Konkurrenz:
  und adaptive Radiation 289, 305
  und Ausbreitungsfähigkeit 255
  Definition 837
  und Größenveränderungen 231, 237
  und SLOSS-Debatte 605, 626f.
Zyanid, in Bambus 328f.
Zypern:
  Elephantiden 202, 207
  Flußpferdfossilien 206